DIANA GABALDON
Ferne

Buch

Überzeugt, daß ihre große Liebe, der rothaarige Clanführer Jamie Fraser, in der blutigen Schlacht von Culloden 1746 gefallen ist, kehrt Claire Randall mit seinem Kind unter dem Herzen in ihre eigene Zeit, ins 20. Jahrhundert zurück. Es ist ihr jedoch unmöglich, Jamie zu vergessen. Als die gemeinsame Tochter Brianna 20 Jahre alt und gut versorgt ist, tritt Claire mit einem winzigen Fünkchen Hoffnung erneut die gefährliche Reise durch den magischen Steinkreis ins Schottland des 18. Jahrhunderts an. Und tatsächlich findet sie Jamie – lebend! Aber ihre glühende, unermeßliche Liebe durch Zeit und Raum bleibt nicht lange ungestört. Denn Jamie hat sein Ziel – Unabhängigkeit für Schottland – nicht aus den Augen verloren. Er wird wegen Hochverrats gesucht. So bleibt ihnen nur die Flucht – vor königlichen Henkern, korrupten Richtern und eifersüchtigen Frauen. Und stets sind Hoffnung, Mut und ihre Leidenschaft füreinander die einzigen Wegweiser beim Aufbruch zu ungewissen fernen Ufern …

Autorin

Die Amerikanerin Diana Gabaldon hat bislang mit allen erschienenen Bänden ihrer großen Highland-Saga überwältigende Erfolge erzielt. Wochenlang standen sie in den USA auf allen Bestsellerlisten und wurden in Deutschland zu absoluten Verkaufshits, ja sogar zu Kultbüchern. Diana Gabaldon lebt mit ihrer Familie in Scottsdale, Arizona, und arbeitet an weiteren Romanen.

DIANA GABALDON

Ferne Ufer

Roman

Aus dem Amerikanischen
von Petra Hrabak, Sonja Schuhmacher
und Barbara Steckhan

BLANVALET

Die Originalausgabe erschien unter dem Titel
»Voyager« bei Delacorte Press,
Random House Inc., New York

Blanvalet Taschenbücher erscheinen im Goldmann Verlag,
einem Unternehmen der Verlagsgruppe Random House

13. Auflage

Taschenbuchausgabe Mai 1999
Copyright © der Originalausgabe 1994
by Diana Gabaldon
Copyright © der deutschsprachigen Ausgabe 1997
by Blanvalet Verlag, München,
in der Verlagsgruppe Random House GmbH
Umschlaggestaltung: Design Team München
Umschlagillustration: F. Regös
Druck: Elsnerdruck, Berlin
Verlagsnummer: 35095
Lektorat: Silvia Kuttny
MD · Herstellung: Heidrun Nawrot
Made in Germany
ISBN 3-442-35095-6
www.blanvalet-verlag.de

Für meine Kinder Laura Juliet, Samuel Gordon und Jennifer Rose, die mir Kraft, Mut und das Rüstzeug für dieses Buch gaben.

Prolog

Als Kind war es mir ein Greuel, in Pfützen zu treten. Nicht weil ich ertrunkene Würmer oder nasse Strümpfe fürchtete – ich war ein ziemlicher Dreckspatz –, sondern weil ich einfach nicht glauben konnte, daß diese glatte Oberfläche nichts anderes war als eine dünne Schicht Wasser über festem Erdboden. Ich hielt es für die Öffnung zu einer unvorstellbaren Weite. Manchmal, wenn sich die Oberfläche der Pfütze kräuselte, kam sie mir vor wie ein unendlich tiefer See, in dem sich ein träges Knäuel von Tentakeln regte und in dem stumme Bestien mit scharfen Zähnen lauerten.

Ein andermal, wenn ich auf mein Spiegelbild herabblickte und mein rundes Gesicht und mein zerzaustes Haar vor dem grenzenlosen Blau sah, schien mir die Pfütze wie das Tor zu einem anderen Himmel. Wenn ich hineinträte, würde ich auf der Stelle fallen und für immer und ewig durch den blauen Raum schweben.

Nur in der Abenddämmerung, wenn sich die ersten Sterne zeigten, wagte ich es, in Pfützen zu treten. Sobald ich auf das Wasser blickte und einen Stern dort funkeln sah, watete ich ohne Angst hindurch – denn wenn ich in die Pfütze und damit in den Raum stürzte, könnte ich mich im Vorbeifliegen daran festhalten und wäre in Sicherheit.

Noch heute stutze ich in Gedanken, wenn ich auf eine Pfütze treffe. Rasch eile ich weiter, und nur in einem Winkel meines Bewußtseins hallt die Frage: Was ist, wenn ich doch falle?

ERSTER TEIL

Die Schlacht und die Liebe

I

Leichenschmaus

16. April 1746

Er war tot. Andererseits tat ihm die Nase weh, was ihm unter den Umständen seltsam erschien. Zwar vertraute er darauf, daß ihn sein Schöpfer mit Verständnis und Gnade empfangen würde, aber wie alle Menschen verspürte auch er tief im Innern jene Spur von Schuld, die einen vor der Hölle zittern läßt. Doch er hielt es für ziemlich unwahrscheinlich, daß sich die Qualen dort auf eine zerschlagene Nase beschränkten.

Der Himmel konnte dies allerdings auch nicht sein. Zum einen hatte er ihn nicht verdient. Zum anderen sah es hier nicht danach aus. Und zum dritten bezweifelte er, daß der Lohn der Seligen – ebensowenig wie der der Verdammten – in einer gebrochenen Nase bestand.

Er hatte sich das Fegefeuer immer als düsteren Ort vorgestellt, und das rötliche Licht, das ihn umgab, schien dazu zu passen. Sein Geist wurde allmählich klarer, und langsam kehrte auch seine Denkfähigkeit zurück. Jetzt, so dachte er, müßte irgend jemand kommen und ihm sagen, wie das Urteil lautete, wie lange er für seine Sünden büßen mußte. Aber ob er sich auf einen Teufel oder einen Engel einstellen sollte, wußte er nicht. Sein Schullehrer hatte ihm nicht erklärt, wer dem Fegefeuer vorstand.

Während er wartete, versuchte er sich klarzumachen, welche Qualen ihm möglicherweise bevorstanden. Hier und dort hatte er Schnitte, Wunden, blaue Flecken, und er war sicher, daß er sich den Ringfinger der rechten Hand – der so schwer zu schützen war, weil er steif abstand – erneut gebrochen hatte. Aber das war alles nicht so schlimm. Was noch?

Claire. Der Name schnitt ihm ins Herz und löste einen Schmerz aus, der heftiger war als alles, was er zuvor hatte ertragen müssen.

Gäbe es seinen Körper noch, hätte er sich vor Pein zusammengekrümmt. Als er Claire durch den Steinkreis schickte, hatte er gewußt, daß es so kommen würde. Geistige Qualen gehörten wohl zum Fegefeuer dazu, und er war schon vorher davon ausgegangen, daß der Schmerz über die Trennung die größte Strafe für ihn bedeuten würde – eine Strafe, die ausreichte, um ihn für alles büßen zu lassen, was er je getan hatte, Mord und Betrug eingeschlossen.

Zwar wußte er nicht, ob es erlaubt war, im Fegefeuer zu beten, aber für alle Fälle wagte er einen Versuch. *Lieber Gott, laß sie in Sicherheit sein. Sie und das Kind.* Gewiß hatte sie den Steinkreis unbeschadet erreicht, denn im zweiten Monat der Schwangerschaft war sie noch schlank und flink auf den Beinen. Außerdem äußerst entschlossen, eine Frau, die durchführte, was sie sich in den Kopf gesetzt hatte. Aber ob sie auch den gefährlichen Übergang zu dem Ort, von dem sie gekommen war, bewältigt hatte, würde er nie erfahren. Bei dieser Vorstellung war seine schmerzende Nase wahrlich nicht der Rede wert.

Als er sich wieder an die Bestandsaufnahme seiner körperlichen Gebrechen machte, mußte er zu seinem Entsetzen feststellen, daß ihm sein linkes Bein abhanden gekommen war. Er spürte es nicht mehr. Wahrscheinlich würde er es zu einem angemessenen Zeitpunkt zurückerhalten, entweder wenn er in den Himmel kam oder am Tag des Jüngsten Gerichts. Außerdem kam sein Schwager Ian mit dem Holzbein ganz gut zurecht.

Trotzdem, seiner Eitelkeit ging es gegen den Strich. Aber vielleicht ging es gerade darum, ihn von der Sünde der Eitelkeit zu befreien. Er biß in Gedanken die Zähne zusammen und nahm sich vor, was immer auch kommen möge, mit größtmöglicher Kraft und Demut zu ertragen. Aber gegen seinen Willen fuhr seine Hand (oder was er als Hand benutzte) suchend nach unten, um zu ertasten, wo sein Bein jetzt endete.

Die Hand stieß auf etwas Hartes, und die Finger verfingen sich in feuchtem, verklebtem Haar. Erschreckt fuhr er auf und brach mit einiger Mühe die angetrocknete Blutkruste auf, die auf seinen Augen lag. Die Erinnerung kehrte zurück, und er stöhnte. Er hatte sich geirrt. James Fraser befand sich doch in der Hölle. Aber leider war er nicht tot.

Der Körper eines Mannes lag quer über ihm. Sein Gewicht lastete auf Jamies linkem Bein, und so war klar, weshalb er es nicht mehr spürte. Schwer wie eine Kanonenkugel bohrte sich das Gesicht des Mannes in Jamies Magen, so daß sich auf seinem hellen Hemd das dunkle Haar abzeichnete. Vor Entsetzen bäumte Jamie sich auf, und der Kopf rollte ihm seitlich in den Schoß. Ein halboffenes Auge starrte ihm blicklos unter den dunklen Strähnen entgegen.

Jack Randall. Seine feine rote Uniformjacke war so durchnäßt, daß sie fast schon schwarz wirkte. Unbeholfen versuchte Jamie, ihn fortzuschieben, doch er war zu schwach. Kraftlos stieß seine Hand gegen Randalls Schulter, und sein Ellenbogen gab unter ihm nach, als er sich aufstützen wollte. Plötzlich lag er wieder auf dem Rücken und schaute in den verhangenen, blaßgrauen Himmel.

Jamie preßte die Hände auf den morastigen Boden und rutschte zur Seite. Als er sich von dem leblosen Gewicht befreite, traf ihn der kalte Regen, der ihm auf die Brust prasselte, wie ein Schlag. Er bibberte.

Er krümmte sich zusammen und kämpfte mit den schmutzverkrusteten, zerknitterten Falten seines Plaids. Plötzlich hörte er über dem heulenden Aprilwind Geräusche – geisterhafte Rufe, Stöhnen und Klagen. Und darüber das heisere Krächzen von Krähen. Von Dutzenden von Krähen, dem Klang nach zu urteilen.

Seltsam, dachte er. Vögel fliegen nicht bei Regen. Mit einem letzten Ruck zog er das Plaid unter sich fort und hüllte sich darin ein. Als er sich vorbeugte, um die Beine zuzudecken, sah er, daß sein Kilt und sein linkes Bein blutverschmiert waren. Aber das beunruhigte ihn nicht weiter. Langsam erstarben die Laute des Kampfgetümmels in seinen Ohren, und er überließ das Feld von Culloden den krächzenden Krähen.

Er erwachte erst wieder, als jemand seinen Namen rief.

»Fraser! Jamie Fraser! Bist du da?«

Nein, dachte er benommen, bin ich nicht. Wo immer er während seiner Ohnmacht auch gewesen war, besser als hier schien es allemal. Er lag in einer kleinen Senke, in der halbhoch das Wasser stand. Der Regen hatte aufgehört, nicht jedoch der Wind, der immer noch pfeifend und mit Eiseskälte über das Moor fuhr. Der Himmel war inzwischen fast schwarz.

»Glaub mir, ich habe ihn hier runtergehen sehen. Direkt neben dem dicken Ginsterbusch.« Die Stimmen wurden leiser, als die Männer davongingen.

Neben seinem Ohr raschelte es, und als er den Kopf wandte, sah er eine Krähe. Wie ein schwarzes Knäuel aus windzerzausten Federn stand sie vor ihm im Gras und betrachtete ihn mit ihren funkelnden Knopfaugen. Offensichtlich beruhigt, daß er keine Gefahr darstellte, verrenkte sie lässig den Hals und hieb ihren dicken, scharfen Schnabel in Jack Randalls Auge.

Jamie schrie entsetzt auf und fuhr hoch. Mit einem warnenden Krächzen flog die Krähe davon.

»Aye! Da drüben.«

Jamie hörte schmatzende Schritte im Sumpf. Dann sah er ein Gesicht und spürte das beruhigende Gewicht einer Hand auf seiner Schulter.

»Er lebt! Hier herüber, MacDonald. Hilf mir, er kann nicht mehr allein gehen.« Sie waren zu viert, und mit einiger Mühe zogen sie ihn auf die Beine und legten seine empfindungslosen Arme über Ewan Camerons und Iain MacKinnons Schultern.

Laßt mich in Ruhe, wollte er ihnen sagen, denn mit dem Bewußtsein war die Erinnerung zurückgekehrt. Eigentlich hatte er doch sterben wollen. Aber er freute sich viel zu sehr, sie bei sich zu haben. Während des Schlafes war das Gefühl in sein Bein zurückgekehrt, und jetzt merkte er, wie ernst seine Verletzung war. Er würde ohnehin bald sterben, aber wenigstens mußte er es nicht allein in dieser dunklen Einöde tun.

»Wasser!« Jemand drückte ihm einen Becher an die Lippen, und er konnte sich lange genug hochstemmen, um zu trinken, ohne etwas zu verschütten. Kurz darauf spürte er eine Hand auf seiner Stirn. Aber dann war sie wieder fort, ohne daß ein Wort gefallen wäre.

In ihm brannte ein Feuer. Sobald er die Augen schloß, spürte er die Flammen. Seine Lippen waren rissig und wund von der Hitze, aber das schien ihm immer noch besser als die Kälte, die ihn in Abständen schüttelte. Wenigstens konnte er während der Fieber-attacken stilliegen; wenn ihn der Schüttelfrost packte, erwachten in seinem verletzten Bein die Dämonen.

Murtagh! Bei dem Gedanken an seinen Patenonkel hatte er das Gefühl, etwas Schreckliches sei geschehen, aber er konnte sich nicht genau entsinnen. Murtagh war tot, soviel war klar, aber woher wußte er das? Gut die Hälfte der Hochländer war gefallen, hingeschlachtet auf dem Moor – das hatte er aus den Gesprächen der Männer in der Bauernkate entnommen. Aber an die Schlacht selbst erinnerte er sich nicht.

Aus seinen früheren Kämpfen wußte er, daß eine solche Gedächtnislücke bei Soldaten nicht selten auftrat. Aber die Erinnerung würde zurückkehren – er hoffte nur, daß der Tod ihr zuvorkam. Unwillkürlich bäumte er sich auf. Dabei schoß ein stechender Schmerz durch sein Bein, der ihn aufstöhnen ließ.

»Alles in Ordnung, Jamie?« Ewan, der neben ihm lag, stützte sich auf den Ellbogen. Im Dämmerlicht war sein besorgtes Gesicht nur schwach zu erkennen. Um die Stirn trug er eine blutgetränkte Bandage, und auf seinem Kragen waren rostrote Flecken.

»Aye, es geht.« Er streckte die Hand aus und strich Ewan dankbar über die Schulter. Ewan drückte sie und ließ sich dann wieder zurücksinken.

Die Krähen waren wieder da – Kriegsvögel, Leichenfledderer, die sich am Fleisch der Gefallenen gütlich taten. Ebenso unverfroren würden die grausamen Biester auch nach seinen Augen picken, dachte er und spürte überdeutlich seine runden Augäpfel, während das Licht der aufgehenden Sonne seine geschlossenen Lider dunkel und blutrot aufschimmern ließ.

Vier der Männer hatten sich vor dem einzigen Fenster des Bauernhauses zusammengefunden und unterhielten sich leise.

»Davonrennen?« fragte einer, während er mit dem Kopf auf die restlichen Männer wies. »Mein Gott, bestenfalls können wir gerade noch humpeln. Und sechs von uns können keinen einzigen Schritt mehr tun.«

»Wenn ihr laufen könnt, macht euch auf den Weg«, sagte ein Mann, der auf dem Boden lag. Mit verzerrtem Gesicht wies er auf sein Bein, das in die Reste einer zerfetzten Decke gewickelt war. »Laßt euch von uns nicht aufhalten.«

Mit einem grimmigen Lächeln wandte sich Duncan MacDonald vom Fenster ab und schüttelte den Kopf. Das Licht, das durch die Schlitze in der Mauer fiel, ließ seine vor Erschöpfung zerfurchten Züge scharf hervortreten. »Hier wimmelt es nur so von Engländern. Unversehrt entkommt keiner von Culloden.«

»Und die schon gestern geflohen sind, gelangen auch nicht weit«, fügte MacKinnon leise hinzu. »Habt ihr nicht gehört, wie die englischen Truppen letzte Nacht im Eiltempo vorbeimarschiert sind? Es wird ihnen ein leichtes sein, unsere ausgezehrten Leute einzufangen.«

Niemand antwortete ihm. Sie wußten es alle selbst nur zu gut. Viele der Hochlandschotten hatten sich schon vor der Schlacht kaum noch auf den Beinen halten können vor Erschöpfung, Hunger und Kälte.

Jamie wandte den Kopf zur Wand und betete, daß seine Leute früh genug aufgebrochen waren. Lallybroch lag weit entfernt und in einsamer Gegend; wenn sie eine gute Strecke von Culloden hinter sich gebracht hatten, bestand keine große Gefahr mehr, daß man sie aufspürte. Aber Claire hatte ihm gesagt, daß Cumberlands Soldaten die gesamten Highlands durchkämmen und auf ihrem Rachefeldzug bis in die entlegensten Winkel vordringen würden.

Bei dem Gedanken an Claire fuhr eine Welle unendlicher Sehnsucht durch seinen Körper. Wenn sie doch hier wäre, ihre Hände auf ihn legen, seine Wunden versorgen und seinen Kopf in ihren Schoß betten könnte! Aber sie war weit fort, zweihundert Jahre weit, dem Himmel sei Dank! Langsam füllten sich seine Augen mit Tränen, und ungeachtet seiner Schmerzen rollte er sich auf die Seite, um sie vor den anderen zu verbergen.

Lieber Gott, laß sie in Sicherheit sein, betete er. *Sie und das Kind.*

Am Nachmittag roch es plötzlich nach Rauch. In dicken Schwaden drang er durch das Fenster. Er war beißender als der Qualm des Schwarzpulvers, und sein schwacher Geruch nach gebratenem Fleisch ließ Schreckliches ahnen.

»Sie verbrennen die Toten«, sagte MacDonald. Seit sie in der Kate Zuflucht gesucht hatten, war er kaum von seinem Platz am Fenster gewichen. Das eingefallene Gesicht und das zurückgestrichene pechschwarze und schmutzverkrustete Haar ließen ihn selbst wie einen Totenschädel wirken.

Hin und wieder ertönte über dem Moor ein scharfer Knall. Musketen. Der Gnadenschuß aus den Waffen jener englischen Offiziere, die Mitleid walten ließen, bevor sie die in ihren Tartan gehüllten Körper auf den Haufen zu ihren Landsmännern warfen. Als Jamie wieder aufsah, hatte MacDonald am Fenster die Augen geschlossen.

Ewan Cameron bekreuzigte sich. »Hoffentlich gewährt man uns die gleiche Gnade«, flüsterte er.

Sie wurde ihnen gewährt. Kurz nach Mittag des zweiten Tages näherten sich schließlich schwere Stiefelschritte. Dann wurde die Tür geräuschlos aufgestoßen.

»Herrgott!« Ein leiser Ausruf, der dem Sprecher beim Anblick der Männer im Raum wohl gegen seinen Willen über die Lippen gekommen war. Durch die offene Tür drang Zugwind in den Raum und wirbelte die stickige Luft über den zusammengekauerten, blutverschmierten Körpern auf, die auf dem gestampften Lehmboden lagen.

Bewaffneten Widerstand hatten sie nie in Erwägung gezogen; dazu fehlte ihnen die Kraft und auch die Aussicht auf Erfolg. Statt dessen saßen die Jakobiten da und warteten ab, welches Schicksal die Engländer ihnen zugedacht hatten.

Er war ein Major in einer gebügelten Uniform und mit frisch gewachsten Stiefeln. Kurz blieb er stehen, um die Männer im Raum zu betrachten, dann trat er, gefolgt von seinem Leutnant, ein.

»Ich bin Lord Melton«, sagte er. Unschlüssig blickte er sich um, als suchte er einen Anführer, an den er seine Worte richten konnte.

Duncan MacDonald sah gleichfalls suchend in die Runde. Dann stand er langsam auf und neigte den Kopf. »Duncan MacDonald von Glen Richie«, sagte er, »und andere Soldaten Seiner Majestät König James.«

»Das hatte ich vermutet«, entgegnete der Engländer trocken. Zwar schien er erst Anfang Dreißig, doch er bewegte sich mit dem Selbstvertrauen eines erfahrenen Soldaten. Gründlich musterte er einen Mann nach dem anderen, griff dann in seine Tasche und zog einen zusammengerollten Bogen heraus.

»Hier ist ein Befehl von Seiner Gnaden, dem Herzog von Cumberland«, erklärte er, »der mich ermächtigt, jeden Mann, der an diesem verräterischen Aufstand teilgenommen hat, auf der Stelle hinrichten zu lassen.« Erneut blickte er über die Männer im Raum. »Gibt es hier jemanden, der behauptet, an dem Verrat nicht beteiligt gewesen zu sein?«

Bitter lachten die Soldaten auf. Nicht beteiligt, hier, am Rand des Schlachtfelds? Wo in ihren Gesichtern noch der Ruß des Schwarzpulvers klebte?

»Nein, Mylord«, erwiderte MacDonald mit einem leisen Lächeln. »Alles Verräter. Wird man uns hängen?«

Über Meltons Gesicht huschte ein Ausdruck des Ekels, doch dann wurde es wieder starr. Obwohl er schlank und zartgliedrig war, wirkte er respekteinflößend.

»Ihr werdet erschossen«, entgegnete er. »Ich gebe euch eine Stunde, um euch vorzubereiten.« Zögernd warf er seinem Leutnant einen Blick zu, als fürchtete er, vor seinem Untergebenen zu großmütig zu erscheinen. »Wenn ihr Schreibmaterial braucht«, fügte er dann aber doch hinzu, »um einen Brief zu verfassen, wird der Schreiber meines Regiments euch zur Seite stehen.« Kurz nickte er MacDonald zu. Dann machte er auf dem Absatz kehrt und verließ den Raum.

Die Stunde war bitter. Einige machten von dem Angebot Gebrauch und kritzelten verbissen. Andere beteten leise oder saßen einfach da und warteten.

MacDonald hatte für Giles McMartin und Frederick Murray um Gnade gebeten und dabei ins Feld geführt, daß sie noch nicht einmal siebzehn und daher nicht in gleichem Maße verantwortlich seien wie die Älteren. Da das Ansinnen abgelehnt worden war, saßen die beiden, kalkweiß im Gesicht, an der Wand und hielten sich die Hand.

Ihr Los bekümmerte Jamie zutiefst – ihres und das der anderen, der treuen Freunde und tapferen Kämpfer. Doch wenn er an sich selbst dachte, spürte er nur Erleichterung. Keine Sorgen mehr und keine Pflichten. Für seine Männer, seine Frau, sein ungeborenes Kind hatte er alles getan, was in seiner Macht stand. Nun sollte sein körperliches Elend möglichst bald ein Ende haben, und er war dankbar für den Frieden, den er dann finden würde.

Mehr der Form halber denn aus einem echten Bedürfnis heraus schloß er die Augen und begann um Vergebung seiner Sünden zu beten. Aber es wollte ihm nicht gelingen. Es war zu spät, um Abbitte zu tun.

Würde er Claire gleich finden, wenn er tot war? Oder, wie er vermutete, zu einer Zeit der Trennung verdammt sein? In jedem Fall würde er sie wiedersehen; an diese Überzeugung klammerte er sich fester als an alle Glaubenssätze der Kirche. Gott hatte sie ihm gegeben, Gott würde sie wieder zusammenführen.

Anstatt zu beten, beschwor er vor seinem inneren Auge Claires Gesicht herauf, die Linie ihrer Wangen und Schläfen, die breiten, hellen Brauen, die ihn immer zu einem Kuß mitten zwischen die klaren, bernsteinfarbenen Augen gereizt hatten. Er sah ihren Mund vor sich, erinnerte sich an die volle, weiche Kurve, seinen Geschmack und das Gefühl, das er ihm gegeben hatte. Die Gebete, das Kratzen der Federn, das leise, erstickte Schluchzen von Giles McMartin nahm er kaum noch wahr.

Am Nachmittag kehrte Lord Melton zurück. Diesmal begleiteten ihn nicht nur sein Leutnant und ein Schreiber, sondern auch sechs Soldaten. Wieder blieb er an der Tür stehen, aber MacDonald hatte sich bereits erhoben, bevor Melton zum Sprechen ansetzen konnte.

»Ich gehe als erster«, erklärte er und durchquerte festen Schritts die Kate. Als er sich bückte, um unter dem Türsturz hindurchzutreten, legte ihm Lord Melton die Hand auf den Arm.

»Bitte geben Sie mir Ihren vollen Namen, Sir! Mein Schreiber muß ihn notieren.«

Die Mundwinkel zu einem bitteren Grinsen verzogen, sah MacDonald den Schreiber an.

»Aha, Sie stellen ein Verzeichnis Ihrer Trophäen auf! Aye, wie Sie wollen.« Er zuckte die Achseln und richtete sich auf. »Duncan William MacLeod MacDonald von Glen Richie.« Höflich verbeugte er sich vor dem Lord. »Zu Ihren Diensten – Sir!« Er trat aus der Tür, und kurz darauf ertönte in der Nähe ein einzelner Pistolenschuß.

Die Jungen ließ man gemeinsam gehen. Sie hielten sich bei den Händen, als sie den Raum verließen. Die anderen wurden einzeln abgeholt. Der Schreiber notierte ihre Namen. Er saß auf einem

Schemel an der Tür, hielt den Kopf gesenkt und sah keinen der Männer an, die an ihm vorbeigeführt wurden.

Als Ewan an der Reihe war, stützte Jamie sich schwerfällig auf die Ellenbogen und drückte die Hand seines Freundes, so kräftig er konnte.

»Wir sehen uns bald wieder«, flüsterte er.

Ewans Hand zitterte. Trotzdem brachte er ein Lächeln zustande. Dann beugte er sich vor, küßte Jamie auf die Lippen und trat seinen Weg an.

Zum Schluß waren sechs Männer übrig, die nicht allein gehen konnten.

»James Alexander Malcolm MacKenzie Fraser«, sagte Jamie langsam, damit der Schreiber alles richtig festhalten konnte. »Herr von Broch Tuarach.« Dann sah er zu Lord Melton auf.

»Könnten Sie mir die Hand reichen, Mylord, und mir auf die Beine helfen?«

Melton antwortete nicht. Anstelle des distanzierten Widerwillens zeigte sich auf seinem Gesicht plötzlich Erstaunen und auch Erschrecken.

»Fraser?« fragte er. »Von Broch Tuarach?«

»Ja«, erwiderte Jamie geduldig. Konnte sich der Mann nicht ein wenig beeilen? Den sicheren Tod durch eine Gewehrkugel vor Augen zu haben war schon schlimm genug, aber zuvor miterleben zu müssen, wie die Freunde erschossen wurden, hätte auch den stärksten Mann um die innere Ruhe gebracht.

»Verdammt und zugenäht!« murmelte der Engländer. Er beugte sich über Jamie, der im Schatten der Wand lag, und musterte ihn lange. Dann winkte er seinen Leutnant heran.

»Helfen Sie mir, ihn ins Licht zu schaffen«, befahl er. Sie gingen nicht gerade vorsichtig zu Werke, und Jamie stöhnte vor Schmerzen auf. Für kurze Zeit war er wie benommen und hörte deshalb nicht, was Lord Melton zu ihm sagte.

»Sind Sie der Jakobit, den man auch der ›rote Jamie‹ nennt?« wiederholte der Lord ungeduldig.

Jamie wurde von nagender Angst gepackt. Wenn sie erfuhren, daß er der berüchtigte rote Jamie war, würden sie ihn nicht erschießen. Sie würden ihn in Ketten nach London bringen und ihm dort den Prozeß machen. Danach erwartete ihn das Seil des Henkers, und wenn er halb erstickt auf den Holzplanken lag, würden sie ihm den Leib aufschlitzen und die Eingeweide herausreißen.

»Nein«, sagte er, so fest er konnte. »Bringen wir es hinter uns.« Ohne auf seine Worte zu achten, ging Melton in die Knie und riß Jamies Hemdkragen auf. Dann zerrte er seinen Kopf nach hinten.

»Verdammt!« fluchte Melton. Er strich Jamie mit dem Finger über die Kehle. Dort ertastete er eine feine, dreieckige Narbe, offensichtlich das, was ihn so in Unruhe versetzte.

»James Fraser von Broch Tuarach, rotes Haar und eine dreieckige Narbe an der Kehle.« Melton ließ Jamie los und sank nach hinten auf die Fersen. Gedankenverloren strich er sich übers Kinn. Dann raffte er sich auf und wandte sich an den Leutnant. Er deutete auf die fünf Männer, die sich noch in der Kate befanden.

»Kümmern Sie sich um den Rest«, befahl er. Mit mißmutiger Miene stand er über Jamie gebeugt, während die fünf Schotten hinausgebracht wurden.

»Ich muß nachdenken«, murmelte er finster. »Zum Teufel, ich muß nachdenken.«

»Tun Sie das«, entgegnete Jamie, »wenn Sie dazu in der Lage sind. Ich muß mich allerdings hinlegen.« Sie hatten ihn gegen die Wand gelehnt, aber zwei Tage des Krankenlagers hatten an seinen Kräften gezehrt. Der Raum schien zu schwanken, und goldene Lichtblitze tanzten vor seinen Augen. Er rollte sich auf die Seite und ließ sich vorsichtig wieder auf den Boden gleiten. Dann schloß er die Augen und wartete, daß die Benommenheit nachließ.

Was Melton unterdessen vor sich hin murmelte, konnte er nicht verstehen, aber es kümmerte ihn auch nicht. Als er im hellen Licht saß, hatte er zum erstenmal einen Blick auf sein Bein werfen können. Nun war er sicher, daß er nicht mehr lange genug leben würde, um gehängt zu werden.

Eine grellrote Wunde zog sich von der Mitte des Schenkels nach oben. Sie hatte sich entzündet, und während der Gestank der Männer allmählich aus dem Raum wich, stieg Jamie der süße, faulige Geruch von Eiter in die Nase. Trotzdem, eine rasche Kugel in den Kopf erschien ihm angenehmer als die Fieberträume und das langsame Dahinsiechen, die einen Tod durch eine entzündete Wunde begleiteten. Ob man den Knall wohl noch hörte, fragte er sich. Dann döste er ein. Wenig später rief ihn Meltons Stimme zurück in die Wirklichkeit.

»Grey«, hörte er sie sagen, »John William Grey. Kennen Sie den Namen?«

»Nein«, erwiderte Jamie, vor Erschöpfung kaum noch eines klaren Gedankens fähig. »Hören Sie, entweder Sie erschießen mich jetzt, oder Sie lassen mich in Ruhe! Ich bin krank.«

»In der Nähe von Carryarrick«, setzte ihm Melton unnachgiebig zu. »Ein Junge, blond, etwa sechzehn. Sie sind im Wald auf ihn gestoßen.«

Jamie blinzelte seinen Peiniger an. Obwohl ihm das Fieber den Blick trübte, kam ihm das feingeschnittene Gesicht mit den großen, fast schon mädchenhaften Augen vage bekannt vor.

»Oh!« staunte er. In der Flut von Bildern, die ihm durch den Kopf schossen, trat ein Gesicht deutlich hervor. »Dieser Grünschnabel, der mich umbringen wollte? Aye, ich erinnere mich.« Er schloß wieder die Augen. Wie bei allen Fieberanfällen, die er schon erlebt hatte, schien eine Empfindung in die nächste überzugehen. Er hatte John William Grey den Arm gebrochen. In seiner Erinnerung wurde der zarte Knochen des Jungen unter seiner Hand zu Claires Unterarm, als er sie aus der Umklammerung der Steine befreite. Und die kalte, feuchte Luft, die über sein Gesicht strich, wurde zu Claires liebkosenden Fingern.

»Wachen Sie auf, Himmel noch mal!« Jamies Kopf fiel nach hinten, als Grey ihn unsanft schüttelte. »Hören Sie mir zu!«

Matt öffnete Jamie die Augen. »Aye?«

»John William Grey ist mein Bruder«, erklärte Melton. »Ich weiß von Ihrer Begegnung. Sie haben ihm das Leben geschenkt, und er hat Ihnen ein Versprechen gegeben. Ist das richtig?«

Angestrengt forschte Jamie in seinem Gedächtnis. Zwei Tage vor der ersten Schlacht, die mit dem Sieg der Schotten bei Preston endete, war er auf den Jungen gestoßen. Die sechs Monate, die zwischen jenem Tag und heute lagen, schienen ein unüberwindbarer Abgrund.

»Aye, ich erinnere mich. Er hat versprochen, mich umzubringen. Meinetwegen dürfen Sie ihm das abnehmen.« Er konnte die Augen nicht mehr offenhalten. Mußte man wach sein, um erschossen zu werden?

»Er hat erklärt, er stehe in Ihrer Schuld. Und damit hat er recht.« Melton richtete sich auf, klopfte sich den Staub von den Knien und wandte sich an seinen Leutnant, der die Befragung mit wachsendem Erstaunen verfolgt hatte.

»Wir stecken in einer Zwickmühle, Wallace. Dieser… dieser jakobitische Verräter ist berühmt. Haben Sie vom roten Jamie gehört, der durch die Flugblätter gesucht wird?« Der Leutnant nickte und musterte neugierig die zusammengesunkene Gestalt zu seinen Füßen. Melton lächelte grimmig.

»Jetzt sieht er nicht gerade gefährlich aus, nicht wahr? Trotzdem, hier haben wir den roten Jamie, und Seine Gnaden wäre überaus entzückt, wenn er wüßte, welch berühmter Mann uns in die Hände gefallen ist. Da wir Charles Stuart noch nicht gefunden haben, müssen wir die Meute am Tower mit ein paar anderen namhaften Jakobiten zufriedenstellen.«

»Soll ich Seiner Gnaden eine Nachricht schicken?« Er griff zu seinem Täschchen mit dem Schreibpapier.

»Nein!« Melton funkelte seinen Gefangenen wütend an. »Das ist ja gerade das Heikle daran. Dieser Mann ist nicht nur ein Feind, sondern auch derjenige, der meinen Bruder bei Preston überwältigt hat. Anstatt ihn zu erschießen, was der Lausejunge eigentlich verdient gehabt hätte, schenkte er ihm das Leben. Und nun«, knurrte er mit zusammengebissenen Zähnen, »steht meine Familie in seiner Schuld.«

»Oje!« sagte der Leutnant. »Dann können wir ihn also nicht an Seine Gnaden überstellen.«

»Nein, zum Teufel noch mal! Ich kann ihn nicht einmal erschießen, ohne das Versprechen zu brechen, das mein Bruder ihm gegeben hat.«

Der Gefangene blinzelte zu ihnen hoch. »Ich erzähle es auch niemandem weiter«, lautete sein Angebot, bevor er die Augen wieder schloß.

»Schweigen Sie!« Melton, der seine Wut nicht mehr zügeln konnte, trat ihm in die Rippen. Jamie stöhnte, sagte aber nichts mehr.

»Vielleicht sollten wir einen falschen Namen auf die Liste setzen, wenn wir ihn erschießen«, schlug der Leutnant vor.

Melton warf seinem Adjutanten einen vernichtenden Blick zu.

Dann sah er aus dem Fenster und prüfte, wieviel Zeit ihm noch blieb.

»In drei Stunden ist es dunkel. Ich kümmere mich darum, daß die Hingerichteten unter die Erde kommen. Holen Sie ein kleines Fuhrwerk und beladen Sie es mit Heu. Suchen Sie einen Kutscher, Wallace, aber einen verschwiegenen, das heißt einen bestechlichen. Sorgen Sie dafür, daß er bei Einbruch der Dunkelheit vor der Tür steht.«

»Gut, Sir! Äh, Sir, was ist mit dem Gefangenen?« Wallace wies auf das Bündel am Boden.

»Was soll mit ihm sein?« entgegnete Melton schroff. »Der kann ja kaum noch kriechen. Der entkommt uns nicht – jedenfalls nicht ohne Fuhrwerk.«

»Fuhrwerk?« Der Gefangene wurde lebendig. In seiner Erregung brachte er es sogar fertig, sich auf die Ellbogen zu stützen. Aus blutunterlaufenen Augen blinzelte er sie erschrocken an. »Wohin schicken Sie mich?« Melton, der bereits die Tür erreicht hatte, warf ihm einen unverhohlen feindseligen Blick zu.

»Sie sind doch der Herr von Broch Tuarach, nicht wahr? Nun, dorthin geht die Reise.«

»Ich will nicht nach Hause! Erschießen Sie mich!«

Die Engländer sahen sich an.

»Fieberwahn«, sagte Wallace bedeutungsvoll. Melton nickte.

»Er wird die Fahrt wohl kaum überstehen. Aber wenigstens trage ich dann nicht die Schuld an seinem Tod.«

Als sich die Tür hinter den Engländern schloß, blieb Jamie Fraser zurück. Allein – und am Leben.

2

Die Jagd beginnt

Inverness, 2. Mai 1968

»Natürlich ist er tot!« Claires Stimme klang schneidend durch das Arbeitszimmer. Bleich wie eine Gefangene, die auf die tödliche Salve aus den Gewehren wartet, stand sie vor der Pinnwand aus Kork und starrte abwechselnd ihre Tochter und Roger Wakefied an.

»Ich glaube nicht.« Müde strich sich Roger mit der Hand über die Stirn. Dann nahm er den Ordner vom Schreibtisch, in dem er sämtliche Unterlagen abgeheftet hatte, seit Claire und ihre Tochter vor drei Wochen zu ihm gekommen waren und ihn um Hilfe gebeten hatten.

Langsam blätterte er durch die Seiten. Die Jakobiten und die Schlacht von Culloden. Der Aufstand von 1745. Die Edlen Schottlands, die sich unter dem Banner von Bonnie Prince Charlie gesammelt und sich mit der Kraft des Schwerts durch Schottland gekämpft hatten – nur um auf dem grauen Moor von Culloden gegen den Herzog von Cumberland eine vernichtende Niederlage zu erleiden.

»Hier«, sagte er und nahm mehrere zusammengeheftete Bögen heraus. Zwischen den schwarzen Rändern, die vom Fotokopierer stammten, wirkte die alte Handschrift eigenartig und fremd. »Dies sind die Musterungslisten aus dem Regiment des Herrn von Lovat.«

Er streckte die Bögen Claire entgegen, aber es war ihre Tochter Brianna, die sie ihm abnahm und unschlüssig darin herumblätterte.

»Lies den Anfang«, bat Roger. »Wo es ›Offiziere‹ heißt.«

»Gut. ›Offiziere‹«, begann sie. »Simon, Herr von Lovat…«

»Der junge Fuchs«, ergänzte Roger. »Lovats Sohn. Und dann noch fünf Namen, nicht wahr?«

Brianna zog spöttisch die Braue hoch, las dann aber doch weiter.

»William Chisholm Fraser, Leutnant; George D'Amerd Fraser Shaw, Hauptmann; Duncan Joseph Fraser, Leutnant; Bayard Murray Fraser, Major.« Vor dem letzten Namen machte sie eine Pause und schluckte. »Und James Alexander Malcolm MacKenzie Fraser, Hauptmann.« Sie war blaß geworden, als sie die Bögen sinken ließ. »Mein Vater.«

Claire eilte rasch zu ihrer Tochter und strich ihr über den Arm. Auch sie war bleich.

»Ja«, sagte sie zu Roger, »ich weiß, daß er in die Schlacht ging, als er mich verließ... am Steinkreis... er wollte zurück aufs Feld von Culloden, um seine Männer zu retten, die dort im Heer von Charles Stuart warteten. Und wir wissen, daß es ihm gelungen ist.« Sie wies mit dem Kopf auf den Ordner. »Sie haben sie ja gefunden. Aber... aber... Jamie...« Bei seinem Namen schien sie der Schmerz zu überwältigen, und sie preßte die Lippen zusammen.

Jetzt war es an Brianna, ihrer Mutter Trost zu spenden.

»Er wollte zurückkehren, hast du gesagt.« Ermutigend richtete sie die tiefblauen Augen auf Claire. »Er wollte seine Männer vor der Schlacht retten und dann selbst in den Kampf ziehen.«

Claire, die sich etwas erholt hatte, nickte.

»Er wußte, wie schlecht seine Aussichten standen. Wenn er den Engländern in die Hände fiel... lieber wollte er im Kampfgetümmel sterben. So hatte er sich das vorgestellt.« Sie wandte sich zu Roger um. »Ich kann nicht glauben, daß er davongekommen ist, wo so viele Männer getötet wurden und er sterben wollte!«

Fast die halbe Hochlandarmee war dem Kanonenfeuer und den Musketensalven der Engländer zum Opfer gefallen. Aber nicht Jamie Fraser.

»Nach dem Absatz aus Linklaters Buch zu urteilen...« Roger nahm den weißen Band mit dem Titel *Der Prinz in der Heide* aus dem Regal.

»Nach der Entscheidungsschlacht von Culloden«, las er, »suchten achtzehn jakobitische Offiziere, allesamt verwundet, Zuflucht in einer alten Kate. Zwei Tage lagen sie dort in Schmerzen, ohne daß ihre Wunden versorgt wurden. Dann führte man sie zur Hinrichtung hinaus. Einer der Männer, ein Fraser aus dem Regiment des Herrn von Lovat, entkam dem Gemetzel; die anderen wurden am Rande des Feldes bestattet.

Seht ihr?« Er ließ das Buch sinken und blickte die beiden Frauen ernst an. »Ein Offizier aus dem Regiment des Herrn von Lovat.« Dann nahm er die Blätter mit der Musterungsliste wieder auf.

»Und hier sind sie. Aber nur sechs. Inzwischen wissen wir, daß der Mann in der Kate nicht der junge Simon gewesen sein kann. Der ist eine namhafte Figur, und wir kennen sein Schicksal. Er zog sich mit einer Gruppe seiner Männer aus dem Schlachtgetümmel zurück – und zwar unverwundet – und kämpfte sich nach Norden durch, bis sie Burg Beaufort hier ganz in der Nähe erreichten.« Er wies auf das wandbreite Fenster, durch das blaß die Abendlichter von Inverness schimmerten.

»Aber der Mann, der aus dem Bauernhaus entkam, gehörte auch nicht zu den vier Offizieren – William, George, Duncan und Bayard«, sagte Roger. »Und warum nicht?« Fast schon triumphierend nahm er einen anderen Bogen aus dem Ordner. »Weil sie alle vier in Culloden getötet wurden. Ihre Namen stehen auf einer Tafel in der Kirche von Beauly.«

Claire atmete langsam aus. Dann ließ sie sich in den alten ledernen Drehstuhl hinter dem Schreibtisch sinken.

»Herr im Himmel!« seufzte sie. Sie schloß die Augen, stützte die Ellenbogen auf und senkte den Kopf auf die Hände, so daß die dichten, haselnußbraunen Locken ihr Gesicht verdeckten. Brianna legte ihr die Hand auf den Rücken und beugte sich besorgt über sie. Anders als ihre Mutter war sie groß und schmal. Ihr rotes Haar schimmerte im Licht der Schreibtischlampe.

»Wenn er nicht gestorben ist…«, setzte Brianna vorsichtig an.

Claire fuhr auf. »Aber er ist tot!« rief sie. Ihr Gesicht wirkte angespannt, und feine Linien zeichneten sich unter ihren Augen ab. »Um Himmels willen, das ist zweihundert Jahre her! Ob er nun in Culloden starb oder nicht, jetzt ist er tot!«

Bei der heftigen Antwort ihrer Mutter wich Brianna zurück.

»Stimmt«, flüsterte sie. Roger sah, daß sie mit den Tränen kämpfte. Kein Wunder, dachte er. Schließlich mußte sie zuerst erfahren, daß der Mann, den sie ihr ganzes Leben lang geliebt und

Vater genannt hat, gar nicht ihr Vater war, und dann stellte sich heraus, daß ihr richtiger Vater aus dem schottischen Hochland stammte und vor zweihundert Jahren gelebt hatte. Und überdies deutete alles darauf hin, daß er eines schrecklichen Todes gestorben war, undenkbar weit fort von seiner Frau und dem Kind, für das er sich geopfert hatte. Das alles war wohl mehr als genug, um einen gründlich durcheinanderzubringen.

Er ging auf Brianna zu und strich ihr über den Arm. Sie sah ihn geistesabwesend an und rang sich ein Lächeln ab. Rasch schloß er sie in die Arme. Obwohl sie ihm in ihrem Schmerz leid tat, genoß er es, ihren weichen, warmen Körper zu spüren.

Claire saß reglos am Schreibtisch. Die gelben Falkenaugen schienen weicher geworden, versunken in Erinnerungen. Blicklos hingen sie an der Pinnwand voller Notizen und Gedächtnisstützen, die Reverend Wakefield, Rogers verstorbener Adoptivvater, hinterlassen hatte.

Als Roger seinen Blick dorthin wandte, sah er die Einladung zur Jahresversammlung der Gesellschaft der Weißen Rose – jener fanatischen Exzentriker, die noch immer nach der schottischen Unabhängigkeit strebten und Charles Stuart und den Helden, die ihm gefolgt waren, schwärmerisch huldigten.

Roger räusperte sich leise.

»Äh... wenn Jamie nicht in Culloden gestorben ist...«, sagte er.

»Dann wahrscheinlich kurze Zeit später.« Claire sah Roger geradewegs in die Augen. »Ihr habt keine Ahnung, wie es damals war«, sagte sie, »welcher Hunger im Hochland herrschte. Keiner der Männer hat in den Tagen vor der Schlacht noch etwas zu essen gehabt. Und Jamie war verwundet, das wissen wir. Selbst wenn er entkommen ist, es gab niemanden, der... der für ihn sorgte.« Ihre Stimme brach, als sie das sagte. Mittlerweile war sie Ärztin, aber schon in jenen Tagen hatte sie Menschen geheilt. Damals, vor zwanzig Jahren, als sie durch den Steinkreis ging und ihrem Schicksal in Gestalt von James Alexander Malcolm MacKenzie Fraser begegnete.

Überdeutlich war sich Roger der beiden Frauen im Raum bewußt – des zitternden Mädchens in seinen Armen und der stillen, so gefaßt wirkenden Frau am Schreibtisch. Sie war durch die Zeit gereist, als Spionin verdächtigt und als Hexe eingekerkert worden – durch ein unvorstellbares Zusammentreffen von Zufällen aus den Armen ihres ersten Mannes Frank Randall gerissen. Und drei Jahre später hatte ihr zweiter Mann, James Fraser, sie und ihr ungeborenes Kind durch die Steine zurückgeschickt, um ihnen das Leid, das ihm bevorstand, zu ersparen.

Sie hat wirklich genug durchgemacht, dachte er. Aber er war Historiker und wurde von der unstillbaren, skrupellosen Neugier des Wissenschaftlers getrieben, die zu mächtig war, um sich durch schlichtes Mitleid aufhalten zu lassen.

»Wenn er nicht in Culloden gestorben ist«, setzte er an, resoluter als zuvor, »kann ich vielleicht herausfinden, was wirklich mit ihm geschah. Soll ich es versuchen?« Mit angehaltenem Atem wartete er auf die Antwort. Jamie Fraser hatte gelebt, und Roger gelangte immer mehr zu der Überzeugung, daß es seine Pflicht war, die Wahrheit über sein Leben und seinen Tod herauszufinden. Es stand Jamie Frasers Frauen zu, alles über ihn zu wissen. Für Brianna waren die Fakten womöglich das einzige, was sie je über ihn erfahren würde. Und was Claire betraf – offenbar hatte sie noch nicht begriffen, welche Möglichkeiten sich für sie eröffneten: Sie hatte die Zeitschranke schon zweimal überwunden. Vielleicht konnte sie es noch einmal tun. Und wenn Jamie Fraser in Culloden nicht gestorben war...

Am Ausdruck der verhangenen bernsteinfarbenen Augen sah er, wie ihr die Erkenntnis dämmerte. Schon unter normalen Umständen war sie blaß, doch jetzt wurden ihre Wangen so bleich wie der Elfenbeingriff des Brieföffners, der vor ihr auf dem Schreibtisch lag.

Lange Zeit sagte sie kein Wort. Unverwandt hielt sie den Blick auf Brianna gerichtet. Dann sah sie Roger an.

»Ja«, flüsterte sie so leise, daß es kaum zu hören war. »Ja, finden Sie es heraus. Bitte! Finden Sie es heraus.«

3

Enthüllungen: Frank und frei

Inverness, 9. Mai 1968
Auf der Brücke über den River Ness drängten sich die Fußgänger, die zum Abendessen nach Hause unterwegs waren. Roger, der vor mir herging, schirmte mich mit seinen breiten Schultern vor den Stößen der Entgegenkommenden ab.

Deutlich spürte ich mein Herz gegen den festen Einband des Buches pochen, das ich an die Brust preßte. So ging es mir immer, wenn mir einen Moment lang bewußt wurde, was wir im Sinn hatten. Hingegen wußte ich nicht, welche der beiden Möglichkeiten schrecklicher für mich war: wenn Jamie in Culloden gestorben wäre oder wenn er überlebt hätte.

Dumpf hallten die Planken der Brücke unter unseren Füßen. Meine Arme schmerzten vom Gewicht der Bücher, die ich trug, und ich verlagerte den Stapel von einer Seite auf die andere. Ich warf einen Blick zurück, ob ich Brianna hinter uns entdeckte, aber sie war nicht zu sehen.

Roger und ich hatten den Nachmittag bei der Gesellschaft zur Bewahrung von Altertümern verbracht. Brianna war zum Archiv der Hochland-Clans gegangen, um eine Reihe von Dokumenten zu fotokopieren, die Roger aufgelistet hatte.

»Wie nett von Ihnen, daß Sie sich all diese Mühe machen, Roger«, sagte ich mit lauter Stimme, um den Lärm der Passanten und das Rauschen des Flusses zu übertönen.

»Schon gut«, erwiderte er ein wenig verlegen, während er wartete, bis ich ihn eingeholt hatte. »Ich bin ja selbst neugierig«, ergänzte er mit einem leichten Grinsen. »Sie wissen doch, wie Historiker sind. Ein ungelöstes Rätsel ist eine Qual für sie.« Er schüttelte sich das windzerzauste dunkle Haar aus der Stirn.

Ja, Historiker kannte ich wirklich. Schließlich hatte ich zwanzig Jahre mit einem zusammengelebt. Frank hatte sich mit diesem bestimmten Rätsel auch nicht abfinden können. Aber lösen wollte er es auch nicht. Doch Frank war nun schon seit zwei Jahren tot. Jetzt war es an mir – an mir und Brianna.

»Haben Sie Neuigkeiten von Dr. Linklater?« fragte ich, als wir die Brücken hinabstiegen. Zwar war der Nachmittag schon weit fortgeschritten, doch hier im Norden stand die Sonne noch hoch am Himmel. Sie warf ihr rötliches Licht auf das steinerne Denkmal für die Gefallenen des Zweiten Weltkriegs am Fuß der Brücke.

»Nein, ich habe erst vergangene Woche an ihn geschrieben. Wenn ich bis Montag nichts von ihm gehört habe, rufe ich ihn an. Keine Sorge...« – er lächelte mich von der Seite an –, »ich war sehr vorsichtig. Ich habe ihm geschrieben, ich bräuchte die Liste der jakobitischen Offiziere, die nach der Schlacht von Culloden in der Kate waren, für eine Studie, an der ich arbeite. Und wenn er irgendwelche Informationen über den überlebenden Soldaten hätte, möchte er mir die Quellen nennen.«

»Kennen Sie Linklater persönlich?« fragte ich und verlagerte den Bücherstapel auf die Hüfte.

»Nein, aber ich habe meine Anfrage auf dem Briefpapier des Balliol-College geschrieben und andeutungsweise durchblicken lassen, daß Mr. Cheesewright mein Tutor war. Und der kennt Linklater persönlich.« Als Roger mir zuversichtlich zublinzelte, mußte ich lachen.

Er hatte leuchtendgrüne Augen, die sich hell von seiner olivfarbenen Haut abhoben. Sicher bewog ihn hauptsächlich Neugier, Jamies Geschichte zu erforschen, doch ich wußte, daß sein Interesse an der Vergangenheit unserer Familie ein ganzes Stück tiefer ging – und zwar wegen Brianna. Außerdem wußte ich, daß dieses Interesse erwidert wurde.

Im Pfarrhaus des verstorbenen Reverends Wakefield ließ ich die Bücher erleichtert auf einen Tisch fallen und sank in den Ohrensessel am Kamin. Roger ging in die Küche, um mir ein Glas Limonade zu holen.

Mein Atem beruhigte sich, als ich die süße Erfrischung trank, doch nach wie vor schlug mein Herz schneller, sobald mein Blick auf den Berg Bücher fiel, den wir mitgebracht hatten. Würden sie von Jamie berichten? Und wenn…? Rasch verscheuchte ich die Gedanken. Denk nicht zu weit voraus, warnte ich mich. Warte lieber ab, was herauskommt.

Roger ließ seinen Blick prüfend über die Regale gleiten. Reverend Wakefield, Rogers verstorbener Adoptivvater, war nicht nur ein begeisterter Amateurhistoriker gewesen, sondern auch ein passionierter Sammler. Briefe, Zeitschriften, Bekanntmachungen, alte und zeitgenössische Werke – das alles war unsortiert in die Regale gestopft worden.

Roger zögerte. Dann legte er die Hand auf den Stapel, der auf einem Tischchen neben ihm lag. Franks Bücher – ein beeindruckendes Lebenswerk, den begeisterten Kommentaren auf den Schutzumschlägen nach zu urteilen.

»Haben Sie sie je gelesen?« fragte er, während er den Band mit dem Titel *Die Jakobiten* zur Hand nahm.

»Nein«, erwiderte ich. »Nein. Das habe ich nicht fertiggebracht.« Nach meiner Rückkehr hatte ich mich hartnäckig geweigert, irgend etwas anzusehen, was sich mit der Geschichte Schottlands befaßte, obwohl das achtzehnte Jahrhundert Franks Spezialgebiet gewesen war. Da ich zu wissen meinte, daß Jamie tot war, und ich ohne ihn leben mußte, ging ich allem aus dem Weg, was mich an ihn erinnern konnte. Ein nutzloses Unterfangen, da ich Tag für Tag durch Brianna an ihn erinnert wurde. Trotzdem, die Bücher über Bonnie Prince Charlie konnte ich nicht lesen.

»Das verstehe ich. Ich habe nur überlegt, ob wir möglicherweise etwas Nützliches darin finden.« Roger hielt inne, während rote Flecken auf seine Wangen traten. »Hat… äh, Ihr Mann… Frank meine ich«, fügte er hastig hinzu, »haben Sie ihm erzählt, was… äh… was…« Er verstummte und räusperte sich verlegen.

»Natürlich!« entgegnete ich ein wenig scharf. »Was denken Sie denn? Glauben Sie, ich bin nach den drei Jahren in sein Büro marschiert und habe gesagt: ›Hallo, Liebling, da bin ich! Was möchtest du heute zum Abendessen?‹«

»Nein, natürlich nicht«, murmelte Roger. Er wandte sich ab und starrte an die Wand. Sogar sein Nacken war rot vor Verlegenheit.

»Tut mir leid!« Ich holte tief Luft. »Eine berechtigte Frage. Nur rühren Sie damit an alte Wunden.« Und nicht nur das. Mich wunderte ja selbst, wie sehr die Wunde noch immer schmerzte.

»Ja«, bestätigte ich, »ich habe ihm alles erzählt. Von den Steinen, von Jamie. Alles.«

Roger schwieg einen Moment lang. Dann wandte er sich zur Seite, so daß sich sein markantes Profil vor mir abzeichnete. Er sah auf den Bücherstapel, auf die hintere Umschlagseite, wo Franks schönes, von dunklen Haaren umrahmtes Gesicht abgebildet war.

»Hat er Ihnen geglaubt?« fragte Roger leise.

»Nein«, sagte ich, »jedenfalls nicht zu Anfang. Er dachte, ich sei verrückt geworden, und ließ mich sogar von einem Psychiater untersuchen.« Ich lachte kurz auf, doch als ich an die Wut dachte, die ich damals verspürt hatte, ballte ich unwillkürlich die Fäuste.

»Und später?« Roger wandte mir das Gesicht zu. Die Röte war aus seinen Wangen gewichen; er wirkte jetzt nur noch neugierig. »Was hat er da gedacht?«

Ich holte tief Luft und schloß die Augen. »Das weiß ich nicht.«

In dem kleinen Krankenhaus von Inverness roch es nach Karbol und Wäschestärke.

Zum Denken fehlte mir die Kraft, und fühlen wollte ich nichts. Die Rückkehr aus der Vergangenheit war weitaus angsterregender gewesen als mein Übergang, denn damals hatte mich noch ein Schutzschild aus Zweifeln und Unglauben abgeschirmt. Und die Hoffnung, daß ich einen Ausweg finden würde. Nun wußte ich nur zu gut, wo ich war, und einen Ausweg gab es nicht. Jamie war tot.

Die Ärzte und Krankenschwestern gaben sich alle Mühe, freundlich zu mir zu sein. Sie fütterten mich und brachten mir zu trinken, aber in mir war nur Raum für Trauer und Entsetzen. Ich hatte ihnen meinen Namen genannt, aber ansonsten hüllte ich mich in Schweigen.

Ich lag in dem sauberen, weißen Bett, legte die ineinandergeschlungenen Finger auf meinen verletzlichen Bauch und schloß die Augen. Wieder und wieder beschwor ich vor meinem inneren Auge herauf, was ich zuletzt gesehen hatte, bevor ich durch die Steine ging – das verregnete Moor und Jamies Gesicht. Insgeheim preßte ich den einen Daumen gegen die Wurzel des anderen, suchte Trost in dem kleinen Schnitt, den ich dort spürte, die eingeritzten Linien des Buchstaben J. Jamie hatte es auf mein Verlangen hin getan –

die einzige Berührung von ihm, die auf meinem Körper verblieben war.

So lag ich lange Zeit. Manchmal schlief ich ein und träumte von den letzten Tagen des jakobitischen Aufstands – sah wieder den Toten im Wald, der unter seiner Decke aus blauem Pilz zu schlafen schien, sah Dougal MacKenzie im Dachkämmerchen von Culloden House sterben, sah die in Lumpen gekleideten Soldaten der Hochlandarmee in den Schlammgräben schlafen.

Dann erwachte ich mit einem Schrei, stöhnte auf, roch Karbol, hörte die beruhigenden Stimmen, deren Worte ich vor dem Hintergrund der gälischen Rufe aus meinen Träumen nicht verstand. Und ich ballte die Hände zu Fäusten, begrub darin meinen Schmerz, bevor ich wieder einschlief.

Und dann stand Frank in der Tür. Er strich sich mit der Hand das dunkle Haar aus der Stirn und sah mich unsicher an – kein Wunder, der Arme.

Ich ließ mich aufs Kissen zurücksinken und beobachtete ihn wortlos. Er ähnelte seinen Vorfahren Jonathan und Alex Randall – die gleichen feingemeißelten, klaren, aristokratischen Züge unter dichtem, dunklem Haar. Und doch unterschied er sich auf unbestimmte Weise von ihnen. Ihm fehlte sowohl die Angst als auch die Unbarmherzigkeit. Er wirkte weder durchgeistigt wie Alex noch eiskalt und arrogant wie Jonathan. Sein schmales Gesicht war einfach nur intelligent, freundlich und, da er sich nicht rasiert und Schatten unter den Augen hatte, müde. Auch ohne eine Erklärung wußte ich, daß er die Nacht durchgefahren war.

»Claire?« Er trat ans Bett. Seine Frage klang leise, als wäre er nicht sicher, ob ich auch wirklich die war, die er suchte.

Das wußte ich auch nicht so genau. Trotzdem nickte ich und sagte: »Hallo, Frank.« Meine Stimme war brüchig und rauh.

Er nahm meine Hand.

»Geht es... geht es dir gut?« fragte er nach einer Weile. Er runzelte die Stirn, als er mich ansah.

»Ich bekomme ein Kind.« Das schien mir in meiner Verwirrung das wichtigste. Ich hatte mir nie überlegt, was ich Frank sagen würde, sollte ich ihn je wiedertreffen, aber als ich ihn jetzt in der Tür stehen sah, wurde es mir plötzlich klar. Ich wollte ihm sagen, daß ich ein Kind erwartete. Dann würde er gehen, und ich wäre allein mit meinem letzten Bild von Jamie vor Augen und seinem brennenden Schnitt in meiner Hand.

Er versteifte sich etwas, ließ aber meine Hand nicht los. »Ich weiß. Das haben sie mir schon gesagt.« Er holte tief Luft und atmete seufzend wieder aus. »Claire, kannst du mir erzählen, was mit dir geschehen ist?«

Einen Augenblick überlegte ich ratlos, aber dann zuckte ich die Achseln.

»Ich denke schon.« Müde sammelte ich meine Gedanken. Ich wollte nicht darüber sprechen, aber irgendwie fühlte ich mich diesem Mann verpflichtet. Nicht aus Schuldgefühlen, sondern aus Anstand. Schließlich waren wir einmal verheiratet gewesen.

»Also«, sagte ich, »ich hab' mich in einen anderen verliebt und ihn geheiratet. Tut mir leid«, fügte ich hinzu, als ich sah, wie fassungslos er war. »Ich konnte nichts dagegen tun.«

Das hatte er nicht erwartet. Er riß den Mund auf und schloß ihn wieder. Gleichzeitig umklammerte er meine Hand so fest, daß ich aufstöhnte und sie frei machte.

»Was soll das heißen?« fragte er scharf. »Wo warst du, Claire?« Er stand auf und baute sich drohend vor mir auf.

»Weißt du noch? Als wir uns das letztemal gesehen haben, bin ich zum Steinkreis von Craigh na Dun aufgebrochen.«

»Ja, und?« Er starrte mich mit einer Mischung aus Wut und Zweifeln an.

»Nun…« – ich befeuchtete mir die trockenen Lippen – »Tatsache ist, daß ich durch die Steine hindurchgegangen und 1743 wieder herausgekommen bin.«

»Sei nicht albern, Claire!«

»Glaubst du etwa, ich mache Spaß?« Der Gedanke war so abwegig, daß ich lachen mußte, obwohl mir nicht im geringsten danach zumute war.

»Sei still!«

Ich verstummte. Wie durch Zauberhand erschienen zwei Krankenschwestern in der Tür, die offensichtlich auf dem Flur gewartet hatten. Frank beugte sich vor und griff meinen Arm.

»Hör mir gut zu«, zischte er. »Du sagst mir jetzt, wo du gewesen bist und was du getrieben hast!«

»Aber das habe ich doch! Laß mich los!« Ich richtete mich auf und wand meinen Arm aus seinem Griff. »Ich bin durch die Steine gegangen und zweihundert Jahre früher wieder herausgekommen. Dort habe ich übrigens deinen verdammten Ahnherren kennengelernt, Jonathan Randall.«

Fassungslos starrte Frank mich an. »Wen?«

»Jonathan Randall. Das war vielleicht ein widerlicher Sadist!«

Frank blieb der Mund offenstehen, und die Krankenschwestern sahen nicht besser aus. Vom Gang hörte ich eilige Schritte und Getuschel.

»Ich mußte Jamie Fraser heiraten, um mich vor Randall in Sicherheit zu bringen. Aber dann – es war stärker als ich, Frank! Ich habe ihn geliebt, und wenn es möglich gewesen wäre, wäre ich bei ihm geblieben. Aber er schickte mich zurück wegen Culloden und dem Kind...« Ich brach ab, weil ein Arzt an der Tür erschien und die Krankenschwestern beiseite schob.

»Frank«, sagte ich müde, »es tut mir leid. Ich habe das nicht gewollt und alles versucht, um zurückzukommen. Wirklich! Aber es ging nicht. Und jetzt ist es zu spät.«

Unwillkürlich füllten sich meine Augen mit Tränen. Vor allem wegen Jamie, mir und dem Kind, zum Teil aber auch wegen Frank. Ich schniefte und schluckte, dann setzte ich mich auf.

»Gut«, sagte ich. »Ich weiß, daß du jetzt nichts mehr mit mir zu tun haben willst, und ich mache dir da keine Vorwürfe. Laß mich... laß mich einfach allein, ja?«

Frank schwieg. Er wirkte jetzt nicht mehr wütend, sondern traurig und verwirrt. Ohne auf den Arzt zu achten, der meinen Puls maß, setzte er sich aufs Bett.

»Ich lasse dich nicht im Stich«, sagte er leise. Wieder griff er nach meiner Hand, obwohl ich sie fortzuziehen versuchte. »Dieser... dieser Jamie. Wie war er?«

Ich seufzte auf.

»James Alexander Malcolm MacKenzie Fraser.« Ich sprach die Worte so feierlich aus wie damals Jamie, als er mir seinen vollen Namen nannte – am Tag unserer Hochzeit. Bei dieser Erinnerung kullerte mir eine weitere Träne über die Wange.

»Er lebte im Hochland. Und er ist in Culloden umgekommen.« Es war sinnlos. Die Augen strömten mir über. Die Tränen brachten keine Linderung, waren jedoch die einzige Möglichkeit, wie ich dem unerträglichen Schmerz begegnen konnte. Ich beugte mich vor und rollte mich zusammen, schützte mit meinem Körper das winzige neue Leben in mir, das einzige Andenken, das mir an Jamie Fraser geblieben war.

Frank und der Arzt warfen sich einen Blick zu, den ich aus den Augenwinkeln mitbekam. Für sie war Culloden natürlich etwas aus ferner Vergangenheit. Aber ich war vor zwei Tagen noch dort gewesen.

»Vielleicht sollte Mrs. Randall ein wenig ruhen«, schlug der Arzt vor. »Das alles nimmt sie zu sehr mit.«

Frank wirkte unsicher. »Ja, schon, aber ich möchte wissen... was ist das, Claire?« Beim Streicheln meiner Hand war er auf den Silberring an meinem Finger gestoßen. Jetzt beugte er sich vor, um ihn genauer zu betrachten. Es war der Ring, den Jamie mir zur Hochzeit geschenkt hatte, der breite silberne Reif mit den verschlungenen Ornamenten des Hochlands und winzigen, stilisierten Distelblüten.

»Nein!« schrie ich voller Angst, als Frank ihn mir abzustreifen versuchte. Ich riß die Hand fort, versteckte sie an meinem Busen und schützte sie mit meiner Linken, an der ich Franks goldenen Ring trug. »Nein, du darfst ihn nicht haben. Ich gebe ihn dir nicht! Das ist mein Ehering!«

»Also Claire, jetzt...« Frank wurde von dem Arzt unterbrochen, der sich neben ihn gestellt hatte und ihm ins Ohr flüsterte. Ein paar seiner Worte konnte ich verstehen – »...Ihre Frau nicht weiter beunruhigen. Der Schock...« –, dann wurde Frank von dem Arzt, der den Schwestern im Vorbeigehen zunickte, resolut nach draußen geschoben.

Ich war zu sehr in meinem Kummer gefangen, um den Stich der Nadel zu spüren. Undeutlich hörte ich Franks Worte zum Abschied. »In Ordnung, Claire... aber du wirst es mir erzählen!« Dann umfing mich wohltuende Dunkelheit, und ich schlief lange, lange Zeit.

Roger hielt die Karaffe über das Glas und goß ein. Mit einem schwachen Lächeln reichte er es Claire.

»Fionas Großmutter hat immer gesagt, Whisky hilft gegen jeden Schmerz.«

»Es gibt schlimmere Medizin.«

Roger schenkte sich selbst ein Glas ein. Dann setzte er sich neben Claire und trank schweigend.

»Ich habe versucht, Frank fortzuschicken«, sagte sie plötzlich. »Hab' ihm gesagt, daß er unmöglich das gleiche für mich fühlen kann wie früher, was immer er auch von meiner Geschichte hält. Ich war zur Scheidung bereit, damit er sein Leben weiterführen konnte... das Leben, das er sich ohne mich aufgebaut hatte.«

»Aber das wollte er nicht«, stellte Roger fest. Mit dem Sonnenuntergang wurde es kühl im Arbeitszimmer, und Roger beugte sich vor, um das altmodische elektrische Kaminfeuer anzuschalten. »Weil Sie schwanger waren?« rätselte er.

Claire warf ihm einen scharfen Blick zu. Dann lächelte sie ironisch.

»Genau. Er hat gesagt, nur ein Lump würde eine schwangere, praktisch mittellose Frau im Stich lassen, besonders wenn ihr der Bezug zur Realität abhanden gekommen zu sein scheint«, fügte sie spöttisch hinzu. »Dabei war ich nicht mal ganz mittellos – ich hatte ein bißchen von Onkel Lamb geerbt. Aber Frank war auch kein Lump.« Ihr Blick glitt zum Tischchen, auf dem der Stapel mit den historischen Werken ihres Mannes im Lampenlicht schimmerte.

»Er war sehr anständig«, bestätigte sie leise. Sie trank einen Schluck Whisky und schloß die Augen. »Außerdem wußte oder ahnte er, daß er selbst keine Kinder zeugen konnte. Ein ziemlicher Schlag für einen Mann, der sich so viel mit Geschichte und Ahnenforschung beschäftigte.«

»Ich verstehe«, meinte Roger langsam. »Aber hat es ihm nichts ausgemacht, daß das Kind von einem anderen war?«

»Unter anderen Umständen wohl schon.« Ihre bernsteinfarbenen Augen waren weich vom Whisky und den Erinnerungen. »Aber da er nun einmal nicht glauben konnte, was ich ihm von Jamie erzählt hatte, war der Vater des Kindes praktisch eine unbekannte Größe. Und wenn er diesen Mann nicht kannte – und ich, so redete er sich ein, ebensowenig, da ich mir in meinem traumatischen Schock Hirngespinste ausgemalt hatte –, konnte auch niemand behaupten, das Kind sei nicht von ihm. Ich am allerwenigsten«, fügte sie mit einer Spur Bitterkeit hinzu.

»Aber um sicherzugehen, brachte er mich so schnell wie möglich fort. In die Vereinigten Staaten, nach Boston, wo niemand uns kannte. Man hatte ihm an der Universität Harvard eine gute Stelle angeboten. Und dort wurde Brianna dann geboren.«

Wütendes Schreien riß mich aus dem Schlaf. Nachdem ich in dieser Nacht fünfmal wegen des Babys aufgestanden war, hatte ich mich um halb sieben endlich wieder hinlegen können. Jetzt zeigte der Wecker sieben. Aus dem Badezimmer hörte ich über dem Rauschen des Wassers Franks fröhlichen Gesang.

Meine Glieder waren schwer vor Müdigkeit. Ich fragte mich, ob ich in der Lage wäre, das Schreien zu ertragen, bis Frank aus der Dusche kam und mir Brianna bringen konnte. Als hätte das Baby meine Gedanken erahnt, steigerte sich das Brüllen zu einem rhythmischen Kreischen. Ich schlug die Bettdecke zurück und sprang hoch.

Ich huschte über den eisigen Flur ins Kinderzimmer, wo die gerade drei Monate alte Brianna mit hochrotem Kopf auf dem Rücken lag und sich die Kehle aus dem Leib brüllte. Benommen vor Müdigkeit, brauchte ich einige Zeit, bis mir einfiel, daß ich sie zuvor auf den Bauch gelegt hatte.

»Liebling! Du hast dich umgedreht! Ganz allein!« Noch immer erschreckt über ihre Kühnheit, schwang Brianna die kleinen Fäuste, kniff die Augen zusammen und schrie aus vollem Halse.

Ich nahm sie hoch, streichelte ihr den Rücken und murmelte in ihr weiches rotes Haar.

»Ach, meine Süße! Was bist du doch für ein kluges Mädchen!«

»Was ist denn los?« Frank kam aus dem Badezimmer. Mit einem Handtuch trocknete er sich die Haare, ein anderes hatte er sich um die Hüften geschlungen. »Ist Brianna was passiert?«

Voller Sorge kam er auf uns zu. Als die Geburt näher rückte, waren wir beide, Frank und ich, überempfindlich gewesen – Frank war gereizt, und ich hatte Angst, weil ich nicht wußte, was sich zwischen uns abspielen würde, wenn Jamie Frasers Kind auf der Welt war. Aber als dann die Schwester Brianna aus dem Körbchen nahm, Frank in die Arme legte und dabei sagte: »Hier, meine Kleine, da ist dein Vati«, wurde sein Gesicht beim Anblick des winzigen rosigen Köpfchens weich vor Staunen. Innerhalb einer Woche hatte er sich ihr mit Haut und Haaren verschrieben.

*Lächelnd wandte ich mich zu ihm um. »Sie hat sich herumge-
rollt! Ganz allein!«*

*»Wirklich?« Strahlend vor Stolz rieb er sich über die Wange.
»Ist das nicht reichlich früh?«*

*»Doch. Dr. Spock sagt, das lernen sie frühestens mit vier Mo-
naten.«*

*»Ach, Dr. Spock hat keine Ahnung! Komm her, mein Kleines,
Vati gibt dir einen Kuß!« Er hob das weiche Bündel in seinem rosa
Strampelanzug hoch, schloß es in die Arme und küßte Brianna auf
die Nasenspitze. Sie mußte niesen, und wir beide lachten.*

*Ich hielt inne. Plötzlich wurde mir bewußt, daß ich zum erstem-
mal seit fast einem Jahr gelacht hatte. Mehr noch, zum erstenmal
mit Frank.*

*Ihm war das auch aufgefallen, und über Briannas Kopf hinweg
sah er mich an. Seine haselnußbraunen Augen waren in diesem
Augenblick voller Zärtlichkeit. Schüchtern lächelte ich. Mir wurde
bewußt, daß er fast nackt war. Auf der weichen, braunen Haut
seiner Brust perlte das Wasser ab.*

*Gleichzeitig merkten wir, daß es verbrannt roch. So wurden wir
aus unserem Moment des Familienglücks jäh wieder herausgeris-
sen.*

»Der Kaffee!«

*Nachdem mir Frank Brianna einfach in die Arme gedrückt
hatte, stob er in Richtung Küche davon. Beide Handtücher lagen
zu meinen Füßen. Beim Anblick seines nackten Hinterteils, das
mir in weißer Unschuld entgegenblitzte, mußte ich lächeln. Mit
Brianna auf der Schulter folgte ich ihm langsamer.*

*Nackt stand er vor der Spüle in der stinkenden Dampfwolke, die
von dem durchgeschmolzenen Kaffeekocher aufstieg.*

*»Wie wär's mit Tee?« fragte ich, während ich mir Brianna auf
die Hüfte setzte und den Küchenschrank durchwühlte. »Allerdings
ist kein Orange Pekoe mehr da. Es gibt nur noch Teebeutel.«*

*Frank, Engländer bis ins Mark, schnitt eine Grimasse. Teebeu-
tel waren eine Todsünde. Die unseren stammten von Mrs. Gross-
man, die einmal die Woche zum Putzen kam und lose Teeblätter
für eine Schweinerei hielt.*

*»Nein, ich trinke auf dem Weg zur Universität eine Tasse Kaf-
fee. Ach, übrigens, hast du daran gedacht, daß heute der Dekan*

und seine Frau zum Abendessen kommen? Mrs. Hinchcliffe will Brianna ein Geschenk mitbringen.«

»Natürlich«, erwiderte ich ohne echte Begeisterung. Ich war den Hinchcliffes bereits begegnet und verspürte kein großes Interesse, die Bekanntschaft zu erneuern. Mit einem stummen Seufzer setzte ich das Baby auf die andere Hüfte und nahm einen Stift, um die Einkaufsliste zusammenzustellen.

Brianna stupste mit ihrem Köpfchen an die Öffnung meines roten Morgenmantels und gab grunzende Laute von sich.

»Du hast doch nicht etwa schon wieder Hunger?« fragte ich ihren Scheitel. »Ich habe dich erst vor knapp zwei Stunden gestillt.« Aber aus meinen Brüsten tropfte es bereits, und ich setzte mich und öffnete den Bademantel.

»Mrs. Hinchcliffe meint, man sollte einem Baby nicht jedesmal zu essen geben, wenn es schreit«, bemerkte Frank. »Man verwöhnt sie, wenn man sich nicht an einen festen Zeitplan hält.«

Mrs. Hinchcliffes Ansichten zur Kindererziehung hörte ich nicht zum erstenmal.

»Dann verwöhnen wir sie eben«, entgegnete ich kalt. Briannas kleiner rosa Mund saugte sich fest, und gleich darauf trank sie mit ungerührtem Appetit. Mrs. Hinchcliffe hielt das Stillen für ordinär und unhygienisch. Aber nachdem ich im achtzehnten Jahrhundert zahllose Babys zufrieden an der Brust ihrer Mutter hatte nuckeln sehen, vertrat ich eine andere Ansicht.

Frank seufzte, sagte aber nichts mehr. Nach kurzem Zögern legte er den Topflappen aus der Hand und ging zur Tür.

»Gut«, sagte er unsicher, »dann sehen wir uns um sechs. Soll ich irgendwas mitbringen, damit du nicht einkaufen gehen mußt?«

Ich lächelte ihn an. »Nein, ich komme schon zurecht.«

»Prima.« Abwartend blieb er vor uns stehen. Ich rückte Brianna zurecht, und als ich dann hochblickte, sah ich, daß seine Augen auf meinem halbentblößten Busen ruhten.

Mein Blick glitt über seinen Körper, und ich bemerkte seine beginnende Erregung. Rasch senkte ich den Kopf, um zu verbergen, daß ich rot wurde.

»Auf Wiedersehen«, murmelte ich, ohne die Augen zu heben.

Nach kurzem Zögern beugte er sich herunter und küßte mich auf die Wange. Seine Nähe brachte mich ganz aus der Fassung.

»Auf Wiedersehen, Claire«, sagte er leise. »Bis heute abend.«

Da er nicht mehr in die Küche kam, bevor er sich auf den Weg machte, konnte ich beim Stillen wieder Ordnung in meine Gedanken bringen.

Seit meiner Rückkehr hatte ich Frank nicht mehr nackt gesehen, denn er zog sich im Bad oder in der Kleiderkammer um. Vor dem heutigen Tag hatte er mich auch nicht mehr geküßt. Da meine Schwangerschaft vom Frauenarzt als äußerst riskant eingestuft worden war, stand außer Frage, daß Frank und ich miteinander schliefen, selbst wenn ich den Wunsch danach verspürt hätte – was nicht der Fall war.

Ich hätte es eigentlich kommen sehen müssen. Aber ich war ausschließlich mit meinem inneren Elend und meiner Mutterschaft beschäftigt und hatte alles andere von mir gewiesen.

Auch Frank nahm Brianna in die Arme und spielte mit ihr, und oft genug schliefen sie dabei ein. Dann lag sie ausgestreckt auf seinem Leib, und sie schnarchten in friedlicher Eintracht. Aber zwischen ihm und mir gab es keine Berührungen oder Gespräche, die über den häuslichen Alltag hinausgingen – es sei denn, es handelte sich um Brianna.

Das Baby war unser gemeinsames Anliegen, ein Thema, über das wir miteinander in Verbindung traten und uns zugleich auf Abstand hielten. Jetzt schien es, als wäre Frank dieser Abstand zu groß.

Ich war wieder in der Lage dazu – körperlich zumindest. Bei meiner letzten Untersuchung vor einer Woche hatte mir der Arzt onkelhaft zugezwinkert und mir versichert, ich könnte die »Beziehungen« zu meinem Mann jederzeit wiederaufnehmen.

Frank hatte in meiner Abwesenheit nicht wie ein Mönch gelebt, das wußte ich. Er war zwar schon Ende Vierzig, aber mit seinem schlanken, drahtigen Körper und dem dunklen, feingeschnittenen Gesicht noch immer ein attraktiver Mann. Auf Partys umschwärmten ihn Frauen mit einem leisen Gesumm der Erregung.

Ein Mädchen, eine Braunhaarige, war mir auf der Fakultätsfeier besonders aufgefallen. Sie stand in der Ecke und starrte Frank mit traurigen Augen an. Später betrank sie sich und brach in Tränen aus, so daß zwei Freundinnen sie nach Hause bringen mußten, die sich dabei abwechselten, Frank und mir böse Blicke zuzuwerfen.

Allerdings verhielt er sich dabei so taktvoll wie möglich. Die Nacht verbrachte er stets zu Hause, und er achtete darauf, daß kein Lippenstift an seinem Kragen zu sehen war. Aber nun hatte ich den Eindruck, als wollte er wieder ganz nach Hause kommen. Wahrscheinlich hatte er ein Recht darauf, denn schließlich war ich wieder seine Frau.

Dabei gab es nur ein Problem: Es war nicht Frank, nach dem ich mich sehnte, wenn ich nachts aus dem Schlaf fuhr. Es war nicht sein Körper, den ich im Traum berührte und der mich erregte, so daß ich feucht und atemlos und mit klopfendem Herzen erwachte. Es war der, den ich nie wieder würde spüren können.

»Jamie«, flüsterte ich blind vor Tränen. »Ach, Jamie!«

Es wurde kein besonders guter Tag. Brianna war wund und so quengelig, daß ich sie alle paar Minuten hochnehmen mußte. Entweder trank sie an der Brust, oder sie schrie, und in den Pausen dazwischen verzierte sie meine Bluse mit Milchflecken, so daß ich mich um elf bereits das drittemal umgezogen hatte.

Der feste Stillbüstenhalter, den ich trug, scheuerte in den Achselhöhlen, und meine Brustwarzen fühlten sich kalt und rissig an. Als ich beim Saubermachen war, hörte ich plötzlich ein Scheppern und Knacken, und mit einem müden Seufzer gab das Gebläse der Heizung den Geist auf.

»Nein, nächste Woche ist es zu spät«, erklärte ich dem Monteur am Telefon. Ich sah aus dem Fenster, wo der kalte Februarnebel lauerte. »Hier drinnen sind kaum noch sechs Grad, und ich habe ein Baby von drei Monaten.« Das betreffende Baby lag in seiner Wippe und schrie wie ein abgestochenes Ferkel. Ohne auf die Erklärungen am anderen Ende der Leitung zu achten, hielt ich den Hörer einen Moment lang vor Briannas aufgerissenen Mund.

»Verstehen Sie?« fragte ich den Mann am anderen Ende.

»In Ordnung, Gnädigste«, sagte die müde Stimme. »Irgendwann zwischen zwölf und sechs Uhr abends komme ich vorbei.«

»Zwischen zwölf und sechs? Können Sie das nicht ein bißchen genauer sagen? Ich muß noch einkaufen«, hielt ich ihm entgegen.

»Sie sind nicht die einzige mit einer kaputten Heizung, meine Gute«, erklärte die Stimme entschieden. Ein Blick auf die Uhr: halb zwölf. In einer halben Stunde war der Einkauf nicht zu schaf-

fen. Zähneknirschend ließ ich mir die Sachen, die wir für das Abendessen brauchten, von einem teuren Geschäft ins Haus bringen. Dann nahm ich Brianna auf, die inzwischen dunkelrot angelaufen war und ziemlich stank.

»Das sieht ja schrecklich aus, Liebes! Gleich wird's besser, wenn du das los bist!« versuchte ich zu trösten, während ich die gelbbraune Masse von ihrem leuchtendroten Popo wischte. Sie bäumte sich auf und brüllte noch lauter. Eine Schicht Vaseline und die zehnte saubere Windel an diesem Tag. Der Windeldienst würde erst morgen kommen, und im ganzen Haus roch es nach Ammoniak.

»Ist ja gut, meine Süße, ist ja gut!« Ich legte sie mir über die Schulter und klopfte ihr auf den Rücken, aber sie wollte keine Ruhe geben.

Länger als zehn Minuten schlief sie nicht am Stück. Ich infolgedessen auch nicht. Nachdem wir gemeinsam gegen vier eingenickt waren, weckte uns eine Viertelstunde später der Heizungsmonteur, der polternd an die Haustür bollerte.

Also begann ich, Brianna auf dem Arm, einhändig das Essen für die Abendeinladung zu kochen – in meinen Ohren ihr Kreischen und das lautstarke Werkeln des Monteurs im Keller.

»Versprechen kann ich nichts, Gnädigste, aber erst mal funktioniert sie wieder.« Ohne Vorwarnung stand der Mann in der Küche und wischte sich eine Ölspur von der Stirn. Dann beugte er sich vor und betrachtete Brianna, die an meiner Schulter ruhte und geräuschvoll am Daumen nuckelte.

»Na, schmeckt der Finger?« erkundigte er sich. »Wissen Sie was? Das sollten Sie ihr nicht durchgehen lassen. Davon kriegt sie schiefe Zähne.«

Ich knirschte mit den meinen und fragte: »Ach ja? Was bin ich Ihnen schuldig?«

Eine halbe Stunde später lag das Hähnchen in einem Bett aus Knoblauchpaste, Rosmarinzweigen und Limonenschale in der Pfanne. Nur noch ein paar Spritzer Zitronensaft, und ich konnte es in den Ofen schieben, bevor ich Brianna und mich umzog. Die Küche sah aus, als hätten Einbrecher darin gewütet: Schranktüren standen offen, und auf jeder freien Fläche stapelten sich Kochutensilien und Geschirr. Ich schloß die Küchentür und hoffte darauf, daß sich Mrs. Hinchcliffe davon würde aufhalten lassen.

Frank hatte Brianna ein neues rosa Kleidchen gekauft. Obwohl es niedlich war, beäugte ich die Spitzenbordüre am Halsausschnitt skeptisch. Sie schien nicht nur zu kratzen, sondern wirkte auch ausgesprochen empfindlich.

»Na, wir versuchen es mal!« erklärte ich Brianna. »Daddy möchte, daß du dich hübsch machst. Aber spuck bitte nicht drauf.«

Zur Antwort kniff Brianna die Augen zu, rülpste und sabberte.

»Oh, fein gemacht!« sagte ich, keineswegs ironisch. Nun mußte ich zwar ihr Bettuch wechseln, aber besser, es kam oben heraus als unten. Nachdem ich das Bett bezogen und sie frisch gewickelt hatte, schüttelte ich das rosa Kleidchen aus, wischte ihr sorgfältig das Gesicht sauber und ließ ihr das Kleid über den Kopf fallen. Sie blinzelte verwundert, gurgelte verführerisch und ruderte mit den Ärmchen.

Gehorsam bückte ich mich und blies auf ihren Nabel. Brianna juchzte und kicherte vor Freude. Nach ein paar Wiederholungen dieses Spiels machte ich mich an die mühselige Arbeit, ihr das Kleid anzuziehen.

Sehr zum Unmut von Brianna. Sie beschwerte sich, als ich es ihr über den Kopf streifte. Und als ich ihre dicken Arme in die Puffärmel schob, stieß sie einen gellenden Schrei aus.

»Was ist los?« fragte ich verwundert. »Was hast du, mein Liebling?«

Sie schrie aus vollem Halse. Erschreckt drehte ich sie um und klopfte ihr auf den Rücken. Zuerst dachte ich, sie hätte eine dieser Koliken, aber sie krümmte sich nicht zusammen. Allerdings zappelte sie heftig, und als ich sie aufnahm, sah ich den langen, roten Strich auf der zarten Unterseite ihres Arms. Im Kleidchen hatte noch eine Nadel gesteckt, und die hatte ihr den Arm zerkratzt.

»Oh, mein Kleines! Entschuldige bitte! Tut mir leid!« Tränen traten mir in die Augen, als ich die Nadel suchte und herauszog.

»Oh, Schätzchen«, murmelte ich. »Jetzt ist es wieder gut! Mami hat dich lieb, hörst du?« Mühsam zog ich Brianna das Kleid an, wischte ihr das Gesicht trocken und trug sie in unser Schlafzimmer, wo ich sie auf das Doppelbett legte. Hastig schlüpfte ich in einen guten Rock und eine frische Bluse.

Als ich mir die Strümpfe anzog, klingelte es an der Haustür. Ich zwängte mich in meine engen Krokodillederschuhe, nahm Brianna auf und ging zur Tür.

Es war Frank, der wegen der vielen Tüten, die er im Arm trug, nicht hatte aufschließen können. Mit meiner freien Hand nahm ich ihm die meisten davon ab und stellte sie auf den Tisch im Flur.

»Ist das Essen fertig, Liebling? Ich habe eine neue Tischdecke und Servietten mitgebracht. Unsere waren schon ein bißchen schäbig. Und den Wein natürlich.« Lächelnd hielt er die Flasche in die Höhe. Dann sah er mich und hörte zu lächeln auf. Mißbilligend musterte er mein zerzaustes Haar und die Bluse mit den allerneuesten Milchflecken.

»Himmel, Claire!« stöhnte er. »Hättest du dich nicht ein wenig zurechtmachen können? Ich meine, schließlich hast du ja den ganzen Tag nichts anderes zu tun. Hättest du nicht die paar Minuten...«

»Nein!« erwiderte ich ziemlich laut. Ich schob ihm Brianna, die schon wieder wimmerte, in die Arme.

»Nein!« wiederholte ich und nahm ihm die Weinflasche aus der Hand.

»Nein!« schrie ich und stampfte mit dem Fuß auf. In weitem Bogen holte ich mit der Flasche aus, doch da Frank sich rasch duckte, traf ich nicht ihn, sondern den Türpfosten. Ein purpurroter Regen Beaujolais ergoß sich auf die Stufen und hinterließ glitzernde Scherben.

Ich schleuderte den Flaschenhals in die Azaleen und lief ohne Mantel in den Nebel. An der Gartenpforte stieß ich auf die verdutzten Hinchcliffes, die eine halbe Stunde zu früh kamen. Wahrscheinlich wollten sie mich bei einer hausfraulichen Unzulänglichkeit ertappen. Hoffentlich ließen sie sich das Essen gut schmecken.

Ziellos fuhr ich durch den Nebel, bis das Benzin knapp wurde. Aber noch wollte ich nicht nach Hause. In ein Café vielleicht, das rund um die Uhr geöffnet hatte? Dann fiel mir ein, daß es Freitag und beinahe schon Mitternacht war. Es gab einen Ort, wo ich mich hinwenden konnte. Ich wendete und fuhr in unseren Vorort zurück, zur Kirche Sankt Finbar.

Die Kirche war zu dieser Stunde schon abgeschlossen, aber es gab ein Nummernschloß unter dem Türknauf, das nächtlichen Kirchgängern den Eintritt ermöglichte. Leise huschte ich hinein.

Frank hatte sich über meine Besuche in Sankt Finbar gewundert.
»Was ich nicht verstehe, ist, nun...«, hatte er sich so taktvoll wie
möglich erkundigt, »wieso dir diese Sache mit der ewigen Anbe-
tung so wichtig ist. Früher warst du doch auch nicht so fromm, ge-
nausowenig wie ich. Und die Messe besuchst du auch nicht. Pater
Beggs fragt mich jede Woche nach dir.«

Ich schüttelte den Kopf. »Das kann ich nicht erklären, Frank.
Irgendwie... brauche ich das.« Hilflos sah ich ihn an. »Dort...
dort finde ich Frieden.«

Er öffnete den Mund, als wollte er noch etwas sagen, aber dann
wandte er sich kopfschüttelnd ab.

Hier konnte ich wirklich Frieden finden. Der Parkplatz an der
Kirche war bis auf den Wagen des Gläubigen, der von elf bis zwölf
beim Allerheiligsten wachte, leer gewesen. Jetzt hustete ich leise,
um den Mann auf mich aufmerksam zu machen, ohne ihn direkt
anzusprechen. Dann kniete ich mich hinter ihn. Nach einer Weile
stand er auf, ging vor dem Altar kurz in die Knie und nickte mir
zu, als er an mir vorbei zur Tür schritt.

Sie fiel ins Schloß, und ich war allein vor dem Altarsakrament,
dem mächtigen goldenen Strahlenbündel der Monstranz. Auf dem
Altar standen zwei riesige Kerzen, deren Flammen einen weichen
Lichtschein warfen. Ich schloß die Augen und lauschte der Stille.

In einem Schwall von Gedanken und Gefühlen stürmten die Er-
lebnisse des Tages auf mich ein.

Aber irgendwann – wie immer, wenn ich hier war – kamen
meine Gedanken zur Ruhe. Ob es daran lag, daß hier, im Ange-
sicht der Ewigkeit, die Zeit stehenblieb, oder daran, daß mich die
Müdigkeit überwältigte, konnte ich nicht sagen. Doch meine
Schuldgefühle Frank gegenüber und meine Trauer um Jamie ließen
nach, und sogar das ständige Verantwortungsgefühl der Mutter-
schaft verebbte in der abgedunkelten Kirche zu einem Hinter-
grundgeräusch, nicht lauter als das regelmäßige und tröstliche Po-
chen meines Herzens.

»Vater im Himmel«, flüsterte ich, »nimm dich der Seele deines
Dieners Jamie an.« Und meiner, fügte ich stumm hinzu.

Reglos saß ich da und starrte in den Kerzenschein vor dem Gold-
bogen der Monstranz, bis ich hinter mir den nächsten Gläubigen
den Gang entlangkommen hörte. Die Dielen knarrten, als er vor

dem Altar die Knie beugte. Sie kamen zu jeder Stunde: Das heilige Sakrament blieb nie allein.

Nach einigen Minuten verließ ich die Bank. Auf meinem Weg zur Tür sah ich im Schatten der Statue des heiligen Antonius eine Gestalt. Als ich näher kam, stand der Mann auf und trat auf mich zu.

»Was machst du hier?« flüsterte ich.

Frank wies mit dem Kopf auf den Gläubigen, der kniend betete, und nahm meinen Ellenbogen, um mich nach draußen zu führen.

Ich wartete, bis die Kirchentür hinter uns ins Schloß gefallen war. Dann wirbelte ich herum und stellte ihn zur Rede.

»Was soll das?« fragte ich wütend. »Warum bist du mir nachgefahren?«

»Ich habe mir Sorgen gemacht. Es ist gefährlich, wenn eine Frau spät abends in dieser Gegend allein unterwegs ist. Ich wollte dich nach Hause bringen. Mehr nicht.«

Er erwähnte weder die Hinchcliffes noch unsere Abendeinladung. Und so verebbte meine Wut etwas.

»Aha! Was hast du mit Brianna gemacht?«

»Ich habe die alte Mrs. Munsing von nebenan gebeten, nach ihr zu sehen, wenn sie sie schreien hört. Aber die Kleine hat fest geschlafen, also wird wohl nichts passieren. Komm jetzt, es ist kalt hier draußen.«

Das war es wirklich. Die feuchte Meeresluft war zu Schneeflocken gefroren, die um die Bogenlampen tanzten. Ich zitterte in meiner dünnen Bluse.

»Gut, dann sehen wir uns zu Hause«, sagte ich.

Im Kinderzimmer umfing mich gemütliche Wärme. Brianna schlief noch, aber sie wurde allmählich unruhig. Ihr kleiner, rotbeflaumter Kopf drehte sich von einer Seite auf die andere, und sie schnappte wie ein Fisch auf dem Trockenen.

»Sie hat schon wieder Hunger«, flüsterte ich Frank zu, der sich hinter mich gestellt hatte und voller Begeisterung auf das Baby blickte. »Ich stille sie besser noch mal, bevor ich zu Bett gehe. Dann schläft sie morgen früh länger.«

»Ich mache dir was Heißes zu trinken«, erbot er sich und verschwand in Richtung Küche, als ich das weiche, warme Bündel hochnahm.

Brianna war schon satt, nachdem sie eine Seite leer getrunken hatte. Schlaff sank ihr Kopf auf meinen Arm. Weder sanftes Schütteln noch Rufen konnte sie dazu bewegen, auch an der anderen Seite zu trinken. So gab ich es auf, legte sie in die Wiege zurück und rieb ihr den Rücken, bis sie ein zufriedenes Bäuerchen gemacht hatte. Dann hörte ich nur noch ihre ruhigen, gleichmäßigen Atemzüge.

»Diese Nacht haben wir wohl Ruhe, oder?« Frank zog die gelbe Häschendecke über Brianna.

»Ja.« Ich ließ mich in den Schaukelstuhl sinken, da ich viel zu müde und erschöpft war, um wieder aufzustehen. Frank stellte sich hinter mich und legte mir die Hand auf die Schulter.

»Ist er tot?« fragte er leise.

Das habe ich dir doch schon gesagt, wollte ich auffahren. Aber dann beherrschte ich mich. Ich nickte stumm, schaukelte vor mich hin und betrachtete schweigend die Wiege und ihre Bewohnerin.

Meine rechte Brust war so prall, daß sie schmerzte. Bevor ich sie nicht versorgt hatte, war an Schlafen nicht zu denken, mochte ich auch noch so müde sein. Mit einem bedauernden Seufzer griff ich nach der Milchpumpe, einem lächerlich aussehenden Gerät mit einem Gummiballon. Ihr Einsatz war weder schön anzusehen noch angenehm, doch lieber das, als nach einer Stunde vor Schmerzen und in einer Milchlache aufzuwachen.

Ich gab Frank mit der Hand zu verstehen, daß ich ihn nicht mehr brauchte. »Geh schon vor! Es dauert nur ein paar Minuten, aber ich muß erst...«

Doch er nahm mir die Milchpumpe ab und stellte sie auf den Tisch. Wie aus eigenem Antrieb legten sich seine Finger sanft auf die Rundung meiner geschwollenen Brust.

Dann senkte er den Kopf und umschloß die Warze mit den Lippen. Ich stöhnte auf, als ich das prickelnde Fließen der Milch spürte. Drängend schob ich seinen Kopf ein wenig näher an meinen Körper.

»Fester«, flüsterte ich. Seine Lippen waren weich und sanft, ganz anders als der Griff des harten, zahnlosen Babygaumens, der sich gierig festsaugte und erst wieder losließ, wenn der Hunger gestillt war.

Wie ein Bittsteller kniete Frank vor mir. War es dies, was Gott *bewegte – Erbarmen und Mitgefühl? Die Müdigkeit hatte mich in einen Nebelschleier gehüllt, und mir kam es vor, als liefen die Dinge in Zeitlupe ab – oder unter Wasser. Franks Hände fuhren auf mich zu wie Wogen, trieben in der Strömung, streichelten zärtlich wie Seegras über meinen Körper, hoben mich auf mit der Kraft der Dünung und legten mich auf dem Teppich im Kinderzimmer, meinem Strand, nieder. Ich schloß die Augen und ließ mich von der Flut davontragen.*

Das Quietschen der alten Eingangstür verkündete, daß Brianna in das Pfarrhaus zurückgekehrt war. Kaum hörte Roger Frauenstimmen, da war er auch schon auf den Beinen und in den Flur geeilt.

»Ein Pfund gute Butter, wie Sie es bestellt haben. Aber ich frage mich, ob es auch weniger gute oder schlechte Butter gibt.« Brianna, die Fiona ihre Päckchen reichte, redete und lachte zugleich.

»Haben Sie die bei dem alten Schlitzohr Wicklow gekauft? Der jubelt einem bloß schlechte Sachen unter, ganz egal, was er behauptet«, fiel Fiona ihr ins Wort. »Ach, prima, Sie haben ja auch Zimt mitgebracht! Dann backe ich heute Zimtkuchen. Wollen Sie mir dabei zusehen?«

»Ja, aber zuerst muß ich was essen. Mir knurrt der Magen.« Brianna stellte sich auf die Zehenspitzen und spähte erwartungsvoll in die Küche. »Was gibt's denn? Haggis?«

»Haggis? Gütiger Gott, typisch Sassenach! Im Frühling gibt es kein Haggis. Das ißt man im Herbst, wenn die Schafe geschlachtet werden.«

»Bin ich eine Sassenach?« Brianna schien entzückt über diesen Titel.

»Na, was denn sonst? Aber ich mag Sie trotzdem.« Fröhlich strahlte die kleine Schottin die rothaarige Frau an, die sie um einen Kopf überragte. Fiona war neunzehn, hübsch und wohlgerundet, und neben ihr wirkte Brianna wie eine Statue aus dem Mittelalter, kräftig und ernst. Mit der schmalen, geraden Nase, den langen roten Haaren, die im Licht der Flurlampe golden aufschimmerten, schien sie geradewegs einer illuminierten Handschrift entsprungen zu sein.

Jetzt erst merkte Roger, daß Claire Randell neben ihm stand. Sie betrachtete ihre Tochter mit einer Mischung aus Liebe, Stolz und noch etwas – vielleicht Gefühlen; geweckt durch die Erinnerung? Plötzlich wurde ihm klar, daß Jamie Fraser seiner Tochter nicht nur die beachtliche Größe und das rote Haar vererbt hatte, sondern wohl auch die starke persönliche Ausstrahlung.

Seltsam, dachte er. Brianna tat und sagte nicht mehr oder weniger als andere, und trotzdem fühlten sich die Leute von ihr magisch angezogen. Ihm ging es nicht anders. Kaum hatte Brianna sich zu ihm umgewandt und ihn angelächelt, da trat er so nahe zu ihr hin, daß er die blassen Sommersprossen auf ihrer Wange sehen und den leichten Tabakduft riechen konnte, den sie von ihrem Streifzug durch die Geschäfte mitgebracht hatte.

»Hallo«, sagte er grinsend. »Etwas erreicht im Archiv der Clans? Oder warst du zu sehr damit beschäftigt, für Fiona das Laufmädel zu spielen?«

»Was?« In Briannas Augen tanzten fröhliche Lichtpunkte. »Erst bin ich eine Sassenach und dann noch das Laufmädel? Was sagt ihr Schotten denn, wenn ihr zur Abwechslung mal nett sein wollt?«

»Darrrrrling«, sagte er mit so stark gerolltem R, daß die beiden jungen Frauen losprusteten.

»Sie klingen wie ein übellauniger Terrier«, bemerkte Claire. »Was hast du im Archiv gefunden, Brianna?«

»Jede Menge«, erwiderte ihre Tochter und schwenkte den Stapel Fotokopien, den sie mitgebracht hatte. »Die meisten konnte ich schon lesen, während sie die Dokumente kopiert haben. Und dies ist wohl das interessanteste.« Sie zog ein Blatt heraus und gab es Roger.

Es war eine Kopie aus einem Band mit Sagen des Hochlands. »Leap O'the Cask – Das entsprungene Fäßchen«, lautete der Titel.

»Sagen?« fragte Claire, die Roger über die Schulter sah. »Glauben Sie, daß wir damit etwas anfangen können?«

»Eventuell.« Roger konzentrierte sich auf die Seite und sprach etwas abwesend. »Im schottischen Hochland wurden die Sagen bis ins neunzehnte Jahrhundert mündlich überliefert. Dabei machte man keinen großen Unterschied, ob die Helden wirklich gelebt haben oder ob es dabei um Fabelwesen wie Wasserpferde, Gespenster und Feen ging. Und so wußten auch die Gelehrten, die sie aufgeschrieben haben, oft nicht genau, was sie da vor sich hatten.

Manchmal war es eine Mischung aus Fakten und Märchen. Nur gelegentlich konnte man sicher sein, daß da tatsächliche Ereignisse beschrieben wurden.

Aber dies hier...« – er reichte Claire die Kopie – »scheint eine wahre Geschichte zu sein. Sie erzählt, wie eine bestimmte Felsformation im Hochland zu ihrem Namen kam.«

Claire strich sich die Haare hinters Ohr und beugte sich über das Blatt. Fiona, die schon zu viel von alten Dokumenten und langweiligen Begebenheiten der Vergangenheit gehört hatte, um sich noch dafür zu interessieren, verschwand in der Küche.

»›Leap O'the Cask‹«, las Claire. »›Diese ungewöhnliche Felsformation ist nach dem Schicksal eines namhaften Jakobiten und seines Dieners benannt. Dieser Jakobit, einer der wenigen, die dem Unheil von Culloden entkommen konnten, schlug sich zu seinem Hof durch. Aber weil die Engländer auf der Suche nach geflüchteten Anhängern von Charles Stuart immer wieder das Land durchkämmten, war er gezwungen, sich sieben Jahre lang in einer Höhle auf seinem Grund und Boden zu verbergen. Die Pächter hielten das Versteck ihres Herrn geheim, brachten ihm Essen und Vorräte und achteten darauf, von ihm nur als »Braunkappe« zu reden, damit er nicht durch einen unglücklichen Zufall an eine englische Patrouille verraten wurde.

Eines Tages stieß ein Junge, der sich mit einem Fäßchen Bier auf dem Weg zur Höhle des Einsiedlers befand, auf einen Trupp englischer Dragoner. Tapfer schwieg er auf ihre Fragen und weigerte sich, seine Fracht herauszugeben. Schließlich setzte ihm einer der Dragoner körperlich so zu, daß er das Faß fallen ließ. Es kullerte den Abhang hinunter in den Bach.‹«

Claire ließ das Blatt sinken und sah ihre Tochter fragend an.

»Wozu diese Geschichte? Wir wissen – oder wir glauben zu wissen«, verbesserte sie sich mit einem Blick auf Roger, »daß Jamie Culloden überlebt hat. Aber das haben viele andere auch. Wieso meinst du, daß es sich bei diesem Mann um Jamie handelt?«

»Na, wegen der Braunkappe natürlich«, erwiderte Brianna, als läge das auf der Hand.

»Was?« fragte Roger. »Wegen der Braunkappe?«

Anstatt zu antworten, griff sich Brianna in ihr volles rotes Haar und hielt eine Strähne in die Höhe.

»Eine braune Kappe!« rief sie ungeduldig. »Tarnfarbe. Er trug die ganze Zeit eine braune Mütze, weil man ihn an seinem Haar erkannt hätte. Habt ihr nicht gesagt, daß er bei den Engländern der rote Jamie hieß? Und deshalb mußte er sein rotes Haar verstecken.«

Roger starrte sie sprachlos an. Die Locken, die ihr ungebändigt auf die Schultern fielen, schienen Funken zu sprühen.

»Du könntest recht haben«, meinte Claire mit vor Aufregung leuchtenden Augen. »Jamies Haar war genauso rot wie deins.« Sanft strich sie ihrer Tochter über den Kopf. Das Gesicht der jungen Frau wurde weich, als sie auf ihre Mutter heruntersah.

»Ich weiß«, sagte sie. »Ich habe versucht, ihn mir vorzustellen, als ich die Geschichte las.« Sie räusperte sich, als hätte sie einen Frosch im Hals. »Ich sah ihn vor mir, draußen auf der Heide, mit leuchtendroten Haaren. Du hast erzählt, daß er schon öfter auf der Flucht war, und deshalb... deshalb, so dachte ich, hat er wohl gewußt, daß er sein Haar verstecken muß, wenn er nicht gefangen werden will.«

»Stimmt«, meinte Roger munter, um die Schatten aus Briannas Augen zu vertreiben, »eine interessante Hypothese. Vielleicht finden wir Fakten, die sie bestätigen. Wenn wir beispielsweise die Höhle namens ›Leap O'the Cask‹ auf einer Karte...«

»Denkst du, ich bin dumm?« fiel ihm Brianna verächtlich ins Wort. Sie wirkte gar nicht mehr gedrückt. »Deshalb komme ich ja so spät. Ich habe mir von der Angestellten jede Karte der Highlands vorlegen lassen, die sie finden konnte.« Sie zog eine andere Fotokopie aus dem Stapel und zeigte triumphierend auf die obere Ecke des Blattes.

»Seht ihr? Die Höhle ist so klein, daß sie die meisten Karten nicht verzeichnet haben. Aber auf dieser hier steht sie. Da liegt das Dörfchen Broch Mordha, von dem Mama sagt, daß es in der Nähe von Lallybroch liegt, und dort...« – sie zeigte auf einen mikroskopisch kleinen Schriftzug etwa einen Zentimeter entfernt – »liegt die Felsformation. Jamie ist nach Lallybroch zurückgegangen und hat sich dort versteckt.«

»Leider besitze ich keine Lupe, daher muß ich dir wohl glauben, daß dort ›Leap O'the Cask‹ steht«, sagte Roger, während er sich aufrichtete. Er lächelte Brianna an. »Gratuliere! Sieht so aus, als ob du ihn gefunden hättest.«

Brianna strahlte. »Ja«, sagte sie weich. Zärtlich strich sie mit dem Finger über die zwei Bögen. »Mein Vater.«

Claire drückte ihrer Tochter die Hand. »Wie schön, daß du nicht nur die Haare deines Vaters, sondern auch den klugen Kopf deiner Mutter geerbt hast. Da gibt es bei Fionas Abendessen ja einiges zu feiern!«

»Gute Arbeit«, lobte Roger, als er und Brianna Claire ins Speisezimmer folgten. Er schlang ihr den Arm um die Taille. »Du kannst stolz sein.«

»Danke«, erwiderte sie lächelnd. Doch gleich darauf wurde ihr Gesicht wieder ernst.

»Was ist?« fragte Roger und blieb im Flur stehen.

»Ich weiß nicht recht.« Nachdenklich runzelte Brianna die Stirn. »Ich habe mir nur überlegt... ich versuche mir vorzustellen, wie das für ihn war, sieben Jahre in einer Höhle zu leben. Und was danach geschehen ist.«

Impulsiv beugte Roger sich vor und küßte sie zart auf die Stirn.

»Das weiß ich nicht, Liebes. Aber vielleicht finden wir das auch noch heraus.«

ZWEITER TEIL

Lallybroch

4

Braunkappe

Lallybroch, November 1752

Einmal im Monat, nachdem ihm einer der Jungen mitgeteilt hatte, daß keine Gefahr bestand, ging er ins Haus, um sich zu rasieren. Immer nur nachts, und gewöhnlich schlich er wie ein Fuchs auf Beutezug durch die Dunkelheit. Aber dieser kleine Tribut an ein zivilisiertes Leben schien ihm notwendig.

Wie ein Schatten huschte er in die Küche, wo ihn Ian mit einem Lächeln oder seine Schwester mit einem Kuß begrüßte, und schon begann seine Verwandlung. Ein Kessel mit heißem Wasser kochte auf dem Herd, und auf dem Tisch lagen ein frisch geschärftes Rasiermesser und was immer als Rasierseife zur Verfügung stand – wenn sein Vetter Jared aus Frankreich ein Päckchen geschickt hatte, war es echte Seife, sonst halb ausgelassener Talg mit Lauge.

Sobald er den Duft der Küche einatmete, begann die Verwandlung. Aber erst wenn er mit der Zeremonie des Rasierens fertig war, fühlte er sich wieder wie ein Mensch.

Sie hatten sich daran gewöhnt, daß er erst reden mochte, wenn er sich rasiert hatte: Nach einem Monat Einsamkeit fiel ihm das Sprechen schwer. Nicht, daß ihm nichts eingefallen wäre. Aber die Worte steckten in der Kehle wie Balken und behinderten sich gegenseitig, denn er wollte sie alle in der kurzen Zeit, die ihm zur Verfügung stand, loswerden. Deshalb brauchte er immer erst einige Minuten, um seine Gedanken zu ordnen.

Zum einen wollte er wissen, was alles geschehen war – wie viele englische Patrouillen durch die Gegend streiften, wer festgenommen worden war, wem in England und London der Prozeß gemacht wurde. Aber das konnte warten. Lieber sprach er erst mit Ian über das Gut und mit Jenny über die Kinder. Wenn es sicher

schien, holte man die Kleinen herbei, damit sie ihren Onkel verschlafen umarmen und küssen konnten, bevor sie wieder in ihre
Betten stolperten.

»Er wird jetzt bald zum Mann«, waren im September Jamies erste Worte. Dabei wies er mit dem Kopf auf Jennys ältesten Sohn,
der seinen Namen trug.

»Ja, noch einer, um den ich mir Sorgen machen muß«, entgegnete Jenny. Doch der Stolz, mit dem sie ihrem zehnjährigen Sohn
im Vorbeigehen über die Schulter strich, strafte ihre Worte Lügen.

»Hast du von Ian gehört?« fragte Jamie. Sein Schwager, der
unter dem Verdacht stand, ein Anhänger der Jakobiten zu sein,
war vor drei Wochen zum viertenmal verhaftet und nach Inverness
gebracht worden.

Kopfschüttelnd stellte Jenny eine abgedeckte Schale vor Jamie
auf den Tisch, aus der es verlockend nach Rebhuhnpastete duftete.
Jamie lief das Wasser im Munde zusammen.

»Wir brauchen keine Angst um ihn zu haben«, erklärte Jenny.
Doch die Falte zwischen ihren Brauen wurde tiefer. »Ich habe Fergus nach Inverness geschickt, damit er die Übertragungsurkunde
und Ians Entlassungspapiere aus der Armee vorzeigt. Sie werden
ihn freigeben, sobald sie begreifen, daß Lallybroch nicht ihm gehört
und daß von ihm nichts zu holen ist.« Mit einem Blick auf ihren
Sohn zog sie den Bierkrug heran. »Und sie werden wohl kaum beweisen können, daß dieser Grünschnabel hier ein Verräter ist.«

Trotz des Ärgers, der dabei durchklang, war ihr deutlich anzusehen, wieviel Genugtuung es ihr bereitete, die englischen Richter
an der Nase herumzuführen. Die abgegriffene Urkunde, die be-
wies, daß das Gut Lallybroch von dem älteren Jamie an den jüngeren übergegangen war, war schon öfter bei Gericht vorgelegt
worden – und zwar immer dann, wenn die englische Krone versuchte, Hand an den vermeintlichen Besitz eines jakobitischen Ver-
räters zu legen.

Wenn er aufbrach, verlor sich das Gefühl, ein Mensch unter
Menschen zu sein. Manchmal begleiteten ihn die Wärme und Ge-
borgenheit, die ihn bei seiner Familie umfangen hatten, bis zur
Höhle, doch zu anderen Zeiten verschwanden sie praktisch auf der
Stelle, wurden ihm entrissen vom Wind oder von dem beißenden,
stechenden Rauch, der in der Luft lag.

Die Engländer hatten drei Gehöfte jenseits der Felder in Brand gesteckt. Hatten Hugh Kirby und Geoff Murray von ihrem Platz an der Feuerstelle gezerrt und auf ihrer eigenen Schwelle erschossen – ohne ein Wort, ohne eine offizielle Anklage. Der junge Joe Fraser war ihnen entkommen, gewarnt von seiner Frau, die die Engländer hatte hereinreiten sehen, und hielt sich drei Wochen bei Jamie in der Höhle versteckt. So lange, bis die Engländer das Gebiet verlassen hatten – nicht ohne Ian als Gefangenen mitzunehmen.

Im Oktober hatte er zuerst mit den älteren Burschen geredet, mit Fergus, dem Franzosen, den er aus einem Bordell in Paris mitgebracht hatte, und dessen bestem Freund, Rabbie MacNab, dem Sohn der Küchenmagd.

Jamie zog die Klinge langsam über die Wange und die Rundung seines Kinns, bevor er sie am Rand des Beckens abstreifte. Aus den Augenwinkeln sah er, wie ihn Rabbie MacNab mit unverhohlenem Neid betrachtete. Mit offenem Mund starrten ihn die drei Jungen – Rabbie, Fergus und der junge Jamie – an und ließen sich keine seiner Bewegungen entgehen.

»Habt ihr noch nie gesehen, wie ein Mann sich rasiert?« fragte Jamie spöttisch.

Rabbie und Fergus tauschten einen vielsagenden Blick, überließen jedoch dem jungen Jamie die Antwort.

»Doch, schon... aye, Onkel...« Er wurde rot. »Ich meine... mein Dad ist nicht da. Und wenn er zu Hause ist, dürfen wir ihm nur selten zusehen. Und nach... nach einem Monat hast du so viele Haare im Gesicht, Onkel. Und überhaupt ist es ja bloß deswegen, weil wir so froh sind, dich wiederzusehen und...«

Plötzlich wurde Jamie klar, daß den drei Burschen sein Schicksal äußerst romantisch erscheinen mußte. Allein in der Höhle, die er nur bei Nacht verließ, um im Schutz der Dunkelheit auf die Jagd zu gehen, schmutzig, mit verfilztem Haar und wildem, rotem Bart – ja, jemand in ihrem Alter hielt das Leben eines Geächteten sicher für ein großes Abenteuer. Mit zehn, fünfzehn und sechzehn hatten sie noch keine Vorstellung von nagenden Schuldgefühlen und bitterer Einsamkeit, von der Last der Verantwortung, der er, handlungsunfähig, wie er war, nicht gerecht werden konnte.

Seine Angst mochten sie bis zu einem gewissen Grad verstehen – die Angst, gefaßt zu werden, die Angst vor dem Tod. Weniger die Angst vor der Einsamkeit, die Angst, ohne menschliche Gesellschaft allmählich verrückt zu werden. Und auch nicht die ständige Sorge, daß er sie mit seiner Anwesenheit in Gefahr bringen könnte. Wenn sie überhaupt darüber nachdachten, dann mit der Überheblichkeit der Jugend, die sich für unsterblich hält.

»Aye«, antwortete er auf das Stammeln des jungen Jamie, während er sich wieder zum Spiegel umwandte. »Plagen und Bärte sind des Mannes Los. Dies ist ein Fluch, der Adam traf.«

»Adam?« Fergus sah ihn ratlos an. Die anderen gaben sich den Anschein, als verstünden sie, was Jamie meinte. Aber von Fergus, dem Franzosen, erwartete auch niemand, daß er alles wußte.

»Ja, natürlich.« Jamie zog die Oberlippe herunter und schabte sich vorsichtig die Haut unter der Nase. »Zu Anfang, als Gott den Menschen schuf, war Adam ebenso unbehaart wie Eva. Aber kaum waren sie vom Engel mit dem Flammenschwert aus dem Garten Eden vertrieben worden, als Adam aus dem Kinn auch schon juckende Haare sprossen. Und seitdem muß ein Mann sich rasieren.« Mit einem letzten Schwung des Messers beendete Jamie seine Arbeit und verbeugte sich vor seinen beeindruckten Zuhörern.

Die Ankunft seiner Schwester unterband jede weitere Diskussion. Sie kam mit dem behäbigen Watschelgang einer Hochschwangeren auf ihn zu, das Tablett mit seinem Essen hoch über dem gewölbten Bauch. Jamie trat auf Jenny zu, nahm ihr das Tablett ab und stellte es auf den Tisch.

Darauf stand ein Auflauf aus Ziegenfleisch und Schinken, und Jamie sah, wie sich Fergus' Adamsapfel hob und senkte, als ihm der Geruch in die Nase stieg. Auch ohne die spitzen Gesichter vor ihm anzusehen, wußte er, daß sie die besten Bissen für ihn aufhoben. Zwar brachte er, wenn er kam, jedes Stück Wild mit, das er erlegen konnte, aber das reichte nie für ein Haus, wo nicht nur seine Familie und die Dienstboten satt werden wollten, sondern auch die Frauen und Kinder der Ermordeten Kirby und Murray. Wenigstens bis zum Frühjahr sollten die Angehörigen seiner Pächter hier Obdach finden, und er mußte tun, was in seinen Kräften stand, um sie zu ernähren.

»Setz dich zu mir«, forderte er Jenny auf. Er nahm ihre Hand und führte sie vorsichtig zur Bank. Sie schien überrascht, denn sie war es gewohnt, ihm das Essen aufzutun, wenn er kam, ließ sich dann aber zufrieden neben ihm auf die Bank sinken. Es war spät, und er sah an den dunklen Ringen unter ihren Augen, wie müde sie war.

Entschlossen gab er ein paar Löffel von dem Auflauf auf einen Teller und stellte ihn vor seine Schwester.

»Das ist für dich«, wandte Jenny ein. »Ich habe schon gegessen.«

»Aber nicht genug«, hielt er dagegen. »Du brauchst mehr... für das Kleine«, fügte er geistesgegenwärtig hinzu. Wenn sie es schon nicht für sich selbst annehmen würde, dann zumindest für das Kind. Sie zögerte einen Moment, aber dann nahm sie lächelnd den Löffel und begann zu essen.

Nun war es November, und die Kälte kroch ihm unter das dünne Hemd und die Kniehose. Doch er merkte es kaum, so sehr hatte ihn das Jagdfieber ergriffen. Wolkenfelder zogen über den Himmel, durch die der Mond aber noch ausreichend Licht gab.

Zum Glück regnete es nicht, denn der durchdringende Geruch nasser Pflanzen hätte verhindert, daß er von den Tieren rechtzeitig Witterung bekam. In den langen Monaten, die er jetzt im Freien lebte, war seine Nase erstaunlich empfindlich geworden, so daß ihn die Gerüche des Hauses manchmal fast schon überwältigten, wenn er eintrat.

Den Hirsch roch er zwar nicht, hörte aber das Rascheln, mit dem sich das Tier verriet. Jetzt war es wohl wie erstarrt stehengeblieben, für das menschliche Auge nicht mehr als ein Schatten.

Jamie wandte sich langsam in die Richtung, aus der er das Tier gehört hatte. Der Bogen lag bereits in seiner Hand, ebenso der schußbereite Pfeil. Wenn der Hirsch die Flucht ergriff, hatte er höchstens einen Schuß.

Ja, dort! Scharf und klar zeichnete sich das Geweih vor dem Stechginster ab. Jamie straffte sich, holte einmal tief Luft und trat einen Schritt nach vorn.

Ein flüchtender Hirsch verursachte einen Höllenlärm, um seinem Jäger Angst einzuflößen. Jamie war jedoch darauf vorbereitet. Weder fuhr er überrascht in die Höhe, noch nahm er die Verfolgung auf. Statt dessen spannte er den Bogen, nahm seine Beute ins Visier, verfolgte das davonspringende Wild mit dem Pfeil im Anschlag, wartete auf den günstigsten Moment und schoß mit aller Kraft.

Es war ein sauberer Schuß, geradewegs in die Schulter. In einer kleinen Lichtung sank das Tier in sich zusammen. Der Mond spiegelte sich in seinen brechenden Augen, so daß das Mysterium seines Sterbens hinter dem Silberlicht verborgen blieb.

Jamie zog seinen Dolch aus dem Gürtel, kniete sich vor den Hirsch und sprach hastig das Gebet, das ihm der alte John Murray, Ians Vater, beigebracht hatte. Dann stieß er die Klinge in das haarige Fell und das dampfende Fleisch. Mit sicherer Hand schlitzte er dem Hirsch die Kehle auf. Warmes Blut schoß aus dem Schnitt, floß über Jamies Klinge und seine Hand. Hätte er innegehalten und nachgedacht, wäre es wahrscheinlich nicht dazu gekommen. Aber Hunger und Benommenheit hatten ihn schon längst über den Punkt hinausgetrieben, wo er noch nachdachte. Er hielt die Hände unter den Blutstrom und führte das dampfende Naß an seinen Mund.

Es schmeckte nach Salz und Silber, und ihm war, als nähme er mit der Wärme auch die Seele des Wildes in sich auf. Als er den würzigen Saft die Kehle herabrinnen ließ, kündete nur das hungrige Knurren seines Magens, daß seinem Körper bewußt war, was er da tat.

Er schloß die Augen und atmete tief durch. Dann wischte er sich mit dem Handrücken über den Mund, säuberte seine Finger im Gras und machte sich ans Werk.

Mit einem Ruck drehte er den schlaffen, schweren Tierkörper um. Kraftvoll und zugleich behutsam ritzte er den Leib auf. Er schob die Hände in das heiße, schlüpfrige Innere, und mit einem weiteren Ruck beförderte er den Sack mit den Innereien ins Freie. Ein Schnitt oben und einer unten, und die Masse glitt herab. So verwandelte man einen stolzen Hirschen in ein Stück Fleisch.

Trotz seines ansehnlichen Geweihs war das Tier nicht besonders groß. Mit etwas Glück würde Jamie es tragen können, statt es den Füchsen und Dachsen zu überantworten, bis er Hilfe geholt hatte. Jamie schob sich eins der Beine über die Schultern und richtete sich langsam auf. Als er das Gewicht auf dem Rücken zurechtrückte, stöhnte er vor Anstrengung.

Das Mondlicht warf seine bizarren Umrisse auf die Felsen, als er schwerfällig den Abhang hinunterstolperte. Das Hirschgeweih verlieh seinem Schatten die Gestalt des Gehörnten. Jamie schauderte bei dem Gedanken, denn man erzählte sich, daß sich der Leibhaftige beim Hexensabbat zeigte, um das Blut der geopferten Ziege oder des Hahns zu trinken.

Seine Knie wollten ihn kaum noch tragen, und in seinem Kopf drehte sich alles. Im Lauf der Zeit hatte sich sein Bezug zur Wirklichkeit immer weiter aufgelöst. Bei Tag war er ein Geschöpf des Geistes, entfloh er der erzwungenen Untätigkeit in die Welt der Gedanken und Betrachtungen, suchte Zuflucht bei Büchern. Doch sobald der Mond aufging und er aus der Höhle an die frische Luft trat, nahm er die Welt mit den Sinnen in sich auf, lief unter dem Sternenhimmel über die dunkle Erde, getrieben von Hunger, trunken von Blut und Mondlicht.

Trotz der schweren Last wanderte er stetig voran; er war es gewohnt, in der Dunkelheit seinen Weg zu finden.

Erst als die Lichter des Gutshauses in sein Blickfeld rückten, fühlte er sich wieder Mensch werden, und sein Geist und Körper wurden eins. Dann nahm er seine Kraft zusammen, um seine Familie zu begrüßen.

5

Denn uns ist ein Kind geboren

Drei Wochen später hatte die Familie immer noch nichts von Ian gehört. Fergus war seit mehreren Tagen nicht mehr zur Höhle gekommen, und so wurde Jamie von einer fast schon unerträglichen Sorge um seine Angehörigen im Gutshaus geplagt. Wenn Jenny nichts mehr zu essen aufgetrieben hatte, war der Hirsch sicher schon seit Tagen aufgebraucht, bei den vielen Mäulern, die es zu stopfen galt. Und in dieser Jahreszeit gab nicht einmal der Gemüsegarten etwas her.

Seine Sorge war so groß, daß er einen vorzeitigen Besuch wagen, noch vor Sonnenuntergang aus den Hügeln herabsteigen und unterwegs nach seinen Schlingen sehen wollte. Für alle Fälle zog er seine braune, aus grobem Garn gestrickte Mütze über den Kopf, damit sein Haar nicht unter einem verirrten Sonnenstrahl aufleuchtete. Allein schon seine auffällige Größe erregte Verdacht. Doch er vertraute auf die Kraft seiner Beine. Sollte er tatsächlich auf eine englische Patrouille stoßen, würde er einfach die Flucht ergreifen. Rechtzeitig gewarnt, hätte Jamie Fraser bei einer Verfolgungsjagd in der Heide leichtes Spiel.

Als er sich dem Anwesen näherte, kam es ihm ungewohnt ruhig vor. Kein Lärm von den Kindern – Jennys fünf und die sechs Rangen der Pächter, ganz zu schweigen von Fergus und Rabbie MacNab, die längst noch nicht zu alt waren, um sich kreischend durch die Ställe zu jagen.

Abwartend blieb Jamie in der Tür stehen. Das Haus wirkte leer. Er befand sich am Hintereingang, hatte die Vorratskammer auf der einen Seite, die Spülküche auf der anderen und die geräumige Küche vor sich. Gespannt lauschte er, während er den überwältigenden Duft des Hauses in sich aufnahm. Nein, da war etwas. Aus der Küche kam ein leises Rascheln, gefolgt von einem regelmäßigen Scheppern.

Da es sich nach einer vertrauten häuslichen Arbeit anhörte, stieß er vorsichtig, aber nicht besonders ängstlich, die Tür auf. Seine Schwester Jenny stand am Tisch und rührte in einer gelben Schüssel.

»Was machst du da? Wo ist Mrs. Crook?«

Mit einem erschreckten Schrei ließ Jenny den Löffel fallen.

»Jamie!« Sie war kreidebleich, preßte die Hand an die Brust und schloß die Augen. »Du meine Güte! Mir wäre fast das Herz stehengeblieben!« Sie öffnete die Augen, die ebenso blau leuchteten wie seine, und musterte ihn durchdringend. »Und was um alles in der Welt machst du hier? Ich hätte dich frühestens in einer Woche erwartet.«

»Weil Fergus nicht mehr zur Höhle gekommen ist, habe ich mir Sorgen gemacht«, antwortete er schlicht.

»Du bist ein lieber Kerl, Jamie.« In ihre Wangen kehrte allmählich die Farbe zurück. Lächelnd trat sie auf ihren Bruder zu und umarmte ihn. Kein leichtes Unterfangen bei dem fortgeschrittenen Stadium ihrer Schwangerschaft, aber tröstlich. Jamie ließ das Kinn auf ihrem dunklen, schimmernden Schopf ruhen und atmete ihren Duft nach Kerzenwachs und Zimt, nach Talgseife und Wolle ein.

»Wo sind die anderen?« fragte er, als er sie widerstrebend freigab.

»Mrs. Crook ist gestorben«, antwortete sie. Die feinen Falten zwischen ihren Brauen wurden tiefer.

»Aye?« fragte er leise und bekreuzigte sich. »Das tut mir leid.« Mrs. Crook war als Küchenmagd zur Familie gekommen, als seine Eltern vor über vierzig Jahren geheiratet hatten, und später Haushälterin geworden. »Wann?«

»Gestern nachmittag, es kam nicht überraschend. Die gute Seele hatte einen sanften Tod, ganz so, wie sie es sich gewünscht hatte. Sie starb in ihrem Bett, während Vater McMurtry ein Gebet für sie sprach.«

Nachdenklich blickte Jamie auf die Tür, die von der Küche zu den Kammern der Dienstboten führte. »Ist sie noch da?«

Seine Schwester schüttelte den Kopf. »Nein. Ich habe ihrem Sohn vorgeschlagen, die Totenfeier bei uns abzuhalten, aber die Crooks hielten es angesichts der Umstände…« – mit dieser Umschreibung war nicht nur Ians Verhaftung gemeint, sondern auch umherstromernde Rotröcke, unterkriechende Pächter, der Mangel an Nahrung und Jamies gefahrvoller Aufenthalt in der Höhle – »für besser, in Broch Mordha im Haus ihrer Schwester zusammenzukommen. Die anderen sind jetzt gerade dort. Aber ich habe mich entschuldigt, ich würde mich unwohl fühlen.« Schelmisch lächelte sie ihn an. »In Wirklichkeit wollte ich nur mal meine Ruhe haben.«

»Und jetzt komme ich und störe dich«, sagte Jamie zerknirscht. »Soll ich gehen?«

»Nein, du Dummkopf«, entgegnete Jenny herzlich. »Setz dich hin und schau mir beim Kochen zu.«

»Was gibt's denn?« fragte er erwartungsvoll.

»Das hängt davon ab, was du mitgebracht hast.« Schwerfällig stapfte Jenny durch die Küche, holte Zutaten aus Schrank und Regal und rührte in dem Kessel über dem Feuer, aus dem ein blasser Dampf aufstieg.

»Wenn du Wild dabeihast, essen wir heute Fleisch. Wenn nicht, bleiben uns nur Brühe und Gerstenbrei.«

Jamie schnitt eine Grimasse. Die Aussicht erschien ihm nicht gerade verlockend.

»Gott sei Dank hatte ich Glück.« Er knüpfte seine Jagdtasche auf und ließ drei Kaninchen auf den Tisch fallen. »Und Schlehen«, fügte er hinzu, während er den Inhalt seiner Kappe, die nun von Saftflecken geziert war, auf einen Teller kippte.

Jenny riß die Augen auf. »Kaninchenpastete also«, erklärte sie. »Zwar nicht mit Johannisbeeren, aber vielleicht sind Schlehen ja sogar noch besser. Zum Glück reicht die Butter.« Plötzlich entdeckte sie, daß sich in dem Fellhaufen etwas bewegte. Resolut schlug sie mit der Hand auf den Tisch und machte dem Eindringling den Garaus.

»Bring sie nach draußen und häute sie, Jamie, sonst hüpfen uns die Flöhe noch durch die ganze Küche.«

Als er mit den gehäuteten Kaninchen zurückkam, war der Pastetenteig schon fast fertig. Jenny hatte Mehlflecken auf dem Kleid.

»Willst du die Tiere in Stücke schneiden und die Knochen brechen, Jamie?« bat sie mit einem Blick in das Rezeptbuch, das aufgeschlagen auf dem Tisch lag.

»Du kannst doch wohl eine Hasenpastete zubereiten, ohne ins Buch zu sehen!« meinte er, während er gehorsam den großen Holzhammer aus dem Küchenschrank holte. Er verzog das Gesicht, als er das Gewicht in der Hand spürte. Nicht viel anders hatte der Hammer ausgesehen, mit dem man ihm vor einigen Jahren in einem englischen Gefängnis die rechte Hand gebrochen hatte.

»Aye, schon«, erwiderte Jenny abwesend, während sie umblätterte. »Nur wenn einem die Hälfte der Zutaten für ein Rezept fehlen, findet man hier manchmal Dinge, die man als Ersatz verwenden kann.« Sie runzelte die Stirn. »Normalerweise nehme ich Bordeaux für die Sauce. Aber außer den Fässern von Jared im Priesterloch haben wir keinen mehr. Und die möchte ich nicht anbrechen, denn womöglich brauchen wir sie noch.«

Wofür, lag auf der Hand. Ein Fäßchen Bordeaux konnte Ians Freilassung erkaufen – oder zumindest Neuigkeiten über seinen Verbleib. Verstohlen musterte Jamie Jennys runden Leib. Selbst mit seiner beschränkten Erfahrung konnte er sagen, daß ihre Zeit bald kommen würde. Ohne nachzudenken, griff er nach dem Wasserkessel, tauchte seinen Dolch in das kochende Wasser und schwenkte ihn darin herum, bevor er ihn trockenwischte.

»Warum machst du das, Jamie?« Jenny starrte ihn an. Einige Strähnen hatten sich aus ihrem Haarband gelöst, und es versetzte ihm einen Stich, als er in dem Dunkelbraun vereinzelte silberne Haare schimmern sah.

»Ach«, sagte er mit übertriebener Gleichgültigkeit, »das hat Claire mir beigebracht. Sie hat gesagt, man soll ein Messer mit kochendem Wasser abwaschen, bevor man Fleisch damit schneidet.«

Jennys fragenden Blick spürte er mehr, als daß er ihn sah. Sie hatten nur ein einziges Mal von Claire gesprochen, damals, als er halbtot und fast bewußtlos aus Culloden zurückgebracht worden war.

»Sie ist fort«, hatte er erklärt und den Kopf abgewandt. »Erwähne ihren Namen nie wieder.« Jenny hatte seinen Wunsch befolgt. Auch er hatte Claires Namen nie wieder in den Mund genommen. Warum er es heute tat, wußte er nicht, aber vielleicht lag es an seinen Träumen.

Sie kamen oft, immer in anderer Form, und stets ließen sie ihn mit dem beunruhigenden Gefühl zurück, Claire sei ihm so nahe gewesen, daß er sie hätte berühren können, bevor sie entschwand. Manchmal war er beim Aufwachen überzeugt, daß ihr Geruch an ihm haftete, moschusartig und kräftig, gewürzt mit dem scharfen, frischen Duft nach Blättern und Kräutern. Und mehr als einmal hatte er in den Träumen seinen Samen vergossen, was ihn leicht beunruhigte. Um dem Gespräch eine andere Wendung zu geben, wies Jamie auf Jennys Bauch.

»Wann ist es denn soweit?« fragte er. »Du siehst aus wie einer von diesen Pilzen, die man nur ansticht, und puff, ist die Luft raus.«

»Ach ja? Wenn es mit einem Puff doch nur getan wäre!« Sie bog den Rücken durch, so daß sich ihr Bauch beängstigend vorwölbte, und rieb sich das Kreuz. Jamie trat zurück an die Wand, um ihr Platz zu machen. »Was deine Frage betrifft, es kann jederzeit losgehen. Genau weiß ich es nicht.« Sie nahm einen Becher und maß aus einem besorgniserregend leeren Sack Mehl ab.

»Schicke jemanden zur Höhle, wenn du Wehen hast«, sagte er plötzlich. »Ich komme, ganz gleich, was mit den Rotröcken ist.«

Jenny hielt inne und starrte ihn an.

»Du? Warum denn?«

»Na, weil Ian nicht da ist.« Er nahm eins der gehäuteten Kaninchen und schnitt geübt einen Schenkel ab. Dann löste er das Fleisch vom Knochen.

»Der wäre mir auch keine große Hilfe«, entgegnete Jenny. »Seinen Teil hat er vor neun Monaten erledigt.« Sie zog die Nase kraus und griff nach der Butterdose.

»Mmmpf.« Zum Weiterarbeiten ließ er sich auf einen Schemel sinken, so daß er ihren Bauch in Augenhöhe vor sich hatte. Als ihre Schürze verrutschte, sah er, daß das Baby in ihrem Leib strampelte. Er konnte nicht anders, er mußte die Hand ausstrecken und Jenny sanft über den Bauch streichen.

»Schick Fergus zu mir, wenn deine Zeit gekommen ist«, wiederholte er.

Jenny sah ihn entnervt an und schob seine Hand mit dem Löffel fort. »Hab' ich dir nicht gerade eben gesagt, daß ich dich nicht brauchen kann? Um Himmels willen, ich habe schließlich schon Sorgen genug – das Haus voller Leute, für die das Essen nicht reicht, Ian im Gefängnis und überall Rotröcke, die mir in die Fenster spähen, kaum daß ich mich umdrehe. Soll ich auch noch Angst haben, daß man dir auf die Spur kommt?«

»Um mich brauchst du dich nicht zu sorgen. Ich passe schon auf mich auf.« Bei diesen Worten richtete er seine ganze Aufmerksamkeit auf das Vorderbein, das er gerade bearbeitete.

»Dann sieh dich vor und bleib in den Bergen.« Sie blickte ihn über den Rand der Schüssel hinweg an. »Ich habe schon sechs Kinder geboren. Meinst du nicht, ich weiß allmählich, wie das geht?«

»Du mußt aber auch immer das letzte Wort haben, was?«

»Genau«, entgegnete sie. »Also, du bleibst in der Höhle!«

»Ich komme!«

Jenny kniff die Augen zusammen und fixierte ihn streng. »Du bist wirklich der größte Dickkopf zwischen Lallybroch und Aberdeen!«

Ein breites Lächeln zog über Jamies Gesicht.

»Vielleicht«, erwiderte er. Dann strich er ihr über den runden Bauch. »Vielleicht aber auch nicht. Ich komme. Schick Fergus, wenn es soweit ist.«

Drei Tage später, gegen Morgengrauen, stolperte Fergus keuchend den Abhang zur Höhle hoch. Da er in der Dunkelheit den Pfad verfehlt hatte, machte er so viel Lärm, daß Jamie ihn kommen hörte, lange bevor er den Eingang erreicht hatte.

»Mylord…«, setzte er außer Atem an. Aber Jamie, der sich im Gehen den Mantel überwarf, war schon an ihm vorbeigestürmt.

»Aber Mylord…!« Fergus, der noch immer nach Luft schnappte, hatte Angst. »Mylord, die Soldaten!«

»Soldaten?« Jamie blieb unvermittelt stehen und drehte sich um. Ungeduldig wartete er, bis der junge Franzose ihn wieder einholte. »Welche Soldaten?« fragte er, als Fergus den letzten Schritt auf ihn zurutschte.

»Englische Dragoner. Die Herrin hat mich geschickt. Ich soll Ihnen sagen, daß Sie die Höhle auf gar keinen Fall verlassen dürfen. Einer der Männer hat gesehen, wie die Soldaten gestern bei Dunmaglas ihr Lager aufgeschlagen haben.«

»Verdammt!«

»Ja, Mylord.« Fergus setzte sich auf einen Stein und fächelte sich Luft zu. Noch immer atmete er schwer.

Jamie zögerte. Alles in ihm wehrte sich dagegen, in die Höhle zurückzukehren. Seit Fergus aufgetaucht war, klopfte ihm das Herz vor lauter Aufregung bis zum Halse, und es widerstrebte ihm, wie ein Schwächling in sein Versteck zurückzukriechen.

»Mmmpf.« Nachdenklich sah er Fergus an. Dessen schlanke Gestalt zeichnete sich unscharf im Dämmerlicht vor dem dunklen Stechginster ab. Sein Gesicht war nicht mehr als ein heller Fleck. Plötzlich keimte in Jamie ein Verdacht. Warum hatte seine Schwester Fergus zu dieser ungewohnten Stunde zu ihm gesandt?

Wenn er so dringend vor den Dragonern gewarnt werden mußte, wäre es sicherer gewesen, Fergus bei Nacht zu schicken. Und wenn es nicht so dringend war, warum nicht bis nächste Nacht warten? Die Antwort lag auf der Hand – Jenny glaubte wohl, daß sie in der kommenden Nacht keinen Boten mehr ausschicken konnte.

»Wie geht es meiner Schwester?« erkundigte er sich bei Fergus.

»Ach, gut, Mylord, ganz gut.« Der herzhafte Ton, in dem das gesagt wurde, bestätigte Jamies Verdacht.

»Das Kind kommt, oder?« forschte er nach.

»Nein, Herr! Ganz bestimmt nicht!«

Jamie packte Fergus an den Schultern. Die Glieder kamen ihm zart und zerbrechlich vor. Sie erinnerten ihn an die Kaninchenknochen, die er für Jenny zerschmettert hatte. Nichtsdestotrotz griff er fester zu, und Fergus versuchte, sich aus seiner Hand zu winden.

»Sag die Wahrheit, Junge!«

»Nein, Mylord, ehrlich!«

Jamies Griff wurde unerbittlich. »Hat sie dir verboten, davon zu sprechen?« Jenny mußte ihr Verbot mit drastischen Drohungen unterstrichen haben, denn Fergus beantwortete die Frage mit offensichtlicher Erleichterung.

»Ja, Mylord.«

»Aha!« Er gab den Jungen frei, und Fergus sprang auf die Füße. Die Worte sprudelten aus ihm heraus, während er sich die knochige Schulter rieb.

»Sie hat gesagt, ich darf nur von den Soldaten erzählen. Wenn nicht, würde sie mir die Eier abschneiden und sie wie Wurst mit Rüben zu einem Eintopf verarbeiten.«

Jamie konnte sich ein Lächeln nicht verkneifen.

»Wir haben zwar nicht genug zu essen«, versicherte er seinem Schützling, »aber so knapp sind wir nun auch nicht dran.« Er blickte zum Horizont, wo sich hinter den zackigen Wipfeln der Kiefern eine schimmernde rote Linie abzeichnete. »Laß uns aufbrechen. In einer halben Stunde wird es hell.«

Als sie an diesem Morgen am Haus eintrafen, wirkte es weder einsam noch verlassen. Jeder, der Augen im Kopf hatte, konnte sehen, daß die Dinge in Lallybroch nicht ihren gewohnten Verlauf nahmen. Der gefüllte Waschkessel stand auf der erloschenen Feuerstelle im Hof, flehendes Brüllen aus dem Stall zeigte an, daß die Kuh gemolken werden wollte, und gereiztes Blöken aus dem Ziegenschlag verkündete, daß die Insassinnen der gleichen Aufmerksamkeit bedurften.

Als Jamie in den Hof kam, stoben drei Hühner vor Jehu, dem Terrier, in wilder Flucht davon. Jamie sprang vor und versetzte dem Hund einen Tritt in die Rippen. Der wurde herumgeschleudert und landete mit einem erstaunten Ausdruck und einem Japsen vor Jamie im Staub. Dann rappelte er sich auf und trollte sich.

Jennys Kinder, die älteren Jungen, Mary MacNab und Sukie, die zweite Küchenmagd, hatten sich unter dem wachsamen Auge von Mrs. Kirby im Wohnzimmer versammelt. Die strenge Witwe las ihnen aus der Bibel vor.

»Und Adam ward nicht verführt; das Weib aber ward verführt und ist der Übertretung verfallen.« Da kam von oben ein lauter Schrei, der einfach nicht enden wollte. Mrs. Kirby schwieg einen Moment lang, damit die anderen ihn würdigen konnten, dann fuhr sie fort. Ihre Augen, blaß und grau und feucht wie frische Austern, blickten zur Decke, bevor sie befriedigt auf den besorgten Gesichtern der anderen zur Ruhe kamen.

»Sie wird aber selig werden dadurch, daß sie Kinder zur Welt bringt...«, las sie. Kitty brach in verzweifeltes Schluchzen aus. Maggie Ellen wurde rot, während bei ihrem älteren Bruder alle Farbe aus dem Gesicht gewichen war.

»Mrs. Kirby«, sagte Jamie. »Würden Sie bitte aufhören!«

Die Worte waren höflich, doch in seinen Augen lag derselbe Ausdruck, den Jehu vor seinem Salto auf dem Hof gesehen hatte. Mrs. Kirby schnappte nach Luft und ließ die Bibel fallen.

»Ihr geht jetzt alle besser in die Küche und macht euch nützlich«, wies er sie an. Sukie, die Küchenmagd, flatterte davon. Mit weitaus mehr Würde, aber ohne zu zögern, stand Mrs. Kirby auf und folgte ihr.

Beflügelt von seinem Sieg, teilte Jamie den anderen gleichfalls Aufgaben zu. Witwe Murray und ihre drei Töchter sollten sich des Waschkessels annehmen, und die kleineren Kinder mußten unter Mary MacNabs Aufsicht die Hühner einfangen. Und die älteren Jungen zogen offensichtlich erleichtert davon, um das Vieh zu versorgen.

Als sich der Raum geleert hatte, blieb Jamie stehen und überlegte, was er selbst tun sollte. Er mußte im Haus bleiben und Wache halten, obwohl er – wie Jenny ihm klargemacht hatte – nicht weiter helfen konnte. Im Hofeingang stand ein fremdes Maultier mit Fußfesseln, also war die Hebamme wahrscheinlich schon oben bei seiner Schwester.

Da er nicht stillsitzen konnte, schlenderte er mit der Bibel in der Hand durch das Wohnzimmer und besah sich die vertrauten Dinge: Jennys Bücherregal, das beim letzten Einfall der Rotröcke vor drei Monaten lauter Dellen und Schrammen davongetragen hatte, und den großen, silbernen Tafelaufsatz, der wohl zu schwer gewesen war, um im Rucksack eines Soldaten fortgetragen zu werden. Ohnehin hatten die Engländer nicht viel ergattert, denn die wenigen Wertsachen und der kleine Goldvorrat lagen sicher verwahrt bei Jareds Wein im Priesterloch.

Als er von oben ein Stöhnen hörte, fiel sein Blick unwillkürlich auf die Bibel. Er schlug sie auf und las die Eintragungen auf den ersten Seiten, wo die Hochzeiten, Geburten und Todesfälle der Familie verzeichnet waren.

Zuoberst die Hochzeit seiner Eltern, Brian Fraser und Ellen MacKenzie. Namen und Daten waren in der sauberen, runden Handschrift seiner Mutter festgehalten, doch darunter stand in den resoluten Buchstaben seines Vaters: *Zusammengeführt durch die Liebe*. Eine treffende Ergänzung, wenn man den nächsten Eintrag – Willies Geburt kaum zwei Monate nach der Hochzeit – las.

Wie immer mußte Jamie bei diesen Worten lächeln. Er blickte auf das Gemälde, das ihn im Alter von zwei Jahren neben Willie und Nairn, dem großen Jagdhund, zeigte. An Willie, der mit elf

Jahren an den Pocken gestorben war, erinnerte sonst nichts mehr im Haus. In der Leinwand des Gemäldes klaffte ein Loch – wahrscheinlich das Werk eines Bajonetts, mit dem der Besitzer der Waffe seiner Enttäuschung Luft gemacht hatte.

»Wenn du nicht gestorben wärst«, fragte er leise seinen Bruder auf dem Bild, »was wäre dann wohl geschehen?«

Ja, was wohl? Da fiel sein Blick auf den letzten Eintrag. *Caitlin Maisri Murray, geboren am 3. Dezember 1749, gestorben am 3. Dezember 1749.* Aye, was? Wenn die Rotröcke nicht am 2. Dezember ins Haus gestürmt wären, wäre Jennys Kind dann auch zu früh geboren worden? Wenn Jenny genug zu essen gehabt und nicht wie die anderen auch nur aus Haut und Knochen bestanden hätte, wäre es dann anders gekommen?

»Das werden wir nie erfahren«, sagte er zu dem Bild. Auf dem Gemälde lag Willies Hand auf seiner Schulter, und er wußte noch, wie sicher er sich immer gefühlt hatte, wenn Willie in seiner Nähe war.

Wieder kam ein Schrei von oben, und ihn überkam plötzlich Angst.

»Bete für uns, Bruder!« flüsterte er und bekreuzigte sich. Dann legte er die Bibel hin und ging zur Scheune, um bei den Tieren zu helfen.

Aber dort gab es nicht viel für ihn zu tun. Für Rabbie und Fergus war es ein leichtes, die wenigen Tiere zu versorgen, die sie noch besaßen, und der zehnjährige Jamie konnte ihnen schon gut zur Hand gehen. Um sich zu beschäftigen, sammelte Jamie verstreutes Heu vom Boden und brachte es zum Maultier der Hebamme. Wenn das Heu aufgebraucht war, würden sie die Kuh schlachten müssen, denn für sie gab es in den winterlichen Bergen nicht mehr genug Futter, selbst wenn man die Kinder ausschickte, um Gras und Kräuter zu sammeln. Mit etwas Glück würde ihr Fleisch bis zum Frühjahr reichen.

Als er in die Scheune zurückkehrte, sah Fergus von seiner Mistgabel auf.

»Ist das eine erfahrene Hebamme?« wollte er wissen. »Hat sie einen guten Ruf?« Trotzig schob er sein schmales Kinn vor. »Wir dürfen Madame nicht irgendeiner Bäuerin anvertrauen.«

»Wie soll ich das wissen?« entgegnete Jamie unwirsch. »Ich hatte noch nicht oft die Gelegenheit, eine Hebamme zu bestellen.« Mrs. Martin, die den anderen Kindern der Murrays auf die Welt geholfen hatte, war während der Hungersnot nach Culloden gestorben. Die neue Hebamme, Mrs. Innes, war weitaus jünger, und er hoffte, daß sie ihr Handwerk verstand.

Rabbie schien geneigt, seinem Freund zu widersprechen. Wütend wandte er sich zu Fergus um. »Was meinst du mit Bäuerin? Du bist selber ein Bauer, hast du das noch nicht gemerkt?«

Würdevoll sah Fergus seinen Freund an, obwohl er dafür den Kopf zurücklegen mußte, weil dieser ein paar Zoll größer war.

»Ob ich ein Bauer bin oder nicht, spielt keine Rolle«, erwiderte er hochmütig. »Ich versuche mich ja schließlich nicht als Hebamme.«

»Aber als Angeber!« Rabbie versetzte seinem Freund einen Stoß. Fergus stieß einen überraschten Schrei aus und fiel nach hinten auf den harten Stallboden. Aber im nächsten Moment war er schon wieder auf den Beinen. Er wollte sich auf Rabbie stürzen, der lachend auf dem Rand einer Futterkrippe hockte, doch Jamie packte ihn beim Kragen und zog ihn fort.

»Schluß damit!« befahl er. »Wir wollen doch nicht das bißchen Heu verderben, das uns noch geblieben ist.« Er stellte Fergus wieder auf die Füße. »Was weißt du schon von Hebammen?« fragte er, um ihn abzulenken.

»Eine ganze Menge, Mylord.« Großspurig klopfte sich Fergus den Staub von der Jacke. »Viele der Damen bei Madame Elise waren im Bett, als ich dort wohnte…«

»Kein Wunder, bei dem Gewerbe«, fiel Jamie ihm trocken ins Wort. »Oder meinst du das Wochenbett?«

»Natürlich, Wochenbett. Ich bin schließlich auch dort geboren.« Stolz blähte der junge Franzose die Brust.

»In der Tat.« Jamies Mundwinkel zuckten. »Und da hast du wohl sorgfältige Beobachtungen angestellt, so daß du jetzt weißt, wie eine Geburt vonstatten gehen sollte.«

Fergus ließ sich von Jamies Spott nicht aus der Ruhe bringen.

»Natürlich«, erwiderte er ungerührt. »Die Hebamme muß ein Messer unters Bett legen, um die Schmerzen zu zerschneiden.«

»Ich glaube nicht, daß sie das getan hat«, murmelte Rabbie. »Es hört sich jedenfalls nicht danach an.« In der Scheune bekam man zwar nicht alles mit, aber einige Schreie drangen doch bis zu ihnen durch.

»Und dann muß ein Ei mit Weihwasser besprengt und ans Fußende des Bettes gelegt werden, damit das Kind leichter auf die Welt kommt«, fuhr Fergus ungerührt fort. Er runzelte die Stirn.

»Ich habe der Hebamme ein Ei gegeben, aber sie schien nicht zu wissen, was sie damit anfangen sollte. Dabei halte ich es schon seit einem Monat bereit«, fügte er klagend hinzu. »Wo unsere Hennen doch kaum noch legen! Ich wollte sichergehen, daß alles, was gebraucht wird, zur Verfügung steht. Nach der Geburt muß die Hebamme aus der Plazenta einen Tee kochen und der Frau zu trinken geben, damit die Milch reichlich fließt.«

Rabbie gab Geräusche von sich, als müßte er sich erbrechen. »Von der Nachgeburt?« fragte er ungläubig. »Herr im Himmel!«

Jamie wurde selbst ein wenig mulmig bei diesem Gedanken.

»Ach«, sagte er betont beiläufig zu Rabbie. »Die Franzosen essen schließlich auch Frösche und Schnecken. Was ist da schon eine Nachgeburt?« Insgeheim aber fragte er sich, wie lange es noch dauern würde, bis auch sie Frösche und Schnecken aßen. Doch das behielt er lieber für sich.

Rabbie tat so, als müßte er würgen. »Mein Gott, diese Franzosen!«

Fergus, der neben Rabbie stand, wirbelte herum und hieb ihm die Faust in den Bauch. Zwar war er klein und schmächtig für sein Alter, aber er besaß Kraft und wußte aus seiner Zeit als Taschendieb in den Straßen von Paris, wo der schwächste Punkt eines Mannes war. Der Hieb raubte Rabbie den Atem, und mit einem matten Keuchen sank er in sich zusammen.

»Wo bleibt dein Respekt?« schimpfte Fergus. Rabbies Gesicht färbte sich rot, und er schnappte nach Luft. Seine Augen quollen hervor, und er sah so komisch aus, daß Jamie sich trotz seiner Sorge um Jenny und seines Ärgers über die Jungen kaum das Lachen verkneifen konnte.

»Wenn Ihr Lausejungen eure Pfoten nicht –«, setzte er an. Aber da unterbrach ihn ein Schrei vom jungen Jamie, der bis dahin stumm und gespannt dem Gespräch gelauscht hatte.

»Was gibt's?« Jamie wirbelte herum. In einem Reflex fuhr seine

Hand zur Pistole, die er immer bei sich trug, wenn er die Höhle verließ. Aber es war nicht die englische Patrouille, die er befürchtet hatte.

»Zum Teufel, was ist los?« Aber als er in die angewiesene Richtung blickte, sah er es selbst. Drei kleine schwarze Punkte, die über dem Kartoffelacker ihre Kreise zogen.

»Krähen«, sagte er leise und spürte, wie sich seine Nackenhaare aufstellten. Wenn diese Vögel, Symbole des Kriegs und des Gemetzels, bei einer Geburt über das Haus flogen, war das ein böses Omen. Eine der üblen Kreaturen ließ sich sogar auf dem Dach nieder.

Ohne nachzudenken, zog Jamie die Pistole und zielte sorgfältig. Es war nicht gerade einfach, auf die große Entfernung von der Stalltür bis zum Dach des Haupthauses zu treffen, aber...

Er feuerte, und die Krähe zerbarst in einer Wolke schwarzer Federn. Ihre beiden Freundinnen stoben aufgeschreckt in die Lüfte, und gleich darauf hörte man nur noch ihr heiseres Krächzen.

»*Mon Dieu!*« staunte Fergus. »*C'est bien, çà!*«

»Aye, ein guter Schuß, Sir!« Rabbie, der noch immer mit rotem Gesicht nach Luft schnappte, hatte sich rechtzeitig aufgerappelt, um die Ereignisse verfolgen zu können. Jetzt wies er auf das Haus. »Da, Sir! Ist das nicht die Hebamme?«

Er hatte recht. Mrs. Innes steckte im ersten Stock den Kopf aus dem Fenster und spähte hinunter in den Hof. Wahrscheinlich hatte sie den Schuß gehört und befürchtete Schwierigkeiten. Jamie trat ins Freie und winkte ihr beruhigend zu.

»Alles in Ordnung«, rief er. »Nur ein kleines Mißgeschick.« Die Krähen erwähnte er lieber nicht, denn sonst würde die Hebamme womöglich noch Jenny davon erzählen.

»Kommen Sie rauf«, rief sie, ohne auf seine Worte zu achten. »Das Kind ist da. Ihre Schwester will Sie sprechen.«

Jenny blinzelte ihn erschöpft an.

»Dann bist du also doch gekommen.«

»Irgend jemand mußte doch dasein – und sei es auch nur, um für dich zu beten«, entgegnete er unwirsch.

Sie schloß die Augen, und ihre Lippen kräuselten sich zu einem Lächeln.

»Du bist ein dummer Junge! Aber froh bin ich trotzdem«, flüsterte sie. Dann richtete sie sich auf und blickte auf das Bündel in ihrem Arm.

»Möchtest du ihn sehen?«

»Aha, ein Junge ist es also!« Mit der Geschicklichkeit, die er sich in all den Jahren als Onkel erworben hatte, nahm er ihr das Kind ab und schloß es in die Arme. Dann schlug er die Decke zurück, die dem Kleinen übers Gesicht gefallen war.

Das Neugeborene hatte die Augen so fest zugekniffen, daß sogar die Wimpern in seiner tiefen Lidfalte verschwunden waren. Die Augenlider selbst stiegen über den weichen, roten Backen schräg nach oben, was erkennen ließ, daß er zumindest darin seiner Mutter ähnelte.

Der kleine, runde Mund hatte sich entspannt geöffnet, und die feuchte, rosige Unterlippe bebte leise, als er sich leise schnarchend von den Anstrengungen der Geburt erholte.

»Ein hartes Stück Arbeit, oder?« fragte Jamie das Kind. Doch die Antwort kam von der Mutter.

»Aye, das war es wirklich! Im Wandschrank steht Whisky. Würdest du mir bitte ein Glas holen?« Sie räusperte sich heiser.

»Whisky? Nicht lieber Ale mit einem zerschlagenen Ei darin?« fragte er und versuchte, den Gedanken an das kräftigende Gebräu, das Fergus den Frauen nach einer Geburt kredenzen wollte, zu verdrängen.

»Nein, Whisky«, bestimmte seine Schwester. »Als du todkrank unten in deinem Zimmer gelegen hast und an deinem entzündeten Bein fast gestorben wärst, habe ich dir da Ale mit zerschlagenem Ei gegeben?«

»Sogar noch Schlimmeres«, erwiderte ihr Bruder grinsend. »Aber es stimmt, den Whisky hast du mir nicht vorenthalten.« Er legte das schlafende Kind vorsichtig auf die Bettdecke und ging zum Schrank.

»Weißt du schon, wie er heißen soll?« fragte er, als er einen großzügigen Schluck von der bernsteinfarbenen Flüssigkeit einschenkte.

»Ich will ihn Ian nennen, nach seinem Vater.« Zärtlich ließ Jenny die Hand auf dem goldbraunen Flaum des runden Schädels ruhen. Der Kleine wirkte unglaublich zerbrechlich, aber die Hebamme hatte Jamie versichert, er sei ein prächtiger Bursche, und so mußte er ihr wohl Glauben schenken. Plötzlich wurde Jamie von dem Wunsch überwältigt, dieses empfindliche Wesen zu schützen, und er nahm es wieder auf.

»Mary MacNab hat mir von deinem Zusammenprall mit Mrs. Kirby erzählt«, meinte Jenny. »Schade, daß ich nicht dabei war – sie meint, die elende alte Schachtel hätte vor Schreck beinahe ihre Zunge verschluckt.«

Jamie lächelte und klopfte dem Baby, das auf seiner Schulter lag, sachte auf den Rücken.

»Hätte sie es doch nur getan! Wie erträgst du es nur, daß diese Frau in deinem Haus wohnt? Ich würde sie erwürgen, wenn ich jeden Tag hier wäre.«

Seine Schwester schnaubte und schloß die Augen. »Ach, ein anderer ärgert einen nur dann, wenn man sich ärgern läßt. Und ich habe ihr keine Gelegenheit dazu gegeben. Trotzdem, leid täte es mir nicht, wenn sie fortginge. Ich habe vor, sie dem alten Kettrick aus Broch Mordha unterzuschieben. Im letzten Jahr sind seine Frau und seine Tochter gestorben, und er braucht jemanden für den Haushalt.«

»Aye, aber an Samuel Kettricks Stelle würde ich lieber die Witwe Murray als die Witwe Kirby nehmen«, wandte Jamie ein.

»Peggy Murray ist schon vergeben«, versicherte ihm seine Schwester. »Im Frühjahr heiratet sie Duncan Gibbins.«

»Da hat Duncan ja rasch zugegriffen«, meinte er überrascht. Aber nach kurzem Nachdenken grinste er Jenny an. »Oder wissen die beiden noch nichts von ihrem Glück?«

»Nein«, grinste sie zurück. Dann trat ein fragender Ausdruck auf ihr Gesicht.

»Es sei denn, du hast selbst ein Auge auf Peggy geworfen.«

»Ich?« Jamie war so verdutzt, als hätte sie ihm vorgeschlagen, aus dem Fenster zu springen.

»Sie ist erst fünfundzwanzig, kann also noch viele Kinder kriegen«, führte Jenny ins Feld. »Und eine gute Mutter ist sie auch.«

»Wieviel Whisky hast du heute eigentlich schon getrunken?« Den Kopf des Babys schützend in der Hand geborgen, beugte sich Jamie über seine Schwester und gab vor, in ihr Glas zu spähen.

»Ich lebe wie ein Tier in einer Höhle, und du meinst, ich soll mir eine Frau nehmen?« Plötzlich fühlte er sich leer. Um vor ihr zu verbergen, wie sehr ihn der Vorschlag aus der Fassung brachte, stand er auf und ging mit dem Bündel im Zimmer auf und ab.

»Wie lange ist es her, daß du bei einer Frau gelegen hast, Jamie?« fragte Jenny im Plauderton. Aufgebracht wandte er sich auf dem Absatz um und starrte sie an.

»So etwas fragt man einen Mann nicht!« schimpfte er.

»Jedenfalls hattest du kein Mädchen hier aus der Gegend«, fuhr sie fort, ohne ihn zu beachten. »Denn davon hätte ich gehört. Und auch keine von den Witwen, nehme ich an.« Sie schwieg abwartend.

»Du weißt verdammt gut, daß ich keine Frau angerührt habe«, entgegnete er. Er merkte, wie er vor Ärger rot wurde.

»Warum nicht?« fragte seine Schwester direkt.

»Warum nicht?« Verdutzt starrte er sie an. »Hast du den Verstand verloren? Hältst du mich etwa für einen dieser Kerle, die sich nachts von Haus zu Haus schleichen und sich zu jeder Frau legen, die ihn nicht mit dem Gürtel wieder hinausprügelt?«

»Als ob das bei dir eine täte. Nein, du bist ein guter Kerl, Jamie.« Jenny lächelte traurig. »Du nutzt keine Frau aus, um deinen Spaß zu haben. Erst würdest du sie heiraten, oder?«

»Nein«, entgegnete er heftig. Das Baby wand sich und grunzte im Schlaf. Er schob es auf seine andere Schulter und klopfte ihm beruhigend auf den Rücken. Gleichzeitig funkelte er seine Schwester wütend an. »Ich habe nicht die Absicht, wieder zu heiraten. Versuch bloß nicht, mich zu verkuppeln, Jenny Murray! Ich will das nicht, hast du verstanden?«

»Ich habe es vernommen«, erklärte sie, nicht im geringsten beeindruckt. Dann setzte sie sich noch ein bißchen weiter auf, um ihm in die Augen sehen zu können.

»Willst du bis ans Ende deiner Tage wie ein Mönch leben?« fragte sie. »Und wenn du begraben wirst, keinen haben, der dich betrauert oder für dich betet?«

»Kümmere dich um deinen eigenen Kram, verdammt noch mal!« Mit klopfendem Herzen drehte er ihr den Rücken zu, ging ans Fenster und starrte blicklos in den Hof hinunter.

»Ich weiß, daß du um Claire trauerst.« Seine Schwester sprach leise. »Glaubst du, ich könnte Ian vergessen, wenn er nicht mehr zurückkäme? Aber du mußt weiterleben, Jamie! Claire hätte sicher nicht gewollt, daß du dein Leben lang allein bleibst.«

Lange Zeit sagte er nichts. Er stand einfach nur da und spürte den warmen Babykopf mit dem weichen Flaum, der an seinem Hals lag. Undeutlich zeichnete sich in dem Fensterglas sein Spiegelbild ab, eine hochgewachsene, dunkle Männergestalt mit einem weißen Bündel unter dem grimmigen Gesicht.

»Sie war schwanger«, sagte er schließlich leise zu seinem Spiegelbild. »Damals, als ich – sie verloren habe.« Wie sollte er es sonst ausdrücken? Er konnte seiner Schwester nicht erzählen, wo Claire war – wo sie hoffentlich war. Daß er an keine andere Frau denken konnte, weil er hoffte, daß sie – obwohl er sie für immer verloren hatte – am Leben war.

Jenny schwieg. Schließlich fragte sie: »Bist du deshalb heute zu mir gekommen?«

Er seufzte, drehte sich zu ihr um und lehnte den Kopf an die kühle Scheibe. Seine Schwester hatte sich wieder hingelegt. Die dunklen Haare auf dem Kissen umrahmten ihr Gesicht wie ein Heiligenschein, und die Augen, mit denen sie ihn musterte, waren sanft.

»Aye, vielleicht. Da ich meiner Frau schon nicht helfen konnte, wollte ich wenigstens dir beistehen. Nicht, daß ich von großem Nutzen war«, fügte er hinzu. »Dir konnte ich ebensowenig helfen wie damals ihr.«

Jenny streckte den Arm nach ihm aus. Ihr Gesicht war voller Kummer. »Jamie, *mo chridhe*!« seufzte sie. Und dann kam von unten ein Poltern, Krachen und lautes Gebrüll. Entsetzt riß Jenny die Augen auf.

»Heilige Jungfrau Maria!« rief sie. »Die Engländer!«

»Herr im Himmel!« Es war sowohl ein Stoßgebet als auch ein Ausdruck der Überraschung. In aller Eile schätzte Jamie die Entfernung vom Bett zum Fenster ab, erwog, ob er flüchten oder sich verstecken sollte. Auf der Treppe war schon Stiefelgetrappel zu hören.

»In den Schrank, Jamie«, zischte Jenny. Ohne Zögern trat er in den Wandschrank und zog die Tür hinter sich zu.

Im nächsten Augenblick wurde die Tür aufgestoßen, und ein Rotrock mit Dreispitz und gezogenem Schwert stand auf der

Schwelle. Der Dragonerhauptmann ließ den Blick durch den Raum schweifen und heftete ihn schließlich auf die zierliche Person im Bett.

»Mrs. Murray?« fragte er.

Jenny richtete sich mühsam auf.

»Ja. Und was, in drei Teufels Namen, wollen Sie in meinem Haus?« herrschte sie ihn an. Ihr Gesicht war blaß und von einem Schweißfilm überzogen, ihre Hände zitterten, aber sie reckte das Kinn vor und funkelte den Mann wütend an. »Machen Sie, daß Sie rauskommen!«

Ohne auf ihre Worte zu achten, durchquerte der Hauptmann den Raum und trat ans Fenster. »Einer meiner Späher hat in der Umgebung dieses Hauses einen Schuß gehört. Wo sind Ihre Männer?«

»Wir haben hier keine. Sie haben meinen Mann doch schon mitgenommen – und mein ältester Sohn ist gerade erst zehn.« Von Rabbie und Fergus sprach sie nicht; ein Junge in ihrem Alter wurde bereits als Mann be- oder auch mißhandelt. Mit etwas Glück hatten sie sich noch aus dem Staub machen können, als die Dragoner auftauchten.

Aber der Hauptmann, ein Mann mittleren Alters, hatte schon so allerhand erlebt und war daher nicht sonderlich gutgläubig.

»Waffenbesitz ist im Hochland ein schweres Verbrechen«, erklärte er und wandte sich zu dem Soldaten um, der nach ihm eingetreten war. »Durchsuchen Sie das Haus, Jenkins!«

Er mußte schreien, um seinen Befehl zu erteilen, denn im Treppenhaus wurden Stimmen laut. Als sich Jenkins zur Tür umdrehte, schoß Mrs. Innes, die Hebamme, an ihm vorbei.

»Lassen Sie die arme Frau in Frieden!« schrie sie den Hauptmann an und stemmte die Hände in die Hüften. Obwohl ihre Stimme zitterte und sich die Haare aus ihrem Knoten gelöst hatten, wich und wankte sie nicht. »Scheren Sie sich raus! Lassen Sie die Frau in Ruhe.«

»Aber ich habe Ihrer Herrin doch gar nichts getan«, beschwerte sich der Hauptmann, der unsicher geworden war und Mrs. Innes offensichtlich für eins der Hausmädchen hielt. »Ich wollte doch nur…«

»Und dabei ist seit der Geburt noch keine Stunde vergangen. Finden Sie das anständig, daß Sie hier hereinplatzen und –«

»Geburt?« Die Stimme des Hauptmanns war schärfer geworden, und mit neuer Wachsamkeit sah er von der Hebamme zum Bett. »Sie haben ein Kind bekommen, Mrs. Murray? Wo ist es denn?«

Das fragliche Kind begann, sich in seinen Decken zu rühren, weil es von seinem schreckensstarren Onkel zu fest an die Brust gepreßt wurde. Aus seinem Versteck konnte Jamie sehen, wie das Gesicht seiner Schwester kreidebleich wurde und wie sie die Lippen zusammenpreßte.

»Das Kind ist tot«, erklärte sie.

Entsetzt riß die Hebamme den Mund auf, doch zum Glück richtete der Hauptmann seine ganze Aufmerksamkeit auf Jenny.

»Oh!« sagte er. »War es –«

»Mama!« Mit einem verzweifelten Aufschrei wand sich der kleine Jamie an der Türschwelle aus dem Griff eines Soldaten und stürzte zu seiner Mutter. »Mama, ist das Kind tot? Nein! Nein!« Schluchzend sank er auf die Knie und vergrub den Kopf im Bettzeug.

Als wollte er die Worte seines Bruders Lügen strafen, gab der kleine Ian allerlei Lebenszeichen von sich. Er trat seinem Onkel mit erstaunlicher Kraft in die Rippen und stieß leise Grunztöne aus, die glücklicherweise von dem Lärm draußen übertönt wurden.

Jenny bemühte sich, ihren Ältesten zu trösten, Mrs. Innes versuchte, ihn auf die Beine zu ziehen, obwohl er sich am Arm seiner Mutter festgeklammert hatte, der Hauptmann unternahm große Anstrengungen, sich über dem Klagen und Jammern des jungen Jamie Gehör zu verschaffen, und zu allem Überfluß ertönten im ganzen Haus das Getrampel und Geschrei der Soldaten.

Jamie nahm an, daß sich der Hauptmann gerade nach dem Verbleib des Kindes erkundigte. Er wiegte den Kleinen in seinen Armen, damit er nicht zu schreien begann. Dann legte er die Hand an den Dolch, eine überflüssige Geste, denn er wußte ja nicht einmal, ob ihm noch die Zeit bliebe, sich die Kehle durchzuschneiden – und ob damit besonders viel gewonnen wäre.

Mit einem wütenden Laut gab Klein Ian zu verstehen, daß er im Augenblick nicht gewiegt zu werden wünsche. Jamie, der das Haus schon in Flammen und seine Bewohner niedergemetzelt sah, kam sein Protest ebenso laut vor wie das Klagen seines ältesten Neffen.

»Das ist Ihre Schuld!« Jennys Ältester war auf die Beine gesprungen. Mit wutverzerrtem Gesicht ging er auf den Hauptmann los. »Sie haben meinen Bruder umgebracht, Sie englischer Schuft!«

Der Hauptmann, offensichtlich überrascht von dieser Attacke, wich einen Schritt zurück und blinzelte den Jungen an. »Nein, nein! Du irrst dich. Ich habe nur –«

»Sie Schweinehund! *A mhic an diabhoil!*« Außer sich vor Wut stapfte der Junge auf den Hauptmann zu und schleuderte ihm jedes englische und gälische Schimpfwort an den Kopf, das er kannte.

»Eeeeh«, sagte das Baby an Jamies Ohr. »Eeh! Eeh!« Es klang ganz so, als wollte es gleich losbrüllen, und in seiner Verzweiflung ließ Jamie den Dolch los und steckte seinen Daumen in den weichen, feuchten Babymund. Die zahnlosen Kiefer saugten sich daran mit einer solchen Kraft fest, daß er fast aufgeschrien hätte.

»Raus hier! Raus hier, oder ich bringe Sie um!« brüllte der junge Jamie den Hauptmann an. Hilflos blickte der englische Soldat zum Bett, als wollte er Jenny bitten, ihren wutschnaubenden Sprößling zurückzurufen. Aber die lag mit wachsbleichem Gesicht da und hatte die Augen geschlossen.

»Dann warte ich eben unten bei meinen Männern«, sagte der Hauptmann mit dem Rest Würde, der ihm noch verblieben war, und zog hastig die Tür hinter sich zu. So plötzlich seines Feindes beraubt, ließ sich der kleine Jamie auf den Boden fallen und brach in hemmungsloses Schluchzen aus.

Durch seinen Spalt sah Jamie, wie Mrs. Innes den Mund zu einer Frage öffnete. Jenny erhob sich vom Krankenlager wie einst Lazarus und hielt den Finger an die Lippen. Währenddessen saugte Baby Ian kräftig an Jamies Daumen. Als sein Bemühen kein Ergebnis zeitigte, wurde es allmählich unruhig.

Abwartend blieb Jenny auf dem Bettrand sitzen. Noch immer durchstöberten die Soldaten lärmend das Haus. Obwohl Jenny vor Schwäche zitterte, winkte sie Jamie in seinem Versteck zu.

Jamie holte tief Luft und wappnete sich. Aber er mußte es wagen, denn der Kleine war nicht mehr zu halten. Schweißnaß vor Angst stolperte er aus dem Schrank und drückte Jenny das Baby in die Arme. Mit einer einzigen Bewegung machte sie den Busen frei und zog das kleine Bündel an die Brust. Auf der Stelle wurden die Unmutsäußerungen von einem gierigen Schmatzen abgelöst. Jamie ließ sich so plötzlich auf den Boden sinken, als hätte ihm jemand ein Schwert in die Kniekehlen gestoßen.

Als sich der Schrank öffnete, fuhr der junge Jamie auf. Er lehnte sich an die Tür und blickte fassungslos von seiner Mutter zu seinem Onkel. Mrs. Innes kniete sich neben ihn und flüsterte ihm etwas ins Ohr, doch auf dem tränenverschmierten Gesicht zeigte sich keine Spur von Verständnis.

Aber schon kündeten im Hof Rufe und Hufgetrappel davon, daß die Soldaten aufbrechen wollten. Der kleine Ian lag mittlerweile ruhig im Arm seiner Mutter und schnarchte leise. Jamie huschte neben das Fenster und sah zu, wie die Soldaten abmarschierten.

Abgesehen von dem Plätschern des Whiskys, den Mrs. Innes sich einschenkte, war kein Laut zu hören. Jennys Ältester kniete sich neben seine Mutter und legte die Wange an ihre Schulter. Seit sie das Baby stillte, hatte sie nicht aufgeblickt. Und auch jetzt noch beugte sie den Kopf über das Kind, so daß ihr Gesicht hinter dem dunklen Haar verborgen war.

Jamie ging zu ihr hin und strich ihr über die Schulter. Überrascht stellte er fest, wie warm sie war – ganz als wäre ihm die kalte Furcht zur zweiten Natur und die Berührung eines Menschen fremd geworden.

»Ich gehe ins Priesterloch«, sagte er leise, »und wenn es dunkel wird, zurück zur Höhle.«

Ohne zu ihm aufzusehen, nickte Jenny. Auf ihrem Scheitel zogen sich einzelne silberne Fäden durch das Haar.

»Ich glaube, es ist besser, wenn ich nicht mehr komme«, sagte er schließlich. »Wenigstens eine Zeitlang.«

Jenny antwortete nicht, sondern nickte nur.

6

Das Blutsopfer

Einmal mußte er aber doch noch ins Haus zurückkehren. Zwei Monate lang rührte er sich nicht mehr aus seinem Versteck, und weil sich die Engländer noch immer in der Gegend aufhielten, wagte er sich selbst nachts kaum noch auf die Jagd. Die Soldaten durchkämmten das Land, konfiszierten, was sich irgendwie zu stehlen lohnte, und zerstörten, was sie nicht brauchen konnten.

Unterhalb der Höhle verlief ein schmaler Pfad, der vor Jamies Ankunft hauptsächlich ein Wildwechsel war. Wenn der Wind günstig stand, sah Jamie auch jetzt noch kleine Gruppen von Rotwild kreuzen oder fand später frische Losung.

Aber auf dem Pfad wanderten auch die wenigen, die in den Bergen etwas zu erledigen hatten. An diesem Tag blies der Wind von der Höhle fort, und so stand nicht zu erwarten, daß sich das Wild blicken ließ. Jamie hatte sich direkt am Höhleneingang auf den Boden gelegt, wo die dicken Büsche Stechginster und die Ebereschen ausreichend Licht durchließen, damit er an klaren Tagen lesen konnte. Viele Bücher besaß er nicht, aber irgendwie brachte Jared es immer noch fertig, mit seinen Geschenkpaketen Lektüre ins Land zu schmuggeln.

Plötzlich stellte er fest, daß sich der Wind gedreht hatte – und den Klang von Stimmen zu ihm trug.

Er sprang auf, die Hand am Dolch, den er immer bei sich hatte. Hastig legte er das Buch auf einem Felsvorsprung ab und schwang sich durch die schmale, enge Öffnung.

Mit einem Schock wurde er der leuchtendroten Farbflecke und dem Blitzen von Metall auf dem Weg unter ihm gewahr. Zwar brauchte er nicht zu befürchten, daß die Engländer den Pfad verließen – sie waren so schlecht ausgerüstet, daß sie sich kaum durch die Moor- und Heidelandschaft schlagen konnten, geschweige denn einen von Dornen überwucherten Abhang wie diesen hinauf –, aber sie so nahe zu haben bedeutete, daß er die Höhle vor Einbruch der Dunkelheit nicht mehr verlassen durfte, weder um Wasser zu holen, noch um sich zu erleichtern. Und sein Wasserkrug war beinahe leer.

Da hörte er von unten einen Ruf und wandte seine Aufmerksamkeit wieder dem Weg zu. Beinahe hätte er den Halt verloren: Die Soldaten scharten sich um einen Jungen, der ein schweres Faß auf den Schultern trug. Fergus, der ihm frisch gebrautes Ale bringen wollte. Verflixt und zugenäht! Das Bier wäre ihm gerade recht gekommen; seit Monaten hatte er es schon schmerzlich vermißt.

Wieder drehte der Wind, so daß er nur einzelne Wortfetzen aufschnappte. Offenbar war der Junge mit dem Soldaten, der vor ihm stand, in ein heftiges Streitgespräch verwickelt, denn er gestikulierte aufgeregt mit der freien Hand.

»Dummkopf«, zischte Jamie leise. »Gib ihnen das Bier, und dann hat sich die Sache, du Trottel!«

Einer der Dragoner wollte das Faß mit beiden Händen packen, doch Fergus sprang rasch nach hinten. Jamie griff sich an die Stirn. Fergus, der Frechdachs, hielt nichts von Autorität – schon gar nicht, wenn sie englisch war.

Während sich der Junge nach hinten fortduckte, schrie er seine Verfolger an.

»Du Narr!« schimpfte Jamie. »Laß es fallen und lauf weg!«

Doch statt dessen drehte Fergus, der scheinbar glaubte, er könnte entkommen, den Soldaten den Rücken zu und wackelte frech mit dem Hintern. Das erzürnte die Rotröcke so sehr, daß einige von ihnen Anstalten machten, sich auf das sumpfige Gelände zu wagen und ihn zu verfolgen.

Aber ihr Anführer hob warnend den Arm und rief ihnen etwas zu. Offensichtlich war ihm aufgegangen, daß es sich bei Fergus um einen Lockvogel handeln könnte, der sie in einen Hinterhalt führen wollte. Doch auch Fergus schrie, und scheinbar verstanden die Soldaten ausreichend Französisch, um den Sinn seiner Schimpfworte zu begreifen. Einige hielten beim Kommando ihres Anführers inne, während vier von ihnen den auf- und abhüpfenden Jungen einkreisten.

Es gab ein Gerangel. Fergus wand sich wie ein Aal zwischen den Dragonern. Natürlich konnte Jamie über ihrem Geschrei und dem Heulen des Windes nicht hören, wie der Säbel aus der Scheide gezogen wurde, doch später war er überzeugt, es vernommen zu haben.

Vielleicht lag es an der Haltung der Soldaten, an einem Stimmungsumschwung, der sich sogar auf ihn in der Höhle übertrug. Vielleicht war es aber auch das Gefühl, verloren zu sein, das seit Culloden über ihm lag, der Eindruck, daß jeder, der ihm nahe kam, sein unglückliches Schicksal mit ihm teilen mußte. Wie auch immer – sein Körper jedenfalls hatte sich bereits zum Sprung gespannt, als die silbrig glänzende Klinge durch die Luft schwang.

Sie schien sich so langsam zu bewegen, daß er meinte, die Zeit zu haben, nach unten, hinein in den Pulk von Männern zu stürzen, den Arm zu ergreifen und ihm die todbringende Klinge zu entwinden, bevor sie ihr Ziel traf.

Aber sein Verstand sagte ihm, daß er damit eine Dummheit begehen würde. Trotzdem mußte er sich mit aller Kraft an einen Granitvorsprung klammern, um sich nicht aus der Höhle zu stürzen. *Das darfst du nicht*, zischte ihm sein Verstand zu. *Fergus hat es für dich getan. Du darfst seiner Tat nicht den Sinn rauben*, hörte er ihn sagen, während ihn kalt wie der Tod ein Gefühl der Nutzlosigkeit überschwemmte. *Du kannst nichts tun.*

Hilflos sah er zu, wie die Klinge ihr Werk vollendete und dann wieder in die Scheide geschoben wurde. Das umkämpfte Fäßchen kullerte derweilen holterdipolter den Abhang hinunter und stürzte platschend in das braune Wasser des Bächleins.

Die aufgeregten Rufe erstarben. Ein entsetztes Schweigen trat ein. Aber Jamie hätte ohnehin nichts gehört. Ihm dröhnten die Ohren. Die Knie gaben unter ihm nach, und er merkte gerade noch, daß er ohnmächtig wurde. Vor seinen Augen wurde es rot, Lichtblitze zuckten. Und während er in die Dunkelheit sank, sah er die Hand vor sich – Fergus' Hand, die Hand des durchtrieben kleinen Taschendiebs, die reglos im Schlamm lag.

Er wartete achtundvierzig lange Stunden, bevor er Rabbie MacNab unten auf dem Weg pfeifen hörte.

»Wie geht es ihm?« fragte Jamie ohne Umschweife.

»Mrs. Jenny sagt, er wird wieder gesund«, antwortete Rabbie. Sein junges Gesicht war blaß und eingefallen; offensichtlich hatte er noch nicht verwunden, was seinem Freund zugestoßen war. »Sie sagt, er hat kein Fieber, und der…« – er schluckte hörbar – »der… Stumpf ist nicht entzündet.«

»Dann haben ihn die Soldaten nach Haus gebracht?« Ohne eine Antwort abzuwarten, stürmte Jamie den Abhang hinunter.

»Ja, sie waren ziemlich betreten… Ich glaube…« Rabbie blieb stehen, weil sich sein Hemd in einem Dornbusch verfangen hatte, und dann mußte er laufen, um seinen Brotherrn wieder einzuholen »…ich glaube, es hat ihnen leid getan. Wenigstens hat der Hauptmann das gesagt. Und er hat Mrs. Jenny ein Goldstück gegeben – für Fergus.«

»Aye?« fragte Jamie. »Wie großzügig.« Und dann schwieg er, bis sie das Haus erreicht hatten.

Reglos lag Fergus in seinem Bett am Fenster. Ohne seine üblichen Grimassen und seine lebhafte Mimik sah das Gesicht anders aus. Die leicht gebogene Nase über dem breiten, beweglichen Mund verlieh ihm ein aristokratisches Aussehen, und die Knochen, die sich allmählich verfestigten, verrieten, daß der charmante Junge zu einem gutaussehenden Mann heranwachsen würde.

Als Jamie zum Bett trat, öffnete Fergus die dunklen Augen.

»Mylord«, sagte Fergus. Er lächelte matt und war plötzlich wieder ganz der alte. »Bringen Sie sich hier auch nicht in Gefahr?«

»Mein Junge, es tut mir so leid!« Jamie sank vor dem Bett in die Knie. Der Anblick des zarten Unterarms, der bandagiert auf der Steppdecke lag und im Nichts endete, war fast mehr, als er ertragen konnte. Aber er zwang sich, zur Begrüßung die Schultern des Jungen zu umfassen und ihm zärtlich über den dunklen Haarschopf zu streichen. »Tut es sehr weh?« erkundigte er sich.

»Nein, Mylord«, erwiderte Fergus. Doch dann zuckte sein Gesicht vor Schmerzen, und beschämt grinste er. »Jedenfalls nicht allzusehr. Madame hat mich großzügig mit Whisky versorgt.«

Zwar stand ein Whiskyglas auf dem Nachttisch, aber mehr als ein Schlückchen fehlte darin nicht. Fergus trank lieber französischen Wein als Whisky.

»Es tut mir leid«, wiederholte Jamie. Mehr gab es nicht zu sagen. Mehr konnte er auch nicht sagen, weil es ihm den Hals zuschnürte. Da er wußte, daß Fergus ihn nicht weinen sehen mochte, senkte er rasch den Blick.

»Ach, Mylord, machen Sie sich keine Sorgen.« In Fergus' Stimme war eine Spur des alten Schalkes zurückgekehrt. »Schließlich habe ich Glück gehabt.«

Jamie schluckte, bevor er antworten konnte.

»Ja, du bist am Leben. Und dafür danke ich Gott.«

»Nein, mehr als das.« Als Jamie aufblickte, sah er auf dem blassen Gesicht des Jungen ein Lächeln. »Haben Sie unsere Abmachung vergessen, Mylord?«

»Welche Abmachung?«

»Damals, in Paris, als Sie mich in Ihren Dienst genommen haben. Sie haben mir versprochen, wenn ich festgenommen und hingerichtet werde, würden Sie ein Jahr lang für meine Seele Messen lesen lassen.« Seine gesunde Hand fuhr zu dem abgestoßenen grünlichen Anhänger, den er um den Hals trug – der heilige Dismas, Schutzpatron der Diebe. »Aber wenn ich ein Ohr oder eine Hand verliere, solange ich in Ihren Diensten stehe...«

»Sorge ich für den Rest deines Lebens für dein Wohlergehen.« Jamie wußte nicht, ob er lachen oder weinen sollte. Schließlich gab er sich damit zufrieden, Fergus über den Arm zu streichen, der auf der Steppdecke lag. »Doch, das weiß ich noch. Und du kannst dich darauf verlassen, daß ich mein Wort halte.«

»Daran habe ich nie gezweifelt, Mylord«, versicherte ihm Fergus. Er war müde geworden; die bleichen Wangen schienen sogar noch weißer als zuvor. Sein Kopf sank auf das Kissen. »Und deswegen habe ich Glück gehabt«, murmelte er, noch immer lächelnd. »Denn mit einem Schlag bin ich zu einem vornehmen Herrn geworden, der sich zeit seines Lebens nur noch dem Müßiggang hingibt.«

Jenny erwartete ihn, als er aus Fergus' Zimmer kam.

»Komm mit ins Priesterloch.« Jamie faßte seine Schwester an den Ellenbogen. »Ich muß etwas mit dir besprechen, aber hier draußen will ich lieber nicht bleiben.«

Ohne ein Wort folgte sie ihm durch den steingepflasterten Flur, der Küche und Speisezimmer voneinander trennte. Zwischen den Bodenfliesen lag ein langes, offensichtlich eingemörteltes und mit Bohrlöchern versehenes Holzbrett. Dem Anschein nach diente es zur Lüftung des Kellers, und tatsächlich befand sich im Vorratskeller, der durch eine schäbige Tür im Freien zu erreichen war, in der Decke ein ebensolches Brett.

Doch kaum einer wußte, daß diese Planke auch Licht und Luft in das kleine Priesterloch direkt hinter dem Vorratskeller ließ. Wenn man das Brett samt Mörtelrahmen hochhob, kam eine Leiter zum Vorschein, die in das winzige Verlies führte.

Es maß kaum mehr als fünf Fuß im Durchmesser und war mit einer grob gezimmerten Bank, einer Wolldecke, Nachtgeschirr, einem Krug Wasser und einer Dose Zwieback ausgestattet. Da sie es erst in den letzten Jahren eingerichtet hatten, war die Bezeichnung Priesterloch irreführend, denn ein Mann dieses Standes hatte es bisher nicht bewohnt. Doch mit dem Begriff Loch hatte es schon seine Richtigkeit.

Zwei Leute fanden nur dann darin Platz, wenn sie sich nebeneinander auf die Bank hockten, und sobald Jamie das Brett wieder an Ort und Stelle geschoben hatte und die Leiter herabgestiegen war, setzte er sich neben Jenny. Einen Moment lang schwieg er, dann holte er tief Luft.

»Ich ertrage es nicht länger«, sagte er. Er sprach so leise, daß Jenny gezwungen war, den Kopf zu ihm hinüberzubeugen. »Ich kann nicht mehr. Ich muß fort.«

Er spürte, wie sich ihre Brust hob und senkte. Zärtlich nahm sie seine Hand und verschränkte ihre Finger mit den seinen.

»Willst du es noch einmal mit Frankreich versuchen?« Zweimal schon hatte Jamie sich nach Frankreich aufgemacht, war jedoch jedesmal vor den Engländern, die die Häfen besetzt hielten, zurückgeschreckt. Denn für einen Mann seiner Größe und mit seiner Haarfarbe gab es keine Verkleidung, die ihn unkenntlich machte.

Er schüttelte den Kopf. »Nein, ich lasse mich fangen.«

»Jamie!« In ihrem Schrecken entschlüpfte Jenny ein Ausruf, doch als sie seinen warnenden Händedruck spürte, senkte sie die Stimme rasch wieder.

»Jamie, das darfst du nicht! Verdammt, die werden dich hängen!«

Er schüttelte entschlossen den Kopf.

»Ich glaube nicht.« Er warf seiner Schwester einen kurzen Blick zu. »Claire – sie hatte das Zweite Gesicht.« Besser diese Erklärung als gar keine, dachte er, auch wenn sie nicht ganz der Wahrheit entsprach. »Sie wußte, was in Culloden geschehen würde. Und sie hat mir auch gesagt, was uns danach erwartet.«

»Aha.« Jenny nickte. »Deshalb hat sie mir geraten, Kartoffeln zu pflanzen und dieses Versteck einzurichten.«

»Aye.« Jamie drückte seiner Schwester die Hand. Dann ließ er sie los und wandte sich zu ihr um. »Von ihr wußte ich, daß die Briten uns Jakobiten noch jahrelang verfolgen würden. Wie es dann auch geschah«, fügte er trocken hinzu. »Aber nach den ersten paar Jahren würden sie die Männer nicht mehr hinrichten, sondern sie einfach nur ins Gefängnis stecken.«

»Einfach nur!« echote Jenny. »Wenn du nicht mehr in der Höhle bleiben willst, schlag dich in die Heide! Aber freiwillig in ein Gefängnis der Engländer zu gehen, ob sie dich nun hängen oder nicht –«

»Warte!« Er hob die Hand. »Ich habe dir noch nicht alles erzählt. Ich hatte nicht vor, einfach in eine Kaserne zu marschieren und mich zu ergeben. Schließlich ist auf meinen Kopf ein anständiger Preis ausgesetzt, nicht wahr? Und es wäre doch eine Schande, ihn einfach verfallen zu lassen!« Er versuchte, ein Lachen in seiner Stimme mitklingen zu lassen. Als Jenny das hörte, fixierte sie ihn scharf.

»Heilige Muttergottes!« flüsterte sie. »Also soll dich jemand verraten?«

»Aye.« Er hatte sich den Plan allein in seiner Höhle zurechtgelegt, doch erst jetzt erschien er ihm auch durchführbar. »Und meiner Meinung nach ist Joe Fraser der beste Mann für diese Rolle.«

Nachdenklich fuhr sich Jenny mit der Hand über die Lippen. Sie hatte einen wachen Verstand, und er wußte, daß sie seinen Plan auf der Stelle erfaßte – mit allem, was damit verbunden war.

»Aber Jamie«, flüsterte sie, »selbst wenn sie dich nicht auf der Stelle hängen – und die Gefahr solltest du nicht unterschätzen –, kannst du immer noch bei der Gefangennahme ums Leben kommen.«

Ermattet vor Kummer und Erschöpfung sank er in sich zusammen.

»Mein Gott, Jenny«, seufzte er. »Glaubst du, das macht mir etwas aus?«

Lange Zeit sagte sie kein Wort.

»Nein, wahrscheinlich nicht«, sagte sie schließlich. »Und das kann ich dir nicht einmal verdenken.« Sie hielt inne, bis sie sich ihrer Stimme wieder sicher war. »Aber mir macht es etwas aus.« Sanft streichelte sie seinen Hinterkopf. »Also paß gefälligst auf dich auf, du sturer Bock.«

Plötzlich verdunkelten sich die Lüftungslöcher über ihren Köpfen. Wahrscheinlich eine Küchenmagd auf dem Weg in die Speisekammer. Dann fiel wieder der schwache Lichtschein durch die Schlitze, so daß er Jennys Gesicht sehen konnte.

»Aye«, wisperte er. »Ich nehme es mir zu Herzen.«

Die Vorbereitungen nahmen noch einmal zwei Monate in Anspruch. Als schließlich die Nachricht kam, war es Frühling geworden.

Jamie saß auf seinem Lieblingsstein in der Nähe des Höhleneingangs und sah zu, wie am Abendhimmel die Sterne aufgingen. Selbst im schlimmen ersten Jahr nach Culloden hatte er zu dieser Stunde Ruhe finden können. Sobald das Tageslicht wich, hatte er das Gefühl, als begönnen die Dinge sanft von innen her zu glühen, so deutlich zeichneten sie sich vor dem Himmel oder dem Boden ab. Und so betrachtete er das dunkle Dreieck einer Motte, bei Tageslicht unsichtbar, aber in der Abenddämmerung scharf umrissen vor dem Hintergrund des Baumstamms, auf dem das Tier saß.

Dann ließ er den Blick über das Tal und die schwarzen Kiefern gleiten, die den gegenüberliegenden Abhang säumten. Schließlich sah er in den Himmel. Dort war Orion, der majestätisch über das Firmament zog. Und da die Plejaden, in der Dämmerung nur schwach erkennbar. Vielleicht würde er den Himmel lange Zeit nicht mehr sehen, und er wollte den Anblick noch einmal in sich aufnehmen. Er dachte an die Gefängnisse, die er kannte – Fort William, Wentworth, die Bastille. Wände aus Stein, vier Fuß dick, die Licht und Luft fernhielten. Dreck, Gestank, Hunger. Lebendig begraben...

Aber er schob diese Gedanken fort. Er hatte sich für einen Weg entschieden, und das erfüllte ihn mit Genugtuung. Und deshalb suchte er den Himmel nach dem Stier ab. Nicht das schönste der Sternbilder, aber sein eigenes – ein Symbol für Hartnäckigkeit und Stärke. Hoffentlich war er stark genug, seinen Plan in die Tat umzusetzen.

Plötzlich hörte er über all den Geräuschen der Nacht einen scharfen, schrillen Pfiff. Obwohl er als Ruf eines Brachhuhns hätte durchgehen können, erkannte er das Signal. Jemand kam den Weg herauf – ein Freund.

Es war Mary MacNab, die nach dem Tod ihres Mannes in Lallybroch als Küchenmagd Aufnahme gefunden hatte. Normalerweise wurden Speisen und Nachrichten von Rabbie oder Fergus überbracht, aber sie war auch schon einige Male bei ihm gewesen.

Sie trug einen Korb, der mit kaltem, gebratenem Rebhuhn, frischem Brot, ein paar jungen Frühlingszwiebeln, einer Handvoll Frühkirschen und einem Krug Ale ausgesprochen reichhaltig bestückt war. Nachdem Jamie den Inhalt untersucht hatte, sah er mit einem bitteren Lächeln auf. »Aha, meine Henkersmahlzeit?«

Schweigend nickte sie. Sie war eine kleine Frau mit dunklem, von dicken grauen Strähnen durchzogenem Haar und einem Gesicht, in dem das Leben seine Spuren hinterlassen hatte. Aber noch immer schimmerten ihre Augen weich und braun, und ihre Lippen waren voll und sanft.

Als ihm bewußt wurde, daß er auf ihren Mund starrte, wandte er sich hastig dem Korb zu.

»Du meine Güte, wenn ich das alles esse, kann ich nicht mehr laufen. Sogar ein Kuchen! Wo habt ihr Frauen diese Köstlichkeiten nur hergezaubert?«

Sie zuckte die Achseln – nicht gerade redselig, diese Mary MacNab – und nahm ihm den Korb ab. Auf einer Holzplatte, die auf vier Steinen ruhte, deckte sie für ihn den Tisch. Sie hatte schon früher mit ihm gegessen und ihm dabei den Klatsch der letzten Wochen berichtet. Aber wenn dies seine letzte Mahlzeit sein sollte, bevor er Lallybroch verließ, wunderte sich Jamie doch, daß weder seine Schwester noch die Jungen gekommen waren, um ihm Gesellschaft zu leisten. Aber vielleicht hatte sich ja Besuch eingefunden, der es schwierig machte, sich ungesehen davonzustehlen.

Mit einer Handbewegung bot er ihr höflich Platz an, bevor er sich selbst im Schneidersitz auf den harten Boden setzte.

»Hast du mit Joe Fraser gesprochen? Wo soll es denn geschehen?« fragte er und nahm ein Stück von dem kalten Rebhuhn.

Und so weihte sie ihn in die Einzelheiten ein: Bei Morgengrauen wollte man ihm ein Pferd bringen. Er sollte das enge Tal über den Paß verlassen, umkehren und durch die felsigen Ausläufer der Berge über Feesyhant's Burn zurück ins Tal reiten, als kehrte er nach Lallybroch heim. Die Engländer würden ihm irgendwo zwischen Struy und Eskadale auflauern. Wahrscheinlich im schmalen Tal bei Midmains, wo sich ein kleines Wäldchen am Flußufer für einen Hinterhalt der Rotröcke geradezu anbot.

Nach der Mahlzeit räumte Mary säuberlich die Reste zusammen, die gerade noch für sein Frühstück bei Morgengrauen reichen würden. Er hatte eigentlich erwartet, daß sie gleich wieder aufbrechen würde, aber das tat sie nicht. Statt dessen machte sie sich in der Nische zu schaffen, in der er sein Bettzeug aufbewahrte, breitete es säuberlich auf dem Boden aus und kniete sich mit gefalteten Händen neben das Lager.

Er lehnte sich an die Höhlenwand und verschränkte die Arme. Erschöpft sah er auf die mit gesenktem Haupt dasitzende Frau.

»So ist das also«, stellte er fest. »Und wer hat das ausgeheckt? Du oder meine Schwester?«

»Spielt das eine Rolle?« Gefaßt saß sie da. Ihre Hände lagen reglos in ihrem Schoß.

»Nein, es spielt keine Rolle, weil es nicht dazu kommen wird. Ich weiß deinen guten Willen zu schätzen, aber –«

Sie unterbrach ihn mitten im Satz mit einem Kuß, und ihre Lippen waren wirklich so weich, wie sie aussahen. Aber er packte sie fest an den Handgelenken und schob sie von sich fort.

»Nein!« wiederholte er. »Das ist nicht nötig, und ich will es nicht.« Aber gleichzeitig wurde ihm peinlich bewußt, daß sein Körper da ganz anderer Ansicht war. Als noch beschämender empfand er, daß sich diese Zwietracht – für jeden sichtbar – überdeutlich unter seiner dünnen, durchgescheuerten Hose abzeichnete. Und das zarte Lächeln, das ihre vollen Lippen kräuselte, verriet, daß sie nicht mit Blindheit geschlagen war.

Er schob sie zum Eingang der Höhle und stieß sie fort. Aber sie trat lediglich zur Seite und griff nach den Bändern in ihrem Rücken, die den Rock zusammenhielten.

»Laß das!« rief er.

»Wie wollen Sie mich aufhalten?« fragte sie, während sie den Rock abstreifte und ordentlich zusammengefaltet auf den einzigen Schemel legte. Schon nestelte sie mit ihren schlanken Fingern an ihrem Mieder.

»Wenn du nicht gehen willst, muß eben ich fort«, entgegnete er fest. Er drehte sich um und trat zum Eingang der Höhle.

»Herr!« rief sie ihm nach.

Er blieb stehen, drehte sich aber nicht um. »Der Titel gebührt mir nicht«, wandte er ein.

»Sie sind der Herr von Lallybroch«, erwiderte sie, »solange Sie leben. Und wenn Sie der Herr sind, rufe ich Sie auch so.«

»Es gehört nicht mir. Lallybroch gehört dem jungen Jamie.«

»Aber der junge Jamie sorgt nicht für mich, wie Sie für mich sorgen«, entgegnete sie bestimmt. »Und glauben Sie bloß nicht, daß Ihre Schwester mich dazu angestiftet hat. Drehen Sie sich um.«

Widerstrebend sah er sie an. Barfuß und im Hemd stand sie da. Das lange Haar fiel ihr auf die Schultern. Sie war mager – wie alle in diesen Tagen –, doch ihre Brüste waren voller, als er erwartet hatte. Das Hemd war ebenso abgetragen wie ihre anderen Kleider, an Saum und Schultern ausgefranst und an manchen Stellen fast durchsichtig. Er schloß die Augen.

Als er ihre Hand sanft auf seinem Arm spürte, zwang er sich zum Stehenbleiben.

»Ich weiß genau, was Sie denken«, raunte sie. »Ich habe Ihre Gattin gesehen und weiß, wie es zwischen Ihnen war. Selbst habe ich so etwas nie erlebt.« Sie sprach leise. »Mit keinem meiner beiden Männer. Aber ich erkenne wahre Liebe, wenn ich sie sehe, und ich will Ihnen nicht das Gefühl geben, Ihre Liebe verraten zu haben.«

Federleicht glitten ihre Finger über seine Wange, und ihr abgearbeiteter Daumen zeichnete die Furche nach, die von seiner Nase zum Mund verlief.

»Ich möchte Ihnen etwas anderes schenken«, fuhr sie ruhig fort. »Es ist vielleicht nicht viel wert, aber ich denke, Sie können es trotzdem brauchen – damit Sie nicht zerbrechen in der Zeit, die vor

Ihnen liegt. Und das kann nur ich Ihnen geben. Ihre Schwester und die Kinder können das nicht.« Er hörte, wie sie Luft holte. Dann zog sie ihre Hand von seinem Gesicht fort.

»Sie haben mir ein Zuhause gegeben, für mich und meinen Sohn gesorgt. Und jetzt möchte ich es Ihnen mit meinen bescheidenen Mitteln vergelten.«

Er merkte, daß ihm die Tränen in die Augen traten. Ebenso federleicht wie vorhin wischte sie die Spuren fort, strich ihm über den zerzausten Schopf. Langsam hob er die Arme und streckte sie ihr entgegen. Sie schmiegte sich an ihn.

»Ich habe... das schon lange nicht mehr getan«, sagte er, plötzlich schüchtern.

»Ich auch nicht«, erwiderte sie mit einem leisen Lächeln. »Aber wir werden es schon nicht verlernt haben.«

DRITTER TEIL

Der Gefangene

7

Dokumente lügen nicht

Inverness, 25. Mai 1968
Endlich kam Linklaters Antwort mit der Post.

»Sieh mal! Der Umschlag ist aber dick!« rief Brianna. Ihre Nasenspitze glühte vor Aufregung.

Roger wahrte nach außen hin die Ruhe, aber der Puls an seinem Hals ging ziemlich rasch. Er nahm den dicken Umschlag und wog ihn abschätzend in der Hand. Dann riß er ihn auf und zog einen Stapel Fotokopien hervor.

Der Begleitbrief auf dem schweren Briefpapier der Universität flatterte dabei zu Boden. Rasch hob ich ihn auf und las ihn vor.

»›Lieber Dr. Wakefield‹«, begann ich mit zittriger Stimme. »›Sie erkundigen sich nach der Hinrichtung jakobitischer Offiziere nach der Schlacht von Culloden durch die Truppen des Herzogs von Cumberland. Die wichtigste Quelle für mein Buch war das Tagebuch eines gewissen Lord Melton, der zu jener Zeit ein Infanterieregiment befehligte. Fotokopien der betreffenden Seiten des Tagebuchs habe ich meinem Schreiben beigefügt. Sie können die seltsame und anrührende Geschichte des Überlebenden, eines gewissen James Fraser, also selbst nachlesen. Obwohl er keine bedeutende historische Persönlichkeit war und meine Arbeit nur am Rande berührt, habe ich schon häufiger erwogen, sein Schicksal zu erforschen. Wenn sich im Laufe Ihrer Arbeit herausstellen sollte, daß er die Reise zu seinem Heimatort überlebt hat, würde ich mich freuen, wenn Sie es mir mitteilten. Ich habe es ihm oft gewünscht, obwohl es bei seinem Zustand unwahrscheinlich gewesen sein dürfte. Hochachtungsvoll, Eric Linklater.‹«

Langsam und vorsichtig ließ ich den Bogen auf den Schreibtisch sinken.

»Unwahrscheinlich? Daß ich nicht lache!« Brianna hatte sich auf die Zehenspitzen gestellt und lugte Roger über die Schulter. »Wir wissen, daß er es geschafft hat!«

»Wir glauben es«, verbesserte sie Roger. Aber nur aus wissenschaftlicher Zurückhaltung, denn sein Lächeln war ebenso breit wie Briannas.

»Möchten Sie lieber Tee oder Schokolade?« fragte Fiona, die gerade ihren braunen Lockenkopf durch die Tür steckte. »Ich habe frische Ingwerkekse gebacken.« Sie brachte verführerischen Plätzchenduft ins Studierzimmer mit.

»Tee bitte«, sagte Roger. »Oh, Schokolade wäre prima!« rief Brianna im gleichen Augenblick. Fiona lächelte selbstzufrieden und schob einen Servierwagen durch die Tür, auf dem neben einer Teekanne ein Krug heißer Schokolade und ein Teller mit Ingwerkeksen stand.

Ich nahm eine Tasse Tee und setzte mich mit den Seiten aus Meltons Tagebuch in den Armsessel. Die schwungvolle Handschrift aus dem achtzehnten Jahrhundert war trotz der altertümlichen Orthographie erstaunlich gut lesbar, und innerhalb von Sekunden stand ich ganz im Bann der Ereignisse in der Bauernkate, hörte das Summen der Fliegen und roch das Blut, das auf den schmutzstarrenden Boden getropft war.

»...um die Ehrenschuld meines Bruders zu begleichen, hatte ich keine andere Wahl, als Fraser zu verschonen. Also strich ich seinen Namen von der Liste der hinzurichtenden Verräter und trug Sorge, daß er zu seinem Gut gebracht wurde. Ich kann meine Tat weder als Akt der Gnade Fraser gegenüber noch als eine Pflichtverletzung dem Herzog gegenüber ansehen, denn angesichts der schwärenden Beinwunde schien es unwahrscheinlich, daß er die Fahrt zu seinem Heimatort überlebte. Doch die Ehre verbot mir jedes andere Vorgehen, und ich muß gestehen, daß mich eine gewisse Befriedigung erfüllte, als der Mann lebendig vom Schlachtfeld getragen wurde, während ich selbst mich der traurigen Aufgabe zuwandte, die Leichen seiner Kameraden zu bestatten. Mich bedrückt das Töten, das ich die letzten Tage habe mitansehen müssen.« Hier endete der Eintrag.

Ich ließ die Bögen auf meine Knie sinken und schluckte. »Eine schwärende Beinwunde...« Im Gegensatz zu Brianna und Roger wußte ich, wie ernst eine solche Verletzung sein konnte, ohne Antibiotika, ohne medizinische Versorgung und sogar ohne die schlichten Kräuter, die einem Heiler im Hochland damals zur Verfügung standen. Wie lange würde die holprige Reise von Culloden nach Lallybroch mit einem Fuhrwerk dauern? Zwei Tage? Drei? Wie hatte Jamie das überstehen können, wo er schon seit Tagen ohne Versorgung geblieben war?

»Doch, er hat es geschafft!« erwiderte Brianna gerade auf etwas, was Roger gesagt hatte. Seine Gedanken schienen sich in ähnlichen Bahnen zu bewegen wie die meinen. Brianna sprach mit einer Gewißheit, als wäre sie in der Kate dabeigewesen. »Er ist heil angekommen. Ich weiß es, denn er war die Braunkappe.«

»Die Braunkappe?« Fiona, die gerade mißbilligend meine noch volle Teetasse aufnahm, sah erstaunt über die Schulter. »Sie kennen die Geschichte der Braunkappe?«

»Sie etwa auch?« fragte Roger die junge Haushälterin.

Fiona nickte, während sie meinen kalten Tee beiläufig in den Asparagustopf neben dem Kamin kippte und meine Tasse nachfüllte.

»Aye, natürlich. Meine Großmutter hat mir oft davon erzählt.«

»Erzählen Sie sie uns doch auch!« Die Kakaotasse zwischen den Händen, beugte sich Brianna gespannt vor. »Bitte, Fiona!«

Fiona schien überrascht, so plötzlich im Mittelpunkt zu stehen. Aber dann zuckte sie gutmütig die Achseln.

»Nun, die Braunkappe war ein Jakobit, der Culloden überlebt hat. Er kehrte zurück auf sein eigenes Gut. Aber weil die Sassenachs alle Männer des Hochlands verfolgten, versteckte er sich sieben Jahre lang in einer Höhle.«

Brianna ließ sich bei diesen Worten erleichtert in ihren Sessel zurücksinken. »Und die Pächter nannten ihn Braunkappe, damit sie ihn nicht verrieten«, murmelte sie.

»Sie kennen die Geschichte?« fragte Fiona verwundert. »Genau! Das stimmt.«

»Und hat Ihre Großmutter Ihnen auch erzählt, was anschließend mit ihm geschah?« unterbrach sie Roger.

»Aye, natürlich!« Fionas Augen waren rund wie Glasmurmeln.

»Das ist das Beste an der Geschichte. Nach der Schlacht von Culloden herrschte überall großer Hunger. In den Tälern starben die Menschen, oder man vertrieb sie trotz des Winters aus ihren Häusern, erschoß die Männer und steckte sogar die Matratzen in Brand. Den Pächtern der Braunkappe ging es in den ersten Jahren besser als den anderen, aber trotzdem kam der Tag, wo sie nichts mehr zu essen hatten und ihnen von morgens bis abends der Magen knurrte – kein Wild mehr in den Wäldern, kein Korn mehr auf dem Feld, und weil die Mütter keine Milch mehr hatten, starben ihnen die Säuglinge in den Armen.«

Mir wurde plötzlich kalt bei ihren Worten. Ich sah die Bewohner von Lallybroch vor mir – Menschen, die ich gekannt und geliebt hatte –, wie sie sich vor Hunger wanden und vor Kälte zitterten. Aber ich empfand nicht nur Entsetzen, sondern auch Scham. Ich hatte mich in Sicherheit gebracht, hatte es warm und gemütlich gehabt, anstatt ihr Schicksal zu teilen – auf Jamies Wunsch hin. Doch dann fiel mein Blick auf Briannas weiche rote Mähne, und meine Schuldgefühle schwanden. Sie war in Sicherheit und Geborgenheit aufgewachsen – weil Jamie es so gewollt hatte.

»Da hat diese Braunkappe also einen kühnen Plan entwickelt«, fuhr Fiona fort. Ihr Gesicht leuchtete vor Begeisterung bei der dramatischen Geschichte. »Er hat es so gedeichselt, daß einer seiner Pächter zu den Engländern ging und ihn verriet. Weil er so tapfer für den Bonnie Prince gekämpft hatte, war auf seinen Kopf ein stolzer Preis ausgesetzt. Der Pächter sollte die Belohnung annehmen – die natürlich für die Bewohner des Guts gedacht war – und den Engländern erzählen, wo sie die Braunkappe festnehmen konnten.«

Meine Hände zuckten so heftig, daß der Henkel meiner zarten Teetasse plötzlich abbrach.

»Festnehmen?« krächzte ich, heiser vor Schreck. »Wurde er gehängt?«

Fiona blinzelte mich verwundert an. »Aber nein«, erklärte sie beruhigend. »Das hatte man zwar vor, wie mir meine Großmutter erzählte, und man machte ihm den Prozeß wegen Hochverrats, aber schließlich sperrte man ihn lediglich ins Gefängnis. Und mit der Belohnung konnten seine Pächter die Hungersnot überleben«, schloß sie fröhlich. In ihren Augen offensichtlich ein Happy-End.

»Herr im Himmel«, flüsterte Roger. Vorsichtig setzte er seine Tasse ab und starrte ins Leere. »Ins Gefängnis!«

»Das klingt, als fändest du das gut«, beschwerte sich Brianna. Sie hatte die Mundwinkel herabgezogen, und ihre Augen glänzten feucht.

»Das ist es auch«, entgegnete Roger, dem ihr Kummer nicht weiter auffiel. »Es gab nämlich nicht viele Gefängnisse, in denen die Engländer jakobitische Verräter unterbrachten, und sie alle haben offiziell Buch geführt. Begreift ihr denn nicht?« Er blickte verständnisheischend in die Runde. »Wenn er im Gefängnis war, kann ich ihn finden.« Dann betrachtete er die Bücherregale, die drei Wände des Studierzimmers säumten und in denen die gesammelte jakobitische Literatur des verstorbenen Reverends stand.

»Irgendwo da drinnen ist er«, flüsterte Roger. »Auf einer Gefangenenliste. Auf einem Dokument und damit ein Faktum. Verstehen Sie?« fragte er noch einmal, an mich gewandt. »Indem er ins Gefängnis ging, wurde er Teil der geschriebenen Geschichte. Und irgendwo da drinnen werden wir ihn finden!«

»Und erfahren, was geschah«, flüsterte Brianna, »als er freigelassen wurde.«

Roger preßte die Lippen zusammen. Wahrscheinlich wollte er nicht aussprechen, was auch mir in diesem Augenblick durch den Kopf schoß. »…wenn er nicht gestorben ist.«

»Ja, genau«, sagte er statt dessen und nahm Briannas Hand. Mich traf ein unergründlicher Blick aus seinen tiefgrünen Augen. »Als er freigelassen wurde.«

Eine Woche später war Rogers Vertrauen in die Dokumente immer noch ungebrochen. Von Reverend Wakefields Tischchen aus dem achtzehnten Jahrhundert ließ sich das nicht so ohne weiteres behaupten: Bedenklich knackten und ächzten seine zarten Beinchen unter der ungewohnten Last. Eigentlich dazu geschaffen, nicht mehr als eine Tischlampe und ein paar kleinere Artefakte des Reverends zu tragen, wurde es jetzt über alle Maßen beansprucht, denn wie auf jeder waagerechten Fläche im Studierzimmer stapelten sich auch auf ihm Papiere, Zeitschriften, Bücher und prallvolle Umschläge von historischen Gesellschaften und Forschungsbibliotheken aus ganz England, Schottland und Irland.

»Wentworth habe ich durchgearbeitet«, sagte Claire. Sie wies mit der Fußspitze auf einen Stapel, der neben ihr auf dem Boden lag. »Haben wir die Unterlagen über Berwick schon bekommen?«

»Ja, heute morgen. Aber wo habe ich sie gelassen?« Roger ließ den Blick durch das Zimmer schweifen, das starke Assoziationen an die Plünderung der Bibliothek von Alexandria wachrief, kurz bevor sie angezündet wurde. Er rieb sich über die Stirn und versuchte, sich zu konzentrieren. Da er in der letzten Woche zehn Stunden täglich die handgeschriebenen Akten britischer Gefängnisse und die Briefe, Berichtshefte und Tagebücher ihrer Direktoren durchgelesen hatte, um einen Hinweis auf Jamie Fraser zu finden, waren seine Augenränder so rot, als wären sie mit Schmirgelpapier bearbeitet worden.

»Der Umschlag war blau«, sagte er schließlich. »Soviel weiß ich noch. Er stammt von McAllister, dem Geschichtsdozenten des Trinity College, und das College benutzt große, blaue Umschläge. Vielleicht weiß Fiona, wo er ist. Fiona!«

Er ging zur Tür. Trotz der späten Stunde brannte in der Küche noch Licht, und im Flur duftete es köstlich nach heißer Schokolade und Mandelkuchen. Fiona verließ ihren Posten immer erst dann, wenn sie absolut sicher war, daß niemand in der Umgebung noch der Speisung bedurfte.

»Ja! Was gibt's?« Fiona steckte ihren braunen Wuschelkopf aus der Küchentür. »Die Schokolade wird gleich serviert«, versicherte sie Roger. »Ich warte nur noch darauf, daß ich den Kuchen aus dem Ofen nehmen kann.«

Roger lächelte sie warm an. Zwar konnte Fiona mit Geschichte nichts anfangen, doch an der Richtigkeit seines Tuns hegte sie nicht den geringsten Zweifel. Geduldig staubte sie täglich die unzähligen Bücherstapel ab, ohne sich den Kopf darüber zu zerbrechen, was sie wohl enthalten mochten.

»Danke, Fiona«, sagte er. »Haben Sie einen großen, blauen Umschlag gesehen? Er muß heute morgen mit der Post gekommen sein, aber ich weiß nicht mehr, wo ich ihn hingelegt habe.«

»Er ist oben im Bad«, antwortete sie ohne weiteres Nachdenken. »Zusammen mit einem dicken Buch mit Goldbuchstaben und einem Bild von Bonnie Prince auf der Titelseite und drei Briefen, die Sie schon aufgerissen haben. Außerdem die Gasrechnung, die

Sie sicher nicht vergessen möchten – am vierzehnten ist sie fällig. Ich habe alles auf den Durchlauferhitzer gelegt, damit man nicht darüber stolpert.« Dann klingelte die Eieruhr, und mit einem kurzen Ausruf zog sie sich in die Küche zurück.

Roger lächelte und stürmte die Treppe hoch. Mit den entsprechenden Neigungen wäre aus Fiona mit ihrem guten Gedächtnis die ideale Wissenschaftlerin geworden. Doch so gab sie zumindest eine hervorragende Assistentin ab. Solange man ein bestimmtes Dokument oder Buch nach seinem Aussehen beschreiben konnte, wußte Fiona stets, wo es zu finden war.

»Ach, das macht nichts«, hatte sie Roger abwinkend gesagt, als er sich bei ihr für die Unordnung entschuldigte, die er im Haus anrichtete. »Bei all den Papieren, die herumliegen, könnte man fast meinen, der Reverend wäre noch am Leben. Es ist wieder wie früher.«

Während Roger mit dem Umschlag nach unten ging, fragte er sich, was sein verstorbener Adoptivvater von seinen jetzigen Forschungen gehalten hätte.

»Sich bis zur Nasenspitze darin vergraben, vermutlich«, murmelte Roger. Vor seinem inneren Auge stieg das Bild auf, wie der Reverend, der kahle Schädel im Schein der altmodischen Bogenlampe im Flur schimmernd, von seinem Studierzimmer in die Küche schlurfte, wo Mrs. Graham, Fionas Großmutter, am Herd stand, um auch zu nächtlicher Stunde für das leibliche Wohl des alten Mannes zu sorgen – so wie Fiona jetzt für seins.

Eigenartig, dachte er, als er ins Studierzimmer ging. Früher war der Sohn in die Fußstapfen des Vaters getreten – hatte das schlichtweg praktische Gründe, oder wurden Talent und Neigung für einen bestimmten Beruf weitervererbt? Wurden manche dazu geboren, Schmied, Kaufmann oder Koch zu werden – bekamen sie neben dem Familienunternehmen auch Talent und Neigung mit auf den Weg?

Doch eigentlich ging es ihm eher um Brianna, wie er sich gleich darauf eingestand. Wenn er zusah, wie Claire den haselnußbraunen Kopf mit dem Lockengewirr über den Schreibtisch beugte, konnte er sich lebhaft vorstellen, daß Brianna ihr später einmal ähneln würde. Oder geriet sie mehr nach ihrem Vater, dieser Schattengestalt – einem schottischen Krieger, Bauern, Höfling und Gutsherrn?

Er hing noch immer dieser Frage nach, als Claire eine Viertelstunde später den letzten Hefter auf ihrem Stapel schloß und sich aufseufzend zurücklehnte.

»Woran denken Sie?« erkundigte sie sich, während sie nach ihrer Tasse griff.

»An nichts Wichtiges«, erwiderte Roger, aufgeschreckt aus seinen Gedanken. »Ich habe mich nur gefragt, warum sich die Leute für einen bestimmten Beruf entscheiden. Warum sind Sie zum Beispiel Ärztin geworden?«

»Warum?« Claire atmete den Dampf ein, der aus ihrer Kakaotasse aufstieg. Dann entschied sie, daß das Getränk zu heiß war, und stellte die Tasse zurück zwischen die Bücherstapel, Tagebücher und handgeschriebenen Notizzettel. Sie lächelte Roger schief an und rieb sich die Hände.

»Warum sind Sie Historiker geworden?«

»Also, ehrlich gesagt, deshalb.« Roger lehnte sich zurück und wies auf die Bücher und den ganzen Krimskrams im Raum. Dann klopfte er auf die zierliche Messinguhr auf dem Schreibtisch, ein kostbares Stück aus dem achtzehnten Jahrhundert.

»Ich bin zwischen all dem aufgewachsen. Und seit ich denken kann, bin ich mit meinem Vater auf der Suche nach Fundstücken durchs Hochland gestreift. Da war es für mich das Natürlichste der Welt. Aber bei Ihnen…?«

Claire streckte sich und bewegte die Schultern, um sie nach den langen Stunden am Schreibtisch zu lockern. Brianna, die kaum noch die Augen hatte offenhalten können, war schon vor einer Stunde zu Bett gegangen. Claire und Roger jedoch hatten mit ihrer Suche weitermachen wollen.

»Bei mir war es nicht viel anders«, erwiderte Claire. »Aber nicht so, daß ich mich entschloß, jetzt werde ich Ärztin. Vielmehr stellte ich eines Tages fest, daß ich lange Zeit als Ärztin gearbeitet hatte, und plötzlich ging es nicht mehr. Es hat mir gefehlt.«

Sie verfiel in nachdenkliches Schweigen. »Ich hatte so viel gesehen«, fuhr sie dann leise fort. »Die Schlachtfelder von Caen und Amiens, von Preston und Falkirk, das Hôpital des Anges und den Krankenraum auf der Burg Leoch. Und ich hatte als Ärztin gearbeitet, mit allem, was dazugehört – hatte Babys auf die Welt geholfen, Knochen geschient, Wunden genäht, Fieber bekämpft…«

Sie verstummte und zuckte die Achseln. »Und doch gab es so vieles, was ich nicht wußte, und um es zu lernen, ging ich auf die Universität. Aber eigentlich hat sich dadurch nicht viel geändert.« Sie stupste mit dem Finger in die Sahnehaube auf ihrem Kakao und leckte den Rahm ab. »Zwar habe ich jetzt mein Examen und einen Titel – aber Ärztin war ich, lange bevor ich die Universität betreten habe.«

»Sicher war es nicht so einfach, wie Sie es jetzt darstellen.« Roger musterte Claire mit unverhohlener Neugier. »Damals gab es noch nicht viele Frauen, die Medizin studierten, und außerdem hatten Sie eine Familie.«

»Nein, daß es leicht war, kann man nicht behaupten.« Claire sah ihn mit einem undefinierbaren Ausdruck an. »Natürlich habe ich gewartet, bis Brianna in die Schule kam und wir genügend Geld hatten, um uns eine Zugehfrau leisten zu können.« Sie zuckte die Achseln und lächelte ironisch. »Ich habe ein paar Jahre nicht mehr viel geschlafen. Das hat geholfen. Und Frank hat mir seltsamerweise auch geholfen.«

»Wirklich?« fragte er ungläubig. »Nach allem, was Sie mir von ihm erzählt haben, hatte ich nicht den Eindruck, daß er es begrüßte, als Sie Medizin studieren wollten.«

»Hat er auch nicht.« Daß sie die Lippen zusammenpreßte, sagte Roger mehr als alle Worte – offensichtlich dachte sie an Auseinandersetzungen, an fruchtlos abgebrochene Gespräche, an trotzigen Widerstand und trickreiche Behinderung statt offener Proteste.

Welch ausdrucksvolles Gesicht sie hat, dachte Roger. Er fragte sich, ob man in seinem genauso deutlich lesen konnte wie in ihrem. Diese Vorstellung war ihm so unangenehm, daß er den Kopf rasch über die Kakaotasse beugte und trank.

Als er wieder aufblickte, merkte er, daß Claire ihn mit einem mokanten Lächeln musterte.

»Und was«, fragte er, um sie abzulenken, »hat ihn dazu gebracht, seine Meinung zu ändern?«

»Brianna«, erwiderte sie, und wie immer, wenn sie von ihrer Tochter sprach, wurde ihr Gesicht weich. »Brianna. Sie war die einzige, die Frank wirklich etwas bedeutete.«

Ich wartete, bis Brianna zur Schule kam, ehe ich mein Studium begann. Aber ich hatte weitaus mehr Unterrichtsstunden als sie, Stunden, die wir wahllos mit mehr oder weniger fähigen Haushälterinnen und Babysittern überbrückten.

Ich dachte an jenen unglückseligen Tag, als mich im Krankenhaus der Anruf erreichte, Brianna sei verletzt. Ohne den grünen OP-Anzug auszuziehen, stürzte ich nach draußen und raste unter Mißachtung aller Geschwindigkeitsbegrenzungen nach Hause. Dort erwarteten mich ein Polizeiauto und ein Krankenwagen mit flackernden Alarmlichtern und ein ganzer Pulk neugieriger Nachbarn.

Wie sich später herausstellte, war die letzte Babysitterin in ihrem Ärger, daß ich schon wieder zu lange ausblieb, einfach aufgebrochen. Die siebenjährige Brianna hatte etwa eine Stunde lang gewartet, bekam dann aber Angst und faßte den Entschluß, nach draußen zu gehen und mich zu suchen. Beim Überqueren einer der Straßen in unserer Gegend war sie angefahren worden.

Zum Glück war ihr nicht viel passiert, denn das Auto war nicht besonders schnell gewesen. Sie hatte lediglich ein paar Schrammen und einen Schock abbekommen. Aber keinen so großen wie ich. Mir fuhr ein Dolch ins Herz, als ich ins Wohnzimmer kam, wo sie auf der Couch lag, mich mit tränenerfüllten Augen ansah und rief: »Mama! Wo warst du? Ich habe dich gesucht!«

Um sie zu trösten, um sie zu untersuchen, um ihre Schürfwunden und Schnitte noch einmal zu versorgen, mußte ich alles an berufsmäßiger Fassung aufbieten, was ich besaß. Dann dankte ich ihren Rettern, die mich – wie es mir in meinem aufgewühlten Zustand schien – mit vorwurfsvollen Blicken musterten. Schließlich brachte ich Brianna ins Bett. Dann setzte ich mich an den Küchentisch und heulte.

Frank klopfte mir schüchtern auf den Rücken und murmelte ein paar Worte. Aber bald gab er es auf und wandte sich praktischeren Dingen wie dem Teekochen zu.

»Ich habe eine Entscheidung getroffen«, sagte ich, als er die dampfende Tasse vor mich hinstellte. Meine Stimme klang belegt, und mein Kopf dröhnte. »Ich höre auf. Gleich morgen.«

»Aufhören?« Franks Stimme klang hell vor Erstaunen. »An der Uni? Warum das denn?«

»Ich halte das nicht mehr aus.« Normalerweise nahm ich weder Zucker noch Sahne in meinen Tee, doch diesmal gab ich beides hinein. »Ich kann Brianna nicht mehr allein lassen, wenn ich nicht sicher sein kann, daß sie gut versorgt ist – gut versorgt und zufrieden. Du weißt ja selbst, daß sie keine unserer Babysitterinnen mochte.«

»Ja, das weiß ich.« Er saß mir gegenüber und rührte gleichfalls in seiner Tasse. Nach längerem Schweigen sagte er: »Aber ich finde nicht, daß du deshalb aufhören solltest.«

Das war ungefähr das letzte, was ich erwartet hatte. Ich hatte mit erleichtertem Beifall gerechnet. Erstaunt sah ich auf.

»Das findest du nicht?«

»Ach, Claire!« Das klang zwar ungeduldig, doch es schwang ein Funke Zuneigung darin mit. »Du hast immer ganz genau gewußt, was du willst. Weißt du eigentlich, wie ungewöhnlich das ist?«

»Nein.« Ich putzte mir die Nase mit einem zerknüllten Papiertaschentuch.

Frank lehnte sich zurück und sah mich kopfschüttelnd an. »Nein, anscheinend nicht.« Eine Weile schwieg er. »Bei mir ist das anders«, sagte er schließlich. »Ich bin gut in meinem Beruf – im Unterrichten und Schreiben – manchmal sogar besser als der Durchschnitt. Und mir macht die Arbeit Spaß. Aber…« – er zögerte und sah mich dann mit seinen haselnußbraunen Augen ernst an – »ich könnte auch etwas anderes tun und wäre genausogut. Und hätte den gleichen Spaß daran. Ich habe nicht diese unverrückbare Vorstellung davon, was meine Bestimmung ist – du hingegen schon.«

»Ist das etwas Gutes?« Meine Nase war wund und meine Augen vom vielen Weinen geschwollen.

Er lachte auf. »Zunächst einmal ist es verdammt unbequem, Claire. Für dich und für mich und für Brianna. Aber, bei Gott, manchmal beneide ich dich wirklich.«

Er streckte mir seine Hand entgegen, und nach kurzem Zögern nahm ich sie.

»So voller Leidenschaft auf die Dinge – und auf Menschen – zuzugehen, das ist etwas ganz Besonderes. Und selten noch dazu.« Sanft drückte er meine Hand und ließ sie dann los. Eine Weile saßen wir da und schwiegen. Wohin mochte mein Weg wohl führen?

Was hatte ich aus meinem Leben gemacht, fragte ich mich. Was machte ich gerade? Ein heilloses Durcheinander. Ich war weder eine gute Mutter noch eine gute Ehefrau, noch eine gute Ärztin. Einst war das anders gewesen, da hatte ich einen Mann geliebt, ein Kind ausgetragen, die Kranken geheilt – all das ein selbstverständlicher Teil meines Lebens und nicht die komplizierten, zusammenhanglosen Bruchstücke, zwischen denen ich mich nun hin- und hergerissen fühlte. Aber das gehörte der Vergangenheit an. Mit Jamie und meiner Liebe zu ihm hatte ich mich als Teil eines größeren Ganzen gefühlt.

»Ich kümmere mich um Brianna.«

Ich war so sehr in meine traurigen Betrachtungen vertieft, daß ich Franks Worte zunächst nicht begriff.

»Was hast du gesagt?«

»Ich habe gesagt«, wiederholte er geduldig, »daß ich mich um Brianna kümmere. Sie kann nach der Schule zu mir in die Universität kommen und in meinem Büro spielen, bis ich Dienstschluß habe.«

Ich rieb mir die Nase. »Aber du bist doch dagegen, daß die Angestellten ihre Kinder zur Arbeit mitbringen.«

Er zuckte die Achseln und wand sich ein bißchen.

»Nun, wenn sich die Umstände ändern, muß man eben umdenken. Außerdem glaube ich nicht, daß Brianna kreischend durch die Flure rennt und Tinte verschmiert.«

»Da wäre ich mir nicht so sicher«, entgegnete ich trocken. »Aber willst du das wirklich tun?« In meinem Magen, der sich eben noch zusammengekrampft hatte, breitete sich allmählich ein zartes, warmes Gefühl aus, eine vorsichtige, ungläubige Erleichterung. Zwar brauchte ich nicht darauf zu bauen, daß Frank mir treu war – er war es nicht, wie ich wußte –, doch daß er gut für Brianna sorgen würde, darauf konnte ich mich verlassen.

Plötzlich lösten sich all meine Probleme in Wohlgefallen auf. Ich mußte nicht mehr vom Krankenhaus nach Hause hetzen, weil ich schon wieder spät dran war, mußte nicht mehr befürchten, daß sich Brianna schmollend in ihrem Zimmer verkrochen hatte, weil sie die Babysitterin nicht mochte. Sie liebte Frank, und sie würde begeistert sein, wenn sie hörte, daß sie jeden Tag zu ihm in die Universität gehen durfte.

»*Warum tust du das?*« *fragte ich unverblümt.* »*Ich weiß, daß du es nicht gern siehst, wenn ich Ärztin werde.*«

»*Stimmt*«, *erwiderte er.* »*Aber mir ist klar, daß du dich durch nichts aufhalten läßt. Und deshalb scheint es mir besser, wenn ich dir helfe – damit Brianna nicht darunter leidet.*« *Sein Gesicht wurde hart bei diesen Worten. Dann wandte er sich ab.*

»Wenn Frank irgendeine Bestimmung hatte, dann war es wohl die, für Brianna zu sorgen«, sagte Claire. Gedankenversunken rührte sie in ihrer Schokolade.

»Warum interessiert Sie das, Roger?« fragte sie plötzlich. »Warum wollen Sie das wissen?«

Er überlegte lange, bevor er antwortete. »Wahrscheinlich weil ich Historiker bin.« Er sah Claire über seine Tasse hinweg an. »Ich finde keine Ruhe, bevor ich nicht weiß, was die Leute getan haben und warum.«

»Und Sie glauben, ich könnte Ihnen das sagen?« Sie fixierte ihn scharf. »Sie glauben, ich weiß, warum?«

Er nickte. »Ja, zumindest besser als die anderen. Denn die meisten Quellen eines Historikers haben nicht diese…« – er grinste sie an – »einzigartige Perspektive.«

Plötzlich war die Spannung gebrochen. Claire lachte und stellte ihre Tasse ab. »Ja, so könnte man es ausdrücken.«

»Und außerdem«, fuhr er fort, während er sie aufmerksam beobachtete, »sind Sie ehrlich. Ich glaube, selbst wenn Sie wollten, könnten Sie nicht lügen.«

Sie warf ihm einen scharfen Blick zu und lachte kurz und trocken auf.

»Mein Junge, jeder kann lügen, wenn es nötig ist. Sogar ich. Nur fällt es Leuten mit durchsichtigen Gesichtszügen schwerer als anderen. Wir müssen uns vorher gut überlegen, was wir sagen.«

Claire senkte den Kopf und blätterte langsam in den Papieren, die vor ihr lagen. Sie waren voller Namen, Listen der Insassen englischer Gefängnisse. Erschwert wurde ihre Suche durch den Umstand, daß nicht alle Anstalten ihre Unterlagen ordentlich geführt hatten.

Einige Gefängnisdirektoren hatten ihre Insassen völlig willkürlich mitten zwischen den täglichen Ausgaben und Einkäufen aufgelistet und keinen großen Unterschied gemacht, ob nun ein Gefangener gestorben war oder man zwei Bullen zum Pökeln geschlachtet hatte.

Roger glaubte schon, Claire habe mit dem Gespräch abgeschlossen, doch einen Moment später sah sie auf.

»Trotzdem, Sie haben recht«, sagte sie. »Ich bin wirklich ehrlich – aber das ist eher ein Fehler. Mir fällt es schwer zu verschweigen, was ich denke. Wahrscheinlich erkennen Sie das so deutlich, weil Sie ähnlich sind.«

»Bin ich das?« Seltsamerweise freute Roger sich über diese Bemerkung, als hätte er unerwartet ein Geschenk bekommen.

Claire nickte. Ein leises Lächeln umspielte ihre Lippen.

»O ja. Eindeutig. Es gibt nicht viele Menschen, die die Wahrheit über sich und das, was sie beschäftigt, unverhüllt aussprechen. Ich habe erst drei kennengelernt – und jetzt sind es wohl vier.« Ihr Lächeln wurde wärmer.

»Einer war natürlich Jamie. Außerdem Maître Raymond, der Apotheker aus Paris. Dann Joe Abernathy, ein Freund, den ich während des Studiums kennengelernt habe. Und jetzt Sie. Glaube ich wenigstens.«

Nachdem sie den letzten Rest aus ihrer Tasse getrunken hatte, sah sie Roger in die Augen.

»Aber Frank hatte in gewissem Sinne recht. Man hat es nicht unbedingt leichter, wenn man weiß, wozu man bestimmt ist, aber man verschwendet nicht soviel Zeit mit Grübeln und Zweifeln. Mit der Ehrlichkeit ist es ähnlich. Doch ich glaube, wenn man sich selbst gegenüber ehrlich ist und weiß, was man will, bekommt man später wohl kaum das Gefühl, sein Leben vergeudet oder das Falsche getan zu haben.«

Sie legte die Bögen zur Seite und nahm einen Stapel Hefter mit dem einprägsamen Emblem des Britischen Museums in die Hand.

»Jamie war so«, sagte sie verträumt, fast schon zu sich selbst. »Er hat sich nie von einer Aufgabe, die er als die seine ansah, abgewandt, ganz gleich, wie gefährlich sie war. Und ich glaube nicht, daß er sein Leben als vergeudet ansah – was immer ihm auch zugestoßen ist.«

Sie verfiel in Schweigen, versenkte sich in die krakeligen Buchstaben eines längst verstorbenen Schreibers, suchte nach einem

Eintrag, der ihr verriet, was Jamie Fraser getan hatte, was er gewesen war und ob er sein Leben in einer Gefängniszelle vergeudet hatte oder in einem finsteren Verlies gestorben war.

Mit vollem, melodischem Klang schlug die kleine Uhr auf dem Schreibtisch Mitternacht. Dann Viertel nach und schließlich halb eins, eine kurze Unterbrechung im monotonen Rascheln des Papiers. Irgendwann ließ Roger die Seiten sinken und gähnte ausgiebig, ohne die Hand vor den Mund zu halten.

»Ich bin so müde, daß ich schon doppelt sehe«, sagte er. »Wollen wir nicht morgen früh weitermachen?«

Claire antwortete nicht. Sie starrte in die glimmenden Stäbe des elektrischen Heizofens und schien weit, weit fort. Erst als Roger seine Frage wiederholte, kehrte sie langsam in die Wirklichkeit zurück.

»Nein«, erwiderte sie. »Gehen Sie nur. Ich – ich mache noch ein bißchen weiter.«

Als ich ihn schließlich vor mir hatte, hätte ich ihn fast überblättert. Ich las die Namen nicht einzeln durch, sondern überflog die Seiten nur nach dem Anfangsbuchstaben »J«. »John, Joseph, Jaques, James.« Es gab James Edward, James Alan, James Walter, ad infinitum. Und dann stand es da, eine Zeile in einer feinen, sauberen Handschrift: »Jms. MacKenzie Fraser von Broch Tuarach.«

Behutsam legte ich den Bogen auf den Tisch und schloß die Augen. Dann sah ich wieder hin. Es stand immer noch da.

»Jamie!« sagte ich laut. Meine Brust drohte zu zerspringen. »Jamie!« sagte ich wieder, leiser diesmal.

Es war fast drei Uhr morgens. Die anderen schliefen, doch das Haus ächzte wie alle alten Gemäuer, so daß es mir vorkam, als leistete es mir Gesellschaft. Seltsamerweise hatte ich nicht das Bedürfnis, aufzuspringen und Brianna und Roger zu wecken. Ich wollte es für mich behalten, als wäre ich hier, im warmen Schein der Lampen, mit Jamie allein.

Meine Finger fuhren die Spur der Tinte nach. Wer immer diese Buchstaben geschrieben hatte, hatte Jamie gesehen – vielleicht hatte Jamie dabei sogar vor ihm gestanden. Oben auf der Seite war das Datum vermerkt – 16. Mai 1753. Jetzt hatten wir ebenfalls Mai. Ich stellte mir vor, wie ein verirrter Sonnenstrahl in der klaren, kühlen Frühlingsluft in seinem Haar goldene Funken aufleuchten ließ.

Wie Jamie sein Haar damals wohl getragen hatte – kurz oder lang? Am liebsten trug er es geflochten oder zu einem Pferdeschwanz zusammengebunden. Ich sah die unbewußte Geste vor mir, mit der er sein Haar im Nacken hochgehoben hatte, um die Haut zu kühlen.

Seinen Kilt hatte er wohl nicht angehabt – nach Culloden war das Tragen von Tartans verboten. Kniehosen also und ein Leinenhemd. Ich hatte solche Hemden für ihn genäht, spürte noch den weichen Stoff in meiner Hand, sah die stattliche Länge von drei Metern vor mir, die man brauchte, damit sie lang herunterreichten und weite Ärmel hatten.

Jamie war schon früher im Gefängnis gewesen. Wie sein Gesicht wohl ausgesehen hatte, als er vor dem englischen Wärter stand und nur zu gut wußte, was ihn erwartete? Versteinert wahrscheinlich, mit kalten, dunklen Augen – unergründlich und unheilvoll wie die tiefen Wasser des Loch Ness.

Als ich aufsah, merkte ich, daß ich auf dem Sesselrand saß und den Hefter fest an die Brust gepreßt hielt. Ich hatte mich so ungehemmt meinen Träumereien überlassen, daß ich gar nicht darauf geachtet hatte, aus welchem Gefängnis die Aufzeichnungen stammten.

Langsam drehte ich den Hefter um. War es Berwick nahe der Grenze? Das berüchtigte Tolbooth in Edinburgh? Oder ein Gefängnis im Süden wie Leeds Castle – oder gar der Tower in London?

»Ardsmuir«, stand klar und deutlich auf der Karte, die mit einer Klammer an die Vorderseite geheftet war.

»Ardsmuir?« fragte ich verwundert. »Wo zum Teufel liegt Ardsmuir?«

8

Ein Gefangener in Ehren

Ardsmuir, Schottland, 15. Februar 1755

»Ardsmuir ist der Karbunkel am Hintern Gottes«, erklärte Oberst Harry Quarry. Mit einem süffisanten Lächeln trank er dem jungen Mann am Fenster zu. »Seit zwölf Monaten bin ich hier, und das sind elf Monate und neunundzwanzig Tage zuviel. Ich gratuliere Ihnen zu Ihrem neuen Posten, Mylord.«

Major John William Grey wandte sich von dem Fenster ab, durch das er seine neue Domäne in Augenschein genommen hatte.

»Es wirkt hier in der Tat etwas ungemütlich«, entgegnete er trocken und hob sein Glas. »Regnet es hier ständig?«

»Natürlich. Wir sind in Schottland – im letzten Eck von Schottland.« Quarry nahm einen großen Schluck Whisky, hustete und stieß hörbar den Atem aus, als er das leere Glas absetzte.

»Der Alkohol hier ist der einzige Lichtblick«, sagte er heiser. »Suchen Sie in Ihrer besten Uniform die ansässigen Schnapshändler auf, und man wird Ihnen einen günstigen Preis bieten. Ohne den Zollaufschlag kommt der Schnaps erstaunlich billig. Die besten Brennereien habe ich Ihnen aufgeschrieben.« Er deutete mit dem Kopf zu dem wuchtigen Schreibtisch aus Eichenholz, der sich auf der anderen Seite des Zimmers wie ein kleines Bollwerk erhob.

»Hier ist der Dienstplan der Wärter«, erklärte Quarry, erhob sich und griff in die obere Schublade. Er knallte erst eine und dann eine zweite abgegriffene Ledermappe auf die Schreibfläche. »Und die Liste mit den Gefangenen. Im Augenblick haben wir hundertsechsundneunzig, normalerweise sind es zweihundert. Die Anzahl schwankt: Hin und wieder stirbt einer, dafür kommt dann der eine oder andere Wilderer hinzu, der in der Gegend aufgegriffen wird.«

»Zweihundert«, wiederholte Grey. »Und wie viele Wachsoldaten sind in den Kasernen?«

»Zweiundachtzig, aber wirklich rechnen können Sie nur mit der Hälfte.« Quarry griff erneut in die Schublade und förderte eine verkorkte Glasflasche zutage. Er schüttelte sie und lächelte mokant, als er den Inhalt schwappen hörte. »Nicht nur der Kommandant tröstet sich mit Alkohol. Für gewöhnlich ist die Hälfte der Wachsoldaten beim Appell nicht zu gebrauchen. Ich überlasse Ihnen die Flasche. Sie werden sie brauchen.« Er legte sie zurück und zog die untere Schublade heraus.

»Hier sind die Anforderungslisten und Zweitschriften. Der Papierkram ist das Schlimmste an dem Posten. Eigentlich gibt es nicht sonderlich viel zu tun, wenn man einen guten Sekretär hat. Leider gibt es im Augenblick keinen. Ich hatte einen Korporal mit einer annehmbaren Handschrift, aber er ist vor zwei Wochen gestorben. Wenn Sie sich einen neuen heranziehen, haben Sie nichts weiter zu tun, als auf die Jagd nach Moorhühnern und nach dem Gold des Franzosen zu gehen.« Er lachte über seinen Scherz. Die Gerüchte über das Gold, das Louis von Frankreich seinem Cousin Charles Stuart angeblich hatte zukommen lassen, waren in diesem Teil Schottlands in aller Munde.

»Und die Gefangenen – sind die nicht schwierig?« fragte Grey. »Wie ich gehört habe, handelt es sich bei ihnen hauptsächlich um jakobitische Hochlandschotten.«

»Das stimmt. Aber sie sind recht fügsam.« Quarry schwieg und schaute aus dem Fenster. Eine kleine Gruppe zerlumpter Männer trat soeben aus der Tür in der düsteren Mauer gegenüber. »Nach Culloden ist ihnen das Herz in die Hose gerutscht«, meinte er nüchtern. »Dafür hat schon der Herzog von Cumberland mit seiner Unnachgiebigkeit gesorgt. Und wir nehmen die Männer so hart ran, daß ihnen nicht die Kraft bleibt, sich aufzulehnen.«

Grey nickte. Die Mauern der Festung Ardsmuir wurden derzeit erneuert, und man bediente sich dabei pikanterweise der Arbeitskraft der Schotten, die darin eingekerkert waren. Grey stand auf und stellte sich neben Quarry.

»Da ist ein Arbeitstrupp, der zum Torfstechen aufbricht.« Quarry deutete mit einem Kopfnicken auf die Gruppe unten im Hof. Ein Dutzend bärtiger Männer stellte sich vor einem Soldaten in roter Uniform auf. Nachdem der Mann die Reihe mehrmals abgegangen war, erteilte er einen Befehl und wies mit der Hand in Richtung Gefängnistor.

Die Häftlinge wurden von sechs bewaffneten Soldaten begleitet, die sich hinter und vor ihnen postiert hatten und ihre Musketen im Anschlag hielten. Die Gefangenen gingen langsam, ungeachtet des Regens, der ihre Kleidung durchnäßte. Ihnen folgte ein knarrender Eselskarren, in dem eine Handvoll Torfmesser glänzte.

Quarry zählte die Marschierenden und runzelte die Stirn. »Einige scheinen krank zu sein. Ein Trupp besteht aus achtzehn Männern – drei Gefangene pro Wärter wegen der Messer. Obwohl sie nur selten versuchen, sich aus dem Staub zu machen«, fügte er hinzu und wandte sich vom Fenster ab. »Vermutlich wüßten sie gar nicht, wohin.« Er entfernte sich vom Schreibtisch und stieß dabei einen großen geflochtenen Korb zur Seite, der vor der Feuerstelle stand und mit großen dunklen Brocken gefüllt war.

»Lassen Sie auch bei Regen das Fenster offen«, empfahl er. »Sonst ersticken Sie womöglich vor lauter Torfrauch.« Zur Veranschaulichung atmete er tief ein und ließ die Luft zischend wieder entweichen. »Mein Gott, bin ich froh, nach London zurückzugehen!«

»Vermutlich gibt es hier kein besonders reges Gesellschaftsleben, oder?« fragte Grey trocken. Quarry lachte belustigt auf.

»Gesellschaft? Mein lieber Freund! Abgesehen von ein oder zwei Dorfgrazien besteht die hiesige ›Gesellschaft‹ allein aus Ihren vier Offizieren, von denen einer in der Lage ist zu reden, ohne zu fluchen, und einem Häftling.«

»Einem Häftling?« Fragend blickte Grey von den Büchern auf, die er sorgfältig durchsah.

»Ja.« Rastlos wanderte Quarry im Büro auf und ab. Er wollte endlich gehen. Seine Kutsche wartete bereits. Er war nur geblieben, um seinen Nachfolger kurz einzuweisen und das Kommando offiziell zu übergeben. Jetzt hielt er inne und warf einen leise amüsierten Blick auf Grey.

»Sie haben vom roten Jamie Fraser gehört, nehme ich an.«

Grey erstarrte, verzog jedoch keine Miene.

»Es gibt vermutlich kaum jemanden, der ihn nicht kennt«, erwiderte er kühl. »Dieser Mann war während des Aufstands bekannt wie ein bunter Hund.« Verdammt, Quarry wußte etwas! Kannte er alles oder nur den Anfang?

Quarrys Mund zuckte, aber er nickte nur.

»Richtig. Jetzt haben wir ihn. Er ist hier der einzige jakobitische Offizier von Rang, und die gefangenen Schotten behandeln ihn wie ihren Anführer. Deshalb tritt er als ihr Sprecher auf, falls es irgendwelche Schwierigkeiten mit den Häftlingen gibt – und ich versichere Ihnen, die werden nicht ausbleiben.« Quarry setzte sich und streifte seine hohen Reitstiefel über.

»*Seumus, mac an fhear dhuibh*, nennen sie ihn, oder auch einfach nur *Mac Dubh*. Sprechen Sie Gälisch? Ich auch nicht. Aber Grissom ist in der Sprache bewandert, und er sagt, es bedeutet ›James, Sohn der Hölle‹. Die Hälfte der Wachmannschaft fürchtet sich vor ihm, vor allem die, die mit Cope in der Schlacht von Prestonpans gekämpft haben. Sie sagen, er sei der Teufel in Person. Jetzt ist er wohl eher ein armer Teufel!« Quarry schnaubte.

»Die Gefangenen gehorchen ihm ohne Widerrede. Ihnen Befehle zu erteilen, ohne sie sich von ihm bestätigen zu lassen, ist, als spräche man in den Wind. Schon jemals mit Schotten zu tun gehabt? Ach, natürlich. Sie haben ja in Culloden im Regiment Ihres Bruders gekämpft.« Quarry schlug sich an die Stirn ob seiner vorgeblichen Vergeßlichkeit. Verdammt! Der Mann wußte alles.

»Dann wissen Sie ja Bescheid. Starrköpfig ist noch weit untertrieben.« Mit einer lässigen Handbewegung tat er ein ganzes Heer aufsässiger Schotten ab.

»Und das bedeutet...« – Quarry legte eine Pause ein – »daß Sie auf Frasers guten Willen oder zumindest seine Unterstützung angewiesen sind. Einmal die Woche ließ ich ihn bei mir zum Abendessen antreten, um das, was anstand, zu besprechen, was er nicht ungern befolgte. Sie könnten eine ähnliche Regel einführen.«

»Das könnte ich.« Greys Stimme klang gleichgültig, doch er hatte die Hände zu Fäusten geballt. Da müßten Ostern und Weihnachten schon auf einen Tag fallen, bevor er mit Jamie Fraser zu Abend aß!

»Er ist ein gebildeter Mann«, fuhr Quarry fort und hielt seine boshaft funkelnden Augen auf Grey gerichtet. »Weitaus anregender als die Offiziere. Außerdem spielt er Schach. Sie doch auch, nicht wahr?«

»Hin und wieder.« Grey konnte kaum noch atmen, so angespannt waren seine Bauchmuskeln. Konnte dieser Dummkopf nicht endlich mit seinem Geschwätz aufhören und verschwinden?

»Nun gut, jetzt überlasse ich Ihnen das Feld.« Als hätte er Greys Wunsch erraten, rückte Quarry sich die Perücke zurecht, nahm seinen Umhang vom Haken neben der Tür und schwang ihn sich verwegen um die Schultern. An der Tür wandte er sich noch einmal um.

»Ach, noch etwas. Falls Sie mit Fraser allein essen, wenden Sie ihm nicht den Rücken zu!« Quarrys widerwärtige Spaßhaftigkeit war wie weggeblasen. Grey warf ihm einen finsteren Blick zu, aber nichts ließ erkennen, daß die Warnung scherzhaft gemeint war.

»Damit ist es mir ernst«, fügte Quarry eindringlich hinzu. »Zwar trägt er Hand- und Fußschellen, aber es ist ein leichtes, einen Menschen mit der Kette zu erdrosseln. Und Fraser ist ein kräftiger Kerl.«

»Ich weiß.« Voll Zorn spürte Grey, wie ihm das Blut in die Wangen stieg. Um es zu verbergen, wandte er sich rasch dem halb geöffneten Fenster zu und kühlte sein Gesicht im Luftzug. »Aber«, sagte er zu den regennassen grauen Steinen unten im Hof, »wenn er so klug ist, wie Sie sagen, wird er mich wohl kaum in meinem Quartier mitten im Gefängnis angreifen. Was würde er damit erreichen?«

Quarry antwortete nicht. Nach einer Weile drehte Grey sich um und blickte in das breite, rötliche Gesicht seines Gegenübers, aus dem jede Spur von Spott gewichen war.

»Verstand«, entgegnete Quarry nachdenklich, »ist nicht alles. Aber Sie sind wohl noch zu jung, um erlebt zu haben, wie eng Haß und Verzweiflung beieinander liegen. Vor allem in Schottland in den letzten zehn Jahren.« Er neigte den Kopf und betrachtete den neuen Kommandanten von Ardsmuir mit der Überlegenheit des um fünfzehn Jahre älteren.

Major Grey war in der Tat nicht älter als sechsundzwanzig, mit hellem Teint und mädchenhaften Wimpern, die ihn noch jünger wirken ließen, als er war. Zu diesem Nachteil gesellte sich der Umstand, daß er drei oder vier Zentimeter kleiner war als der Durchschnitt und zudem von feinem Körperbau. Er straffte die Schultern.

»Ich weiß um die Existenz derartiger Dinge, Oberst«, erwiderte er gelassen. Wie er selbst war Quarry ein jüngerer Sohn aus guter Familie, aber da der andere einen höheren Rang bekleidete, mußte er sich zügeln.

Quarry sah Grey nachdenklich an.

»Vermutlich.«

Abrupt setzte er sich den Hut auf. Dann strich er sich über die dunkle Narbe an der Wange – eine Erinnerung an das fatale Duell, das der Grund für seine Verbannung nach Ardsmuir gewesen war.

»Was Sie getan haben, um hier zu landen, weiß Gott allein, Grey«, sagte er und schüttelte den Kopf. »Aber um Ihretwillen hoffe ich, daß Sie es verdient haben. Viel Glück!« Sein blauer Umhang wirbelte herum, und schon war er verschwunden.

»Von zwei Übeln ist mir das lieber, das ich kenne«, erklärte Murdo Lindsay und schüttelte kummervoll den Kopf. »So schlecht war der hübsche Harry gar nicht.«

»Stimmt«, gab Kenny Lesley ihm recht. »Aber du warst schon hier, als er kam, oder? Harry war um vieles besser als Bogle, dieses Drecksgesicht, aye?«

»Aye«, entgegnete Murdo verblüfft. »Worauf willst du hinaus, Mann?«

»Wenn also der Hübsche besser war als Bogle«, erklärte Leslie geduldig, »dann war der Hübsche das Übel, das wir nicht gekannt haben, und Bogle das Übel, das wir gekannt haben. Und trotzdem war der Hübsche besser. Also hast du dich getäuscht, Mann.«

»Ich?« Murdo, völlig verwirrt von dieser Logik, blickte Lesley finster an. »Nein, habe ich nicht.«

»Doch«, entgegnete Lesley unwirsch. »Wie immer, Murdo! Weshalb fängst du überhaupt noch einen Streit an, wenn du doch nie gewinnst?«

»Ich streite nicht!« wehrte sich Murdo entrüstet. »Du streitest. Ich nicht!«

»Nur weil du unrecht hast, Mann!« erklärte Lesley. »Wenn du recht gehabt hättest, hätte ich keinen Ton gesagt.«

»Aber ich habe recht. Glaube ich wenigstens«, murmelte Murdo. Inzwischen wußte er nicht mehr recht, was er überhaupt gesagt hatte. Und so drehte er sich zu der stattlichen Gestalt um, die in der Ecke saß. »Mac Dubh, habe ich mich geirrt?«

Der hochgewachsene Mann streckte sich und lachte. Dabei rasselten leise seine Ketten.

»Nein, Murdo, hast du nicht. Aber wir wissen noch nicht, ob du recht hast. Das wissen wir erst, wenn wir uns den Neuen angeschaut haben, aye?« Als er merkte, wie Lesley die Brauen runzelte und abermals zum Sprechen ansetzte, hob Mac Dubh die Stimme und fragte die Anwesenden: »Hat schon jemand den neuen Kommandaten zu Gesicht bekommen? Johnson? MacTavish?«

»Ich habe ihn gesehen«, rief Hayes und drängte bereitwillig nach vorne, um sich die Hände am Feuer zu wärmen. In der großen Zelle gab es nur eine Feuerstelle, die höchstens sechs Männern gleichzeitig Platz bot. Die restlichen vierzig Gefangenen waren der bitteren Kälte ausgeliefert.

Daher war man übereingekommen, daß demjenigen, der eine Geschichte zu erzählen hatte oder der ein Lied zum besten geben wollte, für die Dauer seines Auftritts der Platz an der Feuerstelle gebührte. Das sei überliefertes Bardenrecht, hatte Mac Dubh erklärt. In früheren Zeiten hatte man den Barden in den alten Burgen ein warmes Plätzchen angeboten und sie ausreichend mit Essen und Trinken versorgt. Damit bezeugte der Schloßherr seine Gastfreundschaft. Zwar konnte hier niemand Essen und Trinken entbehren, aber wenigstens der warme Platz war gesichert.

Hayes schloß die Augen. Mit glücklichem Gesichtsausdruck streckte er die Hände dem Feuer entgegen. Das ungeduldige Drängen von beiden Seiten ließ ihn jedoch die Augen hastig wieder öffnen, und er begann zu sprechen.

»Ich hab' ihn gesehen, als er aus der Kutsche stieg, und noch einmal, als ich einen Teller mit Naschwerk aus der Küche hochgebracht habe und er mit dem hübschen Harry ein Schwätzchen hielt.« Angestrengt zog Hayes die Stirn in Falten.

»Er ist blond und hat die langen Locken mit einem blauen Band zusammengebunden. Dazu große Augen mit langen Wimpern wie ein Mädel.« Den schrägen Blick auf seine Zuhörer gerichtet, klimperte er kokett mit den borstigen Wimpern.

Von dem Gelächter ermutigt, begann er, den neuen Kommandanten zu beschreiben: seine Kleidung, die »fein wie die eines

Gutsherrn« sei, seine Kutsche und seinen Diener, der »wie die Engländer« wäre und »auch so redete, als hätte er sich die Zunge verbrannt«. Und er berichtete, was er von den Worten des neuen Mannes aufgeschnappt hatte.

»Er redet wie einer, der sich auskennt«, meinte Hayes und schüttelte zweifelnd den Kopf, »obwohl er ausschaut wie ein Milchbart. Aber wahrscheinlich ist er älter, als er wirkt.«

»Aye, ein Winzling, kleiner als Angus«, fiel Baird zustimmend ein und deutete mit einer Kopfbewegung auf Angus MacKenzie, der erschrocken an sich herunterblickte. Als er an der Seite seines Vaters in Culloden gekämpft hatte, war Angus zwölf Jahre alt gewesen. Annähernd die Hälfte seines Lebens hatte er in Ardsmuir zugebracht, und bei der mageren Essensration war er nicht wesentlich gewachsen.

»Aye«, stimmte Hayes zu, »aber er hält sich gerade – als hätte man ihm einen Ladestock in den Hintern geschoben.«

Bei seiner Beschreibung brach lautes Gelächter aus, gefolgt von anstößigen Bemerkungen. Hayes machte Ogilvie Platz, der eine lange, skurrile Geschichte über den Herrn von Donibristle und die Tochter des Schweinehirten erzählen wollte. Hayes trat bereitwillig von der Feuerstelle zurück und setzte sich – der Sitte folgend – neben Mac Dubh.

Mac Dubh beanspruchte nie den Platz an der Feuerstelle, selbst wenn er ihnen die langen Geschichten aus den Büchern erzählte, die er gelesen hatte: *Die Abenteuer des Roderick Random* oder *Tom Jones, die Geschichte eines Findlings*, oder ihre Lieblingsgeschichte: *Robinson Crusoe*. Er erklärte, er brauche Raum für seine langen Beine, und saß stets am selben Fleck in der Ecke. Für gewöhnlich setzten sich die Männer, nachdem sie den Feuerplatz wieder frei gemacht hatten, neben ihn auf die Bank und ließen ihn an der Wärme teilhaben, die von ihren Kleidern ausging.

»Wirst du morgen mit dem neuen Kommandanten reden, Mac Dubh?« fragte Hayes, als er sich niedersetzte. »Ich habe Billy Malcolm getroffen, als er vom Torfstechen zurückkam. Er hat mir zugerufen, die Ratten in ihrer Zelle wären schrecklich frech geworden. Sechs Männer sind diese Woche im Schlaf gebissen worden; bei zweien eitert die Wunde.«

Mac Dubh schüttelte den Kopf und kratzte sich am Kinn. Vor

seiner wöchentlichen Audienz bei Harry Quarry war ihm immer eine Rasur zugestanden worden. Aber weil das letzte Zusammentreffen jetzt schon fünf Tage zurücklag, sprossen auf seinem Kinn kräftige, rote Stoppeln.

»Ich weiß nicht, Gavin«, erwiderte er. »Quarry hat gesagt, er würde dem neuen Mann von unserer Vereinbarung erzählen, aber vielleicht hat er ja seine eigenen Vorstellungen. Wenn man mich zu ihm ruft, werde ich ihm natürlich von den Ratten erzählen. Hat Malcolm nach Morrison geschickt, damit er sich die Wunden ansieht?« Im Gefängnis gab es keinen Arzt. Morrison, der sich auf Krankheiten verstand, hatte auf Mac Dubhs Bitte hin die Erlaubnis der Wärter, sich um die Kranken oder Verletzten zu kümmern.

Hayes schüttelte den Kopf. »Mehr konnte er nicht sagen, sie waren auf dem Vorbeimarsch.«

»Am besten schicke ich Morrison«, entschied Mac Dubh. »Er kann Billy fragen, ob noch was anderes anliegt.« Es gab vier Hauptzellen, in denen jeweils eine große Anzahl von Häftlingen untergebracht waren. Durch Morrison und die Arbeitstrupps, die täglich in den Steinbruch oder zum Torfstechen gingen, konnten sie sich miteinander verständigen.

Morrison erschien sofort, nachdem man ihn gerufen hatte, und steckte vier der Rattenschädel ein, die die Häftlinge für ihr improvisiertes Damespiel verwendeten. Mac Dubh griff unter die Bank und zog die Stofftasche hervor, die er stets bei sich trug, wenn es ins Moor ging.

»O nein, nicht schon wieder diese verdammten Brennesseln«, protestierte Morrison, als er sah, wie Mac Dubh mit verzerrtem Gesicht in der Tasche wühlte. »Ich kann die Männer nicht dazu bringen, dieses Zeug zu essen. Sie fragen mich, ob ich sie für Kühe oder Schweine halte.«

Vorsichtig zog Mac Dubh eine Handvoll welker Stengel heraus und saugte an seinen zerstochenen Fingern.

»Eigensinnig wie die Schweine sind sie jedenfalls«, bemerkte er. »Es sind doch nur Brennesseln. Wie oft soll ich dir das noch sagen, Morrison? Zerstampfe Stengel und Blätter zu Brei. Oder koch einen Tee daraus und laß sie den trinken. Und sag ihnen, ich hätte noch nie Schweine Tee trinken sehen.«

Morrison verzog das runzelige Gesicht zu einem Grinsen. Er war alt und erfahren und kam mit widerspenstigen Patienten bestens zurecht. Er murrte nur gern.

»Aye, ich werde sie fragen, ob sie jemals eine zahnlose Kuh gesehen haben«, gab er schließlich nach und steckte die welken Pflanzen in seine Tasche. »Vielleicht glauben sie dann, daß das Grünzeug gegen Skorbut hilft«, fügte er hinzu, ehe er verschwand.

Mac Dubh entspannte sich. Er ließ den Blick durch die Zelle wandern, um sich zu vergewissern, daß sich kein Streit zusammenbraute. Derzeit herrschten Fehden. Eine Woche zuvor hatte er eine Meinungsverschiedenheit zwischen Bobby Sinclair und Edwin Murray geschlichtet. Sie waren zwar keine Freunde geworden, gingen sich jetzt aber zumindest aus dem Weg.

Müde schloß er die Augen. Den ganzen Tag hatte er Steine geschleppt. In Kürze würde man ihnen die Nachtmahlzeit bringen – eine Schüssel Haferbrei und etwas Brot, das untereinander aufgeteilt werden mußte, und wenn sie Glück hatten, ein wenig Brühe. Danach würden sich die meisten Männer vermutlich schlafen legen. Das bedeutete für ihn ein paar friedvolle Minuten.

Bisher hatte er noch keine Zeit gehabt, über den neuen Kommandanten nachzudenken. Jung sei er, hatte Hayes gesagt. Das mochte gut, konnte aber auch schlecht sein.

Die Älteren, die bei dem Aufstand mitgekämpft hatten, hegten oftmals Vorurteile gegen die Schotten – Bogle, der ihn in Ketten gelegt hatte, hatte an Copes Seite gekämpft. Aber ein verängstigter junger Soldat, der eine anspruchsvolle Aufgabe meistern wollte, könnte sich als grausamer erweisen als so manch barscher alter Oberst. Aber es ließ sich nicht ändern, man mußte abwarten.

Seufzend veränderte er seine Haltung und fühlte sich – zum zehntausendstenmal – eingeengt durch die Ketten. Er empfand es als furchtbar, die Arme nicht weiter als einen halben Meter ausbreiten zu können.

»Mac Dubh«, rief eine leise Stimme neben ihm. »Ein Wort im Vertrauen, wenn du gestattest.« Mac Dubh öffnete die Augen. Neben ihm kauerte Ronnie Sutherland. Der schwache Schein des Feuers verlieh seinem spitzen Gesicht etwas Fuchsähnliches.

»Aye, Ronnie, sicher.« Er setzte sich gerade hin und verbannte die Ketten wie auch den neuen Kommandanten aus seinen Gedanken.

Liebste Mutter, schrieb John Grey am Abend desselben Tages.

Ich bin sicher angekommen und empfinde meinen neuen Posten als angenehm. Mein Vorgänger, Oberst Quarry – er ist der Neffe des Herzogs von Clarence, erinnerst Du dich? – hat mich willkommen geheißen und mich in meine Aufgabe eingeführt. Mir steht ein ausgezeichneter Bursche zur Seite. Zwar ist mir in Schottland zunächst vieles noch fremd, aber ich bin guten Mutes, daß ich diesem Aufenthalt Interessantes abgewinnen werde. Zum Abendessen wurde mir etwas serviert, was sich ›Haggis‹ nennt, wie mir der Bursche erklärte. Diese Speise entpuppte sich als ein Schafsmagen, der mit Hafermehl und nicht eindeutig erkennbaren Fleischbrocken gefüllt war. Obwohl man mir versicherte, daß das Gericht bei den Schotten als besondere Delikatesse gilt, habe ich es in die Küche zurückgehen lassen und statt dessen um ein Lammkotelett gebeten. Nach dieser ersten – mageren! – Mahlzeit hier werde ich mich nun niederlegen. Eine eingehende Beschreibung der Umgebung, die ich in der Dunkelheit bisher kaum gesehen habe, hebe ich mir für einen späteren Brief an Dich auf.

Grey hielt inne und klopfte mit der Feder auf das Löschpapier. Der tintengetränkte Kiel hinterließ kleine Punkte, die er gedankenversunken zu einer Figur verband.

Sollte er es wagen, nach George zu fragen? Nicht offen heraus, das ging nicht, aber er konnte sich nach der Familie erkundigen, fragen, ob seine Mutter vor kurzem mit Lady Everett zusammengetroffen war. Und sie bitten, ihn bei ihrem Sohn in Erinnerung zu bringen.

Seufzend versah er die Zeichnung mit einem weiteren Punkt. Nein. Seine verwitwete Mutter war mit den Umständen nicht vertraut, und Lady Everetts Gatte bewegte sich in Militärkreisen. Der Einfluß seines Bruders würde dem Klatsch zwar mehr oder weniger Einhalt gebieten, aber es war nicht auszuschließen, daß Lord Everett doch etwas hörte und dann zwei und zwei zusammenzählte. Eine unkluge Bemerkung über George zu seiner Frau, die wiederum seiner Mutter davon erzählen würde... und die Gräfinwitwe war nicht dumm.

Sie wußte nur zu gut, daß er in Ungnade gefallen war. Junge Offiziere, die sich des Wohlwollens ihrer Vorgesetzten erfreuten, schickte man nicht in die hinterste Ecke Schottlands, um Ausbesserungsarbeiten an einer kleinen, unbedeutenden Gefängnisfestung zu überwachen. Doch sein Bruder Harold hatte ihr etwas von einer unglückseligen Liebesgeschichte erzählt und angedeutet, daß sie unschicklich war, um sie von weiteren Fragen abzuhalten. Vermutlich nahm sie an, man hätte ihn mit der Gattin des Oberst ertappt.

Eine unglückselige Liebesgeschichte! Grimmig lächelnd tauchte er die Feder ein. Wenn Hal es so umschrieb, verfügte er möglicherweise über mehr Einfühlungsvermögen, als John vermutet hatte. Andererseits hatte sein ganzes Leben nach Hectors Tod in Culloden einen unglückseligen Verlauf genommen.

Der Gedanke an Culloden rief in ihm die Erinnerung an Fraser wach, der er den ganzen Tag ausgewichen war. Er spürte, wie ihm das Blut in die Wangen stieg und Hitzeschauer ihn erfaßten, die nicht von dem nahen Feuer herrührten. Deshalb stand er auf, ging zum Fenster und sog die Luft bis in die Lungenspitzen, als könne er sich auf diese Weise von der Erinnerung befreien.

»Entschuldigen Sie, Herr, aber möchten Sie Ihr Bett jetzt angewärmt haben?« Erschreckt drehte Grey sich um. Der zerzauste Schopf des Gefangenen, der ihm als Bursche zugewiesen war, erschien in der Tür, die zu Greys Privaträumen führte.

»Oh! Ja, danke… MacDonell?« fragte er unsicher.

»MacKay, Sir«, verbesserte ihn der Mann, offensichtlich nicht weiter gekränkt, und verschwand.

Grey seufzte. Heute abend gab es nichts weiter zu tun.

Er ging zum Schreibtisch zurück und nahm die Mappen, um sie wegzuräumen. Das Gebilde auf dem Löschblatt ähnelte einem der mit Dornen versehenen Streitkolben, mit denen die Ritter vergangener Jahrhunderte die Köpfe ihrer Gegner zerschmettert hatten. Ihm war, als hätte er einen davon verschluckt. Dabei lagen ihm vermutlich nur die halbgaren Lammkoteletts im Magen.

Grey schüttelte den Kopf, zog den Brief zu sich heran und unterschrieb ihn hastig.

In tiefer Zuneigung, Dein ergeb. Sohn John W. Grey. Er streute Sand über die Unterschrift, versiegelte den Brief und legte ihn zur Seite, um ihn am folgenden Morgen dem Boten zu übergeben.

Dann stand er auf und ließ den Blick zögernd über die dunklen

Nischen seines Arbeitszimmers gleiten. Der große Raum war kalt und ungemütlich und bis auf den massiven Schreibtisch und zwei Stühle fast leer. Grey fröstelte. Die matt glimmernden Torfquader in der Feuerstelle gaben kaum Wärme ab.

Erneut warf er einen Blick auf die Liste mit den Gefangenen. Dann bückte er sich, zog die untere Schublade seines Schreibtisches auf und nahm die braune Flasche heraus. Er drückte die Kerze aus und ging im matten Schein des Feuers zu seinem Bett.

Die Erschöpfung und der Whisky hätten ihm eigentlich einen erholsamen Schlaf bescheren müssen, doch er fand keine Ruhe. Wann immer er meinte, in den Schlummer zu sinken, tauchte der Wald von Carryarrick vor seinen Augen auf, und wieder lag er hellwach und schweißgebadet da, und sein Herz klopfte zum Zerspringen.

Sechzehn war er gewesen und unvergleichlich aufgeregt, an seinem ersten Feldzug teilzunehmen. Damals hatte er sein Patent noch nicht, doch sein Bruder Hal ließ ihn einfach mitmarschieren, damit er sich einen Eindruck vom Soldatenleben verschaffen konnte.

Sie waren unterwegs nach Preston, wo sie zu General Cope stoßen wollten. Als sie eines Abends in der Nähe eines dunklen Waldes ihre Zelte aufgeschlagen hatten, konnte John vor Aufregung keinen Schlaf finden. Wie würde die Schlacht wohl sein? Cope war ein ausgezeichneter General, darin waren sich Hals Freunde einig, doch die Männer an den Feuern erzählten sich furchterregende Geschichten von den wilden Schotten. Würde er den Mut aufbringen, sich dem schrecklichen Angriff entgegenzustellen?

Nicht einmal Hector konnte er seine Ängste gestehen. Hector liebte ihn, aber Hector war schon zwanzig, groß, kräftig und furchtlos, hatte ein Leutnantspatent und wußte lauter spannende Geschichten über seine Schlachten in Frankreich zu berichten.

Nicht einmal heute konnte er sagen, ob er Hector mit seiner Tat hatte nacheifern oder ihn nur hatte beeindrucken wollen. Aber was auch immer – sobald er den Schotten im Wald sah, den er von Flugblättern her als den berüchtigten roten Jamie erkannte, faßte er den Entschluß, ihn zu töten oder zu fangen.

Zwar schoß ihm damals wirklich durch den Kopf, zum Lager zurückzugehen und Hilfe zu holen, aber der Mann war allein – so hatte John zumindest angenommen – und saß, offensichtlich nichts Böses ahnend, still auf einem Baumstamm und kaute an einem Stück Brot.

Und so hatte er sein Messer aus dem Gürtel gezogen und sich lautlos durch den Wald an den Schotten mit dem leuchtendroten Schopf herangeschlichen, den sicheren Ruhm und Hectors Lob vor Augen.

Statt dessen traf ihn aus dem Nichts ein plötzlicher Schlag, als der Schotte auf ihn zusprang, und dann...

Bei der Erinnerung wurde ihm ganz heiß, und er warf sich von einer Seite auf die andere. Die Kämpfenden hatten sich in dem raschelnden Eichenlaub gewälzt, das Messer zu fassen versucht, aufeinander eingeschlagen – als ginge es um Leben und Tod, so hatte er zumindest angenommen.

Zunächst hatte der Schotte unter ihm gelegen, schließlich aber die Oberhand gewonnen. John hatte früher einmal eine große Schlange berührt, einen Python, die ein Freund seines Onkels aus Indien mitgebracht hatte. Frasers Berührung war ähnlich, leicht und glatt und unbeschreiblich kraftvoll.

Schmählich hatte er ihn ins Laub geworfen und ihm das Handgelenk schmerzhaft auf den Rücken gedreht. In Todesangst hatte er seine ganze Kraft eingesetzt, um den Arm frei zu bekommen. Der Knochen splitterte, und er verlor das Bewußtsein.

Als er wieder zu sich gekommen war, lehnte er an einem Baum und sah sich von wild aussehenden Schotten umringt. In ihrer Mitte stand Jamie Fraser – und die Frau.

Grey biß die Zähne zusammen. Verflucht soll sie sein! Wenn sie nicht gewesen wäre, Gott weiß, welchen Lauf die Dinge genommen hätten. Sie war Engländerin und ihrem Akzent nach aus gutem Hause, weshalb er – Idiot, der er war! – sofort geschlossen hatte, sie sei die Geisel dieser üblen Bande und sollte geschändet werden. Schließlich war allgemein bekannt, daß die Hochlandschotten jede Engländerin, derer sie habhaft werden konnten, entehrten. Woher hatte er wissen sollen, daß das nicht stimmte? John William Grey, sechzehn Jahre alt und erfüllt von Edelmut und hehren Zielen, verwundet, zerschlagen und gegen den Schmerz ankämpfend, wollte eine Abmachung aushandeln, um sie vor ihrem Schicksal zu bewahren. Aber Fraser, hoch aufgerichtet und spöttisch, ließ ihn zappeln. Er riß der Frau das Mieder vom Leib, um Einzelheiten über die Lage und Stärke des Regiments seines Bruders aus ihm herauszupressen. Nachdem er ihm alles gesagt hatte, was er wußte, offenbarte Fraser ihm lachend, daß die Frau seine Gattin sei. Auch die anderen lachten ihren Hohn heraus, und noch heute hafteten ihm die derben, dröhnenden Stimmen der Schotten im Gedächtnis.

Fraser hatte nicht einmal den Anstand besessen, ihn zu töten. Statt dessen fesselte er ihn an einen Baum, wo ihn seine Freunde am folgenden Morgen finden sollten. Aber bis dahin hatten Frasers Männer dem Lager schon längst einen Besuch abgestattet und – dank der Einzelheiten, die er ihnen gegeben hatte – die Kanone außer Gefecht gesetzt.

Natürlich waren sie dahintergekommen. Zwar entschuldigten sie ihn wegen seines Alters und weil er noch kein Soldat war, aber er spürte ihre Verachtung. Niemand sprach mehr mit ihm, außer sein Bruder – und Hector. Der treue Hector.

Grey seufzte und rieb die Wange am Kissen. Wann immer er wollte, konnte er Hector vor seinem inneren Auge heraufbeschwören. Die schwarzen Haare, die blauen Augen, die stets lächelnden weichen Lippen. Obwohl Hector schon vor zehn Jahren gestorben war, in der Schlacht von Culloden von dem Breitschwert eines Schotten in Stücke gehauen, wachte John zuweilen in der Morgendämmerung auf und spürte, den Körper in lustvoller Erregung gekrümmt, Hectors Berührung.

Und jetzt das. Er hatte sich vor diesem Posten gefürchtet, umgeben von Schotten und ihren rauhen Stimmen und der unauslöschlichen Erinnerung an das, was sie Hector angetan hatten! Niemals, auch nicht in den schlimmsten Vorstellungen, war ihm jedoch der Gedanke gekommen, er könnte James Fraser noch einmal begegnen.

Das Feuer verglomm zu heißer Asche, und das tiefe Schwarz vor dem Fenster wich langsam dem fahlen Grau einer trüben, regennassen schottischen Morgendämmerung. John Grey blickte, noch immer schlaflos, auf die rauchgeschwärzten Balken über ihm.

Am Morgen stand er unausgeruht, aber entschlossen auf. Er war hier. Und Fraser auch. Und keiner von ihnen konnte in absehbarer Zeit verschwinden. So war die Lage. Hin und wieder würde er gezwungen sein, den Mann zu treffen – in einer Stunde sollte er vor den Gefangenen sprechen und sie von da an in regelmäßigen Abständen inspizieren –, aber er würde nicht privat mit ihm zusammenkommen. Wenn er den Mann auf Abstand hielt, konnte es ihm vielleicht auch gelingen, die Erinnerungen in Schach zu halten. Und die Gefühle.

Zwar hatte ihn zu Beginn der Rückblick auf seine ehemalige Wut und Demütigung wachgehalten, doch seit dem Morgengrauen ließ ihn eine andere Erkenntnis nicht zur Ruhe kommen: Fraser war sein Gefangener, nicht mehr sein Peiniger, ein Häftling wie jeder andere auch und voll und ganz von seiner Gnade abhängig.

Er klingelte nach dem Burschen und ging zum Fenster. Es regnete wie erwartet. Im Hof wurden die Häftlinge gerade in Arbeitstrupps eingeteilt. Sie waren bis auf die Haut durchnäßt. Frierend zog Grey den Kopf zurück.

Der Gedanke an Rache hatte ihn nicht losgelassen. Während er sich im Bett herumgeworfen hatte, hatte er sich vorgestellt, wie man Fraser in einer kalten Winternacht nackt in der eisigen, winzigen Zelle hielt. Seine Nahrung bestand aus Wassersuppe, und man peitschte ihn im Gefängnishof aus. Die Arroganz gebrochen, nur noch unterwürfiges Elend, allein von Greys Befehl abhängig.

Das war es, was Grey sich voll Genugtuung ausmalte. Er hörte Fraser um Gnade flehen und sich stolz ablehnen. Er gab sich diesen Gedanken hin, bis sich die dornenbesetzte Keule in seinen Eingeweiden herumdrehte und die Selbstverachtung ihn durchbohrte.

Was Fraser für Grey einst dargestellt hatte, jetzt war er ein Kriegsgefangener und der Krone unterstellt. Er war Grey unterstellt; sein Wohlergehen war eine Ehrenpflicht.

Der Bursche hatte heißes Wasser zum Rasieren gebracht. Grey benetzte seine Wangen und spürte, wie sich die wohltuende Wärme über die Hirngespinste der Nacht legte. Denn nichts anderes waren sie gewesen, gestand er sich ein, und diese Erkenntnis brachte ihm eine gewisse Erleichterung.

Wäre er bei einer Schlacht auf Fraser gestoßen, hätte er ihn mit wildem Vergnügen zum Krüppel gemacht oder getötet. Aber solange er sein Gefangener war, konnte er ihm nichts anhaben. Nachdem er sich rasiert und sein Bursche ihn angekleidet hatte, fühlte er sich so weit wiederhergestellt, daß er die Situation mit einem gewissen Galgenhumor betrachten konnte.

Sein eigenes törichtes Verhalten in Carryarrick hatte Fraser nach Culloden das Leben gerettet. Nun war diese Schuld abgetragen und Fraser in seiner Gewalt. Und gerade weil Fraser als sein Gefangener völlig hilflos war, war er in Sicherheit. Alle Greys waren Ehrenmänner – ob töricht oder klug, naiv oder erfahren.

Als er sich nun ein wenig erholt hatte, wagte er einen Blick in den Spiegel, rückte die Perücke zurecht und begab sich zum Frühstück, bevor er seine erste Rede vor den Gefangenen hielt.

»Möchten Sie das Abendessen im Salon serviert bekommen, Sir, oder hier?« MacKays ungekämmter Schopf erschien in der Tür.

»Wie?« murmelte Grey, vertieft in die Papiere, die auf seinem Schreibtisch verstreut lagen. »Ach so«, sagte er und blickte auf. »Hier, wenn ich bitten darf.« Er wandte sich erneut seiner Arbeit zu und sah nur kurz auf, als das Tablett mit dem Abendessen hereingetragen wurde.

Quarrys Bemerkung über die Schreibarbeit war kein Scherz gewesen. Allein die Nahrungsmittel erforderten endlose Bestellungen – von sämtlichen Anforderungen bitte eine Zweitschrift nach London, wenn er so freundlich wäre –, ganz zu schweigen von den zahllosen anderen Kleinigkeiten, die er für die Gefangenen, für die Wachleute und die Männer und Frauen aus dem Dorf, die tagsüber die Kasernen putzten und in den Küchen halfen, bestellen mußte. Den ganzen Tag lang hatte er nichts anderes getan, als Anforderungslisten zu schreiben und zu unterzeichnen. Wenn er nicht schleunigst einen Schreiber fand, würde er aus purer Langeweile sterben.

200 Pfund Weizenmehl, notierte er, *für die Gefangenen. Sechs Fässer Bier für die Wachsoldaten.* Seine elegante Handschrift wurde bald von einem knappen Gekritzel abgelöst, seine ausgefeilte Unterschrift von einem kurzen *J. Grey.*

Seufzend legte er die Feder beiseite, schloß die Augen und massierte den schmerzenden Punkt zwischen den Brauen. Tags zuvor waren seine Bücher eingetroffen, aber er hatte sie immer noch nicht ausgepackt, weil er am Abend so müde war, daß er nur noch seine brennenden Augen in kaltem Wasser hatte baden und sich zu Bett legen wollen.

Als er ein verhaltenes Geräusch vernahm, fuhr er hoch und riß die Augen auf. Auf einer Schreibtischecke saß eine große, braune Ratte und hielt ein Stück Pflaumenkuchen zwischen den Vorderpfoten.

»Verdammt, das darf doch nicht wahr sein!« rief Grey erstaunt aus. »He, du freches Ding, das ist mein Abendessen!«

Ungerührt knabberte die Ratte an dem Pflaumenkuchen und hielt dabei ihre glänzenden Knopfaugen auf Grey gerichtet.

»Verschwinde!« Zornig griff Grey nach dem nächstbesten Gegenstand und schleuderte ihn der Ratte entgegen. Das Tintenglas zerbarst auf dem Steinboden. Erschrocken ergriff das Tier die Flucht und sauste zwischen den Beinen des noch erschrockeneren MacKay hindurch, der, angelockt vom Lärm, in der Tür erschienen war.

»Gibt es im Gefängnis eine Katze?« fragte Grey, während er den Inhalt seines Abendessens in den Abfalleimer neben dem Schreibtisch schüttete.

»Aye, Sir, in den Vorratsräumen hat es mehrere«, erklärte MacKay. Auf Händen und Knien rutschte er rückwärts, um die kleinen, schwarzen Fußabdrücke wegzuwischen, die die Ratte bei ihrer überstürzten Flucht durch die Tintenpfütze hinterlassen hatte.

»Bringen Sie bitte eine her, MacKay«, wies Grey ihn an. »Auf der Stelle.« Er stöhnte, als er an den widerlich nackten Schwanz auf seinem Teller dachte. Natürlich waren ihm Ratten im Feld begegnet, aber daß eine sein Abendessen vor seinen Augen verspeiste, fand er besonders empörend.

Plötzlich durchzuckte ihn ein Gedanke.

»Gibt es in den Zellen viele Ratten?« fragte er MacKay.

»Aye, Sir, sehr viele«, antwortete der Gefangene und wischte abschließend die Türschwelle sauber. »Ich sage dem Koch, er soll Ihnen ein neues Tablett herrichten.«

»Wenn Sie so nett wären«, antwortete Grey. »Und bitte sorgen Sie dafür, MacKay, daß jede Zelle ihre eigene Katze bekommt.«

MacKay war leicht verdutzt über diese Worte. Grey sah von seinen Papieren auf.

»Ist was nicht in Ordnung, MacKay?«

»Nein, Sir«, erwiderte MacKay langsam. »Es ist nur, die kleinen braunen Biester fressen die Käfer. Entschuldigen Sie, Sir, ich glaube, den Männern wäre es nicht recht, wenn eine Katze ihre Ratten frißt.«

Grey starrte den Mann an und bekam ein flaues Gefühl im Magen.

»Essen die Gefangenen die Ratten?« fragte er verstört.

»Nur wenn sie eine erwischen, Sir«, entgegnete MacKay. »Aber vielleicht können ihnen die Katzen dabei helfen. Ist das alles für heute abend, Sir?«

9

Der Wanderer

Zwei Wochen lang hielt Grey an seinem Entschluß fest. Dann brachte ein Bote aus dem Dorf Ardsmuir Nachrichten, die alles verändern sollten.

»Lebt er noch?« fragte Grey den Mann eindringlich. Der Dorfbewohner, einer der Männer, die im Gefängnis arbeiteten, nickte.

»Ich hab' ihn selbst gesehen. Jetzt ist er im Lime Tree und wird versorgt. Aber die Sache ist ziemlich aussichtslos, Sir, wenn Sie verstehen, was ich meine.« Bedeutungsvoll runzelte er die Stirn.

»Durchaus«, antwortete Grey kurz. »Danke, Mr....?«

»Allison, Sir, Rufus Allison. Zu Ihren Diensten, Sir.« Den Hut unter dem Arm geklemmt, nahm der Mann den Schilling, den Grey ihm in die Hand drückte, verbeugte sich und ging davon.

Grey saß am Schreibtisch und starrte in den verhangenen Himmel. Er klopfte mit der Feder auf die Schreibplatte, ohne darauf zu achten, daß die scharfe Spitze Spuren hinterließ.

Sobald Gold erwähnt wurde, stellte eigentlich jeder die Ohren auf. Aber besonders galt das für Grey.

In den Morgenstunden hatte man im nebeligen Moor unweit des Dorfes einen umherirrenden Mann gefunden. Seine Kleidung war nicht nur vom Nebel durchnäßt, sondern auch vom Meerwasser, und er fieberte so stark, daß sein Geist verwirrt war.

Seit man ihn gefunden hatte, redete er ohne Unterlaß. Was er sagte, ergab in den Ohren seiner Retter allerdings keinen Sinn. Allem Anschein nach war der Mann Schotte, wenngleich er ein seltsames Kauderwelsch aus Französisch und Gälisch sprach, in dem hin und wieder ein englisches Wort auftauchte. Eins davon lautete »Gold«.

Bei den Worten Schottland, Gold und Französisch hatte jeder, der in diesem Teil des Landes wohnte und den Jakobitenaufstand bis zum Ende durchgestanden hatte, nur einen Gedanken: das französische Gold. Die Goldbarren, die Louis von Frankreich heimlich zur Unterstützung seines Cousins Charles Stuart geschickt haben sollte. Der Schatz, den er viel zu spät abgeschickt hatte.

Man erzählte sich, die schottische Armee habe das französische Gold vor der endgültigen Niederlage von Culloden versteckt. Andere meinten, das Gold sei nie in die Hände von Charles Stuart gelangt, sondern unweit der Stelle, an der man es an Land gebracht hatte, zur sicheren Aufbewahrung in einer Höhle versteckt worden.

Einige behaupteten, das Geheimnis sei verloren, da die Mitwisser in der Schlacht von Culloden getötet worden. Nach Meinung anderer war das Versteck zwar noch bekannt, wurde aber von den Mitgliedern eines schottischen Clans geheimgehalten. Wie auch immer – das Gold war verschwunden. Bis zu jenem Zeitpunkt.

Französisch und Gälisch. Da Grey etliche Jahre in Frankreich gekämpft hatte, beherrschte er die Sprache des Landes leidlich. Doch weder er noch seine Offiziere sprachen dieses barbarische Gälisch, ausgenommen Sergeant Grissom, der als Kind einige Wörter von seinem schottischen Kindermädchen aufgeschnappt hatte.

Einem Mann aus dem Dorf konnte er nicht vertrauen. Nicht, wenn diese Geschichte ein Körnchen Wahrheit enthielt. Das französische Gold! Abgesehen von seinem Wert als Schatz – der ohnehin der Krone zustand –, war er für John William Grey von beträchtlichem persönlichen Wert. Der sagenumwobene Goldschatz würde ihm die Möglichkeit geben, nach London und damit in die Zivilisation zurückzukehren. So groß konnte die Schande gar nicht sein, daß sie nicht vom Gold überstrahlt würde.

Nein, es durfte weder ein Dorfbewohner sein noch einer seiner Offiziere. Dann also ein Gefangener. Ja, am gefahrlosesten war es, einen Gefangenen zu nehmen, denn der konnte die Information nicht zum eigenen Vorteil nutzen.

Verflucht! Die Gefangenen sprachen samt und sonders Gälisch und viele von ihnen außerdem ein wenig Englisch, aber nur einer konnte Französisch. *Er ist ein gebildeter Mann.* Quarrys Worte klangen ihm noch im Ohr.

»Verflixt!« murmelte er. Es nützte nichts. Allison hatte gesagt, der Wanderer sei sehr krank. Die Zeit war zu knapp, um nach anderen Lösungen zu suchen.

»Brame!« rief er. Der erschrockene Korporal steckte den Kopf zur Tür herein.

»Ja, Sir?«

»Führen Sie den Gefangenen namens James Fraser zu mir. Sofort!«

Kommandant Grey stand hinter seinem Schreibtisch und stützte sich darauf, als wäre das wuchtige Möbelstück tatsächlich das Bollwerk, an das es erinnerte. Die weiße Halsbinde seiner Uniform schnürte ihm die Kehle ein.

Als sich die Tür öffnete, stockte ihm der Atem. Unter leisem Kettengerassel trat der Schotte vor den Schreibtisch.

Natürlich hatte er Fraser bereits etliche Male im Hof gesehen, jedoch nie nah genug, um sein Gesicht deutlich erkennen zu können.

Er hatte sich verändert. Grey war darüber ebenso erschrocken wie erleichtert. In seiner Erinnerung hatte Fraser ein glattrasiertes Gesicht, aus dem entweder düstere Drohung sprach oder heller Spott. Der Mann vor ihm trug einen kurzen Bart und wirkte gelassen und wachsam. Seine tiefblauen Augen schimmerten zwar wie damals, zeigten jedoch kein Zeichen des Erkennens. Schweigend stand der Mann vor dem Schreibtisch und wartete.

Grey räusperte sich. Immer noch pochte sein Herz heftig, aber schließlich gelang es ihm, seiner Stimme Gleichmut zu verleihen.

»Mr. Fraser«, sagte er. »Ich danke Ihnen, daß Sie gekommen sind.«

Der Schotte neigte höflich den Kopf, antwortete jedoch nicht, daß ihm keine andere Wahl geblieben war. Nur seine Augen verrieten ihn.

»Sicher werden Sie sich fragen, weshalb ich Sie habe holen lassen«, sagte Grey. Er hörte selbst, wie überheblich seine Worte klangen, konnte sich jedoch nicht helfen. »Es haben sich Umstände ergeben, in denen ich Ihre Hilfe brauche.«

»Welche Umstände, Major?« Frasers Stimme klang wie damals – tief und klar, mit dem Anflug eines schottischen Akzents.

Grey atmete tief durch. Er hätte alles dafür gegeben, nicht auf diesen Mann angewiesen zu sein, aber Fraser war seine einzige Hoffnung.

»Im Moor, unweit der Küste, hat man einen Wanderer gefunden«, erklärte er vorsichtig. »Er scheint ernstlich krank zu sein und redet wirres Zeug. Er erwähnt jedoch… Angelegenheiten, die vermutlich… für die Krone von erheblicher Bedeutung sind. Ich muß mit ihm reden und soviel wie möglich in Erfahrung bringen.«

Er hielt inne, aber Fraser rührte sich nicht. Er wartete ab.

»Leider«, fuhr Grey fort und holte erneut tief Luft, »spricht der Mann Gälisch und Französisch durcheinander und dazwischen nur das eine oder andere Wort Englisch.«

»Ich verstehe, Major.« Die Stimme des Schotten triefte vor Ironie. »Sie möchten übersetzt haben, was der Mann sagt.«

Da Grey seiner Stimme nicht traute, nickte er nur heftig.

»Ich fürchte, ich muß Ihnen diese Bitte abschlagen«, entgegnete Fraser respektvoll. Nur das Funkeln in seinen Augen strafte seine höfliche Haltung Lügen. Greys Hand schloß sich fest um den Brieföffner aus Messing, der auf dem Löschblatt lag.

»Abschlagen?« wiederholte er. »Darf ich fragen, weshalb, Mr. Fraser?«

»Ich bin ein Gefangener, Major«, erwiderte der Schotte höflich. »Kein Dolmetscher.«

»Wir würden Ihre Mithilfe zu würdigen wissen.« Grey versuchte, seinen Worten Nachdruck zu verleihen, ohne daß sie nach Erpressung klangen. »Andererseits… « – er schlug einen härteren Ton an –, »eine berechtigte Hilfeleistung zu versagen…«

»Sie sind weder berechtigt, meine Dienste zu erzwingen, noch mich zu bedrohen, Major.« Frasers Stimme klang weitaus schärfer als die des Majors.

»Ich habe Sie nicht bedroht!« Die Kante des Brieföffners schnitt ihm in die Hand.

»Nicht? Na, das freut mich.« Fraser wandte sich zur Tür. »In diesem Fall, Major, wünsche ich Ihnen eine gute Nacht.«

Nur zu gerne hätte Grey ihn einfach gehen lassen. Doch die Pflicht verlangte anderes von ihm.

»Mr. Fraser!« Der Schotte blieb stehen, drehte sich aber nicht um.

Grey holte tief Luft.

»Wenn Sie meiner Bitte nachkommen, lasse ich Ihnen die Ketten abnehmen«, erklärte er.

Fraser rührte sich nicht. Grey mochte jung und unerfahren sein, aber er war kein schlechter Beobachter. Als der Gefangene den Kopf hob und die Schultern anspannte, spürte der Major für einen Augenblick die Angst weichen, die von ihm Besitz ergriffen hatte, seit von dem Wanderer die Rede gewesen war.

»Mr. Fraser?« hakte er nach.

Langsam und mit ausdruckslosem Gesicht drehte sich der Schotte um.

»Abgemacht«, sagte er leise.

Es war weit nach Mitternacht, als sie das Dorf Ardsmuir erreichten. In keiner der Hütten brannte noch Licht. Plötzlich fragte sich Grey, wie sich die Bewohner fühlen mochten, wenn sie so spät vor ihren Fenstern Hufgetrappel und Waffengeklirr hörten – eine vage Erinnerung an die englischen Truppen, die durch die Highlands gestürmt waren.

Man hatte den Wanderer in den Lime Tree gebracht, ein Gasthaus, das nach einem mächtigen Lindenbaum benannt worden war. Er war der einzige Baum dieser Größe im Umkreis von dreißig Meilen gewesen, doch jetzt zeugte nur noch ein wuchtiger Baumstumpf davon. Er war nach der Schlacht von Culloden von Cumberlands Truppen gefällt und zu Brennholz verarbeitet worden.

Grey blieb an der Tür stehen und wandte sich zu Fraser um.

»Sie denken an die Bedingungen?«

»Aye«, entgegnete Fraser kurz und ging an ihm vorbei.

Als Gegenleistung für die Befreiung von den Ketten hatte Grey drei Dinge von ihm verlangt. Erstens, auf der Fahrt zum und vom Dorf keinen Fluchtversuch zu wagen. Zweitens, wahrheitsgemäß und vollständig wiederzugeben, was der Landstreicher sagte. Und drittens Frasers Ehrenwort, daß er nichts von dem, was er erfahren würde, durchsickern ließe.

Aus dem Inneren des Gasthauses hörte man ein Murmeln. Der Wirt fuhr überrascht auf, als er Fraser sah, dann blickte er respektvoll auf den Mann im roten Rock, der ihm folgte. An der Treppe stand die Wirtin. Sie hielt ein Öllämpchen in der Hand, dessen Schein die Schatten um sie herum tanzen ließ.

Erschrocken legte Grey seine Hand auf den Arm des Wirtes.

»Wer ist das?« Auf den Stufen zeigte sich eine in Schwarz gekleidete Erscheinung.

»Das ist der Priester«, sagte Fraser neben ihm leise. »Demnach wird der Mann sterben.«

Grey holte tief Luft, um sich zu wappnen.

»Jetzt heißt es keine Zeit verschwenden«, erklärte er mit fester Stimme und setzte einen Stiefel auf die Stufe. »Gehen wir.«

Kurz vor Morgengrauen starb der Mann. Fraser hielt eine Hand, der Priester die andere. Als sich der Geistliche über das Bett beugte, gälische und lateinische Worte murmelte und ein Kreuz über dem Leichnam schlug, lehnte sich Fraser mit geschlossenen Augen auf seinem Schemel zurück.

Seit ihrer Ankunft hatte der Schotte neben dem Mann gesessen, ihm zugehört, ihn ermuntert und getröstet. Grey hatte an der Tür gewartet, weil er den Kranken nicht durch den Anblick seiner Uniform hatte erschrecken wollen. Frasers Sanftheit überraschte und berührte ihn.

Nun legte Fraser die schmale, wettergegerbte Hand des Toten behutsam auf dessen Brust und bekreuzigte sich. Dann öffnete der die Augen und stand auf. Er nickte Grey zu und folgte ihm die schmale Treppe hinab.

»Hier hinein.« Grey deutete auf die Schankstube, in der um diese Zeit niemand saß. Nachdem ein verschlafenes Mädchen Feuer für sie gemacht und Brot und Ale gebracht hatte, verschwand sie. Nun waren sie allein.

Grey wartete, bis Fraser einen Schluck getrunken hatte.

»Nun, Mr. Fraser?«

Der Schotte setzte den Zinnbecher ab und wischte sich mit der Hand über den Mund.

Wegen seines Bartes und des langen, zu einem Zopf geflochtenen Haars sah man ihm die Nachtwache nicht an. Allein die dunklen Ringe unter den Augen verrieten seine Müdigkeit.

»Gut«, sagte er. »Es ergibt nicht viel Sinn, aber mehr hat er nicht gesagt.« Fraser sprach langsam, hielt zuweilen inne, um sich ein Wort ins Gedächtnis zurückzurufen, oder unterbrach seine Rede, um eine gälische Bemerkung zu erläutern. Greys Enttäuschung wuchs zusehends. Fraser hatte recht – es ergab nicht viel Sinn.

»Die weiße Hexe?« unterbrach ihn Grey. »Er hat von einer weißen Hexe gesprochen? Und von Seehunden?« Zwar waren diese Worte auch nicht viel unsinniger als der Rest, doch Grey konnte seinen Unglauben nicht verbergen.

»Aye.«

»Dann wiederholen Sie alles noch einmal. So genau wie möglich«, befahl Grey. Und fügte hinzu: »Wenn ich bitten darf.«

Überraschenderweise fühlte er sich in der Gesellschaft dieses Mannes wohl. Zum Teil lag das natürlich an seiner Müdigkeit. Er handelte und fühlte anders als sonst, weil es ihn viel Kraft gekostet hatte, einen Menschen nach und nach sterben zu sehen.

Die zurückliegenden Stunden kamen Grey unwirklich vor. Und ebenso unwirklich erschien ihm nun das Ende dieser Nacht mit dem roten Jamie in der Schankstube.

Fraser gehorchte und erzählte alles noch einmal. Abgesehen von dem einen oder anderen Wort deckte sich sein Bericht mit dem ersten, und jene Abschnitte, die auch Grey hatte verstehen können, waren getreu übersetzt.

Entmutigt schüttelte Grey den Kopf. Lauter Unsinn. Die Worte des Mannes hatten sich also tatsächlich als bloße Wahnvorstellungen erwiesen. Sollte er jemals Gold gesehen haben – und einmal hatte man diesen Eindruck bekommen –, ließ sich doch aus seinen Fieberträumen nicht in Erfahrung bringen, wo und wann das gewesen war.

»Hat er wirklich nicht mehr gesagt?« Grey klammerte sich an die Hoffnung, daß Fraser möglicherweise einen kurzen Satz, eine Bemerkung ausgelassen hatte, die einen Hinweis auf das verlorene Gold geben könnte.

Als Fraser den Becher hob, fiel sein Ärmel zurück, und Grey sah den breiten Streifen, an dem die Haut aufgescheuert war. Fraser bemerkte seinen Blick und ließ den Becher sinken. Die Illusion von Kameradschaft zerstob.

»Major, ich stehe zu meinem Wort«, erklärte Fraser kühl und erhob sich. »Sollen wir jetzt zurückfahren?«

Während der Fahrt schwiegen sie. Fraser hing seinen Gedanken nach, Grey hatten Müdigkeit und Enttäuschung übermannt. Bei Sonnenaufgang machten sie an einer Quelle Rast.

Nachdem Grey getrunken hatte, benetzte er sein Gesicht mit Wasser. Die Kälte belebte für kurze Zeit seine Sinne. Er war bereits seit mehr als vierundzwanzig Stunden auf den Beinen und fühlte sich träge und töricht.

Fraser hatte ebenso lange nicht mehr geschlafen, doch nichts deutete darauf hin, daß ihm dies zu schaffen machte. Emsig kroch er auf den Knien umher und pflückte offenbar Unkraut, das im Wasser wuchs.

»Was tun Sie da, Mr. Fraser?« fragte Grey ihn erstaunt. Überrascht, doch nicht im mindesten verlegen, hob Fraser den Kopf.

»Ich pflücke Brunnenkresse.«

»Das sehe ich«, meinte Grey gereizt. »Wozu?«

»Um sie zu essen, Major«, entgegnete Fraser gleichmütig. Er nahm die fleckige Leinentasche vom Gürtel, um das tropfnasse Grünzeug darin zu verstauen.

»Wirklich? Bekommen Sie nicht genug zu essen?« fragte Grey verblüfft. »Ich habe noch nie gehört, daß sich Menschen von Brunnenkresse ernähren.«

»Sie ist grün, Major.«

Grey hegte den Verdacht, daß Fraser ihn aufzog.

»Welche Farbe sollte Unkraut denn sonst haben, zum Teufel?« wollte er wissen.

Frasers Mundwinkel zuckten.

»Ich will damit nur sagen, Major, wenn Sie Grünzeug essen, bekommen Sie keinen Skorbut, und die Zähne fallen Ihnen nicht aus. Meine Männer essen alle Pflanzen, die mir in die Hände fallen, aber Kresse schmeckt besser als so manches, was ich aus dem Moor mitbringe.«

Fragend zog Grey die Augenbrauen hoch.

»Grünpflanzen verhindern Skorbut?« platzte er heraus. »Woher haben Sie denn diese Weisheit?«

»Von meiner Frau!« entgegnete Fraser heftig. Dann drehte er sich hastig um und verknotete die Riemen seiner Tasche.

Grey konnte nicht umhin, ihn zu fragen: »Ihre Frau, Sir …wo ist sie?«

Fraser beantwortete die Frage mit einem unerwartet brennenden Blick, der dem Major durch Mark und Bein ging.

Aber Sie sind wohl noch zu jung, um erlebt zu haben, wie eng Haß und Verzweiflung beieinanderliegen, hörte Grey Quarry sagen. Es stimmte nicht. Beides erkannte er in diesem Moment in Frasers Augen.

Aber nur kurz. Sofort gewann die gewohnte kühle Höflichkeit wieder die Oberhand.

»Meine Frau weilt nicht mehr unter uns«, erklärte Fraser und wandte sich brüsk, fast unhöflich ab.

Grey durchzuckte ein jähes Gefühl von Erleichterung. Die Frau, die Ursache und Zeugin seiner Demütigung gewesen war, lebte nicht mehr. Aber er verspürte auch ein gewisses Bedauern.

Die Rückfahrt nach Ardsmuir verlief schweigend.

Drei Tage später ergriff Jamie Fraser die Flucht. Es war schon immer einfach gewesen, aus Ardsmuir zu entkommen, doch niemand tat es, weil keiner der Männer wußte, wohin. In drei Meilen Entfernung lagen die Steilküste und das Meer, ansonsten erstreckte sich rings um das Gefängnis meilenweit ödes Moorland.

Einst konnte ein Gefangener in die Heide fliehen und darauf hoffen, daß ihn sein Clan und seine Verwandten durchbrachten. Aber die Clans waren niedergeschlagen, die Anghörigen tot, die schottischen Gefangenen verschleppt und fern von der Heimat. Eine Flucht lohnte sich also nicht – außer für Jamie Fraser, der offensichtlich einen Grund dafür besaß.

Die Dragonerpferde wichen nicht vom Weg. Zwar wirkte das Moor neben ihnen glatt wie ein Samtteppich, aber das purpurfarbene Heidekraut breitete sich nur als trügerisch dünne Decke über den sumpfigen, etwa einen Fuß dicken Torf. Selbst das Rotwild hielt sich an feste Schneisen.

Fraser war natürlich nicht zu Pferde. Das hieß, daß der entkommene Gefangene die Wildwechsel nutzen und jeden beliebigen Ort im Moor aufgesucht haben konnte.

Den Geflüchteten zu verfolgen war John Greys Pflicht. Daß er die besten Soldaten seiner Garnison in den Suchtrupp aufnahm, sie hetzte und ihnen kaum einmal eine Rast gönnte, ging darüber hinaus. Natürlich tat er es auch aus Pflichtgefühl, aber vor allem trieb ihn der drängende Wunsch, das Gold zu finden und die Wertschätzung seiner Vorgesetzten zu erlangen, um aus dem schottischen Exil nach Hause zurückkehren zu können. Außerdem war Zorn im Spiel – und das Gefühl, verraten worden zu sein.

Grey wußte nicht, ob er sich mehr über Frasers Wortbruch ärgern sollte oder darüber, daß er so dumm gewesen war zu glauben, daß ein Highlander – Gentleman oder nicht – ebensoviel Ehrgefühl besaß wie er. Aber wütend war er, und er hatte vor, jede Wildfährte im Moor abzusuchen, um Fraser dingfest zu machen.

Nachdem sie das Moor mühselig durchkämmt hatten, erreichten sie am folgenden Abend weit nach Einbruch der Dunkelheit die Küste. Die Nebelschwaden über den Felsen hatten sich aufgelöst und waren vom Wind aufs Meer getrieben worden. Vor ihnen lag die See, von Klippen abgegrenzt, und hier und dort karge, kleine Inseln.

John Grey stand neben seinem Pferd auf der Anhöhe und sah hinab in das tosende, schwarze Wasser. Glücklicherweise war die Nacht klar. Die Umrisse der nassen Felsen schimmerten im Licht des Halbmonds wie Silberbarren vor schwarzen Schatten.

Nie zuvor hatte er solch einen verlassenen Ort gesehen. Seine gespenstische Schönheit ließ das Blut in seinen Adern gefrieren. Keine Spur von Jamie Fraser. Keine Spur von Leben überhaupt.

Da stieß einer der Männer einen überraschten Schrei aus und zog seine Pistole.

»Dort«, sagte er, »auf den Felsen.«

»Nicht schießen, Dummkopf«, warf ein anderer Soldat ein und packte den Mann am Arm. »Hast du noch nie Seehunde gesehen?«

»Ach so! Nein«, erwiderte der andere dümmlich und ließ seine Pistole sinken.

»Weil sie so seidig sind, nennen die Schotten sie Seidenbären«, sagte der Soldat, der sie entdeckt hatte.

»Seidenbären?« Grey war neugierig geworden. Erwartungsvoll blickte er den Mann an. »Was wissen Sie sonst noch über die Tiere, Sykes?«

Der Soldat zuckte die Schultern und genoß seine augenblickliche Wichtigkeit. »Nicht sehr viel, Mylord. Aber die Leute von hier erzählen sich eine Menge Geschichten über sie. Es heißt, manchmal käme ein Seehund an Land und streift seine Haut ab. Darunter verbirgt sich eine schöne Frau. Wenn ein Mann die Haut findet und sie versteckt, kann die Frau nicht mehr fortgehen. Das heißt, sie muß bei ihm bleiben und seine Gattin werden. Es sind gute Ehefrauen, Sir. So sagt man jedenfalls.«

»Dann sind sie wenigstens immer naß«, murmelte der erste Soldat. Die Männer brachen in schallendes Gelächter aus.

»Genug!« Grey mußte seine Stimme erheben, um das Gelächter und die zotigen Bemerkungen zu übertönen.

»Verteilen Sie sich!« befahl er. »Suchen Sie die Klippen in beide Richtungen ab, und halten Sie nach Booten unter den Felsen Ausschau.«

Verlegen gehorchten die Männer. Eine Stunde später kehrten sie durchnäßt und mit leeren Händen zurück.

Als die Morgendämmerung die nassen Felsen in rotgoldenes Licht tauchte, schwärmten die Dragoner in kleinen Trupps aus, um die Klippen noch einmal gründlich abzusuchen. Vorsichtig kletterten sie über zerklüftete Felsen abwärts.

Doch sie fanden nichts. Grey war auf der Spitze der Klippe neben dem Feuer in Stellung gegangen, um die Suche zu überwachen. Zum Schutz vor dem beißenden Wind hatte er sich in seinen Umhang gehüllt und wurde zur Stärkung regelmäßig von seinem Burschen mit heißem Kaffee versorgt.

Der Mann vom Lime Tree war vom Meer gekommen, seine Kleider waren von Salzwasser durchnäßt gewesen. Wenn Fraser etwas erfahren und für sich behalten oder aber den Entschluß gefaßt hatte, selbst auf die Suche zu gehen, mußte er sich zum Meer gewandt haben. Es fehlte jedoch jede Spur von ihm. Und vom Gold, und das war noch schlimmer.

»Wenn er irgendwo hier ins Wasser gegangen ist, Major, sehen Sie ihn wahrscheinlich nie wieder«, meinte Sergeant Grissom, der neben ihm stand und in die tosende Brandung blickte.

»Dieser Fleck heißt der Teufelskessel, weil es hier ununterbrochen brodelt. Fischer, die hier ertrunken sind, werden nur selten wiedergefunden. Natürlich sind die heimtückischen Strömungen daran schuld, aber die Leute sagen, es sei der Teufel, der die Menschen hinabzieht.«

»Wirklich?« fragte Grey trübsinnig und blickte in die wogende Gischt tief unter ihm. »Das bezweifle ich nicht im geringsten.«

Er drehte sich zum Lagerfeuer.

»Geben Sie Befehl, die Suche bis zum Einbruch der Dunkelheit fortzusetzen, Sergeant. Wenn wir bis dahin nichts gefunden haben, machen wir uns morgen früh auf den Rückweg.«

Grey löste den Blick vom Hals des Pferdes und blinzelte in die Morgendämmerung. Vom Torfrauch und Schlafmangel waren seine Lider geschwollen, und seine Knochen schmerzten von den Nächten, die er auf feuchtem Boden verbracht hatte.

Der Ritt zurück nach Ardsmuir würde höchstens einen Tag in Anspruch nehmen. Die Aussicht auf ein weiches Bett und eine warme Abendmahlzeit beflügelte ihn – andererseits mußte er eine offizielle Mitteilung nach London schreiben, Frasers Flucht gestehen und auch den Grund dafür nennen.

Hinzu kam, daß es heftig in seinen Därmen rumorte. Der Major hob die Hand, um einen Halt zu befehlen, und ließ sich erschöpft auf den Boden gleiten.

»Warten Sie hier«, rief er seinen Männern zu. Hundert Meter entfernt erhob sich ein Hügel, der ausreichend abgelegen schien, um sich unbeobachtet Erleichterung zu verschaffen. Seine Gedärme, nicht an schottische Kost gewöhnt, rebellierten gegen die Feldverpflegung.

Die Heide war erfüllt von Vogelgezwitscher. Fern von dem Hufgetrappel und dem klirrenden Pferdegeschirr konnte Grey die zarten Laute des erwachenden Moors vernehmen. Hinter dem Stechginster raschelte ein kleines Tier. Die Landschaft wirkte ausgesprochen friedlich.

Als er sich aus der Haltung aufrichtete, die er – zu spät – als höchst unwürdig erkannte, blickte er geradewegs in James Frasers Gesicht.

Er stand weniger als zwei Meter von ihm entfernt, reglos wie ein Stück Wild. Der Wind strich über ihn hinweg und die Strahlen der aufgehenden Sonne verfingen sich in seinem Haar.

Wie erstarrt sahen sich die beiden Männer an. Für einen Augenblick hörte man nur den Wind und den Gesang der Feldlerche. Grey straffte die Schultern und schluckte, um den Kloß im Hals loszuwerden.

»Ich fürchte, Sie treffen mich in einem ungünstigen Augenblick an, Mr. Fraser«, sagte er kühl und knöpfte sich so beherrscht wie möglich die Hose zu.

Nur die Augen des Schotten bewegten sich. Sie musterten den Major von Kopf bis Fuß und blickten anschließend über Greys Schulter, wo sechs bewaffnete Soldaten Stellung bezogen hatten und ihre Musketen auf ihn gerichtet hielten. Schließlich verzog Fraser die Mundwinkel und erwiderte: »Das gilt auch für mich, Major.«

10

Der Fluch der weißen Hexe

Zitternd vor Kälte saß Jamie Fraser auf dem Steinboden des leeren Lagerraums. Gewiß würde ihm bis ans Lebensende nicht mehr warm werden. Bis tief ins Mark war ihm die Kälte des Meerwassers gedrungen, und immer noch spürte er im Innern seines Körpers den Strudel der tosenden Brandung.

Er wünschte sich, daß seine Mitgefangenen bei ihm wären – Morrison, Hayes, Sinclair, Sutherland. Nicht nur ihrer Gesellschaft wegen, sondern um die Wärme ihrer Körper zu spüren.

Doch er war allein. Gewiß würde man ihn nicht zurück in die große Zelle bringen, ehe er für seine Flucht bestraft worden war. Als er sich seufzend an die Mauer lehnte, wurde er sich seiner schmerzenden Wirbel und seiner empfindlichen Haut bewußt.

Obwohl er das Auspeitschen fürchtete, hoffte er auf diese Bestrafung. Zwar war sie eine Tortur, dafür aber schnell vorbei – und längst nicht so schlimm, wie erneut in Ketten gelegt zu werden.

Aber er machte sich keine großen Hoffnungen. Dieser verdammte kleine Major hatte die Schürfwunden gesehen – er wußte also, welche Marter die Ketten bedeuteten.

Dieser Zwerg hatte eine Abmachung mit ihm getroffen, an die er, Jamie Fraser, sich gehalten hatte. Aber der Major war da wohl anderer Meinung.

Wie versprochen hatte Jamie wortgetreu wiederholt, was der Wanderer ihm zugeflüstert hatte. Den Engländer wissen zu lassen, daß er den Mann kannte, oder ihm zu erklären, welche Schlüsse er aus den Worten des Sterbenden gezogen hatte, war nicht Teil ihrer Vereinbarung gewesen.

Er hatte Duncan Kerr auf Anhieb erkannt, obwohl ihn die Jahre und seine tödliche Krankheit verändert hatten. Vor Culloden war er Pächter bei Jamies Onkel Colum MacKenzie gewesen. Nach der Schlacht war er nach Frankreich geflohen und hatte sich dort durchgeschlagen.

»Sei ruhig, *a charaid; bi sàmhach*«, flüsterte er dem Kranken auf gälisch zu und kniete sich neben sein Bett. Das besorgte Gesicht des Alten mit den fiebrig glänzenden Augen war von Krankheit und Erschöpfung gezeichnet. Jamie hatte zunächst vermutet, Duncan sei bereits zu verwirrt, um ihn zu erkennen. Doch dann drückte er Jamies Hand unerwartet heftig und sagte dabei immer wieder: »Mo *charaid*.« Mein Verwandter.

An der Tür stand der Wirt und lugte Major Grey über die Schulter. Jamie senkte den Kopf und raunte Duncan ins Ohr: »Der Engländer erfährt alles, was du sagst. Überleg es dir also gut.« Der Wirt kniff die Augen zusammen, doch er stand zu weit weg, um etwas aufschnappen zu können. Als ihn der Major ein wenig später aufforderte, den Raum zu verlassen, war Jamie außer Gefahr.

Jamie wußte nicht, ob es an seiner Warnung oder an Duncans Fieber lag, daß die Worte des Kranken ziemlich zusammenhanglos waren. Zuweilen ergaben die Worte jedoch Sinn.

»Auf dem Gold liegt ein Fluch«, flüsterte Duncan. »Ich warne dich, Junge. Es ist ein Geschenk der weißen Hexe an den Sohn des Königs. Aber die Sache ist verloren, und der Sohn des Königs ist geflohen. Sie wird nicht zulassen, daß das Gold in die Hände eines Feiglings gelangt.«

»Wer ist sie?« fragte Jamie. Das Herz klopfte ihm bis zum Hals.

»Sie sucht einen tapferen Mann. Einen MacKenzie. Es ist für den MacKenzie. Sie sagt, es gehöre ihnen um des Toten willen.«

»Wer ist die weiße Hexe?« fragte Jamie noch einmal. Duncan hatte den Ausdruck *ban-druidh* verwendet – eine Hexe, eine Heilerin, eine weiße Dame. So hatte man auch seine Frau genannt. Claire – seine weiße Dame. Heftig drückte er Duncans Hand.

»Wer ist die weiße Hexe?«

»Die Hexe«, murmelte Duncan und schloß die Augen. »Die Hexe. Sie zieht die Menschen in ihren Bann. Sie ist der Tod. Er ist tot – der MacKenzie, er ist tot!«

»Wer? Colum MacKenzie?«

»Alle sind tot, alle. Alle tot!« schrie der kranke Mann und preßte Jamies Hand. »Colum, Dougal und Ellen – alle.«

Plötzlich hob er die Lider und heftete den Blick auf sein Gegenüber.

»Die Leute erzählen sich«, fuhr er überraschend klar fort, »daß Ellen MacKenzie damals ihre Brüder und ihr Elternhaus verlassen hat, um einen Seidenbären aus dem Meer zu heiraten. Sie hat die Seehunde gehört, aye?« Duncan lächelte verträumt, den dunklen Blick in weite Ferne gerichtet. »Sie hat sie singen hören, oben auf den Felsen, einen, zwei und drei; sie hat sie von ihrem Turm aus gesehen. Sie ist hinuntergestiegen und zum Meer gewandert und bei ihnen geblieben. Aye? War es nicht so?«

»Ja, so sagen die Leute«, hatte Jamie geantwortet. Seine Zunge klebte am Gaumen. Seine Mutter hieß Ellen, und als sie mit Brian Dutch Fraser, dem Mann mit dem glänzenden, schwarzen Haar, durchbrannte, erzählte man sich diese Geschichte. Und nach diesem Mann hatte er sich benannt: Sohn des Schwarzen.

Der Major stand auf der anderen Seite des Bettes, den Blick skeptisch auf Duncan gerichtet. Zwar sprach der Engländer kein Gälisch, doch Jamie war überzeugt, daß er den Ausdruck für Gold kannte. Als ihre Blicke sich trafen, nickte Jamie und beugte sich erneut über den Kranken.

»Das Gold, Mann«, sagte er auf französisch. »Wo ist es?« Dabei drückte er zur Warnung Duncans Hand, so fest er konnte.

Duncan fielen die Augen zu, und unruhig rollte er den Kopf auf dem Kissen hin und her. Er murmelte etwas, doch es war zu leise, als daß man es hätte verstehen können.

»Was hat er gesagt?« fragte der Major scharf.

»Ich habe es nicht verstanden.« Jamie schüttelte Duncans Hand, damit er aufwachte. »Sag es noch mal, Mann.«

Wieder murmelte der Sterbende einige Worte. Ungeduldig beugte sich der Major vor und schüttelte Duncans Schulter.

»Wachen Sie auf!« rief er. »Sagen Sie etwas!«

Da schlug Duncan die Augen auf. Aber sein Blick war in weite Ferne gerichtet.

»Sie wird es dir erzählen«, sagte er auf gälisch. »Sie wird dich holen.« Plötzlich schien es, als würde er sich erinnern, wo er war, und er sah auf die Männer neben sich. »Euch beide«, erklärte er deutlich.

Dann schloß er die Augen. Er redete nicht weiter, sondern umklammerte Jamies Hand noch fester als zuvor. Nach einer Weile lockerte sich sein Griff, die Hand glitt herab, und es war vorbei. Der Hüter des Goldes war tot.

Jamie hatte dem Engländer gegenüber Wort gehalten – und seinen Landsleuten die Treue. Er hatte dem Major alles erzählt, was Duncan gesagt hatte, und als sich die Gelegenheit zur Flucht bot, ergriff er sie, machte sich auf den Weg durchs Moor in Richtung Meer und verfuhr, so gut er konnte, mit Duncan Kerrs Vermächtnis. Dafür mußte er nun zahlen.

Vom Flur näherten sich Schritte. Jamie umklammerte seine Knie noch fester, um das Zittern zu bekämpfen. Jetzt hatte zumindest die Unsicherheit ein Ende.

Als sich die Tür öffnete und ein Lichtstrahl hereinfiel, mußte er blinzeln. Ein Wärter mit einer Fackel in der Hand beugte sich über ihn.

»Steh auf!« Der Mann zog ihn hoch. Jamies Gelenke waren so steif, daß er stolperte, als er zur Tür gestoßen wurde. »Oben will dich jemand sehen.«

»Oben? Wo?« Er war verwirrt – die Schmiede befand sich doch unten neben dem Hof. Und so spät am Abend würde man ihn nicht auspeitschen.

Der Mann grinste. »Im Quartier des Majors«, sagte er. »Und möge Gott deiner Seele gnädig sein, Mac Dubh.«

»Nein, Sir, ich sage nicht, wo ich gewesen bin«, wiederholte Mac Dubh entschieden und versuchte, nicht mit den Zähnen zu klappern. Man hatte ihn nicht in das Arbeitszimmer gebracht, sondern in Greys privaten Salon. Im Kamin brannte zwar ein Feuer, doch Grey stand davor und schirmte die Wärme ab.

»Auch nicht, wieso Sie geflohen sind?« Greys Stimme klang kühl und formell.

Jamies Züge verspannten sich. Er stand neben dem Bücherregal, und der Schein eines dreiarmigen Leuchters fiel auf sein Gesicht.

»Das ist meine Sache«, sagte er.

»Ihre Sache?« wiederholte Grey verblüfft. »Habe ich richtig vernommen?«

»Ja.«

Der Kommandant atmete geräuschvoll ein.

»Das ist wohl das Ungeheuerlichste, was ich in meinem Leben je gehört habe.«

»Sie sind ja auch noch nicht sonderlich lange auf der Welt, Major«, sagte Fraser. »Wenn Sie mir diese Bemerkung erlauben.« Die Sache hinauszuzögern oder den Mann zu beschwichtigen erschien ihm sinnlos. Lieber eine Entscheidung herausfordern, damit die Angelegenheit ein Ende fand.

Jamies Worte verfehlten ihre Wirkung nicht. Grey stemmte die Fäuste in die Seiten und trat auf Fraser zu.

»Wissen Sie eigentlich, wie ich Sie dafür bestrafen könnte?« fragte Grey ihn leise und sehr beherrscht.

»Aye, Sir.« Und ob er das wußte. Er wußte es aus leidvoller Erfahrung, und die Aussicht darauf begeisterte ihn wenig. Aber man würde ihm kaum eine Wahl lassen.

Grey atmete schwer. Dann warf er den Kopf herum.

»Treten Sie näher, Mr. Fraser«, befahl er. Jamie starrte ihn verwundert an.

»Hierher!« wiederholte der Major herrisch und deutete auf den Teppich, unmittelbar vor ihm. »Stellen Sie sich hierhin!«

»Ich bin kein Hund, Major!« fuhr Jamie auf. »Sie können mit mir machen, was Sie wollen, aber ich lasse mich von Ihnen nicht bei Fuß rufen!«

Überrascht lachte Grey.

»Bitte vielmals um Verzeihung, Mr. Fraser«, entgegnete er trocken. »Ich wollte Sie nicht beleidigen. Ich bitte Sie nur, ein wenig näher zu kommen. Wären Sie so nett?« Er trat zur Seite, verneigte sich elegant und wies auf die Feuerstelle.

Jamie zögerte, bevor er mißtrauisch gehorchte. Grey stellte sich dicht neben ihn. Als der Major eine Hand auf Jamies Ärmel legte, weiteten sich die Augen mit den langen Wimpern vor Entsetzen.

»Sie sind ja naß!«

»Ja«, erwiderte Jamie übertrieben geduldig. Er war naß und fror. Und er hörte nicht auf zu zittern, obwohl er jetzt nahe am Feuer stand.

»Warum?«

»Warum?« fragte Jamie erstaunt. »Haben Sie den Soldaten nicht befohlen, mich mit Wasser zu übergießen, bevor sie mich in die eiskalte Zelle warfen?«

»Nein, das habe ich nicht.« Es bestand kein Zweifel, der Major sprach die Wahrheit. Er war blaß, und verärgert kniff er die Lippen zusammen.

»Ich entschuldige mich dafür, Mr. Fraser.«

»In Ordnung, Major.« Kleine Dampfwolken stiegen aus Jamies Kleidern, aber zugleich spürte er die Wärme. Noch immer zitterte er so stark, daß ihm die Muskeln schmerzten, und er wünschte, er könnte sich auf dem Teppich zusammenrollen – wie besagter Hund.

»Hatte Ihre Flucht mit dem zu tun, was Sie im Lime Tree erfahren haben?«

Jamie schwieg.

»Schwören Sie, daß Ihre Flucht nicht damit zusammenhing?«

Jamie schwieg weiterhin. Es schien ihm sinnlos, etwas zu sagen. Der kleine Major ging auf und ab, die Hände auf dem Rücken verschränkt. Zuweilen blieb er stehen und sah zu Jamie hoch. Dann lief er weiter.

Schließlich stellte er sich vor den Gefangenen.

»Mr. Fraser«, sagte er förmlich. »Ich frage Sie noch einmal… Weshalb sind Sie aus dem Gefängnis geflohen?«

Jamie seufzte. Viel länger würde es ihm nicht gestattet sein, beim Feuer zu stehen.

»Das kann ich Ihnen nicht sagen, Major.«

»Können Sie nicht oder wollen Sie nicht?« beharrte Grey eindringlich.

»Diese Frage ist müßig, weil Sie so oder so nichts erfahren.« Jamie schloß die Augen und versuchte, soviel Wärme wie möglich aufzunehmen, bevor er wieder abgeführt wurde.

Grey war mit seiner Weisheit am Ende. Er wußte nicht mehr, was er sagen und was er tun sollte. *Starrköpfig ist noch weit untertrieben,* hatte Quarry gesagt. Wie wahr!

Er stieß einen tiefen Seufzer aus und überlegte, wie er fortfahren sollte. Die Niedertracht der Wärter war ihm peinlich. Um so mehr, als er selbst diese Strafe erwogen hatte, nachdem ihm zu Ohren gekommen war, daß Fraser sein Gefangener war.

Zweifellos stand es ihm zu, den Mann nun auspeitschen zu lassen oder ihn wieder in Ketten zu legen. Oder ihn zu Einzelhaft zu verurteilen, auf kleine Ration zu setzen – mit Fug und Recht könnte er ein Dutzend anderer Strafen über ihn verhängen. Aber jede Bestrafung würde auch die Chancen schmälern, das Gold zu finden.

Es gab das Gold wirklich. Zumindest war es wahrscheinlich. Nur der Glaube daran konnte Fraser zu seiner Flucht bewogen haben.

Grey musterte den Mann. Fraser hatte die Augen geschlossen und die Lippen aufeinandergepreßt. Der strenge Gesichtsausdruck wurde allerdings von den empfindsamen Lippen wieder gemildert. Grey überlegte, wie er den höflichen Widerstand brechen konnte.

Die Uhr auf dem Kamin schlug zehn. Kein Laut war zu hören – lediglich die Schritte des wachhabenden Soldaten, der im Gefängnishof vor dem Fenster patrouillierte.

Weder Gewalt noch Drohungen würden die Wahrheit ans Licht bringen. Widerstrebend erkannte Grey, daß er nur eine Möglichkeit hatte, wenn er die Suche nach dem Gold nicht aufgeben wollte. Er mußte die Gefühle, die er für Fraser hegte, unterdrücken, Quarrys Vorschlag aufnehmen, näher mit ihm bekannt werden und ihm Schritt für Schritt Hinweise auf den verborgenen Schatz entlocken.

Falls es das Gold tatsächlich gab, ermahnte sich Grey und wandte sich dem Gefangenen zu.

»Mr. Fraser«, sagte er höflich. »Wollen Sie mir die Ehre erweisen, morgen mit mir in meinem Quartier zu Abend zu essen?«

Ihm wurde die Befriedigung zuteil, den schottischen Bastard wenigstens überrumpelt zu haben. Frasers blaue Augen weiteten sich, bevor er seiner Überraschung Herr wurde. Einen Augenblick verharrte er schweigend. Dann verneigte er sich elegant, als trüge er Kilt und Plaid und nicht die feuchten Gefängnislumpen.

»Es ist mir ein Vergnügen, Ihnen Gesellschaft zu leisten, Major«, erwiderte er.

7. *März 1755*
Ein Wärter führte Fraser in den Salon, in dem ein gedeckter Tisch bereitstand. Als Grey wenig später aus seinem Schlafzimmer trat, fand er seinen Gast vor dem Bücherregal in eine Ausgabe der *Nouvelle Héloïse* vertieft.

»Interessieren Sie sich für französische Romane?« platzte er heraus, bevor ihm bewußt wurde, wie ungläubig seine Frage klang.

Verdutzt blickte Fraser auf, klappte das Buch zu und stellte es behutsam zurück.

»Auch ich habe lesen gelernt, Major«, sagte er. Über sein rasiertes Gesicht zog sich eine zarte Röte.

»Ich meine... natürlich habe ich damit nicht sagen wollen, äh... daß...« Grey wurde so rot, daß Fraser mit seinen rosigen Wangen dagegen fast schon blaß wirkte. Tatsächlich hatte er – allein wegen des schottischen Akzents und der schäbigen Kleidung des anderen – stillschweigend angenommen, sein Gast könne trotz seiner offenkundigen Bildung nicht lesen.

Jamies Rock mochte schäbig sein, seine Manieren indes waren es nicht. Er überging Greys hastige Entschuldigung und wandte sich erneut dem Bücherregal zu.

»Ich habe den Männern die Geschichte erzählt, aber es ist lange her, daß ich das Buch in der Hand hatte; ich wollte noch mal das Ende lesen.«

»Ach so.« Gerade noch rechtzeitig schluckte Grey die Frage hinunter: »Verstehen Ihre Leute denn so etwas?«

Fraser las den unausgesprochenen Satz offenbar aus Greys Gesicht, denn er erklärte trocken: »Jedes schottische Kind lernt lesen, Major, und bei uns im Hochland hat das Geschichtenerzählen eine lange Tradition.«

»Ich verstehe.«

Das Eintreten des Dieners bewahrte Grey vor weiteren Peinlichkeiten. Das Abendessen verlief friedlich, aber ohne angeregte Unterhaltung. Ihr Gespräch beschränkte sich auf Angelegenheiten des Gefängnisses.

Beim nächstenmal ließ der Major den Spieltisch vor dem Kaminfeuer aufstellen und lud Fraser vor dem Essen zu einer Partie Schach ein. Der Schotte zeigte sich zunächst verwundert, nickte dann jedoch zustimmend.

Da ist mir wirklich ein kleiner Geniestreich gelungen, lobte Grey sich rückblickend. Von dem Zwang befreit, plaudern oder Höflichkeiten austauschen zu müssen, konnten sie einander in Augenschein nehmen, während sie sich schweigend über dem Brett aus

Elfenbein und Ebenholz gegenübersaßen und anhand ihrer Schachzüge abschätzten.

Als sie sich zum Essen niedersetzten, waren sie sich bereits nicht mehr so fremd, und ihre Unterhaltung verlief zwar zurückhaltend, aber es kam immerhin ein Gespräch zustande. Das Gold hatte Grey nicht erwähnt.

Ihr wöchentliches Zusammentreffen wurde zur Gewohnheit. Grey bemühte sich, es seinem Gast so angenehm wie möglich zu machen, da er hoffte, Fraser würde eine Bemerkung über den Verbleib des Goldes entschlüpfen. Jede noch so behutsame Frage nach den Geschehnissen auf seiner Flucht wurde von dem Schotten mit Schweigen beantwortet.

Bei Lamm und Kartoffeln versuchte der Kommandant seinen seltsamen Gast in ein Gespräch über Frankreich und dessen Politik zu verwickeln. Vielleicht konnte er ja so erfahren, ob es eine Verbindung zwischen Fraser und einem potentiellen Geldgeber am französischen Hof gab.

Zu seiner großen Überraschung erfuhr er, daß Fraser vor dem Aufstand der Stuartanhänger tatsächlich eine Zeitlang in Frankreich gelebt und mit Wein gehandelt hatte.

Frasers amüsiertes Lächeln ließ darauf schließen, daß er sich der Absicht hinter diesem Frage- und Antwortspiel wohl bewußt war. Gewandt ließ er sich jedoch auf diese Unterhaltung ein. Fragen, die sein Privatleben betrafen, wich er indes sorgsam aus und ging zu allgemeineren Themen über, die sich mit Kunst oder der Gesellschaft befaßten.

Da Grey einige Zeit in Paris verbracht hatte, fand er zunehmend Interesse an der Unterhaltung.

»Sagen Sie, Mr. Fraser, hatten Sie während Ihres Aufenthaltes in Paris die Möglichkeit, die Bühnenstücke von Monsieur Voltaire kennenzulernen?«

Fraser lächelte. »Aye, Major. Ich hatte sogar mehr als einmal die Ehre, Monsieur Arouet – Voltaire war ja nur sein *nom de plume* – bei mir zu Gast zu haben.«

»Wirklich?« Grey blickte ihn interessiert an. »Und ist er ebenso geistreich, wie seine Feder vermuten läßt?«

»Das kann ich nicht behaupten«, erwiderte Fraser und spießte ein Stückchen Lamm auf die Gabel. »Wenn er überhaupt einmal etwas von sich gegeben hat, dann nichts Geistreiches. Er saß immer nur zusammengesunken in seinem Sessel, hat die Augen gerollt und alle beobachtet. Es würde mich nicht wundern, wenn das eine oder andere, über das man sich bei meinen Abendeinladungen unterhalten hat, später auf der Bühne wieder aufgetaucht ist. Aber Gott sei Dank ist mir in seinen Theaterstücken niemals eine Parodie meiner Person begegnet.« Er schloß die Augen und kaute versonnen.

»Schmeckt Ihnen das Fleisch, Mr. Fraser?« erkundigte Grey sich zuvorkommend. Es war voller Knorpel, zäh und nahezu ungenießbar. Aber wenn er sich bisher mit Haferschrot, Unkraut und hin und wieder einer Ratte hätte begnügen müssen, würde es ihm gewiß auch auf der Zunge zergehen.

»Sehr gut, Major, vielen Dank.« Fraser tunkte den letzten Bissen in ein wenig Weinsauce und ließ sich nicht zweimal bitten, als ihm MacKay auf einen Wink von Grey erneut die Fleischplatte reichte.

»Monsieur Arouet würde so ein köstliches Mahl bestimmt nicht zu würdigen wissen«, sagte Fraser kopfschüttelnd, als er sich noch einmal mit Lamm bediente.

»Von einem derart gefeierten Mann erwartet man einen ausgewählteren Geschmack«, antwortete Grey trocken. Er wollte die Hälfte seiner Mahlzeit dem Kater Augustus zum Abendessen überlassen.

Fraser lachte. »Das ist es nicht, Major. Soviel ich gesehen habe, hat Monsieur Arouet nie mehr als ein Glas Wasser und einen trockenen Keks zu sich genommen, wie üppig das Angebot auch gewesen sein mochte. Er ist ein verschrumpelter Wicht, müssen Sie wissen, und leidet an chronischer Magenverstimmung.«

»Tatsächlich?« Grey schien fasziniert. »Das erklärt möglicherweise den Zynismus in seinen Stücken. Oder glauben Sie nicht, daß sich der Charakter eines Autors im Wesen seiner Werke zeigt?«

»Wenn ich einige der Figuren bedenke, die mir in Bühnenwerken und Romanen begegnet sind, so wäre ihr Schöpfer wohl ein wenig verderbt, sollte er sie wirklich nach seinem Bilde geschaffen haben.«

»Wahrscheinlich haben Sie recht«, antwortete Grey und lächelte bei dem Gedanken an einige besonders romanhafte Figuren in seinem Bekanntenkreis. »Aber wenn ein Dichter solche schillernden Figuren eher nach dem wirklichen Leben gestaltet, als sich der Fülle seines Vorstellungsvermögens zu bedienen, bewegt er sich wahrscheinlich auch in einem Kreis unterschiedlichster Personen.«

Fraser nickte und wischte mit der Leinenserviette die Krumen von seinem Schoß.

»Eine Schriftstellerin hat mir einmal gesagt, das Schreiben von Romanen sei eine kannibalistische Kunst, in der man Eigenschaften von Freunden und Feinden miteinander vermengt, diese Mischung mit Phantasie würzt und daraus anschließend ein schmackhaftes Werk bereitet.«

Grey lachte und bedeutete MacKay, die Teller abzuräumen und die Karaffen mit Port und Sherry zu bringen.

»Eine hübsche Beschreibung! Da Sie gerade von Kannibalen reden, kennen Sie zufällig *Robinson Crusoe* von Mr. Defoe? Seit meiner Kindheit zählt es zu meinen Lieblingsbüchern.«

Die Unterhaltung wandte sich Abenteuerromanen und aufregenden Begebenheiten in tropischen Ländern zu. Als Fraser in seine Zelle zurückkehrte, war es bereits spät. Er hatte Grey einen unterhaltsamen Abend beschert, aber keinerlei Aufschluß über das Gold gegeben.

2. April 1755

John Grey öffnete das Paket, das ihm seine Mutter aus London geschickt hatte. Es enthielt Kiele von Schwanenfedern, die feiner, aber trotzdem kräftiger als gewöhnliche Gänsekiele waren. Bei ihrem Anblick mußte er lächeln. Unübersehbar sollten sie ihn daran erinnern, daß er mit seinen Briefen im Rückstand war.

Trotzdem mußte sich seine Mutter bis zum folgenden Tag gedulden. Er nahm das kleine, mit seinem Monogramm versehene Taschenmesser zur Hand, das er stets bei sich trug, und schnitt sich einen Kiel zurecht. Währenddessen überlegte er, was er schreiben sollte. Als er schließlich die Spitze in das Tintenfaß tauchte, hatten die Worte in seinem Kopf Gestalt angenommen, und er schrieb rasch und flüssig.

2. *April 1755*
An Harold, Lord Melton, Earl of Moray

Mein lieber Hal, schrieb er, *ich möchte Dir von einer Begeben-heit erzählen, die mich immer noch beschäftigt. Wahrscheinlich ist sie nicht von Bedeutung, sollte an der Sache jedoch tatsächlich etwas dran sein, kommt ihr große Wichtigkeit zu.* Ohne weitere Umschweife schilderte er die Begegnung mit dem Wanderer und seinen Halluzinationen. Erst als Grey von Frasers Flucht und seiner erneuten Gefangennahme berichtete, flossen die Worte nicht mehr ganz so rasch.

Der Umstand, daß Fraser so kurz nach diesen Ereignissen aus dem Gefängnis flüchtete, erweckt in mir den Verdacht, daß die Worte des Landstreichers nicht nur aus der Luft gegriffen waren.

Falls dem so ist, sind mir Frasers darauffolgende Handlungen vollkommen unerklärlich. Drei Tage nach seiner Flucht wurde er eine Meile von der Küste entfernt wieder aufgegriffen. Ardsmuir liegt in einer weithin unbewohnten Gegend, und es steht nicht zu vermuten, daß er einen Verbündeten getroffen hat. Ich bin mir sicher, daß er weder von seiner Flucht mit jemandem außerhalb des Gefängnisses gesprochen hat noch nach seiner neuerlichen Gefangennahme, denn er steht unter scharfer Bewachung.

Grey hielt inne und sah Frasers windzerzauste Gestalt vor sich, ungestüm wie ein Hirsch, im Moor zu Hause wie das Rotwild. Es wäre für Fraser ein leichtes gewesen – darüber bestand keinerlei Zweifel –, den Dragonern auszuweichen, wenn er gewollt hätte. Aber er hatte sich absichtlich wieder fangen lassen. Weshalb? Grey schrieb weiter.

Möglicherweise hat Fraser den Schatz nicht gefunden, oder es gibt ihn gar nicht. Ich vermute letzteres, denn wenn Fraser in den Besitz des Goldes gelangt wäre, hätte er sich dann nicht umgehend aus dem Staub gemacht? Er ist kräftig, an das rauhe Leben gewöhnt und sicherlich imstande, zur Küste zu gelangen, um von dort aus übers Meer zu entkommen.

Als Grey vorsichtig auf das Kielende biß, spürte er die bittere Tinte auf der Zunge. Er verzog das Gesicht, stand auf und spuckte aus dem Fenster. Dort blieb er eine Weile stehen. Versonnen wischte er sich über den Mund und sah hinaus in die kalte Frühlingsnacht.

Endlich war er auf die Idee gekommen, die Frage zu stellen. Nicht jene, die er ständig wiederholt hatte, sondern eine viel entscheidendere Frage. Nach einer Schachpartie setzte der Kommandant sein Vorhaben in die Tat um. Der Wärter wartete in der Tür, um den Schotten in seine Zelle zurückzubringen. Als der Gefangene aufstand, erhob sich auch Grey.

»Ich will Sie nicht noch einmal fragen, weshalb sie aus dem Gefängnis geflüchtet sind«, sagte er in leisem Plauderton. »Aber eins möchte ich von Ihnen wissen: Weshalb sind Sie zurückgekommen?«

Einen Augenblick verharrte Fraser verdutzt auf der Stelle. Er drehte sich um und blickte Grey schweigend in die Augen. Dann verzog er den Mund zu einem Lächeln.

»Ich glaube, das liegt an Ihrer Gesellschaft, Major. Am Essen jedenfalls nicht.«

Grey schnaubte, als er an diesen Augenblick zurückdachte. Da ihm nichts einfiel, was er dem Schotten entgegnen konnte, gestattete er ihm zu gehen. Anstelle von Fraser löcherte er sich selbst mit Fragen, bis ihm spätnachts eine Antwort einfiel. Was hätte er, Grey, unternommen, wenn Fraser *nicht* zurückgekommen wäre?

Er hätte Frasers Familie ins Visier genommen, um zu sehen, ob der Mann dort Unterschlupf oder Hilfe gesucht hatte.

Das mußte die Antwort sein. Grey hatte an der Unterwerfung des Hochlands nicht teilgenommen, da er zu der Zeit nach Italien und Frankreich abkommandiert gewesen war, hatte aber mehr als genug über diesen speziellen Feldzug gehört. Auf seiner Fahrt nach Norden, nach Ardsmuir, hatte er unzählige schwarze Mauern gesehen, die aus den verwüsteten Feldern wie Grabhügel emporragten.

Die Highlander waren für ihre unverbrüchliche Treue berühmt. Ein Schotte, der die Hütten in Flammen gesehen hatte, war sicherlich bereit, Gefängnis, Ketten und sogar die Auspeitschung zu ertragen, um seine Familie vor einer Heimsuchung durch englische Soldaten zu bewahren.

Grey griff wieder zur Feder.

Gewiß ist Dir die Starrköpfigkeit der Schotten nicht unbekannt, schrieb er. Insbesondere dieses einen, dachte er ironisch.

Wahrscheinlich wird sich Fraser weder durch Gewalt noch durch Drohungen dazu bewegen lassen, das Versteck des Goldes – so es den Schatz gibt – preiszugeben. Daher habe ich zu ihm als dem Anführer der schottischen Gefangenen eine förmliche Verbindung geknüpft, denn ich hoffe, daß ihm in unseren Gesprächen ein Hinweis entschlüpft. Bisher ohne Erfolg. Aber es gibt noch einen weiteren Ansatzpunkt.

Aus ersichtlichen Gründen, fügte er zögernd hinzu, *möchte ich nicht, daß diese Angelegenheit offiziell bekannt wird.* Die Aufmerksamkeit auf einen Schatz zu lenken, der durchaus ein Hirngespinst sein konnte, war gefährlich, die Gefahr enttäuscht zu werden, zu groß. Sollte das Gold auftauchen, hatte er immer noch ausreichend Zeit, seine Vorgesetzten darüber in Kenntnis zu setzen und die verdiente Belohnung in Empfang zu nehmen.

Deshalb, lieber Bruder, bitte ich Dich, Näheres über Frasers Familie herauszufinden. Aber bitte achte darauf, daß Deine Nachforschungen kein Aufsehen erregen. Verwandte, wenn es sie gibt, dürfen nichts über meine Absichten erfahren. Ich danke Dir zutiefst für die Bemühungen, die Du meinetwillen auf Dich nimmst.

Dein ergebener Diener und Dich liebender Bruder,

John William Grey

15. Mai 1755

»Wie geht es den Männern, die an *la grippe* erkrankt sind?« erkundigte sich Grey. Das Abendessen war vorüber, und damit endete auch ihre Unterhaltung über Bücher. Zeit fürs Geschäftliche.

Stirnrunzelnd saß Fraser vor seinem Sherry, dem einzigen alkoholischen Getränk, das er anzunehmen bereit war. Aber er hatte noch nicht davon gekostet, obwohl die Teller bereits vor geraumer Zeit abgetragen worden waren.

»Nicht so gut. Mehr als sechzig sind erkrankt, fünfzehn von ihnen schwer.« Er zögerte. »Darf ich fragen…?«

»Ich kann nichts versprechen, Mr. Fraser, aber fragen dürfen Sie«, erwiderte Grey förmlich. Er hatte kaum an seinem Sherry genippt und das Abendessen fast nicht angerührt. Vor lauter Aufregung hatte er schon den ganzen Tag Magendrücken.

Jamie schwieg eine Weile, um seine Möglichkeiten abzuschätzen. Alles würde er nicht erreichen; er mußte auf das Wichtigste abzielen und Grey gleichzeitig genügend Spielraum lassen, die eine oder andere Bitte abzuschlagen.

»Wir brauchen mehr Decken, Major, mehr Feuerstellen und mehr zu essen. Und Medikamente.«

Grey schwenkte den Sherry in seinem Glas und beobachtete, wie der Schein des Feuers in dem kleinen Strudel aufglühte. Die Alltagsdinge zuerst, ermahnte er sich. Für das andere ist später noch Zeit.

»Wir haben nur noch zwanzig Decken übrig«, entgegnete er. »Aber Sie können sie für die Schwerkranken haben. Die Essensrationen werde ich kaum erhöhen können. Wir haben eine Menge Weizenmehl verloren, als die Lagerhalle eingestürzt ist. Unsere Vorräte sind knapp...«

»Es ist nicht so sehr die Menge«, warf Fraser hastig ein. »Sondern eher die Art der Nahrung. Die Kranken können Brot und Haferbrei schlecht verdauen. Läßt sich nicht vielleicht ein Ersatz finden?« Jedem Mann stand dem Gesetz nach täglich ein Quart Haferbrei und ein kleiner Weizenlaib zu. Zweimal pro Woche gab es darüber hinaus eine dünne Gerstenbrühe, die sonntags mit etwas Fleisch angereichert wurde, um die Männer, die täglich zwölf bis sechzehn Stunden harte Arbeit verrichteten, bei Kräften zu halten.

Grey sah ihn skeptisch an. »Was schlagen Sie vor, Mr. Fraser?«

»Ich nehme an, daß das Gefängnis einen bestimmten Betrag zur Verfügung hat, mit dem gepökeltes Rindfleisch, Rüben und Zwiebeln für die Sonntagssuppe gekauft werden.«

»Richtig, aber dieses Geld muß für die Vorräte des kommenden Vierteljahres ausreichen.«

»Dann schlage ich vor, Major, daß Sie diese Summe im Augenblick für die Suppe der Schwerkranken ausgeben. Wir Gesunden sind gerne bereit, im nächsten Quartal auf unseren Fleischanteil zu verzichten.«

Grey runzelte die Stirn. »Aber die Männer werden doch immer schwächer, wenn sie ihre Fleischration nicht bekommen! Können sie denn dann überhaupt arbeiten?«

»Diejenigen, die an der Grippe sterben, bestimmt nicht«, entgegnete Fraser scharf.

Grey schnaubte. »Stimmt. Aber diejenigen, die jetzt noch gesund sind, werden es nicht mehr lange sein, wenn sie so lange hungern müssen.« Er schüttelte den Kopf. »Nein, Mr. Fraser, dazu bin ich nicht bereit. Besser, die Kranken ihrem Schicksal zu überlassen, als das Risiko einzugehen, daß noch mehr krank werden.«

Fraser besaß Ausdauer. Er neigte den Kopf. Dann sah er auf, um einen erneuten Vorstoß zu wagen.

»Dann bitte ich um die Erlaubnis, mit meinen Männern auf Jagd zu gehen, Major, wenn uns die Krone nicht angemessen ernähren kann.«

»Auf die Jagd gehen?« Grey runzelte die Stirn. »Ihnen Waffen geben und Ihnen erlauben, im Moor umherzuwandern? Himmel, Mr. Fraser!«

»Im Himmel leidet sicherlich niemand Hunger, Major«, entgegnete Jamie trocken. Als er die Andeutung eines Lächelns auf Greys Gesicht sah, fiel etwas von seiner Spannung ab. Für gewöhnlich zeigte Grey nicht, daß er Sinn für Humor besaß, da er befürchtete, er wäre dann im Nachteil. Was seine Verhandlungen mit Jamie Fraser betraf, lag er nicht einmal falsch.

Ermutigt fuhr Jamie fort.

»Keine Waffen, Major. Kein Umherwandern. Aber würden Sie uns erlauben, beim Torfstechen Fallen aufzustellen und die erbeuteten Tiere zu behalten?« Zuweilen stellte ein Gefangener eine Falle auf, aber so gut wie immer wurde ihm die Beute von den Wärtern wieder abgenommen.

Grey holte tief Luft.

»Fallen? Brauchen Sie dafür dann nicht auch Material, um diese Fallen bauen zu können, Mr. Fraser?«

»Nur ein wenig Seil, Major«, versicherte Jamie ihm. »Höchstens ein Dutzend Rollen Schnur. Den Rest können Sie uns überlassen.«

Grey rieb sich nachdenklich das Kinn und nickte.

»Nun gut.« Der Major nahm die Feder aus dem Tintenfaß und machte sich Notizen. »Morgen gebe ich entsprechende Anweisungen. Und was Ihre anderen Wünsche betrifft...«

Eine Viertelstunde später hatten sie sich geeinigt, Jamie lehnte sich seufzend zurück und nahm endlich einen Schluck Sherry. Er fand, er hatte es verdient.

Grey hatte nicht nur den Fallen zugestimmt, sondern außerdem durften die Torfstecher täglich eine halbe Stunde länger arbeiten und den gestochenen Torf für sich behalten. Medikamente gab es nicht, aber Sutherland wurde erlaubt, eine Cousine in Ullapool, deren Mann Apotheker war, um Medizin zu bitten.

Gute Arbeit für einen Abend, dachte Jamie. Er nahm einen weitere Schluck Sherry, schloß die Augen und genoß die Wärme des Feuers auf den Wangen.

Grey beobachtete unter gesenkten Lidern seinen Gast. Nun, da Fraser seine Forderungen durchgesetzt hatte, war die Spannung aus seinen Schultern gewichen. Zumindest vermutete Fraser, am Ziel zu sein. Sehr gut, dachte Grey. Ja, trink nur deinen Sherry und entspann dich. Ich krieg' dich schon noch.

Als er nach der Karaffe griff, spürte er in seiner Brusttasche den knisternden Brief seines Bruders Hal. Sein Herz begann schneller zu schlagen.

»Möchten Sie nicht noch einen Schluck, Mr. Fraser? Ach, und sagen Sie mir... wie geht es Ihrer Schwester?«

Er bemerkte, wie Frasers Augen sich weiteten und die Farbe vor Schreck aus seinem Gesicht wich.

»Wie stehen die Dinge in... Lallybroch, so heißt es doch, nicht wahr?« Grey schob die Karaffe zur Seite und heftete den Blick auf seinen Gast.

»Ich weiß es nicht, Major.« Frasers Stimme klang gleichgültig, aber seine Augen waren schmal wie Schlitze.

»Sie wissen es nicht? Sicherlich geht es ihnen nicht schlecht – bei all dem Gold, das Sie dorthin gebracht haben.«

Plötzlich strafften sich Frasers breite Schultern unter dem schäbigen Rock. Beiläufig nahm Grey eine der Figuren vom Schachbrett und warf sie von einer Hand in die andere.

»Ich nehme an, Ian – das ist doch der Name Ihres Schwagers, nicht wahr? – wird gute Verwendung dafür haben.«

Fraser hatte seine Fassung zurückgewonnen. Seine Augen begegneten Greys Blick.

»Da Sie so gut über meine Verwandten Bescheid wissen, Major«, sagte er gleichmütig, »wird Ihnen auch bekannt sein, daß meine Familie mehr als hundert Meilen von Ardsmuir entfernt wohnt. Vielleicht können Sie mir erklären, wie ich binnen drei Tagen hätte dorthin gelangen sollen.«

Greys Blick verweilte auf der Schachfigur.

»Möglicherweise haben Sie sich mit jemandem im Moor getroffen, der Ihrer Familie die Nachricht… oder sogar das Gold selbst überbringen sollte.«

Fraser schnaubte kurz.

»Im Moor von Ardsmuir? Wie groß ist die Wahrscheinlichkeit, daß ich jemandem im Moor begegne, den ich kenne? Und dazu noch einem Menschen, dem ich so eine Botschaft anvertrauen könnte?« Entschieden setzte er sein Glas ab. »Ich habe niemandem im Moor getroffen, Major.«

»Soll ich Ihren Worten wirklich trauen, Mr. Fraser?« Greys Skepsis war unüberhörbar.

Fraser errötete.

»Noch nie hatte jemand Anlaß, an meinen Worten zu zweifeln, Major«, sagte er steif.

»Wirklich nicht?« Greys Zorn war nicht nur vorgetäuscht. »Ich glaube mich zu erinnern, daß Sie mir Ihr Wort gaben, als ich Ihnen die Eisen abnehmen ließ.«

»Und ich habe es gehalten!«

»Tatsächlich?« Die beiden Männer saßen sich aufrecht gegenüber und starrten einander an.

»Sie haben drei Dinge von mir verlangt, Major, und in allen drei Punkten habe ich mich an unsere Abmachung gehalten.«

Grey schnaubte verächtlich.

»Wirklich, Mr. Fraser? Wenn dem so ist, wie kam es dann, daß Sie der Gesellschaft Ihrer Freunde überdrüssig wurden und sich mit den Kaninchen ein Stelldichein gaben? Schließlich haben Sie mir ja versichert – mir sogar Ihr Wort gegeben –, daß Sie sich mit niemandem getroffen haben.« Im letzten Satz schwang so viel Hohn mit, daß Fraser noch röter wurde.

Seine Hand ballte sich unwillentlich zur Faust.

»Aye, Major«, meinte er leise. »Ich gebe Ihnen mein Wort, daß ich die Wahrheit sage.« Als er die Faust bemerkte, öffnete er sie langsam und legte die Hand flach auf den Tisch.

»Und Ihre Flucht?«

»Über meine Flucht, Major, spreche ich nicht. Das habe ich Ihnen bereits gesagt.« Fraser heftete den Blick auf den Kommandanten, atmete aus und lehnte sich in seinem Stuhl zurück.

Wortlos tat Grey es ihm gleich und stellte die Schachfigur auf den Tisch.

»Lassen Sie mich offen sprechen, Mr. Fraser. Ich gehe davon aus, daß Sie ein vernünftiger Mann sind.«

»Ich bin mir der Ehre vollauf bewußt, Major.«

Obwohl Grey die Ironie bemerkte, reagierte er nicht. Er hatte die Oberhand.

»Nun, Mr. Fraser, es spielt keine Rolle, ob Sie mit Ihrer Familie Verbindung aufgenommen haben oder nicht. Allein die Möglichkeit berechtigt mich, einen Trupp Dragoner nach Lallybroch zu schicken, das Gelände gründlich zu durchsuchen und Ihre Verwandten zu verhören und einzusperren.«

Er griff in seine Brusttasche und zog ein Stück Papier hervor. Nachdem er es aufgefaltet hatte, las er Fraser die Namenliste vor.

»Ian Murray – Ihr Schwager, richtig? Seine Frau, Janet – Ihre Schwester, natürlich. Die Kinder, James – vielleicht nach seinem Onkel benannt?« Er blickte forschend in Jamies Gesicht und las weiter. »Margaret, Katherine, Janet, Michael und Ian.« Dann legte er die Liste neben die Schachfigur.

»Die drei ältesten Kinder sind, wie Sie wissen, alt genug, um mit den Eltern eingesperrt und verhört zu werden. Derartige Verhöre verlaufen meist nicht sehr sanft, Mr. Fraser.«

Damit hatte er mehr als recht, das wußte Fraser. Sein Gesicht war aschfahl geworden. Er schloß kurz die Augen und öffnete sie wieder.

Grey fielen Quarrys Worte wieder ein: »*Falls Sie mit Fraser allein essen, wenden Sie ihm nicht den Rücken zu.*« Seine Nackenhaare sträubten sich, doch sofort hatte er sich wieder in der Gewalt und erwiderte Frasers Blick.

»Was wollen Sie von mir?« Die Stimme des Schotten klang gedämpft und heiser vor Zorn, doch er verharrte starr wie eine vom Feuer vergoldete Schnitzfigur.

»Die Wahrheit«, sagte Grey leise.

Bis auf das Knallen und Zischen des Torffeuers war es still im Raum. Der Schotte starrte in die Flammen, als suchte er dort die Antwort.

Grey wartete. Er hatte keine Eile. Schließlich wandte Fraser den Kopf zu ihm um.

»Also die Wahrheit.« Er atmete durch. Grey sah, wie sich die Brust wölbte.

»Ich habe mich an unsere Abmachung gehalten, Major. Ich habe Ihnen alles wortgetreu wiedergegeben, was der Mann in der Nacht gesagt hatte. Aber ich habe Ihnen nicht gesagt, daß einiges davon für mich von großer Bedeutung war.«

»Ach!« Grey wagte kaum, sich zu bewegen. »Und welche Bedeutung?«

Frasers volle Lippen wurden zu einem schmalen Strich.

»Ich... habe Ihnen von meiner Frau erzählt«, preßte er hervor.

»Ja. Sie haben gesagt, sie sei tot.«

»Ich hatte gesagt, sie weile nicht mehr unter uns, Major«, berichtigte Fraser ihn leise. Seine Augen blickten unverwandt auf die Schachfigur. »Wahrscheinlich ist sie tot, aber...« Er hielt inne und schluckte, bevor er mit fester Stimme fortfuhr. »Meine Frau war eine Heilerin. Aber sie war mehr als das. Sie war eine weise Frau.« Er blickte kurz auf. »Auf gälisch *ban-druidh*, das heißt auch Hexe.«

»Die weiße Hexe«, sagte Grey leise. Vor Aufregung raste sein Puls. »Das heißt, die Worte des Mannes hatten sich auf Ihre Frau bezogen?«

»Möglicherweise. Und wenn...« Die breiten Schultern zuckten leicht. »Ich mußte hin«, erklärte er schlicht. »Um mich zu vergewissern.«

»Wußten Sie denn, wohin? Hat der Mann das auch gesagt?« Neugierig beugte sich Grey vor. Fraser nickte. Er fixierte immer noch die elfenbeinerne Schachfigur.

»Es gibt hier in der Nähe einen Schrein der heiligen Bride. Man nannte sie auch die Weiße Frau«, erklärte er und blickte auf.

»Ich verstehe. Und daher haben Sie vermutet, die Worte des Mannes bezögen sich auf diesen Ort und auf Ihre Frau.«

Fraser zuckte die Achseln.

»Ich war mir nicht sicher«, wiederholte er. »Hatte es etwas mit meiner Frau zu tun, oder hatte er mit der weißen Hexe nur die heilige Bride gemeint? Oder wollte er mir nur den Ort nennen? Ich weiß es nicht. Aber ich hatte das Gefühl, ich müßte hin.«

Er beschrieb die Stelle und erklärte auf Greys Drängen hin, wie man dorthin gelangte.

»Der Schrein selbst besteht aus einem kleinen verwitterten Kreuz, und die Inschriften sind kaum noch zu lesen. Er liegt oberhalb eines Teiches, halb verdeckt von Heidekraut. Im Tümpel findet man kleine weiße Steine, um die sich die Wurzeln des Heidekrauts winden, das am Ufer wächst. Den Steinen wird große Kraft nachgesagt«, fügte er hinzu, als er den verständnislosen Blick seines Gegenübers sah. »Aber nur, wenn eine weiße Frau sie benutzt.«

»Aha. Und Ihre Frau…?« Grey hielt taktvoll inne.

Fraser schüttelte den Kopf.

»Nichts, was auf sie hindeutete«, sagte er leise. »Sie ist wirklich fort.« Obwohl Frasers Stimme gedämpft und beherrscht klang, hörte Grey seine Verzweiflung heraus.

Das Gesicht des Schotten, für gewöhnlich ruhig und undurchdringlich, zeigte auf einmal die tiefen Linien des Schmerzes und der Trauer. Obwohl es Grey wie ein Eingriff erschien, noch weiter in Fraser zu dringen, mußte er seine Befragung fortsetzen.

»Und das Gold?« fragte er ruhig. »Was ist damit?«

Fraser seufzte.

»Es war da«, sagte er tonlos.

»Wie bitte?« Grey setzte sich kerzengerade auf und starrte den Gefangenen an. »Sie haben es gefunden?«

»Ja.«

»Und war es auch wirklich das Gold aus Frankreich, das Louis an Charles Stuart geschickt hat?« Greys Puls raste. Er malte sich bereits aus, wie er seinen Vorgesetzten in London große Kisten mit dem Goldschatz des Königs von Frankreich übergab.

»Louis hat den Stuarts nie Gold geschickt«, sagte Fraser mit Bestimmtheit. »Nein, Major, was ich am Teich gefunden habe, war zwar Gold, stammte aber nicht aus Frankreich.«

Tatsächlich hatte er eine Schatulle mit einigen Gold- und Silbermünzen und einen kleinen Lederbeutel mit Edelsteinen gefunden.

»Edelsteine?« rief Grey aus. »Wo, zum Teufel, sind die denn her?«

Fraser warf ihm einen leicht entnervten Blick zu.

»Ich habe keine Ahnung, Major«, erwiderte er. »Woher soll ich das wissen?«

»Ja, woher wohl«, entgegnete Grey und hustete, um seine Aufregung zu verbergen. »Aber dieser Schatz… wo ist er jetzt?«

»Ich habe ihn ins Meer geworfen.«

Grey starrte ihn ungläubig an.

»Sie haben... was gemacht?«

»Ihn ins Meer geworfen«, wiederholte Fraser ruhig. »Haben Sie schon mal von dem sogenannten Teufelskessel gehört, Major? Er liegt ungefähr eine halbe Meile vom Teich der Heiligen entfernt.«

»Warum? Warum haben Sie das getan?« wollte Grey wissen. »Das widerspricht doch jeder Vernunft!«

»Das war mir in dem Augenblick egal, Major«, erwiderte Fraser leise. »Als ich dorthin ging, hatte ich eine Hoffnung... und als sie sich nicht erfüllte, war der Schatz für mich nichts als eine unbedeutende Schachtel mit Steinen und angelaufenen Silberstücken. Dafür hatte ich keine Verwendung.« Ironisch blickte er auf. »Ich habe aber auch keinen Sinn darin gesehen, die Schachtel König George zu geben. Deshalb habe ich sie ins Meer geworfen.«

Grey lehnte sich zurück und goß sich noch einen Sherry ein. Er war so in Aufruhr, daß er kaum wußte, was er tat.

Fraser hatte den Kopf abgewendet und das Kinn auf die Fäuste gestützt. Mit ausdruckslosem Gesicht blickte er ins Feuer. Das Licht fiel von hinten auf seine lange, gerade Nase und die sanft geschwungenen Lippen. Nur Kiefer und Augenbrauen lagen im Schatten.

Grey gewährte sich einen ordentlichen Schluck und nahm wieder Haltung an.

»Eine bewegende Geschichte, Mr. Fraser«, sagte er langsam. »Äußerst dramatisch. Und dennoch gibt es keinerlei Beweise, daß sie wahr ist.«

Endlich bewegte sich Jamie. Er wandte sich zu Grey um und sah ihn mit einem Ausdruck an, den man fast schon amüsiert nennen konnte.

»Doch, Major.« Er griff unter den Bund seiner zerlumpten Kniehose, holte etwas hervor und reichte es Grey. Ein Saphir. Blau wie Frasers Augen und von beträchtlicher Größe.

»Das ist der Beweis dafür, daß es den Schatz gegeben hat, Major.« Fraser wies auf den Stein. Ihre Blicke trafen sich. »Und was den Rest betrifft... da müssen Sie mir einfach glauben, Major.«

»Aber... Sie... haben gesagt...«

»Richtig.« Fraser wirkte so gelassen, als sprächen sie über das

Wetter. »Diesen winzigen Stein habe ich behalten, weil ich dachte, er könnte von Nutzen sein, sollte ich je wieder entlassen werden oder die Möglichkeit haben, ihn meiner Familie zu schicken. Denn Sie werden verstehen, Major...« – Jamies Augen funkelten –, »daß meine Familie mit einem großen Schatz nichts anfangen kann, ohne sich verdächtig zu machen. Ein Stein hingegen ginge an.«

In Greys Kopf drehte sich alles. Fraser hatte recht. Für einen schottischen Gutsbesitzer war es unmöglich, einen solchen Schatz zu Geld zu machen, ohne ins Gerede zu kommen und damit die königlichen Soldaten auf den Plan zu rufen. Und Fraser selbst müßte den Rest seines Lebens im Gefängnis verbringen. Aber wie konnte jemand ein Vermögen so leichtherzig fortwerfen? Doch ein Blick auf den Schotten genügte: Wenn es einen Mann gab, dessen Urteilsvermögen nicht durch Gier getrübt war, dann James Fraser. Dennoch...

»Wie haben Sie den Stein aufbewahren können?« fragte Grey plötzlich. »Sie sind bei Ihrer Rückkehr doch bis auf die Haut durchsucht worden.«

Jamies breiter Mund verzog sich zu dem ersten ehrlichen Lächeln, das Grey an ihm sah.

»Ich habe ihn geschluckt«, erklärte er.

Greys Hand krampfte sich um den Saphir. Er öffnete die Faust und setzte den Stein behutsam neben die Schachfigur auf den Tisch.

»Ach so«, meinte er.

»Tja, Major«, entgegnete Fraser mit einer Ernsthaftigkeit, die das spöttische Blitzen in seinen Augen nur noch stärker hervortreten ließ, »schlichter Haferbrei hat eben dann und wann doch sein Gutes.«

Grey unterdrückte das Gelächter, das in seiner Kehle aufstieg.

»Ganz gewiß, Mr. Fraser.« Einen Moment blickte er versonnen auf den blauen Stein. Dann hob er den Kopf.

»Sind Sie Papist?« Er wußte die Antwort bereits. Nur wenige Anhänger der katholischen Stuarts waren keine Papisten. Er stand auf und ging hinüber zu dem Bücherregal. Es dauerte eine Weile, bis er fand, was er suchte. Ein Geschenk seiner Mutter. Nichts, was zu seiner alltäglichen Lektüre gehörte.

Er legte die in Kalbsleder gebundene Bibel neben den Stein auf den Tisch.

»Ich würde Ihrem Wort als Gentleman gern Glauben schenken, Mr. Fraser«, sagte er. »Aber Sie werden verstehen, daß ich an meine Pflichten denken muß.«

Lange verweilte Frasers Blick auf der Bibel, bevor er mit ausdrucksloser Miene zu Grey blickte.

»Aye.« Ohne zu zögern, legte er seine breite Hand auf das Buch.

»Im Namen Gottes, des Allmächtigen, und seinem heiligen Wort schwöre ich«, erklärte er mit fester Stimme, »die Wahrheit über den Schatz gesagt zu haben.« Im Schein des Feuers glühten seine Augen dunkel und unsäglich tief. »Und bei meiner Hoffnung auf das Paradies«, fügte er hinzu, »schwöre ich, daß der Rest im Meer liegt.«

11

Das Torremolinosgambit

Als die Frage nach dem französischen Gold somit geklärt war, verbrachten sie ihre gemeinsamen Abende wieder wie gewohnt, sprachen zunächst über Angelegenheiten, die die Gefangenen betrafen, plauderten dann zwanglos und spielten gelegentlich eine Partie Schach. An diesem Abend erhoben sie sich vom Eßtisch, vertieft in eine Unterhaltung über Samuel Richardsons gewichtigen Roman *Pamela*.

»Finden Sie, daß die Vielschichtigkeit der Handlung den Umfang des Buches rechtfertigt?« wollte Grey wissen, während er sich vorbeugte und die kurze Zigarre an einer Kerze auf der Anrichte anzündete. »Ein solch dickes Werk ist nicht nur äußerst kostspielig für den Verleger, sondern fordert auch vom Leser eine große Anstrengung.«

Fraser lächelte. Er rauchte nicht, hatte sich allerdings für Portwein entschieden. Das einzige Getränk, dem der Tabakgestank seiner Meinung nach nichts anhaben konnte.

»Das Buch hat ungefähr zwölfhundert Seiten, nicht wahr? Tja, nicht gerade einfach, die Verwicklungen eines Lebens gedrängt zusammenzufassen und gleichzeitig die Dinge präzise darzustellen.«

»Wie wahr! Aber ich habe auch schon sagen hören, das Meisterliche eines Autors zeige sich in der Kunst der Selektion. Meinen Sie nicht, ein Buch dieser Länge deutet auf mangelnde Entscheidungsfähigkeit und somit auf fehlendes Talent hin?«

Fraser überlegte, während er bedächtig an dem tiefroten Wein nippte.

»Sicher habe ich einige gelesen, auf die das zutrifft«, räumte er ein. »Ein Autor hofft, die Geschichte würde glaubwürdiger, wenn er den Leser mit einer Fülle von Einzelheiten erschlägt. Aber hier liegen die Dinge anders. Jede Gestalt des Romans ist sorgfältig überlegt, und alle geschilderten Begebenheiten sind für das Verständnis erforderlich. Nein, ich glaube einfach, daß manche Geschichten von Natur aus mehr Raum einnehmen müssen.«

Er trank noch einen Schluck und lachte.

»Ich gebe zu, was das betrifft, bin ich etwas voreingenommen. Angesichts der Bedingungen, unter denen ich *Pamela* gelesen habe, hätte ich mir das Buch doppelt so dick gewünscht.«

»Und welche waren das?« Grey schürzte die Lippen und blies behutsam einen Rauchring zur Decke.

»Ich habe mehrere Jahre lang in einer Höhle in den Highlands gelebt, Major«, antwortete Fraser trocken, »und selten mehr als drei Bücher dabeigehabt. Aye, ich hege eine Schwäche für dicke Wälzer, aber ich muß zugeben, daß viele anders urteilen.«

»Das ist in der Tat richtig«, entgegnete Grey. Blinzelnd verfolgte er das ringförmige Gebilde, bevor er ein weiteres hinterherschickte. Als es das erste berührte und in einer winzigen Wolke zerstob, grunzte Grey zufrieden.

Schließlich drückte er den Stumpen aus und erhob sich aus seinem Sessel.

»Kommen Sie. Es bleibt uns gerade noch Zeit für eine kurze Partie.«

Es handelte sich bei ihnen nicht um gleichwertige Gegner. Fraser war ein weitaus überlegener Spieler, doch Grey gelang es zuweilen, ein Spiel mit Hilfe wagemutiger Züge zu retten.

Heute versuchte er sich am Torremolinosgambit. Die Eröffnung mit dem Damespringer war riskant. Doch war der Anfang geglückt, stand einer ungewöhnlichen Kombination von Turm und Läufer nichts mehr im Wege. Der Erfolg dieser Taktik hing wiederum ab von einer falschen Stellung des Königsspringers und des Bauern des Königsläufers. Grey wandte dieses Gambit selten an, da er bei einem mittelmäßigen Spieler, der die Bedrohung durch den Springer oder die sonstigen Möglichkeiten nicht zu erkennen vermochte, mißlang. Es war ein Trick, der sich an einem geschickten und aufmerksamen Kontrahenten erproben ließ. Aber da sie die vergangenen drei Wochen regelmäßig gespielt hatten, wußte Grey recht gut, welcher Gegner ihm da gegenübersaß.

Er zwang sich, ruhig zu atmen, als er zum vorletzten Zug der

Kombination ansetzte. Fraser sah ihn kurz an, doch er erwiderte seinen Blick nicht, denn er fürchtete, der andere könnte merken, wie aufgeregt er war. Statt dessen griff er nach der Karaffe auf der Anrichte und füllte beide Gläser mit süßem, dunklem Portwein.

Bauer oder Springer? Nachdenklich hielt Fraser den Kopf über das Brett gebeugt. Bei jeder Bewegung blitzten kleine rötliche Lichtpunkte in seinem Haar auf. Der Springer – damit würde sein Plan aufgehen, und Fraser hätte seine Chance vertan. Der Bauer – und alles wäre verloren.

Grey wartete mit klopfendem Herzen. Immer noch hielt Fraser den Kopf gesenkt. Doch plötzlich führte er entschlossen die Hand zu der Figur. Der Springer!

Offenbar hatte Grey allzulaut aufgeseufzt, denn der Schotte sah ihn mißtrauisch an. Aber es war bereits zu spät. Um sein Triumphgefühl zu verbergen, antwortete Grey mit einer Rochade.

Stirnrunzelnd betrachtete Fraser das Brett. Sein Blick wanderte hastig über die Figuren, um die Taktik nachzuvollziehen. Als er begriffen hatte, zuckte er leicht zusammen und blickte mit weit aufgerissenen Augen hoch.

»Sie listiger Fuchs!« stieß er überrascht und beeindruckt hervor. »Wo zum Teufel haben Sie diesen Trick gelernt?«

»Den hat mir mein älterer Bruder beigebracht«, entgegnete Grey und vergaß im Siegestaumel seine übliche Zurückhaltung. Für gewöhnlich gewann er nur drei von zehn Partien und der Erfolg schmeckte süß.

Fraser lachte und kippte den König um.

»Mit etwas Derartigem hätte ich bei einem Mann wie Lord Melton rechnen müssen«, meinte er beiläufig.

Grey erstarrte. Fraser, der das bemerkte, runzelte fragend die Stirn.

»Sie sprechen doch von Lord Melton, oder? Oder haben Sie noch einen Bruder?«

»Nein«, erklärte Grey. Seine Lippen fühlten sich pelzig an. Aber das lag vielleicht an der Zigarre. »Nein, nur diesen einen.« Wieder klopfte ihm das Herz bis zum Halse, diesmal jedoch nicht vor Triumph. Hatte der schottische Bastard etwa die ganze Zeit gewußt, mit wem er es zu tun hatte?

»Unsere Begegnung war zwangsläufig recht kurz«, sagte Fraser trocken. »Aber denkwürdig.« Er trank einen Schluck, ohne Grey aus den Augen zu lassen. »Vielleicht wußten Sie bisher noch nicht, daß ich Lord Melton auf dem Schlachtfeld von Culloden kennengelernt habe.«

»Doch. Ich habe auch in Culloden gekämpft.« Greys Freude über den Sieg war zerplatzt wie eine Seifenblase. Von dem Rauch war ihm ein wenig übel. »Aber ich hätte nicht gedacht, daß Sie sich an Hal erinnern... oder daß Sie über unsere Verwandtschaftsverhältnisse Bescheid wissen.«

»Da ich dieser Begegnung mein Leben verdanke, werde ich sie wohl kaum vergessen«, entgegnete Fraser.

Grey blickte auf. »Soviel ich weiß, hielt sich Ihre Dankbarkeit in Grenzen, als Hal Ihnen nach der Schlacht gegenüberstand.«

Frasers Mund verhärtete sich kurz, entspannte sich aber sofort wieder.

»Ja«, sagte er leise. Er lächelte freudlos. »Ihr Bruder hatte sich strikt geweigert, mich zu erschießen. Für dieses Entgegenkommen war ich ihm damals nicht besonders dankbar.«

»Sie wollten sterben?« Grey zog die Brauen hoch.

Gedankenverloren starrte der Schotte auf das Schachbrett.

»Damals dachte ich, ich hätte gute Gründe«, sagte er leise.

»Welche Gründe?« wollte Grey wissen. Als Fraser ihn durchdringend ansah, fügte er hastig hinzu: »Bitte betrachten Sie meine Frage nicht als unverschämt. Es ist nur... ich fühlte damals ähnlich. Nach dem, was Sie von den Stuarts erzählt haben, fällt es mir schwer zu glauben, daß die Niederlage Sie in so tiefe Verzweiflung gestürzt hat.«

Das unmerkliche Zucken von Frasers Mundwinkeln ließ sich kaum als Lächeln deuten. Zustimmend neigte er den Kopf.

»Es gab Männer, die aus Liebe zu Charles Stuart kämpften... oder aus Treue zu seinem Vater, dem rechtmäßigen König. Aber es stimmt, zu denen gehörte ich nicht.«

Dabei ließ er es bewenden. Grey seufzte tief, ohne den Blick vom Brett abzuwenden.

»Wie gesagt, meine Empfindungen waren ähnlich. Ich... habe in Culloden einen ganz besonderen Freund verloren«, erklärte Grey. Weshalb, fragte er sich, drängte es ihn, gerade Fraser von Hector zu erzählen – einem schottischen Krieger, der mit gezogenem

Schwert über das Schlachtfeld von Culloden gestürmt war, einem Schwert, das möglicherweise… Aber er mußte jemandem erzählen, wie ihm ums Herz war. Und er konnte mit niemandem darüber sprechen außer mit Fraser, diesem Gefangenen, der es nicht weitererzählen konnte und keine Gefahr für ihn darstellte.

»Er – mein Bruder – zwang mich, den Leichnam anzusehen«, stieß Grey hervor. Er betrachtete den Ring an seiner Hand, auf dem Hectors Saphir tiefblau schimmerte. Der Stein war kleiner als der, den Fraser ihm widerwillig überlassen hatte.

»Er sagte, ich müsse es tun, denn wenn ich ihn nicht tot sähe, würde ich niemals glauben können, daß er nicht mehr lebt. Wenn ich mich nicht vergewissern würde, daß mein Freund Hector tatsächlich gestorben ist, würde ich mich bis an mein Lebensende grämen. Wenn ich mich dem Anblick stellen und begreifen würde, könnte ich trauern und später darüber hinwegkommen… und vergessen.« Mit verzerrtem Lächeln blickte er auf. »Im allgemeinen hat Hal recht, aber nicht immer.«

Vielleicht hatte er den Verlust überwunden, doch vergessen würde er niemals. Den letzten Anblick von Hector, wie er im Licht der Morgendämmerung still, mit wächsernem Gesicht dagelegen hatte, die langen Wimpern weich auf den Wangen ruhend, würde er immer in Erinnerung behalten.

Eine Weile verharrten sie schweigend. Fraser griff nach seinem Glas und leerte es. Wortlos füllte Grey ihnen zum drittenmal nach.

Dann lehnte er sich in seinem Sessel zurück und betrachtete seinen Gast aufmerksam.

»Empfinden Sie Ihr Leben als Last, Mr. Fraser?«

Der Blick des Schotten verharrte lange und prüfend auf dem Major. Nachdem er in dessen Zügen nichts als Neugierde entdeckte, gaben seine breiten Schultern nach, und der grimmige Zug um den Mund glättete sich. Er lehnte sich zurück und bewegte die Rechte langsam hin und her, öffnete und schloß sie, um die Muskeln zu dehnen. Grey sah, daß die Hand einmal stark verletzt gewesen sein mußte, denn im Schein des Feuers ließen sich kleine Narben erkennen, und zwei Finger waren steif.

»Nicht besonders«, antwortete Fraser leise. Kühl blickte er Grey in die Augen. »Ich glaube, die größte Bürde ist es, jene zu lieben, denen wir nicht helfen können.«

»Ist es nicht viel schlimmer, niemanden zu haben, den man lieben kann?«

Fraser antwortete nicht sofort. Vielleicht verschaffte er sich Überblick über die Position der Figuren auf dem Brett.

»Das ist Leere«, sagte er schließlich leise, »aber keine Bürde.«

Es war spät geworden. Bis auf die Schritte des Wachsoldaten im Hof drang kein Laut aus der Festung.

»Ihre Frau... Sie sagten, sie sei eine Heilerin gewesen?«

»Ja. Sie... sie hieß Claire.« Fraser schluckte, hob sein Glas und trank einen Schluck, als wolle er etwas hinunterspülen.

»Sie haben sie sehr geliebt, nicht wahr?« sagte Grey leise.

Er spürte bei dem Schotten das gleiche Bedürfnis, das auch ihn kurz zuvor beherrscht hatte: einen bisher unausgesprochenen Namen preiszugeben, um diese Liebe für einen Moment wieder heraufzubeschwören.

»Ich wollte Ihnen schon seit längerem danken, Major«, erklärte der Schotte plötzlich.

Grey war verwirrt. »Mir danken? Wofür?«

Fraser blickte auf.

»Für die Nacht in Carryarrick, als wir uns zum erstenmal begegnet sind.« Unverwandt sah er Grey an. »Für das, was Sie für meine Frau getan haben.«

»Sie erinnern sich also«, stellte Grey heiser fest.

»Ich habe es nicht vergessen«, erklärte Fraser schlicht. Grey warf einen verstohlenen Blick auf sein Gegenüber, doch er las in den schrägen blauen Augen kein Anzeichen von Spott.

Förmlich nickte Fraser ihm zu. »Sie waren ein würdiger Feind, Major. Wie sollte ich Sie vergessen?«

John Grey lachte verbittert auf. Seltsamerweise war er weitaus weniger erregt, als er befürchtet hatte, nun, wo die Rede tatsächlich auf diese beschämende Angelegenheit kam.

»Wenn ein Sechzehnjähriger, der sich vor Angst in die Hosen macht, in Ihren Augen ein würdiger Feind ist, Mr. Fraser, wundert mich die Niederlage der schottischen Armee kaum.«

Fraser lächelte schwach.

»Ein Mann, der sich nicht vor Angst in die Hosen macht, wenn man ihm eine Pistole an die Schläfe setzt, hat entweder keine Gedärme oder keinen Verstand.«

Grey mußte unwillkürlich lachen. Auch Frasers Mundwinkel zuckten.

»Sie haben nicht geredet, um Ihr eigenes Leben zu retten, sondern die Ehre einer Frau. Die Ehre meiner Frau«, sagte Fraser leise. »Und das hat in meinen Augen nichts mit Feigheit zu tun.«

Die Worte des Schotten waren eindeutig aufrichtig gemeint.

»Ich habe für Ihre Frau gar nichts getan«, antwortete Grey ziemlich heftig. »Sie war schließlich nicht in Gefahr.«

»Nur wußten Sie das nicht«, wandte Fraser ein. »Ihr Leben haben Sie aufs Spiel gesetzt, um ihr Leben und ihre Ehre zu retten. Allein die Absicht zählt... Ich habe ab und zu daran gedacht, seit ich... seit ich sie verloren habe.« Das Zögern in seiner Stimme war kaum wahrnehmbar, nur ihr gepreßter Klang ließ Frasers wahre Gefühle erahnen.

»Ich verstehe.« Grey seufzte tief. »Es tut mir leid, daß Sie sie verloren haben«, fügte er förmlich hinzu.

Eine Weile hingen sie schweigend ihren Gedanken nach. Dann blickte Fraser auf.

»Ihr Bruder hatte recht, Major«, sagte er. »Ich danke Ihnen und wünsche Ihnen eine gute Nacht.« Er stand auf, setzte das Glas ab und verließ den Raum.

In mancherlei Hinsicht fühlte er sich an seine Jahre in der Höhle und seine Besuche im Gutshaus – Oasen der Wärme und Zuneigung in einer Wüste der Einsamkeit – erinnert. In Ardsmuir war es umgekehrt. Hier verließ er eine überfüllte, schmutzige Zelle und stieg hinauf in die prachtvolle Suite des Majors, wo er sich im Gespräch und bei einem reichlichen Mahl körperlich und geistig entspannen konnte.

Aber auch hier hatte er das Gefühl, daß ihn der Wechsel zwischen den Welten völlig durcheinanderbrachte, daß er etwas Wesentliches seiner selbst verlor, was er nicht hinüber in seinen Alltag retten konnte. Mit jedem Mal fiel ihm die Umstellung schwerer.

Er stand im zugigen Gang und wartete auf den Gefängniswärter, der ihm die Zelle aufschließen sollte. Als sich die Tür öffnete, drangen die Geräusche der Schlafenden an sein Ohr, und beißender Gestank wehte ihm entgegen.

Rasch holte er tief Luft und bückte sich.

Als er eintrat, wurden die Männer auf dem Boden unruhig. Kaum hatte sich die Tür hinter ihm geschlossen, versank die Zelle wieder in Düsternis.

»Du kommst spät, Mac Dubh«, sagte Murdo Lindsay heiser und verschlafen. »Morgen früh wirst du völlig fertig sein.«

»Es wird schon gehen, Murdo«, wisperte Fraser und stieg über die Schlafenden. Er zog den Mantel aus und breitete ihn über die Bank. Dann nahm er die Decke und suchte sich einen Platz auf dem Boden. Ronnie Sutherland drehte sich um, als Mac Dubh sich neben ihn legte. Schläfrig blinzelte er durch seine sandfarbenen Wimpern, die im schwachen Mondlicht kaum zu sehen waren.

»Hat Goldlocke dich anständig gefüttert, Mac Dubh?«

»Ja, Ronnie, danke.« Er rutschte auf dem Boden hin und her, bis er eine bequeme Lage gefunden hatte.

»Erzählst du uns morgen darüber?« Den Gefangenen bereitete es ein seltsames Vergnügen zu hören, was Mac Dubh zum Abendessen serviert bekam, und sie betrachteten es als Ehre, daß man ihren Anführer so gut versorgte.

»Aye, gewiß, Ronnie«, versprach Mac Dubh. »Aber jetzt muß ich schlafen, aye?«

»Gute Nacht, Mac Dubh«, ertönte es leise aus der Ecke, in der Hayes eingerollt lag. Aufgereiht wie Löffel lagen MacLeod, Innes und Keith nebeneinander.

»Träum süß, Gavin«, antwortete Mac Dubh im Flüsterton. Nach und nach kehrte wieder Ruhe ein.

In jener Nacht träumte er von Claire. Schwer und duftend lag sie in seinen Armen. Sie war schwanger. Ihr Bauch ähnelte einer runden, glatten Zuckermelone, ihre Brüste waren voll und üppig. Die dunklen Brustwarzen erweckten in ihm das Bedürfnis, sie in den Mund zu nehmen.

Ihre Hand ruhte zwischen seinen Beinen. Er erwiderte diese Geste, griff zwischen ihre Schenkel und umschloß die kleine, weiche Erhebung. Lächelnd lehnte Claire sich über ihn. Ihr Haar fiel ihm ins Gesicht, und sie legte ihr Bein über ihn.

»Ich will deinen Mund«, flüsterte er, ohne zu wissen, ob er sie küssen wollte oder ob sie ihn mit den Lippen nehmen sollte. Er wußte nur, irgendwie mußte er sie besitzen.

»Und ich will deinen«, sagte sie. Lachend beugte sie sich über ihn. Ihr Haar, das nach Moos und Sonne duftete, streifte sein Gesicht, und er fühlte das feine Stechen der Blätter im Rücken. Da wußte er, daß sie sich in dem Tal unweit von Lallybroch befanden. Inmitten von Rotbuchen, Laub und Ästen, über ihm goldfarbene Augen und glatte weiße Haut, über die Schatten wanderten.

Als sich ihre Brust seinem Mund entgegendrängte, nahm er sie gierig. Er saugte und zog Claires Körper näher zu sich heran. Ihre Milch schmeckte heiß und süß.

»Stärker«, flüsterte sie ihm zu und umfaßte seinen Nacken. »Stärker.«

Dann lag sie ausgestreckt auf ihm, und seine Hände gruben sich in das weiche Fleisch ihres Hinterteils. Er fühlte das Baby auf seinem Bauch, als teilten sie es miteinander.

Jamie umschlang Claire mit den Armen, und sie hielt ihn, als er zu zucken und zu zittern begann. Ihr Haar hing ihm ins Gesicht, sie hatte ihre Hände in seinem Haar vergraben, und zwischen ihren Körpern hielten sie ihr Kind. Sie waren eins.

Keuchend und schwitzend erwachte er. Er lag zusammengerollt unter einer der Zellenbänke. Obwohl es noch dunkel war, sah er die Umrisse der Männer neben ihm. Hoffentlich hatte er nicht geschrien. Rasch schloß er die Augen wieder, aber der Traum war fort. Still blieb Fraser liegen. Allmählich beruhigte sich sein Herzschlag. Er wartete auf das Morgengrauen.

18. Juni 1755

John Grey hatte sich an diesem Abend sorgfältig in frische Wäsche und Seidenstrümpfe gekleidet. Er trug keine Perücke; sein Haar hatte er mit Zitronenkraut gespült und zu einem schlichten Zopf geflochten. Nach kurzem Zögern hatte er sich schließlich Hectors Ring über den Finger gestreift. Fraser und er hatten ein schmackhaftes Abendessen zu sich genommen, einen von ihm eigenhändig geschossenen Fasan und Grünzeug, da er Frasers seltsame Vorliebe für derartige Dinge inzwischen kannte. Jetzt saßen sie konzentriert über einer Partie Schach. Ihre Plaudereien hatten sie auf einen späteren Zeitpunkt verschoben.

»Möchten Sie einen Sherry?« Grey tat einen Zug mit dem Läufer, lehnte sich zurück und streckte sich.

Vertieft in die neue Figurenanordnung, nickte Fraser.

»Ja. Danke.«

Grey stand auf und durchquerte den Raum. Fraser blieb beim Kaminfeuer sitzen. Als der Major in dem Schrank nach der Flasche griff, spürte er, wie ihm der Schweiß die Rippen hinabbrann. Nicht wegen der Wärme, sondern vor Nervosität.

Die Flasche in der einen, die Kelche – die Waterfordgläser, die ihm seine Mutter geschenkt hatte – in der anderen Hand, kehrte er an den Tisch zurück. Fraser wirkte gedankenverloren. Grey fragte sich, was ihn wohl beschäftigte. Keinesfalls die Schachpartie – ihr Ausgang lag auf der Hand.

Grey nahm den Dameläufer. Der Zug, so wußte er, diente allein dazu, eine Entscheidung hinauszuzögern.

Grey erhob sich, um ein Stück Torf auf das Feuer zu legen. Dabei lehnte er sich und stellte sich wie beiläufig hinter seinen Gegner, um die Aufstellung von dort aus zu betrachten. Als sich der breitschultrige Schotte vorbeugte, um das Brett eingehender zu betrachten, fing sich der Schein des Kaminfeuers in seinem tiefroten Haar.

Es wurde von einem dünnen schwarzen Band zusammengehalten, dessen Enden zu einer Schleife gebunden waren. Ein sanfter Zug, und es würde sich lösen. John Grey ließ in Gedanken seine Hand durch das dicke, glänzende Haar wandern, bis er den warmen Nacken berührte.

»Ihr Zug, Major.« Die leise Stimme des Schotten riß ihn aus seinen Träumen. Er setzte sich wieder hin und richtete die blicklosen Augen auf das Schachbrett.

Obwohl er Fraser nicht ansah, spürte er dessen Gegenwart und Bewegungen. Der Schotte war von einer Aura umgeben, der man sich unmöglich entziehen konnte. Um Fraser unauffällig anschauen zu können, griff Grey nach dem Sherry und nippte, ohne etwas zu schmecken.

Reglos wie eine Zinnfigur saß er da. Nur seine tiefblauen Augen wanderten aufmerksam über das Schachbrett. Das Licht des heruntergebrannten Feuers zeichnete die Konturen seines Körpers nach. Die Hand, in Gold und Schwarz getaucht, ruhte auf dem Tisch.

Als John Grey nach dem Dameläufer griff, fiel ein Lichtstrahl auf seinen Ring. *Ist es falsch, Hector?* fragte er. *Einen Mann zu lieben, der dich vielleicht getötet hat?* Oder ließen sich auf diese Weise endlich die Wunden heilen, die Culloden ihnen beiden geschlagen hatte?

Mit einem dumpfen Klacken setzte Grey den Läufer auf das Brett. Anschließend erhob sich seine Hand wie von einer fremden Macht geführt. Sie wanderte den kurzen Weg durch die Luft, als besäße sie ein klares Ziel und legte sich auf Frasers. Zart tasteten sich die gekrümmten Finger vor.

Die Hand unter der seinen war warm – so warm –, aber hart wie Marmor. Als Grey den Blick hob, sah er in Frasers Augen.

»Nehmen Sie Ihre Finger weg«, sprach Fraser fast unhörbar, »oder ich bringe Sie um.«

Die Hand und das Gesicht des Gefangenen blieben starr, doch der Major spürte die abgrundtiefe Verachtung, den Haß und die Abscheu, die aus dem tiefsten Innern des Mannes hervorbrachen.

Plötzlich, als würde sie ihm gerade ins Ohr geflüstert, hörte er wieder Quarrys Warnung.

Falls Sie mit Fraser allein essen, wenden Sie ihm nicht den Rücken zu!

Doch da bestand keine Gefahr. Es war ihm gar nicht möglich, sich wegzudrehen. Es gelang ihm nicht einmal, den Blick abzuwenden oder zu zwinkern, um den dunkelblauen, durchdringenden Augen zu entkommen, die ihn in ihrem Bann hielten. So langsam wie möglich zog er seine Hand zurück.

Es folgte ein Moment des Schweigens, der nur vom trommelnden Regen und dem Zischen des Torffeuers durchbrochen wurde. Dann erhob sich Fraser geräuschlos und verließ den Raum.

12

Das Opfer

Novemberregen prasselte auf den Gefängnishof und die Gefangenen, die dort angetreten waren und sich verdrossen aneinanderdrängten. Kaum glücklicher als die tropfnassen Gestalten wirkten die Rotröcke, die zu ihrer Bewachung abgestellt waren.

Major Grey stand wartend unter dem Dach. Das Wetter war beileibe nicht ideal für die Durchsuchung und Reinigung der Gefängniszellen, aber in dieser Jahreszeit wartete man vergebens auf günstigere Witterung. Bei mehr als zweihundert Gefangenen war es unumgänglich, die Zellen wenigstens einmal im Monat zu säubern, um Erkrankungen vorzubeugen.

Die Türen des Hauptblocks wurden aufgestoßen. Eine Gruppe Männer tauchte auf. Es waren die vertrauenswürdigen Gefangenen, die die Zellen unter den wachsamen Blicken der Soldaten gereinigt hatten. Als letzter trat Korporal Dunstable heraus. Er brachte allerlei Kleinkram, der bei solchen Gelegenheiten für gewöhnlich gefunden wurde.

»Der übliche Plunder, Sir«, erklärte er. »Aber das hier wollen Sie sich vielleicht doch näher ansehen.«

»Das hier«, war ein schmaler, ungefähr sechs mal vier Zoll großer, grünkarierter Stoffstreifen. Dunstable warf einen kurzen Blick auf die Reihe der Gefangenen, als hoffte er, jemanden mit verräterischem Gesichtsausdruck zu entdecken.

Grey seufzte und straffte die Schultern. »Ja, das sollte ich vielleicht.« Das Gesetz, nach dem die Hochlandschotten entwaffnet worden waren und das ihnen das Tragen ihrer Nationaltracht untersagte, verbot den Besitz des kleinsten Stückchens Tartan. Als Grey vor die Männer trat, stieß Korporal Dunstable einen kurzen Befehl aus, um die Aufmerksamkeit der Gefangenen zu erlangen.

»Wem gehört das?« fragte der Korporal mit erhobener Stimme und hielt den Stoffstreifen in die Höhe. Grey ließ den Blick über die Gefangenen wandern. In Gedanken ging er die Namen durch und versuchte sie mit seinen kläglichen Kenntnissen der schottischen Tartans in Verbindung zu bringen. Zwar unterschieden sich die Muster selbst innerhalb eines Clans oft gewaltig, so daß man sich nie sicher sein konnte, aber es gab doch grundsätzliche Gemeinsamkeiten.

MacAlester, Hayes, Innes, Graham, MacMurtey, MacKenzie, MacDonald... Halt, MacKenzie! Der mußte es sein. Es war mehr seine Menschenkenntnis als sein Wissen über Tartans, die ihm Gewißheit verlieh. Die Miene des jungen MacKenzie wirkte zu beherrscht und zu unbeteiligt.

»Es gehört Ihnen, MacKenzie, nicht wahr?« fragte Grey. Rasch nahm er dem Korporal das Stück Stoff aus der Hand und hielt es dem jungen Mann unter die Nase. Das Gesicht des Gefangenen war unter den Dreckspritzern schneeweiß.

In unbarmherzigem Triumph fixierte Grey den Jungen. Wie alle Schotten, so war auch dieser voller Haß, nur hatte er nicht gelernt, sich wie die anderen mit einer Mauer aus stoischer Gleichmütigkeit zu umgeben. Grey konnte die Angst spüren, die sich allmählich des jungen Mannes bemächtigte. Noch eine Sekunde, und er würde zusammenbrechen.

»Mir gehört es«, erscholl eine ruhige, fast gelangweilte Stimme. Eine große Hand schob sich über Angus MacKenzies Schulter und nahm dem Offizier den Stoffetzen behutsam ab.

John Grey trat zurück. Die Worte trafen ihn wie ein Schlag, und MacKenzie war vergessen. Vor ihm stand Jamie Fraser.

»Das ist aber kein Fraser-Tartan«, wandte der Major ein. Er brachte die Worte kaum über seine starren Lippen, und aus seinem Gesicht war jedes Gefühl gewichen. Dafür zumindest war er dankbar – wenigstens konnte ihn seine Miene dann vor den Reihen aufmerksamer Gefangener nicht verraten.

Frasers Mund öffnete sich leicht. Grey heftete den Blick darauf, um nicht in die tiefblauen Augen sehen zu müssen.

»Nein, es ist kein Fraser-Tartan«, stimmte ihm Jamie bei. »Er gehört zu den MacKenzies. Dem Clan meiner Mutter.«

Grey fügte den Einzelheiten, die er im hintersten Winkel seiner

Gedanken in einem mit dem Namen »Jamie« versehenen Schatz-kästlein hütete, ein weiteres Detail hinzu: Seine Mutter war eine MacKenzie. Er wußte, daß das stimmte, ebenso sicher, wie er wußte, daß der Tartan nicht Fraser gehörte.

Kühl und fest hörte er seine eigene Stimme: »Der Besitz eines Tartans ist verboten. Ich nehme an, Sie kennen die Strafe, oder?« Jamie lächelte schief.

»Ja.«

Ein Raunen ging durch die Reihen, und in die Gefangenen kam Leben. Grey sah zwar nicht, wie sie sich bewegten, aber er be-merkte eine Veränderung in ihrer Aufstellung, als gingen sie auf Fraser zu, sammelten sich um ihn und schlossen ihn ein. Der Kreis wurde neu formiert, und er selbst stand als einziger draußen. Jamie Fraser war zu den Seinen zurückgekehrt.

Unter großer Willensanstrengung löste Grey den Blick von den weichen Lippen. Aus Frasers Augen sprach, wie Grey befürchtet hatte, weder Angst noch Zorn, sondern Gleichgültigkeit.

Er gab einem Wärter ein Zeichen.

»Führen Sie ihn ab.«

Major John William Grey beugte den Kopf über seinen Schreib-tisch und unterschrieb Anforderungen, ohne sie gelesen zu haben. Er arbeitete nur selten nachts, aber während des Tages hatte er keinerlei Zeit dazu gehabt, und der Stapel mit Papierkram wurde immer höher. Die Anforderungslisten mußten noch in dieser Wo-che nach London geschickt werden.

»*Zweihundert Pfund Weizenmehl*«, notierte er und versuchte, sich auf die Schriftzüge zu konzentrieren. Das Schwierige an der täglichen Schreibarbeit war, daß sie seine Aufmerksamkeit in An-spruch nahm, nicht aber seinen Verstand, so daß sich die Erinne-rungen an die Begebenheiten des Tages dazwischen drängen konn-ten.

Man tat besser daran, Bestrafungen dieser Art nicht aufzuschie-ben. Die Gefangenen wurden sonst unruhig und schwer zu zügeln. Ein rascher Vollzug der Strafe dagegen war oft heilsam, denn er zeigte den Männern, daß jedes Vergehen rasch und gnadenlos ver-golten wurde und erhöhte den Respekt der Gefangenen vor denen, die sie gefangenhielten. Irgendwie hatte Grey jedoch den Verdacht, daß die Gefangenen jetzt nicht mehr Respekt empfanden als zuvor – zumindest nicht vor ihm.

Man hatte die Gefangenen rings um den Gefängnishof Aufstellung nehmen lassen. Ihnen gegenüber standen Wachsoldaten mit Bajonetten, um jeglichen Aufruhr zu verhindern.

Aber seine Befürchtungen waren unbegründet. Unter eisernem Schweigen hatten die Gefangenen im Regen ausgeharrt. Einzig das übliche Husten und Räuspern, das zu jeder Menschenansammlung gehört, war zu vernehmen. Vor nicht allzulanger Zeit war es Winter geworden und Erkältungen waren an der Tagesordnung.

Die Hände auf dem Rücken verschränkt, hatte der Major zugesehen, wie der Gefangene zum Podest geführt wurde. Der Regen drang durch Greys Rock und lief in kleinen Rinnsalen unter sein Hemd. Jamie Fraser stand anderthalb Armlängen von ihm entfernt bis zur Taille entkleidet auf der Plattform. Er bewegte sich sicher und ohne Hast, als hätte er derartiges schon öfter erlebt, als mäße er der Sache keine sonderliche Bedeutung bei.

Auf ein Zeichen des Kommandanten packten die beiden Soldaten die Hände des Gefangenen, zogen sie in die Höhe und banden sie an die Staupsäule. Anschließend knebelten sie ihn. Fraser stand aufrecht da, während der Regen an seinem Körper herablief und den dünnen Stoff seiner Hosen durchfeuchtete.

Grey nickte dem Sergeanten zu, der das Anklageprotokoll in Händen hielt. Zu seiner Verärgerung ergoß sich dabei ein Wasserschwall über ihn, da sich der Regen auf seiner Hutkrempe gesammelt hatte. Er rückte sich seine durchgeweichte Perücke zurecht und nahm rechtzeitig wieder Haltung an, um die Verlesung der Anklage und den Urteilsspruch zu hören.

»... eine Übertretung des Gesetzes Seiner Majestät, die mit sechzig Peitschenhieben bestraft wird.«

Grey blickte ungerührt auf den Beschlagmeister, der die Strafe auszuführen hatte. Niemandem war die Prozedur fremd. Wieder zu nicken wagte er jedoch nicht, weil es immer noch regnete. Statt dessen senkte er die Lider ein wenig und sprach den üblichen Satz: »Mr. Fraser, nehmen Sie nun Ihre Strafe entgegen.«

Dann blieb er regungslos stehen, den Blick fest nach vorne gerichtet. Zischend sauste die Peitsche nieder, und bei jedem Schlag ächzte der Gefangene so laut, daß es durch den Knebel hindurch zu hören war. Der Mann spannte alle Muskeln an, um den Schmerz abzuwehren. Bei dem Anblick taten auch Grey die Glieder weh, und er trat von einem Bein aufs andere.

Grey spürte die Männer in seinem Rücken. Schweigend hielten die Soldaten und Gefangenen den Blick auf das Podest und die Gestalt in der Mitte geheftet. Selbst das Husten war verstummt.

Eine dünne Schicht von Selbstverachtung legte sich über Greys so gut im Zaum gehaltene Gefühle. Plötzlich war ihm bewußt geworden, daß er nicht aus Pflichtgefühl wie gebannt auf das Schauspiel starrte, sondern weil er den Blick von dem herrlichen Körper, auf dem Regen und Blut schimmerten, nicht abwenden konnte.

Wohl weil er die Prozedur ein wenig beschleunigen wollte, verabreichte der Beschlagmeister einen Hieb nach dem anderen. Alle wollten es rasch hinter sich haben und nicht länger im Regen stehen. Grissom zählte jeden Schlag laut mit und notierte die Zahl auf einem Stück Papier. Der Beschlagmeister prüfte die Peitsche und ließ die Stränge mit den gewachsten Knoten durch die Finger gleiten, um Blut und Hautfetzen abzustreifen. Dann hob er die Katze, schwang sie über dem Kopf und schlug wieder zu.

»Dreißig!« zählte der Sergeant.

Major Grey zog die unterste Schublade auf. Beinahe hätte er sich über dem Stapel mit Anforderungslisten übergeben.

Kräftig hatten sich seine Finger in die Handflächen gekrallt, aber das Zittern ließ nicht nach. Es saß ebenso tief in seinem Inneren wie die Winterskälte.

»Leg ihm eine Decke über; ich kümmere mich gleich um ihn.«

Die Stimme des englischen Arztes schien von weit her zu kommen. Zwischen ihr und den Händen, die sich entschlossen unter seine Arme schoben, bestand für ihn kein Zusammenhang. Als man ihn bewegte, schrie er. Die Drehung riß die kaum geschlossenen Wunden auf seinem Rücken wieder auf.

Er umklammerte die Kanten der Bank, auf der er lag, und preßte die Wange gegen das Holz, um gegen das Beben anzukämpfen.

Als sich die Tür schloß, wurde es still im Zimmer. Hatte man ihn allein gelassen?

Nein, neben seinem Kopf vernahm er Schritte. Die Decke wurde zurückgeschlagen.

»Mmh. Hat dich ganz schön zugerichtet, was, Junge?«

Er schwieg; es wurde ohnehin keine Antwort erwartet. Der Arzt wandte sich für einen Augenblick ab. Dann spürte er, wie sich eine Hand unter seine Wange schob und seinen Kopf anhob. Jemand legte ihm ein Handtuch unter das Gesicht.

»Ich werde jetzt die Wunden reinigen«, erklärte die Stimme. Sie klang unpersönlich, aber nicht unfreundlich.

Als eine Hand seinen Rücken berührte, zog er die Luft durch die Zähne ein. Er hörte ein leises Wimmern und schämte sich, als er merkte, daß es von ihm stammte.

»Wie alt bist du, Junge?«

»Neunzehn.« Es gelang ihm kaum, die Zahl zu sagen, bevor er wieder aufstöhnte.

Vorsichtig berührte der Arzt seinen Rücken mal hier, mal dort. Dann stand er auf. Er hörte, wie der Türriegel vorgeschoben wurde. Der Arzt kehrte zum Bett zurück.

»Jetzt kommt keiner mehr herein«, sagte die Stimme freundlich. »Nun kannst du weinen.«

»He!« sprach ihn jemand an. »Wach auf, Mann!«

Allmählich kam er zu sich. Unter seiner Wange spürte er rohes Holz, und für einen Augenblick vermischten sich Traum und Wirklichkeit. Er konnte sich nicht erinnern, wo er war. Eine Hand tauchte aus der Dunkelheit auf und strich ihm vorsichtig über die Wange.

»Du hast im Traum geweint«, flüsterte die leise Stimme. »Tut es sehr weh?«

»Ein wenig.« Als er versuchte, sich aufzusetzen, glitt ein stechender Schmerz über seinen Rücken. Unwillkürlich stöhnte er auf und fiel zurück auf die Bank.

Er hat Glück gehabt. Er war von Dawes ausgepeitscht worden, einem kräftigen Soldaten mittleren Alters, der kein Vergnügen daran fand, Gefangene zu schlagen, und es nur tat, weil es zu seinen Aufgaben gehörte. Dennoch – sechzig Hiebe taten weh, selbst wenn sie ohne Hingabe verabreicht wurden.

»Das ist wirklich zu heiß. Willst du ihn verbrühen?« Es war die schimpfende Stimme von Morrison. Wer anders konnte es sein?

Seltsam, dachte er benommen, wann immer sich eine Gruppe

von Menschen zusammenfindet, übernimmt jeder die Aufgabe, die zu ihm paßt, ganz gleich, welcher Arbeit er vorher nachgegangen war. Wie die meisten von ihnen, war auch Morrison früher Kätner gewesen. Konnte recht gut mit Tieren umgehen, ohne groß darüber nachzudenken. Jetzt war er derjenige, der die Männer verarztete, ob es sich um Magengrimmen handelte oder um einen gebrochenen Daumen. Morrison wußte kaum mehr als die anderen, aber die Gefangenen wandten sich an ihn, wenn sie verletzt waren, so wie sie Seumus Mac Dubh um Hilfe baten, wenn sie Trost und Rat brauchten. Oder wenn es um Gerechtigkeit ging.

Als man ihm ein dampfendes Tuch auf den Rücken legte, stöhnte er vor Schmerzen auf und preßte die Lippen zusammen. Er spürte Morrisons Hand, die sanft auf seinem Rücken ruhte.

»Warte einen Augenblick, Mann, bis die Hitze nachläßt.«

Als die Qual verebbte, wurde er sich blinzelnd der Stimmen und der Menschen in seiner Nähe bewußt. Er lag in der großen Zelle, in der Nische neben dem Kaminvorsprung. Auf dem Feuer siedete ein großer Kessel. Er sah, wie Walter MacLeod saubere Stoffetzen in den Kessel tauchte. Schließlich schloß Fraser wieder die Augen und ließ sich von der verhaltenen Unterhaltung der Männer in eine Art Dämmerzustand lullen.

Diese verträumte Losgelöstheit war ihm durchaus vertraut. Er hatte dieses Gefühl, seit er seine Hand über Angus' Schulter gestreckt und sie um das Stück Stoff geschlossen hatte. Als hätte sich durch diese Entscheidung ein Vorhang zwischen ihn und seine Männer gesenkt, als befände er sich allein und in unendlicher Ferne.

Er war dem Wärter gefolgt, der ihn gepackt hatte, hatte sich entkleidet, wie ihm befohlen wurde, ohne dabei etwas zu spüren. Dann hatte er seinen Platz auf dem Podest eingenommen und den Wortlaut der Anklage und der Bestrafung gehört, ohne sie wirklich aufzunehmen. Weder der stechende Schmerz der Fessel um seine Handgelenke noch der kalte Regen auf seinem nackten Rücken hatten ihn aufgerüttelt. Was er jetzt erlebte, hatte er früher schon durchgemacht. Was er auch sagte oder tat – nichts würde sich ändern. Das Schicksal nahm seinen Lauf.

Das Auspeitschen hatte er ertragen. Währenddessen konnte er sich keine Gedanken machen oder seinen Schritt bedauern. Es nahm all seine Kraft in Anspruch, die Marter seines Körpers zu ertragen.

Sein seltsamer Geisteszustand ließ ihn sämtliche Sinneseindrücke überdeutlich empfinden. Wenn er sich anstrengte, konnte er jeden Striemen fühlen, der über seinen Rücken lief, jeden einzelnen vor seinem geistigen Auge als lebendigen farbigen Streifen erkennen. Doch der Schmerz der klaffenden Wunde, die sich von den Rippen bis zur Schulter zog, hatte nicht mehr Gewicht für ihn als das nahezu angenehme Gefühl von Schwere in den Beinen, die Schmerzen in den Armen oder das sanfte Kitzeln seiner Haare auf der Wange.

Er hörte, wie sein Puls langsam und regelmäßig klopfte. Zwischen seinem seufzenden Atem und seiner sich hebenden und senkenden Brust schien es keine Verbindung zu geben. Er bestand aus lauter Einzelteilen, von denen jedes anders empfand und keins mit der zentralen Schaltstelle verknüpft war.

»Hier, Mac Dubh«, hörte er Morrisons Stimme an seinem Ohr. »Trink das.«

Als ihm der starke Whiskygeruch in die Nase drang, wandte er den Kopf ab.

»Das brauche ich nicht«, sagte er.

»Doch«, entgegnete Morrison mit der sachlichen Entschiedenheit, die offenbar allen Heilern zu eigen war. Weil ihm die Kraft fehlte, um zu streiten, öffnete Fraser den Mund und nippte an dem Whisky.

»Noch ein wenig, aye, so ist's recht«, redete Morrison ihm gut zu. »Braver Junge. Aye, wird schon besser, was?« Morrisons rundlicher Körper verdeckte Fraser die Sicht. Durch das hohe Fenster zog es, aber ihm war, als rührte die Unruhe im Raum nicht daher.

»Nun, wie geht's dem Rücken? Morgen bist du steif wie ein Stock, aber ich denke, es könnte noch schlimmer sein. Hier, Mann, trink noch einen Schluck.« Der Rand des Hornbechers wurde hartnäckig gegen Jamies Lippen gepreßt.

Unablässig redete Morrison mit lauter Stimme auf ihn ein. Da stimmte etwas nicht. Morrison war kein gesprächiger Mann. Irgend etwas ging hier vor sich. Fraser hob den Kopf, aber Morrison drückte ihn wieder auf die Bank zurück.

»Mach dir keine Mühe, Mac Dubh«, sagte er sanft. »Du kannst ohnehin nichts tun.«

Von der anderen Ecke der Zelle drangen verstohlene Laute. Ein Kratzen, ein kurzes Wimmern, ein dumpfer Schlag. Dann gedämpfte Hiebe, langsam und regelmäßig, angstvolles, schmerzerfülltes Keuchen, unterbrochen von klagendem Stöhnen.

Sie schlugen den jungen Angus MacKenzie. Fraser wollte sich aufstemmen, aber ihm wurde schwarz vor Augen. Morrisons Hand drückte ihn wieder nach unten.

»Bleib liegen, Mac Dubh«, sagte er. Seine Stimme klang ebenso bestimmt wie resigniert.

Schwindel erfaßte ihn, und seine Hände glitten von der Bank. Morrison hatte recht, er konnte sie nicht aufhalten.

Unter Morrisons Hand beruhigte er sich und wartete mit geschlossenen Augen, bis die Geräusche aufhörten. Doch er fragte sich, wer für diese blinde Justiz verantwortlich war. Sinclair. Sein Verstand beantwortete ihm diese Frage ohne Zögern. Unterstützt von Hayes und Lindsay, kein Zweifel.

Sie konnten einfach nicht anders, genausowenig wie er selbst oder Morrison. Die Menschen taten das, wozu sie geboren waren. Der eine zum Heiler, der andere zum Tyrannen.

Bis auf gedämpftes Schluchzen waren die Laute verebbt. Frasers Schultern entspannten sich, und er bewegte sich nicht, als Morrison den letzten nassen Umschlag abnahm und ihn sanft trockenrieb.

Der Becher mit Whisky wurde ihm gegen den Mund gepreßt. Als er den Kopf abwandte, wurde er weitergereicht an jemanden, der ihn freudiger aufnahm. Wahrscheinlich an Milligan, den Iren.

Ein Mensch hatte eine Schwäche für Alkohol, der andere einen Abscheu davor. Der eine mochte Frauen, der andere...

Er seufzte und rutschte auf dem harten Lager hin und her. Morrison hatte eine Decke über ihn gelegt und war weggegangen. Fraser fühlte sich ausgelaugt und leer. Nach wie vor kam es ihm vor, als bestünde er aus Einzelteilen, aber sein Verstand war klar.

Auch die Kerze hatte Morrison mitgenommen. Sie brannte nun am anderen Ende der Zelle, wo die Männer in freundschaftlicher Runde zusammensaßen. Das Licht der Kerze verwandelte sich in schwarze Schatten, umgeben von einem goldenen Schein, ähnlich den Bildern gesichtsloser Heiliger auf alten Meßbüchern.

Woher mochten die Anlagen stammen, die die Persönlichkeit

eines Menschen ausmachten? Von Gott? Kamen sie hernieder wie der Heilige Geist und die Feuerzungen, die sich auf die Apostel senkten?

Claire, seine Claire – was hatte sie zu ihm gesandt, weshalb war sie in ein Leben geworfen worden, das sicherlich nicht ihrer Bestimmung entsprach? Trotzdem hatte sie immer gewußt, was zu tun war, worin ihre Aufgabe bestand. Nicht jeder hatte das Glück, die eigenen Gaben zu erkennen.

Aus dem Dunkel vernahm er ein vorsichtiges Schlurfen. Er sah zwar nur einen Umriß, aber er wußte dennoch gleich, wer es war.

»Wie geht es dir, Angus?« fragte er leise auf gälisch.

Der Junge kniete sich schüchtern neben ihn und nahm seine Hand.

»Alles… in Ordnung. Aber Sie, Sir… ich meine… es tut mir leid…«

»Mir geht es auch gut«, sagte er. »Leg dich hin, mein Junge, und ruh dich aus.«

Der junge Mann neigte den Kopf in einer seltsam förmlichen Geste und drückte ihm einen Kuß auf die Hand.

»Ich… darf ich bei Ihnen bleiben, Sir?«

Obwohl Frasers Hand tonnenschwer schien, hob er sie hoch und legte sie dem jungen Mann auf den Kopf. Sie glitt zwar gleich wieder hinunter, aber er spürte, wie Angus sich getröstet entspannte.

Er war zum Führer geboren und im Laufe der Zeit weiter geschliffen und gebeugt worden, um seine vorherbestimmte Rolle auszufüllen. Aber was war mit dem Mann, der zu der vor ihm liegenden Aufgabe nicht geboren war? John Grey zum Beispiel, oder Charles Stuart.

Aus der eigenartigen Distanz, die er verspürte, konnte Fraser Charles Stuart, dem schwachen Mann, der einst sein Freund gewesen war, zum erstenmal verzeihen. Da er für seine Gabe so oft den Preis hatte zahlen müssen, konnte er nun erkennen, daß es weitaus furchtbarer war, vom Schicksal als König erwählt zu werden, ohne für diese Aufgabe geeignet zu sein.

Angus MacKenzie kauerte neben ihm an der Wand, hatte den Kopf auf die Knie gebettet, sich die Decke über die Schultern gelegt und gab ein leises Schnarchen von sich. Fraser spürte, wie ihn der Schlaf übermannte und sich die zerstreuten Teile seines Selbst allmählich wieder zu einem Ganzen fügten. Und er wußte, daß er am nächsten Morgen heil – wenn auch ziemlich wund – erwachen würde.

Plötzlich fühlte er sich von vielen Dingen befreit. Von dem Gewicht plötzlicher Verantwortung, von der Notwendigkeit, Entscheidungen zu fällen. Die Versuchung war wie weggeblasen, zumal keine Möglichkeit bestand, ihr nachzugeben. Aber noch wichtiger war, daß die Last des lauernden Zorns von ihm genommen worden war, vielleicht sogar für immer.

So hatte John Grey ihm also sein Schicksal zurückgegeben, dachte er, bevor sich die Schleier des Schlafes über ihn legten.

Fast hätte er ihm dankbar sein können.

13

Zwischenspiel

Inverness, 2. Juni 1968

Als Roger am Morgen nach unten kam, lag Claire zusammengerollt auf dem Sofa unter einer Wolldecke. Der Boden war übersät
mit Papieren, die aus einem der Aktendeckel gerutscht waren.

Durch die wandhohen Fenster flutete das Morgenlicht, doch
Claires Gesicht lag im Schatten. Soeben fielen die Strahlen über
den staubigen Samtbezug und tanzten auf ihrem Haar.

Ein durchsichtiges Gesicht in mehr als einer Hinsicht, dachte
Roger, als er sie betrachtete. Ihre Haut war so hell, daß an den
Schläfen und am Hals die blauen Venen durchschimmerten, und
die klaren Knochen zeichneten sich so deutlich ab, als wären sie
aus Elfenbein geschnitzt.

Die Decke war zur Hälfte heruntergerutscht und gab Claires
Schultern frei. Der Arm lag entspannt auf ihrer Brust, und in der
Hand hielt sie einen zerknitterten Bogen Papier. Roger hob behut-
sam den Arm hoch, um das Blatt darunter hervorzuziehen.

Er entdeckte den Namen auf Anhieb.

»James MacKenzie Fraser«, murmelte er. Rasch sah er wieder zu
der schlafenden Frau auf dem Sofa. Die Sonnenstrahlen waren gerade an ihrer Ohrmuschel angelangt. Sie rührte sich, wandte den
Kopf und versank gleich wieder in friedlichen Schlummer.

»Ich weiß nicht, wer du warst, Junge«, flüsterte Roger. »Aber
sicherlich was ganz Besonderes, um sie verdient zu haben.«

Behutsam zog er Claire die Decke über die Schulter und ließ die
Jalousien herunter. Dann sammelte er die verstreuten Bögen ein,
die in den Ardsmuir-Hefter gehörten. Ardsmuir! Mehr brauchte er
nicht. Selbst wenn die vorhandenen Papiere keinen Aufschluß über
Jamies Schicksal gaben, mußte in den vollständigen Unterlagen

dieser Strafanstalt irgendwo etwas über Fraser zu finden sein. Vielleicht würde er dafür noch einmal die Archive des Hochlands durchkämmen oder sogar nach London fahren müssen, aber eins war zumindest klar: wie die nächsten Schritte aussehen mußten.

Als Roger die Tür zum Studierzimmer zuzog, kam Brianna leise die Treppe herunter. Fragend sah sie ihn an.

»Treffer«, flüsterte er.

Anstatt zu antworten, lächelte sie – so strahlend wie die Morgensonne.

VIERTER TEIL

Der Lake District

14

Geneva

Helwater, September 1756

»Ich glaube«, sagte Grey vorsichtig, »Sie sollten Ihren Namen ändern.«

Er erwartete keine Antwort; nicht ein einziges Mal während ihrer viertägigen Reise hatte Fraser einen Ton gesagt, nicht einmal dann, wenn sie ein Zimmer in einem Gasthof teilen mußten. Nachdem Fraser sich in seinen abgewetzten Umhang gewickelt und vor die Feuerstelle gelegt hatte, nahm Grey schulterzuckend das Bett ein. Als er sich gegen eine Horde von Flöhen und Bettwanzen kratzend zur Wehr setzen mußte, wurde er den Verdacht nicht los, Fraser hätte womöglich die bessere Wahl getroffen.

»Ihr zukünftiger Gastgeber ist nicht gut auf Charles Stuart und seine Anhänger zu sprechen, nachdem er seinen einzigen Sohn bei der Schlacht von Prestonpans verloren hat«, erklärte er dem Mann mit dem versteinerten Gesicht neben ihm. Gordon Dunsany war nur wenige Jahre älter als er selbst gewesen und hatte im Rang eines Hauptmanns in Boltons Regiment gedient. Sie hätten auf dem Schlachtfeld Seite an Seite sterben können – wenn nicht die Begegnung im Wald bei Carryarrick gewesen wäre.

»Sie werden kaum verheimlichen können, daß Sie aus dem Hochland stammen. Vielleicht könnten Sie sich dazu herablassen, einen wohlgemeinten Rat anzunehmen. Gewiß wäre es klug, einen weniger bekannten Namen als Ihren eigenen zu nennen.«

Fraser verzog keine Miene. Er drückte seinem Pferd die Fersen in die Flanken und dirigierte es vor Greys Braunen.

Am Spätnachmittag überquerten sie die Ashness Bridge und ritten den Abhang hinab in Richtung Watendlath Tarn. Der Lake District von England war in keinster Weise vergleichbar mit

Schottland, dachte Grey, aber auch hier gab es Berge. Abgerundete, behäbige, malerische Hügel, die jedoch weniger angsteinflößend waren als die Felsgipfel der Highlands.

Umsäumt von Segge und Sumpfgras, lag der dunkle Watendlath Tarn vor ihnen. Die Regenfälle im Sommer waren weitaus heftiger gewesen als üblich, und die Spitzen ertrunkener Sträucher ragten schlaff aus dem Wasser, das über die Ufer getreten war.

Auf der Anhöhe des nächsten Hügels gabelte sich der Weg. Fraser, der vorausgeritten war, hielt sein Pferd an und wartete. Der Wind fuhr ihm durch das offene Haar und wirbelte die flammendroten Strähnen auf.

John William Grey, der sich den Hang hinaufmühte, blickte zu dem Mann hoch, der dort oben wie eine Statue auf seinem Pferd saß – bis auf das wilde Haar völlig unbeweglich. Der Anblick nahm ihm den Atem, und er fuhr sich mit der Zunge über die Lippen.

»Wie bist du vom Himmel gefallen, du schöner Morgenstern!« murmelte er, hütete sich jedoch, den Rest zu zitieren.

Der viertägige Ritt war für Jamie eine einzige Tortur gewesen. Die jähe Illusion von Freiheit, die er jedoch sogleich wieder einbüßen sollte, beschwor in ihm angsterregende Vorstellungen über das Schicksal herauf, das ihn erwartete.

Dies, wie auch der Zorn und die Trauer über den Abschied von seinen Männern, der noch frisch in seiner Erinnerung haftete, der Kummer darüber, die Highlands womöglich für immer verlassen zu müssen, die schmerzenden Muskeln, die den Sattel nicht gewohnt waren und ihn ständig quälten, vergällten ihm die Reise. Allein der Umstand, daß er sein Ehrenwort gegeben hatte, hielt ihn davon ab, Major John William Grey vom Pferd zu zerren und zu erdrosseln.

Greys Worte hallten ihm in den Ohren, die vor ärgerlich wallendem Blut dröhnten.

»Da nun die Maurerarbeiten im großen und ganzen abgeschlossen sind – dank der hilfreichen Unterstützung durch Sie und Ihre Männer –, müssen die Gefangenen verlegt werden. Ardsmuir wird von den Truppen des zwölften Dragonerregiments Seiner Majestät bezogen.«

»Die schottischen Kriegsgefangenen werden in die amerikanischen Kolonien deportiert«, fuhr er fort. »Sie müssen dort sieben Jahre Zwangsarbeit leisten.«

Jamie hatte jede Gefühlsäußerung unterdrückt, spürte jedoch, wie ihm bei diesen Worten das Blut aus Gesicht und Händen wich.

»Zwangsarbeit? Das bedeutet nichts anderes als Sklaverei«, bemerkte er, ohne wirklich auf seine Worte zu achten. Amerika! Land der Wüste und der Wilden, das nur über dreitausend Meilen einsamer, tosender See zu erreichen war. Zwangsarbeit in Amerika kam einer lebenslänglichen Verbannung aus Schottland gleich.

»Zwangsarbeit bedeutet keine Sklaverei«, hatte Grey ihm versichert, obwohl er genau wußte, daß der Unterschied nur im Wortlaut des Gesetzes bestand und lediglich insofern stimmte, als die Arbeiter ihre Freiheit zu einem festgesetzten Zeitpunkt zurückerhielten, sofern sie überlebten. In praktischer Hinsicht war ein Zwangsarbeiter ein Sklave seines Herrn oder seiner Herrin: er wurde willkürlich mißhandelt, ausgepeitscht oder gebrandmarkt, und es war ihm dem Gesetz nach untersagt, das Land seines Herrn ohne Genehmigung zu verlassen.

Was Fraser ebenfalls verboten war.

»Sie sollen nicht mit den anderen deportiert werden«, hatte Grey zu ihm gesagt, ohne ihn anzusehen. »Sie sind nicht nur Kriegsgefangener, sondern ein verurteilter Verräter. Ohne Billigung des Königs dürfen Sie nicht deportiert werden. Und Seine Majestät hat es nicht gebilligt.«

Unterschiedlichste Gefühle bemächtigten sich Frasers: Neben seiner jähen Wut quälten ihn Angst und Sorge um die Zukunft seiner Männer, vermischt mit einem Anflug unehrenhafter Erleichterung darüber, daß er sich – welches Schicksal ihm auch blühen mochte – nicht dem Meer aussetzen mußte. Beschämt hatte er einen kühlen Blick auf Grey geworfen.

»Wegen des Goldes«, sagte er schlicht, »nicht wahr?« Solange auch nur die geringste Möglichkeit bestand, daß er etwas von dem preisgab, was er über den sagenumwobenen Schatz wußte, würde die englische Krone nicht das Risiko eingehen, ihn den Seedämonen oder den Wilden in den Kolonien zu überantworten.

Der Major sah ihn noch immer an, hob aber leicht die Schultern, was einem Ja gleichkam.

»Wo soll ich denn hin?« Seine eigene Stimme klang ihm rauh in den Ohren, während er sich allmählich von dem Schock erholte.

Grey machte sich daran, seine Unterlagen wegzuräumen. Man schrieb Anfang September, eine warme Brise drang durch das halbgeöffnete Fenster herein und wehte die Blätter auseinander.

»Der Ort heißt Helwater und liegt im Lake District von England. Sie werden bei Lord Dunsany unterkommen und müssen jegliche Arbeit verrichten, die er Ihnen aufträgt.« Dann blickte Grey auf und sagte mit undurchdringlicher Stimme: »Einmal im Vierteljahr werde ich Sie besuchen, um mich von Ihrem Wohlergehen zu überzeugen.«

Fraser blickte auf den rotberockten Rücken des Majors, als sie hintereinander die engen Wege entlangritten, und flüchtete sich aus seinen Qualen, indem er sich der befriedigenden Vorstellung hingab, wie diese großen, blauen Augen hervorquollen, während sich seine Hände um den schlanken Hals legten, bis der kleine, muskulöse Körper des Majors unter seinem Griff wie der eines getöteten Kaninchens erschlaffte.

Seine Majestät? Er ließ sich nicht hinters Licht führen. Das hatte er Grey zu verdanken. Das Gold diente nur als Vorwand. Er sollte als Knecht verkauft und an einem Ort festgehalten werden, wo Grey ihn beobachten und sich daran weiden konnte. So also sah die Rache des Majors aus.

Nacht für Nacht hatte er mit schmerzenden Gliedern in der Herberge vor der Feuerstelle gelegen. Er war sich jeder Regung des Mannes in dem Bett hinter sich bewußt und voller Unmut ob dieser Wahrnehmung. In der Morgendämmerung packte ihn jedesmal von neuem der Zorn, und er ersehnte nichts mehr, als daß sich der andere erhob und ihm gegenüber eine schändliche Geste machte, damit er seinem Abscheu endlich Luft machen und den Mann ermorden konnte. Aber Grey schnarchte nur.

Sie ritten über die Helvellyn Bridge, vorbei an einem weiteren Bergsee. Aus den Ahornbäumen regnete es rote und gelbe Blätter, und die Lärchen verloren ihre Nadeln.

Grey hatte unmittelbar vor ihm angehalten und blickte sich um. Sie waren also am Ziel. Am Fuß eines steilen Abhangs befand sich das Gut, halb verdeckt von einer Unzahl herbstlich bunter Bäume.

Helwater lag vor ihm und damit ein Leben beschämender Knechtschaft. Er straffte den Rücken und drückte seinem Pferd – stärker als beabsichtigt – die Fersen in die Seiten.

Grey wurde im großen Salon empfangen. Lord Dunsany sah mit ein paar freundlichen Bemerkungen über seine unordentliche Kleidung und schmutzigen Stiefel hinweg. Lady Dunsany, eine kleine, rundliche Frau mit ausgebleichtem, blondem Haar, wirkte übertrieben gastfreundlich.

»John, Sie müssen etwas trinken! Und Louisa, meine Liebe, hol die Mädchen, damit sie unseren Gast begrüßen können.«

Als sich die Hausherrin einem Lakai zuwandte, um ihm Order zu erteilen, beugte sich Seine Lordschaft über sein Glas und murmelte dem Gast zu: »Haben Sie den schottischen Gefangenen mitgebracht?«

»Ja«, antwortete Grey mit gedämpfter Stimme. »Er wartet in der Eingangshalle. Ich war mir nicht sicher, was Sie mit ihm vorhaben.«

»Hatten Sie nicht gesagt, daß der Mann gut mit Pferden umgehen kann? Dann soll er als Stallknecht arbeiten, wie Sie es vorgeschlagen haben.« Lord Dunsany warf einen Blick auf seine Frau und drehte ihr vorsichtshalber den hageren Rücken zu, damit sie nichts mitbekam. »Ich habe Louise nicht gesagt, um wen es sich handelt«, murmelte er. »Diese Furcht vor den Hochlandschotten während der Erhebung, das ganze Land starr vor Angst und Schrecken! Sie hat Gordons Tod noch immer nicht verwunden.«

»Ich verstehe.« Beruhigend tätschelte Grey den Arm des Alten. Er glaubte nicht, daß Dunsany den Tod des Sohnes bewältigt hatte, auch wenn er seiner Frau und den Töchtern zuliebe mutig Haltung bewahrte.

»Ich werde ihr nur sagen, daß der Mann ein Diener ist, den Sie mir empfohlen haben. Äh... man kann ihm doch trauen, oder? Ich meine... wegen der Mädchen...« Lord Dunsany warf einen besorgten Blick auf seine Frau.

»Aber sicher«, beruhigte Grey seinen Gastgeber. »Er ist ein Ehrenmann und hat sein Wort gegeben. Ohne Erlaubnis wird er weder Ihr Haus betreten noch Ihren Grund und Boden verlassen.« Er wußte, daß Helwater etwa zweihundertfünfzig Hektar Land umfaßte – ein langer Weg in die Freiheit, aber wohl doch ein wenig besser als Ardsmuir oder das elende Dasein in den fernen Kolonien.

Als er vom Flur her Stimmen vernahm, drehte Dunsany sich rasch um und strahlte seinen beiden Töchtern entgegen.

»Erinnern Sie sich an Geneva, John?« fragte er und forderte seinen Gastgeber auf, näher zu treten. »Isobel war noch ein Kleinkind, als Sie das letztemal zu Besuch waren. Wie die Zeit vergeht, nicht wahr?« Etwas bestürzt schüttelte er den Kopf.

Die vierzehnjährige Isobel war von kleinem Wuchs und ebenso rund, lebhaft und blond wie ihre Mutter. Geneva erkannte er nicht wieder. Er hatte noch das magere Schulmädchen von einst in Erinnerung, das jedoch wenig Ähnlichkeit mit der anmutigen Siebzehnjährigen besaß, die ihm nun die Hand entgegenstreckte. Während Isobel mehr ihrer Mutter glich, schlug Geneva nach ihrem Vater. Lord Dunsanys ergrautes Haar mochte früher auch so kastanienbraun gewesen sein, und die Augen des Mädchens waren von demselben klaren Grau.

Die Töchter begrüßten den Gast höflich, aber ihr Interesse galt offenbar einem anderen.

»Papa«, sagte Isobel und zupfte den Vater am Ärmel. »In der Halle ist ein *riesengroßer* Mann. Er hat uns die ganze Zeit angesehen, als wir die Treppe herunterkamen. Er sieht unheimlich aus.«

»Wer ist das?« fragte Geneva. Sie war zurückhaltender als ihre Schwester, aber offenbar genauso neugierig.

»Das… das muß wohl der neue Stallknecht sein, den John mitgebracht hat«, erklärte Lord Dunsany nervös. »Einer der Lakaien soll ihn…« Der Hausherr wurde von dem plötzlichen Erscheinen eines Dieners in der Tür unterbrochen.

»Sir«, sagte er schockiert, »in der Eingangshalle steht ein Schotte!« Um sicherzustellen, daß die Meldung Glauben fand, wandte er sich um und deutete dramatisch auf die große schweigende Gestalt hinter ihm.

Als der Fremde Lord Dunsany erblickte, trat er einen Schritt vor und neigte höflich den Kopf.

»Ich heiße Alex MacKenzie«, stellte er sich mit schottischem Akzent vor. Er verbeugte sich, ohne den geringsten Anflug von Spott erkennen zu lassen. »Zu Ihren Diensten, Mylord.«

Für jemanden, der an harte Arbeit auf einem Gut oder in einer Strafanstalt gewöhnt war, bedeutete die Tätigkeit als Stallknecht auf einem Gestüt im Lake District keine sonderliche Anstrengung. Aber für einen Mann, der zwei Monate lang in einer Zelle zugebracht hatte, nachdem die Kameraden in die Kolonien deportiert worden waren, war es schweißtreibende Schwerarbeit. In der ersten Woche, in der sich Jamie Frasers Muskeln allmählich an die plötzlichen Anforderungen ununterbrochener Bewegung gewöhnen mußten, fiel er jeden Abend auf seiner Pritsche in der Scheune in traumlosen Schlaf.

Er war derart erschöpft und innerlich aufgewühlt in Helwater angekommen, daß es ihm zunächst nur wie ein anderes Gefängnis vorkam, eins, das weit entfernt von den Highlands lag und wo er von fremden Menschen umgeben war. Als er sich eingelebt hatte, durch sein Wort gebunden wie durch Gitterstäbe, entspannten sich sein Körper und Geist mit jedem Tag mehr. Er gelangte wieder zu Kräften, seine Gefühle kamen in der friedvollen Gesellschaft der Pferde zur Ruhe, und er konnte allmählich wieder vernünftig denken.

Wenn er auch nicht wirklich frei war, so hatte er zumindest frische Luft und Licht, genug Raum, um die Glieder auszustrecken, den Blick auf die Berge und die wundervollen Pferde, die Dunsany züchtete. Die anderen Stallburschen und Diener begegneten ihm verständlicherweise mit Argwohn, aber seine Größe und sein furchterregender Gesichtsausdruck veranlaßten sie, ihn in Ruhe zu lassen. Er führte ein einsames Dasein – doch er hatte sich bereits seit langem damit abgefunden, daß dies nun einmal sein Los war.

Weiche Schneeflocken legten sich auf Helwater. Selbst Greys offizieller Besuch zu Weihnachten – ein spannungsgeladenes, unangenehmes Ereignis – ging vorbei, ohne daß Jamies zunehmende Zufriedenheit Schaden nahm.

Es gelang ihm, mit Jenny und Ian in den Highlands heimlich Verbindung aufzunehmen. Abgesehen von den seltenen Briefen, die ihn über Mittelsmänner erreichten und die er las und vernichtete, besaß er als einzige Erinnerung an die Heimat den Rosenkranz aus Buchenholz, den er unter seinem Hemd um den Hals trug.

Ein dutzendmal am Tag berührte er das kleine Kreuz über seinem Herzen und bedachte seine Nächsten mit einem kurzen Gebet. Seine Schwester Jenny, Ian und die Kinder: den nach ihm benannten kleinen Jamie, Maggie, Katherine Mary, die Zwillinge Michael und Janet, und Ian, das Baby. Die Pächter von Lallybroch und die Männer von Ardsmuir. Doch sein erstes Gebet am Morgen und sein letztes am Abend – neben vielen anderen dazwischen – galt Claire. *Lieber Gott, möge sie wohlauf sein. Sie und das Kind.*

Als der Schnee geschmolzen war und der Frühling erwachte, gab es in Jamies täglichem Leben nur eins, was ihn störte: Lady Geneva Dunsany.

Lady Geneva war hübsch, verzogen und selbstherrlich und daran gewöhnt zu bekommen, was sie wollte – ohne sich darum zu scheren, wer ihr im Weg stand. Sie war eine gute Reiterin – das mußte Jamie zugeben –, aber so scharfzüngig und launisch, daß die Stallburschen darum losten, wen das Unglück traf, sie auf ihren täglichen Ausritten begleiten zu müssen.

Seit kurzem jedoch wählte Lady Geneva ihren Begleiter stets selbst – Alex MacKenzie.

»Unsinn«, hatte sie geantwortet, als er zunächst an ihre Vorsicht appellierte und dann plötzliches Unwohlsein vorschützte, um nicht mit ihr in die Abgeschiedenheit der düsteren Bergausläufer oberhalb von Helwater reiten zu müssen. Wegen des unsicheren Geländes und der gefährlichen Nebel durfte sie dort nicht hinreiten. »Seien Sie nicht albern. Niemand sieht uns!« Und bevor er sie zurückhalten konnte, hatte sie ihrer Stute unbarmherzig die Sporen gegeben, galoppierte los und lachte ihm dabei über die Schulter zu.

Sie trug ihre Vernarrtheit in ihn so offensichtlich zur Schau, daß die anderen Stallburschen verstohlen grinsten und leise Bemerkungen fallenließen, wenn sie den Stall betrat. In ihrer Gesellschaft überkam Fraser das starke Verlangen, ihr einen Tritt zu versetzen, wahrte aber statt dessen striktes Schweigen und begegnete all ihren Annäherungsversuchen mit einem mürrischen Brummen.

Sicherlich würde sie sein zugeknöpftes Benehmen früher oder später satt haben und ihre lästige Aufmerksamkeit einem anderen Stallburschen zuwenden. Oder bald heiraten und fortziehen.

Es war ein ungewöhnlich sonniger Tag im Mai und so warm, daß Jamie sich seines Hemdes entledigte. Auf dem hochgelegenen

Acker fühlte er sich sicher, und es war unwahrscheinlich, daß jemand ihm und Bess und Blossom, den beiden Zugpferden, eine Aufwartung machte.

Die alten Pferde waren in der Aufgabe, die Walze über das große Feld zu ziehen, geübt. Nur gelegentlich mußte Jamie ein wenig an den Zügeln ziehen, damit ihre Nüstern wieder in Marschrichtung zeigten. Im Gegensatz zu den älteren Ackergeräten aus Stein oder Metall bestand diese Walze aus Holz, und zwischen den einzelnen Planken war jeweils ein schmaler Schlitz. So ließ sich das Innere mit gut verrottetem Mist füllen, von dem mit jeder Drehung ein wenig herausfiel, so daß das schwere Gerät zunehmend an Gewicht verlor.

Jamie war von dieser Erfindung sehr angetan. Er mußte Ian davon erzählen und ihm eine Zeichnung davon anfertigen. Die Zigeuner würden bald vorbeikommen; die Küchenmädchen und die Knechte sprachen davon. Vielleicht fand er Zeit, dem Brief, den er gerade schrieb, noch etwas hinzuzufügen und die fertigen Seiten fahrenden Kesselflickern oder Zigeunern mitzugeben. Der Brief war manchmal an die sechs Monate unterwegs, bis er endlich das Hochland erreichte. Dort wurde er von Hand zu Hand weitergereicht, bis er zu seiner Schwester in Lallybroch gelangte, die sich dafür mit einer großzügigen Summe bedankte.

Die Antworten aus Lallybroch erhielt er auf demselben geheimen Weg, da er als Gefangener Seiner Majestät alles, was er verschickte oder empfing, von Lord Dunsany überprüfen lassen mußte. Bei dem Gedanken, daß ein Brief zu ihm unterwegs sein könnte, empfand er einen Moment lang Vorfreude, unterdrückte sie aber. Vielleicht wurde er ja enttäuscht.

»Brr!« rief er mehr zufällig. Bess und Blossom konnten die Mauer, der sie sich näherten, ebensogut sehen wie er und wußten, daß sie dort mit der schwerfälligen Last wenden mußten. Bess wackelte mit einem Ohr und schnaubte, und Jamie mußte grinsen.

»Aye, ich weiß«, meinte er zu ihr und zog leicht am Zügel. »Aber ich werd' schließlich dafür bezahlt.«

Sie zogen ihre Spur durch die neue Furche, und es gab im Moment nichts mehr zu tun. Die Sonne schien ihm ins Gesicht, und er schloß die Augen.

Ein hohes Wiehern rüttelte ihn eine Viertelstunde später auf. Als er die Augen öffnete, sah er zwischen Blossoms Ohren hindurch eine Reiterin, die sich dem Feld von der weiter unten gelegenen Koppel her näherte. Hastig setzte er sich auf und zog sich das Hemd über.

»Sie brauchen sich meinetwegen nicht zu schämen, MacKenzie«, sagte Geneva Dunsany mit hoher und leicht atemloser Stimme, während sie ihre Stute neben der Walze Schritt gehen ließ.

»Mmmpf.« Er sah, daß sie ihr bestes Reitkleid trug. Ihr Gesicht war so gerötet, daß man es nicht allein dem Wetter zuschreiben konnte.

»Was machen Sie da?« fragte sie, nachdem sie eine Weile schweigend nebeneinander hergetrottet waren.

»Ich verteile Scheiße, Mylady«, antwortete er unverblümt, ohne sie anzusehen.

»Oh!« Sie ritt eine halbe Furchenlänge voran, bevor sie das Gespräch erneut aufnahm.

»Haben Sie gewußt, daß ich verheiratet werden soll?«

Es war ihm bekannt. Alle Bediensteten wußten es seit einem Monat. Richards, der Diener, war in der Bibliothek gewesen, als der Notar erschien, um den Ehevertrag anzufertigen. Lady Geneva war erst vor zwei Tagen darüber in Kenntnis gesetzt worden. Laut ihrer Zofe Betty hatte die Nachricht keine gute Aufnahme gefunden.

Fraser begnügte sich mit einem unverbindlichen Grunzen.

»Mit Ellesmere«, erklärte sie. Ihre Wangen röteten sich noch mehr, und sie preßte die Lippen aufeinander.

»Ich wünsche Ihnen Glück, Mylady.« Jamie straffte kurz die Zügel, als sie sich dem Ende des Ackers näherten, und sprang von seinem Sitz, bevor Bess zum Wenden ansetzte. Er hatte keine Lust, die Unterhaltung mit Lady Geneva fortzusetzen, die in höchst gefährlicher Stimmung schien.

»Glück?« rief sie. Ihre großen, grauen Augen funkelten, und sie klopfte sich auf den Schenkel. »Glück! Mit einem alten Mann verheiratet zu werden, der der eigene Großvater sein könnte?«

Jamie unterdrückte die Bemerkung, vermutlich seien die Vorstellungen des Grafen von Ellesmere vom Glück enger gefaßt als ihre eigenen. Statt dessen murmelte er: »Entschuldigen Sie, Mylady«, ging hinter das Pferd und machte die Walze los.

Sie saß ab und folgte ihm. »Es ist ein schmutziger Handel zwischen meinem Vater und Ellesmere! Er verkauft mich einfach. Mein Vater schert sich keinen Dreck um mich, sonst hätte er nicht diese Wahl getroffen. Finden Sie nicht, daß man übel mit mir umspringt?«

Jamie hielt Lord Dunsany für einen höchst liebevollen Vater, der wahrscheinlich die bestmögliche Partie für seine verwöhnte älteste Tochter ausgehandelt hatte. Der Graf von Ellesmere war in der Tat ein alter Mann. Alles deutete darauf hin, daß Geneva ihn in wenigen Jahren als reiche junge Witwe überlebte. Auf der anderen Seite mochten derartige Überlegungen bei einem eigensinnigen Fräulein von siebzehn Jahren – einem starrköpfigen, verzogenen Miststück, berichtigte er sich, als er ihren verdrießlichen Gesichtsausdruck sah – kein großes Gewicht haben.

»Gewiß handelt Ihr Vater immer in Ihrem besten Interesse, Mylady«, antwortete er steif. Konnte dieses kleine Scheusal nicht endlich verschwinden?

Sie tat es nicht. Sie setzte ein freundlicheres Gesicht auf und stellte sich dicht neben ihn und war ihm im Weg, als er den Riegel zum Beladen der Walze öffnen wollte.

»Aber eine Heirat mit so einem vertrockneten Greis?« sagte sie. »Es ist wirklich herzlos von meinem Vater, mich einer solchen Kreatur zu überlassen.« Sie stand auf Zehenspitzen und blickte Jamie an. »Wie alt sind Sie denn, MacKenzie?«

Einen Augenblick setzte sein Herzschlag aus.

»Um etliches älter als Sie, Mylady«, sagte er bestimmt. »Entschuldigen Sie.« Er trat hinter sie, darum bemüht, sie nicht zu streifen, und schwang sich auf den Dungwagen, wohin sie ihm sicherlich nicht folgen würde.

»Aber noch nicht reif für den Totenacker, oder?« Sie stand jetzt vor ihm, schützte ihre Augen mit der Hand vor der Sonne und blickte zu ihm hoch. »Waren Sie schon mal verheiratet, MacKenzie?«

Er hätte ihr am liebsten eine Schaufel voll Mist über den kastanienbraunen Kopf geschüttet, beherrschte sich aber und stieß statt dessen die Schippe in den Dunghaufen. »Ja«, antwortete er in einem Ton, der zu keiner weiteren Frage ermutigte.

Aber Lady Geneva kümmerten die Gefühle anderer Menschen

herzlich wenig. »Gut«, meinte sie zufrieden. »Dann wissen Sie ja, wie man es macht.«

»Was macht?« Er hörte auf zu schaufeln.

»Im Bett«, erklärte sie gelassen. »Ich will, daß Sie bei mir liegen.«

»Sie haben den Verstand verloren«, sagte Jamie fassungslos. »Das heißt, das müßte ich annehmen, wenn Sie je einen besessen hätten.«

Die Augen in ihrem glühenden Gesicht verengten sich zu schmalen Schlitzen. »Wie können Sie es wagen, so mit mir zu sprechen!«

»Wie können Sie es wagen, so mit *mir* zu sprechen?« entgegnete Jamie aufgebracht. »Ein kleines Mädchen aus gutem Hause macht einem Mann, der doppelt so alt ist wie sie, unanständige Anträge. Und noch dazu einem Stallburschen im väterlichen Haus«, fügte er hinzu. Aber als er sich vor Augen führte, daß dieses gräßliche Mädchen wirklich Lady Geneva und er tatsächlich der Stallknecht ihres Vaters war, schluckte er die Bemerkungen hinunter, die er noch auf der Zunge trug.

»Entschuldigen Sie, Mylady«, sagte er und bemühte sich, seinen Zorn zu zügeln. »Die Sonne ist heute recht heiß und hat Ihre Sinne verwirrt. Ich rate Ihnen, sofort zurück ins Haus zu gehen und sich von Ihrer Zofe kalte Tücher auf die Stirn legen zu lassen.«

Lady Geneva stampfte mit ihrem Stiefelchen aus Maroquinleder auf. »Meine Sinne sind überhaupt nicht verwirrt!«

Resolut funkelte sie ihn an. Ihr entschlossener Gesichtsausdruck und das kleine Kinn, das ebenso spitz wie ihre Zähne war, ließen sie so zänkisch aussehen, wie sie sich aufführte, dachte Jamie.

»Hören Sie«, sagte sie. »Ich kann diese scheußliche Heirat nicht verhindern, aber ich...« – sie zögerte, bevor sie entschlossen fortfuhr – »ich will *verdammt* sein, wenn ich meine Jungfernschaft einem ekelerregenden, verkommenen alten Monster wie Ellesmere opfern soll!«

Jamie rieb sich mit der Hand über den Mund. Trotz seiner Abneigung empfand er etwas Mitleid mit ihr. Aber *er* wäre *verdammt*, wollte er es zulassen, daß dieses besessene Weibsbild ihn in ihre Probleme verwickelte.

»Ich bin mir der Ehre voll bewußt, Mylady«, sagte er und schließlich ironisch, »aber ich kann wirklich nicht...«

»Doch, Sie können!« Ihre Augen verharrten freimütig auf seiner schmutzigen Hose. »Betty sagt es.«

Unfähig, ein Wort herauszubringen, stammelte er zunächst vor sich hin, bis er ihr so entschieden wie möglich entgegenhielt: »Betty verfügt nicht über die geringsten Anhaltspunkte, irgendwelche Schlüsse über meine Fähigkeiten zu ziehen. Ich habe das Mädel nie angerührt.«

Geneva lachte erfreut. »Sie haben also nicht bei ihr gelegen? Das hat sie auch behauptet, aber ich dachte, sie wollte vielleicht nur einer Tracht Prügel entgehen. Das ist gut. Ich könnte keinesfalls einen Mann mit meiner Zofe teilen.«

Er atmete schwer. Ihr die Schaufel über den Kopf zu ziehen oder sie zu erdrosseln kam leider nicht in Frage. Sein Zorn verebbte allmählich. Sie war zwar unverschämt, aber im Grunde machtlos. Sie konnte ihn kaum in ihr Bett zwingen.

»Guten Tag, Mylady«, beendete er die Unterhaltung so höflich wie möglich, drehte sich um und machte sich daran, den Mist in die leere Walze zu schaufeln.

»Wenn Sie sich weigern«, gurrte sie, »werde ich meinem Vater erzählen, daß Sie mir unsittliche Anträge gemacht haben. Dann wird er Sie auspeitschen lassen, daß Ihnen die Haut in Fetzen vom Rücken herunterhängt.«

Langsam wandte er sich um und starrte auf sie hinunter. Ihre Augen funkelten triumphierend.

»Ihr Vater mag mich nicht so gut kennen«, meinte er. »Aber *Sie* kennt er von Geburt an. Sagen Sie ihm das und fahren Sie zur Hölle!«

Sie plusterte sich auf wie ein Kampfhahn, und ihr Gesicht färbte sich puterrot. »So, meinen Sie?« schrie sie. »Nun gut, dann sehen Sie sich das hier an, dann können Sie zur Hölle fahren!« Sie griff in den Ausschnitt ihres Kleides und zog einen dicken Brief hervor, mit dem sie unter seiner Nase hin- und herwedelte. Ein kurzer Blick reichte, um die Schriftzüge seiner Schwester zu erkennen.

»Geben Sie her!« Er war vom Karren gesprungen und rannte Hals über Kopf hinter ihr her, aber sie war zu schnell. Bevor er sie packen konnte, saß sie bereits im Sattel, hielt die Zügel in der einen und winkte herablassend mit dem Brief in der anderen Hand.

»Sie wollen ihn wohl haben, was?«

»Ja! Geben Sie ihn her.«

»Ich glaube kaum.« Kokett blickte sie ihn an. Allmählich wich die Zornesröte aus ihrem Gesicht. »Ich muß ihn doch meinem Vater geben, nicht wahr? Er sollte wissen, daß seine Dienstboten heimliche Briefwechsel führen, oder? Ist Jenny Ihr Schatz?«

»Sie haben meinen Brief gelesen? Verdammtes schmutziges kleines Miststück!«

»Was für eine Ausdrucksweise«, sagte sie und drohte tadelnd mit dem Brief. »Es ist meine Pflicht, meine Eltern zu unterstützen und sie wissen zu lassen, zu welch schrecklichen Dingen die Dienstboten fähig sind. Und ich bin eine pflichtbewußte Tochter, da ich mich ohne Klagen dieser Heirat unterwerfe.« Spöttisch lächelnd beugte sie sich über den Sattelknauf, und er erkannte mit neu entbrannter Wut, daß sie die Situation genoß.

»Bestimmt wird Papa den Brief mit großem Interesse lesen«, sagte sie. »Besonders die Sache mit dem Gold, das an Lochiel in Frankreich geschickt werden soll. Gilt es nicht immer noch als Verrat, die Feinde des Königs zu unterstützen?« Boshaft schnalzte sie mit der Zunge. »Wie niederträchtig!«

Ihm war, als müßte er sich vor lauter Entsetzen auf der Stelle übergeben. Ob sie wohl eine Vorstellung davon besaß, wie viele Menschenleben in ihrer manikürten blassen Hand lagen? Das Leben seiner Schwester, Ians, das der sechs Kinder, der Pächter und Familien von Lallybroch – vielleicht sogar das Leben der Boten, die Geld und Nachrichten zwischen Schottland und Frankreich hin und her trugen und so die Existenz der verbannten Jakobiten sichern halfen.

Er schluckte, bevor er antwortete. »In Ordnung.« Sie lächelte etwas natürlicher, und er erkannte, wie blutjung sie war. Aye, der Biß einer jungen Natter war ebenso tödlich wie der einer alten.

»Ich erzähle es nicht weiter«, versicherte sie ihm ernst. »Danach gebe ich Ihnen den Brief zurück und werde niemals über den Inhalt reden. Ehrenwort.«

»Danke.« Er versuchte seine Gedanken zu ordnen, um einen vernünftigen Plan zu schmieden. Vernünftig? In das Haus seines Herrn zu gehen, um seiner Tochter die Jungfräulichkeit zu rauben – auf ihren Wunsch? Etwas Unvernünftigeres war ihm bisher noch nie zu Ohren gekommen.

»In Ordnung«, wiederholte er. »Wir müssen vorsichtig sein.« Mit wachsendem Entsetzen fühlte er sich in die Rolle des Verschwörers gezogen.

»Ja. Keine Sorge, ich kann meine Zofe wegschicken. Und der Lakai betrinkt sich ohnehin. Er schläft immer vor zehn Uhr ein.«

»Dann arrangieren Sie es«, sagte er. »Aber wählen Sie einen sicheren Tag.«

»Einen sicheren Tag?« Verständnislos blickte sie ihn an.

»Irgendwann in der Woche nach Ihrer Blutung«, erklärte er freiheraus. »Dann ist die Gefahr geringer, daß Sie ein Kind bekommen.«

»Ach so.« Sie errötete, sah ihn aber interessiert an.

»Sie hören von mir«, sagte sie schließlich, ließ ihr Pferd eine Kehrtwendung machen und galoppierte über den Acker davon.

Leise und wortreich fluchend kroch er unter den Lärchen durch. Was für ein Segen, daß der Mond nicht hell schien. Er huschte über den Rasen, und schon befand er sich knietief inmitten von Akelei und Gamander.

Er blickte an der Hauswand hoch, die dunkel und bedrohlich über ihm emporragte. Die Kerze stand wie versprochen im Fenster. Trotzdem zählte er zur Sicherheit noch einmal nach. Gnade ihm Gott, wenn er das falsche Zimmer wählte. Aber bitte auch dann, wenn er das richtige fand, dachte er grimmig. Fest umklammerte er den Stamm der ausladenden grauen Kletterpflanze, die sich die Hauswand emporrankte.

Die Blätter raschelten gewaltig, und die starken Äste bogen sich unheilvoll knarrend. Es blieb ihm nichts anderes übrig, als so geschwind wie möglich hinaufzuklettern und sich, sollte sich eins der Fenster plötzlich aufschieben, eiligst zurück ins Dunkel fallen zu lassen.

Keuchend und mit pochendem Herzen erreichte er den kleinen Balkon. Im blassen Schein der Frühjahrssterne hielt er kurz inne und schöpfte Atem. Dabei wünschte er Geneva Dunsany erneut zum Teufel. Dann stieß er die Türe auf.

Sie hatte ihn erwartet und offensichtlich gehört, wie er hochgeklettert war. Sie stand auf und kam mit erhobenem Kinn auf ihn zu. Das kastanienbraune Haar fiel ihr über die Schultern.

Sie trug ein hauchdünnes weißes Nachthemd, das am Hals von einer silbernen Schleife zusammengehalten wurde. Es sah nicht aus wie das Nachthemd einer sittsamen jungen Dame, und entsetzt erkannte er, daß es ihr Gewand für die Brautnacht war.

»Sie sind also gekommen.« Außer Triumph war aus ihrer Stimme auch leiser Zweifel herauszuhören. War sie sich denn nicht sicher gewesen?

»Es blieb mir keine Wahl«, entgegnete er kurz und wandte sich um, um die Balkontüren zu schließen.

»Möchten Sie etwas Wein?« Um Unbefangenheit bemüht, ging sie zum Tisch, auf dem eine Karaffe mit zwei Gläsern stand. Wie hatte sie das geschafft? Es tat nichts zur Sache. Etwas zu trinken kam unter den gegebenen Umständen gerade recht. Er nickte und nahm ihr das volle Glas aus der Hand.

Verstohlen sah er sie an, während er an dem Wein nippte. Das Nachthemd diente kaum dazu, ihren Körper zu verbergen. Während sein Herzschlag sich nach der Kletterpartie allmählich wieder beruhigte, zerstreute sich seine anfängliche Angst, er würde seinen Teil der Vereinbarung nicht erfüllen können, wie von selbst. Sie war schlank und schmalhüftig, mit kleinen Brüsten, aber zweifellos eine Frau.

Nachdem er das Glas geleert hatte, setzte er es ab. Zögern ist sinnlos, dachte er.

»Der Brief?« fragte er unvermittelt.

»Danach«, antwortete sie und preßte die Lippen zusammen.

»Sofort, oder ich gehe.« Er drehte sich zum Fenster, als wollte er seine Drohung wahr machen.

»Warten Sie.« Er wandte sich zu ihr um und blickte sie mit unverhohlener Ungeduld an.

»Haben Sie kein Vertrauen zu mir?« fragte sie und versuchte gewinnend und charmant zu wirken.

»Nein«, entgegnete er unverblümt.

Ihr Gesicht verfinsterte sich, und sie verzog schmollend den Mund. Doch er stand immer noch am Fenster.

»Also gut«, gab sie schließlich nach. Nachdem sie in der Nähschachtel unter etlichen Lagen von Stickereiarbeiten gewühlt hatte, förderte sie den Brief zutage und warf ihn auf den Waschtisch neben Jamie.

Er riß ihn an sich und faltete die Blätter auseinander, um sich zu vergewissern. Sowohl Wut als auch Erleichterung packten ihn angesichts des gebrochenen Siegels und Jennys Handschrift.

»Nun?« Genevas ungeduldige Stimme störte ihn beim Lesen. »Legen Sie ihn weg und kommen Sie her, Jamie. Ich bin bereit.« Sie saß auf dem Bett und hatte die Arme um die Knie geschlungen.

Er erstarrte und warf ihr über die Briefbögen hinweg einen eiskalten Blick zu.

»Mit diesem Namen werden Sie mich nicht anreden«, sagte er.

Sie reckte ihr spitzes Kinn noch ein wenig mehr und runzelte die gezupften Brauen.

»Weshalb nicht? Es ist Ihr Name. Ihre Schwester nennt Sie so.«

Er zögerte kurz, legte den Brief bedächtig beiseite und beugte sich zu den Bändern seiner Kniehose hinunter.

»Ich werde Sie anständig bedienen«, sagte er. »Aber da Sie mich in Ihr Bett gezwungen haben, indem Sie meine Familie bedroht haben, erlaube ich Ihnen nicht, daß Sie mich mit demselben Namen anreden wie meine Familie.« Regungslos hielt er die Augen auf sie geheftet, bis sie schwach nickte und den Blick auf die Bettdecke senkte.

Mit dem Finger fuhr sie das Muster nach.

»Wie soll ich Sie dann nennen?« fragte sie schließlich kleinlaut. »Ich kann doch nicht MacKenzie zu Ihnen sagen. Und duzen müssen wir uns auch.«

Er blickte sie an und seufzte. Sie sah so klein aus, wie sie da, die Arme um die Knie geschlungen und mit gesenktem Kopf, saß.

»Nenn mich Alex. So heiße ich auch.«

Sie nickte nur. Obwohl ihr das Haar wie Flügel ins Gesicht fiel, konnte er erkennen, wie ihre Augen leuchteten.

»In Ordnung«, meinte er barsch. »Du kannst mir zuschauen.« Zusammen mit den Strümpfen schob er die Hose nach unten. Er schüttelte sie aus und faltete sie ordentlich über einem Stuhl zusammen, bevor er sein Hemd aufzuknöpfen begann, sich des Blickes bewußt, mit dem sie ihn, immer noch scheu, aber unverhohlen musterte. Aus Rücksichtnahme wandte er ihr das Gesicht zu, um ihr den Anblick seines Rückens fürs erste zu ersparen.

»Oh!« Der Ausruf war verhalten, reichte aber aus, um ihn innehalten zu lassen.

»Stimmt etwas nicht?« fragte er.

»Nein, nein... ich meine, ich habe nicht erwartet...« Das Haar fiel ihr wieder ins Gesicht, doch Jamie war das verräterische Rot auf ihren Wangen nicht entgangen.

»Hast du noch nie einen nackten Mann gesehen?« fragte er. Das glänzende Haar schüttelte sich.

»Nun...«, entgegnete sie unsicher, »schon... nur war er nicht...«

»Na ja, normalerweise ist er es ja auch nicht«, erklärte er sachlich und setzte sich neben sie aufs Bett. »Aber wenn ein Mann bei einer Frau liegen will, muß er so sein.«

»Ach so«, sagte sie, klang aber noch immer unsicher. Er versuchte, beruhigend zu lächeln.

»Keine Angst. Noch größer wird er nicht. Und er tut auch nichts Komisches, falls du ihn anfassen möchtest.« Zumindest hoffte er das. Nackt neben einem halbbekleideten Mädchen zu sitzen brachte seine Selbstbeherrschung fast zum Erliegen. Seinen verräterischen Körper kümmerte es nicht, daß sie ein egoistisches Miststück war. Vielleicht war es gut, daß sie von seinem Angebot keinen Gebrauch machte, sondern sich ein wenig an die Wand drückte. Nachdenklich rieb er sich das Kinn.

»Wieviel weißt du... ich meine, hast du eine Vorstellung, wie man es macht?«

Ihr Blick war offen und unschuldig, nur ihre Wangen glühten.

»Nun ja, vermutlich wie die Pferde, oder?« Er nickte, aber es erinnerte ihn schmerzlich an seine eigene Hochzeitsnacht, als er genau dasselbe gedacht hatte.

»So ähnlich«, sagte er und räusperte sich. »Nur langsamer. Und sanfter«, fügte er hinzu, als er ihrem ängstlichen Blick begegnete.

»Ach so. Dann ist's gut. Das Kindermädchen und die Zofen haben sich immer Geschichten erzählt... über Männer und, ...über das Heiraten, und alles... Es hat ziemlich angsteinflößend geklungen.« Sie schluckte schwer. »T-tut es sehr weh?« Abrupt hob sie den Kopf und sah ihn an. »Es macht mir nichts aus«, fügte sie tapfer hinzu. »Ich will nur wissen, was mich erwartet.«

Er empfand plötzlich Sympathie für sie. Sie mochte verwöhnt, egoistisch und leichtsinnig sein, aber sie hatte zumindest eine gute Eigenschaft. Mut war in seinen Augen keine geringe Tugend.

»Ich glaube nicht«, antwortete er. »Wenn ich mir genug Zeit

nehme, dich vorzubereiten« – falls er sich dazu Zeit nehmen *konnte* –, »wird es kaum weh tun. Und beim zweiten Mal wird es schon besser.«

Sie nickte und streckte nach kurzem Zögern mutig einen Finger nach ihm aus.

»Darf ich dich anfassen?« Diesmal lachte er wirklich, dämpfte aber gleich wieder seine Stimme.

»Das mußt du wohl, wenn ich tun soll, was du von mir verlangst.«

Langsam ließ sie ihre Hand seinen Arm hinabgleiten, so sanft, daß die Berührung kitzelte und ihm kalte Schauer über die Haut jagte. Vertrauensvoller bewegte sie ihre Hand kreisend über seinen Oberarm und fühlte, wie kräftig er war.

»Du bist ziemlich… groß.« Er lächelte, verharrte aber regungslos und ließ sie seinen Körper erforschen, solange sie wollte. Er spürte, wie sich seine Muskeln anspannten, als sie über seinen Schenkel und über die Rundung seines Hinterteils strich. Als sich ihre Finger der Narbe näherten, die sich über seinen linken Oberschenkel zog, hielt sie sofort inne.

»Es macht nichts«, versicherte er ihr. »Es tut nicht mehr weh.« Sie antwortete nicht, sondern fuhr, ohne Druck auszuüben, mit zwei Fingern langsam über die Narbe hinweg.

Die forschende Hand wurde zunehmend wagemutiger, glitt über seine breiten Schultern und seinen Rücken hinab und blieb dort liegen. Er schloß die Augen, wartete und paßte sich ihren Bewegungen an. Sie legte sich hinter ihn und rührte sich nicht mehr. Als ihre Hände seinen verwundeten Rücken zart berührten, stieß sie einen bebenden Seufzer aus.

»Und du hattest keine Angst, als ich dir angedroht habe, ich würde dich auspeitschen lassen?« Ihre Stimme war seltsam heiser, aber er rührte sich nicht und hielt die Augen geschlossen.

»Nein«, antwortete er. »Ich habe schon lange keine Angst mehr.« In Wirklichkeit war ihm bange, daß es ihm nicht gelingen würde, sie mit der erforderlichen Rücksicht zu behandeln, wenn es soweit war.

Sie erhob sich und stellte sich vor ihn hin. Jäh setzte er sich auf, so daß sie überrascht einen Schritt zurücktrat, aber er streckte seine Arme aus und legte sie auf ihre Schultern.

»Darf ich *dich* denn anfassen?« Seine Worte klangen neckend, seine Berührung war es nicht. Sie nickte atemlos, und er schlang seine Arme um sie.

Er drückte sie gegen seine Brust und bewegte sich nicht, bis sich ihr Atem beruhigt hatte. In ihm kämpften eine Unzahl gegensätzlicher Gefühle. Nie zuvor hatte er eine Frau in den Armen gehalten, für die er nicht einen Funken Liebe empfand, aber dieser Begegnung fehlte jede zarte Regung. Es durfte keine geben – schon um ihretwillen. Er empfand Zärtlichkeit ob ihrer Jugend und Mitgefühl für ihre Situation. Aber auch Wut darüber, wie sie ihn in die Enge getrieben hatte, und Angst wegen der Schwere seines Vergehens. Aber all das zählte gering im Vergleich zu der überwältigenden Lust, die ihn erfaßt hatte und die ihn mit Scham erfüllte. Voll Abscheu vor sich selbst senkte er den Kopf und umschloß ihr Gesicht mit den Händen.

Er küßte sie zart, erst kurz, dann fordernd. Er spürte ihr Zittern, als er das Band ihres Nachtgewands löste und über die Schultern zurückschob. Er hob sie hoch und trug sie zum Bett.

Dann legte er sich neben sie, bettete sie in den Arm und streichelte ihre Brüste, umschloß sie mit der Hand und spürte ihr Gewicht und ihre Wärme.

»Ein Mann sollte deinem Körper Bewunderung zollen«, sagte er leise und erregte ihre Brustwarzen, indem er sie leicht kreisend berührte. »Du bist schön, es ist dein Recht.«

Sie seufzte und entspannte sich unter seiner Berührung. Er nahm sich Zeit, bewegte sich so langsam wie möglich, streichelte und küßte ihren Körper. Er mochte das Mädchen nicht, er wollte gar nicht hier sein, er wollte das, was er tat, nicht tun – aber es waren mehr als drei Jahre vergangen, seit er eine Frau in den Armen gehalten hatte.

Er versuchte einzuschätzen, wann sie bereit wäre, aber wie zum Teufel sollte er es erkennen? Sie keuchte, aber sie lag da wie eine Porzellanfigur in der Vitrine. Verdammtes Mädchen, konnte sie ihm nicht ein bißchen auf die Sprünge helfen?

Nein, natürlich konnte sie es ihm nicht zeigen. Sie hatte noch nie einen Mann berührt. Sie hatte ihn hierher gezwungen und überließ ihm nun mit gräßlichem, unerwünschtem und durch nichts zu rechtfertigendem Vertrauen den Ablauf dieser Angelegenheit.

Er streichelte sie zart zwischen den Beinen. Sie öffnete sie nicht, verweigerte sich jedoch auch nicht. Sie war etwas feucht. Vielleicht war jetzt der richtige Zeitpunkt?

»In Ordnung«, murmelte er. »Ganz ruhig, *mo chridhe*.« Beruhigende Worte murmelnd, legte er sich auf sie und spreizte mit dem Knie ihre Beine. Er spürte, wie die Wärme seines Körpers, die Berührung seines Schwanzes sie zusammenzucken ließen, und vergrub, gälische Worte murmelnd, seine Hände in ihrem Haar.

Vage dachte er, wie gut es sei, daß er gälisch sprach, da er nicht länger darauf achten konnte, was er sagte. Ihre kleinen, harten Brüste stießen gegen seine Brust.

»*Mo nighean*«, murmelte er.

»Einen Augenblick«, sagte Geneva. »Vielleicht…«

Ihm war vor Selbstbeherrschung schon ganz schwindlig, aber er zügelte sich weiterhin und arbeitete sich langsam voran.

»Uuh!« Geneva riß die Augen auf.

»Ah«, stöhnte er und schob etwas weiter.

»Hör auf! Er ist zu groß! Zieh ihn raus!« In Panik schlug Geneva um sich. An seine Brust gepreßt, rieb sich ihr Busen an seiner Haut, so daß seine Brustwarzen erregt hochstanden.

Ihr Gezappel führte dazu, daß das, was er sanft hatte tun wollen, mit Gewalt vollendet wurde. Benommen bemühte er sich, sie unter sich festzuhalten, und suchte krampfhaft nach beruhigenden Worten.

»Aber…«, begann er.

»Hör auf!«

»Ich…«

»Zieh ihn *raus*!« kreischte sie.

Er legte ihr eine Hand auf den Mund und sagte das einzige Wort, das ihm einfiel.

»Nein!« Er drang weiter in sie ein. In diesem Augenblick war er nur zu einem fähig, und genau das tat er. Sein Körper, der sich in den Rhythmus dieser heidnischen Lust fand, hatte rücksichtslos die Führung an sich gerissen.

Wenige Stöße, und die Welle erfaßte ihn, wogte sein Rückgrat hinunter, brach wie die Brandung am Felsen und schwemmte die letzten Reste der Gedanken fort, die wie Muscheln in seinem Bewußtsein hafteten.

Wenig später kam er zu sich. Er lag auf der Seite und hörte das laute, langsame Pochen seines Herzens. Er mußte fragen, ob er ihr sehr weh getan hatte, aber, um Gottes willen, nicht sofort.

»Was... was denkst du jetzt?« Die Stimme klang zögerlich und ein wenig zittrig, aber nicht hysterisch.

Zu benommen, um zu erkennen, wie absurd diese Frage war, beantwortete er sie wahrheitsgemäß.

»Ich frage mich, warum Männer unbedingt bei Jungfrauen liegen wollen.«

Es entstand eine Pause, gefolgt von einem tiefen Atemzug.

»Es tut mir leid«, sagte sie kleinlaut. »Ich wußte nicht, daß es dir auch weh tun würde.«

Erstaunt öffnete er die Augen. Sie war blaß und sah ihn wie ein aufgeschrecktes Hirschkalb an.

»Mir weh tun?« fragte er erstaunt. »*Mir* hat es nicht weh getan.«

»Aber...« – sie runzelte die Stirn, während ihr Blick langsam seinen Körper hinabwanderte – »ich hatte das Gefühl, daß du dabei auch Schmerzen hattest. Du hast ein ganz schreckliches Gesicht gemacht und hast... gestöhnt wie ein...«

»Aye«, unterbrach er sie hastig, bevor sie noch weitere unschmeichelhafte Beobachtungen loswerden konnte. »Das heißt nicht... ich meine... so benehmen Männer sich, wenn sie... es tun«, beendete er den Satz lahm.

Ihr Schreck verwandelte sich in Neugierde. »Sind alle Männer so, wenn... sie es tun?«

»Wie soll ich...?« antwortete er gereizt, hielt aber schaudernd inne. Natürlich wußte er die Antwort.

»Aye.« Er setzte sich auf und strich sich das Haar aus der Stirn. »Männer sind ekelerregende, abstoßende Kreaturen, genau wie dir dein Kindermädchen gesagt hat. Habe ich dir sehr weh getan?«

»Ich glaube nicht«, sagte sie zweifelnd. Sie bewegte ihre Beine. »Einen Moment tat es weh, wie du gesagt hattest. Aber jetzt ist es nicht mehr schlimm.«

Er seufzte erleichtert, da er nur einen schwachen Blutfleck auf dem Handtuch entdeckte und sie keine Schmerzen hatte. Vorsichtig faßte sie sich zwischen die Beine und verzog das Gesicht vor Abscheu.

»Iih«, sagte sie, »das ist ja ganz eklig und klebrig.«

Jamie errötete vor Empörung und Verlegenheit.

»Hier«, murmelte er und reichte ihr einen Waschlappen. Sie nahm ihn nicht, sondern öffnete statt dessen die Beine – offenbar erwartete sie, daß er sich der Schweinerei annahm. Am liebsten hätte er ihr den Lappen in den Mund gestopft, aber ein Blick auf den Waschtisch, auf dem der Brief lag, hielt ihn davon ab. Sie hatte ihren Teil des Abkommens erfüllt.

Grimmig tauchte er den Lappen ins Wasser und begann das Mädchen abzuwaschen. Aber er war seltsam berührt von dem Vertrauen, das sie ihm entgegenbrachte, und führte seine Aufgabe sorgsam aus. Als er fertig war, drückte er einen zarten Kuß auf die leichte Wölbung ihres Bauches.

»So.«

»Danke«, antwortete sie. Vorsichtig bewegte sie ihre Hüften und streckte eine Hand nach ihm aus. Er rührte sich nicht, als ihre Finger seine Brust hinabstrichen.

»Du hast gesagt... beim zweitenmal wäre es besser«, flüsterte sie.

Er schloß die Augen und holte tief Luft. Es war noch lange hin bis zur Morgendämmerung.

»Vermutlich«, entgegnete er und streckte sich erneut neben ihr aus.

»Alex?«

Er fühlte sich wie betäubt und mußte sich anstrengen zu antworten.

»Ja?«

Sie schlang ihm die Arme um den Hals und bettete ihren Kopf in seine Armbeuge. Warm streifte ihr Atem seine Brust.

»Ich liebe dich, Alex.«

Unter Schwierigkeiten machte er sich von ihr frei, faßte sie bei den Schultern und sah ihr in die grauen Augen.

»Nein«, sagte er kopfschüttelnd. »Drei Regeln: Du darfst nur eine Nacht mit mir verbringen. Du darfst mich nicht bei meinem richtigen Vornamen nennen. Und du darfst mich nicht lieben.«

Ihre Augen wurden feucht. »Aber wenn ich doch nichts dafür kann?«

»Das, was du jetzt fühlst, hat nichts mit Liebe zu tun.« Er hoffte, daß er recht hatte, um seinet- wie auch um ihretwillen. »Es ist nur das Gefühl, das ich in deinem Körper entfacht habe. Es ist stark und gut, aber es hat nichts mit Liebe zu tun.«

»Worin besteht der Unterschied?«

Kräftig rieb er sich mit den Händen das Gesicht. Genau der richtige Zeitpunkt für philosophische Erörterungen. Er seufzte schwer, bevor er antwortete.

»Lieben kann man nur *einen* Menschen. Das, was du jetzt empfindest, kann jeder Mann bei dir auslösen: Es ist nicht an den einen gebunden.«

Nur *ein* Mensch. Entschieden schob er den Gedanken an Claire beiseite und machte sich matt wieder an die Arbeit.

Er landete unsanft im Blumenbeet, ohne sich darum zu kümmern, daß er dabei etliche zarte Pflänzchen zerdrückte. Er fror. Die Stunde vor Morgenanbruch war nicht nur die dunkelste, sondern auch die kälteste, und sein Körper wehrte sich strikt dagegen, ein warmes, weiches Nest mit dem kalten Dunkel zu vertauschen.

Er dachte an die erhitzte rosige Wange, die er zum Abschied geküßt hatte. Warm spürte er noch ihren Leib unter den Händen, selbst als er in der Dunkelheit nach der kalten Steinmauer des Stalles tastete. Er war so erschöpft, daß es ihm schier unmöglich war, hinüberzuklettern, aber er konnte nicht riskieren, Hughes, den ersten Knecht, durch das Quietschen des Gatters zu wecken.

Unsicher überquerte er den Innenhof, in dem Wagen und hoch aufgetürmte Bündel für Lady Genevas Abreise bereitstanden, denn nach der Hochzeit am nächsten Donnerstag würde sie ihrem Gemahl in ihr neues Heim folgen. Schließlich stieß er die Stalltür auf und tastete sich die Leiter hoch zu seinem Lager. Er legte sich in das kalte Stroh und zog sich mit dem Gefühl gänzlicher Leere seine Decke über.

15

Fügungen

Helwater, Januar 1758

Passenderweise stürmte es heftig, als die Nachricht Helwater erreichte. Das Pferdetraining, das sonst am Nachmittag stattfand, war wegen des Regens ausgefallen, und die Tiere standen friedlich in ihren Boxen, während Jamie Fraser mit einem aufgeschlagenen Buch auf der Brust gemütlich im Heuboden über ihnen lagerte.

Es war eins jener Bücher, die er sich von Mr. Grieves, dem Verwalter, ausgeliehen hatte. Es fesselte ihn ungemein.

Meine Lippen, die ich ihm so darbot, daß er nicht umhin konnte sie zu küssen, fesselten ihn, und erregten und ermutigten ihn gleichermaßen. Als mein Blick auf den Punkt seines Gewandes fiel, unter dem verdeckt der wesentliche Gegenstand des Genusses ruhte, erspähte ich sogleich die Wölbung und die Unruhe. Da ich mich bereits zu weit vorgewagt hatte, um dem schönen Lauf der Dinge Einhalt gebieten zu können, und in der Tat auch nicht mehr in der Lage war, mich zurückzuhalten oder gar das zögernde Drängen seiner jungfräulichen Schüchternheit abzuwarten, ließ ich verstohlen meine Hand seinen Schenkel hinaufwandern, bis ich an ihrem Ansatz ein steifes, hartes Glied, gefangen in den Kniehosen, nicht nur sehen, sondern auch ertasten konnte.

Jamie schnaubte kurz, blätterte aber um und ließ sich von dem Gewitterdonner kaum ablenken. Er war derart gefesselt, daß er die Geräusche aus dem Stall zunächst gar nicht mitbekam.

»MacKenzie!« Als das markerschütternde Gebrüll schließlich doch in sein Bewußtsein gedrungen war, erhob er sich rasch, strich hastig seine Kleider glatt und trat an die Leiter.

»Aye?« Er neigte sich über den Rand des Scheunenbodens und erblickte Hughes, der soeben den Mund aufsperrte, um zu rufen.

»Ach, da bist du ja.« Mit seiner knotigen Hand winkte er ihn herunter. Bei feuchtem Wetter litt er stark unter seinem Rheuma.

»Du mußt helfen, die Kutsche fertig zu machen. Lord Dunsany und Lady Isobel müssen nach Ellesmere fahren«, erklärte Hughes ihm, als er den Fuß auf den Steinboden des Stalls setzte.

»Jetzt? Bist du irre, Mann?« Er warf einen Blick zu der offenen Tür, hinter der eine Wand aus strömendem Wasser stand. In diesem Augenblick erleuchtete ein jäher Blitz den Himmel und zeichnete ein scharfes Relief des Berges in der Ferne. Draußen im Hof kämpfte Jeffries, der Kutscher, gegen Wind und Regen.

»Jeffries braucht Hilfe bei den Pferden.« Hughes mußte schreien, um das Toben des Sturmes zu übertönen.

»Aye, aber weshalb? Weshalb muß Lord Dunsany – ach, verdammt!« Die Augen des ersten Knechts waren trübe. Gewiß ließ sich nichts Vernünftiges aus ihm herausbringen. Angewidert ging Jamie an ihm vorbei und erklomm die Leiter.

Eine Minute, um sich seinen abgewetzten Umhang überzuwerfen, eine weitere, um das Buch im Heu zu verstecken – Stallknechte mißachten fremdes Eigentum –, und schon glitt er wieder die Leiter hinunter und stellte sich dem Sturm.

Es war eine höllische Fahrt. Der Wind heulte durch den Hohlweg, packte die Kutsche und drohte, sie jeden Moment umzuwerfen. Hoch oben neben Jeffries auf dem Kutschbock bot ein Umhang nur wenig Schutz. Als noch weniger nützlich erwies er sich, wenn Jamie – alle paar Minuten, so schien es ihm – absteigen und seine Schulter gegen das Rad stemmen mußte, um das elende Gefährt aus einem Schlammloch zu befreien.

Dennoch empfand er die körperlichen Unannehmlichkeiten kaum, denn seine Gedanken kreisten um die möglichen Gründe für diese Fahrt. Gewiß gab es nur wenige dringliche Angelegenheiten, die einen alten Mann wie Lord Dunsany an einem derartigen Tag dazu brachten, das Haus zu verlassen. Es waren Nachrichten von Ellesmere eingetroffen, die allein Lady Geneva oder ihr Kind betreffen konnte.

Als Jamie über die Bediensteten zu Ohren gekommen war, daß

Lady Geneva im Januar niederkommen sollte, hatte er rasch zurückgerechnet, Geneva Dunsany erneut zum Teufel gewünscht und anschließend hastig Gottes Segen für die Geburt erfleht. Seither hatte er sich bemüht, nicht mehr daran zu denken. Sie waren nur drei Tage vor Genevas Hochzeit zusammengekommen. Von wem das Kind war, schien also ungewiß.

Vor einer Woche war Lady Dunsany nach Ellesmere gefahren, um ihrer Tochter beizustehen. Täglich hatte sie Boten nach Hause geschickt, um dieses und jenes holen zu lassen, das sie vergessen hatte und auf der Stelle haben mußte. Und immer wurde die Nachricht überbracht: »Keine Neuigkeiten.« Nun gab es welche. Aber offenbar keine guten.

Als er nach einer neuerlichen Schlacht gegen den Schlamm wieder zurück zum Kutschbock ging, lugte Lady Isobel aus dem Fenster.

»Ach, MacKenzie!« rief sie mit schmerzverzerrtem, sorgenvollem Gesicht. »Bitte, ist es noch sehr weit?«

Er beugte sich zu ihr und rief ihr über das Tosen hinweg ins Ohr: »Jeffries meint, es sind noch vier Meilen, Mylady. Vielleicht zwei Stunden.« Falls die verteufelte Kutsche nicht mitsamt ihren unglückseligen Passagieren von der Ashness Bridge in den Watendlath Tarn fiel, fügte er in Gedanken hinzu.

Isobel dankte ihm mit einem Kopfnicken und schob das Fenster wieder zu. Doch er hatte bereits gesehen, daß ihre Wangen nicht nur vom Regen, sondern auch von Tränen feucht waren. Die Sorge, die sich wie eine Schlange um sein Herz knotete, wuchs zusehends.

Es waren annähernd drei Stunden vergangen, als die Kutsche schließlich in den Hof von Ellesmere rollte. Unverzüglich sprang Lord Dunsany heraus, nahm sich kaum die Zeit, seiner jüngeren Tochter den Arm zu bieten, und eilte ins Haus.

Es dauerte fast noch zwei Stunden, bis die Pferde abgezäumt und trockengerieben waren und sie den Schlamm von den Rädern der Kutsche gewaschen hatten. Nachdem alles in Ellesmeres Ställen untergebracht war, suchten Jamie und Jeffries, benommen vor Kälte, Müdigkeit und Hunger, in der Küche Zuflucht.

»Ihr armen Kerle seid ja blaugefroren«, wurden sie von der Köchin bedauert. »Setzt euch her. Gleich gibt es was Warmes zu essen.« Ungeachtet ihrer hageren Figur verstand die Frau ihr Handwerk, denn schon nach wenigen Minuten tischte sie ihnen ein riesengroßes, schmackhaftes Omelett nebst einer verschwenderischen Menge Brot und Butter und einem kleinen Topf Marmelade auf.

»Nicht schlecht«, bemerkte Jeffries und betrachtete das Mahl anerkennend. Er blinzelte der Köchin zu. »Meinst du nicht, daß es mit einem herzhaften Schluck noch mal so gut rutschen würde? Du siehst aus wie eine, die mit zwei halberfrorenen Kerlen Mitleid hat. Hab' ich recht, Süße?«

Ob es an den Überredungskünsten des Iren lag oder am Anblick der beiden tropfnassen Gestalten – die Worte zeigten die erwünschte Wirkung, und eine Flasche mit Kochbranntwein wurde neben die Pfeffermühle gezaubert. Nachdem Jeffries sich einen Becher eingeschenkt und auf einen Zug geleert hatte, leckte er sich die Lippen.

»Jetzt geht's schon besser! Hier, Junge.« Er reichte Jamie die Flasche, dann machte er es sich bequem, verzehrte genußvoll die warme Mahlzeit und schwatzte mit den Dienstmädchen. »Und, was tut sich hier? Ist das Baby schon auf der Welt?«

»Ja, seit letzter Nacht«, sagte das Küchenmädchen eifrig. »Wir waren die ganze Zeit auf. Der Doktor ist gekommen, frische Bettwäsche und Handtücher mußten gebracht werden. Das ganze Haus war ein einziges Durcheinander. Aber das Baby war noch das Wenigste.«

»Jetzt aber an die Arbeit«, unterbrach die Köchin mit streng gerunzelter Stirn. »Es gibt mehr zu tun, als hier herumzustehen und zu klatschen. Beweg dich, Mary Ann, geh nach oben ins Studierzimmer und sieh nach, ob Seine Lordschaft etwas braucht.«

Während Jamie seinen Teller mit einer Scheibe Brot auswischte, beobachtete er, daß das Mädchen ob des Tadels beileibe nicht bestürzt war, sondern eilfertig gehorchte. Daraus schloß er, daß sich im Studierzimmer interessante Dinge abspielten.

Nachdem sie sich solcherart die ungeteilte Aufmerksamkeit ihrer Zuhörer gesichert hatte, ließ sich die Köchin bereitwillig entlocken, was sich ereignet hatte.

»Das Ganze begann vor ein paar Monaten, als man es Lady Geneva immer deutlicher ansah. Armes Ding. Nach der Hochzeit war

Seine Lordschaft zuckersüß zu ihr, hat ihr aus London bestellt, wonach sie verlangte, immerzu gefragt, ob ihr warm genug wäre und was sie essen wollte. Er hat sie angebetet, wirklich, bis er gemerkt hat, daß sie schwanger ist.«

Die Köchin hielt inne, um eine unheilverkündende Miene aufzusetzen.

»Das gab vielleicht ein Geschrei und Gezeter«, fuhr sie dann fort und warf die Arme in die Höhe, um ihre Worte zu unterstreichen. »Er brüllte. Sie weinte. Beide stampften mit den Füßen und schlugen mit den Türen. Er hat ihr Schimpfnamen an den Kopf geworfen, die man nicht einmal im Stall gebraucht. Deshalb habe ich zu Mary Ann gesagt…«

»Hat sich Seine Lordschaft denn nicht über das Kind gefreut?« unterbrach Jamie sie. Das Omelett lag ihm schwer im Magen. Er nahm noch einen Schluck Weinbrand in der Hoffnung, den Kloß im Hals loszuwerden.

Die Köchin drehte sich zu ihm um und hob in Anerkennung seiner Intelligenz eine Augenbraue. »Ja, das hätte man wohl erwarten sollen. Aber er hat sich nicht gefreut, überhaupt nicht«, fügte sie mit Nachdruck hinzu.

»Warum nicht?« fragte Jeffries mit mäßigem Interesse.

»Er hat gesagt«, setzte die Köchin an und senkte die Stimme in Anbetracht der skandalösen Mitteilung, »das Kind sei nicht von ihm.«

Jeffries hatte das zweite Glas schon fast geleert und schnaubte halb verächtlich, halb vergnügt. »Ein alter Bock mit einem jungen Mädchen? Könnte gut möglich sein, aber wie um alles in der Welt will Seine Lordschaft wissen, von wem der Balg ist? Könnte doch auch seiner sein, oder nicht?«

Die schmalen Lippen der Köchin verzogen sich zu einem boshaften Grinsen. »Ich sage ja nicht, daß er weiß, von wem es ist – aber für ihn besteht wohl kein Zweifel daran, daß es nicht von *ihm* ist, wenn du kapierst, was ich meine.«

Jeffries sah die Köchin an und kippte mit dem Stuhl leicht nach hinten. »Wie?« fragte er. »Du willst sagen, Seine Lordschaft kann nicht mehr?« Bei diesem Gedanken malte sich ein breites Grinsen auf sein wettergegerbtes Gesicht. Jamie spürte, wie ihm das Omelett hochkam, und goß rasch Weinbrand nach.

»Ich will damit nicht behaupten, daß ich mir sicher bin.« Der Mund der Köchin verengte sich zu einem Strich, dann fügte sie hinzu: »Aber das Zimmermädchen hat gesagt, daß die Laken, die sie nach der Hochzeitsnacht abgezogen hatte, weiß wie Schnee waren.«

Das war zuviel. Jamie unterbrach Jeffries' amüsiertes Gegacker, setzte sein Glas hörbar ab und fragte ohne Umschweife: »Lebt das Kind?«

Die Köchin und Jeffries starrten ihn erstaunt an. Nach einer Weile nickte die Frau.

»Aber ja, sicher. Er ist ein strammes kleines Kerlchen, wie ich gehört habe. Ich dachte, ihr wüßtet es bereits. Es ist die Mutter, die nicht mehr lebt.«

Die unverblümte Erklärung traf sie wie ein Blitz. Selbst Jeffries verstummte, bekreuzigte sich hastig, murmelte: »Gott sei ihrer Seele gnädig«, und leerte sein Glas.

Jamie fühlte ein Brennen in der Kehle. Lag es am Weinbrand oder an seinen Tränen – er konnte es nicht sagen. Entsetzen und Trauer würgten ihn. Die nächste Frage brachte er kaum über die Lippen: »Wann?«

»Heute morgen«, sagte die Köchin und nickte traurig. »Kurz vor Mittag, das arme Mädchen. Nach der Geburt dachten alle, sie kommt durch. Mary Ann hat erzählt, sie hätte mit dem kleinen Wurm im Arm dagesessen und gelacht.« Bei dem Gedanken seufzte sie. »Aber kurz vor Morgengrauen hat sie wieder stark zu bluten begonnen. Der Arzt wurde gerufen, und er kam auch, so schnell er konnte, aber…«

Polternd öffnete sich die Tür, und Mary Ann stürmte mit weit aufgerissenen Augen herein.

»Euer Herr verlangt nach euch«, platzte sie heraus und sah bald Jamie, bald Jeffries an. »Euch beide, auf der Stelle. Und ja, Sir…« – sie nickte Jeffries zu – »Sie sollen um Himmels willen Ihre Pistolen mitnehmen!«

Der Kutscher tauschte einen erstaunten Blick mit Jamie, sprang auf und rannte eiligst hinaus zu den Ställen. Wie die meisten Kutscher bewahrte er zum Schutz vor Wegelagerern ein Paar geladener Pistolen unter dem Kutschbock auf.

Es würde eine Weile dauern, bis er die Waffen geholt hatte, noch um einiges länger, falls er ausprobieren wollte, ob sie trotz des nassen Wetters noch schußbereit waren. Jamie erhob sich, packte das aufgeregte Hausmädchen am Arm und ließ sich zum Arbeitszimmer führen.

Am oberen Treppenabsatz wies ihm bereits ein lautstarker Wortwechsel den Weg. Er ließ Mary Ann stehen, verharrte einen Augenblick vor der Tür, unsicher, ob er sofort hineingehen oder auf Jeffries warten sollte.

»Daß Sie die Herzlosigkeit besitzen, solche Anschuldigungen zu erheben!« hörte er Dunsany sagen. Seine alte Stimme zitterte vor Wut und Kummer. »Wo mein Lämmchen noch nicht einmal erkaltet ist. Sie Schuft, Sie Memme. Ich werde nicht dulden, daß das Kind auch nur eine Nacht unter Ihrem Dach verbringt.«

»Der kleine Bastard bleibt hier!« krächzte Ellesmere heiser. Es war nicht zu überhören, daß er einiges getrunken hatte. »Er ist zwar ein Bastard, aber er ist mein Erbe und bleibt bei mir! Ich habe ihn gekauft und für ihn bezahlt, und selbst wenn seine Mutter eine Hure war, so hat sie mir wenigstens einen Knaben geschenkt.«

»Unseliger!« Dunsanys Stimme war so hoch und schrill geworden, daß sie nur mehr einem Quieken ähnelte. Dennoch war seine Empörung unüberhörbar. »Gekauft? Sie… Sie… Sie wagen zu behaupten…«

»Ich behaupte es nicht.« Ellesmeres Stimme klang nach wie vor heiser, aber gefestigter. »Sie haben mir Ihre Tochter verkauft… und das unter Vorspiegelung falscher Tatsachen, könnte ich noch hinzufügen«, meinte er sarkastisch. »Ich habe dreißigtausend Pfund für eine Jungfrau aus gutem Hause bezahlt. Die erste Bedingung wurde nicht erfüllt, und auch bei der zweiten habe ich meine Zweifel.« Man hörte, wie eingeschenkt wurde, dann, wie ein Glas über eine Tischplatte gezogen wurde.

»Ich meine, daß Ihr Schnapskonsum bereits übermäßig ist, Sir«, bemerkte Dunsany. Man hörte, wie sehr er sich bemühte, seine Gefühle zu meistern. »Ich kann Ihre ekelhafte Verunglimpfung der Unschuld meiner Tochter nur Ihrer offensichtlichen Trunkenheit zuschreiben. Daher werde ich meinen Enkel nehmen und gehen.«

»Ach, Ihr *Enkel*?« Ellesmeres Stimme klang undeutlich und spöttisch. »Sie scheinen sich verdammt sicher zu sein, was die ›Unschuld‹ Ihrer Tochter angeht. Sind Sie denn sicher, daß der Balg nicht von Ihnen stammt? Sie sagte…«

Mit einem überraschten Aufschrei brach er den Satz ab. Gleichzeitig hörte man ein Krachen. Jamie wagte nicht länger zu warten und öffnete die Tür. Er sah, wie sich Ellesmere und Lord Dunsany auf dem Boden wälzten, ohne das Feuer hinter sich zu beachten.

Jamie schätzte die Situation rasch ab, griff dann beherzt zu und packte seinen Arbeitgeber.

»Ganz ruhig, Mylord«, flüsterte er ihm ins Ohr und zog ihn außer Reichweite des prustenden Ellesmere. »Hören Sie auf, alter Narr«, zischte er ihm zu, als Dunsany erneut auf seinen Gegner losgehen wollte. Ellesmere war annähernd so alt wie Dunsany, aber kräftiger gebaut und trotz seiner Trunkenheit in besserer Verfassung.

Schwankend kam der Graf auf die Füße. Sein schütteres Haar war zerzaust, und die blutunterlaufenen Augen blickten Dunsany drohend an. Als er sich mit dem Handrücken den Speichel vom Mund wischte, bebten seine Schultern.

»Abschaum«, bemerkte er fast im Plauderton. »Hand an mich legen… das würde Ihnen so passen!« Immer noch nach Luft ringend, taumelte er zur Klingelschnur.

Es war zwar keineswegs sicher, ob sich Lord Dunsany allein auf den Füßen würde halten können, aber es blieb keine Zeit, sich darüber Sorgen zu machen. Jamie ließ seinen Herrn los und packte Ellesmeres tastende Hand.

»Nein, Mylord«, sagte er so respektvoll wie möglich und zwang den kräftigen Ellesmere auf die andere Seite des Raumes. »Ich glaube, es wäre… unklug, Ihre Bediensteten hierein zu verwickeln.« Er drückte Ellesmere in einen Sessel.

»Sie bleiben am besten sitzen, Mylord.« In jeder Hand eine schußbereite Pistole, trat Jeffries ein, sah sich mißtrauisch um und ließ den Blick zwischen Ellesmere, der sich aus seinem Lehnstuhl zu kämpfen versuchte, und dem aschfahlen Lord Dunsany, der sich unsicher an einer Tischkante festklammerte, hin- und herwandern.

Nachdem ihm Dunsany keine Anweisungen gab, sah der Kutscher zu Jamie. Dieser spürte eine maßlose Wut in sich aufsteigen. Weshalb erwartete man von ihm, einen Ausweg aus diesem Durcheinander zu finden? Dennoch, es war unumgänglich, daß sich der

Besuch aus Helwater schleunigst aus dem Staub machte. Er trat einen Schritt vor und nahm Dunsany beim Arm.

»Wir sollten jetzt gehen, Mylord«, sagte er. Er zog den ermatteten Edelmann vom Tisch weg und versuchte ihn in Richtung Tür zu schieben. Just in diesem Augenblick wurde jedoch der Ausgang versperrt.

»William?« Lady Dunsanys rundes, von Trauer gezeichnetes Gesicht zeigte über die Szene im Studierzimmer nur leichte Verwunderung. In ihren Armen hielt sie etwas, was wie ein großes, unordentliches Wäschebündel aussah. Mit hilfloser Geste hob sie es in die Höhe. »Das Mädchen hat gesagt, ich soll das Baby hierherbringen. Was…« Sie wurde von einem Aufschrei Ellesmeres unterbrochen. Trotz der gezückten Pistolen sprang der Graf aus seinem Sessel und schob den glotzenden Jeffries beiseite.

»Er gehört mir!« Er drückte Lady Dunsany unbarmherzig an die holzgetäfelte Wand, riß ihr das Bündel aus den Armen und preßte es an die Brust. Dann zog er sich ans Fenster zurück, von wo aus er Dunsany wild anstarrte.

»Mir, hören Sie?«

Das Bündel stieß einen lauten Schrei aus, als wollte es gegen diese Behauptung Einspruch erheben. Dunsany, den der Anblick seines Enkels in Ellesmeres Armen aufgerüttelt hatte, tat mit zornverzerrtem Gesicht einen Schritt nach vorn.

»Geben Sie ihn her!«

»Fahren Sie zur Hölle, Sie Schwächling!« Mit ungeahnter Behendigkeit wich Ellesmere Dunsany aus. Er riß die Vorhänge zur Seite und kurbelte mit einer Hand das Fenster hoch, während er mit der anderen das greinende Baby an sich drückte.

»Verlassen… Sie… mein… Haus!« Mit jeder Drehung der Kurbel stieß er keuchend ein Wort hervor. »Gehen Sie. Auf der Stelle, oder ich lasse den kleinen Bastard fallen!« Um seiner Drohung Nachdruck zu verleihen, hielt er das schreiende Baby in die dunkle Nacht.

Rasch und ohne Furcht folgte Jamie Fraser seinem Instinkt, der ihn durch viele Schlachten geführt hatte. Er schnappte sich eine Pistole aus der Hand des versteinerten Jeffries und feuerte.

Der Knall ließ alle verstummen. Selbst das Kind hörte auf zu schreien. Verdutzt runzelte Ellesmere die buschigen Brauen. Als er taumelte und fiel, machte Jamie einen Satz nach vorne. Wie angewurzelt blieb er vor dem Kamin stehen. Er achtete weder auf die Flammen, die an seinen Waden leckten, noch auf Ellesmere, der zuckend zu seinen Füßen lag, noch auf Lady Dunsanys hysterisches Geschrei. Zitternd wie Espenlaub, die Augen geschlossen, unfähig, sich zu rühren oder zu denken, umklammerte Jamie das formlose, wimmernde, sich windende Bündel, das sein Sohn war.

»Ich möchte MacKenzie sprechen. Allein.«

Lady Dunsany wirkte im Stall völlig fehl am Platze. Erstaunt blickte Hughes seine Herrin an. Dann verneigte er sich und zog sich in seine Kammer hinter dem Aufzäumstall zurück. Sie und MacKenzie standen sich nun allein gegenüber.

Sie war in makelloses schwarzes Leinen gekleidet. Ihr Gesicht war bleich und um die Nasenflügel und in den Augenwinkeln leicht gerötet. Sie sah aus wie ein sehr kleines und würdevolles Kaninchen in Trauerkleidung. Jamie hätte ihr gern einen Platz angeboten, aber es gab nichts außer einem Heuhaufen oder einer umgedrehten Schubkarre, worauf sie sich hätte setzen können.

»Das Untersuchungsgericht ist heute morgen zusammengetreten, MacKenzie«, sagte sie.

»Aye, Mylady.« Er wußte es bereits. Auch die anderen Knechte wußten es – sie hatten den ganzen Vormittag über Distanz zu ihm gewahrt. Keineswegs aus Respekt, nein, eher wie aus Furcht vor jemandem, der von einer tödlichen Krankheit befallen war. Da Jeffries mit angesehen hatte, was im Salon von Ellesmere vorgefallen war, wußten auch die anderen Bescheid. Doch niemand sprach darüber.

»Das Urteil lautet, daß ein Unfall zum Tod von Ellesmere geführt hat. Man vermutet, daß Seine Lordschaft über den Tod meiner Tochter... verzweifelt war.« Ihre Stimme zitterte leicht, blieb jedoch fest. Die zarte Lady Dunsany hatte die Tragödie weitaus besser verkraftet als ihr Mann. Den Dienstboten zufolge hatte der Lord nach der Rückkehr von Ellesmere nicht ein einziges Mal sein Bett verlassen.

»Aye, Mylady?« Jeffries war als Zeuge aufgerufen worden, MacKenzie nicht. Was das Untersuchungsgericht betraf, war der Knecht MacKenzie niemals über Ellesmeres Schwelle getreten.

Ihre Blicke begegneten sich.

»MacKenzie, wir sind Ihnen dankbar«, erklärte sie leise.

»Ich danke Ihnen, Mylady.«

»Sehr dankbar«, wiederholte sie, ohne den Blick von ihm abzuwenden. »MacKenzie ist nicht Ihr richtiger Name, oder?« fragte sie unvermittelt.

»Nein, Mylady.« Trotz der wärmenden Mittagssonne lief es ihm eiskalt den Rücken hinunter. Wieviel hatte Lady Geneva ihrer Mutter vor ihrem Tod erzählt?

Sie hatte sein Zucken wohl bemerkt, denn ihre Mundwinkel verzogen sich zu einem beruhigenden Lächeln.

»Ich denke, im Augenblick spielt der richtige Name keine Rolle«, sagte sie. »Aber ich habe eine Frage. MacKenzie – möchten Sie nach Hause zurückkehren?«

»Nach Hause?« Verdutzt wiederholte er ihre Worte.

»Nach Schottland.« Sie sah ihn aufmerksam an. »Ich weiß, wer Sie sind. Ihren Namen weiß ich zwar nicht, wohl aber, daß Sie einer von Johns jakobitischen Gefangenen sind. Mein Mann hat es mir erzählt.«

Jamie betrachtete sie argwöhnisch, aber sie wirkte nicht verstört. Zumindest nicht mehr, als von einer Frau zu erwarten war, die soeben eine Tochter verloren und einen Enkel bekommen hatte.

»Hoffentlich können Sie die Täuschung vergeben, Mylady«, sagte er. »Seine Lordschaft...«

»...wollte mir Kummer ersparen«, beendete Lady Dunsany den Satz. »Ja, ich weiß. William macht sich zu viele Sorgen.« Dennoch glättete sich die tiefe Stirnfalte bei dem Gedanken an die Fürsorglichkeit ihres Mannes. Dieser Anblick, der von großer ehelicher Zuneigung zeugte, versetzte Jamie einen leichten, unerwarteten Stich.

»Wir sind nicht reich. Das werden Sie Ellesmeres Bemerkungen entnommen haben«, fuhr Lady Dunsany fort. »Helwater ist ziemlich verschuldet. Doch mein Enkel ist nun der Erbe eines der größten Vermögen des Landes.«

Darauf konnte er nichts erwidern als: »Aye, Mylady?«, wenngleich er sich wie der Papagei vorkam, der im großen Salon zu Hause war. Er hatte ihn erspäht, als er tags zuvor bei Sonnenuntergang verstohlen durch die Blumenbeete gekrochen war und sich an das Haus herangepirscht hatte, während sich die Familie zum Abendessen ankleidete. Er wollte einen Blick auf den neuen Grafen von Ellesmere werfen.

»Wir leben hier sehr zurückgezogen«, fuhr sie fort. »Wir fahren selten nach London, und mein Gatte besitzt nur wenig Einfluß. Aber...«

»Aye, Mylady?« Allmählich dämmerte ihm, was seine Herrin mit der Plauderei bezweckte, und er wurde von einer jähen Erregung gepackt.

»John Grey stammt aus einer sehr einflußreichen Familie...« Sie zuckte die Schultern, ohne auf weitere Einzelheiten einzugehen.

»Man könnte sich möglicherweise für Sie verwenden, damit Sie von Ihrem Wort entbunden werden und nach Schottland zurückkehren können. Deshalb bin ich gekommen und wollte Sie fragen... Möchten Sie nach Hause, MacKenzie?«

Ihm stockte der Atem, als hätte ihm jemand einen Schlag in den Magen versetzt.

Schottland. Dieses feuchte Sumpfland verlassen, den Fuß auf diese verbotene Straße setzen, unbeschwert mit langen Schritten ins Felsland hinaufwandern, den Wildpfaden folgend. Zu erleben, wie sich die Luft klärt und mit dem Duft nach Ginster und Heidekraut füllt. Zurück in die Heimat!

Nicht länger ein Fremder sein. Der Feindseligkeit und Einsamkeit den Rücken kehren. In Lallybroch ankommen. In das freudige Gesicht seiner Schwester blicken und ihre Arme um seine Taille spüren. Ians Umarmung und das ungeduldige Gezerre von Kinderhänden an seinen Kleidern.

Wegzugehen und sein eigenes Kind nie wiederzusehen, nie wieder von ihm zu hören. Er starrte Lady Dunsany ausdruckslos an. Er wollte sich den inneren Aufruhr nicht anmerken lassen, den sie in ihm entfacht hatte.

Er hatte das Baby gestern endlich entdeckt. Es lag schlafend in einem Korb neben dem Kinderzimmerfenster im ersten Stock. Er saß in halsbrecherischer Pose auf dem Ast einer hohen Rottanne und versuchte, durch die Nadeln hindurch etwas zu erspähen.

Das Gesicht des Kindes war nur im Profil zu erkennen. Da das Häubchen ein wenig verrutscht war, konnte er den winzigen Schädel erkennen, der mit goldenem Flaum bedeckt war.

»Gottlob, er ist nicht rothaarig« war sein erster Gedanke, und er bekreuzigte sich erleichtert.

»Gott, wie winzig er ist« war sein zweiter, verbunden mit dem überwältigenden Verlangen, durch das Fenster zu klettern und den Jungen aufzunehmen. Das Köpfchen würde genau in seine Handfläche passen. Er erinnerte sich, wie er den kleinen Körper kurz an sein Herz gedrückt hatte.

»Du bist ein starkes Kerlchen«, hatte er geflüstert. »Stark, tapfer und hübsch. Aber, o Gott, wie winzig du bist.«

Lady Dunsany wartete geduldig. Jamie neigte den Kopf respektvoll. Er wußte nicht, ob er gerade einen schweren Fehler beging, war aber unfähig, sich anders zu entscheiden.

»Ich danke Ihnen, Mylady, aber… ich glaube, ich gehe nicht… noch nicht.«

Lady Dunsany runzelte die Brauen, neigte aber den Kopf ebenso höflich wie er.

»Wie Sie möchten, MacKenzie. Sie brauchen nur zu fragen.«

Sie wandte sich um und kehrte in die Welt von Helwater zurück, das er nun noch stärker als bisher als sein Gefängnis empfand.

16

Willie

Zu seiner größten Überraschung wurden die folgenden Jahre für Jamie in mancherlei Hinsicht zur glücklichsten Zeit seines Lebens, wenn er von seiner Ehe einmal absah.

Da er keine Verantwortung für Pächter, Gefolgsmänner oder andere trug, sondern sich nur noch um sich selbst und die Pferde kümmern mußte, erwies sich das Leben als recht einfach. Jeffries hatte den anderen Dienstboten so viel über Ellesmeres Tod erzählt, daß man Jamie mit Respekt begegnete, ihm aber niemals zu nahe trat.

Er hatte genug zu essen, warme, ordentliche Kleidung, und die hin und wieder heimlich eintreffenden Briefe aus den Highlands gaben ihm die Gewißheit, daß seine Familie ähnlich gut versorgt war.

Im Lauf der Zeit lebte seine seltsame Freundschaft zu Lord John Grey wieder auf. Wie versprochen kam der Major einmal im Vierteljahr, um die Dunsanys für einige Tage zu besuchen. Er zeigte allerdings keinerlei Neigung, sich an Jamies Lage zu weiden – tatsächlich sprach er kaum mit ihm.

Nach und nach war Jamie klargeworden, was Lady Dunsanys Angebot, ihn gehen zu lassen, wirklich bedeutete. *John Grey stammt aus einer sehr einflußreichen Familie...* Es war nicht der Wunsch Seiner Majestät gewesen, ihn hierherzuschicken, statt ihn zu der gefährlichen Überfahrt nach Amerika und einem Dasein als Zwangsarbeiter zu verdammen. Das hatte Jamie John Grey zu verdanken.

Und er hatte es nicht aus Rache oder unsittlichen Motiven heraus getan, denn er war niemals schadenfroh und machte auch keine Annäherungsversuche. Auch ging das Gespräch nie über den

Austausch von Unverbindlichkeiten hinaus. Nein, er hatte Jamie hierhergeschickt, weil er ihm nichts Besseres anbieten konnte. Da Grey Jamie zu jener Zeit nicht einfach freilassen konnte, hatte er alles unternommen, was in seiner Macht stand, um ihm die Gefangenschaft so angenehm wie möglich zu machen, und ihm Luft, Licht und Pferde geschenkt.

Es kostete etwas Überwindung, aber Jamie tat es. Als Grey bei seinem nächsten Besuch im Stallhof erschien, hatte Jamie so lange gewartet, bis der Major allein war. Während er einen großen Fuchswallach bewunderte, stellte Jamie sich neben ihn und stützte sich auf den Zaun. Einige Minuten lang betrachteten sie schweigend das Pferd.

»Königsbauer zu König auf vier«, sagte Jamie schließlich leise, ohne den Mann neben sich anzublicken.

Er fühlte Greys erstaunten Blick, sah ihn aber nicht an.

»Damespringer zum Dameläufer drei«, antwortete Grey etwas heiser.

Seitdem ging Grey bei jedem Besuch zu Jamie in den Stall, hockte sich auf den rohgezimmerten Schemel des Schotten und verbrachte plaudernd den Abend mit ihm. Sie hatten kein Schachbrett zur Verfügung und spielten nur selten mündlich eine Partie, aber sie nahmen ihre spätabendlichen Gespräche wieder auf – Jamies einzige Verbindung zur Welt außerhalb von Helwater und ein kleines Vergnügen, auf das sich beide freuten.

Aber vor allem hatte er Willie. Helwater war auf Pferdezucht ausgerichtet. Schon bevor der Kleine sicher auf den Beinen war, hatte ihn sein Großvater auf ein Pony gesetzt und ihn auf der Koppel herumgeführt. Als Willie drei Jahre alt war, ritt er bereits selbst – unter dem wachsamen Blick von MacKenzie, dem Pferdeknecht.

Willie war ein kräftiges, mutiges und hübsches Kerlchen. Er besaß ein strahlendes Lächeln und konnte jeden um den Finger wickeln. Zudem war er bemerkenswert verwöhnt. Er war der neunte Graf von Ellesmere und der einzige Erbe von Ellesmere und Helwater und setzte sich rücksichtslos über seine ihn vergötternden Großeltern, seine junge Tante und jedweden Dienstboten des Gutshofes hinweg – nur bei MacKenzie zog er den kürzeren.

Aber nur knapp. Drohungen, ihn nicht mehr im Stall helfen zu lassen, hatten bisher genügt, um Willies ungezügelten Auftritten

Einhalt zu gebieten, doch früher oder später würden sie ihre Wirkung verlieren, und MacKenzie, der Stallknecht, fragte sich, was ihm wohl blühte, wenn er die Nerven verlieren und den kleinen Teufel verhauen würde.

Er selbst wäre als junger Kerl besinnungslos geschlagen worden, hätte er es je gewagt, eine Frau so anzureden wie Willie seine Tante und die Hausmädchen. Immer häufiger überkam ihn das Verlangen, den Jungen in eine abgelegene Box zu zerren und ihm Manieren einzubleuen.

Aber die Freude an dem Knaben überwog. Der Junge betete MacKenzie an, und als er älter wurde, verbrachte er viele Stunden in seiner Gesellschaft. Er ritt die großen Zugpferde und saß im Sommer wagemutig auf dem Heuwagen, die von den Weiden hinab ins Tal fuhren.

Nur eine Gefahr bedrohte den Frieden und verstärkte sich mit jedem Monat. Sie kam ausgerechnet von Willie selbst, und er war ihr gegenüber machtlos.

»Ein wirklich hübsches kleines Bürschlein! Und was für ein guter Reitersmann.« Diese Bemerkung kam von Lady Grozier. Sie stand mit Lady Dunsany auf der Veranda und bewunderte Willies Reitkünste.

Liebevoll lächelnd blickte die Großmutter auf den Jungen. »O ja, er liebt sein Pony sehr. Man kann ihn kaum dazu bewegen, zum Essen hereinzukommen. Aber noch lieber hat er seinen Stallburschen. Er verbringt so viel Zeit mit MacKenzie, scherzen wir manchmal, daß er allmählich schon aussieht wie er.«

Lody Grozier, die den Stallburschen bis dahin natürlich keines Blickes gewürdigt hatte, richtete nun den Blick auf ihn.

»Sie haben recht!« rief sie höchst amüsiert. »Schauen Sie sich das an. Willie hält den Kopf wie er, und auch die Schulterpartie ist ähnlich. Köstlich!«

Jamie verbeugte sich ehrerbietig vor den Damen und spürte, wie ihm kalter Schweiß aus den Poren trat.

Er hatte es kommen sehen, aber nicht glauben wollen, die Ähnlichkeit könnte so auffallend sein, daß sie auch andern ins Auge stach. Willie war ein dickes Baby mit einem Vollmondgesicht gewesen und hatte niemandem ähnlich gesehen. Als er größer wurde, verlor sich das Pummelige, und obwohl er immer noch eine kindliche Stupsnase hatte, zeichneten sich bereits die hohen, breiten Backenknochen ab. Die graublauen Babyaugen wurden dunkelblau und klar, und sie standen leicht schräg in seinem Gesicht.

Als die Damen ins Haus zurückgegangen waren und Jamie sicher sein konnte, unbeobachtet zu sein, fuhr er sich über das eigene Gesicht. War die Ähnlichkeit wirklich so groß? Willies Haar war mittelbraun mit einem leicht kastanienfarbenen Schimmer, den es von seiner Mutter hatte. Seine Ohren waren fast transparent – aber seine eigenen konnten doch gewiß nicht so weit abstehen!

Das Dilemma war, daß Jamie sich seit Jahren nicht mehr deutlich gesehen hatte. Knechte besaßen keine Spiegel, und die Mädchen, die ihm vielleicht einen hätten geben können, hatte er hartnäckig gemieden.

Er ging zur Wassertränke und beugte seinen Kopf wie zufällig darüber, als beobachtete er die Wasserläufer. Zwischen Strohhalmen, die auf der Oberfläche trieben, und Insekten, die darüber im Zickzack liefen, blickte ihm sein Gesicht entgegen.

Als er schluckte, bewegte sich sein Adamsapfel. Nein, es war keineswegs eine vollkommene Übereinstimmung, doch die Ähnlichkeit ließ sich nicht verleugnen. Die Kopfform und die Schultern glichen sich, wie Lady Grozier festgestellt hatte. Und vor allem die Augen. Die Fraser-Augen. Sein Vater hatte solche Augen gehabt, und seine Schwester Jenny. Wenn Willie sich erst einmal auswuchs, sich die Stupsnase lang und gerade entwickelte und die Backenknochen noch mehr hervortraten – dann würde es keinen Zweifel mehr geben.

Als Jamie sich wieder aufrichtete, verschwand das Spiegelbild. Wie blind starrte er auf den Stall, der ihm in den vergangenen Jahren Heimat gewesen war. Obwohl es Juli war und die Sonne heiß brannte, erfaßte ihn ein Kälteschauder.

Es war an der Zeit, mit Lady Dunsany zu sprechen.

Mitte September waren alle Vorbereitungen getroffen. Die Begnadigung war erwirkt und tags zuvor von John Grey überbracht worden. Jamie besaß etwas Erspartes, das für die Reisekosten ausreichte, und Lady Dunsany hatte ihm ein gutes Pferd zur Verfügung gestellt. Blieb nur noch, sich von den Menschen in Helwater zu verabschieden – und von Willie.

»Morgen gehe ich weg«, sagte Jamie nüchtern, ohne den Blick von der Fessel der braunen Stute zu wenden. Die Hornschicht, die er abfeilte, löste sich in Schuppen und legte sich wie grober schwarzer Staub auf den Stallboden.

»Wo gehen Sie hin? Nach Derwentwater? Kann ich mitkommen?« Willie, Lord Dunsany, neunter Graf von Ellesmere, hopste von der Kante des Unterstands.

»Lassen Sie das«, sagte Jamie. »Habe ich Ihnen nicht gesagt, Sie sollten sachte an Milly herangehen? Sie ist nervös.«

»Warum?«

»Sie wären auch unruhig, wenn ich Sie ins Knie kneifen würde.« Eine große Hand streckte sich nach ihm aus und zwickte ihn knapp überhalb des Knies. Willie quiekste und zuckte kichernd zurück.

»Kann ich auf Millyflower reiten, wenn Sie fertig sind, Mac?«

»Nein«, antwortete Jamie geduldig zum soundsovielten Mal an diesem Tag. »Ich habe Ihnen schon tausendmal erklärt, sie ist noch zu groß für Sie.«

»Aber ich *will* sie reiten!«

Jamie seufzte, erwiderte aber nichts, sondern ging um die Stute herum und hob Millefleurs' linken Huf hoch.

»Ich habe gesagt, daß ich Milly reiten will!«

»Ich habe es gehört.«

»Dann satteln Sie sie für mich. Sofort!«

Der neunte Graf von Ellesmere reckte das Kinn, soweit es ging, doch als er Jamies kalten blauen Augen begegnete, mischte sich leiser Zweifel in seinen herausfordernden Blick. Langsam setzte MacKenzie den Huf auf dem Boden ab, erhob sich ebenso langsam zu seiner vollen Größe, stemmte die Hände in die Hüften, blickte auf den Grafen herab und sagte leise: »Nein.«

»Doch!« Willie stampfte mit dem Fuß auf den strohbedeckten Boden. »Sie müssen tun, was ich Ihnen sage!«

»Nein, muß ich nicht.«

»Doch!«

»Nein, ich…« Jamie schüttelte den Kopf so heftig, daß ihm sein rotes Haar um die Ohren flog, preßte die Lippen aufeinander und ging vor dem Jungen in die Hocke.

»Jetzt hören Sie mir mal zu«, sagte er. »Ich muß nicht tun, was

Sie von mir verlangen, ich bin nicht mehr länger Stallknecht. Ich habe Ihnen erklärt, daß ich morgen weggehe.«

Willies Gesicht wurde vor Schreck aschfahl.

»Das geht nicht!« erklärte er. »Sie dürfen nicht weggehen.«

»Ich muß.«

»*Nein*!« Der kleine Graf preßte die Kiefer aufeinander, wodurch er eine verblüffende Ähnlichkeit mit seinem Urgroßvater väterlicherseits bekam. Jamie konnte von Glück sagen, daß wahrscheinlich niemand in Helwater je Simon Fraser, dem Herrn von Lovat, begegnet war. »Ich lasse Sie nicht gehen!«

»Ausnahmsweise einmal, Mylord, haben Sie nichts dazu zu sagen«, entgegnete Jamie mit Bestimmtheit. Seine Trauer über den Abschied wurde ein wenig dadurch gemildert, daß er dem Jungen endlich den Marsch blasen konnte.

»Wenn Sie gehen…« Hilflos suchte Willie nach einem Drohmittel und hatte auch bereits eine Idee. »Wenn Sie weggehen«, wiederholte er zuversichtlicher, »kreische ich und schreie und jage den Pferden große Angst ein. Das haben Sie dann davon!«

»Einen Piepser, kleiner Schurke, und ich schmiere Ihnen eine!«

Die Aussicht, daß dieser verwöhnte Fratz die wertvollen Zuchtpferde durcheinanderbringen könnte, beunruhigte Jamie. Ohne jede Zurückhaltung starrte er den Jungen zornig an.

Dem kleinen Grafen traten vor Wut die Augen hervor, und sein Gesicht färbte sich rot. Er holte tief Luft, drehte sich um und rannte schreiend und gestikulierend am Stall entlang.

Millefleurs, bereits ziemlich ungehalten wegen der Pediküre, stieg, stampfte und wieherte laut. Die anderen Pferde fielen in ihr lautes Wiehern ein, während Willie sämtliche Schimpfwörter, die er kannte, herausschrie und wild gegen die Türen der Boxen trat.

Es gelang Jamie, die Longe zu fassen und die Stute und sich nach draußen zu manövrieren. Er band sie an den Koppelzaun und ging anschließend zurück in den Stall, um sich mit Willie zu befassen.

»Verdammt, verdammt, *verdammt*!« kreischte der Graf. »Dreck! Mist! Scheiße!«

Wortlos packte Jamie den Jungen am Kragen, hob ihn hoch und trug das wild um sich schlagende Kerlchen zum Schemel des Schmieds. Er setzte sich nieder, legte den Grafen übers Knie und verabreichte ihm fünf, sechs kräftige Schläge auf das Hinterteil.

Dann drehte er den Knaben um und stellte ihn unsanft auf die Füße.

»Ich hasse Sie!« Das tränenverschmierte Gesicht des Jungen war tiefrot, und seine Fäuste zitterten vor Wut.

»Ich habe Sie auch nicht sonderlich gern, kleiner Bastard!« knurrte Jamie.

Willie richtete sich zu seiner vollen Größe auf.

»Ich bin kein Bastard!« kreischte er. »Nein, ich bin keiner, ich bin keiner! Nehmen Sie das zurück. Keiner darf das zu mir sagen! Nehmen Sie es zurück, hab' ich gesagt!«

Entsetzt sah Jamie ihn an. Also hatte man geklatscht, und Willie hatte es gehört. Er hatte seinen Abschied zu lange hinausgezögert.

Er atmete tief ein und hoffte, seine Stimme würde nicht zittern.

»Ich nehme es zurück«, erklärte er leise. »Ich hätte diesen Ausdruck nicht verwenden dürfen, Mylord.«

Er wollte niederknien und seinen Sohn umarmen oder ihn hochheben und an seiner Schulter trösten – doch so etwas durfte sich ein Knecht gegenüber einem Grafen, selbst einem jungen, nicht erlauben. Die Innenfläche seiner linken Hand brannte. Das war wohl die einzige väterliche Liebkosung gewesen, die er seinem Sohn je würde zukommen lassen können.

Willie wußte, wie ein Graf aufzutreten hatte. Mannhaft versuchte er, die Tränen aufzuhalten, schniefte laut und wischte sich das Gesicht mit dem Ärmel ab.

»Erlauben Sie, Mylord.« Jamie kniete sich vor ihn und tupfte mit seinem rauhen Taschentuch behutsam das Gesicht des kleinen Jungen ab. Mit rotgeränderten, traurigen Augen blickte Willie ihn an.

»Müssen Sie wirklich gehen, Mac?« fragte er leise.

»Aye, ich muß.« Jamie sah ihm in die dunkelblauen Augen, die den seinen so herzzerreißend ähnlich waren, und kümmerte sich nicht darum, was richtig oder falsch war. Er nahm den Knaben fest in die Arme und drückte ihn an sein Herz. Er hatte den Kopf an seine Schulter gebettet, damit der Kleine nicht die Tränen sah, die in sein dichtes, weiches Haar fielen.

Die Arme des Jungen schlangen sich fest um Jamies Hals, und er spürte, wie der kleine, kräftige Körper gegen die Tränen ankämpfte. Er tätschelte ihm den Rücken und strich ihm übers Haar, wobei er Liebkosungen auf gälisch murmelte in der Hoffnung, daß Willie sie nicht verstand.

Nach einer Weile löste er die Arme des Knaben und schob ihn sanft von sich weg.

»Kommen Sie mit in meine Kammer, Willie. Ich möchte Ihnen ein Andenken geben.«

Schon vor langer Zeit war er vom Scheunenboden in Hughes gemütliche Kammer gezogen, nachdem der alte Knecht aufgehört hatte zu arbeiten. Der kleine Raum war nur bescheiden möbliert, hatte aber zwei Vorteile: Er war warm und abgeschirmt von den anderen.

Es standen nicht nur ein Bett, ein Schemel und ein Nachttopf darin, sondern auch ein Tisch mit ein paar Büchern, die Jamie gehörten, eine große Kerze in einem irdenen Kerzenhalter sowie eine kleinere Kerze, die er vor einer Statue der Mutter Maria aufgestellt hatte. Jenny hatte sie ihm geschickt.

»Wofür ist die kleine Kerze?« wollte Willie wissen. »Oma sagt, daß nur stinkende Papisten Kerzen vor heidnischen Bildern anzünden.«

»Ich bin so ein stinkender Papist«, erklärte Jamie und verzog schalkhaft das Gesicht. »Aber es ist kein heidnisches Bildnis, es ist eine Figur der Muttergottes.«

»Wirklich?« Diese Enthüllung fand der Junge offensichtlich faszinierend. »Weshalb zünden Papisten denn Kerzen vor Figuren an?«

Jamie fuhr sich mit der Hand durchs Haar. »Tja, vielleicht… ist es eine Art zu beten und an etwas zu denken. Man zündet die Kerze an, sagt ein Gebet und denkt an die Menschen, die man mag. Und solange sie brennt, erinnert sich die Kerze für einen an die geliebten Menschen.«

»Und an wen denken Sie?« Willie blickte zu ihm auf. Seine Haare waren zerzaust, aber seine blauen Augen leuchteten interessiert.

»Ach, an eine ganze Menge Leute. An meine Verwandten in den Highlands – meine Schwester und ihre Familie. An Freunde. An meine Frau.« Und manchmal brannte die Kerze auch in Erinnerung an eine junge, verwegene Frau namens Geneva. Aber das sagte er nicht.

Willie runzelte die Stirn. »Sie haben doch gar keine Frau.«

»Nein, nicht mehr. Aber ich denke immer an sie.«

Willie streckte seinen kurzen Zeigefinger aus und berührte vorsichtig die kleine Figur. Die Hände der Frau waren zum Gruß gespreizt, und ihr hübsches Gesicht trug mütterliche Züge.

»Ich will auch ein stinkender Papist werden«, erklärte Willie entschieden.

»Das geht nicht«, rief Jamie halb amüsiert, halb gerührt. »Ihre Großmutter und Ihre Tante würden einen Tobsuchtsanfall bekommen.«

»Hätten sie dann Schaum vor dem Mund wie der tollwütige Fuchs, den Sie getötet haben?« fragte Willie entzückt.

»Würde mich nicht wundern!« sagte Jamie trocken.

»Dann will ich!« Seine Miene drückte Entschlossenheit aus. »Ich werde Oma und Tante Isobel nichts davon sagen. Niemandem werde ich davon erzählen. Bitte, Mac! Ich möchte so sein wie Sie.«

Gerührt von der Ernsthaftigkeit des Knaben, zögerte Jamie. Plötzlich wollte er seinem Sohn noch etwas anderes dalassen als das Holzpferd, das er ihm als Abschiedsgeschenk geschnitzt hatte. Er versuchte sich daran zu erinnern, was Vater McMurtry ihn in der Schule über die Taufe gelehrt hatte. Auch ein Laie konnte es tun, vorausgesetzt, es handelte sich um einen Notfall und kein Priester war zur Hand.

Vielleicht war es ein wenig weit hergeholt, die augenblicklichen Umstände als Notfall zu bezeichnen, aber... – unvermittelt griff er nach der Wasserkaraffe, die auf dem Fensterbrett stand. Dann tauchte er drei Finger ins Wasser und malte sorgfältig ein Kreuz auf die Stirn des Knaben.

»Ich taufe dich auf den Namen William James«, sagte er leise. »Im Namen des Vaters, des Sohnes und des Heiligen Geistes. Amen.«

Willie blinzelte und schielte, als ihm ein Wassertropfen über die Nase rann. Als er die Zunge herausstreckte, um ihn aufzufangen, lachte Jamie unwillkürlich.

»Warum haben Sie mich William James getauft?« fragte Willie neugierig. »Meine anderen Namen sind doch Clarence Henry George.« Er machte eine Grimasse. Clarence gefiel ihm gar nicht.

Jamie verkniff sich ein Lächeln. »Man bekommt einen neuen Namen, wenn man getauft wird. James ist Ihr besonderer Papistenname. Außerdem heiße ich auch so.«

»Wirklich?« Willie war entzückt. »Bin ich jetzt auch so ein stinkender Papist wie Sie?«

»Aye, soweit ich etwas dazu beitragen kann.« Er lächelte Willie an und griff, einem Impuls folgend, in seinen Hemdkragen.

»Hier. Das sollen Sie auch bekommen, damit Sie sich an mich erinnern.« Er streifte ihm den Rosenkranz aus Buchenholz über den Kopf. »Aber Sie dürfen das niemanden sehen lassen«, warnte er ihn. »Und, um Himmels willen, erzählen Sie niemandem, daß Sie ein Papist sind.«

»Ich sag' es nicht weiter«, versprach Willie. »Keiner Menschenseele.« Er schob den Rosenkranz unter sein Hemd und klopfte sorgfältig noch einmal darauf, um sicherzugehen, daß er nicht zu sehen war.

»Gut.« Jamie zerzauste Willies Haar zum Abschied. »Es ist fast an der Zeit für Ihren Tee. Sie gehen jetzt besser zum Haus zurück.«

Willie bewegte sich in Richtung Türe, blieb aber auf halbem Weg plötzlich tieftraurig stehen.

»Sie haben gesagt, ich soll das behalten, um Sie nicht zu vergessen. Aber ich habe nichts für Sie, damit Sie sich an mich erinnern.«

Jamie lächelte ein wenig. Das Herz war ihm so schwer, daß er dachte, er könnte nicht einmal Atem holen, um zu sprechen. Doch er zwang sich dazu.

»Machen Sie sich keine Sorgen«, meinte er. »Ich vergesse Sie nicht.«

17

Schlafende Ungeheuer

Loch Ness, August 1968
Brianna blinzelte und strich eine Strähne fort, die ihr der Wind ins Gesicht geblasen hatte. »Ich wußte fast nicht mehr, wie die Sonne aussieht«, sagte sie, während sie auf besagtes Objekt wies, das mit ungewohnter Kraft auf die dunkle Wasserfläche des Loch Ness herabstrahlte.

Ihre Mutter räkelte sich wohlig in der milden Brise. »Von frischer Luft ganz zu schweigen. Ich komme mir vor wie ein Pilz im dunklen Keller – bleich und matschig.«

»Ein paar tolle Forscher würdet ihr abgeben!« beschwerte sich Roger. Aber er grinste. Alle drei waren sie bester Laune. Nach der mühseligen Suche in den Gefängnislisten, die vom Fund von Ardsmuir gekrönt war, hatten sie eine Glückssträhne. Die Aufstellungen von Ardsmuir waren vollständig und ausgesprochen sorgfältig geführt. Aber die Gebäude hatten nur fünfzehn Jahre als Gefängnis gedient. Im Anschluß an die Renovierung durch die jakobitischen Insassen war es zu einem Garnisonsstützpunkt geworden, während die Gefangenen an andere Orte verlegt worden waren – die meisten in die amerikanischen Kolonien.

»Ich verstehe immer noch nicht, warum Fraser nicht mit den anderen nach Amerika geschickt wurde«, sagte Roger. Als er die Listen mit den Deportierten studierte und keinen Fraser fand, hatte ihn kurzfristig Panik ergriffen. Für ihn stand plötzlich fest, daß Jamie im Gefängnis gestorben war, und bei der Vorstellung, dies den beiden Frauen berichten zu müssen, trat ihm der kalte Schweiß auf die Stirn – bis er auf einer Seite las, daß Fraser an einen Ort namens Helwater gebracht worden war.

»Ich auch nicht«, sagte Claire. »Aber er hatte verdammt Glück.

Er wird – er wurde«, verbesserte sie sich rasch, »nämlich furchtbar schnell seekrank.«

Roger warf Brianna einen neugierigen Blick zu. »Du auch?«

Sie schüttelte so heftig den Kopf, daß ihr die leuchtendroten Haare ums Gesicht flogen. »Nö!« Zufrieden klopfte sie sich auf den Bauch. »Eiserne Konstitution!«

Roger lachte. »Wollen wir dann ein bißchen rausfahren? Schließlich habt ihr Urlaub.«

»Au ja, wollen wir? Kann man hier angeln?« Brianna blickte eifrig auf den See hinaus.

»Aber sicher. Ich habe im Loch Ness schon viele Lachse und Aale gefangen«, versicherte ihr Roger. »Kommt mit. Wir mieten uns in Drumnadrochit ein Boot.«

Die Fahrt nach Drumnadrochit war ein einziges Vergnügen. Es war einer jener klaren, sonnigen Sommertage, der die Touristen in der Urlaubszeit in wahren Heerscharen nach Schottland zieht. Mit Fionas üppigem Frühstück im Magen, dem vollgepackten Picknickkorb im Boot und Brianna Randall neben sich war Roger mit sich und der Welt im reinen.

Und höchst zufrieden dachte er an das Ergebnis seiner Nachforschungen. Zwar hatte er sich dafür das Sommersemester freinehmen müssen, aber es war die Sache wert gewesen.

Nachdem sie den Eintrag von Jamies Verlegung gelesen hatten, waren noch einmal zwei Wochen anstrengender Arbeit nötig gewesen – und ein Wochenendausflug in den Lake District und eine gemeinsame Fahrt nach London –, bis Brianna im hochheiligen Lesesaal des British Museum einen Freudenschrei ausgestoßen hatte, woraufhin sie, umgeben von eisigem Schweigen, hastig dem Ausgang zustrebten. Doch sie hatten ihn gefunden, den königlichen Gnadenerlaß mit dem Siegel George III., *Rex Angleterre*, anno 1764, ausgestellt auf den Namen »James Alexdr M'Kensie Frazier.«

»Wir kommen ihm immer näher«, hatte Roger gesagt, während er die Kopie der Begnadigung überflog.

»Näher?« hatte Brianna gefragt, doch dann war der Bus gekommen, und später hatte sie das Ganze nicht weiter verfolgt. Roger allerdings hatte gemerkt, daß Claires Blick auf ihm ruhte – sie hatte ihn sehr wohl verstanden.

Natürlich dachte sie darüber nach. Claire war 1945 durch den Steinkreis auf dem Craigh na Dun in die Vergangenheit gereist und 1743 herausgekommen. Fast drei Jahre lang hatte sie mit Jamie zusammengelebt, und als sie zurückkehrte, war sie knapp drei Jahre nach ihrem Verschwinden, im April 1948, wieder aufgetaucht.

Und das bedeutete möglicherweise, daß sie – sollte sie die Reise noch einmal wagen wollen – zwanzig Jahre nachdem sie Jamie verlassen hatte, also 1766, eintreffen würde. Ihnen fehlten nur noch zwei Jahre. Wenn Jamie in diesen zwei Jahren nicht gestorben war und wenn Roger ihn finden könnte…

»Da ist es«, rief Brianna plötzlich. »Boote zu vermieten.« Sie wies auf ein Schild an einer Gaststätte am Hafen, und Roger steuerte den Wagen in eine Parklücke, ohne weiter über Jamie Fraser nachzudenken.

Der See war ruhig und das Angeln nicht gerade von Erfolg gekrönt. Aber die Augustsonne schien ihnen warm auf den Rücken, und vom Ufer wehte der Duft nach Himbeeren und sonnenwarmen Kiefern herüber. Nach dem Essen wurden sie müde, und schon bald rollte sich Brianna im Bug zusammen und hielt, den Kopf auf Rogers Jackett gebettet, ein Mittagsschläfchen. Auch Claire, die im Heck saß, hatte Mühe, die Augen offenzuhalten.

»Werden Sie zurückgehen, wenn ich ihn finde?« Roger legte die Ruder auf dem Bootrand ab und musterte sie.

Sie holte tief Luft. Die Brise hatte einen Hauch von Röte auf ihre Wangen gezaubert. Zu jung für eine trauernde Witwe, dachte er, zu schön, um allein zu bleiben.

»Ich weiß nicht«, antwortete sie mit bebender Stimme. »Ich habe daran gedacht – oder vielmehr mit dem Gedanken gespielt. Einerseits möchte ich Jamie finden, aber… aber wieder durch die Steine zu gehen…« Sie schauderte und schloß die Augen. »Es ist unbeschreiblich furchtbar. Nicht mit anderen furchtbaren Dingen zu vergleichen. Es ist unvorstellbar.« Sie öffnete die Augen und lächelte ihn traurig an. »Als wollte man einem Mann das Gefühl beschreiben, wie es ist, ein Kind zu kriegen. Er kann sich zwar mehr oder weniger vorstellen, daß es weh tut, aber nachvollziehen kann er es nicht.«

Roger grunzte amüsiert. »Wirklich? Nun, mit einem Unterschied: Ich habe diese scheußlichen Steine gehört.« Unwillkürlich fröstelte ihn. Er dachte nicht gern an jene Nacht vor drei Monaten, in der Gillian Edgars durch die Steine gegangen war. Allerdings verfolgten ihn die Bilder in Alpträumen.

»Es ist, als würde man auseinandergerissen, nicht wahr?«

Er ließ Claire nicht aus den Augen. »Als würde an einem gezogen und gezerrt, nicht nur von außen, sondern auch von innen, und man denkt, jeden Augenblick zerspringt einem der Schädel.« Er schüttelte sich. Claire war blaß geworden.

»Ich wußte nicht, daß Sie die Steine hören konnten«, sagte sie. »Das haben Sie mir nicht erzählt.«

»Es schien mir auch nicht wichtig.« Er sah sie schweigend an. »Brianna hat sie auch gehört.«

»Aha.« Sie wandte sich um und sah wieder auf den See, wo ihr Boot eine keilförmige Spur auf dem Wasser hinterließ. Weiter hinten wurden die glitzernden Wellen eines größeren Bootes von den Felswänden zurückgeworfen. In der Mitte des Sees trafen sie wieder zusammen und bildeten eine längliche, ungetüme Form – eine stehende Welle, jenes Naturereignis, das oft fälschlicherweise für das Ungeheuer von Loch Ness gehalten wurde.

»Es existiert wirklich«, sagte sie plötzlich und wies auf die schwarze Wasserfläche.

Roger hatte schon den Mund geöffnet, um sie zu fragen, was sie meinte. Doch plötzlich wußte er, wovon sie sprach. Die meiste Zeit seines Lebens hatte er in der Nähe des Loch Ness verbracht, hatte im Winter darin Aale und Lachse geangelt, hatte jede nur denkbare Geschichte über das »furchterregende Ungeheuer« gehört, die in den Kneipen erzählt wurde, und darüber gelacht.

Vielleicht lag es an den ungewöhnlichen Umständen – da saßen sie und besprachen allen Ernstes, ob die Frau neben ihm das Wagnis eingehen und sich in eine unbekannte Vergangenheit katapultieren lassen sollte. Ihm war zwar nicht klar, woher er die Gewißheit nahm, doch plötzlich schien es ihm nicht nur möglich, sondern sogar sicher, daß sich in den dunklen Wassern des Loch Ness eine unbekannte, aber durchaus lebendige Bestie verbarg.

»Was glauben Sie, was es ist?« fragte er.

Claire beugte sich über den Bootsrand und betrachtete angelegentlich einen Holzstamm, der vorbeitrieb.

»Das, was ich gesehen habe, war womöglich ein Plesiosaurier«, sagte sie schließlich, den Blick in weite Ferne gerichtet. »Obwohl ich mir damals keine Aufzeichnungen gemacht habe.« Sie verzog den Mund.

»Wie viele Steinkreise gibt es in England und Europa?« fragte sie unvermittelt. »Wissen Sie das?«

»Nicht genau. Aber vielleicht ein paar hundert«, antwortete er vorsichtig. »Glauben Sie, daß die alle...«

»Woher soll ich das wissen?« unterbrach sie ihn ungeduldig. »Jedenfalls könnten sie es sein. Man hat sie errichtet, um irgend etwas zu markieren, also gibt es vielleicht verdammt viele Plätze, wo dieses Irgendwas geschehen kann.« Sie wischte sich eine Strähne aus dem Gesicht und lächelte ihn schief an.

»Immerhin wäre das eine Erklärung.«

»Wofür?«

Roger wurde fast schwindelig bei der Art, wie sie ständig das Thema wechselte.

»Für die Ungeheuer.« Sie wies auf das Wasser. »Vielleicht gibt es ja unter dem See auch eine von diesen... diesen Stellen.«

»Einen Zeittunnel, einen Übergang oder so was?« Roger verschlug es beinahe die Sprache.

»Das würde vieles erklären.« Ein verstecktes Lächeln spielte um ihre Lippen. Roger wußte nicht, ob sie sich über ihn lustig machte oder nicht. »Am nächsten kommen dem Ungeheuer die Gattungen, die seit Hunderttausenden von Jahren ausgestorben sind. Aber wenn es unter dem See einen Zeittunnel gibt, wären alle Rätsel gelöst.«

»Das würde auch erklären, warum die Berichte manchmal nicht übereinstimmen«, meinte Roger, der sich immer mehr für diese Idee erwärmte. »Es kommen immer andere zu uns herüber.«

»Und damit wäre klar, warum sie bis jetzt nicht gefangen werden konnten, obwohl sie so oft gesehen wurden. Vielleicht gehen sie immer wieder zurück, sind also die meiste Zeit nicht hier im See.«

»Eine tolle Theorie!« staunte Roger. Claire und er grinsten einander an.

»Ich glaube aber nicht«, gab Claire zu bedenken, »daß sie sich je durchsetzen wird.«

Roger lachte und hob einen Krebs aus dem Wasser. Dabei fielen ein paar Wassertropfen auf Briannas Gesicht. Sie schnaubte, fuhr auf, blinzelte und ließ sich zurückfallen. Binnen Sekunden war sie wieder in tiefen Schlaf gesunken.

»Sie ist gestern lange aufgeblieben und hat mir geholfen, das Paket mit den letzten Unterlagen für die Universität von Leeds zu packen, die wir zurückschicken wollen«, brachte Roger zu ihrer Entschuldigung vor.

Claire nickte gedankenverloren.

»Jamie konnte das auch«, sagte sie leise. »Sich hinlegen und auf der Stelle einschlafen, ganz gleich, wo er war.«

Sie wurde still. Roger trieb das Boot mit gleichmäßigen Ruderschlägen auf die mächtigen, furchteinflößenden Ruinen der Burg Urquhart zu, die am Ufer zwischen den Kiefern standen.

»Leider wird es immer schwerer«, sagte Claire schließlich. »Die erste Reise durch die Steine war für mich das Schrecklichste, was ich je erlebt hatte. Aber die Rückkehr war noch tausendmal schlimmer.« Ihr Blick haftete auf den alten Felsmauern. »Womöglich lag es daran, daß ich nicht den richtigen Tag gewählt habe. Als ich in die Vergangenheit ging, hatten wir Beltene, aber zurück kam ich etwas früher. Und Geillis – ich meine Gillian – ging gleichfalls an Beltene durch die Steine.«

Trotz der sommerlichen Temperaturen fröstelte Roger plötzlich. Vor seinen Augen entstand das Bild der Frau – seine Ahnherrin und gleichzeitig seine Zeitgenossin –, die einen Moment wie erstarrt im Licht des flackernden Opferfeuers stand, bevor sie in dem gespaltenen Stein verschwand.

»So stand es in ihrem Notizbuch – an den alten Sonnen- und Feuerfesten ist die Pforte offen. Vielleicht gibt es in den Tagen davor und danach nur einen kleinen Spalt. Aber womöglich hatte sie sich ja auch geirrt; schließlich glaubte sie, daß für den Übergang ein Menschenopfer nötig war.«

Claire schluckte schwer. Am Morgen des ersten Mai hatte die Polizei den mit Petroleum übergossenen Leichnam von Gillians Mann, Greg Edgars, vom Craigh na Dun fortschaffen müssen. In ihrem Bericht hieß es von seiner Frau: »Geflüchtet, Aufenthaltsort unbekannt.«

Claire beugte sich über den Bootsrand und ließ die Hand im

Wasser baumeln. Eine kleine Wolke schob sich vor die Sonne. Plötzlich wurde der See grau, und unruhige Wellen kräuselten sich, als der Wind sich hob. Die Wasserfläche unter ihnen wirkte wie ein undurchsichtiger schwarzer Spiegel.

»Würden Sie hinuntertauchen, Roger?« fragte Claire leise. »Über Bord springen und sich in die Tiefe stürzen, bis Ihnen die Lungen platzen? Ohne zu wissen, ob es dort riesige Bestien mit Reißzähnen gibt?«

Roger spürte, wie sich auf seinen Armen die Haare aufstellten.

»Aber das ist nicht alles«, fuhr Claire fort, während sie weiter auf die blanke, schwarze Fläche starrte. »Würden Sie springen, wenn Sie wüßten, daß Brianna Sie dort erwartet?« Sie richtete sich auf und sah ihn an.

Er befeuchtete sich die Lippen und blickte kurz hinter sich, auf das schlafende Mädchen. Dann wandte er sich wieder zu Claire um.

»Ja, ich glaube, das würde ich.«

Sie sah ihn einen Moment lang schweigend an. Dann nickte sie ernst.

»Ich auch«, sagte sie.

FÜNFTER TEIL

Es gibt kein Zurück

18

Wurzeln

September 1968

Die Frau im Flugzeugsitz neben mir ächzte im Schlaf. Ich schob meinen Arm nach oben und schaltete die kleine Lampe an, um einen Blick auf meine Uhr zu werfen: halb elf Uhr abends nach Londoner Zeit. Mindestens noch sechs Stunden bis nach New York.

Das Flugzeug war erfüllt vom Schnarchen und Schnaufen der Passagiere, die so gut wie möglich zu schlafen versuchten. Bei mir waren alle Bemühungen vergeblich gewesen. Mit einem resignierten Seufzer fischte ich den Roman aus der Tasche, den ich angefangen hatte. Er war von meiner Lieblingsautorin, aber bald merkte ich, daß meine Gedanken in die Ferne schweiften – entweder zu Roger und Brianna, die in Edinburgh geblieben waren, um die Suche fortzusetzen, oder zu dem, was mich in Boston erwartete.

Leider wußte ich nicht genau, was das war. Die Rückkehr konnte nicht länger aufgeschoben werden, weil ich meinen Urlaub einschließlich aller Verlängerungen längst aufgebraucht hatte. Ich mußte die Dinge mit dem Krankenhaus regeln, Rechnungen zahlen, mich um das Haus und den Garten kümmern – wenn ich nur daran dachte, wie hoch der Rasen hinter dem Haus jetzt sein mußte, wurde mir ganz schlecht – und ein paar Freunde besuchen...

Insbesondere einen. Joseph Abernathy, meinen besten Freund aus Studienzeiten. Bevor ich eine endgültige und höchstwahrscheinlich unwiderrufliche Entscheidung traf, wollte ich mit ihm sprechen. Lächelnd klappte ich das Buch zu und fuhr mit dem Finger die geprägten Buchstaben auf dem Einband nach. Denn unter anderem verdankte ich Joe meine Vorliebe für Kitschromane.

Ich kannte Joe seit der praktischen Ausbildung. Er stach unter den anderen Ärzten des Bostoner Krankenhauses ebenso hervor wie ich – ich war die einzige Frau unter den angehenden Medizinern und er der einzige Schwarze.

Durch diese Sonderstellung wurden wir besonders aufmerksam aufeinander – was uns beiden bewußt war, obwohl wir nie darüber sprachen. Wir konnten gut zusammenarbeiten, hüteten uns aber, uns zu weit vorzuwagen. Und so wollten wir erst am Ende des praktischen Jahres wahrhaben, daß sich zwischen uns eine Bindung entwickelt hatte, wenn sie auch zu zart war, um Freundschaft genannt zu werden.

Ich hatte an jenem Tag meine erste Operation ohne Aufsicht durchgeführt – eine problemlose Blinddarmentfernung bei einem ansonsten gesunden Jugendlichen. Eigentlich gab es keinen Grund, mit irgendwelchen Komplikationen zu rechnen. Trotzdem, ich fühlte mich für den Jungen verantwortlich, und obwohl meine Schicht bereits zu Ende war, wollte ich warten, bis er aus der Narkose erwachte. Ich zog mich um und ging in den Ärzteraum.

Joseph Abernathy saß dort, dem Anschein nach in eine Ausgabe des *US News & World Report* vertieft. Als ich eintrat, nickte er mir zu und wandte sich wieder seiner Lektüre zu.

Im Ärzteraum lagen Stapel von Zeitschriften und zerfledderte Taschenbücher, die von entlassenen Patienten stammten. Auf der Suche nach Zerstreuung legte ich erst eine sechs Monate alte Ausgabe von *Studien zur Gastroenterologie* beiseite, dann ein altes *Time*-Magazin und einen beachtlichen Stapel des *Wachturms*. Schließlich griff ich mir ein Buch und setzte mich hin.

Es hieß *Der kühne Pirat.* »Eine leidenschaftliche Liebe, so grenzenlos wie die karibische See«, las ich darunter. Aha, die Karibik – genau das richtige, um der Realität kurzzeitig zu entfliehen. Ich schlug das Buch mittendrin auf, und ohne mein Zutun öffnete es sich auf Seite 42.

Das, was dort geschrieben stand, war so aberwitzig kitschig, daß ich nicht mehr aufhören konnte. Und als ich zu der Stelle kam, wo der kühne Pirat seine private Eroberung vollendete, entfuhr mir ein Glucksen. Dr. Abernathy spähte neugierig über den Rand seiner Zeitschrift. Hastig setzte ich einen Ausdruck würdevoller Konzentration auf und blätterte die Seite um.

Aber wenig später las ich: »Er bewegte sich mit fast schon schmerzender Langsamkeit, und so durchstach sein glühender Speer das Häutchen ihrer Jungfernschaft.« Wider Willen entfuhr mir ein Ausruf. Das Buch rutschte mir aus der Hand und fiel klatschend neben Dr. Abernathys Füßen zu Boden.

»Entschuldigung«, murmelte ich und bückte mich mit hochrotem Kopf, um es aufzunehmen. Als ich mit dem kühnen Piraten in der schweißnassen Hand wieder auftauchte, sah ich, daß Dr. Abernathy nicht seine gewohnte ernste Miene zur Schau trug, sondern bis über beide Ohren grinste.

»Lassen Sie mich raten«, sagte er. »Hat Valdez gerade seinen glühenden Speer eingesetzt?«

»Ja«, antwortete ich, während ich unbeherrscht loskicherte. »Woher wissen Sie das?«

»Weil es die Stelle weiter vorn ist«, antwortete er. »Sonst hätte es nur noch Seite 73 sein können, wo er ihre rosigen Hügel mit seiner hungrigen Zunge labt.«

»Er macht *was*?«

»Sehen Sie selbst.« Er schlug das Buch auf und zeigte auf einen Absatz in der Mitte der Seite.

Und wirklich »...schob Valdez die Decke fort, senkte sein rabenschwarzes Haupt und labte ihre rosigen Hügel mit seiner hungrigen Zunge. Tessa stöhnte auf...« – und ich quietschte.

»Und Sie haben das wirklich gelesen?« fragte ich, während ich mich schweren Herzens von Valdez und Tessa trennte.

»Aber natürlich«, antwortete er mit einem breiten Grinsen. Rechts hinten hatte er einen Goldzahn. »Zwei- oder dreimal. Es ist ganz passabel, wenn auch nicht gerade das beste.«

»Nicht das beste? Gibt's noch mehr von der Sorte?«

»Gewiß. Warten Sie...« Er stand auf und sah den Stapel abgegriffener Taschenbücher auf dem Tisch durch. »Nehmen Sie die ohne Einband«, riet er mir. »Die lohnen sich wirklich.«

»Und ich habe gedacht, Sie lesen nichts anderes als medizinische Fachzeitschriften«, sagte ich.

»Wenn ich sechsunddreißig Stunden lang in Eingeweiden herumwühle, will ich in meiner Wartezeit doch nichts über die ›Fortschritte in der Gallenblasenentfernung‹ erfahren! Da segle ich lieber mit Tessa und Valdez durch die Karibik.« Noch immer schmunzelnd sah er mich an. »Von Ihnen habe ich aber auch nicht erwartet, daß Sie sich in etwas anderes vertiefen als in das Ärzteblatt, Lady Jane«, sagte er. »Aber der Schein trügt wohl.«

»Sieht so aus«, erwiderte ich trocken. »Und warum ›Lady Jane‹?«

»Ach, damit hat Hoechstein angefangen.« Er lehnte sich zurück. »Wegen Ihres Akzents. Sie klingen so, als hätten Sie gerade mit der Queen Tee getrunken, und das macht den anderen angst. Aber das allein ist es nicht.« Nachdenklich sah er mich an. »Sie reden, als wären Sie es gewohnt, Ihren Willen durchzusetzen. Und wenn nicht, dann können die anderen aber was erleben! Wo haben Sie das gelernt?«

»Im Krieg.« Bei seiner Beschreibung mußte ich lächeln.

Erstaunt runzelte er die Stirn. »In Korea?«

»Nein, im Zweiten Weltkrieg. Ich war Sanitätsschwester in Frankreich. Da gab es viele Oberschwestern, die die Ärzte mit einem Blick zum Zittern bringen konnten.« Und später hatte ich jede Menge Gelegenheiten, meine Aura unantastbarer Autorität – wenn sie auch nur vorgegeben war – vor Leuten, die über weitaus mehr Macht verfügten als die Schwestern und Ärzte des Bostoner Krankenhauses, zu verfeinern.

Nickend sann er über meine Erklärung nach. »Ja, das kann ich mir denken. Ich habe mir die Walter-Cronkite-Technik angeeignet.«

»Welche Technik?«

Sein Goldzahn blitzte auf. »Können Sie sich was Besseres vorstellen? Außerdem bekam ich sie jeden Abend kostenlos im Fernsehen oder Radio vorgeführt. Ich habe dann meine Mutter damit unterhalten – sie wollte, daß ich Geistlicher werde.« Er lächelte ein wenig bitter. »Auf der Straße in unserer Gegend hätte ich mir derartige Faxen allerdings nicht leisten können.«

Joe Abernathy gefiel mir mit jedem Augenblick besser. »Hoffentlich war Ihre Mutter nicht enttäuscht, als Sie nicht Geistlicher geworden sind, sondern Arzt.«

»Ehrlich gesagt, weiß ich das nicht genau«, erwiderte er, immer noch grinsend. »Als ich ihr von meinen Plänen erzählt habe, hat sie mich erst mal nur angestarrt. Dann hat sie geseufzt und gesagt, wenigstens bekäme sie so ihre Medizin für das Rheuma billiger.«

Ich lachte. »Mein Mann hat der Sache noch weniger Geschmack abgewinnen können, als ich ihm sagte, ich wollte Medizin studieren. Er meinte, wenn ich Langeweile hätte, sollte ich die Insassen der Pflegeheime besuchen und ihnen beim Briefeschreiben helfen.«

Joes Augen schimmerten goldbraun. Lustige Funken tanzten darin, als er mich ansah.

»Ja, die Leute glauben immer noch, sie wüßten besser, was gut für einen ist. ›Was haben Sie hier zu suchen, kleine Frau? Sollten Sie nicht zu Hause sein und für Mann und Kind sorgen?‹« spottete er.

Dann lächelte er traurig und tätschelte meine Hand. »Keine Sorge, irgendwann geben sie es auf. Mich fragen sie meist auch nicht mehr, warum ich nicht die Toilette putze, wie Gott es mir vorbestimmt hat.«

Da erschien eine Schwester und berichtete, daß mein Blinddarm aufgewacht war. Ich mußte gehen, doch die Freundschaft, die über Tessa und Valdez entstanden war, wuchs und gedieh. Joe Abernathy wurde einer meiner besten Freunde – vielleicht der einzige, der mir wirklich nahe war und der mich verstand.

Ich lächelte, während meine Finger über die goldenen Buchstaben auf dem Titel fuhren. Dann beugte ich mich vor und steckte das Buch weg. Vielleicht nicht der richtige Augenblick, um in eine Traumwelt zu flüchten.

Draußen trennte uns die im Mondlicht schimmernde Wolkenschicht von der Erde. Im Gegensatz zu den Kämpfen des Alltags war die Welt hier oben von stiller, majestätischer Schönheit.

Ich hatte das seltsame Gefühl, bewegungsunfähig in einen Kokon aus Einsamkeit eingesponnen zu sein. Selbst das schwere Atmen der Frau neben mir, das Zischen der Klimaanlage und das Schlurfen der Stewardeß schienen zu der weißen Stille zu gehören. Ich schloß die Augen und gab mich dem Gefühl hin, schwerelos dahinzuschweben. In Schottland waren Brianna und Roger auf der Jagd nach Jamie. In Boston warteten das Krankenhaus und Joe auf mich. Und was war mit Jamie? Ich versuchte, nicht an ihn zu denken, bevor ich mich entschieden hatte.

19

Abschied

Endlich daheim in der Furey Street, im Haus, in dem ich beinahe zwanzig Jahre lang mit Brianna und Frank gewohnt hatte. Die Azaleen am Eingang waren zwar noch nicht eingegangen, aber die Blätter hingen traurig herab. Der Sommer war heiß gewesen – andere gab es in Boston nicht –, und der gewohnte Augustregen ließ auch jetzt im September noch auf sich warten.

Ich stellte mein Gepäck im Hausflur ab und machte mich daran, die Pflanzen zu versorgen.

Eigentlich entsprachen Azaleen ja nicht gerade meinem Geschmack. Ich hätte sie schon längst ausgerissen, doch um Briannas willen hatte ich mich gezügelt. Der Tod ihres Vaters und der Wechsel auf die Universität waren für sie Veränderungen genug in einem Jahr. Und da ich das Haus seit langem ignorierte, konnte ich es auch noch eine Weile länger so halten.

»In Ordnung«, sagte ich zu den Pflanzen, als ich den Wasserhahn abdrehte. »Ich hoffe, ihr seid zufrieden, denn mehr kriegt ihr nicht. Jetzt werde ich erst mal selbst was trinken. Und baden«, fügte ich nach einem Blick auf ihre staubigen Blätter hinzu.

Ich saß im Morgenmantel auf dem Rand der großen Badewanne und sah zu, wie das Wasser einlief. Aus der dicken Schaumschicht stieg duftender Dampf auf.

Nachdem ich den Hahn abgestellt hatte, blieb ich noch eine Weile sitzen. Abgesehen von den Schaumblasen, die zerplatzten, war es still im Haus. Ich wußte sehr wohl, was ich da tat – was ich seit dem Augenblick, als ich in Inverness in den Flying Scotsman gestiegen war, tat: Ich stellte mich auf die Probe.

Ich hatte all den motorisierten Fortbewegungsmitteln, all den anderen Annehmlichkeiten des modernen Lebens, all den Knöpfen, die mir Wärme, Licht, Wasser und heißes Essen sicherten, besondere Aufmerksamkeit geschenkt.

Die Frage lautete: War mir das wichtig? Ich streckte die Hand in das dampfende Badewasser und rührte darin herum, den Blick auf die tanzenden Wirbel in der Marmorwanne gerichtet. Konnte ich ohne all die großen und kleinen »Annehmlichkeiten« leben, die für mich so selbstverständlich waren?

Sobald ich einen Knopf drückte oder einen Motor aufheulen hörte, war ich mir fast sicher, daß die Antwort »ja« lautete. Schließlich war es nicht unser Jahrhundert allein; am anderen Ende der Stadt wohnten Leute, die ohne all das auskommen mußten, und jenseits des Atlantiks gab es Völker, die relativ zufrieden waren, obwohl sie von Elektrizität noch nicht einmal gehört hatten.

Mir selbst hatte das alles nie viel bedeutet. Im Alter von fünf Jahren, nach dem Tod meiner Eltern, hatte mich mein Onkel Lamb, ein bedeutender Archäologe, aufgenommen. Da ich ihn stets zu seiner Feldforschung begleitet hatte, war ich unter Bedingungen aufgewachsen, die man nicht anders als »primitiv« nennen konnte. Gewiß, elektrisches Licht und ein heißes Bad waren nett, doch als sie mir nicht zur Verfügung standen, hatte ich sie auch nicht weiter vermißt.

Ich zog den Bademantel aus und ließ mich in die Wanne gleiten. Mit einem zufriedenen Seufzer streckte ich die Beine aus. Ein Bad im achtzehnten Jahrhundert bedeutete einen großen Zuber mit warmem Wasser, in dem man sich stückweise wusch. Aber meist konnte man sich nur vor einer Waschschüssel mit einem nassen Lappen abreiben.

Trotzdem: Annehmlichkeiten und Luxus waren nicht mehr, als ihr Name sagte. Nichts Lebensnotwendiges, nichts, auf das ich nicht verzichten konnte.

Aber das allein gab nicht den Ausschlag. Das Leben in der Vergangenheit war nicht ungefährlich. Andererseits boten die sogenannten Fortschritte der Zivilisation auch keine Garantie für Sicherheit. Die beiden »modernen« Kriege, die ich erlebt hatte, hatten sich als weitaus schrecklicher erwiesen als ihre Vorläufer in der Vergangenheit.

Seufzend zog ich den Stöpsel heraus. Warum gab ich mich überhaupt mit Badewannen und Bomben ab? Im Grunde ging es mir doch nur um die Menschen: um mich, Brianna und Jamie.

Gurgelnd lief das Wasser aus der Wanne. Mit einem etwas schummrigen Gefühl im Kopf stand ich auf und trocknete mich ab. Dann ließ ich das Handtuch sinken und betrachtete mich. Streckte die Arme, hob sie über den Kopf, suchte nach schlaffem Fleisch. Ohne Ergebnis, nur hübsch abgebildete Muskeln. Ich drehte mich auf die Seite, spannte den Bauch an und atmete wieder aus. Er war glatt und flach.

»Wie gut, daß unsere Familie nicht zur Dickleibigkeit neigt«, murmelte ich. Onkel Lamb hatte seine schlanke Gestalt bis zu seinem Tod im Alter von fünfundsiebzig behalten, und bei meinem Vater, seinem Bruder, hätte es sich wohl ähnlich verhalten. Aber was war mit meiner Mutter? Schließlich hatten Frauen in der Regel mit überflüssigem Fettgewebe zu kämpfen.

Ich drehte mich um und betrachtete meine Rückseite im Spiegel. Feucht schimmernd zeichneten sich ihre Umrisse ab. Ich hatte noch immer eine Taille, und eine recht schmale dazu.

»Und keine Beulen am Hintern«, ergänzte ich laut. Rasch wandte ich mich wieder um und sah mir ins Gesicht.

»Könnte schlimmer sein«, sagte ich zu mir.

Ermutigt zog ich mir das Nachthemd an, stellte das Thermostat ein, prüfte die Riegel an Türen und Fenstern und sah nach dem Brenner im Keller.

Doch beim Anblick des großen Doppelbetts, das mich unberührt unter seiner Satindecke im Schlafzimmer erwartete, sanken meine Lebensgeister wieder. Plötzlich entstand vor meinem inneren Auge ein so deutliches und scharfes Bild von Frank wie schon seit Monaten nicht mehr.

Vielleicht lag es an meinem möglicherweise bevorstehenden Aufbruch, daß ich jetzt wieder an ihn denken mußte. Denn in diesem Zimmer – in diesem Bett – hatten wir uns zum letztenmal voneinander verabschiedet.

»Willst du nicht endlich ins Bett kommen, Claire? Es ist schon nach Mitternacht.« Frank hatte sich bereits hingelegt und hielt ein Buch auf den Knien. Im weichen Lichtschein der Lampe sah er aus, als schwebte er in einer warmen Luftblase, die ihn vor dem

kalten Zimmer abschirmte. Es war Anfang Januar, und obwohl die Heizung ihr Bestes tat, gab es nur einen einzigen warmen Platz im Haus: im Bett, unter den dicken Decken.

Ich lächelte ihn an, erhob mich aus meinem Sessel und ließ den dicken, wollenen Hausmantel von meinen Schultern gleiten.

»Willst du schlafen? Tut mir leid. Ich habe gerade versucht, die Operation von heute morgen zu verarbeiten.«

»Ich weiß«, entgegnete er trocken. »Das sieht man dir an. Deine Augen sind ganz glasig, und dein Mund steht offen.«

»Tut mir leid«, wiederholte ich. »Aber ich habe keine Kontrolle über mein Gesicht, wenn ich nachdenke.«

»Und was bringt dir das ganze Grübeln?« fragte er, während er ein Lesezeichen in sein Buch steckte. »Du hast alles getan, was in deiner Macht steht. Wenn du dir jetzt Sorgen machst, änderst du auch nichts mehr... Ach, lassen wir das.« Er zuckte die Achseln und klappte das Buch zu. »Das habe ich dir schon hundertmal gesagt.«

»Allerdings«, entgegnete ich. Fröstelnd kletterte ich ins Bett und legte mir den Morgenmantel über die Füße. Wie auf Kommando rutschte Frank zu mir herüber, und ich kuschelte mich an ihn.

»Ach, warte, ich muß das Telefon holen.« Ich schlug die Decken zurück und stand wieder auf, um das Telefon von Franks Seite auf meine zu bringen. Er ging gern schon am frühen Abend zu Bett und telefonierte mit Studenten und Kollegen, während ich neben ihm saß und las oder Aufzeichnungen machte. Aber er mochte es ganz und gar nicht, wenn er nachts durch Anrufe aus dem Krankenhaus geweckt wurde. An diesem Abend hatte ich Anweisung gegeben, mich über den Patienten, den ich operiert hatte, auf dem laufenden zu halten. Wenn irgend etwas Unvorhergesehenes geschah, mußte ich womöglich in aller Eile zum Krankenhaus fahren.

Frank grunzte, als ich das Licht ausschaltete und wieder ins Bett schlüpfte. Aber nach einer Weile rutschte er zu mir herüber und legte mir den Arm um die Taille. Ich drehte mich auf die Seite und schmiegte mich an ihn. Und während meine Zehen warm wurden, fand ich allmählich Ruhe.

»Ich habe nachgedacht.« Franks Stimme, die aus der Dunkelheit hinter mir kam, klang verdächtig beiläufig.

»Hhmmm?« Ich war in Gedanken noch bei der Operation und mußte mich anstrengen, um in die Gegenwart zurückzufinden. »Worüber?«

»Über mein Urlaubssemester.« In einem Monat wollte Frank für ein Jahr mit seiner Lehrtätigkeit aussetzen. Er hatte vor, mehrere kurze Reisen in den Nordosten der Vereinigten Staaten zu unternehmen, um Material zu sammeln, und dann für sechs Monate nach England zu gehen. Die letzten drei Monate wollte er in Boston verbringen, um zu schreiben.

»Ich habe mir gedacht, daß ich gleich nach England fahre«, sagte er vorsichtig.

»Gut, warum nicht? Das Wetter wird zwar schrecklich sein, aber da du ohnehin die meiste Zeit in Bibliotheken verbringst...«

»Ich möchte Brianna mitnehmen.«

Ich verstummte. Plötzlich schien sich all die Kälte des Zimmers in einem Knoten in meinem Magen zusammenzuballen.

»Aber sie kann nicht fort. Sie hat nur noch ein Semester bis zum Abschluß. Warte einfach, bis wir im Sommer zu dir stoßen. Ich habe für dann schon meinen Urlaub eingereicht...«

»Ich gehe fort. Für immer. Ohne dich.«

Ich rückte von ihm ab und setzte mich auf. Dann schaltete ich das Licht an. Frank blinzelte unter seinem zerzausten Haarschopf zu mir hoch. Daß seine Schläfen grau geworden waren, verlieh ihm einen Anstrich von Würde, der auf die empfänglicheren unter seinen Studentinnen eine verheerende Wirkung ausüben mußte. Ich war erstaunlich gefaßt.

»Warum auf einmal? Setzt dich deine neueste Freundin unter Druck?«

Das bestürzte Flackern, das über sein Gesicht huschte, war so deutlich, daß es fast schon komisch wirkte. Obwohl mir keineswegs nach Lachen zumute war, mußte ich schmunzeln.

»Hast du gedacht, ich hätte nichts gemerkt? Du meine Güte, Frank! Du kriegst aber auch gar nichts mit!«

Er biß die Zähne zusammen.

»Ich dachte, ich hätte mich diskret verhalten.«

»Vielleicht hast du das ja«, entgegnete ich mokant. »In den letzten zehn Jahren habe ich sechs verschiedene gezählt. Wenn es doppelt so viele waren, warst du ein Muster an Diskretion.«

Frank zeigte nur selten seine Gefühle, doch jetzt wurde die Haut an seinen Mundwinkeln so weiß, daß man ihm seinen Zorn deutlich ansah.

»Diese muß wirklich was Besonderes sein«, fuhr ich fort, während ich nach außen hin ungerührt die Arme verschränkte und mich an das Kopfende des Bettes lehnte. »Aber warum hast du es plötzlich so eilig, nach England zu kommen, und warum willst du Brianna mitnehmen?«

»Sie kann dort auf ein Internat gehen«, entgegnete er kurz angebunden. »Das erweitert ihren Horizont.«

»Ich glaube nicht, daß ihr daran etwas liegt«, wandte ich ein. »Sie hat bestimmt keine Lust, all ihre Freunde zurückzulassen, noch dazu kurz vor ihrem Abschluß, um in England aufs Internat zu gehen.« Mich schüttelte es bei der Vorstellung. Als Kind wäre ich um Haaresbreite selbst in einem dieser Institute gelandet, wo man lebendig begraben war, und noch heute empfand ich bei der Vorstellung ohnmächtige Angst.

»Disziplin hat noch niemandem geschadet«, sagte Frank. Er hatte sich wieder in der Gewalt, doch seine Züge waren noch hart. »Dir hätte sie auch gutgetan.« Mit einer Handbewegung wischte er das Thema beiseite. »Ich jedenfalls habe mich entschlossen, für immer nach England zurückzukehren. Man hat mir in Cambridge einen guten Posten angeboten, und diese Chance will ich mir nicht entgehen lassen. Du willst deine Stelle am Krankenhaus sicher behalten. Aber ich habe nicht vor, meine Tochter hier zurückzulassen.«

»Deine Tochter?« Das verschlug mir die Sprache. Er hatte also eine neue Stelle und eine neue Geliebte. Offenbar hatte er seit einiger Zeit Pläne geschmiedet. Ein neues Leben – aber nicht mit Brianna.

»Meine Tochter«, wiederholte er seelenruhig. »Natürlich kannst du uns jederzeit besuchen...«

»Du... du verdammtes Schwein!« stieß ich hervor.

»Sei doch vernünftig, Claire!« Frank musterte mich von oben herab und versuchte es mit seiner altbewährten Taktik des schwer Geprüften, die er ansonsten den Studenten vorbehielt, die seinen Anforderungen nicht gewachsen waren. »Du bist doch kaum zu Hause. Wenn ich fort bin, ist niemand mehr da, der sich um Brianna kümmert.«

»*Das klingt ja, als wäre sie acht statt achtzehn. Um Himmels willen, sie ist fast erwachsen!*«

»*Da braucht sie erst recht jemanden, der ein Auge auf sie hat*«, entgegnete er bissig. »*Wenn du gesehen hättest, wie es an der Universität zugeht... der Alkohol und die Drogen...*«

»*Das weiß ich*«, zischte ich. »*Denn irgendwann landen diese Leute dann bei uns in der Notaufnahme. Aber Brianna ist nicht so...*«

»*Verdammt, ist sie doch. Ein Mädchen in diesem Alter hat keinen Verstand – hängt sich an den ersten Kerl, der...*«

»*Quatsch! Brianna ist vernünftig. Abgesehen davon gehen alle jungen Leute Risiken ein. Schließlich müssen sie Erfahrungen sammeln. Du kannst sie nicht ihr ganzes Leben lang in Watte packen.*«

»*Besser, sie bleibt in Watte gepackt, als daß sie sich mit einem Schwarzen einläßt*«, schoß er zurück. Auf seinen Wangen zeigten sich hektische rote Flecken. »*Wie die Mutter, so die Tochter, so heißt es doch, oder? Aber das werde ich zu verhindern wissen, solange ich noch ein Wörtchen mitzureden habe.*«

Ich schoß aus dem Bett und baute mich wutschnaubend vor ihm auf.

»*Du hast nicht das geringste bißchen mitzureden, wenn es um Brianna geht.*« Ich zitterte vor Wut und mußte die Fäuste an die Oberschenkel pressen, um nicht auf ihn einzuschlagen. »*Da erklärst du mir rundheraus, daß du mich wegen der neuesten deiner Geliebten verlassen willst, und dann besitzt du die Frechheit anzudeuten, ich hätte eine Affäre mit Joe Abernathy. Das wolltest du doch sagen, oder?*«

Immerhin besaß er den Anstand, den Blick zu senken.

»*Das denkt doch jeder*«, murmelte er. »*Schließlich bist du ständig mit ihm zusammen. Und soweit es Brianna angeht, läuft das auf dasselbe hinaus. Du ziehst sie in gefährliche Situationen... bringst sie mit diesen Leuten zusammen...*«

»*Damit meinst du vermutlich Schwarze.*«

»*Genau!*« Er funkelte mich an. »*Nicht nur, daß die Abernathys ständig auf unseren Partys sind, auch wenn er wenigstens gebildet ist. Aber wenn ich an diesen unförmigen Kerl denke, den ich bei ihnen gesehen habe, der Stammeszeichen auf der Haut und Lehm in den Haaren hatte! Oder dieser Salonlöwe mit der salbungsvol-*

len Stimme! Oder Abernathy junior, der sich an Brianna hängt und sie zu Demonstrationen und Orgien mitnimmt...«

Ich mußte ein höchst ungelegenes Kichern unterdrücken. *Spöttisch setzte ich nach: »Und der sich seit neuestem auch noch Muhammad Ismael Shabazz nennt!«*

»Genau«, bestätigte Frank trocken. »Wenn ich nicht aufpasse, endet Brianna noch als Mrs. Shabazz!«

»Ich glaube nicht, daß sie derartige Gefühle für ihn hegt«, versicherte ich ihm, gegen meinen Zorn ankämpfend.

»Dafür werde ich schon sorgen. Brianna kommt mit mir nach England.«

»Nicht, wenn sie nicht will.«

Hier hatte ich wohl einen wunden Punkt berührt, denn er stand hastig auf und suchte nach seinen Hausschuhen.

»Ich brauche deine Erlaubnis nicht, wenn ich meine Tochter nach England mitnehmen will«, entgegnete er. »Brianna ist noch minderjährig, also kann ich auch bestimmen, wo sie lebt. Ich wäre dir dankbar, wenn du mir ihr Gesundheitszeugnis herauslegst. Die neue Schule wird das brauchen.«

»Deine Tochter?« fragte ich noch einmal. Trotz der Kälte im Raum war mir heiß vor Wut. »Brianna ist meine Tochter, und du wirst sie nirgendwohin mitnehmen!«

»Du kannst mich nicht davon abhalten«, erklärte er mit aufreizender Ruhe, während er nach seinem Morgenmantel griff.

»Und ob ich das kann!« entgegnete ich. »Willst du dich scheiden lassen? Prima! Von mir aus kannst du jeden Grund anführen, den du willst, außer Ehebruch – du kannst nicht etwas beweisen, was es nicht gibt. Wenn du mir jedoch Brianna wegnehmen willst, muß wohl oder übel ich diejenige sein, die das Thema Ehebruch anschneidet. Weißt du eigentlich, wie viele deiner Verflossenen bei mir aufgetaucht sind und mich gebeten haben, dich freizugeben?«

Vor Schreck blieb ihm der Mund offenstehen.

»Und jeder einzelnen habe ich erklärt, daß ich dich aufgebe«, fuhr ich fort, »sobald du mich darum bittest.« Ich verschränkte die Arme und steckte die Hände in die Achselhöhlen. Allmählich wurde mir doch kalt. »Ich habe mich gefragt, warum du das nie getan hast. Wegen Brianna, nehme ich an.«

Alles Blut war aus seinem Gesicht gewichen.

»Tja«, sagte er in einem kläglichen Versuch, die Fassung zurückzugewinnen. »Ich hätte nicht gedacht, daß es dir was ausmacht. Schließlich hast du nie einen Versuch unternommen, mich aufzuhalten.«

Verdutzt starrte ich ihn an.

»Dich aufhalten?« fragte ich. »Was hätte ich denn tun sollen? Deine Briefe über Wasserdampf öffnen und sie dir dann unter die Nase reiben? Dir bei der Weihnachtsfeier der Fakultät eine Szene machen? Dich beim Dekan anschwärzen?«

Einen Moment lang stand er mit zusammengepreßten Lippen da. Dann seufzte er.

»Du hättest mir zeigen können, daß es dir was ausmacht«, sagte er leise.

»Es hat mir was ausgemacht.« Meine Stimme klang gepreßt.

Er schüttelte den Kopf und starrte mich mit seinen dunklen Augen an.

»Aber nicht genug.« Bleich schimmerte mir sein regloses Gesicht entgegen. Dann kam er um das Bett herum und blieb vor mir stehen.

»Manchmal habe ich mich gefragt, ob ich dir einen Vorwurf machen darf«, sagte er nachdenklich. »Brianna sieht ihrem Vater ähnlich, nicht wahr? War er wie sie?«

»Ja.«

Er seufzte schwer.

»Das habe ich dir angesehen. Wenn du sie manchmal angeschaut hast, konnte ich deutlich spüren, daß du an ihn denkst. Verdammt sollst du sein, Claire Beauchamp«, sagte er leise, aber deutlich. »Verdammt sollst du sein mit deinem Gesicht, das alles verrät!«

Plötzlich war der Raum von Schweigen erfüllt, jener Art Schweigen, in dem man auf all die leisen Geräusche im Haus achtet, um so zu tun, als hätte man das gerade Gesagte nicht gehört.

»Ich habe dich geliebt«, sagte ich schließlich. »Früher.«

»Früher«, echote er. »Soll ich dafür auch noch dankbar sein?«

»Damals habe ich dir alles erzählt«, erklärte ich. »Und als du mich dann nicht verlassen wolltest, da… ich habe es versucht, Frank!«

Irgend etwas in meiner Stimme ließ ihn aufhorchen.

»Wirklich«, flüsterte ich.

Frank wandte sich ab und ging zu meinem Schminktisch, wo er ruhelos Fläschchen aufnahm und wieder abstellte.

»Ich konnte dich doch nicht im Stich lassen – du warst schwanger und ganz allein auf der Welt. So was tut nur ein Schuft. Und dann…, Brianna.« Blicklos starrte er auf den Lippenstift, den er in der Hand hielt. Dann stellte er ihn zurück auf die gläserne Abdeckplatte. »Ich konnte sie einfach nicht aufgeben.« Er drehte sich um und sah mich an.

»Hast du gewußt, daß ich keine Kinder zeugen kann? Vor ein paar Jahren habe ich mich untersuchen lassen. Ich bin nicht zeugungsfähig. Wußtest du das?«

Weil ich meiner Stimme nicht mehr sicher war, schüttelte ich den Kopf.

»Brianna ist meine Tochter«, sagte er, mehr zu sich selbst. »Das einzige Kind, das ich je haben werde. Ich kann sie nicht aufgeben.« Er lachte kurz auf. »Ist es nicht eine Ironie des Schicksals, daß du sie nicht ansehen kannst, ohne an ihn zu denken? Ich frage mich, ob du… ob du ihn ohne diese ständige Erinnerung im Laufe der Zeit nicht doch vergessen hättest.«

»Nein.« Die geflüsterte Silbe wirkte auf ihn wie ein elektrischer Schlag. Einen Moment lang blieb er wie erstarrt stehen. Dann stürzte er zum Schrank und zog sich seine Kleider über den Pyjama. Ich sah ihm zu, wie er sich seinen Mantel überwarf und aus dem Zimmer stürmte. Aus dem Revers seines Trenchcoats lugte der blaue Seidenkragen seines Schlafanzugs hervor.

Einen Augenblick später hörte ich die Eingangstür ins Schloß fallen – Frank verfügte über ausreichend Beherrschung, sie nicht zuzuknallen – und dann das Geräusch des Motors, der widerstrebend ansprang. Das Licht der Scheinwerfer strich über die Zimmerdecke, als er aus der Ausfahrt bog. Dann war er fort, und ich stand zitternd und allein vor dem zerwühlten Bett.

Frank kam nicht wieder. Ich versuchte zu schlafen, doch ich lag steif wie ein Brett da, während ich mir die Auseinandersetzung noch einmal vor Augen führte und auf das Knirschen der Autoreifen wartete. Schließlich stand ich auf, zog mich an, schrieb Brianna einen Zettel und machte mich selbst auf den Weg.

Zwar hatte das Krankenhaus nicht angerufen, aber ich konnte genausogut hinfahren und nach meinem Patienten sehen – das war besser, als mich stundenlang schlaflos im Bett zu wälzen. Und, um ehrlich zu sein, ich fand den Gedanken ganz angenehm, daß Frank mich nicht vorfand, wenn er zurückkam.

Die eisglatten Straßen glänzten schwarz im Licht der Straßenlampen, und das gelbe Phosphorlicht ließ die fallenden Flocken aufschimmern. Innerhalb der nächsten Stunde wäre das Eis auf den Straßen von einer dichten Schicht Pulverschnee bedeckt und damit doppelt so gefährlich. Dabei tröstete mich nur, daß um vier Uhr morgens niemand auf den Straßen unterwegs war und in Gefahr geraten konnte. Niemand außer mir.

Im Krankenhaus umfing mich die gewohnte stickige Luft wie eine vertraute Decke und schirmte mich vor der froststarrenden Nacht draußen ab.

»Es geht ihm gut«, flüsterte mir der Pfleger zu. »Seine Funktionen sind intakt und der Puls stabil. Keine Blutungen.« Daß er recht hatte, sah ich selbst. Zwar war der Patient noch bleich, doch auf seinen Wangen zeigte sich ein blasser Hauch von Röte.

Erst als ich erleichtert ausatmete, merkte ich, daß ich die ganze Zeit die Luft angehalten hatte. »Gut«, sagte ich, »sehr gut.« Als mich der Pfleger warm anlächelte, mußte ich den Impuls unterdrücken, mich an ihn zu lehnen und in Tränen auszubrechen. Plötzlich kam mir das Krankenhaus wie mein einziger Zufluchtsort vor.

Nach Hause zu fahren hatte keinen Sinn. Ich sah kurz nach meinen anderen Patienten und setzte mich dann in die Cafeteria. Während ich an meinem Kaffee nippte, überlegte ich, was ich Brianna sagen sollte.

Nach etwa einer halben Stunde stürmte eine der Schwestern aus der Notaufnahme durch die Schwingtür. Als sie mich sah, blieb sie wie angewurzelt stehen. Dann kam sie langsam auf mich zu.

Ich wußte es auf Anhieb. Zu oft hatte ich mit angesehen, wie Ärzte oder Schwestern die Todesnachricht überbrachten, um die Anzeichen mißdeuten zu können. Unnatürlich ruhig, ohne etwas zu fühlen, stellte ich die Tasse ab. Dabei registrierte ich, daß am Rand ein Stückchen abgesprungen und das goldene B ihrer Aufschrift fast völlig verblaßt war – ein Bild, das ich mein Lebtag nicht vergessen werde.

»...haben gesagt, daß Sie hier sind. Er hatte seine Papiere in der Brieftasche... im Polizeibericht heißt es, spiegelglatte Fahrbahn unter einer Schneedecke. Er ist ins Schleudern gekommen... auf der Stelle tot...« Die Schwester redete auf mich ein, während ich durch die weißen Flure schritt und wie in Zeitlupe wahrnahm, daß die Stationsschwestern mich ansahen. Auch wenn sie nichts wußten, mußten sie beim ersten Blick erkennen, daß etwas Schreckliches geschehen war.

Er lag auf einer Bahre in einem der abgetrennten quadratischen Kämmerchen in der Notaufnahme, einem kleinen, anonymen Raum. Draußen stand ein Krankenwagen – vielleicht der, der ihn hergebracht hatte. Durch die offene Doppeltür drang kalte Luft. Die rote Lampe des Krankenwagens pulsierte und tauchte den Korridor in regelmäßigen Abständen in blutrotes Licht.

Ich berührte Frank kurz. Seine Haut fühlte sich trotz des lebendigen Aussehens wie Plastik an. Ich sah keine Verletzung, vermutlich wurde sie von dem Laken über ihm verdeckt.

Ich stand da, ließ meine Hand auf seiner reglosen Brust liegen und betrachtete ihn wie schon seit Jahren nicht mehr. Ein schmales, feingeschnittenes Profil, sensible Lippen und eine feingemeißelte Nase. Ein gutaussehender Mann, trotz der Enttäuschung und der unausgesprochenen Wut, die sich als dünne Linien um seinen Mund eingegraben hatten und die nicht einmal der Tod hatte auslöschen können.

So blieb ich lange Zeit stehen. Ich hörte das Jaulen eines anderen Krankenwagens, hörte Stimmen auf dem Korridor, eine Bahre, die quietschend dahingerollt wurde, hörte das Knistern im Polizeifunk und das sanfte Surren einer Neonlampe. Verwundert stellte ich fest, daß ich auf ein Zeichen von Frank wartete... aber worauf? Erwartete ich, daß sein Geist noch in der Nähe schwebte und den Streit ausfechten wollte?

»Frank«, sagte ich leise, »wenn du mich noch hören kannst – ich habe dich geliebt. Früher. Das habe ich wirklich.«

Da tauchte plötzlich Joe vor mir auf, bahnte sich seinen Weg durch die Menschen im Korridor, sah mich ängstlich an. Er kam direkt aus dem Operationssaal. Ein kleiner Blutspritzer klebte auf seinen Brillengläsern, und er trug noch die sterile grüne Kleidung.

Aber erst als ich sein »Claire! O mein Gott, Claire!« hörte, be-

gann ich zu zittern. In den letzten zehn Jahren hatte er mich nie anders als »Lady Jane« oder »Jane« genannt, und daß er mich auf einmal bei meinem Vornamen rief, machte es wirklich. Bleich hob sich meine Hand von Joes dunklen Fingern ab, und ich wandte mich zu ihm um, diesem starken, unerschütterlichen Mann, legte den Kopf an seine Schulter und weinte um Frank – zum erstenmal.

Ich lehnte das Gesicht an das Schlafzimmerfenster in unserem Haus in der Furey Street. Es war ein heißer Septemberabend, und aus den Nachbargärten hörte ich das Knallen der Kricketschläger und das Zischen der Rasensprenger. Doch ich sah nichts anderes als das unheilverkündende Schwarz und Weiß jener Winternacht vor zwei Jahren – schwarz das Eis und weiß die Krankenhauslaken.

Aber als ich jetzt zum letztenmal um Frank weinte, wurde mir klar, daß wir uns schon vor mehr als zwanzig Jahren auf dem Gipfel eines grünen schottischen Hügels namens Craigh na Dun getrennt hatten.

Als meine Tränen versiegten, stand ich auf und legte die Hand auf die glatte blaue Decke, die sich weich über das Kopfkissen auf der linken Seite – Franks Seite – schmiegte.

»Auf Wiedersehen, mein Lieber«, flüsterte ich. Dann suchte ich mir einen Platz zum Schlafen, einen Platz fern von den Geistern der Vergangenheit.

Am frühen Morgen riß mich die Türklingel aus meinem Schlaf auf der Wohnzimmercouch.

»Ein Telegramm, gnädige Frau«, sagte der Postbote und bemühte sich, nicht auf mein Nachthemd zu starren.

Diese kleinen gelben Umschläge haben wohl mehr Herzanfälle ausgelöst als alles andere – abgesehen von gebratenem Frühstücksspeck. Auch mein Herz krampfte sich zusammen, bevor es unangenehm laut weiterschlug.

Mit zitternden Fingern riß ich den Umschlag auf. Der Text war kurz – natürlich, ein Schotte verschwendet weder Worte noch Geld, dachte ich absurderweise.

»HABEN IHN GEFUNDEN«, lautete die Botschaft, »ALLES ZUR ÜBERPRÜFUNG BEREIT. ROGER.«

Ich faltete den Bogen zusammen und steckte ihn zurück in den Umschlag. Lange Zeit saß ich einfach nur da und starrte Löcher in die Luft. Schließlich stand ich auf und ging mich anziehen.

20

Diagnose

Joe Abernathy saß an seinem Schreibtisch und blickte mit gerunzelter Stirn auf ein kleines, blasses Kärtchen, das er in der Hand hielt.

»Was ist das?« fragte ich, während ich mich ungezwungen auf seine Schreibtischkante hockte.

»Eine Visitenkarte.« Amüsiert und gleichzeitig verärgert reichte er sie mir herüber.

Sie war aus geripptem, teurem Karton und mit einer eleganten Serifenschrift bedruckt. *Muhammad Ismael Shabazz III.* stand in der ersten Zeile, darunter Adresse und Telefonnummer.

»Lenny heißt jetzt Muhammad Ismael Shabazz der *Dritte*?« fragte ich lachend.

Joes Humor behielt offensichtlich die Oberhand, denn sein Goldzahn blitzte auf, als er die Karte zurücknahm. »Er sagt, er will den Namen des weißen Mannes, diesen Sklavennamen, nicht mehr tragen. Er will sein afrikanisches Erbe einfordern.« Joe grinste zynisch. »›Gut‹, sage ich. ›Willst du dir einen Knochen durch die Nase ziehen?‹ frage ich ihn.«

Joe wies auf sein Fenster mit der heißbegehrten Aussicht auf den Park. »Ich sage ihm: ›Schau dich doch mal um, mein Sohn! Siehst du hier Löwen? Ist das hier Afrika?‹« Resigniert schüttelte er den Kopf. »Aber mit einem Jungen in seinem Alter kann man ja nicht reden.«

»Das stimmt«, entgegnete ich. »Aber was soll das heißen, ›der Dritte‹?«

Bei seiner Antwort grinste Joe. »Das bezieht sich auf die ›verlorene Kultur‹, die ›fehlende Geschichte‹. ›Ich will den Kopf hoch tragen können, wenn ich nach Yale komme‹, hat er gesagt. ›Aber wie kann ich das, wenn ich dort auf einen Kerl stoße, der Cadwallader IV. oder Sewell Lodge junior heißt, und ich kenne nicht mal den Namen meines Großvaters, weiß nicht, wo ich herkomme?‹«

Joe schnaubte. »›Wenn du nicht weißt, wo du herkommst‹, sage ich ihm, ›schau in den Spiegel. Die *Mayflower* hatte nichts damit zu tun, was?‹«

Grinsend nahm er die Karte wieder auf.

»Er meint, wenn ihm sein Großvater keinen Namen gegeben hat, muß er seinem Großvater einen geben. Daraus entsteht nur ein Problem: Ich stehe dazwischen. Damit Lenny sich als stolzer Afroamerikaner fühlen kann, muß ich mich jetzt Muhammad Ismael Shabazz junior nennen.« Er lehnte sich zurück und starrte anklagend auf die blaßgraue Karte.

»Du hast Glück, Lady Jane – Brianna wird dich wohl kaum über ihren Großvater löchern. Du mußt dir also nur Sorgen machen, ob sie Drogen nehmen wird oder sich von einem Wehrdienstverweigerer auf der Flucht nach Kanada schwängern läßt.«

Bitter lachte ich auf. »Das glaubst du!« wandte ich ein.

»Ach ja?« Er sah mich neugierig an. Dann nahm er seine Brille ab und putzte sie mit dem Zipfel seines Schlipses. »Wie war es in Schottland? Hat es Brianna gefallen?«

»Sie ist noch da«, erklärte ich, »und sucht nach *ihren* Wurzeln.«

Joe öffnete gerade den Mund zu einer Frage, als es leise an der Tür klopfte.

»Dr. Abernathy?« Ein korpulenter junger Mann in einem Polohemd spähte zweifelnd in den Raum. Vor dem runden Bauch trug er einen großen Karton.

»So nennt mich denn Ismael«, entgegnete Joe leutselig.

»Was?« Dem jungen Mann blieb verdutzt der Mund offenstehen. Dann sah er mich hilfesuchend an. »Sind Sie Dr. Abernathy?«

»Nein«, entgegnete ich. »Das ist er – so er will.« Ich stand auf und strich mir den Rock glatt. »Du hast wohl eine Verabredung, Joe. Aber wenn du später für mich Zeit hättest –«

»Nein, bleib, Lady«, unterbrach er mich. Er nahm dem jungen Mann den Karton ab und schüttelte ihm die Hand. »Sie müssen Mr. Thompson sein. John Wicklow hat Sie schon angekündigt. Schön, Sie kennenzulernen!«

»Horace Thompson, ja. Ich habe das, äh, das fragliche Exemplar, äh, mitgebracht...« Er wies auf den Karton.

»Gut. Ich sehe es mir gerne an. Dr. Randall hier kann uns sicher auch weiterhelfen.« Mit schelmisch glitzernden Augen blinzelte er mir zu. »Ich würde nämlich gern wissen, ob du es bei einem Skelett auch kannst, Lady.«

»Ob ich was kann?« Aber Joe griff schon in den Karton und nahm vorsichtig einen Schädel heraus.

»Wie hübsch!« sagte er, während er ihn prüfend hin- und herdrehte.

»Hübsch«, hätte ich ihn nicht gerade genannt, denn der Schädel war fleckig und verfärbt. Joe ging damit ans Fenster, hielt ihn ins Licht und strich mit dem Daumen zärtlich über die scharfen Kanten der Augenhöhlen.

»Eine hübsche Dame«, sagte er leise, eher zu dem Schädel als zu Horace Thompson gewandt. »Ausgewachsenes, reifes Exemplar von Ende Vierzig, vielleicht Anfang Fünfzig. Haben Sie auch die Beine?«

»Ja, hier. Wir haben den ganzen Körper.«

Anscheinend kam Horace Thompson vom Untersuchungsrichter, der von Amts wegen gewaltsame Todesfälle untersucht. Manchmal wandten sich dessen Mitarbeiter an Joe, brachten ihm verweste und verstümmelte Leichen, die sie irgendwo im Lande gefunden hatten, und baten ihn um ein Gutachten zur Todesursache. Dieses Exemplar sah wirklich reichlich mitgenommen aus.

»Hier, Lady.« Joe beugte sich nach vorn und legte mir vorsichtig den Schädel in die Hände. »Sag mir, ob die Dame gesund war! Ich untersuche derweilen die Beine.«

»Ich? Mit Gerichtsmedizin kenne ich mich nicht aus!« Aber schon hatte ich mich über das Fundstück gebeugt. Es war entweder sehr alt oder extremen Wetterbedingungen ausgesetzt gewesen, denn die Knochen schimmerten wie glatt poliert, was bei neueren praktisch nie vorkam. Die Flecken und die braunen Verfärbungen mußten von Erdpigmenten stammen.

»Na gut.« Langsam drehte ich den Schädel in den Händen und betrachtete die Knochen.

Wunderschöne gerade und hohe Wangenknochen. Im Oberkiefer waren fast noch alle Zähne erhalten – ebenmäßig und weiß.

Tiefliegende Augen. Der geschwungene Knochen unten in der Augenhöhle lag im Schatten, selbst wenn ich den Schädel auf die Seite drehte und ins Licht hielt. Der Kopf erschien mir zart und zerbrechlich.

In einer plötzlichen Anwandlung preßte ich den Schädel an den Bauch und schloß die Augen. Mit einemmal spürte ich Trauer durch ihn hindurchströmen wie Wasser. Und ein schwaches, eigenartiges Gefühl von – Überraschung vielleicht?

»Sie wurde umgebracht«, sagte ich. »Und sie hat sich gewehrt.« Als ich die Augen öffnete, sah ich, daß mich Horace Thompson ratlos anstarrte. Behutsam reichte ich ihm den Totenkopf. »Wo wurde sie gefunden?«

Mr. Thompson warf Joe einen Blick zu. »In der Karibik in einer Höhle«, sagte er. »Neben einem Haufen anderer Dinge. Wir schätzen sie auf hundertfünfzig bis zweihundert Jahre.«

»Wie bitte?«

Joe grinste übers ganze Gesicht.

»Unser Mr. Thompson kommt von der ethnologischen Fakultät der Universität Harvard«, erklärte er. »Mr. Wicklow, sein Kollege, ist ein Freund von mir und hat mich gebeten, mir dieses Skelett anzusehen und ein Urteil abzugeben.«

»Du Schuft«, warf ich ihm an den Kopf. »Und ich habe gedacht, es handelt sich um ein unbekanntes Opfer aus dem Büro des Untersuchungsrichters.«

»Nun, unbekannt ist sie«, erklärte Joe, »und wahrscheinlich wird sie es auch bleiben.« Dann wandte er seine Aufmerksamkeit wieder dem Karton zu, den er durchsuchte wie ein Terrier den Fuchsbau.

»Was haben wir denn da?« Vorsichtig zog er einen Plastikbeutel heraus, der einen Haufen einzelner Rückenwirbel enthielt.

»Sie war zerfallen, als wir sie fanden«, erklärte Horace Thompson.

Leise vor sich hin summend, legte Joe die Rückenwirbel in der richtigen Anordnung auf seinem Schreibtisch aus. »Den Kopfwirbel an den Nackenwirbel«, sang er leise. »Den Nackenwirbel an den Rückenwirbel.« Gezielt griff er sich die richtigen Teile heraus und fügte einen Knochen an den anderen. »So, da hätten wir's!« beendete er triumphierend sein Werk.

»Aber hier, sieh dir das mal an!« rief er. »Du hast wohl den siebten Sinn, Lady?«

Ich kam seiner Aufforderung nach und neigte mich neben Horace Thompson über die stacheligen Wirbel. In der breiten Wölbung des zweiten Halswirbels klaffte ein tiefer Riß; der oberste Gelenkfortsatz war sauber durchtrennt, und der Schnitt lief mitten durch das Zentrum des Knochens.

»Hat sie sich das Genick gebrochen?« fragte Horace Thompson interessiert.

»Ja, und Schlimmeres, glaube ich.« Joe strich mit dem Finger über den Riß. »Hier, der Knochen ist nicht gebrochen, sondern wurde an dieser Stelle durchtrennt. Jemand hat versucht, der Dame den Kopf abzuschneiden. Mit einer stumpfen Klinge.«

Horace Thompson warf mir einen sonderbaren Blick zu. »Woher wußten Sie, daß sie umgebracht wurde, Dr. Randall?«

Ich spürte, daß ich rot wurde. »Keine Ahnung. Ich... ich hatte einfach das Gefühl.«

»Wirklich?« Er blinzelte verwirrt, hakte aber nicht nach.

»Dr. Randall macht das immer so«, informierte ihn Joe, der begonnen hatte, die Oberschenkel mit einem Greifzirkel abzumessen. »Allerdings meist bei lebenden Patienten. Die beste Diagnostikerin, die ich kenne.« Er legte den Zirkel aus der Hand und nahm ein kleines Plastiklineal. »In einer Höhle, sagten Sie?«

»Wir glauben, es war... äh, ein geheimes Bestattungsritual von Sklaven«, erklärte Mr. Thompson, während er rot anlief. Plötzlich wurde mir klar, warum er so bestürzt gewesen war, als er merkte, wer dieser Dr. Abernathy war.

»Nein, das war keine Sklavin«, sagte er.

Thompson blinzelte. »Aber das muß sie. All die Sachen, die wir bei ihr gefunden haben... eindeutig afrikanischer Einfluß...«

»Nein«, wiederholte Joe ungerührt und gab dem Schenkelknochen einen Stoß. »Das war keine Schwarze.«

»Können Sie das wirklich feststellen? Anhand der Knochen?« Horace Thompson war ganz aufgelöst. »Aber ich dachte... diese Studie von Jensen, ich meine... diese Theorien über die Unterschiede im Körperbau der einzelnen Rassen... das ist doch weitgehend widerlegt«, stammelte er, knallrot im Gesicht.

»Oh, weit gefehlt«, unterbrach ihn Joe trocken. »Von mir aus dürfen Sie gerne denken, daß Weiße und Schwarze unter der Haut gleich sind. Aber wissenschaftlich haltbar ist das nicht.« Er wandte sich um und zog ein Buch aus dem Regal. *Aufstellung der anatomischen Abweichungen im Skelettbau* lautete der Titel.

»Hier können Sie es nachlesen«, bot Joe ihm an. »Die Unterschiede zeigen sich in vielen Teilen des Knochenbaus, aber am deutlichsten im Verhältnis von Ober- und Unterschenkel. Und diese Dame hier…« – er wies auf die Gebeine auf dem Tisch – »war weiß. Das steht außer Frage.«

»Oh!« staunte Horace Thompson. »Da muß ich erst mal nachdenken… Das heißt, vielen Dank für Ihre Mühe. Sehr freundlich von Ihnen.« Dabei verbeugte er sich ungeschickt. Schweigend sahen wir zu, wie er die Gebeine wieder in seinen Karton räumte. Dann eilte er davon.

Joe lachte, als die Tür hinter dem Mann ins Schloß fiel. »Wollen wir wetten, daß er sie für ein zweites Gutachten bei Rutgers vorbeibringt?«

»Ein Akademiker tut sich schwer, eine Theorie aufzugeben«, stellte ich achselzuckend fest. »Ich habe lange genug mit einem zusammengelebt.«

Joe schnaubte. »Dann wollen wir Mr. Thompson und seine Dame mal abhaken. Aber was kann ich für dich tun, Lady?«

Ich holte tief Luft und wandte mich zu ihm um.

»Ich möchte deine ehrliche Meinung hören, denn bei dir kann ich mich ja wohl darauf verlassen, daß du objektiv bist. Nein«, verbesserte ich mich dann rasch. »Ich brauche deine Meinung, und dann will ich dich – je nachdem, wie sie ausfällt – um einen Gefallen bitten.«

»Kein Problem«, versicherte mir Joe. »Ich bin berühmt für meine Meinungen.« Er zog seinen Stuhl an den Schreibtisch, nahm seine goldgerahmte Brille auf und schob sie sich resolut auf die Nase. Dann verschränkte er die Arme. »Schieß los!«

»Bin ich begehrenswert?« fragte ich. Joes Augen, deren warmes Goldbraun mich immer an Sahnebonbons erinnerte, wurden rund wie Teetassen. Dann musterte er mich eingehend von oben bis unten.

»Das ist eine Fangfrage, stimmt's?« wollte er wissen. »Und wenn ich antworte, springt eine Feministin hinter der Tür hervor, beschimpft mich als chauvinistisches Sexistenschwein und haut mir ein Schild, auf dem ›Schwanz ab!‹ steht, über den Schädel.«

»Nein«, erwiderte ich. »Ich wäre sogar dankbar, wenn du aus der Sicht eines Chauvis antwortest.«

»Also gut: Mageres weißes Frauenzimmer, zu viele Haare, aber ein toller Arsch. Und ein fabelhafter Busen«, fügte er mit einem freundlichen Nicken hinzu. »War es das, was du wissen wolltest?«

»Ja, danke«, erwiderte ich und atmete endlich aus. »Genau das war's. Eine Frage, die man nicht jedem stellen kann.«

Er schürzte die Lippen zu einem stummen Pfiff. Dann warf er den Kopf zurück und brach in schallendes Gelächter aus.

»Lady Jane! Du hast dir jemanden angelacht!«

Ich spürte, wie mir das Blut in die Wangen stieg, versuchte jedoch, mich nicht aus der Fassung bringen zu lassen. »Das weiß ich noch nicht. Vielleicht. Nur vielleicht.«

»Vielleicht. Mein Gott, solch einen Witz hab' ich mein Lebtag noch nicht gehört! Mein Gott, Lady, das wurde aber auch Zeit.«

»Würdest du freundlicherweise mit dem Gegacker aufhören«, beschwerte ich mich. »Das gehört sich nicht für einen Mann in deinem Alter und in deiner Stellung!«

»In meinem Alter? Oho!« Er warf mir einen vielsagenden Blick zu. »Er ist also jünger als du? Machst du dir deshalb Sorgen?«

»Nicht unbedingt. Aber ich habe ihn seit zwanzig Jahren nicht mehr gesehen. Du bist der einzige, der mich seit vielen Jahren kennt. Habe ich mich in dieser Zeit sehr verändert?«

Erneut musterte er mich vom Scheitel bis zur Sohle.

»Nein«, antwortete er. »Du hast nicht mal zugenommen.«

»Stimmt.« Ich sah auf meine Hände, die zusammengekrampft in meinem Schoß lagen. Schmale Handgelenke; nein, dick war ich nicht. Im Licht der Herbstsonne, das durch das Fenster fiel, funkelten meine beiden Hochzeitsringe.

»Briannas Vater?« fragte Joe leise.

Überrascht blickte ich auf. »Woher weißt du das?«

Er schmunzelte. »Wie lange kenne ich Brianna schon? Seit zehn Jahren mindestens.« Er schüttelte den Kopf. »Sie hat viel von dir, Claire. Aber von Frank hat sie nicht das geringste. Ihr Vater hat rote Haare und ist ein langes Elend, oder alles, was ich in Genetik gelernt habe, war gelogen.«

»Ja.« Dieses schlichte Eingeständnis bereitete mir ein ungeheures Vergnügen. Bevor ich Brianna und Roger eingeweiht hatte, hatte ich zwanzig Jahre lang nicht von Jamie sprechen dürfen. Plötzlich über ihn reden zu können war unheimlich aufregend.

»Ja, er ist groß und rothaarig. Und Schotte.« Wieder rundeten sich Joes Augen vor Staunen.

»Und Brianna ist in Schottland geblieben?«

Ich nickte. »Ja. Um Brianna geht es auch bei dem Gefallen, um den ich dich bitten möchte.«

Zwei Stunden später fuhr ich vom Parkplatz des Krankenhauses. Es war ein Abschied für immer. Zurück ließ ich mein Kündigungsschreiben, adressiert an die Krankenhausverwaltung, alle notwendigen Unterlagen zur Verwaltung meines Eigentums bis zu Briannas Volljährigkeit und Urkunden, in denen ich meinen Besitz an Brianna übertrug. Als ich den Wagen startete, verspürte ich eine Mischung aus Panik, Bedauern und Freude. Den ersten Schritt hatte ich getan.

21

Q.E.D.

Inverness 5. Oktober 1968

»Ich habe die Übertragungsurkunde gefunden.« Roger war rot vor Begeisterung. Bei meiner Ankunft auf dem Bahnhof von Inverness konnte er es kaum abwarten, daß Brianna mich umarmte und meine Koffer aus dem Zug geladen wurden. Sobald wir in seinem winzigen Morris saßen, platzte er auch schon mit seiner Neuigkeit heraus.

»Welche? Die für Lallybroch?« Ich beugte mich nach vorn, um seine Worte über dem Motorenlärm besser hören zu können.

»Ja, das Dokument, das Jamie – Ihr Jamie – verfaßt hat und in dem er seinen Besitz an seinen Neffen, den jungen Jamie, übertrug.«

»Die Urkunde ist im Pfarrhaus«, warf Brianna ein. »Wir haben uns nicht getraut, sie mitzubringen. Roger hat wahre Blutseide leisten müssen, bevor das Archiv sie herausrückte.« Ihre blasse Haut war mit einem rosigen Schimmer überzogen, und in ihrem rostroten Haar glitzerten Regentropfen. Nach der langen Trennung durchfuhr es mich wie ein Schock – jede Mutter hält ihr Kind für schön, aber Brianna war es wirklich.

Zärtlich lächelte ich sie an. Aber dann packte mich die Angst. Konnte ich ernsthaft mit dem Gedanken spielen, sie zu verlassen? Sie deutete mein Lächeln als Freude über die Neuigkeit und plapperte aufgeregt weiter.

»Und du errätst nie, was wir sonst noch gefunden haben!«

»Was du gefunden hast«, verbesserte sie Roger und drückte ihr das Knie, während er den kleinen orangefarbenen Wagen in einen Kreisverkehr steuerte. Sie warf ihm einen Blick zu und erwiderte seine Berührung mit einer Vertrautheit, die auf der Stelle mütterliche Alarmglocken in mir zum Klingen brachten. War es schon so weit gekommen?

Ich hatte das Gefühl, als blickte mir Franks Schatten anklagend über die Schulter. »Ja? Was denn?« krächzte ich.

Sie sahen sich an und grinsten verschmitzt.

»Abwarten, Mama«, sagte Brianna mit empörender Selbstgefälligkeit.

»Siehst du?« fragte sie zwanzig Minuten später, als ich mich im Studierzimmer des Pfarrhauses über den Schreibtisch beugte. Vor mir lag ein Stapel vergilbter Papiere mit ausgefransten Rändern. Mittlerweile steckten sie zum Schutz in Plastikhüllen, doch in der Vergangenheit war man offensichtlich nicht gerade sanft mit ihnen umgegangen. Eines der Blätter war sogar bis zur Hälfte eingerissen, und auf allen befanden sich am Rand und im Text handschriftliche Notizen und Anmerkungen. Anscheinend handelte es sich um einen Entwurf – aber wofür?

»Das ist ein Artikel«, erklärte mir Roger, während er ein paar dicke Bände durchsah, die auf dem Sofa lagen. »Veröffentlicht in einer Zeitschrift namens *Forrester's*, die 1765 in Edinburgh von einem Drucker namens Alexander Malcolm herausgegeben wurde.«

Ich schluckte. Plötzlich spannte mein Kleid in den Achselhöhlen. Zwischen dem Zeitpunkt, an dem ich Jamie verlassen hatte, und 1765 lagen fast zwanzig Jahre.

Ich starrte auf die sepiabraunen Buchstaben. Der Schreiber hatte bei seiner Arbeit Mühe gehabt, wie an den Krakeln, den ungelenken Strichen und den manchmal zu groß geratenen Schleifen am »g« und »y« zu erkennen war. Vielleicht die Schrift eines Linkshänders, der unter Schwierigkeiten mit der Rechten schreibt.

»Und hier ist die gedruckte Fassung.« Roger legte einen der aufgeschlagenen Bände vor mir auf den Schreibtisch. »Sehen Sie das Datum? Das Jahr 1765. Und fast der gleiche Wortlaut wie im handgeschriebenen Manuskript.«

»Ja«, sagte ich. »Und die Übertragungsurkunde?«

»Die ist hier.« Brianna wühlte in der obersten Schublade und zog einen zerknitterten Bogen hervor, der gleichfalls in einer Plastikhülle steckte. Die Urkunde sah noch mitgenommener aus als das Manuskript, denn offensichtlich war sie häufig dem Regen ausgesetzt gewesen, schmutzig, eingerissen, und viele Worte waren bis zur Unleserlichkeit verschmiert. Doch die drei Unterschriften unter dem Text konnte man noch deutlich entziffern.

Im Vollbesitz meiner geistigen Kräfte, stand dort. Diesmal hatte sich der Verfasser mehr Mühe gegeben, und die Verwandtschaft zum Manuskript zeigte sich nur in der großen Schleife des »g«. Unter dem Namenszug *James Alexander Malcolm MacKenzie Fraser* hatten die zwei Zeugen unterschrieben – in säuberlichen, feinen Buchstaben *Murtagh FitzGibbons Fraser*, und in meiner schwungvollen Schrift *Claire Beauchamp Fraser*.

Ich ließ mich auf den Drehstuhl fallen und legte die Hand auf das Dokument, als wollte ich mich vergewissern, daß es keine optische Täuschung war.

»Das ist es, nicht wahr?« fragte Roger. Die zitternden Finger straften seine zur Schau getragene Gelassenheit Lügen. »Sie haben unterschrieben. Ein unwiderlegbarer Beweis, wenn wir ihn noch bräuchten«, sagte er mit einem Blick auf Brianna.

Brianna schüttelte den Kopf. Die beiden brauchten das nicht mehr. Seit sie vor fünf Monaten mit eigenen Augen gesehen hatten, wie Geillis Duncan durch die Steine verschwand, zweifelten sie nicht mehr an meiner Geschichte.

Dennoch war es ziemlich überwältigend, alles in Schwarz auf Weiß vor sich liegen zu sehen. Ich zog meine Hand fort und betrachtete erst die Übertragungsurkunde und dann das handgeschriebene Manuskript.

»Die Schrift ist die gleiche, Mama«, sagte Brianna und beugte sich eifrig über den Schreibtisch. »Allerdings war der Artikel nicht unterzeichnet – oder nur mit einem Pseudonym.« Sie lächelte. »Der Autor tritt nur als Q.E.D. in Erscheinung. Wir sind keine Schriftexperten, aber wir wollten die Dokumente nicht zur Prüfung aus der Hand geben, bevor du sie gesehen hast.«

»Mir scheint, ihr habt recht.« Es hatte mir den Atem verschlagen. Zugleich aber spürte ich in mir eine überwältigende Gewißheit und eine geradezu stürmische Freude aufsteigen. »Ja, ich bin mir ziemlich sicher, daß Jamie das geschrieben hat.« Q.E.D., in der Tat. Am liebsten hätte ich die Manuskriptseiten aus der Plastikhülle gezogen und in die Hände genommen. Ich wollte Tinte und Bogen spüren, wollte die Zeugnisse berühren, die mir verrieten, daß Jamie überlebt hatte.

»Es gibt noch mehr Beweise.« Roger konnte seinen Stolz kaum verbergen. »Der Artikel wendet sich gegen ein Gesetz aus dem Jahre 1764, das die Ausfuhr schottischer Spirituosen nach England einschränkt.« Roger zeigte auf einen bestimmten Satz. »Hier... denn von alters her wissen wir, ›Freiheit und Whisky gehören zusammen‹. Der Autor hat den Ausspruch in Anführungszeichen gesetzt, weil er wohl von einem anderen stammt.«

»Von mir«, erklärte ich leise. »Das habe ich gesagt, als Jamie sich anschickte, Prinz Charles den Portwein zu stehlen.«

»Das wußte ich noch.« Rogers Augen glitzerten vor Aufregung.

»Aber das Zitat stammt von Burns«, wandte ich stirnrunzelnd ein. »Vielleicht hat der Autor es von ihm übernommen – hat Burns damals schon gelebt?«

»Das schon«, erwiderte Brianna verschmitzt. »Aber 1765 war er erst sechs Jahre alt.«

»Und Jamie müßte vierundvierzig sein.« Plötzlich schien er mir greifbar nahe. Er war am Leben – die ganze Zeit am Leben gewesen, verbesserte ich mich, während ich versuchte, meine Gefühle im Zaum zu halten. Mit zitternden Fingern griff ich nach den Manuskriptseiten.

»Und wenn –« Ich hielt inne, weil ich wieder schwer schlucken mußte.

»Und wenn, wie wir denken, die Zeit parallel verläuft –« Auch Roger kam nicht weiter. Hilfesuchend sah er mich an. Dann richtete er den Blick auf Brianna.

Die war kreidebleich geworden. Aber ihr Gesicht verriet kein Anzeichen von Furcht, und ihre Finger waren warm, als sie mir über die Hand strich.

»Dann kannst du zurückgehen, Mama«, sagte sie, »und ihn suchen.«

Scheppernd schlugen die Plastikbügel gegen die Metallstange, als ich mich durch die feilgebotenen Kleider wühlte.

»Kann ich Ihnen helfen?« fragte mich die Verkäuferin, ein junges Mädchen mit grellblau umrandeten Augen, die man allerdings hinter den überlangen Stirnfransen kaum sah.

»Haben Sie noch mehr von diesen historischen Kleidern?« Ich wies auf den Ständer vor mir, der mit Gewändern mit Spitzenleibchen und langen Röcken aus Baumwollmusselin und Samt, also alles nach dem letzten Schrei, vollgehängt war.

Die Verkäuferin hatte den Lippenstift so dick aufgetragen, daß ich fast befürchtete, er würde Risse bekommen, als sie lächelte, aber das tat er nicht.

»Natürlich«, meinte sie, »gerade heute ist eine Lieferung von Jessica-Gutenburg-Modellen reingekommen. Sind die nicht irre, diese Kleider aus der guten alten Zeit?« Bewundernd strich sie mit dem Finger über den Ärmel einer braunen Samtrobe. Dann wies sie auf einen Ständer in der Mitte der Boutique. »Gleich dort. Unter dem Schild.«

Auf der Tafel stand VERFALLEN SIE DEM ZAUBER DES ACHTZEHNTEN JAHRHUNDERTS. Und darunter in verschnörkelten Goldbuchstaben der Firmenname *Jessica Gutenburg*.

Sofort stach mir ein wunderschönes cremefarbenes Samtkleid mit Satineinlage und üppigem Spitzenbesatz ins Auge.

»Das hier würde Ihnen prima stehen.« Die Verkäuferin war wieder aufgetaucht; wahrscheinlich witterte sie ein Geschäft.

»Mag sein«, erwiderte ich, »aber praktisch ist es nicht gerade. Damit kann man ja kaum aus dem Laden gehen, ohne daß es schmutzig wird.« Bedauernd schob ich das cremefarbene zur Seite und widmete mich dem nächsten in meiner Größe.

»Oh, die roten gefallen mir besonders gut.« Begeistert klatschte die Verkäuferin beim Anblick eines granatroten Stoffs in die Hände.

»Mir auch«, murmelte ich. »Aber wir wollen doch nicht ordinär aussehen. Wer möchte schon gern für ein leichtes Mädchen gehalten werden?« Die Verkäuferin sah mich verwundert an. Dann kam sie wohl zu dem Ergebnis, daß ich scherzte, und kicherte zustimmend.

»Aber das hier«, sagte sie entschlossen, »ist wie für Sie geschaffen. Genau Ihre Farbe.«

Damit hatte sie nicht einmal unrecht. Ein Rock bis zum Boden, dreiviertellange Ärmel mit Spitzenbesatz aus goldgelber, schwerer Seide, die in Braun, Bernstein und Gold changierte.

Ich nahm das Kleid vom Ständer und hielt es prüfend in die

Höhe. Ein wenig zu aufwendig vielleicht, aber für meine Zwecke durchaus geeignet. Die Verarbeitung schien halbwegs solide; zumindest lugte kein loser Faden hervor. Die maschinengefertigte Spitze war auf dem Mieder nur mit losen Stichen befestigt, aber das ließ sich leicht ändern.

»Wollen Sie's anprobieren? Die Kabinen sind gleich da drüben.« Ermutigt durch mein Interesse, wich mir die Verkäuferin nicht mehr von der Seite. Nach einem Blick auf das Preisschild wußte ich auch, warum: Gewiß war sie am Umsatz beteiligt. Ich hingegen schnappte bei dem Betrag nach Luft; für das gleiche Geld konnte man sich in London einen Monat lang eine Wohnung mieten. Aber dann zuckte ich die Achseln. Wozu brauchte ich schließlich Geld?

Trotzdem zögerte ich.

»Ich weiß nicht recht«, sagte ich zweifelnd. »Es ist reizend, aber...«

»Oh, Sie brauchen nicht zu befürchten, das Kleid könnte zu jugendlich für Sie sein«, versicherte mir die Verkäuferin ernsthaft. »Sie sehen nicht einen Tag älter als fünfundzwanzig aus. Na ja, sagen wir, dreißig«, verbesserte sie sich nach einem hastigen Blick auf mein Gesicht.

»Danke«, entgegnete ich trocken. »Aber das ist es nicht. Haben Sie auch welche ohne Reißverschluß?«

»Reißverschluß?« Ihr kleines, rundes Gesicht zeigte nichts als blanke Ratlosigkeit. »Nein... ich glaube nicht.«

»Ist nicht tragisch«, versicherte ich ihr, während ich das Kleid über den Arm legte und mich zur Umkleidekabine wandte. »Im Vergleich zu allem anderen sind Reißverschlüsse noch das geringste meiner Probleme.«

22

Halloween

»Zwei Goldguineen, sechs Sovereigns, dreiundzwanzig Schillinge, achtzehn Zweischillingstücke, zehn halbe Pennies... und zwölf Farthings.« Roger ließ die letzte Münze auf den schimmernden Haufen fallen. Dann durchsuchte er gedankenverloren seine Taschen. »Ja, hier ist es.« Er förderte einen Plastikbeutel zutage und kippte vorsichtig eine Handvoll kleiner Kupfermünzen neben die anderen Geldstücke.

»Pfifferlinge«, erklärte er. »Die kleinste schottische Münze jener Tage. Ich habe alle mitgebracht, die ich auftreiben konnte, weil Sie die wohl am ehesten brauchen werden. Damals bezahlte man nur mit großen Münzen, wenn man ein Pferd oder so was kaufen wollte.«

»Ich weiß.« Ich nahm ein paar Sovereigns und ließ sie in der Hand klimpern. Sie waren schwer – massive Goldmünzen von gut zwei Zentimetern Durchmesser. Brianna und Roger waren in London vier Tage lang von einem Münzhändler zum anderen gelaufen, um das kleine Vermögen zusammenzutragen, das jetzt schimmernd vor mir lag.

»Seltsam, daß diese Geldstücke heute weitaus mehr wert sind als ihr Nominalwert«, sagte ich, während ich eine Guinee betrachtete. »Aber kaufen konnte man dafür in der Vergangenheit fast genausoviel wie jetzt. Eine Guinee, das hat ein Bauer in einem halben Jahr verdient.«

»Ich habe ganz vergessen, daß Sie darüber mehr wissen als ich«, räumte Roger ein.

»Kein Wunder«, erwiderte ich, den Blick auf die Geldhäufchen gerichtet. Aus den Augenwinkeln sah ich, wie Brianna sich an Roger schmiegte und er sie ganz selbstverständlich an sich zog.

Ich holte tief Luft und hob den Kopf. »Gut, das wäre erledigt. Und jetzt sollten wir essen gehen!«

Das Abendessen in einem der Pubs an der River Street war eine schweigsame Angelegenheit. Claire saß neben Brianna auf der Bank und Roger ihnen gegenüber. Die beiden Frauen sahen sich beim Essen nicht an, aber Roger merkte, daß sie sich immer wieder berührten.

Wie würde er damit fertig werden, fragte er sich, wenn er selbst oder seine Mutter, sein Vater vor einer solchen Entscheidung stünde? Gewiß, Trennungen gab es in jeder Familie, doch meist war es der Tod, der das Band zwischen Eltern und Kindern zerschnitt. Hier jedoch machte es gerade die bewußte Entscheidung so schwierig.

Als sie sich nach dem Essen vom Tisch erhoben, legte Roger Claire die Hand auf den Arm.

»Es ist ein dummes Spiel«, sagte er, »aber würden Sie etwas für mich tun?«

»Warum nicht?« antwortete sie. »Um was geht's denn?«

Er wies mit dem Kopf auf die Tür. »Schließen Sie die Augen und gehen Sie hinaus. Dort machen Sie sie wieder auf. Ich möchte wissen, was Sie als erstes sehen.«

Amüsiert schmunzelte sie. »Einverstanden. Aber ich hoffe, es ist kein Polizist, denn wenn er mich wegen Trunkenheit und ungebührlichen Verhaltens einsperrt, müßt ihr mich auslösen.« Gehorsam wandte sie sich zur Tür des Lokals und schloß die Augen. Brianna sah ihr nach, als sie sich mit den Händen den Weg zum Ausgang ertastete. Fragend drehte sie sich zu Roger um.

»Was soll das, Roger?«

»Nichts«, sagte er, während er unverwandt auf die Tür blickte. »Das ist ein alter Brauch. In der Samhain-Nacht, also an Halloween, sagt man sich die Zukunft voraus. Und eine Möglichkeit ist es, mit geschlossenen Augen zur Tür hinauszugehen. Das erste, was man dann sieht, gibt Aufschlüsse über die Zukunft.«

»Dann sollten wir besser rausgehen und aufpassen. Nicht, daß es etwas Schlechtes bedeutet.« Aber kaum waren sie bei der Tür, als der Flügel aufschwang und Claire mit verdutztem Gesicht vor ihnen auftauchte.

»Ihr glaubt nicht, was ich als erstes gesehen habe«, sagte sie lachend. »Einen Polizisten! Ich bin nach rechts gegangen und fast über ihn gestolpert.«

»Er kam auf Sie zu?« Roger war unendlich erleichtert.

»Ja, jedenfalls bis ich ihm in die Arme lief«, erklärte sie. »Anschließend haben wir dann ein Tänzchen auf dem Bürgersteig hingelegt.« Als sie lachte, sah sie plötzlich jung und lebendig aus, und ihre sherrybraunen Augen funkelten im Licht der Lampen. »Warum fragen Sie?«

»Das bringt Glück«, erklärte Roger lächelnd. »Wenn an Samhain ein Mann auf Sie zukommt, heißt das, daß Sie finden werden, was Sie suchen.«

»Wirklich?« Fragend sah sie ihn an, aber dann strahlte sie. »Wunderbar! Gehen wir nach Hause. Das müssen wir feiern.«

Die ängstliche Stimmung, die sie beim Abendessen beherrscht hatte, schien plötzlich wie weggeblasen. Statt dessen hatte sie eine fast schon übermütige Freude ergriffen. Auf der Rückfahrt zum Pfarrhaus lachten und alberten sie herum. Dann stießen sie auf die Vergangenheit und die Zukunft an, bevor sie aufgeregt ihre Pläne für den nächsten Tag besprachen.

»Das Geld haben Sie jetzt«, sagte Roger zum zehntenmal.

»Und den Umhang«, ergänzte Brianna.

»Ja, ja, ist ja gut«, erwiderte Claire ungeduldig. »Alles, was ich brauche – das heißt alles, was ich mitnehmen kann.« Sie hielt inne. Dann streckte sie in einem plötzlichen Impuls die Arme aus und nahm Briannas und Rogers Hand.

»Ich danke euch beiden.« Ihre Augen schimmerten feucht, und ihre Stimme klang plötzlich heiser. »Ich kann euch gar nicht sagen, wie sehr ich euch danke! Ach – ihr werdet mir so fehlen!«

Im nächsten Augenblick lagen sich Claire und Brianna in den Armen. Claire schmiegte den Kopf an die Schulter ihrer Tochter, und sie klammerten sich so fest aneinander, als könnten sie dadurch ihren überwältigenden Gefühlen Ausdruck verleihen.

Dann ließen sie sich los, und Claire legte dem Mädchen die Hand auf die Wange. »Ich gehe jetzt wohl besser nach oben«, flüsterte sie. »Es gibt noch viel zu tun. Wir sehen uns morgen früh, meine Kleine.« Sie gab Brianna einen Kuß auf die Nasenspitze und lief aus dem Zimmer.

Brianna setzte sich hin und seufzte tief. Lange Zeit blieb sie schweigend sitzen und starrte ins Feuer.

Roger löschte die Lampen, schloß die Fenster, räumte den Tisch ab und stapelte Bücher aufeinander. Vor der Kürbislaterne blieb er stehen. Sie sah so lustig aus, daß er es nicht über sich brachte, die Kerze zu löschen, die die Schlitzaugen und den grinsenden Mund erhellte.

»Der wird wohl kaum irgendwas in Brand setzen«, meinte er. »Sollen wir ihn so lassen?«

Keine Antwort. Brianna rührte sich nicht. Statt dessen starrte sie in den Kamin. Sie schien ihn nicht gehört zu haben. Roger setzte sich neben sie und nahm ihre Hand.

»Vielleicht kann sie ja wieder zurückkommen«, sagte er leise. »Möglich ist alles.«

Brianna schüttelte langsam den Kopf, ohne den Blick von den züngelnden Flammen zu wenden.

»Ich glaube nicht«, sagte sie leise. »Sie hat uns doch selbst erzählt, wie furchtbar der Übergang ist. Vielleicht übersteht sie ja nicht mal den ersten.« Unruhig trommelte sie mit den Fingern auf den Oberschenkel.

Roger vergewisserte sich mit einem Blick auf die Tür, daß sie allein waren.

»Sie gehört zu ihm, Brianna«, sagte er. »Verstehst du das nicht? Allein schon die Art, wie sie von ihm spricht!«

»Doch, das verstehe ich. Ich weiß, daß sie ihn braucht.« Ihre Unterlippe bebte leise. »Aber… aber ich brauche sie auch!«

Roger strich ihr über das erstaunlich weiche, schimmernde Haar. Um sie zu spüren und gleichzeitig auch zu trösten, hätte er sie am liebsten in die Arme genommen, doch sie war starr und teilnahmslos.

»Du bist erwachsen, Brianna«, sagte er leise. »Du hast jetzt dein eigenes Leben. Sicher, du liebst deine Mutter, aber du brauchst sie nicht mehr – jedenfalls nicht so, wie ein Kind seine Mutter braucht. Hat sie nicht auch das Recht, Erfüllung zu finden?«

»Doch. Aber… ach, Roger, das verstehst du nicht!« brach es aus ihr hervor. Sie preßte die Lippen zusammen und schluckte, dann wandte sie sich zu ihm um. Ihre Augen waren dunkel vor Kummer.

»Sie ist alles, was ich noch habe. Nur sie weiß, wie ich wirklich bin. Sie und Daddy – Frank«, verbesserte sie sich. »Die beiden waren dabei, als ich laufen lernte. Sie waren stolz auf meine Leistungen in der Schule, und sie –« Brianna brach ab, weil ihr glitzernde Tränen über die Wangen liefen.

»Das alles klingt so dumm!« rief sie heftig. »Furchtbar dumm! Aber –« Hilflos suchte sie nach Worten. Dann sprang sie auf und lief ruhelos im Zimmer auf und ab. »Ach, Roger... wenn sie fort ist, gibt es keinen Menschen mehr auf der Welt, dem etwas an mir liegt, der mich für etwas Besonderes hält, weil ich so bin, wie ich bin. Sie ist die einzige, der etwas an mir liegt, und wenn sie fort ist...« Brianna blieb stehen. Ihre Mundwinkel zuckten in dem Bemühen, sich zu beherrschen, und Tränen glitzerten auf ihren Wangen. Plötzlich ließ sie die Schultern sinken, und alle Spannung wich aus ihrem Körper.

»Das alles ist dumm und selbstsüchtig«, stellte sie fest. »Und du kannst das sicher nicht verstehen und hältst mich für kindisch.«

»Nein«, entgegnete Roger ruhig. »Das tue ich nicht.« Er stellte sich hinter sie, legte ihr die Arme um die Taille und schmiegte sich an sie. Sie versteifte sich erst, aber dann gab sie ihrem Bedürfnis nach Trost nach und entspannte sich in seiner Umarmung.

»Mir ist es nie klargeworden«, sagte er. »Bis heute. Erinnerst du dich an all diese Kartons in der Garage?«

»Welche?« fragte sie. »Dort stehen Hunderte.«

»Die mit der Aufschrift ›Roger‹. Darin steckt der Krempel meiner Eltern«, sagte er. »Bilder, Briefe, Babysachen und so weiter. Das hat der Reverend aufgehoben, als er mich zu sich nahm. Und behandelt hat er es genauso ehrfürchtig wie kostbare historische Dokumente.«

Er wiegte sie zart in seinen Armen. »Ich habe ihn mal gefragt, warum er sich die Mühe macht und es aufhebt – ich würde es nicht brauchen und mir nichts daraus machen. Aber er hat gesagt, das würde er aufbewahren, das sei meine Vergangenheit, und jeder Mensch brauche eine Vergangenheit.«

Brianna seufzte und entspannte sich noch mehr. Ohne es zu merken, fiel sie in sein gleichmäßiges Wiegen ein.

»Hast du jemals nachgesehen, was in den Kartons ist?«

Er schüttelte den Kopf. »Darauf kommt es nicht an. Es genügt zu wissen, daß sie da sind.«

Roger ließ sie los, und Brianna drehte sich zu ihm um. Ihr Gesicht war fleckig und ihre lange, gerade Nase ein wenig geschwollen.

»In einem hast du dich getäuscht«, flüsterte er, während er ihr die Arme entgegenstreckte. »Deine Mutter ist nicht der einzige Mensch auf Erden, dem etwas an dir liegt.«

Brianna war längst zu Bett gegangen, aber Roger saß noch immer im Arbeitszimmer und sah zu, wie die Flammen allmählich herunterbrannten. An Halloween, dem Abend vor Allerheiligen, kam es ihm immer so vor, als ließen ihn die zahllosen Geister, die in einer solchen Nacht zum Leben erwachten, nicht zur Ruhe kommen. Ganz besonders galt das für diese spezielle Nacht, wenn man bedachte, was am nächsten Tag geschehen sollte. Die Kürbislaterne auf dem Schreibtisch grinste verheißungsvoll.

Der Klang von Schritten auf der Treppe riß Roger aus seinen Gedanken. Zunächst glaubte er, es sei Brianna, die nicht schlafen konnte, doch dann erschien Claire in der Tür.

»Ich habe mir schon gedacht, daß Sie noch nicht schlafen«, sagte sie. Ihr Morgenmantel aus Satin schimmerte weiß.

Roger lächelte und streckte ihr einladend die Hand entgegen. »Nein. An Halloween konnte ich noch nie schlafen. Nicht, nachdem mir mein Vater die Gespenstergeschichten erzählt hatte. Danach hörte ich nur noch Geister vor meinem Fenster flüstern.«

Claire erwiderte sein Lächeln. »Also, wenn ich Gespenster vor meinem Fenster gehört hätte, hätte ich mich für den Rest der Nacht unter der Bettdecke versteckt.«

»Das habe ich gewöhnlich auch getan«, versicherte ihr Roger. »Nur einmal, da war ich ungefähr sieben, habe ich meinen ganzen Mut zusammengenommen, bin aufgestanden und habe auf die Fensterbank gepinkelt. Der Reverend hatte mir nämlich erzählt, daß man an die Türpfosten pinkeln muß, um die Gespenster fernzuhalten.«

Claire lachte auf, und fröhliche Funken tanzten in ihren Augen. »Und, hat es gewirkt?«

»Es hätte wahrscheinlich noch besser gewirkt, wenn ich vorher das Fenster aufgemacht hätte«, sagte Roger. »Aber hereingekommen sind die Gespenster jedenfalls nicht, nein.«

Sie lachten beide, und dann breitete sich zwischen ihnen jenes Schweigen aus, das im Laufe des Abends schon mehrmals aufgekommen war – immer dann, wenn sie merkten, daß unter dem Drahtseilakt des Gesprächs ein Abgrund gähnte. Claire setzte sich neben Roger und starrte ins Feuer. Ruhelos spielten ihre Finger am Morgenmantel herum.

»Ich werde auf Brianna aufpassen«, erklärte er schließlich langsam. »Aber das wissen Sie wahrscheinlich schon, oder?«

Claire nickte, ohne ihn anzusehen.

»Ja, ich weiß«, sagte sie leise. Tränen glitzerten in ihren Augen, blieben zitternd an den Wimpern hängen, funkelten im Schein des Feuers. Sie griff in ihre Tasche und zog einen länglichen weißen Umschlag hervor.

»Wahrscheinlich halten Sie mich jetzt für furchtbar feige«, sagte sie, »und das zu Recht. Aber ich… ich bringe es einfach nicht über mich… mich von Brianna zu verabschieden.« Sie schwieg, um Fassung ringend, und hielt ihm dann den Umschlag entgegen.

»Ich habe ihr geschrieben. Würden Sie…«

Roger nahm den Brief. Er war warm von ihrem Körper. Plötzlich verspürte er das seltsame Bedürfnis, ihn nicht kalt werden zu lassen, bevor ihre Tochter ihn bekam, und steckte ihn in seine Brusttasche.

»Ja«, sagte er, während ihm die Kehle eng wurde. »Dann wollen Sie also…«

»Noch vor Morgengrauen«, sagte sie. »Ich habe einen Wagen bestellt, der mich abholt.« Ihre Hände, die im Schoß lagen, verkrampften sich. »Wenn ich…« Sie biß sich auf die Lippen und sah Roger flehend an. »Ich weiß nicht, ob ich es über mich bringe. Ich habe furchtbare Angst. Angst zu gehen. Angst zu bleiben. Angst eben.«

»Das hätte ich auch.« Er streckte ihr die Hand entgegen, und sie nahm sie. Lange Zeit hielt er sie fest, spürte ihren schwachen, raschen Puls.

Schließlich drückte sie herzlich seine Finger.

»Danke, Roger«, sagte sie. »Danke für alles.« Sie beugte sich vor und gab ihm einen zarten Kuß auf die Lippen. Dann stand sie auf und verließ das Zimmer, ein weißes Gespenst, das vom dunklen Flur verschluckt wurde.

Roger blieb noch eine Weile sitzen. Lange Zeit meinte er noch, ihre Nähe zu spüren. Die Kerze im Kürbis war fast heruntergebrannt. Der Duft von Bienenwachs erfüllte die Luft, und die heidnischen Götter lugten ein letztes Mal durch die flackernden Augenhöhlen.

23

Craigh na Dun

Der Morgen war kalt und neblig; ich war froh über meinen Umhang. Zum letztenmal hatte ich so ein Kleidungsstück vor zwanzig Jahren getragen, aber angesichts der Sachen, die jetzt in Mode waren, hatte sich der Schneider nicht weiter gewundert, als ich ein wollenes Cape mit einer Kapuze in Auftrag gab.

Ich konzentrierte mich voll und ganz auf den Weg. Die Hügelkuppe hatte im Dunst gelegen, als mich der Wagen am Fuß des Berges absetzte.

»Hier?« hatte der Fahrer gefragt und ungläubig auf die verlassene Landschaft geblickt. »Sind Sie sicher?«

»Ja«, sagte ich. Vor Angst brachte ich kaum ein Wort heraus. »Genau hier.«

»Aye?« Er schaute zweifelnd drein. »Soll ich warten? Oder Sie später hier abholen?«

Ich war ernstlich versucht, seine Frage zu bejahen. Was war, wenn ich die Nerven verlor? Es kam mir so vor, als stünde ich kurz davor.

»Nein«, sagte ich und schluckte. »Das ist nicht nötig.« Wenn ich es nicht fertigbrachte, würde ich einfach zu Fuß nach Inverness zurückkehren. Oder vielleicht kämen auch Brianna und Roger – obwohl es sicher noch schlimmer wäre, schmählich gescheitert zurückchauffiert zu werden. Oder vielleicht doch nicht?

Kiesel rollten unter meinen Füßen davon, und die schweren Geldmünzen in der verstärkten Tasche meines Umhangs schlugen mir bei jedem Schritt gegen die Hüfte und machten mir bewußt, daß ich es wirklich tat.

Ich konnte nicht. Das Bild von der friedlich schlafenden Brianna, wie ich sie letzte Nacht gesehen hatte, verfolgte mich. Außerdem spürte ich bereits das Entsetzen, das von der Hügelkuppe seine Fühler ausstreckte – das schrille Kreischen, das Chaos, das Gefühl, in Stücke gerissen zu werden. Ich konnte nicht.

Trotzdem stieg ich den Berg weiter hinauf. Meine Hände waren feucht von Schweiß, aber meine Füße trugen mich weiter, als folgten sie nicht länger meinen Befehlen.

Als ich oben ankam, war es hell geworden. Den Nebel hatte ich unter mir gelassen, und scharf und dunkel zeichneten sich die aufrecht stehenden Steine vor dem kristallklaren Himmel ab. Mir brach der Schweiß aus, als ich daran dachte, was mir bevorstand. Aber ich ging weiter und trat in den Kreis.

Sie standen vor dem gespaltenen Stein und sahen einander an. Als Brianna mich hörte, wirbelte sie zu mir herum.

Verdutzt starrte ich sie an. Genau wie ich trug sie ein Jessica-Gutenburg-Kleid aus der Boutique in Inverness, nur daß ihres leuchtend limonengrün und das Mieder mit Plastikperlen bestickt war.

»Die Farbe steht dir ganz und gar nicht«, stellte ich fest.

»Es gab kein anderes in meiner Größe«, antwortete sie ruhig.

»Was, in Teufels Namen, wollt ihr hier?« fragte ich, als ich allmählich wieder klar denken konnte.

»Wir wollten dir nachwinken.« Ein leises Lächeln umspielte ihre Lippen. Ich sah Roger an, der die Achseln zuckte und schief grinste.

»Ach so. Gut«, sagte ich. Brianna stand direkt vor dem gespaltenen Stein. Er war etwa vier Meter hoch, und durch den etwas fußbreiten Schlitz sah ich die blasse Morgensonne auf das Gras unterhalb des Steinkreises scheinen.

»Entweder gehst du«, erklärte Brianna, »oder ich gehe.«

»Du? Weißt du, was du da sagst?«

»Ja.« Sie sah die Spalte an und schluckte. Aber vielleicht lag es auch an dem limonengrünen Kleid, daß sie kreidebleich wirkte. »Ich weiß, daß ich es kann. Als Geillis Duncan damals ihre Reise antrat, habe ich die Steine schreien hören. Und Roger auch.« Sie warf ihm einen Blick zu, als wollte sie sich seiner Unterstützung vergewissern. Dann fixierte sie mich.

»Ich weiß nicht, ob ich Jamie Fraser finden könnte. Vielleicht bist nur du dazu in der Lage. Aber wenn du es nicht versuchen willst, muß ich das tun.«

Ich öffnete den Mund, wußte dann aber nicht, was ich sagen sollte.

»Verstehst du denn nicht, Mama? Er soll wissen, daß es ihm gelungen ist! Daß er uns gerettet hat!« Ihre Lippen bebten, und sie preßte sie fest zusammen.

»Das sind wir ihm schuldig, Mama«, fuhr sie leise fort. »Jemand muß es ihm sagen. Er soll wissen, daß ich auf der Welt bin.«

»Ach, Brianna!« Meine Kehle war wie zugeschnürt, so daß ich kaum ein Wort herausbrachte. »Ach, Brianna!«

Sie nahm meine Hände und drückte sie.

»Er hat dafür gesorgt, daß du für mich dasein konntest«, sagte sie so leise, daß ich sie kaum verstand. »Und jetzt muß ich dich wieder hergeben.«

Mit tränenverschleierten Augen, Augen, die Jamies so ähnlich waren, sah sie auf mich herab.

»Wenn du ihn findest«, flüsterte sie, »wenn du meinen Vater findest, gib ihm *das* hier.« Sie küßte mich ungestüm und zugleich voller Zärtlichkeit. Dann straffte sie sich und drehte mich zu dem Stein um.

»Geh jetzt, Mama«, stieß sie atemlos hervor. »Ich liebe dich! Geh!«

Aus den Augenwinkeln sah ich, wie Roger auf sie zutrat. Ich tat einen Schritt und dann noch einen. Schon hörte ich das leise, dumpfe Donnern. Noch ein letzter Schritt, und dann verschwand die Welt vor meinen Augen.

SECHSTER TEIL

Edinburgh

24

A. Malcolm, Drucker

Mein erster klarer Gedanke war: Es regnet. Das muß Schottland sein. Als nächstes dachte ich, daß diese Beobachtung nicht viel besser war als die wirren Bilder, die in meinem Kopf herumschwirrten.

Ich blinzelte, was nicht ganz einfach war. Das Lid war verklebt, und mein Gesicht fühlte sich kalt und aufgedunsen an. Meine Kleidung war völlig durchnäßt.

Kein Zweifel, es regnete – ein leises, stetiges Trommeln, das einen Nebel von feinen Tröpfchen über dem grünen Hochmoor hochwirbelte. Als ich mich aufsetzte, kam ich mir vor wie ein Nilpferd, das sich aus dem Sumpf erhebt, und fiel prompt wieder nach hinten um.

Blinzelnd schloß ich die Augen, um sie vor dem Platzregen zu schützen. Mir dämmerte allmählich, wer ich war – und wo ich mich befand. *Brianna*. Plötzlich tauchte ihr Gesicht vor mir auf, und ich stöhnte, als hätte mir jemand einen Schlag in die Magengrube versetzt. Dem Schmerz und dem Schock über die Trennung fühlte ich mich genauso hilflos ausgeliefert wie dem Chaos des Steinkreises.

Jamie. Da war er, der feste Punkt, an den ich mich geklammert hatte, das einzige, was mich daran hinderte, verrückt zu werden. Ich atmete langsam und tief, die Hände über meinem pochenden Herzen gefaltet, und rief mir Jamies Gesicht ins Gedächtnis. Einen Augenblick lang glaubte ich, er wäre mir entglitten, doch dann sah ich ihn klar und deutlich vor mir.

Wieder kämpfte ich mich hoch, und diesmal konnte ich mich aufrecht halten. Ja, gewiß war ich in Schottland, wo sonst, aber im Schottland der Vergangenheit. Zumindest *hoffte* ich das. Jedenfalls war es nicht das Schottland, das ich zurückgelassen hatte. Die Bäume und Büsche standen in Gruppen, die mir fremd schienen; unterhalb von mir wuchsen Ahornschößlinge, die ich nicht gesehen hatte, als ich auf den Hügel geklettert war, wann war das? Heute morgen? Vor zwei Tagen?

Ich hatte keine Ahnung, wieviel Zeit verstrichen war, seit ich den Steinkreis betreten hatte, oder wie lange ich bewußtlos am Hang unterhalb des Kreises gelegen hatte. Eine ganze Weile – nach der Feuchtigkeit meiner Sachen zu urteilen! Ich war bis auf die Haut durchnäßt.

Im Gras lagen glänzende rote Beeren. Wie passend, dachte ich amüsiert. Ich war unter einer Eberesche ohnmächtig geworden – ein Baum, der Schutz vor Hexerei und Zauberei gewähren soll.

Ich klammerte mich an den glatten Stamm der Eberesche und zog mich mühsam hoch. An den Baum gelehnt, blickte ich nach Nordosten. Der Regen verhüllte den Horizont mit grauen Schleiern, aber ich wußte, daß Inverness in dieser Richtung lag, auf modernen Straßen nicht mehr als eine Autostunde entfernt.

Einen Weg gab es bereits. Ich sah einen holprigen Pfad, der am Fuß des Hügels entlangführte, aber es war etwas anderes, gut vierzig Meilen zu Fuß zurücklegen zu müssen, als im Auto hergebracht zu werden.

Im Stehen ging es mir ein bißchen besser. Aus meinen Gliedern wich allmählich die Schwäche und aus meinem Kopf das chaotische Gefühl der Zerrissenheit. Die Reise war so schlimm gewesen wie befürchtet, vielleicht sogar schlimmer. Schaudernd spürte ich die schreckliche Gegenwart der Steine, und meine Haut prickelte vor Kälte.

Aber ich lebte. Ich lebte und hatte das leise Gefühl der Gewißheit, das wie eine winzige Sonne in meinem Innern glühte. *Er war hier*. Ich wußte es jetzt, obwohl ich es nicht gewußt hatte, als ich mich in den Steinkreis warf. Ich hatte mich an Jamies Bild geklammert wie an ein Rettungsseil im tobenden Sturm – und das Seil in meiner Hand hatte sich gestrafft und mich herausgezogen.

Ich war naß und kalt und fühlte mich zerschlagen, als hätte mich die Brandung gegen die Felsküste geschmettert. Aber ich war hier. Und irgendwo in diesem seltsamen Land der Vergangenheit lebte der Mann, den ich suchte. Trauer und Schrecken verblaßten, als mir klarwurde, daß die Würfel gefallen waren. Es gab kein Zurück mehr. Den Rückweg hätte ich wahrscheinlich nicht überlebt. Als ich erkannte, daß ich vermutlich den Rest meiner Tage hier verbringen würde, wurden alle Zweifel und Ängste von einer merkwürdigen Ruhe überdeckt. Ich konnte nicht umkehren. Mir blieb keine Wahl, als vorwärts zu gehen und ihn zu suchen.

Rasch vergewisserte ich mich, daß mein Päckchen mit belegten Broten die Reise überstanden hatte. Wie gut. Der Gedanke, vierzig Meilen mit leerem Magen zu wandern, war nicht gerade angenehm.

Mit etwas Glück würde mir das erspart bleiben – vielleicht fand ich ein Dorf, wo ich ein Pferd kaufen konnte. Wenn nicht, war ich auch darauf vorbereitet. Ich hatte vor, mich nach Inverness zu begeben und dort die Postkutsche nach Edinburgh zu nehmen.

Es war schwer zu sagen, wo sich Jamie zur Zeit aufhielt. Vielleicht in Edinburgh, wo sein Artikel erschienen war, aber ebensogut konnte er anderswo sein. Wenn ich ihn dort nicht fand, würde ich nach Lallybroch fahren, wo er herstammte. Gewiß würde seine Familie wissen, wo er steckte – falls jemand von ihnen überlebt hatte. Mich fröstelte.

Ich mußte an ein psychedelisches Poster denken, das ich in einem Buchladen neben dem Krankenhaus gesehen hatte. Es zeigte eine Raupe, die an einem Blumenstengel hochkriecht. Über dem Stengel schwebte ein leuchtendbunter Schmetterling, und darunter stand der Satz: »Auch eine Reise von tausend Meilen beginnt mit einem einzigen Schritt.«

Das Ärgerliche an diesen Sprüchen ist, daß sie oft den Nagel auf den Kopf treffen, dachte ich bei mir. Also ließ ich die Eberesche los und tat den ersten Schritt in meine Zukunft.

Die Reise von Inverness nach Edinburgh war lang und anstrengend. Ich war in einer großen Kutsche mit zwei anderen Damen, dem weinerlichen Söhnchen der einen Dame und vier Herren unterschiedlicher Größe und Laune eingepfercht.

Mr. Graham, ein kleiner, lebhafter Mann in vorgerücktem Alter, saß neben mir und trug einen Beutel mit Kampfer und Teufelsdreck um den Hals, was den anderen Mitreisenden die Tränen in die Augen trieb.

»Ganz kapital, um die üblen Dämpfe der Influenza abzuwehren«, erklärte er mir, während er den Beutel wie ein Weihrauchgefäß unter meiner Nase hin- und herschwenkte. »Weil ich das in den Herbst- und Wintermonaten stets bei mir trage, war ich in den letzten dreißig Jahren nicht einen Tag krank!«

»Erstaunlich«, bemerkte ich höflich und versuchte, die Luft anzuhalten. Ich glaubte ihm aufs Wort. Wahrscheinlich hielt ihm der Gestank alle Leute vom Leib, so daß Erreger gar nicht erst an ihn herankamen.

Die Auswirkungen auf den Knaben waren jedoch nicht annähernd so segensreich. Nach einigen lauten und unüberlegten Bemerkungen über den Geruch in der Kutsche suchte Master Georgie am Busen seiner Mutter Zuflucht, von wo er, grün im Gesicht, hervorspähte. Ich behielt ihn und den Nachttopf unter der gegenüberliegenden Bank im Auge, nur für den Fall, daß schnelles Handeln erforderlich werden sollte.

Der Nachttopf war wohl nur für den Notfall bestimmt, denn für gewöhnlich erforderte das Schamgefühl der Damen etwa stündlich eine Pause. Dann verteilten sich die Reisenden im Gebüsch, und sei es nur, um dem Gestank von Mr. Grahams Teufelsdreckbeutel zu entrinnen.

Nach ein oder zwei Pausen sah Mr. Graham seinen Platz neben mir von einem Mr. Wallace belegt, einem rundlichen jungen Anwalt, der nach Edinburgh zurückkehrte, nachdem er sich um die Übergabe eines Landguts in Inverness gekümmert hatte, das einem älteren Verwandten von ihm gehörte.

Ich fand die Einzelheiten seiner Anwaltspraxis nicht annähernd so fesselnd wie er selbst. Aber unter den gegebenen Umständen stärkte die Anziehungskraft, die ich offenbar auf ihn ausübte, mein Selbstbewußtsein, und ich brachte mehrere Stunden damit zu, mit ihm auf einem kleinen Brett, das er aus der Tasche zog, Schach zu spielen.

Alle Unbequemlichkeiten der Reise wurden jedoch von der Sorge überlagert, was mich in Edinburgh erwartete. A. Malcolm. Der Name ging mir immer wieder durch den Sinn. Er mußte Jamie sein, er mußte einfach! James Alexander Malcolm MacKenzie Fraser.

»Wenn man bedenkt, wie die Hochlandrebellen nach Culloden

behandelt wurden, wäre es nur vernünftig, wenn er in einer Stadt wie Edinburgh einen anderen Namen führt«, hatte mir Roger Wakefield erklärt. »Vor allem er – schließlich war er ein verurteilter Verräter. Und es sieht aus, als wäre ihm das zur Gewohnheit geworden«, hatte er kritisch hinzugefügt, während er den Artikel gegen die Exportbeschränkungen durchsah. »Für die damalige Zeit grenzt das schon fast an Volksverhetzung.«

»Ja, das klingt nach Jamie«, bemerkte ich trocken, aber mein Herz machte einen Sprung, als ich auf die wohlbekannten nachlässigen Schriftzüge und die kühn formulierten Gedanken blickte. Mein Jamie!

Nach knapp zwei Tagen erreichten wir Edinburgh. Wir hatten unterwegs viermal angehalten, um die Pferde zu wechseln und in der Taverne der Poststation eine Erfrischung zu uns zu nehmen.

Schließlich rollte die Kutsche in den Hof hinter Boyd's Whitehorse am unteren Ende der Royal Mile. Die Reisenden traten in den fahlen Sonnenschein hinaus wie frisch geschlüpfte Schmetterlinge mit verknitterten Flügeln und fahrigen Bewegungen, noch ungelenk angesichts der neuen Freiheit. Nach der Dunkelheit in der Kutsche blendete uns selbst das wolkig-graue Licht von Edinburgh.

Vom langen Sitzen waren mir die Füße eingeschlafen, aber ich beeilte mich trotzdem, aus dem Hof zu entfliehen, während meine Reisegefährten ihre Habe entgegennahmen. Doch ich hatte kein Glück. An der Straße holte mich Mr. Wallace ein.

»Mrs. Fraser«, rief er. »Darf ich um das Vergnügen bitten, Sie zu Ihrem Bestimmungsort zu begleiten? Gewiß brauchen Sie Hilfe bei der Beförderung Ihres Gepäcks.«

»Danke…«, sagte ich. »Vielen Dank, aber ich… ich lasse mein Gepäck beim Wirt. Mein… mein…« Verzweifelt suchte ich nach Worten. »Der Diener meines Gatten wird es später holen.« Sein rundliches Gesicht verdüsterte sich bei dem Wort »Gatten«, aber er faßte sich rasch wieder, nahm meine Hand und vollführte eine galante Verbeugung.

»Ich verstehe. Darf ich also meinen tiefempfundenen Dank ausdrücken für Ihre reizende Gesellschaft, Mrs. Fraser? Vielleicht werden wir uns ja wiedersehen.« Er richtete sich auf und ließ den Blick über die Menge schweifen, die an uns vorbeiströmte. »Holt

Ihr Gatte Sie ab? Ich wäre hocherfreut, seine Bekanntschaft zu machen.«

Zwar hatte ich Mr. Wallaces Interesse an mir als ziemlich schmeichelhaft empfunden, aber nun wurde es mir langsam lästig.

»Nein, ich treffe ihn später«, erwiderte ich. »Schön, Sie kennengelernt zu haben, Mr. Wallace. Ich hoffe, daß wir uns wiedersehen.« Überschwenglich schüttelte ich Mr. Wallace die Hand, was ihn so verwirrte, daß es mir gelang, mich zwischen den Reisenden, den Pferdeknechten und den fliegenden Händlern aus dem Staub zu machen.

Ich wagte es nicht, mich noch länger in der Nähe der Poststation aufzuhalten, da ich fürchtete, er könnte mir folgen. Also bog ich in die Royal Mile ein, hastete, so schnell es meine bauschigen Röcke erlaubten, die Straße hinauf und bahnte mir meinen Weg durch die Menge.

Keuchend wie eine entwischte Taschendiebin blieb ich auf halber Höhe der steil ansteigenden Straße stehen. Hier stand ein Stadtbrunnen, und ich ließ mich an seinem Rand nieder, um zu verschnaufen.

Ich war da. Wirklich da. Auf dem Hügel hinter mir lag Edinburgh, überragt von der Burg, und unter mir sah ich Holyrood Palace in majestätischer Pracht.

Als ich das letztemal an diesem Brunnen gestanden war, hatte Bonnie Prince Charles zu den Bürgern von Edinburgh gesprochen und sie mit dem Anblick seiner königlichen Person begeistert. Ausgelassen war er vom Rand des Brunnens zur gemeißelten Kreuzblume in der Mitte gesprungen, hatte sich an einem Wasserspeier festgehalten und gerufen: »Auf nach England!« Die Menge hatte gebrüllt vor Freude über diese Darbietung jugendlicher Siegeslaune und sportlicher Tüchtigkeit. Meine Begeisterung hatte sich in Grenzen gehalten, da mir aufgefallen war, daß man zur Vorbereitung dieser Übung das Wasser abgelassen hatte.

Ich fragte mich, wo sich Charlie jetzt befand. Nach Culloden war er vermutlich nach Italien zurückgegangen. Ich wußte nicht, was er trieb, und ich wollte es auch gar nicht wissen. Aus der Geschichte war er ebenso verschwunden wie aus meinem Leben, und hinterlassen hatte er nur Zerstörung und Verwüstung. Es blieb abzuwarten, was noch zu retten war.

Ich war sehr hungrig. Seit dem eiligen Frühstück unterwegs, bestehend aus grobem Haferbrei und gekochtem Hammelfleisch, hatte ich nichts mehr gegessen. In meiner Tasche steckte noch ein letztes Brot, das ich unter den neugierigen Blicken meiner Mitreisenden nicht hatte verzehren wollen. Erdnußbutter und Gelee auf Weißbrot – es war schon etwas mitgenommen, aber es schmeckte köstlich. Wie oft hatte ich morgens Erdnußbutter für Brianna aufs Brot gestrichen? Entschlossen unterdrückte ich den Gedanken und betrachtete zum Zeitvertreib die Vorübergehenden. Sie sahen etwas anders aus als moderne Stadtbewohner. Männer und Frauen waren meist kleiner und zeigten alle Anzeichen von Mangelernährung. Und doch waren mir die Leute durch und durch vertraut – es waren größtenteils Schotten und Engländer, und als ich das melodische, gutturale Stimmengewirr in den Straßen vernahm, hatte ich, nach all den Jahren in Boston, das Gefühl, endlich daheim zu sein.

Rasch schluckte ich den letzten süßen Bissen meines alten Lebens hinunter und zerknüllte die Verpackung in meiner Hand. Ich sah mich um und ließ das Stückchen Plastikfolie verstohlen auf den Boden fallen.

Der Wind trug es davon, unbemerkt von den Vorübergehenden. Ich fragte mich, ob meine eigene unzeitgemäße Anwesenheit ebensowenig Schaden anrichten würde.

»Du trödelst, Beauchamp«, sagte ich mir. »Zeit, daß du weiterkommst.« Ich holte tief Luft und stand auf.

»Verzeihung«, sagte ich und hielt einen Bäckerjungen am Ärmel fest. »Ich suche einen Drucker – einen Mr. Malcolm. Alexander Malcolm.« Vor Angst und Aufregung rumorte es in meinem Bauch. Was, wenn es in Edinburgh gar keine Druckerei gab, die einem Alexander Malcolm gehörte?

Doch es gab eine. Der Junge verzog nachdenklich das Gesicht, dann hellte sich seine Miene auf.

»Aber ja, Madam – da hinunter und dann links. Carfax Close.« Er rückte die Brotlaibe unter seinem Arm zurecht, nickte und verschwand im Gedränge.

Carfax Close. Ich bahnte mir meinen Weg durch die Menge und drückte mich nah an den Häusern entlang, um dem Schwall von Schmutzwasser zu entgehen, der sich gelegentlich aus den Fenstern hoch oben ergoß. In Edinburgh lebten mehrere tausend Menschen, und ihr Abwasser lief die Gosse hinunter – bewohnbar blieb die Stadt nur dank der Schwerkraft und der häufigen Regengüsse.

Die niedrige, dunkle Einfahrt zur Carfax Close gähnte mir auf der anderen Seite der Royal Mile entgegen. Wie angewurzelt blieb ich stehen und starrte hinüber. Mein Herz klopfte so laut, daß man es noch einen Meter neben mir hätte hören können.

Es regnete nicht, sah aber nach Regen aus, und in der feuchten Luft lockten sich meine Haare. Ich strich sie mir aus der Stirn und richtete meine Frisur, so gut es ohne Spiegel ging. Da sah ich ein Stück weiter oben ein großes Tafelglasfenster und eilte darauf zu.

Meine Haare hatten die Gelegenheit genutzt, sich wie verrückt in alle Richtungen zu kringeln, so daß ich eine gewisse Ähnlichkeit mit Medusa aufwies. Ungeduldig zog ich die Haarnadeln heraus und begann, meine Locken hochzustecken.

In dem Geschäft beugte sich eine Frau über den Ladentisch. Sie hatte drei Kinder bei sich, und ich beobachtete nebenbei, wie sie die Kleinen ärgerlich anfuhr und mit ihrem Retikül nach dem mittleren Kind, einem Jungen, schlug, weil er mit frischen Anisstengeln herumspielte, die in einem Wasserkübel auf dem Boden standen.

Es war eine Apotheke. Über der Tür stand der Name »Haugh«, den ich freudig wiedererkannte. Hier hatte ich während meiner kurzen Zeit in Edinburgh Kräuter gekauft. Die Schaufensterdekoration war mittlerweile um ein großes Gefäß mit gefärbtem Wasser bereichert worden, in dem eine menschenähnliche Gestalt trieb. Vielleicht ein Schweinefötus oder ein Babypavian; sein flaches, boshaftes Gesicht, das sich gegen die runde Gefäßwand drückte, wirkte ziemlich beunruhigend.

»Also zumindest sehe ich besser aus als *du*!« murmelte ich, während ich eine widerspenstige Haarnadel feststeckte.

Und besser als die Frau im Laden, dachte ich bei mir. Gerade steckte sie stirnrunzelnd ihren Einkauf in die Tasche, die sie bei sich trug. Sie hatte die blasse Haut einer Städterin und ziemlich viele Falten.

»Der Teufel soll dich holen, du kleine Ratte«, sagte sie zornig zu dem Jungen, als sie alle miteinander aus dem Laden polterten. »Hab' ich dir nicht schon tausendmal gesagt, du sollst deine Pfoten in der Tasche lassen!«

»Entschuldigen Sie.« Getrieben von einer unwiderstehlichen Neugier, trat ich vor und unterbrach sie.

»Aye?« Abgelenkt von ihrer mütterlichen Strafpredigt, schaute sie mich verblüfft an. Von nahem sah ihr Gesicht noch verhärmter aus.

»Ihre netten Kinder sind mir aufgefallen«, sagte ich mit soviel Bewunderung, wie ich auf die schnelle aufbringen konnte. Dabei strahlte ich sie freundlich an. »So hübsch sind die Kleinen! Sagen Sie mir doch, wie alt sind sie?«

Die Kinnlade fiel ihr herunter. Sie blinzelte und sagte dann: »Ach, das ist aber freundlich von Ihnen, Madam. Ja... Maisri hier ist zehn.« Sie nickte dem ältesten Mädchen zu, das gerade dabei war, sich mit dem Ärmel die Nase zu putzen. »Joey ist acht – nimm den Finger aus der Nase, du Schlingel!« zischte sie, drehte sich dann um und tätschelte stolz ihrer Jüngsten den Kopf. »Und die kleine Polly ist diesen Mai sechs geworden.«

»Kaum zu glauben!« Ich sah die Frau an, als wäre ich höchst erstaunt. »Daß Sie in Ihrem Alter schon so große Kinder haben! Sie haben wohl ganz jung geheiratet.«

Sie fühlte sich geschmeichelt und lächelte geziert.

»Ach nein! So jung nun auch wieder nicht. Ich war immerhin schon neunzehn, als Maisri auf die Welt gekommen ist.«

»Erstaunlich«, sagte ich, ohne zu heucheln. Ich wühlte in meiner Rocktasche und gab den Kindern je einen Penny, für den sie sich schüchtern knicksend bedankten. »Einen guten Tag wünsche ich Ihnen«, sagte ich zu der Frau und verabschiedete mich lächelnd und winkend.

Neunzehn, als die Älteste geboren wurde, und Maisri war jetzt zehn. Also war die Mutter neunundzwanzig. Und dank der Segnungen einer guten Ernährung, der Hygiene und der Kunst der Zahnärzte und nicht verbraucht durch Schwangerschaften und harte Arbeit, sah ich erheblich jünger aus als sie. Ich holte tief Luft und trat in die Carfax Close.

Es war eine ziemlich lange, verwinkelte Sackgasse, und die Druckerei befand sich am Ende. Zu beiden Seiten gab es schöne Geschäfte und Wohnhäuser, aber meine Aufmerksamkeit galt einzig und allein dem sauberen, weißen Schild, das an der Tür hing.

stand darauf, und darunter: *Bücher, Visitenkarten, Broschüren, Flugschriften, Briefe etc.*

Ich strich über die schwarzen Buchstaben des Namens A. Malcolm, Alexander Malcolm. James Alexander Malcolm MacKenzie Fraser. Vielleicht.

Wenn ich noch einen Augenblick wartete, würde ich die Nerven verlieren. Ich stieß die Tür auf und trat ein.

Den vorderen Teil des Raumes füllte ein breiter Ladentisch mit einer offenen Klappe und einem Regal an einer Seite, auf dem mehrere Tabletts mit Lettern standen. An der gegenüberliegenden Wand hingen Plakate und Bekanntmachungen aller Art, die zweifellos als Muster dienten.

Durch die offene Tür zum Hinterzimmer war eine klobige, eckige Druckerpresse zu sehen. Darüber beugte sich, mit dem Rücken zu mir, Jamie.

»Bist du's, Geordie?« fragte er, ohne sich umzudrehen. Er trug ein Hemd und Kniehosen und hatte irgendein kleines Werkzeug in der Hand, mit dem er sich im Innern der Maschine zu schaffen machte. »Du hast ganz schön lang gebraucht. Hast du das...«

»Ich bin nicht Geordie«, erwiderte ich. Meine Stimme war höher als sonst. »Ich bin's... Claire.«

Ganz langsam richtete er sich auf. Sein langes Haar hatte er sauber zu einem dicken Zopf zusammengebunden. Es war rot mit Kupfersträhnen durchsetzt. Ich hatte Zeit zu beobachten, daß es von einem grünen Band zusammengehalten wurde, dann drehte er sich um.

Wortlos starrte er mich an. Sein muskulöser Hals zitterte, als er schluckte, aber er sagte nichts.

Es war das wohlbekannte gutmütige Gesicht, die schrägen, dunkelblauen Augen über den hohen Wikingerwangenknochen, der große Mund, der sich an den Winkeln kräuselte, als würde er gleich lächeln. Die Falten um Augen und Mund waren natürlich tiefer. Die Nase hatte sich allerdings ein wenig verändert. Der gerade Nasenrücken war an der Wurzel ein wenig dicker, wo ein alter, verheilter Bruch seine Spuren hinterlassen hatte. Dadurch sah Jamie grimmiger aus, aber es milderte gleichzeitig den Ausdruck hochmütiger Zurückhaltung, der ihm eigen gewesen war, und verlieh ihm einen neuen, rauhen Charme.

Ich trat durch die offene Klappe im Ladentisch und sah nichts als seine Augen, die auf mich gerichtet waren. Ich räusperte mich.

»Wann hast du dir die Nase gebrochen?«

Er zog die Mundwinkel nach oben.

»Ungefähr drei Minuten, nachdem ich dich das letztemal gesehen habe – Sassenach.«

Er sprach den Namen zögernd aus, fast wie eine Frage. Uns trennte kaum noch ein halber Meter. Ich streckte die Hand aus und berührte vorsichtig die winzige Narbe.

Er schreckte zurück, als wäre ein elektrischer Funke auf ihn übergesprungen.

»Du bist echt«, flüsterte er. Blaß war er mir ohnehin vorgekommen, aber jetzt wich die letzte Farbe aus seinem Gesicht. Er verdrehte die Augen und sank zu Boden. Für einen so großen Mann fiel er recht anmutig, dachte ich.

Es war nur eine Ohnmacht. Seine Augenlider flatterten, als ich neben ihm niederkniete und sein Halstuch öffnete. Inzwischen hatte ich keine Zweifel mehr, aber ich sah doch unwillkürlich nach, als ich das schwere Leinen beiseite zog. Natürlich war sie da, die kleine dreieckige Narbe direkt über dem Schlüsselbein, die ihm Jonathan Randall, Hauptmann des Achten Dragonerregiments Seiner Majestät, beigebracht hatte.

Allmählich kehrten seine Lebensgeister zurück. Mit gekreuzten Beinen saß ich auf dem Boden und hatte seinen Kopf in meinen Schoß gebettet. Sein dichtes Haar lag weich in meiner Hand. Er öffnete die Augen.

»Ist es so schlimm?« fragte ich lächelnd. Dieselbe Frage hatte er mir vor über zwanzig Jahren am Tag unserer Hochzeit gestellt.

»So schlimm und noch schlimmer, Sassenach.« Er verzog den Mund zu einer Art Lächeln und setzte sich abrupt auf.

»Großer Gott, du bist tatsächlich echt!«

»Genau wie du.« Ich sah zu ihm auf. »Ich… ich dachte, du wärst tot.« Ich hatte es leichthin sagen wollen, aber meine Stimme verriet mich. Tränen liefen mir übers Gesicht und benetzten den rauhen Stoff seines Hemdes. Er zog mich heftig an sich.

Ich zitterte so sehr, daß ich erst nach einiger Zeit bemerkte, daß auch er zitterte, und zwar aus dem gleichen Grund. Ich weiß nicht, wie lange wir so auf dem staubigen Boden saßen und eng umschlungen die Sehnsucht von zwanzig Jahren herausweinten.

Seine Finger verfingen sich in meinen Haaren, so daß sie sich lösten und mir auf die Schultern fielen. Die Haarnadeln purzelten zu Boden wie Hagelkörner. Ich umklammerte seinen Unterarm und grub meine Finger in das Leinen, als würde er sich in Luft auflösen, wenn ich ihn nicht festhielt.

Als wäre er von der gleichen Furcht geplagt, packte er mich plötzlich an den Schultern, hielt mich von sich weg und starrte mir ins Gesicht. Er berührte meine Wange und fuhr immer wieder die Linie der Knochen nach, ohne auf meine Tränen und meine laufende Nase zu achten.

Ich schniefte laut, was ihn offenbar wieder zur Besinnung brachte, denn er ließ mich los und suchte rasch in seinem Ärmel nach einem Taschentuch, mit dem er unbeholfen erst mein Gesicht, dann seins trocknete.

»Gib her.« Ich nahm ihm das Tuch aus der Hand und putzte mir die Nase. »Jetzt du.« Ich reichte ihm das Taschentuch und beobachtete ihn, als er sich schneuzte und dabei Laute von sich gab wie eine strangulierte Gans. Überwältigt von meinen Gefühlen, kicherte ich los.

Auch er lächelte und wischte sich die Tränen aus den Augen. Er konnte den Blick nicht von mir wenden.

Plötzlich hielt ich es nicht mehr aus, ihn nicht zu berühren. Ich stürzte mich auf ihn, und es gelang ihm gerade noch, mich aufzufangen. Ich drückte ihn, bis ich seine Rippen knacken hörte, während er mir ungestüm über den Rücken strich und immer wieder meinen Namen sagte.

Schließlich ließ ich ihn los und rückte ein wenig ab, während er stirnrunzelnd auf den Boden zwischen seinen Beinen blickte.

»Hast du etwas verloren?« fragte ich erstaunt.

Er blickte auf und lächelte mich beinah schüchtern an.

»Ich hatte Angst, ich hätte alle Beherrschung verloren und mich vollgepinkelt, aber es ist schon gut. Ich hab' mich nur auf den Alekrug gesetzt.«

Tatsächlich breitete sich ein kleiner See aus duftender brauner

Flüssigkeit unter ihm aus. Ich quietschte vor Schreck, sprang auf und half ihm auf die Beine. Nachdem er vergeblich versucht hatte, das Ausmaß des Schadens an seinem Hosenboden abzuschätzen, zuckte er die Schultern und machte seine Hose auf. Er zog den festen Stoff über die Hüften herunter, hielt dann aber inne und sah mich errötend an.

»Ist schon gut.« Ich spürte, wie auch mir eine brennende Röte ins Gesicht stieg. »Wir sind verheiratet.« Dennoch schlug ich die Augen nieder. »Oder etwa nicht?«

Er sah mich lange an, dann verzog er seine weichen Lippen zu einem Lächeln.

»Aye, das sind wir.« Er befreite sich von seiner fleckigen Hose und kam zu mir.

Ich streckte die Hand nach ihm aus. Mehr als alles in der Welt wollte ich ihn berühren, doch ich war seltsam schüchtern. Wie sollten wir nach all der Zeit wieder beginnen?

Auch er empfand diese Mischung aus Schüchternheit und Nähe, die uns Einhalt gebot. Er blieb vor mir stehen und nahm meine Hand. Einen Augenblick zögerte er, dann neigte er den Kopf. Seine Lippen streiften kaum meine Fingerknöchel. Dann berührte er den silbernen Ring.

»Ich habe ihn nie abgenommen«, platzte ich heraus. Es schien mir wichtig, ihm das zu sagen. Er drückte meine Hand, ließ sie aber nicht los.

»Ich möchte…« Er schluckte. Wieder tastete er nach meinem silbernen Ring. »Ich möchte dich so gern küssen«, sagte er dann leise. »Darf ich?«

Die Tränen waren noch nicht versiegt. Wieder kullerten mir zwei über die Wangen.

»Ja«, flüsterte ich.

Er zog mich behutsam an sich.

»Ich hab' das schon sehr lang nicht mehr getan«, sagte er. In seinen blauen Augen sah ich Hoffnung und Furcht. Ich empfing seine Gabe und gab sie ihm zurück.

»Ich auch nicht«, flüsterte ich.

Mit köstlicher Zärtlichkeit umfaßte er mein Gesicht und legte seine Lippen auf die meinen.

Ich wußte nicht genau, was ich erwartet hatte. Ein Wiederaufleben der wilden Leidenschaft unserer Trennung? Daran hatte ich so oft gedacht, es in Erinnerung immer wieder durchlebt, ohne am Ausgang etwas ändern zu können. Die stürmischen, schier endlosen Stunden der Ekstase in der Dunkelheit unseres Ehebetts? Danach hatte ich mich gesehnt und war in der Erinnerung daran oft schweißgebadet und zitternd erwacht.

Aber jetzt waren wir Fremde, berührten uns kaum. Ein jeder suchte behutsam den Weg zur Vereinigung, suchte und gewährte wortlos mit schweigenden Lippen. Ich hatte die Augen geschlossen und wußte, ohne hinzusehen, daß auch Jamie die seinen geschlossen hatte. Wir hatten einfach Angst, einander anzusehen.

Er begann mich sachte zu streicheln, ertastete durch die Kleider hindurch meine Rippen, machte sich wieder mit meinem Körper vertraut. Schließlich glitt seine Hand über meinen Arm und griff nach meiner rechten Hand. Wieder suchte und fand er den Ring, umkreiste ihn, betastete das verschlungene Hochlandmuster, das die Jahre glattpoliert, aber nicht ausgelöscht hatten.

Seine Lippen lösten sich von den meinen und wanderten über meine Wangen und Augen. Ich streichelte sanft seinen Rücken und spürte durch sein Hemd die Spuren der alten Narben, die wie mein Ring abgeschliffen, aber nicht ausgelöscht waren.

»Ich habe dich so oft gesehen«, flüsterte er mir ins Ohr. »Du bist so oft zu mir gekommen. Manchmal im Traum. Als ich im Fieber lag. Als ich solche Angst hatte und so einsam war, daß ich meinen Tod kommen sah. Immer wenn ich dich brauchte, sah ich dich vor mir, lächelnd, dein Gesicht von Locken eingerahmt. Aber du hast nie etwas gesagt und du hast mich nie berührt.«

»Jetzt kann ich dich berühren.« Ich strich über seine Schläfen, sein Ohr, seine Wange und sein Kinn. Dann glitt meine Hand unter die zusammengebundenen kupferfarbenen Haare in seinem Nacken, und schließlich hob er den Kopf und nahm mein Gesicht zwischen beide Hände. Seine dunkelblauen Augen glühten vor Liebe.

»Fürchte dich nicht«, sagte er leise. »Wir sind jetzt zu zweit.«

Wir hätten eine Ewigkeit so dastehen und uns ansehen können, wenn die Ladenglocke über der Tür nicht geläutet hätte. Ich ließ Jamie los und drehte mich hastig um. In der Tür stand ein kleiner, drahtiger Mann mit borstigen Haaren und starrte uns mit offenem Mund an. In einer Hand hielt er ein Plakat.

»Ah, da bist du ja, Geordie! Was hat dich aufgehalten?« fragte Jamie.

Geordie blieb ihm die Antwort schuldig. Ungläubig musterte er seinen Arbeitgeber, der mit nackten Beinen und im Hemd mitten im Laden stand, während Hose, Schuhe und Strümpfe auf dem Boden lagen, und mich in den Armen hielt, mit meinem verknitterten Kleid und der aufgelösten Frisur. Geordies schmales Gesicht verzog sich zu einem kritischen Stirnrunzeln.

»Ich kündige«, erklärte er im breiten Dialekt des westlichen Hochlands. »Das Drucken ist eine Sache, da bin ich dabei, aber ich gehöre der Freikirche an, wie mein Vater und davor mein Großvater. Für einen Papisten zu arbeiten, das ist eine Sache – das Geld vom Papst ist so gut wie jedes andere, aye? –, aber für einen unmoralischen Papisten zu arbeiten, das ist was anderes. Mach mit deiner Seele, was du willst, Mann, aber wenn im Laden Orgien stattfinden, geht das zu weit, würde ich sagen. Ich kündige!«

Er legte das Paket genau in die Mitte des Ladentisches, machte auf dem Absatz kehrt und stolzierte zur Tür. Draußen schlug gerade die Stadtuhr auf dem Tolbooth. Auf der Schwelle drehte sich Geordie um und starrte uns anklagend an.

»Und dabei ist es noch nicht mal Mittag!« sagte er. Krachend fiel die Ladentür hinter ihm ins Schloß.

Jamie sah ihm nach. Dann ließ er sich langsam auf den Boden sinken und lachte dabei so herzlich, daß ihm die Tränen in die Augen traten.

»Und dabei ist es noch nicht mal Mittag!« wiederholte er und wischte sich die Tränen von den Wangen. »O Gott, Geordie!«

Auch ich konnte mir das Lachen nicht verkneifen.

»Ich wollte dich nicht in Schwierigkeiten bringen«, meinte ich. »Wird er wiederkommen? Was meinst du?«

Er schniefte und wischte sich das Gesicht mit dem Hemdschoß ab.

»Aber ja. Er wohnt ganz in der Nähe, in Wickham Wynd. Ich werde hingehen und mit ihm reden und… und es ihm erklären«, sagte er. »Gott weiß, wie!« Es sah so aus, als würde er wieder zu lachen anfangen, aber er unterdrückte den Impuls und stand auf.

»Hast du noch eine andere Hose?« fragte ich, hob die abgelegte auf und drapierte sie zum Trocknen über den Ladentisch.

»Aye, oben. Aber warte mal.« Er griff unter den Ladentisch und holte ein sauber gemaltes Schild hevor, auf dem »Komme gleich wieder« stand. Er befestigte es außen an der Tür, verriegelte sie dann von innen und drehte sich zu mir um.

»Kommst du mit mir nach oben?« Einladend bot er mir den Arm, und seine Augen funkelten. »Wenn du es nicht unmoralisch findest?

»Warum nicht?« erwiderte ich. Das Verlangen loszuprusten, prickelte in meinem Blut wie Champagner. »Wir sind schließlich verheiratet, oder?«

Oben lagen zwei Zimmer, außerdem ging eine Art Einbauschrank vom Treppenabsatz ab. Der hintere Raum diente offenbar als Vorratskammer für die Druckerei. Durch die offene Tür sah ich Kisten voller Bücher, aufgetürmte, sauber verschnürte Bündel mit Flugblättern, Fässer mit Alkohol und Druckerschwärze und Ersatzteile für die Druckerpresse.

Das vordere Zimmer war so kärglich möbliert wie eine Mönchszelle. Es gab eine Kommode mit einem Kerzenständer darauf, einen Waschtisch, einen Hocker und ein schmales Bett, kaum mehr als eine Pritsche. Ich atmete auf, als ich es sah. Erst jetzt wurde mir klar, daß ich die Luft angehalten hatte. Er schlief allein.

Ein hastiger Blick gab mir Gewißheit, daß nichts auf die Gegenwart einer Frau hindeutete, und mein Herz fand wieder zu seinem normalen Rhythmus zurück. Offensichtlich lebte hier niemand außer Jamie. Er hatte einen Vorhang beiseite gezogen, und an den Haken an der Wand dahinter hingen nur ein paar Hemden, ein Rock und ein langes Wams in schlichtem Grau, ein grauer Wollmantel und die Ersatzhose, die er hatte holen wollen.

Er wandte mir den Rücken zu, während er sein Hemd in die neue Hose stopfte und sie zumachte, aber seine angespannten Schultern verrieten mir, wie befangen er war. In meinem Nacken spürte ich eine ähnliche Spannung. Kaum hatten wir einen Augenblick Zeit, um uns vom Schock der Wiederbegegnung zu erholen, überwältigte uns beide die Schüchternheit. Ich sah, wie sich seine Schultern strafften, dann drehte er sich zu mir um. Das hysterische Lachen war verebbt, und auch die Tränen.

»Es ist so schön, dich zu sehen, Claire«, sagte er leise. »Ich dachte, daß ich dich nie…« Er zuckte leicht mit den Achseln, als wollte er das enge Leinenhemd an den Schultern zurechtrücken. Dann schluckte er und sah mir in die Augen.

»Das Kind?« fragte er. Seine Gefühle standen ihm ins Gesicht geschrieben: drängende Hoffnung, verzweifelte Angst und das Bemühen, beide zu zügeln.

Ich lächelte ihn an und streckte die Hand aus. »Komm her.«

Ich hatte mir lange und genau überlegt, was ich mitnehmen wollte. Da ich schon einmal der Hexerei angeklagt gewesen war, war ich sehr vorsichtig. Aber auf eins hatte ich keinesfalls verzichten wollen, ganz gleich, welche Folgen es haben würde, wenn jemand es sah.

Ich setzte mich aufs Bett, zog ihn neben mich und nahm ein kleines Päckchen aus der Tasche. Ich löste die wasserdichte Hülle und legte den Inhalt in Jamies Hände. »Da«, sagte ich.

Er nahm sie vorsichtig, als handelte es sich um eine unbekannte und möglicherweise gefährliche Substanz. Die Fotos lagen in seinen großen Händen wie in einem Rahmen. Brianna als Neugeborene, die winzigen Fäuste geballt, die schrägen Augen geschlossen.

Jamie war erschüttert. Regungslos, mit weit aufgerissenen Augen hielt er die Bilder an die Brust gepreßt – als hätte ein Pfeil sein Herz durchbohrt, und so ähnlich fühlte er sich wohl auch.

»Dies schickt dir deine Tochter«, sagte ich, nahm sein starres Gesicht zwischen beide Hände und küßte ihn sanft auf den Mund. Das riß ihn aus seiner Trance. Er blinzelte, und seine Züge belebten sich wieder.

»Meine… sie…« Seine Stimme war heiser vor Rührung. »Tochter. Meine Tochter. Sie … weiß es?«

»Ja. Schau dir die anderen Bilder an.« Ich zog das erste Foto aus seiner Hand, so daß der Schnappschuß zutage kam, der Brianna an ihrem ersten Geburtstag zeigte – von oben bis unten mit Torte beschmiert, teuflisch grinsend und ihren neuen Stoffhasen schwenkend.

Jamie stöhnte leise auf, und sein Griff lockerte sich, so daß ich ihm den Bilderstapel aus der Hand nehmen und ihm die Fotos einzeln geben konnte.

Brianna als Zweijährige in ihrem Schneeanzug, mit runden Apfelbäckchen und seidenweichen Haaren, die unter der Mütze hervorlugen.

Brianna mit fünf, als stolze Besitzerin einer Brotzeittasche, wie sie auf den Bus wartet, der sie zum Kindergarten bringt.

»Sie wollte mich nicht mitfahren lassen, sie wollte allein fahren. Sie ist sehr t-tapfer, vor nichts hat sie Angst...« Meine Stimme versagte fast, als ich ihm die Bilder nacheinander zeigte und erklärte.

»O Gott!« sagte er bei dem Bild von Brianna mit zehn Jahren. Sie sitzt auf dem Küchenboden und umarmt Smoky, den großen Neufundländer. Es war ein Farbfoto, und ihr leuchtendes Haar hob sich vom glänzenden schwarzen Fell des Hundes ab.

Jetzt zitterten seine Hände so sehr, daß er die Bilder nicht mehr halten konnte. Ich mußte es für ihn tun. Diese Bilder zeigten ihr Gesicht in allen Stimmungen, die ich einfangen konnte, dieses Gesicht mit der langen Nase und dem großen Mund, den hohen, flachen Wangenknochen und den schrägen Augen – eine feingliedrigere, zartere Ausgabe ihres Vaters, des Mannes, der neben mir auf dem Bett saß und weinte.

Zitternd breitete er eine Hand über die Fotos, ohne die glänzende Oberfläche zu berühren. Dann drehte er sich um, sank mit der Anmut eines umstürzenden Baumes an meine Brust und ließ seinen Tränen freien Lauf.

Ich drückte ihn an mich, schlang die Arme fest um die breiten, bebenden Schultern und begann ebenfalls zu weinen. Ich legte meine Wange auf seinen Scheitel und murmelte leise, unzusammenhängende Trostworte, als wäre er Brianna.

»Wie heißt sie?« Endlich hob er den Kopf und wischte sich mit dem Handrücken die Nase ab. Er hob die Fotos vorsichtig wieder auf, als könnten sie sich bei der Berührung auflösen. »Welchen Namen hast du ihr gegeben?«

»Brianna«, erwiderte ich stolz.

»Brianna?« Stirnrunzelnd betrachtete er die Bilder. »Was für ein schrecklicher Name für ein kleines Mädchen!«

Ich zuckte zusammen, als hätte er mich geschlagen. »Er ist nicht schrecklich!« gab ich zurück. »Das ist ein schöner Name, und außerdem hast *du* mir gesagt, ich soll sie so nennen!«

»*Ich* habe dir gesagt, du sollst sie so nennen?« Er blinzelte.

»Genau! Als wir... als wir... als ich dich zum letztenmal sah.«
Ich preßte die Lippen aufeinander, um nicht loszuheulen. Nach
einer Weile hatte ich mich soweit gefaßt, daß ich hinzufügen
konnte: »Du hast gesagt, ich soll das Kind nach deinem Vater nennen. Er hieß doch Brian, oder?«

»Aye, so hieß er.« Ein Lächeln gewann die Oberhand über die
Gefühle, die sich in seinem Gesicht zeigten. »Aye«, sagte er. »Ja,
du hast recht. Es ist nur – ich dachte, es würde ein Junge werden.«

»Und es tut dir leid, daß es keiner geworden ist?« Wütend begann ich, die verstreuten Fotos aufzuklauben. Er legte mir die
Hand auf den Arm.

»Nein. Nein, es tut mir nicht leid. Natürlich nicht!« Sein Mund
zuckte. »Aber ich will nicht leugnen, daß sie ein Schock für mich
ist, Sassenach. Genau wie du.«

Ich sah ihn an. Immerhin hatte ich Monate Zeit gehabt, mich
darauf vorzubereiten, und trotzdem waren mir die Knie weich geworden und mein Magen hatte sich verkrampft. Und ihn hatte
mein Erscheinen wie ein Blitz aus heiterem Himmel getroffen. Kein
Wunder, daß er ein bißchen ins Wanken geraten war.

»Das kann ich mir vorstellen. Tut es dir leid, daß ich gekommen
bin?« fragte ich und schluckte. »Möchtest du, daß ich wieder
gehe?«

Er umklammerte meine Arme so fest, daß ich leise aufschrie. Als
er merkte, daß er mir weh tat, lockerte er seinen Griff. Bei meiner
Frage war er blaß geworden. Er holte tief Luft und atmete langsam
aus.

»Nein«, sagte er entschieden. »Das will ich nicht. Ich...« Abrupt
hielt er inne und biß die Zähne aufeinander. »Nein«, wiederholte
er mit Bestimmtheit.

Mit der einen Hand nahm er die meine, mit der anderen sammelte er die Fotos auf. Er legte sie auf seine Knie und betrachtete
sie mit geneigtem Kopf, so daß ich sein Gesicht nicht sehen konnte.

»Brianna«, sagte er leise. »Du sprichst es falsch aus, Sassenach.
Sie heißt Brianna.« Er sagte den Namen mit einem seltsamen
Hochlandrhythmus, so daß die erste Silbe betont und die zweite
fast unhörbar wurde. »Brianna.«

»Brianna?« fragte ich amüsiert. Er nickte, ohne den Blick von
den Bildern zu wenden.

»Brianna«, sagte er. »Ein schöner Name.«

»Freut mich, daß er dir gefällt.«

Er blickte auf und schaute mir in die Augen. In einem Mundwinkel verbarg sich ein Lächeln.

»Erzähl mir von ihr.« Mit dem Zeigefinger zog er die rundlichen Züge des Kleinkinds im Schneeanzug nach. »Wie war sie als kleines Mädchen? Was war ihr erstes Wort?«

Er zog mich näher zu sich heran, und ich kuschelte mich an ihn. Er war groß und kräftig und roch nach sauberem Leinen und Tinte und diesem warmen männlichen Geruch, der für mich ebenso aufregend wie vertraut war.

»Hund«, sagte ich. »Das war ihr erstes Wort. Das zweite war ›Nein!‹«

Sein Lächeln wurde breiter. »Aye, das lernen sie alle schnell. Sie mag also Hunde?« Er fächerte die Bilder auf wie Spielkarten und suchte das mit Smoky heraus. »Das ist ein schöner Hund. Welche Rasse?«

»Ein Neufundländer.« Ich beugte mich vor und blätterte die Fotos durch. »Hier ist noch eins mit einem Welpen, den ihr eine Freundin von mir geschenkt hat...«

Das trübe, graue Tageslicht war allmählich verblaßt, und seit einiger Zeit trommelte Regen aufs Dach, bevor unser Gespräch von einem lauten Knurren, das aus dem spitzenbesetzten Mieder meines Kleides drang, unterbrochen wurde. Seit dem Erdnußbutterbrot war schon eine ganze Weile vergangen.

»Hunger, Sassenach?« fragte Jamie überflüssigerweise.

»Jetzt, wo du es erwähnst. Bewahrst du in der obersten Schublade immer noch etwas zu essen auf?« Als wir jung verheiratet waren, hatte ich mir angewöhnt, in der obersten Kommodenschublade eine Kleinigkeit bereitzuhalten, da Jamie eigentlich immer Appetit hatte.

Er lachte und streckte sich. »Aye. Aber im Augenblick ist nicht viel da außer ein paar alten Haferkuchen. Am besten nehme ich dich mit in die Taverne und...« Plötzlich sah er nicht mehr glücklich, sondern erschrocken aus.

»Die Taverne! Mein Gott! Ich habe Mr. Willoughby vergessen!« Bevor ich einen Ton sagen konnte, war er auf den Beinen und wühlte in der Kommode nach frischen Strümpfen. Als er schließlich fündig wurde, hielt er in der einen Hand die Strümpfe und in der anderen zwei Haferkuchen, die er mir in den Schoß warf. Dann ließ er sich auf dem Hocker nieder und zog hastig die Strümpfe an.

»Wer ist Mr. Willoughby?« Ich biß in einen der Kuchen, daß es nur so bröselte.

»Verdammt«, sagte er mehr zu sich als zu mir. »Ich habe versprochen, daß ich ihn mittags abhole, aber das ist mir völlig entfallen! Es muß jetzt schon bald vier sein!«

»Das stimmt. Ich habe die Uhr vor einer kleinen Weile schlagen hören.«

»Verdammt!« Rasch schlüpfte er in ein Paar Schnallenschuhe, nahm seinen Mantel vom Haken und blieb dann in der Tür stehen.

»Kommst du mit?« fragte er ängstlich.

Ich leckte mir die Finger, stand auf und legte meinen Mantel um.

»Eine Herde wilder Pferde könnte mich nicht aufhalten.«

25

Das Freudenhaus

»Wer ist Mr. Willoughby?« erkundigte ich mich noch einmal, als wir unter dem Torbogen der Carfax Close stehenblieben.

»Äh... ein Geschäftspartner von mir«, erwiderte Jamie und warf mir einen argwöhnischen Blick zu. »Setz lieber die Kapuze auf, es gießt wie aus Kübeln.«

Tatsächlich regnete es ziemlich heftig. Das Wasser rauschte die Gosse hinab und säuberte sie von Abwasser und Unrat. Ich sog die feuchte, saubere Luft ein und fühlte mich belebt durch das Unwetter und Jamies Nähe. Ich hatte ihn gefunden. Ich hatte ihn gefunden, und es war mir egal, welche Unwägbarkeiten das Leben noch bringen mochte. Ich fühlte mich unbekümmert und unzerstörbar.

Ich drückte seine Hand. Er sah mich an, lächelte und erwiderte den Druck.

»Wohin gehen wir?«

»Zum World's End.« Das Tosen des Wassers erschwerte eine Unterhaltung. Ohne ein weiteres Wort nahm mich Jamie am Ellbogen und führte mich die steil abfallende Royal Mile hinunter.

Glücklicherweise waren es keine hundert Meter bis zu der Taverne namens World's End. Und so war mein Umhang nicht mehr als feucht geworden, als wir die enge Eingangshalle betraten.

Das Gastzimmer war warm und voller Menschen. Auf den langen Bänken an den Wänden saßen auch ein paar Frauen, aber die Männer waren in der Überzahl. Hier und da sah man einen gutgekleideten Kaufmann, aber die meisten Leute, die ein richtiges Heim besaßen, hielten sich um diese Stunde auch dort auf; die Taverne beherbergte vor allem Soldaten, Arbeiter und Lehrlinge, und um die Mischung abzurunden auch den einen oder anderen Trunkenbold.

Als wir eintraten, hoben sich die Köpfe, Begrüßungsrufe wurden laut, und an einem der langen Tische rückte und rutschte man, um Platz zu machen. Offenbar war Jamie im World's End wohlbekannt. Man warf mir neugierige Blicke zu, aber niemand sagte etwas. Den Umhang eng um mich gezogen, folgte ich Jamie durchs Gedränge.

»Nein, Mistreß, wir bleiben nicht«, sagte er zu der jungen Kellnerin, die ihm eifrig lächelnd entgegeneilte. »Ich komme nur seinetwegen.«

Das Mädchen verdrehte die Augen. »Na, und kein bißchen zu früh! Mutter hat ihn in den Keller geschickt.«

»Aye, ich komme zu spät«, entschuldigte sich Jamie. »Ich bin... aufgehalten worden.«

Das Mädchen sah mich neugierig an, zuckte aber dann die Achseln und lächelte Jamie mit Grübchenwangen an.

»Ach, das macht keine Umstände, Sir. Harry hat ihm einen Krug Weinbrand hinuntergebracht, und seitdem haben wir kaum noch was von ihm gehört.«

»Weinbrand? Soso.« Jamie klang resigniert. »Ist er denn noch wach?« Er zog einen kleinen Lederbeutel aus seiner Manteltasche, entnahm ihm mehrere Münzen und ließ sie in die ausgestreckte Hand des Mädchens fallen.

»Ich glaube schon«, erwiderte sie fröhlich und steckte das Geld ein. »Vor einer ganzen Weile hab' ich ihn singen hören. Danke, Sir!«

Mit einem Nicken duckte sich Jamie unter dem Türsturz im hinteren Teil des Raums hindurch und bedeutete mir, ihm zu folgen. Hinter dem Gastzimmer lag eine winzige Küche. Auf dem Herd köchelte ein riesiger Kessel voll Austerneintopf, der so köstlich duftete, daß mir das Wasser im Munde zusammenlief. Hoffentlich konnten wir unsere Geschäfte mit Mr. Willoughby beim Abendessen erledigen.

Eine dicke Frau mit schmutzigem Mieder und Rock kniete vor dem Herd und legte Holzscheite ins Feuer. Sie warf Jamie einen Blick zu und nickte, machte aber keine Anstalten aufzustehen.

Mit erhobener Hand erwiderte er ihren Gruß und steuerte auf eine kleine Holztür in der Ecke zu. Er schob den Riegel hoch und stieß die Tür auf, hinter der eine dunkle Treppe nach unten führte.

Irgendwo weit unten flackerte ein Licht, als würden Kobolde dort im Keller unter der Taverne nach Diamanten graben.

Jamies Schultern füllten die enge Treppenöffnung aus, so daß ich nicht sah, was uns erwartete. Als er unten angelangt war, sah ich schwere Eichenbalken und eine Reihe großer Fässer, die auf einer langen Bohle auf Böcken an der Steinmauer standen.

Am Fuße der Treppe brannte nur eine einzige Fackel. Im Keller tanzten die Schatten. Das weitläufige Gewölbe schien wie ausgestorben. Ich horchte, hörte aber nichts außer dem gedämpften Krach aus der Taverne über uns.

»Bist du sicher, daß er hier ist?« Ich sah nach, ob der trunksüchtige Mr. Willoughby unter den Fässern in aller Seelenruhe seinen Rausch ausschlief.

»Aye«, sagte Jamie erbittert und zugleich resigniert. »Der kleine Mistkerl versteckt sich wahrscheinlich. Er weiß genau, daß ich es nicht mag, wenn er in Gasthäusern trinkt.«

Verblüfft zog ich die Augenbrauen hoch, aber Jamie verschwand einfach leise fluchend im Schatten. Ich blieb allein im Lichtkreis der Fackel zurück und sah mich mit Interesse um.

Neben den Fässern standen mehrere Lattenkisten an einem seltsamen Mauerfragment aufgestapelt, das in der Mitte des Raums etwa anderthalb Meter aus dem Boden aufragte und sich in der Dunkelheit verlor.

Von dieser Mauer hatte ich schon gehört, als wir vor zwanzig Jahren mit Seiner Hoheit Prinz Charles in Edinburgh weilten, hatte sie aber noch nie gesehen. Es war der Überrest einer Mauer, die nach der vernichtenden Schlacht von Flodden Field 1513 von den Stadtvätern errichtet worden war. Sie waren – nicht ganz grundlos – zu dem Schluß gekommen, daß ein Bündnis mit den Engländern im Süden nur Unheil bringen könne, und hatten daher eine Mauer gebaut, die sowohl die Stadtgrenze als auch die Grenze der zivilisierten Welt Schottlands bezeichnete. Daher »World's End«, und der Name war den verschiedenen Spielarten der Taverne geblieben, die man schließlich auf den Überresten altschottischen Wunschdenkens erbaut hatte.

»Verdammter kleiner Mistkerl.« Jamie trat, mit einer Spinnwebe im Haar und gerunzelter Stirn, aus der Dunkelheit. »Er muß hinter der Mauer stecken.«

Er drehte sich um, legte die Hände an den Mund und rief etwas. Es klang wie ein unverständliches Geschnatter – nicht einmal wie Gälisch. Ungläubig steckte ich einen Finger ins Ohr und fragte mich, ob die Reise durch den Steinkreis mein Gehör geschädigt hatte.

Aus den Augenwinkeln sah ich eine jähe Bewegung, und als ich aufblickte, bekam ich gerade noch mit, wie eine leuchtendblaue Kugel von der alten Mauer heruntersauste und Jamie genau zwischen den Schulterblättern traf.

Es tat einen dumpfen Schlag, als er zu Boden ging, und ich stürzte zu ihm.

»Jamie! Ist alles in Ordnung?«

Unter groben gälischen Flüchen richtete er sich auf und rieb sich die Stirn. Die blaue Kugel entpuppte sich unterdessen als sehr kleiner, hemmungslos kichernder Chinese.

»Mr. Willoughby, nehme ich an?« Auf weitere Tricks gefaßt, behielt ich die geisterhafte Erscheinung im Auge.

Offenbar erkannte er seinen Namen, denn er grinste mich an und nickte wie verrückt. Er deutete auf sich, sagte etwas auf chinesisch, machte dann einen Luftsprung und in rascher Folge mehrere Saltos rückwärts, bis er zuletzt triumphierend lächelnd auf den Füßen landete.

»Lästiger Floh.« Jamie stand auf und wischte sich seine aufgeschürften Handflächen behutsam am Rock ab. Dann packte er den Chinesen am Kragen und hob ihn unsanft in die Höhe.

»Komm schon«, sagte er, stellte den kleinen Mann auf die Treppe und versetzte ihm einen kräftigen Stoß in den Rücken. »Wir müssen hier verschwinden, und zwar schnell.« Daraufhin sackte die kleine blaugekleidete Gestalt prompt in sich zusammen. Sie sah aus wie ein auf der Treppe abgestellter Wäschesack.

»Er ist in Ordnung, wenn er nüchtern ist«, erklärte mir Jamie, während er den Chinesen auf seine Schulter lud. »Aber er sollte wirklich keinen Weinbrand trinken. Er ist ein fürchterlicher Säufer.«

»Das scheint mir auch so. Wo in aller Welt hast du ihn aufgegabelt?« Fasziniert folgte ich Jamie die Treppe hinauf. Mr. Willoughbys Zopf pendelte wie ein Metronom über Jamies grauem Mantel hin und her.

»Im Hafen.« Doch bevor er weitere Erklärungen abgeben konnte, öffnete sich die Tür am oberen Ende der Treppe, und wir standen wieder in der Küche der Taverne. Die stämmige Wirtin sah uns eintreten und kam mit empörter Miene auf uns zu.

»Nun, Mr. Malcolm«, begann sie, »Sie wissen ganz genau, daß Sie hier willkommen sind, und Sie wissen genausogut, daß ich nicht kleinlich bin – was einer Frau schlecht anstehen würde, die ein Gasthaus führt. Aber ich habe Ihnen schon oftmals gesagt, dieses kleine gelbe Männlein ist kein…«

»Aye, haben Sie Mrs. Patterson«, fiel Jamie ihr ins Wort. Er grub in seiner Tasche, zog eine Münze heraus und überreichte sie der kräftigen Wirtin mit einer Verbeugung. »Und ich weiß Ihre Nachsicht sehr zu schätzen. Es wird nicht wieder vorkommen. Hoffe ich«, fügte er leise hinzu. Er setzte seinen Hut auf, verbeugte sich noch einmal vor Mrs. Patterson und verfügte sich ins Gastzimmer.

Als wir eintraten, entstand Unruhe, aber diesmal schlug uns Feindseligkeit entgegen. Die Leute verstummten oder murmelten unverständliche Flüche. Daraus schloß ich, daß Mr. Willoughby in diesem Lokal nicht besonders beliebt war.

Jamie bahnte sich seinen Weg durch die Menge. Ich hielt mich dicht hinter ihm, versuchte, niemanden anzusehen und möglichst nicht zu atmen. Für jemanden, der an die Ansteckungsherde des achtzehnten Jahrhunderts nicht gewöhnt war, wirkte der Gestank so vieler ungewaschener Körper auf engstem Raum umwerfend.

Kurz vor der Tür bekamen wir jedoch Ärger, und zwar in Gestalt einer rundlichen jungen Frau, deren Kleid ein Stück kürzer war als das schlichte graue Gewand der Wirtin und ihrer Tochter. Ihr Ausschnitt war dafür um einiges tiefer, und es fiel mir nicht schwer, ihren Beruf zu erraten. Sie war dabei, einige Lehrjungen zu umgarnen, doch als wir aus der Küche kamen, sprang sie mit einem gellenden Schrei auf und stieß dabei einen Becher Ale um.

»Das ist er!« rief sie und zeigte mit zitternder Hand auf Jamie. »Der widerliche Teufel!« Sie hatte Schwierigkeiten, geradeaus zu schauen – vermutlich war das verschüttete Ale an diesem Abend nicht ihr erstes gewesen.

Ihre Begleiter starrten Jamie neugierig an, zumal die junge Dame nun vortrat und mit dem Finger herumfuchtelte, als wollte sie einen Chor dirigieren. »Er! Der kleine Wicht, von dem ich euch erzählt hab'... er, der mir so etwas Ekelhaftes angetan hat.«

Wie alle anderen sah ich Jamie neugierig an, doch mir wurde ebenso rasch wie ihnen klar, daß die junge Frau nicht zu ihm sprach, sondern zu der Last auf seiner Schulter.

»Du abartiger Zwerg!« schrie sie in Richtung des blauseidenen Hosenbodens von Mr. Willoughby. »Ganove! Nichtsnutz!«

Der Anblick einer Jungfrau in Not weckte den Unmut ihrer Gesellen. Einer von ihnen, ein großer, bulliger Kerl, stand auf, ballte die Fäuste und lehnte sich auf den Tisch. Seine Augen glänzten vor Angriffslust und Alkohol.

»Er ist's, aye? Soll ich ihn abstechen, Maggie?«

»Das würde ich nicht versuchen, Bürschchen«, riet ihm Jamie und rückte seine Last zurecht. »Trink dein Bier, und wir gehen.«

»Ach ja? Und du bist der Zuhälter von dem Gnom oder was?« Der rotgesichtige Kerl grinste höhnisch, was ihm nicht gerade stand. »Zumindest ist deine andere Hure nicht gelb – schauen wir uns die doch mal an.« Seine Pranke packte meinen Umhang und enthüllte das tiefausgeschnittene Mieder meines Kleides.

»Sieht ziemlich rosig aus«, meinte sein Freund anerkennend. »Ist sie am ganzen Körper so?« Bevor ich ausweichen konnte, griff er nach meinem Mieder und bekam den Rand der Spitze zu fassen. Der dünne Stoff, der für das rauhe Leben im achtzehnten Jahrhundert nicht geschaffen war, riß auf und enthüllte noch mehr rosige Haut.

»Laß sie los, du Hurensohn!« Mit lodernden Augen wirbelte Jamie herum, die freie Faust drohend geballt.

»Was fällt dir denn ein, du Dreckskerl?« Der erste Bursche sprang kurzerhand auf die Tischplatte und stürzte sich auf Jamie, der umsichtig beiseite trat, so daß der Angreifer mit dem Gesicht gegen die Wand flog.

Jamie erreichte mit einem großen Schritt den Tisch und ließ seine Faust auf den Kopf des anderen Lehrlings niedersausen, so daß diesem der Unterkiefer herunterfiel. Dann packte er mich bei der Hand und zog mich zur Tür hinaus.

»Komm schon!« sagte er und schob brummend den Chinesen zurecht. »Die sind uns gleich auf den Fersen!«

Tatsächlich hörte ich bald die Rufe der lärmenden Meute, die aus der Taverne auf die Straße hinter uns drängte. Jamie nahm die erste Abzweigung in eine enge, dunkle Gasse, und wir patschten durch Schlamm und Pfützen, in denen wer weiß was trieb, duckten uns unter einen Torbogen und gelangten in eine weitere verwinkelte Gasse, die durch das Innerste von Edinburgh zu führen schien – vorbei an dunklen Mauern und zersplitterten Holztüren. Dann bogen wir um eine Ecke und standen in einem kleinen Hinterhof, wo wir eine Atempause machten.

»Was... in aller Welt... hat er angestellt?« keuchte ich. Ich konnte mir nicht vorstellen, was der kleine Chinese einem kräftigen jungen Frauenzimmer wie dieser Maggie hätte antun sollen. Dem Anschein nach hätte sie ihn zerquetschen können wie eine Fliege.

»Tja, es sind die Füße, weißt du«, erklärte Jamie mit einem halb resignierten, halb wütenden Seitenblick auf Mr. Willoughby.

»Füße?« Unwillkürlich sah ich mir die hübschen, winzigen Füße des Asiaten an, die in schwarzen Satin mit Filzsohlen gehüllt waren.

»Nicht seine«, sagte Jamie, der meinen Blick auffing. »Die der Frauen.«

»*Welcher* Frauen?« fragte ich.

»Bisher waren es nur Huren«, meinte er, während er durch den Torbogen nach unseren Verfolgern Ausschau hielt, »aber man weiß nie, was er als nächstes versucht. Da sage ich nichts dazu«, erklärte er knapp. »Er ist ein Heide.«

»Verstehe«, sagte ich, obwohl ich bis jetzt gar nichts verstand. »Was...«

»Da sind sie!« Ein Ruf vom andern Ende der Gasse schnitt mir das Wort ab.

»Verdammt, ich dachte, sie hätten aufgegeben. Komm, hier entlang!«

Und weiter ging die Jagd, eine Gasse hinunter, zurück auf die Royal Mile, ein paar Schritte bergab und dann wieder in eine Sackgasse. Ich hörte Rufe und Schreie hinter uns auf der Hauptstraße, aber Jamie packte mich am Arm und zog mich in einen Hinterhof voller Fässer, Bündel und Lattenkisten. Verzweifelt sah er sich um, hievte schließlich den schlaffen Mr. Willoughby in eine große Tonne voller Unrat und deckte ihn rasch mit einem Stück Leinwand zu. Dann zog er mich neben sich hinter einen mit Kisten beladenen Wagen.

»Machst du so was öfter?« Ich drückte die Hand auf die Brust in dem vergeblichen Bemühen, mein pochendes Herz zu beruhigen.

»Eigentlich nicht«, sagte er, während er vorsichtig über den Wagen hinweg nach den Verfolgern Ausschau hielt.

Das Echo stampfender Schritte kam näher und entfernte sich wieder, dann war alles ruhig, abgesehen vom Trommeln des Regens auf den Kisten über uns.

»Sie sind vorbeigelaufen. Am besten bleiben wir aber noch ein bißchen hier, um sicherzugehen.« Er holte eine Kiste zum Sitzen für mich herunter, dann angelte er auch für sich eine, setzte sich seufzend und strich sich die Haare aus der Stirn.

Mit schiefem Lächeln meinte er: »Tut mir leid, Sassenach. Ich dachte nicht, daß es gleich so...«

»Ereignisreich wird?« ergänzte ich den Satz für ihn. Ich erwiderte sein Lächeln und zog ein Taschentuch hervor, um mir einen Tropfen von der Nase zu wischen. »Ist schon gut.« Ich warf einen Blick auf die Tonne, in der sich etwas regte. Vermutlich erwachte Mr. Willoughby allmählich aus seiner Bewußtlosigkeit. »Hm... woher weißt du das mit den Füßen?«

»Er hat es mir erzählt. Er trinkt ganz gern, weißt du«, erklärte Jamie und warf einen Blick auf die Tonne, in der sich sein Kollege verbarg. »Und wenn er einen über den Durst getrunken hat, fängt er an, über Frauenfüße zu reden und all die schrecklichen Dinge, die er damit anstellen will.«

»Was kann man denn mit einem Fuß Schreckliches anstellen?« Ich fand das faszinierend. »Gewiß sind die Möglichkeiten begrenzt.«

»Nein, überhaupt nicht«, erwiderte Jamie erbittert. »Aber darüber möchte ich mich auf offener Straße nicht auslassen.«

Ein leiser Singsang drang aus den Tiefen der Tonne hinter uns. Angesichts der naturgegebenen Modulation der Sprache war es schwer zu beurteilen, aber ich meinte, daß Mr. Willoughby eine Frage stellte.

»Halt den Mund, du Wurm«, sagte Jamie grob. »Noch ein Wort, und ich laufe dir selbst über dein verdammtes Gesicht, mal sehen, wie dir das gefällt.« Der Chinese gab ein hohes Kichern von sich, dann herrschte Totenstille.

»Er möchte, daß jemand über sein Gesicht geht?« fragte ich.

»Aye, und zwar du.« Jamie zuckte die Achseln, als wollte er sich entschuldigen, und errötete tief. »Ich hatte noch keine Zeit, ihm zu sagen, wer du bist.«

»Spricht er Englisch?«

»Ja, sozusagen, aber die meisten Leute verstehen ihn nicht. Ich rede meistens Chinesisch mit ihm.«

Ich starrte ihn an. »Du sprichst Chinesisch?«

Wieder zuckte er die Achseln und lächelte. »Ich spreche ungefähr so gut Chinesisch wie Mr. Willoughby Englisch, aber er hat keine besonders große Auswahl an Gesprächspartnern, also gibt er sich mit mir zufrieden.«

Mein Herzschlag beruhigte sich allmählich wieder, ich lehnte mich an den Wagen und zog die Kapuze tiefer ins Gesicht, um mich vor dem Regen zu schützen.

»Wie in aller Welt ist er zu dem Namen Willoughby gekommen?« fragte ich. Der Chinese hatte meine Neugier geweckt, aber noch mehr interessierte mich die Frage, was ein angesehener Edinburgher Drucker mit ihm zu schaffen hate.

Jamie rieb sich die Nase. »Aye. Es ist nur, daß er in Wirklichkeit Yi Tien Tschu heißt. Er sagt, das bedeutet ›lehnt am Himmel‹.«

»Das ist wohl für die Einheimischen ziemlich schwer auszusprechen?« Da ich wußte, wie engstirnig die meisten Schotten waren, überraschte es mich nicht, daß sie sich scheuten, sprachliches Neuland zu betreten. Der sprachbegabte Jamie schlug eindeutig aus der Art.

Er lächelte. Seine weißen Zähne blitzten im Halbdunkel. »Nein, das ist es eigentlich weniger. Es ist nur, wenn man seinen Namen ein kleines bißchen falsch ausspricht, klingt er wie ein ziemlich grobes gälisches Wort. Da dachte ich, Willoughby macht sich vielleicht besser.«

»Verstehe.« Unter den Umständen hielt ich es für besser, nicht zu fragen, was das unfeine gälische Wort bedeutete. Ich schaute über die Schulter – die Luft war rein.

Jamie stand auf und nickte. »Aye, wir können jetzt gehen. Die Kerle sitzen wohl inzwischen wieder in der Taverne.«

»Müssen wir auf dem Rückweg zur Druckerei nicht wieder am World's End vorbei?« fragte ich unschlüssig. »Oder gibt es einen anderen Weg?« Inzwischen war es ganz dunkel geworden, und der Gedanke, durch die Abfallhaufen und schlammigen Hinterhöfe Edinburghs zu stolpern, schien mir nicht gerade verlockend.

»Äh... nein. Wir gehen nicht zur Druckerei.« Ich sah sein Gesicht nicht, aber sein Betragen kam mir etwas reserviert vor. Womöglich hatte er irgendwo in der Stadt noch eine Wohnung? Mir wurde flau. Das Zimmer über der Druckerei war eindeutig eine Mönchszelle, aber vielleicht besaß er ja noch ein ganzes Haus – mit einer Familie darin? In der Druckerei hatten wir nur das Nötigste besprochen. Woher sollte ich wissen, was genau er in den letzten zwanzig Jahren getrieben hatte?

Dennoch, offensichtlich hatte er sich – milde ausgedrückt – gefreut, mich zu sehen, und die nachdenkliche Miene, die er nun aufsetzte, hatte vielleicht mehr mit seinem betrunkenen Gefährten zu tun als mit mir.

Er beugte sich über die Tonne und sagte etwas Chinesisches mit schottischem Akzent. Das waren mit die merkwürdigsten Laute, die ich je vernommen hatte – wie das Quietschen eines Dudelsacks, der gerade gestimmt wird.

Was immer er gesagt haben mochte, Mr. Willoughby gab ihm kichernd und glucksend eine wortreiche Antwort. Schließlich kletterte der kleine Chinese aus der Tonne. Mit großer Gewandtheit sprang er auf den Boden und warf sich vor mir nieder.

Eingedenk dessen, was Jamie über die Füße gesagt hatte, trat ich rasch einen Schritt zurück, aber Jamie legte mir beruhigend die Hand auf den Arm.

»Nein, ist schon gut, Sassenach. Er entschuldigt sich nur für seine Respektlosigkeit von vorhin.«

»Ach so. Gut.« Ich sah Mr. Willoughby unschlüssig an, der mit zum Boden geneigtem Gesicht vor sich hin brabbelte. Da ich nicht wußte, was sich in diesem Fall gehörte, beugte ich mich einfach über ihn und tätschelte seinen Kopf. Offensichtlich reichte das, denn er sprang auf und verbeugte sich mehrmals, bis ihm Jamie ungeduldig Einhalt gebot und wir den Weg zurück zur Royal Mile einschlugen.

Das Haus, zu dem uns Jamie führte, lag versteckt in einer kleinen Sackgasse direkt oberhalb der Kirche am Canongate und vielleicht eine Viertelmeile über Holyrood Palace. Als ich die Laternen an den Palasttoren sah, fröstelte ich. In dem Palast hatten wir fast fünf Wochen mit Charles Stuart gelebt – in der siegreichen Anfangsphase seiner kurzen Karriere. Jamies Onkel, Colum MacKenzie, war dort gestorben.

Auf Jamies Klopfen öffnete sich die Tür, und die Gedanken an die Vergangenheit entschwanden. Die Frau, die in der Tür stand und uns neugierig musterte, war zierlich, dunkelhaarig und elegant. Als sie Jamie erkannte, zog sie ihn mit einem freudigen Aufschrei an sich und küßte ihm zur Begrüßung die Wange. Mein Magen krampfte sich zusammen, entspannte sich aber wieder, als ich hörte, daß er sie mit »Madame Jeanne« anredete. So nannte gewiß niemand seine Ehefrau – oder seine Geliebte.

Dennoch beunruhigte mich die Frau. Offenbar war sie Französin, obwohl sie gut englisch sprach. Das war nichts Außergewöhnliches. Edinburgh war ein Seehafen und eine ziemlich kosmopolitische Stadt. Das Kleid der Frau war unauffällig, aber kostbar, aus schwerer Seide und gut geschnitten. Sie trug jedoch erheblich mehr Rouge und Puder als üblich. Und sie betrachtete mich stirnrunzelnd und voller Abneigung.

»Monsieur Fraser«, sagte sie und berührte Jamie besitzergreifend an der Schulter, was mir gar nicht gefiel, »dürfte ich vielleicht ein Wort unter vier Augen mit Ihnen reden?«

Jamie warf mir einen Blick zu und erfaßte die Situation sofort.

»Natürlich, Madame Jeanne«, erwiderte er höflich und streckte die Hand nach mir aus. »Aber darf ich Ihnen zuerst meine Gattin, Madame Fraser, vorstellen?«

Mein Herz setzte kurz aus, dann fing es so an zu hämmern, daß es gewiß alle in der kleinen Eingangshalle hören konnten. Lächelnd sah mir Jamie in die Augen, während sich seine Finger fester um meinen Arm schlossen.

»Ihre... Gattin?« Es war schwer zu sagen, ob das Erstaunen oder das Entsetzen größer war, die sich auf Madame Jeannes Gesicht malten. »Aber Monsieur Fraser... Sie bringen sie *hierher*? Ich dachte... eine Frau... nun ja, aber unsere eigenen *jeunes filles* zu beleidigen ist nicht gut... aber... eine *Ehefrau*...« Mit offenem Mund sah sie nicht mehr ganz so gut aus, zumal einige verfaulte

Backenzähne zutage traten. Erstaunlich rasch fand sie zu ihrer Haltung zurück und nickte mir, um Freundlichkeit bemüht, zu. »*Bonsoir*… Madame.«

»Dasselbe wünsche ich Ihnen«, erwiderte ich höflich.

»Ist mein Zimmer bereit, Madame?« fragte Jamie. Ohne die Antwort abzuwarten, wandte er sich zur Treppe und nahm mich mit sich. »Wir bleiben über Nacht.«

Er sah sich noch nach Mr. Willoughby um, der mit uns hereingekommen war. Dieser hatte sich sofort auf dem Boden niedergelassen, wo er nun tropfnaß und mit verträumter Miene kauerte.

Jamie sah Madame Jeanne fragend an. Sie musterte den kleinen Chinesen, als fragte sie sich, woher der so plötzlich aufgetaucht war, dann klatschte sie in die Hände, um das Mädchen herbeizurufen.

»Sieh nach, ob Mademoiselle Josie frei ist, bitte, Pauline«, sagte sie. »Und dann bring heißes Wasser und frische Handtücher hinauf, für Monsieur Fraser und seine… Gemahlin.« Sie sprach das Wort so fassungslos aus, als könnte sie es immer noch nicht glauben.

»Ach, und noch etwas, wenn Sie so freundlich wären, Madame?« Jamie lehnte sich über das Treppengeländer und lächelte sie an. »Meine Gemahlin braucht ein anderes Kleid. Sie hatte einen unglückseligen Unfall. Ob Sie bis morgen früh etwas Passendes besorgen könnten? Vielen Dank, Madame Jeanne. *Bonsoir*!«

Wortlos folgte ich ihm die Wendeltreppe hinauf bis in den vierten Stock. In meinem Kopf überschlugen sich die Gedanken. »Zuhälter« hatte ihn der Kerl im Gasthaus genannt. Aber das war gewiß nur als Schimpfwort gemeint – so etwas war absolut unvorstellbar. Das heißt, bei dem Jamie Fraser, den ich gekannt hatte, war es unvorstellbar gewesen, korrigierte ich mich und blickte zu den breiten Schultern unter dem grauen Rock auf. Aber bei diesem Mann?

Ich wußte nicht recht, was ich erwartet hatte, aber es war ein ganz gewöhnliches Zimmer, klein und sauber – eigentlich war gerade das ungewöhnlich –, möbliert mit einem Hocker, einem einfachen Bett und einer Kommode, auf der eine Waschschüssel mit Krug und eine Kerze standen. Jamie zündete sie mit dem dünnen Wachslicht an, das er mit heraufgebracht hatte.

Er warf seinen durchweichten Rock ab und legte ihn achtlos über den Hocker, dann setzte er sich aufs Bett, um seine nassen Schuhe auszuziehen.

»Mein Gott«, sagte er, »ich bin am Verhungern. Hoffentlich ist die Köchin noch nicht ins Bett gegangen.«

»Jamie…«, sagte ich.

»Leg deinen Umhang ab, Sassenach.« Er bemerkte, daß ich immer noch an der Tür stand. »Du bist tropfnaß.«

»Ja, ja… Jamie, warum hast du ein festes Zimmer in einem Bordell?« platzte ich heraus.

Verlegen rieb er sich das Kinn. »Tut mir leid, Sassenach. Ich weiß, daß es nicht richtig war, dich herzubringen. Aber es war der einzige Ort, der mir eingefallen ist, wo wir dein Kleid schnell richten lassen können und ein warmes Abendessen bekommen. Und dann mußte ich Mr. Willoughby in ein Haus bringen, wo er sich nicht noch mehr Ärger einhandelt, und da wir sowieso hierherkommen mußten… Es ist hier viel bequemer als auf meiner Pritsche in der Druckerei. Aber vielleicht war es keine gute Idee. Wir können gehen, wenn du meinst, daß es nicht…«

»Das macht mir nichts aus«, fiel ich ihm ins Wort. »Die Frage ist – warum hast du ein Zimmer in einem Bordell? Bist du ein so guter Kunde, daß…«

»Ein Kunde?« Er starrte mich mit hochgezogenen Augenbrauen an. »Hier? Mein Gott, Sassenach, was glaubst du eigentlich, wer ich bin?«

»Das wüßte ich verdammt gern«, entgegnete ich. »Darum frage ich ja. Beantwortest du jetzt meine Frage?«

Eine Weile starrte er seine bestrumpften Füße an und wackelte mit den Zehen. Schließlich blickte er auf und sagte ruhig: »Ich denke schon. Nicht ich bin Jeannes Kunde – sie ist meine Kundin, und zwar eine gute. Sie hält ein Zimmer für mich bereit, weil ich oft spätabends geschäftlich unterwegs bin, und ich schätze es, wenn ich hier jederzeit essen kann und ein Bett bekomme und ganz ungestört bin. Das Zimmer ist ein Teil meiner Abmachung mit ihr.«

Ich hatte den Atem angehalten. Jetzt entspannte ich mich halbwegs. »Gut«, sagte ich. »Dann ist wohl die nächste Frage, wie die Besitzerin eines Bordells mit einem Drucker ins Geschäft kommt?«

Den absurden Gedanken, daß er vielleicht Werbezettel für Madame Jeanne druckte, hatte ich gleich wieder verworfen.

»Nein, ich finde nicht, daß das die Frage ist«, erwiderte er bedächtig.

»Nein?«

»Nein.« Rasch erhob er sich und baute sich vor mir auf. Am liebsten wäre ich einen Schritt zurückgewichen, aber das war aus Platzmangel nicht möglich.

»Die Frage ist, Sassenach, warum bist du zurückgekommen?« sagte er leise.

»Na, das ist ja eine großartige Frage! Was glaubst du denn, warum ich gekommen bin, verdammt?«

»Ich weiß nicht.« Seine Stimme war leise und kühl, aber selbst in dem schummrigen Licht sah ich, wie unter seinem offenen Hemdkragen die Schlagader pulsierte.

»Bist du zu mir zurückgekommen? Oder wolltest du mir nur Nachricht von meiner Tochter bringen?« Als spürte er, daß seine Nähe mich verwirrte, wandte er sich plötzlich ab und trat ans Fenster.

»Du bist die Mutter meines Kindes – schon allein dafür schulde ich dir meine Seele – für das Wissen, daß mein Leben nicht vergebens war – daß mein Kind in Sicherheit ist.« Er drehte sich wieder zu mir um und sah mich aufmerksam an.

»Aber es ist schon eine Zeit her, Sassenach, seit du und ich eins waren. Du hast dein Leben geführt – und ich meins. Du hast keine Ahnung, was ich getan habe. Bist du gekommen, weil du wolltest – oder weil du geglaubt hast, du mußt?«

Mein Hals war wie zugeschnürt, aber ich sah ihm in die Augen.

»Ich bin jetzt gekommen, weil ich vorher... ich dachte, du wärst tot. Ich dachte, du wärst bei Culloden gestorben.«

Er senkte die Augen und zupfte an einem Holzspan auf dem Fensterbrett.

»Aye, ich verstehe«, sagte er leise. »Dort... wollte ich auch sterben.« Er lächelte freudlos. »Ich hab' es ernsthaft versucht.« Er sah mich wieder an.

»Wie hast du herausgefunden, daß ich nicht tot bin? Und wo ich lebe?«

»Ich hatte Hilfe. Ein junger Historiker namens Roger Wakefield hat die Dokumente gefunden. Er hat dich in Edinburgh aufgespürt. Und als ich ›A. Malcolm‹ sah, wußte ich... ich dachte, das könntest du sein«, schloß ich lahm. Einzelheiten konnte ich auch später noch erzählen.

»Aye, ich verstehe. Und dann bist du gekommen. Aber dennoch... warum?«

Ich starrte ihn wortlos an. Als verspüre er ein Bedürfnis nach frischer Luft, oder vielleicht auch nur, um etwas zu tun, machte er sich am Riegel der Fensterläden zu schaffen und stieß sie halb auf, so daß das Dröhnen des strömenden Wassers und der kühle, frische Regengeruch hereindrangen.

»Willst du mir damit sagen, du möchtest nicht, daß ich bleibe?« sagte ich schließlich. »Wenn es so ist... ich meine, ich weiß, daß dein Leben jetzt... vielleicht hast du... andere Bindungen...« Meine Hände waren feucht, und ich wischte sie mir verstohlen am Kleid ab.

Er drehte sich um und sah mich an.

»O Gott!« sagte er. »Dich nicht wollen?« Sein Gesicht war jetzt blaß, und seine Augen leuchteten unnatürlich.

»Ich habe mich zwanzig Jahre lang nach dir verzehrt, Sassenach«, sagte er leise. »Weißt du das nicht? Jesus!« Die Brise spielte mit seinen losen Haarsträhnen, und er strich sie sich ungeduldig aus dem Gesicht.

»Aber ich bin nicht mehr derselbe Mann, oder? Wir kennen uns heute weniger als am Tag unserer Hochzeit.«

»Willst du, daß ich gehe?« Das Blut pochte in meinen Ohren.

»Nein!« Er wirbelte herum und packte mich so fest an den Schultern, daß ich unwillkürlich zurückwich. »Nein«, wiederholte er gefaßter. »Ich will nicht, daß du gehst. Das habe ich dir schon gesagt und es auch gemeint. Aber... eins muß ich wissen.« Er beugte sich über mich, eine bange Frage stand ihm ins Gesicht geschrieben.

»Willst du mich?« flüsterte er. »Sassenach, willst du mich haben und es mit dem Mann wagen, der ich bin, um des Mannes willen, den du gekannt hast?«

Eine Welle der Erleichterung, gemischt mit Furcht, durchströmte mich.

»Für diese Frage ist es zu spät.« Ich berührte seine Wange und strich über die Bartstoppeln, die sich allmählich zeigten. Sie fühlten sich weich an wie steifer Plüsch. »Weil ich bereits alles aufs Spiel gesetzt habe, was ich hatte. Aber wer immer du bist, Jamie Fraser – ja. Ja, ich will dich.«

Das Kerzenlicht glühte blau in seinen Augen, als er mir die Hände entgegenstreckte und ich wortlos in seine Arme sank. Mein Gesicht ruhte an seiner Brust, und ich genoß staunend das Gefühl, ihn zu umarmen. Er war so groß, so stark und warm. So wirklich nach all den Jahren der Sehnsucht nach einem Geist, den ich nicht berühren konnte.

Nach einer Weile löste er sich von mir, sah mich an und strich mir sanft über die Wange. Er lächelte leise.

»Du hast höllisch viel Mut, aye? Aber das hattest du ja schon immer.«

Ich versuchte zu lächeln, aber meine Lippen zitterten.

»Und was ist mit dir? Woher willst du wissen, wie *ich* bin? Du hast auch keine Ahnung, was ich in den letzten zwanzig Jahren getrieben habe. Vielleicht bin ich ja ein ganz schrecklicher Mensch geworden!«

Er musterte mich amüsiert. »Das kann schon sein. Aber weißt du was, Sassenach... ich glaube kaum, daß mich das stört.«

Ich stand noch eine Weile so da und sah ihn an, dann seufzte ich so tief, daß mein Kleid noch ein Stückchen weiter aufriß.

»Mich auch nicht.«

Es schien mir absurd, ihm gegenüber schüchtern zu sein, aber genau das war ich. Durch die abendlichen Abenteuer und seine Worte hatte sich der Abgrund der Wirklichkeit aufgetan – die Kluft jener zwanzig Jahre der Trennung und die unbekannte Zukunft. Jetzt waren wir an dem Ort, wo wir uns neu kennenlernen, wo wir entdecken würden, ob wir tatsächlich noch dieselben waren, die einmal eins gewesen waren – und ob wir wieder eins werden konnten.

Es klopfte an der Tür, und der Bann war gebrochen. Es war eine kleine Dienerin, die ein Tablett mit dem Abendessen brachte. Sie knickste schüchtern vor mir, lächelte Jamie an, stellte das Essen ab – kaltes Fleisch, heiße Brühe und warmes Haferbrot mit Butter – und entfachte mit geübter Hand das Feuer.

Wir aßen langsam und achteten darauf, nur über unbedeutende

Dinge zu sprechen. Ich erzählte ihm von meiner Reise von Craigh na Dun nach Inverness und brachte ihn mit meinem Bericht über Mr. Graham und Master Georgie zum Lachen. Er erzählte mir seinerseits, wie er Mr. Willoughby halbverhungert und stockbesoffen im Hafen von Burntisland bei Edinburgh gefunden hatte.

Über uns sprachen wir kaum, aber während wir aßen, wurde ich mir seines Körpers immer stärker bewußt, beobachtete, wie er mit seinen schönen, langen Händen Wein einschenkte und Fleisch schnitt, sah, wie sich sein kräftiger Oberkörper unter dem Hemd abzeichnete, bewunderte die schöne Linie von Hals und Schultern, als er sich nach einer hinuntergefallenen Serviette bückte. Ein- oder zweimal meinte ich zu spüren, daß auch sein Blick mit zurückgehaltener Begierde auf mir ruhte, aber er schlug jedesmal rasch die Augen nieder, so daß ich nicht wußte, was er sah oder empfand.

Nach dem Essen waren wir beide von demselben Gedanken erfüllt, was angesichts des Hauses, in dem wir uns befanden, nicht weiter verwunderlich war. Ein Schauder der Angst und der Erregung durchzuckte mich.

Schließlich leerte er sein Weinglas, stellte es ab und sah mir in die Augen.

»Willst du...« Tief errötend hielt er inne, suchte aber wieder meine Augen, schluckte und sprach weiter. »Willst du zu mir ins Bett kommen? Ich meine«, fuhr er hastig fort, »es ist kalt, und wir sind beide naß geworden, und...«

»Und es gibt keine Stühle«, beendete ich den Satz. »Gut.« Ich entzog ihm meine Hand, wandte mich zum Bett und spürte eine seltsame Mischung von Aufregung und Zögern, die mir den Atem nahm.

Er zog rasch Kniehosen und Strümpfe aus, dann sah er mich an.

»Tut mir leid, Sassenach. Ich hätte dran denken sollen, daß du Hilfe mit deinen Schnürbändern brauchst.«

Also zieht er nicht besonders oft Frauen aus, dachte ich unwillkürlich und mußte lächeln.

»Nein, es sind nicht die Schnürbänder«, murmelte ich, »aber wenn du mir da hinten helfen könntest...« Ich legte meinen Umhang beiseite, wandte ihm den Rücken zu und hob meine Haare hoch.

Es herrschte verwirrtes Schweigen. Dann spürte ich, wie er mit dem Finger langsam die Furche meines Rückgrats nachzeichnete.

»Was ist denn das?« fragte er überrascht.

»Es heißt Reißverschluß«, sagte ich lächelnd. »Siehst du den kleinen Nippel ganz oben? Zieh ihn einfach gerade nach unten.«

Die Reißverschlußzähnchen öffneten sich mit einem schnurrenden Geräusch, und ich befreite mich aus den Ärmeln, und das Kleid sank zu Boden. Rasch drehte ich mich zu Jamie um, bevor ich den Mut verlor.

Verblüfft angesichts dieser jähen Entpuppung wich er zurück. Dann blinzelte er und starrte mich an.

Außer meinen Schuhen und rosafarbenen Seidenstrümpfen hatte ich nichts an. Ich widerstand dem überwältigenden Drang, das Kleid wieder hochzureißen, straffte meinen Rücken, hob das Kinn und wartete.

Er sagte kein Wort. Seine Augen leuchteten im Kerzenschein, während er leicht den Kopf neigte, aber er beherrschte immer noch den Trick, seine Gedanken hinter einer undurchdringlichen Maske zu verbergen.

»Verdammt noch mal, würdest du endlich was sagen?« forderte ich schließlich mit zittriger Stimme.

Er öffnete den Mund, brachte aber kein Wort heraus. Dann schüttelte er bedächtig den Kopf.

»Himmel«, flüsterte er schließlich. »Claire... du bist die schönste Frau, die ich je gesehen habe.«

»Du«, erwiderte ich aus vollster Überzeugung, »wirst allmählich blind.«

Das entlockte ihm ein etwas unsicheres Lachen, und dann merkte ich, daß er tatsächlich nicht gut sah – Tränen standen ihm in den Augen, obwohl er lächelte. Er zwinkerte und streckte die Hand aus.

»Ich«, sagte er ebenfalls im Brustton der Überzeugung, »habe Augen wie ein Adler, und zwar schon immer. Komm zu mir.«

Ein wenig widerstrebend nahm ich seine Hand. Er hatte sich auf dem Bett niedergelassen und zog mich sanft zu sich heran, so daß ich zwischen seinen Knien stand. Dann küßte er mich zärtlich auf beide Brüste und bettete seinen Kopf zwischen sie, so daß ich seinen warmen Atem auf meiner nackten Haut spürte.

»Deine Brust ist wie Elfenbein«, sagte er leise. Seine Aussprache wurde breiter, wie es die Hochlandschotten an sich haben, wenn sie wahrhaft gerührt sind. Er umfaßte eine meiner Brüste, und seine dunkle Hand hob sich deutlich von meiner hellen Haut ab.

»Sie auch nur zu sehen, so voll und rund – bei Gott, ich könnte ewig meinen Kopf hier ruhen lassen. Aber dich zu berühren, meine Sassenach… dich, mit deiner Haut wie weißer Samt und den süßen Wölbungen deines Körpers…« Er hielt inne, und ich spürte, daß er schluckte.

»Lieber Gott«, flüsterte er. »Ich könnte dich nicht ansehen, Sassenach, und die Hände von dir lassen, noch dich bei mir haben und dich nicht begehren.« Er hob den Kopf und küßte die Stelle über meinem Herzen, dann ließ er seine Hände über meinen Bauch gleiten und betastete die Spuren, die Briannas Geburt hinterlassen hatte.

»Das… macht dir wirklich nichts aus?« fragte ich zaudernd und strich mir mit der Hand über den Bauch.

Er lächelte mich beinahe wehmütig an. Nach kurzem Zögern hob er den Saum seines Hemdes hoch.

»Und dir?« fragte er.

Die Narbe verlief von der Mitte des Oberschenkels fast bis zur Leistengegend, eine weiße, gewundene Linie von etwa zwanzig Zentimetern. Bei dem Anblick konnte ich ein Keuchen nicht unterdrücken und sank neben ihm auf die Knie.

Ich legte meine Wange auf seinen Schenkel, als wollte ich ihn jetzt trösten, weil ich ihn damals nicht hatte trösten und pflegen können.

»Wird dir da nicht schlecht, Sassenach?« fragte er und legte die Hand auf meine Haare. Ich sah zu ihm auf.

»Natürlich nicht!«

»Aye, gut.« Er streckte die Hand aus, um meinen Bauch zu berühren, und sah mir in die Augen. »Und wenn du die Narben deiner Schlachten trägst, Sassenach«, sagte er leise, »dann macht mir das auch nichts aus.«

Er hob mich zu sich ins Bett und küßte mich. Ich streifte meine Schuhe ab und zog die Beine an. Durch sein Hemd hindurch spürte ich seine Körperwärme. Ich tastete nach dem obersten Knopf und versuchte, ihn zu öffnen.

»Ich will dich sehen.«

»Da gibt's nicht viel zu sehen, Sassenach«, meinte er mit unsicherem Lachen und zog sich das Hemd über den Kopf. »Aber es ist dein – wenn du es willst.«

Ich wußte nicht recht, was ich erwartet hatte, aber der Anblick seines nackten Körpers raubte mir den Atem. Groß war er natürlich und gut gebaut, seine langen muskulösen Glieder zeugten von geschmeidiger Kraft, und seine Haut schimmerte im Kerzenschein, als ginge das Licht von ihm aus.

Natürlich hatte er sich verändert, aber nahezu unmerklich – so als wäre er in einen Brennofen gesteckt und gebrannt worden. Muskeln und Haut sahen straffer aus, schienen fester mit den Knochen verbunden, so daß er zäher wirkte. Unbeholfen war er nie gewesen, aber die letzten Anzeichen jungenhafter Schlaksigkeit waren verschwunden.

Seine Haut war an Hals und Gesicht braungebrannt und wurde nach unten hin immer heller, bis sie an der Innenseite seiner Schenkel weiß schimmerte. Daneben leuchtete das rotbraune Gewirr seiner Schamhaare. Offensichtlich hatte er nicht gelogen – er wollte mich wirklich.

Ich sah ihm in die Augen, und sein Mund zuckte plötzlich.

»Ich habe dir einmal versprochen, daß ich ehrlich zu dir sein will, Sassenach.«

Ich lachte und spürte gleichzeitig, daß mir Tränen in den Augen brannten.

»Ich auch.« Zögernd griff ich nach ihm, und er nahm meine Hand. Die seine war überraschend fest und warm, so daß ich zusammenzuckte. Dann griff ich fester zu, und er stand auf.

Von Verlegenheit überwältigt, rührten wir uns beide nicht. Wir nahmen einander überdeutlich wahr – wie hätte es anders sein sollen? Das Zimmer war klein und die Atmosphäre gleichsam elektrisch aufgeladen. Vor Furcht war mir ganz flau im Magen wie hoch oben auf der Achterbahn.

»Hast du auch so viel Angst wie ich?« fragte ich schließlich. Meine Stimme hörte sich heiser an.

Er ließ einen Blick über meinen Körper gleiten und zog die Brauen hoch.

»Das ist wohl kaum möglich«, sagte er. »Du hast ja von oben

bis unten eine Gänsehaut. Hast du Angst, Sassenach, oder ist dir nur kalt?«

»Beides«, sagte ich, und er lachte.

»Dann rein mit dir.« Er ließ meine Hand los und schlug die Decke zurück.

Ich hörte nicht auf zu zittern, als er neben mir unter die Decke kroch, obwohl die Hitze seines Körpers mich wie ein Schock traf.

»Bei Gott, dir ist nicht kalt!« platzte ich heraus. Ich drehte mich zu ihm um und spürte seine Wärme von Kopf bis Fuß. Immer noch fröstelnd, drängte ich mich instinktiv nah an ihn.

Er lachte unsicher. »Nein, mir ist nicht kalt. Wahrscheinlich sollte ich aber Angst haben, aye?« Er umarmte mich zärtlich. Ich berührte seine Brust und spürte, wie unter seinen roten, krausen Haaren Gänsehaut entstand.

»Als wir schon einmal Angst voreinander hatten«, wisperte ich, »in unserer Hochzeitsnacht – da hast du meine Hände gehalten. Du hast gesagt, es wäre leichter, wenn wir uns berühren.«

Er stöhnte leise, als ich über seine Brustwarze strich.

»Aye, das habe ich gesagt«, erwiderte er atemlos. »Meine Güte, berühr mich noch einmal so.« Er zog mich fester an sich.

»Berühr mich«, sagte er leise, »und laß dich von mir berühren, meine Sassenach.« Er streichelte und liebkoste mich, und meine Brust lag schwer in seiner Hand. Ich zitterte immer noch, aber wenigstens hatte ich ihn damit angesteckt.

»Als wir geheiratet haben«, flüsterte er, »und ich dich sah, so schön in deinem weißen Kleid – konnte ich nichts anderes mehr denken, als daß ich allein mit dir sein und deine Schnürbänder lösen und dich nackt neben mir im Bett haben wollte.«

»Willst du mich jetzt?« fragte ich leise und küßte die sonnengegerbte Haut in der Mulde über seinem Schlüsselbein. Seine Haut schmeckte salzig, und seine Haare rochen nach Holzrauch und verlockender Männlichkeit.

Er gab keine Antwort, machte aber eine jähe Bewegung, so daß ich sein hartes Glied an meinem Bauch spürte.

In Panik und voll Verlangen drückte ich mich fest an ihn. Ich wollte ihn – meine Brüste schmerzten, und mein Bauch zog sich zusammen vor Lust, und ich spürte die ungewohnte Erregung naß und warm zwischen meinen Beinen. Aber genauso stark wie die

Lust war der Wunsch, einfach genommen zu werden, er sollte mich bändigen, meine Zweifel in einer stürmischen Umarmung ersticken, mich so hart und schnell nehmen, daß ich mich selbst vergaß.

Den Drang, genau das zu tun, spürte ich im Zittern der Hände, die meine Pobacken umfaßten, und im unwillkürlichen Zucken seiner Hüften, doch noch zügelte er sich.

Tu es, dachte ich, von quälenden Ängsten geplagt. Um Gottes willen, tu es jetzt und sei nicht sanft!

Ich brachte aber kein Wort heraus. Ich sah das Verlangen in seinem Gesicht, aber auch er konnte es nicht sagen. Für solche Worte war es noch zu früh und gleichzeitig zu spät.

Aber wir kannten noch eine andere Sprache, und mein Körper erinnerte sich daran. Heftig preßte ich meine Hüften gegen ihn und packte die seinen. Ich streckte ihm das Gesicht entgegen, weil ich geküßt werden wollte, und im gleichen Augenblick beugte er sich plötzlich vor, um es zu tun.

Meine Nase traf mit einem unangenehmen Knirschen auf seine Stirn. Die Tränen schossen mir in die Augen, als ich mich von ihm abwandte und die Hände vors Gesicht schlug.

»Mein Gott, hab' ich dir weh getan, Claire?« Durch den Tränenschleier sah ich sein besorgtes Gesicht über mir.

»Nein«, entgegnete ich benommen. »Aber ich glaube, meine Nase ist gebrochen.«

»Nein, ist sie nicht«, sagte er und betastete behutsam meinen Nasenrücken. »Wenn du dir die Nase brichst, gibt es ein scheußliches Knacken, und du blutest wie ein Schwein. Sie ist in Ordnung.«

Vorsichtig fühlte ich unter meinen Nasenflügeln, aber er hatte recht, ich blutete nicht. Auch der Schmerz ließ schnell nach. Als ich das merkte, fiel mir gleichzeitig auf, daß er auf mir lag, ich die Beine weit gespreizt hatte und sein Glied mich sachte berührte – nur um Haaresbreite vom Augenblick der Entscheidung entfernt.

Er war sich dessen gleichermaßen bewußt, doch keiner von uns regte sich. Dann wölbte sich seine Brust mit einem tiefen Atemzug, und er griff nach meinen Handgelenken. Mit einer Hand zog er sie hoch über meinen Kopf, so daß ich hilflos ausgestreckt unter ihm lag.

»Gib mir deinen Mund, Sassenach«, sagte er leise und beugte

sich über mich. Erst war sein Kuß sanft, dann fordernd und heiß, und ich öffnete mich ihm mit leisem Stöhnen.

Ich biß in seine Lippe, und er zuckte verblüfft zurück.

»Jamie«, sagte ich. Er war mir so nah, daß er meinen Atem auf seinen Lippen spürte. »Jamie!« Mehr brachte ich nicht heraus, aber ich reckte ihm meine Hüften entgegen, Gewalt herausfordernd. Dann drehte ich den Kopf und verbiß mich in seiner Schulter.

Mit einem leisen, tiefen Stöhnen drang er in mich ein. Ich war so eng wie eine Jungfrau, schrie auf und wölbte mich unter ihm.

»Hör nicht auf!« sagte ich. »Um Himmels willen, hör nicht auf!«

Sein Körper verstand mich und antwortete in derselben Sprache. Er packte meine Gelenke noch härter und tauchte so tief in mich ein, daß er mich mit jedem Stoß ganz erfüllte.

Dann gab er meine Handgelenke frei, ließ sich halb auf mich fallen, griff nach unten und hielt meine Hüften fest. Er lag so schwer auf mir, daß ich mich nicht mehr rühren konnte.

Ich wimmerte und wand mich, und er biß mich in den Hals.

»Halt ruhig«, flüsterte er mir ins Ohr. Das tat ich auch, aber nur, weil ich mich nicht bewegen konnte. Wir lagen eng aneinandergepreßt und zitterten.

Dann bewegte er sich ganz sanft in mir, eine Frage. Das war genug. Meine Antwort war nur ein Zucken, da ich hilflos unter ihm lag, und ich spürte, wie ich mich in Wellen dem Gipfel näherte und ihn drängte, mir zu folgen.

Er drückte den Rücken durch, warf den Kopf nach hinten und atmete schwer. Dann neigte er ganz langsam den Kopf und öffnete die Augen. Er sah mich mit unsagbarer Zärtlichkeit an, und im Kerzenschein glänzten seine Wangen feucht vor Schweiß oder Tränen.

»O Claire«, flüsterte er. »Großer Gott, Claire.«

Und dann begann sein Höhepunkt tief in mir, ohne daß er sich zu bewegen brauchte. Er lief in Schaudern durch seinen Körper, und mit einem Laut, der wie ein Schluchzen klang, ergoß er sich in mich und jedes Zucken und Pulsieren rief zwischen meinen Beinen ein Echo hervor.

Als es vorbei war, blieb er noch eine Weile reglos über mir. Dann sank er behutsam auf mich, legte seinen Kopf auf meinen und lag wie tot da.

Endlich erwachte ich aus meiner zufriedenen Halbtrance, hob meine Hand und legte sie an die Stelle unter seinem Brustbein, wo man deutlich den Puls spürt.

»Es ist wie Fahrradfahren, denke ich.« Mein Kopf ruhte friedlich auf seiner Schulter, und ich spielte versonnen mit den rotgoldenen Locken, die seine Brust bedeckten. »Weißt du eigentlich, daß du viel mehr Haare auf der Brust hast als früher?«

»Nein«, erwiderte er verschlafen, »ich hab' sie noch nie gezählt. Ein Fahrrad hat wohl viele Haare?«

Natürlich – das Fahrrad war noch nicht erfunden. Ich lachte. »Nein«, sagte ich. »Ich meine nur, daß wir noch genau wußten, was wir tun müssen.«

Jamie öffnete ein Auge und sah mich nachdenklich an. »So was kann nur ein Trottel vergessen, Sassenach«, sagte er. »Es fehlt mir vielleicht an Übung, aber noch bin ich im Vollbesitz meiner Kräfte.«

Mein Kopf lag in die Mulde seiner Schultern gebettet. Sein Körper war warm unter meiner Hand, gleichzeitig fremd und vertraut, und wartete darauf, neu entdeckt zu werden.

Das Haus war solide gebaut, und das Toben des Sturmes draußen erstickte die meisten Geräusche im Innern, aber hin und wieder hörte man gedämpfte Schritte oder Stimmen von unten, ein tiefes, männliches Lachen oder die hohe, kokette Stimme einer Frau, die mit einem Freier schäkerte.

Als Jamie das hörte, regte er sich unbehaglich.

»Vielleicht hätte ich dich doch lieber in eine Taverne bringen sollen«, sagte er. »Es ist nur…«

»Ist schon gut«, beruhigte ich ihn. »Obwohl ich sagen muß, daß es mich doch überrascht, in einem Bordell gelandet zu sein.« Ich zögerte, wollte nicht aufdringlich sein, aber schließlich siegte die Neugier. »Du… du bist doch nicht etwa der *Besitzer* von diesem Haus, Jamie?«

»Ich? Gott im Himmel, Sassenach, für wen hältst du mich eigentlich?«

»Wie soll ich das wissen?« sagte ich ein wenig schroff.

»Gut, ich bin kein Heiliger, Sassenach«, sagte er. »Aber ein Zuhälter bin ich auch nicht.«

»Freut mich zu hören.« Nach einer kurzen Pause sagte ich: »Hast du vor, mir zu sagen, was du wirklich bist, oder soll ich noch ein paar anrüchige Berufe aufzählen, bis ich die Wahrheit errate?«

»Aye?« Diesen Vorschlag fand er anscheinend unterhaltsam. »Rate doch mal.«

Ich betrachtete ihn aufmerksam. Er lag entspannt im zerwühlten Bett, einen Arm unterm Kopf, und grinste mich an.

»Ich würde mein Hemd verwetten, daß du kein Drucker bist«, sagte ich.

Das Grinsen wurde breiter.

»Warum nicht?«

Ich stieß ihm unsanft in die Rippen. »Dafür bist du viel zu gut in Form. Die meisten Männer in den Vierzigern bekommen ein Bäuchlein, und du hast kein Gramm zuviel auf den Rippen.«

»Das liegt vor allem daran, weil niemand für mich kocht«, erklärte er wehmütig. »Wenn du immer in Tavernen essen müßtest, würdest du auch kein Fett ansetzen. Zum Glück sieht es so aus, als bekämst du regelmäßig zu essen.« Er tätschelte vertraulich mein Hinterteil und wich lachend aus, als ich nach seiner Hand schlug.

»Versuch nicht, mich abzulenken«, sagte ich würdevoll. »Jedenfalls hast du diese Muskeln nicht an der Druckerpresse bekommen.«

»Hast du je an einer gearbeitet, Sassenach?« Er zog spöttisch die Brauen hoch.

»Nein.« Nachdenklich runzelte ich die Stirn. »Ich nehme nicht an, daß du dich auf Wegelagerei verlegt hast?«

»Nein«, erwiderte er mit breitem Grinsen. »Rat noch mal.«

»Unterschlagung.«

»Nein.«

»Entführung sicher nicht«, sagte ich, die Möglichkeiten an den Fingern abzählend. »Diebstahl? Nein. Wucher? Das wohl kaum.« Ich ließ die Hand sinken und starrte ihn an.

»Früher warst du ja ein Verräter, aber davon kann man ja schlecht leben.«

»Oh, ein Verräter bin ich immer noch«, versicherte er mir. »Ich bin nur in letzter Zeit nicht verurteilt worden.«

»*In letzter Zeit?*«

»Ich bin mehrere Jahre wegen Hochverrats im Gefängnis gesessen, Sassenach«, entgegnete er verbittert. »Wegen des Aufstands. Aber das ist schon eine Weile her.«

»Ja, das hab' ich gewußt.«

Er machte große Augen. »Du hast es gewußt?«

»Nicht nur das«, sagte ich. »Das erzähle ich dir später. Aber um zu dem Punkt zurückzukehren, um den es geht – womit verdienst du dir nun dein Geld?«

»Ich bin Drucker«, erwiderte er grinsend.

»*Und* ein Verräter?«

»Und ein Verräter.« Er nickte. »In den letzten zwei Jahren wurde ich sechsmal wegen Aufwiegelung verhaftet, und mein Geschäft wurde zweimal beschlagnahmt, aber das Gericht konnte nichts beweisen.«

»Und was droht dir, wenn sie doch einmal etwas beweisen können?«

»Ach«, meinte er lässig und fuchtelte mit der Hand durch die Luft, »der Pranger. Ohr annageln, Auspeitschung. Deportation. So etwas. Hängen werden sie mich wahrscheinlich nicht.«

»Das ist ja ein Trost«, bemerkte ich trocken. Mir war ein wenig flau. Ich hatte nicht versucht, mir sein Leben vorzustellen. Nun, da ich es erfuhr, war ich betroffen.

»Ich habe dich gewarnt.« Sein Tonfall war nun ernst geworden, und er sah mich aus dunkelblauen Augen forschend an.

»Das stimmt.« Ich holte tief Luft.

»Willst du jetzt gehen?« fragte er fast beiläufig, aber ich sah, wie sich seine Finger so fest um eine Falte in der Bettdecke schlossen, daß seine Knöchel weiß hervortraten.

»Nein.« Ich lächelte ihn an, so gut ich konnte. »Ich bin nicht zurückgekommen, um ein einziges Mal bei dir zu liegen. Ich bin gekommen, um bei dir zu bleiben… wenn du mich haben willst«, schloß ich zögernd.

»Wenn ich dich haben will!« Seufzend setzte er sich mit gekreuzten Beinen im Bett auf, um mich anzusehen. Er nahm meine Hände.

»Ich… kann nicht mal sagen, was ich empfand, als ich dich heute berührt habe, Sassenach, und wußte, daß du echt bist.« Seine

Augen wanderten über meinen Körper, und ich spürte seine Hitze, seine Sehnsucht, und auch mir wurde heiß. »Dich wiederzufinden... und dich dann zu verlieren...« Er hielt inne und schluckte.

»Du wirst mich nicht verlieren«, sagte ich. »Niemals wieder.« Lächelnd strich ich ihm die dicken, rotbraunen Haare hinters Ohr. »Nicht einmal, wenn ich herausfinden sollte, daß du Verbrechen wie Bigamie und Trunksucht auf dem Kerbholz hast.«

Bei diesen Worten zuckte er zusammen, und ich ließ überrascht die Hand sinken.

»Was ist denn?«

»Na ja...«, sagte er zögernd. Er spitzte die Lippen und warf mir einen Seitenblick zu. »Es ist nur...«

»Was denn? Gibt es noch etwas, was du mir nicht erzählt hast?«

»Das Drucken von aufwieglerischen Flugschriften ist einfach nicht besonders gewinnträchtig«, erklärte er.

»Das glaube ich auch.« Bei der Aussicht auf weitere Enthüllungen beschleunigte sich mein Herzschlag. »Also, womit verdienst du dein Geld?«

»Es ist nur, daß ich ein kleines bißchen schmuggle«, gestand er. »So als Nebenverdienst.«

»Du bist ein *Schmuggler*? Was schmuggelst du denn?«

»Vor allem Whisky, aber hie und da auch Rum, französischen Wein und Kambrik.«

»Das ist es also!« Die Teilchen des Puzzles fügten sich zu einem Bild – Mr. Willoughby, der Hafen und das Rätsel unseres gegenwärtigen Zufluchtsorts. »Darin besteht deine Verbindung zu diesem Haus... das hast du gemeint, als du sagtest, Madame Jeanne sei eine Kundin?«

»Genau.« Er nickte. »Es klappt wunderbar. Wir lagern die Ware in einem der Keller unten im Haus, wenn sie von Frankreich kommt. Einen Teil verkaufen wir direkt an Jeanne, den Rest bewahrt sie für uns auf, bis wir ihn weiterbefördern können.«

»Mhm. Und Bestandteil der Abmachung ist, daß du...«

Er sah mich aus schmalen blauen Augen an.

»Die Antwort auf das, was du denkst, Sassenach, lautet nein«, erklärte er mit Nachdruck.

»Ach ja?« sagte ich hocherfreut. »Du kannst wohl Gedanken lesen? Was habe ich denn gedacht?«

»Du hast dich gefragt, ob ich den Preis manchmal in Naturalien einkassiere, aye?« Er zog die Brauen hoch, nahm mich an den Schultern und beugte sich über mich.

»Hab' ich recht?« fragte er schließlich atemlos.

»Ja«, erwiderte ich ebenfalls atemlos. »Und das tust du nicht…«

»Nein. Komm her.«

Er schloß mich in die Arme und zog mich eng an sich. Der Körper erinnert sich anders als der Verstand. Solange ich nachdachte und mich mit Fragen und Sorgen quälte, verhielt ich mich unbeholfen und verlegen. Doch wenn sich das Denken nicht einmischte, erkannte ihn mein Körper und reagierte sofort völlig harmonisch, als hätte Jamie mich nicht vor Jahren, sondern vor wenigen Augenblicken zuletzt berührt.

»Ich hatte diesmal mehr Angst als in unserer Hochzeitsnacht«, murmelte ich, ohne den Blick von dem gleichmäßigen Pulsschlag an seinem Hals zu wenden.

»Wirklich?« Er schloß den Arm noch fester um mich. »Mache ich dir angst, Sassenach?«

»Nein.« Ich legte meine Finger auf die pulsierende Stelle und sog seinen Moschusduft in mich ein. »Es ist nur… das erstemal… da dachte ich nicht, daß es für immer sein würde. Damals wollte ich wieder fort.«

»Und du bist gegangen und wiedergekommen«, erwiderte er. »Du bist hier. Das ist das einzige, was zählt.«

»Was hast du gedacht, als wir zum erstenmal das Lager geteilt haben?« fragte ich.

»Für mich war es schon damals für immer, Sassenach«, sagte er schlicht.

Etwas später schliefen wir ineinander verschlungen ein, während der Regen leise an die Fensterläden trommelte und aus den unteren Stockwerken gedämpfte Geräusche heraufdrangen.

In dieser Nacht fanden wir wenig Ruhe. Zu müde, um noch länger wach zu bleiben, zu glücklich, um fest einzuschlafen. Vielleicht hatte ich Angst, daß er verschwinden würde, wenn ich schlief. Vielleicht empfand er genauso. Wir lagen nah beieinander, waren nicht wach, nahmen einander aber zu deutlich wahr, um fest zu schlafen.

Im Halbschlaf bewegten wir uns miteinander, stets in Berührung, wie in einem schläfrigen Zeitlupentanz, und lernten schweigend die Sprache unserer Körper neu. Irgendwann in den stillen Stunden der Nacht liebten wir uns mit einer behutsamen wortlosen Zärtlichkeit, und dann lagen wir reglos da, jeder in die Geheimnisse des anderen eingeweiht.

Sanft wie ein Nachtfalter glitt meine Hand über sein Bein und erspürte die tiefe Narbe. Im Dunkeln tasteten meine Finger sie ab und fragten am Ende mit dem Hauch einer Berührung wortlos: »Wie?«

Seufzend legte er seine Hand auf meine.

»Culloden«, flüsterte er. Das Wort beschwor die Tragödie, den Tod, die Sinnlosigkeit herauf. Und unsere schreckliche Trennung.

»Ich werde dich nie wieder verlassen«, flüsterte ich.

Er drehte den Kopf auf dem Kissen, und seine Lippen streiften meine, eine Berührung leicht wie ein Insektenflügel. Dann legte er sich auf den Rücken und zog mich an sich.

Etwas später spürte ich einen kühlen Luftzug am Unterarm. Ich öffnete die Augen und sah, daß er auf der Seite lag und sich in die Betrachtung meiner Hand vertiefte. Sie ruhte reglos auf der Decke, wie aus weißem Stein gemeißelt, während graues Licht das Nahen des Tages ankündigte.

»Beschreib sie mir«, flüsterte er, während er sanft meine Finger nachzeichnete.

»Was hat sie von dir, was von mir? Kannst du mir das sagen? Sind ihre Hände wie deine, Claire, oder wie meine? Beschreib sie mir, damit ich sie vor mir sehe.« Er legte seine Hand neben meine. Es war seine gesunde; die Finger waren gerade und ebenmäßig.

»Wie meine«, sagte ich. So kurz nach dem Erwachen war meine Stimme so leise und heiser, daß sie kaum das Trommeln des Regens draußen übertönte. Im Haus herrschte Schweigen.

»Sie hat lange, schmale Hände wie ich – aber ihre sind größer als meine, der Handrücken ist breiter, und am Handgelenk an der Außenseite sind sie gewölbt – so. Wie bei dir. Und ihren Puls spürt man da, genau wie bei dir.« Ich berührte die Stelle, wo eine Vene die Speiche kreuzte – genau am Übergang zwischen Hand und Handgelenk. Er hielt so ruhig, daß ich seinen Herzschlag unter meinen Fingerspitzen fühlte.

»Ihre Fingernägel sind eckig wie deine, nicht oval wie meine. Aber ihr kleiner Finger an der rechten Hand ist gekrümmt wie bei mir«, sagte ich und hob ihn an. »Bei meiner Mutter war es auch so, hat Onkel Lambert mir erzählt.« Meine Mutter war gestorben, als ich fünf war. Ich konnte mich kaum an sie erinnern, mußte aber immer an sie denken, wenn ich meine Hand eingehend betrachtete. Ich legte die Hand mit dem gekrümmten Finger auf die seine und ließ sie dann zu seinem Gesicht wandern.

»Sie hat diese Linie«, sagte ich leise und zeichnete den kühnen Schwung von der Schläfe zur Wange nach. »Genau deine Augen und deine Wimpern und Brauen. Eine Fraser-Nase. Ihr Mund ist eher wie meiner, mit einer vollen Unterlippe, aber er ist breit, so wie deiner. Sie hat wie ich ein spitzes Kinn, aber kräftiger. Sie ist groß – fast einsachtzig.« Ich spürte, wie er vor Erstaunen zusammenfuhr, und stupste ihn sanft mit dem Knie an. »Sie hat lange Beine wie du, aber sehr weiblich.«

»Und hat sie genau da diese kleine blaue Vene?« Zärtlich strich er mit dem Daumen über meine Schläfe. »Und Ohren wie kleine Flügel, Sassenach?«

»Sie hat sich immer über ihre Ohren beklagt... behauptet, sie stünden ab.« Ich spürte, wie mir die Tränen in die Augen stiegen, als Brianna plötzlich für uns lebendig wurde.

»Sie hat sich Löcher stechen lassen. Du hast doch nichts dagegen, oder?« Ich sprach schnell, um die Tränen zu unterdrücken. »Frank fand es nicht gut, er sagte, es sähe gewöhnlich aus und sie sollte es nicht tun, aber sie wollte, und ich habe es erlaubt, als sie sechzehn war. Ich habe auch welche. Es schien mir nicht recht, es ihr zu verbieten, wo ich es getan hatte und alle ihre Freundinnen, und ich wollte... ich wollte nicht...«

»Du hast recht getan«, unterbrach er mich, da ich mich immer mehr hineinsteigerte. »Du hast es gut gemacht«, wiederholte er leise, aber bestimmt und hielt mich fest. »Du warst eine wunderbare Mutter, das weiß ich.«

Ich weinte und drückte mich zitternd an ihn. Er umarmte mich zärtlich, streichelte meinen Rücken und murmelte immer wieder: »Du hast recht getan.« Und nach einer Weile hörte ich auf zu weinen.

»Du hast mir ein Kind geschenkt, *mo duinne*«, sagte er leise in meine Locken. »Wir sind für immer zusammen. Sie ist in Sicherheit, und wir werden jetzt ewig weiterleben, du und ich.« Er küßte mich ganz zart und legte den Kopf wieder aufs Kissen. »Brianna«, flüsterte er in diesem merkwürdigen Hochlandsingsang, der ihren Namen zu seinem machte. Er seufzte tief, und einen Augenblick später war er eingeschlafen. Als auch mich der Schlaf übermannte, nahm ich das Bild seines schönen, lächelnden Mundes mit in meine Träume.

26

Hurenfrühstück

Da ich es als Mutter und Ärztin seit Jahren gewohnt war, allzeit verfügbar zu sein, hatte ich die Fähigkeit entwickelt, selbst aus dem Tiefschlaf heraus sofort hellwach zu werden. So erwachte ich auch jetzt und nahm die zerschlissenen Leintücher um mich herum wahr und das Tropfen aus der Traufe draußen vor dem Fenster und den warmen Geruch von Jamies Körper, der sich mit der kühlen, frischen Luft mischte, die durch den Spalt in den Fensterläden über mir hereinwehte.

Jamie lag nicht mehr im Bett, das wußte ich ganz instinktiv. Doch weit weg konnte er nicht sein, denn ich hörte ein leises Scharren. Ich drehte mich um und öffnete die Augen.

Das Zimmer war von grauem Licht erfüllt, das allen Dingen die Farbe nahm, aber die Umrisse seines Körpers konnte ich klar erkennen. Von dem dunklen Hintergrund hob er sich ab wie eine Elfenbeinstatue. Er war nackt und hatte mir den Rücken zugewandt, da er vor dem Nachttopf stand, den er gerade unter dem Waschtisch hervorgezogen hatte.

Ich bewunderte die Rundung seiner Pobacken mit der kleinen muskulösen Vertiefung und ihre blasse Verletzlichkeit. Die Furche seines Rückgrats zog sich in einer weichen Kurve von den Hüften bis zu den Schultern. Als er sich bewegte, fing sich das Licht in den silbrig schimmernden Narben auf seinem Rücken, und mir stockte der Atem.

Dann wandte er sich um, das Gesicht ruhig und gedankenverloren. Verblüfft bemerkte er, daß ich ihn beobachtete.

Ich lächelte, sagte aber nichts, da mir einfach nichts einfiel. Doch ich sah ihn unverwandt an, und er erwiderte meinen Blick und lächelte gleichfalls. Wortlos trat er zu mir und setzte sich aufs

Bett. Er legte seine offene Hand auf die Decke, und ich schob die meine ohne Zögern hinein.

»Gut geschlafen?« fragte ich blöde.

Aus dem Lächeln wurde ein Grinsen. »Nein«, sagte er. »Und du?«

»Auch nicht.« Obwohl es im Zimmer kalt war, strahlte sein Körper Hitze aus. »Frierst du nicht?«

»Nein.«

Wir schwiegen wieder, konnten aber den Blick nicht voneinander wenden. Allmählich wurde es heller, und ich betrachtete ihn eingehend und verglich die Erinnerung mit der Wirklichkeit. Ein erster Sonnenstrahl drang durch den Spalt in den Fensterläden und ließ eine Haarlocke von ihm aufleuchten wie frisch polierte Bronze. Er kam mir ein wenig größer vor, als ich ihn in Erinnerung hatte, und sehr viel wirklicher.

»Du bist größer, als ich gedacht habe«, bemerkte ich. Er neigte den Kopf zur Seite und sah mich amüsiert an.

»Und du bist ein bißchen kleiner, glaube ich.«

Behutsam schlossen sich seine Finger um mein Handgelenk. Mein Mund war trocken, ich schluckte und fuhr mir mit der Zunge über die Lippen.

»Vor langer Zeit hast du mich gefragt, ob das, was zwischen uns ist, üblich ist«, sagte ich.

Seine Augen ruhten auf mir; im Morgenlicht sahen sie fast schwarz aus.

»Ich erinnere mich«, erwiderte er leise. Sein Griff wurde ein wenig fester. »Was das ist – wenn ich dich berühre, wenn du bei mir liegst.«

»Ich habe gesagt, ich weiß es nicht.«

»Ich wußte es auch nicht.« Ein Lächeln spielte um seine Mundwinkel.

»Ich weiß es immer noch nicht«, sagte ich. »Aber…« Ich räusperte mich.

»Aber es ist immer noch da«, beendete er meinen Satz, und das Lächeln leuchtete nun auch aus seinen Augen. »Aye?«

Das stimmte. Ich spürte seine Anwesenheit immer noch so überdeutlich wie eine brennende Dynamitstange in unmittelbarer Nähe, aber das Gefühl hatte sich verändert. Wir waren eingeschlafen als ein Fleisch, vereint durch die Liebe zu dem Kind, das wir gezeugt hatten, und waren als zwei Menschen erwacht – die nun durch etwas anderes verbunden waren.

»Ja. Ist es… ich meine, es ist nicht nur wegen Brianna, was glaubst du?«

»Ob ich dich will, weil du die Mutter meines Kindes bist?« Ungläubig zog er die Brauen hoch. »Nein. Nicht, daß ich nicht dankbar wäre«, fügte er hastig hinzu. »Aber… nein. Ich glaube, ich könnte dich stundenlang ansehen, Sassenach, um zu sehen, wie du dich verändert hast und was an dir noch so ist wie früher. Nur so eine Kleinigkeit wie die Linie von deinem Kinn…« – sanft streichelte er meine Wange und ließ seine Hand nach oben wandern, bis mein Kopf darin ruhte, während er mit dem Daumen mein Ohrläppchen liebkoste – »Oder deine Ohren und die winzigen Löcher für deine Ohrringe. Das ist alles noch so wie früher. Deine Haare… ich nannte dich *mo duinne*, weißt du noch? Meine Braune«, flüsterte er, während er seine Finger in meine Locken grub.

»Das stimmt wohl nicht mehr ganz.« Ich war zwar noch nicht grau, aber ich hatte blassere Strähnen, wo meine hellbraunen Haare zu einem Goldton verblichen waren, und hier und da schimmerte es silbern.

»Wie Buchenholz im Regen«, meinte er lächelnd und glättete eine Locke mit dem Zeigefinger, »und die Tropfen fallen von den Blättern auf die Rinde.«

Ich streckte die Hand nach ihm aus und streichelte die lange Narbe auf seinem Oberschenkel.

»Ich wünschte, ich wäre dagewesen, um dich zu pflegen«, sagte ich leise. »Das war das Schrecklichste, was ich je getan habe… dich zu verlassen in dem Wissen… daß du in der Schlacht den Tod suchen wolltest.« Ich brachte das Wort kaum über die Lippen.

»Ja, ich habe mich ehrlich bemüht.« Er zog eine gequälte Grimasse, die mich trotz meines inneren Aufruhrs zum Lachen brachte. »Ich kann nichts dafür, daß es mir nicht gelungen ist.« Leidenschaftslos betrachtete er die tiefe Narbe, die sich über seinen Schenkel zog. »Und dem Engländer mit dem Bajonett kann man auch keinen Vorwurf machen.«

Ich starrte die Narbe an. »Ein *Bajonett* war das?«

»Ja. Die Wunde hat geeitert, weißt du«, erklärte er.

»Ich weiß; wir haben das Tagebuch von Lord Melton gefunden, der dich vom Schlachtfeld nach Hause geschickt hat. Er glaubte nicht, daß du es schaffst.«

Er schnaubte verächtlich. »Ich wär' auch um ein Haar draufgegangen. Ich war halb tot, als sie mich in Lallybroch aus dem Fuhrwerk holten.« Bei der Erinnerung verdüsterte sich sein Gesicht.

»Mein Gott, ich träume immer noch davon. Die Reise dauerte zwei Tage, und ich fieberte oder fror oder beides gleichzeitig. Ich war mit Heu bedeckt, und das stach mich in die Augen und in die Ohren und durchs Hemd. Und die Flöhe sprangen auf mir herum und fraßen mich bei lebendigem Leib auf, und mein Bein tat höllisch weh. Die Straße war ziemlich holprig«, fügte er hinzu.

»Das klingt schrecklich«, sagte ich und fand das Wort völlig unzureichend.

»Aye. Ich hab' das nur durchgehalten, indem ich mir ausgemalt habe, was ich mit Melton anstelle, wenn ich ihm je wieder begegne. Ich wollte es ihm heimzahlen, daß er mich nicht erschießen ließ.«

Als ich lachen mußte, sah er mich mit gequältem Lächeln an.

»Ich lache nicht, weil es komisch wäre.« Ich schluckte. »Ich habe nur gelacht, weil ich sonst weinen müßte, und das will ich nicht... jetzt, wo es vorbei ist.«

»Aye, ich weiß.« Er drückte meine Hand.

Ich holte tief Luft. »Ich... ich habe nicht nachgeforscht. Ich glaubte, ich könnte es nicht aushalten herauszufinden... was geschehen ist.« Ich biß mir auf die Lippe; das zuzugeben kam mir schon wie ein Verrat vor. »Nicht, daß ich vergessen wollte... Das nicht.« Unbeholfen suchte ich nach Worten. »Ich konnte dich nicht vergessen, das sollst du nicht glauben. Niemals. Aber ich...«

»Ist ja gut, Sassenach«, fiel er mir ins Wort. Zärtlich tätschelte er meine Hand. »Ich weiß, was du meinst. Ich denke selber nicht gern daran.«

»Aber wenn ich es getan hätte«, sagte ich, »wenn ich es getan hätte... hätte ich dich vielleicht eher gefunden.«

Die Worte standen zwischen uns wie eine Anklage, eine Erinnerung an die bitteren Jahre des Verlusts und der Trennung. Schließlich seufzte er tief und legte mir einen Finger unters Kinn, so daß ich zu ihm aufblickte.

»Und wenn du es getan hättest?« sagte er. »Hättest du das Mädel ohne Mutter zurücklassen wollen? Oder in der Zeit nach Culloden zu mir kommen, wo ich nicht für dich hätte sorgen können, sondern nur zugesehen hätte, wie du mit den anderen leidest? Vielleicht hätte ich mit ansehen müssen, wie du vor Hunger stirbst, und dann damit leben müssen, daß ich dich getötet habe?« Fragend sah er mich an, dann schüttelte er den Kopf.

»Nein. Ich habe dir befohlen zu gehen und zu vergessen. Soll ich dir Vorwürfe machen, weil du getan hast, was ich wollte, Sassenach? Nein.«

»Aber wir hätten mehr Zeit haben können!« rief ich. »Wir hätten…« Er brachte mich zum Schweigen, indem er sich über mich beugte und seine Lippen auf die meinen drückte. Sie waren warm und sehr weich, und seine Bartstoppeln kratzten mich.

Nach einer Weile ließ er mich los. Es wurde immer heller, und das Licht ließ den Kupferton seines Bartes auf der braunen Haut aufleuchten. Jamie holte tief Luft.

»Aye, vielleicht. Aber daran dürfen wir nicht denken.« Er sah mir forschend in die Augen. »Ich kann nicht zurückblicken, Sassenach, und weiterleben«, sagte er schlicht. »Und wenn wir nicht mehr haben als letzte Nacht und diesen Augenblick, so reicht mir das.«

»Mir aber nicht, überhaupt nicht!« rief ich, und er lachte.

»Du gieriges Weib, du kriegst wohl nie genug?«

»Nein.« Die Spannung löste sich, und ich widmete mich wieder der Narbe auf seinem Bein, um mich von den schmerzlichen Gedanken an verlorene Zeit und vertane Möglichkeiten abzulenken.

»Du wolltest mir gerade erzählen, wie du das abbekommen hast.«

»Richtig.« Er lehnte sich zurück und betrachtete die lange weiße Linie auf seinem Bein.

»Es war Jenny, meine Schwester, weißt du?« An Jenny erinnerte ich mich wahrhaftig; im Gegensatz zu ihrem Bruder war sie zierlich und dunkelhaarig, aber an Halsstarrigkeit konnte sie es leicht mit ihm aufnehmen.

»Sie sagte, sie würde mich nicht sterben lassen.« Er lächelte kläglich. »Meine Meinung dazu hat sie nicht interessiert.«

»Das sieht ihr ähnlich.« Bei dem Gedanken an meine Schwägerin fühlte ich mich getröstet. Jamie war also nicht allein gewesen, wie ich befürchtet hatte – Jenny hätte es mit dem Teufel persönlich aufgenommen, um ihren Bruder zu retten.

»Sie hat mir Arznei gegen das Fieber gegeben und Breiumschläge auf mein Bein gelegt, um das Gift herauszuziehen, aber es hat alles nichts geholfen, sondern ist nur schlimmer geworden. Das Bein ist angeschwollen und hat gestunken, und dann wurde es schwarz und brandig, so daß sie glaubten, man müßte es abnehmen, wenn ich am Leben bleiben sollte.«

Er berichtete das ganz sachlich, aber mir wurde schwindelig bei dem Gedanken.

»Und wieso wurde es dann doch nicht abgenommen?«

Jamie rieb sich die Nase und strich sich die Haare aus der Stirn. »Das habe ich Ian zu verdanken. Er hat es nicht zugelassen. Er sagte, er wüßte nur zu gut, was es heißt, mit einem Bein zu leben, ihm mache es zwar nicht soviel aus, aber er könnte sich vorstellen, daß es mir nicht behagen würde... alles in allem genommen«, fügte er mit einer ausladenden Handbewegung und einem Blick, der alles sagte, hinzu – Niederlage in der Schlacht und im Krieg, der Verlust seiner Frau, seiner Heimat und seines Besitzes – alles, was sein Leben ausmachte, war verloren. In Gedanken gab ich Ian recht.

»Also holte Jenny drei Pächter, die sich auf mich setzen und mich festhalten mußten. Dann schlitzte sie mein Bein mit dem Küchenmesser bis zum Knochen auf und wusch die Wunde mit kochendem Wasser aus«, berichtete er beiläufig.

»*Jesus H. Roosevelt Christ!*« platzte ich völlig entsetzt heraus.

Mein Gesichtsausdruck entlockte ihm ein Lächeln. »Aye, es hat gewirkt.«

Ich schluckte den bitteren Geschmack in meinem Mund hinunter. »Himmel! Ich hätte gedacht, daß dich das zum Krüppel gemacht hätte!«

»Na, sie reinigte die Wunde, so gut es ging, und nähte sie zu. Sie sagte, sie würde mich nicht sterben lassen, und ein Krüppel sollte ich auch nicht werden. Außerdem dürfte ich nicht den ganzen Tag herumliegen und mich selbst bemitleiden, und...« Resigniert zuckte er die Achseln. »Als sie alles aufgezählt hatte, was sie mir nicht erlauben wollte, blieb nichts anderes übrig, als wieder gesund zu werden.«

Ich stimmte in sein Lachen ein. »Sobald ich aufstehen konnte, mußte Ian nach Einbruch der Dunkelheit mit mir hinaus und gehen üben. Bei Gott, das muß ein Anblick gewesen sein, Ian mit seinem Holzbein und ich mit meinem Stock, wie wir die Straße hinauf- und hinunterhumpelten wie zwei lahme Kraniche!«

Wieder lachte ich, kämpfte aber gleichzeitig gegen die Tränen; ich sah sie nur zu gut vor mir, die beiden hochgewachsenen humpelnden Gestalten, die störrisch gegen die Dunkelheit und den Schmerz ankämpften und sich gegenseitig stützten.

»Du hast eine Zeitlang in einer Höhle gelebt, nicht wahr? Wir sind auf die Geschichte gestoßen.«

Überrascht zog er die Brauen hoch. »Eine Geschichte? Über mich?«

»Im Hochland bist du eine legendäre Gestalt«, erklärte ich trocken, »oder zumindest wirst du das einmal sein.«

»Weil ich in einer Höhle gelebt habe?« Er wirkte halb erfreut, halb verlegen. »Das ist ein ziemlich alberner Stoff für eine Legende, aye?«

»Der Plan, dich für das Kopfgeld an die Engländer verraten zu lassen, war vielleicht ein bißchen dramatischer«, bemerkte ich sachlich. »Bist du da nicht ein ziemlich hohes Risiko eingegangen?«

Seine Nasenspitze war rot geworden, und er wirkte verlegen.

»Nun ja«, meinte er betreten, »ich hatte geglaubt, im Gefängnis wäre es nicht so scheußlich, und alles in allem...«

Ich sprach, so ruhig ich konnte, aber am liebsten hätte ich ihn geschüttelt, denn rückblickend packte mich plötzlich eine lächerliche Wut auf ihn.

»Gefängnis, du Idiot! Du wußtest doch ganz genau, daß sie dich hätten hängen können! Und trotzdem hast du es getan!«

»Ich mußte etwas tun«, meinte er achselzuckend. »Und wenn die Engländer so blöd waren, gutes Geld für mein armseliges Gerippe zu zahlen – na ja, es ist nicht verboten, die Dummheit der anderen auszunutzen, oder?« Seine Mundwinkel zuckten, und ich war hin- und hergerissen zwischen dem Wunsch, ihn zu küssen, und dem Impuls, ihm eine runterzuhauen.

Ich tat weder das eine noch das andere, sondern setzte mich aufrecht ins Bett und begann, mit den Fingern die Knoten in meinen Haaren zu lösen.

»Wer hier blöd war, bleibt noch zu klären«, sagte ich, ohne ihn anzusehen, »aber trotzdem sollst du wissen, daß deine Tochter sehr stolz auf dich ist.«

»Wirklich?« Er klang wie vom Donner gerührt, und als ich zu ihm aufsah, mußte ich trotz meiner Wut lachen.

»Ja, natürlich ist sie das. Du bist schließlich ein verdammter Held!«

»Ich? Nein!« Er wurde feuerrot und fuhr sich durch die Haare. »Nein, daran war überhaupt nichts Heldenhaftes. Sie alle verhungern zu sehen und ihnen nicht zu helfen... Jenny und Ian und die Kinder, all die Pächter und ihre Familien.« Hilflos sah er mich an. »Es kümmerte mich wirklich nicht, ob mich die Engländer aufhängen oder nicht. Aufgrund der Dinge, die du mir erzählt hast, habe ich nicht damit gerechnet, aber ich hätte es in jedem Fall getan, Sassenach, und ohne Reue. Aber es war kein Heldenmut... Mir blieb einfach nichts anderes übrig!«

»Ich verstehe«, sagte ich nach einer Weile. »Schon gut.«

»Wirklich?« Er sah mich ernst an.

»Ich kenne dich, Jamie Fraser.« Jetzt empfand ich mehr Sicherheit als in der ganzen Zeit seit meiner Reise durch den Steinkreis.

»Wirklich?« wiederholte er, aber bereits mit einem Lächeln.

»Ich glaube schon.«

Das Lächeln wurde breiter, und er setzte zu einer Antwort an. Aber bevor er etwas sagen konnte, klopfte es an der Tür.

Ich fuhr zusammen, als hätte ich auf eine heiße Herdplatte gefaßt. Jamie lachte und tätschelte meine Hüfte, bevor er zur Tür ging.

»Wahrscheinlich ist es das Zimmermädchen mit unserem Frühstück, Sassenach, nicht die Büttel. Und schließlich sind wir verheiratet, oder?« Er sah mich fragend an.

»Solltest du nicht trotzdem etwas anziehen?« fragte ich, als er nach dem Türknauf griff.

Er sah an sich herunter.

»Ich glaube zwar nicht, daß es in diesem Haus jemanden aus der Fassung bringen würde, Sassenach. Aber aus Rücksicht auf deine Gefühle...« Er grinste mich an und nahm ein Leinenhandtuch vom Waschtisch, das er sich lässig um die Hüften schlang, bevor er die Tür öffnete.

Ich erblickte einen hochgewachsenen Mann in der Diele und zog prompt die Decke über den Kopf. Es war eine reine Panikreaktion, denn wenn es ein Büttel gewesen wäre, hätten mir die Bettdecken auch nicht viel Schutz geboten. Aber als der Besucher das Wort ergriff, war ich froh, daß ich im Augenblick unsichtbar war.

»Jamie?« Die Stimme klang erstaunt. Obwohl ich sie seit zwanzig Jahren nicht mehr gehört hatte, erkannte ich sie sofort. Verstohlen lugte ich unter der Bettdecke hervor.

»Wer denn sonst?« entgegnete Jamie unwirsch. »Hast du keine Augen im Kopf, Mann?« Er zog seinen Schwager Ian ins Zimmer und schloß die Tür.

»Daß du's bist, sehe ich auch«, sagte Ian leicht gereizt. »Ich wußte nur nicht, ob ich meinen Augen trauen kann!« In seinen glatten, braunen Haaren zeigten sich graue Strähnen, und die vielen Jahre harter Arbeit hatten ihre Spuren auf seinem Gesicht hinterlassen.

»Ich bin hierhergekommen, weil du in der Druckerei nicht warst und weil das hier die Adresse ist, an die Jenny deine Post schickt«, erklärte Ian. Mißtrauisch blickte er sich im Zimmer um, als erwarte er, daß hinter dem Schrank etwas hervorsprang. Dann sah er wieder seinen Schwager an, der an seinem provisorischen Lendenschurz herumfummelte.

»Ich hätte nie gedacht, dich in einem Puff anzutreffen, Jamie!« bemerkte er. »Ich war nicht sicher, als mir die... die Dame unten die Tür geöffnet hat, aber...«

»Es ist nicht, was du denkst, Ian«, erklärte Jamie knapp.

»Ach, wirklich nicht, aye? Und Jenny hat schon befürchtet, daß du krank wirst, wenn du so lange ohne Frau lebst!« spottete Ian. »Ich werde ihr sagen, daß sie sich um dein Wohlergehen keine Sorgen zu machen braucht. Und wo ist mein Sohn – vielleicht bei einer anderen Dirne am Ende des Flurs?«

»Dein Sohn?« fragte Jamie offensichtlich erstaunt. »Welcher?«

Ian starrte Jamie an, und der Ärger auf seinem Gesicht verwandelte sich in Bestürzung.

»Er ist nicht bei dir? Der kleine Ian ist nicht hier?«

»Der junge Ian? Bei Gott, Mann, glaubst du, ich nehme einen Vierzehnjährigen ins Bordell mit?«

Mit offenem Mund sank Ian auf den Hocker.

»Ehrlich gesagt, Jamie, ich weiß nicht mehr, was ich von dir halten soll«, sagte Ian ruhig. Er musterte seinen Schwager kritisch. »Früher wußte ich es. Aber jetzt nicht mehr.«

»Und was zum Teufel soll das heißen?« Ich sah, wie Jamie die Zornesröte ins Gesicht stieg.

Ian warf einen Blick aufs Bett. Jamie sah immer noch wütend aus, aber um seine Mundwinkel zuckte es. Umständlich beugte er sich zu Ian hinunter.

»Verzeihung, Ian, ich habe keine Manieren. Darf ich dir meine Gefährtin vorstellen?« Er trat ans Bett und zog die Decken weg.

»Nein!« rief Ian, sprang auf und blickte panisch auf den Boden, den Schrank, überallhin, nur nicht aufs Bett.

»Was, willst du meine Frau etwa nicht begrüßen, Ian?«

»Frau?« Ian vergaß wegzusehen und stierte Jamie entsetzt an. »Du hast eine Hure geheiratet?« krächzte er.

»So würde ich es nicht nennen.« Als Ian meine Stimme hörte, warf er den Kopf herum und sah in meine Richtung.

»Hallo.« Aus meinem Nest aus Bettzeug winkte ich ihm fröhlich zu. »Lange her, nicht wahr?«

Die Schilderungen dessen, was Leute tun, wenn sie einen Geist erblicken, hatte ich immer für ziemlich übertrieben gehalten; angesichts der Erfahrungen, die ich nach meiner Rückkehr in die Vergangenheit sammeln durfte, hatte ich meine Meinung jedoch ändern müssen. Jamie war prompt in Ohnmacht gefallen, und wenn Ian auch nicht regelrecht die Haare zu Berge standen, so sah er doch aus, als wäre er zu Tode erschrocken.

Seine Augen traten hervor, und er öffnete den Mund, brachte aber nur ein leises Glucksen hervor, was Jamie offenbar sehr unterhaltsam fand.

»Laß dir das eine Lehre sein und hör auf, schlecht von mir zu denken«, bemerkte Jamie sichtlich zufrieden. Dann erbarmte er sich seines zitternden Schwagers, schenkte ihm einen Schluck Branntwein ein und gab ihm das Glas. »Richtet nicht, auf daß ihr nicht gerichtet werdet, oder wie heißt es doch gleich?«

Ich dachte, Ian würde seinen Weinbrand verschütten, aber er schaffte es, das Glas zum Mund zu führen und zu schlucken.

»Was...?« stieß er keuchend hervor. Das Wasser trat ihm in die Augen, als er mich anstarrte. »Wie...?«

»Das ist eine lange Geschichte«, sagte ich mit einem Seitenblick auf Jamie. Er nickte. In den letzten vierundzwanzig Stunden hatten wir Wichtigeres zu bedenken gehabt, als uns zu überlegen, wie wir anderen meine Anwesenheit erklären sollten. Und unter den gegebenen Umständen konnte das ruhig noch etwas warten, fand ich.

»Ich glaube nicht, daß ich den jungen Ian kenne. Wird er vermißt?« fragte ich höflich.

Ian nickte mechanisch, ohne den Blick von mir zu wenden.

»Er ist am Freitag vor einer Woche von zu Hause ausgerissen.« Ian wirkte ziemlich benommen. »Er hat einen Brief dagelassen, er ginge zu seinem Onkel.« Er nahm noch einen Schluck Branntwein, hustete und blinzelte mehrmals, dann wischte er sich die Augen und setzte sich aufrecht hin.

»Es ist nicht das erstemal, weißt du«, sagte er zu mir. Allmählich schien er sich zu beruhigen, da ich keinerlei Anstalten machte, mir den Kopf unter den Arm zu klemmen, wie es Hochlandgespenster sonst zu tun pflegten.

Jamie setzte sich neben mich aufs Bett und nahm meine Hand.

»Ich habe den jungen Ian nicht mehr gesehen, seit ich ihn vor sechs Monaten mit Fergus heimgeschickt habe«, erklärte er. Allmählich sah er ebenso besorgt aus wie Ian. »Bist du sicher, daß er zu mir kommen wollte?«

»Soweit ich weiß, hat er sonst keinen Onkel«, sagte Ian ziemlich barsch. Er kippte den Rest seines Branntweins hinunter und stellte das Glas ab.

»Fergus?« fragte ich dazwischen. »Fergus geht es also gut?« Ich freute mich, den Namen des französischen Waisenkinds zu hören, das Jamie in Paris als Taschendieb angeheuert und mit nach Schottland gebracht hatte.

In seinem Gedankengang unterbrochen, sah mich Jamie an.

»Aye, Fergus ist ein gutaussehender Mann geworden. Ein bißchen verändert hat er sich natürlich.« Ein Schatten huschte über sein Gesicht, aber dann lächelte er und drückte meine Hand. »Er wird ganz schön dumm schauen, wenn er dich wiedersieht, Sassenach.«

Ian, der sich nicht für Fergus interessierte, ging ruhelos auf und ab.

»Er ist ohne Pferd auf und davon«, murmelte er. »Damit er nichts bei sich hat, was man ihm stehlen könnte.« Er drehte sich zu Jamie um. »Wie bist du gereist, als du den Jungen das letztemal mitgenommen hast? Auf dem Landweg rund um den Firth oder habt ihr mit dem Schiff übergesetzt?«

Nachdenklich rieb sich Jamie das Kinn. »Ich habe ihn nicht von Lallybroch abgeholt. Er und Fergus haben den Carryarrick-Paß überquert und mich oberhalb von Loch Laggan getroffen. Dann sind wir durch Struan und Weem gekommen und... aye, jetzt fällt es mir wieder ein. Wir wollten nicht über das Land der Campbells reiten und überquerten den Firth of Forth bei Donibristle.«

»Glaubst du, er würde es wieder so machen?« fragte Ian. »Wenn es der einzige Weg ist, den er kennt?«

Zögernd schüttelte Jamie den Kopf. »Vielleicht. Aber er weiß, daß es gefährlich ist.«

Die Hände auf dem Rücken verschränkt, begann Ian wieder auf und ab zu gehen. »Ich habe ihn geschlagen, daß er kaum noch stehen, geschweige denn sitzen konnte, als er das letztemal weggelaufen ist«, sagte Ian kopfschüttelnd. Seine Lippen waren nur noch ein schmaler Strich. Dem entnahm ich, daß der junge Ian eine ziemliche Plage für seinen Vater war. »Man möchte meinen, der kleine Narr hätte was dazugelernt, aye?«

Jamie schnaubte, aber nicht ohne Mitgefühl.

»Hast du dich je von einer Tracht Prügel davon abhalten lassen, etwas zu tun, was du dir in den Kopf gesetzt hattest?«

Ian blieb stehen und ließ sich seufzend wieder auf dem Hocker nieder.

»Nein«, gestand er, »aber ich denke, für meinen Vater war es eine Wohltat.« Er lächelte zögernd, und Jamie lachte.

»Ihm passiert schon nichts«, meinte Jamie zuversichtlich. Er stand auf und griff nach seiner Kniehose. »Ich höre mich mal nach ihm um. Wenn er in Edinburgh ist, wissen wir es spätestens bis heute abend.«

Ian warf einen Blick auf mich und erhob sich hastig.

»Ich begleite dich.«

Ich meinte, den Schatten eines Zweifels auf Jamies Gesicht zu sehen, aber dann nickte er und zog sich das Hemd über den Kopf.

»Gut«, sagte er und sah mich stirnrunzelnd an.

»Ich fürchte, du mußt hierbleiben, Sassenach«, sagte er.

»Sieht so aus – zumal ich nichts zum Anziehen habe.« Das

Mädchen hatte mein Kleid mitgenommen, als sie uns das Abendessen gebracht hatte, bis jetzt aber keinen Ersatz geliefert.

Ian verzog verwundert das Gesicht, aber Jamie nickte nur.

»Wenn ich rausgehe, sage ich Jeanne Bescheid«, meinte er. Er warf mir einen nachdenklichen Blick zu. »Es könnte länger dauern, Sassenach. Es gibt – also, ich habe einiges zu erledigen.« Er drückte meine Hand und sah mich zärtlich an.

»Ich will dich nicht allein lassen«, sagte er leise. »Aber ich muß. Du bleibst hier, bis ich wiederkomme?«

»Keine Sorge«, beruhigte ich ihn und deutete auf das Handtuch, das er gerade hatte fallen lassen.

»Unwahrscheinlich, daß ich darin ausgehe.«

Ihre Schritte verklangen. Im Haus wurde es allmählich munter – gemessen an den strengen schottischen Maßstäben, war es bereits ziemlich spät. Aus den unteren Etagen hörte ich das Klappern von Fensterläden, einen Warnruf und kurz darauf das Platschen des Nachttopfinhalts, der auf die Straße gekippt wurde.

Irgendwo auf dem Flur waren Stimmen zu hören, ein kurzer, unverständlicher Wortwechsel und Türenklappern. Das Haus selbst schien sich zu räkeln und zu seufzen, daß die Balken ächzten und die Treppen knarzten, und plötzlich drang ein Schwall warme Luft, die nach Kohle roch, aus der kalten Feuerstelle – der Rauch eines Feuers, das in einem unteren Stockwerk am selben Kamin angefacht wurde.

Entspannt sank ich in die Kissen zurück; ich fühlte mich schläfrig und vollkommen zufrieden. An verschiedenen ungewohnten Stellen war ich angenehm wund, und obwohl ich mich nur ungern von Jamie getrennt hatte, konnte ich nicht leugnen, daß es ganz schön war, allein zu sein und in aller Ruhe nachzudenken.

Ich fühlte mich, als wäre mir eine versiegelte Schatulle übergeben worden, die einen verloren geglaubten Schatz enthielt. Ich spürte ihr erfreuliches Gewicht, betastete sie von außen und schätzte mich glücklich, sie zu besitzen, aber ich wußte nicht genau, was sie eigentlich enthielt.

Ich hätte viel darum gegeben zu erfahren, was er in all den Jahren getan und gesagt und gedacht hatte. Mir war natürlich klar gewesen, daß sein Leben, falls er Culloden überstand, weitergegangen war – und soweit ich Jamie Fraser kannte, war es kein einfaches Leben gewesen. Aber es zu wissen oder leibhaftig daran teilzuhaben waren zwei Paar Stiefel.

Lange Zeit hatte er einen festen Platz in meiner Erinnerung gehabt, leuchtend, aber reglos wie ein in Bernstein gefangenes Insekt. Und dann kamen Rogers kurze historische Schnappschüsse – einzelne Bilder, ergänzende Eindrücke, Berichtigungen der Erinnerungen, die die Flügel der Libelle in verschiedenen Neigungswinkeln zeigten, ähnlich den einzelnen Bildern eines Films. Jetzt hatte unsere gemeinsame Zeit wieder begonnen, und ich sah die Libelle fliegen, bald hierhin, bald dorthin huschen, so daß ich kaum mehr wahrnahm als den Glanz ihrer Flügel.

Es gab noch so viele Fragen, die keiner von uns hatte stellen können – wie war es seiner Familie in Lallybroch ergangen, seiner Schwester Jenny und ihren Kindern? Offensichtlich war Ian am Leben und wohlauf, unbeschadet seines Holzbeins – aber hatten der Rest der Familie und die Pächter des Anwesens die Zerstörung der Highlands überlebt? Und wenn ja, warum war Jamie dann hier in Edinburgh?

Und wenn sie am Leben waren – wie sollten wir ihnen mein plötzliches Wiederauftauchen erklären? Ich biß mir auf die Lippe und fragte mich, ob überhaupt eine glaubhafte Erklärung denkbar war – abgesehen von der Wahrheit. Das hing auch davon ab, was Jamie den anderen erzählt hatte, als ich nach der Schlacht von Culloden verschwand. Damals war es eigentlich nicht notwendig, sich einen Grund für mein Verschwinden auszudenken; es schien naheliegend, daß ich eine von den vielen namenlosen Leichen war.

Aber diese Frage würden wir klären, wenn es soweit war. Was mich im Augenblick mehr beschäftigte, war das Ausmaß von Jamies gesetzlosem Treiben. Schmuggeln und Aufwiegelung, wenn ich ihn recht verstanden hatte. Schmuggeln war eine ebenso ehrenhafte Betätigung wie vor zwanzig Jahren der Viehdiebstahl im schottischen Hochland und vergleichsweise ungefährlich. Aber Aufwiegelung war etwas anderes – und für einen verurteilten jakobitischen Verräter ein wohl nicht gerade harmloser Zeitvertreib.

Vermutlich war dies auch einer der Gründe, warum er einen anderen Namen angenommen hatte. Trotz meiner Aufregung war mir am Vorabend aufgefallen, daß Madame Jeanne ihn mit seinem richtigen Namen angesprochen hatte. Wahrscheinlich schmuggelte er als James Fraser, während er seine Verlegertätigkeit – legal oder illegal – unter dem Namen Alexander Malcolm ausübte.

In den allzu kurzen Stunden unserer gemeinsamen Nacht hatte ich genug gesehen, gehört und gefühlt, um zu wissen, daß es den Jamie Fraser, den ich gekannt hatte, noch gab. Wie viele Persönlichkeiten er darüber hinaus verkörperte, blieb abzuwarten.

Ein zaghaftes Klopfen an der Tür riß mich aus meinen Gedanken. Frühstück, dachte ich, und es kommt keine Minute zu früh. Ich hatte einen Bärenhunger.

»Herein«, rief ich, setzte mich im Bett auf und schob die Kissen zurecht, um mich anzulehnen.

Ganz langsam öffnete sich die Tür, und nach einiger Zeit schob sich ein Kopf durch den Spalt – so vorsichtig wie eine Schnecke, die sich nach einem Hagelschauer zum erstenmal wieder aus dem Haus wagt.

Zuerst sah ich nur einen schlecht geschnittenen braunen Haarschopf, der so dicht war, daß die Unterkante wie ein Dachgesims über die großen Ohren ragte. Das Gesicht darunter war schmal, knochig und unauffällig, abgesehen von den schönen, braunen Augen, die so sanft waren wie die eines Rehs und mich halb neugierig, halb zögernd anblickten.

Eine Weile sahen wir uns stumm an.

»Sind Sie Mr. Malcolms… Frauenzimmer?« fragte der Besucher.

»So könnte man wohl sagen«, erwiderte ich vorsichtig. Offensichtlich war das nicht das Dienstmädchen mit dem Frühstück. Und wahrscheinlich gehörte der Besucher auch nicht zur Belegschaft des Etablissements, da er offensichtlich männlich, wenn auch sehr jung war. Irgendwie kam er mir bekannt vor, obwohl ich ihm gewiß noch nie begegnet war. Ich zog das Laken über meinen Brüsten ein bißchen höher. »Und wer bist du?« erkundigte ich mich.

Der Junge überlegte sich die Antwort gründlich, dann erwiderte er vorsichtig: »Ian Murray.«

»Ian Murray?« Ich schoß in die Höhe und rettete im letzten Moment das Laken. »Komm herein«, befahl ich. »Wenn du der bist, für den ich dich halte, warum bist du dann nicht da, wo du hingehörst, und was machst du überhaupt hier?« Der Junge wirkte ziemlich beunruhigt und sah aus, als wollte er sich zurückziehen.

»Halt!« rief ich und setzte schon einen Fuß aus dem Bett, um ihn zu verfolgen. Die braunen Augen weiteten sich beim Anblick meines nackten Beins, und der Junge blieb wie angewurzelt stehen. »Komm rein, hab' ich gesagt!«

Langsam zog ich meinen Fuß wieder unter die Decken, und ebenso langsam trat er ins Zimmer.

Er war groß und dünn wie ein junger Storch – etwa hundertzehn Pfund auf eine Länge von einen Meter achtzig. Da ich nun wußte, wen ich vor mir hatte, war die Ähnlichkeit mit seinem Vater unverkennbar. Wie seine Mutter hatte er eine blasse Haut, die sich jedoch puterrot färbte, als ihm plötzlich klarwurde, daß er neben einem Bett mit einer nackten Frau darin stand.

»Ich... äh... ich suche meinen... ich suche Mr. Malcolm, meine ich«, murmelte er und starrte unentwegt auf die Dielenbretter zu seinen Füßen.

»Wenn du deinen Onkel Jamie meinst, er ist nicht hier«, sagte ich.

»Nein. Das hab' ich mir auch gedacht.« Offensichtlich wußte er nun nichts mehr zu sagen. Er hielt einen Fuß unbeholfen angewinkelt, als wollte er ihn hochziehen wie der Stelzvogel, mit dem er soviel Ähnlichkeit besaß.

»Wissen Sie, wo...«, begann er, sah mich kurz an, senkte aber gleich wieder den Blick, errötete und verstummte.

»Er sucht dich«, sagte ich, »zusammen mit deinem Vater. Es ist keine halbe Stunde her, daß sie aufgebrochen sind.«

»Mein Vater?« stieß er keuchend hervor. »Mein Vater war hier? Kennen Sie ihn?«

»O ja«, erwiderte ich, ohne nachzudenken. »Ich kenne Ian schon ziemlich lange.«

Der Junge mochte ja Jamies Neffe sein, aber den Trick mit der undurchschaubaren Miene beherrschte er noch nicht. Jeder Gedanke stand ihm ins Gesicht geschrieben, und es war nicht schwer zu erraten, was jetzt in ihm vorging: der Schock angesichts der Nachricht, daß sein Vater in Edinburgh weilte, dann eine Art ehrfürchtiges Entsetzen über die Enthüllung, daß dieser seit langem mit einer Frau von zweifelhaftem Ruf bekannt war, und schließlich zornige Konzentration, als er die Meinung, die er von seinem Vater hatte, zu revidieren begann.

Ich räusperte mich leicht beunruhigt. »Es ist nicht, was du denkst. Ich meine, dein Vater und ich… das heißt eigentlich geht es um deinen Onkel und mich, ich meine…« Während ich noch versuchte, mir eine Erklärung auszudenken, ohne noch gefährlicheren Boden zu betreten, drehte er sich auf dem Absatz um und strebte auf die Tür zu.

»Einen Augenblick«, sagte ich. Er blieb stehen, wandte sich aber nicht zu mir um. Seine Ohren standen ab wie kleine Flügel und leuchteten rosig in der Morgensonne. »Wie alt bist du?« fragte ich.

Verlegen, aber würdevoll sah er mich an. »In drei Wochen werde ich fünfzehn«, sagte er. Wieder stieg ihm die Röte ins Gesicht. »Keine Sorge, ich bin alt genug, um zu wissen – was für ein Haus das ist.« Er verbeugte sich hastig.

»Ich wollte Sie nicht beleidigen, Mistreß. Wenn Onkel Jamie… ich meine, ich…« Er suchte nach den rechten Worten, wurde aber nicht fündig. Schließlich platzte er heraus: »Sehr erfreut, Ihre Bekanntschaft gemacht zu haben, Madam!« drehte sich um und polterte zur Tür hinaus, die mit einem Knall hinter ihm zuschlug.

Ich sank in die Kissen zurück, hin- und hergerissen zwischen Belustigung und Sorge. Ich fragte mich, was Ian, der Ältere, seinem Sohn erzählen würde, wenn sie sich begegneten – und umgekehrt. Und da ich gerade am Überlegen war, fragte ich mich noch, was Ian, den Jüngeren, hierhergeführt hatte. Offensichtlich wußte er, daß sein Onkel oft hier anzutreffen war, doch seiner Schüchternheit nach zu urteilen, hatte er sich nie zuvor in das Bordell hineingewagt.

Hatte Geordie in der Druckerei ihm die Adresse genannt? Das war unwahrscheinlich. Aber wenn Ian es nicht von ihm hatte, mußte er aus anderer Quelle erfahren haben, daß sein Onkel Verbindungen zu diesem Haus pflegte. Und diese Quelle war höchstwahrscheinlich Jamie selbst.

Aber in diesem Fall, so folgerte ich, wußte Jamie, daß sein Neffe in Edinburgh war, warum also tat er so, als ob er den Jungen nicht getroffen hätte? Dessen Vater war Jamies ältester Freund; sie waren zusammen aufgewachsen. Wenn das, was Jamie im Schilde führte, es wert war, seinen Schwager hinters Licht zu führen, mußte es etwas Ernstes sein.

Meine Überlegungen waren noch nicht viel weiter gediehen, als es wieder an der Tür klopfte.

»Herein.« Vorsorglich glättete ich die Decken, damit man ein Frühstückstablett darauf abstellen konnte.

Als die Tür aufging, fixierte ich einen Punkt etwa anderthalb Meter über dem Fußboden, wo aller Wahrscheinlichkeit nach der Kopf des Mädchens auftauchen würde. Beim vorigen Mal hatte ich den Blick ein Stück höher richten müssen, um die Erscheinung des jungen Ian ganz aufzunehmen. Jetzt mußte ich nach unten korrigieren.

»Was zum Teufel machen Sie denn hier?« fragte ich, als die winzige Gestalt des Mr. Willoughby auf allen vieren hereinkroch. Ich setzte mich auf, schlug die Beine unter und hüllte mich hastig nicht nur in das Laken, sondern auch in einige Decken.

Statt zu antworten, rückte der Chinese bis zum Bett vor und schlug dann mit der Stirn mit einem vernehmbaren Geräusch auf den Boden. Diesen Vorgang wiederholte er mit Bedacht. Es klang, als würde eine Melone mit einer Axt gespalten.

»Aufhören!« rief ich, als er zum drittenmal ansetzte.

»Tausendfach Verzeihung«, sagte er, setzte sich auf die Fersen und zwinkerte mir zu. Er sah ziemlich mitgenommen aus, und das dunkelrote Mal an der Stelle, wo er die Stirn auf den Boden geschlagen hatte, machte es auch nicht besser.

»Ist schon gut«, sagte ich und drückte mich vorsichtig an die Wand. »Es gibt nichts, wofür Sie sich entschuldigen müßten.«

»Doch, Verzeihung«, beharrte er. »Tsei-mi sagen Ehefrau. Dame ist höchst ehrenwerte erste Ehefrau und keine stinkende Hure.«

»Vielen Dank«, sagte ich. »Tsei-mi? Sie meinen Jamie? Jamie Fraser?«

Der kleine Mann nickte, was ihm offenbar Kopfschmerzen bereitete. Er hielt seinen Kopf mit beiden Händen und schloß die Augen, die in den Falten seines Gesichts fast verschwanden.

»Tsei-mi«, bekräftigte er. »Tsei-mi sagen, Verzeihung bei höchst ehrenwerte erste Ehefrau. Yi Tien Tschu demütiger Diener.« Er verbeugte sich tief, wobei er immer noch seinen Kopf festhielt. »Yi Tien Tschu«, fügte er hinzu, öffnete die Augen und klopfte sich auf die Brust, um anzudeuten, daß er so hieß, nur für den Fall, daß ich ihn mit anderen demütigen Dienern in der Nachbarschaft verwechselte.

»Ich verstehe«, sagte ich. »Erfreut, Sie kennenzulernen.«

Offensichtlich ermutigt durch meine Worte, streckte er sich bäuchlings auf dem Boden aus.

»Yi Tien Tschu, Diener der Dame«, sagte er. »Erste Ehefrau bitte umhergehen auf demütigen Diener, wenn belieben.«

»Ha«, erwiderte ich kühl. »Ich weiß Bescheid. Auf Ihnen herumgehen? Verdammt unwahrscheinlich!«

Ein glitzerndes Schwarzauge öffnete sich, und er kicherte so unwiderstehlich, daß ich selbst lachen mußte. Er setzte sich wieder auf und strich sich schmutzstarrende schwarze Haarsträhnen aus der Stirn.

»Ich wasche erste Ehefrau Füße?« bot er mit breitem Grinsen an.

»Gewiß nicht«, entgegnete ich. »Wenn Sie wirklich etwas Sinnvolles tun wollen, dann gehen Sie und bestellen Sie dem Mädchen, es soll mir mein Frühstück bringen. Nein, einen Augenblick«, sagte ich und besann mich anders. »Erzählen Sie mir zuerst, wo Sie Jamie kennengelernt haben. Wenn es Ihnen nichts ausmacht«, fügte ich höflich hinzu.

Er setzte sich wieder auf die Fersen und warf den Kopf hoch. »Hafen«, sagte er. »Vor zwei Jahren. Ich kommen China, lange Reise, kein Essen. Verstecken Faß«, erklärte er und beschrieb mit den Armen einen Kreis.

»Als blinder Passagier?«

»Handelsschiff«, nickte er. »Im Hafen hier Essen stehlen. In einer Nacht stehlen Brandy, stockbesoffen. Sehr kalt zu schlafen, bald sterben, aber Tsei-mi finden.« Wieder bohrte er einen Daumen in seine Brust. »Tsei-mis demütiger Diener. Demütiger Diener erster Ehefrau.«

Er verbeugte sich vor mir, wobei er bedenklich schwankte, konnte sich aber wieder aufrichten, ehe ein Unglück passierte.

»Branntwein scheint Ihr Schicksal zu sein«, bemerkte ich. »Tut mir leid, daß ich Ihnen nichts für Ihren Kopf geben kann. Im Augenblick habe ich keine Arznei zur Hand.«

»Oh, keine Sorgen«, beruhigte er mich. »Ich habe gesunde Kugeln.«

»Wie schön für Sie«, sagte ich und überlegte, was das nun wieder heißen sollte. Ich sollte es erfahren. Der kleine Chinese griff in die Tiefen eines ausgebeulten blauseidenen Ärmels und zog mit

Verschwörermiene einen kleinen, weißen Seidenbeutel hervor. Er öffnete ihn, und zwei Kugeln rollten in seine Hand, die aus einem grünlich schimmernden Edelstein gefertigt waren.

»Gesunde Kugeln«, erklärte Mr. Willoughby und ließ sie auf seiner Handfläche kreisen. »Gemaserte Jade aus Kanton«, erklärte er. »Beste Art von gesunde Kugeln.«

»Wirklich?« murmelte ich fasziniert. »Und sie wirken medizinisch... sind gut für Sie, wollten Sie das sagen?«

Er nickte eifrig und erklärte: »Ganzer Körper ein Teil; Hand alle Teile«, sagte er. Er deutete mit dem Finger auf seine offene Handfläche und drückte behutsam auf bestimmte Stellen zwischen den glatten grünen Kugeln. »Kopf da, Magen da, Leber da«, sagte er. »Kugeln machen alles gut.«

»Und vermutlich kann man sie so leicht mit sich herumtragen wie Alka-Seltzer«, bemerkte ich. Wahrscheinlich war es die Erwähnung des Magens, die den meinen veranlaßte, ein lautes Knurren von sich zu geben.

»Erste Ehefrau brauchen Essen«, bemerkte Mr. Willoughby schlau.

»Gut beobachtet«, sagte ich. »Ja, ich brauche wirklich etwas zu essen. Könnten Sie wohl gehen und jemandem Bescheid sagen?«

Er ließ die Kugeln wieder in ihr Säckchen fallen, sprang auf und verbeugte sich tief.

»Demütiger Diener gehen jetzt«, sagte er und krachte auf dem Weg hinaus mit aller Wucht gegen den Türpfosten.

Allmählich wurde die Sache lächerlich, dachte ich bei mir. Ich hegte gelinde Zweifel, ob Mr. Willoughbys Besuch die Lieferung des Frühstücks nach sich ziehen würde; mit etwas Glück hatte er es das Treppenhaus hinunter geschafft, ohne auf den Kopf zu fallen, wenn ich seinen Zustand richtig beurteilte.

Es schien mir an der Zeit, nicht länger nackt herumzusitzen und Abgesandte der Außenwelt zu empfangen, sondern lieber selbst diverse Schritte zu unternehmen. Also stand ich auf, drapierte sorgfältig die Decke um mich und wagte mich auf den Flur hinaus.

Das oberste Stockwerk war offenbar menschenleer. Abgesehen von dem Zimmer, aus dem ich getreten war, gab es hier nur noch zwei weitere Türen. Als ich aufblickte, sah ich schmucklose Dachbalken an der Decke. Wir befanden uns also auf dem Dachboden; wahrscheinlich wurden die beiden anderen Räume von Dienstboten bewohnt, die jetzt im Haus zu tun hatten.

Von unten drangen nicht nur leise Geräusche herauf, sondern auch der Geruch von gebratenen Würstchen. Mit lautstarkem Knurren machte mich mein Magen darauf aufmerksam, daß der Verzehr von einem Erdnußbutterbrot und einer Schale Suppe im Lauf von vierundzwanzig Stunden völlig unzureichend sei.

Ich steckte die Enden der Decke fest, hob die Schleppe an und stieg, dem verlockenden Duft folgend, die Treppe hinunter.

Der Duft kam aus einem Zimmer im ersten Stock. Ich öffnete die Tür und stand am Ende eines länglichen Raums, der als Speisesaal diente.

Um den Tisch saßen etwa zwanzig Frauen, einige waren für den Tag gekleidet, aber die meisten trugen Negligés, neben denen meine Decke ein überaus sittsames Kleidungsstück darstellte. Eine Frau am Ende der Tafel sah, wie ich zögernd in der Tür stand, nickte mir zu und rückte ein Stück, um mir auf der langen Bank Platz zu machen.

»Du bist wohl die Neue, aye?« fragte sie und musterte mich neugierig. »Du bist ein bißchen älter als das, was Madame sonst aufnimmt – sie dürfen eigentlich nicht älter als fünfundzwanzig sein. Aber du siehst nicht übel aus«, versicherte sie mir hastig. »Ich bin sicher, du machst dich ganz gut.«

»Gute Haut und ein hübsches Gesicht«, bemerkte eine dunkelhaarige Dame, die uns gegenübersaß und mich so gelassen betrachtete, als handelte es sich um Pferdefleisch. »Und der Busen ist auch nicht schlecht, soviel ich sehe.« Sie reckte das Kinn ein wenig und spähte mir über den Tisch hinweg in den Ausschnitt.

»Madame mag es nicht, wenn wir die Decken vom Bett nehmen«, bemerkte meine erste Bekanntschaft vorwurfsvoll. »Komm halt einfach im Hemd, wenn du noch nichts Hübsches anzuziehen hast.«

»Aye, sei vorsichtig mit der Decke«, riet mir das dunkelhaarige Mädchen. »Madame zieht es dir vom Lohn ab, wenn du Flecken aufs Bettzeug machst.«

»Wie heißt du eigentlich, Schätzchen?« Ein ziemlich rundliches

Mädchen mit freundlichem Gesicht lehnte sich vor und lächelte mich an. »Wir reden alle auf dich ein und haben dich noch nicht mal begrüßt. Ich bin Dorcas, das ist Peggy…«, sie deutete mit dem Daumen auf die Dunkelhaarige neben sich und dann auf die blonde Frau, die neben mir saß, »und das ist Mollie.«

»Ich heiße Claire.« Ich lächelte und schob die Decke verlegen ein bißchen nach oben. Ich wußte nicht recht, wie ich den Eindruck zerstreuen sollte, ich sei kürzlich von Madame Jeanne angeheuert worden; im Augenblick schien mir das auch weniger dringlich, als endlich zu meinem Frühstück zu kommen.

Die freundliche Dorcas ahnte offenbar, was mich quälte, denn sie reichte mir einen Holzteller und schob eine große Platte voller Würstchen in meine Richtung.

Das Essen war gut zubereitet, und ausgehungert, wie ich war, empfand ich es als reine Köstlichkeit. Um Längen besser als das Frühstück in der Krankenhauscafeteria, dachte ich bei mir und nahm mir noch einen Schöpflöffel Bratkartoffeln.

»Dein erster ist wohl ziemlich hart rangegangen, aye?« Millie neben mir warf einen Blick auf meine Brust. Peinlich berührt mußte ich feststellen, daß über dem Saum meiner Decke ein großer, roter Fleck hervorlugte. Meinen Hals konnte ich nicht sehen, aber Millies interessierte Blicke ließen ahnen, daß das leichte Prickeln in diesem Bereich auf weitere Bißmale hinwies.

»Deine Nase ist auch ein bißchen geschwollen«, meinte Peggy mit kritischem Stirnrunzeln. »Er hat dich geschlagen, oder? Wenn sie zu grob werden, solltest du schreien. Madame duldet es nicht, daß uns die Kunden mißhandeln – schrei einfach laut, und Bruno ist sofort zur Stelle.«

»Bruno?« fragte ich matt.

»Der Portier«, erklärte Dorcas, die sich eifrig Rührei in den Mund schaufelte. »Groß wie ein Bär ist er – deswegen nennen wir ihn Bruno. Wie heißt er eigentlich richtig?« fragte sie in die Runde. »Horace?«

»Theobald«, korrigierte Millie. Sie rief einer Dienstmagd zu: »Janie, holst du uns noch mehr Ale? Die Neue hat noch nichts bekommen!«

»Aye, Peggy hat recht«, sagte sie wieder zu mir. Hübsch war sie nicht, aber sie hatte einen schönen Mund und einen angenehmen

Gesichtsausdruck. »Wenn du einen abbekommst, der ein bißchen grob mit dir umspringt, das ist eine Sache – und hetz Bruno bloß nicht einem guten Kunden auf den Hals, sonst ist hier der Teufel los. Aber wenn du meinst, daß er dich wirklich verletzen könnte, dann brüll einfach los. Bruno ist nachts immer in Reichweite. Oh, da kommt ja das Ale.« Sie nahm dem Mädchen einen großen Zinnkrug ab und stellte ihn mir vor die Nase.

»Sie ist mit heiler Haut davongekommen«, meinte Dorcas, die mich gründlich unter die Lupe genommen hatte. »Aber ein bißchen wund zwischen den Beinen, aye?« meinte sie pfiffig und grinste mich an.

»Ooch, schaut mal, sie wird rot«, kicherte Mollie vergnügt. »Du bist wirklich noch feucht hinter den Ohren, was?«

Ich nahm einen herzhaften Schluck Ale. Es war dunkel und aromatisch, und das Bier selbst war mir ebenso willkommen wie der große Becher, hinter dem ich mein Gesicht verstecken konnte.

»Mach dir nichts draus.« Mollie tätschelte freundlich meinen Arm. »Nach dem Frühstück zeig ich dir, wo die Wannen stehen. Da kannst du ein warmes Bad nehmen, und heute abend bist du so gut wie neu.«

»Vergiß nicht die Kräutertöpfe«, warf Dorcas ein. »Süß duftende Kräuter«, erklärte sie mir. »Die tust du ins Wasser, bevor du dich reinsetzt. Madame will, daß wir gut riechen.«

»Wenn där Mahn liegen will bei einem Fisch, soll är gehen zu die 'afen, das ist billiger«, ahmte Peggy Madame Jeanne nach. Die anderen kicherten hemmungslos, doch das Lachen erstarb schlagartig, als Madame höchstpersönlich in der Tür erschien.

Sie runzelte besorgt die Stirn und war so geistesabwesend, daß sie die unterdrückte Heiterkeit nicht zu bemerken schien.

»Tss!« murmelte Mollie, als sie ihre Chefin sah. »Ein Kunde. Ich hasse es, wenn sie mitten unter dem Frühstück kommen«, brummte sie. »Wie soll man da sein Essen verdauen?«

»Keine Sorge, Mollie – Claire muß ihn nehmen«, meinte Peggy und warf ihren dunklen Zopf nach hinten. »Eine Neue muß immer die Kunden nehmen, die keine will«, beschied sie mir.

»Steck ihm den Finger in den Arsch«, riet mir Dorcas. »Da kommt's ihnen gleich. Ich hebe dir einen Haferkuchen für nachher auf, wenn du magst.«

»Äh... danke«, sagte ich. In diesem Augenblick fiel Madame Jeannes Blick auf mich, und sie stieß ein entsetztes »Oh!« aus.

»Was machen Sie denn hier?« fragte sie und stürzte sich auf mich, um mich am Arm zu packen.

»Ich esse«, erklärte ich ungerührt. Dann machte ich meinen Arm frei und griff nach meinem Alebecher.

»*Merde!*« sagte sie. »Hat Ihnen heute morgen niemand das Frühstück gebracht?«

»Nein«, erwiderte ich. »Und auch kein Kleid.« Ich verwies auf die Decke, die mir zu entgleiten drohte.

»*Nez de Cléopatre!*« rief sie unwirsch. Sie richtete sich auf und warf zornige Blicke in die Runde. »Diesen Abschaum von einer Dienstmagd werde ich dafür auspeitschen lassen. Ich bitte tausendmal um Vergebung, Madame!«

»Ist schon gut«, entgegnete ich gnädig. Ich war mir der erstaunten Blicke bewußt, die auf mich gerichtet waren. »Das Frühstück war wirklich köstlich. Ich freue mich, Ihre Bekanntschaft gemacht zu haben, meine Damen.« Ich erhob mich und versuchte, mich höflich zu verbeugen, während ich gleichzeitig die Decke umklammerte. »Nun, Madame... wie steht's mit meinem Kleid?«

Während Madame Jeanne sich unentwegt entschuldigte und immer wieder die Hoffnung äußerte, ich würde es doch hoffentlich nicht notwendig finden, Monsieur Fraser zu erzählen, daß ich auf unziemliche Weise Bekanntschaft mit den hier arbeitenden Damen gemacht hatte, stieg ich zwei Treppen hoch und gelangte in ein kleines Zimmer, das mit verschiedenen halbfertigen Kleidern drapiert war.

»Einen Augenblick bitte«, sagte Madame Jeanne, verbeugte sich tief und ließ mich in Gesellschaft einer Schneiderpuppe zurück, deren Busen mit Stecknadeln gespickt war.

Offensichtlich wurden die Bewohnerinnen des Hauses hier eingekleidet. Die Decke hinter mir herschleifend, machte ich einen kleinen Rundgang durch das Zimmer und begutachtete mehrere hauchdünne seidene Negligés, einige kunstvolle Gewänder mit tiefem Ausschnitt und mehrere phantasievolle Variationen zum Thema Hemd und Mieder. Eins der Hemden nahm ich vom Bügel. Es war aus feiner Baumwolle mit tiefem, gerüschtem Ausschnitt

und einer Stickerei in Form von mehreren Händen, die sich verführerisch um Busen und Taille schlangen und keck die Hüfte lieb-
kosten. Bis auf den unteren Saum war es bereits fertiggestellt, und
so bekleidet hatte ich viel mehr Bewegungsfreiheit als mit der
Decke.

Im Nebenzimmer hörte ich Stimmen. Offenbar hielt Madame
Jeanne Bruno eine Strafpredigt – zumindest vermutete ich, daß die
dröhnende, männliche Stimme ihm gehörte.

»Mir ist gleich, was die Schwester des elenden Mädchens angestellt hat«, sagte sie, »ist dir nicht klar, daß Monsieur Frasers Gattin nackt und am Verhungern war…«

»Sind Sie sicher, daß sie seine Gattin ist?« fragte die tiefe männliche Stimme. »Ich hatte gehört…«

»Ich auch. Aber wenn er sagt, daß die Frau seine Gattin ist, dann
will ich nicht mit ihm streiten, *n'est-ce pas?*« Madame klang ungeduldig. »Und was diese elende Madeleine betrifft…«

»Sie kann nichts dafür«, fiel ihr Bruno ins Wort. »Haben Sie
heute morgen nicht gehört, was passiert ist – über diesen Teufel?«

Madame keuchte entsetzt. »Nein! Nicht schon wieder eine?«

»Doch, Madame«, sagte Bruno erbittert. »Nur ein paar Häuser
weiter – oberhalb der Green-Owl-Taverne. Das Mädchen war Ma-
deleines Schwester. Der Priester hat noch vor dem Frühstück die
Nachricht gebracht. Also verstehen Sie…«

»Ja, ich verstehe.« Madame stockte der Atem. »Ja, natürlich.
Natürlich. War es – wieder dasselbe?« Ihre Stimme zitterte vor
Ekel.

»Ja, Madame. Ein Beil oder ein großes Messer.« Er senkte die
Stimme wie jemand, der etwas Grauenvolles zu berichten hat.
»Der Priester hat mir gesagt, daß ihr Kopf ganz abgetrennt wurde.
Die Leiche lag an der Tür ihres Zimmers und der Kopf…« – seine
Stimme wurde fast zu einem Wispern – »ihr Kopf stand auf dem
Kaminsims und starrte ins Zimmer. Der Wirt fiel in Ohnmacht, als
er sie fand.«

Ein dumpfes Geräusch ließ vermuten, daß Madame Jeanne seinem Beispiel gefolgt war. Auch ich bekam weiche Knie. Allmählich verstand ich Jamies Befürchtung, daß es ein wenig unüberlegt
war, mich in einem Bordell unterzubringen.

Da meine Blöße nun halbwegs bedeckt war, betrat ich das Nebenzimmer – einen kleinen Salon –, wo Madame Jeanne auf einem Sofa lag und ein stämmiger Mann mit unglücklicher Miene zu ihren Füßen kauerte.

Als sie mich erblickte, schreckte sie hoch. »Madame Fraser! Oh, es tut mir so leid! Ich wollte Sie nicht warten lassen, aber ich habe soeben…« – sie zögerte, suchte nach einer feinfühligen Umschreibung – »eine schmerzliche Nachricht erhalten.«

»Das würde ich auch sagen«, bemerkte ich. »Was hat es mit diesem Teufel auf sich?«

»Sie haben es gehört?« Madame Jeanne war bereits blaß, aber nun wurde sie noch einige Schattierungen bleicher und rang die Hände. »Was wird er sagen! Er wird rasen vor Wut!« stöhnte sie.

»Wer?« fragte ich. »Jamie oder der Teufel?«

»Ihr Gatte«, sagte sie. Geistesabwesend blickte sie sich um. »Wenn er erfährt, daß seine Gattin so schändlich vernachlässigt und für eine *fille de joie* gehalten wurde und einer – einer –«

»Ich glaube wirklich nicht, daß er es so schlimm findet«, sagte ich. »Aber ich möchte gern mehr über den Teufel wissen.«

»Wirklich?« fragte Bruno erstaunt. Er war groß und kräftig, mit hängenden Schultern und langen Armen, so daß er eine gewisse Ähnlichkeit mit einem Gorilla hatte; dieser Eindruck verstärkte sich durch seine niedrige Stirn und sein fliehendes Kinn. Die Rolle des Rausschmeißers in einem Bordell war ihm auf den Leib geschrieben.

»Und jetzt?« Er zögerte und sah Madame Jeanne hilfesuchend an, aber die Inhaberin warf einen Blick auf eine kleine Emailleuhr auf dem Kaminsims und sprang mit einem Ausruf des Schreckens auf.

»*Crottin!*« rief sie. »Ich muß gehen!« Sie winkte mir nur noch flüchtig zu und eilte aus dem Zimmer. Bruno und ich schauten ihr verblüfft nach.

»Ach ja«, sagte er, sich langsam erholend, »es sollte um zehn kommen.« Es war Viertel nach zehn. Hoffentlich konnte »es« warten.

»Teufel«, sagte ich, um ihm auf die Sprünge zu helfen.

Wie die meisten Menschen war Bruno mehr als willig, mit blutrünstigen Einzelheiten aufzuwarten, nachdem er der Form halber zunächst ein wenig Zurückhaltung und Feingefühl gezeigt hatte.

Der Teufel von Edinburgh war – wie ich dem bisherigen Gespräch bereits entnommen hatte – ein Mörder. Er hatte sich auf Prostituierte spezialisiert, die er mit Axthieben tötete, bisweilen auch verstümmelte.

Die Morde – acht insgesamt – hatten sich im Lauf der vergangenen zwei Jahre ereignet. Mit einer Ausnahme waren die Frauen in ihrem eigenen Zimmer umgebracht worden; die meisten lebten allein – zwei waren in einem Bordell ermordet worden. Das war vermutlich der Grund für Madames Erregung.

»Was war die Ausnahme?« erkundigte ich mich.

Bruno bekreuzigte sich. »Eine Nonne«, wisperte er; diese Worte auszusprechen ging schier über seine Kraft. »Eine barmherzige Schwester aus Frankreich.«

Die Schwester war auf dem Seeweg mit einer Gruppe von Nonnen in Edinburgh angekommen, war am Hafen entführt worden, was ihre Gefährtinnen in dem Gedränge nicht gleich bemerkten. Als man sie nach Einbruch der Dunkelheit in einer Gasse Edinburghs fand, war es zu spät.

»Vergewaltigt?« erkundigte ich mich sachlich.

Bruno beäugte mich mißtrauisch.

»Ich weiß nicht«, antwortete er förmlich. Schwerfällig richtete er sich auf und ließ erschöpft die Schultern hängen. Wahrscheinlich war er die ganze Nacht im Dienst gewesen und wollte sich nun aufs Ohr legen. »Wenn Sie mich jetzt entschuldigen, Madame«, sagte er distanziert und ging hinaus.

Leicht benommen machte ich es mir auf dem kleinen Samtsofa bequem. Mir war nicht bewußt gewesen, daß in einem Bordell auch tagsüber so viel los war.

Plötzlich polterte es an der Tür, als wollte sich jemand mit einem Metallhammer Zutritt verschaffen. Dann sprang sie auf, und herein kam ein schlanker, herrischer Mann, der so schnell und so wütend französisch sprach, daß ich nicht eine Silbe verstand.

»Suchen Sie Madame Jeanne?« wagte ich einzuwerfen, als er kurz Atem holte. Der Besucher war ein ausgesprochen gutaussehender junger Mann um die Dreißig mit dichten, schwarzen Haaren und Brauen. Während er mich noch wütend musterte, vollzog sich eine erstaunliche Wandlung in seinem Gesicht. Er zog die Brauen hoch, riß seine schwarzen Augen auf und wurde leichenblaß.

»Madame!« rief er, warf sich auf die Knie und drückte sein Gesicht gegen meinen nur mit dem Hemd bedeckten Bauch.

»Lassen Sie mich los!« protestierte ich und versuchte, mich zu befreien. »Ich arbeite nicht hier. Lassen Sie los, sage ich!«

»Madame!« wiederholte er verzückt. »Sie sind zurückgekehrt! Ein Wunder! Gott hat Sie uns zurückgegeben!«

Unter Tränen lächelnd, blickte er zu mir auf. Er hatte große, makellose Zähne. Plötzlich regte sich meine Erinnerung und zeigte mir in den verwegenen Zügen des Mannes das Gesicht eines kleinen Bengels.

»Fergus!« rief ich. »Fergus, bist du's wirklich? Steh auf in Gottes Namen – laß dich anschauen!«

Er stand auf, ließ mir aber keine Zeit, ihn zu betrachten, sondern drückte mich fest an sich, und auch ich schloß ihn in die Arme. Er war kaum älter als zehn gewesen, als ich ihn das letztemal sah, kurz vor Culloden. Jetzt war er ein Mann, und seine Bartstoppeln scheuerten an meiner Wange.

»Ich dachte, ich sehe ein Gespenst!« rief er. »Sie sind's also wirklich?«

»Ja, ich bin's«, beruhigte ich ihn.

»Haben Sie den Herrn gesehen?« fragte er aufgeregt. »Weiß er, daß Sie hier sind?«

»Ja.«

»Oh!« Er zwinkerte und trat einen halben Schritt zurück, als wäre ihm gerade etwas eingefallen. »Aber – aber, was ist mit –« Verwirrt hielt er inne.

»Was ist womit?«

»Da bist du ja! Was in Gottes Namen machst du hier oben, Fergus?« Plötzlich stand Jamie in der Tür. Als er mich in dem bestickten Hemd sah, bekam er große Augen. »Wo sind deine Kleider?« fragte er. »Laß nur«, sagte er dann und wedelte ungeduldig mit der Hand, als ich zu einer Antwort ansetzte. »Ich hab' jetzt keine Zeit. Komm, Fergus, auf der Gasse draußen stehen siebenhundert Liter Branntwein, und die Zöllner sind mir auf den Fersen!«

Im nächsten Moment polterten sie die Holztreppe hinunter, und ich blieb wieder einmal allein zurück.

Ich wußte nicht, ob ich mich den anderen anschließen sollte oder nicht, aber schließlich siegte die Neugier. Nach einem kurzen Besuch im Nähzimmer, wo ich mir ein riesiges, halb mit Malven besticktes Umschlagtuch überwarf, schlich ich nach unten.

Im Erdgeschoß blieb ich an der Tür stehen und horchte auf das Geräusch rollender Fässer, um mich zu orientieren. Da spürte ich plötzlich einen Luftzug an meinen nackten Füßen, drehte mich um und sah einen Mann in der offenen Küchentür stehen.

Er sah genauso überrascht aus wie ich, doch dann zwinkerte er mir zu, lächelte, kam auf mich zu und packte mich am Ellbogen.

»Guten Morgen, meine Liebe. Ich hätte nicht erwartet, daß eine von euch Damen schon so früh auf den Beinen ist.«

»Na, Sie kennen doch sicher den Spruch: Früh zu Bett und früh heraus…«, sagte ich und versuchte, ihm meinen Ellbogen zu entwinden.

Er lachte und entblößte dabei ziemlich häßliche Zähne. »Nein, wie heißt er denn, der Spruch?«

»Tja, genaugenommen ist er in Amerika besser bekannt«, erwiderte ich, da mir plötzlich klarwurde, daß Benjamin Franklin, auch wenn er bereits publizierte, in Edinburgh wahrscheinlich keinen großen Leserkreis hatte.

»Du hast Grips, Schätzchen«, sagte er lachend. »Sie hat dich wohl als Lockvogel runtergeschickt, oder?«

»Nein. Wer?«

»Die Madame.« Er sah sich um. »Wo steckt sie?«

»Keine Ahnung. Lassen Sie mich los!«

Statt dessen packte er mich noch fester. Als er sich über mich beugte, um mir etwas ins Ohr zu flüstern, stieg mir schaler Tabakgeruch in die Nase.

»Es ist eine Belohnung ausgesetzt, weißt du«, murmelte er vertraulich. »Ein Prozentanteil vom Wert der beschlagnahmten Schmuggelware. Niemand bräuchte davon zu erfahren.« Er stupste mit dem Finger gegen meine Brust. »Was sagst du dazu, Schätzchen?«

Ich starrte ihn an. »Die Zöllner sind mir auf den Fersen«, hatte Jamie gesagt. Das mußte einer von ihnen sein; ein Beamter der Krone, dessen Auftrag es war, Schmuggel zu unterbinden und Schmuggler zu verhaften.

»Wovon reden Sie?« fragte ich und versuchte, verwirrt zu klingen. »Und zum letztenmal, lassen Sie mich los!« Bestimmt war er nicht allein. Wie viele mochten sich noch in der Nähe herumtreiben?

»Ja, bitte loslassen«, sagte eine Stimme hinter mir. Ich sah, wie der Zollbeamte große Augen bekam, als er über meine Schulter blickte.

Mr. Willoughby stand in seinem verknitterten Seidenanzug auf der zweiten Treppenstufe und hielt mit beiden Händen eine große Pistole umklammert. Höflich nickte er dem Zollbeamten zu.

»Keine stinkende Hure«, erklärte er und zwinkerte mit beiden Augen. »Ehrenwerte Ehefrau.«

Der Zollbeamte, den das unerwartete Auftauchen des Chinesen etwas aus der Fassung brachte, sah uns ungläubig an.

»Ehefrau? Sie sagen, sie ist Ihre *Ehefrau?*«

Mr. Willoughby, der offenbar nur das Wort verstand, auf das es ankam, nickte freundlich.

»Ehefrau«, wiederholte er. »Bitte loslassen.« Seine Augen waren blutunterlaufen – er war längst noch nicht ausgenüchtert.

Der Zöllner zog mich näher an sich heran und warf Mr. Willoughby finstere Blicke zu. »Nun hören Sie mal…«, fing er an. Weiter kam er nicht, denn Mr. Willoughby war offenbar der Ansicht, daß er den anderen ausreichend vorgewarnt hatte, hob die Pistole und drückte ab.

Es folgte ein lauter Knall und ein noch lauterer Schrei, der anscheinend aus meiner Kehle gekommen war, und das Treppenhaus füllte sich mit Rauch. Mit zutiefst erstauntem Blick taumelte der Zollbeamte gegen die Holztäfelung, während sich auf seiner Brust ein Blutfleck ausbreitete.

Einem Reflex folgend, sprang ich nach vorn und griff dem Mann unter die Arme, um ihn behutsam auf den Boden gleiten zu lassen. Aufgeregte Stimmen drangen an mein Ohr, da sich die Bewohnerinnen des Hauses, angelockt durch den Schuß, auf dem Treppenabsatz versammelten. Durch die Kellertür stürzte Fergus mit gezogener Pistole.

»Madame«, keuchte er, als er mich mit der leblosen Gestalt auf dem Schoß erblickte. »Was haben Sie getan?«

»Ich?« entgegnete ich empört. »Ich habe überhaupt nichts getan, das war Jamies kleiner Chinese.« Ich nickte kurz in Richtung Treppe, wo Mr. Willoughby auf einer Stufe kauerte und mit zufriedenem Blick die Szene betrachtete.

Fergus sagte etwas Beleidigendes auf französisch, durchquerte das Treppenhaus und streckte die Hand aus, um den Chinesen an der Schulter zu packen – zumindest dachte ich das, bis ich sah, daß der ausgestreckte Arm nicht mit einer Hand endete, sondern mit einem Haken aus glänzendem Metall.

»Fergus!« Ich war bei dem Anblick so schockiert, daß ich meine Bemühungen unterbrach, die blutende Wunde des Zöllners mit meinem Kleid zu stillen. »Was – was –« stammelte ich.

»Was?« Er sah mich an und folgte meinem Blick. »Ach, das.« Er zuckte die Achseln. »Das waren die Engländer. Machen Sie sich keine Gedanken darüber, Mylady, wir haben keine Zeit. Du *canaille*, runter mit dir!« Er zerrte Mr. Willoughby von den Stufen und schob ihn höchst unsanft durch die Kellertür. Den Geräuschen nach zu urteilen, fiel der Chinese die Treppe hinunter, da es ihm im Augenblick an akrobatischer Geschicklichkeit mangelte, aber ich hatte keine Muße, mir darüber den Kopf zu zerbrechen.

Fergus ging neben mir in die Hocke und zog den Kopf des Zollbeamten an den Haaren hoch. »Wie viele Gesellen hast du bei dir?« fragte er. »Rede, *cochon*, oder ich schlitze dir die Kehle auf!«

Diese Drohung war überflüssig, da die Augen des Mannes schon glasig wurden. Mit größter Anstrengung verzog er die Mundwinkel zu einem Lächeln.

»Ich sehe... dich... in der... Hölle wieder«, wisperte er, hustete eine erstaunliche Menge Blut aus und verschied. Er starb auf meinem Schoß.

Wieder hörte ich auf der Kellertreppe hastige Schritte. Jamie stürmte durch die Tür und wäre beinahe auf die ausgestreckten Beine des Zollbeamten getreten. Er musterte die Leiche und sah mich dann voller Entsetzen an.

»Was hast du getan, Sassenach?«

»Nicht sie – das Schlitzauge«, warf Fergus ein. Er steckte die Pistole in seinen Gürtel und bot mir seine Hand. »Kommen Sie, Madame, Sie müssen auch nach unten!«

Jamie kam ihm zuvor und wies mit dem Kopf in Richtung Eingangshalle.

»Ich kümmere mich darum«, sagte er. »Bewach du den Vorder-eingang, Fergus. Die gewohnten Signale, und halt deine Pistole ver-steckt, solange du sie nicht brauchst.«

Fergus nickte und verschwand durch die Tür, die zur Halle führte.

Jamie war es gelungen, die Leiche notdürftig in das Umschlag-tuch zu wickeln. Er nahm sie mir ab, und ich rappelte mich über-aus erleichtert auf.

»Ooooh! Ich glaube, er ist *tot*!« rief eine ehrfürchtige Stimme von oben. Als ich aufschaute, sah ich ein Dutzend Prostituierte, die wie Cherubim auf uns herunterblickten.

»Geht auf eure Zimmer!« befahl Jamie barsch, und sie stoben auseinander wie ein Taubenschwarm.

Jamie sah sich im Treppenhaus nach Spuren des Unglücks um, aber Gott sei Dank gab es keine – das Tuch und ich hatten alles Blut aufgefangen.

»Kommt mit«, sagte er.

Auf der Treppe war es düster und im Keller stockfinster. Unten angekommen, blieb ich stehen und wartete auf Jamie.

»Hinüber zur anderen Seite«, keuchte er. »Eine falsche Wand. Nimm meinen Arm.«

Da die obere Tür zu war, sah ich nicht einmal die Hand vor Augen, doch Jamie fand seinen Weg scheinbar mit Radar. Er führte mich sicheren Schritts an großen Hindernissen vorbei, an die ich im Vorübergehen stieß, und blieb schließlich stehen. Ich roch die feuchten Steine, und als ich die Hand ausstreckte, ertastete ich eine rohe Mauer vor mir.

Jamie sagte laut etwas auf gälisch, offenbar war es die Überset-zung für »Sesam öffne dich«, denn nach einer Weile hörte ich ein knirschendes Geräusch, und ein matter Lichtstreifen teilte die Dunkelheit. Der Spalt wurde breiter, ein Teil der Wand tat sich auf, und ein kleiner Durchgang wurde sichtbar. Die Geheimtür bestand aus einem Holzrahmen, an dem zurechtgehauene Steine so befe-stigt waren, daß sie wie ein Teil der Wand aussahen.

Der dahinter verborgene Kellerraum war groß, gut zehn Meter lang. Mehrere Gestalten machten sich hier zu schaffen, und die Luft war so alkoholgeschwängert, daß mir der Atem stockte. Jamie lud den Leichnam in einer Ecke ab und wandte sich zu mir um.

»Meine Güte, Sassenach, ist alles in Ordnung?« Der Keller wurde von Kerzen erleuchtet, in deren Schein ich Jamies angespanntes Gesicht gerade noch erkennen konnte.

»Mir ist ziemlich kalt«, sagte ich und bemühte mich, ein Zähneklappern zu unterdrücken. »Mein Hemd ist blutgetränkt. Sonst geht's mir gut, glaube ich.«

»Jeanne!« rief er zum anderen Ende des Raums hinüber, und eine ziemlich unglücklich aussehende Madame kam zu uns. Jamie erklärte mit wenigen Worten, was geschehen war, worauf ihre Miene noch sorgenvoller wurde.

»*Horreur!*« rief sie. »Ermordet? In meinem Haus? Vor *Zeugen*?«

»Aye, ich fürchte, ja«, sagte Jamie gefaßt. »Ich kümmere mich darum. Aber in der Zwischenzeit müssen Sie nach oben gehen. Vielleicht war er nicht allein. Sie wissen, was zu tun ist.«

Seine Stimme vermittelte gelassene Zuversicht, und er drückte ihren Arm. Die Berührung schien sie zu beruhigen, und sie wandte sich zum Gehen.

»Ach, und Jeanne«, rief Jamie ihr nach. »Wenn Sie wiederkommen, könnten Sie Kleider für meine Frau mitbringen?«

»Kleider?« Madame Jeanne spähte in den Schatten, wo ich stand. Ich trat ins Licht, um ihr die Folgen meiner Begegnung mit dem Zollbeamten vor Augen zu führen.

Madame Jeanne zwinkerte ungläubig, bekreuzigte sich, drehte sich ohne ein weiteres Wort um und verschwand durch die Geheimtür, die sich mit einem dumpfen Schlag hinter ihr schloß.

Ich begann vor Kälte und Erschöpfung zu zittern. Obwohl Unfälle, Blut und sogar plötzliche Todesfälle zu meinem Berufsalltag gehörten, waren die Ereignisse des Vormittags nicht spurlos an mir vorübergegangen. Es war wie ein schlimmer Samstagabend in der Notaufnahme.

»Komm, Sassenach.« Jamie legte mir sanft die Hand auf den Rücken. »Wir gehen dich waschen.« Seine Berührung zeigte bei mir die gleiche Wirkung wie bei Madame Jeanne; es ging mir sofort besser.

»Waschen? Womit denn? Mit Branntwein?«

Das entlockte ihm ein leises Lachen. »Nein, mit Wasser. Ich kann dir sogar eine Badewanne anbieten, aber ich fürchte, das Wasser ist kalt.«

Es war tatsächlich eisig.

»W–w–woher kommt das Wasser?« fragte ich zitternd. »Von einem Gletscher?« Das Wasser strömte aus einer Leitung in der Wand. Sie war normalerweise mit einem Holzpfropfen verstopft, der mit einem ziemlich unhygienisch aussehenden Lumpen abgedichtet war.

»Vom Dach«, antwortete er. »Da oben ist eine Regenwasserzisterne. Die Dachrinne geht seitlich an der Hausmauer nach unten, und die Leitung aus der Zisterne ist darin versteckt.« Auf diese Vorrichtung schien er überaus stolz zu sein, und ich lachte.

»Gut durchdacht«, lobte ich. »Wofür brauchst du das Wasser?«

»Um den Branntwein zu verschneiden«, erklärte er. Er deutete auf die schemenhaften Gestalten, die sich am anderen Ende des Raumes mit lobenswertem Eifer inmitten einer stattlichen Anzahl von Fässern und Kübeln zu schaffen machten. »Sein Alkoholgehalt ist um ein Mehrfaches höher als normal. Hier mischen wir ihn mit reinem Wasser und füllen ihn zum Verkauf wieder in Fässer ab.«

Er schob den groben Pfropfen wieder in die Leitung und zog die große Wanne ein Stück beiseite. »Wir räumen sie aus dem Weg – sie werden Wasser brauchen.« Tatsächlich wartete schon einer der Männer mit einem kleinen Faß im Arm. Er musterte mich neugierig, nickte Jamie zu und schob das Faß unter den Wasserstrahl.

Hinter einem eilig errichteten Wandschirm aus leeren Fässern spähte ich mißtrauisch in die Tiefen meiner Badewanne. Eine einzelne Kerze brannte neben mir in einer Wachspfütze und spiegelte sich im Wasser, das schwarz und unendlich tief aussah. Zitternd wie Espenlaub zog ich mich aus und dachte dabei, wieviel leichter es doch gewesen war, heißem Wasser und sanitärer Einrichtung abzuschwören, als sie noch eine Selbstverständlichkeit waren.

Jamie entschuldigte sich, er müsse die Tätigkeit am anderen Ende des Raumes überwachen. Das Wasser war genauso kalt wie der Keller, und als ich mich vorsichtig abwusch, überlief mich ein Kälteschauer nach dem anderen.

Der Gedanke daran, was in den oberen Stockwerken vor sich gehen mochte, trug wenig dazu bei, meine Nerven zu beruhigen. Wahrscheinlich waren wir im Augenblick relativ sicher, solange die Geheimtür den suchenden Zollbeamten verborgen blieb.

Aber wenn unser Versteck entdeckt wurde, war unsere Lage

ziemlich hoffnungslos. Anscheinend gab es keinen anderen Ausgang außer der Geheimtür in der Wand – und falls man sie aufbrach, würde man nicht nur uns und die Fässer, sondern auch die Leiche des ermordeten königlichen Beamten finden.

Und würde das Verschwinden dieses Beamten nicht eine gründliche Suche nach sich ziehen? Ich sah die Zöllner schon vor mir, wie sie das Bordell durchkämmten, die Frauen verhörten und bedrohten und von ihnen eine vollständige Beschreibung meiner selbst, Jamies und Mr. Willoughbys erhielten sowie mehrere Augenzeugenberichte über den Mord. Unwillkürlich warf ich einen Blick in die Ecke, in der der Tote unter seinem blutigen, bunt bestickten Leichentuch ruhte. Der Chinese war nirgends zu sehen; anscheinend lag er ohnmächtig in einer Ecke.

»Hier, Sassenach, trink das. Deine Zähne klappern so, daß du dir gleich die Zunge abbeißt.« Wie ein treuer Bernhardiner war Jamie mit einem Fäßchen Branntwein zu mir zurückgekehrt.

»D–danke.« Ich mußte den Waschlappen fallen lassen und den Holzbecher mit beiden Händen greifen, damit er nicht gegen meine Zähne schlug, aber der Alkohol half: Er entsandte Wärmestrahlen in meine klammen Glieder, als hätte ich glühende Kohle geschluckt.

»Mein Gott, jetzt geht's mir besser.« Ich schnappte nach Luft. »Ist das die unverschnittene Version?«

»Nein, die würde dich wahrscheinlich umbringen. Aber ein bißchen stärker als das, was wir verkaufen, ist sie schon. Trink aus und zieh dir was über, dann bekommst du noch einen Schluck.« Jamie nahm mir den Becher aus der Hand und gab mir meinen Waschlappen wieder. Während ich hastig meine Waschung beendete, betrachtete ich ihn aus den Augenwinkeln. Stirnrunzelnd und offenbar in Gedanken versunken musterte er mich. Ich hatte mir schon gedacht, daß er kein einfaches Leben führte, und es war mir nicht entgangen, daß meine Anwesenheit alles nur noch schwieriger machte. Ich hätte viel darum gegeben zu wissen, was in seinem Kopf vorging.

»Worüber denkst du nach, Jamie?« fragte ich, als ich die letzten Flecken von meinen Schenkeln wusch.

Seine Stirn glättete sich, und er sah mir in die Augen.

»Ich habe nur gedacht, wie schön du bist, Sassenach.«

»Kann sein, wenn man eine Vorliebe für Gänsehaut hat«, erwiderte ich spitz, stieg aus der Wanne und griff nach dem Becher.

Er grinste mich an, so daß seine Zähne in der Dunkelheit weiß aufleuchteten.

»Aye«, sagte er. »Du sprichst mit dem einzigen Mann in Schottland, der beim Anblick eines gerupften Huhns einen Ständer bekommt.«

Ich verschluckte mich an meinem Branntwein und bekam einen Erstickungsanfall. Jamie schlüpfte hastig aus seinem Rock, hüllte mich darin ein und zog mich an sich, während ich zitternd und hustend nach Luft rang.

»Da fällt es einem schwer, am Verkaufsstand des Geflügelhändlers vorbeizugehen und brav zu bleiben«, flüsterte er mir ins Ohr und rieb mir den Rücken. »Ruhig, Sassenach, ruhig. Es wird schon wieder.«

Zitternd klammerte ich mich an ihn. »Tut mir leid«, sagte ich. »Mir fehlt nichts. Es ist alles meine Schuld. Mr. Willoughby hat den Zöllner erschossen, weil er dachte, der macht sich an mich ran.«

Jamie schnaubte verächtlich. »Deshalb trifft dich doch längst keine Schuld, Sassenach«, sagte er. »Und es ist auch nicht das erstemal, daß der Chinese etwas Närrisches anstellt. Wenn er getrunken hat, ist er zu allem fähig.«

Doch als Jamie allmählich dämmerte, was ich gesagt hatte, veränderte sich sein Gesichtsausdruck, und er starrte mich mit großen Augen an. »Hast du Zöllner gesagt, Sassenach?«

»Ja, warum?«

Er antwortete nicht, ließ mich aber los, drehte sich auf dem Absatz um und nahm im Vorübergehen die Kerze von dem Faß. Um nicht allein im Dunkeln zurückzubleiben, folgte ich ihm in die Ecke, wo der Leichnam lag.

»Halt mal.« Jamie drückte mir die Kerze in die Hand, kniete neben dem Toten nieder und zog ihm das blutbefleckte Tuch vom Gesicht.

Ich hatte schon eine Menge Leichen gesehen; der Anblick schockierte mich nicht, war mir aber auch nicht gerade angenehm. Stirnrunzelnd betrachtete Jamie das Gesicht, das im Kerzenschein wächsern glänzte, und murmelte etwas vor sich hin.

»Was ist los?« fragte ich. Ich hatte geglaubt, daß mir nie mehr warm würde, aber Jamies Rock war nicht nur dick und gut gearbeitet, sondern hatte auch noch etwas von seiner Körperwärme gespeichert, so daß mein Zittern allmählich nachließ.

»Das ist bestimmt kein Zöllner«, meinte Jamie skeptisch. »Ich kenne alle berittenen Beamten in der Gegend. Aber den Kerl habe ich noch nie gesehen.« Leicht angeekelt schlug er den blutgetränkten Rock auf und griff in die Innentasche.

Er durchsuchte die Kleidung des Mannes gründlich und stieß schließlich auf ein kleines Federmesser und ein in rotes Papier gebundenes Büchlein.

»Neues Testament«, las ich erstaunt.

Jamie nickte und sah zu mir auf. »Seltsam, so etwas ins Puff mitzuschleppen.« Er wischte das kleine Buch mit dem Umschlagtuch ab und breitete den Stoff wieder über das Gesicht des Toten. Dann stand er auf und schüttelte den Kopf.

»Sonst hat er nichts in den Taschen gehabt. Jeder Zollinspektor muß seine Vollmacht jederzeit mit sich führen, sonst hat er nicht das Recht, Hausdurchsuchungen vorzunehmen oder Waren zu beschlagnahmen.« Er zog die Brauen hoch. »Warum hast du gedacht, er wäre ein Zöllner?«

Ich zog Jamies Rock enger um mich und versuchte, mich zu erinnern, was der Mann im Treppenhaus zu mir gesagt hatte. »Er fragte, ob ich ein Lockvogel sei, und wollte die Hausherrin sprechen. Dann sagte er etwas von einer Belohnung – einem Prozentanteil der beschlagnahmten Schmuggelware, so hat er sich ausgedrückt – und daß niemand etwas davon zu erfahren bräuchte. Und du hattest gesagt, die Zöllner seien hinter dir her«, fügte ich hinzu. »Deshalb habe ich ihn für einen gehalten. Dann ist Mr. Willoughby aufgetaucht und alles ging daneben.«

Jamie nickte, schien aber aus der Sache nicht schlau zu werden. »Aha. Ich habe keine Ahnung, wer er ist, aber wir können von Glück reden, daß er wohl kein Zöllner ist. Zuerst dachte ich, daß etwas schiefgelaufen wäre, aber wahrscheinlich ist es in Ordnung.«

»Schiefgelaufen?«

Er lächelte. »Ich habe ein Arrangement mit dem obersten Zollbeamten im Distrikt, Sassenach.«

Erstaunt sah ich ihn an. »Arrangement?«

Er zuckte die Achseln. »Bestechung könnte man auch sagen.« Er klang leicht gereizt.

»Zweifellos das übliche Geschäftsgebaren?« erkundigte ich mich möglichst taktvoll. Seine Mundwinkel zuckten.

»Aye. Auf jeden Fall sind Sir Percival Turner und ich uns einig, und wenn er Zollbeamte in dieses Haus schicken würde, fände ich das im höchsten Maße beunruhigend.«

»In Ordnung.« Ich versuchte, mir einen Reim auf all die merkwürdigen Ereignisse des Vormittages zu machen. »Aber was hast du gemeint, als du zu Fergus sagtest, die Zöllner wären dir auf den Fersen? Und warum sind alle wie kopflose Hühner herumgerannt?«

»Ach das.« Er lächelte flüchtig. »Wie gesagt, es handelt sich um ein Arrangement. Und dazu gehört, daß Sir Percival seine Vorgesetzten in London zufriedenstellen muß, indem er hin und wieder Schmuggelware sicherstellt. Also sorgen wir dafür, daß er dazu Gelegenheit erhält. Wally und die Männer haben zwei Wagenladungen von der Küste geholt, eine mit bestem Branntwein und die andere mit verspundeten Fässern und dem schlechten Wein, und als Krönung ein paar Fässer billigen Fusel, damit er ein bißchen Geschmack bekommt.

Ich traf sie heute morgen wie geplant draußen vor der Stadt, dann fuhren wir die Wagen rein und sorgten dafür, daß wir die Aufmerksamkeit der berittenen Patrouille auf uns zogen. Sie jagten uns durch die Gassen, bis es an der Zeit war, daß ich mich mit den guten Fässern von Wally mit seiner Ladung Fusel verabschiedete. Wally sprang von seinem Wagen und machte sich aus dem Staub, und ich fuhr wie der Teufel hierher. Zwei, drei Dragoner verfolgten mich zum Schein. Sieht gut aus in einem Bericht, weißt du.« Er grinste mich an und zitierte: »›Die Schmuggler entkamen trotz eifriger Verfolgung, aber den tapferen Soldaten Seiner Majestät gelang es, eine ganze Wagenladung alkoholischer Getränke im Wert von sechzig Pfund, zehn Schilling sicherzustellen.‹«

»Ich kann's mir vorstellen«, sagte ich. »Dann warst du es, den Madame Jeanne um zehn erwartete?«

»Aye. Sie sollte um Punkt zehn die Kellertür öffnen und die Rampe bereitstellen – wir haben nicht viel Zeit, alles auszuladen.

Heute morgen war sie viel zu spät dran. Ich mußte zweimal um den Block fahren, damit ich die Dragoner nicht direkt vor die Haustür führte.«

»Sie war ziemlich beunruhigt«, sagte ich und erzählte Jamie vom Mord in der Green-Owl-Taverne. Er verzog das Gesicht und bekreuzigte sich.

»Armes Mädchen«, sagte er.

Schaudernd erinnerte ich mich an Brunos Schilderung und trat näher an Jamie heran, der den Arm um meine Schultern legte. Er küßte mich geistesabwesend auf die Stirn und warf einen Blick auf die verhüllte Gestalt zu unseren Füßen.

»Wer immer er gewesen sein mag, ein Zöllner war er nicht, folglich müssen wir wohl nicht mit einer Hausdurchsuchung rechnen. Wir könnten also bald hier raus.«

»Das ist gut.« Jamies Rock reichte mir bis zu den Knien, aber ich spürte die verstohlenen Blicke der anderen auf meinen bloßen Waden, und es war mir nur zu deutlich bewußt, daß ich darunter nackt war. »Gehen wir zurück zur Druckerei?« Ich wollte Madame Jeannes Gastfreundschaft nicht länger als nötig in Anspruch nehmen.

»Vielleicht für eine Weile. Ich muß nachdenken«, sagte Jamie geistesabwesend.

»Was hast du eigentlich mit Ian gemacht?«

Er sah mich verständnislos an, doch dann hellte sich seine Miene auf.

»Ach so, Ian. Ich habe ihn in den Tavernen oberhalb von Market Cross Nachforschungen anstellen lassen. Ich darf nicht vergessen, mich später mit ihm zu treffen«, murmelte er.

»Übrigens habe ich den jungen Ian gesehen«, bemerkte ich beiläufig.

Jamie sah mich verblüfft an. »Er ist hier aufgetaucht?«

»Allerdings. Er hat dich gesucht – ungefähr eine Viertelstunde, nachdem ihr gegangen wart.«

»Man soll Gott auch für kleine Gaben danken!« Er fuhr sich durch die Haare und sah gleichzeitig amüsiert und besorgt aus. »Es wäre mir ziemlich schwergefallen, Ian zu erklären, was sein Sohn hier zu suchen hat.«

»Du weißt, was er hier zu suchen hat?« fragte ich ihn neugierig.

»Nein, natürlich nicht! Er sollte eigentlich – nein, lassen wir das. Darüber kann ich mir im Moment keine Gedanken machen. – Hat der junge Ian gesagt, wo er hinwollte, als er ging?«

Ich schüttelte den Kopf und zog den Rock enger um mich und er nickte, seufzte und begann nachdenklich auf und ab zu gehen.

Ich setzte mich auf ein aufrechtstehendes kleines Faß und sah ihm zu. Trotz der Unbequemlichkeiten und der drohenden Gefahren war ich wahnsinnig glücklich, bei ihm zu sein. Da ich im Augenblick wenig tun konnte, um die Lage zu entschärfen, gab ich mich einfach dem Vergnügen hin, ihn zu betrachten.

Obwohl tief in Gedanken versunken, bewegte er sich mit der Anmut und Sicherheit eines Schwertkämpfers, eines Menschen, der sich seines Körpers so bewußt ist, daß er ihn ganz und gar vergessen kann. Ich sah, wie zwei Finger seiner rechten Hand zuckten und gegen seinen Schenkel trommelten – eine Geste der Nachdenklichkeit, die mir seltsam vertraut war. Ich hatte ihn das tausendmal tun sehen, und jetzt, wo ich es wieder sah, war mir, als wären wir nicht länger als einen Tag getrennt gewesen.

Als erriete er meine Gedanken, blieb er stehen und lächelte mich an.

»Ist dir denn warm genug, Sassenach?« fragte er.

»Nein, aber das spielt keine Rolle.« Ich stand von meinem Faß auf und schob meine Hand in seine Armbeuge, um mit ihm auf und ab zu wandern. »Bist du schon zu einem Ergebnis gekommen?«

Er lachte kläglich. »Nein. Mindestens ein halbes Dutzend Sachen gehen mir gleichzeitig durch den Kopf, und die Hälfte davon kann ich sowieso nicht ändern. Zum Beispiel daran, ob der junge Ian wirklich da ist, wo er sein sollte.«

»Und wo sollte er sein?«

»In der Druckerei«, erwiderte Jamie. »Aber er hätte auch heute morgen bei Wally sein sollen und war es nicht.«

»Bei Wally? Du meinst, du wußtest, daß er nicht zu Hause war, als sein Vater heute morgen nach ihm suchte?«

Er rieb sich die Nase und sah zugleich wütend und amüsiert aus. »Aber ja. Ich hatte dem jungen Ian allerdings versprochen, seinem Vater nichts zu sagen, bevor er Gelegenheit hat, ihm die Sache selber zu erklären. Nicht, daß er mit einer Erklärung seinen Arsch retten könnte«, fügte er hinzu.

Der junge Ian war, wie sein Vater sagte, zu seinem Onkel nach Edinburgh gekommen, ohne sich die Mühe zu machen, seine Eltern vorher um Erlaubnis zu bitten. Jamie war ziemlich schnell dahintergekommen, wollte aber seinen Neffen nicht allein nach Lallybroch zurückschicken, und er hatte keine Zeit gefunden, ihn persönlich zu begleiten.

»Im Grunde kann er ganz gut auf sich aufpassen«, erklärte Jamie nun doch mehr amüsiert als wütend. »Er ist ein geschickter Bursche. Es ist nur – nun, du weißt doch, es gibt Leute, die bestimmte Ereignisse nur so anziehen.«

»Jetzt, wo du es erwähnst«, erwiderte ich sarkastisch, »ich glaube, daß ich auch zu denen gehöre.«

Er lachte laut auf. »Da hast du recht, Sassenach! Vielleicht mag ich den jungen Ian deshalb so gern, weil er mich an dich erinnert.«

»Mich hat er eher an dich erinnert«, bemerkte ich.

»Bei Gott, Jenny wird mich vierteilen, wenn sie hört, daß sich ihr kleiner Sohn in einem verrufenen Haus herumgetrieben hat. Ich hoffe, der Schelm hat genug Verstand, um den Mund zu halten, wenn er erst wieder daheim ist.«

»Und ich hoffe, daß er auch wirklich dort ankommt.« Ich stellte mir vor, wie der schlaksige Vierzehnjährige, den ich am Morgen kennengelernt hatte, sich in Edinburgh herumtrieb, wo es nur so von Prostituierten, Zollbeamten, Schmugglern und messerschwingenden Teufeln wimmelte. »Wenigstens ist er kein Mädchen«, fügte ich hinzu. »Der Teufel findet anscheinend keinen Geschmack an Jungen.«

»Aye, da gibt's genug andere«, bemerkte Jamie verdrießlich. »Bei den Sorgen, die der junge Ian und du mir machen, kann ich von Glück reden, wenn meine Haare nicht schlohweiß sind, sobald wir aus diesem verdammten Keller rauskommen.«

»Ich?« fragte ich überrascht. »Um mich brauchst du dir keine Sorgen zu machen.«

»Brauche ich nicht?« Er ließ meinen Arm los und starrte mich empört an. »Habe ich recht verstanden? Himmel! Ich lasse dich sicher aufgehoben im Bett zurück, und keine Stunde später finde ich dich im Hemd mit einer Leiche an der Brust! Und jetzt stehst du splitternackt vor mir, während sich die fünfzehn Männer da drüben fragen, wer du überhaupt bist – und wie soll ich ihnen das erklären, Sassenach? Das verrat mir mal!« Ärgerlich fuhr er sich durch die Haare. »Herrgott! Und in zwei Tagen muß ich auf jeden Fall an die Küste, aber ich kann dich nicht in Edinburgh zurücklassen, nicht solange hier Teufel mit Messer lauern und fast jeder, der dich gesehen hat, glaubt, du wärst eine Prostituierte, und... und...« Das Band, das seinen Zopf hielt, löste sich plötzlich, und seine Haare wallten um seinen Kopf wie eine Löwenmähne. Ich lachte. Er starrte mich wütend an, doch nach einer Weile gewann ein widerstrebendes Grinsen die Oberhand.

»Aye«, seufzte er resigniert. »Ich denke, ich werde es irgendwie schaffen.«

»Das glaube ich auch«, sagte ich und stellte mich auf die Zehenspitzen, um ihm die Haare aus der Stirn zu streichen. Wie durch magnetische Kräfte angezogen, beugte er sich über mich und küßte mich.

»Ich hatte es vergessen«, sagte er dann.

»Was hast du vergessen?«

»Alles«, sagte er leise in mein Haar. »Freude. Angst. Vor allem die Angst.« Er glättete die Locken, die ihn an der Nase kitzelten.

»Ich habe lange keine Angst mehr gehabt, Sassenach«, flüsterte er. »Aber jetzt habe ich Angst. Denn jetzt habe ich wieder etwas zu verlieren.«

Ich sah zu ihm auf. Er hielt meine Taille fest umschlungen, und seine Augen waren dunkel. Dann veränderte sich sein Gesichtsausdruck, und er küßte mich rasch auf die Stirn.

»Komm, Sassenach.« Er nahm meinen Arm. »Ich sage den Männern, daß du meine Frau bist. Für den Rest der Geschichte ist jetzt keine Zeit.«

27

Lichterloh

Das Kleid war ein wenig tiefer ausgeschnitten als nötig und um die Brust ein bißchen eng, aber insgesamt paßte es gut.

Jamie warf einen anerkennenden Blick auf meinen Busen und winkte der Kellnerin, die einen Holzteller mit frischen Haferkuchen vorbeitrug.

In Moubray's Taverne herrschte reges Treiben. Sie war um einiges feiner als das gemütliche, verrauchte World's End. Moubray's war ein großes, elegantes Gasthaus mit einer Außentreppe, die in den ersten Stock führte, wo die wohlhabenden Kaufleute und Beamten Edinburghs in einem geräumigen Gastraum speisten.

»Wer bist du jetzt gerade?« fragte ich. »Madame Jeanne hat dich ›Monsieur Fraser‹ genannt – heißt du in der Öffentlichkeit nun doch Fraser?«

Er schüttelte den Kopf und brockte sich einen Haferkuchen in seine Schale. »Nein, im Augenblick bin ich Sawney Malcolm, Drucker und Verleger.«

»Sawney? Das ist ein Spitzname für Alexander, oder? Ich würde ja eher Sandy sagen.«

»Sawney sagt man in den Highlands«, klärte er mich auf. »Und auch auf den Inseln. Sandy hört man eher in den Lowlands – und von einer ahnungslosen Sassenach.« Er lächelte mich an und führte einen Löffel des köstlich duftenden Eintopfs an den Mund.

»Gut«, sagte ich. »Aber eigentlich geht es mir mehr darum, wer ich bin?«

Endlich war es ihm aufgefallen. Er gab mir einen Stups mit dem Fuß und lächelte mich über den Rand seines Bechers hinweg an.

»Du bist meine Frau, Sassenach«, sagte er heiser. »Immer. Ganz gleich, wer ich bin – du bist meine Frau.«

Ich wurde rot vor Freude und sah die Erinnerung an die vergangene Nacht in seinem Gesicht. Seine Ohren färbten sich rosa.

»Findest du nicht, daß in dem Eintopf zu viel Pfeffer ist?« fragte ich. »Bist du sicher, Jamie?«

»Aye«, sagte er. »Aye, ich bin sicher, und der Pfeffer ist genau richtig, ich mag Pfeffer.« Er rieb seinen Fuß an meinem Knöchel.

»Also bin ich Mrs. Malcolm«, sagte ich. Schon allein das Wort »Mrs.« auszusprechen fand ich so aufregend, als wären wir frisch verheiratet. Unwillkürlich warf ich einen Blick auf den silbernen Ring an meiner rechten Hand.

Jamie fing meinen Blick auf und hob seinen Becher.

»Auf Mrs. Malcolm«, sagte er leise.

Er setzte den Becher ab und nahm meine Hand. »Zu besitzen von diesem Tage an«, sagte er lächelnd.

»Bis in alle Zukunft«, ergänzte ich und kümmerte mich nicht im mindesten darum, daß wir die interessierten Blicke der anderen Gäste auf uns zogen.

Jamie drückte seine Lippen auf meine Hand. Ein Geistlicher starrte uns wütend an und sagte etwas zu seinen Begleitern, die sich zu uns umdrehten. Der eine war ein kleiner, älterer Herr, und der andere war, wie ich überrascht feststellte, niemand anderes als Mr. Wallace, mein Reisegefährte aus der Kutsche.

»Man kann hier ein Zimmer nehmen, um ungestört zu sein«, murmelte Jamie, der sich in die Betrachtung meiner Finger vertiefte, und ich verlor das Interesse an Mr. Wallace.

»Aha«, sagte ich. »Du hast deinen Eintopf noch nicht aufgegessen.«

»Vergiß den Eintopf.«

»Da kommt die Kellnerin mit dem Ale.«

»Der Teufel soll sie holen.« Scharfe, weiße Zähne schlossen sich sanft um mein Handgelenk, so daß ich zusammenzuckte.

»Die Leute beobachten uns.«

»Sollen sie doch. Ich bin mir sicher, daß sie sich dabei gut unterhalten.«

Seine Zunge glitt zwischen meine Finger.

»Da kommt ein Mann in einem grünen Rock auf uns zu.«

»Zum Teufel...«, begann Jamie, als der Schatten des Besuchers auf den Tisch fiel.

»Guten Tag, Mr. Malcolm«, sagte der Besucher und verbeugte sich höflich. »Ich hoffe, ich störe nicht?«

»Doch«, sagte Jamie und richtete sich auf, ohne meine Hand loszulassen. Kühlen Blicks musterte er den Fremden. »Ich glaube nicht, daß wir uns kennen, Sir?«

Der Mann, ein unauffällig gekleideter Engländer von etwa fünfunddreißig Jahren, verbeugte sich erneut. Von Jamies abweisender Haltung ließ er sich nicht einschüchtern.

»Ich hatte noch nicht das Vergnügen, Ihre Bekanntschaft zu machen, Sir«, sagte er ehrerbietig. »Mein Herr hat mich jedoch gebeten, Sie zu begrüßen und zu fragen, ob Sie – und Ihre Begleiterin – so freundlich wären, ein Glas Wein mit ihm zu trinken.«

Die winzige Pause vor dem Wort »Begleiterin« war Jamie nicht entgangen. Seine Augen wurden schmal.

»Meine Gattin und ich«, sagte er, ebenfalls mit einer winzigen Pause vor dem Wort »Gattin«, »sind im Augenblick anderweitig beschäftigt. Sollte Ihr Herr mit mir sprechen wollen…«

»Sir Percival Turner schickt mich, Sir«, unterbrach ihn der Sekretär hastig.

»Tatsächlich«, bemerkte Jamie ungerührt. »Bei aller Hochachtung für Sir Percival, ich bin im Augenblick beschäftigt. Würden Sie ihm ausrichten, daß ich untröstlich bin?« Er verbeugte sich mit einer Höflichkeit, die schon fast an Unverschämtheit grenzte, und wandte dem Sekretär den Rücken zu. Der Mann stand noch einen Moment mit offenem Mund da, dann drehte er sich auf dem Absatz um und begab sich unter dem Gemurmel der Gäste zur Tür am anderen Ende des Saals.

»Wo war ich?« fragte Jamie. »Ach ja – zum Teufel mit Männern in grünen Röcken. Und was die Zimmer hier betrifft…«

»Wie willst du den Leuten erklären, daß ich da bin?« fragte ich.

Er zog die Brauen hoch. »Was erklären?« Er musterte mich von Kopf bis Fuß. »Warum muß ich mich für dich entschuldigen? Du bist nicht verstümmelt, du hast keine Pockennarben, und lahm bist du auch nicht…«

»Du weißt ganz genau, was ich meine«, sagte ich und gab ihm unter dem Tisch einen leichten Tritt.

»Aye«, sagte er grinsend. »Doch nachdem, was Mr. Willoughby heute morgen angestellt hat und was noch so alles passiert ist, hatte ich nicht viel Zeit, mir darüber den Kopf zu zerbrechen. Vielleicht sage ich einfach...«

»Mein lieber Freund, Sie sind also verheiratet! Großartige Neuigkeiten! Einfach großartig! Meine herzlichsten Glückwünsche, und vielleicht darf ich hoffen – daß ich der erste bin, der Ihrer Gattin seine Glückwünsche ausspricht?«

Ein kleiner, älterer Herr mit einer gepflegten Perücke, der sich schwer auf einen Stock mit Goldknauf lehnte, strahlte uns an. Es war derselbe Herr, der bei Mr. Wallace und dem Geistlichen am Tisch gesessen hatte.

»Sie werden mir gewiß nachsehen, daß ich so unhöflich war, Johnson zu schicken, um Sie zu holen«, entschuldigte er sich. »Es ist nur, daß mein elendes Leiden meine Bewegungsfreiheit einengt, wie Sie sehen.«

Jamie hatte sich beim Erscheinen des Mannes erhoben und zog nun höflich einen Stuhl für ihn heraus.

»Setzen Sie sich zu uns, Sir Percival?« sagte er.

»Aber nein, keinesfalls! Es würde mir nicht im Traum einfallen, Ihr junges Glück zu stören, mein Lieber. Wahrhaftig, ich hatte keine Ahnung...« Höflich protestierend sank er auf den angebotenen Stuhl und streckte stöhnend seinen Fuß unter dem Tisch aus.

»Ich werde von der Gicht geplagt, meine Liebe«, vertraute er mir an und beugte sich so weit vor, daß ich über dem Wintergrünöl, mit dem er seine Wäsche parfümierte, seinen schlechten Altmänneratem roch.

Jamie machte das Beste aus der Situation, bestellte Wein und hörte sich höflich Sir Percivals Redeschwall an.

»Welch ein Glück, daß ich Sie hier getroffen habe, lieber Freund«, sagte der ältere Herr und kam endlich zur Sache. Er legte seine kleine, manikürte Hand auf Jamies Arm. »Ich muß Ihnen etwas Besonderes mitteilen. Ich habe sogar schon zur Druckerei geschickt, aber mein Bote hat Sie dort nicht angetroffen.«

»Ach?« Jamie zog fragend die Brauen hoch.

»Ja«, fuhr Sir Percival fort. »Sie erwähnten vor einiger Zeit, daß Sie beabsichtigen, geschäftlich in den Norden zu reisen. Der Anlaß ist, so glaube ich mich zu entsinnen, eine neue Druckerpresse oder dergleichen.« Sir Percival war trotz seiner Jahre ein gutaussehender Patrizier mit großen, treuherzigen blauen Augen.

»Aye«, bestätigte Jamie höflich. »Ich wurde von Mr. McLeod aus Perth eingeladen, eine neuartige Presse zu besichtigen, die er kürzlich in Betrieb genommen hat.«

»Fürwahr.« Sir Percival hielt inne, um eine Schnupftabakdose aus der Tasche zu holen, eine hübsche Emaillearbeit in Grün und Gold mit einem Cherubim auf dem Deckel.

»Ich finde es wirklich nicht ratsam, um diese Zeit eine Reise in den Norden anzutreten«, sagte er, öffnete die Dose und konzentrierte sich auf deren Inhalt. »Wirklich nicht. Das Wetter ist recht unbeständig um diese Jahreszeit. Ich bin sicher, daß es Mrs. Malcolm nicht zusagen würde.« Huldvoll wie ein alternder Engel lächelte er mich an, nahm eine gehörige Prise und hielt sein Leinentaschentuch bereit.

Jamie nippte gelassen an seinem Wein.

»Ich danke Ihnen für Ihren Rat, Sir Percival«, sagte er. »Sie haben wohl von Ihren Agenten in letzter Zeit Nachricht von Stürmen im Norden erhalten?«

Sir Percival nieste leise und unauffällig wie eine erkältete Maus und betupfte sich behutsam die Nase.

»Fürwahr«, sagte er wieder, steckte das Taschentuch weg und zwinkerte Jamie wohlwollend zu. »Nun, als Freund, dem Ihr Wohl am Herzen liegt, rate ich Ihnen dringend, in Edinburgh zu bleiben. Schließlich…« – er lächelte mir zu – »haben Sie nun gewiß Veranlassung, sich daheim behaglich einzurichten, nicht wahr? Und damit, meine lieben jungen Leute, muß ich mich leider verabschieden. Ich darf Sie nicht länger bei Ihrem, wie ich vermute, Hochzeitsmahl stören.«

Mit Johnsons Hilfe, der sich bereitgehalten hatte, stand Sir Percival auf und entfernte sich.

»Er scheint ein netter alter Herr zu sein«, bemerkte ich, als ich ihn außer Hörweite glaubte.

Jamie schnaubte verächtlich. »Faul wie ein wurmstichiges Brett«, meinte er. Er nahm sein Glas und leerte es. »Man möchte es nicht glauben«, sagte er nachdenklich, während er der verhutzelten Gestalt nachblickte, die sich gerade anschickte, die Treppe hinunterzusteigen. »Ein Mann, der so bald schon vor Gottes Gericht treten wird! Man sollte meinen, daß ihn die Angst vor der Hölle abschreckt, aber weit gefehlt!«

»Er wird nicht anders als die anderen sein«, bemerkte ich zynisch, »die meisten Leute glauben, daß sie ewig leben.«

Jamie lachte, nun wieder bester Stimmung.

»Aye, das ist wahr«, sagte er und schob mir mein Weinglas zu. »Und jetzt, wo du hier bist, Sassenach, bin ich auch davon überzeugt. Trink aus, dann gehen wir nach oben.«

»*Post coitum omne animalum triste est*«, bemerkte ich mit geschlossenen Augen.

Ich bekam keine Antwort, spürte nur seine Wärme und sein Gewicht auf mir und hörte sein leises Seufzen. Nach einer Weile spürte ich noch eine Art unterirdisches Beben, das ich als Lachen deutete.

»Eine eigentümliche Regung, Sassenach«, meinte Jamie verschlafen. »Hoffentlich empfindest du nicht so?«

»Nein.« Ich strich ihm die feuchten Haare aus der Stirn, und er bettete zufrieden sein Gesicht auf meine Schulter.

Die Zimmer in Moubray's eigneten sich nicht besonders gut als Liebesnest. Doch ein Sofa war vorhanden, das heißt eine gepolsterte, horizontale Fläche, und mehr war, strenggenommen, nicht nötig. Ich war zwar nicht geneigt, der körperlichen Liebe abzuschwören, aber um sie auf den nackten Fußbodenbrettern zu praktizieren, war ich nun doch zu alt.

»Ich weiß nicht, von wem es ist – irgendein alter Philosoph hat es mal gesagt!«

Aus dem Beben wurde ein leises Lachen.

»Ich kann mich nicht erinnern, wann ich mich weniger *triste* gefühlt habe«, sagte er.

»Ich auch nicht.« Zärtlich streichelte ich seinen Haaransatz. »Deshalb ist es mir eingefallen. Ich habe mich gefragt, was den Philosophen zu dieser Annahme verleitet hat.«

»Das hängt wahrscheinlich davon ab, mit welchen Tieren er sich gepaart hat«, bemerkte Jamie. »Vielleicht lag es daran, daß keins davon Gefallen an ihm gefunden hat. Er muß ziemlich viele ausprobiert haben, um zu einer so allgemeinen Aussage zu kommen.«

Er hielt sich an mir fest, da ich unter ihm vor Lachen bebte.

»Hunde sehen manchmal wirklich etwas belämmert aus, wenn sie sich gerade gepaart haben«, bemerkte er.

»Mhm. Und wie sehen dann Schafe aus?«

»Aye, weibliche Schafe sehen auch belämmert aus – sie können nicht anders, weißt du.«

»Ach. Und männliche Schafe?«

»Die sehen vollkommen entartet aus. Sie lassen die Zunge raushängen und verdrehen die Augen und geben ekelhafte Geräusche von sich. Wie die meisten Tiere, aye?« Ich merkte, daß er grinste.

»Mir ist noch nicht aufgefallen, daß du die Zunge raushängen läßt.«

»Du konntest es nicht sehen, weil du die Augen zu hattest.«

»Ekelhafte Geräusche habe ich auch nicht gehört.«

»Da sind mir gerade keine eingefallen«, gab er zu. »Vielleicht beim nächsten Mal.«

Wir lachten leise, und dann schwiegen wir.

»Jamie«, sagte ich schließlich und streichelte seinen Hinterkopf. »Ich glaube, ich war noch nie so glücklich.«

Er rollte sich auf die Seite, verlagerte vorsichtig sein Gewicht, um mich nicht zu zerquetschen, stützte sich auf den Ellbogen und sah mich an.

»Ich auch nicht, meine Sassenach«, sagte er und küßte mich zärtlich.

»Es ist nicht nur das Körperliche, weißt du.«

»Nein«, sagte ich und streichelte seine Wange, »das ist es nicht.«

»Dich wieder bei mir zu haben – mit dir zu reden – zu wissen, daß ich alles sagen kann, nicht auf meine Worte achten muß, meine Gedanken nicht zu verbergen brauche – bei Gott, Sassenach, der Herr weiß, daß ich so lüstern bin wie ein junger Kerl und die Hände nicht von dir lassen kann, aber auf all das würde ich gern verzichten, wenn ich nur die Freude erleben darf, daß du bei mir bist, und ich dir alles sagen kann, was ich auf dem Herzen habe.«

»Ich war einsam ohne dich«, flüsterte ich. »So einsam.«

»Ich auch«, sagte er. Er schlug die Augen nieder und zögerte kurz.

»Ich will nicht behaupten, daß ich wie ein Mönch gelebt habe«, sagte er ruhig. »Wenn ich mußte – wenn ich das Gefühl hatte, daß ich sonst verrückt werde…«

Ich legte meine Finger auf seine Lippen, damit er schwieg.

»Ich auch nicht«, sagte ich, »Frank…«

Nun hielt er mir den Mund zu. Schweigend sahen wir einander an, und ich spürte, wie er unter meiner Hand lächelte, und ich lächelte unter seiner. Ich nahm meine Hand weg.

»Es ist nicht wichtig«, sagte er. Auch er zog seine Hand von meinem Mund.

»Nein«, sagte ich. »Es spielt keine Rolle.« Ich zeichnete die Linie seiner Lippen mit dem Finger nach.

»Also sag mir, was du auf dem Herzen hast«, bat ich. »Wenn wir genug Zeit haben.«

Er warf einen Blick aus dem Fenster, um den Sonnenstand einzuschätzen – wir wollten uns mit Ian um fünf Uhr in der Druckerei treffen und hören, wie die Suche nach seinem Sohn verlaufen war. Vorsichtig löste er sich von mir.

»Wir haben noch mindestens zwei Stunden. Steh auf und zieh dich an, dann bestelle ich uns Wein und Kekse.«

Das hörte sich wunderbar an. Seit ich ihn gefunden hatte, war ich ständig am Verhungern. Ich setzte mich auf und suchte in dem Kleiderhaufen am Fußboden nach dem Korsett, das zu dem tiefausgeschnittenen Kleid gehörte.

»Traurig bin ich überhaupt nicht, aber ich schäme mich ein bißchen«, bemerkte Jamie.

»Warum denn das?«

»Nun, weil ich hier mit dir bei Wein und Keksen wie im Paradies sitze, während Ian die Stadt durchkämmt und sich Sorgen um seinen Sohn macht.«

»Machst du dir auch Sorgen um deinen Neffen?« fragte ich, während ich das Korsett zuschnürte.

Er runzelte die Stirn und zog die seidenen Strümpfe hoch.

»Nein, um ihn weniger. Ich befürchte nur, daß er erst morgen wieder auftaucht.«

»Was geschieht denn morgen?« fragte ich, doch dann fiel mir Sir Percival Turner wieder ein. »Ach, diese Reise in den Norden – soll die morgen sein?«

Er nickte. »Aye, da habe ich eine Verabredung an der Mullen's Cove, weil morgen Neumond ist. Ein Fischkutter aus Frankreich mit einer Ladung Wein und Kambrik.«

»Und Sir Percival wollte dir raten, diese Verabredung nicht einzuhalten?«

»Scheint so. Was geschehen ist, weiß ich nicht, aber ich werde es wohl rausfinden. Vielleicht macht irgendein Zollbeamter eine Dienstreise in den Distrikt, vielleicht hat er von einem Vorgang an der Küste gehört, der mit uns zwar nichts zu tun hat, aber trotzdem stören könnte!« Er zuckte die Achseln und befestigte sein Strumpfband.

Er legte die Hände auf die Knie und zog die Finger nach innen. Die linke ballte sich rasch zur kampfbereiten Faust, während die Finger seiner rechten Hand nur widerstrebend gehorchten. Der Mittelfinger war gekrümmt und wollte sich nicht neben den Zeigefinger legen, der Ringfinger blieb ganz steif.

Lächelnd blickte er zu mir auf.

»Erinnerst du dich noch an die Nacht, als du meine Hand eingerichtet hast?«

»Manchmal in besonders schrecklichen Augenblicken.« Jene Nacht war mir in der Tat unvergeßlich geblieben. Entgegen aller Wahrscheinlichkeit war es mir gelungen, Jamie aus dem Wentworth-Gefängnis zu retten, wo ihn die Hinrichtung erwartete – aber nicht rechtzeitig, um zu verhindern, daß er von Black Jack Randall grausam gefoltert und vergewaltigt wurde.

»Das war meine erste orthopädische Operation«, bemerkte ich gequält.

»Hast du so etwas seither öfter gemacht?« fragte er neugierig.

»Ja, einige Male. Ich bin Chirurgin – aber das bedeutet nicht dasselbe wie hier«, fügte ich hastig hinzu. »In meiner Zeit sind Chirurgen keine Wundärzte, die Zähne ziehen und die Leute zur Ader lassen, sondern eher Ärzte mit einer allgemeinen medizinischen Ausbildung und einem Spezialgebiet.«

»Spezialgebiet? Na, speziell warst du ja schon immer«, meinte er grinsend. Die verkrüppelten Finger schoben sich in meine Hand, und sein Daumen liebkoste meine Knöchel. »Was macht denn ein Chirurg, was so speziell ist?

Stirnrunzelnd suchte ich nach den rechten Worten. »Wie soll ich es am besten erklären – ein Chirurg versucht die Heilung… mit Hilfe eines Messers herbeizuführen.«

Sein breiter Mund verzog sich zu einem Lächeln.

»Ein schöner Widerspruch, aber er paßt zu dir, Sassenach.«

»Tatsächlich?« fragte ich verblüfft.

Er nickte, ohne die Augen von mir zu wenden. »Ja«, meinte er, »ein Messer ist wie du, wenn ich es mir recht überlege. Außen eine kunstvolle, herrlich anzusehende Scheide, Sassenach, aber innen steckt gehärteter Stahl... mit einer teuflisch scharfen Klinge.«

»Teuflisch?« fragte ich überrascht.

»Nicht herzlos, das meine ich nicht.« Aufmerksam und neugierig sah er mich an. Ein Lächeln huschte über sein Gesicht. »Nein, das nicht. Aber du kannst stark und rücksichtslos sein, Sassenach, wenn es von dir verlangt wird.«

Ich lächelte gequält. »Das kann ich.«

»Das habe ich schon früher an dir erlebt, aye?« Seine Stimme wurde leiser, und er umfaßte meine Hand noch fester. »Aber jetzt ist es noch eindeutiger als damals in deiner Jugend. Du hast es seither wohl oft gebraucht, oder?«

Plötzlich wußte ich, warum er so klar erkannte, was Frank überhaupt nicht gesehen hatte.

»Du hast es auch«, sagte ich. »Und du hast es gebraucht. Oft.« Unwillkürlich glitten meine Finger über die gezackte Narbe, die sich über seinen Mittelfinger zog.

Er nickte.

»Ich habe mich gefragt«, sagte er leise, so daß ich ihn kaum verstand, »ob ich über diese Klinge gebieten und sie wieder gefahrlos in der Scheide verwahren kann. Denn ich habe viele Männer gesehen, die hart geworden sind und deren Stahl zu dumpfem Eisen verkommen ist. Und ich habe mich oft gefragt, bin ich der Herr meiner Seele oder bin ich zum Sklaven meiner Klinge geworden?

Immer wieder habe ich darüber nachgedacht«, fuhr er fort und betrachtete unsere ineinander verschlungenen Hände, »ob ich meine Klinge zu oft gezogen, zu oft im Kampf verwendet habe, so daß ich nun nicht mehr fähig bin zum Umgang mit Menschen.«

Ich wollte etwas erwidern, biß mir aber auf die Lippen. Er sah es und lächelte schmerzlich.

»Ich hätte nicht gedacht, daß ich je wieder im Bett einer Frau lachen würde, Sassenach. Oder überhaupt zu einer Frau kommen könnte, es sei denn als Tier, blind vor Verlangen.« Seine Stimme wurde bitter.

Ich zog seine Hand an meine Lippen und küßte die kleine Narbe auf seinem Handrücken.

»Für mich bist du kein Tier.« Meine Bemerkung sollte heiter klingen, aber sein Gesicht wurde weich, als er mich ansah, und seine Antwort war ernst.

»Ich weiß, Sassenach. Das gibt mir Hoffnung. Denn ich bin eins – und ich weiß es auch – und doch, vielleicht... Du hast sie – diese Kraft. Du hast sie, und deine Seele auch. Also kann vielleicht auch die meine gerettet werden.«

Ich wußte nicht, was ich darauf erwidern sollte, schwieg eine Weile, hielt aber seine Hand weiter fest und liebkoste die gekrümmten Finger und die harten Knöchel. Es war die Hand eines Kriegers – aber jetzt war er kein Krieger mehr.

Dann liebkoste ich seine Handfläche. Behutsam zeichnete ich die tiefen Linien nach und den Buchstaben »C« an der Wurzel seines Daumens, das Zeichen, das zeigte, das er mir gehörte.

»Wie in aller Welt bist du eigentlich Drucker geworden? Das ist das letzte, was ich vermutet hätte.«

»Ach das.« Er lächelte. »Das war eher... ein Zufall, aye?«

Zunächst hatte Jamie einfach ein Gewerbe gesucht, das die Schmuggelei tarnen und erleichtern würde. Da er aufgrund eines einträglichen Geschäfts eine größere Summe besaß, hatte er beschlossen, ein Unternehmen zu kaufen, dessen Betrieb einen großen Wagen, ein Gespann Pferde und ein unauffälliges Gebäude, in dem man vorübergehend Waren lagern konnte, erforderlich machte.

Ein Fuhrunternehmen hatte sich angeboten, wurde aber verworfen, weil dessen Betreiber praktisch ständig von der Zollbehörde überwacht wurden. Ebenso verhielt es sich mit einer Taverne oder einem Gasthof – in Tavernen tummelten sich Steuereinnehmer und Zollbeamte wie Flöhe auf einem fetten Hund.

»Aufs Drucken kam ich, als wir einige Ankündigungen vervielfältigen ließen«, erklärte Jamie. »Als ich in der Druckerei wartete, um meinen Auftrag zu erteilen, sah ich, wie ein Wagen angerollt kam, der mit Papierschachteln und Druckerschwärze beladen war, und ich dachte, bei Gott, das ist es! Zollbeamte würden niemals eine Druckerei behelligen.«

Erst nachdem er den Laden in der Carfax Close erworben hatte, Geordie eingestellt hatte, um die Druckerpresse zu bedienen, und bereits Aufträge für Plakate, Flugblätter, Folianten und Bücher annahm, wurde er sich der anderen Möglichkeiten bewußt, die sein neues Gewerbe bot.

»Es war ein Mann namens Tom Gage«, erklärte Jamie. Er löste seine Hand aus der meinen, um besser gestikulieren zu können.

»Hin und wieder brachte er kleinere Aufträge, alles völlig harmlos, aber oft hielt er sich auf, um darüber zu reden, sowohl mit mir als auch mit Geordie – obwohl er bemerkt haben mußte, daß ich weniger Ahnung von dem Geschäft hatte als er selbst.«

Er lächelte verschmitzt.

»Vom Drucken hatte ich nicht viel Ahnung, Sassenach, aber mit Menschen kenne ich mich aus.«

Gage hatte Alexander Malcolm ausgehorcht – ihm war aufgefallen, daß Jamie den Hochlanddialekt sprach, und so hatte er vorsichtige Vorstöße unternommen. Er erwähnte diesen oder jenen Bekannten, der aufgrund seiner jakobitischen Sympathien nach dem Aufstand in Schwierigkeiten geraten war, lenkte geschickt das Gespräch und schlich sich an seine Beute an. Bis ihn die amüsierte Beute schließlich geradeheraus fragte, was er gedruckt haben wollte, kein Anhänger des Königs würde davon erfahren.

»Und er hat dir vertraut.« Das war keine Frage; der einzige Mensch, dessen Vertrauen Jamie Fraser je mißbraucht hatte, war Charles Stuart gewesen – und in diesem Fall hatte Jamie selbst den kürzeren gezogen.

»Er hat mir vertraut.« Und so hatte eine Beziehung begonnen, die anfangs rein geschäftlich war, aus der im Laufe der Zeit aber eine Freundschaft wurde. Jamie hatte das gesamte Material gedruckt, das Gages kleiner Kreis radikaler politischer Schriftsteller verfaßte – von namentlich gekennzeichneten Artikeln bis hin zu anonymen Flugschriften, deren Inhalt gereicht hätte, um die Autoren ins Gefängnis oder an den Galgen zu bringen.

»Nachdem wir mit dem Drucken fertig waren, sind wir oft noch in die nächste Taverne gegangen und haben uns unterhalten. Da lernte ich einige von Toms Freunden kennen, und schließlich regte Tom an, ich sollte selbst einmal einen kurzen Artikel schreiben. Ich lachte und sagte ihm, bis ich mit meiner Hand etwas Leserliches zu Papier gebracht hätte, wären wir alle gestorben – und zwar an Altersschwäche und nicht am Galgen.

Bei dem Gespräch stand ich an der Druckerpresse und setzte, ohne nachzudenken, die Lettern mit der linken Hand. Er starrte mich an, und dann fing er an zu lachen. Er deutete auf den Setzkasten und auf meine Hand und lachte immerzu, bis er sich auf den Boden hocken mußte, um endlich aufzuhören.«

Jamie streckte seine Arme aus, bewegte seine Hände und betrachtete sie leidenschaftslos.

»Noch bin ich gesund«, sagte er. »Und mit etwas Glück bleibt mir meine Kraft noch einige Jahre lang erhalten – aber nicht für immer, Sassenach. Ich habe oft mit Schwert und Dolch gekämpft, aber jeder Krieger erlebt den Tag, an dem seine Kraft erschöpft ist.« Er schüttelte den Kopf und hob seinen Rock vom Boden auf.

»An jenem Tag habe ich mir zur Erinnerung diese Lettern genommen«, sagte er.

Er nahm meine Hand und ließ die kleinen, schweren Bleilettern hineinfallen. Ich brauchte sie nicht zu betasten, um zu wissen, welche Lettern ich in der Hand hielt.

»Q. E. D.«, sagte ich.

»Die Engländer haben mir Schwert und Degen genommen«, sagte er leise und strich über die Lettern, die in meiner Hand lagen. »Aber Tom Gage hat mir wieder eine Waffe in die Hand gegeben. Ich glaube nicht, daß ich ihr jemals abschwören werde.«

Viertel vor fünf gingen wir Arm in Arm die kopfsteingepflasterte Royal Mile hinunter, wohlig erhitzt von mehreren Schalen gut gepfeffertem Austerneintopf und einer Flasche Wein. Die Stadt strahlte, als ob sie unser Glück teilen wollte. Edinburgh lag unter einem feinen Nebelschleier, der sich bald wieder zu Regen verdichten würde, aber im Augenblick färbte das Licht der untergehenden Sonne die Wolken rosa bis tiefrot und ließ die Steinhäuser aufleuchten.

Ich war so in mein Glück versunken, daß es einige Minuten dauerte, bis ich merkte, daß etwas nicht stimmte. Ein ungeduldiger Passant überholte uns, blieb dann aber unvermittelt vor mir stehen, so daß ich auf den feuchten Steinen stolperte und einen Schuh verlor.

Er blickte zum Himmel. Dann eilte er die Straße hinunter, so schnell er konnte, ohne zu rennen.

»Was hat er denn?« fragte ich, während ich mich nach meinem Schuh bückte. Plötzlich fiel mir auf, daß die Leute um uns herum stehenblieben, in den Himmel starrten und dann aufgeschreckt davoneilten.

»Was glaubst du…?« fing ich an, doch als ich mich zu Jamie umdrehte, starrte auch er gen Himmel. Das Rot der Wolken über uns war viel leuchtender als sonst, außerdem flackerte es bedenklich.

»Feuer«, sagte er. »Mein Gott, ich glaube, es ist in der Leith Wynd!«

Im gleichen Augenblick rief jemand: »Feuer!« Als hätten die Leute nur auf diese offizielle Feststellung gewartet, stürzten die Menschen nun die Straße hinunter wie eine Horde Lemminge, die darauf fiebern, sich in den Scheiterhaufen zu werfen.

Jamie war schon in Bewegung. Ich streifte den anderen Schuh auch noch ab und hastete über die glitschigen Pflastersteine hinter ihm her.

Es brannte nicht in der Leith Wynd, sondern nebenan in der Carfax Close. Der Zugang zu der Sackgasse war durch aufgeregte Schaulustige blockiert, die drängelten und die Hälse reckten. Der Rauchgeruch hing heiß und stechend in der feuchten Abendluft, und Hitzewellen schlugen mir ins Gesicht, als ich mich in die Gasse drängte.

Ohne Zögern warf sich Jamie in die Menge und bahnte sich mit Gewalt einen Weg. Ich hielt mich dicht hinter ihm, bevor die menschlichen Wogen wieder zusammenschlugen, und kämpfte mich unter Einsatz meiner Ellbogen durch.

Dann tauchten wir aus der Menge auf. Dichte, graue Rauchwolken drangen aus den beiden unteren Fenstern der Druckerei, und ich hörte ein wisperndes, knisterndes Geräusch, das den Lärm der Schaulustigen übertönte, als führte das Feuer Selbstgespräche.

»Meine Druckerpresse!« Mit einem Schrei des Entsetzens stürzte Jamie die Vordertreppe hinauf und trat die Tür ein. Eine Rauchwolke wälzte sich aus dem offenen Eingang und verschlang ihn wie ein hungriges Raubtier. Ich sah noch, wie er ins Taumeln geriet, sich auf die Knie fallen ließ und auf allen vieren ins Haus kroch.

Seinem Beispiel folgend, liefen einige Männer aus der Menge die Stufen zur Druckerei hinauf und verschwanden in gleicher Weise in dem verrauchten Innenraum. Die Hitze war so übermächtig, daß ich mich fragte, wie es die Männer im Haus nur aushielten.

Rufe aus der Menge hinter mir kündigten das Eintreffen der mit Eimern bewaffneten Stadtwache an. Offenbar an diese Aufgabe gewöhnt, warfen die Männer ihre weinroten Uniformjacken ab und begannen sofort, das Feuer zu bekämpfen: Sie zerschlugen die Fenster und schütteten wild entschlossen eimerweise Wasser hinein.

Ich konnte mir nicht vorstellen, daß die tapferen Bemühungen der Eimerbrigade viel gegen das bereits lichterloh brennende Feuer ausrichten konnten. Ich schob mich durch das Gedränge und versuchte zu erspähen, ob sich drinnen etwas bewegte. Aber da sprang der erste Mann in der Eimerkette mit einem Aufschrei beiseite, um einem Setzkasten voller Bleilettern auszuweichen, der durch das zerbrochene Fenster geflogen kam und krachend auf dem Pflaster landete.

Zwei, drei Bengel bahnten sich einen Weg durch die Menge und griffen nach den Lettern, wurden aber von empörten Nachbarn geohrfeigt und verscheucht. Eine rundliche Dame mit Haube und Schürze machte einen halsbrecherischen Satz nach vorn, nahm den schweren Setzkasten in Gewahrsam und zog ihn an den Bordstein, wo sie sich schützend wie eine Glucke darauf niederließ.

Bevor ihre Gefährtinnen die verstreuten Lettern einsammeln konnten, wurden sie von einem Hagelschauer anderer Gegenstände vertrieben, die aus beiden Fenstern flogen: weitere Setzkästen, Druckwalzen, Anschwärzballen und Flaschen voller Druckerschwärze, die auf dem Pflaster zerbrachen.

Neubelebt durch den Luftzug, der durch die offene Tür und die Fenster drang, schwoll das Wispern des Feuers zu einem selbstzufrieden lachenden Gebrüll an.

Ein erneutes Durcheinander am Eingang der Gasse kündigte nun das verspätete Eintreffen der Feuerspritze an. Die wogende Menge teilte sich wie das Rote Meer, um ihr Zugang zu verschaffen. Sie wurde von Männern gezogen und nicht von Pferden, die in den verwinkelten Gassen nicht durchgekommen wären.

Die Feuerspritze war ein Wunderwerk aus Messing, das im Widerschein der Flammen aussah, als glühte es selbst. Die Hitze wurde heftiger, und ich spürte, wie meine Lunge sich bei jedem

Atemzug schwerer tat. Ich hatte schreckliche Angst um Jamie. Wie lange würde er in diesem teuflischen Nebel aus Rauch und Hitze atmen können, ganz abgesehen von der Gefahr, die von den Flammen ausging?

»Jesus, Maria und Joseph!« Plötzlich stand Ian, der sich ungeachtet seines Holzbeins durch die Menge gekämpft hatte, an meiner Seite. Er griff nach meinem Arm, um das Gleichgewicht zu wahren.

»Wo ist Jamie?« brüllte er mir ins Ohr.

»Da drinnen!« brüllte ich zurück und deutete aufs Haus.

Plötzlich geriet am Eingang etwas in Bewegung, und es wurden verwirrte Rufe laut, die selbst den Lärm des Feuers übertönten. Zuerst sah man unter der Rauchwolke an der Tür nur die Beine, doch dann tauchten sechs Männer auf – unter ihnen Jamie –, die unter dem Gewicht einer riesigen, sperrigen Maschine wankten – Jamies kostbare Druckerpresse. Sie trugen sie vorsichtig die Eingangstreppe hinunter und schoben sie in die Menge hinein. Dann wandten sie sich wieder zur Druckerei um.

Doch für weitere Rettungsmanöver war es zu spät. Im Innern ertönte ein Krachen, eine neuerliche Hitzewelle ließ die Menge zurückweichen, und plötzlich waren die Fenster des oberen Stockwerks von tanzenden Flammen erleuchtet. Ein kleiner Menschenstrom stürzte hustend aus dem Gebäude, manche auf allen vieren, alle rußgeschwärzt und schweißgebadet. Die Mannschaft der Feuerspritze pumpte wie besessen, aber der dicke Wasserstrahl, der aus ihrem Schlauch schoß, machte nicht den geringsten Eindruck auf das Feuer.

Ian umklammerte meinen Arm mit eisernem Griff.

»Ian!« schrie er so laut, daß er sowohl den Lärm der Menge als auch das Feuer übertönte.

Ich folgte der Richtung seines Blicks und sah eine geisterhafte Gestalt in einem Fenster im ersten Stock. Sie bemühte sich vergebens, das Fenster hochzuschieben, bevor sie von einer Rauchwolke verschluckt wurde.

Das Herz schlug mir bis zum Halse. Ob es tatsächlich der junge Ian war, konnte man nicht sagen, aber eine menschliche Gestalt war es auf jeden Fall. Ian verlor keine Zeit damit, Löcher in die Luft zu starren, sondern humpelte auf den Eingang der Druckerei zu.

»Warte!« rief ich und lief ihm nach.

Jamie lehnte an der Druckerpresse und bedankte sich schwer atmend bei seinen Helfern.

»Jamie!« Ich packte ihn am Ärmel und zerrte ihn rücksichtslos von einem rotgesichtigen Barbier weg, der sich aufgeregt die rußigen Hände an seiner Schütze abwischte.

»Da oben!« rief ich und deutete hinauf. »Der junge Ian ist oben!«

Jamie trat einen Schritt zurück und starrte entsetzt auf die oberen Fenster. Dort sah man nichts als die wütenden Flammen, die gegen die Scheiben schlugen.

Ian wurde unterdessen von mehreren Nachbarn festgehalten, die ihn daran hindern wollten, die Druckerei zu betreten.

»Nein, Mann, da können Sie nicht rein!« schrie ihn der Hauptmann der Wache an und versuchte, den um sich Schlagenden an der Hand zu packen. »Das Treppenhaus ist eingestürzt, und das Dach fällt auch gleich ein!«

Ian war zwar hager und durch sein Bein behindert, aber zäh und außer sich vor Sorge, und die wohlmeinenden Wachleute – zum größten Teil Veteranen der Hochlandregimenter – konnten es nicht mit ihm aufnehmen. Langsam, aber sicher zerrte er seine Retter die Stufen zur Druckerei hinauf und auf die Flammen zu.

Jamie holte Luft. Dann stand auch er auf den Stufen, packte Ian um die Taille und zog ihn zurück.

»Komm runter, Mann!« rief er heiser. »Das schaffst du nicht – die Treppe ist weg!« Er blickte sich um. Als er mich sah, stieß er Ian in meine Richtung, so daß dieser das Gleichgewicht verlor und mir in die Arme taumelte. »Halt ihn fest«, rief er. »Ich hole den Jungen runter!«

Mit diesen Worten drehte er sich um, hastete die Stufen zum Nachbarhaus hinauf und betrat das Süßwarengeschäft im Erdgeschoß.

Jamies Beispiel folgend, schlang ich die Arme um Ians Taille und ließ ihn nicht mehr los. Er machte noch einen Versuch, Jamie zu folgen, gab dann aber auf. Ich spürte, wie sein Herz raste.

»Keine Sorge«, sagte ich überflüssigerweise. »Er schafft es, er holt ihn raus. Bestimmt. Ich weiß, daß er es schafft.«

Ian antwortete nicht. Er atmete so schwer, als ob er schluchzte.

Selbst als ich ihn losließ, rührte er sich nicht von der Stelle, doch als ich neben ihn trat, griff er nach meiner Hand und drückte sie so fest, daß er mir die Knochen gebrochen hätte, hätte ich seinen Druck nicht ebenso fest erwidert.

Keine Minute später wurde das Fenster über dem Süßwarengeschäft geöffnet, und Jamies Kopf und Schultern erschienen. Er kletterte aufs Fensterbrett, ging in die Hocke und drehte sich vorsichtig um, bis er mit dem Gesicht zum Haus kauerte.

Er richtete sich auf, griff nach der Dachrinne oberhalb des Fensters und zog sich langsam hoch, wobei er mit den Zehen zwischen den Steinen der Hauswand Halt suchte. Stöhnend vor Anstrengung, zog er sich aufs Dach hoch und verschwand hinter dem Giebel.

Ein kleinerer Mann hätte das nicht geschafft, und Ian mit seinem Holzbein auch nicht. Ich hörte, wie Ian etwas vor sich hin murmelte. Zuerst dachte ich, er betete, aber dann sah ich, daß er die Zähne aufeinanderbiß und sein Gesicht furchtverzerrt war.

»Was, zum Teufel, will er da oben?« Ich merkte nicht einmal, daß ich laut gedacht hatte, bis der Barbier neben mir antwortete: »Im Dach der Druckerei ist ein Ausstieg, Madam. Zweifellos will Mr. Malcolm auf diesem Weg ins obere Stockwerk gelangen. Wissen Sie, ob das da oben sein Lehrling ist?«

»Nein!« entgegnete Ian barsch. »Das ist mein Sohn.«

Der Barbier wich zurück, als er Ians wütenden Blick sah, und murmelte: »Ach so, aye, so ist das, Sir!« Dann bekreuzigte er sich. Die Menge brüllte, als auf dem Dach des Süßwarengeschäfts zwei Gestalten auftauchten. Ian ließ meine Hand los und sprang nach vorn.

Jamie hatte den Arm um den schwankenden Jungen gelegt. Es war offensichtlich, daß keiner von beiden den Rückweg durch das angrenzende Gebäude bewältigen würde.

In diesem Augenblick erblickte Jamie unten auf der Straße Ian und rief ihm zu: »Seil!«

Ein Seil war zur Hand; die Stadtwache war gut ausgerüstet. Ian riß dem Wachmann, der auf ihn zukam, zu dessen Empörung die Rolle aus den Händen und wandte sich zum Dach.

Ich sah Jamies Zähne blitzen, als er seinen Schwager angrinste, was Ian mit einem Lächeln erwiderte. Wie oft hatten sie einander schon ein Seil zugeworfen, um Heu auf den Scheunenboden zu ziehen oder eine Last auf einem Wagen festzuzurren?

Die Menge wich zurück, als Ian ausholte, und die schwere Rolle flog hinauf, entrollte sich im Flug und landete zielsicher in Jamies ausgestreckter Hand. Jamie zog das baumelnde Seilende zu sich hoch und band es am Kamin des Hauses fest.

Nach einigen gefahrvollen Augenblicken landeten die beiden rußgeschwärzten Gestalten wohlbehalten auf der Straße. Der Junge, dem Jamie das Seil um die Brust gebunden hatte, hielt sich noch einen Augenblick aufrecht, doch als das Seil erschlaffte, sank er zu Boden.

»Alles in Ordnung? *A bhalaich*, antworte mir!« Ian fiel neben seinem Sohn auf die Knie und wollte gleichzeitig das Seil lösen und den Kopf des Jungen stützen.

Jamie lehnte am Geländer des Süßwarengeschäfts und hustete sich die Lunge aus dem Leib, aber sonst schien er unverletzt. Ich ließ mich auf der anderen Seite des Jungen nieder und bettete seinen Kopf in meinen Schoß.

Bei seinem Anblick wußte ich nicht, ob ich lachen oder weinen sollte. Am Morgen hatte er, wenn schon nicht schön, so doch nett ausgesehen. Jetzt, am Abend, war das dichte Haar auf einer Seite bis auf ein paar rötliche Stoppeln versengt, und seine Augenbrauen und Wimpern waren völlig verbrannt. Die Haut darunter war rußverschmiert und rosig wie bei einem Spanferkel am Spieß.

Sein Puls schlug beruhigend kräftig, aber der Junge atmete heiser und unregelmäßig. Er hustete gequält.

»Ist er in Ordnung?« Ian griff seinem Sohn unter die Arme und setzte ihn auf. Sein Kopf wackelte, und er fiel vornüber in meine Arme.

»Ich glaube schon, bin mir aber nicht sicher.« Der Junge hustete immer noch, war aber nicht ganz bei Bewußtsein. Er lag an meiner Schulter wie ein großes Baby, und ich klopfte ihm auf den Rücken, während er würgte und keuchte.

»Ist er in Ordnung?« Diesmal kam die Frage von Jamie, der neben mir in die Hocke ging. Seine Stimme war so heiser, daß ich sie kaum wiedererkannte.

»Ich denke schon. Und was ist mit dir? Du siehst aus wie Malcolm X«, sagte ich und musterte ihn über Ians Schulter hinweg.

»Tatsächlich?« Verblüfft betastete er sein Gesicht, grinste aber dann beruhigend. »Wie ich aussehe, weiß ich nicht, aber ganz sicher bin ich noch kein Ex-Malcolm, nur an den Rändern ein bißchen versengt.«

»Zurück! Zurück!« Der graubärtige Hauptmann der Stadtwache stand neben mir und zog mich am Ärmel. »Sie müssen hier weg, Madam, das Dach kommt runter!«

Und tatsächlich stürzte das Dach der Druckerei ein, während wir uns in Sicherheit brachten. Als eine gewaltige Funkenfontäne in den dunklen Abendhimmel stieg, stöhnten die Zuschauer auf.

Als wollte sich der Himmel derartige Störungen verbitten, fielen gleich darauf schwere Regentropfen auf die Pflastersteine. Die Edinburgher, die eigentlich an den Regen hätten gewöhnt sein mußten, gaben Laute der Verwunderung von sich, zogen sich wie ein Schwarm Küchenschaben in die Nachbarhäuser zurück und überließen es der Natur, das Werk der Feuerspritze zu vollenden.

Kurze Zeit später hockten Ian und ich allein mit dem Jungen auf der Straße. Jamie, der die Wachleute und andere Helfer großzügig entlohnt und dafür gesorgt hatte, daß seine Druckerpresse mit Zubehör im Lagerraum des Barbiers untergebracht wurde, kam mit müden Schritten auf uns zu.

»Wie geht's dem Jungen?« fragte er und wischte sich mit der Hand über das rußgeschwärzte Gesicht. Es regnete inzwischen in Strömen, was ihm ein äußerst malerisches Aussehen verlieh. Ian sah ihn an, und zum erstenmal wichen Angst und Zorn aus seinem Gesicht. Er lächelte Jamie schief an.

»Er sieht nicht viel besser aus als du, Mann – aber ich glaube, er ist in Ordnung. Hilfst du uns auf?«

Gälische Koseworte murmelnd, als spräche er zu einem Baby, beugte sich Ian über seinen Sohn, der inzwischen auf dem Bordstein saß und hin- und herschwankte wie ein Reiher im Sturm.

Als wir Madame Jeannes Haus erreichten, konnte der junge Ian zwar wieder laufen, wurde aber noch von seinem Vater und seinem Onkel gestützt. Bruno, der uns öffnete, blinzelte bei unserem Anblick ungläubig, doch dann riß er die Tür weit auf und lachte so herzlich, daß er sie kaum wieder schließen konnte.

Ich mußte zugeben, daß wir ein Bild des Jammers boten: Wir alle waren bis auf die Haut durchnäßt; Jamie und ich waren barfuß, und Jamies rußverschmierte Kleider hingen ihm in Fetzen vom Leib. Ian fielen die nassen Haare in die Augen, so daß er wie eine ersoffene Ratte mit Holzbein aussah.

Doch es war sein Sohn, der im Mittelpunkt der Aufmerksamkeit stand, als mehrere Hausbewohnerinnen aus dem Salon spähten, um zu sehen, warum Bruno solchen Lärm machte. Mit seinen angesengten Haaren, dem verschwollenen roten Gesicht, der schnabelartigen Nase und den wimpernlosen Augen glich er dem Küken einer exotischen Vogelart – einem frisch geschlüpften Flamingo etwa. Es war ihm unmöglich, noch tiefer zu erröten, aber sein Nacken leuchtete feuerrot, als wir unter dem Gekicher der Frauen die Treppe hinaufstiegen.

Nachdem wir uns in den kleinen Salon im ersten Stock zurückgezogen und die Tür hinter uns geschlossen hatten, wandte sich Ian seinem unseligen Sohn zu.

»Du bleibst uns also erhalten, du Strolch?«

»Aye, Sir«, erwiderte der junge Ian mit einem so jämmerlichen Krächzen, als hätte er die Frage lieber verneint.

»Gut«, erwiderte sein Vater grimmig. »Willst du eine Erklärung abgeben, oder soll ich dir gleich eine gehörige Abreibung verpassen und uns beiden Zeit sparen?«

»Du kannst jemanden, dem gerade die Augenbrauen weggesengt wurden, nicht verprügeln, Ian«, protestierte Jamie heiser und schenkte aus der Karaffe auf dem Tisch ein Glas Portwein ein. »Das wäre nicht sehr human.« Er grinste seinen Neffen aufmunternd an und gab ihm das Glas, nach dem der Junge hastig griff.

»Aye, da magst du recht haben«, meinte Ian und musterte seinen Sohn. Seine Mundwinkel zuckten. Der Junge bot einen bemitleidenswert komischen Anblick. »Das heißt aber nicht, daß ich dir nicht später das Fell gerben werde«, warnte er ihn, »und zwar unabhängig davon, was deine Mutter mit dir anstellt, wenn sie dich wiedersieht. Aber im Augenblick kannst du unbesorgt sein.«

Dieses großmütige Zugeständnis schien den Jungen nicht sonderlich zu beruhigen. Er blieb die Antwort schuldig und steckte die Nase in sein Portweinglas.

Dankbar nahm ich mein eigenes Glas entgegen. Etwas verspätet war mir klargeworden, warum die Bürger Edinburghs mit so viel

Widerwillen auf Regen reagierten; einmal durchnäßt, war es verdammt schwer, wieder trocken zu werden.

Ich zupfte an meinem feuchten Mieder, fing den interessierten Blick des jungen Ian auf und entschied bedauernd, daß ich es vor den Augen des Jungen nicht auszuziehen konnte. Der Umgang mit Jamie hatte ihn offenbar schon genug verdorben. Statt dessen labte ich mich an dem Portwein und genoß die Wärme, die sich in mir ausbreitete.

»Geht es dir so gut, daß du ein wenig reden kannst, Junge?« Jamie ließ sich seinem Neffen gegenüber auf einem Kniekissen nieder.

»Aye... ich glaube schon«, krächzte der Junge vorsichtig. Dann räusperte er sich und wiederholte mit festerer Stimme: »Aye, ich kann reden.«

»Gut. Dann möchte ich erstens wissen, wie es kam, daß du in der Druckerei warst, und dann, wie das Feuer entstanden ist?«

Der junge Ian dachte eine Weile nach, stärkte sich noch einmal mit einem Schluck Portwein und erwiderte: »Ich habe es gelegt.«

Bei diesen Worten setzten sich Ian und Jamie kerzengerade auf. Ich sah, daß Jamie bei der Frage, ob es ratsam sei, Leute ohne Augenbrauen zu versohlen, allmählich zu einem anderen Ergebnis kam. Aber er zügelte seinen Zorn und sagte nur: »Warum?«

Der Junge nahm noch einen Schluck, hustete, trank wieder und suchte offensichtlich nach Worten.

»Also«, begann er unsicher, »da war ein Mann...« Dann verstummte er wieder.

»Ein Mann«, wiederholte Jamie geduldig, da sein Neffe allem Anschein nach plötzlich taubstumm geworden war. »Was für ein Mann?«

Der junge Ian umklammerte sein Glas mit beiden Händen und sah zutiefst unglücklich aus.

»Antworte deinem Onkel, du Dummkopf«, befahl Ian barsch. »Oder ich lege dich hier auf der Stelle übers Knie.«

Mit Drohungen und Fragen konnten die beiden Männer dem Jungen schließlich einen mehr oder weniger zusammenhängenden Bericht entlocken.

Der junge Ian war am Morgen in der Taverne in Kerse gewesen, vor der er Wally treffen sollte. Wally wiederum sollte mit dem

Branntwein herkommen und in der Taverne den Fusel einladen, mit dem die Zollbehörde getäuscht werden sollte.

»Du solltest ihn treffen?« fragte Ian scharf. »Wer hat dir das aufgetragen?«

»Ich«, erwiderte Jamie, bevor sein Neffe antworten konnte. Mit einer Handbewegung gebot er seinem Schwager Schweigen. »Aye, ich wußte, daß er dort war. Wir reden später darüber, wenn's dir recht ist. Erst müssen wir herausfinden, was heute passiert ist.«

»Ich hatte Hunger«, erklärte der junge Ian.

»Wann hast du keinen Hunger?« fragten sein Vater und sein Onkel wie aus einem Munde. Vor Lachen prustend, sahen sie sich an, und die Atmosphäre entspannte sich ein wenig.

»Also bist du in die Taverne gegangen, um einen Happen zu essen«, sagte Jamie. »Das ist in Ordnung, das schadet nichts. Und was ist dann geschehen?«

In der Taverne hatte er den Mann gesehen. Ein kleiner Kerl, schmierig wie eine Ratte, mit dem Zopf eines Matrosen und einem erblindeten Auge, der sich mit dem Wirt unterhielt.

»Er hat nach dir gefragt, Onkel Jamie«, sagte der Junge, dessen Zunge sich nach dem Genuß des Portweins zusehends löste. »Und er hat deinen richtigen Namen genannt.«

Jamie fuhr verblüfft zusammen. »Jamie Fraser, meinst du?« Der junge Ian nickte und nippte an seinem Glas. »Aye, aber er kannte auch deinen anderen Namen – Jamie Roy, meine ich.«

»Jamie Roy?« Ian warf seinem Schwager einen verwirrten Blick zu, aber dieser zuckte nur ungeduldig mit den Achseln.

»Unter dem Namen bin ich im Hafen bekannt. Himmel, Ian, du weißt doch, was ich mache!«

»Aye, aber ich wußte nicht, daß dir dieser Schlingel dabei zur Hand geht.« Ian preßte die Lippen aufeinander und wandte sich wieder seinem Sohn zu. »Sprich weiter, Junge.«

Der Seemann hatte den Wirt gefragt, wo ein alter Seebär, der Pech gehabt habe und Arbeit suche, einen gewissen Jamie Fraser finden könne, der bekanntlich fähige Männer brauchte. Als der Wirt behauptete, diesen Namen noch nie gehört zu haben, beugte sich der Seemann über die Theke, schob ihm eine Münze zu und fragte mit gesenkter Stimme, ob ihm der Name »Jamie Roy« geläufiger sei.

Da der Wirt auf diesem Ohr taub war, verließ der Seemann alsbald die Taverne, und der junge Ian heftete sich an seine Fersen.

»Ich dachte, es könnte nicht schaden zu wissen, wer er war und was er wollte«, erklärte der Junge zwinkernd.

»Du hättest daran denken können, bei dem Wirt eine Nachricht für Wally zu hinterlassen«, sagte Jamie. »Aber das tut jetzt nichts zur Sache. Wo ist er hingegangen?«

Raschen Schritts die Straße hinunter, aber nicht so rasch, daß ein gesunder Junge ihm nicht hätte folgen können. Dank seiner strammen Gangart bewältigte der Seemann den Marsch nach Edinburgh, eine Entfernung von fünf Meilen, in einer knappen Stunde und traf schließlich in der Green-Owl-Taverne ein – gefolgt von einem halbverdursteten Ian.

Als der Name der Taverne fiel, zuckte ich zusammen, sagte aber nichts, da ich den Bericht nicht unterbrechen wollte.

»Es war schrecklich voll«, fuhr Ian fort. »Am Morgen war etwas vorgefallen, und alle redeten davon – aber als sie mich sahen, verstummten sie. Auf jeden Fall war es dort das gleiche.« Er hielt inne, hustete und räusperte sich. »Der Seemann bestellte sich einen Branntwein und fragte dann den Wirt, ob er einen Branntweinlieferanten namens Jamie Roy oder Jamie Fraser kannte.«

»Und kannte er einen?« fragte Jamie leise. Er blickte seinen Neffen aufmerksam an, aber an der kleinen Falte zwischen seinen Brauen sah ich, daß es hinter seiner Stirn arbeitete.

Der Mann hatte eine Taverne nach der anderen abgeklappert, wobei ihm der junge Ian wie ein Schatten folgte. In jeder Gastwirtschaft hatte er Branntwein bestellt und seine Frage wiederholt.

»Der mußte ja einiges vertragen«, stellte Ian fest.

Sein Sohn schüttelte den Kopf. »Er hat ihn nicht getrunken, nur daran gerochen.«

Der Vater schnalzte mit der Zunge angesichts dieser skandalösen Verschwendung von gutem Alkohol, aber Jamie zog die Brauen hoch.

»Hat er auch mal gekostet?« fragte er scharf.

»Aye. Im Dog and Gun und dann wieder im Blue Boar. Aber er hat nur ein Schlückchen genommen und dann das fast volle Glas stehenlassen. In den anderen Wirtshäusern hat er gar nichts getrunken, und wir waren in fünf, bis ich...« Er verstummte.

Jamie war inzwischen ein Licht aufgegangen. »So ist das also«, sagte er zu sich. »In der Tat.« Dann wandte er seine Aufmerksamkeit wieder dem Jungen zu. »Und was ist dann geschehen?«

Sein Neffe machte nun wieder ein zerknirschtes Gesicht. Er schluckte schwer.

»Es war ein schrecklich langer Weg von Kerse nach Edinburgh«, fing er an, »da wird einem die Kehle trocken…«

Vater und Onkel tauschten einen vielsagenden Blick.

»Du hast viel getrunken«, bemerkte Jamie resigniert.

»Ich konnte ja schließlich nicht wissen, daß er in so viele Tavernen gehen würde, oder?« verteidigte sich der Neffe und bekam rote Ohren.

»Nein, natürlich nicht, mein Junge«, sagte Jamie freundlich und schnitt damit Ian das Wort ab, der zu einer strengeren Bemerkung angesetzt hatte. »Wie lange hast du durchgehalten?«

Wie sich herausstellte, war der Junge dem Mann die halbe Royal Mile hinunter gefolgt, bis er, überwältigt von den Auswirkungen des Gewaltmarsches und etwa zwei Litern Ale, in einer Ecke eindöste und erst eine Stunde später wieder aufwachte, um festzustellen, daß der Verfolgte über alle Berge war.

»Also bin ich hierhergekommen«, erklärte er. »Ich dachte, Onkel Jamie sollte davon erfahren, aber er war nicht da.« Der Junge warf mir einen Blick zu. Seine Ohren glühten förmlich.

»Und warum hast du geglaubt, daß er hier wäre?« Ian bedachte seinen Sohn mit einem bohrenden Blick, der sich dann auf seinen Schwager richtete. Der siedende Zorn, den Ian seit dem Morgen zu beherrschen versuchte, kochte über. »Eine himmelschreiende Frechheit von dir, Jamie Fraser, meinen Sohn in ein Hurenhaus zu schleppen!«

»Du brauchst grade was zu sagen, Papa!« Der junge Ian war aufgesprungen; er schwankte zwar ein wenig, hatte aber die knochigen Hände fest in die Seiten gestemmt.

»Ich? Was soll das heißen, du Grünschnabel?« rief Ian mit funkelnden Augen.

»Ich will sagen, daß du ein verdammter Heuchler bist!« rief sein Sohn mit heiserer Stimme. »Mir und Michael predigst du Reinheit und Treue, derweil du durch die Stadt schleichst und den Huren nachsteigst!«

»Was?« Ian war puterrot angelaufen. Ich warf Jamie einen bestürzten Blick zu, doch dieser schien die Situation amüsant zu finden.

»Du bist ein… ein… gottverdammter Pharisäer!« Trimphierend brachte der junge Ian seinen Vergleich vor. Dann hielt er inne, als wollte er sich ein anderes, ebensogutes Bild einfallen lassen. Er öffnete den Mund, aber es kam nur ein leises Rülpsen heraus.

»Was in drei Teufels Namen soll das heißen, du Balg?« rief sein Vater, der vor Zorn einen ganz roten Kopf hatte. Drohend kam er auf den jungen Ian zu, der unwillkürlich zurückwich und sich aufs Sofa plumpsen ließ.

»Die da«, entgegnete er knapp. Er deutete auf mich, um klarzustellen, wen er meinte. »Die da! Du betrügst meine Mutter mit dieser dreckigen Hure, das meine ich.«

Ian verpaßte seinem Sohn eine schallende Ohrfeige, so daß er der Länge nach auf das Sofa fiel.

»Du Riesenhirsch!« sagte er empört. »Eine schöne Art, über deine Tante Claire zu reden, ganz zu schweigen von mir und deiner Mutter!«

»Tante?« Der junge Ian starrte mich mit offenem Mund an. Er erinnerte mich dabei so sehr an ein Vögelchen, das um Futter bettelt, daß ich unwillkürlich lachen mußte.

»Du bist heute morgen aufgebrochen, bevor ich mich vorstellen konnte«, sagte ich.

»Aber du bist doch tot«, entgegnete er blöde.

»Noch nicht ganz«, versicherte ich ihm. »Es sei denn, ich hole mir eine Lungenentzündung, weil ich hier in einem nassen Kleid herumsitze.«

Mit großen, runden Augen betrachtete er mich.

»Manche von den alten Frauen in Lallybroch sagen, daß du eine weiße Dame warst, vielleicht sogar eine Fee. Als Onkel Jamie ohne dich von Culloden heimkehrte, sagten sie, daß du vielleicht ins Feenreich zurückgekehrt wärst, aus dem du gekommen bist. Ist das wahr? Lebst du in einem Feenhügel?«

Ich tauschte einen Blick mit Jamie, der die Augen rollte.

»Nein«, sagte ich, »ich… ähm, ich…«

»Sie ist nach der Schlacht von Culloden nach Frankreich geflohen«, mischte sich Ian plötzlich ein. »Sie dachte, dein Onkel Jamie sei in der Schlacht gefallen, also ging sie zu ihren Verwandten nach Frankreich. Sie gehörte zu Prinz Tcharlachs Freunden – nach dem Krieg konnte sie nicht nach Schottland zurückkehren, ohne sich in große Gefahr zu begeben. Aber sobald sie erfuhr, daß dein Onkel gar nicht tot ist, schiffte sie sich ein und kam hierher, um ihn zu suchen.«

Der junge Ian hörte mit offenem Mund zu. Ich auch.

»Äh, ja«, bekräftigte ich Ians Bericht. »Genau so war es.«

Mit großen, glänzenden Augen sah der Junge erst mich, dann Jamie an.

»Also bist du zu ihm zurückgekehrt«, sagte er glücklich. »Mein Gott, ist das romantisch!«

Die Spannung fiel von uns ab. Ian zögerte, aber seine Augen wurden weich, als er Jamie und mich ansah.

»Aye«, sagte er und lächelte widerstrebend. »Aye, das ist es wohl.«

»Ich hätte gedacht, daß ich das frühestens in zwei bis drei Jahren miterlebe«, bemerkte Jamie, der seinem Neffen den Kopf hielt, während dieser sich gequält in den Spucknapf erbrach, den ich ihm unterhielt.

»Aye, er war schon immer seinem Alter voraus«, meinte Ian resigniert. »Er hat laufen gelernt, bevor er stehen konnte, und ist ständig ins Feuer oder in den Waschzuber oder in den Schweinetrog gestolpert.« Er klopfte seinem Sohn auf den Rücken. »Laß es raus, Junge.«

Der junge Ian sah aus wie ein Häufchen Elend, als er sich schließlich auf dem Sofa von den Auswirkungen des Feuers, seines Gefühlsausbruches und einer Überdosis Portwein erholen durfte. Vater und Onkel betrachteten ihn mit gemischten Gefühlen.

»Wo bleibt der verdammte Tee, den ich bestellt habe?« Jamie griff ungeduldig nach der Glocke, aber ich legte ihm die Hand auf den Arm.

»Reg dich nicht auf. Ich gehe runter und hole ihn.« Ich nahm den Spucknapf, trug ihn mit ausgestreckten Armen hinaus und hörte noch, wie Ian in vernünftigem Tonfall anfing: »Schau her, du Narr...«

Ohne Schwierigkeiten fand ich in die Küche und wurde dort mit allem Nötigen versorgt. Ich hoffte, Jamie und Ian würden den Jungen ein paar Minuten in Ruhe lassen – nicht nur um seinetwillen, sondern auch, damit ich mitbekam, was er erzählte.

Offensichtlich hatte ich wirklich etwas versäumt. Als ich in den kleinen Salon zurückkehrte, war die Atmosphäre spannungsgeladen, und der junge Ian senkte rasch den Blick, als er mich sah. Jamie hatte wieder einmal seine undurchsichtige Miene aufgesetzt, aber Ian, der Ältere, war errötet und schien sich fast ebenso unbehaglich zu fühlen wie sein Sohn. Er eilte mir entgegen, um mir das Tablett abzunehmen, murmelte ein paar Dankesworte, vermied es aber, mir in die Augen zu sehen.

Ich warf Jamie einen fragenden Blick zu. Der lächelte mich verhalten an und zuckte mit den Achseln. Ich erwiderte das Achselzucken und nahm eine der Schalen von dem Tablett.

»Brot und Milch«, sagte ich und reichte sie dem jungen Ian, der sofort glücklicher aussah.

»Heißer Tee«, sagte ich und reichte seinem Vater die Kanne.

»Whisky«, sagte ich und reichte Jamie die Flasche, »und kalter Tee für die Verbrennungen.«

»Kalter Tee?« Jamie zog die Brauen hoch. »Hatte die Köchin denn keine Butter?«

»Verbrennungen behandelt man nicht mit Butter«, erklärte ich. »Aloesaft oder der Saft einer Banane, aber dergleichen hatte die Köchin nicht. Kalter Tee ist das Beste, was ich auftreiben konnte.«

Ich legte Umschläge auf die mit Bläschen bedeckten Hände und Unterarme des Jungen und betupfte sein dunkelrotes Gesicht mit teegetränkten Tüchern, während Jamie und Ian sich stärkten. Halbwegs wiederhergestellt, ließen wir uns alle nieder, um den Rest von Ians Geschichte zu hören.

»Ich bin ein wenig durch die Stadt spaziert und habe mir überlegt, was ich tun soll. Schließlich wurde mein Kopf ein bißchen klarer, und so habe ich mir gedacht, wenn der Mann, dem ich gefolgt war, die High Street hinunter von Taverne zu Taverne zog, so könnte ich ihn vielleicht finden, wenn ich die Tavernen in der Straße von unten her abklapperte.«

»Das war ein guter Einfall«, lobte Jamie, und Ian nickte zustimmend. »Hast du ihn gefunden?«

Der Junge nickte zögernd.

Er war die Royal Mile fast bis zum Holyrood Palace hinuntergerannt und hatte sich dann gewissenhaft die Straße hinaufgearbeitet und bei jeder Taverne haltgemacht, um nach dem Einäugigen mit dem Zopf zu fragen. Unterhalb von Canongate war jedoch nichts von dem Mann in Erfahrung zu bringen. Er wollte schon aufgeben, als er den Mann plötzlich in der Schankstube der Holyrood Brewery sitzen sah.

Ian hatte sich blitzschnell hinter einem großen Faß auf dem Hof versteckt und blieb auf seinem Posten, bis der Mann aufstand, seine Zeche bezahlte und sich gemächlich auf den Weg machte.

»Tavernen hat er keine mehr aufgesucht«, berichtete der Junge und wischte sich einen Tropfen Milch vom Kinn. »Er ging ohne Umwege in die Carfax Close, zur Druckerei.«

Jamie murmelte etwas auf gälisch vor sich hin.

»Tatsächlich? Und dann?«

»Der Laden war natürlich geschlossen. Als er merkte, daß die Tür verriegelt war, sah er zum Fenster hinauf, als wollte er einbrechen. Aber dann schaute er sich um. Es waren viele Leute unterwegs – um die Uhrzeit ist immer viel los, da herrscht ein reges Kommen und Gehen im Süßwarenladen. Also blieb er eine Weile auf der Treppe stehen, überlegte und eilte dann auf den Ausgang der Sackgasse zu – ich mußte mich im Geschäft des Schneiders verstecken, damit er mich nicht sah.«

Am Ende der Sackgasse hatte der Mann kurz überlegt, sich dann nach rechts gewandt und war nach wenigen Schritten in einer kleinen Gasse verschwunden.

»Ich wußte, daß die Gasse zum Hinterhof führt«, erklärte Ian. »Also merkte ich sofort, was er vorhatte.«

»Da ist ein kleiner Hof hinter der Sackgasse«, erklärte Jamie, als er meinen fragenden Blick sah. »Für den Müll und für Lieferungen und so weiter – der Hintereingang der Druckerei führt auf diesen Hof.«

Ian nickte und stellte seine leere Schale weg. »Aye. Ich dachte, daß er auf jeden Fall ins Haus wollte. Und da fielen mir die neuen Flugblätter ein.«

»Himmel«, sagte Jamie. Er war blaß geworden.

»Flugblätter?« Ian zog erstaunt die Brauen hoch. »Was für Flugblätter?«

»Der neue Auftrag von Mr. Gage«, erklärte der junge Ian.

Ian verstand genausowenig wie ich, worum es ging.

»Politik«, sagte Jamie schlicht. »Eine Pamphlet für die Aufhebung des neuens Stempelgesetzes – mit einem Aufruf zum bürgerlichen Widerstand – notfalls mit Gewalt. Fünftausend Stück, frisch gedruckt. Sie lagen im Hinterzimmer. Gage wollte sie morgen früh abholen.«

»Himmel«, sagte Ian. Er war noch blasser geworden als Jamie, den er halb entsetzt, halb ehrfürchtig anstarrte. »Bist du vollkommen verrückt geworden?« fragte er. »Du mit deinem Rücken, auf dem nicht ein Fleckchen ohne Narben ist? Auf deinem Begnadigungsschreiben ist ja noch kaum die Tinte getrocknet! Du tust dich mit Tom Gage und seinem Verein von Aufwieglern zusammen und ziehst auch noch meinen Sohn mit hinein?«

Er war immer lauter geworden und sprang nun mit geballten Fäusten auf.

»Wie konntest du nur so etwas tun, Jamie? Haben wir unter deinen Taten nicht genug zu leiden gehabt, Jenny und ich? Im Krieg und nach dem Krieg – bei Gott, ich habe gedacht, du hast die Nase voll von Gefängnissen, Blut und Gewalt!«

»Das habe ich auch«, entgegnete Jamie knapp. »Ich gehöre nicht zu Gages Gruppe. Aber ich verdiene mein Geld als Drucker, aye? Er hat für diese Flugblätter bezahlt.«

In maßloser Wut hob Ian die Hände. »Ach ja! Und das fällt dann auch groß ins Gewicht, wenn dich die Beamten der Krone verhaften und zur Hinrichtung nach London bringen! Wenn so etwas in deinem Haus gefunden wird –« Plötzlich kam ihm ein Gedanke, und er wandte sich seinem Sohn zu.

»Das war's doch?« fragte er. »Du wußtest, was für Flugblätter das waren – deshalb hast du sie verbrannt, oder?«

Der junge Ian nickte feierlich wie eine Eule.

»Ich hatte keine Zeit mehr, sie zu verstecken. Nicht fünftausend Stück. Der Mann – der Seemann – er hatte das hintere Fenster herausgebrochen und griff nach dem Schnappschloß an der Tür.«

Ian wirbelte herum.

»Fahr zur Hölle!« fuhr er Jamie an. »Du rücksichtsloser, hirnverbrannter Narr, der du bist, Jamie Fraser! Erst die Jakobiten und jetzt das!«

Jamie lief dunkelrot an.

»Trage ich die Schuld an dem, was Charles Stuart getan hat?« rief er. Seine Augen blitzten wütend, und er setzte seine Teetasse so heftig ab, daß Tee und Whisky auf die polierte Tischplatte schwappten. »Habe ich nicht alles versucht, um den Narren aufzuhalten? Habe ich in diesem Kampf nicht alles gegeben, *alles*, Ian! Mein Land, meine Freiheit, meine Frau – für den Versuch, uns alle zu retten?« Er warf mir einen Blick zu, der ahnen ließ, was ihn die letzten zwanzig Jahre gekostet hatten.

»Und was die Last betrifft, die ich für deine Familie war – du hast dabei auch gewonnen, Ian! Lallybroch gehört jetzt dem jungen James, nicht wahr? Das ist dein Sohn, nicht meiner!«

Bei diesen Worten zuckte Ian zusammen. »Ich habe dich nie gebeten…«, begann er.

»Nein, das hast du nicht. Ich klage dich nicht an, um Himmels willen! Aber die Tatsache bleibt bestehen – Lallybroch gehört mir nicht mehr! Mein Vater hat mir das Gut hinterlassen, und ich habe dafür gesorgt, so gut ich konnte – und du hast mir dabei geholfen, Ian.« Seine Stimme wurde ein wenig weicher. »Ohne dich und Jenny hätte ich das nie geschafft. Ich bereue es nicht, daß ich es dem jungen Jamie überschrieben habe – das mußte sein. Aber dennoch…« Er wandte sich ab und senkte den Kopf.

Ich wagte es nicht, mich zu rühren oder zu sprechen, aber von dem Jungen fing ich einen unendlich verzweifelten Blick auf. Tröstend legte ich ihm die Hand auf die Schulter. Er legte seine große, knochige Hand auf meine und hielt sie fest.

Um Fassung ringend, wandte sich Jamie wieder seinem Schwager zu. »Ich schwöre dir, Ian, ich habe den Jungen nicht in Gefahr gebracht. Ich habe ihn, so gut es ging, von allem ferngehalten – die Schauermänner haben ihn nicht zu Gesicht bekommen, und ich ließ ihn nicht mit Fergus auf dem Boot hinausfahren, so sehr er mich auch darum bat. Ich habe ihn nicht gebeten zu kommen, Ian, und ich habe ihm gesagt, daß er wieder heim muß.«

»Aber du hast nicht dafür gesorgt, daß er tatsächlich heimgeht, oder?« Ians Gesicht nahm allmählich wieder seine normale Farbe an, aber seine Augen funkelten immer noch vor Zorn. »Und du hast uns auch nicht benachrichtigt. Um Himmels willen, Jamie, Jenny hat nächtelang kein Auge zugetan!«

Jamie preßte die Lippen zusammen. »Nein«, sagte er. »Das habe ich nicht. Ich...« Er warf wieder einen Blick auf den Jungen und zuckte unbehaglich mit den Achseln, als wäre ihm plötzlich sein Hemd zu eng.

»Nein«, wiederholte er. »Ich wollte ihn selbst heimbringen.«

»Er ist alt genug, um allein zu reisen«, entgegnete Ian. »Er ist schließlich auch allein hergekommen, oder?«

»Aye. Das war es nicht.« Ruhelos griff Jamie nach seiner Teetasse und drehte sie hin und her. »Ich wollte ihn heimbringen, um euch zu fragen – dich und Jenny –, ob der Junge eine Zeitlang bei mir wohnen darf.«

Ian lachte sarkastisch auf. »Ach ja! Wir sollen erlauben, daß er an deiner Seite aufgeknüpft oder deportiert wird, oder was?«

»Du weißt, ich würde nicht zulassen, daß ihm etwas geschieht«, entgegnete Jamie zornig. »Um Gottes willen, Ian, ich habe den Jungen so gern, als wäre er mein eigener Sohn, und auch das weißt du ganz genau!«

Ian atmete schwer. »Ja, das weiß ich nur zu gut«, sagte er und sah Jamie fest in die Augen. »Aber er ist nicht dein Sohn, aye? Er ist meiner.«

Jamie hielt diesem Blick stand, dann stellte er behutsam die Teetasse wieder ab. »Aye«, erwiderte er ruhig. »Das ist er.«

Schwer atmend stand Ian da. Dann fuhr er sich mit der Hand über die Stirn und strich seine dichten, dunklen Haare nach hinten.

»Also gut«, sagte er. Er holte tief Luft, bevor er das Wort an seinen Sohn richtete.

»Komm jetzt«, sagte er. »Ich habe ein Zimmer im Halliday's.«

Der Junge umklammerte meine Hand noch fester. Er schluckte, rührte sich aber nicht vom Fleck.

»Nein, Papa.« Seine Stimme zitterte, und er kämpfte gegen die aufsteigenden Tränen an. »Ich komme nicht mit.«

Ian wurde blaß, und auf beiden Wangen zeichneten sich rote Flecken ab, als wäre er geohrfeigt worden.

»Ach ja?« fragte er.

Sein Sohn nickte und schluckte. »Ich – ich gehe morgen mit dir, Papa. Morgen gehe ich mit dir heim. Aber nicht jetzt.«

Ian sah seinen Sohn lange schweigend an. Dann ließ er die Schultern sinken, und alle Spannung wich aus seinem Körper.

»So ist das also«, sagte er ruhig. »Na gut.«

Ohne ein weiteres Wort drehte er sich um und ging, die Tür leise hinter sich zuziehend. Ich hörte das dumpfe Klopfen des Holzbeins auf den Stufen, als er die Treppe hinunterstieg, und gedämpfte Geräusche, als er unten ankam. Dann ertönte Brunos Abschiedsgruß, und die Außentür fiel ins Schloß. Abgesehen vom Knacken des Kaminfeuers war es im Zimmer totenstill.

Die Schultern des Jungen bebten. Nach wie vor hielt er meine Finger umklammert, und er weinte lautlos. Schließlich setzte sich Jamie neben ihn; hilflose Sorge stand ihm ins Gesicht geschrieben.

»Ian, ach, mein Junge«, sagte er. »Bei Gott, mein Kleiner, das hättest du nicht tun sollen.«

»Ich konnte nicht anders.« Ian keuchte, und ich merkte, daß er die Luft angehalten hatte. Mit schmerzverzerrtem Gesicht sah er seinen Onkel an.

»Ich wollte Papa nicht weh tun«, sagte er. »Das wollte ich nicht!«

Jamie tätschelte gedankenverloren Ians Knie. »Ich weiß schon, mein Kleiner, aber ihm so etwas ins Gesicht zu sagen…«

»Ich konnte es ihm aber nicht erzählen. Und dir muß ich es erzählen, Onkel Jamie!«

Beim Tonfall des Jungen wurde Jamie plötzlich hellhörig.

»Mir erzählen? Was willst du mir erzählen?«

»Der Mann. Der Mann mit dem Zopf.«

»Was ist mit ihm?«

Ian leckte sich die Lippen und faßte Mut.

»Ich glaube, ich habe ihn umgebracht«, wisperte er.

Verblüfft sah Jamie erst mich und dann Ian an.

»Wie das?« fragte er.

»Na ja… ich habe vorhin ein bißchen gelogen«, begann Ian mit zittriger Stimme. »Als ich in die Druckerei ging – ich hatte doch den Schlüssel von dir –, war der Mann schon drin.«

Der Seemann befand sich im Hinterzimmer der Druckerei, wo sich die frisch gedruckten Aufträge stapelten. Dort wurde auch die Druckerschwärze und das Löschpapier zum Reinigen der Presse aufbewahrt, und die kleine Esse, in der abgenutzte Typen eingeschmolzen und zu neuen Lettern gegossen wurden, stand ebenfalls dort.

»Er nahm sich einige Flugblätter vom Stapel und steckte sie in seine Jacke«, sagte Ian. »Als ich ihn sah, schrie ich ihn an, er solle sie zurücklegen. Aber er wirbelte herum und hatte eine Pistole in der Hand.«

Als die Pistole losging, jagte sie Ian zwar einen Höllenschreck ein, aber die Kugel verfehlte ihr Ziel. Unbeirrt stürzte sich der Seemann auf den Jungen, um ihn statt dessen mit der Pistole niederzuschlagen.

»Mir blieb keine Zeit zum Nachdenken oder Weglaufen. Ich habe das erstbeste Ding, das mir in die Hände kam, genommen und nach ihm geworfen.«

Das erstbeste Ding war der Bleischöpfer gewesen, mit dem man das geschmolzene Blei aus dem Schmelzkessel in die Gußform goß. Die Esse glühte noch, und obwohl das Feuer sorgsam mit Asche bedeckt war und der Schmelzkessel nur noch eine kleine Neige enthielt, waren dem Seemann einige glühende Bleitropfen aus dem Schöpfer ins Gesicht geflogen.

»Mein Gott, der hat geschrien!« Ian erschauderte. Ich ging um das Sofa, setzte mich neben ihn und nahm seine Hände.

Der Seemann hatte die Hände vors Gesicht geschlagen, war zurückgetaumelt und hatte dabei die kleine Esse umgestoßen, so daß die glühenden Kohlen durch den Raum geschleudert wurden.

»So ist der Brand entstanden«, sagte der Junge. »Ich versuchte ihn auszuschlagen, aber das Papier fing Feuer, und urplötzlich ging alles vor meinen Augen in Flammen auf.«

»Die Fässer mit Druckfarbe wahrscheinlich«, meinte Jamie versonnen. »Das Pulver wird in Alkohol aufgelöst.«

Stapel von brennendem Papier glitten zu Boden und versperrten Ian den Weg zum Hintereingang – eine Feuerwand, die schwarzen Rauch ausspuckte und ihn zu verschlingen drohte. Der blinde Seemann kauerte kreischend zwischen dem Jungen und der Tür zum vorderen Raum der Druckerei, wo er in Sicherheit gewesen wäre.

»Ich... ich brachte es nicht über mich, ihn aus dem Weg zu stoßen«, sagte Ian und erschauderte wieder.

Der Junge hatte völlig den Kopf verloren und war statt dessen die Treppe hinaufgerannt, doch oben saß er in der Falle, da die Flammen den Treppenschacht hinaufzüngelten und alsbald auch den ersten Stock mit beißendem Rauch füllten.

»Bist du nicht auf die Idee gekommen, durch den Ausstieg aufs Dach zu klettern?« fragte Jamie.

Ian schüttelte unglücklich den Kopf. »Ich wußte nichts von der Luke.«

»Warum gab es die überhaupt?« erkundigte ich mich neugierig.

Ein Lächeln huschte über Jamies Gesicht. »Für den Notfall. Nur ein dummer Fuchs begnügt sich mit einem Ausgang aus seinem Bau. Obwohl ich sagen muß, daß ich nicht an Feuer dachte, als ich sie einbauen ließ.« Er schüttelte den Kopf und kehrte wieder zur eigentlichen Frage zurück.

»Und du glaubst, der Mann ist verbrannt?« fragte er.

»Ich wüßte nicht, wie er hätte entkommen sollen«, antwortete Ian, den Tränen nahe. »Wenn er tot ist, habe ich ihn umgebracht. Ich konnte Papa einfach nicht sagen, daß ich ein Mör- Mör-« Er schluchzte so heftig, daß er das Wort nicht über die Lippen brachte.

»Du bist kein Mörder, Ian«, sagte Jamie mit fester Stimme und klopfte seinem Neffen auf die bebenden Schultern. »Hör auf jetzt, es ist schon gut – du hast nichts Unrechtes getan, Kleiner. Bestimmt nicht, hörst du?«

Der Junge schluckte und nickte, konnte aber nicht aufhören zu weinen. Schließlich schloß ich ihn in die Arme, tätschelte seinen Rücken und redete beruhigend auf ihn ein, als wäre er ein kleines Kind.

Es war ein merkwürdiges Gefühl, ihn in den Armen zu halten: Er war fast so groß wie ein erwachsener Mann, aber viel feingliedriger und hatte kaum Fleisch auf den Knochen. Er verbarg sein Gesicht an meinem Busen, so daß man kaum verstand, was er nun sagte.

»Todsünde...«, hörte ich heraus, »...ewige Verdammnis... konnte es Papa nicht sagen... Angst... kann nie wieder heimkommen...«

Jamie sah mich fragend an, aber ich zuckte nur hilflos die Achseln und streichelte das dichte, widerspenstige Haar des Jungen. Schließlich nahm ihn Jamie an den Schultern und zog ihn hoch.

»Schau her, Ian«, sagte er. »Nein, schau – schau mich an!«

Mit größter Anstrengung richtete Ian sich auf und sah seinen Onkel aus rotgeränderten Augen an.

»Also.« Jamie nahm die Hände seines Neffen und drückte sie. »Erstens ist es keine Sünde, einen Mann zu töten, der versucht hat, einen umzubringen. Die Kirche erlaubt es einem, im Notfall zu töten, um sich selbst, seine Familie oder sein Land zu verteidigen. Folglich hast du keine Todsünde begangen und wirst nicht verdammt.«

»Wirklich nicht?« Ian schniefte hörbar und wischte sich das Gesicht mit dem Ärmel ab.

»Nein, wirklich nicht.« Jamies Augen lächelten. »Morgen früh gehen wir zusammen zu Vater Hayes, und da legst du die Beichte ab und erhältst deine Absolution. Aber er wird dir das gleiche sagen wie ich.«

»Ach«, sagte Ian unendlich erleichtert, und seine Schultern hoben sich, als hätte er gerade eine schwere Bürde abgeladen.

Jamie tätschelte seinem Neffen das Knie. »Und zweitens brauchst du keine Angst davor zu haben, es deinem Vater zu erzählen.«

»Nein?« Ian hatte seinem Onkel ohne Zögern geglaubt, was dieser ihm über sein Seelenheil sagte, doch in weltlichen Dingen traute er seinem Urteil offenbar weniger.

»Ich will nicht behaupten, daß er sich nicht aufregen wird«, fügte Jamie der Gerechtigkeit halber hinzu. »Ich glaube sogar, daß die paar dunklen Haare, die er noch hat, auf der Stelle schlohweiß werden. Aber er wird es verstehen. Er wird dich nicht vor die Tür setzen oder verstoßen, wenn es das ist, wovor du dich fürchtest.«

»Du glaubst, er versteht es?« In Ians Augen kämpften Hoffnung und Zweifel. »Ich – ich hätte nicht gedacht... hat mein Vater jemals einen Menschen getötet?« fragte er plötzlich.

Jamie zwinkerte verblüfft. Mit dieser Frage hatte er nicht gerechnet. »Ich glaube – ich meine, er hat in der Schlacht gekämpft, aber – ehrlich gesagt, Ian, ich weiß es nicht.« Er sah seinen Neffen hilflos an. »Über so etwas reden Männer nicht viel, aye? Höchstens Soldaten, wenn sie stockbesoffen sind.«

Ian nickte und zog wieder die Nase hoch, wobei er ein schreckliches Gurgeln von sich gab. Jamie, der hastig nach einem Taschentuch suchte, blickte plötzlich auf.

»Deshalb also wolltest du es mir erzählen, und nicht deinem Vater? Weil du wußtest, daß ich schon Menschen getötet habe?«

Sein Neffe nickte und erforschte vertrauensvoll Jamies Gesicht. »Aye, ich dachte... ich dachte, du weißt, was dann zu tun ist.«

»Aha.« Jamie holte tief Luft und tauschte einen Blick mit mir. Seine Schultern wurden breiter und spannten sich, und er nahm die Bürde auf sich, die Ian abgelegt hatte. Er seufzte.

»Also«, sagte er, »zunächst fragt man sich, ob man eine andere Wahl hatte. Die hattest du nicht, also kannst du beruhigt sein. Dann geht man, wenn möglich, zur Beichte; wenn nicht, spricht man ein Bußgebet – das reicht, wenn es keine Todsünde war. Du hast keine Schuld auf dich geladen, vergiß das nicht«, sagte er ernst, »du verspürst Reue, weil du bedauerst, überhaupt in diese Zwangslage geraten zu sein. So etwas geschieht eben manchmal, und man kann es nicht abwenden. Und dann betet man für die Seele dessen, den man getötet hat, damit sie Ruhe findet und einen nicht verfolgt.«

Ian nickte bedächtig. »Aye, gut. Und dann?« fragte er leise.

Jamie streichelte seinem Neffen die Wange. »Dann muß man damit leben, mein Kleiner«, sagte er. »Das ist alles.«

28

Der Tugendwächter

»Glaubst du, der Mann, dem Ian gefolgt ist, hat etwas mit Sir Percivals Warnung zu tun?« Ich hob einen der Deckel auf dem Tablett hoch, das gerade hereingebracht worden war, und schnupperte genüßlich. Seit dem Eintopf bei Moubray's war eine ganze Weile vergangen.

Jamie nickte und nahm sich eine gefüllte Teigtasche.

»Es sollte mich wundern, wenn dem nicht so wäre«, bemerkte er trocken. »Es gibt zwar bestimmt den einen oder anderen Menschen, der es auf mich abgesehen hat, aber ich kann mir nicht vorstellen, daß sie sich gleich bandenweise in Edinburgh herumtreiben.« Er nahm einen Bissen, kaute eifrig und schüttelte den Kopf.

»Nein, das braucht uns kein großes Kopfzerbrechen zu bereiten.«

»Wirklich nicht?« Ich kostete vorsichtig von meiner Teigtasche, dann nahm ich einen größeren Bissen. »Das schmeckt köstlich. Was ist das?«

Jamie betrachtete die Teigtasche, von der er gerade hatte abbeißen wollen. »Gehackte Taube mit Trüffeln«, sagte er und stopfte sich den Rest in den Mund.

»Nein«, sagte er nach einer Weile. »Nein, das ist wahrscheinlich nur ein Anschlag von einem Rivalen. Es gibt zwei Schmugglerbanden, die mir hin und wieder etwas Schwierigkeiten machen.« Er nahm sich noch eine Teigtasche.

»Wie sich der Mann verhalten hat – er hat am Branntwein gerochen, ihn jedoch kaum gekostet –, vielleicht war er ein *dégustateur de vin*, jemand, der am Geruch erkennt, woher ein Wein stammt, und am Geschmack, in welchem Jahr er abgefüllt wurde. Eine sehr wertvolle Gabe«, fügte er nachdenklich hinzu, »und der beste Bluthund, den man auf meine Fährte setzen kann.«

Zum Essen war auch Wein serviert worden. Ich schenkte mir ein Glas ein und schnupperte daran.

»Du meinst, er hat dich – dich persönlich – durch den Branntwein ausfindig gemacht?« fragte ich neugierig.

»Mehr oder weniger. Erinnerst du dich an meinen Cousin Jared?«

»Natürlich. Heißt das, er ist noch am Leben?« Nach der Schlacht von Culloden mit all ihren Toten war es ermutigend zu hören, daß Jared, der reiche schottische Emigrant mit dem florierenden Pariser Weinhandel, noch unter den Lebenden weilte.

»Ich glaube, sie müßten ihn schon in ein Faß einnageln und in die Seine werfen, um ihn loszuwerden.« Jamies Zähne leuchteten weiß aus seinem rußgeschwärzten Gesicht. »Aye, er ist nicht nur am Leben, er genießt es auch. Was glaubst du denn, woher ich den französischen Branntwein beziehe?«

»Von Jared also!«

Jamie nickte mit vollem Munde. »He!« Er beugte sich vor und schnappte Ian, der sich gerade bedienen wollte, den Teller vor der Nase weg. »Du darfst nichts Schweres essen, wenn dein Bauch streikt«, sagte er stirnrunzelnd. »Ich bestelle noch etwas Brot und Milch für dich.«

»Aber Onkel«, protestierte Ian und blickte sehnsuchtsvoll auf das pikante Gebäck. »Ich habe schrecklichen Hunger.« Nachdem er seine Beichte abgelegt hatte, war er erheblich besser gelaunt, und auch sein Appetit hatte sich anscheinend erholt.

Jamie sah seinen Neffen seufzend an. »Aye. Und du kotzt mich auch bestimmt nicht wieder voll?«

»Bestimmt nicht, Onkel«, erwiderte Ian kleinlaut.

»Na gut.« Jamie schob Ian den Teller hin und erzählte weiter.

»Jared schickt mir vor allem Weine niedrigerer Qualität aus seinen eigenen Weinbergen an der Mosel. Die besten verkauft er in Frankreich, wo man den Unterschied kennt.«

»Also kann man das Zeug, das du nach Schottland bringst, identifizieren?«

Er zuckte die Achseln und griff nach dem Wein. »Nur ein *dégustateur*. Und in der Tat hat der kleine Ian gesehen, wie der Mann den Wein im Dog and Gun und im Blue Boar gekostet hat, und das sind die einzigen Tavernen auf der High Street, die ihren Branntwein ausschließlich von mir beziehen. Mehrere andere kaufen bei mir, aber auch bei anderen.

Auf jeden Fall kümmert es mich nicht weiter, wenn jemand in einer Taverne nach Jamie Roy fragt. Was mir Unbehagen bereitet, ist, daß der Mann den Weg zur Druckerei gefunden hat. Denn ich habe mir große Mühe gegeben zu verhindern, daß die Leute, die im Hafen von Burntisland mit Jamie Roy zu tun haben, dieselben sind, die auf der High Street den Drucker Mr. Malcolm grüßen.«

Ich zog die Brauen zusammen und versuchte, daraus schlau zu werden.

»Aber Sir Percival nannte dich Malcolm, und er weiß, daß du schmuggelst«, wandte ich ein.

Jamie nickte geduldig. »Die Hälfte der Leute in den Häfen bei Edinburgh sind Schmuggler, Sassenach. Aye, Sir Percival weiß genau, daß ich ein Schmuggler bin, aber er hat keine Ahnung, daß ich Jamie Roy bin – geschweige denn James Fraser. Er glaubt, daß ich ballenweise nichtdeklarierte Seiden- und Samtstoffe aus Holland einführe – weil ich ihn damit bezahle.« Er lächelte gequält. »Sie denken, daß ich höchstens dem Schneider an der Ecke Branntwein verkaufe. Sir Percival hat ein Auge für schöne Stoffe, und seine Frau erst recht. Aber er hat keine Ahnung, in welchem Ausmaß ich mit Schnaps handle, sonst würde er viel mehr verlangen als das bißchen Spitze und Seide, das kannst du mir glauben.«

»Vielleicht hat einer der Gastwirte dem Seemann von dir erzählt – gewiß haben sie dich gesehen.«

Nachdenklich fuhr er sich mit der Hand durch die Haare.

»Aye, die kennen mich«, erwiderte er bedächtig, »aber nur als Kunden. Fergus regelt das Geschäftliche mit den Tavernen – und Fergus zeigt sich nie in der Nähe der Druckerei. Er trifft mich immer hier, und zwar heimlich.« Er setzte sein Gaunergrinsen auf. »Niemand fragt lange, warum ein Mann ein Bordell aufsucht, aye?«

Plötzlich kam mir ein Gedanke. »Könnte es nicht sein, daß der Seemann, dem Ian gefolgt ist, dich hier gesehen hat – dich und Fergus? Vielleicht hat ihm auch eins der Mädchen geschildert, wie du aussiehst? Schließlich bist du nicht gerade der unauffälligste Mensch, der mir je über den Weg gelaufen ist.« Das war er wahrhaftig nicht. In Edinburgh mochte es jede Menge rothaariger Männer geben, aber wenige waren so hünenhaft wie Jamie, und kaum einer schritt mit der unbewußten Arroganz des entwaffneten Kriegers durch die Straßen.

»Das ist ein guter Gedanke, Sassenach.« Er nickte mir zu. »Es läßt sich gewiß leicht nachprüfen, ob in letzter Zeit ein einäugiger Seemann mit Zopf hier war. Ich werde Jeanne bitten, die Mädchen zu fragen.«

Er stand auf und streckte sich, so daß seine Hände fast die hölzernen Deckenbalken berührten.

»Und dann, Sassenach, sollten wir vielleicht ins Bett gehen, aye?« Er zwinkerte mir zu. »Irgendwie war heute ein verdammt aufregender Tag, oder?«

»Das kann man nicht leugnen.« Ich lächelte ihn an.

Jamie hatte Jeanne rufen lassen, und sie trat gemeinsam mit Fergus ein, der ihr ungezwungen wie ein Bruder oder Cousin die Tür aufhielt. Es war kein Wunder, daß er sich hier zu Hause fühlte; schließlich war er in einem Pariser Bordell zur Welt gekommen und hatte dort die ersten zehn Jahre seines Lebens verbracht. Er hatte in einer Kammer unter der Treppe geschlafen, wenn er sich nicht gerade auf der Straße herumtrieb und die Taschen der Passanten leerte.

»Der Branntwein ist fort«, berichtete er. »Ich habe ihn an Mac-Alpine verkauft – leider mit einem kleinen Preisnachlaß. Ich hielt es für besser, ihn schnell abzustoßen.«

»Es ist besser, ihn aus dem Haus zu haben«, nickte Jamie. »Was hast du mit der Leiche gemacht?«

Ein Lächeln huschte über Fergus' schmales Gesicht; so hatte ich mir immer einen Piraten vorgestellt.

»Unser Störenfried ist ebenfalls in MacAlpines Taverne gewandert, Mylord – unauffällig verkleidet.«

»Als was?« fragte ich.

Nun bedachte er mich mit seinem piratenhaften Grinsen. Aus Fergus war ein schöner Mann geworden – dem tat selbst der Haken an seinem Arm keinen Abbruch.

»Als ein Faß voll *crème de menthe*, Mylady«, erwiderte er.

»Ich glaube nicht, daß in Edinburgh in den letzten hundert Jahren jemand auf die Idee gekommen ist, *crème de menthe* zu trinken«, bemerkte Madame Jeanne. »Die heidnischen Schotten sind es nicht gewöhnt, einen anständigen Likör zu trinken. Ich habe noch nie erlebt, daß ein Kunde hier etwas anderes als Whisky, Bier oder Branntwein bestellt hätte.«

»So ist es, Madame«, nickte Fergus. »Wir wollen schließlich vermeiden, daß Mr. MacAlpines Schankkellner das Faß anstechen, nicht wahr?«

»Bestimmt wird jemand früher oder später das Faß öffnen«, sagte ich. »Ich möchte nicht unfein sein, aber…«

»Sie haben recht, Madame«, erwiderte Fergus mit einer höflichen Verbeugung in meine Richtung. »*Crème de menthe* hat zwar einen sehr hohen Alkoholgehalt, aber der Keller der Taverne ist nur ein Rastplatz für unseren unbekannten Freund. Morgen wird er zum Hafen gebracht, und von dort geht es weiter in die Ferne. Ich wollte nur vermeiden, daß er in Madame Jeannes Haus Platz wegnimmt.«

Jeanne richtete ein französisches Stoßgebet an die heilige Agnes, dann wandte sie sich mit Achselzucken zur Tür.

»Ich werde *les filles* morgen nach diesem Seemann befragen, wenn sie Muße haben. Denn jetzt…«

»Da wir von Muße sprechen«, fiel ihr Fergus ins Wort, »kann es sein, daß Mademoiselle Sophie heute abend frei ist?«

Madame Jeanne musterte ihn amüsiert. »Da Sophie Sie hat hereinkommen sehen, *mon petit saucisson*, nehme ich an, daß sie sich freigenommen hat.« Sie sah Ian an, der in den Kissen lehnte wie eine Vogelscheuche, aus der man die Strohfüllung genommen hat. »Soll ich für den jungen Herrn einen Schlafplatz besorgen?«

»Aye.« Jamie warf seinem Neffen einen fürsorglichen Blick zu. »Ich denke, Sie können ein Feldbett in mein Zimmer stellen.«

»Aber nein!« platzte Ian heraus. »Du willst doch sicher mit deiner Frau allein sein, Onkel?«

»Was?« Jamie starrte ihn verständnislos an.

»Na, ich meine…« Ian zögerte, sah mich an und senkte dann den Blick. »Ich meine, zweifellos willst du… mmmpf?« Als Kind des schottischen Hochlands verstand er es, dem letzten Laut einen erstaunlichen Reichtum unfeiner Bedeutungen zu verleihen.

Jamie fuhr sich mit der Hand über die Lippen.

»Das ist sehr aufmerksam von dir, Ian«, sagte er, nur mühsam das Lachen unterdrückend. »Und es schmeichelt mir sehr, daß du eine so hohe Meinung von meiner Manneskraft hast und meinst, ich wäre nach einem Tag wie dem heutigen im Bett noch zu etwas anderem fähig, als zu schlafen. Aber ich glaube, ich kann die Befriedigung meiner fleischlichen Gelüste noch einen Tag aufschieben – so gern ich deine Tante mag«, fügte er hinzu und lächelte mich an.

»Aber Bruno sagt, daß heute abend nicht viel los ist«, warf Fergus ein und sah sich verblüfft um. »Warum soll der Junge nicht...«

»Weil er erst vierzehn ist, um Himmels willen!« sagte Jamie empört.

»Fast fünfzehn!« korrigierte ihn Ian und setzte sich interessiert auf.

»Das ist gewiß alt genug.« Wie um Unterstützung heischend sah Fergus Madame Jeanne an. »Deine Brüder waren auch nicht älter, als ich sie zum erstenmal hierherbrachte, und sie haben sich mannhaft bewährt.«

»Du hast *was* getan?« Jamie starrte seinen Schützling entsetzt an.

»Jemand mußte es ja tun«, meinte Fergus ein wenig ungeduldig. »Normalerweise ist es Sache des Vaters – aber natürlich ist der Herr nicht – ich will natürlich nichts Unhöfliches über deinen geschätzten Vater sagen.« Er nickte Ian zu, der das Nicken mechanisch erwiderte. »Aber um das richtig zu beurteilen, braucht man etwas Erfahrung, verstehen Sie?«

»Nun...« – er wandte sich mit der Miene eines Gourmets, der den Weinkellner konsultiert, an Madame Jeanne – »Dorcas, was meinen Sie, oder Penelope?«

»Nein, nein.« Sie schüttelte entschieden den Kopf. »Es muß die zweite Mary sein und keine andere. Die kleine.«

»Ach, die Blonde? Ja, ich glaube, Sie haben recht«, stimmte Fergus zu. »Holen Sie sie also.«

Jeanne war verschwunden, bevor Jamie mehr als ein heiseres Krächzen herausbrachte.

»Aber... aber... der Junge kann doch nicht...«, fing er an.

»Doch, ich kann«, sagte Ian. »Zumindest glaube ich, daß ich

kann.« Er hätte kaum noch mehr erröten können, aber seine Ohren glühten vor Aufregung. Die traumatischen Ereignisse des Tages waren völlig vergessen.

»Aber... ich wollte sagen... ich kann nicht zulassen, daß du...« Jamie hielt inne und starrte seinen Neffen wütend an. Schließlich hob er ärgerlich, aber resigniert die Hände.

»Und was soll ich deiner Mutter erzählen?« fragte er, als sich die Tür hinter ihm öffnete.

Im Türrahmen stand ein junges Mädchen. Sie war recht klein, rundlich und wirkte weich und sanft wie ein Rebhuhn in ihrem blauen Seidenhemd, und ihr liebliches Gesicht strahlte unter einer Wolke von blondem Haar. Bei ihrem Anblick verschlug es Ian den Atem.

Als er sich entscheiden mußte, ob er lieber sterben oder weiteratmen wollte, holte er Luft und sah Jamie an. Mit einem überaus freundlichen Lächeln sagte er: »Also, Onkel Jamie, wenn ich du wäre...« – seine Stimme geriet in eine beängstigend hohe Tonlage, und er räusperte sich, bevor er in einem anständigen Bariton weitersprach –, »würde ich gar nichts sagen. Gute Nacht, Tante«, verabschiedete er sich und marschierte zielstrebig auf die Tür zu.

»Ich weiß nicht recht, ob ich Fergus lieber umbringen oder ihm danken soll.« Jamie saß auf dem Bett in unserer Dachstube und knöpfte bedächtig sein Hemd auf.

Ich legte das feuchte Kleid auf den Schemel und kniete vor ihm nieder, um die Schnallen an seinen Kniehosen zu öffnen.

»Ich glaube, er wollte Ian einfach etwas Gutes tun.«

»Aye – auf seine verdammt unmoralische französische Art.« Jamie griff nach dem Band, das seine Haare zusammenhielt. Nachdem wir bei Moubray's eingekehrt waren, hatte er sie nicht wieder geflochten, und nun fielen sie weich auf seine Schultern und rahmten sein markantes Gesicht ein. Er erinnerte mich an einen grimmigen Renaissance-Engel.

»War es der Erzengel Michael, der Adam und Eva aus dem Garten Eden vertrieb?« fragte ich, während ich seine Strümpfe herunterzog.

Er lachte leise. »Komme ich dir so vor – wie ein Tugendwächter? Und Fergus ist die böse Schlange?« Er zog mich hoch. »Steh auf Sassenach, du sollst nicht auf den Knien liegen und mich bedienen.«

»Du hast heute einiges durchgemacht«, erwiderte ich. »Auch wenn du niemanden hast töten müssen.« Auf seinen Händen waren große Brandblasen, und auf seiner Wange sah man immer noch Rußspuren.

»Mhm.« Ich wollte seinen Hosenbund öffnen, doch er hielt meine Hände fest und legte seine Wange auf meinen Scheitel.

»Ich war nicht ganz ehrlich zu dem Jungen, weißt du.«

»Nicht? Ich fand, daß du wunderbar mit ihm umgegangen bist. Nach dem Gespräch ging es ihm zumindest besser.«

»Aye, das hoffe ich. Und vielleicht hilft ja das Beten – wenigstens kann es nicht schaden. Aber ich habe ihm nicht alles gesagt.«

»Was gibt es denn noch zu sagen?« Ich küßte ihn sanft auf die Lippen. Er roch nach Rauch und Schweiß.

»Was ein Mann noch öfter tut, wenn ihm nach dem Töten das Herz schwer ist – er geht zu einer Frau, Sassenach«, antwortete er leise. »Zu seiner eigenen, wenn er kann, zu einer anderen, wenn es sein muß. Denn sie kann ihn heilen.«

Ich fingerte an den Schnüren herum, die seinen Hosenschlitz zusammenhielten, bis sie mit einem Ruck nachgaben.

»Hast du ihn deshalb mit der zweiten Mary gehen lassen?«

Er zuckte die Achseln und zog die Hose aus. »Ich konnte ihn nicht aufhalten. Ich glaube, es war vielleicht doch richtig, so jung er auch ist.« Er lächelte mich schief an. »Wenigstens wird er sich heute nacht nicht um diesen Seemann grämen.«

»Das glaube ich auch. Und wie steht's mit dir?« Ich zog mein Hemd über den Kopf.

»Ich?« Er starrte mich mit hochgezogenen Brauen an.

Ich blickte an ihm vorbei auf das Bett.

»Ja. Du hast zwar niemanden getötet, aber willst du... mmmpf?« Ich sah ihn fragend an.

Er lächelte, und jede Ähnlichkeit mit Michael, dem strengen Tugendwächter, war dahin.

»Ich denke schon«, sagte er. »Aber du gehst sanft mit mir um, aye?«

29

Das letzte Opfer von Culloden

Am nächsten Morgen zogen Jamie und Ian los zur Beichte, und auch ich machte mich auf. Zunächst kaufte ich bei einem Händler an der Straße einen großen Weidenkorb. Es war an der Zeit, daß ich mich wieder mit einem Vorrat von Arzneien eindeckte. Nach den Ereignissen des vergangenen Tages befürchtete ich, daß ich sie schon bald benötigen würde.

Haughs Apotheke hatte die englische Besatzung, den schottischen Aufstand und den Fall der Stuarts gänzlich unbeschadet überstanden, und mein Herz klopfte vor Freude, als ich durch die Tür trat und den vertrauten Duft nach Hirschhornsalz und Pfefferminze, Mandelöl und Anis einsog.

Der Mann hinter der Ladentheke war offenbar der Sohn des Mannes, mit dem ich einst zu tun gehabt hatte. Vor zwanzig Jahren war ich Stammkundin in diesem Geschäft gewesen und hatte mich hier mit Heilmitteln und hin und wieder auch mit interessanten militärischen Nachrichten versorgt.

Der junge Haugh kannte mich natürlich nicht, aber er machte sich gewissenhaft an die Arbeit und durchforstete die säuberlich aufgereihten Gefäße auf seinen Regalen nach den Kräutern, die ich wollte. Viele waren allgemein gebräuchlich, aber einige Namen auf meiner Liste brachten den jungen Mann in Verlegenheit.

In dem Geschäft befand sich noch ein weiterer Kunde, der ungeduldig vor dem Ladentisch auf und ab schritt, an dem auf Bestellung Stärkungsmittel zubereitet und Präparate zermahlen wurden. Nach einer Weile trat er an die Theke.

»Wie lange noch?« schnauzte er Mr. Haughs Rücken an.

»Das kann ich nicht sagen, Reverend«, entschuldigte sich der Apotheker. »Louisa sagt, es müßte gekocht werden.«

Der Kunde, hochgewachsen, schmal und ganz in Schwarz gekleidet, schnaubte nur verächtlich und nahm seine Wanderung wieder auf. Der Mann kam mir irgendwie bekannt vor, aber ich hatte keine Zeit, darüber nachzudenken, wo ich ihn schon einmal gesehen hatte.

Mr. Haugh beäugte zweifelnd die Liste, die ich ihm gegeben hatte. »Eisenhut«, murmelte er. »Eisenhut. Was mag das wohl sein?«

»Zum einen ist es ein Gift«, erklärte ich. Mr. Haugh starrte mich mit offenem Munde an.

»Es ist aber auch ein Arzneimittel«, versicherte ich ihm. »Man muß es jedoch sehr vorsichtig anwenden. Äußerlich hilft es gegen Rheumatismus, aber oral verabreicht senkt schon eine winzige Menge den Herzschlag. Das ist gut bei bestimmten Herzleiden.«

»Wirklich?« Hilflos zwinkernd wandte sich der Apotheker wieder seinen Regalen zu. »Wissen Sie vielleicht, wie es riecht?«

Diese Worte faßte ich als Einladung auf, umrundete den Ladentisch und begann, die Gefäße durchzusehen. Sie waren sorgfältig beschriftet, aber die Etiketten waren offensichtlich alt, die Tinte verblichen, und das Papier löste sich an den Rändern.

»Ich fürchte, ich kenne mich mit den Arzneien noch nicht so gut aus wie mein Vater«, sagte der junge Haugh. »Er hat mir viel beigebracht, aber dann ist er vor einem Jahr gestorben, und hier stehen Dinge, über deren Anwendung ich nichts weiß.«

»Dies ist gut gegen Husten«, sagte ich, nahm ein Gefäß mit Allant aus dem Regal und warf einen Seitenblick auf den ungeduldigen Reverend, der sich ein Taschentuch vor den Mund hielt und asthmatisch keuchte. »Vor allem bei krampfartigem Husten.«

Stirnrunzelnd ließ ich den Blick über die vollen Regale wandern. Alles war makellos abgestaubt, aber offenbar weder alphabetisch noch nach botanischen Kriterien geordnet. Hatte der alte Mr. Haugh einfach gewußt, wo die Dinge standen, oder hatte er irgendein System entwickelt? Ich schloß die Augen und versuchte, mich an meinen letzten Besuch in diesem Geschäft zu erinnern.

Zu meiner Überraschung stellte sich das Bild mühelos ein. Ich hatte damals Fingerhut geholt, um Tee für Alex Randall zuzubereiten, den jüngeren Bruder von Jonathan Randall – und Franks Ahnherr. Der arme Kerl war nun schon seit zwanzig Jahren tot, hatte aber vorher noch einen Sohn gezeugt. Beim Gedanken an diesen Sohn und seine Mutter, die meine Freundin gewesen war, packte mich die Neugier, aber ich schob den Gedanken beiseite und beschwor wieder das Bild von Mr. Haugh herauf, der in sein Regal hinaufgriff, und zwar zu meiner Rechten...

»Dort.« Ich griff ins Regal, und tatsächlich fand ich ein Gefäß mit der Aufschrift FINGERHUT. Daneben stand eins mit der Aufschrift SCHACHTELHALM und auf der anderen Seite eins mit MAIGLÖCKCHENWURZEL. Lauter Herzmittel. Wenn es in der Apotheke Eisenhut gab, mußte er bei diesen Kräutern zu finden sein.

So war es. Ich fand ihn nach kurzer Zeit in einem Gefäß mit der Aufschrift STURMHUT.

»Seien Sie vorsichtig damit.« Ich legte das Gefäß behutsam in Mr. Haughs Hände. »Selbst eine kleine Menge davon läßt die Haut taub werden. Vielleicht könnten Sie es mir in ein Glasfläschchen abfüllen.« Die meisten Kräuter, die ich gekauft hatte, waren in Gazetücher oder Papier eingewickelt worden, doch der junge Mr. Haugh nickte und trug das Gefäß mit dem Eisenhut mit ausgestreckten Armen ins Hinterzimmer, als rechnete er damit, daß es jeden Augenblick explodierte.

»Anscheinend wissen Sie erheblich mehr über Arzneimittel als der junge Mann«, sagte eine tiefe, heisere Stimme hinter mir.

Ich drehte mich um; der Geistliche lehnte am Ladentisch und sah mich aus hellblauen Augen an. Mit einem Schlag wurde mir klar, wo ich ihm schon einmal begegnet war – am Tag zuvor bei Moubray's. Allem Anschein nach erkannte er mich nicht; vielleicht weil mein Umhang mein Kleid bedeckte. Mir war aufgefallen, daß viele Männer das Gesicht einer Frau *en décolletage* kaum wahrnahmen, obwohl mir diese Eigenheit bei einem Mann der Kirche fehl am Platz erschien. Er räusperte sich.

»Mmmpf. Und wissen Sie auch, was man bei einem nervösen Leiden tun kann?«

»Welcher Art ist das nervöse Leiden?«

Er verzog den Mund und runzelte die Stirn, als wäre er nicht sicher, ob er mir vertrauen konnte.

»Nun... es ist ein komplizierter Fall. Doch allgemein gesprochen...« – er musterte mich eingehend –, »was würden Sie bei einem... einem Anfall verabreichen?«

»Ein epileptischer Anfall? Bei dem die Person hinfällt und zuckt?«

»Nein, eine andere Art von Anfall. Schreien und Starren.«

»Schreien *und* Starren?«

»Nicht gleichzeitig, wissen Sie«, fügte er hastig hinzu. »Erst das eine, dann das andere – oder besser gesagt, abwechselnd. Zuerst starrt sie tagelang nur vor sich hin und schweigt, und dann fängt sie plötzlich an zu schreien, als wollte sie die Toten auferwecken.«

»Das klingt sehr nervenaufreibend.« In der Tat, wenn er eine Frau hatte, die von einem solchen Leiden heimgesucht wurde, waren seine tiefen Falten um Mund und Augen und die dunklen Ringe unter seinen Augen leicht zu erklären.

Ich trommelte mit dem Finger auf den Ladentisch und überlegte. »Ich weiß es nicht. Dazu müßte ich die Patientin sehen.«

Der Geistliche fuhr sich mit der Zunge über die Lippen. »Vielleicht… wären Sie bereit, sie zu besuchen? Es ist nicht weit«, fügte er recht steif hinzu. Eine Bitte auszusprechen fiel ihm nicht leicht, aber die Dringlichkeit seines Anliegens blieb mir trotz seiner steifen Haltung nicht verborgen.

»Im Augenblick geht es nicht«, beschied ich ihm. »Ich muß meinen Mann treffen. Aber vielleicht heute nachmittag…«

»Zwei Uhr«, erwiderte er prompt. »Henderson's, in der Carrubber's Close. Campbell ist mein Name, Reverend Archibald Campbell.«

Bevor ich etwas erwidern konnte, wurde der Vorhang zwischen Laden und Hinterzimmer beiseite geschoben. Mr. Haugh erschien mit zwei Fläschchen in der Hand und reichte jedem von uns eins.

Der Reverend beäugte das seine mißtrauisch, während er in seiner Tasche nach einer Münze suchte.

»Gut, hier ist Ihr Geld«, sagte er unhöflich und warf es auf die Theke. »Wollen wir hoffen, daß Sie mir das Richtige gegeben haben, nicht das Gift der Dame.«

Wieder raschelte der Vorhang, und eine Frau sah dem Geistlichen nach, der gerade durch die Tür schritt.

»Du meine Güte«, bemerkte sie. »Einen halben Penny für eine Stunde Arbeit, und dann noch unverschämt werden! Der Herrgott hätte sich einen Besseren aussuchen können, mehr fällt mir zu so etwas nicht mehr ein!«

»Kennen Sie ihn?« fragte ich. Vielleicht wußte sie ja Näheres über die leidende Frau.

»Ich will nicht behaupten, daß ich ihn gut kenne.« Louisa starrte mich mit unverhohlener Neugier an. »Es ist ein Geistlicher der Freikirche, steht immer an der Ecke bei Market Cross und schwadroniert, erzählt den Leuten, daß es ganz gleich ist, wie sie sich aufführen, für ihr Seelenheil brauchen sie nur mit Jesus zu ringen – als wäre unser Herrgott ein Ringkämpfer!« Sie schnaubte verächtlich und bekreuzigte sich.

»Aber vielleicht gehören Sie ja auch zur Freikirche, Madam, ich wollte Sie natürlich nicht beleidigen, wenn es so ist.«

»Nein, ich bin auch Katholikin, äh, Papistin«, versicherte ich ihr. »Ich habe mich nur gefragt, ob Sie etwas über die Frau des Reverend und ihr Leiden wissen.«

Louisa schüttelte den Kopf und wandte sich einem neuen Kunden zu.

»Nein, ich habe die Dame noch nie gesehen. Aber ganz gleich, was sie plagt«, fügte sie stirnrunzelnd hinzu, »ich bin sicher, daß das Zusammenleben mit *ihm* es nicht besser macht.«

Das Wetter war frostig, aber klar, und im Pfarreigarten erinnerte nur noch ein leichter Rauchgeruch an das Feuer. Jamie und ich saßen auf einer Bank an der Mauer, genossen die milde Wintersonne und warteten darauf, daß Ian seine Beichte beendete.

»Hast *du* Ian den Unsinn erzählt, den er gestern seinem Sohn aufgetischt hat? Ich meine, wo ich angeblich die ganze Zeit gewesen bin?«

»Aye«, sagte er. »Ian ist viel zu schlau, um mir die Geschichte abzunehmen, aber sie klingt plausibel, und als guter Freund besteht er nicht auf der Wahrheit.«

»Vermutlich werden sich die meisten damit zufriedengeben«, stimmte ich zu. »Aber hättest du das nicht auch Sir Percival erzählen sollen, statt ihn glauben zu lassen, wir wären frisch verheiratet?«

Er schüttelte entschieden den Kopf. »Ach nein. Zum einen hat Sir Percival keine Ahnung, wie ich wirklich heiße, obwohl er bestimmt weiß, daß Malcolm nicht mein wahrer Name ist. Aber ich will vermeiden, daß er mich mit Culloden in Verbindung bringt.

Und zum anderen würde die Geschichte, die ich Ian erzählt habe, viel mehr Gerede verursachen, als die Neuigkeit, daß der Drucker geheiratet hat.«

»Die hohe Kunst des Lügens beherrschst du jedenfalls besser als ich.«

Seine Mundwinkel zuckten.

»Mit etwas Übung wirst du auch noch Fortschritte machen, Sassenach«, sagte er. »Wenn du es eine Zeitlang mit mir ausgehalten hast, spinnst du genauso leicht Seide aus deinem Arsch wie Sch-, ähm, wie Küß-die-Hand.«

Ich lachte schallend.

»Da möchte ich dir mal zuschauen«, sagte ich.

»Das hast du doch schon.« Er stand auf und versuchte, über die Mauer hinweg in den Pfarreigarten zu schauen.

»Jung Ian braucht ganz schön lange«, bemerkte er und setzte sich wieder. »Wie kann ein fünfzehnjähriger Junge so viel zu beichten haben?«

»Nach dem Tag und der Nacht, die er hinter sich hat? Vermutlich hängt es davon ab, wie viele Einzelheiten Vater Hayes hören will«, sagte ich. »Ist er denn schon die ganze Zeit da drin?«

»Nein.« Jamies Ohrläppchen röteten sich ein wenig. »Ich... ich mußte zuerst gehen. Als Vorbild, weißt du.«

»Kein Wunder, daß es einige Zeit gedauert hat«, stichelte ich. »Wie lange ist es her, seit du zuletzt gebeichtet hast?«

»Vater Hayes habe ich erzählt, es wäre sechs Monate her.«

»Stimmt das?«

»Nein, aber ich dachte, wenn er mir für Diebstahl, tätliche Angriffe und gotteslästerliches Fluchen die Absolution erteilt, kann er das ruhig auch fürs Lügen tun.«

»Und wie steht's mit Ehebruch und unreinen Gedanken?«

»Das gewiß nicht«, sagte er streng. »Ein Mann kann sich, ohne zu sündigen, alles mögliche ausmalen, solange es mit seiner Frau zu tun hat. Nur wenn andere Damen ins Spiel kommen, wird es unrein.«

»Ich hatte keine Ahnung, daß ich zurückgekehrt bin, um deine Seele zu retten, aber ich mache mich immer gern nützlich.«

Er lachte und küßte mich.

»Ich frage mich, ob das als Ablaß zählt?« sagte er. »Das sollte es nämlich. Es trägt viel mehr dazu bei, einen Mann vor dem Höllenfeuer zu retten, als das Beten eines Rosenkranzes. Da wir davon reden«, fügte er hinzu, wühlte in seiner Tasche und zog einen hölzernen Rosenkranz heraus, der ziemlich verbissen aussah. »Erinnere mich daran, daß ich heute noch Buße tun muß. Ich wollte gerade damit anfangen, als du gekommen bist.«

»Was ist mit deinem Rosenkranz geschehen?« fragte ich und betrachtete die Bißmale auf den Perlen. »Er sieht aus, als hätten sich die Ratten darüber hergemacht.«

»Keine Ratten«, sagte er, »Kinder.«

»Welche Kinder?«

»Ach, alle, die in den letzten Jahren gekommen sind.« Er zuckte die Achseln und ließ den Rosenkranz wieder in seiner Tasche verschwinden. »Der junge Jamie hat jetzt drei, und Maggie und Kitty je zwei. Der kleine Michael hat kürzlich geheiratet, aber seine Frau ist schon schwanger. Hast du gewußt, daß du schon siebenfache Großtante bist, aye?«

»Großtante?« fragte ich verblüfft.

»Ja, und ich bin Großonkel«, erklärte er fröhlich, »und es hat mir nicht besonders zu schaffen gemacht, nur daß meine Perlen benagt werden, wenn die Kleinen zahnen – und daß ich auf den Namen ›Nunkie‹ hören muß.«

Manchmal erscheinen einem zwanzig Jahre wie ein Augenblick, und manchmal kommen sie einem wahrhaftig wie eine sehr lange Zeit vor.

»Hoffentlich gibt es keine weibliche Entsprechung für ›Nunkie‹.«

»Nein, nein«, versicherte er mir. »Sie werden dich einfach Großtante Claire nennen und dich mit größtem Respekt behandeln.«

»Vielen Dank«, murmelte ich, und Erinnerungen an die geriatrische Abteilung des Krankenhauses stiegen in mir auf.

Jamie lachte und zog mich mit einer Unbeschwertheit, die nur auf seine Befreiung von der Sündenlast zurückzuführen sein konnte, auf seinen Schoß.

»Ich habe noch nie eine Großtante mit so einem schönen runden Arsch gesehen«, meinte er anerkennend. Sein Atem kitzelte mich im Nacken, als er sich vorbeugte, und ich schrie auf, als sich seine Zähne um mein Ohrläppchen schlossen.

»Alles in Ordnung, Tante?« Ich hörte die besorgte Stimme Ians direkt hinter mir.

Jamie zuckte zusammen, so daß ich fast von seinem Schoß gerutscht wäre, hielt mich aber dann an der Taille fest.

»Alles in Ordnung, Ian«, beruhigte ich den Jungen und stand energisch auf.

»Ach, Onkel Jamie, eins wollte ich dich fragen, kannst du mir deinen Rosenkranz borgen?« sagte Ian, als wir dann auf die Royal Mile hinaustraten. »Der Priester hat mir fünf Vaterunser und fünfzig Ave Maria zur Buße aufgegeben, und soviel kann ich nicht an meinen Fingern abzählen.«

»Gewiß.« Jamie blieb stehen und holte den Rosenkranz aus der Tasche. »Vergiß aber nicht, ihn mir wiederzugeben.«

Ian grinste. »Aye, ich vermute, du brauchst ihn selber, Onkel Jamie. Der Priester hat mir erzählt, daß er es wüst getrieben hat«, vertraute mir Ian augenzwinkernd an, »und daß ich nicht so werden soll wie er.«

»Mmmpf.« Jamie schaute auf der Straße nach beiden Seiten und schätzte die Geschwindigkeit eines Handkarren ein, der abwärts holperte. Seine frisch rasierten Wangen liefen rosa an.

»Wie viele Gebete mußt du als Buße sprechen?« fragte ich neugierig.

»Fünfundachtzigmal zehn Ave Maria und die Vaterunser dazu«, antwortete er und wurde noch röter.

Ehrfürchtig staunend sah ihn Ian an.

»Wie lange warst du nicht mehr beim Beichten, Onkel?« fragte er.

»Sehr lange«, erwiderte Jamie knapp. »Kommt weiter!«

Nach dem Essen hatte Jamie eine Verabredung mit einem Mr. Harding, einem Vertreter der Gesellschaft, die das Gebäude der Druckerei versichert hatte. Sie wollten gemeinsam die Überreste des Hauses begutachten und die Schadenshöhe feststellen.

»Dabei brauche ich dich nicht, Kleiner«, beruhigte er Ian, der wenig Begeisterung zeigte, den Schauplatz seiner Abenteuer noch einmal aufzusuchen. »Du gehst mit deiner Tante zu dieser Irren.«

»Ich weiß nicht, wie du es anstellst«, sagte er mit hochgezogenen Brauen. »Du bist keine zwei Tage in der Stadt, und alle

Kranken im Umkreis von Meilen hängen sich an deinen Rock-zipfel.«

»Alle wohl kaum. Es ist schließlich nur eine Frau, und ich war noch nicht einmal bei ihr.«

»Aye. Wenigstens ist Irrsinn nicht ansteckend – hoffe ich.« Er küßte mich, wandte sich dann zum Gehen und klopfte Ian kame-radschaftlich auf die Schulter. »Kümmere dich um deine Tante, Ian.«

Ian sah seinem Onkel versonnen nach.

»Möchtest du mit ihm gehen, Ian?« fragte ich. »Ich komme allein zurecht, wenn du…«

»Aber nein, Tante!« Beschämt sah er mich an. »Ich wollte auf keinen Fall mit. Es ist nur – ich habe mich gefragt – na ja, ob sie… etwas finden? In der Asche?«

»Eine Leiche meinst du?« Mir war natürlich klar, daß Jamie dem Jungen genau aus diesem Grunde aufgetragen hatte, mich zu be-gleiten.

Der Junge nickte unbehaglich.

»Ich weiß nicht«, sagte ich. »Wenn das Feuer sehr heiß war, ist möglicherweise nicht mehr viel von ihm übrig. Aber mach dir des-halb keine Sorgen. Dein Onkel bringt das schon in Ordnung.«

»Aye, da hast du recht.« Seine Miene hellte sich auf: Offenbar glaubte er fest daran, daß sein Onkel jede Situation meistern könne. Ich lächelte, aber dann stellte ich überrascht fest, daß ich diese Überzeugung teilte. Seien es betrunkene Chinesen, korrupte Zollbeamte oder Mr. Harding von der Versicherungsgesellschaft, ich zweifelte nicht im geringsten daran, daß Jamie damit fertig wurde.

»Komm jetzt«, sagte ich, als die Glocke der Kirche am Canon-gate zu läuten begann. »Es ist fast zwei.«

Die Pension in der Carrubber's Close war ruhig, für Edinburgher Verhältnisse jedoch ziemlich luxuriös: Auf der Treppe lag ein ge-musterter Teppich, und die Fenster zur Straße waren aus Buntglas. Eine vornehme Unterkunft für einen Geistlichen, fand ich, aber an-dererseits wußte ich nicht viel über die Pastoren der Freikirche – vielleicht legten sie kein Armutsgelübde ab wie ihre katholischen Kollegen.

Ein Junge führte uns in den dritten Stock, wo uns sogleich eine kräftige Frau mit besorgtem Gesicht die Tür öffnete. Sie mochte Mitte Zwanzig sein, hatte aber bereits mehrere Zähne verloren.

»Sie sind bestimmt die Dame, von der der Reverend gesprochen hat?« fragte sie. Als ich nickte, hellte sich ihr Gesicht ein wenig auf, und sie ließ mich ein.

»Mr. Campbell mußte fort«, sagte sie im breiten Dialekt der Lowlands, »aber er hat gesagt, daß er sehr dankbar wäre, wenn Sie ihm wegen seiner Schwester raten würden.«

Die Schwester also, nicht die Gattin. »Ich werde mein Bestes tun«, erwiderte ich. »Darf ich Miss Campbell sehen?«

Ich ließ Ian im Wohnzimmer zurück, wo er ungestört seinen Erinnerungen nachhängen konnte, und begleitete die Frau, die sich als Nelly Cowden vorstellte, in das hintere Schlafzimmer.

Wie der Reverend bereits geschildert hatte, starrte Miss Campbell vor sich hin. Sie hatte ihre hellblauen Augen weit aufgerissen, schien aber nichts wahrzunehmen – und schon gar nicht mich.

Sie saß mit dem Rücken zum Feuer in einem breiten, niedrigen Sessel. Im Raum war es düster, so daß ihre Züge, abgesehen von den reglosen Augen, undeutlich blieben. Als ich zu ihr trat, sah ich jedoch, daß sie ein weiches, rundes Gesicht und feine, braune Haare hatte, die ordentlich gebürstet waren. Sie hatte eine Stupsnase und ein Doppelkinn, und ihr rosiger Mund war so schlaff, daß seine natürliche Form nicht zu erkennen waren.

»Miss Campbell?« sagte ich leise. Die rundliche Gestalt reagierte nicht. Wie mir nun auffiel, blinzelte sie gelegentlich, aber viel seltener als normal.

»Sie gibt keine Antwort, wenn sie in diesem Zustand ist«, bemerkte Nelly Cowden. »Kein einziges Wort.«

»Wie lange ist sie schon so?« Ich nahm ihre schlaffe, mollige Hand und fühlte den Puls, der langsam und kräftig schlug.

»Ach, diesmal sind es zwei Tage.« Mit erwachendem Interesse betrachtete Miss Cowden das Gesicht ihres Schützlings. »Gewöhnlich dauert dieser Zustand eine Woche oder etwas länger – das längste waren bisher dreizehn Tage.«

Langsam und vorsichtig – obwohl Miss Campbell wohl kaum aus der Ruhe zu bringen war – begann ich mit meiner Untersuchung, während ich gleichzeitig ihrer Pflegerin Fragen stellte. Miss Margaret Campbell war siebenunddreißig, die einzige Verwandte von Reverend Archibald Campbell, mit dem sie seit dem Tod ihrer Eltern vor zwanzig Jahren zusammenlebte.

»Wissen Sie, was sie in diesen Zustand versetzt?«

Miss Cowden schüttelte den Kopf. »Kann ich nicht sagen, Madam. Das passiert wie von selbst. Erst schaut sie sich um, redet, lacht, ißt brav ihr Essen, das liebe Kind, und im nächsten Augenblick – ist's aus und vorbei!« Sie schnalzte mit den Fingern, um ihre Worte zu unterstreichen, beugte sich vor und wiederholte die Geste nochmals direkt unter Miss Campbells Nase.

»Sehen Sie? Es könnten sechs Männer mit Trompeten durch die Kammer marschieren, und sie würde nicht darauf achten.«

Obwohl ich mir ziemlich sicher war, daß Miss Campbells Leiden seelischer und nicht körperlicher Natur war, untersuchte ich sie sorgfältig.

»Am schlimmsten ist es aber, wenn sie da wieder rauskommt«, versicherte mir Miss Cowden, die neben mir in die Hocke ging, während ich Miss Campbells Fußsohlenreflexe prüfte. Ihre Füße, von Schuhen und Strümpfen befreit, waren feucht und rochen muffig.

Ich fuhr bei beiden Füßen nacheinander mit dem Fingernagel fest über die Fußsohle, um einen etwaigen Babinskireflex aufzuspüren, der Hinweise auf eine Hirnverletzung geben konnte. Doch sie zeigte die normale Reaktion und rollte die Zehen ein.

»Was geschieht dann? Fängt sie an zu schreien, wie der Reverend gesagt hat?« Ich stand auf. »Würden Sie mir eine brennende Kerze bringen?«

»Aber ja, das Schreien.« Miss Cowden zündete ein Wachslicht am Feuer an. »Sie brüllt dann ganz grauenhaft, in einem fort, bis sie völlig erschöpft ist. Dann schläft sie ein, schläft rund um die Uhr und wacht auf, als wäre nichts passiert.«

»Und es geht ihr gut, wenn sie aufwacht?« fragte ich. Ich bewegte die Kerze einige Zentimeter vor den Augen der Patientin hin und her. Die Pupillen reagierten auf das Licht, aber die Iris blickte starr geradeaus, ohne der Flamme zu folgen. Zu gern hätte ich jetzt einen Augenspiegel zur Hand gehabt, um die Netzhaut zu untersuchen, doch auf solchen Luxus mußte ich verzichten.

»Daß es ihr richtig gutgeht, kann man nicht behaupten«, meinte Miss Cowden bedächtig. Ich drehte mich zu ihr um, und sie zuckte mit den Achseln. Unter ihrer Leinenbluse zeichneten sich kräftige Schultern ab.

»Sie ist nicht ganz richtig im Kopf, das arme Kind«, sagte sie sachlich. »Das geht jetzt an die zwanzig Jahre so.«

»Gewiß haben Sie Miss Campbell nicht die ganze Zeit gepflegt?«

»Aber nein! Mr. Campbell hatte eine Frau angestellt, die für sie gesorgt hat, als sie noch in Burntisland gewohnt haben, aber die Frau war auch nicht mehr die Jüngste und wollte nicht von daheim weg. Als sich der Reverend dann entschloß, das Angebot der Missionarsgesellschaft anzunehmen und seine Schwester nach Westindien mitzunehmen, hat er für sie eine Zofe gesucht, eine kräftige Frau von gutem Charakter, die nichts gegen das Reisen hat... und hier bin ich.« Überzeugt von ihren Vorzügen, entblößte sie lächelnd ihr lückenhaftes Gebiß.

»Westindien? Er hat vor, Miss Campbell zu den westindischen Inseln zu bringen?« Ich war sprachlos – eine solche Seereise wäre selbst für eine gesunde Frau eine Prüfung gewesen. Diese Kranke – aber dann besann ich mich. Alles in allem würde Margaret Campbell eine solche Reise vielleicht besser überstehen als manch andere – zumindest solange sie sich in Trance befand.

»Er dachte, die Luftveränderung könnte ihr guttun«, erklärte Miss Cowden. »Sie von Schottland wegzubringen und von all den grausigen Erinnerungen. Das hätte er schon längst tun sollen, wenn Sie mich fragen.«

»Welche grausigen Erinnerungen?« fragte ich. Das Glitzern in Miss Cowdens Augen verriet mir, daß sie nur allzugern bereit war, mir davon zu erzählen. Ich hatte meine Untersuchung inzwischen beendet und war zu dem Schluß gekommen, daß Miss Campbell körperlich wohlauf war. Vielleicht legte ihre Vergangenheit eine mögliche Behandlung nahe.

Miss Cowden trat an den Tisch, wo auf einem Tablett eine Karaffe und mehrere Gläser standen: »Ich weiß nur, was mir Tilly Lawson erzählt hat, die sich all die Jahre um Miss Campbell gekümmert hat, aber sie hat geschworen, es sei die Wahrheit, und sie ist eine fromme Frau. Möchten Sie vielleicht einen Schluck Likör?«

Der Sessel, auf dem Miss Campbell saß, war die einzige Sitzgelegenheit, und so ließen wir uns auf dem Bett nieder und beobachteten die reglose Gestalt vor uns, während wir Heidelbeerlikör schlürften und sie mir Margaret Campbells Geschichte erzählte.

Miss Campbell war in Burntisland zur Welt gekommen, keine fünf Meilen von Edinburgh entfernt, jenseits des Firth of Forth. Als Charles Stuart in Edinburgh eingezogen war, um den Thron seines Vaters zurückzufordern, war sie siebzehn gewesen.

»Ihr Vater war natürlich Royalist, und ihr Bruder diente in einem Regierungsregiment und marschierte gen Norden, um gegen die gottlosen Rebellen zu kämpfen«, sagte Miss Cowden und nippte an ihrem Likör. »Miss Margaret aber war für Bonnie Prince Charlie und die Hochländer.«

Einer hatte es ihr besonders angetan, obwohl sie seinen Namen nicht kannte. Aber er muß ein schöner Mann gewesen sein, denn Miss Margaret stahl sich davon, um sich heimlich mit ihm zu treffen. Sie erzählte ihm alles, was sie durch die Gespräche ihres Vaters mit seinen Freunden und die Briefe ihres Bruders in Erfahrung bringen konnte.

Aber dann war Falkirk gekommen: zwar ein Sieg, aber zu einem hohen Preis, auf den der Rückzug folgte. Gerüchte über die Flucht der Aufständischen kursierten, und niemand bezweifelte, daß ihre Flucht in den Untergang führen würde. Miss Margaret trieben diese Gerüchte zur Verzweiflung, und in einer kalten Märznacht lief sie von zu Hause fort, um den Mann zu suchen, den sie liebte.

Von diesem Punkt an war der Bericht unzuverlässig. Ob sie ihren Geliebten aufgespürt und er sie abgewiesen oder ob sie ihn nicht rechtzeitig gefunden hatte und im Moor von Culloden zur Umkehr gezwungen gewesen war – auf jeden Fall war sie umgekehrt und am Tag nach der Schlacht einer Bande englischer Soldaten in die Hände gefallen.

»Grauenhaft, was sie ihr angetan haben«, sagte Miss Cowden mit gedämpfter Stimme, als könnte die Kranke sie hören. »Grauenhaft!« Die englischen Soldaten, die die flüchtenden Aufständischen voller Mordlust verfolgten, hatten nicht lange gefragt, wie das Mädchen hieß oder welche Sympathien ihre Familie hegte. An ihrer Sprache hatten sie erkannt, daß sie Schottin war, und das genügte ihnen.

Sie hatten sie halbtot in einem Graben zurückgelassen, und ihre

Rettung hatte sie einer Zigeunerfamilie zu verdanken, die sich aus Angst vor den Soldaten im nahen Dornengebüsch versteckt hatte.

»Wenn Sie mich fragen, ist es ein Jammer, daß sie überhaupt gerettet worden ist«, wisperte Miss Cowden. »Das arme Lämmchen hätte seinen irdischen Fesseln entschlüpfen und glücklich zu Gott heimkehren können. Aber so…« Sie deutete unbeholfen auf die reglose Gestalt und führte sich die letzten Tropfen ihres Likörs zu Gemüte.

Margaret hatte überlebt, aber kein Wort mehr gesprochen. Halbwegs wiederhergestellt, aber stumm, reiste sie mit den Zigeunern südwärts, um der Plünderung des Hochlands zu entgehen, die auf Culloden folgte. Und als sie eines Tages, ihre Blechschale für milde Gaben in den Händen, im Hof eines Wirtshauses saß, während die Zigeuner musizierten und sangen, hatte ihr Bruder sie gefunden, der mit dem Campbell-Regiment auf dem Rückweg zum Quartier in Edinburgh hier haltmachte.

»Sie erkannte ihn, und er sie, und durch den Schock des Wiedersehens hat sie ihre Stimme wiedergefunden, aber nicht ihren Verstand, das arme Ding. Er nahm sie natürlich mit heim, aber sie hat ganz in der Vergangenheit gelebt – in der Zeit, bevor sie den Hochländer kennenlernte. Ihr Vater war inzwischen an der Grippe gestorben, und Tilly Lawson sagte, daß der Schock, ihre Tochter so zu sehen, die Mutter getötet hat, aber es kann sein, daß es auch nur die Grippe war, denn in diesem Jahr hat sie wahrhaft gewütet.«

Die ganze Geschichte hatte Archibald Campbell zutiefst verbittert, und zwar sowohl gegen die Hochlandschotten als auch die englische Armee, und er quittierte seinen Dienst. Nach dem Tod seiner Eltern sah er sich im Besitz eines kleinen Vermögens, aber nun war er der einzige Beschützer seiner kranken Schwester.

»Er konnte nicht heiraten«, erklärte Miss Cowden, »denn welche Frau hätte ihn genommen – mit ihr als Dreingabe.«

In seiner Not hatte er bei Gott Zuflucht gesucht und war Geistlicher geworden. Er konnte seine Schwester nicht allein lassen, hielt es aber auch nicht lange mit ihr im Haus der Familie in Burntisland aus, und so hatte er eine Kutsche gekauft, eine Pflegerin für Margaret eingestellt und von nun an Ausflüge in die Dörfer der Umgebung gemacht, um zu predigen. Und seine Schwester nahm er häufig mit.

Mit seinen Predigten war ihm Erfolg beschieden, und in diesem Jahr hatte ihn die Gesellschaft Presbyterianischer Missionare gebeten, seine bisher längste Reise anzutreten, nämlich nach Westindien, wo er in den Kolonien Jamaika und Barbados Kirchen aufbauen und Presbyter ernennen sollte. Seine Gebete waren erhört worden, und so hatte er den Familienbesitz in Burntisland verkauft und seine Schwester nach Edinburgh gebracht, während er Vorbereitungen für die Reise traf.

Ich warf noch einen Blick auf die reglose Frau am Feuer.

»Leider«, sagte ich seufzend, »kann ich nicht viel für sie tun. Aber ich werde etwas aufschreiben, was der Apotheker für sie zusammenstellen kann, bevor Sie abreisen.«

Wenn es nicht half, so würde es wenigstens nicht schaden, überlegte ich, während ich die Zutaten für ein beruhigendes Tonikum auflistete: Kamille, Hopfenblüten, Gartenraute, Gänsefingerkraut, Verbene und eine gute Prise Pfefferminz.

Reverend Campbell war noch nicht zurückgekehrt, und ich sah eigentlich keinen Grund, auf ihn zu warten. Also reichte ich Miss Cowden das Rezept, verabschiedete mich von Miss Campbell, öffnete die Schlafzimmertür und wäre beinahe mit Ian zusammengestoßen.

»Oh!« rief er verblüfft. »Ich wollte dich gerade suchen, Tante. Es ist fast halb vier, und Onkel Jamie hat gesagt…«

»Jamie?« sagte eine Stimme hinter mir – sie kam vom Sessel neben dem Feuer.

Miss Cowden und ich wirbelten herum und sahen Miss Campbell, die vollkommen aufrecht dasaß, die Augen immer noch weit aufgerissen, aber nicht mehr blicklos. Sie sah zur Tür, und als Ian eintrat, begann Miss Campbell zu schreien.

Ziemlich aufgewühlt durch unsere Begegnung mit Miss Campbell machten wir uns auf den Rückweg ins Bordell, wo wir von Bruno empfangen und in den hinteren Salon geführt wurden. Dort saßen Jamie und Fergus in ein Gespräch vertieft.

»Es stimmt, wir können Sir Percival nicht trauen«, sagte Fergus, »aber in diesem Fall – was hätte er davon, Sie vor einem Hinterhalt zu warnen, den es gar nicht gibt?«

»Verdammt soll ich sein, wenn ich das wüßte«, entgegnete Jamie offen und reckte sich auf seinem Stuhl. »Also schließen wir daraus, daß die Zöllner einen Hinterhalt geplant haben. Zwei Tage, sagte er. Das wäre Mullen's Cove.« Dann sah er mich und Ian und bedeutete uns, Platz zu nehmen.

»Also dann bei den Felsen unterhalb von Balcarres?« fragte Fergus.

Jamie runzelte nachdenklich die Stirn und trommelte mit den beiden steifen Fingern seiner rechten Hand auf die Tischplatte.

»Nein«, sagte er schließlich. »Nehmen wir Arbroath, die kleine Bucht unterhalb der Abtei. Nur um sicherzugehen, aye?«

»In Ordnung.« Fergus schob den halbleeren Teller mit Haferkuchen, von dem er gegessen hatte, weg und stand auf. »Ich werde die Leute in Kenntnis setzen, Herr. Arbroath in vier Tagen.« Er nickte mir zu, warf sich den Umhang um die Schultern und ging hinaus.

»Geht es ums Schmuggeln, Onkel?« fragte Ian voller Eifer. »Kommt ein Schiff aus Frankreich?« Er nahm sich einen Kuchen und biß hinein, wobei er Krümel über den ganzen Tisch verstreute.

Jamies Augen waren immer noch nachdenklich, doch dann sah er seinen Neffen scharf an. »Aye, so ist es. Und du, Ian, hast damit überhaupt nichts zu schaffen.«

»Aber ich könnte helfen«, protestierte der Junge. »Du brauchst doch bestimmt jemanden, der die Maultiere hält!«

»Nach all dem, was dein Vater uns beiden gestern erzählt hat, kleiner Ian? Du hast ein verdammt kurzes Gedächtnis, mein Junge!«

Ian sah etwas beschämt aus und nahm sich noch einen Haferkuchen, um seine Verwirrung zu überspielen. Da er vorerst schwieg, nutzte ich die Gelegenheit, selbst einige Frage zu stellen.

»Du gehst nach Arbroath, um dort ein französisches Schiff zu entladen, das geschmuggelten Schnaps liefert?« fragte ich. »Meinst du nicht, daß das ziemlich gefährlich ist – nach allem, was Sir Percival gesagt hat?«

Jamie musterte mich mit hochgezogenen Brauen, antwortete aber halbwegs geduldig.

»Nein. Sir Percival hat mir zu verstehen gegeben, daß das Treffen in zwei Tagen bekannt ist. Das sollte bei Mullen's Cove stattfinden. Ich habe jedoch eine Absprache mit Jared und seinen

Kapitänen getroffen. Wenn eine Verabredung aus irgendeinem Grund nicht eingehalten werden kann, bleibt das Schiff in einiger Entfernung von der Küste und kehrt in der nächsten Nacht zurück – aber an einen anderen Ort. Und es gibt noch eine dritte Ausweichmöglichkeit, sollte auch das zweite Treffen abgeblasen werden.«

»Aber wenn Sir Percival vom ersten Treffpunkt weiß, wird er dann nicht auch die anderen kennen?« beharrte ich.

Jamie schüttelte den Kopf und schenkte sich einen Becher Wein ein.

»Nein«, sagte er. »Die Treffpunkte, es sind je drei, werden von Jared und mir vereinbart, er teilt sie mir in einem versiegelten Brief mit, der einem Päckchen an Jeanne beiliegt. Sobald ich den Brief gelesen habe, verbrenne ich ihn. Die Männer, die beim Entladen des Schiffes helfen werden, kennen natürlich den ersten Treffpunkt – ich vermute, einer von ihnen hat etwas durchsickern lassen. Aber niemand, nicht einmal Fergus, kennt die anderen Treffpunkte im voraus. Wenn wir dann auf den zweiten ausweichen müssen, sind die Männer schlau genug, den Mund zu halten.«

»Aber dann ist es doch auf jeden Fall sicher, Onkel!« platzte Ian heraus. »Bitte, laß mich mitkommen! Ich werde dir nicht im Weg sein«, versprach er.

Jamie warf seinem Neffen einen unfreundlichen Blick zu.

»Aye, genau das wirst du tun«, sagte er. »Du kommst mit mir nach Arbroath, bleibst aber bei deiner Tante im Gasthaus an der Straße oberhalb der Abtei, bis wir fertig sind. Ich muß den Jungen heim nach Lallybroch bringen, Claire«, erklärte er mir, »und die Sache mit seinen Eltern wieder einrenken, so gut es geht.« Der ältere Ian war am Morgen abgereist, bevor Jamie und sein Neffe im Halliday's eintrafen; er hatte keine Nachricht hinterlassen, aber vermutlich hatte er sich auf den Heimweg gemacht. »Du hast doch nichts gegen die Reise? Ich würde dich nicht darum bitten, wo du doch gerade erst die Fahrt von Inverness hierher überstanden hast...« – in seinen Augen leuchtete ein verschwörerisches Lächeln –, »aber ich muß ihn so bald wie möglich zurückbringen.«

»Es macht mir überhaupt nichts aus«, versicherte ich ihm. »Ich würde mich freuen, Jenny und den Rest deiner Familie wiederzusehen.«

»Aber Onkel«, platzte Ian heraus. »Was ist mit...«

»Sei ruhig!« fuhr Jamie ihn an. »Das reicht jetzt, Kleiner. Kein Wort mehr, aye?«

Ian sah verletzt aus, nahm sich aber noch einen Kuchen und schob ihn in den Mund, als wollte er damit seine Absicht kundtun, nunmehr zu schweigen.

Jamie entspannte sich und lächelte mich an.

»Und wie war dein Besuch bei der Irren?«

»Sehr interessant«, sagte ich. »Jamie, kennst du Leute namens Campbell?«

»Höchstens drei- bis vierhundert«, meinte er lächelnd. »Denkst du an einen bestimmten Campbell?«

»An eine ganze Familie.« Ich erzählte ihm die Geschichte von Archibald Campbell und seiner Schwester Margaret.

Er schüttelte den Kopf und seufzte. Sein Gesicht war gramzerfurcht, und er sah zum erstenmal wirklich älter aus.

»Es ist nicht die schlimmste Geschichte, die ich über das gehört habe, was sich nach Culloden zugetragen hat«, sagte er. »Aber ich glaube nicht – warte.« Er überlegte. »Margaret Campbell, Margaret. Ein hübsches Mädchen – vielleicht so groß wie die zweite Mary? Und mit weichen, braunen Haaren wie Zaunkönigfedern und einem lieblichen Gesicht?«

»Vor zwanzig Jahren hat sie wahrscheinlich so ausgesehen.« Ich dachte an die reglose, schwerfällige Frau am Feuer. »Du kennst sie also doch?«

»Aye, ich glaube schon.« Nachdenklich zog er die Brauen zusammen. »Aye, wenn ich mich nicht irre, war sie Ewan Camerons Liebste. Erinnerst du dich an Ewan?«

»Natürlich.« Ewan war ein großer, gutaussehender Mann gewesen, immer zu Späßen aufgelegt. In Holyrood hatte er mit Jamie zusammengearbeitet und Informationen gesammelt, die aus England durchsickerten. »Was ist aus Ewan geworden? Oder sollte ich lieber nicht fragen?« Ich sah, wie sich ein Schatten über Jamies Gesicht legte.

»Die Engländer haben ihn erschossen«, sagte er ruhig. »Zwei Tage nach Culloden.« Für einen Augenblick schloß er die Augen, dann lächelte er mich müde an.

»Gott segne Reverend Archibald Campbell. Während des Aufstands habe ich ein paarmal von ihm gehört. Er war ein verwegener Soldat, hieß es, ein tapferer Gegner. Wahrscheinlich kommt ihm das jetzt zustatten, dem armen Mann.« Jamie hing noch eine Weile seinen Gedanken nach, dann stand er entschlossen auf.

»Wir haben noch viel zu tun, bevor wir Edinburgh verlassen. Ian, die Liste mit den Druckereikunden liegt oben auf dem Tisch. Hol sie runter, ich streiche dir diejenigen mit unerledigten Aufträgen an. Du mußt jeden einzelnen aufsuchen und ihnen eine Rückzahlung anbieten. Sofern sie nicht lieber warten, bis ich einen neuen Laden gefunden und mich mit Vorräten eingedeckt habe. Sag ihnen aber, daß das an die zwei Monate dauern kann.«

Er klopfte auf seine Rocktasche, und der Inhalt klimperte leise.

»Gott sei Dank reicht das Versicherungsgeld, um den Kunden ihr Geld zu ersetzen. Es bleibt sogar noch ein wenig übrig. Und da fällt mir ein, Sassenach – du hast die Aufgabe, eine Schneiderin zu finden, die dir innerhalb von zwei Tagen ein anständiges Kleid näht. Das Kleid, das du anhast, wirst du Madame Jeanne wiedergeben müssen, und ich kann dich nicht nackt mit nach Hause nehmen.«

30

Das Treffen

Auf dem Ritt nordwärts nach Arbroath gab es vor allem einen Machtkampf zwischen Jamie und seinem Neffen Ian zu beobachten. Aufgrund langjähriger Erfahrung wußte ich, daß Halsstarrigkeit ein Charakterzug war, der alle Frasers auszeichnete.

Ich genoß das Schauspiel, das die beiden mir boten, und die Tatsache, daß Jamie in Ian wahrlich einen ebenbürtigen Gegner gefunden hatte. Jamie sah ziemlich mitgenommen aus.

Dieser Wettstreit zwischen dem unnachgiebigen Jamie und dem hartnäckig bohrenden Jungen dauerte bis zum Abend des vierten Tages an, wo wir Arbroath erreichten und feststellen mußten, daß es den Gasthof, in dem Jamie uns hatte zurücklassen wollen, nicht mehr gab. Nur eine eingestürzte Steinmauer und ein paar verkohlte Dachbalken zeugten noch von dem ehemaligen Anwesen, im übrigen war die Landstraße auf Meilen öde und verlassen.

Jamie betrachtete einige Zeit schweigend den Steinhaufen. Es lag auf der Hand, daß er uns nicht einfach auf einer einsamen, schlammigen Straße zurücklassen konnte. Ian war klug genug, seinen Vorteil nicht auszunutzen, und schwieg ebenfalls, obwohl seine magere Gestalt vor Eifer förmlich zitterte.

»Also gut«, meinte Jamie schließlich resigniert. »Ihr kommt mit. Aber nur bis an den Rand der Klippe – verstanden, Ian? Du paßt auf deine Tante auf.«

»Verstanden, Onkel Jamie«, erwiderte Ian verdächtig fügsam. Ich fing jedoch Jamies gequälten Blick auf und begriff, daß, wenn Ian auf die Tante aufpassen sollte, die Tante gleichzeitig auf Ian aufpassen mußte. Ich verbarg mein Lächeln und nickte gehorsam.

Die übrigen Männer trafen rechtzeitig nach Einbruch der Dunkelheit an den Klippen ein. Einige von ihnen kamen mir irgendwie bekannt vor, aber die meisten nahm ich nur schemenhaft wahr – vor zwei Tagen war Neumond gewesen, und die schmale Mondsichel, die über dem Horizont aufging, war keine ausreichende Lichtquelle, so daß es hier nicht viel heller war als im Keller des Bordells. Niemand nannte seinen Namen, und die Männer, die Jamie begrüßten, gaben nur unverständliches Gemurmel von sich.

Eine Gestalt erkannte ich jedoch sofort: Auf dem Kutschbock eines großen, von Maultieren gezogenen Wagens sah ich Fergus, und neben ihm saß ein Wicht, der nur Mr. Willoughby sein konnte. Ihn hatte ich nicht mehr gesehen, seit er den geheimnisvollen Mann auf der Treppe des Bordells erschossen hatte.

»Heute abend hat er hoffentlich keine Pistole bei sich«, flüsterte ich Jamie zu.

»Wer?« Er spähte in die Dunkelheit. »Oh, der Chinese? Nein, niemand ist bewaffnet.« Bevor ich fragen konnte, warum nicht, hatte er sich entfernt, um beim Wenden zu helfen, so daß der Wagen Richtung Edinburgh losfahren konnte, sobald die Schmuggelware aufgeladen war. Ian strebte ebenfalls auf den Wagen zu, während ich meiner Aufgabe als Kindermädchen nachkam und mich an seine Fersen heftete.

Mr. Willoughby stand auf Zehenspitzen und kramte etwas aus dem Wagen hervor. Es war eine merkwürdig aussehende Laterne, die mit einer durchbrochenen Metallabdeckung und verschiebbaren Metallwänden versehen war.

»Ist das eine Blendlaterne?« fragte ich fasziniert.

»Aye«, antwortete Ian wichtigtuerisch. »Die Seitenwände bleiben geschlossen, bis wir draußen auf See das Signal sehen.« Er griff nach der Laterne. »Her damit, ich mache das – ich kenne das Signal.«

Mr. Willoughby schüttelte nur den Kopf und nahm ihm die Laterne aus der Hand. »Zu groß, zu jung«, sagte er. »Tsei-mi sagen«, fügte er hinzu, als wäre damit die Angelegenheit ein für allemal geregelt.

»Was?« protestierte Ian empört. »Was soll das heißen, zu groß und zu jung, Sie...«

»Er meint«, sagte eine gedämpfte Stimme hinter uns, »daß derjenige, der die Laterne hält, eine gute Zielscheibe abgibt, sofern wir Besuch bekommen. Mr. Willoughby nimmt dieses Risiko freundlicherweise auf sich, weil er der kleinste von uns ist. Du bist so groß, daß du dich deutlich vom Himmel abzeichnest, und so jung, daß du noch kein Hirn hast. Halt dich da raus, aye?«

Jamie gab seinem Neffen einen freundschaftlichen Klaps, ging zu Mr. Willoughby und kniete neben ihm auf den Felsen nieder. Er machte eine leise Bemerkung auf chinesisch, und der Chinese lachte fast unhörbar. Er öffnete die Seitenwand der Laterne und hielt sie für Jamie bereit, und dann sah ich von einem Flintstein geschlagene Funken aufleuchten.

In der Dunkelheit sah ich nur die weiße Gischt der Wellen, die in die halbmondförmige Bucht strömten. Ich fragte mich, wie und wo hier ein Schiff vor Anker gehen sollte. Nicht gerade eine schöne Touristenbucht – vereinzelt konnte man zwischen Seetang und Kies und verstreuten Felsen ein paar Sandflecken ausmachen. Kein leichtes Vorwärtskommen für Männer, die Fässer trugen, aber das Gelände war günstig wegen der Höhlen zwischen den Felsen, wo man die Fässer verstecken konnte.

Plötzlich tauchte eine dunkle Gestalt neben mir auf.

»Alle haben Stellung bezogen«, sagte der Mann leise. »Oben in den Felsen.«

»Gut, Joey.« Im aufflammenden Licht zeichnete sich Jamies Profil ab, der gebannt den brennenden Docht betrachtete. Er hielt den Atem an, während sich die Flamme beruhigte, größer wurde und zischend Öl aufnahm, dann schloß er die Seitenwand der Laterne.

»Gut«, sagte er und stand auf. Er blickte zur Klippe im Süden und beobachtete die Sterne am Himmel. »Bald neun. Sie werden gleich einlaufen. Joey – niemand rührt sich von der Stelle, bis ich rufe, aye?«

»Aye, Sir.« Sein gelassener Tonfall deutete an, daß diese Art von Wortwechsel Routine war, und Joey schien ziemlich überrascht, als Jamie nach seinem Arm griff.

»Sorge dafür«, sagte Jamie. »Sag es allen noch einmal – niemand rührt sich, bis ich den Befehl gebe.«

»Aye«, wiederholte Joey, aber diesmal mit mehr Respekt. Er verschwand lautlos in der Dunkelheit.

»Stimmt etwas nicht?« fragte ich so leise, daß man meine Stimme gerade noch über der Brandung hörte. Obwohl Strand und Klippen menschenleer waren, mahnten mich der düstere Schauplatz und das heimlichtuerische Verhalten meiner Gefährten zur Vorsicht.

Jamie schüttelte den Kopf. Seine dunkle Silhouette zeichnete sich klar vor dem helleren Schwarz des Himmels ab.

»Ich weiß nicht.« Nach kurzem Zögern sagte er: »Was meinst du, Sassenach – riechst du etwas?«

Überrascht tat ich einen tiefen Atemzug. Ich roch alles mögliche, unter anderem fauligen Tang, das brennende Öl in der Blendlaterne und den beißenden Körpergeruch Ians, der neben mir stand und vor Aufregung schwitzte.

»Nichts Außergewöhnliches«, erwiderte ich. »Und du?«

Jamie zuckte die Achseln. »Jetzt nicht mehr. Vor einer Weile hätte ich schwören können, daß ich Schießpulver rieche.«

»Ich habe gar nichts gerochen.« Vor Aufregung schnappte Ians Stimme über, und er räusperte sich verlegen und hastig. »Willie MacLeod und Alec Hays haben die Felsen abgesucht. Sie haben keine Spur von den Zöllnern gefunden.«

»Aye, also schön«, sagte Jamie voller Unbehagen. Er nahm Ian bei den Schultern.

»Ian, du kümmerst dich jetzt um deine Tante. Ihr versteckt euch hinter den Stechginsterbüschen dort oben. Haltet euch vom Wagen fern. Wenn irgend etwas passieren sollte…«

Ians Protest wurde im Keim erstickt – offenbar, indem Jamie etwas fester zupackte, denn der Junge wich zurück und rieb sich die Schultern.

»*Wenn* etwas passieren sollte«, fuhr Jamie mit Nachdruck fort, »dann nimmst du deine Tante und kehrst unverzüglich nach Lallybroch zurück. Zaudere nicht.«

»Aber…«, wandte ich ein.

»Onkel!« sagte Ian.

»Tut, was ich euch sage«, erklärte Jamie eisern und drehte sich um. Diskussion beendet.

Als wir den Klippenpfad hinaufstiegen, hüllte sich Ian in grimmiges Schweigen, tat aber, wie ihm befohlen war, und führte mich an den Stechginsterbüschen vorbei zu einem Felsvorsprung, von dem aus wir aufs Meer hinausblicken konnten.

Unter uns fielen die Felsen zu einem flachen Becken ab, einer zerbrochenen Tasse, angefüllt mit Dunkelheit, und vom abgebrochenen Rand, dort, wo sie sich zum Meer hin öffnete, strömte das Licht des Wassers herein. Einmal erspähte ich eine winzige Bewegung, das Glitzern einer Metallschnalle, aber meist waren die zehn Männer dort unten vollkommen unsichtbar.

Ich hielt Ausschau nach Mr. Willoughby mit seiner Laterne, sah aber nicht den geringsten Lichtschimmer und folgerte, daß er hinter der Laterne stand und sie so vor den Klippen abschirmte.

Ian neben mir versteifte sich plötzlich.

»Es kommt jemand!« flüsterte er. »Schnell, hinter mich!« Mutig trat er nach vorn, griff in sein Hemd und zog unter seinem Hosenbund eine Pistole hervor. Ich sah den matten Widerschein des Sternenlichts auf der Trommel.

Er nahm seinen ganzen Mut zusammen und spähte, die Waffe mit beiden Händen umklammernd, hinaus in die Dunkelheit.

»Schieß nicht, um Himmels willen«, zischte ich ihm ins Ohr. Ich hatte panische Angst, daß er ein Geräusch machen könnte, das die Aufmerksamkeit auf die Männer unter uns lenken würde.

»Ich wäre dir sehr verbunden, wenn du dem Rat deiner Tante folgtest, Ian.« Jamies leise, ironische Stimme drang über den Rand der Klippe zu uns herauf. »Es wäre mir lieber, wenn du mir nicht den Kopf wegschießt, aye?«

Ian ließ die Pistole sinken und sank mit einem Seufzer der Erleichterung oder der Enttäuschung in sich zusammen. Die Stechginsterbüsche zitterten, dann stand Jamie vor uns und bürstete sich die Dornen von den Ärmeln.

»Hat dir denn niemand gesagt, daß du keine Waffe mitbringen darfst?« fragte Jamie milde. »Wer gegen einen Beamten der königlichen Zollbehörde die Waffe zieht, landet am Galgen«, erklärte er mir. »Keiner der Männer trägt eine Waffe, nicht mal ein Fischmesser, für den Fall, daß sie geschnappt werden.«

»Aye, Fergus hat gesagt, daß sie mich nicht aufhängen, weil ich noch keinen Bart habe«, meinte Ian verlegen. »Man würde mich nur deportieren.«

»Na«, entgegnete Jamie ungehalten, »ich bin sicher, daß deine Mutter hocherfreut sein wird zu erfahren, daß du in die Kolonien verschickt worden bist!« Er streckte die Hand aus. »Gib her, du Narr.«

Er wog die Pistole in seiner Hand. »Wo hast du die überhaupt her?« fragte er. »Und auch schon geladen. Ich wußte doch, daß ich Schießpulver gerochen hatte!«

Bevor Ian antworten konnte, deutete ich aufs Meer hinaus. »Seht!«

Das französische Schiff war kaum mehr als ein winziger Fleck auf dem Antlitz des Meeres, aber seine Segel schimmerten blaß im Sternenlicht. Die zweimastige Ketsch glitt langsam an der Klippe vorbei und lag seewärts an, still wie eine Wolke am Horizont.

Jamie beobachtete nicht das Schiff, sondern sah nach unten zu einer Stelle, kurz vor dem Sandstreifen, wo der glatte Felsboden in einen Haufen zerklüfteter Findlinge überging. Seinem Blick folgend, erspähte ich dort einen winzigen Lichtpunkt. Mr. Willoughby mit der Laterne.

Ein jäher Lichtstrahl huschte über die nassen Felsen und erlosch. Ian umklammerte meinen Arm. Wir warteten mit angehaltenem Atem, bis nach etwa dreißig Sekunden ein weiterer Lichtblitz über den Sandstreifen glitt.

»Was war das?« sagte ich.

»Was?« Jamie sah mich nicht an, sondern hielt nach dem Schiff Ausschau.

»Am Strand, als das Licht aufleuchtete. Ich habe etwas im Sand gesehen. Es hat ausgesehen wie...«

Da kam der dritte Lichtblitz, und einen Augenblick später folgte das Antwortsignal vom Schiff – eine blaue Laterne, ein gespenstischer Lichtpunkt am Mast, der sich im Wasser spiegelte.

Da ich ebenso aufgeregt wie die beiden anderen das Schiff beobachtete, vergaß ich das achtlos im Sand eingebuddelte Kleiderbündel, das ich eben gesehen zu haben glaubte. Nun bewegte sich etwas, und man hörte ein gedämpftes Platschen, als etwas ins Wasser geworfen wurde.

»Die Flut setzt ein«, flüsterte mir Jamie ins Ohr. »Die Fässer treiben im Wasser, der Gezeitenstrom trägt sie in wenigen Minuten ans Ufer.«

Damit war das Problem des Ankerplatzes gelöst, das Schiff brauchte keinen. Aber wie erfolgte die Bezahlung? Ich wollte gerade danach fragen, als wir einen Ruf hörten und unten am Strand die Hölle losbrach.

Jamie bahnte sich sofort einen Weg durch die Stechginsterbüsche, Ian und ich folgten ihm auf den Fersen. Man konnte zwar kaum etwas erkennen, aber am Sandstrand herrschte ein wahrer Tumult. Dunkle Gestalten stolperten und purzelten durch den Sand, und Rufe wurden laut. Ich erhaschte die Worte »Halt, im Namen des Königs!«, und mir gefror das Blut in den Adern.

»Zöllner!« Ian hatte den Ruf auch vernommen.

Jamie stieß einen groben gälischen Fluch aus, dann warf er den Kopf zurück und begann selbst etwas zu schreien. Seine Stimme war bis zum Strand hinunter zu hören.

»*É rich 'illean!*« brüllte er. »*Suas am bearrach is teich!*«

Dann wandte er sich an Ian und mich: »Verschwindet!«

Plötzlich tauchte eine dunkle Gestalt aus dem Gebüsch zu meinen Füßen auf und floh im Laufschritt in die Dunkelheit. Ein paar Meter weiter machte sich ein anderer aus dem Staub.

Ein hoher, durchdringender Schrei drang von unten zu uns herauf.

»Das ist Willoughby!« rief Ian. »Sie haben ihn!«

Wir ignorierten Jamies Befehl, daß wir verschwinden sollten, und drängten vorwärts, um durch das Gebüsch zu spähen. Die Blendlaterne war hinuntergefallen und umgekippt, so daß sie den Strand wie ein Scheinwerfer beleuchtete. Die flachen Gräber, in die sich die Zöllner eingebuddelt hatten, klafften im Sand. Schwarze Gestalten bewegten sich taumelnd und stolpernd durch den angeschwemmten Seetang. Im matten Lichtkreis der Laterne sah man zwei einander umklammernde Männer; der kleinere strampelte wild, als er vom Boden hochgehoben wurde.

»Ich hole ihn!« Ian machte einen Satz nach vorn, wurde aber von Jamie, der ihn am Kragen gepackt hatte, zurückgerissen.

»Tu, was ich dir gesagt habe, und bring meine Frau in Sicherheit!«

Nach Atem ringend, wandte sich Ian zu mir um, aber ich hatte nicht vor zu verschwinden, und rührte mich nicht, als er mich am Arm fortziehen wollte.

Ohne uns weiter zu beachten, rannte Jamie ein paar Meter am oberen Rand der Klippe entlang und blieb dann stehen. Ich sah seine Silhouette deutlich vor dem Nachthimmel, als er sich auf ein Knie niederließ, die schußbereite Pistole auf seinem Unterarm abstützte und zielte.

Der Schuß war in dem Tumult zwar kaum zu hören, zeitigte aber eine spektakuläre Wirkung. Die Laterne erlosch, der Strand versank im Dunkeln, und die Rufe verstummten.

Die Büsche erzitterten, als Jamie über den Rand der Klippe verschwand.

»Jamie!«

Aufgeschreckt zog mich Ian energisch am Arm und zerrte mich gewaltsam von der Klippe weg.

»Komm, Tante! Sie werden bestimmt gleich hier sein!«

Das war nicht zu leugnen; die Rufe vom Strand her näherten sich, während die Männer über die Felsen ausschwärmten. Ich raffte meine Röcke und folgte dem Jungen so schnell wie möglich durch das unwegsame Gelände.

Ich wußte nicht, wohin wir gingen, aber Ian schien den Weg zu kennen. Er hatte sich den Rock ausgezogen. Sein weißes Hemd leuchtete gespenstisch, als er vor mir durch das Dickicht aus Erlen und Birken pirschte, die weiter landeinwärts wuchsen.

»Wo sind wir?« keuchte ich, als er am Ufer eines kleinen Flußlaufs seinen Schritt verlangsamte.

»Die Straße nach Arbroath ist dort drüben«, sagte er. Auch er atmete schwer, und auf seinem Hemd zeigte sich ein dunkler Schmutzfleck. »Gleich kommen wir leichter voran. Geht es, Tante? Soll ich dich hinübertragen?«

Dieses galante Angebot lehnte ich höflich ab, da ich zweifelsfrei so viel wog wie er. Ich zog Schuhe und Strümpfe aus und watete durch das knietiefe, eisige Wasser.

Als wir am anderen Ufer anlangten, zitterte ich wie Espenlaub und nahm nun Ians Angebot gern an, mir seinen Rock zu überlassen. Aufgeregt und erhitzt durch den Marsch, wie er war, brauchte er ihn offenbar nicht. Mir war hingegen nicht nur das Wasser und der kalte Novemberwind unter die Haut gegangen, sondern auch die Furcht davor, was sich am Strand nun abspielen mochte.

Keuchend erreichten wir die Straße, wo uns ein eisiger Wind ins Gesicht blies. Er trug uns das Geräusch von Stimmen zu, kurz bevor wir in unser Verderben gerannt wären.

»Irgendein Signal von der Klippe?« fragte eine tiefe Männerstimme. Ian blieb so abrupt stehen, daß ich mit ihm zusammenprallte.

»Noch nicht«, entgegnete ein anderer. »Ich glaubte, Rufe aus der Richtung zu hören, doch dann hat der Wind gedreht.«

»Dann beweg deinen Arsch wieder den Baum hinauf«, befahl der erste ungeduldig. »Wenn irgendeiner dieser Hurensöhne vom Strand entkommt, schnappen wir ihn hier. Besser, wir holen uns das Kopfgeld, als die Idioten am Strand kriegen es.«

»Es ist kalt«, grummelte der zweite. »Da stehen wir hier rum, wo einem der Wind in die Knochen fährt. Wir hätten in der Abtei Posten beziehen sollen – da wäre es wenigstens warm.«

Ian umklammerte meinen Oberarm wie ein Schraubstock. Ich versuchte, ihn abzuschütteln, aber er ignorierte meine Bemühungen.

»Aye, aber da ist die Chance geringer, daß uns der große Fisch ins Netz geht«, erwiderte der erste. »Und was ich mit fünfzig Pfund alles anfangen könnte!«

»In Ordnung«, meinte der zweite resigniert. »Aber wie wir im Dunkeln rote Haare erkennen sollen, weiß ich wirklich nicht.«

»Bring sie erst mal zur Strecke, Oakie. Die Köpfe sehen wir uns später an.«

Ian wurde schließlich durch mein Gezerre aus seiner Trance gerissen und folgte mir stolpernd ins Dickicht.

»Was soll das heißen – Posten beziehen in der Abtei?« fragte ich, sobald wir außer Hörweite waren. »Weißt du das?«

Ian nickte. »Ich glaube schon, Tante. Das muß die Abtei in Arbroath sein. Das ist der Treffpunkt, aye?«

»Treffpunkt?«

»Wenn etwas schiefgehen sollte«, erklärte er. »Dann muß sich jeder allein durchschlagen, und alle treffen sich so bald wie möglich an der Abtei.«

»Mehr hätte wirklich nicht schiefgehen können«, bemerkte ich. »Was hat dein Onkel gerufen, als die Zöllner aufgetaucht sind?«

Ian hatte nach den Verfolgern Ausschau gehalten. Nun wandte er mir sein blasses Gesicht wieder zu. »Oh – er sagte: ›Auf Männer! Über die Klippen und rennt!‹«

»Ein guter Rat«, bemerkte ich trocken. »Wenn sie ihn befolgt haben, müßten die meisten davongekommen sein.«

»Außer Onkel Jamie und Mr. Willoughby.« Ian fuhr sich nervös mit der Hand durch die Haare, eine Geste, die mich so schmerzlich an Jamie erinnerte, daß ich am liebsten gesagt hätte, er solle das lassen.

»Ja.« Ich holte tief Luft. »Im Augenblick können wir nichts für sie tun. Die anderen aber – wenn sie zur Abtei unterwegs sind...«

»Aye«, fiel er mir ins Wort, »darüber wollte ich mir gerade klarwerden. Soll ich tun, was Onkel Jamie gesagt hat, und dich nach Lallybroch bringen, oder soll ich lieber versuchen, schnell zur Abtei zu kommen, um die anderen zu warnen?«

»Lauf zur Abtei«, sagte ich, »so schnell du kannst.«

»Ja, aber... ich möchte dich nicht allein lassen, Tante, und Onkel Jamie hat gesagt...«

»Es gibt Zeiten, da muß man Befehle befolgen, Ian, und Zeiten, da muß man seinen Kopf selbst anstrengen«, entgegnete ich fest und übersah geflissentlich die Tatsache, daß ich das Denken für ihn übernahm. »Führt diese Straße zur Abtei?«

»Aye, es sind nicht mehr als eineinviertel Meilen.« Er wippte bereits einsatzbereit auf den Ballen.

»Gut. Du hältst dich abseits von der Straße und läufst zur Abtei. Ich nehme die Straße und sehe, ob ich die Zöllner ablenken kann, bis du dich aus dem Staub gemacht hast. Ich treffe dich an der Abtei. Hier, nimm deinen Rock wieder.«

Ich gab ihm das Kleidungsstück ungern zurück: Es wärmte nicht nur angenehm, es schien auch meine letzte Verbindung zu einem mir wohlgesonnenen Menschen zu sein. Sobald Ian fort war, würde ich mutterseelenallein in der dunklen, kalten schottischen Nacht zurückbleiben.

»Ian?« Ich hielt ihn am Arm fest, damit er noch einen Augenblick dablieb.

»Aye?«

»Sei vorsichtig.« Einem Impuls folgend, küßte ich ihn auf die Wange. Ich bekam noch mit, daß er überrascht die Brauen hochzog und mich anlächelte, dann war er verschwunden.

Es war bitterkalt. Ich hörte nichts als das Brausen des Windes in den Büschen und das ferne Murmeln der Brandung. Zitternd zog ich mir den Wollschal enger um die Schultern und ging zur Straße.

Sollte ich mich bemerkbar machen? Wenn nicht, würde man mich vielleicht ohne Vorwarnung angreifen, da die wartenden Männer mich zwar hören, aber nicht sehen könnten und mich für einen flüchtenden Schmuggler halten würden. Wenn ich andererseits ein heiteres Lied sänge, um meine Harmlosigkeit unter Beweis zu stellen, würden sie sich möglicherweise gar nicht aus ihrem Versteck rühren – und genau dazu wollte ich sie ja bringen. Ich bückte mich und hob einen Stein vom Wegrand auf. Als ich dann auf die Straße trat und wortlos geradeaus marschierte, war mir noch kälter als zuvor.

31

Schmugglermond

Rastlos brauste der Wind durch Büsche und Bäume und übertönte das Geräusch meiner Schritte auf der Straße ebenso wie die eines möglichen Verfolgers. Es war kaum zwei Wochen nach dem Fest Samhain und in dieser wilden Nacht hätte man wahrhaftig glauben können, daß Geister ihr Unwesen trieben.

Es war jedoch kein Geist, der mich plötzlich von hinten packte und mir seine Hand auf den Mund preßte. Wäre ich nicht auf einen derartigen Überfall vorbereitet gewesen, hätte ich vor Schreck den Verstand verloren. So aber setzte mein Herz nur kurz aus, und ich zuckte heftig zusammen.

Er hatte mich von links gepackt, so daß mein linker Arm bewegungsunfähig gegen meinen Körper gedrückt wurde. Seine rechte Hand lag auf meinem Mund, mein rechter Arm war frei. Ich trat mit dem Absatz gegen seine Kniescheibe, so daß sein Bein einknickte, und während er taumelte, holte ich aus und schlug ihm den Stein, den ich in der Hand hielt, an den Schädel.

Mit diesem Schlag streifte ich den Angreifer zwar nur, aber er stöhnte verblüfft auf, und sein Griff lockerte sich. Ich trat und zappelte, bekam schließlich mit den Zähnen einen Finger seiner Hand zu fassen und biß so fest zu, wie ich konnte.

Dunkel erinnerte ich mich an eine Passage in *Grey's Anatomy*, in der es unter anderem hieß, daß der menschliche Kiefer im Schnitt eine Kraft von über dreihundert Pfund auszuüben in der Lage sei.

Ich weiß nicht, ob ich den Durchschnitt übertraf, doch die Wirkung war nicht zu leugnen. Der Angreifer zappelte verzweifelt, um seinen Finger wieder freizubekommen.

Während unseres Kampfes lockerte sich sein Griff, und er war gezwungen, mich abzusetzen. Sobald ich wieder festen Boden unter den Füßen hatte, ließ ich seinen Finger los, wirbelte herum und versetzte ihm mit dem Knie einen herzhaften Schlag in die Eier.

Ich landete einen Treffer. Er gab ein entsetzliches Pfeifen von sich und krümmte sich vor Schmerzen.

»Bist du das, Sassenach?« raunte eine Stimme aus der Dunkelheit zu meiner Linken. Ich machte einen Satz wie eine erschrockene Gazelle und schrie unwillkürlich auf.

Erneut legte sich eine Hand über meinen Mund.

»Um Gottes willen, Sassenach!« murmelte mir Jamie ins Ohr. »Ich bin's.«

Ich biß ihn nicht, obwohl die Versuchung groß war.

»Ich weiß«, zischte ich, als er mich freigab. »Aber wer ist der andere Kerl, der mich gepackt hat?«

»Fergus, nehme ich an.« Jamies schemenhafte Gestalt trat zu dem Niedergestreckten, der nicht weit von uns auf der Straße lag und leise stöhnte. »Bist du's, Fergus?« wisperte er. Ein erstickter Laut war die Antwort, und Jamie half ihm auf die Beine.

»Seid leise!« flüsterte ich den beiden zu. »Nicht weit von hier lauern uns ein paar Zollbeamte auf!«

»Tatsächlich?« sagte Jamie, ohne die Stimme zu senken. »Der Lärm, den wir machen, scheint sie ja nicht sonderlich zu interessieren.«

Er hielt inne, als wartete er auf eine Antwort, aber es war nichts zu hören außer dem Wehklagen des Windes in den Erlen. Er legte seine Hand auf meinen Arm und rief in die Nacht.

»MacLeod! Raeburn!«

»Aye, Roy«, meldete sich eine etwas gereizte Stimme aus dem Unterholz. »Wir sind hier. Innes auch und Meldrum, oder?«

»Aye!«

Mehrere Gestalten kamen aus dem Gehölz hervor.

»…vier, fünf, sechs«, zählte Jamie. »Wo sind Hays und die Gordons?«

»Ich habe gesehen, wie Hays sich ins Wasser gerettet hat«, sagte einer von ihnen. »Wahrscheinlich ist er um die Klippe herumgeschwommen. Die Gordons und Kennedy haben es wohl genauso gemacht. Ich habe nicht mitbekommen, daß sie erwischt worden wären.«

»So weit, so gut«, erwiderte Jamie. »Und was hat es mit deinen Zollbeamten auf sich, Sassenach?«

Da weder Oakie noch sein Gefährte aufgetaucht waren, kam ich mir allmählich ziemlich albern vor, aber ich berichtete, was Ian und ich gehört hatten.

»Aye?« Jamie klang interessiert. »Kannst du schon wieder stehen, Fergus? Ja? Tapferer Kerl. Also dann, sehen wir uns vielleicht mal um. Meldrum, hast du einen Feuerstein dabei?«

Kurze Zeit später schritt er mit einer kleinen Fackel die Straße hinunter und um die Kurve. Die Schmuggler und ich warteten in gespanntem Schweigen und hielten uns bereit, entweder wegzulaufen oder ihm zu Hilfe zu eilen. Nach einer kleinen Ewigkeit hörten wir Jamies Stimme.

»Kommt her«, sagte er ruhig und gefaßt.

Er stand mitten auf der Straße bei einer großen Erle. Im flackernden Licht der Fackel sah ich erst nichts außer Jamie. Dann hörte ich den Mann neben mir keuchen, und ein anderer gab einen erstickten Schreckenslaut von sich.

Plötzlich nahm ich noch ein Gesicht wahr. Matt beleuchtet hing es unmittelbar über Jamies linker Schulter in der Luft. Es war grauenhaft geschwollen mit hervorquellenden Augen und heraushängender Zunge. In den strohblonden Haaren spielte der Wind. Ich spürte, wie ein Schrei in meiner Kehle aufstieg, und unterdrückte ihn.

»Du hattest recht, Sassenach«, sagte Jamie. »Da war tatsächlich ein Zöllner.« Er warf etwas zu Boden. »Die Bevollmächtigung. Er hieß Thomas Oakie. Kennt ihn einer von euch?«

»Bei Gott, den würde seine eigene Mutter nicht wiedererkennen!« sagte einer. Auch die anderen Männer verneinten Jamies Frage und scharrten unruhig mit den Füßen. Offenbar waren alle ebenso darauf erpicht, von hier wegzukommen, wie ich.

»Also gut.« Jamie gebot dem Rückzug Einhalt. »Die Fracht ist verloren, also bekommt ihr auch keine Anteile, aye? Braucht einer von euch dringend Geld?« Er griff in seine Tasche. »Ich kann euch etwas geben, damit ihr euch fürs erste über Wasser halten könnt – denn ich habe meine Zweifel, ob wir in nächster Zeit an der Küste arbeiten werden.«

Zögernd traten ein, zwei Männer in den Lichtkreis, um ihr Geld entgegenzunehmen, während die übrigen Schmuggler lautlos im Dunkeln verschwanden. Nach wenigen Minuten waren nur noch Fergus, Jamie und ich da.

»*Jesus!*« flüsterte Fergus und blickte zu dem Gehenkten auf. »Wer mag das nur getan haben?«

»Ich – das wird man zumindest behaupten, aye?« Jamie blickte auf, und seine Züge wirkten im flackernden Schein der Fackel hart. »Worauf warten wir noch?«

»Was ist mit Ian?« Plötzlich war mir der Junge wieder eingefallen. »Er ist zur Abtei gegangen, um euch zu warnen!«

»Wirklich?« fragte Jamie scharf. »Von daher bin ich gekommen, und er ist mir nicht begegnet. Welche Richtung hat er eingeschlagen, Sassenach?«

»Da hinunter.«

Fergus gab einen erstickten Laut von sich.

»Die Abtei liegt in der entgegengesetzten Richtung«, sagte Jamie amüsiert. »Kommt, wir werden ihn einholen, wenn er seinen Fehler bemerkt und umkehrt.«

»Wartet.« Fergus hob die Hand. Es raschelte im Gebüsch, und wir hörten Ians zaghafte Stimme. »Onkel Jamie?«

»Aye, Ian«, erwiderte sein Onkel. »Ich bin's.«

Der Junge kroch aus dem Unterholz. Blätter hingen ihm in den Haaren, und die Augen hatte er vor Aufregung weit aufgerissen.

»Ich habe das Licht gesehen und gedacht, ich muß umkehren und sehen, ob Tante Claire in Schwierigkeiten ist«, erklärte er. »Onkel Jamie, du darfst hier nicht mit einer Fackel herumstehen – hier sind überall Zöllner!«

Jamie legte seinem Neffen den Arm um die Schultern und drehte ihn um, bevor er die Leiche erblickte, die an der Erle hing.

»Keine Sorge, Ian«, sagte er gefaßt. »Sie sind fort.«

Er schwenkte die Fackel durch das nasse Gebüsch, so daß sie zischend erlosch.

»Gehen wir. Mr. Willoughby wartet weiter unten mit den Pferden. Bei Tagesanbruch sind wir bereits in den Highlands.«

SIEBTER TEIL

Wieder daheim

32

Die Rückkehr
des verlorenen Sohnes

Unser Ritt von Arbroath nach Lallybroch dauerte vier Tage und verlief größtenteils schweigsam. Der junge Ian und Jamie hingen ihren Gedanken nach, und ich dachte nicht nur über die jüngsten Ereignisse nach, sondern zerbrach mir auch den Kopf darüber, was mich wohl erwarten mochte.

Gewiß hatte Ian Jamies Schwester Jenny erzählt, daß ich wieder aufgetaucht war. Wie würde sie es aufnehmen?

Damals hatte ich mich Jenny Murray so tief verbunden gefühlt wie einer Schwester, und zweifellos war sie die beste Freundin, die ich je hatte. Während der vergangenen fünfzehn Jahre war ich hauptsächlich mit Männern befreundet gewesen – das hatte sich so ergeben. Ich war die einzige Ärztin im Krankenhaus, und die Kluft zwischen Pflegepersonal und Medizinern verhinderte, daß zu anderen weiblichen Beschäftigten eine mehr als oberflächliche Bekanntschaft entstand. Und was die Frauen in Franks Umkreis betraf, die Fakultätssekretärinnen und die Dozentengattinnen...

Vor allem aber war Jenny diejenige, von der ich annahm, daß sie Jamie Fraser mindestens so liebte wie ich, wenn nicht gar mehr. Obwohl ich begierig war, sie wiederzusehen, war mir ein wenig bange, welche Gefühle die Geschichte meiner vermeintlichen Flucht nach Frankreich und die Tatsache, daß ich ihren Bruder im Stich gelassen hatte, in ihr erweckten.

Auf dem schmalen Pfad konnten die Pferde nur hintereinander trotten. Brav verlangsamte mein Pferd den Schritt, als Jamie seinen Braunen zügelte und auf eine von Erlenzweigen halb verdeckte Lichtung lenkte.

Am Rand der Lichtung erhob sich ein grauer, moosbewachsener Fels. Mit einem Seufzer der Erleichterung glitt der junge Ian von seinem Pony; schließlich saßen wir seit Morgengrauen im Sattel.

»Uff!« stöhnte er und rieb sich unverhohlen das Hinterteil. »Ich bin ganz taub.«

»Ich auch«, pflichtete ich ihm bei und tat es ihm gleich. »Aber immer noch besser als wundgeritten.« Da wir an lange Ritte nicht gewöhnt waren, hatten uns die ersten zwei Tage ziemlich zugesetzt. Am ersten Abend war ich sogar zu steif, um aus eigener Kraft abzusitzen. Jamie mußte mich herunterheben und in die Herberge tragen, was ihn sehr erheiterte.

»Wie macht Onkel Jamie das bloß?« fragte mich Ian. »Sein Hintern muß aus Leder sein.«

»Er schaut ganz normal aus«, entgegnete ich zerstreut. »Wo ist er überhaupt hingegangen?« Der Kastanienbraune, der bereits Fußfesseln trug, knabberte ein wenig vom Gras unter der Eiche, aber von Jamie keine Spur.

Der junge Ian und ich blickten einander an. Achselzuckend ging ich hinüber zu dem Felsen, aus dem ein Bächlein hervorquoll. Ich ließ etwas von dem kühlen Naß in meine Hände laufen und trank.

Diese winzige, von der Straße nicht einsehbare Lichtung war für das Hochland charakteristisch. Die trügerisch kargen Felsen und rauhen Moore bargen eine Unmenge Geheimnisse. Wenn man sich nicht auskannte, konnte man direkt an einem Hirschen, einem Moorhuhn oder dem Versteck eines Menschen vorbeigehen, ohne zu bemerken, daß sich dort etwas verborgen hielt. Wen wunderte es da, daß viele Kämpfer, die nach der Niederlage von Culloden in die vertraute Heide geflüchtet waren, dem ungeübten Blick ihrer unbeholfenen englischen Verfolger entkommen konnten.

Nachdem ich meinen Durst gestillt hatte, wandte ich mich um und prallte fast mit Jamie zusammen, der plötzlich wie aus dem Boden gestampft vor mir stand.

»Wo kommst du her?« fragte ich überrascht. »Und wo bist du gewesen?«

»Dort drüben ist eine kleine Höhle«, erklärte er und deutete mit dem Daumen über seine Schulter. »Ich wollte nur nachsehen, ob jemand sie entdeckt hat.«

»Und?« Beim näheren Hinsehen erkannte ich eine Felsnase, die den Eingang zur Höhle verdeckte. Neben den anderen Spalten fiel es kaum auf, es sei denn, man suchte gezielt.

»Ja, es ist jemand dortgewesen«, antwortete Jamie. Er runzelte leicht die Stirn, nicht sorgenvoll, sondern als dächte er angestrengt nach. »Ich habe dort Holzkohle entdeckt. Jemand hat ein Feuer angezündet.«

»Kannst du dir vorstellen, wer?« fragte ich. Ich steckte den Kopf um die Felsnase, konnte jedoch nichts weiter als einen schmalen, dunklen Spalt erkennen. Beileibe nicht einladend.

Womöglich war ihm einer seiner Schmugglerkumpane von der Küste bis nach Lallybroch gefolgt. Glaubte er, verfolgt zu werden, oder befürchtete er einen Überfall? Ich blickte zurück, sah aber nichts als Erlen, deren trockenes Laub im Herbstwind raschelte.

»Ich weiß es nicht«, meinte er zerstreut. »Vermutlich ein Jäger. Die Knochen eines Moorhuhns liegen verstreut herum.«

Der unbekannte Eindringling schien Jamie nicht weiter zu beunruhigen, und ich entspannte mich. Wieder einmal gab mir das Hochland das Gefühl von Geborgenheit. Edinburgh und die Bucht der Schmuggler schienen unendlich weit entfernt.

Beeindruckt von der verborgenen Höhle, war der junge Ian durch den Spalt getreten. Als er wieder auftauchte, strich er sich eine Spinnwebe aus dem Haar.

»Ist das hier so etwas wie Clunys Käfig, Onkel?« fragte er mit leuchtenden Augen.

»Sie ist nicht so groß, Ian«, antwortete Jamie lächelnd. »Der arme Cluny hätte kaum durch den Eingang gepaßt. Er war ein großer, kräftiger Kerl und ungefähr doppelt so dick wie ich.«

»Was ist das, Clunys Käfig?« fragte ich, schüttelte mir die letzten eisigen Wassertropfen von den Händen und schob sie unter die Achseln, damit sie wieder warm wurden.

»Ach, es geht um Cluny MacPherson«, erklärte Jamie. Er spritzte sich Wasser ins Gesicht, zwinkerte sich die Tropfen von den Wimpern und lächelte mich an. »Dieser Cluny war ein sehr erfinderischer Mensch. Die Engländer brannten sein Haus nieder, aber er konnte fliehen. Er hat sich in einer nahe gelegenen Höhle niedergelassen und den Eingang mit Weidenzweigen und Schlamm versiegelt. Man sagt, man hätte knapp davor stehen können und nichts bemerkt, außer dem Geruch von Clunys Pfeife.«

»Auch Prinz Charles hat dort einige Zeit verbracht, als er auf der Flucht vor den Engländern war«, klärte der junge Ian mich auf. »Tagelang hielt Cluny ihn versteckt. Die englischen Dreckskerle haben ihn überall gesucht, aber nicht gefunden – und Cluny ebensowenig«, schloß er mit Genugtuung.

»Komm her, wasch dich, Ian«, forderte Jamie ihn so streng auf, daß der Junge überrascht blinzelte. »Du kannst deinen Eltern doch nicht so verdreckt gegenübertreten.«

Ian seufzte, neigte aber gehorsam den Kopf über das Rinnsal und spuckte und keuchte, als er sich das Wasser ins Gesicht spritzte.

Ich wandte mich um zu Jamie, dessen Blick versonnen auf seinem Neffen ruhte. Malte er sich bereits das Wiedersehen in Lallybroch aus, das unangenehm zu werden versprach, oder dachte er zurück an Edinburgh, an die schwelenden Überreste der Druckerei und den toten Mann im Keller des Bordells? Oder war er mit seinen Gedanken vielleicht gar bei Charles Edward Stuart und dem Aufstand?

»Was erzählst du denn deinen Nichten und Neffen von Charles?« fragte ich leise über Ians Prusten hinweg.

Jamies Blick heftete sich auf mich. Der Anflug eines Lächelns zeigte mir, daß ich seine Gedanken erraten hatte. Doch sofort wich der Ausdruck wieder aus seinem Gesicht.

»Ich spreche nie von ihm«, antwortete er ebenso leise und drehte sich zu den Pferden um.

Drei Stunden später überquerten wir den letzten der windigen Pässe und erreichten den Abhang, der hinunter nach Lallybroch führte. Jamie, der an der Spitze ritt, hielt sein Pferd an und wartete, bis der junge Ian und ich an seiner Seite waren.

»Dort ist es«, sagte er. Er blickte mich lächelnd an. »Hat es sich sehr verändert?«

Verzückt schüttelte ich den Kopf. Aus der Entfernung wirkte es wie eh und je. Die drei Stockwerke des weißgekalkten Gutshauses strahlten inmitten der bescheidenen Nebengebäude und der braunen, mit Steinwällen begrenzten Felder. Auf der kleinen Erhebung hinter dem Haus erblickte ich die Überreste des Brochs, des alten runden Turms, der dem Anwesen den Namen gegeben hatte.

Als ich genauer hinsah, stellte ich fest, daß sich die Nebenge-bäude doch ein wenig verändert hatten. Ein Jahr nach Culloden, so wußte ich von Jamie, hatten die englischen Soldaten das Tau-benhaus und die Kapelle niedergebrannt, und ich erkannte die freien Flächen, auf denen sie einmal gestanden hatten. Die Mauer des Gemüsegartens war mit andersfarbigem Stein ausgebessert worden. Ein neu errichteter Schuppen aus Ziegeln und Brettern diente nun offensichtlich als Taubenhaus, der Aneinanderreihung plumper, gefiederter Gestalten auf dem Dachfirst nach zu schließen.

Der Rosenstock, den Jamies Mutter Ellen noch gepflanzt hatte, war zu einem großen, ausladenden Busch herangewachsen. Ein Gitter hielt ihn an der Hauswand.

Aus dem Kamin an der Westseite stieg eine Rauchwolke und wurde von einer Bö Richtung Süden mitgenommen. Plötzlich sah ich Jenny vor meinem inneren Auge am Kaminfeuer sitzen und mit lauter Stimme aus einem Roman oder einem Gedichtband vorle-sen, während Jamie und Ian, über eine Partie Schach gebeugt, mit halbem Ohr lauschten. Die Kinder lagen oben in ihren Betten, und ich saß am Rosenholzsekretär und schrieb Arzneirezepte nieder oder widmete mich der Flickarbeit.

»Was meinst du, werden wir wieder hier wohnen?« fragte ich Jamie, darauf bedacht, mir meine Sehnsucht nicht anmerken zu lassen. Mehr als jeder andere Ort war mir Lallybroch Heimat ge-wesen. Doch das war lange her – und mittlerweile hatte sich viel verändert.

Er schwieg eine Weile nachdenklich. Schließlich schüttelte er den Kopf und nahm erneut die Zügel. »Ich weiß es nicht, Sassenach«, antwortete er. »Es wäre schön, aber ich weiß nicht, wie es weiter-geht, verstehst du?« Stirnrunzelnd blickte er auf das Haus.

»Ist schon gut. Ob wir nun in Edinburgh leben oder auch in Frankreich – mach dir keine Gedanken, Jamie.« Ich sah ihn an und tätschelte ihm beruhigend die Hand. »Wenn wir nur zusammen sind.«

Seine sorgenvolle Miene hellte sich auf. Er nahm meine Hand, führte sie an seine Lippen und küßte sie sanft.

»Mir ist es auch einerlei, Sassenach, wenn du nur bei mir bleibst.«

Lange blickten wir einander an, bis uns ein verlegenes Hüsteln an die Gegenwart des jungen Ian erinnerte. Stets darauf bedacht, unsere Privatsphäre nicht zu verletzen, hatte er sich auf der Reise fast übertrieben rücksichtsvoll benommen. Wenn wir uns nachts hinlegten, stapfte er durch die Heide und suchte sich weitab von uns einen Schlafplatz und gab sich überhaupt große Mühe, uns nicht versehentlich in einer unschicklichen Umarmung anzutreffen.

Grinsend drückte Jamie meine Hand und wandte sich dann zu seinem Neffen um.

»Fast daheim, Ian«, sagte er, als der Knabe mit seinem Pferd auf unserer Höhe war. »Wir sind lange vor dem Abendessen da, falls es nicht regnet«, fügte er hinzu, schirmte mit der Hand die Augen ab und blinzelte in den Himmel.

»Mmmpf.« Diese Aussicht veranlaßte den jungen Ian nicht gerade zu Freudengeheul. Mitfühlend sah ich ihn an.

»›Dein Zuhause ist der Ort, wo sie dich.aufnehmen müssen, wenn du anklopfst‹«, zitierte ich.

Ian warf mir einen ironischen Blick zu. »Aye, und genau das fürchte ich, Tante.«

Jamie drehte sich zu dem jungen Ian und blinzelte ihm ernst zu – seine Art, ihm Mut zu machen.

»Keine Angst, Ian. Denk an die Geschichte vom verlorenen Sohn. Deine Mutter wird froh sein, wenn sie dich unversehrt wiederhat.«

Der Junge Ian warf ihm einen nüchternen Blick zu.

»Wenn du glaubst, daß es das fette Kalb ist, das dran glauben muß, Onkel Jamie, kennst du meine Mutter doch nicht so gut, wie du meinst.«

Er biß sich auf die Unterlippe, dann richtete er sich tief seufzend im Sattel auf.

»Bringen wir es hinter uns, aye?«

»Werden ihm seine Eltern wirklich den Kopf abreißen?« fragte ich und beobachtete, wie sich der junge Ian vorsichtig an den Abstieg machte.

Jamie zuckte die Achseln.

»Natürlich werden sie ihm verzeihen, aber wahrscheinlich wird er zuvor eine lange Strafpredigt und eine gewaltige Tracht Prügel einstecken müssen. Ich kann dem Himmel danken, wenn ich auch auf diese Art davonkomme«, fügte er gequält hinzu. »Jenny und Ian werden mir gewiß auch nicht um den Hals fallen, fürchte ich.« Er drückte dem Pferd den Absatz in die Flanken und ritt den Abhang hinab.

»Komm, Sassenach, bringen wir es hinter uns, aye?«

Ich rätselte, welchen Empfang man uns in Lallybroch bereiten würde, aber meine Besorgnis erwies sich als unbegründet. Wie ehedem wurde unsere Ankunft von einem Rudel unterschiedlichster Hunde angekündigt, die uns zunächst erschreckt, später erfreut aus Hecke, Feld und Gemüsegarten entgegenbellten.

Der junge Ian ließ die Zügel los und saß ab. Er ging in die Hocke, um die Hunde zu begrüßen, die an ihm hochsprangen und ihn ableckten. Lächelnd nahm er einen halbausgewachsenen Welpen auf den Arm und brachte ihn zu mir.

»Das ist Jocky«, stellte er ihn vor und hielt mir das zappelnde braun-weiße Bündel entgegen. »Er gehört mir. Papa hat ihn mir geschenkt.«

»Du bist ein niedliches Hündchen«, begrüßte ich das Knäuel und kraulte seine Schlappohren. Aufgeregt wollte Jocky gleichzeitig mich und Ian ablecken.

»Du wirst überall Hundehaare haben, Ian«, hörte ich eine klare, helle Stimme, aus der höchste Mißbilligung sprach.

Als ich aufblickte, sah ich, wie sich ein großes, schlankes Mädchen von ungefähr siebzehn Jahren vom Wegesrand erhob.

»Und du bist voller Kletten!« gab der junge Ian zurück und drehte sich eilig zu seiner Schwester um.

Das Mädchen warf die dunkelbraunen Locken zurück und zupfte sich die Kletten vom Rock.

»Papa sagt, du verdienst es überhaupt nicht, einen Hund zu haben«, bemerkte sie. »Wo du einfach abgehauen bist und ihn im Stich gelassen hast.«

Ians Gesicht verzog sich in Abwehr. »Ich hatte ihn eigentlich mitnehmen wollen«, sagte er unsicher. »Aber dann habe ich gedacht, er ist in der Stadt nicht gut aufgehoben.« Er umarmte den Hund noch fester und legte das Kinn zwischen Jockys Ohren. »Er ist ein bißchen gewachsen. Offenbar hat er genug gefressen, oder?«

»Komm her und begrüß uns, kleine Janet«, sagte Jamie freundlich, doch der zynische Unterton in seiner Stimme ließ das Mädchen unvermittelt aufblicken und erröten.

»Onkel Jamie! Ach, und ...« Ihr Blick wanderte zu mir, und sie neigte den hochroten Kopf.

»Aye, das ist deine Tante Claire.« Jamie hielt meinen Ellbogen fest umfaßt, als er dem Mädchen zunickte. »Die kleine Janet war noch nicht auf der Welt, als wir das letzte Mal hier waren, Sassenach. Deine Mutter ist gewiß auch zu Hause, oder?«

Das Mädchen nickte mit weit aufgerissenen Augen, ohne den Blick von meinem Gesicht abzuwenden. Ich beugte mich ihr entgegen und streckte lächelnd die Hand aus.

»Ich freue mich, dich kennenzulernen«, sagte ich.

Sie starrte mich immer noch an, erinnerte sich aber plötzlich an ihre Manieren und machte einen Knicks. Dann nahm sie zaghaft meine Hand, als befürchtete sie, sie fiele ab, wenn man sie zu stark drückte. Ich erwiderte ihren Händedruck. Nachdem sie erkannt hatte, daß ich aus Fleisch und Blut war, schien sie beruhigt.

»Ich... mich auch«, murmelte sie.

»Sind Mama und Papa sehr wütend, Jen?« Als der junge Ian das Hündchen vorsichtig vor ihren Füßen absetzte, erwachte sie aus ihrer Trance und blickte den jüngeren Bruder an. In ihre ungeduldige Miene mischte sich eine Spur von Mitgefühl.

»Sie haben schließlich allen Grund dazu, du Esel!« meinte sie. »Mama hat befürchtet, du wärst im Wald einem Wildschwein begegnet oder von Zigeunern entführt worden. Sie hat kaum ein Auge zugetan, bis sie herausgefunden haben, wo du hingegangen bist«, fügte sie vorwurfsvoll hinzu.

Ian preßte die Lippen zusammen und blickte zu Boden.

Dann ging sie auf ihn zu und pflückte mißbilligend die feuchten Blätter von seinem Rock. Obwohl sie groß war, überragte er sie um gut fünfzehn Zentimeter. Neben ihrer adretten Erscheinung nahm er sich schlaksig und mager aus.

»Mein Gott, wie siehst du aus, Ian? Hast du in deinen Kleidern geschlafen?«

»Ja, natürlich«, antwortete er ungehalten. »Denkst du vielleicht, ich laufe weg und nehme ein Nachthemd mit, das ich abends vor dem Schlafengehen im Moor anziehe?«

Bei dieser Vorstellung mußte sie lachen, so daß sich seine verärgerte Miene ein wenig aufhellte.

»Also, du Dummkopf«, erbarmte sie sich, »komm mit in die Spülküche. Wir bürsten und kämmen dich, bevor Mama und Papa dich zu Gesicht bekommen.«

Er funkelte sie an und wandte sich dann gleichermaßen bestürzt und verärgert zu mir um. »Warum, verflixt noch mal, glaubt jeder, daß es hilft, wenn man sauber ist?«

Jamie grinste, stieg ab und klopfte Ian auf die Schulter, so daß eine kleine Staubwolke aufstieg.

»Schaden kann es nicht, Ian. Geh schon. Es ist bestimmt besser, wenn deine Eltern sich nicht über alles gleichzeitig aufregen müssen. Und zuerst möchten sie ohnehin deine Tante begrüßen.«

»Mmmpf.« Unter mißmutigem Nicken folgte der junge Ian seiner resoluten Schwester zum hinteren Teil des Hauses.

»Was hast du denn gegessen?« hörte ich sie sagen, als sie an ihrem Bruder emporschielte. »Dein Mund ist so verschmiert.«

»Das ist kein Schmutz, das ist ein Bart!« zischte er zornig und blickte sich hastig um, um zu sehen, ob ich oder Jamie den Wortwechsel gehört hatten. Seine Schwester blieb wie angewurzelt stehen und betrachtete ihn genauer.

»Ein Bart?« wiederholte sie laut und skeptisch. »*Du?*«

»Jetzt komm schon.« Er packte sie am Ellbogen und zog sie verlegen durch das Tor des Gemüsegartens.

Jamie drückte den Kopf an meinen Schenkel. Bei oberflächlicher Betrachtung hätte man vermuten können, er wolle die Satteltaschen öffnen, aber tatsächlich vibrierten seine Schultern vor lautlosem Gelächter.

»Die Luft ist rein, sie sind weg«, sagte ich einen Augenblick später, das Lachen mühsam unterdrückend.

Jamies roter Kopf tauchte aus meinen Röcken auf. Er trocknete seine feuchten Augen an einem Stoffzipfel.

»Ein Bart? *Du?*« ächzte er, und wir platzten wieder los. Atemlos schüttelte er den Kopf. »Lieber Himmel, sie ist wie ihre Mutter. Genau das hat Jenny zu mir gesagt, und im selben Ton, als ich mich zum erstenmal rasiert habe. Ich hab' mir vor Schreck fast die Kehle durchgeschnitten.« Er fuhr sich sanft über die dichten, weichen Stoppeln, die Kinn und Hals bedeckten.

»Willst du dich rasieren, bevor wir Jenny und Ian begrüßen?« fragte ich ihn.

»Nein«, antwortete er kopfschüttelnd und strich sich das Haar zurück, das sich aus dem Pferdeschwanz gelöst hatte. »Der junge Ian hat recht: Sauber zu sein hilft nichts.«

Zweifellos hatten Ian und Jenny das Hundegebell gehört. Bei unserem Eintreffen erwarteten sie uns beide im Salon. Sie saß mit einem Strickstrumpf auf dem Sofa, er stand in schlichtem braunen Rock und Kniehosen vor dem Kaminfeuer und wärmte sich die Waden. Ein Tablett mit Gebäck und hausgemachtem Bier stand als Willkommensgruß bereit.

Diese Begrüßung ließ mich meine Erschöpfung vergessen. Mit einem Lächeln wandte Ian sich uns zu. Aber mich interessierte vor allem Jenny.

Ihr schien es genauso zu gehen. Schweigend saß sie auf dem Sofa und blickte aufmerksam zur Tür. Sie sah anders aus, war mein erster Gedanke, dann aber erschien sie mir plötzlich ganz und gar unverändert. Ihr Haar war nach wie vor lockig und dicht, wenn auch nicht mehr so tiefschwarz, sondern von silbernen Strähnen durchzogen. Auch die breiten, hohen Wangenknochen und die lange Nase, die sie mit Jamie gemein hatte, waren mir vertraut. Der seltsam veränderte Gesichtsausdruck rührte von dem flackernden Schein des Feuers her, der erst die Falten um Mund und Augen vertiefte und ihr das Aussehen einer alten Frau verlieh und sie dann wieder frisch wie ein junges Mädchen wirken ließ.

Bei unserer Begegnung im Bordell hatte Ian reagiert, als wäre ich ein Gespenst. Genauso verhielt Jenny sich jetzt. Sie zwinkerte ein bißchen, der Mund stand ihr offen, aber ansonsten blieb ihr Gesichtsausdruck unverändert, als ich auf sie zuging.

Jamie folgte mir. Er hielt meinen Ellbogen umfaßt und drückte ihn ein wenig, als wir ans Sofa traten. Dann ließ er los. Ich hatte das Gefühl, bei Hof eingeführt zu werden, und widerstand dem Verlangen, einen Knicks zu machen.

»Wir sind wieder da, Jenny«, sagte er.

Sie warf einen Blick auf ihren Bruder, bevor sie mich erneut anstarrte.

»Bist du es wirklich, Claire?« Ihre weiche Stimme klang vertraut. Aber es war nicht die entschlossene Stimme der Frau, die ich in Erinnerung hatte.

»Ja«, erwiderte ich. Lächelnd streckte ich ihr meine Hände entgegen. »Ich freue mich, dich zu sehen, Jenny.«

Vorsichtig nahm sie meine Hände. Doch dann griff sie fester zu und erhob sich. »Himmel, du bist es wirklich!« rief sie, und plötzlich stand die Frau, die ich gekannt hatte, wieder vor mir. Ihre dunkelblauen Augen sprühten vor Leben und erforschten neugierig mein Gesicht.

»Natürlich ist sie es«, meinte Jamie schroff. »Ian hat es dir doch gewiß gesagt. Oder hast du gedacht, er lügt?«

»Du hast dich fast nicht verändert«, bemerkte sie, ohne auf die Worte ihres Bruders zu achten, und berührte erstaunt mein Gesicht. »Deine Haare sind etwas heller, aber, lieber Himmel, du siehst aus wie damals.« Ihre Finger fühlten sich kühl an, und ihre Hände rochen nach Kräutern und roter Johannisbeermarmelade und der Wolle, die sie gerade verarbeitete.

Der Duft der Wolle ließ die Vergangenheit wieder aufleben. Unzählige Erinnerungen an diesen Ort und die glückliche Zeit, die ich hier verbracht hatte, kehrten zurück, und meine Augen füllten sich mit Tränen.

Jenny bemerkte es und umarmte mich fest. Weich spürte ich ihr Haar an meinem Gesicht. Obwohl sie um etliches kleiner und zierlicher war als ich, fühlte ich mich geschützt und geborgen.

Nach einer Weile trat sie zurück. »Guter Gott, du riechst ja sogar wie früher!« lachte sie, und ich stimmte in ihr Gelächter ein.

Ian hatte sich neben mich gestellt. Er beugte sich vor, umarmte mich und huschte mit den Lippen über meine Wange. Er roch nach getrocknetem Heu und Kohlblättern, und über seinem moschusartigen Körpergeruch wehte ein Hauch von Torfrauch.

»Schön, dich wiederzusehen, Claire«, sagte er. Seine weichen, braunen Augen lächelten mich an und verstärkten mein Gefühl, wieder zu Hause zu sein. »Magst du vielleicht etwas essen?« Er deutete auf das Tablett, das auf dem Tisch stand.

Ich zögerte einen Augenblick, doch Jamie war schon unterwegs.

»Ein Tropfen käme nicht ungelegen, Ian«, meinte er.

»Möchtest du auch, Claire?«

Wir setzten uns ans Feuer, Gläser wurden gefüllt, Gebäck herumgereicht und mit vollem Mund höfliche Bemerkungen ausgetauscht. Trotz der offenkundigen Herzlichkeit spürte ich die unterschwellige Spannung, die nicht allein von meiner unerwarteten Wiederkehr herrührte.

Jamie, der neben mir auf der Eichenbank saß, nippte nur an seinem Bier und rührte den Haferkuchen nicht an. Mir war klar, daß er sich nicht aus Hunger auf die Erfrischungen gestürzt hatte, sondern um seine Enttäuschung darüber zu verbergen, daß ihn weder seine Schwester noch sein Schwager zum Empfang umarmt hatten.

Ian und Jenny tauschten einen kurzen, Jenny und Jamie einen längeren, für mich unergründlichen Blick. Ich fühlte mich hier in mehr als einer Hinsicht als Fremde, also hielt ich die Augen gesenkt und beobachtete unter halbgeschlossenen Lidern, was sich um mich herum abspielte. Jamie saß links neben mir, und ich spürte, wie er mit den steifen Fingern seiner Rechten rhythmisch auf seinen Oberschenkel klopfte.

Als das Gespräch, falls man es überhaupt als solches bezeichnen konnte, verebbte, trat ein beklemmendes Schweigen ein. Neben dem leisen Zischen des Torffeuers vernahm ich gedämpfte Geräusche aus der Küche – nichts im Vergleich zu früher, als im Haus ständig reges Treiben herrschte, immer jemand die Treppe hinaufoder hinunterpolterte und der Lärm der Kinder aus dem ersten Stock drang.

»Wie geht es den Kindern?« fragte ich Jenny, um das Schweigen zu brechen. Als sie zusammenzuckte, merkte ich, daß ich wohl die falsche Frage gestellt hatte.

»Ach, es geht ihnen gut«, antwortete sie zögernd. »Sie sind alle wohlauf, und unsere Enkelkinder genauso.« Der Gedanke an sie entlockte ihr ein Lächeln.

»Die meisten sind auf Besuch beim jungen Jamie«, warf Ian ein und beantwortete damit meine eigentliche Frage. »Seine Frau hat letzte Woche ein Baby bekommen, und die Mädchen gehen ihr ein wenig zur Hand. Michael ist im Augenblick in Inverness, um ein paar Pakete aus Frankreich zu holen.«

Rasch tauschten Ian und Jamie einen Blick. Jamie neigte unmerklich den Kopf, was Ian mit einem Nicken beantwortete. Was zum Teufel sollte das nun wieder bedeuten? Die Atmosphäre im

Raum war zum Zerreißen gespannt. Am liebsten wäre ich aufgestanden und hätte die Versammlung zur Ordnung gerufen.

Offensichtlich empfand Jamie ähnlich. Er räusperte sich, blickte Ian in die Augen und sprach den wichtigsten Punkt der Tagesordnung an: »Wir haben den Jungen mitgebracht.«

Ian atmete geräuschvoll ein, und sein freundliches Gesicht verhärtete sich. »Ach ja?«

Ich spürte, wie sich Jamies Muskeln strafften, als er sich zur Verteidigung seines Neffen wappnete.

»Der Junge ist in Ordnung, Ian«, meinte er.

»So, ist er das?« Die Antwort kam von Jenny. »Man mag es kaum glauben, wenn man ihn zu Hause erlebt. Aber vielleicht ist er bei dir anders, Jamie.« Ihre Stimme klang anklagend, und Jamie versteifte sich.

»Nett von dir, ihn in Schutz zu nehmen, Jamie«, warf Ian ein und lächelte kühl. »Aber wir wollen es uns von ihm selbst erzählen lassen. Ist er oben?«

Jamies Mundwinkel zuckten. Gleichmütig antwortete er: »Ich glaube, er ist in der Spülküche. Er wollte sich noch waschen, bevor er euch gegenübertritt.« Warnend drückte er meinen Schenkel. Kein Wort über Janet. Ich verstand. Sie war mit ihren Geschwistern fortgeschickt worden, damit Jenny und Ian sich in Ruhe um mich und ihren Ausreißer kümmern konnten, war aber heimlich wieder zurückgekommen, um einen Blick auf ihre berüchtigte Tante Claire werfen zu können oder um ihrem Bruder Beistand zu leisten.

Ians Schritte und das regelmäßige Klopfen seines Holzbeins hallten aus dem Flur. Er war in die Spülküche gegangen. Jetzt kam er mit dem jungen Ian zurück, den er grimmig vor sich herschob.

Seife, Wasser und Rasiermesser hatten ihr Bestes getan, um den verlorenen Sohn in einen adretten Jungen zu verwandeln. Seine mageren Wangen waren gerötet, und das nasse Haar stand ihm im Nacken in Spitzen ab. Den Staub auf seinem Rock hatte er größtenteils abgebürstet und den Hemdkragen ordentlich zugeknöpft. Aus der verkohlten Hälfte seines Schopfes war nicht viel zu machen gewesen, dafür war die andere Seite hübsch ordentlich gekämmt. Obwohl er keine Halsbinde trug und in seinen Kniehosen ein Riß klaffte, sah er doch alles in allem so gut aus, wie man überhaupt nur aussehen kann, wenn man damit rechnet, jeden Augenblick erschossen zu werden.

»Mama«, begrüßte er seine Mutter und nickte ihr verlegen zu.

»Ian«, entgegnete sie so sanft, daß er, verwirrt über den freundlichen Ton, aufblickte. Ihr Mund verzog sich zu einem Lächeln, als sie sein Gesicht sah. »Ich bin froh, daß du wieder daheim bist, *mo chridhe*.«

Die Miene des Jungen erhellte sich augenblicklich, als hätte man dem Exekutionskommando seine Begnadigung verkündet. Doch ein Blick in das Gesicht seines Vaters ließ ihn erstarren. Er schluckte, ließ den Kopf hängen und starrte auf die Dielenbohlen.

»Mmmpf.« Ian klang überaus streng. Er hatte mehr Ähnlichkeit mit Reverend Campbell als mit dem gelassenen Mann, den ich von früher her kannte. »Also, ich möchte wissen, was du zu deiner Verteidigung vorzubringen hast, Junge.«

»Ach, nun… ich…« Der junge Ian hielt inne, bevor er erneut ansetzte. »Tja… eigentlich nichts, Vater«, murmelte er.

»Sieh mich an!« sagte Ian scharf. Widerstrebend hob der Junge den Kopf und blickte seinem Vater ins Gesicht.

Aber seine Augen wanderten unruhig umher, als hätte er Angst, allzulange in das strenge Gesicht blicken zu müssen.

»Weißt du überhaupt, was du deiner Mutter angetan hast?« fragte Ian. »Du bist einfach weggegangen, und sie wußte nicht, ob du verwundet bist oder gar tot! Du bist verschwunden, ohne ein Sterbenswörtchen zu sagen, drei Tage lang nicht eine Spur von dir, bis Joe Fraser uns deinen Brief gebracht hat! Kannst du dir vorstellen, was diese drei Tage für sie bedeutet haben?«

Entweder war es Ians Gesichtsausdruck oder seine Worte, jedenfalls schien sein Sprößling ziemlich verstört. Der junge Ian senkte wieder den Kopf und starrte zu Boden.

»Ich dachte, Joe würde den Brief früher bringen«, murmelte er.

»Aye, der Brief!« Ians Gesicht wurde noch röter, während er sprach. »›Bin nach Edinburgh gegangen‹ war alles, was darin stand.« Er schlug mit der Hand auf den Tisch, so daß alle zusammenzuckten. »Nach Edinburgh gegangen! Nicht etwa ›mit Eurer Erlaubnis‹ oder ›Ich melde mich bald‹, nichts als: ›Liebe Mutter, ich bin nach Edinburgh gegangen. Ian.‹«

Der Kopf des Jungen schnellte hoch, seine Augen glühten.

»Das stimmt nicht! Da stand noch ›Macht Euch keine Sorgen‹ ›*In Liebe*, Ian‹. Nicht wahr, Mutter?« Zum erstenmal sah er flehentlich seine Mutter an.

Sie hatte sich mucksmäuschenstill verhalten und keine Miene verzogen, nachdem ihr Mann das Wort ergriffen hatte. Jetzt blickten ihre Augen sanfter, und sie ließ sich fast zu einem Lächeln hinreißen.

»Ja, Ian, das stimmt«, erklärte sie. »Das war wirklich nett von dir. Aber ich habe mir dennoch Sorgen gemacht, verstehst du?«

Er senkte die Lider und schluckte.

»Es tut mir leid, Mama«, sagte er kaum hörbar. »Ich… ich wollte nicht…« Seine Worte erstarben, und er zuckte die Achseln.

Als Jenny unvermittelt die Hand nach ihm ausstrecken wollte, begegnete sie dem Blick ihres Mannes und ließ sie wieder in den Schoß sinken.

»Die Sache ist die«, sagte Ian klar und deutlich, »daß es nicht das erstemal war, nicht wahr, Ian?«

Der Junge antwortete nicht, sondern machte nur eine Bewegung, die Zustimmung bedeuten mochte. Der Vater trat auf seinen Sohn zu. Obwohl sie nahezu gleich groß waren, unterschieden sie sich doch gewaltig voneinander. Ian war zwar groß und schlank, aber trotzdem ein muskulöser, kräftiger Mann, der durch sein Holzbein kaum behindert wurde. Im Gegensatz zu ihm wirkte sein Sohn fast zerbrechlich und unbeholfen.

»Nein, es ist nicht so, als hättest du nicht gewußt, was du tust, als hätten wir dich nicht über die Gefahren aufgeklärt, als hätten wir dir nicht verboten, über Broch Mordha hinaus zu gehen – und als hättest du nicht gewußt, daß wir uns Sorgen machen! Du hast das alles ganz genau gewußt – und trotzdem hast du es getan!«

Bei dieser gnadenlosen Analyse seines Verhaltens überlief den jungen Ian ein leiser Schauder, aber er hüllte sich hartnäckig in Schweigen.

»Sieh mich an, Bursche, wenn ich mit dir rede!« Langsam hob der Junge den Kopf. Sein Blick war mürrisch, aber auch resigniert. Offensichtlich waren ihm Auftritte wie dieser nicht fremd, und er wußte, womit sie endeten.

»Ich werde deinen Onkel nicht einmal fragen, was du getrieben hast«, erklärte Ian. »Ich kann nur hoffen, daß du dich in Edinburgh nicht so dumm aufgeführt hast wie hier. Was immer du sonst noch angestellt haben magst, auf jeden Fall hast du mir nicht gehorcht und deiner Mutter fast das Herz gebrochen.«

Jenny wollte etwas einwerfen, doch eine brüske Handbewegung von Ian gebot ihr Schweigen.

»Was habe ich dir gesagt, Ian, als ich dich das letztemal geschlagen habe? Sag es mir!«

Das Gesicht des Jungen verhärtete sich, aber er schwieg.

»Sag es mir!« brüllte Ian und schlug abermals mit der Hand auf den Tisch.

Erschrocken zwinkerte der junge Ian. Er spannte die Schultern an und löste sie wieder, als könnte er sich nicht entscheiden, ob er nun lieber ganz klein oder viel größer wäre. Er schluckte schwer und zwinkerte noch einmal.

»Du hast gesagt… du ziehst mir das Fell ab, wenn es noch einmal passiert.« Beim letzten Wort machte sich wieder der Stimmbruch bemerkbar, und er preßte verlegen die Lippen aufeinander.

Ian schüttelte mißbilligend den Kopf. »Aye. Und ich dachte, du hättest genügend Verstand, um zu verhindern, daß es ein nächstes Mal gibt. Aber da habe ich mich wohl getäuscht!« Er schnaubte. »Ich bin wirklich sehr zornig, Ian, und das ist die Wahrheit.« Er deutete mit dem Kopf zur Tür. »Geh hinaus. Wir sehen uns am Tor wieder.«

Im Raum herrschte angespanntes Schweigen, während die schlurfenden Schritte des Missetäters auf dem Flur verhallten. Ich blickte unverwandt auf meine im Schoß gefalteten Hände. Neben mir saß Jamie, holte tief Luft und nahm eine etwas aufrechtere Haltung ein.

»Ian«, sprach er seinen Schwager freundlich an. »Ich wünschte, du würdest es nicht tun.«

»Was?« Ians Stirn war immer noch vor Zorn gerunzelt, als er sich zu Jamie umdrehte. »Den Jungen verprügeln? Und was geht dich das an?«

Jamie kniff die Lippen zusammen, aber seine Stimme blieb ruhig.

»Es geht mich nichts an, Ian – es ist dein Sohn. Du kannst mit ihm tun, was du magst. Aber vielleicht läßt du mich sein Verhalten ein bißchen erklären?«

»Sein Verhalten...?« rief Jenny und erwachte zum Leben. Sie mochte die Bestrafung ihres Sohnes Ian überlassen, aber wenn ihr Bruder sich einmischte, hatte sie ein Wort mitzureden. »Sich des Nachts davonschleichen, meinst du das? Oder sich mit Verbrechern zusammentun und den Kopf für ein Faß Weinbrand riskieren?«

Ian brachte sie mit einer Handbewegung zum Schweigen. Er zögerte nachdenklich, bevor er Jamie zunickte, er solle fortfahren.

»Mit Verbrechern wie mir?« fragte Jamie seine Schwester gereizt. Ihre Blicke trafen sich.

»Weißt du, woher das Geld stammt, das dich, deine Kinder und all die anderen hier vor dem Hungertod und das Dach vor dem Einstürzen bewahrt? Bestimmt nicht vom Psalmendrucken in Edinburgh.«

»Denkst du etwa, daß ich das geglaubt habe?« fuhr sie ihn an. »Habe ich dich je gefragt, was du tust?«

»Nein«, gab er zurück. »Und du möchtest es lieber nicht wissen... aber du weißt es, nicht wahr?«

»Machst du mich für das, was du tust, verantwortlich? Ist es meine Schuld, daß ich Kinder habe, die etwas zu essen brauchen?« Im Gegensatz zu Jamie errötete sie nicht vor Zorn, sondern wurde kalkweiß.

Ich sah ihn gegen seine Wut ankämpfen. »Dich verantwortlich machen? Nein, natürlich nicht. Aber ist es richtig von dir, mir die Schuld daran zu geben, daß Ian und ich euch von dem Ertrag, den der Boden abwirft, nicht ernähren können?«

Auch Jenny mußte ihre aufsteigende Wut zügeln. »Nein«, sagte sie. »Du tust, was du tun mußt, Jamie. Du weißt selbst ganz genau, daß ich nicht dich meinte, als ich von ›Verbrechern‹ sprach, aber...«

»Du meinst damit also die Männer, die für mich arbeiten. Jenny, ich mache genau das gleiche wie sie. Wenn sie Verbrecher sind, was bin dann ich?« Mit funkelnden Augen starrte er sie an.

»Du bist mein Bruder«, sagte sie kurz. »Auch wenn mich das manchmal gar nicht freut. Verdammt noch mal, Jamie Fraser, du weißt ganz genau, daß ich mit dir über das, was du tust, nicht streiten will. Wenn du Leute auf der Landstraße ausrauben oder ein Bordell in Edinburgh betreiben würdest, dann würdest du es deshalb tun, weil dir nichts anderes übrigbliebe. Aber das heißt nicht, daß es mir gefällt, wenn mein Sohn darin verwickelt wird.«

Als sie das Bordell in Edinburgh erwähnte, verengten sich Jamies Augen. Er warf einen anklagenden Blick auf Ian, der jedoch den Kopf schüttelte. Er war sprachlos über die Heftigkeit seiner Frau.

»Kein Wort habe ich gesagt«, erklärte er kurz. »Du weißt doch, wie sie ist.«

Jamie holte tief Luft und wandte sich wieder an Jenny, offenbar fest entschlossen, vernünftig mit ihr zu reden.

»Aye, ich verstehe. Aber ich würde den jungen Ian doch niemals in Gefahr bringen. Mein Gott, Jenny, ich liebe ihn wie meinen eigenen Sohn.«

»Aye?« Der Zweifel in ihrer Stimme war unüberhörbar. »Deshalb hast du ihn wohl ermutigt, von daheim wegzulaufen, und ihn bei dir behalten, ohne uns einen Ton zu sagen?«

Jamie besaß wenigstens den Anstand, beschämt zu wirken.

»Aye, das tut mir leid«, murmelte er. »Ich wollte eigentlich...« Er hielt inne und machte eine ungeduldige Handbewegung. »Es tut nichts zur Sache, was ich eigentlich wollte. Ich hätte euch benachrichtigen sollen und habe es nicht getan. Aber daß ich ihn ermutigt habe, wegzulaufen...«

»Nein. Ich glaube kaum, daß es so war«, unterbrach Ian ihn. »Zumindest nicht so direkt.«

Er sah nicht mehr zornig aus, sondern müde und ein bißchen traurig. Im Licht der Abenddämmerung wirkte er hohlwangig und schmal.

»Der Junge liebt dich, Jamie«, sagte er ruhig. »Ich merke, wie er dir zuhört, wenn du uns besuchst und von dir erzählst. Ich kann es in seinem Gesicht lesen. Er denkt, dein Leben besteht nur aus Aufregung und Abenteuer, endlos weit entfernt von dem Ziegenmist, den er auf Mutters Beeten zu verteilen hat.« Er lächelte unwillkürlich.

Jamie erwiderte sein Lächeln und zuckte mit den Achseln. »Aber ist es nicht normal für einen Jungen in diesem Alter, Abenteuer erleben zu wollen? Du und ich waren nicht anders.«

»Das mag ja sein, aber auf jeden Fall sollte er nicht die Abenteuer erleben, die du ihm bescherst«, unterbrach Jenny streng. Sie schüttelte den Kopf, und die Falte zwischen den Augenbrauen wurde tiefer, als sie ihren Bruder mißbilligend anblickte. »Gott hat ein Auge auf dich, Jamie, sonst wärst du schon ein dutzendmal gestorben.«

»Aye, vermutlich hat er noch was mit mir vor und läßt mich daher nicht im Stich.« Jamie schaute mich lächelnd an und suchte meine Hand. Jenny warf mir einen unergründlichen Blick zu, bevor sie den Faden wiederaufnahm.

»Wie dem auch sei«, sagte sie, »ich bin mir nicht sicher, ob das auch für unseren Sohn gilt.« Ihr Gesichtsausdruck wurde etwas weicher, als sie Jamie ansah.

»Ich weiß nicht, wie du lebst, Jamie, aber ich kenne dich gut genug, um zu wissen, daß es kein Leben für einen kleinen Jungen ist.«

»Mmmpf.« Jamie strich sich mit der Hand über das stoppelige Kinn und machte noch einen Anlauf. »Aber genau das meine ich. Er hat sich in der letzten Woche wie ein Mann benommen. Ich finde es nicht in Ordnung, daß du ihn wie einen kleinen Jungen verprügeln willst, Ian.«

Jenny runzelte verächtlich die Brauen.

»Er, ein Mann? Er ist doch fast noch ein Kleinkind, Jamie. Er ist erst vierzehn.«

Trotz seiner Verärgerung hob sich einer seiner Mundwinkel.

»Ich war mit vierzehn ein Mann, Jenny«, sagte Jamie leise.

Sie schnaubte, doch ihre Augen wurden feucht.

»Du hast gedacht, du wärst einer.« Sie erhob sich und wandte sich abrupt ab. »Aye, ich erinnere mich noch gut.« Sie wandte sich mit dem Gesicht zum Bücherregal und stützte sich darauf, als suchte sie Halt. »Du warst ein schneidiger Kerl, Jamie, als du, den blinkenden Dolch am Schenkel, mit Dougal in deinen ersten Kampf geritten bist. Ich war sechzehn, und ich hatte nie zuvor jemanden gesehen, der so gut ausgesehen hat wie du auf deinem Pony, so aufrecht und groß. Dann bist du zurückgekehrt, verdreckt von oben bis unten, mit einem Kratzer im Gesicht, weil du in die Brombeeren geflogen bist. Wie stolz Dougals Vater von dir berichtet hat, wie mutig du die Gegner in die Flucht geschlagen hast. Als dir ein Breitschwert eine Beule auf die Stirn geschlagen hat, ist dir kein Muckser über die Lippen gekommen.« Nachdem sie die

Fassung wiedergefunden hatte, wandte sie sich zu ihrem Bruder um. »Das ist ein ganzer Mann, aye?«

Jamie schmunzelte.

»Na ja, vielleicht gehört noch ein wenig mehr dazu«, räumte er ein.

»Ach, wirklich? Und was? Bei einem Mädchen zu liegen? Oder einen Mann zu töten?«

Ich war immer der Meinung gewesen, daß Jenny Fraser über eine gewisse Hellsichtigkeit verfügte, insbesondere was ihren Bruder betraf. Offensichtlich gelang es ihr auch bei ihrem Sohn. Jamies Wangen röteten sich noch mehr, aber er verzog keine Miene.

Bedächtig schüttelte sie den Kopf, ohne den Blick von ihrem Bruder abzuwenden. »Nein, der junge Ian ist noch kein Mann, aber du bist einer, Jamie. Und du kennst den Unterschied verdammt gut.«

Ian, der den hitzigen Wortwechsel zwischen den beiden Frasers ebenso gebannt verfolgt hatte wie ich, räusperte sich.

»Das ist jetzt einerlei«, fuhr er dazwischen, »Ian wartet bereits eine Viertelstunde auf seine Strafe. Ob es nun richtig ist, ihn zu verprügeln oder nicht, auf alle Fälle ist es grausam, ihn länger auf die Folter zu spannen.«

»Mußt du es wirklich tun, Ian?« setzte Jamie zu einem letzten Versuch an.

»Tja«, erklärte Ian, »jetzt habe ich dem Jungen gesagt, daß er mit Prügeln rechnen muß, und er weiß genau, daß er sie auch verdient. Ich kann mein Wort nicht zurücknehmen. Aber ich habe nicht vor, es selbst einzulösen.« Aus seinen braunen Augen blitzte der Schalk. Er griff in eine Schublade der Anrichte und nahm einen breiten Lederriemen heraus, den er Jamie in die Hand drückte. »Diese Aufgabe übernimmst du.«

»Ich?« Jamie erstarrte vor Schreck. Er versuchte, Ian den Riemen zurückzugeben, doch sein Schwager wehrte ab. »Ich kann den Jungen nicht auspeitschen.«

»Aber ja doch«, entgegnete Ian und verschränkte die Arme. »Du hast oft genug erklärt, du liebtest ihn wie einen eigenen Sohn.« Freundlich, aber entschlossen blickte er ihn an. »Ich sage dir, Jamie... es ist nicht so einfach, sein Vater zu sein. Am besten, du überzeugst dich selbst davon.«

Jamie blickte zunächst auf Ian, dann auf seine Schwester. Sie hielt dem Blick stand.

»Du verdienst es genauso wie er, Jamie. Nun geh schon.«

Jamie preßte die Lippen hart aufeinander, und seine Nasenflügel bebten. Dann drehte er sich auf dem Absatz um und verschwand.

Jenny warf einen Blick auf Ian und mich, bevor sie sich zum Fenster wandte. Da wir beide ein gutes Stück größer waren als sie, stellten wir uns hinter sie. Die Abenddämmerung senkte sich rasch, doch es war noch hell genug, um den ermatteten Knaben zu erkennen, der, ungefähr zwanzig Meter vom Haus entfernt, mutlos an einem Holzgatter lehnte.

Als er Schritte hörte, hob er den Kopf. Beim Anblick seines Onkels richtete er sich überrascht auf.

»Onkel Jamie!« Als er den Riemen sah, wurde er noch ein bißchen größer. »Wirst *du*... mich auspeitschen?«

Es war so still, daß ich sogar das Zischen hörte, mit dem Jamie die Luft einsog.

»Darum komme ich wohl nicht herum«, sagte er offen. »Aber erst muß ich dich um Verzeihung bitten, Ian.«

»Mich?« Der junge Ian klang verdutzt. Offensichtlich war er nicht daran gewöhnt, daß sich Ältere bei ihm entschuldigten, insbesondere kurz vor einer Tracht Prügel. »Aber das brauchst du doch nicht, Onkel Jamie.«

Die größere Gestalt lehnte sich an das Tor und sah auf die kleinere hinunter.

»Doch. Es war falsch von mir, dich in Edinburgh zu lassen, und vielleicht war es auch falsch, dir von meinem Leben zu erzählen und dich auf den Gedanken zu bringen wegzulaufen. Ich hätte dich lieber nicht überallhin mitnehmen sollen und habe dich vielleicht sogar in Gefahr gebracht. Wenn ich nicht wäre, hättest du nicht so großen Ärger mit deinen Eltern bekommen. Es tut mir leid, Ian, und ich bitte dich um Verzeihung.«

»Oh.« Der Junge fuhr sich sprachlos durchs Haar. »Ja... gut. Natürlich, Onkel Jamie.«

»Danke, Ian.«

Sie standen eine Weile schweigend da, dann seufzte der Junge und straffte die Schultern.

»Dann bringen wir es jetzt am besten hinter uns, oder?«

»Ja.« Jamies Stimme klang mindestens so widerstrebend wie die seines Neffen. Ich hörte Ian neben mir schnauben, ob aus Entrüstung oder vor Vergnügen, konnte ich nicht sagen.

Resigniert wandte sich der junge Ian mit dem Gesicht zum Tor. Jamie folgte zögerlich. Mittlerweile war es fast dunkel geworden, so daß man aus der Entfernung nur noch ihre Umrisse sah. Aber man hörte jedes Wort. Jamie hatte sich hinter seinen Neffen gestellt, unsicher, was er als nächstes tun sollte.

»Mmmpf. Und wieviel... dein Vater...«

»Normalerweise zehn, Onkel«, sagte Ian über die Schulter. Nachdem er seinen Rock abgelegt hatte, nestelte er an seinem Gürtel. »Zwölf, wenn's ziemlich schlimm ist, und fünfzehn, wenn es ein wirklich schreckliches Vergehen ist.«

»War es diesmal nur schlimm oder ziemlich schlimm?«

Der Junge lachte kurz und unwillig auf.

»Wenn Vater es *dir* aufträgt, ist es ein wirklich schreckliches Vergehen, aber ich stimme für ziemlich schlimm. Gib mir lieber zwölf.«

Wieder hörte ich Ian schnauben. Diesmal klang es eindeutig amüsiert. »Ehrlicher Bursche«, murmelte er.

»In Ordnung.« Nachdem Jamie tief Luft geschöpft hatte, holte er zum ersten Schlag aus. Da unterbrach Ian ihn.

»Warte, Onkel, ich bin noch nicht ganz soweit.«

»Mußt du das unbedingt tun?« Jamies Stimme klang belegt.

»Aye. Vater sagt, nur Mädchen dürfen die Röcke anbehalten, wenn sie ausgepeitscht werden«, erklärte der Junge. »Männer müssen es mit nacktem Hintern über sich ergehen lassen.«

Nachdem die Vorbereitungen abgeschlossen waren, trat Jamie einen Schritt zurück und holte aus. Man vernahm einen lauten Hieb, den Jenny stöhnend mitfühlte.

Abgesehen von einem tiefen Atemzug, tat der Knabe nicht einen Muckser, bis die Prozedur zu Ende war. Mir wurde flau dabei.

Schließlich ließ Jamie den Riemen sinken und wischte sich über die Stirn. Er streckte eine Hand nach Ian aus, der über dem Zaun lehnte. »Alles in Ordnung, Junge?« Der junge Ian richtete sich mühsam auf und zog seine Kniehosen hoch. »Aye, Onkel. Danke.« Seine Stimme klang ein wenig belegt, aber ruhig und gefaßt. Er ergriff Jamies Hand. Anstatt den Jungen zurück ins Haus zu führen, reichte Jamie ihm den Riemen.

»Du bist dran«, sagte er, ging zum Tor und beugte sich vornüber.

Ian war ebenso entsetzt wie wir.

»Was?« rief er fassungslos.

»Du bist dran, habe ich gesagt«, wiederholte sein Onkel mit fester Stimme. »Erst hab’ ich dich bestraft. Jetzt versohlst du mich.«

»Das kann ich nicht, Onkel!« Der junge Ian war so außer sich, als hätte sein Onkel ihn aufgefordert, in aller Öffentlichkeit eine unzüchtige Handlung zu begehen.

»Doch, du kannst«, erwiderte Jamie, richtete sich auf und blickte seinen Neffen an. »Ich habe genau wie du einen Fehler begangen und muß nun ebenso dafür bezahlen. Mir hat es keinen Spaß bereitet, dich auszupeitschen, und dir macht es ebensowenig Spaß, aber wir stehen es beide durch. Verstanden?«

»A-aye, Onkel«, stotterte der Junge.

»Also los!« Er ließ seine Hose runter, beugte sich vornüber und klammerte sich am Zaun fest. Ian stand wie gelähmt da, den schlaffen Riemen in der Hand.

»Nun mach schon.« Jamies Stimme klang unerbittlich. So sprach er auch mit den Whiskyschmugglern. Sich zu widersetzen war undenkbar. Ängstlich gehorchte Ian und holte halbherzig aus. Man vernahm ein dumpfes Klatschen.

»Der zählt nicht«, sagte Jamie mit fester Stimme. »Mann, für mich war es genauso schwierig, wie es jetzt für dich ist. Mach deine Arbeit anständig!«

Wild entschlossen straffte der Junge die Schultern. Das Leder pfiff durch die Luft und ging wie ein Blitzschlag hernieder. Als die Gestalt am Zaun ein verblüfftes Keuchen ausstieß, kicherte Jenny entsetzt.

Jamie räusperte sich. »Aye, so ist’s in Ordnung. Mach weiter.«

Wir hörten, wie Ian zwischen den Peitschenhieben sorgfältig mitzählte. Aber abgesehen von einem unterdrückten »Himmel!« nach dem neunten Peitschenhieb, war von Jamie kein Laut zu vernehmen.

Wir seufzten erleichtert auf, als er nach dem letzten Hieb vom

Zaun zurücktrat und sein Hemd wieder in die Hose steckte. Er neigte den Kopf höflich vor seinem Neffen. »Danke, Ian.« Weniger förmlich rieb er sich anschließend sein Hinterteil und meinte gequält: »Mein lieber Mann, dein Schlag kann sich sehen lassen!«

»Deiner auch, Onkel!« antwortete Ian und ahmte Jamie nach. Die beiden standen in der Dunkelheit und lachten. Jamie legte den Arm um seinen Neffen und ging mit ihm Richtung Haus. »Wenn's dir nichts ausmacht, Ian, dann möchte ich das nicht noch mal machen müssen, einverstanden?« fragte er.

»Einverstanden, Onkel Jamie.«

Kurz darauf öffnete sich die Haustür, und Ian und Jenny nahmen die beiden verlorenen Söhne wieder auf.

33

Der vergrabene Schatz

»Du siehst aus wie ein Pavian«, sagte ich.

»Ach, wirklich? Und was ist ein Pavian?« Jamie ließ sein Hemd auf den Kleiderhaufen fallen. Trotz der eiskalten Novemberluft, die durch das halbgeöffnete Fenster drang, fühlte er sich offensichtlich nicht unbehaglich.

Splitternackt streckte er sich, bis die Gelenke knackten.

»Meine Güte, was für ein gutes Gefühl, nicht mehr auf einem Pferd zu sitzen.«

»Mhm, ganz zu schweigen davon, in einem richtigen Bett zu liegen, anstatt in nassem Heidekraut schlafen zu müssen.« Ich rollte mich herum, kostete die Wärme der schweren Decken genußvoll aus und spürte, wie sich meine schmerzenden Muskeln in den unvergleichlich weichen Gänsedaunen entspannten.

»Also, erklärst du mir jetzt, was ein Pavian ist?« hakte Jamie nach. »Oder redest du bloß so zum Spaß?« Er wandte sich um und nahm einen ausgefransten Weidenzweig vom Waschgestell, um sich damit die Zähne zu putzen. Ich mußte über den Anblick lächeln. Selbst wenn ich viel von meinem Aufenthalt in der Vergangenheit vergessen hätte, wäre mir doch unauslöschlich im Gedächtnis haftengeblieben, daß annähernd alle Frasers und Murrays aus Lallybroch im Besitz ihrer Zähne gewesen waren, im Gegensatz zu den meisten Hochlandschotten oder Engländern.

»Ein Pavian«, begann ich, während ich entzückt Jamies muskulösen Rücken betrachtete, »ist ein Affe mit einem roten Hintern.«

Er lachte schnaubend und verschluckte sich fast an seinem Zweig. »Tja, was soll ich gegen diesen Vergleich einwenden, Sassenach?« Er grinste mich mit seinen strahlend weißen Zähnen an und warf den Zweig beiseite. »Es ist fast dreißig Jahre her, daß mir jemand das letztemal den Arsch versohlt hat«, fügte er hinzu und rieb sich behutsam die glühenden Pobacken. »Ich hatte ganz vergessen, wie das brennt.«

»Und der junge Ian hat geglaubt, dein Hintern wäre zäh wie Sattelleder«, sagte ich amüsiert. »War es das wert, was meinst du?«

»Aye«, entgegnete er knapp und schlüpfte zu mir ins Bett. Da sich sein Körper wie harter, kalter Marmor anfühlte, quiekte ich erschrocken, wehrte mich aber nicht, als er mich in die Arme nahm. »Meine Güte, bist du warm«, murmelte er.

»Komm, rutsch näher.« Seine Beine schoben sich zwischen meine, und er umschloß mein Hinterteil mit den Händen.

Er seufzte zufrieden, und ich lag entspannt an seiner Brust. Die Wärme meines Körpers drang durch das dünne Baumwollnachthemd, das Jenny mir geliehen hatte, und strahlte auf Jamie ab. Körperwärme war um vieles wirksamer als das Torffeuer, das für uns entfacht worden war.

»Aye, das war es wert«, sagte er. »Ich hätte den jungen Ian halb bewußtlos schlagen können – wie es sein Vater ein-, zweimal getan hat –, aber das hätte ihn nicht davon abgehalten, bei der nächstbesten Gelegenheit erneut davonzulaufen. Aber jetzt würde er eher über heiße Kohlen laufen, als das Risiko einzugehen, so etwas noch mal tun zu müssen.«

Ich zweifelte seine entschiedenen Worte nicht an. Nachdem der verdutzte Junge die Absolution seiner Eltern entgegengenommen hatte – von seiner Mutter in Form eines Kusses und von seinem Vater als rasche Umarmung –, hatte er sich mit einer Handvoll Törtchen versorgt und in sein Bett zurückgezogen, um dort über die seltsamen Folgen seines Ungehorsams nachzudenken.

Auch Jamie wurde mit Küssen bedacht. Ich vermutete, daß ihm das bei weitem wichtiger war als die Auswirkungen seiner Bestrafung auf den jungen Ian.

»Zumindest sind Jenny und Ian nicht mehr böse auf dich«, meinte ich.

»Richtig, obwohl ich nicht glaube, daß sie tatsächlich so wütend auf mich waren – ich denke, sie wußten einfach nicht, was sie mit dem Burschen anfangen sollen«, erklärte er. »Sie haben bereits zwei Söhne großgezogen. Der junge Jamie und Michael sind vortreffliche Kerle, aber beide schlagen mehr Ian nach. Sie sind sanftmütig und einfach im Umgang. Der junge Ian ist zwar auch ruhig, kommt aber mehr nach seiner Mutter und mir.«

»Die Frasers sind starrköpfig, was?« sagte ich lächelnd. Mit dieser Eigenschaft des Fraser-Clans hatte ich Bekanntschaft geschlossen, kurz nachdem ich Jamie zum erstenmal begegnet war.

Er schmunzelte.

»Aye. Der junge Ian sieht vielleicht wie ein Murray aus, aber eigentlich ist er ein Fraser. Es ist zwecklos, einen sturen Menschen anzuschreien oder zu schlagen. Er versucht nur noch verbissener, sich durchzusetzen.«

»Ich werde es mir merken«, sagte ich trocken. Seine Hand streichelte meinen Oberschenkel und schob dabei das Nachthemd Zentimeter um Zentimeter nach oben. Jamies innerer Ofen hatte seine Arbeit wiederaufgenommen. Ein Knie preßte sich gegen meinen Schenkel. Ich umfaßte sein Hinterteil und drückte es sanft.

»Dorcas hat mir erzählt, daß sich viele Männer das Privileg, im Bordell verprügelt zu werden, einiges kosten lassen. Sie sagt, sie fänden es erregend.«

Jamie schnaubte verächtlich.

»Wirklich? Wenn Dorcas das sagt, wird es wohl stimmen. Ich weiß es nicht. Da gibt es angenehmere Möglichkeiten, wenn du mich fragst. Allerdings«, fügte er gerecht hinzu, »ist es gewiß etwas anderes, wenn man ein appetitliches Mädel mit einer Peitsche in der Hand vor sich hat anstelle eines Vaters oder gar eines Neffen.«

»Möglich. Soll ich es mal versuchen?« Mein Gesicht lag in der Mulde unterhalb seiner sonnenverbrannten, zarten Kehle. Über dem Schlüsselbein glänzte die dreieckige Narbe. Ich drückte meine Lippen auf die pulsierende Stelle.

»Nein«, antwortete er ein wenig atemlos. Seine Finger lösten die Bänder meines Nachthemds, dann rollte er sich auf den Rücken und hob mich über sich. Mit einem Finger streifte er mir das Nachthemd von den Schultern. Jamies Augen wirkten noch katzenhafter, als er zu mir auflächelte. Die Lider halb geschlossen, umkreiste er mit seinen warmen Händen meine Brüste.

»Hab' ich nicht gesagt, daß es angenehmere Möglichkeiten gibt?«

Die Kerze war niedergebrannt, das Kaminfeuer schwelte nur noch. Ein Novemberstern funkelte blaß durch das beschlagene Fenster. Da sich meine Augen an das Dämmerlicht gewöhnt hatten, konnte ich jeden Gegenstand im Zimmer erkennen: den massiven weißen Porzellankrug und die Waschschüssel, die kleine Stickerei an der Wand und Jamies nachlässig hingeworfenes Bündel Kleider auf dem Schemel neben dem Bett.

Auch Jamie war klar zu erkennen. Er hatte die Decken zurückgeworfen, und seine Brust glänzte feucht. Zärtlich streichelte ich seinen Bauch.

»Es tut so gut«, sagte ich träumerisch, »den Körper eines Mannes berühren zu können.«

»Dir gefällt es also immer noch, hm?« Er klang scheu und erfreut zugleich. Er nahm mich in den Arm und strich mir über die Haare.

»Mhm.« Ich hatte es nicht bewußt vermißt, erinnerte mich aber allmählich an die damit verbundenen Freuden.

Meine Hand glitt über seinen flachen Bauch, den kleinen Höcker seines Hüftknochens und die Wölbung seines kräftigen Oberschenkels. Der Schein des verglimmenden Feuers fing sich im rotgoldenen Flaum, der seine Arme und Beine bedeckte, und leuchtete aus dem rostroten Dickicht zwischen seinen Schenkeln.

»Mein Gott, was bist du für eine herrlich behaarte Kreatur«, sagte ich.

»Aye, aber bisher war noch niemand wegen meines Pelzes hinter mir her«, sagte er genüßlich. Er umfaßte mein Gesäß und führte seinen Daumen sanft über die Rundung. Dann schob er einen Arm unter den Kopf und warf einen trägen Blick auf meinen Körper.

»Dich zu häuten lohnt sich ja sogar noch weniger, Sassenach.«

»Das möchte ich meinen.« Er fuhr fort, meinen Körper zu erforschen, und ich genoß die Wärme seiner Hand auf meinem Rücken.

»Hast du jemals einen glatten Ast gesehen, der lange Zeit in einem stillen Gewässer gelegen hat?« fragte er. Er fuhr mit seinem Finger über mein Rückgrat, daß ich eine Gänsehaut bekam. »Unzählige Luftbläschen haften wie silberner Rauhreif an ihm.« Seine Finger glitten über meine Rippen, Arme und mein Hinterteil, so daß sich meine Härchen überall aufstellten.

»Genauso siehst du aus, Sassenach«, sagte er fast flüsternd. »Glatt und nackt, in Silber getaucht.«

Schweigend lauschten wir eine Weile dem Regen. Die kalte Herbstluft füllte das Zimmer und mischte sich mit der rauchigen Wärme des Feuers. Jamie rollte sich auf die Seite, das Gesicht von mir abgewandt, und zog die Decke über uns beide.

Ich kuschelte mich an ihn, bis meine Knie in seinen Kniekehlen lagen. Das Feuer warf seinen matten Schein auf die weiche Rundung seiner Schultern. Ich konnte die zarten Narben erkennen, die sich wie ein Netz dünner Silberfäden über seinen Rücken zogen. Wie vertraut waren sie mir einst gewesen! Jede einzelne hätte ich blind mit dem Finger nachziehen können. Eine halbmondförmige Narbe war dazugekommen und ein diagonaler Schnitt – Zeichen einer rauhen Vergangenheit, an der ich nicht teilhatte.

»Wegen deines Pelzes hat dich niemand gejagt«, sagte ich leise. »Aber man war hinter dir her, nicht wahr?«

Seine Schulter zuckte ein wenig. »Hin und wieder«, antwortete er.

»Jetzt auch?« fragte ich.

Er seufzte kurz, bevor er antwortete.

»Aye, vermutlich.«

»Weißt du, wer dich verfolgt?«

»Nein.« Er schwieg einen Augenblick. Dann legte sich seine Hand über meine. »Aber möglicherweise weiß ich den Grund.«

Im Haus herrschte Stille. Da die meisten Kinder und Enkel nicht da waren, wurde das Haus im Augenblick nur von den Dienstboten bevölkert, die hinter der Küche wohnten, und von Ian und Jenny, denen das Zimmer am anderen Ende des Flurs gehörte. Der junge Ian hatte seine Kammer irgendwo im ersten Stock. Alle schliefen. Es war, als befänden wir uns am Ende der Welt. Sowohl Edinburgh als auch die Schmugglerbucht schienen weit entfernt.

»Erinnerst du dich an die Zeit, nach dem Fall von Stirling, das war kurz vor Culloden, als Gerüchte über Gold aufkamen, das angeblich aus Frankreich geschickt worden war?«

»Von Louis? Ja, aber er hat es nie geschickt.« Jamies Worte hatten die kurzen, bewegten Tage des verwegenen Aufstiegs und jähen Falls von Charles Stuart heraufbeschworen, als Gerüchte das Herzstück jeder Konversation waren. »Es wurde viel geredet –

über Gold aus Frankreich, Schiffe aus Spanien, Waffen aus Holland – aber meist wurde nichts daraus.«

»Doch, etwas wurde geschickt, wenn auch nicht von Louis – nur wußte damals niemand etwas davon.«

Er erzählte mir von dem Zusammentreffen mit dem sterbenden Duncan Kerr und seiner geflüsterten Erzählung, der er unter dem wachsamen Auge eines englischen Offiziers in einem Gasthof gelauscht hatte.

»Duncan lag im Fieber, aber er phantasierte nicht. Er wußte, daß er sterben würde, daß dies seine einzige Chance war. Und da er mich kannte, erzählte er mir davon.«

»Weiße Hexen und Seehunde?« wiederholte ich. »Klingt etwas seltsam, muß ich gestehen. Aber für dich hatte es einen Sinn?«

»Nun, nicht alles«, räumte Jamie ein. Er drehte sich um und blickte mich stirnrunzelnd an. »Ich habe keine Ahnung, wer die weiße Hexe sein könnte. Zuerst dachte ich, er meint dich, Sassenach. Das Herz ist mir fast stehengeblieben.« Wehmütig lächelnd ergriff er meine Hand.

»Ich dachte plötzlich, daß vielleicht etwas schiefgelaufen war und du nicht zu Frank und dem Ort, wo du hergekommen warst, hattest zurückkehren können, daß du vielleicht in Frankreich gelandet warst – oder an jenem Ort, über den Duncan redete. Die wirrsten Gedanken gingen mir durch den Kopf.«

»Ich wünschte, es wäre so gewesen«, flüsterte ich.

Er lächelte schief, schüttelte aber den Kopf.

»Während ich im Gefängnis saß? Und Brianna – wie alt war sie damals? Zehn oder elf? Nein, verschwende deine Zeit nicht mit Reue, Sassenach. Jetzt bist du bei mir und wirst mich nie wieder verlassen.« Er küßte mich sanft auf die Stirn, bevor er mit seiner Erzählung fortfuhr.

»Ich hatte keine Ahnung, woher das Gold stammt. Aber ich wußte von Duncan, wo es sich befand und weshalb es dort lag. Es gehörte Prinz Tcharlach. Und die Geschichte mit den Seidenbären...« Er hob den Kopf und nickte zum Fenster hin, auf dem sich die Schatten des Rosenstrauches abzeichneten.

»Nachdem meine Mutter Burg Leoch verlassen hatte, ging das Gerücht, sie würde bei den Seehunden leben. Nur weil die Dienstmagd, die meinen Vater gesehen hatte, als er Mutter mitnahm, meinte, er sähe aus wie ein Seehund, der sein Fell abgeworfen hat und als Mann an Land gekommen ist. Und er sah wirklich so aus.« Jamie lächelte und fuhr sich mit der Hand durch seine Mähne. »Sein Haar war so dicht wie meins, allerdings pechschwarz. Je nachdem, wie das Licht darauf fiel, glänzte es, als wäre es naß. Außerdem bewegte er sich flink und elegant wie ein Seehund im Wasser.« Plötzlich zuckte er die Schultern, als wollte er die Erinnerung an seinen Vater abschütteln.

»Als Duncan Kerr den Namen Ellen aussprach, wußte ich, er meinte meine Mutter. Er wollte mir zu verstehen geben, daß er mich und meine Familie kannte und nicht phantasierte, auch wenn es sich so anhörte. Daher…« Er zuckte erneut die Achseln. »Der Engländer hatte mir erzählt, wo man Duncan gefunden hatte. Unter den zahllosen kleinen Inseln und Felsen an der Küste gibt es nur eine einzige Stelle mit Seehunden. Sie liegt an der Spitze der MacKenzie-Ländereien, vor Coigach.«

»Und dorthin bist du gegangen?«

»Aye.« Er seufzte tief und glitt mit seiner Hand hinab zu meiner Taille. »Ich hätte das Gefängnis nicht verlassen, wenn ich nicht immer noch gehofft hätte, es hätte mit dir zu tun, Sassenach.«

Die Flucht war nicht schwierig gewesen. Die Gefangenen wurden oft in kleinen Gruppen nach draußen geführt, um Torf zu stechen oder um Steine zur Ausbesserung der Mauern zu brechen. Jamie hatte die Arbeit unterbrochen, war aufgestanden und hatte sich hinter einen Grasbuckel gestellt. Dort hatte er die Hose geöffnet, als wollte er sich erleichtern. Höflich hatte der Wachsoldat den Blick abgewandt, und als er kurz darauf wieder hinsah, war nur noch ein verlassenes Fleckchen Erde da und keine Spur mehr von Jamie Fraser.

»Du siehst, wie einfach es war zu flüchten. Allerdings nutzten es die Männer selten aus«, erklärte er. »Keiner von uns stammte aus der Nähe von Ardsmuir, und selbst wenn wir aus der Gegend gewesen wären, hätte uns das wenig genutzt, denn es stand nicht mehr viel, wohin wir hätten gehen können.«

Die Männer des Herzogs von Cumberland hatten gründliche Arbeit geleistet. Ein Zeitgenosse hatte es später so beschrieben: »Er schuf eine Wüste und nannte es Frieden.« Diese neuzeitliche Art von Diplomatie entvölkerte große Teile der Highlands. Die Männer waren getötet, gefangengenommen oder weggeschafft worden, die Ernte war zerstört, die Häuser niedergebrannt, die Mütter mit ihren Kindern mußten verhungern oder anderswo Zuflucht suchen. Nein, ein aus Ardsmuir entflohener Gefangener wäre tatsächlich vollkommen auf sich gestellt gewesen.

Jamie wußte, daß dem englischen Kommandanten bald aufgehen würde, welches Ziel er ansteuerte. Da es in diesem abseits gelegenen Landesteil jedoch so gut wie keine Straßen gab, war ein Mann, der zu Fuß unterwegs war und sich auskannte, berittenen Engländern überlegen.

Er flüchtete am hellen Nachmittag. Abends ließ er sich von den Sternen leiten und wanderte die Nacht hindurch, bis er bei Morgenanbruch die Küste erreichte.

»Alle MacKenzies kennen den Ort, an dem die Seehunde leben. Ich war mit Dougal schon einmal dort gewesen.«

Die Flut war hoch gewesen, und die Seehunde tummelten sich fast alle in den Wellen. Die drei Seehund-Inseln waren jedoch leicht zu erkennen an den dunkelfarbigen Kotresten und einer Handvoll träger Tiere auf den Felsen. Die Inseln lagen in einer Linie am Eingang einer kleinen Bucht im Schutze einer klippenartigen Landspitze.

Wenn Jamie Duncans Worte richtig verstanden hatte, befand sich der Schatz auf der dritten Insel, fast eine Meile vor der Küste. Dorthin zu schwimmen war selbst für einen kräftigen Mann eine Herausforderung. Die harte Gefängnisarbeit und der lange Fußmarsch ohne Nahrung hatten Jamies Kräfte aufgezehrt. Er stand oben auf der Felsküste und überlegte, ob es der Mühe wert war, wegen des Schatzes – wenn es überhaupt einen gab – sein Leben aufs Spiel zu setzen.

»Als ich an den Rand der zerklüfteten Felsen trat, lösten sich Gesteinsbrocken und fielen den steilen Abhang hinunter. Ich wußte nicht einmal, wie ich ins Wasser gelangen sollte, geschweige denn zu der Insel. Aber dann fiel mir ein, was Duncan über Ellens Turm gesagt hatte«, fügte Jamie hinzu. Mit weit geöffneten Augen blickte er in die Ferne. Vermutlich sah er wieder jene ferne Küste vor sich, wo das Krachen herabstürzender Felsbrocken im Tosen der Wellen unterging.

Am Ende der Landzunge fand er den »Turm«, einen kleinen

Felskopf, hinter dem sich ein schmaler Spalt verbarg. Es war ein Kamin, der fünfundzwanzig Meter nach unten zum Meer führte. Der Abstieg war nicht ganz einfach, jedoch zu bewältigen.

Vom Fuß des Turms bis zu der dritten Insel war es allerdings immer noch mehr als eine Viertelmeile. Jamie entkleidete sich bis auf die Haut, bekreuzigte sich, befahl seine Seele in die Hände seiner Mutter und tauchte in die Fluten.

Er kam nur langsam voran, strampelte und rang nach Luft, als sich die Wellen über ihm brachen. Jamie war im Landesinnern aufgewachsen, so daß sich seine Schwimmerfahrungen auf die ruhigen Lochs und die tieferen Stellen in Forellenbächen beschränkten.

Das Salzwasser trübte seinen Blick, und die donnernde See betäubte ihn fast. Stundenlang, so schien es ihm, kämpfte er gegen die Wellen an. Als er einmal nach Atem ringend aufblickte, sah er das Festland – nicht hinter sich, wie er vermutet hatte, sondern zu seiner Rechten.

»Der Gezeitenstrom trug mich hinaus auf das offene Meer, ob ich wollte oder nicht«, sagte er trocken. »Ich fügte mich in mein Schicksal. Ich meinte, verloren zu sein, da ich wußte, daß ich es zurück nicht mehr schaffen würde. Ich hatte seit zwei Tagen nichts gegessen und nur noch wenig Kraft.«

Also hörte er auf zu schwimmen, legte sich auf den Rücken und überließ sich dem Meer. Benommen schloß er die Lider und versuchte sich an den Wortlaut des keltischen Gebets gegen das Ertrinken zu erinnern.

Sein langes Schweigen ließ mich unruhig werden. Schließlich seufzte er und sagte schüchtern: »Sicher wirst du denken, ich sei verrückt, Sassenach. Ich habe niemandem davon erzählt. Nicht einmal Jenny. Aber... während ich das Gebet sprach, hörte ich, wie mich meine Mutter rief.« Unbehaglich zuckte er mit den Achseln.

»Vielleicht lag es daran, daß ich an sie gedacht hatte, als ich die Küste verließ«, meinte er. »Und dennoch...« Er schwieg erneut. Ich berührte sein Gesicht.

»Was hat sie gesagt?« fragte ich leise.

»›Komm zu mir, Jamie... komm her, kleiner Kerl.‹« Er seufzte tief. »Ich konnte sie ganz deutlich hören, aber gesehen habe ich nichts. Niemand war in der Nähe, nicht einmal ein Seehund. Ich dachte, vielleicht ruft sie mich vom Himmel aus zu sich... Ich war so müde, daß ich nichts dagegen gehabt hätte zu sterben. Ich drehte mich auf den Bauch und streckte die Arme in die Richtung, aus der ich die Stimme gehört hatte. Ich wollte zehn Züge schwimmen und dann ausruhen oder ertrinken.«

Beim achten Zug wurde er von einer Strömung erfaßt.

»Mir war, als hätte mich jemand hochgehoben«, erklärte er, und es klang, als wäre er darüber immer noch erstaunt. »Das Wasser war wärmer geworden, und ich brauchte nur ein wenig zu paddeln, um nicht unterzugehen.«

Die wirbelnde Strömung zwischen der Landspitze und den Inseln hatte ihn zur dritten kleinen Insel getragen, deren Ufer er nun mit wenigen Zügen erreichen konnte.

Die Insel bestand nur aus zerklüfteten Granitfelsen, wie es sie in Schottland zuhauf gibt. Obwohl sie vom Seetang und dem Kot der Seehunde ganz glitschig war, kroch Jamie so dankbar an Land, als erwarteten ihn dort Palmen und weißer Sandstrand. Er fiel auf sein Gesicht und kam zu Atem, halb ohnmächtig vor Erschöpfung.

»Plötzlich spürte ich etwas Lauerndes über mir, und ein abscheulicher Gestank nach totem Fisch drang mir in die Nase«, sagte er. »Augenblicklich kam ich auf die Füße und sah diesen nassen Seehundbullen vor mir stehen und mich anstarren.«

Jamie war weder ein Fischer noch ein Seefahrer, doch er hatte genug über Seehundbullen gehört, um zu wissen, daß sie gefährlich waren, vor allem, wenn sie sich durch Eindringlinge in ihrem Territorium bedroht fühlten. Beim Anblick der großen Schnauze mit den spitzen Zähnen und der enormen Fettwülste, die den Körper umhüllten, hatte er keine Sekunde daran gezweifelt.

»Er hatte an die zweihundertachtzig Pfund auf dem Leib, Sassenach«, erklärte Jamie. »Selbst wenn er nicht vorhatte, mir das Fleisch von den Knochen zu reißen, hätte er mich doch mit einem Streich zurück ins Wasser befördern oder mich unter Wasser zerren können, wo ich ertrunken wäre.«

»Offenbar hat er davon abgesehen«, antwortete ich trocken. »Und was geschah danach?«

Er lachte. »Ich glaube, ich war zu erschöpft, um etwas Vernünftiges zu tun«, meinte er. »Nachdem ich ihn mir kurz angesehen hatte, habe ich zu ihm gesagt: ›Keine Sorge, ich bin's nur.‹«

»Und er?«

Jamie zuckte die Achseln. »Er musterte mich noch eine Weile – wußtest du, daß Seehunde nicht viel zwinkern? Macht einen ganz schön unruhig, wenn man so angestarrt wird –, dann hat er gegrunzt und ist vom Felsen zurück ins Wasser gerutscht.«

Nun war Jamie ganz allein auf der kleinen Insel. Er hatte sich eine Weile ausgeruht, dann begann er gezielt, die Spalten zu untersuchen. Es dauerte nicht lange, bis er auf einen Einschnitt stieß, der sich einen Fuß unter der Oberfläche zu einem geräumigen Hohlraum öffnete. Da er in der Mitte der Insel lag und der Boden mit trockenem Sand bedeckt war, schien er selbst bei heftigen Stürmen vor Überschwemmung geschützt.

»Spann mich nicht auf die Folter«, sagte ich und versetzte ihm einen leichten Stoß in den Magen. »War das französische Gold dort?«

»Ja und nein, Sassenach«, entgegnete Jamie und zog geflissentlich den Bauch ein. »Nach all den Gerüchten, die herumschwirrten, hatte ich Goldbarren erwartet. Und Goldbarren im Wert von dreißigtausend Pfund hätten eine Menge Raum eingenommen. Aber es war nur ein Kistchen da von nicht einmal einem Fuß Länge. Und dazu noch ein kleiner Lederbeutel. Aber die Kiste enthielt Gold und Silber.«

Gold und Silber. Die Holzkiste enthielt zweihundertundfünf Gold- und Silbermünzen. Einige sahen aus wie frisch geprägt, andere waren vollkommen abgegriffen.

»Alte Münzen, Sassenach.«

»Alte? Du meinst aus früheren Jahrhunderten?«

»Griechische, Sassenach, und römische. Wirklich sehr alt.«

Wortlos starrten wir einander an.

»Das ist unglaublich«, sagte ich schließlich. »Es ist ein Schatz, aber…«

»Nicht, was Louis geschickt hätte, um eine Armee zu unterstützen«, führte er meinen Satz zu Ende. »Nein, wer immer diesen Schatz dort versteckt hat – es war sicherlich nicht Louis oder einer seiner Minister!«

»Und was war in dem Beutel?« fragte ich.

»Steine, Sassenach. Edelsteine. Diamanten, Perlen, Smaragde und Saphire. Nicht viele, aber hübsch geschliffen und nicht direkt klein.«

Unter dem grauen Himmel hatte er sich dann auf einen Felsen gesetzt und die Münzen und Edelsteine staunend zwischen den Fingern gewendet. Plötzlich hatte er das Gefühl, beobachtet zu werden. Als er aufblickte, sah er sich umgeben von neugierigen Seehunden. Die Ebbe war gekommen, und die weiblichen Seehunde hatten ihren Fischfang beendet. Zwanzig schwarze Augenpaare musterten ihn mißtrauisch.

Ermutigt durch die Anwesenheit seines Harems, war auch der riesige Seehundbulle zurückgekehrt. Laut bellend warf er den Kopf von einer Seite zur anderen und schob seinen tonnenschweren Körper Jamie entgegen.

»Ich hielt es für das beste zu verschwinden«, sagte er. »Ich hatte gefunden, was ich gesucht hatte. Also legte ich die Kiste und den Beutel an ihren Platz zurück – ich hätte sie nie heil ans Ufer gebracht, und selbst wenn ich es geschafft hätte, was dann? Also legte ich alles zurück und stieg halb erfroren wieder ins Wasser.«

Nach ein paar Zügen hatte ihn eine Welle erfaßt und ihn binnen einer halben Stunde an die Küste getragen. Er kroch an Land, zog sich an und schlief im weichen Gras ein.

Er hielt inne, und ich bemerkte, daß er zwar die Augen auf mich gerichtet hatte, mich aber nicht wirklich sah.

»Ich erwachte bei Morgengrauen«, sagte er leise. »Ich habe unzählige Morgendämmerungen erlebt, Sassenach, aber nie zuvor eine solche. Ich spürte, wie sich die Erde unter mir drehte und wie mein Atem mit dem Wind kam und ging. Ich fühlte mich, als hätte ich weder Haut noch Knochen, als wäre in mir nur das Licht der aufgehenden Sonne.«

Als seine Gedanken sich vom Moor abwandten und er zu mir zurückkehrte, wurden seine Augen weich.

Sachlich fuhr er fort: »Nachdem die Sonne höher gewandert war und mich etwas gewärmt hatte, stand ich auf und ging landeinwärts auf die Straße zu, den Engländern entgegen.«

»Aber weshalb bist du zurückgegangen?« wollte ich wissen. »Du warst frei! Du hattest Geld! Und...«

»Und wo sollte ich dieses Geld ausgeben, Sassenach?« unterbrach er mich. »Sollte ich in die Hütte eines Kätners gehen und ihm eine Goldmünze oder einen kleinen Smaragd anbieten?« Er lächelte über meine Entrüstung und schüttelte den Kopf.

»Nein«, sagte er sanft. »Ich mußte zurückgehen. Aye, eine Zeitlang hätte ich im Moor leben können, halbverhungert und nackt.
Aber, Sassenach, sie waren hinter mir her – schließlich dachten sie,
ich wüßte, wo das Gold versteckt ist. Keine Kate um Ardsmuir
herum wäre vor den Engländern sicher gewesen, solange ich frei
umherlief – ich hätte ja dort Zuflucht suchen können.

Ich habe erlebt, wie die Engländer bei ihrer Suche vorgehen«,
fügte er schärfer hinzu. »Hast du die Vertäfelung in der Halle gesehen?«

Das hatte ich wohl. Ein Eichenpaneel war eingeschlagen, womöglich von einem schweren Stiefel, und die Vertäfelung zwischen
Tür und Treppe zeigte Spuren von Säbelhieben.

»Wir lassen alles unverändert«, erklärte er. »Um den Kleinen,
wenn sie fragen, zu zeigen, wie die Engländer sind.«

Der unterdrückte Haß in seiner Stimme traf mich wie ein Schlag
in die Magengrube. Da ich wußte, was die englische Armee in den
Highlands angerichtet hatte, blieb mir verdammt wenig zu ihrer
Verteidigung zu sagen. Also schwieg ich, und nach einer Weile fuhr
er fort.

»Ich wollte nicht, daß die Bewohner rund um Ardsmuir es am
eigenen Leibe erfahren, Sassenach.« Bei dem Wort ›Sassenach‹
drückte er meine Hand, und um seine Mundwinkel spielte ein
Lächeln. Für ihn war ich eine ›Sassenach‹, jedoch keine Engländerin.

»Und wenn man mich nicht gefunden hätte, hätte sich die Jagd
wieder bis nach Lallybroch ausgedehnt. Wenn ich schon nicht die
Bewohner von Ardsmuir schonen wollte, dann doch wenigstens
meine eigenen Verwandten. Und selbst wenn ich die Verpflichtung
nicht empfunden hätte…« Nach Worten suchend, brach er ab.

»Ich mußte mich stellen«, sagte er langsam, »schon allein wegen
der Männer im Gefängnis.«

»Wegen der Männer im Gefängnis?« fragte ich überrascht.
»Waren denn Leute aus Lallybroch mit dir zusammen eingesperrt?«

»Nein. Die Männer kamen aus allen Teilen der Highlands, fast
von jedem Clan war einer dabei. Desto dringender brauchten sie
einen Anführer.«

»Und du warst ihr Anführer?« fragte ich ihn sanft.

»In Ermangelung eines Besseren«, antwortete er mit dem Anflug eines Lächelns.

Er war aus dem Kreis seiner Familie und seiner Pächter gekommen und besaß eine Kraft, die ihn hatte sieben Jahre durchhalten lassen. Nun fand er sich in einer Hoffnungslosigkeit und Einsamkeit wieder, die einen Mann schneller töten konnte als die Feuchtigkeit, der Dreck und die bittere Kälte im Gefängnis.

Daher hatte er sich der Überlebenden der Schlacht von Culloden angenommen, damit sie und auch er in den Mauern von Ardsmuir überlebten. Er überzeugte, schmeichelte und überredete, wo er konnte, und kämpfte, wo er mußte, um sie zusammenzuschweißen, so daß sie wie ein Mann gegen die Engländer standen. Alte Clan-Rivalitäten und Bindungen mußten aufgegeben werden, und sie nahmen ihn als ihren Anführer an.

»Sie waren meine Leute«, sagte er leise. »Und das hielt mich am Leben.« Aber dann trennte man sie gewaltsam und brachte sie als Zwangsarbeiter in ein fremdes Land. Und er hatte sie nicht retten können.

»Du hast für sie getan, was du konntest. Aber jetzt ist es vorbei«, sagte ich leise.

Schweigend hielten wir uns umschlungen, ungeachtet der Geräusche im Haus. Das leise Knarren und Seufzen schenkte uns Ruhe, Geborgenheit und Sicherheit. Wir waren zum erstenmal wirklich miteinander allein, fernab aller Gefahren und Ablenkungen.

Jetzt hatten wir Zeit. Zeit, um das Ende der Geschichte mit dem Gold zu hören, um von ihm zu erfahren, was mit den Männern von Ardsmuir geschehen war, um Mutmaßungen anzustellen über den Brand in der Druckerei, den einäugigen Seemann des jungen Ian und die Begegnung mit den Zöllnern Seiner Majestät am Strand von Arbroath. Zeit, um darüber nachzudenken, was als nächstes zu tun war. Und gerade weil wir Zeit hatten, mußten wir uns nicht sofort damit befassen.

In der Feuerstelle brach das letzte Torfstück auseinander und zischte rotglühend in der Kälte. Ich kuschelte mich enger an Jamie und vergrub das Gesicht an seinem Hals. Er roch nach Gras und Schweiß und Weinbrand.

Auch er rutschte näher an mich heran, bis wir eng beieinanderlagen.

»Wie, noch mal?« murmelte ich amüsiert. »Das ist für Männer deines Alters aber gar nicht gut.«

Er knabberte an meinem Ohrläppchen. »Aber du tust es doch auch, Sassenach«, gab er zurück. »Dabei bist du älter als ich.«

»Das ist etwas anderes«, sagte ich und stöhnte, als er sich über mich beugte und seine Schultern das sternenbeschienene Fenster verdeckten. »Ich bin eine Frau.«

»Wenn du keine Frau wärst, Sassenach, würde ich es auch nicht tun«, versicherte er mir und machte sich ans Werk. »Und jetzt schweig still.«

Das Klopfen der Rosenzweige am Fenster und die gedämpften Geräusche aus der Küche, die das Frühstück ankündigten, weckten mich in der Morgendämmerung. Ich sah, daß das Feuer ausgegangen war, und schlüpfte leise aus dem Bett. Es war eiskalt, und fröstelnd griff ich nach dem erstbesten Kleidungsstück.

Eingehüllt in Jamies Hemd, kniete ich nieder und machte mich an die mühselige Arbeit, das Feuer wieder zu entfachen. Ich bedauerte bereits, daß ich meiner kurzen Liste notwendiger Gegenstände nicht auch ein Päckchen Zündhölzer hinzugefügt hatte. Mit einem Flintstein funktionierte es zwar auch, aber meist nicht beim ersten Versuch. Oder beim zweiten oder…

Ungefähr beim zwölften Versuch fing das Stück Werg, das mir als Lunte diente, Feuer. Als es zu einer zarten Flamme angewachsen war, warf ich es rasch, aber vorsichtig unter die Zweige, die ich aufgehäuft hatte, um die Flamme vor der kalten Brise zu schützen.

Über Nacht hatte ich das Fenster angelehnt, damit wir nicht erstickten, denn Torffeuer brannten zwar heiß, erzeugten jedoch auch viel Qualm, wie die geschwärzten Deckenbalken bezeugten. Aber jetzt kamen wir gewiß ohne frische Luft aus, zumindest bis das Feuer richtig brannte.

Der untere Rand der Scheibe war mit Rauhreif bedeckt. Der Winter war nicht mehr fern. Tief sog ich die frische Luft ein, die nach trockenem Laub, getrockneten Äpfeln, kalter Erde und feuchtem, süßem Gras duftete. Dann schloß ich das Fenster. Die friedliche Klarheit, die Steingemäuer und die dunklen Kiefern, die sich wie schwarze Federstriche vom graubewölkten Morgenhimmel abhoben, bildeten eine vollendete Kulisse.

Eine Bewegung auf der Hügelkuppe, über die der unwegsame Pfad zu dem zehn Meilen entfernten Dorf Broch Mordha führte, erweckte meine Aufmerksamkeit. Drei Hochlandponies tauchten nacheinander auf und kamen auf das Gutshaus zu.

Die Entfernung war zu groß, um die Gesichter zu erkennen, doch die wallenden Röcke verrieten, daß es sich um Reiterinnen handelte. Vielleicht waren es die Mädchen – Maggie, Kitty und Janet –, die vom jungen Jamie zurückkehrten.

Ich zog mir das Hemd, das nach Jamie duftete, enger um den Körper und beschloß, die Minuten ungestörter Zweisamkeit, die uns an diesem Morgen noch blieben, im Bett zu verbringen. Nachdem ich das Fenster geschlossen hatte, nahm ich ein paar Torfstücke aus dem Korb und legte sie auf die Feuerstelle. Dann entledigte ich mich des Hemds und kroch unter die Decken.

Als Jamie die Kälte spürte, die ich mitbrachte, drehte er sich zu mir und rückte eng an mich heran. Verschlafen rieb er sein Gesicht an meiner Schulter.

»Gut geschlafen, Sassenach?« murmelte er.

»So gut wie nie«, versicherte ich ihm und drückte mein kaltes Hinterteil an seine warmen Beine. »Und du?«

»Mhm«, grunzte er und schlang die Arme um mich. »Hab' wild geträumt.«

»Wovon?«

»Hauptsächlich von nackten Frauen«, sagte er und senkte seine Zähne in mein Fleisch. »Und von Essen.« Sein Magen knurrte. Ein schwacher, aber unverkennbarer Duft nach Gebäck und gebratenem Speck lag in der Luft.

»Solange du die zwei Dinge nicht miteinander verwechselst«, erwiderte ich und zog meine Schulter aus der Reichweite seiner Zähne.

»Ich kann einen Falken von einem Fuchsschwanz unterscheiden, wenn der Wind Nord bis Nordwest steht«, versicherte er mir. »Ebenso ein süßes, wohlgerundetes Mädchen von einem gepökelten Schinken, trotz der Ähnlichkeit.« Er packte meine Pobacken und drückte sie so heftig, daß ich aufschrie und ihm ans Schienbein trat.

»Bestie!«

»Bestie? Soso!« Er lachte. »Na dann…« Mit bedrohlichem

Knurren verschwand er unter der Decke und nagte und knabberte sich an meinen Schenkeln hoch, ohne sich von meinem Gekreisch und dem Getrommel meiner Hände auf seinem Rücken und seinen Schultern stören zu lassen. Im Eifer des Gefechts glitt die Decke zu Boden.

»Vielleicht ist der Unterschied doch kleiner, als ich dachte«, sagte er und hob kurz den Kopf, um Luft zu schnappen. Grinsend drückte er meine Beine auf die Matratze. Sein rotes Haar stand ihm zu Berge wie die Stacheln eines Stachelschweins. »Du schmeckst tatsächlich salzig, muß ich feststellen. Was...«

Plötzlich flog die Türe auf. Erschrocken blickten wir auf. In der Tür stand ein junges Mädchen, dem ich noch nie zuvor begegnet war. Sie mochte fünfzehn oder sechzehn Jahre alt sein, hatte langes, flachsblondes Haar und große, blaue Augen, die mich entsetzt anstarrten. Ihr Blick wanderte langsam von meinem zerzausten Haar über meine nackten Brüste und meine Rundungen, bis sie auf Jamie trafen, der, ebenso leichenblaß vor Entsetzen wie sie, zwischen meinen Schenkeln lag.

»Papa!« stieß sie höchst aufgebracht hervor. »Wer ist diese Frau?«

34

Papa

»Papa?« fragte ich verständnislos. »*Papa?*«

Als die Türe aufflog, war Jamie zu Stein erstarrt. Jetzt schoß er hoch und griff nach der Decke. Er strich sich das zerzauste Haar aus der Stirn, während er das Mädchen zornig anfunkelte.

»Was in drei Teufels Namen tust du hier?« fragte er heiser vor Wut. Überwältigt vom Anblick des nackten, rotbärtigen Mannes, trat das Mädchen einen Schritt zurück, reckte aber sogleich das Kinn und erwiderte seinen zornigen Blick.

»Mutter ist auch hier.«

Hätte Jamie eine Kugel getroffen – die Wirkung wäre die gleiche gewesen. Es durchfuhr ihn wie ein Blitz, und er wurde kreidebleich.

Plötzlich hörten wir hastige Schritte auf der Holztreppe. Die Farbe kehrte in sein Gesicht zurück, er sprang aus dem Bett, warf mir hastig die Decke zu und schnappte sich seine Hose.

Kaum hatte er sie übergestreift, platzte ein weiteres weibliches Wesen herein. Wie angewurzelt blieb sie stehen und starrte mit weitaufgerissenen Augen auf das Bett.

»Also doch!« Die geballten Fäuste in die Hüften gestemmt, stürmte sie auf Jamie zu. »Also ist es wahr! Es ist die Sassenach-Hexe! Wie konntest du mir das antun, Jamie Fraser?«

»Sei still, Laoghaire!« fuhr er sie an. »Nichts habe ich dir angetan.«

Ich setzte mich auf, lehnte mich an die Wand und preßte ungläubig die Decke an die Brust. Erst als Jamie sie beim Namen anredete, erkannte ich Laoghaire wieder. Vor gut zwanzig Jahren war sie ein graziles sechzehnjähriges Mädchen gewesen mit rosiger Samthaut, flachsblondem Haar und einer heftigen – aber unerwiderten – Leidenschaft für Jamie Fraser. Offensichtlich hatte sich einiges geändert.

Jetzt, wo sie auf die Vierzig zuging, war sie nicht mehr schlank, sondern eher füllig. Ihre Haut war immer noch rosig, aber wettergegerbt, und über den rundlichen Wangen glühte sie vor Zorn. Aschfarbene Haarsträhnen lugten unter ihrer weißen Matronenhaube hervor. Nur ihre hellblauen Augen blickten mich ebenso haßerfüllt an wie einst.

»Er gehört mir!« zischte sie und stampfte mit dem Fuß auf. »Fahr zur Hölle, wo du hergekommen bist, und laß ihn mir! Verschwinde, sag’ ich!«

Da ich keine Anstalten machte, ihr den Gefallen zu tun, hielt sie blindwütig nach einer Waffe Ausschau. Da fiel ihr Blick auf den blauen Krug, und sie griff nach ihm und holte aus. Doch schon war Jamie an ihrer Seite. Er stellte den Krug zurück auf die Kommode und packte Laoghaire so fest am Oberarm, daß sie aufschrie.

Unsanft schob er sie zur Tür. »Geh nach unten, Laoghaire«, befahl er. »Ich komme gleich nach, dann können wir reden.«

»Reden willst du also mit mir, was?« schrie sie und ging zornentbrannt auf ihn los und fuhr ihm mit den Fingernägeln übers Gesicht.

Er stöhnte, nahm sie am Handgelenk und schob sie hinaus auf den Gang. Dann knallte er die Tür hinter ihr zu und drehte den Schlüssel um.

Als er sich umwandte, saß ich bereits auf dem Bett und versuchte mit zitternden Händen, meine Strümpfe anzuziehen.

»Ich kann es dir erklären, Claire«, sagte er.

»Wirklich?« entgegnete ich. Mein ganzer Körper war gefühllos, und ich bekam die Worte kaum heraus. Ich hielt den Blick unverwandt auf meine Füße gerichtet, als ich erfolglos an meinem Strumpfhalter nestelte.

»Hör mir zu!« Krachend ließ er seine Faust auf den Tisch sausen, so daß ich zusammenfuhr. Bedrohlich baute er sich vor mir auf. Unrasiert, mit offenem roten Haar und den Spuren von Laoghaires Fingernägeln sah er aus wie ein Wikinger auf Raubzug. Ich wandte mich ab, um mein Hemd zu suchen.

Da es irgendwo im Bettzeug stecken mußte, machte ich mich daran, die Laken zu durchwühlen. An der Tür wurde unterdessen heftig geklopft, und ich hörte Rufe und Geschrei. Offensichtlich hatte der Aufruhr auch die restlichen Hausbewohner neugierig gemacht.

»Erklär lieber deiner Tochter, was los ist«, sagte ich und zog das zerknitterte Baumwollhemd über den Kopf.

»Sie ist nicht meine Tochter!«

»Nicht?« Als mein Kopf aus dem Ausschnitt auftauchte, starrte ich ihn wütend an. »Und vermutlich bist du auch nicht mit Laoghaire verheiratet, oder?«

»Zum Teufel, verheiratet bin ich mit dir!« brüllte er und hieb erneut mit der Faust auf den Tisch.

»Das glaube ich nicht.« Ich fror. Meine steifen Finger kamen mit den Bändern des Korsetts nicht zurecht. Ich warf es beiseite und machte mich auf die Suche nach meinem Kleid, das ich schließlich hinter Jamie entdeckte.

»Ich will mein Kleid.«

»Du bleibst hier, Sassenach. Erst…«

»Nenn mich nicht so!« schrie ich, was uns beide überraschte. Er starrte mich einen Augenblick an, dann nickte er.

»In Ordnung«, sagte er leise und blickte zur Tür, die unter dem Gehämmer zu beben schien. Tief seufzend richtete er sich auf.

»Ich gehe hinunter und bringe die Sache in Ordnung. Anschließend reden wir miteinander. Warte auf mich, Sass… Claire.« Hastig zog er sich sein Hemd über den Kopf. Dann entriegelte er die Tür, trat hinaus auf den Gang, auf dem es plötzlich still geworden war, und schloß die Tür hinter sich.

Ich schaffte es noch, das Kleid aufzuheben, dann brach ich, am ganzen Leib zitternd, auf dem Bett zusammen.

Ich konnte keinen klaren Gedanken fassen. Alles kreiste um den einzigen Punkt, der zählte: Jamie war verheiratet. Verheiratet mit Laoghaire. Und er hatte eine Familie. Aber dennoch hatte er um Brianna geweint.

»Ach, Brianna!« entfuhr es mir. »Mein Gott, Brianna!« Ich brach in Tränen aus – einerseits aus Schock, andererseits wegen Brianna. Obwohl es unlogisch war, empfand ich diese Entdeckung genausosehr als Betrug an ihr wie an mir – oder an Laoghaire.

Der Gedanke an diese Frau verwandelte Schock und Trauer auf

der Stelle in Zorn. Heftig rieb ich mir mit dem Wollstoff über die Wange. Fluch über ihn! Wie konnte er es wagen? Wieder zu heiraten, weil er mich tot glaubte, dagegen ließ sich nichts sagen. Teils hatte ich es erwartet, teils gefürchtet. Aber diese Frau zu heiraten, dieses verachtenswerte, verschlagene kleine Miststück, das auf Burg Leoch versucht hatte, mich umzubringen! Aber wahrscheinlich wußte er das gar nicht, wies mich eine leise Stimme der Vernunft zurecht.

»Aber er hätte es wissen müssen!« sagte ich. »Verdammt, warum denn gerade sie?« Heiße, zornige Tränen rannen mir über die Wangen, und meine Nase lief. Nachdem ich vergeblich nach einem Taschentuch gesucht hatte, putzte ich sie mir schließlich mit einem Zipfel des Lakens.

Das Bettuch roch nach Jamie. Schlimmer noch, es roch nach uns beiden und dem schwachen moschusartigen Duft unserer Lust. Die Innenseite meines Schenkels, wo Jamie mich vor wenigen Minuten gebissen hatte, kribbelte. Ich schlug mit der Hand darauf, um das Gefühl zu töten.

»Lügner!« schrie ich, packte den Krug, den Laoghaire nach mir hatte werfen wollen, und schleuderte ihn nun selber mit lautem Getöse gegen die Tür, wo er zerbarst.

Ich stand mitten im Zimmer und lauschte. Nichts rührte sich. Kein Laut war von unten zu hören. Niemand erschien, um zu sehen, woher dieser Lärm gekommen war. Vermutlich waren alle zu sehr damit beschäftigt, die aufgebrachte Laoghaire zu besänftigen, um sich um mich zu sorgen.

Ob sie und die Kinder hier in Lallybroch lebten? Mir fiel ein, daß Jamie Fergus hatte vorreiten lassen, um Ian und Jenny auf unsere Ankunft vorzubereiten – und um Laoghaire wegzuschaffen, bevor ich auftauchte?

Was, in Gottes Namen, mochten Ian und Jenny davon halten? Obwohl sie zweifellos über Laoghaire Bescheid wußten, hatten sie mich gestern abend aufgenommen, ohne sich etwas anmerken zu lassen. Falls Laoghaire fortgeschickt worden war, weshalb war sie dann zurückgekommen? Mir brummte schon der Kopf.

Mein Wutausbruch hatte zumindest bewirkt, daß meine Finger nicht mehr zitterten. Ich versetzte dem Korsett einen Tritt, und es landete in der Ecke. Dann streifte ich mir das grüne Kleid über.

Ich mußte hinaus. Das war der einzige halbwegs vernünftige Gedanke, zu dem ich fähig war und an dem ich festhielt. Ich mußte verschwinden. Ich konnte nicht bleiben. Schon gar nicht unter einem Dach mit Laoghaire und ihren Töchtern. Sie gehörten hierher, ich nicht.

Diesmal gelang es mir, den Strumpfhalter zu befestigen, das Kleid zu schnüren und die unzähligen Haken des Rockes zu schließen. Ich fand auch meine Schuhe. Der eine lag unter dem Waschgestell, der andere neben dem großen Eichenschrank, wo ich sie vergangene Nacht zusammen mit meinen Kleidern nachlässig hingeschleudert hatte, um rasch in das einladende Bett zu kriechen und mich in Jamies Arme zu schmiegen.

Ich fröstelte. Das Feuer war wieder ausgegangen, und vom Fenster her zog es eiskalt.

Ich vertat Zeit mit der Suche nach meinem Umhang, bis mir einfiel, daß ich ihn gestern abend im Salon gelassen hatte. Zu aufgeregt, um nach einem Kamm Ausschau zu halten, fuhr ich mir mit den Fingern durch die Frisur.

Fertig. So gut es eben ging. Als ich mich noch einmal umschaute, hörte ich Schritte auf der Treppe.

Es war Jamies schwerer Schritt – und er war bestimmt nicht darauf erpicht, mich zu sehen.

Sei's drum, mir ging es genauso. Es war besser, einfach zu gehen, ohne noch groß miteinander zu reden. Was gab es denn zu sagen?

Als sich die Tür öffnete, wich ich unwillkürlich zurück, bis ich an der Bettkante anstieß. Ich verlor das Gleichgewicht und setzte mich. Jamie blieb in der Türe stehen, den Blick auf mich gerichtet.

Er hatte sich rasiert. Das war das erste, was mir auffiel. Wie der junge Ian tags zuvor, hatte er sich rasch rasiert, das Haar zurückgebürstet und sich gewaschen, bevor er sich den Unannehmlichkeiten stellte. Offenbar konnte er meine Gedanken lesen. Der Anflug eines Lächelns huschte über sein Gesicht, als er sich das glatte Kinn rieb.

»Meinst du, es nützt was?« fragte er.

Ich schluckte und fuhr mir mit der Zunge über die trockenen Lippen, sagte aber nichts. Seufzend beantwortete er die Frage selbst.

»Nein, vermutlich nicht.« Er trat ins Zimmer und schloß die Tür hinter sich. Einen Augenblick stand er unschlüssig da, bevor er sich dem Bett näherte und mir eine Hand entgegenstreckte. »Claire…«

»Rühr mich nicht an!« Ich sprang auf und wollte an ihm vorbei zur Tür entwischen. Er ließ die Hand sinken und stellte sich mir in den Weg.

»Kann ich es dir nicht erklären, Claire?«

»Für Erklärungen scheint es mir reichlich spät«, sagte ich. Es sollte kalt und verächtlich klingen, aber leider bebte meine Stimme.

»Du warst doch nie unvernünftig«, sagte er ruhig.

»Erzähl mir nicht, wie ich einmal war!« Ich war den Tränen so nahe, daß ich mir auf die Lippen biß, um sie zurückzuhalten.

»Wir leben nicht zusammen«, sagte er. »Sie und die Mädchen wohnen in Balriggan, in der Nähe von Broch Mordha.« Er blickte mich unverwandt an. Als ich schwieg, zuckte er die Achseln.

»Unsere Ehe war ein großer Fehler.«

»Bei zwei Kindern? Hat eine Weile gedauert, bis es dir aufgefallen ist, was?« platzte ich heraus. Hart preßte er die Lippen aufeinander.

»Die Mädchen sind nicht von mir. Laoghaire war Witwe und hatte die zwei Kinder bereits, als wir geheiratet haben.«

»Ach so.« Es machte zwar keinen großen Unterschied, trotzdem empfand ich so etwas wie Erleichterung, um Briannas willen. Sie war Jamies einziges leibliches Kind, selbst wenn ich…

»Ich lebe seit einiger Zeit nicht mehr mit ihnen zusammen. Ich wohne in Edinburgh, und von dort schicke ich ihnen Geld, aber…«

»Du brauchst es mir nicht zu erzählen«, unterbrach ich ihn. »Es ist einerlei. Laß mich bitte vorbei – ich gehe.«

Die buschigen Augenbrauen zogen sich zusammen.

»Wohin?«

»Zurück. Weg. Ich weiß noch nicht – laß mich vorbei.«

»Du gehst nirgendwohin«, sagte er entschieden.

»Du kannst mich nicht aufhalten.«

Er packte meine beiden Arme.

»Doch, das kann ich«, sagte er. Es stimmte. Ich wehrte mich wütend, konnte mich jedoch aus dem eisernen Griff nicht befreien.

»Laß mich auf der Stelle los!«

»Nein.« Mit schmalen Augen funkelte er mich an. Die äußere Ruhe hatte er nur vorgetäuscht, in seinem Innersten war er mindestens so aufgebracht wie ich. Er schluckte und rang um Selbstbeherrschung.

»Ich lasse dich nicht gehen, bevor ich dir nicht erklärt habe, weshalb...«

»Was gibt es da zu erklären?« fragte ich zornig. »Du hast wieder geheiratet. Ist sonst noch was?«

Zunehmende Röte machte sich auf seinem Gesicht breit. Seine Ohrenspitzen waren bereits dunkel gefärbt, ein untrügliches Zeichen aufkeimender Weißglut.

»Hast du etwa zwanzig Jahre lang wie eine Nonne gelebt?« wollte er wissen, während er mich schüttelte. »Sag mir das.«

»Nein!« schleuderte ich ihm entgegen, woraufhin er zurückzuckte. »Nein, natürlich nicht! Und ich habe nie angenommen, daß du wie ein Mönch gelebt hast!«

»Also...«, setzte er erneut an, doch ich war zu erregt, um ihn anzuhören.

»Du hast mich angelogen, verdammt noch mal!«

»Ich habe dich niemals angelogen!«

»Doch, du Bastard! Du weißt es ganz genau! Laß mich los.« Ich trat ihm so heftig gegen das Schienbein, daß jegliches Gefühl aus meinen Zehen wich. Er schrie auf vor Schmerz, lockerte aber seinen Griff nicht, sondern drückte noch fester zu, bis ich aufheulte.

»Nicht ein einziges Mal habe ich etwas zu dir gesagt...«

»Stimmt, das hast du nicht! Trotzdem hast du gelogen. Du hast mich in dem Glauben gelassen, du seist unverheiratet und es gäbe niemanden und... daß du...« Ich keuchte und schluchzte fast vor Wut. »Du hättest es mir in dem Augenblick sagen sollen, wo wir uns begegnet sind. Warum, zum Teufel, hast du es nicht getan?«

Er löste seinen Griff, und ich entwand mich. Mit zornfunkelnden Augen trat er ganz nahe an mich heran. Aber ich fürchtete mich nicht vor ihm, sondern holte aus und versetzte ihm einen Fausthieb gegen die Brust.

»Warum?« kreischte ich, während ich auf ihn einhieb. »Warum nur?«

»Weil ich Angst hatte!« Er packte mich an den Handgelenken

und drängte mich rückwärts, bis ich aufs Bett fiel. Keuchend stand er über mich gebeugt.

»Weil ich ein Feigling bin, Himmel noch mal! Ich konnte es dir nicht erzählen, aus Angst, dich zu verlieren. Ich war nicht Manns genug, das zu ertragen!«

»Nicht Manns genug? Mit zwei Ehefrauen? Pah!«

Als er die Hand erhob, fürchtete ich, er würde mich schlagen. Doch er ballte sie nur zur Faust.

»Bin ich ein Mann? Wo mich so sehr nach dir verlangt, daß nichts anderes mehr zählt? Daß ich Ehre, Familie oder gar mein Leben opfern würde, nur um bei dir zu liegen, obwohl du mich verlassen hast?«

»Du besitzt die unglaubliche, himmelschreiende, verdammte Frechheit, so etwas zu mir zu sagen?« Meine Stimme war so hoch, daß sie nur noch als dünnes, boshaftes Flüstern zu vernehmen war. »Du gibst *mir* die Schuld?«

»Nein, ich kann dir nicht die Schuld geben.« Er wandte sich blind ab. »Wie auch? Du wolltest bei mir bleiben und mit mir sterben.«

»Das wollte ich allerdings, ich Dummkopf«, sagte ich. »Du hast mich zurückgeschickt! Und jetzt wirfst du mir vor, daß ich gegangen bin?«

Verzweifelt drehte er sich wieder zu mir um.

»Ich mußte dich wegschicken. Ich mußte es tun – wegen des Kindes!« Unwillentlich wanderte sein Blick zu dem Haken, an dem sein Rock mit den Fotos von Brianna hing. Er seufzte tief und bemühte sich um Gelassenheit.

»Nein«, sagte er. »Es tut mir nicht leid, was immer es gekostet hat. Ich hätte mein Leben für dich und das Kind gegeben. Mein Herz und meine Seele hätte ich gegeben...«

Er versuchte seiner aufwallenden Gefühle Herr zu werden.

»Ich kann dir nicht vorwerfen, daß du fortgegangen bist.«

»Dann wirfst du mir vor, daß ich zurückgekommen bin.«

Er schüttelte den Kopf. Er nahm meine Hände so fest zwischen seine, daß es mir fast weh tat.

»Weißt du, was es bedeutet, zwanzig Jahre ohne Liebe zu leben, wie ein halber Mensch? Sich daran zu gewöhnen, mit dem kläglichen Rest seiner Selbst zu leben und die Leere mit dem zu füllen, was einem gerade begegnet?«

»Ob ich es weiß?« wiederholte ich. Ich mühte mich vergeblich, mich aus seinem Griff zu befreien. »Ja, du verdammter Mistkerl, ich weiß es. Denkst du, ich bin geradewegs zu Frank zurückgegangen und habe glücklich an seiner Seite weitergelebt?« Ich versetzte ihm einen Tritt, so fest ich konnte. Er zuckte zusammen, ließ aber nicht locker.

»Manchmal hoffte ich, du hättest genau das getan«, sagte er zähneknirschend. »Und manchmal habe ich euch vor mir gesehen. Wie er bei dir lag, deinen Körper nahm, mein Kind hielt. Dafür könnte ich dich umbringen.«

Plötzlich ließ er meine Hände los, wirbelte herum und hieb die Faust in den Eichenschrank. Es war beeindruckend. Das Möbelstück war ziemlich massiv. Gewiß hatte er sich die Hand verletzt. Trotzdem schlug er auch mit der anderen Faust zu, als wäre das schimmernde Holz Franks Gesicht – oder meins.

»So sehen also deine Gefühle aus, hm?« fragte ich kühl, als er keuchend zurücktrat. »Ich brauche mir gar nicht auszumalen, wie du und Laoghaire zusammen wart. Ich habe sie schließlich gesehen.«

»Ich empfinde nichts für Laoghaire, und sie hat mir noch nie etwas bedeutet.«

»Mistkerl!« wiederholte ich. »Du heiratest eine Frau, ohne sie wirklich zu begehren, und läßt sie in dem Augenblick stehen...«

»Schweig!« brüllte er. »Sei still, du boshafte Schlampe.« Er ließ seine Faust auf das Waschgestell niedersausen und starrte mich zornentbrannt an. »Was ich auch tue – ich werde verdammt. Wenn ich etwas für sie empfinde, bin ich ein treuloser Schürzenjäger, wenn nicht, ein herzloses Untier.«

»Du hättest es mir erzählen sollen.«

»Und dann?« Er packte meine Hand und zog mich hoch, so daß wir uns Aug in Aug gegenüberstanden. »Du hättest dich auf der Stelle umgedreht und wärst ohne ein Wort gegangen. Ich hätte noch viel Ärgeres getan als lügen, nur um dich nicht wieder zu verlieren.«

Er drückte mich hart an sich und küßte mich lang und heftig. Mir wurden die Knie weich, und ich hoffte, nicht den Boden unter den Füßen zu verlieren. Erneut sah ich Laoghaires zornigen Blick vor mir, und ihre Stimme hallte schrill in meinen Ohren. Er gehört mir!

»Das hat keinen Sinn!« sagte ich und drehte mich weg. Zorn war ein besonderer Rauschzustand. Kaum war er verflogen, setzte der Katzenjammer ein und riß einen wie ein schwarzer, tosender Strudel mit sich. »Ich kann keinen klaren Gedanken fassen. Ich gehe!«

Ich taumelte auf die Tür zu, doch er hielt mich an der Taille fest und zog mich zurück.

Gewaltsam drehte er mich zu sich um und preßte seine Lippen erneut auf meinen Mund. Diesmal so grob, daß ich Blut schmeckte. Es war weder Ausdruck von Zuneigung noch Verlangen, sondern blinde Leidenschaft und die Entschlossenheit, mich zu besitzen. Geredet hatte er nun genug.

Ich auch. Ich wandte den Kopf ab und schlug ihm ins Gesicht. Dabei grub ich die Fingernägel in seine Wange.

Er taumelte rückwärts, packte mich am Haar, beugte sich dann vor und küßte mich noch einmal, ungeachtet der Fußtritte und Hiebe, die ich auf ihn herabregnen ließ.

Da biß er mich schmerzhaft in die Unterlippe und drängte seine Zunge in meinen Mund, daß es mir den Atem verschlug.

Dann warf er mich auf das Bett, in dem wir uns eine Stunde zuvor kichernd vergnügt hatten, und hielt mich unter dem Gewicht seines Körpers gefangen.

Er war aufs äußerste erregt.

Genau wie ich.

Du gehörst mir! lautete die wortlose Botschaft. *Mir!*

Überschäumend vor Wut kämpfte ich gegen ihn an. Aber mein Körper gab zur Antwort: *Ich bin dein! Dein, und dafür sollst du zur Hölle fahren.*

Ich spürte nicht, wie mein Kleid zerriß, fühlte aber seinen erhitzten Körper auf meinen nackten Brüsten. Als er den Griff löste, um sich die Hose herunterzureißen, fuhr ich ihm mit den Fingernägeln vom Ohr bis zur Brust.

Wir taten unser Bestes, einander umzubringen, angeheizt vom Zorn über unsere jahrelange Trennung – meine Wut, weil er mich weggeschickt hatte, seine Wut, weil ich gegangen war, mein Zorn wegen Laoghaire, sein Zorn wegen Frank.

»Miststück!« keuchte er. »Hure!«

»Verdammt seist du!« Ich packte seine langen Haare und zog

ihn gewaltsam zu mir herunter. Wir rollten vom Bett, wälzten uns auf dem Boden und bedachten einander mit Flüchen und Verwünschungen.

Ich bemerkte nicht, wie sich die Türe öffnete. Ich hatte nichts gehört, obwohl Jenny offensichtlich mehrmals gerufen hatte. Ich war wie blind und taub, erfüllt von Jamie, bis sich ein Schwall kalten Wassers auf uns ergoß. Jamie erstarrte und wurde kreidebleich.

Benommen lag ich da. Wasser tropfte aus meinem Haar auf meine Brüste. Unmittelbar hinter Jamie stand Jenny. Ihr Gesicht war ebenso bleich wie seines. Sie hielt einen Topf in der Hand.

»Hört auf!« sagte sie. Sie hatte die Augen vor Wut und Entsetzen zusammengekniffen. »Jamie, was ist in dich gefahren? Du führst dich auf wie ein brünstiges Tier, ohne dich darum zu kümmern, daß dich jeder im Haus hört.«

Langsam und tapsig wie ein Bär glitt er von mir herunter. Jenny nahm eine Decke vom Bett und legte sie über mich.

Er stand auf allen vieren und schüttelte sich wie ein Hund die Tropfen aus dem Haar. Allmählich kam er auf die Füße und zog sich die zerrissene Hose zurecht.

»Schämst du dich nicht?« rief sie empört.

Jamie blickte auf sie nieder, als hätte er nie zuvor ein Geschöpf wie sie gesehen. Aus den Haarspitzen fielen die Tropfen auf seine nackte Brust.

»Ja«, sagte er schließlich. »Ich schäme mich.«

Benommen schloß er die Augen. Ein Frösteln erfaßte ihn. Wortlos wandte er sich um und verließ das Zimmer.

35

Flucht aus dem Paradies

Während Jenny mir ins Bett half, gab sie leise schnalzende Laute von sich, ob aus Entrüstung oder Besorgnis, konnte ich nicht sagen. In der Tür standen schemenhafte Gestalten – vermutlich Dienstboten –, aber sie waren mir herzlich einerlei.

»Ich bring' dir was zum Anziehen«, murmelte Jenny, schüttelte ein Kopfkissen auf und drückte mich hinein. »Und was zu trinken. Wie fühlst du dich?«

»Wo ist Jamie?«

Mitleid und Neugierde sprachen aus ihrem forschenden Blick.

»Keine Angst, ich laß ihn nicht zu dir«, erklärte sie entschieden. Sie preßte die Lippen fest zusammen, während sie die Decke um mich herum feststeckte. »Wie konnte er nur so etwas tun?«

»Er ist nicht schuld – zumindest nicht an dem, was vorhin geschehen ist.« Ich fuhr mir mit der Hand durch das zerzauste Haar. »Ich meine... ich war genauso daran beteiligt. Wir beide... er... ich...« Unfähig, die Situation zu erklären, ließ ich hilflos die Hand sinken. Überall hatte ich blaue Flecken und fühlte mich ziemlich mitgenommen. Außerdem waren meine Lippen geschwollen.

»Ich verstehe«, erwiderte Jenny kurz und blickte mich prüfend an. Vielleicht tat sie es ja wirklich.

Sie schwieg eine Weile. Sie spürte wohl, daß ich über das Vorgefallene nicht sprechen wollte. Dann gab sie jemandem im Flur mit leiser Stimme Anweisungen und machte sich im Zimmer zu schaffen, rückte die Möbel wieder zurecht und räumte auf. Als sie die Löcher im Schrank entdeckte, hielt sie kurz inne, bückte sich und sammelte die größeren Scherben des zerschmetterten Krugs auf. Da hörte ich einen dumpfen Schlag. Jemand hatte die Haustür zugeworfen. Jenny trat ans Fenster und hob den Vorhang.

»Es ist Jamie«, meinte sie zu mir und ließ die Gardine wieder sinken. »Wahrscheinlich geht er auf den Hügel. Wenn er durcheinander ist, geht er entweder dorthin, oder er betrinkt sich mit Ian. Der Hügel ist besser.«

Ich schnaubte verächtlich.

»Natürlich ist er durcheinander. Geschieht ihm recht.«

Vom Flur her hörte ich flinke Schritte. Janet erschien mit einem Tablett. Sie war blaß und wirkte verängstigt.

»Geht er dir… gut, Tante?« fragte sie zaghaft, als sie das Servierbrett abstellte.

»Ja«, versicherte ich ihr, setzte mich auf und streckte meine Hand nach der Whiskykaraffe aus.

Nachdem sich Jenny mit einem raschen Blick von der Richtigkeit meiner Worte überzeugt hatte, tätschelte sie ihrer Tochter den Arm und wandte sich zur Tür.

»Leiste deiner Tante Gesellschaft«, wies sie das Mädchen an. »Ich suche inzwischen ein Kleid für sie heraus.« Janet nickte gehorsam, setzte sich auf den Schemel neben dem Bett und sah mir zu, wie ich aß und trank.

Kaum hatte ich ein wenig zu mir genommen, fühlte ich mich körperlich viel besser. Nur innerlich war ich noch wie erstarrt. Die zurückliegenden Ereignisse schienen mir zum einen unwirklich, zum anderen standen sie mir überdeutlich vor Augen. Ich erinnerte mich an jede noch so winzige Einzelheit. Die Kattunschleifchen auf dem Kleid von Laoghaires Tochter, die geplatzten Äderchen auf Laoghaires Wangen, der abgerissene Fingernagel an Jamies Ringfinger.

»Weißt du, wo Laoghaire ist?« fragte ich Janet, die unverwandt auf ihre Hände blickte. Blitzschnell hob sie den Kopf.

»Oh«, sagte sie. »Ja, sie ist mit Marsali und Joan nach Balriggan zurückgeritten, wo sie wohnen. Onkel Jamie hat sie fortgeschickt.«

»Aha«, sagte ich.

»Tante… es tut mir schrecklich leid«! meinte sie unvermittelt. Ihre Augen, die den gleichen warmen Braunton wie die ihres Vaters besaßen, füllten sich mit Tränen.

»Ist schon gut«, erwiderte ich beruhigend.

»Es war meine Schuld!« platzte sie heraus. Sie sah kreuzunglücklich aus, schien aber zu dem Geständnis fest entschlossen. »Ich… habe Laoghaire erzählt, daß ihr hier seid. Deshalb ist sie hier aufgetaucht.«

»Ach so.« Nun, das löste ein Rätsel. Ich leerte das Glas und setzte es vorsichtig zurück auf das Tablett.

»Ich hatte nicht damit gerechnet… ich meine, ich wollte dieses Durcheinander nicht, wirklich nicht. Ich wußte ja nicht, daß du… daß sie…«

»Ist schon gut«, wiederholte ich. »Früher oder später hätte es eine von uns beiden ohnehin herausgefunden.« Obgleich es nichts änderte, fragte ich sie neugierig: »Aber weshalb hast du es ihr überhaupt erzählt?«

Das Mädchen blickte sich vorsichtig um, als sie Schritte auf der Treppe hörte. Dann beugte sie sich zu mir herüber.

»Mutter hat gesagt, ich soll es ihr sagen«, flüsterte sie. Dann stand sie auf und ging hastig an ihrer Mutter vorbei aus dem Zimmer.

Ich schwieg. Jenny hatte ein Kleid für mich aufgetrieben. Es gehörte einem der älteren Mädchen. Wir sprachen nur das Nötigste, als sie mir hineinhalf.

Nachdem ich angezogen war und mein Haar gebürstet und hochgesteckt war, wandte ich mich zu ihr um.

»Ich möchte gehen. Sofort.«

Sie erhob keinen Einwand, sondern sah mich nur prüfend an, um festzustellen, ob ich auch sicher genug auf den Beinen war. Als sie schließlich zustimmend nickte, vermied sie es, mich anzusehen.

»Das ist wohl das beste«, meinte sie leise.

Am späten Vormittag verließ ich Lallybroch zum vermutlich letzten Mal. Zu meinem Schutz trug ich einen Dolch im Gürtel, obgleich ich ihn gewiß kaum benötigen würde. Die Satteltaschen waren gefüllt mit Proviant und etlichen Flaschen Ale – genug, um bis zum Steinkreis zu kommen. Einen Moment lang war ich versucht, auch die Fotos von Brianna, die noch in Jamies Rocktasche steckten, wieder an mich zu nehmen, ließ es aber bleiben. Im Gegensatz zu mir gehörte das Mädchen für immer zu ihm.

Der düstere Morgen kündigte einen kalten Herbsttag mit tristem Nieselregen an. Keine Menschenseele war in unmittelbarer

Nähe des Hauses zu sehen, als Jenny das Pferd aus dem Stall führte und mich aufsitzen ließ.

Ich zog mir die Kapuze meines Umhangs tiefer ins Gesicht und nickte ihr zu. Beim letztenmal hatten wir uns wie Schwestern umarmt und unter Tränen voneinander verabschiedet. Sie ließ die Zügel los und trat einen Schritt zurück, als ich mich der Straße zuwandte.

»Viel Glück«, hörte ich sie hinter mir herrufen. Doch ich ließ den Gruß unerwidert und drehte mich auch nicht um.

Ich ritt fast den ganzen Tag, ohne sonderlich auf meine Route zu achten. Ich folgte der groben Richtung und überließ es dem Wallach, sich seinen Weg über die Bergpässe zu suchen.

Bei Einbruch der Dämmerung hielt ich an. Ich zog dem Pferd Fußfesseln über und ließ es grasen. Dann hüllte ich mich in meinen Umhang, legte mich nieder und schlief auf der Stelle ein.

Der Hunger riß mich am nächsten Tag schließlich aus meiner Lethargie. Ich hatte gestern keine einzige Rast eingelegt, und am Morgen war ich ohne Frühstück aufgebrochen. Als sich mein Magen mittags ärgerlich meldete, unterbrach ich meinen Ritt in einer Schlucht neben einem sprudelnden Bach und packte den Proviant aus, den Jenny mir in die Satteltaschen gesteckt hatte.

Er bestand aus Haferkuchen und Ale und einer Handvoll kleiner, frischer Brotlaibe, die mit Schafskäse und eingelegten Gewürzgurken gefüllt waren. Ein Hochlandsandwich, so typisch für Lallybroch wie Erdnußbutter für Boston.

Ich verspeiste ein Brot und stillte meinen Durst mit Ale aus der irdenen Flasche. Dann saß ich wieder auf. Die Mahlzeit hatte mir nicht nur meine körperlichen Kräfte zurückgegeben, sondern leider auch meine Gefühle wieder aufleben lassen. Je höher wir uns die Berge hinaufbewegten, desto gedrückter wurde meine Stimmung.

Das Pferd war willig, ich nicht. Am Nachmittag hatte ich das Gefühl, kein Stück mehr weiterreiten zu können. Ich führte den Wallach so tief in ein kleines Dickicht, daß man ihn vom Weg aus nicht mehr sehen konnte, legte ihm die Fesseln locker um die Hufe und ging selber noch ein Stück weiter, bis ich den umgestürzten, moosbewachsenen Stamm einer Espe erreichte.

Ich ließ mich darauf nieder, stützte die Ellbogen auf die Knie und legte den Kopf in die Hände. Mir tat alles weh. Weniger von dem Kampf mit Jamie oder von dem Ritt, sondern aus Gram.

Mein Leben war von Selbstbeherrschung und Vernunft geprägt. Ich hatte die Heilkunst erlernt – was nicht ganz einfach gewesen war, hatte gelernt, zu geben und mich anderer anzunehmen, dabei aber stets darauf zu achten, nicht soviel zu geben, daß ich nicht mehr konnte. Ich hatte gelernt, auf Distanz zu gehen und mich zu lösen – auf eigene Kosten.

Und auch im Zusammenleben mit Frank hatte ich den Balance-akt der Höflichkeit gelernt – hatte gelernt, Freundlichkeit und Achtung zu zeigen, ohne die unsichtbare Grenze ins Reich der Leidenschaft zu überschreiten. Und Brianna? Die Liebe zu einem Kind ist nicht frei. Mit den ersten Regungen im Mutterleib wird eine Hingabe geweckt, die stark und blind zugleich ist. Aber obwohl diese Liebe übermächtig ist, verliert man sich nicht darin. Man trägt die Verantwortung, beschützt, beobachtet und behütet – man liebt durchaus leidenschaftlich, aber niemals selbstvergessen.

Ständig und dauernd mußte ich Mitgefühl mit Klugheit, Liebe mit Vernunft, Menschlichkeit mit Härte ausgleichen.

Nur Jamie hatte ich mich ganz und gar hingegeben, hatte alles aufs Spiel gesetzt. Hatte Vorsicht, Urteilsvermögen und Vernunft über Bord geworfen, ebenso die Annehmlichkeiten und Zwänge einer hart erarbeiteten Karriere. Ich hatte mich ihm geschenkt, ihm meine Seele und meinen Körper gegeben, mich ihm unverhüllt gezeigt und darauf vertraut, daß er mich mit meinen Schwächen annahm – weil er es früher getan hatte.

Ich hatte befürchtet, daß ihm das nicht noch einmal möglich war. Oder daß er es nicht mehr wollte. Und dann hatte ich die wenigen Tage vollkommener Freude erlebt, wo ich glaubte, daß das, was früher wahr gewesen war, auch jetzt noch Gültigkeit besaß. Ich wollte ihn lieben und mich ebenso lieben zu lassen.

Die Tränen rannen mir heiß durch die Finger. Ich trauerte um Jamie und um das, was wir uns einst gewesen waren.

Weißt du, flüsterte seine Stimme, was es bedeutet, wieder zu sagen ›Ich liebe Dich‹ und es zu meinen?

Ja, ich wußte es. Und mir war gleichermaßen klar, daß ich es nie wieder auf diese Weise meinen konnte.

Ich war so tief in meinen Kummer versunken, daß ich die Schritte erst hörte, als er schon fast vor mir stand. Aufgeschreckt durch einen knackenden Ast, schoß ich hoch und wirbelte, den gezückten Dolch in der Hand und mit klopfendem Herzen, herum.

»Himmel!« Mein Gegner, der offenbar ebenso erschrocken war wie ich, wich beim Anblick der Klinge zurück.

»Was, in Gottes Namen, tust du hier?« fragte ich ihn.

»Meine Güte, Tante Claire! Wo hast du gelernt, das Messer so rasch zu ziehen? Mir ist vor Schreck fast das Herz stehengeblieben.« Der junge Ian wischte sich mit der Hand über die Stirn.

»Mir geht es nicht anders«, versicherte ich ihm. Mit weichen Knien sank ich zurück auf den Espenstamm und legte den Dolch auf meinen Oberschenkel.

»Also«, sagte ich und versuchte meiner Stimme Festigkeit zu verleihen. »Was tust du hier?« Was er hier tat, war mir relativ klar, und es paßte mir ganz und gar nicht. Aber ich mußte mich erst einmal von dem Schreck erholen, bevor ich der Sache gewachsen war.

Ian biß sich unschlüssig auf die Lippen und setzte sich schließlich neben mich.

»Onkel Jamie hat mich geschickt...«, setzte er an. Das reichte mir. Ungeachtet meiner wackeligen Knie stand ich auf und steckte den Dolch in meinen Gürtel.

»Warte, Tante! Bitte!« Er packte mich am Arm, aber ich riß mich los.

»Interessiert mich nicht«, sagte ich und trat mit dem Fuß nach den Farnwedeln. »Kehr um, Ian. Ich muß in die andere Richtung.« So hoffte ich wenigstens.

»Es ist nicht, was du denkst, Tante!« Da er mich nicht von meinem Vorhaben abbringen konnte, folgte er mir durch die Lichtung und redete auf mich ein. »Er braucht dich, Tante, wirklich. Du mußt mitkommen.«

Ich reagierte nicht. Als ich mein Pferd erreicht hatte, beugte ich mich vor, um die Fesseln zu lösen.

»Tante Claire! Hör mich doch an!« Ian überragte das Hinterteil des Pferdes um einiges und spähte über den Sattel zu mir herüber. Wenn er sein gutmütiges Gesicht wie jetzt in besorgte Falten legte, sah er aus wie sein Vater.

»Nein«, erwiderte ich kurz angebunden. Ich stopfte die Fesseln in die Satteltasche, schob einen Fuß in den Steigbügel und schwang mich mit majestätisch raschelnden Röcken in den Sattel. Mein würdevoller Abschied wurde nun jedoch von der Tatsache getrübt, daß der junge Ian die Zügel des Pferdes in eisernem Griff hielt.

»Laß los«, sagte ich gebieterisch.

»Erst nachdem du mir zugehört hast«, stieß er eigensinnig hervor. Seine weichen braunen Augen loderten. Ich funkelte zurück. Mir blieb nur die Wahl, ihn umzureiten oder ihm zuzuhören.

Na gut, entschied ich schließlich, nützen würde es ihm oder seinem betrügerischen Onkel ohnehin nicht, also konnte ich ihm auch zuhören.

»Red schon«, sagte ich unter Aufbietung größtmöglicher Geduld.

Geräuschvoll atmete er ein und straffte die Schultern.

»Tja«, hob er unsicher an. »Es... ich... er...«

Ich räusperte mich unwillig. »Fang einfach von vorne an, aber red' nicht drumherum, klar?«

Er nickte und konzentrierte sich.

»Nachdem du weg warst, ist Onkel Jamie zurückgekommen. Da war dann die Hölle los«, begann er.

»Kann ich mir gut vorstellen«, sagte ich. Unwillkürlich verspürte ich Neugierde, aber ich unterdrückte sie und täuschte absolutes Desinteresse vor.

»So wütend habe ich Onkel Jamie noch nie gesehen«, sagte der Junge, während er mich aufmerksam beobachtete. »Und die Mutter auch nicht. Sie haben sich gestritten, daß die Fetzen flogen. Selbst der Vater konnte sie nicht beruhigen. Sie hörten ihn nicht einmal. Onkel Jamie hat Mutter einen alten Besen geschimpft, weil sie sich in alles einmischt... und noch viel Schlimmeres...« fügte er errötend hinzu.

»Er hätte seine Wut aber nicht an Jenny auslassen dürfen«, sagte ich. »Sie wollte nur helfen, glaube ich.« Mir wurde schlecht bei dem Gedanken, daß ich diese Auseinandersetzung heraufbeschworen hatte. Jenny war Jamie seit dem frühen Tod der Mutter eine Stütze gewesen. Was hatte ich mit meiner Rückkehr denn noch alles angerichtet?

Doch zu meiner Verwunderung grinste Jennys Sohn. »Sie mußte allerdings nicht nur einstecken«, meinte er trocken. »Meine Mutter läßt sich nichts gefallen. Onkel Jamie hat auch sein Fett abbe-kommen. Ich dachte tatsächlich, sie schlagen sich tot. Als Mutter mit einem Backblech auf ihn losging, hat er es ihr aus der Hand ge-rissen und zum Küchenfenster hinausgeworfen. Da sind die Hüh-ner vielleicht gerannt«, fügte er schmunzelnd hinzu.

»Vergiß die Hühner, Ian, erzähl weiter. Ich möchte mich auf den Weg machen«, sagte ich.

»Dann hat Onkel Jamie das Bücherregal im Salon umgerissen. Aber nicht absichtlich – er war einfach blind vor Zorn. Als er hin-auslief, hat der Vater ihm hinterhergerufen, wohin er wolle. Dich suchen, hat er geantwortet.«

Der Junge seufzte. »Gerade als Onkel Jamie losreiten wollte, kam seine Fr...« – er wurde puterrot – »kam Laoghaire in den Hof.«

Jetzt konnte ich mich nicht länger gleichgültig stellen.

»Und?«

Er runzelte die Stirn. »Da ging's erst richtig los. Ich hab' nicht viel verstanden. Die Tante... ich meine Laoghaire, hat keine Ahnung, wie man richtig streitet, so wie meine Mutter und Onkel Jamie. Sie weint und jammert nur. Mama sagt, sie greint.«

»Mmmpf«, bemerkte ich. »Weiter.«

Kaum war Laoghaire abgesessen, hatte sie Jamie am Bein ge-packt und ihn mehr oder weniger vom Pferd gezogen, berichtete Ian. Dann hatte sie sich auf den Boden geworfen, Jamies Knie um-klammert und geklagt und gewimmert, wie es ihre Art war.

Da er nicht flüchten konnte, hatte Jamie sie schließlich auf die Füße gezogen und sie ins Haus und die Treppe hinaufgetragen. Die erstaunten Blicke der anderen hatte er ignoriert.

»Aha.« Ich merkte, daß ich die Zähne fest zusammengebissen hatte. »Das heißt, er hat dich hinter mir hergeschickt, weil er mit seiner Frau zu beschäftigt ist. Bastard! Zur Hölle mit ihm! Er denkt wohl, er braucht bloß nach mir schicken zu lassen, als wäre ich eine Magd, nur weil es dem gnädigen Herrn gerade nicht in den Kram paßt, selbst zu kommen? Dieser hochnäsige, eigennützige, herrschsüchtige... Schotte!« Abgelenkt von der Vorstellung, wie Jamie Laoghaire die Treppe hochtrug, war »Schotte« das schlimm-ste Schimpfwort, das mir auf die schnelle einfiel.

Ich umklammerte den Sattelknauf, bis die Knöchel weiß hervortraten. Vergessen war jegliche Zurückhaltung. Ich streckte die Hand nach den Zügeln aus.

»Laß los.«

»Aber, Tante Claire, das ist es doch noch gar nicht!«

»Was soll das heißen?« Durch den verzweifelten Ton in seiner Stimme aufmerksam geworden, blickte ich ihn an.

»Onkel Jamie ist nicht nach oben gegangen, um sich um Laoghaire zu kümmern.«

»Warum hat er dann dich hinter mir her geschickt?«

Er holte tief Luft und nahm die Zügel erneut fest in die Hand.

»Sie hat auf ihn geschossen. Er hat mich geschickt, weil er im Sterben liegt.«

»Wenn du mich anlügst, Ian Murray«, drohte ich ihm zum hundertstenmal, »wirst du es büßen bis ans Ende deiner Tage – das dann kurz bevorsteht!«

Da ein heftiger Wind aufgekommen war, mußte ich schreien, damit der Junge mich hörte. Die Böen fuhren mir durchs Haar und peitschten mir die Röcke um die Beine. Das Wetter war angemessen dramatisch: große, schwarze Wolken dräuten über den Pässen und in der Ferne grollte der Donner.

Nach Atem ringend, stemmte Ian sich gegen den Wind. Er ging zu Fuß und führte beide Pferde über den tückisch morastigen Grund entlang eines winzigen Sees. Instinktiv warf ich einen Blick auf mein Handgelenk. Ich vermißte meine Rolex.

Bis Lallybroch lagen noch etliche Stunden vor uns. Ich hatte das Wäldchen in dem Ian mich gefunden hatte, erst am zweiten Tag erreicht. Ian hatte nur einen Tag dazu gebraucht. Er kannte die grobe Richtung, und da er mein Pferd eigenhändig neu beschlagen hatte, konnte er meine Spur leicht verfolgen.

Bis wir Lallybroch erreichten, wären also drei Tage seit Jamies Verwundung vergangen.

Ich konnte dem Jungen nur wenige nützliche Einzelheiten entlocken. Nachdem er seine Mission erfolgreich beendet hatte, war ihm daran gelegen, so schnell wie möglich nach Lallybroch zurückzukehren, und er legte keinen Wert auf Unterhaltung. Er sagte, der Schuß habe den linken Arm getroffen. Wenn das alles war – gut und schön! Anschließend hatte sich das Geschoß in die

Seite gebohrt. Das war nicht so gut. Als Ian ihn zuletzt gesehen hatte, war er bei Bewußtsein – gottlob –, aber hatte zu fiebern begonnen. Das war schlecht! Als ich nach möglichen Auswirkungen des Schocks fragte und danach, wie sich das Fieber entwickelte, wie hoch es gewesen sei und wie man Jamie bis dahin behandelt habe, zuckte der Junge nur die Achseln.

Vielleicht starb Jamie, vielleicht auch nicht. Da wollte ich kein Risiko eingehen, und das wußte Jamie nur zu gut. Vielleicht, so ging es mir durch den Kopf, hatte er selbst auf sich geschossen, um mich zur Rückkehr zu bewegen.

Es hatte zu regnen begonnen. Die Tropfen fingen sich in meinem Haar und meinen Wimpern und verschleierten meinen Blick. Nachdem Ian den morastigen Teil passiert hatte, saß er wieder auf. Wir nahmen die letzte Anhöhe, bevor wir hinab ins Tal nach Lallybroch gelangten.

Ich zog mir die Kapuze tiefer ins Gesicht. Obwohl Ians Schultern und Schenkel vor Nässe ganz schwarz aussahen und das Wasser die Krempe seines Schlapphutes heruntertropfte, saß er aufrecht im Sattel und nahm das Unwetter mit der stoischen Gelassenheit des echten Schotten hin.

Immer wenn ich von Lallybroch fortging, hatte es ein endgültiger Abschied sein sollen. Und nun kehrte ich schon wieder zurück! Zweimal hatte ich Jamie mit der unumstößlichen Gewißheit verlassen, ihn nie wieder zu sehen. Und nun befand ich mich abermals auf dem Weg zu ihm zurück, wie eine Brieftaube, die ihren Schlag aufsucht.

»Eins sage ich dir, Jamie Fraser«, murmelte ich leise. »Solltest du nicht an der Schwelle des Todes stehen, wenn ich dir gegenübertrete, wirst du es bereuen!«

36

Hexenzauber

Bis auf die Haut durchnäßt, erreichten wir Lallybroch etliche Stunden nach Einbruch der Nacht. Friedlich lag das dunkle Haus da, nur aus zwei Fenstern im Erdgeschoß drang ein schwacher Lichtschein. Einer der Hunde schlug kurz an, aber Ian beruhigte ihn rasch.

Das kurze Warngebell war nicht unbemerkt geblieben. Als Ian mich in die Eingangshalle führte, öffnete sich die Tür zum Salon, und Jennys sorgenvolles Gesicht tauchte auf.

Als sie den Jungen erblickte, lief sie ihm mit erleichterter Miene entgegen. Die Freude wich jedoch alsbald dem gerechten Zorn einer Mutter, die ihrem fehlgeleiteten Sprößling gegenübersteht.

»Ian, du Taugenichts!« rief sie. »Wo hast du denn die ganze Zeit gesteckt? Dein Vater und ich sind vor Sorge fast umgekommen.« Sie musterte ihn von oben bis unten. »Fehlt dir auch nichts?«

Als er den Kopf schüttelte, preßte sie die Lippen wieder aufeinander. »Aye, du kannst dich auf etwas gefaßt machen! Wo hast du dich überhaupt herumgetrieben?«

Tropfnaß stand der schlacksige Junge vor ihr, einer ertrunkenen Vogelscheuche zum Verwechseln ähnlich, doch immerhin so breitschultrig, daß er seiner Mutter den Blick auf mich versperrte. Er ließ die Strafpredigt über sich ergehen, zuckte linkisch mit den Achseln und trat zur Seite um mich dem erstaunten Blick seiner Mutter preiszugeben.

Hatte sie bereits meine Auferstehung von den Toten verblüfft, so verschlug es ihr bei dieser Begegnung ganz und gar die Sprache. Wortlos starrte sie mich eine Zeitlang an, dann blickte sie wieder zu ihrem Sohn.

»Du bist wirklich ein Kuckuck«, meinte sie fast im Plauderton.

»Das bist du tatsächlich, Freundchen – ein Kuckuck in unserem Nest. Gott weiß, wessen Sohn du hättest werden sollen – meiner gewiß nicht.«

Der junge Ian wurde puterrot und schlug die Augen nieder.

»Ich, äh, ich…«, setzte er an, den Blick auf die Stiefel geheftet. »Ich konnte doch nicht einfach…«

»Ich will nichts davon hören«, fuhr seine Mutter ihn an. »Geh schlafen. Dein Vater wird sich morgen früh um dich kümmern.«

Hilflos sah der Junge sich um. Schließlich blickte er achselzuckend auf den durchweichten Hut in seinen Händen, als fragte er sich, wie er dorthin gelangt war, und trottete langsam den Gang hinab.

Jenny wartete, bis die massive Tür hinter ihrem Sohn ins Schloß gefallen war. Die Anspannung stand ihr ins Gesicht geschrieben. Dunkle Ringe unter ihren Augen deuteten auf Schlafmangel hin. Obwohl sie immer noch grazil war und aufrecht dastand, wirkte sie erstmals so alt, wie sie war.

»Da bist du also wieder«, sagte sie ohne jegliche Regung.

Da ich dieser Tatsache nichts entgegenzusetzen hatte, schwieg ich. Im Haus herrschte tiefe Stille. Ein dreiarmiger Kerzenhalter auf dem Tisch in der Eingangshalle spendete etwas Licht und ließ die Schatten tanzen.

»Das ist jetzt doch einerlei«, sagte ich so leise, als wollte ich das schlafende Haus nicht wecken. Im Augenblick zählte nur eins: »Wo ist Jamie?«

Nach kurzem Zögern nickte sie, als fände sie sich zunächst einmal mit meiner Anwesenheit ab. »Dort drin«, sagte sie und deutete auf die Tür zum Salon.

Ich steuerte darauf zu, hielt jedoch noch einmal inne. Es gab noch etwas zu klären. »Wo ist Laoghaire?«

»Fort«, antwortete Jenny. Im Kerzenschein wirkten ihre Augen ausdruckslos und dunkel.

Ich nickte, schritt durch die Tür und schloß sie behutsam, aber bestimmt hinter mir.

Da Jamie für das Sofa viel zu groß war, hatte man vor der Feuerstelle eine Pritsche für ihn aufgestellt. Das reglose Profil des schlafenden oder bewußtlosen Mannes hob sich dunkel und scharf gegen den Schein der glühenden Kohlen ab.

In welchem Zustand er sich befinden mochte, tot war er jedenfalls nicht, oder noch nicht. Nachdem sich meine Augen allmählich an das Dämmerlicht gewöhnt hatten, sah ich, wie sich sein Brustkorb unter der Decke hob und senkte. Auf dem kleinen Tisch neben der Pritsche stand eine Karaffe mit Wasser und eine Flasche Weinbrand. Über dem Polstersessel neben der Feuerstelle hing ein Schultertuch. Jenny hatte dort gesessen und Wache gehalten.

Offenbar bestand kein Grund zur Eile. Ich löste die Bänder meines Umhangs und breitete das nasse Kleidungsstück über die Sessellehne. Dann schlang ich mir das Tuch um die Schultern. Meine Hände waren kalt. Ich schob sie unter die Achselhöhlen, um sie auf eine erträgliche Temperatur anzuwärmen, bevor ich Jamie berührte.

Als ich ihm meine Hand auf die Stirn legte, zuckte ich jäh zurück. Seine Stirn glühte. Er wand sich und stöhnte unter meiner Berührung. Fieber, kein Zweifel! Ich blickte ihn eine Weile an, bevor ich mich leise in Jennys Sessel setzte. Das hohe Fieber würde ihn nicht lange schlafen lassen. Ihn zu wecken, nur um ihn zu untersuchen, war unnötig.

Aus dem Umhang tropfte das Wasser in unregelmäßigen Abständen zu Boden, und mir fiel ein alter Aberglauben aus dem Hochland ein: der ›Todestropfen‹. Unmittelbar vor einem Tod, heißt es, hören die, die dafür empfänglich sind, das Geräusch von tropfendem Wasser.

Bisher waren mir gottlob noch keine übernatürlichen Empfindungen widerfahren. Nein, dachte ich sarkastisch, um deine Aufmerksamkeit zu gewinnen, muß man schon eine Reise durch die Zeit unternehmen. Dieser Gedanke entlockte mir ein Lächeln und zerstreute den flüchtigen Schauder, der mich angesichts des Todestropfens erfaßt hatte.

Selbst als mir nicht mehr klamm war von der regennassen Kälte, fühlte ich mich unbehaglich. Die Gründe hierfür lagen auf der Hand. Es war gar nicht so lange her, daß ich nachts an einem ähnlich improvisierten Bett gestanden hatte und dem Tod und einer fehlgeschlagenen Ehe ins Auge gesehen hatte. Auf unserem eiligen Ritt zurück nach Lallybroch hatte ich nicht aufhören können zu grübeln, und auch jetzt war ich meinen Gedanken hilflos ausgeliefert.

Sein Ehrgefühl hatte Frank zu der Entscheidung, sich nicht von mir zu trennen und Brianna als seine Tochter anzunehmen, bewogen. Ehrgefühl und das Widerstreben, eine Verantwortung abzuschütteln. Und nun lag hier vor mir ein anderer ehrenhafter Mann.

Wieviel Verantwortung hatte Jamie in den Jahren unserer Trennung neben der Sorge um Laoghaire und ihre Töchter, Jenny und ihre Familie, die schottischen Gefangenen, die Schmuggler, um Mr. Willoughby und Geordie, Fergus und die Pächter noch übernommen?

Franks Tod hat mich von einer meiner Verpflichtungen entbunden, Brianna selbst von einer anderen. Das Direktorium des Krankenhauses hatte mich in seiner unendlichen Weisheit von der einzigen noch verbliebenen Verantwortung freigesprochen, die mich an jenes Leben gebunden hatte. Mit Joe Abernathys Hilfe hatte ich Zeit gehabt, mich meiner unwichtigeren Aufgaben zu entledigen, sie zu delegieren und aufzuteilen.

Jamie war weder gewarnt worden, noch hatte er wählen können. Es war ihm nicht möglich gewesen, vor meinem erneuten Auftauchen Entscheidungen zu treffen oder Konflikte aus der Welt zu schaffen. Und er war kein Mensch, der seine Pflichten vernachlässigte, selbst wenn Liebe im Spiel war.

Ja, er hatte mich angelogen. Er hatte nicht geglaubt, daß ich seine Pflichten anerkennen und zu ihm stehen – oder ihn verlassen – würde, je nach dem, was die Umstände erforderten. Er hatte Angst gehabt. Genau wie ich. Ich hatte Angst, er könnte sich nicht für mich entscheiden, wenn er zwischen einer zwanzig Jahre alten Liebe und seiner jetzigen Familie wählen mußte. Deshalb war ich weggelaufen.

» *Wem willst du was vormachen, Lady?* « hörte ich Joe Abernathy mit spöttischer und zugleich liebevoller Stimme fragen. Ich war im selben Tempo zum Steinkreis geeilt wie ein Verurteilter zu seiner Exekution. Was hatte mich wohl aufgehalten wenn nicht die Hoffnung, daß Jamie mir folgen würde?

Sicher, Gewissensbisse und gekränkter Stolz hatten mich angetrieben, aber als der junge Ian sagte: ›Er liegt im Sterben‹, erkannte ich, wie fadenscheinig das alles war.

Die Ehe mit Jamie war, als wäre ein Schlüssel in mir umgedreht worden. Mit jeder Drehung kam ich mir ein Stück näher. Auch Brianna wußte diesen Schlüssel zu betätigen. Dennoch fehlte die letzte Drehung, das Schloß wollte nicht aufspringen – bis zu dem Augenblick, als ich die Druckerei in Edinburgh betrat. Dort wurde das Schloß mit einer entscheidenen letzten Umdrehung aufgesperrt. Jetzt war die Tür angelehnt. Durch den Spalt fiel der Schein einer ungewissen Zukunft. Doch diese Tür ganz aufzustoßen erforderte mehr Kraft, als ich allein besaß.

Als ich sah, wie sich sein Brustkorb hob und senkte, und ich das Spiel von Licht und Schatten auf den kräftigen, klaren Gesichtszügen betrachtete, wußte ich, daß nichts wirklich zählte außer der Gewißheit, daß wir beide immer noch lebten. Ich war also wieder hier. Wie teuer es ihn oder mich auch zu stehen kommen mochte, ich würde bleiben.

Erst als er zu sprechen begann, bemerkte ich, daß er die Augen geöffnet hatte.

»Du bist also zurückgekommen«, sagte er leise. »Ich wußte es.«

Ich wollte etwas erwidern, aber er hatte noch nicht zu Ende gesprochen, denn er sah mich eindringlich an.

»Liebste«, flüsterte er, »mein Gott, wie schön du bist. Deine Augen sind wie Gold, und dein Haar fällt weich um dein Gesicht.« Er fuhr sich mit der Zunge über die trockenen Lippen. »Ich wußte, du würdest mir vergeben, Sassenach, wenn du es erfährst.«

Wenn ich es erfahre? Ich runzelte die Brauen, sagte aber nichts. Er war noch nicht fertig.

»Ich hatte so große Angst, dich wieder zu verlieren, *mo chridhe*«, murmelte er. »So große Angst. Ich habe immer nur dich geliebt, Sassenach, vom ersten Tag an… aber ich konnte es nicht ertragen…«

Seine Stimme verebbte zu einem unverständlichen Gemurmel, und er schloß erneut die Augen.

Ich blieb still sitzen und überlegte, was ich tun sollte. Da öffnete er wieder die Augen. Schläfrig, die Lider schwer vom Fieber, suchten sie mein Gesicht.

»Nicht mehr lang, Sassenach«, meinte er, als wollte er mich beruhigen. Er rang sich ein Lächeln ab. »Nicht mehr lang, und ich werde dich wieder berühren. Ich sehne mich so sehr nach dir.«

»Ach, Jamie«, sagte ich. Voll Zärtlichkeit streckte ich die Hand aus und legte sie auf seine Wange.

Erschrocken riß er die Augen auf. Wie von der Tarantel gestochen, schoß er hoch und stieß einen gellenden Schrei aus, da die abrupte Bewegung seinen verwundeten Arm erschüttert hatte.

»O mein Gott, Herr im Himmel, allmächtiger Vater!« Unter Stöhnen beugte er sich vor und griff sich an den linken Arm. »Du bist es tatsächlich! Verdammte stinkende Teufelshölle! Herrje!«

»Ist mit dir alles in Ordnung?« fragte ich töricht. Durch die Holzdielen drang gedämpftes Geschrei aus dem oberen Stockwerk, gefolgt von den polternden Schritten der Hausbewohner, die sich erhoben hatten, um der Ursache des Aufruhrs auf den Grund zu gehen. Jennys Kopf erschien in der Tür. Als Jamie sie sah, gelang es ihm, »Hinaus!« zu brüllen, bevor er sich keuchend vor Schmerzen wieder zusammenkrümmte.

»Himmel«, stieß er zwischen zusammengebissenen Zähnen hervor. »Was in Gottes Namen tust du hier, Sassenach?«

»Was meinst du damit?« gab ich zurück. »Du hast nach mir geschickt. Und was soll das heißen, ich sei es tatsächlich?«

Vorsichtig nahm er die Hand von seinem linken Arm. Doch das half offenbar nicht, denn er umklammerte ihn erneut und stieß eine Anzahl französischer Flüche aus, die sich mit den Fortpflanzungsorganen diverser Heiliger und Tiere befaßten.

»Um Gottes willen, leg dich hin!« befahl ich ihm und drückte ihn zurück in die Kissen.

»Ich dachte, du wärst ein Fiebertraum!« keuchte er. »Was denkst du dir eigentlich dabei – tauchst neben meinem Bett auf und erschreckst mich fast zu Tode.« Sein Gesicht war schmerzverzerrt. »Meine Güte, es ist, als würde mir der Arm abfallen. Aua, verdammt!« schrie er, als ich entschlossen seine Finger von seinem Arm nahm.

»Hast du Ian denn nicht hinter mir her geschickt, um mich wissen zu lassen, daß du im Sterben liegst?« fragte ich und rollte rasch den Ärmel seines Nachthemds auf. Der Arm war oberhalb des Ellbogens dick bandagiert.

»Ich? Nein! Aua, das tut weh.«

»Es wird noch mehr weh tun«, gab ich zurück, während ich den Verband behutsam abwickelte. »Soll das heißen, der kleine Teufel ist mir von sich aus nachgeritten? Du hast also gar nicht gewollt, daß ich zurückkomme?«

»Ob ich gewollt habe, daß du aus Mitleid zurückkommst, als wäre ich ein räudiger Hund? Heiliger Vater! Nein! Ich habe dem kleinen Bastard verboten, dich zu suchen.« Wütend blickte er mich an.

»Ich bin Humanmedizinerin«, sagte ich kalt, »keine Tierärztin. Wenn du nicht gewollt hast, daß ich zurückkomme, was sollte dann das Gerede vorhin? Beiß in die Decke, das Ende des Verbands ist festgeklebt. Ich muß es losreißen.«

Er tat nicht wie empfohlen, sondern biß sich auf die Lippe. Im Schein des Feuers ließ sich seine Gesichtsfarbe zwar nicht erkennen, aber er schloß die Augen, und seine Stirn war schweißbedeckt.

Ich wandte mich einen Augenblick ab, um in Jennys Schreibtischschublade nach Kerzen zu suchen. Bevor ich Jamie weiter untersuchte, brauchte ich mehr Licht.

»Vermutlich hat Ian mir nur erzählt, du würdest sterben, um mich dazu zu bringen, mit ihm zurückzureiten.« Da waren sie, echte Wachskerzen, von den Bienen von Lallybroch.

»Falls es dich interessiert, ich sterbe wirklich«, sagte er trocken.

Leicht erstaunt drehte ich mich zu ihm um. Er blickte mich ganz ruhig an. Sein Arm schmerzte ihn offensichtlich nicht mehr so stark. Aber sein Atem kam immer noch stoßweise, und seine Augen glänzten fiebrig. Ich antwortete nicht sofort, sondern zündete erst die Kerzen an und steckte sie in den großen Kandelaber an der Anrichte, der nur zu besonderen Anlässen genutzt wurde. Im Raum sah es aus, als gäbe es gleich eine Party. Sachlich beugte ich mich über das Bett.

»Dann laß mich mal sehen.«

Die Wunde ähnelte einem gezackten dunklen Loch, das an den Rändern leicht verschorft und bläulich verfärbt war. Mit leichtem Druck wanderte mein Finger über die umliegende Haut. Sie war rot und stark entzündet und darüber hinaus voller Eiter. Jamie wand sich unruhig hin und her, als meine Fingerspitzen den Muskel abfühlten.

»Du hast eine hübsche Infektion, mein Lieber«, erklärte ich. »Ian sagte, der Schuß hätte dich in die Seite getroffen. War das ein zweiter Schuß, oder hat sich die Kugel durch den Arm gebohrt?«

»Sie hat sich durchgebohrt. Jenny hat sie mir aus der Seite ent-

fernt. War aber nicht so schlimm. Sie saß nicht tief.« Er sprach ab-
gehackt und preßte zwischen den Sätzen die Lippen unwillkürlich
zusammen.

»Laß mal sehen.«

Langsam drehte er die Hand und den Arm nach außen. Selbst
diese kleine Bewegung schmerzte ihn offensichtlich. Die Kugel war
an der Innenseite des Oberarms, direkt über dem Ellbogen ausge-
treten. Da der Einschuß nicht genau gegenüber lag, war die Kugel
abgeleitet worden.

»Sie hat den Knochen getroffen«, erklärte ich. »Weißt du, ob der
Knochen gebrochen ist? Ich möchte nicht mehr als nötig an dir her-
umdrücken.«

»Auch kleine Gaben werden angenommen«, erwiderte er und
versuchte zu lächeln, was ihm aber nicht gelang.

»Nein, ich glaube nicht, daß er gebrochen ist«, sagte er. »Ich
hab' mir mal das Schlüsselbein und die Hand gebrochen, und so
fühlt es sich nicht an. Allerdings tut es etwas weh.«

»Das kann ich mir vorstellen.« Vorsichtig tastete ich seinen Bi-
zeps entlang. »Wo endet der Schmerz?«

Wie beiläufig blickte er auf seinen verwundeten Arm. »Fühlt
sich an, als hätte ich einen heißen Schürhaken im Arm. Aber es ist
nicht nur der Arm. Die ganze Seite ist steif und schmerzt.« Er
schluckte. »Kannst du mir einen Schluck Weinbrand geben?« bat
er. »Selbst mein Herzschlag tut mir weh«, fügte er entschuldigend
hinzu.

Wortlos füllte ich das Glas mit Wasser aus der Karaffe und hielt
es an seine Lippen. Er blickte etwas skeptisch, trank aber gierig.
Dann ließ er den Kopf zurück auf das Kissen sinken. Er schloß die
Augen und atmete ein paarmal tief, öffnete sie wieder und sah
mich an.

»Zweimal wäre ich fast am Fieber gestorben«, begann er. »Diesmal wird es wahrscheinlich soweit sein. Ich wollte dir niemanden
hinterherschicken, aber – ich bin froh, daß du da bist.« Er
schluckte. »Ich... wollte dir sagen, daß es mir leid tut, und mich
ordentlich von dir verabschieden. Ich will dich nicht bitten, bis zu
meinem Ende bei mir zu bleiben, aber... würdest du dich... vielleicht eine Weile hersetzen?«

Ich merkte, wie sehr er sich darum bemühte, seiner Stimme oder seinem Blick nichts Flehentliches zu geben. Er wollte eine einfache Bitte äußern, die sich auch abschlagen ließ.

Behutsam setzte ich mich neben ihn aufs Bett. Der Schein des Feuers fiel auf sein Gesicht und ließ die rotgoldenen, silbrig durchzogenen Bartstoppeln aufleuchten. Er sah mir direkt in die Augen. Hoffentlich stand mir meine Sehnsucht nach ihm nicht so deutlich ins Gesicht geschrieben wie umgekehrt.

Ich streckte die Hand aus und tätschelte sanft seine rauhe Wange.

»Ich bleibe ein Weilchen bei dir«, erklärte ich. »Aber du wirst nicht sterben.«

Er hob eine Augenbraue. »Vor einem Fieber hast du mich gerettet, ich glaube immer noch, durch Zauberkraft. Und beim zweitenmal hat Jenny mich mit bloßer Starrköpfigkeit durchgebracht. Jetzt, wo ihr beide hier seid, könntet ihr es vielleicht schaffen, aber ich bin mir nicht sicher, ob ich es noch einmal durchmachen möchte. Ich glaube, ich will lieber sterben, dann habe ich es hinter mir – wenn es dir recht ist.«

»Du undankbarer Feigling«, sagte ich. Hin- und hergerissen zwischen Wut und Zärtlichkeit, streichelte ich ihm die Wange. Dann stand ich auf und wühlte in meiner Rocktasche. Es gab etwas, was ich stets bei mir trug.

Ich legte das Kästchen auf den Tisch und schob den kleinen Riegel zurück. »Ich werde dich auch diesmal nicht sterben lassen«, erklärte ich ihm, »sosehr ich auch versucht bin.« Vorsichtig nahm ich das zusammengerollte Stück Flanell heraus und legte es auf den Tisch. Dann rollte ich es auseinander, bis die glänzenden Spritzen offen dalagen, und suchte in der Schachtel nach dem Fläschchen mit den Penicillintabletten.

»Was, um Himmels willen, ist denn das?« fragte Jamie und warf einen interessierten Blick auf die Spritzen. »Die sehen verdammt spitz aus.«

Ich antwortete nicht, da ich gerade die Tabletten in destilliertem Wasser auflöste. Dann bereitete ich die Spritze vor.

»Leg dich auf die Seite«, forderte ich Jamie auf. »Und schieb das Hemd hoch.«

Argwöhnisch beäugte er die Nadel in meiner Hand, gehorchte aber widerwillig. Beifällig betrachtete ich das Terrain.

»Dein Hintern sieht aus wie vor zwanzig Jahren«, bemerkte ich und bewunderte die muskulösen Rundungen.

»Deiner auch«, entgegnete er höflich. »Aber ich bestehe nicht darauf, daß du ihn entblößt. Hat dich vielleicht die Lust gepackt?«

»Im Augenblick nicht«, antwortete ich gelassen und betupfte seine Haut mit Weinbrand.

»Das ist ein sehr guter Weinbrand«, sagte Jamie und spähte über die Schulter. »Aber ich wende ihn eigentlich immer am anderen Ende an.«

»Anderen Alkohol habe ich jetzt nicht zur Hand. Halt gefälligst still und spann die Muskeln nicht an.« Ich stieß ihm die Nadel ins Hinterteil und drückte den Kolben langsam nach unten.

»Autsch!« beschwerte sich Jamie und rieb sich empört das Hinterteil.

»Nach einer Minute hört es auf zu brennen.« Ich goß einen Schluck Weinbrand in sein Glas. »Jetzt kannst du ein wenig davon trinken.«

Wortlos leerte er das Glas und sah mir zu, wie ich die Spritzen wieder in das Tuch einrollte. Schließlich meinte er: »Ich dachte immer, man steckt Nadeln nur in Unglücksbringer, wenn man jemanden verhexen möchte, und nicht in die Menschen selbst.«

»Es ist keine Nadel, es ist ein Spritze.«

»Egal, wie du es nennst, es hat sich angefühlt wie ein verdammter Hufnagel. Würdest du mir bitte erklären, was es meinem Arm helfen soll, wenn du mir Nadeln in den Hintern stichst?«

Ich atmete tief ein. »Erinnerst du dich daran, wie ich dir einmal von Keimen erzählt habe?«

Verständnislos blickte er mich an.

»Kleine Tiere. Zu klein, als daß man sie sehen kann«, führte ich aus. »Sie können durch verdorbenes Essen oder Wasser oder eben auch durch offene Wunden in den Körper gelangen und einen krank machen.«

Er starrte interessiert auf seinen Arm. »Dann habe ich wohl Keime in meinem Arm, was?«

»Zweifellos!« Ich klopfte mit dem Finger auf die kleine Schachtel. »Die Medizin, die ich dir gerade in den Hintern gespritzt habe, tötet sie. Du kriegst jetzt bis zum Morgen alle vier Stunden eine Spritze, und dann werden wir weiter sehen.«

Ich hielt inne. Kopfschüttelnd starrte Jamie mich an.

»Verstehst du?« fragte ich ihn. Er nickte langsam.

»Ja. Ich hätte dich vor zwanzig Jahren doch verbrennen lassen sollen.«

37

Was sich hinter einem Namen verbirgt

Nachdem ich ihm die Spritze verabreicht und ihn bequem gebettet hatte, setzte ich mich an seine Seite und wartete, daß er wieder einschlief. Ich erlaubte ihm, meine Hand zu halten. Nach einer Weile fiel die seine schlaff herab.

Die restliche Nacht verbrachte ich dösend neben ihm. Noch zwei Injektionen, die letzte bei Tagesanbruch, dann war das Fieber eingedämmt. Jamies Haut fühlte sich immer noch warm an, glühte aber nicht mehr, und er war ruhiger geworden. Auf die letzte Spritze hatte er mit unterdrücktem Murren reagiert und nur leise gestöhnt.

»Die Keime des achtzehnten Jahrhunderts sind machtlos gegen Penicillin«, erklärte ich der in Decken gehüllten Gestalt. »Jeder Widerstand ist zwecklos. Selbst Syphilis könnte ich im Nu heilen.«

Und dann? fragte ich mich, als ich in die Küche stolperte, um mir heißen Tee und etwas zu essen zu besorgen. Eine fremde Frau – wahrscheinlich die Köchin oder das Hausmädchen – schürte soeben das Feuer im Backsteinofen. Sie schien nicht überrascht, mich zu sehen, und brachte mir Tee und frische kleine Kuchen vom Blech. Nachdem sie mich mit einem raschen »Guten Morgen, Madam« begrüßt hatte, wandte sie sich wieder ihrer Arbeit zu.

Offensichtlich hatte Jenny die Dienstboten über meine Anwesenheit informiert. Sollte das bedeuten, daß sie sich damit abgefunden hatte, daß ich wieder da war? Aber das bezweifelte ich. Schließlich hatte sie gewollt, daß ich ging und war über mein neuerliches Erscheinen nicht sonderlich erfreut. Falls ich bleiben sollte – und dazu war ich fest entschlossen –, schuldeten sie und Jamie mir etliche Erklärungen, was Laoghaire betraf.

»Danke«, sagte ich höflich zu der Köchin, ging mit einer frischen Tasse Tee zurück in den Salon und wartete, daß Jamie aufwachte.

Im Lauf des Vormittags warfen immer wieder Bewohner des Hauses einen kurzen Blick in den Salon, zogen sich jedoch rasch zurück, sobald ich den Kopf hob. Kurz vor Mittag schien es, als würde Jamie endlich aufwachen. Er regte sich, seufzte und stöhnte schmerzerfüllt und fiel wieder in seinen Dämmerzustand zurück.

Ich gab ihm etwas Zeit zu bemerken, daß ich an seiner Seite war. Er war zwar wach, hielt aber die Aguen geschlossen. Sein Körper wirkte angespannt und längst nicht so gelöst wie im Schlaf. Ich hatte ihn die ganze Nacht beobachtet, daher kannte ich den Unterschied.

»Also gut!« sagte ich und lehnte mich außer seiner Reichweite bequem im Sessel zurück. »Raus mit der Sprache!«

Seine Augen öffneten sich zu blauen Schlitzen, schlossen sich aber sofort wieder.

»Mhm?« murmelte er und täuschte vor, langsam zu sich zu kommen. Seine Wimpern flatterten.

»Tu doch nicht so«, sagte ich energisch. »Ich weiß genau, daß du wach bist. Mach die Augen auf und erzähl mir von Laoghaire.«

Er hob die Lider und blickte mich mißbilligend an.

»Hast du keine Angst, daß ich einen Rückfall bekomme?« fragte er. »Ich habe gehört, daß man Kranke nicht zu arg plagen darf, sonst verschlechtert sich ihr Zustand wieder.«

»Neben dir sitzt eine Ärztin«, beruhigte ich ihn. »Ich weiß, was ich zu tun habe, solltest du vor lauter Anstrengung das Bewußtsein verlieren.«

»Genau das befürchte ich.« Sein Blick wanderte unruhig zum Tisch, auf dem die Schachtel mit Arzneien und Spritzen lag. »Mein Arsch fühlt sich an, als hätte ich ohne Hose im Stechginster gesessen.«

»Gut«, sagte ich freundlich. »In einer Stunde ist die nächste Spritze fällig. »Und jetzt rede.«

Er preßte die Lippen zusammen. Dann seufzte er. Schwerfällig versuchte er, sich aufzusetzen. Ich kam ihm nicht zu Hilfe.

»Also gut, wenn's sein muß«, willigte er ein. Er mied meinen Blick und fuhr das Sternenmuster auf der Decke nach.

»Es begann, als ich aus England zurückgekehrt bin.«

Vom Lake District kommend, hatte er Carter Bar passiert, die historische Grenze zwischen England und Schottland.

»Dort steht ein Grenzsstein, wie du vielleicht weißt. Er sieht aus, als würde er noch eine Weile überdauern.« Fragend blickte er mich an. Ich nickte. Ich kannte diesen drei Meter hohen Basaltstein. Zu meiner Zeit hatte jemand auf der einen Seite das Wort ENGLAND, auf der anderen SCHOTTLAND eingeritzt.

Wie unzählige Reisende vor ihm hatte Jamie dort Rast gemacht. Hinter ihm lag ein Leben in der Verbannung, vor ihm die Zukunft – und hinter den zartgrünen Lowlands seine Heimat, die nebelverschleierten schroffen Felsen der Highlands.

»Du weißt ja nicht, was es heißt, so lange Zeit unter Fremden zu leben.«

»Meinst du wirklich?« entgegnete ich scharf. Verdutzt sah er mich an. Dann lächelte er und senkte wieder den Blick.

»Aye, vielleicht weißt du es ja«, räumte er ein. »Man ändert sich, nicht wahr? So sehr man auch die Erinnerungen an die Heimat pflegt und weiß, wer man ist – man verändert sich im Lauf der Zeit. Man wird zwar nicht so wie die Leute in der Fremde. Das ist nicht möglich, selbst wenn man wollte. Aber man entfernt sich von sich selbst.«

Ich dachte daran, wie ich schweigend inmitten lärmender Universitätsparties neben Frank gestanden hatte. Wie ich den Kinderwagen durch die kalten Parks von Boston geschoben hatte. Bridgerunden mit anderen Müttern und Ehefrauen kamen mir in den Sinn und Unterhaltungen über alltäglichen Kleinkram in der fremden Sprache bürgerlicher Häuslichkeit. Wie eine Fremde – in der Tat.

»Ja«, stimmte ich zu, »Ich weiß es. Sprich weiter.«

Seufzend rieb er sich mit dem Zeigefinger die Nase. »Ich kehrte also in die Heimat zurück.« Ein Lächeln umspielte seine Lippen. »Wie waren die Worte, die du zu dem jungen Ian gesagt hast? ›Dein Zuhause ist der Ort, wo sie dich aufnehmen müssen, wenn du anklopfst.‹«

»Richtig«, sagte ich. »Ein Zitat von einem Dichter namens Frost. Aber was meinst du damit? Deine Familie hat sich doch sicher gefreut, dich wiederzusehen.«

Unsicher nestelte er an der Decke. »Aye, natürlich«, sagte er langsam. »Das war es nicht. Sie haben mir nicht das Gefühl gegeben, nicht willkommen zu sein. Aber ich war so lange weggewesen. Michael, Janet und Ian erinnerten sich nicht einmal mehr an mich.« Er lächelte wehmütig. »Aber sie hatten von mir gehört. Als ich die Küche betrat, drängten sie sich alle an die Wand und starrten mich mit weit aufgerissenen Augen an.

Damals, als ich mich in der Höhle versteckt hielt, war es anders. Da wohnte ich zwar nicht im Haus, und sie sahen mich selten, aber ich war in der Nähe, ich gehörte zu ihnen. Ich ging für sie auf die Jagd; ich wußte, wenn sie Hunger hatten oder unter Kälte litten, wenn die Ziegen krank waren oder die Kohlernte nicht gut ausgefallen war oder es wieder einmal unter der Türe durchzog.

Dann mußte ich ins Gefängnis, und später nach England. Ich schrieb ihnen Briefe und erhielt Antwort. Aber das ist kein Ersatz.

Und dann bin ich zurückgekommen... Die Dinge hatten sich verändert. Ian fragte mich, was ich davon hielt, die Weide des alten Kirby einzuzäunen. Dabei hatte er bereits den jungen Jamie damit beauftragt. Wenn ich auf dem Feld war, sahen mich die Leute mißtrauisch an und hielten mich für einen Fremden. Wenn sie mich erkannten, rissen sie die Augen auf, als wäre ich ein Gespenst.«

Er hielt inne und blickte aus dem Fenster, an das die Rosenzweige klopften, sobald sich der Wind drehte. »Wahrscheinlich war ich tatsächlich eins.« Scheu sah er zu mir herüber. »Wenn du verstehst, was ich meine.«

»Ich denke schon«, entgegnete ich. Regentropfen, blaß wie der verhangene Himmel, rannen die Fensterscheibe hinab.

»Es ist, als hätte man keine Verbindung zur Erde mehr«, sagte ich leise. »Man schwebt durch Räume, ohne seine eigenen Schritte zu spüren. Man hört Menschen, die zu einem sprechen, ohne daß man den Sinn ihrer Worte erfassen kann. Ich erinnere mich – so war es vor Briannas Geburt.« Sie hatte mich wieder mit dem Leben verbunden.

Er nickte wortlos. Hinter mir in der Feuerstelle zischte das Torffeuer. Es duftete wie das Hochland. Warm und heimelig strömte der Geruch nach Lauchsuppe und gebackenem Brot durch das Haus.

»Ich war zwar hier«, sagte er leise. »Aber nicht daheim.«

Ich spürte die Anziehungskraft dieses Ortes, des Hauses, der

Familie. Ich, die ich als Kind kein Heim gehabt hatte, war erfüllt von dem Verlangen, mich niederzusetzen und für immer zu bleiben, eingebettet in die unzähligen alltäglichen Kleinigkeiten, verbunden mit diesem Stück Erde. Was mochte es für Jamie bedeutet haben, heimzukehren und festzustellen, daß er gar nicht verwurzelt war, nachdem er sich sein Leben lang auf diese Bande gestützt und die Verbannung nur aufgrund der Hoffnung auf Rückkehr überlebt hatte?

»Und vermutlich war ich einsam«, fügte er hinzu. Ruhig lag er mit geschlossenen Augen auf dem Kissen.

»Ja, wahrscheinlich«, stimmte ich ihm zu, darauf bedacht, daß meine Stimme weder mitfühlend noch tadelnd klang. Ich wußte, was Einsamkeit bedeutete.

Da öffnete er die Augen und blickte mich entwaffnend ehrlich an. »Und da war noch das andere«, sagte er. »Es war nicht das wichtigste, aber es war nicht zu leugnen.«

Jenny hatte ihn zunächst behutsam, dann energisch zu überreden versucht, wieder zu heiraten. Seit Culloden hatte sie sich bemüht, hatte ihm junge Witwen und entzückende Jungfrauen vorgestellt – jedoch ohne Erfolg. Jetzt aber gab er nach und hörte auf sie.

»Laoghaire war mit Hugh MacKenzie verheiratet gewesen, einem von Colums Pächtern«, sagte Jamie und schloß die Augen. »Nachdem ihr Mann in Culloden getötet worden war, heiratete sie zwei Jahre später Simon MacKimmie aus dem Fraser-Clan. Die beiden Töchter – Marsali und Joan – sind von ihm. Ein paar Jahre später nahmen die Engländer ihn gefangen und brachten ihn ins Gefängnis nach Edinburgh.« Er hob die Lider und blickte zur Decke. »Simon besaß ein ansehnliches Haus mit Grund und Boden. Das reichte damals, um einen Highlander in den Verdacht geraten zu lassen, er sei ein Verräter, ob er nun offen für die Stuarts gekämpft hatte oder nicht.« Seine Stimme wurde heiser und er räusperte sich.

»Simon hatte nicht soviel Glück wie ich. Er starb im Gefängnis, bevor man ihm den Prozeß machte. Die Krone versuchte, seinen Besitz zu beschlagnahmen, aber Ned Gowan legte in Edinburgh ein Wort für Laoghaire ein. Er konnte das Haupthaus und einen Teil des Geldes retten, indem er erklärte, es sei ihr Wittum.«

»Ned Gowan?« Ich war überrascht und erfreut. »Lebt er noch?«
Ned Gowan, ein kleiner Mann in fortgeschrittenem Alter und Advokat des MacKenzie-Clans, hatte mich vor zwanzig Jahren vor der Verbrennung als Hexe bewahrt. Bereits damals war er mir steinalt vorgekommen.

Jamie lächelte. »Aye. Wahrscheinlich muß man ihm eine Axt über den Schädel schlagen, um ihn unter die Erde zu bringen. Er hat sich nicht verändert, obwohl er mittlerweile über siebzig sein muß.«

»Wohnt er noch auf Burg Leoch?«

»Ja, oder was davon übriggeblieben ist. Ned Gowan ist in den vergangenen Jahren viel herumgereist, um bei Prozessen wegen Verrats Berufung einzulegen oder Klage zur Rückgabe von Eigentum einzureichen.« Jamie lächelte bitter. »Wie sagt man noch? Nach einem Krieg kommen erst die Krähen und machen sich über das Fleisch her, dann kommen die Advokaten und nagen die Knochen ab.«

Seine unversehrte Hand wanderte zur linken Schulter und massierte sie gedankenverloren.

»Ned Gowan ist wirklich ein guter Mann, trotz seines Berufs. Er reist ständig, fährt nach Inverness und Edinburgh, manchmal sogar nach London oder nach Paris. Zuweilen kommt er vorbei und stattet uns einen Besuch ab.«

Es war Ned Gowan, der Jenny auf Laoghaire aufmerksam gemacht hatte. Interessiert hatte Jenny weitere Erkundigungen eingeholt. Nachdem diese zufriedenstellend ausgefallen waren, lud sie Laoghaire und ihre beiden Töchter auf der Stelle zu Silvester ein.

Das Haus war an diesem Abend hell erleuchtet. In den Fenstern standen Kerzen. Gebinde mit Stechpalmenzweigen und Efeu zierten Treppe und Türfüllungen. Es gab längst nicht mehr so viele Dudelsackpfeifer wie vor Culloden, aber einen hatte man auftreiben können und einen Geiger. Das Haus war erfüllt von Musik und dem schweren Duft nach Rumpunsch und Rosinenkuchen.

Nach langem Zaudern gesellte Jamie sich schließlich dazu. Viele der Gäste hatte er seit fast zehn Jahren nicht mehr gesehen. Da er sich fremd vorkam, legte er auch keinen Wert darauf, mit ihnen zu sprechen. Aber Jenny hatte ihm ein neues Hemd genäht, seinen

Rock ausgebürstet und geflickt und ihm das Haar gekämmt und geflochten. Er hatte keinerlei Entschuldigung, noch länger zu zögern, also war er hinuntergegangen und hatte sich unter die Gäste gemischt.

»Mr. Fraser!« Peggy Gibbons entdeckte ihn als erste. Mit errötendem Gesicht durchquerte sie hastig den Raum und schlang ihm keck die Arme um den Hals. Verdutzt erwiderte er ihre Umarmung und sah sich binnen weniger Augenblicke von Frauen umringt, die sich gegenseitig übertönten. Sie streckten ihm kleine Kinder entgegen, die auf die Welt gekommen waren, nachdem er weggegangen war, drückten ihm Küsse auf die Wangen und tätschelten ihm die Hände.

Die Männer verhielten sich zurückhaltender, begrüßten ihn mit einer kurzen schroffen Bemerkung oder gaben ihm einen Klaps auf den Rücken, als er durch die Räume schlenderte. Schließlich flüchtete er überwältigt in das Arbeitszimmer des Hausherrn.

Früher war es das Zimmer seines Vaters gewesen, dann hatte er selbst es bewohnt. Jetzt gehörte es seinem Schwager, der während Jamies Abwesenheit die Geschäfte führte. Die Kontobücher und Aktenordner standen ordentlich nebeneinander auf dem abgenutzten Schreibtisch. Als er mit dem Finger über die ledernen Rücken fuhr, erfaßte ihn ein tröstliches Gefühl. Hier stand alles drin: die Saaten und die Ernten, die wohldurchdachten Käufe und Anschaffungen, langsame Anhäufung und Verteilung – all das, was das Leben in Lallybroch ausmachte.

Auf dem kleinen Bücherregal entdeckte er seine Holzschlange. Er hatte sie mit den anderen Dingen von Wert hier zurückgelassen, als er ins Gefängnis mußte. Dieses kleine, aus Kirschbaumholz geschnitzte Tier hatte ihm sein älterer Bruder geschenkt, der als Kind gestorben war. Während Jamie im Sessel hinter dem Schreibtisch saß und über den glatten, abgegriffenen Schlangenkörper strich, öffnete sich die Tür.

»Jamie?« sprach sie ihn schüchtern an. Da er im Arbeitszimmer kein Licht angezündet hatte, sah er im Schein der Kerzen, die die Halle erhellten, nur ihre Silhouette. Der Kerzenschein fing sich in ihrem flachsblonden Haar, das ihr Gesicht umrahmte wie ein Heiligenschein.

»Erinnerst du dich an mich?« fragte sie vorsichtig und zögernd.

»Aye«, erwiderte er nach kurzer Pause. »Aye, natürlich.«

»Die Musik fängt an«, erklärte sie. Richtig – aus dem vorderen Salon drang das Schluchzen der Geige zu ihm, und er hörte stampfende Schritte, unterbrochen von vergnügten Rufen. Das Fest war voll im Gange. Die meisten Gäste würden am Morgen schlafend auf dem Boden liegen.

»Deine Schwester sagt, du seist ein guter Tänzer«, fügte sie immer noch zurückhaltend, aber bestimmt hinzu.

»Ich habe schon lange nicht mehr getanzt«, antwortete er verlegen, obwohl seine Füße beim Klang der Fiedel zuckten.

»Das ist ›Tha mo Leabaidh 'san Fhraoch‹ – ›Mein Bett ist deine Heide‹. Du kennst das Lied gewiß. Magst du es mit mir versuchen?« Sie hatte ihm die Hand entgegengestreckt, die in der Dunkelheit klein und anmutig wirkte. Daraufhin war er aufgestanden, hatte ihre Hand in die seine genommen und die ersten Schritte auf der Suche nach sich selbst getan.

»Hier war es«, erklärte er und machte eine ausladende Bewegung. »Jenny hatte alle Möbelstücke bis auf einen Tisch mit Essen und Whisky beiseite geräumt, und der Geiger stand dort am Fenster.«

Etwas von der Freude dieses Silvesterabends leuchtete noch auf seinem Gesicht, und ich verspürte einen kleinen Stich.

»Wir haben die ganze Nacht getanzt. Zuweilen wechselten wir den Tanzpartner, aber meistens tanzten sie und ich zusammen. In der Morgendämmerung sind die, die noch wach waren, zur Hintertür gegangen, um herauszufinden, was das neue Jahr bringen mochte. Wir gingen auch. Die unverheirateten Frauen drehten sich nacheinander im Kreis, traten dann mit geschlossenen Augen durch die Tür und drehten sich noch einmal um sich selbst. Dann öffneten sie die Augen. Den Mann, den sie in diesem Augenblick sahen, würden sie heiraten, weißt du.«

Erhitzt vom Whisky und vom Tanzen schoben sich die Gäste unter großem Gelächter durch die Tür. Laoghaire wollte zuerst nicht mitmachen, weil das eher was für junge Mädchen wäre, hatte sich dann aber überreden lassen. Sie drehte sich dreimal im Uhrzeigersinn um die eigene Achse, öffnete die Tür, trat hinaus in die kalte Morgendämmerung und drehte sich noch einmal. Als sie die Augen öffnete, fiel ihr erwartungsvoller Blick auf Jamie.

»Tja... da stand sie. Eine Witwe mit zwei Kindern. Sie brauchte einen Mann, kein Zweifel. Ich brauchte... irgend etwas.« Er starrte ins Feuer, wo die niedrige Flamme durch den rotglühenden Torf schimmerte. »Ich dachte, daß wir einander vielleicht helfen könnten.«

Nachdem sie ohne viel Aufhebens in Balriggan geheiratet hatten, brachte er seine wenigen Habseligkeiten in ihr Haus. Nach weniger als einem Jahr zog er wieder aus und ging nach Edinburgh.

»Was in aller Welt war denn geschehen?« fragte ich.

Hilflos sah er mich an.

»Ich weiß es nicht. Nicht, daß etwas nicht stimmte, aber es war auch nicht völlig in Ordnung.« Müde strich er sich über die Stirn. »Wahrscheinlich lag es an mir. Es war mein Fehler. Immer habe ich sie mit irgend etwas enttäuscht. Wenn wir uns zum Abendessen niedersetzten, traten ihr plötzlich die Tränen in die Augen, und sie stand weinend vom Tisch auf. Ich saß da und hatte keine Ahnung, was ich Falsches gesagt oder getan hatte.«

Er ballte die Hand zur Faust und löste sie wieder. »Mein Gott, nie wußte ich, was ich sagen oder tun sollte. Was ich auch sagte, es machte alles nur noch schlimmer. Manchmal sprach sie wochenlang nicht mit mir, und wenn ich mich ihr näherte, wandte sie sich ab und sah aus dem Fenster, bis ich wieder fort war.«

Gequält sah er mich an.

»Du hast dich nie so verhalten, Sassenach.«

»Ist nicht meine Art«, erwiderte ich und lächelte schwach. »Wenn ich dir böse bin, erfährst du, weshalb.«

Er schnaubte kurz und lehnte sich zurück in die Kissen. Wir schwiegen eine Weile. Dann sagte er, den Blick auf die Zimmerdecke gerichtet: »Ich habe immer gedacht, ich würde nicht wissen wollen, was zwischen dir und Frank gewesen ist, aber ich glaube, es interessiert mich doch.«

»Ich erzähle dir alles, was du wissen möchtest«, sagte ich. »Aber nicht jetzt. Noch bist du an der Reihe.«

Seufzend schloß er die Augen.

»Sie hatte Angst vor mir«, erklärte er eine Minute später leise. »Ich versuchte, behutsam zu sein. Lieber Himmel, immer wieder habe ich mich bemüht, ich tat alles, was in meiner Macht stand, um sie zufriedenzustellen. Aber es war zwecklos.«

Unruhig warf er den Kopf hin und her.

»Vielleicht war es Hugh. Vielleicht aber auch Simon. Ich kannte beide. Sie waren beide gut. Aber wie will man wissen, was sich im Ehebett abspielt? Vielleicht lag es an den Schwangerschaften. Nicht alle Frauen kommen damit zurecht. Irgend etwas schmerzte sie, und obwohl ich immer wieder einen Anlauf gemacht habe, konnte ich ihr nicht helfen. Wenn ich sie berührte, schrak sie zurück, und ihre Augen waren voller Angst.« Sein trauriger Gesichtsausdruck ließ mich nach seiner Hand greifen.

Er drückte die meine sanft und öffnete die Augen.

»Deshalb bin ich schließlich gegangen«, sagte er leise. »Ich konnte es nicht länger ertragen.«

Ich antwortete nicht, sondern hielt nur seine Hand und prüfte dabei mit dem Finger seinen Puls. Zu meiner Beruhigung schlug er langsam und regelmäßig.

Jamie rutschte ein wenig hin und her, bewegte die Schultern und verzog dabei das Gesicht.

»Tut der Arm sehr weh?« fragte ich ihn.

»Ein bißchen.«

Ich beugte mich über ihn und berührte seine Stirn. Sie war sehr warm, aber nicht fiebrig. Ich glättete die scharfe Falte zwischen seinen buschigen Brauen.

»Kopfschmerzen?«

»Ja.«

»Ich mach' dir einen Weidenrindentee.« Ich wollte mich erheben, aber er hielt mich zurück.

»Ich brauche keinen Tee«, sagte er. »Es täte mir aber wohl, wenn ich meinen Kopf in deinen Schoß legen könnte und du mir meine Schläfen reibst.« Blaue Augen blickten zu mir auf, klar wie ein Frühlingstag.

»Du brauchst es gar nicht zu versuchen, Jamie Fraser«, sagte ich. »Ich vergesse die nächste Spritze nicht.« Trotzdem schob ich den Sessel weg und setzte mich neben ihn auf das Bett.

Als ich seinen Kopf in meinen Schoß legte und ihn zu streicheln begann, gab er ein zufriedenes Grunzen von sich. Ich strich ihm das dicke Haar ein wenig zur Seite und massierte seine Schläfen. Sein Nacken war feucht. Ich hob die Haare und blies sanft auf die Haut, bis er eine Gänsehaut bekam.

»Ach, das tut gut«, murmelte er. Ehe alles zwischen uns geklärt war, wollte ich ihn eigentlich nur so weit berühren, wie es die Pflege verlangte, doch nun folgten meine Hände der klaren Linie seines Halses und seiner Schulter und erspürten die Wirbel seines Rückgrats.

Er fühlte sich fest und wirklich an, und sein warmer Atem auf meinem Schenkel war wie eine Liebkosung, so daß ich ihn schließlich recht widerwillig auf das Kissen zurückschob und nach der Ampulle mit Penicillin griff.

»Auf ein neues«, sagte ich, schlug das Laken zurück und griff nach dem Saum seines Nachthemds. »Ein Piekser, und du…« Ich strich ihm über die Vorderseite seines Nachtgewands. Verdutzt hielt ich inne.

»Jamie!« rief ich amüsiert. »Du kannst doch jetzt nicht…!«

»Nein, vermutlich nicht«, meinte er und rollte sich zusammen. »Aber man darf doch wohl noch träumen, oder nicht?«

Auch in dieser Nacht schlief ich nicht in meinem Zimmer im oberen Stockwerk. Wir redeten nicht viel, sondern lagen nur eng beisammen in dem schmalen Bett. Bis auf das Knistern des Feuers, das Seufzen des Windes und des Rosenstrauchs, der hartnäckig wie sehnsüchtiges Verlangen am Fenster kratzte, war es still im Haus. Alles schlief.

»Weißt du eigentlich«, sagte er leise in die schwarze Nacht hinein, »wie das ist, mit jemandem zusammenzuleben, sich zu bemühen und ihn doch nicht erreichen zu können?«

»Ja«, antwortete ich und dachte an Frank. »Ja, das weiß ich.«

»Das hab' ich mir irgendwie gedacht.« Er schwieg einen Augenblick, dann berührte er sanft mein Haar.

»Und dann…«, flüsterte er, »es erneut zu spüren, diese Gewißheit, meine ich. Frei zu sein, alles sagen und tun zu dürfen und sicher zu wissen, daß es richtig.«

»Zu sagen ›Ich liebe dich‹, und es auch aus vollem Herzen zu meinen«, sagte ich leise.

»Aye«, sagte er kaum hörbar.

Seine Hand lag auf meinem Haar, und plötzlich hatte ich mich an ihn gekuschelt und den Kopf an seine Schulter gelegt.

»Jahrelang«, sagte er, »bestand ich aus so vielen verschiedenen

Menschen.« Er schluckte, und das gestärkte Leinenhemd raschelte.

»Ich war ›Onkel‹ für Jennys Kinder und ›Bruder‹ für sie und Ian. ›Mylord‹ für Fergus, ›Sir‹ für die Pächter. ›Mac Dubh‹ für die Männer von Ardsmuir und ›MacKenzie‹ für die Bediensteten von Helwater. Dann ›Malcolm, der Drucker‹ und im Hafen ›Jamie Roy‹.« Sanft wie der Sommerwind strich er mir übers Haar. »Aber hier«, flüsterte er noch leiser, »hier in der Dunkelheit mit dir... habe ich keinen Namen.«

Ich hob mein Gesicht und empfing seinen warmen Atem.

»Ich liebe dich«, sagte ich. Ich brauchte nicht zu erklären, wie ich das meinte.

38

Der Advokat

Wie ich vermutet hatte, hielten die Bakterien dem modernen Antibiotikum nicht stand. Binnen vierundzwanzig Stunden war das Fieber so gut wie abgeklungen. Auch die Entzündung im Arm besserte sich im Laufe der folgenden zwei Tage zusehends.

Am vierten Tag bestrich ich die Wunde dünn mit Sonnenhutsalbe und verband sie. Dann ging ich ins obere Stockwerk, um mich anzuziehen und fertig zu machen.

Während der vergangenen Tage hatten Ian, Janet, der junge Ian und die Dienstboten immer wieder hereingeschaut, um zu sehen, welche Fortschritte Jamie machte. Nur Jenny ließ sich nicht blicken. Aber mir war klar, daß sie dennoch darüber im Bilde war, was in ihrem Haus vor sich ging. Obwohl ich niemandem gesagt hatte, daß ich nach oben gehen wollte, fand ich bei Betreten des Zimmers neben dem Waschgestell einen großen Krug mit heißem Wasser und ein neues Stück Seife vor.

Ich nahm sie in die Hand und schnupperte daran: kostbare französische Maiglöckchenseife. Ein leiser Wink, welchen Status ich im Haus einnahm – zweifellos war ich ein ehrenwerter Gast, aber keinesfalls Teil der Familie, in der sich jeder mit gewöhnlicher Seife aus Talg und Lauge begnügte.

»Na gut«, murmelte ich und schäumte den Waschlappen ein. »Mal sehen, was noch kommt.«

Ich frisierte mich soeben vor dem Spiegel, als ich hörte, wie jemand im Hof eintraf. Ich ging die Treppe hinunter und mußte feststellen, daß eine Horde Kinder vom Haus Besitz ergriffen hatte und zwischen Küche und vorderem Salon hin und her trollte. Zwischen ihnen erblickte ich den einen oder anderen mir fremden Erwachsenen, der mich neugierig beäugte.

Ich betrat den Salon. Man hatte Jamies Bett weggeräumt. Statt dessen saß er, in eine Decke gehüllt, auf dem Sofa, umringt von vier oder fünf Kindern. Er war ordentlich rasiert, in ein frisches Leinennachthemd gekleidet und trug den Arm in einer Schlinge. Neben ihm standen Janet, der junge Ian und ein lächelnder junger Mann, der, wenn man die Form seiner Nase genau betrachtete, wohl auch dem Fraser-Clan angehörte, ansonsten aber so gut wie keine Ähnlichkeit mit dem kleinen Jungen besaß, den ich zuletzt vor zwanzig Jahren in Lallybroch gesehen hatte.

»Da kommt sie!« rief Jamie erfreut, als er mich sah, woraufhin sich der ganze Raum voll Leute zu mir umwandte.

»Erinnerst du dich noch an den jungen Jamie?« fragte Jamie, der Ältere, und deutete mit dem Kopf auf den großen, breitschultrigen jungen Mann mit dem gelockten schwarzen Haar und einem strampelnden Bündel im Arm.

»Ja, die Locken erkenne ich wieder«, antwortete ich lächelnd. »Der Rest hat sich ein bißchen verändert.«

Der junge Mann grinste mich an. »Ich entsinne mich noch gut an dich, Tante«, sagte er mit warmer, weicher Stimme. »Ich saß auf deinem Schoß, und du hast ›Zehn kleine Schweinchen‹ mit meinen Zehen gespielt.«

»Das ist doch nicht möglich!« erwiderte ich entsetzt.

»Magst du es vielleicht bei dem kleinen Benjamin machen?« schlug er lächelnd vor. »Bestimmt fällt es dir dann wieder ein.« Er beugte sich vor und legte mir das Bündel vorsichtig in den Arm.

Benjamin schien ein wenig verdutzt, als sich ein fremdes Gesicht über ihn neigte, zeigte aber keine Spur von Mißfallen. Statt dessen öffnete er das rosa Mündchen sperrangelweit, schob seine Faust hinein und kaute nachdenklich darauf herum.

Ein kleiner blonder Junge in Tweedhosen lehnte an Jamies Knie und sah mich staunend an. »Wer ist das, Nunkie?« fragte er laut flüsternd.

»Das ist deine Großtante Claire«, antworte Jamie ernst. »Du hast doch gewiß schon von ihr gehört, oder?«

»Aye«, sagte der Junge und nickte heftig. »Ist sie so alt wie die Oma?«

»Noch älter«, entgegnete Jamie feierlich. Der Kleine starrte mich einen Moment an und wandte sich dann mit verächtlicher Miene zu Jamie.

»Erzähl mir keine Märchen, Nunkie! Sie sieht längst nicht so alt aus wie Oma! Ihre Haare sind doch nur ein bißchen grau.«

»Danke, mein Kind.« Ich strahlte ihn an.

»Ist sie wirklich unsere Großtante Claire?« Der Junge ließ nicht locker und blickte mich immer noch zweifelnd an. »Mama sagt, daß Großtante Claire vielleicht sogar eine Hexe war, aber diese Dame sieht eigentlich gar nicht wie eine aus. Sie hat ja nicht mal eine einzige Warze auf der Nase!«

»Danke«, sagte ich noch einmal, wenn auch etwas kühler. »Und wie heißt du?«

Doch jetzt barg er nur schüchtern den Kopf in Jamies Ärmel und verweigerte die Antwort.

»Er heißt Angus Walter Edwin Murray Carmichael«, antwortete Jamie für ihn, während er dem Kleinen das seidige Haar zerzauste. »Maggies ältester Sohn. Die meisten nennen ihn Wally.«

»Wir nennen ihn Rotznase«, klärte mich ein kleines rothaariges Mädchen auf, das neben mir stand. »Weil seine Nase immer voller Schnodder ist.«

Blitzartig schnellte Angus Walters puterroter Kopf aus den Hemdfalten seines Onkels, und er funkelte seine Verwandte an.

»Stimmt gar nicht!« schrie er. »Nimm das zurück!« Ohne abzuwarten, ob sie dazu willens war oder nicht, stürzte er mit geballten Fäusten auf sie zu, wurde jedoch von seinem Großonkel am Kragen gepackt und zurückgezogen.

»Man schlägt keine Mädchen«, erklärte er ihm. »Das ist unmännlich.«

»Aber sie hat gesagt, ich bin voller Rotz!« heulte Angus Walter. »Ich muß sie hauen!«

»Und, Mistress Abigail, es ist nicht besonders höflich, sich über das Aussehen eines andern auszulassen«, wies er das Mädchen entschieden zurecht. »Du solltest dich bei deinem Cousin entschuldigen.«

»Aber er ist doch…« beharrte Abigail. Jamies strenger Blick ließ sie verstummen. Mit hochrotem Gesicht senkte sie die Augen und murmelte: »Entschuldige, Wally.«

Aber Wally wollte sich mit dieser Entschuldigung nicht zufriedengeben. Sie war beileibe keine Entschädigung für die ungeheure Erniedrigung, die er hatte einstecken müssen. Erst als sein Onkel ihm versprach, ihm eine Geschichte zu erzählen, ließ er von seiner Cousine ab.

»Erzähl mir die von dem Wassergeist und dem Reiter«, drängte der kleine Rotschopf und schubste die anderen beiseite.

»Nein, die von dem Teufel, der Schach spielt«, warf ein anderer ein. Jamie wirkte wie ein Magnet auf die Kinder: Zwei Jungen zupften an seiner Decke, während ein kleines Mädchen mit braunem Haar hinter ihm auf das Sofa stieg und emsig begann, ihm die Haare zu flechten.

»Wie hübsch, Nunkie«, murmelte sie, ohne sich um den Tumult um sie herum zu kümmern.

»Es ist Wallys Geschichte«, entschied Jamie und machte so dem Spektakel ein Ende. »Er kann sich aussuchen, was er hören möchte.« Er zog ein sauberes Taschentuch unter dem Kissen hervor und hielt es Wally an die Nase, die in der Tat recht unansehnlich war.

»Fest blasen«, forderte er ihn mit gedämpfter Stimme auf und fügte dann lauter hinzu: »Also, welche möchtest du hören?«

Nachdem Wally sich gehorsam geschneuzt hatte, bat er: »Die heilige Bride und die Gänse, Nunkie.«

Jamies Blick wanderte zu mir. Nachdenklich sah er mich an.

»Gut«, meinte er nach einer Weile. »Ihr wißt ja, daß die Graugänse ein Leben lang zusammenbleiben. Wenn man eine ausgewachsene Gans tötet, muß man so lange warten, bis der Partner kommt, um sie zu betrauern. Dann muß man auch ihn töten, sonst grämt er sich zu Tode und hört nicht auf, verzweifelt nach seiner Gefährtin zu rufen.«

Als der kleine Benjamin in seinen Windeln strampelte, lächelte Jamie und widmete sich wieder Wally, der mit offenem Mund am Knie seines Großonkels lehnte.

»Also«, setzte er an, »vor vielen, vielen Jahren – länger, als ihr euch vorstellen könnt – betrat Bride zusammen mit Michael, dem Gesegneten, den Boden der Highlands... «

In diesem Moment begann Benjamin leise zu protestieren und an meinem Kleid zu saugen. Jamie, der Jüngere, war mitsamt der restlichen Familie verschwunden, und ich machte mich auf die Suche nach Benjamins Mutter, während Jamie die Geschichte fortsetzte.

Umringt von Mädchen und Frauen, fand ich sie in der Küche. Ich drückte ihr Benjamin in den Arm und stellte mich den anderen vor. Man begrüßte sich, tauschte Freundlichkeiten aus und musterte einander.

Die Frauen waren alle sehr nett zu mir. Offenbar hatte sie alle von mir gehört, denn keine von ihnen schien darüber verwundert, daß Jamies erste Frau zurückgekehrt war – sei es aus dem Reich der Toten oder aus Frankreich, je nachdem, aus welcher Quelle die Nachricht stammte.

Trotzdem spürte ich eine unterschwellige Spannung. Alle vermieden es, Fragen zu stellen. Woanders ließe sich das als Höflichkeit deuten, nicht aber in den Highlands: Einer Fremden wurde während eines Besuchs sämtliche Einzelheiten ihres Lebens entlockt.

Sie behandelten mich zwar äußerst höflich und zuvorkommend, tauschten aber hinter meinem Rücken Blicke und machten leise Bemerkungen auf gälisch.

Am sonderbarsten war jedoch, daß Jenny fehlte. Sie war die Seele von Lallybroch. Immer wenn ich im Haus weilte, war ihre Gegenwart bis in den letzten Winkel spürbar, und die Bewohner von Lallybroch kreisten um sie wie Planeten um die Sonne. Es war völlig untypisch für sie, die Küche zu verlassen, wenn sich so viele Leute in ihrem Haus aufhielten.

Seit dem Abend, an dem ich mit dem jungen Ian zurückgekehrt war, wich sie mir aus, was unter den gegebenen Umständen durchaus verständlich war. Auch ich war nicht erpicht auf ein Gespräch mit ihr. Dennoch wußten wir beide, daß wir noch einiges zu klären hatten.

Obwohl es sehr gemütlich in der Küche war, fand ich es doch ein bißchen zu warm. Von all den Gerüchen – nach trocknender Wäsche, heißer Stärke, nassen Windeln und schwitzenden Körpern, von Haferkuchen, die in heißem Fett schwammen, und Brotlaiben, die im Ofen buken – wurde mir allmählich übel. Als Katherine für das Teegebäck einen Krug Rahm benötigte, ergriff ich daher sofort die Gelegenheit zur Flucht und bot mich an, zur Molkerei zu gehen und welchen zu holen.

Nach der drückenden Atmosphäre empfand ich die kalte, feuchte Luft so wohltuend, daß ich einen Augenblick stehenblieb und mir die Küchendünste aus Haaren und Röcken schüttelte, bevor ich zur Molkerei ging. Sie lag etwas abseits vom Haupthaus und war von dem Melkhaus, das an die beiden Koppeln mit Schafen und Ziegen grenzte, leicht zu erreichen. In den Highlands wurden Rinder hauptsächlich wegen des Fleisches gezüchtet. Kuhmilch, so meinte man, sei nur etwas für Kranke.

Als ich aus der Molkerei trat, sah ich zu meiner Überraschung, daß Fergus gedankenverloren am Koppelzaun lehnte und die flauschigen Hinterteile betrachtete. Ich hatte ihn nicht hier erwartet und fragte mich, ob Jamie wußte, daß er zurückgekehrt war.

Jennys wertvolle importierte Merinoschafe, die von Hand gefüttert und erheblich mehr gehätschelt und gepflegt wurden als ihre Enkelkinder, erspähten mich und drängten in der Hoffnung auf einen Leckerbissen aufgeregt blökend zum Zaun. Verwundert blickte Fergus auf und winkte verlegen. Er rief mir etwas zu, was aber im Lärm unterging. Neben dem Pferch stand eine große Tonne mit erfrorenem Kohlgemüse. Ich nahm einen schlaffen grünen Kopf heraus, verteilte ihn an die gierigen Mäuler und hoffte, die Schafe auf diese Weise zum Schweigen zu bringen.

Der Bock, ein riesiges wolliges Tier namens Hughes, bahnte sich unter lautem autokratischen Rufen den Weg in die vorderste Reihe. Fergus, der jetzt neben mir stand, nahm einen Kohlkopf und schleuderte ihn mit voller Wucht auf das Tier.

Tais-toi!« rief er verärgert.

Hughes wich zurück und gab ein erstauntes Bäh! von sich. Tief verletzt trottete er davon. Seine Herde folgte ihm, unzufrieden blökend.

Fergus warf ihnen einen feindseligen Blick nach.

»Unnütze, laute, stinkende Biester«, sagte er. Ziemlich undankbar, fand ich, wo er ihnen doch den Schal und die Strümpfe, die er trug, verdankte.

»Schön, dich zu sehen, Fergus«, sagte ich, ohne seine schlechte Laune zu beachten. »Weiß Jamie schon, daß du zurück bist?« Ich fragte mich, inwieweit Fergus über die jüngsten Ereignisse Bescheid wußte, denn vermutlich war er gerade erst in Lallybroch eingetroffen.

»Nein«, antwortete er gleichgültig. »Ich sollte ihm wohl sagen, daß ich hier bin.« Doch er machte keine Anstalten dazu, sondern starrte wieder auf den aufgewühlten Boden der Koppel. Irgend etwas beschäftigte ihn. Hoffentlich war nichts mit dem Auftrag schiefgegangen.

»Hast du Mr. Gage ohne Schwierigkeiten gefunden?« fragte ich.

Zunächst blickte er mich verständnislos an, doch dann hellte sich seine Miene auf.

»Ja, Mylord hatte recht. Gage und ich haben die anderen gewarnt. Anschließend sind wir gemeinsam zur Taverne gegangen, wo sie sich treffen sollten. Natürlich warteten dort auch eine ganze Reihe verkleidete Zollbeamte. Aber da mögen sie so lange warten wie ihr Kumpan im Faß, hahaha!«

Das grimmige Leuchten in seinen Augen erlosch gleich wieder. Er seufzte.

»Natürlich können wir nicht damit rechnen, daß man uns etwas für die Pamphlete bezahlt. Die Druckerpresse ist zwar in Sicherheit, aber weiß der Himmel, wie lange es dauern wird, bis Mylords Geschäft wieder läuft.«

Überrascht stellte ich fest, daß sich seine Stimme ziemlich kläglich anhörte.

»Du hilfst dort doch nicht mit, oder?« fragte ich ihn.

Er zuckte die Achseln. »Helfen kann man es nicht nennen, Madame. Aber der Herr war so freundlich, mir zu erlauben, meinen Anteil vom Handel mit Weinbraund in die Druckerei zu investieren. Mit der Zeit wäre ich dann ein richtiger Partner geworden.«

»Ich verstehe«, erklärte ich . »Brauchst du Geld? Ich könnte dir vielleicht... «

Überrascht blickte er mich an. Dann verzog er den Mund zu einem breiten Lachen, so daß seine makellosen weißen Zähne zum Vorschein kamen.

»Danke, nein, Madame. Ich selbst brauche ja nicht viel. Mir reicht, was ich habe.« Er klopfte auf die Seitentasche seines Rocks, in der es beruhigend klimperte.

Stirnrunzelnd hielt er inne und vergrub die Hände in den Taschen.

»Nein... «, sagte er langsam. »Es ist nur... also, ein Drucker zu sein ist ein höchst angesehener Beruf.«

»Das bezweifle ich nicht«, entgegnete ich verdutzt, und er lächelte bitter.

»Die Schwierigkeit besteht darin, daß ein Schmuggler zwar genug verdient, um für eine Frau sorgen zu können, aber den Eltern einer ehrenwerten jungen Dame wird dieser Beruf kaum gefallen.«

»Oho!« sagte ich. Es dämmerte mir. »Du willst heiraten? Eine ehrenwerte junge Dame?«

Er nickte schüchtern.

»Ja, Madame. Aber ich sage ihrer Mutter nicht zu.«

Eigentlich konnte man es ihr nicht verübeln. Fergus war zwar ein wirklich flotter Bursche, aber es mangelte ihm an einigen Dingen, die konservativen schottischen Eltern sehr am Herzen lagen: Besitz und Einkommen, die linke Hand und ein Nachname.

Und auch wenn Schmuggler, Viehdiebstahl und andere Spielarten des angewandten Kommunismus in den Highlands schon lange anerkannt waren, die Franzosen waren es nicht. Wie lange Fergus auch in Lallybroch gelebt haben mochte, er blieb so französisch wie Notre Dame und würde ebenso wie ich ewig Ausländer bleiben.

»Wenn ich Gesellschafter in einem gewinnbringenden Druckereiunternehmen wäre, wäre die gute Dame möglicherweise geneigt, mich anzuhören«, erklärte er. »Aber so, wie die Dinge liegen... « Tieftraurig schüttelte er den Kopf.

Gerührt tätschelte ich seinen Arm. »Mach dir deswegen keine Sorgen«, sagte ich. »Wir werden schon eine Lösung finden. Weiß Jamie von dem Mädchen? Bestimmt wäre er bereit, mit der Mutter zu reden.«

Zu meiner Verwunderung malte sich auf seinem Gesicht helles Entsetzen.

»Ach nein, Madame, bitte erzählen Sie ihm nichts davon. Er ist im Augenblick mit wichtigeren Dingen beschäftigt.«

Im großen und ganzen hatte er damit sicher recht, aber seine heftige Reaktion überraschte mich doch. Dennoch versprach ich, Jamie nichts davon zu sagen. Da meine Füße allmählich kalt wurden, schlug ich vor, zurück ins Haus zu gehen.

»Später vielleicht, Madame«, sagte er. »Im Moment bin ich nicht einmal für Schafe sonderlich unterhaltsam.« Tief seufzend drehte er sich um und stapfte mit hängenden Schultern auf das Taubenhaus zu.

Zu meiner Überraschung saß Jenny bei Jamie im Salon. Sie war draußen gewesen. Wangen und Nasenspitze waren rosa gefärbt, und der Duft der Winterkälte hing noch in ihren Kleidern.

»Ich habe dem jungen Ian gesagt, er soll Donas satteln«, meinte sie. Skeptisch sah sie ihren Bruder an. »Kannst du selbst zur Scheune gehen, oder soll er das Pferd hierher bringen?«

Jamie starrte sie an.

»Ich kann überallhin gehen, aber im Augenblick gehe ich nirgendwohin!«

»Habe ich dir nicht gesagt, daß er uns besuchen wird?« sagte Jenny ungeduldig. »Amyas Kettrick war gestern spätabends hier und hat gesagt, er sei gerade aus Kinwallis gekommen. Hobart will heute hereinschauen.« Sie sah auf die hübsche emaillierte Uhr auf dem Kamin. »Wenn er nach dem Frühstück aufgebrochen ist, wird er in einer Stunde hiersein.«

Stirnrunzelnd lehnte Jamie den Kopf zurück.

»Ich habe dir gesagt, Jenny, daß ich mich vor Hobart MacKenzie nicht fürchte«, erklärte er kurz. »Den Teufel werde ich tun und vor ihm davonlaufen!«

Kühl sah Jenny ihren Bruder an.

»Ach ja?« sagte sie. »Vor Laoghaire hattest du auch keine Angst. Das hast du nun davon.« Sie deutete nachdrücklich auf die Schlinge um seinen Arm.

Jamie mußte unwillkürlich lächeln.

»Aye, da hast du recht«, sagte er. »Allerdings weißt du auch, daß Gewehre in den Highlands seltener sind als Hühner mit Zähnen. Ich kann mir nicht vorstellen, daß Hobart mich um meine Pistole bitten wird, um mich damit zu erschießen.«

»Die Mühe macht er sich sicherlich nicht. Er wird einfach hereinspazieren und dich am Bauch kitzeln wie einen Esel, so führst du dich nämlich auf!« fuhr sie ihn an.

Als Jamie lachte, starrte sie ihn wütend an. Ich nutzte die Gelegenheit, mich einzumischen.

»Wer ist Hobart MacKenzie«, fragte ich, »und warum sollte er dich kitzeln wollen wie einen Esel?«

Jamie wandte sich amüsiert zu mir.

»Hobart ist Laoghaires Bruder, Sassenach«, erklärte er. »Was das Kitzeln betrifft… «

»Laoghaire hat ihn gebeten, aus Kinwallis herzukommen, wo er wohnt«, unterbrach ihn Jenny. »Sie hat ihm von... alldem erzählt.« Mit einer ungeduldigen Geste schloß sie mich, Jamie und die peinliche Situation im allgemeinen ein.

»Er will jeden Zweifel an der Ehre seiner Schwester ausräumen, indem er mich kaltmacht«, erklärte Jamie. Im Gegensatz zu mir und Jenny fand er die Vorstellung offenbar ziemlich komisch.

»Fürchtest du dich nicht vor Hobart?« fragte ich.

»Natürlich nicht«, erwiderte er mit einem Anflug von Verärgerung und wandte sich dann seiner Schwester zu: »Meine Güte, Jenny, du kennst doch Hobart MacKenzie. Der Mann kann kein Schwein abstechen, ohne sich den eigenen Fuß abzutrennen.«

Sie musterte ihren Bruder von oben bis unten. Offensichtlich versuchte sie abzuschätzen, welche Chancen er gegen einen unfähigen Schweineabstecher hätte, und mußte sich widerwillig eingestehen, daß sie keinesfalls schlecht waren, auch wenn Jamie nur einen Arm zur Verfügung hatte.

»Mmmpf«, erwiderte sie. »Und wenn er dich angreift und du ihn umbringst, hm? Was dann?«

»Dann ist er vermutlich tot«, sagte Jamie trocken.

»Und man hängt dich auf wegen Mord«, gab sie zurück. »Oder du mußt flüchten, weil der Rest von Laoghaires Verwandten hinter dir her ist. Möchtest du etwa eine Blutfehde anzetteln?«

Jamies Augen verengten sich, und in diesem Augenblick sah er seiner Schwester noch ähnlicher.

»Was ich möchte«, sagte er mit Engelsgeduld, »ist mein Frühstück. Willst du mir jetzt was zu essen bringen, oder möchtest du so lange warten, bis ich vor Hunger umfalle, und mich dann im Priesterloch verstecken, bis Hobart wieder weg ist?«

Jennys Miene verriet, daß sie zwischen Verärgerung und Belustigung schwankte. Letztendlich siegte – wie bei allen Frasers – der Humor.

»Das ist eine Überlegung wert«, meinte sie und grinste zögernd. »Wenn ich deinen sturen Kadaver bis dorthin schleppen könnte, würde ich dich eigenhändig niederknüppeln.« Seufzend schüttelte sie den Kopf.

»Also gut, Jamie! Mach, was du willst. Aber keine Schweinerei auf meinem türkischen Teppich, klar?«

Grinsend blickte er zu ihr auf.

»Ich verspreche es, Jenny«, erklärte er. »Kein Blutbad im Salon.«

»Esel«, schnaubte sie, aber ohne Groll in der Stimme. »Janet kommt gleich und bringt dir den Haferbrei.« Und schon war sie mit wirbelnden Röcken verschwunden.

»Hat sie Donas gesagt?« fragte ich, während ich ihr verwirrt nachblickte. »Das kann aber doch sicherlich nicht das Pferd von damals sein, oder?«

»Aber nein.« Jamie legte den Kopf in den Nacken und lächelte mich an. »Der Nachkomme von Donas, oder besser, einer von ihnen. Ihm zu Ehren geben wir jedem rotbraunen Fohlen seinen Namen.«

Ich beugte mich über die Lehne des Sofas und strich ihm sanft von der Schulter abwärts über den verletzten Arm.

»Schlimm?« fragte ich, als meine Hand sich der Wunde näherte.

»Es geht«, antwortete er. Er nahm die Schlinge ab und streckte behutsam den Arm aus. »Aber auf den Handstand mit Überschlag werde ich eine Weile verzichten müssen.«

»Das denke ich auch«, pflichtete ich ihm lachend bei. Dann sagte ich zögernd: »Jamie... die Sache mit diesem Hobart. Meinst du, daß er dich wirklich nicht...?«

»Nein«, sagte er entschieden. »Und selbst wenn, möchte ich davor immer noch mein Frühstück. Ich habe keine Lust, auf nüchternen Magen umgebracht zu werden.«

Ein wenig beruhigt lachte ich. »Ich bringe es dir.«

Als ich in die Eingangshalle trat, bemerkte ich, daß sich vor dem Fenster etwas bewegte, und blieb stehen. Jenny, mit Umhang und Kapuze gegen die Kälte geschützt, steuerte geradewegs auf den Stall zu. Einem Impuls folgend, schnappte ich mir einen Umhang vom Garderobenständer und folgte ihr. Ich hatte mit Jenny Murray ein Wörtchen zu reden, und vielleicht war das die beste Gelegenheit, dies unter vier Augen zu tun.

Kurz vor dem Stall holte ich sie ein. Sie hatte meine Schritte gehört und drehte sich verdutzt um. Als sie erkannte, daß eine Auseinandersetzung unumgänglich war, straffte sie die Schultern, hob den Kopf und blickte mir direkt in die Augen.

»Ich dachte, ich sage dem jungen Ian lieber, er soll das Pferd wieder absatteln«, sagte sie. »Dann gehe ich in den Keller mit dem Wurzelgemüse und hole ein paar Zwiebeln für den Gemüsekuchen. Magst du mitkommen?«

»Ja.« Ich zog den Umhang enger um mich und folgte ihr in den Stall.

Im Vergleich zu draußen war es drinnen nahezu warm. Es duftete angenehm nach Pferden, Heu und Mist. Während ich kurz stehenblieb, um mich an das Dämmerlicht zu gewöhnen, steuerte Jenny sofort leichten Schrittes auf den Mittelgang zu.

Der junge Ian lag ausgestreckt auf einem Ballen Stroh. Als er sie kommen hörte, setzte er sich blinzelnd auf.

Jennys Blick wanderte von ihrem Sohn zu der Box, wo ein rotbraunes Füllen mit sanften Augen seelenruhig Heu fraß. Es trug weder Sattel noch Zaumzeug.

»Hatte ich dir nicht gesagt, du sollst Donas satteln?« fragte sie den Jungen mit scharfer Stimme.

Mit geradezu dümmlichem Gesichtsausdruck kratzte sich der junge Ian am Kopf und erhob sich.

»Aye, Mama, schon«, sagte er. »Aber ich dachte, es wäre nur Zeitverschwendung, weil ich ihn sowieso wieder absatteln müßte.«

Jenny starrte ihn an.

»Aye?« erwiderte sie. »Warum warst du dir denn so sicher?«

»Mama, du weißt so gut wie ich, daß Onkel Jamie niemals vor etwas wegrennen würde«, meinte Ian lächelnd. »Und schon gar nicht vor Onkel Hobart. Hab' ich recht?« fügte er hinzu.

Jenny blickte ihren Sohn an und seufzte. Dann erhellte ein leises Lächeln ihr Gesicht. Sie streckte die Hand aus und strich ihm das dichte, schwarze Haar aus der Stirn.

»Aye, kleiner Ian, du hast recht.« Ihre Hand ruhte eine Weile auf seiner geröteten Wange, dann ließ sie sie sinken.

»Geh ins Haus und frühstücke noch mal mit deinem Onkel«, sagte sie. »Deine Tante und ich gehen in den Gemüsekeller. Aber hol mich auf der Stelle, wenn Hobart MacKenzie auftaucht!«

»Wird gemacht, Mama«, versprach er und rannte, angespornt von der Aussicht auf etwas zu essen, zurück zum Haus.

Jenny beobachtete wie er mit der unbeholfenen Grazie eines jungen Schreikranichs davoneilte. Immer noch lächelnd, schüttelte sie den Kopf.

»Lieber Kerl«, murmelte sie. Doch dann fiel ihr ein, daß ich auch noch da war, und sie wandte sich entschlossen zu mir um.

»Also komm mit, ich nehme an, du willst mit mir reden.«

Keine von uns sprach etwas, bis wir im Gemüsekeller angelangt waren. Es war ein kleiner Raum, den man unter dem Haus ausgehoben hatte. Die langen, schmalen Zwiebel- und Knoblauchzöpfe, die von den Dachbalken herunterhingen, verströmten einen scharfen Geruch. Er mischte sich mit dem würzigen Duft getrockneter Äpfel und feuchter erdiger Kartoffeln, die nebeneinander in Regalen lagerten.

»Weißt du noch, wie du mir geraten hast, Kartoffeln anzupflanzen?« fragte Jenny und strich behutsam über die Knollen. »Das war unser Glück. Sie haben uns in mehr als einem Winter nach Culloden das Leben gerettet.«

Ja, ich erinnerte mich. An einem kalten Herbstabend hatten wir beieinandergestanden und uns Lebewohl gesagt – sie wollte zu ihrem Neugeborenen zurück, und ich wollte Jamie suchen, den Geächteten, zum Tode Verurteilten. Ich hatte ihn aufgespürt und gerettet – und offensichtlich auch Lallybroch. Und Jenny hatte beides an Laoghaire verschenken wollen.

»Weshalb?« fragte ich schließlich leise. Jenny stand vornübergebeugt und zupfte mechanisch eine Zwiebel von einem Zopf und warf sie in den Korb neben sich.

»Warum hast du es getan?« fragte ich. Ich zupfte ebenfalls eine Zwiebel ab, legte sie aber nicht in den Korb, sondern rollte sie in den Händen hin und her.

»Warum habe ich was getan?« Ihre Stimme klang sehr beherrscht. Nur jemand, der Jenny gut kannte – und ich kannte sie gut, oder besser, hatte sie einmal gut gekannt – vernahm den angespannten Unterton.

»Weshalb ich meinen Bruder und Laoghaire zusammengebracht habe, meinst du?« Sie blickte mit hochgezogenen Brauen auf und beugte sich sofort wieder zu den Zwiebeln hinunter. »Du hast recht. Wenn ich nicht gewesen wäre, hätte er es nie getan.«

»Du hast ihn also auf den Gedanken gebracht«, sagte ich.

Der Wind rüttelte an der Tür zum Keller.

»Er war einsam«, erklärte sie leise. »So einsam, daß ich seinen Anblick nicht mehr ertragen konnte. Er war so lange unglücklich und hat um dich getrauert.«

»Ich hatte geglaubt, er sei tot«, rechtfertigte ich mich leise auf diese stumme Anklage.

»Er war so gut wie tot«, entgegnete sie scharf. Sie erhob sich seufzend und strich sich eine schwarze Locke aus dem Gesicht.

»Vielleicht hast du wirklich nicht gewußt, daß er noch am Leben war. Nicht viele haben Culloden überlebt. Und er hat ja auch geglaubt, du seist tot. Er war schlimm verwundet, nicht nur am Bein. Und als er aus England zurückkam...« Sie schüttelte den Kopf und zupfte eine weitere Zwiebel ab. »Er sah gesund aus, aber...« Sie sah mir geradewegs ins Gesicht, mit jenen blauen Katzenaugen, die denen ihres Bruders so beunruhigend ähnlich waren. »Er gehört nicht zu den Männern, die allein schlafen sollten.«

»Zugegeben«, erwiderte ich harsch. »Aber wir waren beide noch am Leben. Warum hast du Laoghaire benachrichtigt, als wir mit dem jungen Ian zurückkehrten?«

Jenny schwieg eine Weile, sammelte emsig Zwiebeln und legte sie in den Korb.

»Ich hab' dich gemocht«, sagte sie schließlich so leise, daß ich sie kaum verstehen konnte, »dich vielleicht sogar geliebt, als du damals mit Jamie bei uns gelebt hast.«

»Ich mochte dich auch«, entgegnete ich leise. »Warum also?«

Ihre Hände kamen schließlich zur Ruhe. Die Fäuste in die Seiten gestemmt, sah sie zu mir auf.

»Als Ian mir erzählte, daß du zurückkommst«, begann sie langsam und blickte unverwandt auf die Zwiebeln, »war ich wie vom Donner gerührt. Anfangs war ich begierig, dich wiederzusehen und zu erfahren, wo du gewesen warst...« fügte sie hinzu und hob fragend die Brauen. Als ich nichts erwiderte, fuhr sie fort: »Aber dann bekam ich Angst«, erklärte sie leise. Sie senkte die Lider, die von den langen Wimpern überschattet waren.

»Ich habe dich bei seiner Hochzeit gesehen«, sagte sie und blickte in weite Ferne. »Als er und Laoghaire vor den Altar traten, hast du zwischen ihnen gestanden. Mir war klar, daß das bedeutete, du würdest ihn wieder mitnehmen.«

Ich spürte, wie sich mir die Haare im Nacken aufstellten. Langsam schüttelte ich den Kopf. Bei dieser Erinnerung war sie blaß geworden. Sie setzte sich auf ein Faß.

»Mir ist das Zweite Gesicht nicht in die Wiege gelegt worden. Nie zuvor hatte ich solche Ahnungen, und ich kann auch in Zukunft darauf verzichten. Dich dort zu sehen, so klar wie jetzt, hat mir so große Angst eingejagt, daß ich während des Eheversprechens hinausgehen mußte.« Sie schluckte und blickte mir in die Augen.

»Ich weiß nicht, wer du bist«, sagte sie leise. »Nichts... weiß ich. Wir kennen deine Familie nicht, wissen nicht, wo du herkommst. Habe ich dich jemals danach gefragt? Jamie hatte sich für dich entschieden, das reichte. Aber dann bist du weggegangen. So viel Zeit war verstrichen... ich dachte, er hätte dich soweit vergessen, daß er wieder heiraten und glücklich werden könnte.«

»Aber er wurde es nicht«, sagte ich und hoffte auf ihre Bestätigung.

Sie nickte.

»Nein«, gab sie zur Antwort. »Aber Jamie ist ein treuer Mann. Wie es auch zwischen den beiden gewesen sein mag, er hatte ihr Treue geschworen und würde sie nicht völlig verlassen. Es spielte keine Rolle, daß er die meiste Zeit in Edinburgh zubrachte. Ich wußte, er würde immer wieder zurückkehren – durch Laoghaire war er an die Highlands gebunden. Aber dann bist du zurückgekommen.«

Ihre Hände ruhten in ihrem Schoß – ein seltener Anblick. Sie waren immer noch grazil, die Finger lang und geschickt. Nur die Knöchel waren rot und rissig von der jahrelangen Arbeit, und unter der weißen Haut traten die Adern bläulich hervor.

»Weißt du, sagte sie mit gesenktem Blick, »daß ich mich in meinem ganzen Leben nie mehr als zehn Meilen von Lallybroch entfernt habe?«

»Nein«, antwortete ich verdutzt. Bedächtig schüttelte sie den Kopf und blickte zu mir hoch.

»Aber bei dir ist das anders«, meinte sie. »Ich nehme an, du bist viel herumgereist.« Forschend lag ihr Blick auf meinem Gesicht.

»Ja, das bin ich.«

Sie nickte erneut.

»Du wirst wieder weggehen«, sagte sie fast flüsternd. »Ich weiß es. Du bist hier nicht verwurzelt, so wie Laoghaire oder ich. Er wird mitgehen. Und ich werde ihn nie wiedersehen.« Sie schloß die Augen, öffnete sie aber gleich wieder und blickte mich an.

»Jetzt weißt du es«, sagte sie. »Ich dachte, wenn du die Sache mit Laoghaire erfahren würdest, würdest du sofort wieder weggehen – was du ja auch getan hast –, und Jamie würde hierbleiben. Aber du bist zurückgekommen.« Hilflos zuckte sie die Achseln. »Ich weiß, es ist nicht gut. Er gehört zu dir, im Guten wie im Bösen. Du bist seine Frau. Und wenn du wieder weggehst, wird er mit dir gehen.«

Ratlos suchte ich nach tröstenden Worten. »Ich gehe nicht wieder weg. Ich möchte mit ihm hierbleiben – für immer.«

Als ich die Hand auf ihren Arm legte, zuckte sie zusammen. Doch dann legte sie die ihre darüber. Sie war eiskalt.

»Man ist verschiedener Meinung über das Zweite Gesicht, oder?« sagte sie nach einer Weile. »Manche meinen, das, was man sieht, sei das unabänderliche Schicksal. Andere hingegen sagen, es sei nur eine Warnung, man könne die Dinge ändern, wenn man achtgibt. Wie denkst du darüber?« Neugierig sah sie mich von der Seite an.

Ich holte tief Luft, bis mir der Duft der Zwiebeln in der Nase brannte. Da hatte sie mich ja eiskalt erwischt!

»Ich weiß nicht«, antwortete ich mit zitternder Stimme. »Natürlich habe ich immer gedacht, man kann die Dinge ändern, wenn man etwas darüber weiß. Aber jetzt... bin ich mir nicht sicher.« Meine Stimme verebbte: Ich dachte an Culloden.

Jennys blaue Augen, die in dem Dämmerlicht fast schwarz wirkten, blickten mich an. Wieviel Jamie ihr wohl erzählt hatte – und wieviel wußte sie, ohne daß man ihr etwas berichtet hatte?

»Aber man muß es dennoch versuchen«, sagte sie entschieden. »Man kann es doch nicht einfach hinnehmen, oder?«

Obwohl ich mir nicht sicher war, ob sie das persönlich meinte, schüttelte ich den Kopf.

»Nein«, sagte ich. »Man darf es nicht einfach hinnehmen.«

Wir lächelten uns schüchtern an.

»Wirst du auch gut auf ihn aufpassen?« fragte Jenny unvermittelt. »Auch wenn ihr weggehen solltet? Tust du es?«

Ich drückte ihre Hand und fühlte dabei ihre zarten, zerbrechlichen Knochen.

»Ich verspreche es.«

»Dann ist es gut«, sagte sie leise und erwiderte den Druck.

Wir hielten einander eine Weile die Hände. Plötzlich flog die Tür auf und trieb Regen und Wind bis in den Keller.

»Mama?« Ian steckte den Kopf durch die Türe. Seine Augen leuchteten vor Aufregung. »Hobart MacKenzie ist da. Papa sagt, du sollst schnell kommen.«

Jenny erhob sich blitzartig und vergaß dabei fast den Korb mit Zwiebeln.

»Ist er bewaffnet?« fragte sie besorgt. »Hat er eine Pistole oder ein Schwert dabei?«

Ian schüttelte heftig den Kopf.

»Aber nein, Mama«, sagte er. »Viel schlimmer: Er hat einen Advokaten mitgebracht.«

Eine weniger rachsüchtig wirkende Figur als Hobart MacKenzie konnte man sich kaum vorstellen. Er war klein und schmal, um die Dreißig und hatte wasserblaue Augen mit hellen Wimpern. Seine unbestimmten Gesichtszüge begannen mit einer fliehenden Stirn und endeten in einem ebensolchen Kinn, das sich in dem steifen Kragen zu verbergen suchte.

Als wir das Haus durch die Vordertür betraten, strich er sich soeben vor dem Spiegel in der Eingangshalle das Haar glatt. Eine sorgsam gelockte Perücke lag auf dem Tisch neben ihm. Als er uns erblickte, zwinkerte er erschrocken, griff rasch nach der Perücke und drückte sie sich auf den Kopf. Gleichzeitig verneigte er sich.

»Mrs. Jenny«, sagte er zur Begrüßung. Flink blickten seine Augen in meine Richtung, schweiften ab und kehrten wieder zu mir zurück, als hoffte er, ich sei nur eine Fata Morgana.

Jennys Blick wanderte zwischen ihm und mir hin und her. Dann seufzte er tief und packte den Stier bei den Hörnern.

»Mr. MacKenzie«, entgegnete sie förmlich, »darf ich Ihnen meine Schwägerin Claire vorstellen? Claire, Mr. Hobart MacKenzie aus Kinwallis.«

Mit offenem Mund glotzte er mich an.

Ich wollte ihm die Hand entgegenstrecken, entschied mich dann aber anders.

»Ich freue mich, Sie kennenzulernen«, sagte ich und lächelte so freundlich wie möglich.

»Äh... «, gab er zur Antwort. Verhalten neigte er den Kopf. »Äh... ganz... meinerseits, Madam.«

Zum Glück öffnete sich in diesem Augenblick die Tür zum Salon. Als ich die kleine, gepflegte Gestalt im Türrahmen erblickte, entfuhr mir ein Schrei des Entzückens.

»Ned Gowan!«

Es war tatsächlich Ned Gowan, der betagte Advokat aus Edinburgh, der mich einst davor bewahrt hatte, als Hexe verbrannt zu werden. Er war merklich gealtert, ein wenig geschrumpft und runzelig wie die getrockneten Äpfel im Gemüsekeller.

Aber die schwarzen Augen leuchteten wie ehedem und blickten mich erfreut an.

»Meine Liebe«, rief er und schritt behende auf mich zu. Freudestrahlend ergriff er meine Hand und drückte sie leidenschaftlich an seine welken Lippen.

»Man hat mir erzählt, daß Sie... «

»Wie sind Sie...?«

» ...wie schön, Sie zu sehen!«

» ...so glücklich, Sie wieder zu sehen, aber... ?«

Unser Wortwechsel wurde von Hobart MacKenzies Hüsteln unterbrochen. Mr. Gowan blickte verwirrt auf, dann nickte er.

»Aye, natürlich. Erst das Geschäftliche, meine Liebe«, sagte er und machte eine galante Verbeugung. »Danach möchte ich aber alles über Ihre Abenteuer erfahren!«

»Ja... ich werde mich bemühen«, entgegnete ich, wenngleich ich mich fragte, ob er wohl darauf bestehen würde, wirklich alles zu hören.

»Ausgezeichnet.« Er sah sich in der Eingangshalle um, wobei sein Blick auch Hobart und Jenny streifte. »Mr. Fraser und Mr. Murray sind bereits im Salon. Mr. MacKenzie, wenn Sie und die Damen nun so freundlich wären, sich zu uns zu gesellen, ließe sich die Angelegenheit möglicherweise rasch erledigen, und wir können zu angenehmeren Dingen übergehen. Darf ich bitten, meine Liebe?« Einladend reichte er mir seinen hageren Arm.

Jamie saß noch immer auf dem Sofa, und ich setzte mich hinter das Sofa auf ein Kniekissen. Zwar hielt ich es für unwahrscheinlich, daß Hobart MacKenzie Böses im Schilde führte, aber sollte Gefahr drohen, wollte ich in Jamies Reichweite sein.

Die anderen Mitwirkenden verteilten sich im Salon: Jenny setzte sich neben Ian auf das kleine Sofa, Hobart und Mr. Gowan holten sich jeder einen samtbezogenen Sessel.

»Sind wir vollzählig?« fragte Mr. Gowan und blickte in die Runde. »Alle Beteiligten anwesend? Ausgezeichnet. Also, zunächst möchte ich meine Funktion erläutern. Ich bin als Mr. Hobart MacKenzies Anwalt hier und vertrete die Interessen von Mrs. James Fraser…« – als er sah, daß ich etwas einwenden wollte, fügte er präziser hinzu – »Das heißt, der zweiten Mrs. James Fraser, geborene Laoghaire MacKenzie. Gibt es dazu Fragen?«

Jamie schüttelte den Kopf.

»Gut.« Mr. Gowan griff nach dem Glas auf dem Tisch neben sich und nippte daran. »Meine Mandanten, die MacKenzies, haben meinem Vorschlag zugestimmt, die Verwicklungen, die sich, wie man mir mitteilte, aus der unerwarteten – wenngleich natürlich überaus erfreulichen – Rückkehr der ersten Mrs. Fraser ergeben hatten, juristisch zu klären.«

Tadelnd blickte er Jamie an und schüttelte den Kopf.

»Ihnen, junger Mann, ist es leider gelungen, sich in erhebliche rechtliche Schwierigkeiten zu bringen.«

Jamie zog eine Augenbraue hoch und blickte zu seiner Schwester.

»Aye, ich hatte Unterstützung«, sagte er trocken. »Von welchen Schwierigkeiten sprechen wir im Augenblick?«

»Also«, begann Ned Gowan gut gelaunt und strahlte mich an, »zunächst einmal könnte die erste Mrs. Fraser eine Zivilklage gegen Sie wegen Ehebruchs und außerehelichem Geschlechtsverkehrs anstreben, für die das Strafmaß… «

Jamie warf mir einen raschen Blick zu.

»Darüber mache ich mir keine Sorgen«, erklärte er dem Advokaten. »Was sonst?«

Ned Gowan nickte.

»Was nun die zweite Mrs. Fraser, geborene Laoghaire MacKenzie betrifft, so könnte die Anklage auf Bigamie, versuchte Irreführung, Betrug – ob vorsätzlich oder nicht, bleibt im Moment dahingestellt – arglistige Täuschung und... «

Geduldig hatte Jamie dieser Aufzählung gelauscht. Doch nun neigte er sich vor.

»Mr. Gowan«, unterbrach er ihn freundlich. »Was zum Teufel möchte dieses verdammte Weib?«

Der schmächtige Advokat zwinkerte hinter den Brillengläsern und richtete den Blick nach oben zu den Deckenbalken.

»Tja«, sagte er vorsichtig, »die Dame würde Sie am liebsten kastriert und mit aufgeschlitztem Bauch auf dem Marktplatz von Broch Mordha sehen und den Kopf an den Türpfosten ihres Hauses nageln lassen.«

Jamies Schultern zuckten ein wenig.

»Ah ja«, sagte er.

Als Ned Gowan lächelte, schoben sich die Falten um seinen Mund zusammen.

»Ich mußte Mrs. – ich meine, die Dame«, verbesserte er sich mit einem Blick auf mich hüstelnd, »leider darüber aufklären, daß das gesetzliche Strafmaß wohl nicht ganz ihren Wünschen entspreche... «

»Richtig«, sagte Jamie trocken. »Aber wenn ich recht verstehe, legt sie keinen besonderen Wert darauf, mich als Ehemann zurückzubekommen.«

»Genau«, warf Hobart unvermittelt ein. »Vielleicht als Futter für die Krähen, aber nicht als Ehemann.«

Der Advokat warf seinem Mandanten einen kühlen Blick zu.

»Sie wollen doch nicht etwa Zugeständnisse vor der Einigung machen, aye?« sagte er tadelnd. »Oder wofür zahlen Sie mich?« In seiner Advokatenwürde ungebrochen, wandte er sich wieder Jamie zu.

»Da Miss MacKenzie nicht daran interessiert ist, erneut in eine eheliche Beziehung zu Ihnen zu treten – was ohnehin unmöglich ist«, fügte er hinzu, »es sei denn, sie möchten sich von der derzeitigen Mrs. Fraser scheiden lassen und sich wieder verheiraten...«

»Nein, das will ich nicht«, versicherte Jamie rasch und sah mich an.

»In diesem Fall« fuhr Mr. Gowan fort, »möchte ich meine Mandanten darauf hinweisen, daß es immer wünschenswert ist, die Kosten – wie auch das öffentliche Aufsehen –« fügte er mahnend in Richtung Hobart hinzu, der hastig nickte, »zu vermeiden, die bei einem Zivilprozeß mit einer öffentlichen Verhandlung und der folgenden Aufdeckung der Fakten entstehen. Da dies der Fall ist...«

»Wieviel?« unterbrach Jamie ihn.

»Mr. Fraser!« Ned Gowan sah ihn entsetzt an. »Ich habe bisher noch keinerlei Andeutungen gemacht, die eine pekuniäre Einigung betreffen...«

»Doch nur, weil Sie viel zu beschäftigt damit sind, sich zu vergnügen, Sie hinterhältiger Schurke«, sagte Jamie verärgert und amüsiert zugleich. »Nun kommen Sie endlich zur Sache.«

Ned Gowan neigte feierlich den Kopf.

»Nun, Sie müssen wissen«, hob er an, »falls Sie sich wegen der eben erwähnten Anklagepunkte vor Gericht verantworten müssen und den Streit verlieren, könnte dies zur Folge haben, daß Miss MacKenzie und ihr Bruder Ihnen beträchtliche Summen abknöpfen – sehr beträchtliche sogar«, setzte er mit einem Anflug advokatenmäßiger Schadenfreude hinzu.

»Miss MacKenzie war schließlich nicht nur den Demütigungen der Öffentlichkeit und der Lächerlichkeit preisgegeben, was sie in tiefe Verzweiflung gestürzt hat, sondern muß den Verlust finanzieller Zuwendungen befürchten.«

»Das hat sie in keiner Weise zu befürchten«, rief Jamie aufgebracht dazwischen. »Ich habe ihr gesagt, ich würde für sie und die beiden Mädchen weiterhin sorgen. Für wen hält sie mich eigentlich?«

Ned Gowan wechselte einen Blick mit Hobart, der den Kopf schüttelte.

»Es ist besser, wenn du das nicht erfährst«, versicherte Hobart Jamie. »Ich hätte nie geglaubt, daß sie solche Ausdrücke überhaupt kennt. Also, bist du bereit zu zahlen?«

Jamie nickte ungeduldig und strich sich mit der unversehrten Hand durchs Haar.

»Aye.«

»Aber nur so lange, bis sie wieder heiratet!« Jeder wandte sich überrascht zu Jenny um, die Ned Gowan entschieden zunickte.

»Da Jamie mit Claire verheiratet ist, war die Ehe zwischen ihm und Laoghaire ungültig, hab' ich recht?«

Der Advokat verneigte sich.

»So ist es, Mrs. Murray.«

»Demnach«, sagte Jenny bekräftigend, »kann sie jederzeit wieder heiraten, oder? Und in dem Fall muß mein Bruder nicht mehr für ihren Lebensunterhalt aufkommen.«

»Ein hervorragender Einwurf, Mrs. Murray.« Ned Gowan nahm die Feder zur Hand und kritzelte emsig etwas nieder. »Es geht voran«, erklärte er, legte das Schreibgerät zur Seite und strahlte in die Runde. »Kommen wir zum nächsten Punkt...«

Eine Stunde später war die Karaffe mit Whisky leer, das Schreibpapier auf dem Tisch von oben bis unten mit des Advokaten krakeligen Buchstaben beschrieben, und jeder kraftlos und erschöpft – außer Ned Gowan selbst, dessen Augen vor Munterkeit sprühten.

»Ausgezeichnet«, wiederholte er, während er die Blätter ordentlich stapelte. »Die wesentlichen Punkte der Vereinbarung lauten wie folgt: Mr. Fraser erklärt sich bereit, Miss MacKenzie fünfhundert Pfund als Entschädigung für Kummer, Unannehmlichkeiten und den Verlust des Vollzugs der ehelichen Pflichten...« – Jamie schnaubte, aber Mr. Gowan fuhr unbeirrt mit seiner Zusammenfassung fort – »zu zahlen. Des weiteren erklärt er sich bereit, sie mit einem Betrag von jährlich hundert Pfund für ihren Lebensunterhalt zu unterstützen, bis besagte Miss MacKenzie erneut heiratet. Die Zahlungen werden dann eingestellt. Ferner wird Mr. Fraser einen Mitgiftanteil in Höhe von dreihundert Pfund für jede der MacKenzie-Töchter leisten. Und schließlich wird er gegen Miss MacKenzie keine Anklage wegen versuchten Mordes erheben. Im Gegenzug entläßt Miss MacKenzie Mr. Fraser aus sämtlichen Pflichten und Ansprüchen. Entspricht dies Ihrer Zustimmung, Mr. Fraser?« Er warf einen Blick auf Jamie.

»Aye«, antwortete Jamie. Er sah erschöpft und blaß aus. An seinem Haaransatz sah man Schweißperlen. Trotzdem saß er aufrecht.

»Sehr gut«, sagte Ned. Bestens gelaunt erhob er sich und verneigte sich vor der Gesellschaft. »Wie unser Freund Dr. John Arbuthnot zu sagen pflegt: ›Das Gesetz ist ein Faß ohne Boden.‹ Aber nichts im Vergleich zu meinem Magen. Weist dieser köstliche Duft auf ein Lammkotelett in unserer unmittelbaren Nähe, Mrs. Jenny?«

Bei Tisch nahmen Hobart MacKenzie, der eine rosige Gesichtsfarbe hatte und entspannt wirkte, und ich Jamie in die Mitte. Mary MacNab trug den Braten auf und stellte ihn, wie es seit altersher Sitte war, vor Jamie. Ihr Blick ruhte einen Augenblick zu lange auf ihm. Er nahm das gefährlich aussehende Tranchiermesser und reichte es höflich an Hobart weiter.

»Darf ich dich bitten, Hobart?« forderte er ihn auf.

»Aber nein«, wendete dieser ein. »Überlaß das Tranchieren lieber deiner Frau. Ich kann mit einem Messer nicht umgehen – ich würde mir wahrscheinlich eher den Finger abschneiden. Du kennst mich, Jamie«, sagte er.

Über das Salzfäßchen hinweg blickte Jamie seinen einstigen Schwager lange an.

»Das habe ich immer geglaubt, Hobart«, sagte er. »Reich mir den Whisky.«

»Wir müssen sie einfach auf der Stelle verheiraten«, erklärte Jenny. Nachdem Hobart und Ned Gowan nach Kinwallis aufgebrochen waren, setzten wir vier uns ins Arbeitszimmer und zogen bei Weinbrand und Cremetörtchen Bilanz.

Jamie wandte sich seiner Schwester zu. »Die Kuppelei ist eher deine Sache, oder?« fragte er mit scharfem Unterton in der Stimme. »Vermutlich fallen dir ein oder zwei passende Männer ein, wenn du darüber nachdenkst.«

»Anzunehmen«, entgegnete sie ebenso spitz. Sie stickte; die Nadel stach durch das Leinen und blitzte im Schein der Lampe auf. Während es draußen heftig zu graupeln begonnen hatte, war es im Zimmer gemütlich warm. Im Kamin brannte ein kleines Feuer, und der Schein der Lampe lag weich über dem abgenutzten Schreibtisch.

»Es gibt nur ein Problem«, meinte sie, ohne den Kopf von der Arbeit zu heben. »Wie willst du die zwölfhundert Pfund aufbringen, Jamie?«

Das hatte ich mich auch bereits gefragt. Die Versicherungssumme für die Druckerei reichte bei weitem nicht aus, und ich bezweifelte, daß die Schmuggelgeschäfte auch nur annähernd soviel eingebracht hatten. In Lallybroch konnte niemand den Betrag aufbringen. In den Highlands zu überleben war seit jeher schwierig, und selbst mehrere ertragreiche Jahre hintereinander brachten nur einen dürftigen Gewinn.

»Da bleibt nur noch eine Möglichkeit, oder?« Ians Blick wanderte zwischen seiner Frau und seinem Schwager hin und her. Nach kurzem Schweigen nickte Jamie.

»Wahrscheinlich«, sagte er widerwillig. Er blickte zum Fenster, an das der Regen trommelte. »Eine entsetzliche Jahreszeit für so etwas.«

Ian zuckte die Achseln und beugte sich in seinem Sessel vor. »In einer Woche kommt die Frühlingsflut...«

Besorgt runzelte Jamie die Stirn.

»Aye, richtig, aber...«

»Niemand hat ein größeres Recht darauf als du, Jamie«, erklärte Ian. Lächelnd streckte er die Hand aus und drückte Jamies Arm. »Es war doch für Prinz Charles' Gefolgsmänner gedacht, oder nicht? Und du warst einer von ihnen, ob du wolltest oder nicht.«

Jamie lächelte ihn gequält an.

»Aye, das stimmt vermutlich.« Er seufzte. »Auf alle Fälle ist es die einzige Lösung.« Offensichtlich kämpfte er mit sich, ob er noch etwas hinzufügen sollte. Jenny schaute von ihrer Stickerei auf.

»Was ist, Jamie?« fragte sie.

Er holte tief Luft.

»Ich möchte den jungen Ian mitnehmen«, sagte er.

»Nein«, entgegnete sie hastig. Die Nadel steckte zur Hälfte in einer leuchtendroten Blüte, die sich wie Blut von der weißen Handarbeit abhob.

»Er ist alt genug, Jenny«, sagte Jamie leise.

»Nein«, entgegnete sie. »Er ist kaum fünfzehn. Michael und Jamie waren mindestens sechzehn, und sie waren kräftiger.«

»Aye, aber Ian schwimmt besser als die beiden Brüder«, wandte Ian überlegt ein. Er hatte die Stirn nachdenklich gekraust. »Und einer unserer Jungen muß es schließlich tun«, gab er Jenny zu verstehen. Er wies auf Jamies Arm in der Schlinge. »Jamie kann im Moment wohl kaum selbst schwimmen. Und Claire sicher auch nicht«, fügte er hinzu und lächelte mich an.

»Schwimmen?« fragte ich völlig verwirrt, »wo denn?«

Ian blickte Jamie an.

»Ach, du hast es ihr nicht erzählt?«

Jamie schüttelte den Kopf. »Nicht alles.« Er wandte sich zu mir um. »Der Schatz, Sassenach – das Gold der Seehunde.«

Er hatte den Schatz nicht an sich nehmen wollen, gleichzeitig aber das Gefühl gehabt, daß er jemandem davon erzählen müsse, und so hatte er Jenny und Ian einen sorgfältig verschlüsselten Brief nach Lallybroch geschrieben, in dem er erklärt hatte, wo das Versteck lag und welchem Zweck das Gold allem Anschein nach dienen sollte.

Die Zeiten waren damals hart gewesen für die Jakobiten – für die, die nach Frankreich geflüchtet waren und Ländereien und Vermögen zurücklassen mußten, oftmals noch härter, als für die, die in den Highlands blieben und dort der Verfolgung durch die Engländer ausgesetzt waren. Um diese Zeit fiel die Ernte in Lallybroch zweimal hintereinander schlecht aus, und aus Frankreich erhielten sie Briefe mit der Bitte, den Freunden, die dem Verhungern nahe waren, zu helfen.

»Wir hatten nichts, was wir schicken konnten. Wir kämpften ja selbst ums Überleben«, erklärte Ian. »Ich hatte Jamie eine Nachricht zukommen lassen, und er meinte, es wäre sicherlich ganz in Ordnung, wenn man einen kleinen Teil des Schatzes darauf verwendete, für Prince Tcharlachs Gefolgsleute Nahrungsmittel zu beschaffen.«

»Wahrscheinlich hatten Stuart-Anhänger den Schatz dorthin geschafft«, warf Jamie ein. Er blickte mich schelmisch an und verzog einen Mundwinkel. »Aber ich dachte gar nicht daran, ihn an Prinz Charles weiterzuschicken.«

»Das war gut«, entgegnete ich trocken. Alles Geld, das man Prinz Charles hätte zukommen lassen, wäre binnen weniger Wochen verschwendet und vergeudet worden.

Ian und sein ältester Sohn Jamie hatten sich damals quer durch Schottland zur Seehundinsel in der Nähe von Coigach begeben. Aus Angst, daß sich die Sache mit dem Schatz herumsprechen könnte, hatten sie sich kein Fischerboot genommen. Der junge Jamie war wie damals sein Onkel zu dem Seehundfelsen hinausgeschwommen. Er fand den Schatz unberührt, nahm drei Goldmünzen und drei der kleineren Edelsteine an sich und legte den restlichen Schatz wieder zurück. Dann schwamm er zurück an Land.

Anschließend setzten sie nach Frankreich über, wo ihnen ihr Cousin Jared Fraser, der dort als erfolgreicher Weinhändler im Exil lebte, dabei half, die Goldmünzen und die Edelsteine unter der Hand zu Bargeld zu machen, und die Aufgabe übernahm, das Geld an die darbenden Jakobiner zu verteilen.

Dreimal hatte Ian mit einem seiner Söhne die beschwerliche Reise an die Küste gemacht und aus dem verborgenen Schatz etwas entnommen, um jemandem, der in Not war, zu helfen. Zweimal ging das Geld an Freunde in Frankreich, einmal wurden neue Pflanzen und Nahrungsmittel für Lallybroch gekauft, damit die Pächter nach einer mageren Kartoffelernte den Winter überlebten.

Nur Jenny, Ian und die beiden Ältesten Jamie und Michael wußten von dem Schatz. Da Ian wegen seines Holzbeins nicht schwimmen konnte, mußte ihn jedesmal einer der Söhne begleiten. Nun wäre die Reihe am jungen Ian.

»Nein«, sagte Jenny noch einmal, wenn auch halbherzig, wie ich vermutete. Ian nickte bereits nachdenklich.

»Würdest du ihn auch nach Frankreich mitnehmen, Jamie?«
Jamie nickte.

»Aye, darum geht es. Ich muß Lallybroch eine Weile verlassen – um Laoghaires willen. Ich kann nicht vor ihrer Nase mit dir hier leben«, sagte er entschuldigend zu mir. »Wenigstens so lange nicht, bis sie wieder geheiratet hat.« Dann wandte er sich erneut Ian zu.

»Ich habe dir nicht alles erzählt, was sich in Edinburgh zugetragen hat, Ian, aber es wäre sicher am besten, ich hielte mich eine Zeitlang auch von dort fern.«

Regungslos saß ich da und versuchte, die Neuigkeiten zu verdauen. Mir war nicht klar gewesen, daß Jamie beabsichtigte, Lallybroch und sogar Schottland zu verlassen.

»Was wirst du also tun, Jamie?« Jenny hatte die Stickerei, die ihr nur als Vorwand gedient hatte, beiseite gelegt und die Hände im Schoß gefaltet.

Er rieb sich die Nase. »Tja«, begann er. »Jared hat mir mehr als einmal angeboten, mich in seiner Firma aufzunehmen. Vielleicht sollte ich in Frankreich bleiben, zumindest ein Jahr lang. Ich habe mir überlegt, ob wir nicht den jugen Ian mitnehmen sollten, dann kann er in Paris zur Schule gehen.«

Jenny und ich wechselten einen langen Blick. Schließlich neigte

Jenny den Kopf ein wenig zur Seite. Lächelnd nahm Ian ihre Hand.

»Es wird schon alles gutgehen, *mo nighean dubh*«, sagte er leise und zärtlich zu ihr. Dann wandte er sich an Jamie.

»Aye, nimm ihn mit. Es ist eine fabelhafte Gelegenheit für den Knaben.«

»Bist du sicher?« sagte Jamie zögernd, wobei die Frage eher an Jenny als an Ian gerichtet war. Ihre blauen Augen schimmerten im Lichtschein, und ihre Nasenspitze war hellrot.

»Es ist wohl das beste, wenn wir ihm die Freiheit geben, solange er noch denkt, sie sei ein Geschenk von uns«, sagte sie. Sie blickte erst Jamie an, dann mich. »Aber ihr paßt gut auf ihn auf, aye?«

39

Verloren und
vom Wind beweint

Dieser Teil Schottlands besaß ebensowenig Ähnlichkeit mit den belaubten Tälern und Lochs in der Gegend um Lallybroch wie die Moorlandschaft in Yorkshires Nordosten. Hier gab es kaum Bäume, sondern über weite Flächen nur Heidekraut und Felsen, deren Spitzen den drohenden Himmel berührten und sich jäh in Nebelschleiern verloren.

Je mehr wir uns der Küste näherten, desto nebliger wurde es. Immer früher legte sich nachmittags der Dunst über das Land. Da er sich am Morgen auch später auflöste, hatten wir nur wenige Stunden am Tag gute Sicht. Deshalb kamen wir nur langsam voran, was aber lediglich dem jungen Ian etwas ausmachte, der vor Aufregung zappelte und es kaum erwarten konnte, endlich am Ziel zu sein.

»Wie weit ist es von der Küste bis zur Seehundinsel?« fragte er Jamie zum zehntenmal.

»Eine Viertelmeile«, antwortete sein Onkel.

»Die Strecke kann ich schwimmen«, versicherte Ian, ebenso zum zehntenmal. Er hielt die Zügel fest umklammert und reckte wild entschlossen das knochige Kinn.

»Aye, ich weiß, daß du das kannst«, bestätigte Jamie geduldig. Ein Lachen zuckte in seinen Mundwinkeln, als er mich anblickte. »Du brauchst dich nicht besonders anzustrengen. Schwimm nur immer geradeaus, die Strömung trägt dich.«

Der Knabe nickte und versank wieder in Schweigen. Nur seine Augen leuchteten erwartungsvoll.

Die dunstverhangene Landzunge über der Bucht war wie ausgestorben. Da unsere Stimmen im Nebel geisterhaft nachhallten, verebbten unsere Gespräche schon bald. Tief unter uns hörte ich über die tosende Brandung hinweg das Gebell der Seehunde.

Nachdem Jamie Ian den Felskamin gezeigt hatte, nahm er ein Stück Seil aus der Satteltasche und tastete sich vorsichtig über den geborstenen Fels der Landzunge zum Einstieg vor.

»Behalt dein Hemd an, bis du unten bist«, übertönte er das Rauschen der Wellen. »Sonst reißt dir das rauhe Gestein den Rücken in Fetzen.«

Ian nickte. Als das Seil fest um seine Taille verknotet war, grinste er mich nervös an und verschwand in der Öffnung.

Jamie hatte sich das andere Ende des Seils um seine Mitte geknüpft und ließ es sorgfältig ablaufen, während der Junge hinabstieg. Auf Händen und Füßen kroch ich über das kurze Grasstück und den Kies bis an den zerklüfteten Felsrand. Von dort konnte ich den halbmondförmigen Strand unter mir überblicken.

Endlich kletterte Ian, klein wie eine Ameise, unten aus dem Kamin. Er löste den Strick, spähte umher und winkte uns eifrig zu, als er uns oben auf dem Felsen sah. Ich winkte zurück; Jamie murmelte nur leise: »Gut gemacht, weiter.«

Ich spürte seine Anspannung, als der Junge alles bis auf die Kniehose auszog und sich über das Geröll hinab zum Wasser tastete. Ich fühlte mit ihm, als der schmale Körper zitternd in die graublauen Wellen tauchte.

»Brrr«, sagte ich, »das Wasser muß eiskalt sein.«

»Allerdings«, stimmte Jamie mitfühlend zu. »Wirklich nicht die richtige Jahreszeit für ein Bad.«

Sein Gesicht war blaß. Sicher lag es nicht daran, daß ihm sein verwundeter Arm zu schaffen machte, wenngleich ihm der lange Ritt und die Übung mit dem Seil nicht gerade gutgetan hatten. Während Ian hinabstieg, hatte Jamie sich ermunternd und zuversichtlich gegeben, doch jetzt macht er keinen Hehl mehr aus seiner Sorge. Wir würden Ian nicht helfen können, sollte etwas schiefgehen.

»Vielleicht hätten wir warten sollen, bis sich der Nebel aufgelöst hat«, sagte ich, um Jamie abzulenken.

»Dann hätten wir gleich bis Ostern warten können«, meinte er ironisch und blinzelte in die wallenden Nebelschwaden unter uns.

»Meinst du, es ist alles in Ordnung mit ihm?« fragte ich. Jamie beugte sich zu mir herab und half mir beim Aufstehen. Sein Rock war durchweicht vom Nebel und dem Sprühregen der Brandung.

»Aye, bestimmt. Er ist ein guter Schwimmer, und wenn er einmal mit der Strömung treibt, ist es nicht mehr schwierig.« Trotzdem starrte er angestrengt in Ians Richtung, als wollte sein Blick sich durch den Nebel bohren.

Jamies Rat folgend, hatte Ian erst mit dem Abstieg begonnen, als die Ebbe einsetzte, um den Gezeitenstrom bestmöglich zu nutzen.

»An die zwei Stunden wird es dauern, bis er wieder hier ist«, beantwortete Jamie meine unausgesprochene Frage. Widerwillig wandte er den Blick von der Nebelwand, die ihm die Sicht versperrte, ab. »Verdammt! Wäre ich doch selber geschwommen, egal, was mit dem Arm ist.«

»Der junge Jamie und Michael haben es auch geschafft«, erinnerte ich ihn. Wehmütig lächelte er mich an.

»Aye. Ian wird schon nichts passieren. Nur ist es einfacher, selbst etwas Gefährliches tun, als einem anderen dabei zuzusehen.«

»Ha«, sagte ich. »Jetzt weißt du, was es heißt, mit dir verheiratet zu sein!«

Er lachte.

»Aye, ich kann's mir vorstellen. Außerdem wäre es nicht richtig, Ian das Abenteuer vorzuenthalten. Komm, laß uns aus dem Wind gehen.«

In einiger Entfernung von dem Felsabhang setzten wir uns nieder. Die kräftigen, zottigen Hochlandpferde, die uns Schutz gegen den Wind boten, ließ das stürmische Wetter offensichtlich unbeeindruckt. Mit gesenkten Köpfen standen sie nebeneinander, den Schwanz dem Wind zugewandt.

Plötzlich hob Jamie den Kopf und lauschte.

»Was war das?«

»Was?«

»Ich dachte, ich hätte jemanden rufen hören.«

»Wahrscheinlich die Seehunde«, sagte ich, aber er war bereits aufgesprungen und ging zum Felsabhang.

Die Bucht lag immer noch nebelverschleiert unter uns, aber der Wind hatte die Seehundinsel freigeblasen. Seehunde sah man jedoch keine.

Ein Boot war an einer Seite der Insel an Land gezogen worden, kein Fischerboot, sondern ein langes, mit spitzem Bug und zwei Rudern.

Während ich noch darauf starrte, tauchte ein Mann auf. Er hatte sich etwas unter den Arm geklemmt, was in Größe und Form der Kiste ähnelte, die Jamie beschrieben hatte. Mir blieb keine Zeit, Überlegungen anzustellen, denn nun erblickte ich einen zweiten Mann.

Er trug den jungen Ian. Er hatte den halbnackten Knaben nachlässig über die Schulter gelegt. Ians Kopf hing nach unten, seine Arme baumelten. Kein Zweifel, er war entweder bewußtlos oder tot.

»Ian!« Jamies Hand legte sich über meinen Mund, bevor ich erneut rufen konnte.

»Sei still!« Er zog mich zu Boden, um mich den Blicken zu entziehen. Hilflos sahen wir zu, wie der zweite Mann Ian unsanft ins Boot hievte und das Boot ins Wasser schob. Wir hatten nicht die geringste Chance, den Kamin hinabzusteigen und zur Insel zu schwimmen, bevor sie entkommen konnten. Aber wohin wollten sie?

»Wo sind sie hergekommen?« keuchte ich. Im wabernden Nebel unter uns rührte sich nichts.

»Von einem Schiff. Es ist das Beiboot eines Schiffs.« Jamie stieß einen deftigen gälischen Fluch aus und war verschwunden. Als ich mich umdrehte, schwang er sich soeben auf eins der Pferde und zerrte es mit einem Ruck herum. Hals über Kopf ritt er über die Landzunge und entfernte sich von der Bucht. Hastig saß ich auf und folgte Jamie.

Obwohl die Entfernung zur anderen Seite der Landzunge, die aufs offene Meer hinausging, weniger als eine Viertelmeile maß, kam mir der Ritt dorthin endlos vor. Vor mir sah ich Jamie, dessen offenes Haar im Wind flatterte, und dahinter das Schiff, das unweit der Küste vor Anker lag.

Zerklüftet fiel die Felsküste zum Wasser ab. Nicht so steil wie zur Bucht, aber zu schroff, um ein Pferd hinunterzuführen. Als ich zum Stehen kam, war Jamie bereits abgesessen und tastete sich vorsichtig über den Kies bis ans Ufer hinunter.

Zu meiner Linken entdeckte ich das Beiboot, das soeben um die Landzunge bog. Offensichtlich hatte jemand vom Schiff bereits Ausschau danach gehalten, denn es erscholl ein Begrüßungsruf, und kleine Gestalten tauchten unvermittelt in der Takelage auf.

Dem plötzlichen Aufruhr an Bord nach zu schließen, hatte man auch uns erspäht. Überall lugten Männer über die Reling. Das Schiff war blau mit einem breiten schwarzen Streifen, der sich um den ganzen Rumpf zog. In diesem Streifen waren nebeneinander Geschützpforten eingelassen. Während ich noch dorthin starrte, schob sich ein schwarzer Geschützkopf durch die vordere Öffnung.

»Jamie«, kreischte ich, so laut ich konnte. Er blickte auf, sah mich gestikulieren und warf sich flach auf den Boden, als die Kanone losging.

Sie machte keinen großen Lärm, aber das seltsame Geräusch, das mir um die Ohren pfiff, ließ mich instinktiv in die Knie gehen. Neben mir zerbarsten einige Felsen unter der Wucht des Einschlags, so daß Gesteinsbrocken durch die Luft flogen. Mit einiger Verspätung dämmerte mir, daß die Pferde und ich oben auf der Landzunge weit besser zu sehen waren als Jamie auf der darunterliegenden Klippe.

Die Tiere, die die Gefahr rascher als ich erfaßt hatten, hatten sich bereits aus dem Staub gemacht. Ich warf mich über die Felskante und rutschte in einem Regen von Kieselsteinen hinab, bis ich in einer Felsspalte Schutz fand.

Als über meinem Kopf ein weiteres Geschoß explodierte, drückte ich mich noch tiefer hinein. Offensichtlich war die Besatzung an Bord des Schiffes zufrieden mit ihrem Erfolg, denn es wurde verhältnismäßig ruhig.

Mein Herz pochte zum Zerspringen. Ich war von einer Staubwolke eingehüllt, und der Hustenreiz ließ sich kaum unterdrücken. Als ich einen Blick über die Schulter wagte, sah ich gerade noch, wie das Beiboot an Bord gehievt wurde. Allerdings entdeckte ich keine Spur von Ian und seinen beiden Entführern.

Lautlos schloß sich die Geschützpforte, und der Anker wurde gelichtet. Langsam drehte sich das Schiff. Obwohl nur eine leichte Brise ging, fuhr es erst langsam, dann immer schneller auf die offene See hinaus. Als Jamie meinen Schlupfwinkel endlich erreicht hatte, war es bereits in der dichten Nebelbank verschwunden, die den Horizont verdunkelte.

»Himmel!« war alles, was Jamie hervorbrachte, als er neben mir auftauchte und mich an sich preßte. »Himmel!«

Er ließ mich los und blickte aufs Meer hinaus. Nichts regte sich außer ein paar träge dahinsegelnden Nebelfetzen. Es war, als hielte die ganze Welt den Atem an. Nach dem Kanonenschlag waren selbst die Alken und Sturmtaucher verstummt.

Aus dem grauen Felsgestein zu meinen Füßen – kaum einen Meter von der Spalte, in der ich Zuflucht gesucht hatte – hatte die Kugel ein Stück herausgesprengt.

»Was sollen wir tun?« Ich war wie betäubt. Es schien mir unfaßbar, was sich an diesem Nachmittag ereignet hatte. Es war mir unbegreiflich, daß Ian innerhalb einer Stunde einfach verschwunden war, als hätte er sich in Luft aufgelöst. Dicht und undurchdringlich lauerte die Nebelbank draußen vor der Küste.

Vor meinem geistigen Auge spielte sich unaufhörlich die Szene ab, die ich auf der Seehundinsel beobachtet hatte. Die Ereignisse standen mir mit der Klarheit vor Augen, die Tragödien anhaftet; jede Einzelheit hatte sich in mein Gedächtnis gebrannt. Jedesmal, wenn sich der Film erneut abspulte, hoffte ich vage darauf, seinen Ablauf verändern zu können.

In Jamies unbewegliches Gesicht hatten sich tiefe Falten von der Nase bis zum Mund gegraben.

»Ich weiß es nicht«, sagte er. »Zum Teufel, ich weiß nicht, was ich tun soll.« Seine Hände ballten sich zu Fäusten, und er schloß heftig atmend die Augen.

Dieses Eingeständnis machte mir noch mehr angst. In der kurzen gemeinsamen Zeit, die hinter uns lag, hatte ich mich bereits wieder daran gewöhnt, daß er stets wußte, was zu tun war, selbst wenn die Lage noch so aussichtslos erschien.

Ich fühlte mich so hilflos, als hätte mich ein Strudel erfaßt. Jeder Nerv in mir schrie danach, etwas zu unternehmen – aber was?

An Jamies Handgelenk entdeckte ich Blut – er hatte sich die Hand aufgeritzt, als er den Felsen hinunterkletterte. Endlich konnte ich etwas tun!

»Du hast dich geschnitten«, sagte ich und berührte seine verletzte Hand. »Laß mal sehen. Ich verbinde sie dir.«

»Nein«, wehrte er ab und wandte sich ab. Voller Verzweiflung blickte er aufs Meer hinaus. Als ich die Hand nach ihm ausstreckte, riß er die seine weg.

»Nein, hab' ich gesagt! Laß mich!«

Ich schluckte schwer und verschränkte unter meinem Umhang die Arme. Obwohl jetzt selbst auf der Landzunge so gut wie kein Wind mehr ging, war es kalt und klamm.

Als Jamie sich gleichgültig die Hand an der Vorderseite seines Rockes abwischte, färbte sich der Stoff rostrot. Immer noch blickte er unverwandt dorthin, wo das Schiff verschwunden war. Dann schloß er die Augen, und seine Lippen wurden schmal. Als er die Augen wieder öffnete, machte er eine entschuldigende Geste in meine Richtung und wandte sich zur Landzunge um.

»Wir müssen die Pferde einfangen«, sagte er leise. »Komm.«

Schweigend gingen wir zurück über dichtes, kurzes Gras und Felsen. Entsetzen und Sorgen raubten uns die Worte. In der Ferne sah ich die Pferde. Unsere zwei waren zu Ians Pony zurückgaloppiert, das noch mit Fußfesseln an der alten Stelle wartete. Der Weg von der Landzunge zur anderen Seite der Küste war mir schon lang vorgekommen, aber der Rückweg schien mir noch länger.

»Ich glaube nicht, daß er tot ist«, sagte ich nach endlosem Schweigen. Sachte legte ich eine Hand auf Jamies Arm. Meine Berührung sollte ihm Trost spenden, aber er hätte es wohl nicht einmal bemerkt, wenn ich ihm einen Totschläger über den Schädel gezogen hätte. Mit gesenktem Kopf ging er langsam weiter.

»Ich auch nicht«, stimmte er zu und schluckte schwer, »sonst hätten sie ihn dortgelassen.«

»Haben sie ihn wirklich an Bord des Schiffes gebracht?« fragte ich nachdrücklich. »Hast du sie gesehen?« Vielleicht brachte es ihm Erleichterung, darüber zu reden.

Er nickte. »Aye. Ich habe es genau gesehen. Das läßt hoffen«, murmelte er wie zu sich selbst. »Wenn sie ihm nicht auf der Stelle den Schädel eingehauen haben, besteht vielleicht auch jetzt keine Gefahr.« Als fiele ihm plötzlich wieder ein, daß ich auch noch da war, drehte er sich um und sah mich forschend an.

»Alles in Ordnung, Sassenach?«

Ich hatte mir ein paar Schrammen zugezogen, war über und über mit Schmutz bedeckt, und mir zitterten die Knie vor Angst – aber ansonsten war ich unversehrt.

»Ja.« Wieder legte ich meine Hand auf seinen Arm.

»Gut«, sagte er nach einer Weile. Er nahm meine Hand, legte sie in seine Armbeuge, und wir setzten unseren Weg fort.

»Hast du eine Ahnung, wer die Männer waren?« Ich mußte lauter sprechen, um die Brandung zu übertönen, aber ich wollte ihn unbedingt dazu bringen, daß er weiterredete.

Stirnrunzelnd schüttelte er den Kopf. Die Anstrengung, sich verständlich zu machen, half ihm, seinen Schock zu überwinden.

»Einer der Matrosen rief den Männern im Boot etwas auf französisch zu. Aber das bedeutet nichts. Seeleute kommen aus aller Herren Länder. Aber ich habe genug Schiffe im Hafen gesehen, um sagen zu können, daß es kein Handelsschiff war – und schon gar kein englisches«, fügte er hinzu. »Dabei weiß ich nicht einmal, weshalb ich dieser Meinung bin. Vielleicht wegen der Art und Weise, wie die Segel gerefft waren.«

»Es war blau und trug um den Rumpf einen schwarzen Streifen«, sagte ich. »Das war alles, was ich habe sehen können, bevor die Kanonen losgingen.«

Konnte man die Route eines Schiffes verfolgen? Der Gedanke ließ mich hoffen. Vielleicht war die Lage doch nicht so aussichtslos, wie ich zunächst gedacht hatte. Falls Ian nicht tot war und wir herausfinden konnten, in welche Richtung das Schiff segelte...

»Hast du einen Namen gesehen?« fragte ich.

»Einen Namen?« Jamie sah mich verdutzt an. »Wie? Auf dem Schiff?«

»Tragen Schiffe nicht für gewöhnlich ihren Namen auf beiden Seiten?«

»Nein, warum?« Er wirkte sichtlich verblüfft.

»Damit man weiß, verdammt noch mal, um welches Schiff es sich handelt!« rief ich aus. Überrascht von meiner Heftigkeit, ließ sich Jamie zu einem Lächeln hinreißen.

»Aye, ich verstehe, aber ich könnte mir vorstellen, daß sie gerade das nicht so gern möchten, wenn man bedenkt, was sie treiben«, sagte er trocken.

Nachdenklich gingen wir eine Weile nebeneinander her. Dann fragte ich neugierig: »Aber wie geben sich normale Handelsschiffe dann zu erkennen?«

Er warf mir einen skeptischen Blick zu.

»Ich kann dich doch auch von anderen Frauen unterscheiden«, erklärte er, »obwohl du deinen Namen nicht auf dem Busen trägst.«

»Willst du damit sagen, daß jedes Schiff anders aussieht und du sie voneinander unterscheiden kannst, weil es nicht so viele gibt?«

»Nicht ich«, erklärte er aufrichtig. »Ich kann nur einige wenige voneinander unterscheiden, und zwar die, deren Kapitän ich kenne und auf denen ich war, um Geschäfte abzuschließen. Oder auch die Paketboote, die so häufig hin und her segeln, daß ich sie viele Dutzend Male im Hafen gesehen habe. Aber ein Matrose kennt sich um einiges besser aus.«

»Dann läßt sich vielleicht der Name des Schiffes herausfinden, das Ian mitgenommen hat.«

Er nickte und sah mich neugierig an. »Aye, wahrscheinlich. Auf unserem Weg habe ich versucht, mir jede Einzelheit des Schiffes ins Gedächtnis zurückzurufen, um sie Jared mitzuteilen. Er kennt eine Menge Schiffe und noch mehr Kapitäne – und womöglich kennt einer von ihnen einen breiten, blauen Dreimaster mit einem schwarzen Streifen, zwölf Kanonen und einer finster blickenden Galionsfigur.«

Mein Herz hüpfte vor Freude. »Du hast also bereits einen Plan!«

»Na ja, ich würde es nicht gerade einen Plan nennen«, gab er zurück. »Mir fällt nur einfach nichts anderes ein.« Er zuckte mit den Achseln und strich sich mit einer Hand über die Stirn. Winzige feuchte Tropfen hatten sich während des Gehens in unseren Haaren gesammelt. Sie glitzerten in Jamies buschigen Augenbrauen und bedeckten seine Wangen wie Tränen. Er seufzte.

»In Inverness legt unser Schiff ab. Am besten machen wir uns umgehend auf den Weg, wie geplant. Jared erwartet uns in Le Havre. Dort kann er uns möglicherweise helfen, den Namen des Schiffes und sein Ziel herauszufinden. Aye«, sagte er, meine Frage vorwegnehmend, »Schiffe haben Heimathäfen, und wenn sie nicht zur Marine gehören, haben sie eine feste Route und auch Papiere für den Hafenmeister, die Auskunft über ihr Ziel geben.«

Allmählich fühlte ich mich wieder besser.

»Falls es sich nicht um Piraten oder Kaperschiffe handelt«, fügte er einschränkend hinzu und versetzte mir sofort wieder einen Dämpfer.

»Und wenn es Piraten sind?«

»Weiß der Kuckuck – dann bin ich mit meiner Weisheit am

Ende«, sagte er und verfiel wieder in Schweigen, bis wir bei den Pferden angekommen waren.

Unbeeindruckt von den Geschehnissen grasten sie auf der Landzunge unweit des Kamins, wo wir Ians Pferd zurückgelassen hatten.

»Tsss!« Jamie betrachtete sie mißbilligend. »Dumme Tiere!« er nahm das aufgerollte Seil und schlang es zweimal um einen hervorstehenden Stein. Er reichte es mir, wies mich kurz an, was ich zu tun hatte, und ließ das freie Ende in den Kamin. Dann legte er seinen Umhang ab und glitt wortlos an dem Seil hinab.

Wenig später tauchte er verschwitzt wieder auf. Er trug ein Bündel unter dem Arm: Ians Hemd und Umhang, seine Schuhe und Strümpfe, sein Messer und den kleinen Lederbeutel, in dem der Junge das aufbewahrte, was ihm lieb und teuer war.

»Willst du Jenny die Sachen nach Hause bringen?« fragte ich ihn. Was würde sie denken, sagen und tun, wenn sie die Nachricht erfuhr? Ich konnte es mir nur zu gut vorstellen. Mir wurde flau im Magen, da ich wußte, daß mein Gefühl der Trauer nichts war im Vergleich zu dem Schmerz, den sie empfinden mußte.

Jamies Gesicht war von der Anstrengung des Aufstiegs gerötet. Bei meinen Worten wurde er jedoch aschfahl. Seine Hände schlossen sich fester um das Bündel.

»Aye«, flüsterte er mit Bitterkeit in der Stimme. »Aye, ich soll nach Hause zurückkehren und meiner Schwester sagen, daß mir ihr jüngster Sohn abhanden gekommen ist? Sie wollte nicht, daß er mitgeht, aber ich habe sie dazu überredet und ihr versprochen, daß ich auf ihn aufpassen werde. Und jetzt ist er verwundet oder sogar tot... aber hier sind seine Kleider als Erinnerung an ihn.« Er preßte die Lippen aufeinander und schluckte schwer.

»Da würde ich lieber selber sterben«, meinte er.

Er kniete sich auf den Boden, schüttelte die Kleider aus und faltete sie sorgfältig zusammen. Dann legte er sie auf einen Haufen, wickelte den Umhang behutsam darum, stand auf und stopfte sie in die Satteltasche.

»Ian wird die Sachen brauchen, wenn wir ihn finden«, sagte ich und versuchte, überzeugt zu klingen.

Jamie sah mich an und nickte.

»Aye, bestimmt.«

Es war bereits zu spät, um nach Inverness zu reiten. Die rot-leuchtende Sonne, die den dichter werdenden Nebel kaum durch-dringen konnte, sank allmählich. Wortlos richteten wir uns ein Lager. In den Satteltaschen war etwas zu essen, aber wir hatten keinen Appetit. Statt dessen wickelte sich jeder von uns in seinen Umhang und in die Decken, bevor wir uns in die Mulden schlafen legten, die Jamie ausgehoben hatte.

Aber ich fand keine Ruhe. Ich spürte den harten, steinigen Bo-den unter den Hüften und Schultern, und die donnernde Brandung des Meeres war so laut, daß ich auch dann wachgeblieben wäre, wenn ich nicht dauernd an Ian gedacht hätte.

Ob er schwer verletzt war? Sein schlaffer Körper deutete darauf hin. Aber ich hatte kein Blut gesehen. Wahrscheinlich hatte man ihn nur auf den Kopf geschlagen. Wie würde er sich fühlen, wenn er das Bewußtsein wiedererlangte und merkte, daß er entführt worden war und sich mit jeder Minute weiter von zu Hause ent-fernte?

Wie sollten wir ihn je wiederfinden? Nachdem Jamie Jared er-wähnt hatte, hegte ich wieder Hoffnung. Aber je länger ich dar-über nachdachte, desto unwahrscheinlicher erschien es mir, ein Schiff ausfindig machen zu können, das in jedwede Richtung un-terwegs sein konnte, mit Kurs auf irgendeinen Hafen der Welt. Würden die Entführer sich die Mühe machen, ihn bei sich zu be-halten, oder würden sie nach längerem Überlegen zu dem Schluß kommen, er sei eine gefährliche Last, und ihn über Bord werfen?

Mir war, als hätte ich nicht geschlafen, aber offensichtlich war ich doch eingenickt und hatte wirr geträumt. Zitternd vor Kälte er-wachte ich. Ich streckte eine Hand nach Jamie aus. Er war nicht da. Als ich mich aufsetzte, merkte ich, daß er seine Decke über mich gebreitet hatte, während ich schlief. Ein kläglicher Ersatz für seinen warmen Körper.

Er saß in einiger Entfernung auf einem Stein und wandte mir den Rücken zu. Als die Sonne untergegangen war, hatte der Wind wie-der aufgefrischt und den Nebel teilweise weggefegt. Der Halb-mond spendete soviel Licht, daß ich die zusammengesunkene Ge-stalt klar erkennen konnte.

Ich erhob mich und ging zu ihm. Um die Kälte abzuwehren, schlang ich den Umhang enger um mich. Meine Schritte knirschten auf dem bröckeligen Granitgestein. Trotz der donnernden Brandung des Meeres hatte er mich wohl gehört. Er wandte sich nicht um und schien auch nicht erstaunt, als ich mich neben ihn setzte.

Die Ellbogen auf die Knie und das Kinn in die Hände gestützt, blickte er mit großen, leeren Augen auf das dunkle Wasser, das die Bucht umspülte.

»Alles in Ordnung?« wisperte ich. »Es ist verdammt kalt.« Er trug nur seinen Rock, der in den frühen Morgenstunden in der feuchtkalten Luft am Wasser bei weitem nicht genug wärmte. Als ich meine Hand auf seinen Arm legte, spürte ich das Zittern, das seinen Körper schüttelte.

»Aye«, sagte er, ohne überzeugend zu wirken.

Ich schnaubte nur.

»Es ist nicht deine Schuld«, versicherte ich ihm, nachdem wir eine Weile schweigend dem Meer gelauscht hatten.

»Du solltest dich schlafen legen, Sassenach.« Seine Stimme klang normal, ließ aber etwas von seiner Hoffnungslosigkeit erahnen, so daß ich näher an ihn heranrückte. Er wollte mich offensichtlich nicht berühren, aber mittlerweile zitterte ich selbst vor Kälte.

»Ich bleibe.«

Tief seufzend zog er mich schließlich an sich, bis ich auf seinen Knien saß. Er ließ die Arme unter meinen Umhang gleiten und hielt mich fest. Allmählich ließ das Zittern nach.

»Was tust du hier?« fragte ich schließlich.

»Beten«, entgegnete er leise. »Oder zumindest versuche ich es.«

»Ich hätte dich nicht stören sollen.« Ich machte Anstalten, mich zu erheben, aber er ließ mich nicht los.

»Nein, bleib«, bat er. Wir saßen eng aneinandergeschmiegt, und ich spürte seinen warmen Atem an meinem Ohr. Er holte tief Luft, als wolle er etwas sagen, blieb aber stumm. Ich drehte mich um und berührte sein Gesicht.

»Was ist, Jamie?«

»Ist es falsch von mir, mit dir zusammen zu sein?« wisperte er. In seinem bleichen Gesicht wirkten seine Augen wie dunkle Löcher. »Dieser Gedanke läßt mich nicht los. Ist es meine Schuld? Ist es eine so große Sünde, dich mehr als das Leben selber zu brauchen und zu wollen?«

»Tust du das wirklich?« Ich nahm sein Gesicht zwischen die

Hände. Es fühlte sich kalt an. »Und wenn, wie kann das falsch sein? Ich bin doch deine Frau.« Allein als ich das Wort ›Frau‹ aussprach, wurde mir leichter ums Herz.

Seine Lippen suchten meine Handflächen, und seine Hand tastete nach meiner. Seine Finger waren kalt und hart wie Treibholz im Meerwasser.

»Das sage ich mir auch. Gott hat dich mir geschenkt, wie sollte ich dich nicht lieben? Und trotzdem kann ich nicht aufhören, darüber nachzudenken.«

Mit besorgter Miene blickte er auf mich herab.

»Es war richtig, vom Schatz zu nehmen, um die Not der Hungernden zu lindern und die Leute aus dem Gefängnis zu retten. Aber ihn herzunehmen, um mich von meiner Schuld freizukaufen, um mit dir, aller Verpflichtungen ledig, in Lallybroch leben zu können und mir nicht länger Gedanken um Laoghaire machen zu brauchen... das war vielleicht nicht richtig.«

Ich drückte ihn an mich. Er ließ es willig geschehen und legte den Kopf an meine Schulter.

»Schweig«, sagte ich zu ihm, obwohl er gar nichts mehr gesagt hatte. »Jamie, hast du jemals etwas für dich ganz allein getan, ohne dabei an jemand anderen zu denken?«

Seine Hand ruhte auf meinem Rücken und glitt sanft über mein Rückgrat. Selbst seine Atemzüge ließen ahnen, daß er lächelte.

»O ja, unzählige Male«, flüsterte er. »Als ich dich sah und dich genommen habe, ohne zu fragen, ob du mich willst oder nicht, ob du woanders sein möchtest oder ob du jemand anderen liebst.«

»Verdammter Kerl«, flüsterte ich ihm ins Ohr und wiegte ihn. »Du bist ein schrecklicher Dummkopf, Jamie Fraser. Und was ist mit Brianna? War das etwa auch falsch?«

»Nein.« Ich hörte, wie er schluckte und fühlte den Puls an seinem Hals. »Aber jetzt habe ich dich ihr wieder weggenommen. Ich liebe dich, und ich liebe Ian, als wäre er mein Sohn. Und ich denke mir, daß ich euch vielleicht nicht alle beide haben darf.«

»Jamie Fraser«, setzte ich erneut an und versuchte meiner Stimme soviel Überzeugungskraft zu verleihen wie irgend möglich. »Du bist ein furchtbar dummer Kerl.« Ich strich ihm das Haar aus der Stirn, schlang meine Finger um seinen Zopf und zog seinen Kopf nach hinten, damit er mich ansah.

»Du hast mich weder gezwungen, zu dir zu kommen, noch hast du mich Brianna weggenommen. Ich bin hier, weil ich wollte… weil ich nach dir ebensolche Sehnsucht hatte wie du nach mir… und daß ich hier bin, hat nichts mit dem zu tun, was sich gerade ereignet hat. Wir sind verheiratet, verdammt noch mal, vor Gott, vor den Menschen, vor Neptun – vor wem auch immer.«

»Neptun?« fragte er etwas benommen.

»Sei still«, sagte ich. »Wir sind verheiratet, habe ich gesagt, und es ist nichts Verwerfliches daran, daß du mich willst, und kein Gott dieser Welt würde dir deinen Neffen nehmen, nur weil du glücklich sein möchtest. Klar?«

»Außerdem«, fügte ich hinzu und rückte ein wenig von ihm ab, »denke ich nicht daran, wieder zu verschwinden. Also was bleibt dir übrig?«

Seine Brust vibrierte, aber nicht vor Kälte, sondern vor Lachen.

»Nimm mich und fahr damit zur Hölle, soll das wohl heißen«, meinte er. Behutsam küßte er mich auf die Stirn. »Dich zu lieben hat mich mehr als einmal fast Kopf und Kragen gekostet, Sassenach. Falls nötig, riskiere ich es wieder.«

»Bah«, gab ich zurück, »denkst du vielleicht, dich zu lieben ist so schön, als wäre man auf Rosen gebettet?«

Jetzt brach er in schallendes Gelächter aus.

»Nein«, sagte er, »aber willst du es weiterhin tun?«

»Vielleicht.«

»Du bist eine ganz schön sture Frau«, meinte er belustigt.

»Gleich und gleich gesellt sich gern…«

Es war bereits früher Morgen – vielleicht vier Uhr. Der Mond sank tiefer und lugte nur gelegentlich hinter den dahinjagenden Wolken hervor. Nachdem der Wind gedreht hatte, brachen in der Stunde zwischen Nacht und Dämmerung die Nebelschwaden auf. Von unten hörte man einen Seehund bellen.

»Glaubst du, du kannst jetzt reiten?« fragte Jamie plötzlich. »Oder sollen wir das Tageslicht abwarten? Nach der Landzunge kommen die Pferde auch in der Dunkelheit gut voran.«

Obwohl mein Körper vor Erschöpfung schmerzte und ich hungrig wie ein Wolf war, stand ich auf und strich mir das Haar aus dem Gesicht.

»Auf geht's«, sagte ich.

ACHTER TEIL

Auf See

40

Ich werde zum Meer hinuntergehen

»Es kommt nur die *Artemis* in Frage.« Jared klappte sein tragbares Schreibpult zu und strich sich über die Stirn. Jamies Cousin war in den Fünzigern gewesen, als ich ihn kennengelernt hatte, und nun war er weit über siebzig, aber sein scharfgeschnittenes Gesicht mit der Stupsnase, seine drahtige Gestalt und sein unermüdlicher Arbeitseifer waren unverändert. Sein Alter zeigte sich nur an den schütteren, weißen Haaren, die von einem roten Seidenband gehalten wurden.

»Die Brigg ist nur mittelgroß, die Besatzung besteht aus vierzig Mann«, bemerkte er. »Aber es ist spät im Jahr, und etwas Besseres bekommen wir wahrscheinlich nicht mehr – die Indienfahrer sind bestimmt schon vor einem Monat ausgelaufen. Die *Artemis* wäre im Geleitzug nach Jamaika gesegelt, wenn sie nicht zur Reparatur aufgelegt gewesen wäre.«

»Lieber hätte ich ein Schiff von dir – und einen von deinen Kapitänen«, versicherte ihm Jamie. »Die Größe ist nicht wichtig.«

Jared musterte ihn skeptisch. »Wirklich nicht? Draußen auf See wirst du vielleicht bemerken, daß es wichtiger ist, als du denkst. So spät im Jahr kommen oft Stürme auf, und eine Brigg tanzt dann auf dem Meer wie ein Korken. Darf ich fragen, wie du die Kanalüberquerung im Paketboot überstanden hast, Vetter?«

Jamies Gesicht verdüsterte sich bei dieser Frage. Als Landratte neigte er nicht nur zur Seekrankheit, er wurde von ihr völlig außer Gefecht gesetzt. Von Inverness bis nach Le Havre war ihm speiübel gewesen, obwohl das Meer ziemlich ruhig gewesen war. Als er jetzt, sechs Stunden später, in Jareds Lagerhaus am Kai stand, war er immer noch blaß um die Nase.

»Ich schaffe es«, erwiderte er knapp.

Jared, der Jamies Leiden nur allzugut kannte, warf ihm einen zweifelnden Blick zu. Jamie wurde schon grün, wenn er ein Schiff betrat, das nur im Hafen lag. Die Aussicht, den Atlantik in einem kleinen, ständig schwankenden Schiff zu überqueren, konnte auch gefestigte Gemüter erschüttern, und auch ich freute mich nicht gerade darauf.

»Tja, da kann man wohl nichts machen.« Jared sprach aus, was ich dachte. »Und wenigstens hast du eine Ärztin bei dir«, fügte er lächelnd hinzu. »Das heißt, ich vermute, du begleitest ihn, meine Liebe?«

»Ja, natürlich«, versicherte ich ihm. »Wie lange wird es dauern, bis das Schiff bereit ist? Ich möchte noch eine gute Apotheke aufsuchen, um vor der Reise meinen Medizinkasten aufzufüllen.«

Jared sah mich nachdenklich an. »Eine Woche, so Gott will«, sagte er. »Die *Artemis* liegt zur Zeit in Bilbao. Sie befördert gegerbte Felle aus Spanien und eine Ladung Kupfer aus Italien und wird sie hier abladen, sobald sie ankommt – bei gutem Wind voraussichtlich übermorgen. Ich habe noch keinen Kapitän für die Reise verpflichtet, aber ich weiß einen guten Mann. Möglicherweise muß ich nach Paris fahren, um ihn zu holen, und das bedeutet zwei Tage hin und zwei zurück. Rechnen wir noch einen Tag, um die Vorräte und die Wasserfässer aufzufüllen und noch dies und jenes zu besorgen, dann sollte sie morgen in einer Woche startklar sein.«

»Wie lange segelt man nach Westindien?« fragte Jamie. In seiner Haltung zeigte sich seine Anspannung, die sich weder durch unsere Reise noch durch die kurze Ruhepause gemildert hatte. Sie würde wohl erst von ihm weichen, wenn wir den jungen Ian gefunden hatten.

»Bei günstiger Witterung zwei Monate«, erwiderte Jared stirnrunzelnd. »Aber die beste Reisezeit ist schon vorbei. Wenn die Winterstürme aufkommen, könnte es ein Vierteljahr dauern oder länger.«

Oder aber man kam nie an, aber Jared, der ehemalige Seemann, war zu abergläubisch – oder zu taktvoll –, um diese Möglichkeit zu erwähnen. Dennoch sah ich, daß er verstohlen auf sein hölzernes Pult klopfte.

Auch das andere Problem, das mich beschäftigte, sprach er nicht aus: Wir hatten keinen eindeutigen Beweis dafür, daß das blaue Schiff nach Westindien unterwegs war. Wir besaßen lediglich die Unterlagen, die Jared uns vom Hafenmeister in Le Havre beschafft hatte. Darin waren zwei Besuche des blauen Schiffes – das passenderweise den Namen *Bruja* trug – in den letzten fünf Jahren aufgeführt, und jedesmal wurde als Heimathafen Bridgetown auf der Insel Barbados angegeben.

»Beschreibe es mir noch einmal – das Schiff, auf dem Ian entführt wurde«, sagte Jared. »Wie lag sie im Wasser? Hoch? Oder tief, als wäre sie schwer beladen für die Reise?«

Jamie schloß die Augen, konzentrierte sich, dann nickte er. »Schwer beladen, das könnte ich beschwören. Ihre Geschützpforten lagen höchstens sechs Fuß über dem Wasser.«

Jared nickte. »Dann ist sie ausgelaufen und nicht hereingekommen. Ich habe Boten zu allen großen Häfen in Frankreich, Portugal und Spanien geschickt. Mit etwas Glück finden sie den Hafen, von dem sie kam, und dann erfahren wir ihren Zielhafen auf jeden Fall aus den Papieren.« Plötzlich verzog sich sein schmaler Mund. »Es sei denn, sie segelt unter falschen Papieren.«

Der alte Weinhändler stellte sein Mahagonischreibpult vorsichtig beiseite und erhob sich steif.

»Mehr können wir im Augenblick nicht tun. Laßt uns nun heimgehen, Mathilde wartet bestimmt schon mit dem Essen. Morgen gehe ich das Manifest und die Bestellungen mit dir durch, und deine Frau kann ihre Kräuter besorgen.«

Um fünf Uhr war es um diese Jahreszeit schon vollständig dunkel, aber zwei von Jareds Leuten hielten sich bereit, um uns zu seinem nahe gelegenen Haus zu geleiten. Sie waren mit dicken Keulen bewaffnet und beleuchteten den Weg mit Fackeln. Le Havre war eine blühende Hafenstadt, und am Kai ging man nach Einbruch der Dunkelheit besser nicht allein spazieren, vor allem nicht, wenn man als wohlhabender Weinhändler bekannt war.

Trotz der anstrengenden Überfahrt, der bedrückenden Feuchtigkeit, des durchdringenden Fischgeruchs in der Stadt und meines nagenden Hungers besserte sich meine Stimmung, als wir dem Fackelschein durch die dunklen, engen Straßen folgten. Dank Jared hatten wir nun wenigstens eine Chance, Ian zu finden.

Jared war ebenso wie Jamie davon überzeugt, daß die Piraten

der *Bruja* – denn dafür hielt ich sie – Ian wahrscheinlich nichts zuleide tun würden, wenn sie ihn nicht auf der Stelle getötet hatten. Einen gesunden jungen Mann, gleich welcher Rasse, konnte man in Westindien als Sklaven oder Zwangsarbeiter für mindestens zweihundert Pfund verkaufen – und das war ein kleines Vermögen.

Wenn sie vorhatten, sich Ians gewinnbringend zu entledigen und wir in Erfahrung brachten, welchen Hafen sie ansteuerten, konnte es uns gelingen, den Jungen zu finden und zu befreien. Ein Windstoß und einige eisige Tropfen aus den dahinziehenden Wolken dämpften meinen Optimismus ein wenig. Sie riefen mir in Erinnerung, daß es vielleicht nicht schwer sein würde, Ian zu finden, sobald wir in Westindien anlangten, daß aber sowohl die *Bruja* als auch die *Artemis* die Inseln erst einmal erreichen mußten.

Im Lauf der Nacht wurde der Regen heftiger. Normalerweise hätte sein Trommeln beruhigend und einschläfernd auf mich gewirkt, aber unter den gegebenen Umständen erschien es mir eher bedrohlich.

Ungeachtet des reichlichen Mahls und der hervorragenden Weine, die uns Jared aufgetischt hatte, konnte ich nicht schlafen. Immer wieder sah ich regennasse Segel und schwere Wogen vor mir. Aber wenigstens hielten meine wahnhaften Vorstellungen nur mich selbst wach; Jamie war nicht mit mir heraufgekommen, sondern saß unten bei Jared, um die Reisevorbereitungen zu besprechen.

Jared war bereit, ein Schiff und einen Kapitän aufs Spiel zu setzen, um uns bei der Suche zu helfen. Als Gegenleistung würde Jamie als Frachtaufseher segeln.

»Als was?« hatte ich gefragt, als ich von dem Vorschlag hörte.

»Als Frachtaufseher«, hatte Jared geduldig erklärt. »Das ist der Mann, der das Einladen, das Ausladen, den Verkauf und die Übergabe der Ware überwacht. Der Kapitän und die Mannschaft sind nur für das Schiff zuständig, jemand muß sich um die Fracht kümmern. Falls das Wohl der Fracht betroffen ist, haben die Anordnungen des Frachtaufsehers höheren Rang als die des Kapitäns.«

Und so wurde es abgemacht. Während Jared freudig bereit war, ein Risiko einzugehen, um einem Verwandten zu helfen, sah er keinen Grund, dies nicht zu seinem Vorteil zu nutzen. Daher hatte er rasch Vorkehrungen getroffen, die *Artemis* in Bilbao und Le Havre mit verschiedenen Waren zu beladen. In Jamaika sollte der Großteil davon gelöscht werden, und wir würden dafür sorgen, daß die *Artemis* die Rückreise mit einer Ladung Rum von der Zuckerrohrplantage Fraser & Cie. auf Jamaika antreten würde.

Die Rückfahrt sollte jedoch erst erfolgen, wenn Ende April oder Anfang Mai besseres Wetter einsetzte. Und bis dahin würden Jamie Schiff und Mannschaft zur Verfügung stehen, um nach Barbados – oder zu anderen Inseln – zu segeln und Ian zu suchen. Drei Monate. Ich hoffte, das würde reichen.

Es war eine großzügige Vereinbarung. Jared, der seit vielen Jahren als Weinhändler in Frankreich lebte, war reich genug, um den Verlust eines Schiffes zu verkraften – so bedauerlich das sein mochte, es würde ihn nicht vernichten. Es entging mir nicht, daß wir sehr viel mehr, nämlich unser Leben, aufs Spiel setzten.

Der Wind schien etwas abzuflauen, doch ich konnte immer noch nicht einschlafen, und so trat ich mit der Decke um die Schultern ans Fenster.

Der Himmel war tiefgrau marmoriert, der Mond versilberte die Ränder der dahinjagenden Regenwolken, hinter denen er sich verbarg, und Regentropfen liefen über die Fensterscheibe. Doch das Licht, das durch die Wolken drang, reichte mir, um die Masten der Schiffe zu erkennen, die am Kai vertäut lagen. Die Segel zum Schutz gegen den Sturm eng eingerollt, hoben und senkten sich im unruhigen Rhythmus der Wellen, die gegen die Schiffe schlugen. In einer Woche würde ich auf einem von ihnen in See stechen.

Ich hatte nicht gewagt, darüber nachzudenken, wie mein Leben aussehen würde, wenn ich Jamie gefunden hatte, geschweige denn, was werden sollte, wenn ich ihn nicht fand. Dann *hatte* ich ihn gefunden und in rascher Folge verschiedene Möglichkeiten durchgespielt: das Leben als Frau eines Druckers in der politischen und literarischen Welt Edinburghs, das gefährliche, unstete Dasein einer Schmugglerbraut und schließlich das arbeitsame, geordnete Leben auf einer Hochlandfarm, das ich von früher her kannte und liebte.

Nun waren diese Möglichkeiten ebenso rasch entschwunden, und ich blickte abermals einer ungewissen Zukunft entgegen.

Seltsamerweise fand ich das nicht sonderlich bedrückend, sondern eher aufregend. Ein geordnetes Leben hatte ich zwanzig Jahre lang geführt, verwurzelt durch meine Bindung an Brianna, an Frank, an meine Patienten. Nun hatte mich das Schicksal – nicht ohne mein Zutun – von alledem losgerissen, und ich fühlte mich, als triebe ich in der Brandung, Kräften ausgeliefert, die viel stärker waren als ich.

Von meinem Atem beschlug die Scheibe. Ich malte ein kleines Herz in die milchigweiße Oberfläche, wie ich es früher für Brianna zu tun pflegte. Dann hatte ich ihre Initialen in das Herz geschrieben – B. E. R. für Brianna Ellen Randall. Ob sie sich noch Randall nannte? Oder jetzt vielleicht Fraser? Nach kurzem Zögern malte ich zwei Buchstaben in das Herz – ein »J« und ein »C«.

Ich stand noch vor dem Fenster, als die Tür aufging und Jamie hereinkam.

»Bist du noch auf?« fragte er überflüssigerweise.

»Der Regen hat mich wachgehalten.« Ich ging zu ihm und umarmte ihn, heilfroh, daß seine Wärme den kalten Trübsinn der Nacht vertrieb.

Er drückte mich an sich und legte seine Wange auf mein Haar. Er roch nach Kerzenwachs und Tinte.

»Hast du etwas geschrieben?« fragte ich.

Er sah mich erstaunt an. »Das habe ich, aber woher weißt du das?«

»Du riechst nach Tinte.«

Er lächelte, trat einen Schritt zurück und fuhr sich mit der Hand durch die Haare. »Du hast eine so feine Nase wie ein Trüffelschwein, Sassenach.«

»Welch elegantes Kompliment! Was hast du denn geschrieben?«

Als das Lächeln von seinem Gesicht verschwand, sah er nur noch angespannt und müde aus.

»Einen Brief an Jenny«, sagte er. Er ging zum Tisch, zog seinen Rock aus und löste Halsbinde und Jabot. »Ich wollte ihr nicht schreiben, bevor wir Jared gesprochen hatten, damit ich ihr gleich mitteilen konnte, was wir vorhaben und wie die Aussichten stehen, Ian gesund nach Hause zu bringen.« Er schnitt eine Grimasse und zog sein Hemd über den Kopf. »Gott weiß, was sie macht, wenn sie den Brief bekommt – und Gott sei Dank werde ich dann gerade auf hoher See sein«, fügte er gequält hinzu.

Diesen Brief abzufassen war ihm bestimmt schwergefallen, und doch schien ihm nun leichter ums Herz zu sein. Er setzte sich, um Schuhe und Strümpfe auszuziehen, und ich trat hinter ihn, um seinen Zopf zu lösen.

»Ich bin froh, daß ich's hinter mich gebracht habe«, fuhr er fort, als hätte er meine Gedanken gelesen. »Davor hat mir am meisten gegraut.«

»Du hast ihr die Wahrheit gesagt?«

Er zuckte die Achseln. »Die habe ich ihr noch nie verschwiegen.«

Außer was mich betraf. Ich sprach den Gedanken jedoch nicht aus, sondern begann statt dessen, seine Schultern zu massieren und die verhärteten Muskeln durchzukneten.

»Was hat Jared mit Mr. Willoughby gemacht?« fragte ich, da mir beim Massieren der Chinese wieder einfiel. Er hatte uns auf der Überfahrt nach Frankreich begleitet und sich stets wie ein blauseidener Schatten in Jamies Nähe aufgehalten. Jared, der im Hafen die ganze Welt kennengelernt hatte, gewann Mr. Willoughby sofort für sich, indem er sich feierlich vor ihm verneigte und einige Worte in Mandarin an ihn richtete. Jareds Haushälterin hingegen begegnete dem ungewöhnlichen Gast mit größtem Mißtrauen.

»Ich glaube, er ist zum Schlafen in den Stall gegangen«, gähnte Jamie und streckte sich genüßlich. »Mathilde sagte, sie sei es nicht gewohnt, Heiden zu beherbergen, und so wolle sie es auch weiterhin halten. Sie hat die Küche mit Weihwasser besprengt, nachdem er dort gegessen hatte.« Er blickte auf, sah das Herz, das ich auf die Fensterscheibe gemalt hatte, und lächelte.

»Was ist das?«

»Nur eine Albernheit.«

Er griff nach meiner rechten Hand und liebkoste die kleine Narbe unterhalb meines Daumens, den Buchstaben »J«, den er dort eingeritzt hatte, als ich ihn am Vorabend der Schlacht von Culloden verließ.

»Ich habe dich nicht gefragt, ob du mit mir kommen willst. Du könntest hierbleiben. Jared würde dich hier oder auch in Paris willkommen heißen. Du könntest auch nach Lallybroch zurückkehren, wenn du möchtest.«

»Nein, du hast nicht gefragt«, erwiderte ich. »Weil du verdammt genau weißt, welche Antwort du darauf bekommst.«

Wir sahen uns an und lächelten. Die Falten der Verzweiflung und der Müdigkeit hatten sich geglättet. Das Kerzenlicht glänzte in seinen roten Haaren, als er sich über mich beugte und zärtlich meine Handfläche küßte.

Der Wind pfiff immer noch im Kamin, und der Regen lief wie Tränen über die Fensterscheiben, aber das kümmerte mich nicht mehr. Nun konnte ich schlafen.

Am Morgen hatte es aufgeklart. Eine frische Brise zerrte an den Fensterläden von Jareds Arbeitszimmer, konnte aber nicht in den gemütlichen Raum eindringen. Das solide Fachwerkhaus in Le Havre war viel kleiner als Jareds luxuriöses Stadthaus in Paris, wies aber immerhin drei Stockwerke auf.

Ich streckte meine Füße aus, um sie an dem knisternden Feuer zu wärmen und tauchte meine Feder ins Tintenfaß. Ich wollte eine Liste aller Arzneien und Vorräte zusammenstellen, die ich auf einer zweimonatigen Reise benötigen würde. Reiner Alkohol war am wichtigsten und am leichtesten zu besorgen; Jared hatte versprochen, mir ein Fäßchen aus Paris mitzubringen.

»Wir sollten ihn jedoch mit einem anderen Etikett versehen«, meinte er. »Sonst haben ihn die Seeleute getrunken, noch bevor ihr den Hafen verlassen habt.«

Gereinigtes Schweineschmalz, schrieb ich bedächtig, *Johanniskraut; Knoblauch, zehn Pfund; Schafgarbe, Borretsch.*

Ich kam nur langsam voran. Einst war ich mit der medizinischen Anwendung von allen gewöhnlichen und vielen außergewöhnlichen Kräutern vertraut gewesen, und das mußte ich auch, denn etwas anderes gab es nicht.

Zudem erwiesen sich viele von ihnen als überraschend wirksam. Ungeachtet der Skepsis – und des regelrechten Entsetzens – meiner Vorgesetzten und Kollegen im Krankenhaus von Boston hatte ich gelegentlich sogar meine modernen Patienten erfolgreich damit behandelt. (»Haben Sie gesehen, was Dr. Randall gemacht hat?« Den entsetzten Aufschrei eines Assistenzarztes hatte ich noch im Ohr, und die Erinnerung entlockte mir ein Lächeln. »Sie hat den Magen in 134B mit *gekochten Blumen* gefüttert!«)

Dennoch, niemand behandelte eine Wunde mit Schafgarbe und Beinwell, wenn Jod zur Verfügung stand.

Ich hatte viel vergessen, doch als ich die Namen der Kräuter niederschrieb, erinnerte ich mich wieder an ihr Aussehen und ihren Geruch – das dunkle, pechartige Birkenöl, das einen leichten, angenehmen Duft verströmte, der erfrischend scharfe Geruch der Minzgewächse, das staubig-süße Aroma von Kamille und das adstringierende der Natterwurz.

Am Tisch mir gegenüber kämpfte Jamie mit den Listen, die er aufstellen mußte. Das Schreiben mit seiner verkrüppelten rechten Hand fiel ihm schwer, und er hielt ab und zu inne, um sich leise fluchend die verheilende Wunde über seinem linken Ellbogen zu reiben.

»Hast du Limonensaft auf deiner Liste, Sassenach?« Er sah von seiner Arbeit auf.

»Nein. Sollte ich?«

Stirnrunzelnd blickte er auf das Blatt, das vor ihm lag, und strich sich die Haare aus dem Gesicht.

»Kommt drauf an. Für gewöhnlich kümmert sich der Schiffsarzt um den Limonensaft, aber auf einem so kleinen Schiff wie der *Artemis* gibt es im allgemeinen keinen Schiffsarzt. Für die Lebensmittelvorräte ist eigentlich der Proviantmeister zuständig, aber da wir den auch nicht haben und in der Kürze der Zeit keinen zuverlässigen Mann auftreiben können, werde ich dieses Amt noch zusätzlich übernehmen.«

»Wenn du Proviantmeister und Frachtaufseher bist, werden mir wohl die Aufgaben des Schiffsarztes zufallen«, meinte ich lächelnd. »Ich besorge den Limonensaft.«

»Gut.« Jeder kehrte an seine Arbeit zurück, und außer dem Kratzen der Federn war nichts zu vernehmen, bis Josephine, das Hausmädchen, eintrat, um einen Besucher zu melden. Unwillkürlich rümpfte sie ihre lange Nase, um ihre Mißbilligung kundzutun.

»Er wartet an der Tür. Der Butler hat versucht, ihn wegzuschicken, aber er behauptet, er hätte eine Verabredung mit Ihnen, Monsieur James.« Ihr zweifelnder Tonfall deutete an, daß sie dies zwar für völlig unwahrscheinlich hielt, die Pflicht sie aber anhielt, das unmögliche Ansinnen weiterzuleiten.

Jamie zog die Brauen hoch. »Ein Besucher? Was für ein Besucher?« Josephine preßte die Lippen aufeinander, als brächte sie es wirklich nicht über sich, das zu sagen. Ich wurde nun neugierig auf den seltsamen Gast und begab mich unauffällig zum Fenster. Als ich den Kopf hinausstreckte, sah ich aber nicht viel mehr als einen ziemlich staubigen, schwarzen Schlapphut.

»Er sieht aus wie ein Hausierer und trägt ein Bündel auf dem Rücken«, meldete ich und beugte mich noch weiter vor. Jamie nahm mich um die Taille, zog mich zurück und streckte nun selbst den Kopf hinaus.

»Ach, es ist der Münzhändler, von dem Jared gesprochen hat!« rief er. »Herein mit ihm!«

Mit einem vielsagenden Gesichtsausdruck ging Josephine und kam kurze Zeit später mit einem hochgewachsenen, schlacksigen jungen Mann von vielleicht zwanzig Jahren zurück. Sein Rock war vollkommen unmodisch, die weite, schnallenlose Kniehose schlackerte um seine mageren Unterschenkel, die Strümpfe rutschten, und er trug allerbilligste Holzschuhe.

Den schmuddeligen, schwarzen Hut hatte er höflich abgenommen, und darunter kam ein schmales Gesicht mit intelligenten Augen und einem langen, wenn auch kärglichen braunen Bart zutage. Abgesehen von einigen Seeleuten trug in Le Havre niemand einen Bart, und so hätte es des schwarzen, glänzenden Käppchens nicht bedurft, um zu verraten, daß unser Besucher Jude war.

Verlegen verbeugte sich der junge Mann erst vor mir, dann vor Jamie und machte sich dabei an den Riemen seines Bündels zu schaffen.

»Madame«, sagte er mit einem Nicken. »Monsieur. Es ist überaus freundlich von Ihnen, mich zu empfangen.« Er sprach französisch mit einem schwer verständlichen Singsangtonfall.

Ich verstand zwar Josephines Vorbehalte gegen das äußere Erscheinungsbild unseres Besuchers, aber er hatte so große, arglose blaue Augen, daß ich ihn anlächelte.

»Wir sind Ihnen zu Dank verpflichtet«, erwiderte Jamie. »Ich hatte nicht erwartet, daß Sie so bald kommen. Mein Cousin sagt, Ihr Name ist Meyer?«

Der Münzhändler nickte, und unter seinem schütteren Bart leuchtete ein scheues Lächeln auf.

»Ja, Meyer. Es macht keine Umstände, ich war bereits in der Stadt.«

»Aber Sie kommen aus Frankfurt, nicht wahr? Eine weite

Reise«, sagte Jamie höflich. Lächelnd musterte er Meyers Kleidung, die aussah, als hätte er sie vom Lumpensammler. »Und ziemlich staubig vermutlich«, fügte er hinzu. »Trinken Sie ein Glas Wein?«

Dieses Angebot schien Meyer zu verwirren, aber schließlich nickte er zustimmend.

Doch sobald er sein Bündel geöffnet hatte, war seine Schüchternheit verflogen. Der formlose Sack sah aus, als enthielte er bestenfalls eine Garnitur zerschlissener Leinenwäsche und Meyers Mittagsmahl, aber tatsächlich förderte er mehrere Holzfächer zutage, die geschickt in einen Rahmen im Inneren gefügt waren, und in jedem Fach lagen winzige Lederbeutelchen.

Der junge Mann holte ein zusammengefaltetes Tuch hervor, schlug es auseinander und breitete es mit Schwung auf Jamies Schreibtisch aus. Dann öffnete er ein Beutelchen nach dem anderen, schüttete ihren Inhalt aus und legte die glänzenden Münzen ehrfurchtsvoll nebeneinander auf den tiefblauen Samt.

»Ein Aureus des Aquila.« Er berührte eine kleine Münze, die den weichen Glanz alten Goldes besaß. »Und hier ein Sesterz des Calpurnius.« Seine Stimme war leise und seine Hand sicher, als er über den Rand einer kaum abgegriffenen Silbermünze strich oder eine andere in seiner Hand wog.

Er blickte auf, und seine Augen strahlten vom Abglanz des kostbaren Metalls.

»Monsieur Fraser sagt, daß Sie den Wunsch haben, so viele griechische und römische Raritäten wie möglich zu begutachten. Ich führe natürlich nicht meinen ganzen Bestand mit mir, aber ich habe hier einige – und ich könnte andere aus Frankfurt holen lassen, wenn Sie es wünschen.«

Lächelnd schüttelte Jamie den Kopf. »Ich fürchte, dafür bleibt uns keine Zeit, Monsieur Meyer. Wir...«

»Einfach Meyer, Monsieur Fraser«, fiel ihm der junge Mann vollkommen höflich, aber leicht gekränkt ins Wort.

»Fürwahr«, sagte Jamie mit einer leichten Verbeugung. »Ich hoffe, daß mein Vetter Sie nicht irregeführt hat. Ich komme selbstverständlich für Ihre Reisekosten und für Ihre Zeit auf, aber ich habe nicht den Wunsch, selbst etwas aus Ihren Beständen zu erwerben... Meyer.«

Fragend zog der junge Mann die Brauen hoch.

»Was ich wünsche«, sagte Jamie bedächtig und beugte sich vor, um die Münzen genau zu begutachten, »ist, Ihre Münzen mit meiner Erinnerung an mehrere antike Münzen zu vergleichen, die ich gesehen habe. Und falls ich ähnliche Stücke darunter entdecke, möchte ich fragen, ob Sie – oder besser gesagt Ihre Angehörigen, denn Sie selbst dürften zu jung sein – eine Person kennen, die derartige Münzen vor zwanzig Jahren gekauft haben könnte.«

Er blickte zu dem jungen Juden auf, der verständlicherweise erstaunt war und lächelte.

»Das ist vielleicht ein bißchen viel verlangt, ich weiß. Aber mein Vetter sagt, daß Ihre Familie zu den wenigen gehört, die mit dergleichen handeln, und auf diesem Gebiet die größten Kenntnisse besitzt. Und wenn Sie mich außerdem noch an jemanden in Westindien verweisen könnten, der sich für solche Münzen interessiert, wäre ich Ihnen sehr verbunden.«

Meyer blickte ihn wortlos an, dann neigte er den Kopf, so daß sich die Sonne in den kleinen Gagatperlen fing, die sein Käppchen zierten. Offensichtlich war er überaus neugierig, aber er wies auf sein Bündel und sagte nur: »Einen solchen Verkauf hätten wohl mein Vater oder mein Onkel getätigt und nicht ich. Aber ich habe hier einen Katalog mit Aufzeichnungen über jede Münze, die in den letzten dreißig Jahren durch unsere Hände gegangen ist. Ich werde Ihnen sagen, was ich weiß.«

Er schob das Samttuch näher an Jamie heran und lehnte sich zurück.

»Hat eins meiner Stücke Ähnlichkeit mit den Münzen, an die Sie sich erinnern?«

Jamie betrachtete die Münzen prüfend, dann stupste er behutsam ein Silberstück an, das etwa so groß war wie ein amerikanischer Vierteldollar. Drei springende Delphine am Rand umkreisten einen Wagenlenker in der Mitte.

»Diese«, sagte er. »Es gab mehrere in der Art – mit kleinen Unterschieden, aber mit solchen Delphinen.« Er ließ seinen Blick wieder über die Münzen schweifen, dann nahm er ein Goldstück mit einem undeutlichen Profil und ein etwas größeres Silberstück in besserem Zustand, das einen Männerkopf von vorn und im Profil zeigte.

»Diese auch. Vierzehn von den goldenen und zehn von den silbernen mit den zwei Köpfen.«

»Zehn!« Erstaunt riß Meyer die Augen auf. »Ich hätte nicht gedacht, daß es überhaupt noch so viele davon gibt.«

Jamie nickte. »Ich bin ganz sicher – ich habe sie genau betrachtet und sogar in der Hand gehalten.«

»Der Doppelkopf zeigt Alexander«, erklärte Meyer und berührte die Münze ehrfürchtig. »Wahrhaftig äußerst selten. Es ist eine Tetradrachme, die zum Andenken an die Schlacht bei Amphipolos und die Gründung einer Stadt auf dem Schlachtfeld geprägt wurde.«

Jamie lauschte aufmerksam; ein Lächeln umspielte seinen Mund. Er hatte zwar selbst kein großes Interesse an antiken Münzen, zeigte aber stets Achtung für Menschen mit einer besonderen Leidenschaft.

Nach einer weiteren Viertelstunde und einem Blick in den Katalog war die Sache geklärt. Vier griechische Drachmen von einer Sorte, die Jamie wiedererkannt, mehrere kleine Gold- und Silbermünzen und ein sogenannter Quintinarius, eine römische Münze aus schwerem Gold, wurden der Sammlung hinzugefügt.

Meyer bückte sich, griff in sein Bündel und holte einige aufgerollte, mit einem Band verschnürte Papiere hervor. Bedächtig blätterte er die Seiten durch, hielt hie und da inne, murmelte: »Hm« und suchte dann weiter. Schließlich legte er die Seiten auf seine Knie, legte den Kopf schief und sah zu Jamie auf.

»Unsere Transaktionen werden selbstverständlich vertraulich durchgeführt, Monsieur«, sagte er, »und so kann ich Ihnen zwar sagen, daß wir gewiß diese oder jene Münze in diesem oder jenem Jahr verkauft haben, aber den Namen des Käufers darf ich Ihnen nicht nennen.« Er hielt nachdenklich inne und fuhr dann fort.

»Wir haben tatsächlich im Jahr 1745 Münzen, wie Sie sie schildern, verkauft – drei Drachmen, je zwei mit den Köpfen von Egalabalus und dem Doppelkopf des Alexander, und nicht weniger als sechs römische Goldmünzen.« Er zögerte.

»In der Regel dürfte ich Ihnen nicht mehr verraten. Jedoch... in diesem Fall, Monsieur, weiß ich zufällig, daß der ursprüngliche Käufer dieser Münzen tot ist – und zwar schon seit einigen Jahren. Unter diesen Umständen...« Er zuckte die Achseln und traf eine Entscheidung.

»Der Käufer war Engländer, Monsieur. Sein Name war Clarence Marylebone, Herzog von Sandringham.«

»Sandringham!« rief ich verblüfft.

Neugierig sah Meyer erst mich, dann Jamie an, dessen Gesicht jedoch nichts als höfliches Interesse bekundete.

»Ja, Madame«, sagte Meyer. »Ich weiß, daß der Herzog tot ist, denn er besaß eine umfangreiche Sammlung antiker Münzen, die mein Onkel 1746 von seinen Erben erwarb – die Transaktion ist hier erwähnt.« Er hob den Katalog hoch und ließ ihn wieder sinken.

Daß der Herzog von Sandringham tot war, wußte ich selbst, und mein Wissen war sehr viel unmittelbarer. Jamies Patenonkel Murtagh hatte ihn in einer dunklen Märznacht des Jahres 1746 getötet, kurz bevor die Schlacht von Culloden dem Aufstand der Jakobiten ein Ende setzte.

Meyer sah bald mich, bald Jamie an, dann fügte er zögernd hinzu: »Ich kann Ihnen noch etwas verraten: Als mein Onkel die Sammlung des Herzogs nach dessen Tod erwarb, befanden sich keine Tetradrachmen darunter.«

»Nein«, murmelte Jamie. »Das wäre schlecht möglich gewesen.« Dann faßte er sich wieder, stand auf und griff nach der Karaffe, die auf der Anrichte stand.

»Ich danke Ihnen, Meyer«, sagte er förmlich. »Und nun wollen wir auf Sie und Ihr kleines Buch trinken.«

Wenige Minuten später kniete Meyer auf dem Boden und verschnürte sein schäbiges Bündel. Die kleine Börse mit Silberlivres, die Jamie ihm als Bezahlung überreichte, steckte er in seine Tasche. Er stand auf und verbeugte sich vor Jamie und vor mir und setzte schließlich seinen unansehnlichen Hut auf.

»Leben Sie wohl, Madame«, sagte er.

»Leben Sie wohl, Meyer«, erwiderte ich. Nach kurzem Zögern stellte ich ihm noch eine Frage: »Ist Meyer wirklich Ihr einziger Name?«

In seinen großen, blauen Augen flackerte etwas, aber er antwortete höflich, während er sich den schweren Sack auf die Schultern lud: »Ja, Madame. Den Juden in Frankfurt ist es nicht gestattet, Familiennamen zu führen.« Er blickte auf und lächelte schief. »Doch aus Bequemlichkeit rufen uns die Nachbarn nach dem alten, roten Schild an unserem Haus. Aber darüber hinaus... nein, Madame. Wir haben keinen Namen.«

Dann kam Josephine, um unseren Besucher in die Küche zu führen. Ein paar Minuten später hörte ich, wie die Haustür zufiel und Meyers Holzschuhe über die Steinstufen klapperten. Auch Jamie hörte es und wandte sich zum Fenster.

»Glückliche Reise, Meyer Rotes Schild«, sagte er lächelnd.

»Rotes Schild«, sagte ich, da mir plötzlich etwas dämmerte, »*Rothschild*?«

»Ja, Sassenach, warum?«

»Mir ist nur was durch den Kopf gegangen.« Ich blickte zum Fenster; das Klappern der Holzschuhe war längst im Straßenlärm untergegangen. »Wahrscheinlich hat jeder mal klein angefangen.«

»Fünfzehn Mann auf des toten Manns Kist'«, bemerkte ich. »Heho und 'ne Buddel voll Rum.«

Jamie sah mich merkwürdig an.

»Aye?« sagte er.

»Der tote Mann ist der Herzog«, erklärte ich. »Glaubst du, der Schatz der Seehunde gehörte wirklich ihm?«

»Das würde ich nicht beschwören, aber es spricht viel dafür.« Jamie trommelte nachdenklich mit seinen beiden steifen Fingern auf den Tisch. »Als Jared den Münzhändler Meyer erwähnte, dachte ich, man könnte mal nachfragen – denn wahrscheinlich war derjenige, der die *Bruja* entsandte, um den Schatz zu holen, derselbe Mann, der ihn dort versteckt hatte.«

»Gut überlegt«, sagte ich, »aber offensichtlich war es nicht derselbe Mann, sofern der Herzog den Schatz dort versteckt hat. Glaubst du, der Schatz ist insgesamt fünfzigtausend Pfund wert?«

Nachdenklich betrachtete Jamie sein Spiegelbild in der bauchigen Karaffe. Dann nahm er sie und füllte sein Glas, um sich geistig zu stärken.

»Vom Metallwert her nicht. Aber ist dir aufgefallen, zu welchen Preisen einige Münzen aus Meyers Katalog gehandelt wurden?«

»Ja.«

»Bis zu tausend Pfund – Sterling! – für eine schimmliges Stückchen Metall!« rief er verwundert.

»Ich glaube nicht, daß Metall schimmelt«, erwiderte ich, »aber ich verstehe, was du meinst. Auf jeden Fall«, sagte ich und tat die Frage mit einer Handbewegung ab, »geht es darum: Glaubst du, daß es sich beim Schatz der Seehunde um die fünfzigtausend Pfund handelt, die der Herzog den Stuarts versprochen hatte?«

Anfang 1744, als Charles Stuart in Frankreich weilte und seinen königlichen Cousin Louis zu überreden suchte, ihm Unterstützung zu gewähren, hatte er eine kodierte Botschaft des Herzogs von Sandringham erhalten, der ihm fünfzigtausend Pfund anbot – genug, um den Sold einer kleinen Armee zu bezahlen – unter der Bedingung, daß er nach England ziehen und den Thron seiner Vorfahren zurückerobern sollte.

Ob es dieses Angebot gewesen war, das den unentschlossenen Prinzen schließlich bewogen hatte, seinen unheilvollen Kriegszug zu wagen, würden wir nie erfahren. Aber er war gen Schottland gezogen – mit nur sechs Gefährten im Gefolge sowie zweitausend holländischen Breitschwertern und einigen Fässern Branntwein, um die Herzen der Clanoberhäupter des Hochlands zu gewinnen.

Auf jeden Fall hatten die fünfzigtausend Pfund nie den Besitzer gewechselt, weil der Herzog gestorben war, bevor Charles England erreicht hatte. Eine andere Überlegung, die mich in schlaflosen Nächten quälte, war die Frage, ob das Geld den Lauf der Geschichte beeinflußt hätte. Wäre Charles Stuart mit dieser Summe in der Lage gewesen, seine zerlumpte Hochlandarmee bis nach London zu führen, den Thron zu erringen und die Krone seines Vaters zurückzuerobern?

Wenn ihm das gelungen wäre – dann wäre der Aufstand der Jakobiten vielleicht erfolgreich verlaufen, dann hätte die Schlacht von Culloden nie stattgefunden, ich wäre nie durch den Steinkreis zurückgekehrt... und Brianna und ich wären wahrscheinlich beide bei der Geburt gestorben, und mittlerweile zu Staub und Asche zerfallen. Die zwanzig Jahre hätten an sich ausreichen müssen, mich zu lehren, wie müßig dieses »Was wäre, wenn« ist.

Jamie hatte nachgedacht und rieb sich versonnen die Nasenwurzel.

»Möglich«, sagte er schließlich, »vorausgesetzt man kennt den rechten Markt für Münzen und Edelsteine – wenn man genug Zeit hat, gute Käufer zu finden, aye, da könnten fünfzigtausend Pfund drin sein.«

»Duncan Kerr war Jakobit, nicht wahr?«

Jamie nickte stirnrunzelnd. »Das war er. Aye, es könnte sein – aber für einen Armeeführer ist es nicht ganz einfach seine Truppen mit einem alten Schatz zu bezahlen!«

»Ja, aber er nimmt nicht viel Platz ein, man kann ihn leicht bei sich tragen und verstecken«, erklärte ich. »Und wenn du der Herzog wärst und im Begriff, durch ein Bündnis mit den Stuarts Hochverrat zu begehen, könnte das eine wichtige Überlegung sein. Fünfzigtausend Pfund Sterling zu schicken, hieße Geldkassetten mit Wachleuten – das würde viel mehr Aufmerksamkeit auf sich ziehen, als einen Mann mit einer kleinen Holzkiste über den Kanal zu entsenden.«

Wieder nickte Jamie. »Jemand, der bereits eine Sammlung solcher Kostbarkeiten besitzt, würde kein Aufsehen erregen, wenn er noch mehr davon erwirbt, und da sowieso niemandem auffiele, welche Münzen er hat, könnte er die wertvollsten herausnehmen und durch billigere ersetzen, ohne daß es auffällt. Und es ist kein Bankier beteiligt, der ausplaudern könnte, daß man beispielsweise Land verkauft hat.« Voller Bewunderung schüttelte er den Kopf.

»Ein kluger Plan, wer immer ihn ersonnen hat.« Er sah mich fragend an.

»Aber warum kam Duncan Kerr ausgerechnet jetzt, zehn Jahre nach der Schlacht von Culloden? Und was war mit ihm geschehen? Wollte er den Schatz auf der Insel der Seidenbären lassen oder ihn sich holen?«

»Und er hat nun die *Bruja* entsandt?« führte ich seine Überlegung weiter und schüttelte ebenfalls den Kopf.

»Keine Ahnung. Vielleicht hatte der Herzog einen Verbündeten? Aber wen?«

Jamie seufzte. Ungeduldig stand er auf und streckte sich. Er warf einen Blick aus dem Fenster, um nach dem Stand der Sonne auf die Uhrzeit zu schließen, wie er es stets tat, ob nun eine Uhr vorhanden war oder nicht.

»Aye, wir haben noch genug Zeit, uns darüber den Kopf zu zerbrechen, wenn wir erst einmal auf See sind. Es ist nun fast Mittag, und die Kutsche nach Paris geht um drei Uhr.«

Die Apotheke in der Rue de Varennes gab es nicht mehr. An ihrer Stelle drängten sich auf engstem Raum eine gut besuchte Taverne, ein Pfandleiher und eine kleine Goldschmiedewerkstatt.

»Maître Raymond?« Der Pfandleiher zog seine angegrauten Augenbrauen zusammen. »Ich habe von ihm gehört, Madame.« Er warf mir einen mißtrauischen Blick zu, der darauf schließen ließ, daß das, was er gehört hatte, nicht rühmlich war. »Aber er ist nun schon mehrere Jahre fort. Wenn Sie jedoch eine gute Apotheke suchen, Krasner am Place d'Aloes oder vielleicht Madame Verrue bei den Tuilerien…« Interessiert musterte er Mr. Willoughby, der mich begleitete, und lehnte sich vertraulich über den Ladentisch.

»Wären Sie daran interessiert, Ihren Chinesen zu verkaufen, Madame? Ich habe einen Kunden, der eine ausgesprochene Vorliebe für den Orient hegt. Ich könnte einen sehr guten Preis für Sie aushandeln – ohne mehr als die übliche Courtage zu fordern.«

Mr. Willoughby, der kein Franözisch sprach, betrachtete gerade mit höchster Verachtung eine Porzellanurne, die im asiatischen Stil mit Fasanen bemalt war.

»Vielen Dank«, sagte ich, »aber ich glaube nicht. Ich versuche es bei Krasner.«

In Le Havre, einer Hafenstadt, wo es von Fremden aller Art wimmelte, hatte Mr. Willoughby kaum Aufsehen erregt. Auf den Straßen von Paris zog er jedoch alle Blicke auf sich. Es zeigte sich nun allerdings, daß er sich mit Kräutern und Heilmitteln erstaunlich gut auskannte.

»*Bai jei ai*«, erklärte er und nahm eine Prise Senfsamen aus einem offenem Kistchen in Krasners Apotheke. »Gut für *shen-yen* – Nieren.«

»Ja«, erwiderte ich verblüfft. »Woher wissen Sie das?«

Er wiegte sachte den Kopf wie immer, wenn es ihm gelungen war, jemanden in Erstaunen zu versetzen.

»Ich kenne Heiler früher«, sagte er nur, drehte sich dann um und zeigte auf einen Korb, der allem Anschein nach getrocknete Schlammklumpen enthielt.

»*Shan-yü*«, erklärte er mit Bestimmtheit. »Gut – sehr gut – reinigt Blut, gut für Leber, keine trockene Haut, gut für Augenlicht. Sie kaufen.«

Ich trat näher, um die fraglichen Objekte in Augenschein zu neh-

men, und stellte fest, daß es sich um besonders unansehnliche getrocknete Aale handelte, die zu Kugeln aufgerollt und mit reichlich
Dreck umhüllt waren. Der Preis war jedoch vertretbar, und so legte
ich zwei der ekligen Dinger in meinen Korb, um Mr. Willoughby
eine Freude zu machen.

Für Anfang Dezember war es mild, so daß wir uns zu Fuß auf
den Rückweg zu Jareds Haus in der Rue Tremoulins machten. Auf
den Straßen wimmelte es von Händlern, Bettlern, Prostituierten,
Ladenmädchen und anderen ärmlichen Bewohnern von Paris, die
die Wintersonne genossen.

An der Ecke Rue du Nord und Allée des Canards sah ich jedoch
eine äußerst auffällige Erscheinung: eine große, gebeugte Gestalt
im schwarzen Rock mit einem runden, schwarzen Hut.

»Reverend Campbell!« rief ich.

Als er seinen Namen hörte, drehte er sich sogleich um, erkannte
mich, lüftete seinen Hut und verneigte sich höflich.

»Mistress Malcolm!« sagte er. »Wie überaus angenehm, Sie wiederzusehen.« Dann fiel sein Blick auf Mr. Willoughby, und seine
Züge verhärteten sich mißbilligend.

»Ähm… das ist Mr. Willoughby«, stellte ich ihn vor. »Er ist
ein… Geschäftspartner meines Mannes. Mr. Willoughby, das ist
Reverend Archibald Campbell.«

»In der Tat.« Reverend Campbell wirkte schon für gewöhnlich
ziemlich streng, aber nun sah er aus, als hätte er Stacheldraht zum
Frühstück verspeist.

»Ich dachte, Sie segeln von Edinburgh aus nach Westindien«,
sagte ich, um ihn abzulenken. Tatsächlich wandte er sich mir zu
und taute etwas auf.

»Danke für die freundliche Nachfrage, Madam«, sagte er. »Ich
hege immer noch diese Absicht. Allerdings führten mich zunächst
dringende Geschäfte nach Frankreich. Ich werde Donnerstag in
einer Woche von Edinburgh aus abreisen.«

»Und wie geht es Ihrer Schwester?« erkundigte ich mich.

»Etwas besser, vielen Dank. Die Arzneitränke, die Sie verschrieben haben, sind sehr hilfreich. Sie ist viel ruhiger und schläft auch
besser. Ich muß Ihnen noch einmal für Ihre freundliche Beratung
danken.«

»Keine Ursache«, sagte ich. »Ich hoffe, daß ihr die Reise gut be-

kommt.« Wir verabschiedeten uns mit den üblichen Höflichkeitsfloskeln, und Mr. Willoughby und ich setzten unseren Weg fort.

»Reverend heißt überaus heiliger Mann, was?« fragte Mr.
Willoughby nach kurzem Schweigen.

»Stimmt.« Ich blickte ihn neugierig an. Er spitzte die Lippen,
dann gab er ein amüsiertes Grunzen von sich.

»Nicht besonders heilig, dieser Reverend-Mann«, sagte er.

»Wie kommen Sie darauf?«

Er warf mir einen pfiffigen Blick zu.

»Ich sehe ihn einmal bei Madame Jeanne. Nicht laut reden da.
Ganz still, der Reverend-Mann.«

»Ach, wirklich?« Ich drehte mich um, aber die hochgewachsene
Gestalt des Reverend war bereits in der Menge verschwunden.

»Stinkende Huren«, erläuterte Mr. Willoughby und machte zur
Veranschaulichung eine äußerst unziemliche Geste.

»Ja, ich habe verstanden«, sagte ich. »Ich vermute, das Fleisch
ist gelegentlich schwach, selbst das eines Geistlichen der schottischen Freikirche.«

Nach dem Abendessen erzählte ich von meiner Begegnung mit
dem Reverend, ließ aber Mr. Willoughbys Bemerkungen über die
außerplanmäßigen Aktivitäten des Reverend unerwähnt.

»Ich hätte ihn fragen sollen, auf welche der Westindischen Inseln
ihn seine Reise führt«, sagte ich. »Nicht, daß er besonders unterhaltsam wäre, aber vielleicht erweist es sich als nützlich, dort jemanden zu kennen.«

Jared, der sich geschäftig Kalbfleischpastetchen zu Gemüte
führte, sagte: »Mach dir keine Gedanken, meine Liebe. Ich habe
eine Liste mit nützlichen Bekanntschaften für euch zusammenge-
stellt. Außerdem habe ich Briefe verfaßt, die ihr meinen Freunden
dort übergeben könnt. Sie werden euch sicherlich beistehen.«

Er nahm noch ein Stück Fleisch, tunkte es in Weinsauce und musterte Jamie kauend.

Anscheinend war er nun zu einer Entscheidung gelangt, denn er
schluckte, nippte an seinem Wein und meinte beiläufig: »Wir sind
uns auf gleicher Ebene begegnet, Vetter.«

Ich starrte ihn verwundert an, aber Jamie erwiderte nach
kurzem Schweigen: »Und wir haben uns im rechten Maß getrennt.«

Jared lächelte erfreut.

»Ah, das ist hilfreich!« sagter er. »Ich war mir nicht ganz sicher, aye? Aber ich dachte, es sei den Versuch wert. Wo wurdest du aufgenommen?«

»Im Gefängnis«, erwiderte Jamie knapp. »Es ist also die Loge von Inverness.«

Jared nickte zufrieden. »Aye, das ist in Ordnung. Auf Jamaika und Barbados gibt es Logen – ich werde dir Briefe an die dortigen Meister mitgeben. Aber die größte Loge, mit mehr als zweitausend Brüdern, befindet sich auf Trinidad. Wenn du Ian ohne Hilfe nicht findest, mußt du dich dorthin wenden. Alles, was auf den Inseln geschieht, wird in der Loge früher oder später bekannt.«

»Würde es euch etwas ausmachen, mir zu erklären, wovon ihr redet?« mischte ich mich ein.

Jamie warf mir einen Seitenblick zu und lächelte.

»Freimaurer, Sassenach.«

»Du bist Freimaurer?« platzte ich heraus. »Das hast du mir aber nicht gesagt!«

»Das soll er auch nicht«, erklärte Jared spitz. »Die Rituale der Freimaurer sind geheim und nur den Mitgliedern bekannt. Ich dürfte Jamie keine Empfehlung an die Loge in Trinidad mitgeben, wenn er nicht bereits einer von uns wäre.«

Das Gespräch nahm eine andere Wendung, da Jamie und Jared dazu übergingen, die Lebensmittelvorräte zu besprechen. Ich aber war still geworden und konzentrierte mich aufs Essen. Der Vorfall, so unerheblich er war, hatte mich daran erinnert, was ich über Jamie alles nicht wußte. Dabei hatte es einmal eine Zeit gegeben, da ich behaupten konnte, ich kenne ihn so gut, wie ein Mensch einen anderen kennen kann.

Auch jetzt gab es Augenblicke, in denen wir ganz vertraut miteinander sprachen, Augenblicke der Nähe, wenn ich an seiner Schulter einschlief, wenn ich ihn im Liebesakt festhielt, Augenblicke, in denen ich das Gefühl hatte, ihn immer noch zu kennen, in denen sein Herz und seine Gedanken mir so durchsichtig erschienen wie das Bleikristall der Weingläser auf Jareds Tisch.

Aber dann gab es Augenblicke wie jetzt, in denen ich plötzlich über unvermutete Begebenheiten aus seiner Vergangenheit stolperte oder sah, wie er mit verschleiertem Blick in Erinnerungen versank, die ich nicht teilte. Dann fühlte ich mich plötzlich unsicher und einsam und stand zögernd am Rande der Kluft zwischen uns.

Da spürte ich Jamies Fuß, der unter dem Tisch den meinen anstieß, und er sah mich mit lächelnden Augen an. Dann hob er sein Glas, wie zu einem wortlosen Toast, und als ich sein Lächeln erwiderte, fühlte ich mich bereits getröstet. Die Geste weckte mit einemmal die Erinnerung an unsere Hochzeitsnacht, als wir nebeneinander saßen und Wein tranken, Fremde waren, die Angst voreinander hatten und die nichts verband außer dem Ehevertrag – und dem Versprechen, ehrlich zu sein.

Es gibt Dinge, die du mir vielleicht nicht sagen kannst, hatte er gesagt. *Ich werde dich nie bedrängen oder darauf bestehen, daß du mir etwas erzählst, was allein deine Sache ist. Aber wenn du mir etwas sagst, dann laß es die Wahrheit sein. Zwischen uns ist jetzt nichts mehr als Respekt. Und ich glaube, Respekt kann Geheimnisse vertragen, aber keine Lügen.*

Ich nahm einen herzhaften Schluck aus meinem Glas und spürte, wie mir der kräftige Wein zu Kopf stieg und meine Wangen erglühen ließ. Jamie, der mich nicht aus den Augen ließ, überhörte Jareds Monolog über Schiffszwieback und Kerzen. Sein Fuß stieß fragend gegen meinen, und meiner gab ihm Antwort.

»Aye, darum kümmere ich mich morgen früh«, erwiderte er auf eine Frage Jareds. »Aber nun, Vetter, werde ich mich zurückziehen. Es war ein langer Tag.« Er stand auf und bot mir seinen Arm.

»Begleitest du mich, Claire?«

Ich stand auf, spürte den Wein in allen Gliedern und fühlte mich erhitzt und ein wenig schwindelig. Wir sahen uns in die Augen und verstanden uns vollkommen. Jetzt war mehr als nur Respekt zwischen uns, und es gab Raum für alle unsere Geheimnisse, die wir einander anvertrauen konnten, wenn die Zeit dafür reif war.

Am Morgen gingen Jamie und Mr. Willoughby mit Jared aus, um einige letzte Besorgungen zu erledigen. Auch ich hatte mir noch etwas vorgenommen – und diesen Gang machte ich lieber allein. Vor zwanzig Jahren hatte es zwei Menschen in Paris gegeben, die mir viel bedeuteten. Maître Raymond war fort – tot oder verschwunden. Die Wahrscheinlichkeit, daß die andere noch lebte, war gering, aber ich mußte es versuchen, bevor ich Europa verließ. Mit pochendem Herzen stieg ich in Jareds Kutsche und befahl dem Kutscher, zum Hôpital des Anges zu fahren.

Das Grab lag auf dem kleinen Klosterfriedhof im Schutz der nahegelegenen Kathedrale. Obwohl der Himmel bedeckt war und von der Seine her feuchte, kalte Luft heraufzog, war der Friedhof in weiches Licht getaucht, das von den hellen Kalksteinmauern reflektiert wurde. Jetzt im Winter blühten weder Büsche noch Blumen, aber die Espen und Lärchen reckten ihre filigranen Zweige in den Himmel, und die Steine lagen in tiefgrünes, winterfestes Moos gebettet.

Es war ein kleiner Grabstein aus weißem Marmor. Eingerahmt von einem Paar Engelsflügeln, stand darauf ein einziges Wort: »Faith«.

In die Betrachtung des Steins versunken, verharrte ich, bis mir Tränen den Blick verschleierten. Ich hatte eine Blume mitgebracht, eine rosa Tulpe aus Jareds Gewächshaus. Ich kniete nieder, legte sie auf den Stein und streichelte die weiche Rundung der Blüte, als wäre sie die Wange eines Babys.

»Ich dachte, ich müßte nicht weinen«, sagte ich schließlich.

Mutter Hildegarde legte ihre Hand auf meinen Scheitel.

»*Le Bon Dieu* ordnet den Lauf der Dinge, wie es ihm am besten dünkt«, sagte sie leise. »Aber er sagt uns selten, warum.«

Ich holte tief Luft und trocknete meine Wangen. »Es ist schon so lange her.« Langsam erhob ich mich und sah, daß mich Mutter Hildegarde voller Mitgefühl betrachtete.

»Mir ist aufgefallen«, erklärte sie bedächtig, »daß die Zeit für Mütter nicht existiert, wenn es um ihre Kinder geht. Es spielt keine Rolle, wie alt das Kind ist – die Mutter kann das Kind immer wieder so sehen, wie es war, als es auf die Welt kam, als es laufen lernte – sie kann sich das Kind in jedem Alter vergegenwärtigen, auch wenn es selbst schon erwachsen ist und Kinder hat.«

»Besonders im Schlaf«, bemerkte ich und ließ den Blick wieder auf dem kleinen, weißen Stein ruhen, »da hat man immer den Säugling vor sich.«

Mutter Hildegarde nickte zufrieden. »Ich hatte mir gedacht, daß Sie noch mehr Kinder bekommen haben. Man sieht es Ihnen an.«

»Eins hatte ich noch.« Ich blickte sie neugierig an. »Und woher wissen Sie soviel über Mütter und Kinder?«

Ihre klugen schwarzen Augen leuchteten unter den weißen Brauen hervor.

»In meinem Alter braucht man nicht mehr viel Schlaf«, meinte sie achselzuckend. »Nachts gehe ich manchmal durch die Krankensäle, und die Patienten erzählen mir so einiges.«

Sie war alt und runzelig geworden, und die breiten Schultern unter der schwarzen Tracht waren ein wenig gebeugt. Trotzdem überragte sie mich nach wie vor und wirkte – ungeachtet ihrer Ähnlichkeit mit einer Vogelscheuche – sehr imposant. Sie besaß noch den alten stechenden Blick, und obwohl sie einen Stock bei sich trug, ging sie aufrecht und sicheren Schrittes und gebrauchte ihn häufiger, um Faulenzer anzutreiben oder ihre Anweisungen zu unterstreichen, als um sich darauf zu stützen.

Ich putzte mir die Nase, und wir schlugen wieder den Rückweg zum Kloster ein. Während wir gemächlich dahinschritten, fielen mir noch andere kleine Steine auf, die hie und da zwischen den größeren standen.

»Sind das alles Kinder?« fragte ich überrascht.

»Die Kinder der Nonnen«, erklärte sie sachlich. Ich starrte sie verblüfft an, und sie zuckte die Achseln.

»Es kommt vor«, sagte sie. Nach kurzem Schweigen fuhr sie fort: »Nicht oft natürlich.« Sie umschrieb mit ihrem Stock die Grenzen des Friedhofs.

»Dieser Kirchhof ist den Schwestern vorbehalten sowie einigen Wohltätern des Hospitals – und jenen, die sie lieben.«

»Die Schwestern oder die Wohltäter?«

»Die Schwestern. Hier steckst du also, Faulpelz!«

Mutter Hildegarde blieb stehen, da sie einen Pfleger erspäht hatte, der müßig an der Kirchenwand lehnte und eine Pfeife rauchte. Während sie ihn mit der eleganten Boshaftigkeit des höfischen Französisch ihrer Jugendjahre ausschalt, sah ich mich auf dem kleinen Friedhof um.

An der gegenüberliegenden Mauer entdeckte ich eine Reihe kleiner Steintafeln. Auf jeder von ihnen stand ein und derselbe Name: »Bouton«, und unter jedem Namen war eine römische Ziffer von I bis XV eingraviert. Mutter Hildgardes geliebte Hunde. Ich warf einen Blick auf ihren gegenwärtigen Begleiter, den sechzehnten Inhaber dieses Namens. Dieses Exemplar war kohlschwarz und hatte ein krauses Fell wie ein Persianerlamm. Er saß ganz aufrecht zu ihren Füßen und starrte den pflichtvergessenen Pfleger mißbilligend an, wie um Mutter Hildegardes Scheltworte zu bekräftigen.

Den Schwestern und jenen, die sie lieben.

Mutter Hildegarde kehrte zurück, und ihr zorniger Gesichtsausdruck wich einem strahlenden Lächeln, das ihre häßlichen Züge verschönte.

»Ich freue mich so, daß Sie hier sind, *ma chère*«, sagte sie. »Kommen Sie mit herein. Ich werde einige Dinge heraussuchen, die Sie auf Ihrer Reise gebrauchen können.« Sie klemmte sich den Stock unter den Arm und hakte sich bei mir unter. Ihre Hand war warm und knochig und die Haut dünn wie Papier. Ich hatte dabei das seltsame Gefühl, daß nicht ich sie stützte, sondern sie mich.

Als wir in die Eibenallee einbogen, die zum Eingang des Spitals führte, blickte ich zu ihr auf.

»Ich hoffe, Sie halten mich nicht für unhöflich, Mutter«, sagte ich zögernd, »aber ich würde Ihnen gern eine Frage stellen...«

»Dreiundachtzig«, erwiderte sie prompt. Ein breites Grinsen entblößte ihre langen, gelben Pferdezähne. »Das will jeder wissen«, erklärte sie selbstzufrieden. Sie wandte sich um, ließ den Blick noch einmal zu dem kleinen Friedhof schweifen und verwarf den Gedanken mit einem Schulterzucken.

»Die Zeit ist noch nicht reif«, meinte sie zuversichtlich. »*Le Bon Dieu* weiß, wieviel Arbeit noch auf mich wartet.«

41

Die Abreise

Es war ein kalter, grauer Tag – andere Tage hat der schottische Dezember nicht zu bieten – als die *Artemis* bei Cape Wrath an der Nordwestküste anlegte.

Ich spähte aus dem Tavernenfenster in den dichten Nebel hinaus, der die Küste verhüllte. Die triste Landschaft erinnerte an die Gegend bei den Seehundinseln. Es roch nach modrigem Tang, und das Donnern der Brecher war so laut, daß man sich selbst in dem kleinen Wirtshaus am Kai kaum verständigen konnte. Ian war vor einem Monat entführt worden. Nun war Weihnachten verstrichen, und wir saßen immer noch in Schottland fest, nur wenige Meilen von den Seehundinseln entfernt.

Trotz des kalten Regens ging Jamie draußen im Hafen auf und ab, weil er es drinnen am Feuer nicht aushielt. Die Seereise von Frankreich zurück nach Schottland hatte er nicht besser ertragen als die erste Kanalüberquerung, und die Aussicht, zwei bis drei Monate auf der *Artemis* zu verbringen, erfüllte ihn mit Grauen. Andererseits war sein Eifer, die Entführer zu verfolgen, so groß, daß ihn jede Verzögerung zutiefst beunruhigte. Mehr als einmal war ich nachts aufgewacht und hatte festgestellt, daß er aufgestanden war und allein durch die Straßen von Le Havre wanderte.

Es entbehrte nicht einer gewissen Ironie, daß er für diese letzte Verzögerung selbst verantwortlich war. Wir hatten Cape Wrath angelaufen, um Fergus und eine Gruppe von Schmugglern an Bord zu nehmen. Jamie hatte Fergus vor unserer Abreise nach Le Havre losgeschickt, um einige seiner Männer zu holen.

»Schwer zu sagen, was wir in Westindien vorfinden, Sassenach«, hatte Jamie erklärt. »Ich habe nicht vor, es allein mit einer Schiffsladung Piraten aufzunehmen, und wenn ich kämpfen muß, will ich

Männer an meiner Seite haben, die ich kenne.« Die Schmuggler waren allesamt Küstenbewohner, die mit der Schiffahrt und dem Ozean vertraut waren. Sie sollten auf der *Artemis* anheuern – uns fehlten sowieso einige Matrosen.

Cape Wrath war ein kleiner Hafen, in dem um diese Jahreszeit nicht viel los war. Außer der *Artemis* lagen nur ein paar Fischerboote und eine Ketsch an dem hölzernen Kai. Es gab jedoch ein kleines Wirtshaus, in dem die Mannschaft der *Artemis* vergnügt die Wartezeit verbrachte. Die Männer, die keinen Platz mehr in der Gaststube fanden, drängten sich unter der Traufe und schütteten krügeweise das Ale hinunter, das ihnen ihre Kameraden durchs Fenster hinausreichten. Jamie kam nur zu den Mahlzeiten herein. Dann setzte er sich ans Feuer, und die Dampfwolken, die aus seiner nassen Kleidung aufstiegen, schienen von dem Ärger zu künden, der in ihm schwelte.

Fergus verspätete sich. Aber außer Jamie und Jareds Kapitän machte das Warten offenbar niemandem etwas aus. Kapitän Raines, ein untersetzter älterer Mann, verbrachte den Großteil seiner Zeit an Deck des Schiffes, beobachtete den wolkenverhangenen Himmel und behielt sein Barometer im Auge.

»Das Zeug riecht aber kräftig, Sassenach«, bemerkte Jamie bei einem seiner kurzen Besuche in der Schankstube. »Was ist das?«

»Frischer Ingwer«, entgegnete ich und hielt ihm den Rest der Wurzel hin, die ich gerade rieb. »In meinen Kräuterbüchern steht, das sei das beste Mittel gegen Seekrankheit.«

»Ach wirklich?« Er nahm die Schale, schnupperte daran und nieste zur Belustigung der Zuschauer explosionsartig. Ich entriß ihm die Schüssel, bevor er den Inhalt verschüttete.

»Ingwer schnupft man nicht«, erklärte ich, »man trinkt ihn als Tee. Und ich hoffe inständig, daß es hilft, denn andernfalls bleibt uns wohl nichts anderes übrig, als dich mit dem Bilgenwasser über Bord gehen zu lassen.«

»Ach, keine Sorge, Missus«, meinte ein alter Seebär, der unser Gespräch mit angehört hatte. »Viele von den grünen Jungs fühlen sich die ersten ein, zwei Tage ein bißchen komisch. Aber am dritten Tag haben sie sich an den Seegang gewöhnt, und dann hängen sie oben in der Takelage, fröhlich wie die Lerchen.«

Ich sah Jamie an, der im Augenblick wenig Ähnlichkeit mit einer

Lerche besaß. Dennoch schien er bei dieser Bemerkung Mut zu schöpfen, denn seine Miene hellte sich auf, und er bestellte bei der überlasteten Kellnerin einen Becher Ale.

»Das kann sein«, entgegnete er. »Jared behauptet dasselbe – daß die Seekrankheit im allgemeinen nur ein paar Tage dauert, vorausgesetzt, der Seegang ist nicht zu stark.« Er nippte an seinem Ale und nahm dann etwas zuversichtlicher noch einen Schluck. »Drei Tage werde ich schon aushalten.«

Am zweiten Tag tauchten spätabends sechs Männer auf, die auf zottigen Hochlandponys dem verschlungenen Weg über die felsige Küste folgten.

»Vorne reitete Raeburn«, sagte Jamie, der nach den sechs winzigen Gestalten Ausschau hielt. »Hinter ihm kommt Kennedy, dann Innes – ihm fehlt der linke Arm, siehst du? Dann Meldrum, und der neben ihm wird MacLeod sein, sie reiten immer zusammen. Aber der letzte, ist das Gordon oder Fergus?«

»Das muß Gordon sein«, bemerkte ich. »Fergus ist doch nicht so dick.«

»Wo zum Teufel steckt Fergus?« fragte Jamie Raeburn, sobald die Schmuggler begrüßt und ihren neuen Schiffskameraden vorgestellt waren und sich alle zu einer warmen Mahlzeit und einem fröhlichen Umtrunk niedergelassen hatten.

Raeburn schüttelte den Kopf und schluckte hastig die Teigtasche hinunter, an der er kaute.

»Zu mir hat er gesagt, er hätte noch was zu erledigen, und ich sollte schon mal Pferde mieten und Meldrum und MacLeod fragen, ob sie mitkämen, denn sie waren zu der Zeit noch auf See und...«

»Was hatte er denn zu erledigen?« unterbrach ihn Jamie barsch, bekam aber nur ein Achselzucken zur Antwort. Jamie murmelte einen gälischen Fluch und wandte sich dann, ohne noch ein Wort zu verlieren, seinem Essen zu.

Da die Mannschaft – abgesehen von Fergus – nun vollzählig war, wurden am Morgen Vorbereitungen für die Abreise getroffen. Auf Deck herrschte ein organisiertes Durcheinander. Jamie versuchte, niemandem im Weg zu sein, ging aber bereitwillig bei allen Arbeiten zur Hand, die eher Muskelkraft als seemännisches Können verlangten. Doch meistens stand er einfach da und behielt die Küstenstraße im Auge.

»Wir müssen am Nachmittag segeln, oder wir versäumen die Tiden«, bemerkte Kapitän Raines freundlich, aber bestimmt. »In vierundzwanzig Stunden bekommen wir rauhes Wetter, das Barometer fällt, und ich spür's im Nacken.« Der Kapitän massierte sich behutsam den fraglichen Körperteil und nickte zum bleigrauen Himmel hinauf. »Bei Sturm setze ich kein Segel, wenn sich's vermeiden läßt, und wenn wir Westindien so schnell wie möglich erreichen wollen –«

»Aye, ich verstehe, Kapitän«, fiel ihm Jamie ins Wort. »Natürlich, Sie müssen tun, was am besten ist.« Er trat zur Seite und ließ einen geschäftigen Seemann vorbei, während sich der Kapitän entfernte, um weitere Befehle zu erteilen.

Während der Tag zur Neige ging, merkte ich, daß Jamie sich immer wieder mit den steifen Fingern auf den Schenkel klopfte – das einzige äußere Anzeichen seiner Sorge. Und er sorgte sich tatsächlich. Fergus war seit jenem Tag vor zwanzig Jahren, an dem er ihn in einem Pariser Bordell aufgelesen hatte, an seiner Seite.

Und außerdem hatte Fergus schon vor Ians Geburt in Lallybroch gelebt. Der Junge war wie ein jüngerer Bruder für Fergus, und Jamie stand Fergus so nah wie ein Vater. Ich konnte mir nichts vorstellen, was ihn davon abhalten könnte, zu Jamie zu kommen. Und weil Jamie das auch nicht konnte, trommelten seine Finger einen lautlosen Rhythmus auf der Reling.

Schließlich war es Zeit zum Aufbruch, und Jamie, der unablässig auf die menschenleere Küste gestarrt hatte, riß sich widerstrebend los. Die Luken wurden dichtgemacht, die Taue aufgeschossen, und mehrere Seeleute sprangen an Land, um die Vertäuung zu lösen.

Mitfühlend legte ich meine Hand auf Jamies Arm.

»Am besten kommst du jetzt mit hinunter«, sagte ich. »Ich habe eine Spirituslampe. Damit koche ich dir heißen Ingwertee, und dann –«

Das Getrappel galoppierender Pferde hallte über die Küste. Die Klippen warfen das Echo knirschender Hufe auf Kies zurück, noch bevor die Reiter auftauchten.

»Da ist er ja, der Narr!« Jamies Erleichterung zeigte sich ebenso in seiner Stimme wie in seiner Haltung. Mit fragender Miene sah er Kapitän Raines an. »Sind die Tiden noch günstig? Aye, dann los.«

»Leinen los!« brüllte der Kapitän, und die Männer rührten sich. Das letzte Tau wurde vom Pfahl gelöst und säuberlich aufgerollt, überall um uns her strafften sich die Taue, und mit lautem Knallen blähten sich die Segel, während der Bootsmann herumlief und mit einer Stimme wie eine rostige Eisentür Befehle bellte.

Freudig erregt spürte ich, wie das Deck unter meinen Füßen zitterte, als das Schiff zum Leben erwachte.

»O Gott«, murmelte Jamie, dem offenbar mulmig wurde. Er hielt sich an der Reling fest, schloß die Augen und schluckte.

»Mr. Willoughby sagt, er kennt ein Mittel gegen Seekrankheit«, bemerkte ich und sah ihn voller Mitgefühl an.

»Ha!« rief er und öffnete die Augen. »Ich weiß, was er meint, und wenn er glaubt, daß ich ihn ran lasse – was in drei Teufels Namen!«

Ich wirbelte herum und sah, was ihm den Fluch entlockt hatte. Fergus war an Deck und streckte die Hand nach einem Mädchen aus, das unbeholfen auf der Reling kauerte und deren blondes Haar im Wind flatterte. Es war Laoghaires Tochter – Marsali MacKimmie.

Bevor ich ein Wort herausbrachte, war Jamie an mir vorbeigehastet und strebte auf das Pärchen zu.

»Gott im Himmel, was soll das bedeuten, ihr Witzbolde?« fuhr er sie an. Er hatte sich bedrohlich vor den beiden aufgebaut.

»Wir sind verheiratet«, erklärte Fergus, der sich tapfer vor Marsali stellte. Er wirkte sowohl verängstigt als auch aufgeregt, und sein Gesicht unter dem schwarzen Haarschopf war bleich.

»Verheiratet!« Jamie stemmte die Fäuste in die Hüften, und Fergus wich unwillkürlich einen Schritt zurück, so daß er Marsali beinahe auf die Zehen getreten wäre. »Was soll das heißen, verheiratet?«

Meine Vermutung, daß es sich um eine rhetorische Frage handelte, erwies sich als irrig. Jamie war mir in seiner Einschätzung der Situation wie üblich um Meilen voraus, denn er steuerte sofort auf die entscheidende Frage zu.

»Hast du bei ihr gelegen?« fragte er unverblümt. Da ich hinter ihm stand, konnte ich sein Gesicht nicht sehen, aber ich konnte es mir gut vorstellen, wenn ich die Wirkung seiner Miene auf Fergus betrachtete. Der Franzose war noch um einige Schattierungen blasser geworden und leckte sich die Lippen.

»Ähm… nein, Mylord«, sagte er, während Marsali im selben Augenblick mit wütend funkelnden Augen rief: »Ja, so ist es!«

Jamie musterte das Pärchen, schnaubte vernehmlich und wandte sich ab.

»Mr. Warren!« rief er dem Navigator am anderen Ende des Decks zu. »Nehmen Sie Kurs auf die Küste, wenn's recht ist!«

Mr. Warren starrte Jamie mit offenem Mund an, dann schaute er zurück zur Küste, die in immer weitere Ferne rückte. Sein Blick sprach Bände.

»Ich glaube kaum, daß er dazu in der Lage ist«, meinte ich. »Der Gezeitenstrom hat uns schon erfaßt.«

Jamie war zwar kein Seemann, hatte sich aber oft genug mit Seefahrern unterhalten, um zu begreifen, daß die Zeit und die Gezeiten auf niemanden warten. Er zog den Atem durch die Zähne und wies auf die Leiter, die unter Deck führte.

»Dann kommt beide mit runter.«

Fergus und Marsali saßen eng beieinander auf einer Koje in der winzigen Kajüte und hielten sich an der Hand. Jamie wies mir einen Platz auf der anderen Koje an und wandte sich dann den beiden zu.

»Nun denn«, sagte er. »Was soll dieser ganze Unsinn?«

»Wir sind wirklich verheiratet, Mylord«, entgegnete Fergus. Er war blaß, aber seine Augen leuchteten erregt. Seine Hand schloß sich noch fester um Marsalis, und sein Haken ruhte auf seinem Schenkel.

»Aye?« meinte Jamie zutiefst skeptisch. »Und wer hat euch getraut?«

Die beiden tauschten einen Blick, und Fergus fuhr sich mit der Zunge über die Lippen, bevor er antwortete.

»Wir… unsere Ehe ist durch Händedruck besiegelt.«

»Vor Zeugen«, warf Marsali ein. Anders als der bleiche Fergus war sie hochrot im Gesicht. Sie besaß die rosige Haut ihrer Mutter, aber der störrische Zug um den Mund mußte von anderer Seite stammen. Sie legte eine Hand auf die Brust, wo unter dem Stoff etwas knisterte. »Ich habe den Vertrag mit den Unterschriften hier.«

Jamie räusperte sich unwillig. Nach den Gesetzen Schottlands konnten zwei Menschen tatsächlich rechtskräftig heiraten, indem sie sich vor Zeugen die Hand reichten und sich zu Mann und Frau erklärten.

»Aye«, meinte er. »Aber ihr habt noch nicht das Lager geteilt, und in den Augen der Kirche reicht ein Vertrag allein nicht aus.« Er warf einen Blick aus dem Bullauge, wo die Klippen durch Nebelfetzen hindurch gerade noch sichtbar waren, dann nickte er entschlossen.

»Wir legen in Lewis an, um die letzten Vorräte an Bord zu nehmen. Marsali wird dort an Land gehen. Ich gebe ihr zwei Seeleute mit, die sie heim zu ihrer Mutter geleiten sollen.«

»Niemals!« Marsali saß aufrecht da und starrte ihren Stiefvater wutenbrannt an. »Ich bleibe bei Fergus!«

»O nein, das wirst du nicht tun, Mädel!« fuhr Jamie sie an. »Hast du denn gar kein Mitgefühl mit deiner Mutter? Einfach weglaufen, ohne ein Wort, so daß sie vor Sorge nicht aus noch ein weiß –«

»Sie weiß Bescheid.« Marsali reckte ihr energisches Kinn vor. »Von Inverness aus habe ich ihr in einem Brief mitgeteilt, daß ich Fergus geheiratet habe und mit dir reisen werde.«

»Ach, du lieber Himmel! Sie wird denken, daß ich eingeweiht bin!« rief Jamie entsetzt.

»Wir… ich habe bei Lady Laoghaire um die Hand ihrer Tochter angehalten, Mylord«, warf Fergus ein. »Letzten Monat, als ich nach Lallybroch kam.«

»Aye. Ich will gar nicht wissen, was sie gesagt hat«, bemerkte Jamie trocken, als er sah, wie Fergus das Blut in die Wangen stieg. »Da ich annehme, daß die Antwort ablehnend ausfiel.«

»Sie hat gesagt, er sei ein Bastard!« platzte Marsali empört heraus. »Und ein Verbrecher und… und…«

»Er ist aber ein Bastard und ein Verbrecher«, erklärte Jamie sachlich. »Und zudem ein Krüppel ohne Besitz, das dürfte deiner Mutter auch nicht entgangen sein.«

»Mir ist das gleich!« Marsali drückte Fergus' Hand und blickte ihn voll leidenschaftlicher Liebe an. »Ich will ihn haben.«

Verblüfft strich sich Jamie mit einem Finger über den Mund. Dann holte er tief Luft und setzte zum Gegenangriff an.

»Wie dem auch sei«, entgegnete er, »du bist zu jung zum Heiraten.«

»Ich bin fünfzehn, das ist alt genug!«

»Aye, und er ist dreißig!« gab Jamie zurück. Er schüttelte den Kopf. »Nein, Mädel, tut mir leid, aber ich kann es dir nicht erlauben. Abgesehen davon ist die Fahrt viel zu gefährlich –«

»Aber sie nimmst du mit!« Verächtlich warf Marsali den Kopf herum.

»Laß Claire aus dem Spiel«, entgegnete Jamie gelassen. »Sie geht dich gar nichts an, und –«

»Ach nein? Du verläßt meine Mutter wegen dieser englischen Hure und machst sie zum Gespött aller Leute, und es geht mich nichts an?« Marsali sprang hoch und stampfte mit dem Fuß auf. »Und dann wagst du es auch noch, mir Vorschriften zu machen?«

»Das wage ich«, sagte Jamie, um Selbstbeherrschung ringend. »Meine Privatangelegenheiten brauchen dich nicht zu kümmern.«

»Und dich die meinen auch nicht!«

Mit besorgter Miene stand Fergus auf und versuchte, das Mädchen zu beruhigen.

»Marsali, *ma chère*, so darfst du mit Mylord nicht reden. Er ist nur –«

»Ich rede mit ihm, wie ich will!«

»Nein, das tust du nicht!« Marsali blinzelte verblüfft, als sie den barschen Ton in Fergus' Stimme hörte. Er überragte seine junge Frau zwar kaum, aber er strahlte eine Zähigkeit und ein Durchsetzungsvermögen aus, die ihn größer erscheinen ließen, als er war.

»Nein«, sagte er etwas sanfter. »Setz dich, *ma petite*.« Er schob sie auf die Koje und stellte sich vor sie.

»Mylord war zu mir wie ein Vater«, sagte er zu ihr. »Ich habe ihm tausendfach mein Leben zu verdanken. Zudem ist er dein Stiefvater. Was immer deine Mutter von ihm halten mag, zweifelsfrei hat er sie und dich und deine Schwester ernährt und beschützt. Du schuldest ihm wenigstens Respekt.«

Marsali biß sich auf die Lippen, und ihre Augen glänzten. Schließlich verneigte sie sich verlegen vor Jamie.

»Verzeihung«, murmelte sie.

»Ist schon gut, Mädel«, entgegnete Jamie rauh. Seufzend sah er sie an. »Aber wir müssen dich trotzdem zu deiner Mutter zurückschicken, Marsali.«

»Ich gehe aber nicht.« Das Mädchen war nun ruhiger, reckte ihr Kinn aber nicht weniger energisch als zuvor. Sie sah erst Fergus, dann Jamie an. »Er sagt, wir hätten nicht beieinander gelegen, aber das haben wir. Oder zumindest werde ich es behaupten. Wenn du mich heimschickst, werde ich das allen Leuten erzählen. Du siehst also – entweder bin ich verheiratet oder entehrt«, sagte sie mit Nachdruck und in vernünftigem Tonfall. Jamie schloß die Augen.

»Möge mich der Herr von den Frauen erlösen«, zischte er. Dann öffnete er die Augen und starrte sie zornig an.

»In Ordnung! Ihr seid verheiratet. Aber laßt euch von einem Priester noch richtig trauen. Wenn wir in Westindien an Land gehen, werden wir einen auftreiben. Und solange euer Bund nicht den Segen der Kirche hat, wird Fergus dich nicht anrühren. Aye?« Er warf den beiden einen grimmigen Blick zu.

»Ja, Mylord«, sagte Fergus mit freudestrahlendem Gesicht. »*Merci beaucoup!*« Marsali sah Jamie aus schmalen Augen an, aber als sie merkte, daß er ungerührt blieb, neigte sie mit einem Seitenblick in meine Richtung den Kopf.

»Ja, Papa«, sagte sie.

Das plötzliche Auftauchen von Fergus und Marsali hatte Jamie zumindest eine Weile vom Schwanken des Schiffes abgelenkt, aber das ließ bald nach. Er hielt sich jedoch eisern aufrecht, und obwohl er immer grüner im Gesicht wurde, weigerte er sich, unter Deck zu gehen, solange die Küste Schottlands noch in Sicht war.

»Es kann sein, daß ich meine Heimat nie wiedersehe«, bemerkte er düster, als ich ihn überreden wollte, sich hinzulegen. Er hatte sich gerade übergeben und lehnte nun schwer an der Reling, den sehnsuchtsvollen Blick auf die unwirtliche, öde Küste gerichtet.

»Nein, du siehst sie wieder«, versicherte ich ihm, ohne nachzudenken. »Du kehrst zurück. Ich weiß zwar nicht, wann, aber ich weiß, daß du heimkehrst.«

Er wandte sich um und blickte verwirrt zu mir auf. Dann huschte ein Lächeln über sein Gesicht.

»Du hast mein Grab gesehen«, sagte er leise. »Nicht wahr?«

Ich zögerte, aber da ihn das nicht aufzuregen schien, nickte ich.

»Ist schon gut.« Er schloß die Augen und atmete schwer. »Sag mir... sag mir aber nicht, wann, wenn es dir nichts ausmacht.«

»Das könnte ich gar nicht. Es stand kein Datum auf dem Stein. Nur dein Name – und meiner.«

»Deiner?« Erstaunt riß er die Augen auf.

Wieder nickte ich. Bei der Erinnerung an die Granittafel zog sich mir die Kehle zusammen. Es war ein sogenannter »Ehestein« gewesen, ein Viertelbogen, der mit einem zweiten Stein ein Ganzes bilden würde. Ich hatte natürlich nur die eine Hälfte gesehen.

»Es standen alle deine Namen darauf. Deshalb wußte ich, daß es deiner war. Und darunter hieß es: ›Verbunden mit Claire über den Tod hinaus‹. Damals wußte ich nicht, wie das – aber jetzt natürlich schon.«

Er nickte langsam. »Aye, ich verstehe. Aye, ich würde sagen, wenn ich in Schottland sein werde und immer noch mit dir verheiratet, dann ist das ›wann‹ nicht mehr wichtig.« Er verzog den Mund zu einem gequälten Grinsen. »Das bedeutet auch, daß wir Ian wiederfinden werden, denn eins verspreche ich dir, Sassenach, ohne ihn werde ich nie wieder schottischen Boden betreten.«

»Wir werden ihn finden«, sagte ich nicht ganz überzeugt. Ich legte meine Hand auf seine Schulter, und gemeinsam beobachteten wir, wie Schottland langsam in der Ferne versank.

Als der Abend anbrach, war die Felsküste Schottlands im Nebel untergetaucht, und Jamie ließ sich willig hinunterführen. Nun aber zeigten sich die unvorhergesehenen Folgen der Bedingung, die er Fergus gestellt hatte.

Außer der des Kapitäns gab es nur zwei kleine Privatkajüten. Da Fergus nicht bei Marsali schlafen durfte, solange ihr Bund nicht kirchlich abgesegnet war, mußten sich Jamie und Fergus wohl oder übel den einen Raum teilen, und Marsali und ich den anderen. Allem Anschein nach stand diese Reise in mehr als einer Hinsicht unter einem Unstern.

Ich hatte gehofft, daß die Übelkeit nachlassen würde, sobald Jamie den unsteten Horizont nicht mehr sehen konnte, aber dem war nicht so.

»Schon wieder?« Mitten in der Nacht stützte sich der verschlafene Fergus in seiner Koje auf den Ellbogen. »Wie ist das möglich? Er hat doch den ganzen Tag nichts gegessen!«

»Das solltest du ihm sagen.« Ich versuchte, durch den Mund zu atmen, während ich mir mit der Schüssel in der Hand einen Weg durch die winzige, vollgestopfte Kajüte bahnte. Ich hatte mich noch nicht daran gewöhnt, daß sich der Boden unter meinen Füßen unablässig hob und senkte, und es fiel mir schwer, das Gleichgewicht zu halten.

»Madame, erlauben Sie?« Fergus schwang seine nackten Füße aus dem Bett, stand auf und wäre fast mit mir zusammengestoßen, als er nach der Schüssel griff.

»Sie sollten sich jetzt niederlegen«, sagte er und nahm sie mir aus der Hand. »Ich kümmere mich um ihn.«

»Tja…« ich konnte nicht leugnen, daß der Gedanke an meine Koje verlockend war. Ein langer Tag lag hinter mir.

»Geh ruhig, Sassenach«, sagte Jamie. Sein schweißglänzendes Gesicht war totenbleich im Licht des Öllämpchens an der Wand. »Es geht mir gut.«

Das war offenkundig gelogen. Andererseits konnte ich auch nicht viel ausrichten. Fergus würde das wenige tun, was zu tun war. Letztlich gab es kein wirksames Mittel gegen Seekrankheit. Es blieb nur zu hoffen, daß Jared recht hatte und die Übelkeit von selbst nachlassen würde, sobald die *Artemis* auf der ruhigeren Dünung des Atlantiks segelte.

»Gut«, sagte ich. »Vielleicht geht es dir morgen früh besser.«

Stöhnend öffnete Jamie die Augen, um sie sogleich wieder zu schließen.

»Vielleicht bin ich bis dahin tot«, meinte er.

Nach diesem aufmunternden Abschiedswort tastete ich mich auf den dunklen Gang hinaus, stolperte allerdings sofort über Mr. Willoughby, der es sich auf dem Boden bequem gemacht hatte. Er grunzte überrascht, und als er sah, daß nur ich es war, kroch er in die Kajüte. Er überhörte Fergus' Schimpfworte, rollte sich unter dem Tisch ein und schlummerte sofort selig weiter.

Meine Kajüte befand sich direkt gegenüber, aber ich blieb kurz stehen, um die frische Luft zu genießen, die vom Deck herunterwehte. Eine Vielzahl von Geräuschen drang an mein Ohr: das Ächzen von Holz, das Knattern der Segel und das leise Echo eines Rufes irgendwo an Deck.

Trotz des Lärms und der kühlen Luft, die vom Niedergang hereinzog, schlief Marsali tief und fest. Auch recht, dann brauche ich wenigstens kein verlegenes Gespräch mit ihr zu führen.

Unwillkürlich stieg eine Welle des Mitgefühls in mir auf: So hatte sie sich ihre Hochzeitsnacht wahrscheinlich nicht vorgestellt. Es war zu kalt, um sich auszuziehen; also kroch ich vollständig bekleidet in die kurze Koje. Das Zischen der Wellen, die nur einen halben Meter unter meinem Kopf gegen den Schiffsrumpf schlugen, empfand ich merkwürdigerweise als tröstlich. Dem Lied des Windes und dem leisen Würgen von jenseits des Ganges lauschend, schlief ich friedlich ein.

Die *Artemis* war ein verhältnismäßig sauberes Schiff, aber wenn man zweiunddreißig Männer und zwei Frauen auf einem Raum von fünfundzwanzig Metern Länge und acht Metern Breite zusammenpfercht – nebst sechs Tonnen Felle, zweiundvierzig Fässern Schwefel und ausreichend Kupfer- und Zinnblechen, um die *Queen Mary* zu ummanteln –, kommt die Hygiene zwangsläufig zu kurz.

Am zweiten Tag hatte ich bereits eine Ratte aufgescheucht – eine kleine Ratte, wie Fergus betonte, aber zweifelsfrei eine Ratte. Sie steckte in dem Frachtraum, in dem mein Medizinkasten beim Beladen versehentlich verstaut worden war. In meiner Kajüte hörte ich nachts ein leises Rascheln – als ich die Laterne anzündete, zeigte sich, daß ein paar Dutzend mittelgroße Küchenschaben dafür verantwortlich waren, die in panischer Flucht in den Schatten hasteten.

Die Toiletten, zwei kleine Galerien zu beiden Seiten des Bugs, bestanden aus ein paar Brettern mit einem strategisch günstigen Schlitz dazwischen. Sie hingen fast drei Meter über den wogenden Wellen, so daß der Benutzer oft im unpassendsten Moment einen Spritzer kaltes Meerwasser abbekam. Ich vermutete, daß diese Tatsache nebst der Diät aus Pökelfleisch und Schiffszwieback bei den Seeleuten zu chronischer Verstopfung führte.

Der Navigator, Mr. Warren, teilte mir voller Stolz mit, daß jeden Morgen die Decks geschrubbt, die Messingteile poliert und alles auf Vordermann gebracht wurde, was mir durchaus anerkennenswert erschien. Aber alles Schrubben und Scheuern konnte nicht darüber hinwegtäuschen, daß vierunddreißig Menschen diesen begrenzten Raum bewohnten und nur einer von uns badete.

Daher war ich vollkommen verblüfft, als ich am zweiten Tag die Tür zur Kombüse öffnete, um von dort kochendes Wasser zu holen. Ich hatte erwartet, daß es dort genauso schmuddelig und düster aussehen würde wie in den Kajüten und den Frachträumen, wurde aber statt dessen förmlich geblendet. Vom Abglanz der Sonnenstrahlen, die durch ein Gitterfenster an der Decke auf eine Reihe von polierten Kupfertöpfen fielen. Ich blinzelte. Als sich meine Augen an die Helligkeit gewöhnt hatten, sah ich, daß die Wände der Kombüse mit eingebauten Regalen und Schränken verkleidet waren, die selbst gegen rauhen Seegang gefeit schienen.

Blaue und grüne Gewürzflaschen, jede in einem Schutzmantel aus Filz, vibrierten leise in ihrem Regal über den Töpfen. Eine ganze Phalanx von Messern, Hackbeilen und Fleischspießen prangte an der Wand – es waren genug vorhanden, um im Falle eines Falles einen ganzen Wal zu zerlegen. Am Schott hing ein Doppelregal mit Gläsern und flachen Tellern, auf denen die oberen Enden von Rüben zum Austreiben lagen. Auf dem Herd stand ein riesiger Topf, der Wohlgerüche verströmte. Und inmitten dieser makellosen Pracht stand der Koch und musterte mich mißgünstig.

»Raus«, sagte er.

»Guten Morgen«, erwiderte ich so freundlich wie möglich. Ich heiße Claire Fraser.«

»Raus«, wiederholte er rauh.

»Ich bin Mrs. Fraser, die Gattin des Frachtaufsehers. Auf dieser Reise bin ich die Schiffsärztin«, entgegnete ich und erwiderte seinen boshaften Blick, so gut ich konnte. «Ich brauche sechs Fässer kochendes Wasser, wenn's genehm ist, um die Toiletten zu reinigen.«

Seine kleinen, blitzblauen Augen wurden noch ein wenig kleiner und blitzender.

»Ich bin Aloysius O'Shaughnessy Murphy«, sagte er. »Meines Zeichens Schiffskoch. Und mir wär's genehm, wenn sie Ihre Füße von meinem frisch gescheuerten Deck bewegen. Ich dulde keine Frauen in meiner Kombüse«, erklärte er unwirsch. Er trug ein schwarzes Baumwolltuch um den Kopf und war ein Stück kleiner als ich, was er aber durch seinen beträchtlichen Bauchumfang ausglich. Der Kopf saß wie eine Kanonenkugel auf seinen Ringerschultern, und sein Erscheinungsbild wurde durch ein Holzbein abgerundet.

Würdevoll trat ich einen Schritt zurück und sprach ihn vom Gang aus an, wo ich mich sicherer fühlte.

»In diesem Fall können Sie das heiße Wasser vom Messejungen bringen lassen.«

»Das könnte ich«, meinte er, »ich könnte es aber auch bleibenlassen.« Abweisend kehrte er mir den Rücken und fing an, ein Stück Hammelbraten mit dem Hackmesser zu bearbeiten.

Ich blieb auf dem Gang stehen und dachte nach. In regelmäßigen Abständen traf das Hackmesser aufs Holz. Mr. Murphy griff in sein Gewürzregal, nahm, ohne hinzusehen, eine Flasche heraus und gab eine großzügige Prise auf das Hackfleisch. Das kräftige Aroma von Salbei stieg mir in die Nase, wurde aber sogleich vom scharfen Geruch einer Zwiebel überlagert, die mit dem Hackmesser zerteilt und auf die Mischung geworfen wurde.

Offensichtlich ernährte sich die Mannschaft der *Artemis* nicht ausschließlich von Pökelfleisch und Schiffszwieback, und ich verstand allmählich, warum Kapitän Raines' Figur an eine Birne erinnerte. Vorsichtig streckte ich noch einmal den Kopf zur Tür hinein.

»Kardamom«, erklärte ich mit Nachdruck. »Ganze Muskatnüsse, dieses Jahr getrocknet. Frischer Anisextrakt. Ingwerwurzeln, zwei große, ohne Makel.« Ich hielt inne. Mr. Murphys Hackmesser verharrte reglos über dem Brett.

»Und«, fügte ich hinzu, »ein halbes Dutzend Vanilleschoten. Aus Ceylon.«

Langsam drehte er sich um und wischte sich die Hände an seiner Lederschürze ab. Sein breites Gesicht zierte ein steifer, rotblonder Backenbart, der wie die Fühler eins großen Insekts leicht zitterte, als er mich ansah. Seine Zunge schoß heraus und fuhr über seine Lippen.

»Safran?« fragte er heiser.

»Eine halbe Unze«, entgegnete ich prompt und versuchte jeden Anflug von Triumph aus meiner Miene zu verbannen.

Er holte tief Luft, und seine blauen Augen glänzten lüstern.

»Draußen liegt eine Matte, wenn Sie sich die Stiefel abtreten und hereinkommen wollen, Madam.«

Nachdem Fergus und ich eine der Toiletten mit Hilfe von kochendem Wasser gesäubert hatten, ging ich in meine Kajüte, um mich vor dem Mittagessen zu waschen. Marsali war nicht da. Zweifellos kümmerte sie sich um Fergus, der unter meiner Aufsicht nahezu heroische Arbeit geleistet hatte.

Ich reinigte meine Hände mit Alkohol, bürstete mir die Haare und suchte dann die Nachbarkajüte auf, um nachzusehen, ob Jamie vielleicht überraschend genesen war und etwas zu essen oder zu trinken begehrte. Ein Blick reichte, um mich vom Gegenteil zu überzeugen.

Marsali und ich hatten die größere Kajüte erhalten, und das bedeutete, daß jede von uns etwa einen halben Quadratmeter Raum zur Verfügung hatte – die Kojen nicht mitgerechnet. Die Kojen waren in die Wand eingebaut und etwa einsfünfundsechzig lang. Marsali konnte sich in der ihren ausstrecken, ich aber war gezwungen, eingerollt zu liegen, so daß ich morgens mit eingeschlafenen Füßen aufwachte.

Jamie und Fergus hatten ähnliche Kojen. Jamie lag in seiner auf der Seite wie eine Schnecke im Schneckenhaus. An ein Weichtier erinnerte auch seine hellgraue Gesichtsfarbe, hie und da mit gelbgrüner Schattierung, was einen unschönen Kontrast zu seinen roten Haaren bildete. Als er mich hereinkommen hörte, öffnete er ein Auge, schloß es aber gleich wieder.

»Nicht so gut, hm?« meinte ich mitleidig.

Das Auge öffnete sich wieder, und er schien etwas sagen zu wollen, besann sich jedoch und blieb stumm.

»Nein«, sagte er schließlich.

Behutsam strich ich ihm über die Haare, doch er fühlte sich offenbar zu elend, um es zu bemerken.

»Kapitän Raines sagt, morgen wird es wahrscheinlich ruhiger«, bemerkte ich. Der Seegang war nicht besonders rauh, aber das Auf und Ab der Wellen machte sich bemerkbar.

»Das ist mir gleich«, erwiderte er, ohne die Augen zu öffnen. »Bis dahin bin ich sowieso tot – oder wenigstens hoffe ich es.«

»Ich fürchte, da irrst du dich«, meinte ich kopfschüttelnd. »Niemand stirbt an Seekrankheit. Obwohl ich sagen muß, daß das an ein Wunder grenzt, wenn ich dich so ansehe.«

»Davon rede ich nicht.« Er sah mich an und richtete sich mühsam auf einem Ellbogen auf.

»Claire. Paß auf dich auf. Ich hätte es dir früher sagen sollen – aber ich wollte dich nicht beunruhigen, und ich dachte...« Sein Gesichtsausdruck veränderte sich, und ich konnte ihm gerade noch rechtzeitig die Schüssel unterhalten.

»O Gott.« Schlaff und bleich lag er da.

»Was hättest du mir sagen sollen?« Mit krauser Nase stellte ich die Schüssel vor der Tür auf dem Boden ab.

»Frag Fergus«, meinte er. »Er soll es dir sagen. Und laß ihn wissen, daß Innes in Ordnung ist.«

»Wovon sprichst du?« fragte ich leicht beunruhigt. Seekranke fielen normalerweise nicht ins Delirium.

Mich auch nur anzusehen bedeutete offenbar eine größere Kraftanstrengung, denn der Schweiß stand ihm auf Stirn und Oberlippe.

»Innes«, wiederholte er. »Er kann es nicht sein. Er will mich nicht umbringen.«

Bei diesen Worten lief es mir kalt den Rücken hinunter.

»Wie fühlst du dich, Jamie?« Ich beugte mich über ihn und trocknete die Stirn. Er lächelte matt. Fieber hatte er nicht, und seine Augen waren klar.

»Wer?« fragte ich vorsichtig. Plötzlich hatte ich das Gefühl, von hinten beobachtet zu werden. »Wer will dich dann umbringen?«

»Ich weiß nicht.« Sein Gesicht verkrampfte sich, aber er preßte die Lippen aufeinander und unterdrückte den Impuls.

»Frag Fergus«, wisperte er, als er wieder sprechen konnte. »Unter vier Augen. Er wird es dir sagen.«

Ich fühlte mich hilflos und hatte keine Ahnung, wovon er sprach, aber wenn er in Gefahr schwebte, würde ich ihn bestimmt nicht allein lassen.

»Ich warte, bis er runterkommt«, sagte ich.

Langsam ließ er die Hand, die vor seinem Gesicht lag, unters Kopfkissen gleiten und zog einen Dolch hervor, den er an seine Brust drückte.

»Ich komme zurecht«, versicherte er mir. »Geh jetzt, Sassenach. Ich glaube nicht, daß sie es am hellen Tage versuchen. Wenn überhaupt.«

Das beruhigte mich zwar nicht im geringsten, aber was sollte ich tun? Reglos wie ein Grabrelief lag er da und hielt den Dolch auf seiner Brust fest.

»Geh«, murmelte er, fast ohne die Lippen zu bewegen.

Am Ende des dunklen Gangs regte sich etwas. Bei genauerem Hinsehen erkannte ich Mr. Willoughby, der in der Ecke kauerte. Er verbeugte sich höflich.

»Keine Sorgen, ehrenwerte erste Ehefrau«, flüsterte er. »Ich passe auf.«

»Gut. Bleiben Sie auf dem Posten«, sagte ich und ging, in düstere Gedanken versunken, nach oben, um Fergus zu suchen.

Fergus, der mit Marsali auf dem Achterdeck stand und irgendwelche Vögel beobachtete, konnte mich ein wenig beruhigen.

»Wir sind nicht sicher, ob tatsächlich jemand vorhat, Mylord zu töten«, erklärte er. »Das mit den Fässern im Lagerhaus könnte ein Unfall gewesen sein – dergleichen habe ich schon öfter als einmal beobachtet – und genauso das Feuer in der Scheune, aber...«

»Einen Augenblick, mein Junge«, sagte ich und packte ihn am Ärmel. »Welche Fässer? Und welches Feuer?«

»Oh.« Er wirkte überrascht. »Hat Mylord es Ihnen nicht erzählt?«

»Mylord ist sterbenskrank und unfähig, mir irgend etwas zu erzählen, außer daß ich dich fragen soll.«

Fergus schüttelte den Kopf und schnalzte mißbilligend mit der Zunge.

»Er kann sich nie vorstellen, daß er so krank wird«, meinte er. »Er wird es aber immer, und jedesmal, wenn er eine Schiffsreise antreten muß, behauptet er, es wäre nur eine Frage des Willens. Sein Kopf soll der Herr sein, und er will nicht zulassen, daß sein Magen das Kommando übernimmt. Doch wenn er das Schiff auch nur von weitem sieht, wird er schon grün.«

»Das hat er mir nie erzählt.« Die Schilderung amüsierte mich. »Alter Dickschädel.«

Mit hochmütiger Miene stand Marsali hinter Fergus und tat so, als wäre ich nicht da. Bei dieser lebendigen Schilderung Jamies ließ sie sich jedoch zu einem Lachen hinreißen. Als sie meinen Blick auffing, wandte sie sich hastig ab und starrte mit glühenden Wangen aufs Meer hinaus.

Fergus zuckte lächelnd die Achseln. »Sie wissen ja, wie er ist, Madame«, meinte er voll Wärme. »Auch wenn er im Sterben läge, würde er es niemanden merken lassen.«

»Du würdest es merken, wenn du jetzt runtergingst und ihn sähest«, entgegnete ich spitz. Gleichzeitig war ich überrascht, und in meiner Magengrube breitete sich eine angenehme Wärme aus. Fergus war seit zwanzig Jahren fast täglich mit Jamie zusammen, und doch gab Jamie ihm gegenüber die Schwäche nicht zu, die er mir ohne Zögern eingestand. Wenn er im Sterben läge, mir würde es nicht entgehen.

»Männer«, bemerkte ich kopfschüttelnd.

»Madame?«

»Nichts?« sagte ich. »Du hast mir gerade von Fässern und Feuer erzählt.«

»O ja.« Fergus strich sich mit dem Haken seinen schwarzen Haarschopf aus der Stirn. »Es war am Tag, bevor ich Sie bei Madame Jeanne wiedersah.«

Am Tag, als ich nach Edinburgh zurückgekehrt war. Er war in den frühen Morgenstunden mit Fergus und sechs weiteren Schmugglern im Hafen von Burntisland gewesen, um im Schutz der langen Winternacht mehrere Fässer unverzollten Madeira zu holen, die getarnt durch eine Ladung Mehl an Land geschmuggelt worden waren.

»Madeira durchdringt Holz nicht so schnell wie andere Weine«, erklärte Fergus. »Weinbrand kann man nicht ohne weiteres am Zoll vorbeischieben, weil ihn die Hunde sofort riechen, selbst wenn ihre Herren nichts merken. Aber Madeira schon.«

»Hunde?«

»Einige Zollinspektoren haben Hunde, Madame, die darauf abgerichtet sind, Schmuggelware wie Tabak und Brandy aufzuspüren.« Mit einer Handbewegung tat er den Einwurf ab.

»Wir hatten den Madeira unbehelligt abgeholt und ins Lagerhaus gebracht – der Schuppen gehört offiziell Lord Dundas, in Wirklichkeit aber besitzen ihn Mylord und Madame Jeanne.«

»Ach ja.« Die Bemerkung versetzte mir einen Stich. »Die beiden sind wohl Partner?«

»Sozusagen«, meinte Fergus bedauernd. »Mylord hat nur eine Beteiligung von fünf Prozent, als Gegenleistung dafür, daß er das Haus aufgetrieben und alle Vorkehrungen getroffen hat. Die Druckerei wirft ja viel weniger ab als ein *hôtel de joje*.« Marsali sah uns nicht an, aber ihre Schultern versteiften sich bei diesen Worten.

»Das kann ich mir vorstellen«, bemerkte ich. Aber Edinburgh und Madame Jeanne waren nun schon in weite Ferne gerückt. »Erzähl weiter. Sonst kommt noch einer und schneidet Jamie die Kehle durch, bevor ich weiß, warum.«

»Natürlich, Madame.«

Die Schmuggelware war sicher untergebracht und wartete nur noch auf Abnehmer. Unterdessen stärkten sich die Schmuggler mit einem Umtrunk, bevor sie in der Morgendämmerung den Heimweg antraten. Zwei der Männer hatten ihren Anteil sofort verlangt, weil sie Geld brauchten. Um sie auszuzahlen, war Jamie zum Büro des Lagerschuppens hinübergegangen, wo etwas Gold verwahrt wurde.

Als die Männer in einer Ecke des Schuppens ihren Whisky tranken, witzelten und lachten, hatte plötzlich der Boden unter ihren Füßen gebebt.

Die Männer waren in Deckung gegangen, während das große Gestell mit den Dreihundertliterfässern erzitterte. Eins der gewaltigen Fässer polterte hinunter und zerbarst. Sekunden später folgten die anderen Bierfässer.

»Mylord durchquerte gerade die Halle«, sagte Fergus kopfschüttelnd. »Es war nur der Gnade der heiligen Jungfrau Maria zu verdanken, daß er nicht zermalmt wurde.« Ein aufprallendes Faß verfehlte ihn um Haaresbreite. »Bei solchen Unfällen sterben allein in der Gegend von Edinburgh ein Dutzend Leute im Jahr. Aber die anderen Vorfälle…«

In der Woche vor diesem Zwischenfall war eine kleine Scheune voller Verpackungsstroh in Flammen aufgegangen, während Jamie dort arbeitete. Eine Laterne, die zwischen ihm und der Tür stand, war anscheinend umgefallen und hatte das Stroh in Brand gesetzt.

»Die Scheune war Gott sei Dank ein ziemlich windiger Bau und die Bretter halb verfault. Sie brannten wie Zunder, aber Mylord konnte die Rückwand eintreten und sich unverletzt retten. Zuerst dachten wir, die Laterne wäre von selbst umgekippt, und freuten uns, daß er davongekommen war. Erst später erzählte mir Mylord, daß er ein Geräusch gehört hatte – vielleicht war es ein Schuß, vielleicht auch nur ein Krachen in den Balken – und als er sich umgedreht hatte, sah er die Flammen auflodern.«

Fergus seufzte. Er sah müde aus, und ich fragte mich, ob er wohl die ganze Nacht an Jamies Lager gewacht hatte.

Er zuckte die Achseln. »Wir wissen es also nicht. Es könnten einfach Unfälle gewesen sein – vielleicht aber auch nicht. Wenn man die Ereignisse aber im Licht dessen betrachtet, was in Arbroath geschah...«

»...könnte es sein, daß ihr einen Verräter unter den Schmugglern habt«, sagte ich.

»Genau, Madame.« Fergus kratzte sich am Kopf. »Was Mylord noch mehr beunruhigt, ist der Mann, den der Chinese im Haus von Madame Jeanne erschossen hat.«

»Weil du glaubst, er sei ein Zollbeamter gewesen, der Jamie bis zum Bordell verfolgt hatte? Jamie sagt, das kann nicht sein, weil er keine Papiere bei sich hatte.«

»Das beweist nichts«, entgegnete Fergus. »Aber noch schlimmer ist das Büchlein, das er in der Tasche trug.«

»Das Neue Testament? Das verstehe ich nicht.«

»Nun, Madame, das Buch wurde von Mylord selbst gedruckt.«

»Ach so«, antwortete ich bedächtig, »ich glaube, allmählich dämmert es mir.«

Fergus nickte ernst. »Wenn der Zoll die Spur des Branntweins von der Lieferung bis zum Bordell verfolgt, wäre das schlimm, aber nicht verhängnisvoll – man könnte ein anderes Versteck finden. Mylord hat sogar schon Absprachen mit den Besitzern von zwei Tavernen, die... aber das ist jetzt nicht wichtig.« Er winkte ab. »Doch wenn Beamte der Krone den berüchtigten Schmuggler Jamie Roy mit dem angesehenen Mr. Malcolm aus der Carfax Close in Verbindung brächten...« Er gestikulierte lebhaft. »Sie verstehen?«

Nun war es mir klar. Wenn ihm die Zollbeamten auf die Schliche kamen, konnte Jamie einfach seine Helfer beurlauben, die

Treffpunkte der Schmuggler meiden, für eine Weile untertauchen und so lange wieder in die Rolle des ehrbaren Druckers schlüpfen, bis er sein gesetzloses Handwerk gefahrlos wiederaufnehmen konnte. Aber wenn herauskam, daß es sich um ein und dieselbe Person handelte, so stand nicht nur sein Lebensunterhalt auf dem Spiel, sondern die Spur könnte weiterverfolgt werden, bis sein wahrer Name, seine politische Tätigkeit, seine Verbindung nach Lallybroch und seine Geschichte als Rebell und verurteilter Verräter ans Licht kämen. Dann hätte die Obrigkeit genug Beweise in der Hand, um ihn ein dutzendmal zu hängen – und einmal reichte auch schon.

»Gewiß versteh ich. Also dachte Jamie nicht nur an Laoghaire und Hobart MacKenzie, als er seinem Schwager sagte, es sei am besten, wenn wir für eine Weile nach Frankreich übersiedelten.«

Paradoxerweise fühlte ich mich nach Fergus' Enthüllungen ein wenig erleichtert. Wenigstens war nicht ich allein für Jamies Exil verantwortlich. Durch mein Wiederauftauchen hatte sich nur die Krise mit Laoghaire zugespitzt, mit den übrigen Ereignissen hatte ich nichts zu tun.

»Genau, Madame. Und dennoch steht nicht eindeutig fest, ob ihn einer seiner Männer verkauft hat – und wenn ja, ob der Verräter beabsichtigt, Mylord zu töten.«

»Das ist ein Argument.« Wenn auch kein schwerwiegendes. Falls einer der Schmuggler Jamie für Geld verraten hatte, war das eine Sache. Falls er es aber aus einem persönlichen Rachemotiv heraus getan hatte, konnte der Mann gut vorhaben, die Angelegenheit selbst in die Hand zu nehmen, da wir uns nun – zumindest vorübergehend – dem Zugriff der Königlichen Zollbehörde entzogen hatten.

»Wenn das also zutrifft«, fuhr Fergus fort, »dann ist es einer der sechs Männer – die ich im Auftrag von Mylord an Bord geholt habe. Diese sechs waren mit dabei, als die Fässer rollten und als die Scheune Feuer fing. Und alle waren schon im Bordell.« Er hielt inne. »Und sie alle waren auch bei Arbroath mit von der Partie, als wir in den Hinterhalt gerieten und den erhängten Zollbeamten fanden.«

»Wissen sie auch alle über die Druckerei Bescheid?«

»Aber nein! Mylord hat stets darauf geachtet, daß keiner von den Schmugglern davon erfährt – aber man kann nicht ausschließen, daß einer von ihnen zufällig auf Alexander Malcolm gestoßen ist.« Er lächelte bitter. »Mylord ist nicht gerade eine unauffällige Erscheinung.«

»Fürwahr«, sagte ich, seinen Tonfall nachahmend. »Aber nun kennen sie alle Jamies Namen – Kapitän Raines nennt ihn Fraser.«

»Ja«, sagte Fergus mit einem grimmigen Lächeln. »Und deshalb müssen wir herausfinden, ob wir tatsächlich einen Verräter an Bord haben – und wer er ist.«

Als ich Fergus ansah, wurde mir zum erstenmal klar, daß er tatsächlich zum Mann herangewachsen war – und zwar zu einem gefährlichen. Ich hatte ihn als quirligen Zehnjährigen kennengelernt, und ich würde in den Zügen des Mannes immer etwas vom Gesicht des Knaben entdecken. Aber ein Gassenjunge war er nun schon lange nicht mehr.

Während unseres Gesprächs hatte Marsali unentwegt aufs Meer hinausgeschaut, damit sie nicht Gefahr lief, einige Worte mit mir wechseln zu müssen. Doch offensichtlich hatte sie zugehört, denn nun sah ich, daß ein Schauer ihre schmalen Schultern erbeben ließ – ob vor Kälte oder vor Sorge, wußte ich nicht. Wahrscheinlich hatte sie nicht vorgehabt, sich mit einem potentiellen Mörder einzuschiffen, als sie mit Fergus durchbrannte.

»Du solltest Marsali lieber nach unten bringen«, sagte ich zu Fergus. »Sie wird schon blau vor Kälte. Keine Sorge«, beruhigte ich Marsali mit kühler Stimme, »ich werde mich die nächste Zeit nicht in der Kajüte aufhalten.«

»Wo wollen Sie hin, Madame?« Fergus beäugte mich, nicht frei von Mißtrauen. »Mylord will gewiß nicht, daß Sie –«

»Das habe ich auch nicht vor«, entgegnete ich. »Ich gehe in die Kombüse.«

»In die Kombüse?« Fragend zog er die Brauen hoch.

»Um zu sehen, ob Aloysius O'Shaughnessy Murphy ein Mittel gegen Seekrankheit kennt«, sagte ich. »Wenn wir Jamie nicht bald wieder auf die Beine bekommen, dürfte es ihm gleich sein, ob ihm jemand die Kehle durchschneidet oder nicht.«

Durch eine Unze getrockneter Orangenschalen und eine Flasche von Jareds bestem Bordeaux besänftigt, zeigte sich Murphy überaus hilfsbereit. Tatsächlich empfand er das Problem, Jamies Magen zur Nahrungsaufnahme zu bewegen, als persönliche Herausforderung und verbrachte Stunden mystischer Versenkung vor Gewürzregal und Vorratskammer – aber alles vergeblich.

Wir blieben zwar von Stürmen verschont, aber der Winterwind sorgte für starke Dünung, und die *Artemis* kämpfte sich oft über drei Meter hohe Wellenberge. Es gab Augenblicke, da wurde selbst mir flau im Magen.

Jamie machte keinerlei Anstalten, Jareds aufmunternde Prophezeiung zu erfüllen und von seinem Lager aufzuspringen. Er blieb in seiner Koje, rührte sich nur vom Fleck, um die Toilette aufzusuchen, und wurde Tag und Nacht abwechselnd von Mr. Willoughby und Fergus bewacht.

Glücklicherweise unternahm keiner der sechs Schmuggler irgendwelche bedrohlichen Schritte. Alle zeigten sich um Jamies Wohlergehen besorgt und besuchten ihn – streng beaufsichtigt – in seiner Kajüte, ohne daß irgend etwas Verdächtiges vorfiel.

Ich verbrachte meine Tage damit, das Schiff zu erforschen und kleinere Verletzungen zu behandeln, wie sie auf einem Segelschiff an der Tagesordnung waren – ein gequetschter Finger, ein Rippenbruch, Zahnfleischbluten und einen Zahnabszeß. Hin und wieder zog ich mich auch in die Kombüse zurück, wo ich von Murphys Gnaden in einer Ecke sitzen, Kräuter zerstoßen und Medikamente zubereiten durfte.

Marsali hatte unsere gemeinsame Kajüte immer schon verlassen, wenn ich morgens aufstand, und schlief bereits, wenn ich zu Bett ging, und wenn wir uns auf Deck oder bei den Mahlzeiten begegneten, zeigte sie stille Feindseligkeit. Ich vermutete, daß ihre Abneigung teilweise auf ihren Gefühlen für ihre Mutter beruhte und teilweise auf der Enttäuschung darüber, daß sie ihre Nächte mit mir statt mit Fergus verbringen mußte.

»Was, doch nicht die Brühe?« Murphys rötliches Gesicht nahm einen bedrohlichen Ausdruck an. »Nach einem Schluck von meiner Brühe sind schon Kranke vom Sterbebett aufgestanden!«

Er nahm Fergus das Suppentöpfchen aus der Hand, schnupperte kritisch daran und hielt es dann mir unter die Nase.

»Hier, riechen Sie mal, Missus, Markknochen, Knoblauch, Kümmel und ein Klümpchen Schweineschmalz zur Abrundung, alles sorgfältig durch ein Baumwolltuch passiert, weil manche Magenkranke keine Brocken vertragen, aber hier drin finden Sie kein Bröckchen, nicht eins!«

Die Brühe war tatsächlich von einem klaren Goldbraun und verströmte einen so appetitlichen Duft, daß mir das Wasser im Munde zusammenlief, obwohl ich vor kaum einer Stunde ein hervorragendes Frühstück verspeist hatte. Kapitän Raines besaß einen empfindlichen Magen, und folglich hatte er sowohl bei der Wahl seines Kochs als auch bei der Ausstattung der Kombüse keine Mühe gescheut, was der Verpflegung der Offiziere zustatten kam.

Murphy, der stark an ein Rumfaß mit Holzbein erinnerte, hätte als waschechter Pirat durchgehen können, tatsächlich stand er aber im Ruf, der beste Schiffskoch von Le Havre zu sein – wie er mir ohne jede Prahlerei selbst versichert hatte. Fälle von Seekrankheit stachelten seinen Ehrgeiz an, und daß Jamie nach vier Tagen immer noch darniederlag, verletzte seinen Stolz.

»Zweifellos ist diese Brühe ganz ausgezeichnet«, versicherte ich ihm. »Aber er kann rein gar nichts bei sich behalten.«

Murphy grunzte ungläubig, dann drehte er sich um und kippte die Brühe in einen der vielen Töpfe, die Tag und Nacht auf dem Kombüsenfeuer dampften.

Mit finsterer Miene öffnete er einen Schrank, schloß ihn wieder und begann dann leise fluchend in einer Vorratskiste zu wühlen.

»Ein bißchen Schiffszwieback, das könnte es sein«, grummelte er. »Er braucht etwas Trockenes. Vielleicht auch eine Spur Essig, saure Gurken, würde ich sagen…«

Fasziniert beobachtete ich, wie die großen, plumpen Hände des Kochs flink in die Regale griffen und allerhand Köstlichkeiten auf einem Tablett anordneten.

»Versuchen wir es einmal damit.« Er überreichte mir das fertige Tablett. »Lassen Sie ihn an den Essiggurken saugen, aber nicht hineinbeißen. Und anschließend ein Bissen trockener Zwieback – Getreidekäfer sind da noch nicht drin, würde ich sagen –, aber er darf kein Wasser dazu trinken. Dann ein Happen von der Gurke, gut kauen, damit der Speichel fließt, ein Bissen Zwieback und so weiter. Wenn er das drinbehält, können wir zu der Eiercreme übergehen, die ich gestern abend frisch für den Kapitän gemacht habe. Und wenn das drinbleibt…«

Seine Stimme folgte mir, als ich die Kombüse verließ, bis ich mit dem schweren Tablett um die Ecke bog und vorsichtig über Mr. Willoughby stieg, der wie üblich in einem Winkel auf dem Gang vor Jamies Tür kauerte wie ein kleiner blauseidener Schoßhund.

Sobald ich jedoch die Kajüte betrat, wurde mir klar, daß Murphys Bemühungen wieder einmal vergeblich sein würden. Wie es kranke Männer so an sich haben, war es Jamie gelungen, seine Umgebung so niederdrückend und ungemütlich wie nur möglich zu gestalten. Die winzige Kajüte war verwahrlost und muffig, die enge Koje mit einem Tuch verhangen, das weder Licht noch Luft durchließ, und mit einem Durcheinander aus klammen Decken und schmutziger Wäsche bedeckt.

»Raus aus den Federn«, rief ich fröhlich. Ich setzte das Tablett ab und entfernte den behelfsmäßigen Vorhang. Das eindringende Tageslicht fiel auf ein grausig blasses, mitleiderregendes Gesicht.

Ein schmaler Augenschlitz öffnete sich.

»Geh weg«, sagte er.

»Ich bringe dir das Frühstück«, erwiderte ich unbeeindruckt.

Er musterte mich kalt.

»Erwähne bitte nicht das Wort Frühstück.«

»Dann eben Mittagessen. Spät genug ist es.« Ich zog mir einen Hocker an die Koje, nahm eine Gurke vom Tablett und hielt sie ihm aufmunternd unter die Nase. »Daran sollst du saugen«, erklärte ich.

Er sagte nichts, aber sein grimmiger Blick sprach Bände, so daß ich die Essiggurke hastig zurückzog.

Erschöpft schloß er die Augen.

Stirnrunzelnd betrachtete ich dieses Wrack von einem Menschen. Er lag mit angezogenen Knien auf dem Rücken. Die eingebauten Kojen boten dem Schlafenden zwar mehr Stabilität als die Hängematten der Mannschaft, aber sie waren für den Durchschnittspassagier geschaffen – der anscheinend nicht größer als einssechzig sein durfte.

»In der Koje ist es doch sicher nicht bequem«, bemerkte ich.

»Nein.«

»Möchtest du es nicht doch lieber mit einer Hängematte versuchen? Da könntest du dich wenigstens ausstrecken...«

»Nein.«

»Der Kapitän sagt, er braucht eine Frachtliste von dir – sobald es möglich ist.«

Mit wenigen Worten, die hier nicht wiedergegeben werden sollen, regte er an, was der Kapitän mit der Liste anstellen könnte.

Seufzend nahm ich seine Hand, die er mir widerstandslos überließ. Sie war kalt und feucht, und sein Puls ging schnell.

Nach einer Weile sagte ich: »Vielleicht könnten wir etwas versuchen, was ich oft mit Operationspatienten gemacht habe. Manchmal hat es geholfen.«

Er stöhnte leise, widersprach aber nicht.

Ich hatte mir angewöhnt, mich vor der Operation ein paar Minuten mit den Patienten zu unterhalten. Meine Anwesenheit schien sie zu beruhigen, und mir war aufgefallen, daß es ihnen auch körperlich besserging, wenn ich ihre Aufmerksamkeit von der bevorstehenden Tortur ablenken konnte – die Blutung ließ eher nach, die Übelkeit nach der Narkose war geringer, und die Heilung schritt rascher voran. Ich hatte es oft genug beobachtet, um zu glauben, daß das Phänomen nicht auf Einbildung beruhte. Jamie hatte nicht ganz unrecht gehabt, als er Fergus versicherte, daß der Geist den Körper beherrschen könne.

»Laß uns an etwas Schönes denken.« Ich sprach so leise und beruhigend wie möglich. »Denk an Lallybroch, an den Blick von der Anhöhe aufs Haus hinunter. Denk an die Kiefern, die dort stehen – riechst du ihre Nadeln? Denk an den Rauch, der an klaren Tagen aus dem Küchenkamin aufsteigt, und an einen Apfel in deiner Hand. Denk daran, wie er sich anfühlt, hart und seidenglatt, und dann –«

»Sassenach?« Jamie blickte mich angestrengt an. An seinen Schläfen glänzte der Schweiß.

»Ja?«

»Geh weg.«

»Wie bitte?«

»Geh weg«, wiederholte er mit sanfter Stimme, »oder ich dreh dir den Hals um. Geh jetzt sofort weg.«

Ich erhob mich würdevoll und ging hinaus.

Mr. Willoughby lehnte an einem Pfosten auf dem Gang und spähte versonnen in die Kajüte.

»Haben Sie vielleicht ihre Steinkugeln dabei?« fragte ich.

»Ja«, entgegnete er überrascht. »Wollen gesunde Kugeln für Tsei-mi?« Er begann in seinem Ärmel zu wühlen, aber ich gebot ihm mit einer Handbewegung Einhalt.

»Ich möchte sie ihm nur über den Schädel schlagen, aber ich nehme an, Hippokrates würde das nicht billigen.«

Mr. Willoughby lächelte unsicher und nickte wohlwollend.

»Schon gut«, sagte ich und warf einen wütenden Blick auf den Haufen stinkenden Bettzeugs in der Koje. Darunter regte sich etwas, eine Hand kam hervor und tastete zaghaft auf dem Boden herum, bis sie die Schüssel fand, die dort stand. Die Hand verschwand mit der Schüssel in den düsteren Tiefen des Lagers, und unmittelbar darauf war ein trockenes Würgen zu hören.

»Verdammter Kerl!« rief ich halb wütend, halb mitleidig. Allmählich machte ich mir Sorgen. Wie sollte er zwei Monate in diesem Zustand überstehen?

»Bockstur«, pflichtete mir Mr. Willoughby mit kummervollem Nicken bei. »Glauben Sie, er ist Ratte oder vielleicht Drache?«

»Er riecht wie ein ganzer Tierpark«, meinte ich. »Aber warum Drache?«

»Man ist geboren im Jahr des Drachen, Jahr der Ratte, Jahr des Schafs, Jahr des Pferdes«, erklärte Mr. Willoughby. »Jedes Jahr verschieden, Menschen auch verschieden. Sie wissen, ist Tsei-mi Ratte oder Drache?«

»Sie meinen das Jahr, in dem er geboren wurde?« Ich erinnerte mich dunkel an Speisekarten im Chinarestaurant, die mit den Tieren des chinesischen Horoskops verziert waren; daneben standen die angeblichen Charakterzüge jener aufgelistet, die in dem jeweiligen Jahr geboren wurden. »Es war 1721, aber ich weiß nicht, zu welchem Tier dieses Jahr gehört.«

»Ich glaube, Ratte«, meinte Mr. Willoughby und betrachtete nachdenklich den Haufen Bettzeug, den ein qualvolles Beben erschütterte. »Ratte sehr klug, hat viel Glück. Aber Drachen könnte auch sein. Er ist sehr lüstern im Bett, Tsei-mi? Drachen sind überaus leidenschaftlich.«

»In letzter Zeit kann man das nicht behaupten«, entgegnete ich und behielt die Koje im Auge.

»Ich habe chinesische Medizin«, sagte Mr. Willoughby. »Gut für Erbrechen, Magen, Kopf, macht alles friedlich und heiter.«

Neugierig sah ich ihn an. »Wirklich? Das möchte ich sehen. Haben Sie es schon an Jamie ausprobiert?«

Traurig schüttelte der kleine Chinese den Kopf.

»Er will nicht. Er sagt, verdammt, werfen über Bord, wenn ich ihm zu nah komme.«

Mr. Willoughby und ich tauschten einen Blick. Wir verstanden uns vollkommen.

»Wissen Sie«, entgegnete ich deutlich lauter, »anhaltendes trockenes Erbrechen ist sehr schlecht für die Gesundheit.«

»O ja, überaus schlecht.« Mr. Willoughbys frisch rasierte Halbglatze glänzte, als er eifrig nickte.

»Es zerfrißt die Magenschleimhaut und reizt die Speiseröhre.«

»Tatsächlich?«

»So ist es. Es erhöht zudem den Blutdruck und strapaziert die Bauchmuskeln. Sie können sogar reißen, so daß es zu einem Bruch kommt.«

»Aha.«

»Und«, fuhr ich noch etwas lauter fort, »es kann dazu führen, daß sich die Hoden verschlingen und die Durchblutung im Hodensack abgeschnürt wird.«

»Ohh!« Mr. Willoughby machte große Augen.

»Wenn das geschieht«, verkündete ich mit düsterer Stimme, »bleibt nur die Amputation, bevor der Brand einsetzt.«

Mr. Willoughby gab einen Laut des Entsetzens von sich. Der Haufen Bettzeug, der sich während des Gesprächs hin- und hergeworfen hatte, verharrte nun regungslos.

Ich sah Mr. Willoughby an. Er zuckte die Achseln. Mit verschränkten Armen wartete ich. Nach einer Weile, die mir sehr lang erschien, kam ein schmaler nackter Fuß unter dem Bettzeug hervor. Dann erschien auch der zweite, und beide wurden auf den Boden gesetzt.

»Fahrt zur Hölle, ihr beiden«, brummte eine bösartige schottische Stimme. »Aber vorher kommt ihr herein.«

Schulter an Schulter standen Fergus und Marsali auf dem Achterdeck und lehnten sich über die Reling; er hatte den Arm um die Taille des Mädchens gelegt, und ihr blondes Haar flatterte im Wind.

Als Fergus Schritte hörte, warf er einen Blick über die Schulter. Keuchend fuhr er herum und bekreuzigte sich.

»Kein... Wort... wenn's recht ist«, grummelte Jamie mit zusammengebissenen Zähnen.

Fergus machte den Mund auf, blieb aber stumm. Marsali, die sich nun ebenfalls umdrehte, stieß einen schrillen Schrei aus.

»Papa! Was ist mit dir passiert?«

Die Angst und die Sorge, die ihr ins Gesicht geschrieben standen, bewogen Jamie, die bissige Bemerkung hinunterzuschlucken, die ihm auf den Lippen lag. Sein Gesicht entspannte sich ein wenig, so daß die feinen Goldnadeln, die hinter seinen Ohren steckten, wie die Fühler eines Insekts vibrierten.

»Es ist alles in Ordnung«, entgegnete er barsch. »Das ist nur so ein chinesisches Zeug, damit das Kotzen aufhört.«

Mit großen Augen trat Marsali zu ihm und berührte behutsam die Nadeln, die auf der Innenseite des Handgelenks steckten.

»Hilft es?« fragte sie. »Wie fühlt es sich an?«

Jamies Mund zuckte; sein Sinn für Humor kam allmählich wieder zutage.

»Ich fühle mich wie ein Unglücksbringer, den jemand mit Nadeln gespickt hat«, sagte er. »Aber da ich in der letzten Viertelstunde nicht gekotzt habe, würde ich sagen, es hilft.« Mr. Willoughby und ich standen nebeneinander an der Reling, und Jamie warf uns einen erbosten Blick zu.

»Also«, sagte er, »mir ist im Augenblick zwar noch nicht danach zumute, an Essiggurken zu nuckeln, aber ich könnte einen Becher Ale vertragen, wenn du welches auftreiben kannst, Fergus.«

»Oh. Aber ja, Mylord. Wenn Sie mit mir kommen?« Fergus, dem fast die Augen aus dem Kopf fielen, streckte zögernd die Hand nach Jamie aus, dann aber besann er sich eines Besseren und entfernte sich in Richtung Achterdeck.

»Soll ich Murphy sagen, daß er dir ein Mittagessen bereiten soll?« rief ich Jamie nach, der sich anschickte, Fergus zu folgen. Er wandte sich noch einmal um und sah mir fest in die Augen. Die goldenen Nadeln, die aus seinen Haaren ragten, glänzten im Morgenlicht wie Teufelshörner.

»Treib es nicht zu weit, Sassenach«, sagte er. »Das werde ich dir nicht vergessen. Verschlungene Hoden – pah!«

Mr. Willoughby, der diesen Wortwechsel mitbekam, hatte sich im Schatten der Tonne niedergelassen, die das Trinkwasser für die Deckwache enthielt. Offenbar in eine Berechnung vertieft, zählte er seine Finger ab. Als Jamie sich entfernte, blickte der Chinese auf.

»Nicht Ratte«, meinte er kopfschüttelnd. »Auch nicht Drache. Tsei-mi im Jahr des Büffels geboren.«

»Wirklich?« Ich sah dem breitschultrigen Hünen nach, der trotzig dem Wind die Stirn bot. »Das paßt.«

42

Der Mann im Mond

Wie sein Titel verriet, waren Jamies Pflichten als Frachtaufseher nicht sehr beschwerlich. Solange wir auf See waren, hatte er nichts weiter zu tun, als die geladenen Waren mit den Frachtpapieren zu vergleichen und sicherzustellen, daß die *Artemis* tatsächlich die angegebene Menge an Häuten, Kupfer, Zinn und Schwefel beförderte. Seine eigentliche Arbeit begann erst, wenn wir Jamaica erreichten, denn dann galt es die Fracht auszuladen, erneut zu prüfen und zu verkaufen, die entsprechenden Zölle zu bezahlen, Provisionen abzuführen und den Papierkram zu erledigen.

In der Zwischenzeit hatten er – und ich – wenig zu tun. Obwohl Mr. Picard, der Bootsmann, Jamies breiten Rücken begehrlich musterte, lag auf der Hand, daß aus ihm niemals ein Seemann werden würde. Zwar bewegte er sich ebenso rasch und gewandt wie die besten Matrosen, aber von Seilen und Segeln hatte er keine Ahnung, so daß er nur zu Aufgaben taugte, die nichts als reine Muskelkraft erforderten. Offensichtlich war Jamie ein Soldat und kein Seefahrer.

Er nahm mit Begeisterung an den Kanonenübungen teil, die jeden zweiten Tag stattfanden, half mit, die vier gewaltigen Kanonen auf ihren Lafetten unter großem Getöse hinein- und herauszuschieben, und brachte Stunden damit zu, mit dem Kanonier Tom Sturgis zu fachsimpeln. Während der lautstarken Übungen hielten Marsali, Mr. Willoughby und ich uns abseits – ebenso wie Fergus, der aufgrund seiner fehlenden Hand nicht an den Feuerübungen teilnehmen sollte.

Es überraschte mich, daß mich die Mannschaft ohne großes Murren als Schiffsärztin akzeptierte. Fergus erklärte mir, daß auf kleinen Handelschiffen nicht einmal einfache Wundärzte mitreisten. Für gewöhnlich war es die Frau des Kanoniers, so er denn eine hatte, die kleinere Verletzungen und Krankheiten der Matrosen behandelte.

Ich wurde wegen der üblichen Quetschungen, Verbrennungen, Hautausschläge, Abszesse und Verdauungsbeschwerden konsultiert, aber da die Besatzung nur aus zweiunddreißig Mann bestand, hatte ich recht wenig zu tun.

So hatten Jamie und ich sehr viel Freizeit. Und während die *Artemis* allmählich südwärts in den Atlantik segelte, verbrachten wir den Großteil dieser Zeit miteinander.

Zum erstenmal seit meiner Rückkehr nach Edinburgh hatten wir Muße für Gespräche. Wir erinnerten uns jener halbvergessenen Dinge, die wir voneinander wußten, entdeckten die neuen Facetten, die durch Lebenserfahrung an Glanz gewonnen hatten, oder freuten uns einfach aneinander, ohne durch irgendwelche Gefahren oder Alltagspflichten abgelenkt zu werden.

Auf dem Deck hin und her wandernd, unterhielten wir uns über Gott und die Welt. Wir sprachen über die erstaunlichen Phänomene einer Seereise, die malerischen Sonnenauf- und -untergänge, die Schwärme seltsamer grüner und silberner Fische, die glänzenden Delphine, die das Schiff oft tagelang begleiteten und hin und wieder aus dem Wasser sprangen, als wollten sie die merkwürdigen Wesen, die auf dem Meer dahinsegelten, näher betrachten.

Wie Phönix aus der Asche erhob sich ein riesiger, goldener Mond aus dem Wasser. Das Meer war jetzt dunkel, und obwohl ich die Delphine nicht mehr sah, dachte ich aus irgendeinem Grund, sie wären noch da und hielten Schritt mit dem Schiff, das durchs Dunkel dahinflog.

Der Anblick nahm selbst alten Seebären den Atem. Sie hielten in ihrer Arbeit inne und seufzten vor Vergnügen, als die riesenhafte Scheibe zum Greifen nahe über dem Horizont schwebte.

Jamie und ich standen an der Reling und betrachteten staunend den gewaltigen Mond, der so nah schien, daß wir mühelos die dunklen Flecken und Schatten auf der Oberfläche erkennen konnten.

»Er ist so nah, daß man mit dem Mann im Mond sprechen könnte«, meinte er lächelnd und winkte dem verträumten goldenen Antlitz zu.

»»Die weinenden Plejaden blickten westwärts, und der Mond versank im Meer‹«, zitierte ich. »Und sieh nur, da unten ist er auch.« Ich deutete über die Reling, wo das Mondlicht im Wasser leuchtete, als wäre dort sein Zwillingsbruder versunken.

»Als ich ging«, sagte ich, »wollten die Menschen auf den Mond fliegen. Ich frage mich, ob sie's schaffen.«

»Können die Flugmaschinen so hoch hinauf?« fragte Jamie und beäugte kritisch den Mond. »Ich würde sagen, es ist ziemlich weit, so nah es jetzt auch scheinen mag. Ich habe ein Buch von einem Astronomen gelesen – er meinte, es wäre an die neunhundert Meilen von der Erde bis zum Mond. Irrt er sich, oder können die Flugzeuge – so heißen sie doch? – so weit fliegen?«

»Dazu braucht man eine sogenannte Rakete«, erklärte ich. »Eigentlich ist es sogar noch viel weiter bis zum Mond, und draußen im Weltraum gibt es keine Luft zum Atmen. Man muß Luft mit auf die Reise nehmen, so wie Essen und Wasser. Die Luft wird in eine Art Kanister gefüllt.«

»Wirklich?« Verwundert blickt er auf. »Wie es dort oben wohl aussieht?«

»Das weiß ich. Ich habe Bilder gesehen. Es ist felsig und öde, überhaupt kein Leben – aber sehr schön, mit Klippen und Bergen und Kratern –, du kannst die Krater von hier aus sehen, das sind die dunklen Flecken.« Ich nickte dem lächelnden Mond zu. »Es ist dort nicht viel anders als in Schottland – nur daß es nicht grün ist.«

Er lachte. Anscheinend hatte ihn das Wort »Bilder« an etwas erinnert, denn er griff in seine Rocktasche und holte das Päckchen mit den Fotografien heraus. Das tat er nur, wenn uns niemand beobachten konnte, nicht einmal Fergus, aber hier hinten waren wir allein und ungestört.

Im hellen Mondlicht sah Briannas Gesicht leuchtend aus und schien sich immer wieder zu verändern. Die Bilder, die er langsam durchblätterte, waren an den Kanten schon ganz abgegriffen.

»Wird sie auf dem Mond herumlaufen, was meinst du?« fragte er leise und hielt bei dem Schnappschuß inne, auf dem Brianna verträumt aus dem Fenster sah und nicht merkte, daß sie fotografiert wurde. Wieder blickte er zum Himmel auf, und mir wurde klar, daß ihm eine Reise zum Mond kaum schwieriger oder unwahrscheinlicher vorkam als die, die wir gerade machten. Der Mond

660

war schließlich auch nichts weiter als ein ferner, unbekannter Ort.

»Ich weiß nicht«, entgegnete ich lächelnd.

Ganz vertieft in den Anblick seiner Tochter, die ihm so sehr ähnelte, blätterte er weiter. Schweigend beobachtete ich ihn und teilte seine stille Freude über die Verheißung unserer Unsterblichkeit.

Jener Stein in Schottland, in den sein Name eingraviert war, fiel mir wieder ein, und ich fand es tröstlich, daß er so weit weg war – genauso fern wie die Stunde des Abschieds. Und nach unserem Tod würde Brianna weiterleben.

Wieder gingen mir Housmans Verse durch den Sinn – *Sieh jenen Namen auf dem Steine / Das Herz wird ruhig am Grabe dort / Und sag, er, der dich liebte / Er stand zu seinem Wort.*

Ich trat näher zu Jamie, und als ich seine Wärme durch Rock und Hemd spürte, lehnte ich meinen Kopf an seinen Arm.

»Sie ist schön«, sagte er bei jedem Bild, das er betrachtete. »Und auch klug, hast du gesagt?«

»Genau wie ihr Vater.« Ich spürte, wie er in sich hineinlachte.

Doch beim nächsten Foto versteifte er sich. Es war eine Aufnahme vom Strand, als Brianna sechzehn war. Sie stand knietief in der Brandung, mit wirrem, sandigem Haar, und bespritzte ihren Freund Rodney mit Wasser; er wich lachend zurück und schützte sich mit erhobenen Händen vor dem Wasserschwall.

Jamie runzelte die Stirn.

»Das –« fing er an. »Was machen sie – « Er hielt inne und räusperte sich. »Ich will dich ja nicht kritisieren, Claire«, sagte er vorsichtig, »aber findest du nicht, daß dies ein klein wenig... ungehörig ist?«

Ich unterdrückte ein Lachen.

»Nein«, erwiderte ich gefaßt. »Das ist wirklich ein ziemlich sittsamer Badeanzug – für die Zeit.« Es handelte sich zwar um einen Bikini, aber er saß keineswegs knapp, und das Unterteil reichte Brianna fast bis zum Nabel. »Ich habe dieses Bild ausgesucht, weil ich dachte, du willst... soviel wie möglich von ihr sehen.«

Er sah aus, als fände er diesen Gedanken empörend, aber offenbar übte das Bild eine unwiderstehliche Anziehungskraft auf ihn aus, und schließlich wurden seine Züge weicher.

»Aye«, sagte er. »Aye, sie ist wunderschön, und ich bin froh, es zu wissen.« Er betrachtete das Bild eingehend. »Nein, ich habe nicht das gemeint, was sie anhat. Frauen, die draußen baden, sind meistens nackt, und ihre Haut macht ihnen keine Schande. Es ist nur – dieser Kerl. Gewiß sollte sie sich nicht halbnackt vor einem Mann zeigen, oder?« Er blickte den unglücklichen Rodney finster an, und ich biß mir auf die Lippen bei dem Gedanken, daß der magere, kleine Junge, den ich so gut kannte, eine Bedrohung jungfräulicher Reinheit sein sollte.

Ich holte tief Luft, denn wir bewegten uns hier auf gefährlichem Boden. »Nein. Ich meine, Jungen und Mädchen spielen so miteinander. Weißt du, in jener Zeit kleiden sich die Leute anders, das habe ich dir doch gesagt. Niemand hat viel an, es sei denn, es ist kalt.«

»Mmmpf«, sagte er. »Aye, das hast du mir erzählt.« Auch ohne große Worte vermittelte er mir unmißverständlich, daß er die moralischen Bedingungen, unter denen seine Tochter nach meinen Schilderungen lebte, keineswegs befriedigend fand.

Wieder warf er einen finsteren Blick auf das Bild, und ich war froh, daß weder Brianna noch Rodney hier waren. Ich hatte Jamie als Liebhaber, Ehemann, Bruder, Onkel, Gutsherr und Krieger erlebt, aber nie in der Rolle des grimmigen schottischen Vaters. Er wirkte wahrhaft furchteinflößend.

Zum erstenmal kam mir der Gedanke, daß es vielleicht gar nicht so schlecht war, daß Jamie nicht persönlich über seine Tochter wachen konnte – er hätte jedem jungen Mann, der den Mut gehabt hätte, ihr den Hof zu machen, einen Höllenschrecken eingejagt.

Jamie warf noch einen hastigen Blick auf das Bild, dann holte er Luft, und ich merkte, daß er sich überwinden mußte, die nächste Frage zu stellen.

»Glaubst du, sie ist – Jungfrau?«

»Natürlich ist sie das«, entgegnete ich mit Nachdruck. Ich hielt es tatsächlich für wahrscheinlich, aber in diesem Augenblick war es nicht angebracht, irgendwelche Zweifel aufkommen zu lassen. Manche Eigenheiten meiner Zeit konnte ich Jamie durchaus erklären, aber das Konzept sexueller Freizügigkeit gehörte nicht dazu.

»Oh«, seufzte er unaussprechlich erleichtert, und ich biß mir auf die Lippen, um nicht loszulachen. »Aye. Ich war mir ganz sicher, ich wollte nur... das heißt...« Er hielt inne und schluckte.

»Brianna ist ein liebes Mädchen.« Ich drückte seinen Arm. »Auch wenn Frank und ich uns nicht immer verstanden haben, wir waren ihr gute Eltern.«

»Aye. Ich weiß. Das wollte ich nicht in Zweifel ziehen.« Er besaß den Anstand, beschämt zu wirken, und schob das Strandfoto sorgfältig unter den Stapel. Dann steckte er die Bilder wieder in die Tasche und klopfte darauf.

Er blickte erneut zum Mond auf und runzelte die Stirn. Der Meerwind spielte mit seinen Haaren und löste einige Strähnen aus dem Band, das sie hielt. Gedankenverloren strich er sie sich aus der Stirn. Offenbar hatte er noch etwas auf dem Herzen.

»Glaubst du«, begann er, ohne mich anzusehen. »Glaubst du, es war gut, daß du gerade jetzt zu mir gekommen bist, Claire? Nicht, daß ich dich nicht wollte«, fügte er hastig hinzu, da er merkte, wie ich mich verspannte. Er nahm meine Hand, so daß ich mich nicht von ihm abwenden konnte.

»Nein. Das habe ich überhaupt nicht gemeint! Bei Gott, ich will dich doch!« Er zog mich an sich und drückte meine Hand an sein Herz. »Ich will dich manchmal so sehr, daß ich glaube, mein Herz zerspringt vor Freude, daß ich dich wirklich habe«, sagte er zärtlich. »Es ist nur – Brianna ist jetzt allein. Frank ist tot, und du bist fort. Sie hat keinen Mann, der sie beschützt, keine männlichen Verwandten, die einen Ehemann für sie suchen. Hätte sie dich nicht noch eine Weile gebraucht? Hättest du nicht noch ein wenig warten sollen?«

Ich versuchte, meine Gefühle zu zügeln, bevor ich antwortete.

»Ich weiß nicht«, sagte ich schließlich, konnte aber nicht verhindern, daß meine Stimme zitterte. »In meiner Zeit ist vieles anders.«

»Das weiß ich!«

»Nein!« Ich entriß ihm meine Hand und starrte ihn wütend an. »Du weißt es nicht, Jamie, und ich kann es dir auch nicht erklären, weil du mir nicht glauben würdest. Aber Brianna ist eine erwachsene Frau. Sie entscheidet selbst, wen und wann sie heiratet, und wartet nicht darauf, daß jemand es für sie arrangiert. Und abgesehen davon muß sie nicht heiraten. Sie hat eine gute Ausbildung, sie kann sich ihren Lebensunterhalt selbst verdienen. Sie muß keinen Mann nehmen, damit er sie beschützt –«

»Wenn eine Frau keinen Mann mehr braucht, der sie beschützt und für sie sorgt, ist das wahrhaft eine armselige Zeit!« entgegnete er wütend.

Ich holte tief Luft und versuchte, mich zu beruhigen.

»Ich habe nicht gesagt, daß sie keinen braucht.« Ich legte meine Hand auf seine Schulter und sagte etwas leiser: »Sie hat die Wahl. Sie muß nicht aus einer Zwangslage heraus einen Mann nehmen, sondern kann aus Liebe heiraten.«

Sein Gesicht entspannte sich, aber nur ein wenig.

»Du hast mich in einer Zwangslage geheiratet«, sagte er.

»Und zurückgekommen bin ich aus Liebe. Glaubst du, ich brauche dich nicht, nur weil ich mich selbst ernähren kann?«

Der harte Zug um seinen Mund wurde weicher, und er sah mir in die Augen.

»Nein«, sagte er leise. »Das glaube ich nicht.«

Er zog mich an sich, und ich legte meine Arme um seine Taille und hielt ihn fest; unter meiner Wange spürte ich das Päckchen mit den Bildern.

»Es ist mir schwergefallen, sie allein zu lassen«, flüsterte ich. »Sie wollte es. Wir haben befürchtet, daß ich dich nicht mehr finde, wenn ich noch länger warte. Aber ich habe mir Sorgen um sie gemacht.«

»Ich weiß. Ich hätte nichts sagen sollen.« Er strich mir über die Haare.

»Ich habe ihr einen Brief dagelassen. Das war alles, was ich tun konnte, weil ich doch wußte, daß ich sie... daß ich sie vielleicht nie wiedersehe.« Ich schluckte hart.

Ganz sanft streichelte er meinen Rücken.

»Aye? Das war gut, Sassenach. Was hast du ihr geschrieben?« Ich lachte unsicher.

»Alles, was mir eingefallen ist. Mütterliche Ratschläge und Lebensweisheiten – was ich aufbieten konnte. Alle praktischen Dinge – wo die Schenkungsurkunde für das Haus und die Familienpapiere sind. Und alles, was ich weiß über das Leben. Ich denke, sie wird jeden Rat in den Wind schlagen und ein wunderbares Leben führen – aber wenigstens weiß sie, daß ich an sie gedacht habe.«

Ich hatte fast eine Woche gebraucht, bis ich all die Schränke und Schreibtischschubladen in Boston durchstöbert und die Geschäftspapiere, die Sparbücher, die Unterlagen über die Hypothek und die Familienurkunden beisammen hatte. Über Franks Familie war ziemlich viel Material vorhanden: riesige Alben und Dutzende von Stammbäumen, Fotos, stapelweise alte Briefe. Meine Familie hatte wesentlich weniger hinterlassen.

Ich hatte die Schachtel aus meinem Schrank geholt. Onkel Lambert war zwar wie alle Gelehrten ein leidenschaftlicher Sammler, aber bei mir gab es wenig zu sammeln. Die Papiere einer kleinen Familie – die Geburtsurkunden von mir und meinen Eltern, ihr Trauschein, die Zulassung für das Auto, in dem sie umgekommen waren – welche verrückte Laune hatte Onkel Lambert bewogen, sie aufzubewahren? Wahrscheinlich hatte er die Schachtel nie aufgemacht, sondern sie nur aufgehoben – in der blinden Überzeugung des Gelehrten, daß Informationen nie vernichtet werden dürfen – vielleicht würden sie irgendwann einmal gebraucht.

Natürlich hatte ich mir den Inhalt schon früher angesehen. Als junges Mädchen hatte ich manchmal Abend für Abend die wenigen Fotos betrachtet, die ich in der Schachtel fand. Ich erinnerte mich an die schmerzliche Sehnsucht nach der Mutter, die ich nicht kannte, an die vergeblichen Versuche, sie mir vorzustellen, sie anhand der kleinen, matten Bilder in der Schachtel wieder lebendig werden zu lassen.

Am besten hatte mir immer eine Nahaufnahme von ihr gefallen: ihre warmen Augen, ihr feiner Mund, ihr Lächeln unter dem Glockenhut aus Filz. Die Fotografie war handkoloriert, ihre Wangen und Lippen unnatürlich rosarot, die Augen braun. Onkel Lamb sagte, das sei falsch; ihre Augen seien golden gewesen, so wie meine.

Ich dachte, für Brianna sei die Zeit, in der sie ihre Mutter wirklich brauchte, schon vorbei, aber ich war mir nicht sicher. Eine Woche zuvor hatte ich eine Atelieraufnahme von mir machen lassen, sie in die Schachtel gelegt und diese mitten auf meinen Schreibtisch gestellt; da würde Brianna sie finden. Dann hatte ich mich hingesetzt und zu schreiben begonnen.

Meine liebe Brianna –, schrieb ich und hielt inne. Ich konnte nicht. Wie hatte ich auch nur daran denken können, mein Kind zu verlassen? Die drei schwarzen Wörter auf dem Papier rückten diese wahnsinnige Idee ins kalte Licht der Vernunft, und es traf mich bis ins Mark.

Meine Hand mit dem Füller zitterte über dem Papier. Ich legte ihn weg, klemmte die Finger zwischen die Schenkel und schloß die Augen.

»Reiß dich zusammen, Beauchamp«, murmelte ich. »Schreib das verdammte Ding, bring es hinter dich. Wenn sie es nicht braucht, schadet es niemandem, und wenn sie es braucht, ist es da.« Ich nahm den Füller und begann noch einmal.

Ich weiß nicht, ob Du diesen Brief je lesen wirst, aber vielleicht ist es ja ganz gut, das alles festzuhalten. Ich will Dir erzählen, was ich über Deine Großeltern (Deine echten), Deine Urgroßeltern und die Krankheiten, die Du durchgemacht hast, weiß...

Ich schrieb eine Zeitlang und füllte eine Seite nach der anderen. Die Anstrengung, mich zu erinnern und alles klar und deutlich festzuhalten, ließ mich ruhiger werden. Dann hielt ich inne und dachte nach.

Was konnte ich ihr noch mitteilen, abgesehen von diesen blutleeren Tatsachen? Wie konnte ich das bescheidene Wissen weitergeben, das ich in achtundvierzig Jahren eines ziemlich ereignisreichen Lebens gesammelt hatte? Gequält verzog ich den Mund. Gab es Töchter, die auf ihre Mutter hörten? Hätte ich es getan, wenn meine Mutter mir etwas erzählt hätte?

Doch das spielte keine Rolle. Ich würde meine Eingebungen festhalten, damit Brianna nötigenfalls darauf zurückgreifen konnte.

Aber was war echt, was würde die Moden und Zeiten überdauern, was würde ihr von Nutzen sein? Und vor allem, wie sollte ich ihr sagen, wie sehr ich sie liebte?

Die Ungeheuerlichkeit meiner Aufgabe überwältigte mich, und ich umklammerte den Füller. Ich konnte nicht gleichzeitig klar denken und diesen Brief verfassen. Es blieb mir nur, den Stift aufs Papier zu setzen und zu hoffen.

Du bist mein Mädchen und wirst es immer sein. Was das bedeutet, wirst Du erst erfahren, wenn Du ein eigenes Kind hast, aber jetzt sage ich Dir – Du wirst immer ein Teil von mir sein, so wie damals, als ich mit Dir schwanger war und Deine Bewegungen in mir spürte. Immer.

Wenn ich Dich schlafen sehe, denke ich an all die Nächte, in denen ich Dich zudeckte, in denen ich im Dunkeln hereinkam und Deinem Atem lauschte, mit meiner Hand spürte, wie sich Deine Brust hob und senkte, und wußte, daß, ganz gleich, was geschieht, alles in Ordnung ist, weil Du lebst.

Alle Namen, die ich Dir im Lauf der Jahre gegeben habe – Häschen, Tolpatsch, Täubchen, Liebling, Süße, Kleine, Schatz... Ich weiß, warum die Juden und Muslime neunhundert Namen für Gott kennen: Ein kleines Wort ist nicht genug für die Liebe.

Jede Kleinigkeit an Dir hat sich in mir eingeprägt, angefangen mit dem goldenen Flaum an Deinem Haaransatz, als Du erst einige Stunden alt warst, bis hin zu dem unebenen Nagel am großen Zeh, den Du Dir letztes Jahr gebrochen hast, als Du nach dem Streit mit Jeremy gegen die Tür seines Lieferwagens getreten hast.

Bei Gott, es bricht mir das Herz, wenn ich daran denke, daß es nun vorbei ist – daß ich all die kleinen Veränderungen nicht mehr wahrnehmen kann. Aber erinnern werde ich mich immer, Brianna.

Wahrscheinlich gibt es niemanden auf Erden, der weiß, wie Deine Ohren aussahen, als Du drei Jahre alt warst. Ich saß oft neben Dir, las Dir Märchen vor und sah, wie Deine Ohren vor Freude glühten. Deine Haut war so hell und empfindlich, daß ich dachte, eine Berührung würde Fingerabdrücke darauf hinterlassen.

Ich sagte Dir, daß Du wie Jamie aussiehst. Du hast aber auch etwas von mir. Sieh Dir das Bild meiner Mutter in der Schachtel an und die kleine Schwarzweißaufnahme von ihrer Mutter und ihrer Großmutter. Du hast, genau wie ich, ihre breite, hohe Stirn geerbt.

Paß gut auf Dich auf, Brianna – ach, ich wünschte – ich wünschte, ich könnte auf Dich aufpassen und Dich Dein Leben lang beschützen, aber das kann ich nicht, ob ich nun bleibe oder gehe. Paß aber gut auf Dich auf – um meinetwillen.

Meine Tränen tropften auf den Brief; ich mußte eine Pause einlegen und sie mit Löschpapier trocknen, damit die Worte nicht völlig unleserlich wurden.

Eines sollst Du wissen, Brianna – ich bereue nichts. Trotz allem bereue ich es nicht. Du weißt jetzt, wie einsam ich ohne Jamie war. Aber es ist nicht wichtig. Wenn der Preis unserer Trennung Dein Leben war, so können weder Jamie noch ich es je bereuen – ich weiß, er hätte nichts dagegen, daß ich für ihn spreche. Brianna... Du bist meine Freude. Du bist vollkommen, Du bist wunderbar – ich höre, wie Du jetzt ärgerlich sagst: »Natürlich glaubst du das – du bist meine Mutter!« Ja, genau deshalb weiß ich es.

Brianna, Du bist jedes Opfer wert – und mehr. Ich habe in meinem Leben vieles getan, aber das Wichtigste von allem war meine Liebe zu Deinem Vater und zu Dir.

Ich putzte mir die Nase und griff nach einem leeren Blatt Papier. Ich konnte niemals alle meine Gefühle ausdrücken, aber ich hatte mein Bestes getan. Was konnte ich noch hinzufügen, was würde ihr im Leben, beim Erwachsenwerden und beim Altwerden von Nutzen sein? Welche Erfahrungen hatte ich gemacht, die ich ihr weitergeben konnte?

Such Dir einen Mann, der Deinem Vater gleicht, schrieb ich, *einem Deiner Väter.* Ich schüttelte den Kopf – gab es zwei Männer, die unterschiedlicher waren? –, ließ es aber stehen, weil ich an Roger Wakefield dachte. *Wenn Du Dich für einen Mann entschieden hast, versuch nicht, ihn zu ändern,* schrieb ich mit größerem Selbstvertrauen. *Es geht nicht. Noch wichtiger – laß nicht zu, daß er versucht, Dich zu ändern. Er kann es auch nicht, aber Männer versuchen es immer.*

Ich kaute an meinem Füller und schmeckte das bittere Aroma der Tusche. Schließlich schrieb ich den letzten und besten Rat, den ich zum Thema Altwerden wußte.

Halt Dich gerade und versuche, nicht fett zu werden.

In Liebe
Mama

Jamie lehnte an der Reling. Seine Schultern bebten, ob vor Lachen oder vor Rührung, wußte ich nicht. Sein Leinenhemd leuchtete weiß im matten Licht, und sein Kopf zeichnete sich dunkel vom Mond ab. Schließlich wandte er sich um und zog mich an sich.

»Ich glaube, sie wird sich wacker schlagen«, flüsterte er. »Denn ganz gleich, was für ein armer Einfaltspinsel sie gezeugt hat, kein Mädel auf der Welt hat eine bessere Mutter.

Küß mich, Sassenach, und glaube mir – ich würde dich um nichts in der Welt ändern wollen.«

43

Phantomschmerzen

Seit unserer Abreise aus Schottland hatten Fergus, Mr. Willoughby und ich die sechs Schmuggler im Auge behalten, aber keiner von ihnen benahm sich irgendwie verdächtig, und nach einer Weile ertappte ich mich dabei, daß meine Wachsamkeit nachließ. Nur gegen einen von ihnen hatte ich keine Vorbehalte. Mir war schließlich klargeworden, warum ihn weder Fergus noch Jamie für einen Verräter hielten. Als Einarmiger war Innes der einzige unter den Schmugglern, der nicht in der Lage gewesen wäre den Zöllner an der Straße bei Arbroath aufzuhängen.

Innes war ein schweigsamer Mensch. Man konnte zwar keinen der Schotten als redselig bezeichnen, aber selbst im Vergleich zu ihnen war er äußerst zurückhaltend. Deshalb überraschte es mich nicht, als ich ihn eines Morgens mit verzerrtem Gesicht über einen Lukendeckel gebeugt stehen sah, als wäre er in einen wortlosen inneren Kampf verstrickt.

»Haben Sie Schmerzen, Innes?« fragte ich.

»Och!« Verblüfft richtete er sich auf, sank aber, einen Arm um den Bauch geschlungen, sogleich wieder in sich zusammen. »Mmmpf«, murmelte er, und sein hageres Gesicht rötete sich, weil er sich ertappt fühlte.

»Kommen Sie mit.« Ich packte ihn am Ellbogen. Panisch sah er sich nach Rettung um, aber ich zog ihn unerbittlich hinter mir her. Widerstrebend, aber keineswegs laut protestierend, folgte er mir in meine Kajüte, wo ich ihn nötigte, sich auf den Tisch zu setzen, und ihm das Hemd auszog, um ihn zu untersuchen.

Ich strich über seinen mageren, behaarten Bauch, ertastete auf einer Seite die feste, glatte Fläche der Leber und auf der anderen den leicht aufgeblähten Magen. Da der Schmerz, unter dem er sich

wie ein Wurm am Angelhaken krümmte, in Abständen kam, vermutete ich, daß er schlicht und einfach unter Blähungen litt, wollte
der Sache aber lieber auf den Grund gehen.

Für alle Fälle untersuchte ich auch die Gallenblase und fragte
mich, was ich wohl tun würde, sollte es sich um eine akute Gallen-
blasen- oder Blinddarmentzündung handeln.

Die Bauchhöhle zu öffnen war ein riskantes Unterfangen, selbst
wenn man über moderne Anästhesiemethoden und Antibiotika
verfügte. Ich wußte, daß ich früher oder später zu einer Operation
gezwungen sein würde – hoffte aber, daß es später wäre.

»Einatmen.« Meine Hände lagen auf seiner Brust, und ich sah
die rosige, körnige Oberfläche einer gesunden Lunge vor mir.
»Ausatmen.« Ich spürte die Farbe zu einem hellen Blau verblassen.
Kein Rasseln, kein Stocken, ein schöner und klarer Atemfluß. Ich
griff nach einem dicken Pergamentbogen, der mir als Stethoskop
diente.

»Wann hatten Sie zuletzt Stuhlgang?« erkundigte ich mich und
rollte das Papier zu einer Röhre. Der Schotte lief blutrot an. Da er
meinem durchdringenden Blick nicht ausweichen konnte, murmelte er etwas Unzusammenhängendes, aus dem ich das Wort
»vier« heraushörte.

»Vier *Tage*?« fragte ich und vereitelte einen Fluchtversuch, indem ich meine Hand auf seine Brust legte und ihn flach auf den
Tisch drückte. »Halten Sie still. Ich muß Sie nur noch abhorchen,
um sicherzugehen.«

Der Herzschlag war beruhigend normal. Im Grunde war ich mir
meiner Diganose sicher, doch inzwischen hatten sich Zuschauer
eingestellt: Innes' Kameraden streckten den Kopf zur Tür herein.
Um Eindruck zu schinden, rückte ich mein Röhrenstethoskop
noch ein Stück tiefer und lauschte den Verdauungsgeräuschen.

Wie ich vermutet hatte, war das Rumpeln der eingeschlossenen
Gase in der oberen Windung des Dickdarms deutlich zu hören.
Weiter unten hörte ich jedoch gar nichts.

»Sie haben Winde«, erklärte ich, »und Verstopfung.«

»Aye, das weiß ich auch«, grummelte Innes und sah sich verzweifelt nach seinem Hemd um.

Ich legte meine Hand auf das fragliche Kleidungsstück, damit er
nicht entwischte, solange ich ihn über das Essen aushorchte, das er

in letzter Zeit bekommen hatte. Es hatte fast ausschließlich aus gepökeltem Schweinefleisch und Schiffszwieback bestanden.

»Und was ist mit den Trockenerbsen und dem Hafermehl?« fragte ich erstaunt. Ich hatte mich vor der Abfahrt nach der üblichen Verpflegung an Bord erkundigt und – neben dem Faß Limonensaft und verschiedenen Heilkräutern – einen Vorrat von je dreihundert Pfund Trockenerbsen und Hafermehl zur Ergänzung des Speiseplans der Seeleute besorgt.

Innes blieb stumm, aber meine Frage entlockte den Zuschauern auf dem Gang eine Sturzflut von Mitteilungen und Klagen.

Jamie, Fergus, Marsali und ich speisten täglich mit Kapitän Raines und genossen Murphys Kochkünste. Daher hatte ich keine Ahnung, wie mangelhaft die Mannschaft verköstigt wurde. Offenbar war Murphy selbst das Problem, da er für die Tafel des Kapitäns zwar die höchsten kulinarischen Maßstäbe anlegte, das Kochen für die Mannschaft aber eher als lästige Pflicht denn als Herausforderung ansah. Er hatte große Routine darin, das Essen für die Besatzung schnell und gut zuzubereiten, und wies jeden Verbesserungsvorschlag von sich, der ihn mehr Zeit und Mühe gekostet hätte. Und die Mühsal, Erbsen einzuweichen und Hafermehl zu kochen, wollte er keinesfalls auf sich nehmen.

Überdies hegte Murphy ein tiefsitzendes Vorurteil gegen Haferbrei, eine derbe schottische Speise, die seinen Sinn für Ästhetik beleidigte. Beim Anblick des Frühstücktabletts mit Haferbrei, den Jamie, Marsali und Fergus nicht missen wollten, murmelte er jedesmal Ausdrücke wie »Hundekotze« vor sich hin.

»Mr. Murphy sagt, Pökelfleisch und Schiffszwieback wären für jede Mannschaft, die er in den letzten dreißig Jahren verpflegt hat – und dazu noch Mehlpudding mit Pflaumen zum Nachtisch und Rindfleisch am Sonntag, aber wenn das Rindfleisch ist, bin ich ein Chinese – gut genug gewesen, und für uns wäre es das auch«, empörte sich Gordon.

Die Seeleute, die Murphy bekochte, kamen in der Regel aus aller Herren Länder, und er war es gewohnt, daß sie klaglos aßen, was sie vorgesetzt bekamen. Der störrischen Vorliebe der Schotten für Haferbrei widersetzte er sich mit der ihm eigenen irischen Unnachgiebigkeit, und der Streit, zunächst eine unter der Oberfläche brodelnde Unstimmigkeit, kochte nun über.

»Wir wußten, daß es Haferbrei geben sollte«, erklärte Mac-Leod, »denn Fergus hatte es gesagt, als er uns anwarb. Aber seit wir Schottland verlassen haben, hat es immer nur Fleisch und Zwieback gegeben, und das macht Bauchgrimmen, wenn man es nicht gewohnt ist.«

»Wir wollten Jamie Roy nicht wegen so etwas belästigen«, warf Raeburn ein. »Geordie hat ein Backblech, und da haben wir unseren Haferkuchen über den Lampen im Mannschaftsquartier selbst gebacken. Aber jetzt ist uns das Getreide ausgegangen, das wir mitgebracht hatten, und Mr. Murphy hat die Schlüssel für die Vorratskammer.« Er sah mich schüchtern an. »Wir wollten ihn nicht fragen, da wir ja wissen, was er von uns hält.«

»Taugenichtse nennt er uns«, erklärte MacLeod. Während ich mir die Klagen anhörte, hatte ich einige Kräuter aus meinem Kasten geholt – Anis und Angelika, zwei kräftige Prisen Andorn und einige Zweiglein Pfefferminze. Ich verschnürte sie in einem Gazesäckchen, schloß den Kasten und gab Innes sein Hemd zurück, das er hastig überzog.

»Ich rede mit Mr. Murphy«, versprach ich den Schotten. »In der Zwischenzeit«, sagte ich zu Innes und gab ihm das Gazesäckchen, »kochen sie sich eine schöne Kanne Tee davon und trinken bei jeder Wachablösung eine Tasse. Wenn sich bis morgen keine Wirkung zeigt, ergreifen wir ernstere Maßnahmen.«

Statt einer Antwort wurde ein quiekender Furz hörbar, was bei Innes' Kameraden einen Heiterkeitsausbruch auslöste.

»Aye, das ist recht, Mistress Fraser, vielleicht macht er sich in die Hosen, weil Sie ihm solche Angst einjagen«, meinte MacLeod grinsend.

Innes, der hochrot geworden war, nahm sein Säckchen, gab unverständliche Dankesworte von sich und ergriff schleunigst die Flucht; die anderen Schmuggler folgten ihm gemächlich.

Es folgte eine erbitterte Auseinandersetzung mit Murphy, die zwar ohne Blutvergießen beigelegt werden konnte, aber in den Kompromiß mündete, daß ich die Verantwortung für die Zubereitung des Morgenbreis für die Schotten übernahm – unter der Voraussetzung, daß ich mich mit einem einzigen Topf und einem Kochlöffel begnügte, während des Kochens nicht sang und in der Kombüse keine Schweinerei hinterließ.

Erst als ich mich nachts in meiner engen, ungemütlichen Koje herumwälzte und keinen Schlaf fand, wurde mir klar, wie merkwürdig der Vorfall am Morgen gewesen war. Hätten wir uns in Lallybroch befunden und wären die Schotten Jamies Pächter gewesen, hätte niemand gezögert, ihn wegen der Angelegenheit anzusprechen, ja, die Schmuggler hätten die Sache gar nicht erst erwähnen müssen. Jamie hätte auch so schon gewußt, was los war, und etwas dagegen unternommen. Ich war es von jeher gewohnt, daß zwischen Jamie und seinen Männern Vertrautheit und bedingungslose Loyalität herrschten, und dieses distanzierte Verhältnis hier auf dem Schiff machte mir Sorgen.

Am nächsten Morgen saß Jamie nicht am Tisch des Kapitäns, da er mit zwei Seeleuten im kleinen Boot hinausgefahren war, um junge Heringe zu fangen, aber ich sprach mit ihm, als er mittags sonnengebräunt, fröhlich und mit Schuppen und Fischblut besudelt zurückkkehrte.

»Was hast du mit Innes angestellt, Sassenach?« fragte er grinsend. »Er versteckt sich im Steuerbordklo und behauptet, du hättest gesagt, er dürfte erst rauskommen, wenn er geschissen hat.«

»So habe ich mich nicht ausgedrückt«, erklärte ich. »Ich habe nur gesagt, wenn er bis heute abend keinen Stuhlgang hat, mache ich ihm einen Einlauf aus Ulmenrindenextrakt.«

Jamie warf einen Blick über die Schulter in Richtung Toilette.

»Wir wollen hoffen, daß Innes' Gedärme mitspielen, sonst wird er wohl den Rest der Reise auf dem Klo verbringen – was bei solchen Drohungen kein Wunder wäre.«

»Da brauchst du dir keine Sorgen zu machen. Jetzt, wo er und die anderen wieder ihren Haferbrei bekommen, dürfte ihr Darm auch ohne mein Eingreifen wieder in Bewegung kommen.«

Jamie sah mich überrascht an.

»Ihren Haferbrei wieder bekommen? Wovon sprichst du, Sassenach?«

Ich schilderte den Verlauf des Hafermehlkrieges und seinen Ausgang, während Jamie sich die Hände wusch.

»Sie hätten mit mir reden sollen«, meinte er.

»Wahrscheinlich hätten sie das früher oder später auch getan«, sagte ich. »Ich habe es nur zufällig herausgefunden, weil ich Innes mit Bauchkrämpfen hinter einem Lukendeckel fand.«

»Mmmpf.« Er schrubbte sich die Blutflecken von den Fingern und bearbeitete die hartnäckig haftenden Schuppen mit einem Bimsstein.

»Zu diesen Männern stehst du nicht so, wie zu deinen Pächtern in Lallybroch, oder?« sagte ich.

»Nein«, erwiderte er bedächtig. »Ich bin nicht der Gutsherr, sondern nur der Mann, der sie bezahlt.«

»Aber sie mögen dich«, erwiderte ich, doch dann fiel mir Fergus' Geschichte wieder ein, und ich schränkte meine Bemerkung ein, »oder wenigstens fünf von ihnen mögen dich.«

Ich gab ihm ein Handtuch. Er bedankte sich mit einem Nicken und trocknete sich kopfschüttelnd die Hände ab.

»Aye, MacLeod und die anderen mögen mich – oder wenigstens fünf von ihnen«, wiederholte er ironisch. »Und sie stehen zu mir, wenn's hart auf hart geht – fünf von ihnen. Aber sie kennen mich nicht besonders gut, und ich sie auch nicht – abgesehen von Innes.«

Er kippte das schmutzige Wasser über Bord und bot mir den Arm, um nach unten zu gehen.

»Bei Culloden ist mehr als nur die Sache der Stuarts gestorben, Sassenach«, sagte er. »Gehen wir zum Essen?«

Warum er Innes besser kannte als die anderen, fand ich erst eine Woche später heraus, als mich Innes – vielleicht ermutigt durch die Wirkung des Abführmittels, das ich ihm gegeben hatte – freiwillig in meiner Kajüte aufsuchte.

»Ich frage mich, Mistress«, sagte er höflich, »ob es eine Medizin gegen etwas gibt, was nicht da ist?«

»Wie bitte?« Ich muß verwirrt ausgesehen haben, denn er hob zur Illustration seinen leeren Hemdsärmel in die Höhe.

»Mein Arm«, erklärte er. »Wie Sie sehen, ist er nicht da. Und doch tut er mir manchmal furchtbar weh.« Er errötete.

»Ein paar Jahre lang hab' ich überlegt, ob ich nur ein bißchen spinne«, vertraute er mir mit leiser Stimme an. »Aber ich hab' mich mit Mr. Murphy unterhalten, und er sagt, mit seinem Bein, das er verloren hat, ist's dasselbe, und Fergus sagt, er wacht manchmal auf und spürt, wie seine abgehackte Hand jemandem in die Tasche greift.« Er lächelte, und unter seinem buschigen Schnurrbart blitzten die Zähne. »Also hab' ich mir gedacht, vielleicht ist es ganz normal, daß man einen Arm spürt, der nicht da ist, vielleicht kann man was dagegen machen.«

»Ich verstehe.« Nachdenklich rieb ich mir das Kinn. »Ja, es ist normal, man nennt das Phantomschmerz, wenn man einen verlorenen Körperteil noch spürt. Aber ob man etwas dagegen machen kann…« Stirnrunzelnd überlegte ich, ob ich je von einem Heilmittel gegen Phantomschmerzen gehört hatte. Um Zeit zu gewinnen, fragte ich: »Wie ist es denn passiert, daß Sie Ihren Arm verloren haben?«

»Ach, das war 'ne Blutvergiftung«, meinte er beiläufig. »Ich habe mir mit einem Nagel ein Loch in die Hand gerissen, und es hat geeitert.«

Ich starrte auf den Ärmel, der von der Schulter abwärts leer war.

»Tatsächlich«, erwiderte ich matt.

»Aye. Eigentlich war es ein Glück. So bin ich wenigstens nicht mit den anderen deportiert worden.«

»Mit welchen anderen?«

Erstaunt sah er mich an. »Na, mit den anderen Gefangenen von Ardsmuir. Hat Mac Dubh Ihnen das nicht erzählt? Als die Festung nicht mehr als Gefängnis verwendet wurde, haben sie alle schottischen Gefangenen zur Zwangsarbeit in die Kolonien geschickt – alle außer Mac Dubh, weil er ein großer Mann war und sie ihn nicht aus den Augen lassen wollten, und mir, weil ich den Arm verloren hatte und nicht für harte Arbeit taugte. Also wurde Mac Dubh anderswohin geschickt, und mich haben sie freigelassen – begnadigt. Also sehen Sie, der Unfall hat mir Glück gebracht, abgesehen von den Schmerzen, die mich nachts manchmal plagen.«

»Ach so. Sie waren also mit Jamie im Gefängnis. Das hab' ich nicht gewußt.« Ich sah den Inhalt meines Medizinkastens durch und fragte mich, ob ein gewöhnliches Schmerzmittel wie Weidenrindentee oder Andorn mit Fenchel bei Phantomschmerzen half.

»O ja.« Innes legte allmählich seine Schüchternheit ab und sprach unbefangener mit mir. »Inzwischen wäre ich bestimmt schon verhungert, wenn Mac Dubh mich nicht gesucht hätte, als er selbst freigelassen wurde.«

»Er hat Sie gesucht?« Aus dem Augenwinkel erspähte ich einen blauen Schatten und winkte Mr. Willoughby herbei, der gerade vorbeikam.

»Aye. Als er von seinem Ehrenwort entbunden wurde, hat er nachgeforscht, ob welche von den Männern, die nach Amerika verschleppt worden waren, zurückgekommen sind.« Er zuckte die Achseln. »Aber in Schottland war keiner außer mir.«

»Aha. Mr. Willoughby, haben Sie eine Ahnung, was man da machen kann?« Mit einer Geste forderte ich den Chinesen auf, sich Innes anzusehen, und erklärte das Problem. Erfreut hörte ich, daß er sich tatsächlich mit solchen Dingen auskannte. Wir zogen Innes wieder einmal das Hemd aus, und ich beobachtete, wie Mr. Willoughby auf bestimmte Punkte an Nacken und Oberkörper drückte. Dabei machte ich mir Notizen, und er erklärte, so gut er konnte, was er tat.

»Arm ist in Geisterwelt«, sagte er. »Körper nicht, ist hier in oberer Welt. Arm versucht wiederkommen, weil er nicht von Körper getrennt sein will. Dieses – *An-mo* – Druck-Druck –, dann hört Schmerz auf. Aber wir sagen auch dem Arm, er soll nicht wiederkommen.«

»Und wie machen Sie das?« Innes wurde allmählich neugierig. Die meisten Seeleute hätten Mr. Willoughby nicht an sich herangelassen, da sie ihn für einen unreinen, zutiefst abartigen Heiden hielten, aber Innes hatte die letzten zwei Jahre mit ihm zusammengearbeitet.

Mr. Willoughby schüttelte den Kopf, da ihm die Worte fehlten, und wühlte in meinem Medizinkasten. Er holte eine Flasche mit getrockneten Pfefferkörnern heraus, nahm sich eine Handvoll und gab sie in eine kleine Schüssel.

»Haben Feuer?« erkundigte er sich. Ich hatte Feuerstein und Stahl zur Hand, und damit konnte er einen Funken schlagen, der die Körner in Brand setzte. Ein stechender Geruch erfüllte die Kajüte, und wir beobachteten gemeinsam, wie eine kleine, weiße Wolke aus der Schüssel aufstieg.

»Schicke Rauch von *fan jiao*-Boten in Geisterwelt, sprechen Arm«, erklärte Mr. Willoughby. Er füllte seine Lungen und pustete die Backen auf wie ein Kugelfisch, dann blies er kräftig auf die Wolke, so daß sie zerstob. Ohne innezuhalten, drehte er sich um und spuckte auf Innes’ Stumpf.

»Ho, du heidnischer Mistkerl!« rief Innes wutentbrannt. »Was fällt dir ein, mich anzuspucken?«

»Spucke auf Geist«, erklärte Mr. Willoughby und bewegte sich seitwärts in Richtung Tür. »Geist Angst vor Spucke. Jetzt kommt er nicht wieder.«

Beschwichtigend legte ich meine Hand auf Innes' gesunden Arm.

»Tut Ihr verlorener Arm jetzt weh?« fragte ich.

Sein Zorn verflog, als er darüber nachdachte.

»Hm... nein«, gab er zu. Doch dann blickte er Mr. Willoughby finster an. »Aber das heißt nicht, daß du mich anspucken darfst, wenn dir der Sinn danach steht, du Winzwurm!«

»O nein«, erwiderte Mr. Willoughby gelassen. »Ich spucke nicht. Du selber spucken. Selber Geist angst machen.«

Innes kratzte sich am Kopf und wußte nicht, ob er lachen oder wütend werden sollte.

»Verdammt soll ich sein«, sagte er schließlich. Er schüttelte den Kopf, nahm sein Hemd und zog es über. »Aber das nächstemal werde ich doch lieber Ihren Tee versuchen, Mistress Fraser.«

44

Naturgewalten

»Ich bin ein Narr«, sagte Jamie. Mit trübseliger Miene beobachtete er Fergus und Marsali, die ins Gespräch vertieft an der Reling am anderen Ende des Schiffes lehnten.

»Warum?« fragte ich, obwohl ich es mir ganz gut vorstellen konnte. Die Tatsache, daß die beiden Ehepaare an Bord freiwillig Enthaltsamkeit übten, fand die ganze Besatzung, die ja *unfreiwillig* im Zölibat lebte, insgeheim ziemlich belustigend.

»Zwanzig Jahre lang habe ich mich danach gesehnt, dich in meinem Bett zu haben«, bestätigte er meine Vermutung. »Und kaum bist du wieder da, richte ich es so ein, daß ich dich nicht einmal küssen kann, ohne mich hinter einen Lukendeckel verkriechen zu müssen. Und selbst dann kann es passieren, daß Fergus uns ertappt und mir einen scheelen Blick zuwirft, der kleine Bastard! Und kein anderer ist schuld als ich alter Esel. Was habe ich mir da bloß eingebrockt?« Wütend starrte er das Paar an, das mit unverhohlener Zuneigung turtelte.

»Marsali ist erst fünfzehn«, entgegnete ich verständnisvoll. »Du wolltest dich ihr gegenüber nur väterlich – oder stiefväterlich – verhalten.«

»Aye, das wollte ich.« Mit grimmigem Lächeln sah er mich an. »Und der Lohn für meine Fürsorglichkeit ist, daß ich nicht einmal meine eigene Frau anrühren darf!«

»Na, anrühren darfst du mich schon.« Ich nahm seine Hand und liebkoste sie zärtlich. »Du kannst dich nur nicht zügellos der Fleischeslust hingeben.«

Wir hatten in dieser Richtung schon einige Versuche unternommen, die alle zum Scheitern verurteilt waren, weil entweder im falschen Augenblick ein Besatzungsmitglied aufgetaucht war, oder weil sich die verborgenen Winkel auf der *Artemis* allesamt als ziemlich ungemütlich erwiesen. Ein nächtlicher Ausflug in den hinteren Laderaum hatte ein jähes Ende gefunden, als eine stattliche Ratte von einem Stapel Häute auf Jamies nackte Schulter gesprungen war, woraufhin ich einen hysterischen Anfall bekam und Jamie ganz plötzlich jede Lust verlor.

Mein Daumen liebkoste immer noch verstohlen seine Handfläche. Er warf einen Blick auf unsere verschlungenen Hände und sah mich aus schmalen Augen an, ließ mich aber weitermachen. Zärtlich schlossen sich seine Finger um meine Hand, und sein Daumen ruhte leicht wie eine Feder auf meinem Puls. Wir konnten einfach nicht die Finger voneinander lassen – ebensowenig wie Fergus und Marsali –, obwohl wir genau wußten, daß die Enttäuschung am Ende dann nur noch größer war.

»Aye, zu meiner Verteidigung muß ich sagen, ich habe es gut gemeint.« Wehmütig lächelte er mich an.

»Du weißt doch, was man sich über gute Vorsätze erzählt?«

»Was denn?« Sein Daumen glitt zärtlich über mein Handgelenk, so daß ich ein Kribbeln im Magen spürte. Mr. Willoughby hatte anscheinend recht, wenn er behauptete, daß Empfindungen an einem Körperteil andere Körperteile beeinflußten.

»Der Weg zur Hölle ist damit gepflastert.« Ich drückte seine Hand und versuchte ihm die meine zu entziehen, aber er ließ mich nicht los.

»Mmmpf.« Seine Augen ruhten auf Fergus, der Marsali mit einer Albatrosfeder am Kinn kitzelte.

»Stimmt«, sagte Jamie. »Ich wollte dafür sorgen, daß das Mädel Zeit zum Nachdenken hat, bevor es zu spät ist. Und die Folge ist, daß ich die halbe Nacht wach liege, versuche, nicht an dich zu denken, und Fergus in der anderen Koje lechzen höre. Und wenn ich morgens rauskomme, grinsen sich die Männer in den Bart, wenn sie mich sehen.« Er warf Maitland, der eben vorüberging, einen zornigen Blick zu. Der bartlose Kabinensteward wirkte völlig verblüfft und verzog sich hastig.

»Wie hört man denn jemanden lechzen?« fragte ich fasziniert.

»Ach! Das ist... das ist nur...«

Er hielt inne und rieb sich die Nase, die sich im scharfen Wind rötete.

»Weißt du, was Männer im Gefängnis machen, Sassenach, wenn sie lange Zeit keine Frauen haben?«

»Ich kann es mir vorstellen.« An einer Schilderung aus erster Hand war ich nicht unbedingt interessiert. Über seine Zeit in Ardsmuir hatte er mir bisher noch nichts erzählt.

»Das glaube ich dir«, entgegnete er trocken. »Und du hast ganz recht. Es gibt drei Möglichkeiten: Einer treibt es mit dem anderen, man wird verrückt, oder man erledigt die Sache selber, aye?«

Er blickte aufs Meer hinaus, dann drehte er sich zu mir um und lächelte leise. »Findest du mich verrückt, Sassenach?«

»Meistens nicht«, erwiderte ich aufrichtig. Er lachte und schüttelte reuig den Kopf.

»Nein, irgendwie habe ich das nicht fertiggebracht. Ab und zu hab' ich mir gewünscht, ich könnte verrückt werden«, meinte er nachdenklich, »es kam mir leichter vor, als immer darüber nachdenken zu müssen, was als nächstes zu tun war – doch anscheinend neige ich nicht dazu. Genausowenig wie zur Sodomie.«

»Nein, das glaube ich auch nicht.« Bei Männern, die unter normalen Umständen jeden Gedanken an homosexuelle Praktiken entsetzt von sich wiesen, konnte es vorkommen, daß sie sich aus Verzweiflung dazu hinreißen ließen. Nicht so Jamie. Nach seinen Erfahrungen mit Jonathan Randall wäre er bestimmt lieber wahnsinnig geworden, als so etwas zu tun.

Er zuckte die Achseln und blickte aufs Meer hinaus. Dann senkte er die Augenlider und betrachtete seine Hände, die die Reling umklammerten.

»Ich habe gekämpft, als die Soldaten kamen und mich festnahmen. Ich hatte Jenny versprochen, es nicht zu tun – sie glaubte, daß sie mich verletzen würden –, aber als die Zeit gekommen war, konnte ich einfach nicht anders.« Wieder zuckte er die Achseln und öffnete seine verkrüppelte rechte Hand mit den beiden steifen Fingern. Langsam ballte er sie zur Faust.

»Ich habe sie mir damals noch einmal gebrochen, am Kiefer eines Dragoners«, sagte er und bewegte vorsichtig den Ringfinger. »Das war das drittemal, das zweitemal war bei Culloden. Es hat mir nicht viel ausgemacht. Aber dann haben sie mich in Ketten gelegt, und das hab' ich kaum ausgehalten.«

»Das kann ich mir denken.« Die Vorstellung, wie dieser geschmeidige, kraftvolle Körper durch eiserne Fesseln gebändigt wurde, tat mir weh.

»Im Gefängnis ist man nie für sich«, fuhr er fort. »Das hat mich noch mehr gestört als die Ketten. Wenn man Tag und Nacht andere um sich hat, kann man nie einen eigenen Gedanken fassen, außer man täuscht Schlaf vor. Und was das andere betrifft...« Er schnaubte verächtlich. »Man wartet eben, bis die Nacht kommt, denn nur die Dunkelheit schützt einen vor neugierigen Blicken.«

Die Zellen waren nicht groß, und nachts lagen die Männer nah beisammen, um sich zu wärmen. Da war es unmöglich, nicht mitzubekommen, wie die anderen ihr Verlangen stillten.

»Ich lag über ein Jahr in Ketten, Sassenach.« Er hob die Arme, breitete sie einen halben Meter aus und hielt dann jäh inne, als hätte er eine unsichtbare Grenze erreicht. »So weit konnte ich mich bewegen, nicht weiter«, sagte er und starrte auf seine reglosen Hände. »Und meine Hände konnte ich gar nicht rühren, ohne daß die Kette rasselte.«

Hin- und hergerissen zwischen Scham und Begierde, hatte er in der Dunkelheit gewartet, hatte den tierischen, schalen Geruch der anderen Männer eingeatmet und auf den Atem seiner Gefährten gehorcht, bis ihm die gleichmäßigen Atemzüge verrieten, daß niemand mehr auf das Klirren seiner Kette achten würde.

»Wenn es eins gibt, was ich ganz genau kenne, Sassenach«, sagte er mit einem Seitenblick auf Fergus, »dann sind es die Geräusche, die ein Mann macht, wenn er eine Frau liebt, die nicht da ist.«

Mit einer jähen Bewegung sprengte er die unsichtbaren Ketten und lächelte mich an. Ich aber sah hinter dem humorvollen Funkeln die dunklen Erinnerungen. Dort sah ich auch das schreckliche Verlangen, die brennende Begierde, die stärker war als die Einsamkeit und Erniedrigung, Verwahrlosung und Trennung.

Reglos standen wir da und sahen uns an, ohne darauf zu achten, was auf Deck vor sich ging. Er verstand es besser als jeder andere, seine Gedanken zu verbergen, aber vor mir verbarg er nichts.

Der Hunger brannte in ihm, und auch ich fing Feuer, als ich es sah. Seine Hand lag neben meiner auf der hölzernen Reling... Wenn ich ihn berührte, dachte ich plötzlich, würde er sich umdrehen und mich hier und jetzt auf den Holzbrettern des Decks nehmen.

Als könnte er Gedanken lesen, griff er plötzlich nach meiner Hand und preßte sie an seinen Schenkel.

»Wie oft bin ich bei dir gelegen, seit du zurückgekehrt bist?« flüsterte er. »Ein-, zweimal im Bordell. Dreimal auf der Heide. Und dann in Lallybroch und später in Paris.« Seine Finger klopften sachte im Rhythmus meines Herzschlags auf mein Handgelenk.

»Jedesmal, wenn ich von deinem Lager aufstehe, ist mein Verlangen genauso groß wie zuvor. Damit ich bereit bin, braucht es jetzt nicht mehr als den Duft von deinem Haar, das mein Gesicht berührt, oder das Gefühl, wie dein Schenkel den meinen streift, wenn wir uns zu Tisch setzen. Oder deinen Anblick, wenn du auf Deck stehst und der Wind das Kleid eng an deinen Leib drückt...«

Seine Mundwinkel zuckten, als er mich ansah, und der Pulsschlag an seinem Hals raste.

»Es gibt Augenblicke, Sassenach, da bin ich ganz kurz davor, dich auf der Stelle zu nehmen, an einen Mast gelehnt, deine Röcke über die Taille hochgeschoben, und der Teufel soll die verdammte Mannschaft holen!«

Meine Finger zuckten, und seine Hand schloß sich fester um die meine, während er freundlich den Gruß des Kanoniers erwiderte, der auf dem Weg zur Achtergalerie an uns vorbeikam.

Die Glocke, die zur Tafel des Kapitäns rief, erklang unter meinen Füßen – eine helle metallische Schwingung, die sich durch meine Fußsohlen fortpflanzte. Fergus und Marsali unterbrachen ihr Spiel und gingen nach unten, während die Mannschaft Vorbereitungen zur Wachablösung traf. Wir aber blieben an der Reling stehen und starrten uns mit brennenden Augen an.

»Die besten Empfehlungen des Kapitäns, Mr. Fraser, würden Sie zu Essen kommen?« Es war Maitland, der Kabinensteward, der aus vorsichtiger Entfernung seine Botschaft übermittelte.

Jamie holte tief Luft und riß sich von mir los.

»Aye, Mr. Maitland, wir kommen sofort.«

Er rückte seinen Rock zurecht und bot mir den Arm.

»Wollen wir nach unten gehen, Sassenach?«

»Einen Augenblick.« Ich zog einen kleinen Gegenstand aus der Tasche und drückte ihn ihm in die Hand.

Er starrte auf das Bildnis von König George III. und sah mich fragend an.

»Für die Abrechnung«, sagte ich. »Aber jetzt wollen wir essen.«

Auch am nächsten Tag fanden wir uns auf Deck ein, denn wir zogen den kalten Wind der stickigen Luft in den Kajüten vor. Wir wanderten wie immer an der einen Seite des Schiffs hinunter und an der andern wieder hinauf, aber dann blieb Jamie stehen und erzählte mir, an die Reling gelehnt, eine Anekdote aus der Druckerei.

Nicht weit von uns saß Mr. Willoughby mit gekreuzten Beinen im Schutz des Hauptmasts; er hatte einen kleinen feuchten Tuschestein und einen großen weißen Papierbogen vor sich auf dem Deck. Sein Pinsel huschte leicht wie ein Schmetterling über das Papier und hinterließ erstaunlich klare Schriftzeichen.

Fasziniert beobachtete ich, wie er oben auf der Seite eine neue Reihe begann. Er arbeitete rasch und gewandt – wie ein Tänzer oder Schwertkämpfer, der seine Kunst beherrscht.

Ein Matrose kam im Vorbeigehen bedenklich nah an das Blatt heran, so daß er fast einen großen, schwarzen Fußabdruck auf dem schneeweißen Papier hinterlassen hätte. Kurze Zeit später tat ein anderer dasselbe, obwohl genug Platz vorhanden war. Dann kehrte der erste zurück und stieß unachtsam den kleinen schwarzen Tuschestein um.

»Tss!« rief der Matrose verärgert und wies auf den schwarzen Klecks auf dem sonst makellosen Deck. »Dreckiger Heide! Schaut, was er angerichtet hat!«

Der zweite Matrose, der eben von seinem kurzen Besorgungsgang zurückkam, blieb neugierig stehen. »Auf dem sauberen Deck! Das wird Kapitän Raines gar nicht gefallen!« Er nickte Mr. Willoughby spöttisch zu. »Am besten leckst du es schnell auf, Kleiner, bevor der Kapitän kommt.«

»Genau, das machst du, leck es auf. Aber schnell!« Der erste Matrose trat einen Schritt näher an den Sitzenden heran, so daß sein Schatten auf das Papier fiel. Mr. Willoughbys Lippen wurden schmal, aber er blickte nicht auf. Er vollendete die zweite Reihe, stellte den Tuschestein wieder auf und begann mit sicherer Hand die dritte.

»Ich sagte«, begann der erste Matrose mit lauter Stimme, hielt aber überrascht inne, als ein weißes Taschentuch vor ihm aufs Deck flatterte und den Tintenklecks bedeckte.

»Verzeihen Sie, meine Herren«, sagte Jamie. »Ich habe wohl etwas fallen lassen.« Er nickte den beiden zu, bückte sich und hob das Taschentuch auf. Darunter blieb nichts als ein matter Schmierfleck zurück. Die Seeleute tauschten einen unsicheren Blick. Einer der Männer sah in die blauen Augen des höflich lächelnden Jamie und wurde blaß. Hastig drehte er sich um und zog seinen Kameraden am Arm mit sich.

»Keine Ursache, Sir«, murmelte er. »Komm schon, Joe, wir werden auf dem Achterdeck gebraucht.«

Jamie würdigte weder die Seeleute noch Mr. Willoughby eines Blickes, sondern kam zu mir und steckte sein Taschentuch wieder in den Ärmel.

»Ein schöner Tag heute, nicht wahr, Sassenach?« Er warf den Kopf zurück und atmete tief ein. »Die Luft ist erfrischend, aye?«

»Für den einen anscheinend mehr als für andere«, entgegnete ich amüsiert. An dieser Stelle des Decks stieg einem der Geruch von alaungegerbten Tierhäuten aus dem unteren Frachtraum in die Nase.

»Das war nett von dir«, sagte ich, als er sich neben mir an die Reling lehnte. »Was meinst du, soll ich Mr. Willoughby anbieten, daß er in meiner Kajüte schreiben kann?«

Jamie schnaubte. »Nein. Ich habe ihm schon gesagt, daß er meine Kajüte oder zwischen den Mahlzeiten auch den Tisch in der Messe benutzen kann, aber er bleibt lieber hier – der dickköpfige Esel.«

»Ich vermute, das Licht ist hier besser.« Ich beäugte zweifelnd die gebeugte Gestalt, die verbissen am Mast kauerte. Ein Windstoß fuhr unter den Papierbogen. Mr. Willoughby drückte ihn sofort zu Boden und hielt ihn mit einer Hand fest, während er mit der anderen seine Schriftzeichen malte. »Es sieht nicht besonders bequem aus.«

»Das ist es auch nicht.« Ärgerlich fuhr sich Jamie mit der Hand durch die Haare. »Er tut es absichtlich, um die Mannschaft zu provozieren.«

»Wenn er darauf aus ist, macht er seine Sache gut«, bemerkte ich. »Aber warum, in aller Welt?«

Jamie schnaubte nur.

»Aye, das ist kompliziert. Hast du schon mal einen Chinesen kennengelernt?«

»Einige, aber vermutlich sind sie in meiner Zeit ein wenig anders«, bemerkte ich trocken. »Sie tragen weder einen Zopf noch Seidenschlafanzüge, und sie sind auch nicht von Frauenfüßen besessen – oder zumindest haben sie es mir nicht erzählt«, fügte ich fairerweise hinzu.

Jamie lachte und rückte ein Stück näher zu mir heran, so daß sich unsere Hände auf der Reling berührten.

»Es hat etwas mit den Füßen zu tun«, sagte er. »Oder damit hat es jedenfalls angefangen. Josie, eine der Huren bei Madame Jeanne, hat Gordon davon erzählt, und er hat es natürlich weitererzählt, so daß es jetzt alle wissen.«

»Was in aller Welt hat es denn mit den Füßen auf sich?« Meine Neugier war nun nicht mehr zu bändigen. »Was macht er eigentlich damit?«

Jamie hustete, und das Blut stieg ihm in die Wangen. »Also, das ist ein bißchen...«

»Du kannst mir gewiß nichts erzählen, was mir einen Schock versetzen könnte«, versicherte ich ihm. »Ich habe schon einiges erlebt – und zwar unter anderem mit dir.«

»Das glaube ich auch«, entgegnete er grinsend. »Aye, es ist weniger das, was er damit macht, sondern – tja, in China bindet man den vornehmen Frauen die Füße ein.«

»Davon habe ich schon gehört.« Ich fragte mich, was der ganze Wirbel sollte. »Man will damit erreichen, daß ihre Füße klein und anmutig sind.«

Wieder schnaubte Jamie verächtlich. »Anmutig, aye? Weißt du, wie sie das anstellen?« Und er schilderte es mir.

»Sie nehmen ein kleines Mädchen und drehen ihm die Zehen um, bis sie die Fersen berühren. Dann wickeln sie Bandagen um die Füße, damit es hält.

Die Kinderfrau nimmt die Bandagen ab und zu ab, um die Füße zu waschen, doch dann wickelt sie sie sofort wieder fest. Und wenn sie erwachsen ist, hat das arme Mädel bloß noch einen zusammengedrückten Klumpen aus Haut und Knochen am Bein, kleiner als meine Faust.« Er schlug mit der geballten Faust gegen die hölzerne Reling, um seine Geschichte zu veranschaulichen. »Aber dann hält man sie für wunderschön. Anmutig, wie du sagst.«

»Das ist vollkommen widerwärtig!« rief ich. »Aber was hat das mit…« Ich warf einen Blick auf Mr. Willoughby, der aber nichts zu hören schien. Der Wind wehte von ihm in unsere Richtung und trug unsere Worte aufs Meer hinaus.

»Nun ist er eben auf Füße fixiert, verstehst du? Und mit den Füßen von Madame Jeannes Huren hat er so allerlei probiert, was die Damen entsetzt hat.«

Allmählich begriff ich, warum alle dem kleinen Chinesen mit solcher Feindseligkeit begegneten. Selbst nach kurzer Bekanntschaft mit der Besatzung der *Artemis* war mir klargeworden, daß sich Seeleute im allgemeinen ziemlich galant verhielten und den Frauen höchst romantische Gefühle entgegenbrachten – zweifellos, weil sie den Großteil des Jahres ohne weibliche Gesellschaft auskommen mußten.

»Hm«, machte ich und warf einen mißtrauischen Blick auf Mr. Willoughby. »Gut, das erklärt vielleicht das Verhalten der anderen, aber was ist mit ihm?«

»Das ist etwas komplizierter.« Jamie lächelte gequält. »Schau, für Mr. Yi Tien Tschu aus dem Reich der Mitte sind wir Barbaren.«

»Tatsächlich?« Ich blickte zu Brodie Cooper hinauf, der soeben die Webeleine hinunterkletterte und von dem nur die schwieligen, schwarzen Fußsohlen zu sehen waren. Wahrscheinlich hatten beide Seiten recht. »Du etwa auch?«

»Aber ja. Ich bin ein dreckiger, übelriechender ausländischer Teufel mit einem Gestank wie ein Wiesel – ich glaube, das ist die Bedeutung von *huang-shu-lang* – und einem grotesk häßlichen Gesicht«, erklärte er vergnügt.

»Das hat er dir alles an den Kopf geworfen?« Seltsame Art, seinem Lebensretter zu danken. Jamie sah mich an und zog die Brauen hoch.

»Nun, unser Mr. Willoughby nimmt kein Blatt vor den Mund, wenn er etwas getrunken hat«, erklärte er. »Ich glaube, der Branntwein läßt ihn vergessen, wie klein er in Wirklichkeit ist – jedenfalls gibt er dann ziemlich an.«

Er nickte dem eifrig malenden Mr. Willoughby zu. »Solange er nüchtern ist, benimmt er sich etwas umsichtiger, aber er denkt genauso. Es ärgert ihn einfach, aye? Vor allem, weil er weiß, wenn ich nicht wäre, würde ihn wahrscheinlich jemand niederschlagen oder ihn in einer ruhigen Nacht über Bord gehen lassen.«

Er sprach ganz sachlich über das Thema, aber mir war nicht entgangen, welche Seitenblicke uns die Seeleute im Vorbeigehen zuwarfen. Inzwischen war mir klar, warum Jamie seine Zeit in müßigem Gespräch mit mir an der Reling vertat. Wenn jemand bezweifeln sollte, daß Mr. Willoughby tatsächlich unter Jamies Schutz stand, wäre er schnell eines Besseren belehrt worden.

»Also hast du ihm das Leben gerettet, ihm Arbeit gegeben und ihm immer wieder aus der Patsche geholfen, und er beleidigt dich dafür und glaubt, du seist ein unwissender Barbar«, bemerkte ich. »Ein reizendes Kerlchen.«

»Ach, na ja.« Der Wind hatte gedreht und blies Jamie eine Haarsträhne ins Gesicht. Er beugte sich noch näher zu mir. »Er soll sagen, was er will. Ich bin der einzige, der ihn versteht.«

»Wirklich?« Ich legte meine Hand auf die seine.

»Vielleicht ist verstehen nicht das richtige Wort«, räumte er ein. Er blickte zu Boden. »Aber ich erinnere mich«, sagte er leise, »wie es ist, wenn man nichts mehr hat als seinen Stolz – und einen Freund.«

Mir fiel wieder ein, was Innes gesagt hatte, und ich fragte mich, ob der Einarmige in Zeiten der Not sein Freund gewesen war. Ich wußte, was er meinte. Ich hatte Joe Abernathy gehabt, und er hatte mir viel bedeutet.

»Ja, ich hatte einen Freund im Krankenhaus…«, fing ich an, wurde aber von einem lauten Zornesausbruch unterbrochen, der von unten heraufdrang.

»Verdammt! Tod und Teufel! Dieser Drecksack, dieser Sohn eines Schweinefurzes!«

Verblüfft blickte ich zu Boden, doch dann wurde mir klar, daß die Flüche aus der Kombüse heraufschallten, über der wir standen. Das Gebrüll erregte die Aufmerksamkeit einiger Matrosen, die sich neben uns versammelten und fasziniert beobachteten, wie der Koch seinen schwarzbetuchten Kopf aus der Luke streckte und wütend um sich blickte.

»Lahmarschige Trottel!« rief er. »Worauf wartet ihr? Zwei von euch nichtsnutzigen Bastarden bewegen jetzt ihren Hintern hier herunter und werfen diesen Unrat über Bord! Oder meint ihr, daß ich den ganzen Tag die Leiter rauf- und runterklettere mit meinem halben Bein?« Der Kopf verschwand ebenso plötzlich, wie er aufgetaucht war. Mit einem gutmütigen Achselzucken winkte Picard einem jungen Seemann, mit nach unten zu kommen.

Nun wurden unter Deck ein Stimmengewirr und ein Gepolter laut, und ein grauenhafter Gestank drang zu uns herauf.

»Himmel!« Hastig zog ich ein Taschentuch aus meiner Tasche und drückte es mir an die Nase. Dies war nicht das erste Mal, daß ich an Bord von einem üblen Geruch belästigt wurde, und so trug ich vorsichtshalber stets ein mit Wintergrün getränktes Tuch bei mir. »Was ist denn das?«

»Dem Gestank nach zu urteilen ein totes Pferd. Ein schon ziemlich lange totes Pferd.« Jamie rümpfte seine lange Nase, und die herumstehenden Seeleute rissen Witze, hielten sich die Nase zu und bekundeten ihren Abscheu vor dem Geruch.

Picard und der andere Matrose hievten mit abgewandtem Gesicht ein großes Faß mit verdorbenem Pferdefleisch durch die Luke herauf, hoben es über die Reling und warfen es ins Wasser.

Diejenigen unter den Matrosen, die gerade nichts zu tun hatten, beobachteten, wie das Faß hinter uns auf den Wellen tanzte, und ergötzten sich an Murphys gotteslästerlichen Verwünschungen an die Adresse des Schiffsausrüsters, der ihm das Faß angedreht hatte. Manzetti, ein kleiner italienischer Seemann mit einem dicken, rotbraunen Zopf, stand an der Reling und lud eine Muskete.

»Hai«, erklärte er, als er sah, daß ich ihn beobachtete, und seine Zähne leuchteten unter seinem Schnurrbart. »Gut zum Essen.«

»Brm«, äußerte sich Sturgis lobend.

Ich wußte, daß Haie uns begleiteten. Maitland hatte mir am Abend zuvor zwei dunkle Gestalten gezeigt, die im Schatten des Schiffsrumpfes neben uns her schwammen.

»Dort!« riefen mehrere Männer gleichzeitig, als das Faß im Wasser plötzlich eine ruckartige Bewegung machte. Manzetti zielte sorgfältig auf einen Punkt neben dem treibenden Faß.

Das graue Wasser war so klar, daß ich sah, wie sich unter der Oberfläche etwas bewegte. Wieder folgte ein Stoß, das Faß legte sich auf die Seite, und plötzlich tauchte ein grauer Rücken mit einer spitzen Flosse aus dem Wasser auf.

Die Muskete neben mir gab einen donnernden Schuß ab, und mir stieg beißender Schwarzpulverrauch in die Augen. Rufe wurden laut, und als meine Augen zu tränen aufhörten, sah ich einen bräunlichen Fleck, der sich rund um das Faß ausbreitete.

»Hat er den Hai oder das Pferdefleisch getroffen?« fragte ich Jamie im Flüsterton.

»Das Faß«, erwiderte er lächelnd. »Trotzdem ist es ein guter Schuß.«

Auch die nächsten Schüsse gingen daneben, während die rasenden Haie immer wieder dagegenstießen. Das Faß gab seinen unappetitlichen Inhalt preis, und die Haie hielten ihr Festmahl.

»Hat keinen Zweck«, sagte Manzetti schließlich, ließ die Muskete sinken und fuhr sich mit dem Hemdsärmel über die Augen. »Zu weit.« Er schwitzte, und sein Gesicht war vom Hals bis zum Haaransatz von Schießpulver geschwärzt. Da, wo er sich abgewischt hatte, blieb wie bei einer Waschbärenmaske ein heller Streifen zurück.

»Ich könnte ein Haifischsteak vertragen«, meinte der Kapitän, der hinter mich getreten war. »Vielleicht lassen wir ein Boot zu Wasser, Mr. Picard?«

Der Bootsmann brüllte einen Befehl, die *Artemis* ging an den Wind und näherte sich mit einer Kreisbewegung den Überresten des treibenden Fasses. Ein kleines Boot wurde zu Wasser gelassen, in dem Manzetti mit der Muskete und drei mit Fischhaken und Seilen bewaffnete Matrosen saßen.

Als sie die Stelle erreichten, war von dem Faß nichts mehr übrig außer ein paar Brettern. Trotzdem herrschte dort noch reges Treiben. Die Haie wühlten das Wasser auf, und ein lärmender Schwarm von Seevögeln zog seine Kreise. Da sah ich, wie plötzlich ein spitzes Maul aus den Wellen auftauchte, einen der Vögel packte und im Handumdrehen unter Wasser zog.

»Hast du das gesehen?« fragte ich ehrfürchtig. Ich wußte zwar, daß Haie ein kräftiges Gebiß besaßen, aber diese praktische Vorführung war beeindruckender als eine ganze Fotoserie im *National-Geographic*-Magazin.

»Aber Großmutter, was hast du für große Zähne?« sagte Jamie spürbar beeindruckt.

»Das kann man wohl sagen«, ließ sich eine freundliche Stimme neben mir vernehmen. Ich drehte mich um und sah Murphy, dessen rundes Gesicht vor Schadenfreude strahlte. »Das wird den Mistkerlen auch nicht mehr helfen, wenn sie eine Kugel im Kopf haben!« Er ließ seine fleischige Faust auf die Reling donnern und rief: »Hol mir einen von diesen Scheißkerlen, Manzetti! Wenn du es schaffst, wartet eine Flasche Kochbranntwein auf dich!«

»Liegt Ihnen die Sache persönlich am Herzen, Mr. Murphy?« fragte Jamie höflich. »Oder geht es Ihnen nur um eine Bereicherung der Speisekarte?«

»Sowohl als auch, Mr. Fraser«, erwiderte der Koch und beobachtete die Jagd mit Spannung. Er schlug sein Holzbein gegen die Schiffswand. »Die haben schon mal von mir gekostet«, bemerkte er grimmig, »aber ich habe mir von ihnen viel mehr schmecken lassen.«

Das kleine Boot wurde von den flatternden Vögeln nahezu verdeckt, und ihr Lärm übertönte fast alles außer Murphys Kriegsgeschrei.

»Haifischsteak mit Senf!« bellte Murphy, und seine Augen glühten vor Rachedurst. »Geschmorte Leber mit Senfgemüse! Aus deinen Flossen mache ich Suppe, und deine Augäpfel lege ich in Sherry ein, du elender Bastard!«

Da sah ich Manzetti, der auf dem Bug kniete und zielte, sah die schwarze Rauchwolke aufsteigen. Und dann sah ich Mr. Willoughby.

Da alle die Jagd beobachteten, hatten weder ich noch die anderen mitbekommen, wie er von der Reling gesprungen war. Und nun trieb er in einiger Entfernung von dem Gewühl, und sein rasierter Kopf glänzte wie ein Schwimmer, während er mit einem riesenhaften Vogel kämpfte.

Durch meinen Aufschrei wurde Jamie aufmerksam, riß sich von der Jagdszene los, verdrehte die Augen, und bevor ich eingreifen konnte, kauerte er schon auf der Reling.

In meinen Entsetzensschrei stimmte Murphy ein, aber Jamie war schon fort und tauchte beinahe lautlos neben dem Chinesen ins Wasser.

An Deck wurden Rufe laut – und Marsali stieß einen schrillen Schrei aus –, als den anderen klarwurde, was geschehen war. Jamies Kopf tauchte neben Mr. Willoughby auf, und Sekunden später lag sein Arm um den Hals des Chinesen. Mr. Willoughby hielt den Vogel mit aller Kraft fest, und einen Augenblick war ich im Zweifel, ob Jamie vorhatte, ihn zu retten oder ihn zu erdrosseln, aber dann tat er ein paar kräftige Stöße und zerrte Mann und Vogel hinter sich her auf das Schiff zu.

Triumphgeschrei hallte vom Boot herüber, und im Wasser breitete sich ein tiefroter Kreis aus. Ein heftig zappelnder Hai wurde an einen Haken genommen und mit einer Leine um den Bauch hinter dem kleinen Boot hergeschleppt. Dann brach ein großes Chaos aus, da die Männer im Boot bemerkten, was sich in der Nähe abspielte.

Auf beiden Seiten des Schiffs wurden Leinen ausgeworfen, und die Seeleute liefen in höchster Aufregung hin und her, unentschlossen, ob sie bei der Rettung oder bei der Bergung des Hais helfen sollten. Aber schließlich wurden Jamie und sein Anhang an Steuerbord hereingeholt und sanken tropfnaß auf das Deck, während der zuckende Hai backbords hochgezogen wurde.

»Großer… Gott«, keuchte Jamie. Er lag auf dem Deck und schnappte nach Luft wie ein Fisch auf dem Trockenen.

»Alles in Ordnung?« Ich kniete neben ihm nieder und trocknete ihm mit meinem Rock das Gesicht. Er lächelte mich schief an und nickte.

»Mein Gott«, sagte er schließlich und setzte sich auf. Er schüttelte sich und nieste. »Ich dachte schon, daß ich gefressen werde. Die Narren im Boot haben auf uns zugehalten, mit den ganzen Haien im Schlepptau, die unter Wasser nach ihrem erlegten Artgenossen bissen.« Behutsam massierte er sich die Waden. »Wahrscheinlich bin ich da überempfindlich, Sassenach, aber ich habe immer eine Höllenangst davor gehabt, ein Bein zu verlieren. Das kommt mir fast noch schlimmer vor, als gleich umgebracht zu werden.«

»Mir wäre es lieber, wenn du beides unterließest«, bemerkte ich trocken. Er begann zu zittern, und ich legte ihm mein Tuch um die Schultern. Dann sah ich nach Mr. Willoughby.

Der kleine Chinese klammerte sich nach wie vor hartnäckig an seine Beute, einen jungen Pelikan, der fast so groß war wie er selbst, und achtete weder auf Jamie noch auf die Seeleute, die ihn wüst beschimpften. Nur der klappernde Schnabel seines Gefangenen, an den sich niemand heranwagte, schützte den tropfnassen Mr. Willoughby vor tätlichen Angriffen.

Ein häßliches Knackgeräusch und triumphierendes Gejohle von der anderen Seite des Decks ließen darauf schließen, daß Mr. Murphy soeben mit einer Axt Vergeltung an seinem Feind übte. Die Seeleute scharten sich mit gezückten Messern um den Leichnam, um ein Stück von der Haut zu ergattern. Nach einer Weile kam der strahlende Murphy mit einem Stück Schwanz unter dem Arm, der riesigen, gelben Leber in einem Netz und der blutigen Axt vorbei.

»Nicht ertrunken?« bemerkte er und fuhr Jamie mit der freien Hand über die nassen Haare. »Ich verstehe zwar nicht, warum Sie sich wegen des kleinen Mistkerls solche Umstände machen, aber ich würde sagen, das war ganz schön mutig. Ich koche Ihnen eine schöne Brühe aus dem Schwanz, die vertreibt die Kälte«, versprach er und stampfte davon, während er lautstark Haifischgerichte aufzählte.

»Warum hat er das getan?« fragte ich. »Mr. Willoughby, meine ich.

Jamie schüttelte den Kopf und putzte sich mit seinem Hemdzipfel die Nase.

»Keine Ahnung. Er wollte den Vogel, denke ich, aber warum, weiß ich nicht. Vielleicht zum Essen?«

Murphy, der das noch mitbekommen hatte, drehte sich an der Luke zur Kombüse um und runzelte die Stirn.

»Pelikane kann man nicht essen«, erklärte er kopfschüttelnd. »Sie schmecken nach Fisch, ganz gleich, wie man sie zubereitet. Und Gott weiß, wie's den hierher verschlagen hat, eigentlich leben sie an der Küste. Wahrscheinlich wurde er vom Sturm abgetrieben. Komische Vögel, die Pelikane.« Dann murmelte er nur noch etwas von getrockneter Petersilie und Cayenne und verschwand.

Jamie lachte und stand auf.

»Aye, vielleicht braucht er ja nur Federn, um Federkiele zu machen. Komm mit hinunter, Sassenach. Du kannst mir helfen, mich abzutrocknen.«

Seine Worte waren scherzhaft gemeint, doch kaum kamen sie über seine Lippen, erstarrte seine Miene. Er sah nach Backbord hinüber, wo sich die Mannschaft um die Überreste des Hais stritt, während Fergus und Marsali vorsichtig den abgetrennten Kopf untersuchten, der mit aufgerissenem Kiefer auf dem Deck lag. Dann sah er mir in die Augen, und wir verstanden uns sofort.

Dreißig Sekunden später waren wir unten in seiner Kajüte. Aus seinen nassen Haaren fielen kalte Tropfen auf meine Schultern und rannen über meinen Busen, aber sein Mund war heiß und fordernd. Seine Haut glühte sanft unter dem nassen Hemd, das ihm am Rücken klebte.

»*Ifrinn!*« stieß er atemlos hervor und riß sich von mir los, um seine Hose auszuziehen. »Verdammt, die klebt ja an mir. Ich krieg' sie nicht runter.!«

Prustend vor Lachen zerrte er an den Schnüren, die sich im Wasser vollkommen verheddert hatten.

»Ein Messer!« sagte ich. »Wo ist ein Messer?« Ich mußte selbst lachen, als ich sah, wie er hektisch versuchte, sein nasses Hemd aus der Hose zu zerren. Ich durchwühlte die Schreibtischschubladen, fand aber nichts außer Papier, einem Tintenfaß, einer Schnupftabaksdose – alles, nur kein Messer. Am besten eignete sich noch ein Elfenbeinbrieföffner.

Mit gezücktem Brieföffner packte ich Jamie am Hosenband und begann die verknoteten Schnüre zu bearbeiten.

Bestürzt schrie er auf und wich zurück.

»Um Himmels willen, sei vorsichtig, Sassenach! Du hast nichts mehr davon, wenn du mich dabei kastrierst!«

Obwohl wir halb wahnsinnig vor Verlangen waren, schien das doch so komisch, daß wir uns vor Lachen kugelten.

»Hier!« Aus dem Chaos auf seiner Koje zog er seinen Dolch hervor und schwang ihn triumphierend. Kurze Zeit später waren die Schnüre durchtrennt, und die triefnasse Hose lag in einer Pfütze am Boden.

Er packte mich, hob mich hoch und legte mich auf den Schreibtisch, ohne auf zerknitterte Papiere und vergossene Tinte zu achten. Dann schob er meine Röcke bis über die Taille hoch, umfaßte meine Hüften und beugte sich über mich.

Es war, als hielte ich einen Salamander: lodernde Hitze in einer eisigen Hülle. Ich keuchte, als sein nasses Hemd meinen nackten Bauch berührte, und fuhr zusammen, als ich auf dem Gang draußen Schritte hörte.

»Hör auf!« zischte ich ihm ins Ohr. »Es kommt jemand!«

»Zu spät«, meinte er ungerührt. »Ich muß dich haben oder sterben.«

Rücksichtslos drang er in mich, und ich biß ihn in die Schulter, schmeckte Salz und nasses Leinen, aber er gab keinen Laut von sich. Zwei Stöße, drei, und ich schloß meine Beine fest um seine Hüften. Sein Hemd dämpfte meinen Schrei, und dann war es auch mir gleich, ob jemand kam.

Er nahm mich schnell und gründlich, jeder Stoß ging mir durch und durch, und ein Triumphlaut entrang sich seiner Kehle, als er zitternd und erlöst in meine Arme fiel.

Zwei Minuten später ging die Kajütentür auf. Innes ließ bedächtig seinen Blick durch den verwüsteten Raum schweifen. Seine freundlichen, braunen Augen wanderten von dem chaotischen Schreibtisch zu mir, die ich feucht und aufgelöst, aber anständig gekleidet auf der Koje saß, und verweilten schließlich bei Jamie, der schwer atmend auf den Hocker gesunken war.

Innes' Nasenflügel zuckten, aber er sagte nichts. Schließlich trat er in die Kajüte, nickte mir zu, ging in die Hocke und holte unter Fergus' Koje eine Flasche Branntwein hervor.

»Für den Chinesen«, sagte er zu mir. »Damit er sich nicht erkältet.« Er wandte sich zur Tür, wo er stehenblieb und Jamie nachdenklich beäugte.

»Du solltest dir von Mr. Murphy auch eine heiße Brühe machen lassen, Mac Dubh. Es heißt, daß es gefährlich ist, wenn man sich nach einer großen Anstrengung unterkühlt, aye? Du willst doch keinen Schüttelfrost bekommen?« Seine braunen Augen funkelten schelmisch.

Jamie strich sich die feuchten Haare aus der Stirn und lächelte.

»Ach, wenn es so weit kommt, Innes, sterbe ich wenigstens als glücklicher Mensch.«

Am nächsten Tag fanden wir heraus, wozu Mr. Willoughby den Pelikan brauchte. Ich traf ihn auf dem Achterdeck, wo der Vogel auf einer Segelkiste neben ihm kauerte, die Flügel mit Stoffstreifen eng an den Leib gebunden. Er warf mir aus seinen gelben Augen einen bösen Blick zu und klapperte warnend mit dem Schnabel.

Mr. Willoughby holte gerade eine Leine ein, an deren Ende ein kleiner purpurroter Tintenfisch zappelte. Er machte ihn los, hielt ihm den Pelikan hin und sagte etwas auf chinesisch. Der Vogel musterte ihn mißtrauisch, regte sich aber nicht. Rasch packte Mr. Willoughby den oberen Schnabel, zog ihn hoch und warf dem Pelikan den Tintenfisch in den Kehlsack. Der Pelikan sah überrascht aus, würgte und verschlang sein Futter.

»*Hao-liao*«, sagte Mr. Willoughby anerkennend und streichelte dem Vogel den Kopf. Dann sah er mich und bedeutete mir, näher zu treten. Ich folgte seiner Aufforderung, behielt aber den bedrohlichen Schnabel im Auge.

»Ping An«, sagte er und zeigte auf den Pelikan. »Der Friedliche.« Der Vogel stellte einen kleinen Kamm aus weißen Federn auf, als spitzte er die Ohren, sobald sein Name fiel, und ich lachte.

»Wirklich? Was wollen Sie mit ihm machen?«

»Ich bringe ihm Jagd für mich bei«, erklärte der kleine Chinese sachlich. »Sie schauen.«

Das tat ich. Nachdem Mr. Willoughby noch ein paar Tintenfische gefangen und an den Pelikan verfüttert hatte, holte er einen weiteren weichen Stoffstreifen aus den Tiefen seines Anzugs und band ihn dem Vogel um den Hals.

»Nicht ersticken«, erklärte er. »Darf Fisch nicht schlucken.« Dann befestigte er ein dünnes Seil an dem Halsband, bedeutete mir zurückzutreten und löste mit einem Ruck die Bänder um die Flügel des Pelikans.

Überrascht über die plötzliche Freiheit, watschelte der Vogel auf dem Kasten auf und ab, schlug ein-, zweimal mit seinen riesigen, knochigen Flügeln und erhob sich in den Himmel.

Ein Pelikan auf dem Boden sieht ziemlich komisch aus und wirkt ganz unbeholfen mit seinen Watschelfüßen und seinem plumpen Schnabel. Ein fliegender Pelikan gleicht jedoch einem Wunder – von primitiver Anmut, erstaunlich, wie ein Flugsaurier neben den geschmeidigeren Möwen und Sturmvögeln.

Ping An, der Friedliche, stieg hoch, bis sich seine Leine straffte, versuchte angestrengt, noch weiter aufzusteigen, und begann dann fast resigniert zu kreisen. Mit zusammengekniffenen Augen blickte Mr. Willoughby zum Himmel, wanderte rund ums Deck und führte den Pelikan wie einen Drachen. Die Matrosen in der Takelage und auf Deck hielten in ihrer Arbeit inne und beobachteten fasziniert, was vor sich ging.

Jäh faltete der Pelikan seine Flügel und tauchte fast lautlos ins Wasser. Als er mit überraschter Miene wieder an der Oberfläche erschien, begann Mr. Willoughby, ihn einzuholen. Wieder an Bord, ließ sich der Pelikan nur widerwillig dazu bringen, seinen Fang herzugeben, aber schließlich duldete er, daß sein Meister behutsam in den ledrigen Kehlsack griff und eine schöne, fette Seebrasse herausholte.

Mr. Willoughby lächelte dem glotzenden Picard freundlich zu, zog ein kleines Messer heraus und zerteilte den immer noch lebenden Fisch der Länge nach. Dann hielt er dem Vogel mit einer Hand die Flügel fest, lockerte mit der anderen das Halsband und bot ihm ein zuckendes Stück Fisch an, das ihm Ping An gierig aus der Hand schnappte und schluckte.

»Seins«, erklärte Mr. Willoughby und wischte sich Blut und Schuppen achtlos an der Hose ab. »Meins«, er deutete auf den halben Fisch, der nun reglos auf dem Segelkasten lag.

Eine Woche später war der Pelikan vollkommen zahm, durfte mit dem Halsband, aber ohne Leine frei fliegen, kehrte zu seinem Meister zurück und würgte glänzende Fische vor ihm aus. Wenn er nicht fischte, bezog Ping An auf einem der Masten Stellung – sehr zum Mißvergnügen der Matrosen, die das Deck darunter schrubben mußten – oder watschelte neben Mr. Willoughby auf dem Deck auf und ab.

Die Mannschaft zeigte sich sowohl von Ping Ans Fischerei wie auch von seinem gefährlichen Schnabel beeindruckt und hielt sich von Mr. Willoughby fern, der Tag für Tag neben dem Mast seine Schriftzeichen malte, während sein gelbäugiger Freund über ihn wachte.

Hinter einem Mast verborgen, sah ich eines Tages Mr. Willoughby bei der Arbeit zu. Er saß ruhig da und betrachtete mit stiller Zufriedenheit eine voll beschriebene Seite. Natürlich konnte ich die Zeichen nicht lesen, aber die Schrift bot einen höchst angenehmen Anblick.

Dann sah er sich um, wie um zu prüfen, ob niemand käme, ergriff den Pinsel und fügte mit großer Sorgfalt in der oberen linken Ecke des Blatts ein letztes Zeichen hinzu. Auch ohne zu fragen, war mir klar, daß es sich um seine Unterschrift handelte.

Schließlich seufzte er und schüttelte den Kopf. Er legte seine

Hände auf das Blatt und faltete es rasch mehrmals zusammen. Dann stand er auf, ging zur Reling, streckte seine Hände aus und ließ das Blatt ins Meer fallen.

Es flatterte auf die Wasseroberfläche zu, doch dann wurde es vom Wind erfaßt und emporgewirbelt, ein weißer Fleck, der in der Ferne entschwand.

Mr. Willoughby verweilte nicht, um es zu beobachten, sondern wandte sich ab und ging nach unten, das Gesicht verklärt von seinem Traum.

45

Mr. Willoughbys Geschichte

Während wir in südlicher Richtung weitersegelten, wurden die Tage und Abende wärmer, und die Seeleute versammelten sich nach dem Essen immer häufiger auf dem Vorderdeck, um zu singen, zu tanzen, oder Geschichten zu erzählen.

Eines Abends wandte sich Maitland, der Kabinensteward, an Mr. Willoughby, der wie üblich am Fuße des Masts kauerte und seinen Becher an die Brust drückte.

»Wie ist es gekommen, daß Sie China verlassen haben, Willoughby?« fragte Maitland neugierig. »Ich habe bisher höchstens eine Handvoll chinesischer Seeleute gesehen, obwohl es heißt, daß in China sehr viele Leute wohnen. Ist das Land so schön, daß die Bewohner lieber dortbleiben?«

Der kleine Chinese zögerte zunächst, doch das allgemeine Interesse, das die Frage weckte, schien ihm zu schmeicheln. Er ließ sich noch ein wenig bitten und erklärte sich schließlich bereit zu erzählen, warum er seine Heimat verlassen hatte. Nur eins verlangte er: Jamie sollte für ihn übersetzen, da sein Englisch für einen solchen Bericht nicht ausreichte. Jamie stimmte bereitwillig zu, setzte sich neben Mr. Willoughby und neigte aufmerksam lauschend den Kopf.

»Ich war ein Mandarin«, begann Mr. Willoughby, und Jamie übersetzte, »ein Schriftgelehrter, bewandert in der Dichtkunst. Ich trug ein seidenes, buntbesticktes Gewand und darüber den blauen Mantel des Gelehrten, der an Brust und Rücken mit dem Zeichen meines Amts verziert war, dem *feng-huang* – dem Feuervogel.

Ich wurde in Peking geboren, der Kaiserlichen Stadt, wo der Sohn des Himmels residiert –«

»So nennen sie ihren Kaiser«, flüsterte mir Fergus zu. »Welch eine Anmaßung, ihren König mit dem Herrn Jesus gleichzusetzen!«

»Psst«, zischten mehrere Zuhörer und warfen Fergus empörte Blicke zu. Er drohte Maxwell Gordon mit einer rüden Geste, verstummte jedoch und wandte sich wieder der kleinen Gestalt zu, die vor dem Mast kauerte.

»Man hatte früh entdeckt, daß ich die Gabe der Dichtkunst besaß, und obwohl ich es zunächst nicht gut verstand, mit Pinsel und Tusche umzugehen, lernte ich schließlich unter großen Mühen, die Zeichen, die ich malte, zum Spiegelbild der Ideen zu machen, die wie Kraniche in meiner Seele tanzten. So wurde Wu-Xien auf mich aufmerksam, ein Mandarin im kaiserlichen Haushalt, der mich bei sich aufnahm und meine Ausbildung überwachte.

Ich gelangte rasch zu hohem Ansehen und großen Würden, und noch vor meinem sechsundzwanzigsten Geburtstag erhielt ich eine rote Korallenkugel für meinen Hut. Doch dann kam ein übler Wind auf und wehte die Saat des Unheils in meinen Garten. Es mag sein, daß ich von einem Feind verflucht wurde oder daß ich es in meinem Hochmut versäumt hatte, die rechten Opfer darzubringen – denn gewiß fehlte es mir nicht an Ehrerbietung für meine Ahnen. Jahr für Jahr besuchte ich das Grab meiner Familie, und stets brannte Weihrauch in der Halle der Ahnen…«

»Wenn seine Gedichte immer so langatmig waren, hat der Sohn des Himmels zweifellos die Geduld verloren und ihn in den Fluß geworfen«, murmelte Fergus boshaft.

»…aber was auch immer der Grund gewesen sein mag«, übersetzte Jamie. »Wan-Mei, die zweite Ehefrau des Kaisers, bekam meine Gedichte zu Gesicht. Sie besaß große Macht, denn sie hatte nicht weniger als vier Söhne geboren, und als sie forderte, ich möge in ihren Haushalt aufgenommen werden, wurde ihr diese Bitte sofort gewährt.«

»Und was war daran so schlimm?« fragte Gordon, der sich interessiert nach vorne beugte. »Zweifellos eine Gelegenheit, in der Welt voranzukommen?«

Offenbar verstand Mr. Willoughby die Frage, denn er nickte Gordon zu, als er fortfuhr, und Jamie nahm den Faden wieder auf.

»Oh, die Ehre war unschätzbar. Ich hätte ein großes Haus innerhalb der Palastmauern erhalten und Soldaten als Wachen für meine Sänfte, ein dreifacher Schirm wäre als Symbol meines Amtes vor mir her getragen worden, und vielleicht hätte sogar eine Pfauenfeder meinen Hut geziert. Mein Name wäre in goldenen Schriftzeichen in das Buch der Verdienste eingetragen worden.«

Der kleine Chinese hielt inne und kratzte sich am Kopf.

»Es gibt jedoch eine Bedingung für den Dienst im kaiserlichen Haushalt: Alle Diener der kaiserlichen Ehefrauen müssen Eunuchen sein.«

Es folgte ein entsetztes Keuchen seitens der Zuhörerschaft sowie aufgeregte Kommentare aus denen ich vor allem Bemerkungen wie »Verdammte Heiden!« und »Gelbe Bastarde!« heraushörte.

»Was ist ein Eunuch?« fragte Marsali verwirrt.

»Nichts, um das du dir jemals Gedanken zu machen bräuchtest, *chérie*«, versicherte ihr Fergus und legte schützend den Arm um ihre Schulter. »Also haben Sie sich aus dem Staub gemacht, *mon ami*?« wandte er sich voller Mitgefühl an Mr. Willoughby. »Ohne Zweifel hätte ich dasselbe getan!«

Zustimmendes Gemurmel wurde laut. Der Beifall schien Mr. Willoughby zu ermutigen. Er nickte seinen Zuhörern bedächtig zu und nahm seinen Bericht wieder auf.

»Es war überaus ehrlos von mir, die Gabe des Kaisers zurückzuweisen. Und doch – eine schmerzliche Schwäche – ich hatte mich in eine Frau verliebt.«

Die Zuhörer seufzten mitfühlend, denn die meisten Seeleute waren ausgesprochen romantisch veranlagt, aber Mr. Willoughby hielt inne, zupfte Jamie am Ärmel und sagte etwas zu ihm.

»Oh, ich habe mich geirrt«, korrigierte sich Jamie. »Er sagt, es war nicht ›eine Frau‹ – sondern nur ›Frau‹ – alle Frauen oder die Frau schlechthin, im allgemeinen. Ist das richtig?« Er sah Mr. Willoughby an.

Der Chinese nickte zufrieden und lehnte sich zurück. Der Mond war inzwischen aufgegangen und beleuchtete das Gesicht des kleinen Mandarins.

»Ja«, übersetzte Jamie, »ich dachte viel an Frauen, an ihre Anmut und Schönheit, lieblich wie Lotosblüten, zart wie Seidenpflanzen im Wind. Und an all die Laute aus ihren Kehlen – mal klang es wie das Geplapper von Reisvögeln, mal wie der Gesang von Nachtigallen und manchmal wie das Krächzen von Krähen«, fügte er mit einem Lächeln hinzu, und auch seine Zuhörer lachten, »aber selbst dann liebte ich sie.

Ich schrieb alle meine Gedichte an die Frau – manchmal waren sie an eine bestimmte Dame gerichtet, aber meistens an die Frau schlechthin. An den Aprikosenduft ihrer Brüste, den lieblichen Geruch ihres Nabels, wenn sie im Winter erwacht, die Wärme ihres Hügels, der deine Hand füllt wie ein reifer aufgeplatzter Pfirsich.«

Die meisten Zuhörer lauschten ergriffen.

»Kein Wunder, daß der kleine Kerl ein hochgeschätzter Poet war«, bemerkte Raeburn anerkennend. »Es ist zwar ziemlich heidnisch, aber mir gefällt's.«

»Die rote Kugel auf dem Hut haben Sie sich ehrlich verdient«, meinte Maitland.

»Da kommt man fast in Versuchung, Chinesisch zu lernen«, warf der Maat ein und musterte Mr. Willoughby mit neu erwachtem Interesse. »Hat er viele von diesen Gedichten?«

Jamie gebot den Zuhörern Schweigen – inzwischen hatten sich fast alle Seeleute, die nicht im Dienst waren, versammelt – und forderten Mr. Willoughby auf, fortzufahren.

»Ich floh in der Nacht der Laternen«, sagte der Chinese. »Ein hohes Fest, bei dem sich die Menschen auf den Straßen drängen. Da bestand keine Gefahr, von Wachleuten entdeckt zu werden. Nach Einbruch der Dunkelheit, als sich Prozessionen anschickten, durch die Stadt zu ziehen, legte ich das Gewand eines Reisenden an...«

»Das ist eine Art Pilgerkleid«, warf Jamie ein, »die Chinesen besuchen die Gräber ihrer Ahnen in der Ferne und tragen dabei weiße Gewänder – die Farbe der Trauer, versteht ihr?«

»...und verließ mein Haus. Ohne Schwierigkeiten fand ich meinen Weg durch die Menge. Ich trug eine kleine, unauffällige Laterne, die ich mir gekauft hatte und auf der weder mein Name noch mein Wohnort stand. Die Wachleute hämmerten auf ihre Bambustrommeln, die Diener der großen Häuser schlugen Gongs, und auf den Dächern des Palastes wurde ein prächtiges Feuerwerk veranstaltet.«

Trauer und Heimweh standen Mr. Willoughby ins Gesicht geschrieben, als er seine Erinnerungen wachrief.

»Eigentlich ein überaus passender Abschied für einen Dichter«, sagte er. »Die Flucht des Namenlosen, begleitet von gewaltigem Beifall. Als ich zur Garnison der Soldaten am Stadttor gelangte, sah ich mich um und erblickte die zahllosen Dächer des Palasts, auf denen leuchtende Blumen von Rot und Gold erblühten – wie ein Zaubergarten, der mir verboten war.«

Yi Tien Tschu entkam im Schutz der Nacht ohne Zwischenfall, doch am folgenden Tag wäre er beinahe erwischt worden.

»Ich hatte meine Fingernägel vergessen.« Er breitete seine kleine Hand aus, an der die Nägel abgebissen waren. »Denn ein Mandarin hat zum Zeichen dafür, daß er nicht mit seinen Händen arbeiten muß, lange Nägel, und meine waren so lang wie ein Fingerglied.«

Ein Diener des Hauses, in dem er am nächsten Tag einkehrte, sah seine Hände und rannte zur Wache, um es zu melden. Yi Tien Tschu machte sich davon, und schließlich gelang es ihm, seine Verfolger abzuschütteln, indem er in einen Wassergraben sprang.

»Während ich dort lag, zerstörte ich natürlich meine Nägel.« Er wackelte mit dem kleinen Finger seiner rechten Hand. »Ich war gezwungen, mir diesen Nagel ganz herauszureißen, denn er hatte ein goldenes *da zi* eingeprägt, das ich nicht entfernen konnte.«

Er stahl die Kleider eines Bauern, die über einem Busch zum Trocknen aufgehängt waren, und ließ dafür den ausgerissenen Nagel mit dem goldenen Schriftzeichen zurück. Bei Lulong fiel er Räubern in die Hände, die ihm sein ganzes Geld abnahmen.

»Und danach«, sagte er schlicht, »stahl ich mein Essen, wenn es ging, und hungerte, wenn es nicht ging. Schließlich schlug der Wind des Glücks wieder ein wenig um, und ich traf eine Gruppe von reisenden Heilkundigen, die zu einer Ärztemesse an der Küste unterwegs waren. Ich bot ihnen meine Dienste an, malte Fahnen für ihre Buden und entwarf Etiketten, auf denen die Vorzüge ihrer Heilmittel angepriesen wurden. Dafür nahmen sie mich mit.«

Sobald er die Küste erreicht hatte, hatte er sich zum Hafen aufgemacht und versucht, sich als Seemann zu verdingen – vergebens, denn seine Finger, die so gewandt mit Pinsel und Tusche umzugehen wußten, verstanden nichts von der Kunst der Knoten und Taue. Im Hafen lagen mehrere ausländische Schiffe. Er entschied sich für eins, dessen Besatzung besonders barbarisch aussah, denn es würde ihn wahrscheinlich ans andere Ende der Welt bringen.

Also nutzte er die Gelegenheit und schlüpfte an der Deckwache vorbei in den Lagerraum der *Serafina*, die nach Edinburgh segelte.

»Sie hatten von jeher vor, das Land zu verlassen?« fragte Fergus interessiert. »Eine verzweifelte Entscheidung, wie mir scheint.«

»Arm des Kaisers sehr lang«, sagte Mr. Willoughby leise auf englisch, ohne die Übersetzung abzuwarten. »Ich gehe ins Exil, oder ich bin tot.«

Seine Zuhörer seufzten bei dem Gedanken an eine so blutrünstige Macht, und eine Zeitlang herrschte Schweigen. Nur das Heulen des Windes in der Takelage war zu hören, als Mr. Willoughby seinen Becher nahm und den letzten Tropfen von seinem Grog leerte.

Er stellte ihn ab, leckte sich die Lippen und legte seine Hand auf Jamies Arm.

»Seltsam…« – Jamie ahmte Mr. Willoughbys nachdenklichen Tonfall genau nach –, »es war meine Freude an den Frauen, die die Zweite Ehefrau in meinen Worten erkannte und liebte. Doch gerade durch das Verlangen, mich – und meine Gedichte – zu besitzen, hätte sie auf immer zerstört, was sie bewunderte.«

Mr. Willoughby lachte leise und nicht ohne Ironie.

»Und das ist noch nicht das Ende der Widersprüche, die seither mein Leben beherrschen. Weil ich mich nicht überwinden konnte, meine Männlichkeit zu opfern, habe ich alles andere verloren – meine Ehre, meinen Lebensunterhalt, mein Land. Damit meine ich nicht nur das Land selbst, die mit edlen Tannen bestandenen Hügel der Mongolei, wo ich meine Sommer verbrachte, die großen Ebenen des Südens und die fischreichen Flüsse, sondern auch den Verlust meiner selbst. Meine Eltern sind entehrt, die Gräber meiner Ahnen verfallen, und vor ihren Tafeln wird kein Weihrauch mehr verbrannt.

Alle Ordnung, alle Schönheit ist verloren. Ich bin an einen Ort gekommen, wo man die goldenen Worte meiner Gedichte als das Gackern eines Huhns ansieht und meine Pinselstriche als seine Fußspuren. Ich selbst bin weniger wert als der gemeinste Bettler, der zur Belustigung der Menge Schlangen verschluckt und sie sich vom Zuschauer wieder aus dem Mund ziehen läßt.«

Wütend starrte Mr. Willoughby seine Zuhörer an, damit klarwurde, wen er meinte.

»Ich bin in ein Land gekommen, in dem Frauen derb und grob sind wie Bären.« Der Chinese wurde immer lauter, während sich Jamie bemühte, gleichmäßig und emotionslos zu sprechen. »Sie sind Geschöpfe ohne Anmut, ohne Bildung, unwissend und übelriechend, und auf ihrem Leib wuchern Haare wie bei einem Hund! Und jene – jene! – verabscheuen mich als gelben Wurm, und nicht einmal die erbärmlichste Hure will bei mir liegen.

Um die Liebe der Frauen willen bin ich an einen Ort gekommen, an dem keine Frau der Liebe würdig ist!« Als Jamie die finsteren Mienen der Seeleute bemerkte, hörte er auf zu übersetzen und legte statt dessen dem Chinesen beschwichtigend die Hand auf die Schulter.

»Aye, Mann, ich verstehe. Und ich bin sicher, daß hier kein Mann ist, der in dieser Lage anders gehandelt hätte. Nicht wahr, Leute?« Er bedachte die Seeleute mit einem vielsagenden Blick.

Seine Autorität reichte aus, um den Zuhörern widerstrebende Zustimmung zu entlocken, aber ihre Anteilnahme an den Prüfungen, die Mr. Willoughby durchlitten hatte, war bei dessen beleidigenden Schlußworten vollkommen verflogen. Spitze Bemerkungen über zügellose, undankbare Heiden wurden laut, und Marsali und ich bekamen zahlreiche, übertrieben galante Komplimente, als sich die Männer Richtung Achterdeck zurückzogen.

Dann gingen auch Fergus und Marsali. Fergus verweilte noch einen Augenblick, um Mr. Willoughby mitzuteilen, daß weitere Bemerkungen über europäische Frauen ihn, Fergus, veranlassen würden, Willoughby mit seinem eigenen Zopf zu erdrosseln.

Mr. Willoughby ignorierte diese Drohung ebenso wie alle anderen Bemerkungen. Er starrte nur vor sich hin, und sowohl die Erinnerungen als auch der Grog ließen seine schwarzen Augen glänzen. Schließlich stand Jamie auf und half mir von meinem Segelkasten herunter.

Als wir gerade gehen wollten, griff sich der Chinese zwischen die Beine. Völlig frei von Lüsternheit nahm er seine Hoden in die Hand.

»Manchmal«, sagte er wie im Selbstgespräch, »glaube ich, das war es nicht wert.«

46

Die Porpoise

Seit einiger Zeit schon hatte ich bemerkt, daß Marsali versuchte, ihren Mut zusammenzunehmen und mit mir zu sprechen. Damit hatte ich ohnehin gerechnet, denn ganz gleich, was sie für mich empfinden mochte, ich war neben ihr die einzige Frau an Bord. Ich tat mein Bestes, sie zu ermutigen, indem ich sie freundlich anlächelte und »Guten Morgen« sagte, aber der erste Schritt mußte von ihr kommen.

Einen Monat nach unserer Abreise aus Schottland tat sie ihn schließlich.

Ich saß in unserer Kajüte und machte mir Aufzeichnungen zu einer kleinen Amputation, die ich vorgenommen hatte – ein Matrose auf dem Vorderdeck hatte sich zwei Zehen zerquetscht. Ich hatte gerade eine Skizze des Eingriffs fertiggestellt, als ein Schatten den Kajüteneingang verdunkelte. Ich blickte auf und sah Marsali dort stehen, das Kinn kampfeslustig vorgereckt.

»Ich muß etwas wissen«, erklärte sie mit Nachdruck. »Ich mag dich nicht, und ich denke, das weißt du auch.« Offenbar betrachtete sie mich immerhin als Familienmitglied, so daß sie das vertrauliche Du für angebracht hielt. »Aber Papa sagt, du bist eine weise Frau, und ich glaube, du bist aufrichtig, auch wenn du eine Hure bist, also sagst du es mir vielleicht.«

Auf diese bemerkenswerte Aussage wären verschiedene Antworten möglich gewesen, doch ich übte mich in Zurückhaltung.

»Kann sein.« Ich legte die Feder weg. »Was willst du denn unbedingt wissen?«

Da ich offensichtlich nicht wütend war, trat sie ein und ließ sich auf einem Hocker nieder.

»Es geht um Kinder«, erklärte sie. »Wie man sie bekommt.«

Ich zog die Brauen hoch. »Hat dir deine Mutter denn nicht gesagt, woher die kleinen Kinder kommen?«

Sie schnaubte ungeduldig und entgegnete mit verächtlichem Stirnrunzeln: »Natürlich weiß ich das! Das weiß doch jeder Dummkopf. Du läßt einen Mann seinen Schwanz zwischen deine Beine stecken, und neun Monate später bezahlst du die Rechnung. Nein, ich will wissen, wie man sie *nicht* bekommt.«

»Verstehe.« Ich betrachtete sie neugierig. »Du willst kein Kind?…. Ah, sobald du rechtmäßig verheiratet bist, meine ich? Die meisten jungen Frauen denken da anders.«

»Na ja«, entgegnete sie bedächtig und verdrehte einen Zipfel ihres Kleides. »Ich glaube, ich möchte vielleicht später mal ein Kind. Einfach, um ein Kind zu haben. Wenn es so schwarze Haare hätte wie Fergus.« Ihr Gesicht nahm einen verträumten Ausdruck an, aber dann wurden ihre Züge wieder hart.

»Aber ich kann nicht«, sagte sie.

»Warum nicht?«

Nachdenklich verzog sie den Mund. »Wegen Fergus. Wir haben noch nicht beieinander gelegen. Nichts als Küsse hinter einem Lukendeckel – das haben wir Papa zu verdanken und seinen verdammten Grundsätzen«, fügte sie bitter hinzu.

»Amen«, bemerkte ich mit gequälter Miene.

»Wie bitte?«

»Vergiß es.« Ich tat die Bemerkung mit einer Handbewegung ab. »Was hat das damit zu tun, daß du kein Kind willst?«

»Ich möchte, daß es mir gefällt«, erklärte sie sachlich, »wenn er bei mir liegt.«

Ich biß mir auf die Lippen.

»Ich… ich könnte mir vorstellen, daß Fergus einen gewissen Einfluß darauf hat, aber was das nun mit den Kindern zu tun haben soll, verstehe ich nicht ganz.«

Marsali musterte mich abschätzend.

»Fergus mag dich«, sagte sie.

»Ich ihn auch«, entgegnete ich vorsichtig, da ich mir nicht ganz sicher war, worauf sie hinauswollte. »Ich kenne ihn schon ziemlich lange – seit er ein kleiner Junge war.«

Plötzlich wich ihre Nervosität, und ihre schmalen Schultern entspannten sich etwas.

»Oh. Dann weißt du es also – wo er geboren wurde?«

Plötzlich begriff ich ihre Zurückhaltung.

»In einem Bordell in Paris? Ja, darüber weiß ich Bescheid. Er hat es dir also gesagt?«

»Aye, schon vor langer Zeit, letztes Silvester.« Nun, für eine Fünfzehnjährige *war* ein Jahr eben eine kleine Ewigkeit.

»Da habe ich ihm gestanden, daß ich ihn liebe«, fuhr sie fort. Sie senkte den Blick, und eine leichte Röte überzog ihre Wangen. »Und er hat gesat, daß er mich auch liebt, aber meine Mutter würde mir niemals erlauben, ihn zu heiraten. Und ich sagte, warum nicht, so schlimm ist es doch auch wieder nicht, wenn man Franzose ist, es kann eben nicht jeder Schotte sein, und das mit seiner Hand würde doch bestimmt niemanden stören – schließlich hat Mr. Murray auch ein Holzbein, und ihn kann Mutter gut leiden –, aber dann sagte er, nein, darum ginge es nicht, und dann erzählte er mir von Paris – daß er in einem Bordell geboren wurde, meine ich, und Taschendieb war, bis er Papa getroffen hat.«

Ihre hellblauen Augen blickten ungläubig. »Er hat wohl gedacht, daß es mir etwas ausmacht«, meinte sie verwundert. »Er wollte fortgehen und mich nie wiedersehen...« Sie zuckte die Achseln und warf ihr Haar nach hinten. »Das habe ich ihm bald ausgeredet.« Dann sah sie mich offen an.

»Ich wollte es nur nicht erwähnen für den Fall, daß du es noch nicht weißt. Aber da du es weißt... nein, ich mache mir nicht wegen Fergus Sorgen. Er sagt, er weiß, wie's geht, und es würde mir nach den ersten paar Malen gut gefallen. Aber Mama hat mir etwas anderes erzählt.«

»Was hat sie denn gesagt?« fragte ich neugierig.

Zwischen ihren hellen Brauen entstand eine Falte. »Na ja«, begann sie zögernd, »es ist weniger das, was sie gesagt hat – obwohl sie durchaus etwas gesagt hat, als ich ihr von Fergus und mir erzählte – daß er mir schreckliche Dinge antun würde, weil er mit Huren gelebt hat und seine Mutter auch eine war. Aber schlimmer war, wie sie sich verhalten hat.«

Sie war nun hochrot im Gesicht, wagte nicht aufzublicken und vergrub ihre Hände in den Falten ihres Rocks.

»Als ich das erstemal geblutet habe, hat sie gesagt, es sei eben der Fluch Evas, damit müßte ich mich abfinden. Und ich fragte, was ist denn der Fluch Evas? Da las sie mir aus der Bibel vor, wo der heilige Paulus schreibt, daß Frauen elende Sünderinnen wären, wegen Evas Tat, aber sie könnten trotzdem selig werden, wenn sie Kinder gebären.«

»Vom heiligen Paulus habe ich noch nie viel gehalten«, sagte ich, und sie sah mich verblüfft an.

»Aber der steht doch in der Bibel!« entgegnete sie schockiert.

»Da steht noch so einiges«, bemerkte ich trocken. »Kennst du vielleicht die Geschichte von Gideon und seiner Tochter? Oder von dem Kerl, der seine Frau einer Horde von Raufbolden ausgeliefert hat, die sie zu Tode vergewaltigt haben, nur damit er seine eigene Haut retten konnte? Das waren Gottes Auserwählte, wie Paulus. Aber sprich weiter.«

Sie starrte mich mit offenem Mund an, doch dann faßte sie sich wieder und nickte.

»Aye. Mutter sagte, ich sei nun fast alt genug zum Heiraten, und wenn ich erst verheiratet sei, müßte ich daran denken, daß es die Pflicht einer Frau ist zu tun, was ihr Mann verlangt, ob es ihr nun gefällt oder nicht. Da hat sie so traurig ausgesehen, als sie das sagte... Ich dachte, die Pflicht einer Frau, was immer das sein mag, muß schrecklich sein, und nach dem, was der heilige Paulus übers Leiden und Kinderkriegen sagt...«

Sie hielt inne und seufzte. Ich saß ruhig da und wartete. Dann sprach sie zögernd weiter, als müßte sie erst nach den rechten Worten suchen.

»An meinen Vater kann ich mich nicht mehr erinnern. Ich war erst drei, als ihn die Engländer holten. Aber ich war alt genug, als meine Mutter – Jamie heiratete, da konnte ich sehen, wie es zwischen ihnen stand.« Sie biß sich auf die Lippen; offenbar war sie es nicht gewohnt, Jamie beim Vornamen zu nennen.

»Papa – Jamie, meine ich – ist ein guter Mensch, zu Joan und mir war er immer nett. Aber wenn er seine Hand um die Taille meiner Mutter legte und sie an sich ziehen wollte – da ist sie vor ihm zurückgezuckt. Mir war klar, daß sie Angst hatte«, fuhr Marsali nach kurzem Schweigen fort. »Sie wollte nicht, daß er sie anfaßt. Aber er hat nie etwas getan, weswegen man sich fürchten mußte, zumindest nicht vor unseren Augen – deswegen dachte ich, es muß etwas sein, was er im Bett mit ihr macht, wenn sie allein sind. Joan und ich haben uns gefragt, was das sein mag. Mama hatte nie blaue Flecken im Gesicht oder an den Armen, und sie humpelte auch nicht – nicht wie Magdalen Wallace, die immer von ihrem Mann geschlagen wird, wenn er am Markttag betrunken heimkommt – also hat Papa sie bestimmt nicht geschlagen.«

Marsali fuhr sich mit der Zunge über die Lippen, die von der warmen, salzigen Brise ausgetrocknet waren. Ich schob ihr einen Wasserkrug hin. Sie bedankte sich mit einem Nicken und schenkte sich ein.

»Also dachte ich«, fuhr sie fort, den Blick auf den Wasserstrahl geheftet, »daß es daran liegt, daß Mama Kinder hat – uns beide –, sie wußte, wie schrecklich es wieder sein würde.«

Sie trank, dann setzte sie den Becher ab, sah mich offen an und reckte herausfordernd ihr Kinn.

»Ich habe euch beobachtet«, sagte sie. »Nur einen Augenblick, bevor ihr mich gesehen habt. Ich... ich glaube, was er mit dir im Bett gemacht hat, gefiel dir.«

Nun war es an mir, sie mit offenem Mund anzustarren.

»Hm... ja«, entgegnete ich matt. »Es hat mir gefallen.«

Sie brummelte zufrieden. »Mmmpf. Und du läßt dich auch gern von ihm anfassen, das habe ich auch gesehen. Also gut. Du hast keine Kinder. Und ich habe gehört, daß es Mittel gibt, keine zu bekommen. Niemand weiß so recht, wie es geht, aber du weißt es bestimmt, du bist eine weise Frau.«

Sie neigte ihren Kopf zur Seite und musterte mich eindringlich.

»Ich hätte gern ein Kind«, gab sie schließlich zu. »Aber wenn ich entweder ein Kind haben oder Fergus weiter lieben kann, dann wähle ich Fergus. Also kriege ich kein Kind – wenn du mir sagst, was ich tun muß.«

Ich strich mir die Locken hinter die Ohren und fragte mich, womit in aller Welt ich anfangen sollte.

»Nun gut«, begann ich und holte tief Luft, »der erste Punkt ist, ich habe durchaus Kinder gehabt.«

Sie schaute mich aus großen Augen an.

»Wirklich? Weiß Papa – weiß Jamie davon?«

»Natürlich weiß er es«, entgegnete ich spitz. »Es waren seine.«

»Ich habe nie gehört, daß Papa überhaupt Kinder hat.« Mißtrauisch verengten sich ihre hellen Augen.

»Wahrscheinlich war er der Ansicht, daß es dich nichts angeht«, bemerkte ich vielleicht ein bißchen schärfer als notwendig. »Und das würde ich auch sagen«, fügte ich hinzu, aber sie zog nur die Brauen hoch und sah immer noch mißtrauisch aus.

»Das erste Kind ist gestorben«, sagte ich schließlich und streckte die Waffen. »In Frankreich. Sie ist dort begraben. Meine – unsere zweite Tochter ist inzwischen erwachsen. Sie wurde nach Culloden geboren.«

»Also hat er sie nie gesehen? Die erwachsene Tochter?« fragte Marsali nachdenklich.

Ich schüttelte den Kopf, da meine Stimme versagte. Ein Kloß steckte mir im Hals, und ich griff nach dem Wasser. Marsali schob mir geistesabwesend den Krug zu.

»Das ist wirklich traurig«, sagte sie leise für sich. Dann blickte sie auf und sah mich aufmerksam an.

»Also hast du Kinder gehabt, und bei dir hat es keinen Unterschied gemacht? Mmmpf. Aber das ist schon lange her, und… hast du eigentlich andere Männer gehabt, während du in Frankreich warst?« Sie schob die Unterlippe vor, so daß sie Ähnlichkeit mit einer kleinen, halsstarrigen Bulldogge hatte.

»Das«, entgegnete ich mit Nachdruck und stellte den Becher ab, »geht dich nun wirklich nichts an. Was die Frage betrifft, ob die Geburt einen Unterschied macht – wahrscheinlich ist es für manche Frauen so, aber nicht für alle. Doch abgesehen davon gibt es gute Gründe dafür, nicht sofort ein Kind zu wollen.«

Ihr Gesicht entspannte sich, und sie sah mich interessiert an.

»Also kennst du ein Mittel?«

»Es gibt verschiedenen Möglichkeiten, nur leider helfen die meisten nicht.« In diesem Augenblick sehnte ich meinen Rezeptblock und die Zuverlässigkeit der Antibabypille herbei. Doch ich erinnerte mich auch noch gut an die Ratschläge der *maîtresses sages-femmes*, der erfahrenen Hebammen im Hôpital des Anges in Paris, wo ich vor zwanzig Jahren gearbeitet hatte.

»Gib mir den kleinen Kasten aus dem Schrank dort drüben«, sagte ich und deutete auf die Türen über Marsalis Kopf. »Ja, diesen.«

»Manche Hebammen in Frankreich empfehlen einen Tee aus Gagel und Baldrian«, sagte ich, während ich in meinem Medizin-

kasten kramte. »Aber das ist ziemlich gefährlich und nicht besonders zuverlässig, würde ich sagen.«

»Vermißt du sie?« fragte Marsali unvermittelt. Verblüfft blickte
ich auf. »Deine Tochter?« Ihr Gesicht war unnatürlich ausdruckslos, und ich vermutete, daß die Frage mehr mit Laoghaire als mit
mir zu tun hatte.

»Ja«, erwiderte ich schlicht. »Aber sie ist jetzt erwachsen. Sie
führt ihr eigenes Leben.« Der Klumpen in meiner Kehle kehrte
wieder, und ich beugte mich über den Medizinkasten, um mein Gesicht zu verbergen. Die Aussichten, daß Laoghaire Marsali je wiedersehen würde, waren nicht viel besser als meine, Brianna wiederzusehen.

»Hier.« Ich zog einen großen, gereinigten Schwamm heraus,
nahm eins der scharfen Messer aus der Halterung im Deckel des
Kastens und schnitt sorgfältig mehrere dünne Stücke mit einem
Durchmesser von etwa acht Zentimetern ab. Wieder suchte ich in
meinem Kasten, bis ich das Fläschchen mit dem Gänsefinger-
krautöl fand. Unter Marsalis erstaunten Blicken tränkte ich einen
Schwamm damit.

»Gut«, sagte ich. »Diese Menge Öl brauchst du. Wenn du kein
Öl hast, kannst du den Schwamm auch in Essig tauchen – notfalls
würde sogar Wein gehen. Den kleinen Schwamm steckst du dir
rein, bevor du mit einem Mann ins Bett gehst.«

Marsali nickte mit großen Augen und stupste den Schwamm
sachte an. »Aye? Und – und danach? Muß ich ihn gleich wieder
rausholen oder –«

Ein jäher Ruf von oben setzte unserem Gespräch ein Ende. Die
Artemis legte sich plötzlich auf die Seite – die Hauptsegel wurden
gewendet. Da oben stimmte etwas nicht.

»Das sage ich dir später.« Ich schob Marsali den Schwamm und
das Fläschchen hin und stürzte auf den Gang hinaus.

Jamie stand neben dem Kapitän auf dem Achterdeck und beobachtete ein großes Schiff, das auf uns zuhielt. Es war ein Dreimaster, etwa dreimal so groß wie die *Artemis*, mit einem regelrechten
Wald aus Takelage und Segeln, durch den schwarze Gestalten
hüpften wie Flöhe auf einem Bettlaken. Eine weiße Rauchwolke
zog hinter dem Kriegsschiff her – offenbar war vor kurzem eine
Kanone abgefeuert worden.

»Schießen die auf uns?« fragte ich erstaunt.

»Nein«, entgegnete Jamie grimmig. »Das ist nur ein Warnschuß. Sie wollen uns entern.«

»Können die das?« Ich richtete meine Frage an Kapitän Raines, der noch bedrückter als sonst aussah.

»Das können sie«, sagte er. »Bei einer so steifen Brise wie jetzt, können wir ihr auf offener See nicht davonsegeln.«

»Was für ein Schiff ist das?« Die Flagge, die oben am Mast wehte, sah gegen die Sonne tiefschwarz aus.

Jamie sah mich ausdruckslos an. »Ein britisches Kriegsschiff, Sassenach. Vierundsiebzig Kanonen. Vielleicht solltest du lieber nach unten gehen.«

Das war keine gute Nachricht. Der Krieg zwischen Großbritannien und Frankreich war inzwischen beendet, doch die Beziehungen zwischen beiden Ländern konnte man keinesfalls als freundschaftlich bezeichnen. Die *Artemis* war zwar bewaffnet, hatte aber nur vier Zwölfpfundkanonen. Das reichte aus, um kleine Piratenschiffe abzuschrecken, aber mit einem Kriegsschiff konnte sie es nicht aufnehmen.

»Was mögen sie von uns wollen?« fragte Jamie den Kapitän. Raines schüttelte den Kopf.

»Wahrscheinlich wollen sie Matrosen schanghaien«, antwortete er. »Sie haben zu wenig Leute. Das erkennt man an der Takelage, und das Vorderdeck sieht übel aus«, bemerkte er mißbilligend, ohne die Fregatte aus den Augen zu lassen, die bedrohlich auf uns zusteuerte. Er warf Jamie einen Blick zu. »Sie können jeden unserer Leute schanghaien, der wie ein Brite aussieht – und das ist ungefähr die Hälfte der Mannschaft. Auch Sie, Mr. Fraser – oder wollen Sie sich als Franzose ausgeben?«

»Verdammt«, sagte Jamie leise. Stirnrunzelnd sah er mich an. »Hab' ich dir nicht gerade gesagt, du sollst runtergehen?«

»Hast du«, entgegnete ich, ohne mich vom Fleck zu rühren. Statt dessen trat ich näher zu ihm und beobachtete, wie von dem Kriegsschiff ein Beiboot zu Wasser gelassen wurde. Ein Offizier, dessen Hut und Rock mit goldener Litze aufgeputzt waren, kletterte an der Seite hinunter.

»Was passiert denn mit den britischen Matrosen, die sie in ihre Dienste pressen?« fragte ich.

»Sie müssen an Bord der *Porpoise* – so heißt das Schiff«, er deutete auf das Kriegsschiff, auf dem ein Tümmler als Galionsfigur prangte, »als Mitglieder der Königlichen Marine Dienst tun. Im nächsten Hafen werden die zwangsrekrutierten Seeleute dann wieder freigelassen – oder auch nicht.«

»Was? Sie meinen, die Briten können einfach Leute entführen und sie als Matrosen arbeiten lassen, solange es ihnen gefällt?« Jähe Furcht packte mich bei dem Gedanken, daß Jamie plötzlich mitgenommen werden könnte.

»Das können sie«, erklärte der Kapitän knapp. »Und wenn sie es tun, haben wir alle Hände voll zu tun, Jamaika zu erreichen – mit halber Besatzung.« Abrupt wandte er sich ab und trat nach vorn, um das ankommende Boot zu begrüßen.

»Innes und Fergus werden sie nicht nehmen«, sagte Jamie. »Sie werden dir bei der Suche nach Ian helfen. Wenn sie uns schanghaien...« – das Wort »uns« versetzte mir einen schmerzlichen Stich –, »begibst du dich zu Jareds Haus in Sugar Bay und suchst von da aus. Dort treffe ich dich.« Er drückte meinen Ellbogen, um mich zu ermutigen. »Ich weiß nicht, wie lange es dauern wird, aber ich komme zu dir.«

»Du könntst doch als Franzose durchgehen!« protestierte ich. »Das weißt du genau!«

Er sah mich an und schüttelte den Kopf.

»Nein«, entgegnete er leise. »Ich kann ihnen doch nicht meine Männer überlassen und selbst als Franzose getarnt zurückbleiben.«

»Aber –« Ich wollte einwenden, daß die schottischen Schmuggler keineswegs seine Leute waren, keinen Anspruch auf seine Loyalität hatten, aber dann hielt ich inne, weil ich merkte, daß es zwecklos war. Auch wenn die Schotten weder seine Pächter noch seine Verwandten waren – und einer von ihnen vielleicht auch noch ein Verräter –, so hatte er sie doch hierhergebracht und würde sie nicht im Stich lassen.

»Mach dir keine Sorgen, Sassenach«, sagte er leise. »Ich schlage mich schon durch, so oder so. Aber ich halte es für das beste, wenn wir jetzt unter dem Namen Malcolm auftreten.«

Er tätschelte meine Hand, ließ sie dann los und ging nach vorn, die Schultern gestrafft, um sich dem Kommenden zu stellen. Als das Beiboot längsseits kam, zog Kapitän Raines erstaunt die Brauen hoch.

»Gott steh uns bei, was ist das?« murmelte er, als ein Offizier den Kopf über die Reling streckte.

Es war ein junger Mann, höchstens Ende Zwanzig, mit verhärmtem Gesicht und vor Erschöpfung hängenden Schultern. Über seinem schmutzigen Hemd trug er eine Uniformjacke, die ihm zu groß war, und als sich das Deck der *Artemis* hob, geriet er ins Taumeln.

»Sind Sie der Kapitän dieses Schiffes?« Die Augen des Engländers waren vor Müdigkeit rotgerändert, aber er erkannte Kapitän Raines sofort inmitten der grimmig dreinblickenden Seeleute. »Ich bin Kapitän Leonard vom Schiff Seiner Majestät *Porpoise*. Um der Liebe Christi willen«, fragte er heiser, »haben Sie einen Arzt an Bord?«

Bei einem Glas Portwein, das man dem jungen Kapitän unwillig angeboten hatte, erklärte Thomas Leonard, daß auf der *Porpoise* vor etwa vier Wochen eine ansteckende Krankheit ausgebrochen war.

»Die Hälfte der Besatzung liegt darnieder«, sagte er und wischte sich einen Tropfen Wein vom unrasierten Kinn. »Bisher haben wir dreißig Mann verloren, und es sieht so aus, als würden wir noch viele mehr einbüßen.«

»Sie haben Ihren Kapitän verloren?« fragte Raines.

Leonards schmales Gesicht rötete sich. »Der Kapitän und seine beiden Stellvertreter sind letzte Woche gestorben, auch der Schiffsarzt und sein Maat sind nicht mehr am Leben. Ich war Unterleutnant.« Das erklärte sowohl seine erstaunliche Jugend als auch seine Nervosität. Plötzlich das Kommando über ein großes Schiff mit sechshundert Mann Besatzung zu übernehmen, auf dem eine Seuche ausgebrochen war, hätte jeden aus der Fassung gebracht.

»Wenn Sie jemanden an Bord haben, der medizinische Erfahrung besitzt...« Voller Hoffnung sah er erst Kapitän Raines, dann Jamie an, der mit skeptischer Miene am Schreibtisch stand.

»Ich bin die Schiffsärztin der *Artemis*, Kapitän Leonard«, sagte ich von meinem Platz an der Tür aus. »Welche Symptome haben Ihre Männer?«

»Sie?« Der junge Kapitän starrte mich an. Sein Mund stand vor Erstaunen offen.

»Meine Frau ist in der Heilkunst außergewöhnlich bewandert, Kapitän«, erklärte Jamie freundlich. »Wenn Sie Hilfe suchen, so rate ich Ihnen, ihre Fragen zu beantworten und zu tun, was sie Ihnen sagt.«

Leonard blinzelte verwirrt, doch dann holte er tief Luft und nickte. »Nun gut. Also, es beginnt mit stechenden Bauchschmerzen, schrecklichem Durchfall und Erbrechen. Die Kranken klagen über Kopfweh, und sie haben hohes Fieber. Sie –«

»Haben manche auch einen Ausschlag?« fiel ich ihm ins Wort. Er nickte eifrig.

»Ich glaube, ich weiß, was das sein könnte«, meinte ich. Wachsende Erregung ergriff mich – das Gefühl, mit meiner Diagnose auf dem richtigen Weg zu sein und zu wissen, was zu tun war. Das Schlachtroß hört den Ruf der Trompeten, dachte ich halb gequält, halb amüsiert. »Ich müßte sie mir natürlich ansehen, aber –«

»Meine Frau wird Sie mit Vergnügen beraten, Kapitän«, erklärte Jamie mit Nachdruck. »Aber ich fürchte, Sie kann nicht an Bord Ihres Schiffes kommen.«

»Sind Sie sicher?« Kapitän Leonard sah uns verzweifelt an. »Wenn sie meine Mannschaft wenigstens kurz untersuchen könnte...«

»Nein«, sagte Jamie, und im selben Augenblick erwiderte ich: »Ja, natürlich.«

Kurze Zeit herrschte betretenes Schweigen. Dann erhob sich Jamie und sagte höflich: »Sie entschuldigen uns, Kapitän Leonard?« Er zog mich in den hinteren Laderaum.

»Bist du verrückt?« fuhr er mich an, ohne meinen Arm loszulassen. »Willst du etwa ein Schiff betreten, auf dem die Pest wütet? Dein Leben und das der Mannschaft und Ians auf Spiel setzen, nur für eine Horde Engländer?«

»Das ist nicht die Pest.« Ich versuchte mich von ihm freizumachen. »Und ich würde auch nicht mein Leben aufs Spiel setzen. Laß meinen Arm los, du verdammter Schotte!«

Er gab mich frei, versperrte mir aber den Weg zur Leiter und blickte mich finster an.

»Hör zu«, sagte ich, um Geduld ringend. »Das ist nicht die Pest.

Ich bin mir ziemlich sicher, daß es Typhus ist – der Ausschlag läßt darauf schließen. Ich werde mich nicht anstecken, ich bin dagegen geimpft.«

Ein Schatten des Zweifels huschte über sein Gesicht. Trotz meiner Erklärungen war er immer noch geneigt, Keime und Impfstoffe dem Bereich der Schwarzen Magie zuzuordnen.

»Aye?« meinte er skeptisch. »Das mag sein, aber...«

»Sieh mal.« Ich suchte verzweifelt nach den rechten Worten. »Ich bin Ärztin. Sie sind krank, und ich kann etwas dagegen tun. Ich... es ist... ich muß es einfach tun, das ist alles!«

Nach der Wirkung zu urteilen, war diese Erklärung nicht wortreich genug. Jamie zog die Brauen hoch, als erwarte er eine Fortsetzung.

Ich holte tief Luft. Wie sollte ich es erklären – den Drang, etwas zu tun, den Zwang zu heilen? Auf seine Weise hatte Frank das verstanden. Gewiß gab es eine Möglichkeit, es auch Jamie klarzumachen.

»Ich habe einen Eid geleistet«, sagte ich. »Als ich Ärztin wurde.«

»Einen Eid? Was für einen Eid?«

Ich hatte ihn nur ein einziges Mal laut gesprochen. Aber in meinem Büro hing der Text eingerahmt an der Wand. Frank hatte ihn mir geschenkt, als ich mein Examen ablegte. Ich schluckte den Kloß in meinem Hals hinunter, schloß die Augen und zitierte aus dem Gedächtnis:

»*Ich schwöre, Apollon den Arzt und Asklepios und Hygieia und Panakeia und alle Götter und Göttinnen zu Zeugen anrufend, daß ich nach bestem Vermögen und Urteil diesen Eid und diese Verpflichtung erfüllen werde... Meine Verordnungen werde ich treffen zu Nutz und Frommen der Kranken, nach bestem Vermögen und Urteil; ich werde sie bewahren vor Schaden und willkürlichem Unrecht. Ich werde niemandem, auch nicht auf seine Bitte hin, ein tödliches Gift verabreichen oder auch nur dazu zu raten... Heilig und rein werde ich mein Leben und meine Kunst bewahren... Welche Häuser ich betreten werde, ich will zu Nutz und Frommen der Kranken eintreten, mich enthalten jedes willkürlichen Unrechtes und jeder anderen Schädigung, auch aller Werke der Wollust an den Leibern von Frauen und Männern, Freien und Sklaven. Was ich bei der Behandlung sehe oder höre werde ich verschweigen und*

solches als ein Geheimnis betrachten. Wenn ich nun diesen Eid er-
fülle und nicht verletze, möge mir im Leben und in der Kunst Er-
folg zuteil werden und Ruhm bei allen Menschen bis in ewige Zei-
ten; wenn ich ihn übertrete und meineidig werde, das Gegenteil.«

Als ich die Augen wieder öffnete, sah er mich nachdenklich an.
»Äh... teilweise ist es rein traditionell«, erklärte ich.

Seine Mundwinkel zuckten. »Ich verstehe«, sagte er. »Nun, der
erste Teil klingt ein bißchen heidnisch, aber die Stelle, wo du
schwörst, niemanden zu verführen, gefällt mit gut.«

»Das kann ich mir vorstellen«, bemerkte ich trocken. »Ich bin
jedenfalls keine Gefahr für Kapitän Leonards Tugend.«

Er lachte auf, lehnte sich an die Leiter und fuhr sich mit der
Hand durch die Haare.

»Ist das so üblich in der Zunft der Ärzte?« fragte er. »Ihr fühlt
euch verpflichtet, jedem zu helfen, der euch ruft, selbst einem
Feind?«

»Das macht keinen großen Unterschied – wenn sie krank oder
verletzt sind.« Verständnisheischend sah ich ihm ins Gesicht.

»Aye«, erwiderte er bedächtig. »Auch ich habe hin und wieder
einen Eid geleistet – und ich habe keinen auf die leichte Schulter
genommen.« Er griff nach meiner Hand und ließ seine Finger auf
meinem Silberring ruhen. »Doch manche wiegen schwerer als
andere.« Nun war es an ihm, mein Gesicht nachdenklich zu erforschen.

Er stand ganz nah bei mir. Die Sonne, die durch die Luke hereinfiel, ließ das Leinen seines Ärmels aufleuchten, und seine Hand
hob sich tiefbraun von meinen weißen Fingern mit dem glitzernden Ring ab.

»Das stimmt«, sagte ich leise. »Du weißt, daß es so ist.« Ich legte
meine andere Hand auf seine Brust, so daß auch der goldene Ring
in der Sonne funkelte. »Aber wenn der eine Eid gehalten werden
kann, ohne daß der andere gebrochen wird...?«

Er seufzte tief, dann beugte er sich über mich und küßte mich
zärtlich.

»Aye, ich möchte nicht schuld sein, daß du meineidig wirst.« Als
er sich aufrichtete, hatte er einen gequälten Zug um den Mund.
»Bist du sicher, daß diese Impfung dich schützt?«

»Ganz sicher«, erklärte ich.

»Vielleicht sollte ich dich begleiten«, meinte er stirnrunzelnd.

»Das geht nicht – du bist nicht geimpft, und Typhus ist schrecklich ansteckend.«

»Du glaubst nur, daß es Typhus ist, weil du dich auf Leonards Beschreibung verläßt«, hielt er mir entgegen. »Du weißt es nicht gewiß.«

»Nein«, gab ich zu. »Aber es gibt nur einen Weg, es herauszufinden.«

Auf das Deck der *Porpoise* gelangte ich mit Hilfe des Bootsmannsstuhls, einer Art Schaukel, die mich in schwindelerregender Höhe über brodelndes Wasser hinwegtrug, und peinlicherweise landete ich bäuchlings auf dem Boden. Sobald ich wieder auf den Beinen war, stellte ich erstaunt fest, wie solide das Deck des Kriegsschiffes war verglichen mit dem winzigen, stampfenden Achterdeck der *Artemis* tief unter uns. Mir war, als stünde ich auf dem Felsen von Gibraltar.

Meine Frisur hatte sich gelöst, und ich steckte sie so gut es ging wieder auf. Dann griff ich nach meinem Medizinkasten, den einer der Seekadetten für mich hielt.

»Am besten zeigen Sie mir, wo die Kranken sind«, sagte ich. Es wehte eine frische Brise, und mir war bewußt, daß sich beide Mannschaften ins Zeug legen mußten, um die Schiffe beieinander zu halten.

In dem engen Zwischendeck war es dunkel. Die einzigen Lichtquellen waren kleine Öllampen, die von der Decke baumelten. Die Männer, die nebeneinander in Hängematten lagen, konnte man kaum erkennen. Sie sahen aus wie eine Herde Wale oder schlafende Seeungeheuer.

Es herrschte ein überwältigender Gestank. Frischluft drang nur durch die unzureichenden Lüftungsschächte herein, die zum oberen Deck führten. Schlimmer noch als der Geruch von ungewaschenen Seeleuten waren die Ausdünstungen der Krankheit.

»Ich brauche besseres Licht«, befahl ich dem aufgeweckten jungen Seekadetten, dem man aufgetragen hatte, mich zu begleiten. Er hielt sich ein Tuch vors Gesicht und sah ziemlich elend und verängstigt aus, aber er gehorchte und hielt seine Laterne hoch, damit ich in eine der Hängematten blicken konnte.

Der Mann wandte stöhnend sein Gesicht ab, als ihn der Lichtstrahl traf. Seine Haut glühte rot vor Fieber. Ich zog sein Hemd hoch und befühlte seinen Bauch: Er war hart und aufgebläht und fühlte sich ebenfalls heiß an. Als ich ihn behutsam betastete, wand sich der Kranke wie ein Wurm am Angelhaken und stöhnte mitleiderregend.

»Ist schon gut«, beruhigte ich ihn und forderte ihn auf, sich wieder auszustrecken. »Ja, ich helfe Ihnen, bald geht's Ihnen besser. Lassen Sie mich jetzt Ihre Augen sehen. Ja, das ist gut.«

Ich zog ein Augenlid hoch; die Pupille verengte sich im Licht, das Auge war rotgerändert.

»Bei Gott, nehmen Sie das Licht weg!« keuchte er und riß den Kopf zurück. »Mir platzt der Schädel!« Fieber, Erbrechen, Bauchkrämpfe, Kopfschmerzen.

»Fröstelt es Sie?« fragte ich und bedeutete meinem Helfer, die Laterne wegzunehmen.

Aus dem Stöhnen, mit dem er antwortete, hörte ich ein Ja heraus. Selbst im Dunkeln konnte ich sehen, daß viele der Männer auf den Hängematten ungeachtet der drückenden Hitze in Decken gehüllt waren.

Ich war mir ziemlich sicher, worum es sich handelte – die Symptome, die ich hier beobachtete, waren typisch.

Allerdings hatte der Seemann keinen Hautausschlag auf dem Bauch, der zweite auch nicht, aber der dritte. Die hellroten Roseolen traten auf der klammen, weißen Haut deutlich hervor. Sie ließen sich nicht wegdrücken. Durch die Hängematten, in denen die schweren, schwitzenden Leiber dicht an dicht lagen, bahnte ich mir den Weg zurück zum Niedergang, wo Kapitän Leonard und zwei weitere Seekadetten auf mich warteten.

»Es ist Typhus.« Ich war meiner Sache so sicher, wie es ohne Mikroskop und Blutuntersuchung möglich war.

»Oh?« Trotz seiner Erschöpfung blickte mich der Kapitän aufmerksam an. »Wissen Sie, was in diesem Fall zu tun ist, Mrs. Malcolm?«

»Ja, aber es wird nicht leicht sein. Die Kranken müssen nach oben gebracht und gründlich gewaschen werden, dann brauchen sie ein Lager an der frischen Luft und sorgfältige Pflege. Sie benötigen flüssige Kost – und viel Wasser – *abgekochtes* Wasser – das ist überaus wichtig! Um das Fieber zu senken, sind regelmäßige Waschungen nötig. Aber vor allem gilt es zu verhindern, daß sich weitere Besatzungsmitglieder anstecken. Es müssen verschiedene Maßnahmen ergriffen werden –«

»Ergreifen Sie sie«, fiel er mir ins Wort. »Ich werde Befehl erteilen, daß Ihnen alle gesunden Männer zur Hand gehen, die wir erübrigen können. Ordnen Sie selbst alles Nötige an.«

»Gut.« Zweifelnd ließ ich den Blick über die Umstehenden schweifen. »Ich kann einen Anfang machen und Ihnen sagen, wie Sie weiter vorgehen müssen, aber es gibt viel zu tun. Kapitän Raines und mein Mann sind in großer Eile.«

»Mrs. Malcolm«, entgegnete der Kapitän. »Ich werde Ihnen für jegliche Hilfe, die Sie uns leisten können, ewig dankbar sein. Auch wir müssen auf schnellstem Wege nach Jamaika, aber wenn der Rest meiner Mannschaft nicht von dieser teuflischen Krankheit verschont bleibt, werden wir die Insel niemals erreichen.« Er sprach mit solchem Ernst, daß ich plötzlich Mitleid mit ihm hatte. »In Ordnung«, stimmte ich seufzend zu. »Schicken Sie mir für den Anfang ein Dutzend gesunde Matrosen.«

Ich kletterte aufs Achterdeck, ging an die Reling und winkte Jamie zu, der am Steuerrad der *Artemis* stand. Trotz der Entfernung konnte ich sein Gesicht klar erkennen. Es sah sorgenvoll aus, doch als er mich erblickte, lächelte er mich strahlend an.

»Kommst du jetzt runter?« rief er mir zu.

»Noch nicht!« schrie ich zurück. »Ich brauche zwei Stunden!« Um zu verdeutlichen, was ich meinte, hielt ich zwei Finger in die Höhe. Als ich von der Reling zurücktrat, sah ich noch, wie sich seine Miene wieder verdüsterte. Er hatte mich verstanden.

Ich sorgte dafür, daß die Kranken aufs Achterdeck gebracht wurden. Einige Seeleute mußten ihnen ihre schmutzigen Sachen ausziehen und sie mit Meerwasser aus der Pumpe abspritzen und abwaschen. Währenddessen begab ich mich in die Kombüse und erklärte dem Koch und seinen Helfern, wie sie die Krankenkost zubereiten mußten. Da spürte ich plötzlich, wie das Deck unter meinen Füßen erbebte.

Der Smutje, mit dem ich gerade sprach, streckte eine Hand aus und schlug hastig die Schranktür hinter ihm zu. Flink griff er nach einem Topf, der aus dem Regal zu springen drohte, warf einen großen Schinken in den unteren Schrank und wirbelte herum, um einen Deckel auf den brodelnden Topf zu setzen, der über dem Kombüsenfeuer hing.

Erstaunt starrte ich ihn an. Auf der *Artemis* hatte ich Murphy immer dann denselben merkwürdigen Tanz aufführen sehen, wenn das Schiff den Kurs wechselte oder ablegte.

Ich hastete mit größter Eile zum Achterdeck. Das Schiff nahm Fahrt auf; die *Porpoise* war zwar groß und solide, doch ich spürte das Beben, das den Kiel erfaßte.

Als ich aufs Deck gelangte, sah ich über mir eine Wolke von Segeln, und hinter mir die *Artemis*, die immer mehr zurückfiel. Kapitän Leonard stand beim Steuermann, der den Männern in der Takelage Kommandos zubrüllte, und blickte der *Artemis* nach.

»Was machen Sie da?« rief ich. »Sie verdammter Bastard. Was geht hier vor?«

Ziemlich verlegen, aber mit einem halsstarrigen Zug um den Mund, sah mich der Kapitän an.

»Wir müssen auf schnellstem Wege nach Jamaika«, erklärte er. Wären seine Wangen nicht ohnehin vom Seewind gerötet gewesen, so wäre er in diesem Moment gewiß rot geworden. »Es tut mir leid, Mrs. Malcolm – ich bedaure die Notwendigkeit sogar zutiefst, aber –«

»Aber nichts!« entgegnete ich wütend. »Ändern Sie den Kurs! Drehen Sie bei! Werfen Sie den Anker aus, verdammt noch mal! Sie können mich doch nicht einfach entführen!«

»Ich bedaure die Notwendigkeit«, wiederholte er verbissen. »Aber ich glaube, daß wir Ihre Dienste weiterhin äußerst dringend benötigen, Mrs. Malcolm. Seien Sie unbesorgt.« Er streckte die Hand aus, als wollte er meine Schulter tätscheln, besann sich dann aber eines Besseren und ließ den Arm wieder sinken.

»Ich habe Ihrem Gatten versprochen, daß die Marine für Ihre Unterbringung auf Jamaika Sorge trägt, bis die *Artemis* dort eintrifft.«

Er zuckte zusammen, als er meinen Gesichtsausdruck sah. Offenbar fürchtete er einen tätlichen Angriff – und zwar nicht ganz grundlos.

»Was soll das?« zischte ich. »Soll das heißen, daß J... daß Mr. Malcolm Ihnen *erlaubt* hat, mich zu entführen?«

»Äh… nein. Das hat er nicht.« Der Kapitän fand das Gespräch offenbar ziemlich nervenaufreibend. Er zog ein schmutziges Taschentuch aus der Tasche und wischte sich damit Stirn und Nacken ab. »Ich fürchte, er wollte gar nicht mit sich reden lassen.«

»Aha? Nun gut, ich lasse auch nicht mit mir reden!« Ich stampfte mit dem Fuß auf und verfehlte seine Zehen nur, weil er flink zurücksprang. »Wenn Sie denken, daß ich Ihnen helfe, Sie niederträchtiger Entführer, haben Sie sich gründlich getäuscht!«

Der Kapitän steckte sein Taschentuch ein und bekam wieder seinen verbissenen Ausdruck. »Mrs. Malcolm. Sie zwingen mich, Ihnen zu sagen, was ich auch Ihrem Gatten bereits klargemacht habe. Die *Artemis* segelt unter französischer Flagge und mit französischen Papieren, aber über die Hälfte der Besatzung besteht aus Engländern und Schotten. Ich hätte diese Männer in unseren Dienst pressen können – und ich hätte sie dringend brauchen können. Statt dessen habe ich mich bereit erklärt, sie unbehelligt zu lassen, wenn Sie uns als Gegenleistung Ihre medizinischen Kenntnisse zur Verfügung stellen.«

»Also haben Sie beschlossen, an ihrer Stelle mich zu schanghaien. Und mein Mann hat diesem Handel… *zugestimmt*?«

»Nein, das hat er nicht«, entgegnete der junge Mann ungerührt. »Der Kapitän der *Artemis* hingegen fand meine Argumente überzeugend.« Er blinzelte mich an; seine geschwollenen Augen verrieten, daß er viele Nächte nicht geschlafen hatte, und die weite Jacke schlackerte um seinen schlanken Körper. Trotz seiner Jugend und seines heruntergekommenen Äußeren strahlte er eine gewisse Würde aus.

»Ich bitte Sie um Verzeihung, denn mein Verhalten muß Ihnen im höchsten Maße unhöflich erscheinen, Mrs. Malcolm – aber die Wahrheit ist, daß ich verzweifelt bin«, sagte er schlicht. »Sie sind unsere einzige Rettung. Mir bleibt keine andere Wahl.«

Die Antwort, die mir auf der Zunge lag, schluckte ich hinunter. Trotz meiner Wut – und meines Unbehagens, wenn ich daran dachte, was Jamie bei unserem Wiedersehen sagen würde – konnte ich den Kapitän verstehen. Zweifellos lief er Gefahr, den größten Teil seiner Mannschaft zu verlieren, wenn ihm niemand beistand. Und selbst wenn ich ihm half, würden einige der Leute sterben – aber daran wollte ich jetzt lieber nicht denken.

»Gut«, entgegnete ich schließlich mit zusammengebissenen Zähnen. »*In Ordnung!*« über die Reling warf ich einen letzten Blick auf die *Artemis*. Ich neigte zwar nicht zur Seekrankheit, aber mir wurde dennoch flau im Magen, als ich das Schiff – und Jamie – in der Ferne entschwinden sah. »Offenbar bleibt auch mir keine andere Wahl. Ich brauche alle Männer, die Sie erübrigen können, um die Zwischendecks zu schrubben – und haben Sie Alkohol an Bord?«

Überrascht sah er mich an. »Alkohol? Wir haben Rum für den Grog der Matrosen, und vielleicht auch etwas Wein. Reicht das?«

»Wenn Sie sonst nichts haben, muß es reichen.« Ich versuchte, meine Gefühle so gut es ging zu unterdrücken, um die Lage in den Griff zu bekommen. »Wahrscheinlich muß ich mit dem Proviant-meister sprechen?«

»Ja, natürlich, kommen Sie mit.« Leonard ging auf einen Nie-dergang zu, der unter Deck führte, besann sich dann aber, trat errötend zurück und ließ mir mit einer verlegenen Geste den Vor-tritt – wohl damit er nicht in die peinliche Lage kam, beim Hin-untersteigen meine Beine zu betrachten, dachte ich und biß mir halb wütend, halb amüsiert auf die Lippen.

Als ich gerade unten angekommen war, hörte ich oben ein Stim-mengewirr.

»Nein, der Kapitän darf jetzt nicht gestört werden! Was du ihm zu sagen hast, muß –«

»Laß mich! Wenn ich jetzt nicht mit ihm sprechen darf, ist es zu spät!«

Dann hörte ich Kapitän Leonards Stimme. Sie klang plötzlich scharf, als er sich an die Eindringlinge wandte. »Stevens? Was soll das? Was ist los?«

»Gar nichts, Sir«, erklärte der Angesprochene unterwürfig. »Nur daß Tompkins sich sicher ist, daß er den Burschen kennt, der auf dem Schiff war – den großen mit den roten Haaren. Er sagt –«

»Ich habe jetzt keine Zeit«, entgegnete der Kapitän barsch. »Sagen Sie es dem Maat, Tompkins. Ich werde mich später darum kümmern.«

Natürlich war ich inzwischen die Leiter schon halb wieder hoch-geklettert und lauschte aufmerksam.

Die Luke verdunkelte sich, als Leonard herunterstieg. Der junge

Mann musterte mich scharf, aber ich sagte nur mit betont ausdrucksloser Miene: »Haben Sie noch ausreichend Lebensmittelvorräte, Kapitän? Die Kranken müssen äußerst sorgfältig verköstigt werden. Milch werden Sie wohl kaum an Bord haben, aber –«

»Wir haben Milch«, erklärte er beinahe fröhlich. »Wir haben sogar sechs Milchziegen. Die Frau des Ersten Kanoniers, Mrs. Johansen, kümmert sich großartig um die Tiere. Ich schicke sie zu Ihnen, sobald wir mit dem Proviantmeister gesprochen haben.«

Kapitän Leonard stellte mich Mr. Overholt, dem Proviantmeister, vor und wies ihn an, mir alles zur Verfügung zu stellen, was ich benötigte. Mr. Overholt, ein kleiner, rundlicher Mann mit einer glänzenden Halbglatze, beäugte mich neugierig und jammerte dann leise, daß gegen Ende einer Ozeanüberquerung alles zur Neige gehe und wie schrecklich die Lage sei, aber ich schenkte ihm nur wenig Aufmerksamkeit. Nach dem Wortwechsel, den ich soeben belauscht hatte, war ich viel zu erregt.

Wer war dieser Tompkins? Die Stimme war mir völlig fremd, und auch den Namen hatte ich ganz bestimmt noch nie gehört. Noch wichtiger war jedoch die Frage, was er über Jamie wußte. Und was würde Kapitän Leonard tun, nachdem er Tompkins' Geschichte gehört hatte? Wie die Dinge lagen, konnte ich im Augenblick nichts tun als meine Ungeduld zügeln, sinnlose Spekulationen zurückzustellen und mich darauf konzentrieren, welche Vorräte Mr. Overholt für die Verpflegung der Kranken zu bieten hatte.

Wie sich bald herausstellte, war es nicht viel.

»Nein, gepökeltes Rindfleisch können sie auf keinen Fall essen«, erklärte ich mit Nachdruck. »Zwieback auch noch nicht. Wenn wir ihn in abgekochter Milch einweichen, könnten wir ihn allenfalls für die Genesenden verwenden. Aber zuvor müssen Sie die Getreidekäfer entfernen«, fügte ich hinzu.

»Fisch«, schlug Mr. Overholt ziemlich entmutigt vor. »Auf dem Weg in die Karibik stoßen wir oft auf große Makrelenschwärme. Manchmal hat die Besatzung Glück beim Angeln.«

»Vielleicht wäre das das Richtige«, erwiderte ich geistesabwesend. »Abgekochte Milch und Wasser reichen fürs erste, aber wenn sich die Männer langsam wieder erholen, brauchen sie etwas

Leichtes und Nahrhaftes – Suppe zum Beispiel. Ich nehme an, wir könnten Fischsuppe zubereiten, wenn Sie sonst nichts Geeignetes haben?«

»Nun…« Mr. Overholt fühlte sich anscheinend nicht besonders wohl in seiner Haut. »Wir haben noch eine kleinere Menge Trockenfeigen, zehn Pfund Zucker, etwas Kaffee, Kekse und ein großes Faß Madeira, aber das können wir selbstverständlich nicht nehmen.«

»Warum nicht?« wollte ich wissen. Mr. Overholt scharrte verlegen mit den Füßen.

»Weil diese Vorräte unserem Passagier vorbehalten sind«, erklärte er.

»Welchem Passagier?« fragte ich verdutzt.

Mr. Overholt schien überrascht. »Hat es Ihnen der Kapitän nicht gesagt? Mit uns reist der neue Gouverneur von Jamaika. Das ist der Grund – einer der Gründe«, korrigierte er sich, wobei er sich nervös die Glatze abwischte, »für unsere Eile.«

»Wenn der Gouverneur selbst nicht krank ist, kann er gepökeltes Rindfleisch essen«, erklärte ich mit Nachdruck. »Das wird ihm gewiß nicht schaden. Und nun lassen Sie den Wein bitte in die Kombüse bringen, ich habe viel zu tun.«

Unterstützt von einem der verbliebenen Seekadetten, einem kleinen, stämmigen Burschen mit kurzgeschorenen braunen Locken namens Pound, machte ich meine Runde durch das Schiff und bemächtigte mich dabei skurpellos sämtlicher Vorräte und Arbeitskräfte, die ich brauchte. Pound, der wie eine kleine, bissige Bulldogge neben mir her trottete, teilte den überraschten und aufgebrachten Köchen, Zimmerleuten, Matrosen, Schwabberern, Segelmachern und Lagerverwaltern mit, daß alle meine Anweisungen – wie unsinnig sie auch scheinen mochten – umgehend zu befolgen seien, und zwar auf Befehl des Kapitäns.

Am wichtigsten war die Quarantäne. Sobald die Zwischendecks geschrubbt und gelüftet waren, mußten die Kranken wieder hinuntergebracht werden, allerdings sollte zwischen den Hängematten genügend Platz freibleiben. Wer sich noch nicht angesteckt hatte, mußte auf Deck übernachten und separate Toiletten benutzen. In der Kombüse hatte ich zwei große Kessel gesehen, die ich für geeignet hielt. Ich notierte den Punkt auf der Liste, die ich in Gedanken führte, und hoffte im stillen, daß der Chefkoch nicht ebenso eifersüchtig über seine Gefäße wachte wie Murphy.

Ich folgte Pound in den Laderaum hinunter, um ausgediente Segel zu holen, aus denen wir Lappen machen konnten. Ich war nur halb bei meiner Liste. Mich beschäftigte die Ursache der Infektion. Typhus wird von einer Salmonellenart hervorgerufen und durch orale Aufnahme der Erreger – da Urin und Stuhl eines Erkrankten hochgradig infektiös sind, werden die Erreger oft durch unzureichend gereinigte Hände übertragen – verbreitet.

Wenn man bedachte, daß Hygiene und Sauberkeit für die Seeleute Fremdwörter waren, konnte jedes Mitglied der Besatzung ursprünglich Überträger der Krankheit sein. Wahrscheinlich war der Schuldige unter denen zu suchen, die das Essen ausgaben, zumal die Krankheit so plötzlich ausgebrochen war und sich so viele angesteckt hatten. Vielleicht war es der Koch oder einer seiner beiden Maate oder einer der Proviantmeister. Ich mußte herausfinden, wie viele Leute mit dem Essen hantierten, welche Messen sie bedienten und ob vor vier Wochen jemand seinen Dienst neu angetreten hatte – nein, vor fünf bis acht Wochen korrigierte ich mich, man mußte auch die Inkubationszeit berücksichtigen.

»Mr. Pound«, rief ich, und er wandte sich am Fuße der Leiter zu mir um.

»Ja, Madam?«

»Mr. Pound – wie heißen Sie eigentlich mit Vornamen?« fragte ich.

»Elias, Madam.« Er sah mich verwundert an.

»Würde es Ihnen etwas ausmachen, wenn ich Sie so nenne?« Am Fuße der Leiter angekommen, lächelte ich ihn an. Zögernd erwiderte er mein Lächeln.

»Nein… Madam. Aber vielleicht würde es den Kapitän stören«, fügte er vorsichtig hinzu. »Bei der Marine redet man sich nicht mit dem Vornamen an, wissen Sie.«

Elias Pound konnte nicht älter als siebzehn oder achtzehn sein, und Kapitän Leonard schätzte ich auf Mitte Zwanzig. Dennoch, das Protokoll mußte eingehalten werden.

»In der Öffentlichkeit werde ich mich an die Gepflogenheiten der Marine halten«, versicherte ich ihm und unterdrückte ein

Lächeln. »Aber wenn Sie mit mir zusammenarbeiten, wäre es leichter, Sie beim Vornamen zu nennen.« Im Gegensatz zu ihm wußte ich, was vor uns lag – stunden-, tage-, vielleicht wochenlange Arbeit bis zur völligen Erschöpfung. Am Ende würden nur strikte Disziplin, blinder Instinkt – und die Führung eines unermüdlichen Chefs – die Krankenpfleger auf den Beinen halten.

Unermüdlich war ich keineswegs, aber wenigstens die Illusion mußte aufrechterhalten werden. Dies könnte ich durch die Unterstützung von zwei oder drei Helfern, die ich ausbilden würde, erreichen. Sie konnten für mich einspringen, wenn ich selbst Ruhe brauchte. Das Schicksal – und Kapitän Leonard – hatten mir Elias Pound als rechte Hand zugewiesen. Es war das beste, von Anfang an ein gutes Verhältnis zu ihm aufzubauen.

»Wie lange fahren Sie schon zur See, Elias?« fragte ich, während er sich gerade unter eine niedrige Plattform duckte, auf der eine riesige Kette lag. Jedes ihrer Glieder war zweimal so groß wie meine Faust. Die Ankerkette? Neugierig faßte ich sie an. Sie sah aus, als könnte sie die *Queen Elizabeth* halten – ein tröstlicher Gedanke.

»Seit meinem siebten Lebensjahr, Madam.« Einen großen Kasten hinter sich her schleifend, arbeitete er sich rückwärts wieder heraus. Keuchend richtete er sich auf und wischte sich das runde, offene Gesicht ab. »Mein Onkel befehligt die *Triton*, da konnte er mir einen Platz auf dem Schiff besorgen. Auf der *Porpoise* tue ich nur für diese eine Fahrt Dienst.« Er öffnete den Kasten, und es kam eine Ansammlung rostiger Operationsinstrumente nebst einem bunten Durcheinander verkorkter Flaschen und Gefäße zum Vorschein. Ein Glasbehälter war zerbrochen und über dem gesamten Inhalt lag eine feine, weiße Staubschicht.

»Das war die Ausrüstung von Mr. Hunter, dem Schiffsarzt«, erklärte Elias. »Haben Sie Verwendung dafür?«

»Das weiß nur Gott«, meinte ich und beäugte den Kasten mißtrauisch. »Aber ich sehe mir die Sachen mal an. Beauftragen Sie jemanden, den Kasten ins Schiffslazarett zu bringen, Elias. Sie müssen jetzt mit mir kommen und ein ernstes Wort mit dem Koch reden.«

Während ich die Säuberung des Zwischendecks mit kochendem Meerwasser überwachte, hing ich meinen Gedanken nach.

Ich ließ mir durch den Kopf gehen, welche Maßnahmen ergriffen werden mußten, um die Seuche zu bekämpfen. Zwei der Männer, die schon zu entkräftet waren, waren gestorben, als man sie aus dem Zwischendeck geholt hatte. Sie lagen nun hinten auf dem Achterdeck, wo der Segelmacher sie für die Beerdigung mit emsigen Stichen in ihre Hängematten einnähte – nebst zwei Kanonenkugeln zu ihren Füßen. Vier weitere würden die Nacht nicht überleben. Die übrigen Patienten hatten teils ausgezeichnete, teils recht schlechte Überlebenschancen. Mit etwas Glück und viel Arbeit würde ich die meisten von ihnen retten können. Aber wie viele neue Fälle kamen noch auf uns zu?

Auf meinen Befehl hin wurden riesige Kessel mit Wasser in der Kombüse zum Kochen aufgesetzt: Meerwasser zum Putzen, Süßwasser zum Trinken. Mir fielen weitere Punkte für die Liste ein, die ich in Gedanken führte. Ich mußte Mrs. Johansen aufsuchen, die sich um die Ziegen kümmerte, und dafür sorgen, daß auch die Milch sterilisiert wurde.

Anschließend wollte ich alle, die in der Kombüse arbeiteten, nach ihren Aufgaben befragen. Wenn ich den Krankheitsüberträger aufspüren und isolieren konnte, würde das schon viel zur Eindämmung der Seuche beitragen.

Zu Mr. Overholts Entsetzen hatte ich den gesamten Alkoholvorrat ins Schiffslazarett bringen lassen. Man konnte ihn zwar verwenden, wie er war, aber besser wäre es, reinen Alkohol zur Verfügung zu haben. Ich mußte mit dem Proviantmeister klären, ob es möglich war, den Rum zu destillieren.

Als nächstes galt es, die Hängematten auszukochen und zu trocknen, bevor die gesunden Matrosen darin schliefen. Das mußte schnell geschehen, noch vor dem nächsten Schichtwechsel. Elias sollte einen Trupp Schwabberer dafür abkommandieren – die große Wäsche fiel wahrscheinlich in ihren Aufgabenbereich.

Daneben machte ich mir nach wie vor Gedanken um den mysteriösen Tompkins und die Mitteilungen, die er dem Kapitän hatte machen wollen. Was immer er gesagt hatte, es hatte nicht dazu geführt, daß der Kurs geändert wurde, um zur *Artemis* zurückzukehren. Entweder hatte Kapitän Leonard die Aussage des Mannes nicht ernst genommen oder er hatte es einfach zu eilig, nach Jamaika zu kommen, als daß er sich durch irgend etwas hätte aufhalten lassen.

Ich blieb eine Weile an der Reling stehen und versuchte, meine Gedanken zu ordnen. Ich strich mir die Haare aus der Stirn, hielt mein Gesicht in den frischen Wind und ließ ihn den Gestank der Seuche wegblasen, übelriechende Dampfwolken stiegen aus der Luke neben mir auf. Wenn die Matrosen mit dem Scheuern fertig waren, würde es dort unten zwar angenehmer sein, aber von frischer Luft konnte man noch nicht reden.

Ich blickte aufs Meer hinaus und gab mich der Hoffnung hin, daß ein Segel am Horizont auftauchen möge, aber wir hatten die *Artemis* – und Jamie – weit hinter uns gelassen.

Rasch unterdrückte ich das Gefühl der Einsamkeit und Panik, das in mir aufstieg. Ich mußte mit Kapitän Leonard sprechen. Bei mindestens zwei der Fragen, die mich beschäftigten, konnte er mir weiterhelfen: wo die Ursache des Typhus zu suchen sei und was der unbekannte Mr. Tompkins mit Jamie zu tun hatte. Aber im Augenblick gab es Dringlicheres.

»Elias!« rief ich, denn ich wußte, daß er sich in Hörweite befand. »Bitte bringen Sie mich zu Mrs. Johansen und den Ziegen.«

47

Die Seuche

Zwei Tage später hatte ich immer noch nicht mit Kapitän Leonard gesprochen. Zweimal war ich vor seiner Kajüte gestanden, aber der junge Kapitän hatte anderweitig zu tun – er bestimmte unsere Position, hieß es, oder studierte die Karten oder war mit anderen rätselhaften nautischen Angelegenheiten beschäftigt.

Mr. Overholt hatte sich angewöhnt, mir und meinen maßlosen Forderungen aus dem Weg zu gehen. Er hängte sich eine Parfümkugel mit Salbei und Ysop gegen die Ansteckungsgefahr um den Hals und schloß sich in seiner Kajüte ein. Die gesunden Matrosen, die die Decks schrubben und die Kranken transportieren sollten, taten diese zunächst widerwillig und zweifelnd. Ich aber schalt und schikanierte sie, stampfte mit dem Fuß auf, brüllte herum und durchbohrte sie mit Blicken, bis sie allmählich in Fahrt kamen. Ich fühlte mich kaum noch wie eine Ärztin, eher wie ein Schäferhund, der knurrend und bellend seiner Herde auf die Sprünge hilft, und nach all meinen Anstrengungen war ich nun ziemlich heiser.

Aber es half: Hoffnung und Entschlossenheit machten sich breit. Heute wurden vier Todesfälle und zehn Neuerkrankungen gemeldet, aber das verzweifelte Stöhnen aus dem Zwischendeck war nahezu verstummt, und auf den Gesichtern der Gesunden zeigte sich die Erleichterung, die sich einstellt, wenn man etwas tut – egal was. Den Ursprung der Krankheit hatte ich bisher noch nicht ausfindig gemacht. Wenn mir dies gelingen würde und ich eine weitere Ausbreitung der Seuche verhindern konnte, so bestand die Möglichkeit, innerhalb einer Woche eine Wende herbeizuführen, so daß die *Porpoise* noch genügend Matrosen hatte, um weiterzusegeln.

Inzwischen hatte ich herausgefunden, daß zwei der überlebenden Matrosen aus einem Kreisgefängnis zwangsrekrutiert worden waren, wo sie wegen Schwarzbrennerei einsaßen. Ich spannte sie sofort für meine Zwecke ein und beauftragte sie damit, einen Destillierapparat zu bauen, in dem – zum Entsetzen der Mannschaft – der halbe Rumvorrat für Desinfektionszwecke zu reinem Alkohol destilliert wurde.

Neben dem Eingang zum Schiffslazarett und an der Tür zur Kombüse postierte ich je einen jungen Seekadetten, jeden mit einer Schüssel purem Alkohol bewaffnet. Sie erhielten Anweisung, niemanden durchzulassen, der nicht zuvor seine Hände in den Alkohol tunkte. Zur Unterstützung stellte ich ihnen einen Marinesoldaten mit geladenem Gewehr zur Seite. Ihm oblag die Pflicht, dafür zu sorgen, daß sich niemand am Inhalt des Eimers vergriff, in den der gebrauchte Alkohol gekippt wurde.

In Mrs. Johansen, der Frau des Kanoniers, fand ich eine unerwartete Verbündete. Sie war eine intelligente Frau in den Dreißigern und hatte – obwohl sie nur gebrochen Englisch und ich gar kein Schwedisch sprach – bald begriffen, was ich erreichen wollte. Sie unterstützte mich tatkräftig.

Annekje Johansen übernahm das Abkochen der Ziegenmilch, zerstampfte geduldig den harten Schiffszwieback – nicht ohne zuvor die Getreidekäfer zu entfernen –, vermischte ihn mit Milch und fütterte eigenhändig die kräftigsten der kranken Matrosen mit dem Brei.

Ihr Gatte, der Kanonier, war ebenfalls erkrankt, gehörte aber glücklicherweise zu den leichteren Fällen und würde sich, wie ich hoffte, dank seiner kräftigen Konstitution und der aufopfernden Pflege seiner Frau bald erholen.

»Madam, Ruthven sagt, daß wieder jemand von dem reinen Alkohol getrunken hat.« Elias Pound tauchte neben mir auf. Er sah ziemlich erschöpft aus.

Ich stieß einen ziemlich üblen Fluch aus, und er riß erstaunt die braunen Augen auf.

»Tut mir leid.« Ich strich mir die Haare aus der Stirn. »Ich wollte Ihre empfindlichen Ohren nicht beleidigen, Elias.«

»Ich habe dergleichen schon gehört, Madam«, versicherte er mir. »Nur noch nicht von einer Dame.«

»Ich bin keine Dame, Elias«, erwiderte ich müde. »Ich bin eine

Ärztin. Schicken Sie jemanden los, der den Übeltäter sucht. Wahrscheinlich liegt er bewußtlos in einer Ecke.« Er nickte und wandte sich zum Gehen.

»Ich schau' mal im Kabelgatt nach«, sagte er. »Da verkriechen sie sich meistens, wenn sie besoffen sind.«

Das war der vierte innerhalb von drei Tagen. Trotz der Soldaten, die über den Destillierapparat und den reinen Alkohol wachten, gelang es den trunksüchtigen Matrosen, die mit der Hälfte ihrer täglichen Grogration auskommen mußten, irgendwie immer wieder, an den reinen Alkohol heranzukommen, den ich zum Desinfizieren benötigte.

»Meine Güte, Mrs. Malcolm«, hatte der Proviantmeister gesagt und seinen kahlen Kopf geschüttelt, als ich ihm das Problem schilderte. »Seeleute trinken, was sie in die Finger kriegen! Verdorbenen Pflaumenschnaps, in Gummistiefeln zermatschte und vergorene Pfirsiche – ich habe sogar mal gehört, daß ein Matrose altes Verbandszeug vom Schiffsarzt gestohlen und eingeweicht hat, in der Hoffnung, daß noch eine Spur Alkohol drinsteckt. Nein, Madam, auch wenn man ihnen sagt, daß sie an dem Zeug sterben, lassen sie sich nicht davon abhalten, es zu trinken.«

Und sie starben tatsächlich daran. Einer der vier Männer, die davon getrunken hatten, war schon tot. Zwei weitere lagen in einem abgetrennten Abteil des Schiffslazaretts im Koma. Wenn sie überlebten, würden sie wahrscheinlich einen Hirnschaden davontragen.

»Und das, wo eine Reise auf einem schwimmenden Höllenpfuhl wie diesem hier sowieso schon einen Hirnschaden hinterläßt«, sagte ich zu einer Seeschwalbe, die sich neben mir auf der Reling niedergelassen hatte. »Als reichte es nicht schon, daß ich die eine Hälfte dieses elenden Haufens vom Typhus heilen will, jetzt versucht auch noch die andere Hälfte, sich mit meinem Alkohol umzubringen! Sollen sie doch alle zur Hölle fahren!«

Die Seeschwalbe legte den Kopf schief, kam anscheinend zu dem Schluß, daß ich nicht eßbar sei, und flog von dannen. Nach allen Himmelsrichtungen erstreckte sich der leere Ozean. Vor mir lagen die Westindischen Inseln, auf denen Ian seinem unbekannten Schicksal entgegensah; hinter mir weit abgeschlagen waren Jamie und die *Artemis*. Und ich steckte in der Mitte mit lauter versoffe-

nen englischen Seeleuten und einem Zwischendeck voller Todes-
kandidaten.

Ich stand noch eine Weile da und gab mich meinem Zorn hin,
dann schlug ich den Weg zur Kapitänskajüte ein. Mir war es gleich,
ob Kapitän Leonard gerade eigenhändig damit beschäftigt war,
den Kielraum auszupumpen. Er würde mit mir reden.

In der Tür zu seiner Kajüte blieb ich stehen. Obwohl es noch nicht
Mittag war, schlief der Kapitän, den Kopf auf die Unterarme gebettet, auf einem offenen Buch. Die Feder war ihm aus der Hand
gefallen, und das geschickt in einer Halterung verankerte Tintenglas schwankte sachte im Rhythmus der Schiffsbewegungen. Leonard lag auf der Seite, so daß ich sein Gesicht nicht sehen konnte.
Trotz seiner Bartstoppeln sah er lächerlich jung aus.

Ich beschloß, es später noch einmal zu versuchen und machte
kehrt, streifte dabei jedoch eine Kiste, auf der inmitten von Papieren, Navigationsinstrumenten und halb aufgerollten Karten ein
Stapel Bücher lag. Der oberste Band fiel mit einem dumpfen Schlag
zu Boden.

In dem allgemeinen Lärm, der auf einem Segelschiff stets
herrscht – das Ächzen der Planken, das Knattern der Segel, das Ge-
heul in der Takelage – war der Aufprall kaum zu hören. Dennoch
erwachte der Kapitän, blinzelte verschlafen und sah mich verblüfft
an.

»Mrs. Fra – Mrs. Malcolm!« sagte er, rieb sich die Augen und
schüttelte den Kopf. »Was... das heißt... brauchen Sie etwas?«

»Ich wollte Sie nicht aufwecken«, sagte ich. »Aber ich brauche
noch mehr Alkohol – wenn nötig, kann ich auch den Rum verwenden. Und Sie müssen wirklich mit den Matrosen reden und Sie
irgendwie davon abbringen, den destillierten Alkohol zu trinken.
Heute hat sich wieder einer damit vergiftet. Und wenn es eine
Möglichkeit gäbe, das Schiffslazarett besser mit Frischluft zu versorgen...« Ich hielt inne, da ich ihn offensichtlich überforderte.

Er blinzelte, kratzte sich am Kopf und versuchte, allmählich
seine Gedanken zu ordnen. Die Knöpfe an seinem Ärmel hatten
runde rote Abdrücke auf seiner Wange hinterlassen, und seine
Haare waren an der Seite flachgedrückt.

»Ich verstehe«, sagte er benommen. Als er langsam erwachte,

wurde sein Gesichtsausdruck klarer. »Ja. Natürlich. Ich werde mich um die Belüftung kümmern, aber was den Alkohol betrifft, muß ich Sie bitten, den Proviantmeister zu Rate zu ziehen, weil ich selbst nicht weiß, über welche Vorräte wir noch verfügen.« Er holte Luft, um zu rufen, doch da fiel ihm ein, daß sein Steward nicht mehr in Hörweite war – auch er hatte ins Schiffslazarett umziehen müssen. In diesem Augenblick ertönte das gedämpfte Bimmeln der Schiffsglocke.

»Bitte entschuldigen Sie mich, Mrs. Malcolm«, sagte er höflich. »Es ist beinahe Mittag. Ich muß gehen und unsere Position bestimmen. Wenn Sie noch einen Augenblick hierbleiben möchten, werde ich den Proviantmeister zu Ihnen schicken.«

»Vielen Dank.« Ich setzte mich auf den Stuhl, von dem er sich soeben erhoben hatte. Als er sich zum Gehen wandte, versuchte er den viel zu großen Uniformrock zurechtzurücken.

»Kapitän Leonard?« fragte ich, einem jähen Impuls folgend. Er wandte sich zu mir um.

»Wenn Sie die Frage erlauben – wie alt sind Sie?«

Er blinzelte, und sein Mund wurde schmal, aber er blieb mir die Antwort nicht schuldig.

»Ich bin neunzehn, Madam. Ihr Diener, Madam.« Mit diesen Worten entfernte er sich. Ich hörte noch, wie er auf dem Niedergang mit vor Müdigkeit heiserer Stimme Befehle erteilte.

Neunzehn! Wie gelähmt vor Schreck saß ich da. Für so jung hatte ich ihn nun auch wieder nicht gehalten. Sein Gesicht war vom Wetter gegerbt und von Schlaflosigkeit gezeichnet, so daß er mindestens wie Mitte Zwanzig aussah. *Mein Gott!* dachte ich entsetzt. *Er ist ja noch ein Kind!*

Neunzehn. Genau in Briannas Alter. Aus heiterem Himmel war ihm das Kommando eines Schiffes in die Hände gelegt worden – und nicht einfach eines Schiffes, sondern eines englischen Kriegsschiffes mit einer Seuche an Bord, die ein Viertel seiner Mannschaft und praktisch das gesamte Kommando niedergestreckt hatte. Ich spürte, wie meine Angst und der Zorn, die seit Tagen an mir nagten, allmählich verebbten, denn mir wurde klar, daß die Willkür, mit der mich der Kapitän entführt hatte, weder auf Arroganz noch auf Dummheit beruhte, sondern auf schierer Verzweiflung.

Er brauchte auf jeden Fall Hilfe, und diese Hilfe war ich. Ich

holte tief Luft und stellte mir die Unordnung vor, die ich im Schiffslazarett hinterlassen hatte. Es war einzig und allein meine Sache,
hier mein Bestes zu tun.

Kapitän Leonard hatte das offene Logbuch mit dem halbfertigen Eintrag auf seinem Schreibtisch liegenlassen. Auf der Seite war
ein kleiner feuchter Felck. Er hatte im Schlaf ein wenig gesabbert.
In einem Anfall von wütendem Mitleid schlug ich die Seite um, damit ich diesen weiteren Hinweis auf seine Verletzlichkeit nicht länger vor Augen hatte.

Auf der vorhergehenden Seite stach mir jedoch ein Wort in die
Augen. Ich hielt inne, und es lief mir kalt den Rücken hinunter,
denn plötzlich fiel mir wieder ein, daß mich der Kapitän, als er aus
dem Schlaf aufgefahren war, mit »Mrs. Fra–« angesprochen hatte,
bevor er seinen Fehler bemerkt hatte. Und der Name auf der Seite
vor mir lautete »Fraser«. Der Kapitän wußte, wer wir waren.

Hastig stand ich auf, schloß die Tür und schob den Riegel vor.
So wäre ich gewarnt, wenn jemand kam. Dann setzte ich mich an
den Schreibtisch des Kapitäns, drückte die Seiten flach und las.

Ich blätterte zurück, bis ich den Eintrag über die Begegnung mit
der *Artemis* fand. Kapitän Leonards Aufzeichnungen unterschieden sich von denen seines Vorgängers und waren in der Regel
ziemlich kurz – was mich nicht überraschte, wenn man bedachte,
daß er nun wirklich alle Hände voll zu tun hatte. Die meisten Ein-
träge umfaßten nur die üblichen Navigationsdaten sowie die
Namen der Männer, die seit dem Vortag verstorben waren. Das
Treffen mit der *Artemis* und meine Anwesenheit hatte er jedoch
festgehalten.

3. Februar 1767. Gegen acht Glasen die Artemis *getroffen, eine
kleine zweimastige Brigg unter französischer Flagge. Nach der
Begrüßung um die Hilfe ihres Schiffsarztes, C. Malcolm, gebeten, der an Bord genommen wurde und bei uns bleibt, um bei
der Pflege der Kranken zu helfen.*

Der Schiffsarzt C. Malcolm, ach ja? Kein Wort davon, daß ich eine
Frau bin – vielleicht hielt er es für unwichtig oder wollte vermei-
den, daß man Erkundigungen einzog, ob sein Verhalten den guten
Sitten entsprochen habe. Ich las den nächsten Eintrag.

4. Februar 1767. Den heutigen Tag habe ich vom Vollmatrosen Harry Tompkins die Mitteilung erhalten, daß der Frachtaufseher der Brigg Artemis *ihm als Verbrecher unter dem Namen James Fraser, alias Jamie Roy, alias Alexander Malcolm bekannt sei. Besagter Fraser ist ein Aufwiegler und ein notorischer Schmuggler, auf dessen Ergreifung von der Zollbehörde des Königs ein beträchtlicher Preis ausgesetzt ist. Mitteilung von Tompkins erhalten, nachdem wir uns von der* Artemis *getrennt hatten; die* Artemis *zu verfolgen erschien mir nicht ratsam, da wir wegen unseres Passagiers den Befehl haben, Jamaika mit höchster Eile anzusteuern. Da ich jedoch versprochen habe, den Schiffsarzt der* Artemis *dortselbst wieder zu übergeben, kann Fraser bei dieser Gelegenheit festgenommen werden.*

Zwei Mann an der Seuche gestorben – wie mir der Schiffsarzt der Artemis *mitteilt, handelt es sich um Typhus. Jno. Jaspers, Vollmatrose, E. Harty Kepple, Kochsmaat, E.*

Das war alles. Die Eintragung des folgenden Tages beschränkte sich auf Navigation und Vermerke über den Tod von weiteren sechs Männern, hinter deren Namen ebenfalls E. stand. Ich fragte mich, was das heißen sollte, war aber zu besorgt, um mir darüber den Kopf zu zerbrechen.

Da hörte ich Schritte auf dem Gang, und es gelang mir gerade noch, die Tür zu entriegeln, bevor der Proviantmeister anklopfte. Mr. Overholts Entschuldigungen hörte ich kaum, denn ich war viel zu sehr damit beschäftigt, mir auf diese neuen Enthüllungen einen Reim zu machen.

Wer in Teufels Namen war dieser Tompkins? Auf jeden Fall hatte ich ihn noch nie zu Gesicht bekommen oder von ihm gehört. Und doch wußte er offenbar viel zuviel über Jamies gesetzwidrige Aktivitäten. Daraus folgten zwei Fragen. Wie kam ein englischer Seemann an diese Informationen – und wer wußte noch davon?

»...die Grogration noch weiter beschneiden, damit ich Ihnen noch ein Faß Rum geben kann«, meinte Mr. Overholt skeptisch. »Das wird den Matrosen nicht gefallen, aber wir könnten es schaffen. Es sind jetzt nur noch zwei Wochen bis Jamaika.«

»Ob es den Leuten gefällt oder nicht, ich brauche den Alkohol dringender als sie ihren Grog«, entgegnete ich schroff. »Wenn sie sich zu sehr beklagen, können Sie ihnen sagen, daß es vielleicht keiner von ihnen bis nach Jamaika schafft, wenn ich den Rum nicht bekomme.«

Seufzend wischte sich Mr. Overholt kleine Schweißperlen von der Stirn.

»Das werde ich ihnen sagen«, meinte er, zu ermattet, um noch Widerstand zu leisten.

»Gut. Ach, Mr. Overholt?« Er wandte sich fragend zu mir um. »Was bedeutet eigentlich die Abkürzung E.? Ich habe gesehen, daß der Kapitän sie in seinem Logbuch verwendet.«

Ein humorvolles Funkeln belebte die eingesunkenen Augen des Proviantmeisters.

»Exitus, Madam«, erwiderte er. »Für die meisten der einzige Weg, unbehelligt von der Königlichen Marine Abschied zu nehmen.«

Während ich die Waschung der Kranken und die Verabreichung von gesüßtem Wasser und abgekochter Milch überwachte, beschäftigte mich wieder das Problem des geheimnisvollen Tompkins.

Wie er aussah, wußte ich nicht; ich hatte nur seine Stimme gehört. Er konnte einer aus der gesichtslosen Horde sein, die hoch oben in der Takelage herumkletterte, wenn ich an Deck kam, um frische Luft zu schnappen, oder einer der anonymen Matrosen, die sich nur noch im Laufschritt auf den Decks bewegten und versuchten, die Arbeit von drei Männern zu bewältigen.

Wenn er sich ansteckte, würde ich ihn natürlich kennenlernen; ich kannte die Namen all meiner Patienten im Schiffslazarett. Aber ich konnte nicht einfach abwarten und mich der makabren Hoffnung hingeben, daß Tompkins sich mit Typhus ansteckte. Schließlich beschloß ich, einfach zu fragen. Wahrscheinlich wußte der Mann ohnehin, wer ich war. Selbst wenn er herausfand, daß ich mich nach ihm erkundigt hatte, würde das den Schaden kaum vergrößern.

Natürlich wandte ich mich zuerst an Elias. Ich wartete mit meiner Frage aber bis zum Abend, weil ich offte, daß die Erschöpfung seine angeborene Neugier dämpfen würde.

»Tompkins?« Der Junge runzelte die Stirn. »Ach ja, Madam, das ist einer von den Vorderdeckmatrosen.«

»Wissen Sie vielleicht, wo er an Bord gekommen ist?« Mir fiel keine gute Ausrede ein, warum ich mich plötzlich für einen Mann interessierte, den ich noch nie gesehen hatte, aber glücklicherweise war Elias zu müde, um sich darüber den Kopf zu zerbrechen.

»Ach«, meinte er geistesabwesend, »in Spithead, glaube ich. Oder – nein! Jetzt erinnere ich mich. Es war in Edinburgh.« Er unterdrückte ein Gähnen. »Edingburgh, genau. Ich wüßte es nicht mehr, wenn er nicht einer von den Zwangsrekrutierten wäre, und er hat ein Mordstheater veranstaltet, behauptet, wir dürften ihn nicht mitnehmen, weil er Zollbeamter sei und als solcher unter dem Schutz von Sir Percival stünde!« Das Gähnen ließ sich nun nicht mehr unterdrücken, und er riß den Mund weit auf. »Aber er konnte nichts Schriftliches von Sir Percival vorweisen«, schloß er blinzelnd, »also war nichts zu machen.«

»Ein Zollbeamter war er?« Das erklärte einiges.

»Mhm. Ja, Madam, meine ich.« Elias bemühte sich mannhaft, wach zu bleiben, aber er fixierte die schwankende Laterne am anderen Ende des Lazaretts mit glasigem Blick.

»Sie gehen jetzt ins Bett, Elias«, riet ich, mich seiner erbarmend. »Ich werde hier allein fertig.«

Hastig schüttelte er den Kopf, um seine Müdigkeit zu vertreiben.

»Aber nein, Madam! Ich bin kein bißchen müde!« Unbeholfen griff er nach der Flasche und dem Becher in meiner Hand. »Geben Sie mir das, Madam, und legen Sie sich selbst hin.« Er ließ sich nicht überreden, sondern bestand hartnäckig darauf, mir beim Verteilen der letzten Runde Wasser zu helfen, bevor er in seine Koje sank.

Nach getaner Arbeit war ich ebenso müde wie Elias, aber der Schlaf wollte sich nicht einstellen. Ich lag in der Kajüte des verstorbenen Schiffsarztes, starrte auf den Balken an der schattenhaften Decke, lauschte dem Ächzen und Knarren des Schiffes und überlegte.

Also arbeitete Tompkins für Sir Percival. Und Sir Percival wußte auf jeden Fall, daß Jamie Schmuggler war. Aber steckte noch mehr hinter der Geschichte? Tompkins kannte Jamie vom Sehen. Wie das? Und wenn Sir Percival bereit gewesen war, für eine kleine Gegenleistung über Jamies Gesetzesüberschreitungen hinwegzusehen, dann – na, vielleicht war von diesen Bestechungsgeldern nichts in Tompkins' Tasche gewandert. Aber in diesem Fall... und was war mit dem Hinterhalt bei Arbroath? War ein Verräter unter den Schmugglern? Und wenn ja...

Meine Gedanken wurden immer wirrer und drehten sich nur noch im Kreis. Das bleiche gepuderte Gesicht von Sir Percival wurde zur blutroten Fratze des erhängten Zollbeamten an der Straße nach Arbroath, und dann flammten vor meinem geistigen Auge das rotgoldene Feuer einer explodierenden Laterne auf. Ich drehte mich auf dem Bauch, preßte das Kopfkissen an meine Brust und schlief mit dem Gedanken ein, daß ich Tompkins finden mußte.

Schließlich löste sich das Problem von selbst, indem Tompkins mich fand. An den folgenden zwei Tagen war die Lage im Schiffslazarett so angespannt, daß ich praktisch unabkömmlich war. Am dritten Tag beruhigte sich die Situation ein wenig, so daß ich mich in die Arztkajüte zurückziehen konnte, um mich zu waschen und ein wenig auszuruhen, bevor der Trommelschlag zum Mittagessen rief.

Mit einem feuchten Tuch über meinen müden Augen lag ich auf der Koje, als ich auf dem Gang vor der Tür Schritte und Stimmen hörte. Ein zögerndes Klopfen folgte, und ein Unbekannter sagte: »Mrs. Malcolm? Es hat einen Unfall gegeben, bitte, Madam.«

Ich öffnete die Tür und erblickte zwei Seeleute, die einen dritten stützten, der wie ein Storch auf einem Bein stand, das Gesicht bleich vor Schreck und Schmerz.

Mit einem Blick erfaßte ich, wen ich vor mir hatte. Das Gesicht des Mannes zeigte auf einer Seite die Narben einer bösen Verbrennung, und das Lid entblößte die milchige Pupille eines blinden Auges. Vor mir stand der einäugige Seemann, den Ian glaubte, getötet zu haben. Das schüttere braune Haar war zu einem dünnen Zopf zusammengefaßt und enthüllte große durchscheinende Ohren.

»Mr. Tompkins«, sagte ich mit fester Stimme, und sein verbliebenes Auge weitete sich vor Erstaunen. »Laden Sie ihn bitte dort ab.«

Die Männer setzten Tompkins auf einen Hocker an der Wand und kehrten zu ihrer Arbeit zurück. Es herrschte ein solcher Mangel an Matrosen auf dem Schiff, daß niemand mehr Zeit für Zerstreuungen irgendwelcher Art hatte. Mit pochendem Herzen kniete ich nieder, um das verwundete Bein zu untersuchen.

Er wußte sehr wohl, wer ich war. Ich hatte es an seinem Gesicht gesehen, als ich die Tür öffnete. Das verletzte Bein bereitete ihm offensichtlich starke Schmerzen. Die Wunde blutete, war aber, wenn sie ordentlich versorgt wurde, nicht ernst. Die Blutung war schon zum Stillstand gekommen, als ich den provisorischen Verband löste.

»Wie haben Sie denn das angestellt, Mr. Tompkins?« Ich stand auf und griff nach einer Flasche Alkohol. Aus seinem einen Auge sah er mich mißtrauisch an.

»Ein Splitter, Madam«, entgegnete er mit seiner mir wohlbekannten näselnden Stimme. »Eine Spiere ist durchgebrochen, als ich draufstand.« Verstohlen fuhr er sich mit der Zunge über die Lippen.

»Verstehe.« Ich drehte mich um, öffnete meinen leeren Medizinkasten und tat so, als suchte ich das richtige Mittel. Unterdessen beobachtete ich ihn aus den Augenwinkeln und überlegte, wie ich mit ihm fertig werden konnte. Er war auf der Hut. Ihm mit List irgend etwas zu entlocken oder sein Vertrauen zu gewinnen kam offensichtlich nicht in Frage.

Auf der Suche nach Inspiration ließ ich meinen Blick über den Tisch schweifen – und wurde fündig. In Gedanken entschuldigte ich mich bei Äskulap und griff nach der Knochensäge meines verblichenen Vorgängers – ein tückisches Ding aus rostigem Stahl und knapp einen halben Meter lang. Ich betrachtete es nachdenklich, drehte mich dann um und legte die gezähnte Schneide direkt oberhalb des Knies auf das verletzte Bein. Ich blickte in das verstörte Auge des Seemanns und lächelte freundlich.

»Mr. Tompkins«, sagte ich, »lassen Sie uns offen reden.«

Eine Stunde später kehrte Vollmatrose Tompkins, zusammengeflickt und verbunden und körperlich unversehrt, wenn auch an allen Gliedern zitternd, in seine Hängematte zurück. Auch ich fühlte mich nach der Begegnung ein wenig zittrig.

Tompkins war, wie er der Preßpatrouille in Edinburgh versichert hatte, ein Agent von Sir Percival Turner. Als solcher trieb er sich auf den Piers und in den Lagerhäusern aller Handelshäfen am Firth of Forth herum – von Culross und Donibristle bis nach Restalrig und Musselburgh –, hörte sich Klatschgeschichten an und suchte nach Anzeichen gesetzwidrigen Treibens.

Da die Schotten nicht viel von englischen Steuergesetzen hielten, herrschte kein Mangel an Berichtenswertem. Die Maßnahmen, die aufgrund solcher Berichte getroffen wurden, waren jedoch recht unterschiedlich. Kleine Schmuggler, die mit ein, zwei Flaschen unverzollten Rums oder Whiskys auf frischer Tat ertappt wurden, konnten im Schnellverfahren festgenommen, vor den Richter gestellt und verurteilt werden – ihnen blühte eine Zwangsarbeit oder sogar die Deportation, und ihr gesamter Besitz fiel an die Krone.

Mit den großen Fischen verfuhr Sir Percival allerdings nach Gutdünken. Das heißt, sie durften ansehnliche Bestechungssummen zahlen und genossen dafür das Privileg, unter dem blinden Auge (hier lachte Tompkins hämisch und deutete auf seine entstellte Gesichtshälfte) der königlichen Beamten ihre Tätigkeit fortsetzen.

»Sir Percival hat der Ehrgeiz gepackt.« Tompkins konnte sich zwar nicht recht entspannen, aber er taute immerhin soweit auf, daß er sich etwas zu mir vorbeugte. »Er steht sich gut mit Dundas und all denen. Wenn alles glattgeht, kann er die Peerswürde erhalten und in den Hochadel aufgenommen werden, verstehen Sie? Aber dafür braucht es mehr als nur Geld.«

Zustatten kommen würde ihm beispielsweise ein aufsehenerregender Beweis der eigenen Tüchtigkeit und Königstreue.

»Zum Beispiel eine Verhaftung, bei der die hohen Herren aufhorchen würden. Ooh! Das tut weh, Madam. Wissen Sie, was Sie da machen?« Argwöhnisch beobachtete Tompkins, wie ich die Umgebung der Wunde mit verdünntem Alkohol reinigte.

»Keine Sorge«, sagte ich. »Erzählen Sie weiter. Ich vermute, ein einfacher Schmuggler, und sei es auch ein großer Fisch, hätte für diesen Zweck nicht genügt.«

Offensichtlich nicht. Als Sir Percival jedoch erfuhr, daß er eines politischen Verbrechers größeren Kalibers habhaft werden könnte, war er vor Aufregung nicht mehr zu halten gewesen.

»Aber Aufwiegelung ist schwerer zu beweisen als Schmuggeln, nicht wahr? Selbst wenn man einen von den kleinen Fischen erwischt, spucken die rein gar nicht aus, was einem weiterbringt. Idealisten sind das, die Aufwiegler«, meinte Tompkins und schüttelte empört den Kopf. »Die würden einander nicht verpfeifen, die nicht.«

»Also haben Sie nicht gewußt, nach wem Sie suchen?« Aus einer Büchse nahm ich einen Katzendarmfaden und fädelte ihn ein. Obwohl ich Tompkins' verängstigten Blick auffing, tat ich nichts, um ihn zu beruhigen. Er sollte ruhig zittern – und plaudern.

»Nein, wir wußten nicht, wer der große Fisch war – bis ein anderer von Sir Percivals Agenten einen Mitarbeiter Frasers aufspürte, der ihm verriet, es handle sich um Malcolm, den Drucker, und seinen wahren Namen preisgab. Dann war natürlich alles klar.«

Mein Herzschlag setzte aus.

»Wer war dieser Mitarbeiter?« fragte ich. Die Namen und Gesichter der sechs Schmuggler schossen mir durch den Kopf – kleine Fische. Sie waren alle sechs keine Idealisten. Aber für welchen von ihnen hatte Treue keinen Wert?

»Ich weiß es nicht. Nein, bestimmt nicht, das schwöre ich! Autsch!« beteuerte er panisch, als ich ihm die Nadel unter die Haut bohrte.

»Ich will Ihnen nicht weh tun«, versicherte ich ihm und ließ meine Stimme so falsch wie möglich klingen. »Aber ich muß die Wunde nähen.«

»Oh! Au! Ich weiß es nicht, auf keinen Fall! Ich würde es Ihnen sagen, wenn ich's wüßte, Gott ist mein Zeuge!«

»Das glaube ich gern«, entgegnete ich, eifrig stichelnd.

»O bitte, Madam, aufhören! Nur für eine Sekunde! Ich weiß nur eins, er war Engländer! Das ist alles!«

Ich hielt inne und starrte ihn an. »Engländer?« fragte ich verdutzt.

»Ja, Madam. Das hat mir Sir Percival gesagt.« Tompkins sah mich mit Tränen in den Augen an. So sanft ich konnte, machte ich einen letzten Stich und verknotete den Faden. Wortlos stand ich auf, schenkte einen kleinen Schluck Weinbrand aus meiner Privatflasche ein und gab ihm einen Becher. Freudig trank er davon und schien sich sogleich zu erholen. Sei es aus Dankbarkeit oder aus Erleichterung, weil die Tortur ein Ende hatte, erzählte er mir den Rest der Geschichte. Auf der Suche nach Beweismaterial hatte er die Druckerei in der Carfax Close aufgesucht.

»Ich weiß, was dort passiert ist«, versicherte ich ihm und drehte sein Gesicht zum Licht, um die Brandnarben zu untersuchen. »Haben Sie noch Schmerzen?«

»Nein, Madam, aber eine Zeitlang war es recht schlimm.« Da er aufgrund seiner Verletzungen außer Gefecht gesetzt war, hatte Tompkins an dem Hinterhalt bei Arbroath nicht teilnehmen können, aber er hatte gehört, was geschehen war.

Sir Percival hatte Jamie vor einem Hinterhalt gewarnt, um den Anschein zu erwecken, er habe mit der Sache nichts zu tun, denn er wollte verhindern, daß Einzelheiten von ihren finanziellen Vereinbarungen in Kreisen bekannt wurden, in denen dergleichen Sir Percivals Interessen geschadet hätte.

Zugleich hatte Sir Percival von jenem geheimnisvollen Engländer erfahren, welche Absprachen im Falle einer Verzögerung mit den französischen Lieferanten galten und hatte den Hinterhalt am Strand von Arbroath geplant.

»Aber was ist mit dem Zollbeamten, der an der Straße ermordet wurde?« fragte ich barsch. Bei der Erinnerung an die schreckliche Fratze konnte ich ein Schaudern kaum unterdrücken. »Wer hat das getan? Von den Schmugglern kommen nur fünf für diese Tat in Frage, und keiner von ihnen ist Engländer!«

Tompkins fuhr sich mit der Hand über den Mund. Er schien unschlüssig, ob es ratsam sei, mir das zu erzählen oder nicht. Ich nahm die Weinbrandflasche und stellte sie neben ihn auf den Tisch.

»Danke bestens, Mrs. Fraser! Sie sind eine echte Christenseele, das werde ich jedem sagen, der fragt!«

»Die Empfehlungen können Sie sich sparen«, entgegnete ich trocken. »Sagen Sie mir nur, was Sie über den Zollbeamten wissen.«

Er füllte seinen Becher und leerte ihn schlückchenweise. Dann stellte er ihn mit einem zufriedenen Seufzer ab und leckte sich die Lippen.

»Keiner der Schmuggler hat ihn um die Ecke gebracht, Missus. Es war sein eigener Kamerad.«

»Was!« Verblüfft machte ich einen Satz nach hinten, aber er nickte und zwinkerte mir zum Zeichen seiner Aufrichtigkeit zu.

»Ehrlich, Madam. Es waren doch zwei, oder? Und der eine hatte seine Befehle, ja, ja.«

Der Befehl lautete abzuwarten, bis jene Schmuggler, die dem Hinterhalt entgangen waren, die Straße erreichten. Daraufhin sollte der Zollbeamte seinem Kollegen im Dunkeln eine Schlinge um den Hals werfen, ihn erdrosseln, aufknüpfen und als Beweis für die Mordlust der Schmuggler zurücklassen.

»Aber warum?« fragte ich gleichermaßen erstaunt und entsetzt. »Was sollte damit bezweckt werden?«

»Verstehen Sie das nicht?« Tompkins musterte mich überrascht, als wäre die Sache vollkommen logisch. »Es war uns nicht gelungen, Beweismaterial aus der Druckerei sicherzustellen, um Fraser der Aufwiegelung anklagen zu können, und nachdem der Laden niedergebrannt war, sah es nicht so aus, als würde noch was draus werden. Außerdem hatten wir Fraser nie auf frischer Tat mit der Schmuggelware dingfest machen können, sondern nur ein paar kleine Fische, die für ihn arbeiteten. Einer unserer Agenten meinte, er könnte rausfinden, wo das Zeug gelagert würde, aber ihm ist etwas zugestoßen – vielleicht hat Fraser ihn geschnappt oder gekauft. Auf jeden Fall ist er eines Tages im November verschwunden und nie wieder aufgetaucht, und auch das Versteck der Schmuggelware wurde nicht bekannt.«

»Verstehe.« Ich schluckte bei dem Gedanken an den Mann, der mich im Treppenhaus des Bordells angesprochen hatte. Was war wohl aus jenem Faß mit *crème de menthe* geworden? »Aber –«

»Gut, ich erklär's Ihnen, Madam, warten Sie mal.« Tompkins hob mahnend die Hand. »Also – hier ist Sir Percival, der weiß, seine Sache steht gut, er hat einen Fisch an der Angel, der nicht nur der größte Schmuggler am Firth und der Verfasser der staatsfeindlichsten Schmähschriften ist, die mir je unter die Augen gekommen sind, sondern auch noch ein begnadigter Jakobit, dessen Name aus dem Prozeß eine Sensation machen würde – und zwar im ganzen Königreich. Das einzige Problem – wir haben keine Beweise.«

Grauen stieg in mir auf, als Tompkins den Plan darlegte. Die Ermordung eines Zollbeamten im Dienst war ein Kapitalverbrechen, das einen Aufschrei der Öffentlichkeit zur Folge haben würde. Schmuggeln galt in der Bevölkerung als Kavaliersdelikt, aber ein Mörder durfte nicht mit Nachsicht rechnen.

»Ihr Sir Percival hat das Zeug zu einem hochkarätigen Scheißkerl«, bemerkte ich ungnädig. Tompkins nickte versonnen und tat einen tiefen Blick in seinen Becher.

»Ja, da würde ich Ihnen recht geben. Da liegen Sie gar nicht so falsch.«

»Und der ermordete Zollbeamte – ich vermute, den wollte man ohnehin beseitigen?«

Tompkins kicherte. Auch mit seinem gesunden Auge konnte er kaum noch geradeaus schauen.

»Ach ja, das kam gerade recht. Dem hat niemand nachgetrauert. Es gab einen Haufen Leute, die Tom Oakie mit Freuden baumeln sahen – nicht zuletzt Sir Percival selbst.«

»Verstehe.« Ich befestigte den Verband an seiner Wade. Es wurde langsam spät – ich mußte bald zurück ins Schiffslazarett.

»Am besten rufe ich jemanden, der Sie in Ihre Hängematte befördert«, sagte ich und nahm die fast leere Weinbrandflasche an mich, von der er sich widerstandslos trennte. »Sie dürfen Ihr Bein mindestens drei Tage lang nicht belasten. Sagen Sie Ihrem Offizier, daß Sie erst wieder in die Takelage dürfen, wenn ich die Fäden gezogen habe.«

»Das werde ich, Madam, und herzlichen Dank für die Freundlichkeit, die Sie einem armen, unglücklichen Seemann bezeugt haben.« Tompkins versuchte aufzustehen und war überrascht, als es ihm nicht gelang. Ich half ihm auf und brachte ihn bis zur Tür.

»Um Harry Tompkins brauchen Sie sich keine Sorgen zu machen, Madam«, sagte er, als er unsicheren Schritts auf den Korridor hinauswankte. Dann drehte er sich um und zwinkerte mir übertrieben zu. »Der alte Harry kommt immer wieder auf die Beine, und wenn's noch so übel aussieht.« Ich betrachtete seine lange, vom Alkohol gerötete Nase, die großen, durchscheinenden Ohren und sein schlaues, braunes Knopfauge. Plötzlich wurde mir klar, woran er mich erinnerte.

»Wann wurden Sie geboren, Mr. Tompkins?« fragte ich.

Er zwinkerte verwirrt, sagte aber dann: »Im Jahre des Herrn 1713, Missus. Warum?«

»Nur so«, erwiderte ich und verabschiedete mich mit einem Winken. Ich beobachtete noch, wie er den Gang entlangtorkelte und schwerfällig entschwand. Um sicherzugehen, mußte ich Mr. Willoughby fragen, aber im Augenblick hätte ich mein Hemd verwettet, daß 1713 ein Jahr der Ratte war.

48

Gnade

Während der nächsten Tage spielte sich eine feste Routine ein – das geschieht selbst in den grauenvollsten Situationen, vorausgesetzt, sie halten eine Weile an. Nach einer Schlacht kann ein Arzt heroische Arbeit leisten. Er weiß, daß er durch das Stillen einer Blutung ein Leben rettet, daß sein rasches Eingreifen einen Arm oder ein Bein vor der Amputation bewahrt. Bei einer Epidemie ist das anders.

Da gibt es lange Tage, wo man nur beobachtet und gegen die Keime ankämpft – ohne angemessene Waffen. Es geht nur noch um Zeitgewinn, und man tut all die kleinen, vielleicht sogar nutzlosen Dinge, die im Kampf gegen den unsichtbaren Feind aber immer wieder getan werden müssen – und all das mit der schwachen Hoffnung, daß man die Kräfte des Kranken so lange stützen kann, bis er die Belagerer besiegt.

Eine Epidemie ohne Medikamente zu bekämpfen gleicht einem Kampf gegen Schatten. Ich kämpfte ihn nun schon seit neun Tagen, und weitere sechsundvierzig Männer waren gestorben.

Dennoch stand ich jeden Morgen bei Tagesanbruch auf, klatschte mir Wasser auf die verquollenen Augen und begab mich, ausgerüstet mit nichts als einem Fäßchen Alkohol und meiner Hartnäckigkeit, aufs Schlachtfeld.

Ein paar Siege konnte ich verzeichnen, aber selbst die hinterließen einen bitteren Nachgeschmack. Ich fand die mutmaßliche Quelle der Krankheitserreger – einen Messesteward namens Howard. Zunächst hatte er in einer der Geschützgruppen gedient, aber nachdem ihm eine Kanonenkugel die Finger gequetscht hatte, war er der Kombüsenmannschaft zugeteilt worden.

Howard hatte die Kanonenschützen bedient, und der erste

Kranke – jedenfalls nach den lückenhaften Unterlagen des toten Schiffsarztes Mr. Hunter zu urteilen – war einer der Seeleute gewesen, die dort aßen. Kurz darauf gab es vier weitere Fälle unter den Schützen, und dann hatte sich die Krankheit ausgebreitet.

Als Howard zugab, eine Epidemie wie diese schon auf anderen Schiffen miterlebt zu haben, war die Sache klar. Doch dem Koch fehlten wie allen anderen an Bord Leute, und so schlug er mein Ansinnen schlichtweg ab, Howard freizustellen, »nur weil sich ein dummes Frauenzimmer etwas in den Kopf gesetzt hat«.

Da auch Elias ihn nicht umstimmen konnte, war ich gezwungen, den Kapitän einzuschalten. Der schätzte die Umstände jedoch völlig falsch ein und erschien in Begleitung mehrerer bewaffneter Marinesoldaten in der Kombüse. Nach einer höchst unerfreulichen Begegnung wurde Howard – der lautstark protestierte und wissen wollte, was man ihm eigentlich vorwarf – ins Schiffsgefängnis verbannt, dem einzigen Ort, wo seine Quarantäne sichergestellt war.

Als ich von der Kombüse an Deck kam, versank die Sonne im Meer. Ihre Strahlen überzogen die Wogen des Atlantiks mit goldenem Licht. Verzaubert blieb ich stehen.

Zwar hatte ich solche Augenblicke schon früher erlebt, aber sie erstaunten mich immer wieder aufs neue. Es geschah immer dann, wenn ich in meinem Beruf großer Belastung ausgesetzt war, wenn ich knietief in Sorgen und Arbeit steckte. Plötzlich sah ich aus dem Fenster, öffnete eine Tür, blickte in ein Gesicht, und dann überkam er mich aus heiterem Himmel – dieser Augenblick des Friedens.

Das Schiff glitt in einer Lichterspur dahin, und der weite Horizont war nicht länger ein bedrohliches Monument der Leere, sondern die Wohnstätte der Freude. Für einen kurzen Moment lebte ich im Zentrum der Sonne. Sie wärmte und reinigte mich, so daß ich die Krankheit und ihre Ausdünstungen vergaß und alle bitteren Gefühle aus meinem Herzen wichen.

Ich hatte diesen Augenblick nie bewußt gesucht, ihn nie benannt, doch ich erkannte ihn immer, wenn er mir denn gewährt wurde. Diesen kurzen Augenblick genoß ich still, wunderte mich und nahm es dann hin, daß mir diese Gnade auch hier zuteil werden konnte.

Dann tauchte die Sonne unter. Der Augenblick war vorüber, und wie immer spürte ich noch einen Nachhall des Friedens. Ich bekreuzigte mich und ging nach unten.

Vier Tage später starb Elias Pound. Mit geschwollenen Augen und fiebernd war er bei mir im Schiffslazarett aufgetaucht. Grelles Licht konnte er nicht ertragen. Sechs Stunden später lag er im Delirium, unfähig, sich vom Lager zu erheben. Am folgenden Morgen schmiegte er seinen runden Kopf an meinen Busen, nannte mich »Mutter« und verschied in meinen Armen.

Tagsüber tat ich, was getan werden mußte, und am Abend stand ich neben Kapitän Leonard, als er die Bestattungszeremonie abhielt. Dann wurde der Leichnam von Seekadett Elias Pound dem Meer übergeben.

Ich lehnte die Einladung des Kapitäns, mit ihm zu Abend zu essen, ab und suchte mir statt dessen ein ruhiges Plätzchen auf dem Achterdeck neben einer der großen Kanonen, wo niemand mein Gesicht sah. Wieder bot sich mir ein prachtvoller Sonnenuntergang, doch diesmal wurde mir kein Moment der Gnade gewährt, diesmal fand ich keinen Frieden.

Als sich die Dunkelheit über das Schiff senkte, erlahmte die Betriebsamkeit an Deck. Ich lehnte den Kopf gegen die Kanonen. Einmal ging, raschen Schritts und alle Gedanken auf seine Aufgabe gerichtet, ein Matrose an mir vorbei, doch dann war ich allein.

Jeder einzelne Muskel tat mir weh, mein Rücken war steif, die Füße geschwollen, doch all das war nichts im Vergleich zu den Schmerzen, die mein Herz zusammenkrampften.

Jedem Arzt ist es ein Greuel, einen Patienten sterben zu sehen. Der Tod ist der Feind, und jemanden, den man betreut, an den Sensenmann zu verlieren, kommt einer Niederlage gleich. Man empfindet nicht nur Trauer über den Verlust und den Schrecken ob seiner Endgültigkeit, man fühlt sich auch betrogen und unfähig. Zwischen Sonnenaufgang und -untergang hatte ich dreiundzwanzig Männer verloren. Elias war nur der erste gewesen.

Mehrere waren gestorben, während ich sie mit kaltem Wasser wusch oder ihnen die Hände hielt. Andere mußten allein in ihrer Hängematte sterben, weil ich nicht rechtzeitig zu ihnen kommen konnte. Eigentlich hatte ich geglaubt, mich an die Bedingungen dieses Jahrhunderts gewöhnt zu haben, doch der Gedanke, daß

Penicillin die meisten der Kranken hätte retten können, mir aber nicht zur Verfügung stand, fraß an meiner Seele.

Die Schachtel mit den Spritzen und Ampullen war auf der *Artemis* zurückgeblieben. Aber selbst wenn ich sie dabeigehabt hätte, hätte ich sie nicht einsetzen können. Und wenn doch, hätte ich damit nicht mehr als ein oder zwei Leben gerettet. Aber das konnte ich mir noch so oft vorhalten – angesichts der Vergeblichkeit erfüllte mich ohnmächtige Wut. Ich biß die Zähne so fest zusammen, daß mir die Wangenknochen weh taten, wenn ich von einem Kranken zum nächsten ging und nichts bieten konnte als gekochte Milch und Schiffszwieback.

Unsicher taumelten meine Gedanken von einem Mann zum anderen. Ich sah jeden vor mir, den ich heute versorgt hatte, sah ihre Gesichter – schmerzverzerrt oder vom Tod geglättet –, und alle sahen sie mich an. Mich. Ich hob die Hand, die so wenig ausrichten konnte, und schlug sie gegen die Reling. In meiner wilden Wut und Ohnmacht spürte ich nicht einmal den Schmerz, den das hervorrief.

»Das dürfen Sie nicht!« hörte ich hinter mir eine Stimme sagen, und eine Hand schloß sich um meinem Arm, bevor ich ein zweitesmal zuschlagen konnte.

»Lassen Sie mich los!« Ich kämpfte, aber ich wurde eisern festgehalten.

»Aufhören!« befahl er resolut. Er schlang seinen freien Arm um meine Taille und zog mich von der Reling fort. »Das dürfen Sie nicht«, wiederholte er. »Sie könnten sich verletzen.«

»Verdammt! Das ist mir völlig egal!« Ich wand mich in seinem Griff, ließ mich dann aber entmutigt zusammensinken.

Als er mich losließ, wandte ich mich zu ihm. Vor mir stand ein Mann, den ich noch nie zuvor gesehen hatte. Zu den Seeleuten gehörte er nicht, denn seine Kleider, obwohl vom langen Tragen zerknittert und schmutzig, waren vornehm und von guter Qualität. Der taubengraue Rock war meisterhaft geschneidert und betonte die schlanke Figur, und das Jabot an seinem Kragen war aus Brüsseler Spitze gefertigt.

»Wer, zum Teufel, sind Sie?« fragte ich erstaunt. Ich wischte mir die Tränen von den Wangen, schniefte und glättete instinktiv meine Haare. Ich konnte nur hoffen, daß er in der Dämmerung mein Gesicht nicht sah.

Er lächelte und reichte mir ein zerknülltes, aber sauberes Taschentuch.

»Ich heiße Grey«, antwortete er mit einer knappen, höflichen Verbeugung. »Gehe ich recht in der Annahme, daß Sie die berühmte Mrs. Malcolm sind, deren Heldentaten von Kapitän Leonard so lautstark gepriesen werden?« Als ich eine Grimasse schnitt, hielt er inne.

»Tut mir leid«, sagte er. »Habe ich etwas Falsches gesagt? Bitte nehmen Sie meine Entschuldigung an, Madam! Mir lag es ganz und gar fern, Sie zu beleidigen.« Da er ehrlich erschrocken wirkte, schüttelte ich den Kopf.

»Nicht gerade heldenhaft, wenn man den Männern beim Sterben zusieht«, erklärte ich. Meine Stimme war rauh, und ich putzte mir die Nase. »Ich bin da, das ist alles. Vielen Dank für das Taschentuch.« Unschlüssig überlegte ich, ob ich es ihm zurückgeben sollte, aber einfach einstecken mochte ich es auch nicht. Er löste das Problem mit einer abwinkenden Handbewegung.

»Kann ich vielleicht sonst noch etwas für Sie tun?« Er zögerte. »Einen Becher Wasser? Vielleicht einen Schluck Weinbrand?« Er griff in seine Rocktasche, zog eine silberne Reiseflasche mit eingraviertem Familienwappen hervor und reichte sie mir.

Mit einem dankbaren Nicken nahm ich das Fläschchen und trank einen kräftigen Schluck. Fast augenblicklich spürte ich, wie die Last der Verantwortung leichter wurde und sich neue Kraft in mir ausbreitete. Ich seufzte tief und trank noch einmal. Es half wirklich.

»Vielen Dank«, sagte ich heiser, als ich ihm die Flasche zurückgab. Da mir das ein wenig kurz angebunden erschien, fügte ich hinzu: »Ich hatte ganz vergessen, daß man Weinbrand auch trinken kann. In letzter Zeit habe ich damit hauptsächlich Leute abgewaschen.« Aber diese Feststellung führte dazu, daß mir erneut und überdeutlich die Ereignisse des Tages vor Augen traten. Müde sank ich wieder auf das Pulverfaß, auf dem ich vorher gesessen hatte.

»Ich vermute, daß die Seuche unvermindert ihre Opfer fordert«, meinte er ruhig. Seine blonden Haare schimmerten golden im Licht einer Laterne.

»Nicht unvermindert.« Ich schloß die Augen, weil alles so trostlos schien. »Heute hatten wir nur einen Neuerkankten. Gestern waren es vier und vorgestern sechs.«

»Das klingt vielversprechend«, stellte er fest. »So als hätten Sie den Kampf gegen die Seuche gewonnen.«

Ich schüttelte langsam den Kopf. Er kam mir dumpf und schwer vor.

»Nein, wir können lediglich dafür sorgen, daß sich keine weiteren Männer mehr anstecken. Aber für die Männer, die schon krank sind, kann ich nichts, rein gar nichts tun.«

»Ach wirklich?« Er griff nach meiner Hand. Verblüfft überließ ich sie ihm. Er strich mit dem Daumen über die Brandblase, die ich mir beim Abkochen der Milch zugezogen hatte, und dann über die roten Knöchel, die vom ständigen Kontakt mit dem Alkohol wund und rissig waren.

»Für jemanden, der nichts tut, schienen Sie aber recht aktiv, Madam«, stellte er trocken fest.

»Natürlich tue ich etwas!« fuhr ich ihn an und entzog ihm die Hand. »Nur richte ich damit nichts aus.«

»Ich bin sicher –« setzte er an.

»Nein, nichts!« Ich schlug mit der Hand gegen die Kanone, eine dumpfe Handlung, in der die Sinnlosigkeit des ganzen Tages zusammengefaßt zu sein schien. »Wissen Sie, wie viele Kranke ich heute verloren habe? Dreiundzwanzig! Seit Morgengrauen bin ich auf den Beinen, bin bis zu den Knien in Schmutz und Erbrochenem gewatet und was ist dabei herausgekommen? Nichts. Haben Sie gehört? Ich konnte ihnen nicht helfen!«

Er hatte das Gesicht abgewandt, aber seine Schultern zeigten, wie angespannt er war.

»Ich habe Sie gehört«, sagte er leise. »Sie beschämen mich, Madam. Auf Befehl des Kapitäns habe ich meine Kajüte nicht verlassen, aber ich hatte keine Ahnung, daß die Dinge so schlimm stehen. Hätte ich es gewußt, wäre ich Ihnen trotz aller Anordnungen zu Hilfe gekommen, das versichere ich Ihnen.«

»Warum?« fragte ich geradeheraus. »Das ist nicht Ihre Aufgabe.«

»Ist es denn Ihre?« Rasch wandte er sich zu mir um, und zum erstenmal sah ich ihn genauer. Er war etwa Ende Dreißig und hatte ein angenehmes Gesicht mit feinen Zügen und großen, blauen Augen.

»Ja«, antwortete ich.

Er betrachtete mich erstaunt. Dann wurde er nachdenklich.

»Ich verstehe.«

»Nein, das tun Sie nicht, aber das spielt keine Rolle.« Um meine Kopfschmerzen zu lindern, drückte ich die Fingerspitzen an die Stirn, auf die Punkte, die mir Mr. Willoughby gezeigt hatte. »Wenn der Kapitän sagt, Sie sollen in Ihrer Kajüte bleiben, dann leisten Sie ihm wohl besser Folge. Im Schiffslazarett gibt es genügend Helfer... bloß eben... daß wir nichts ausrichten können.« Entmutigt ließ ich die Hände sinken.

Er ging die paar Schritte zur Reling und blickte über das weite Wasser. Hin und wieder, wenn eine Welle das Sternenlicht einfing, funkelte es.

»Ich verstehe Sie wirklich«, wiederholte er, als spräche er zu den Wogen. »Zunächst habe ich Ihren Kummer weiblichem Mitgefühl zugesprochen, aber nun sehe ich, daß etwas anderes Sie bewegt.« Er hielt inne und krampfte die Hände um die Reling.

»Ich war Soldat, Offizier«, sagte er. »Und ich weiß, wie man sich fühlt, wenn man das Leben anderer in der Hand hat – und es verliert.«

Ich schwieg, und auch er sagte nichts mehr. Aus der Ferne drangen die üblichen Geräusche der Matrosen. Schließlich seufzte er und wandte sich wieder zu mir um.

»Letztendlich läuft es darauf hinaus, daß man eins erkennt: Man ist nicht Gott.« Er schwieg, aber dann fuhr er fort. »Und daß man diese Tatsache bedauert.«

Ich merkte, daß ein Teil der Anspannung von mir wich. Die frische Brise kühlte mir den Nacken, und sanft wie eine zärtliche Hand strichen mir die Locken über die Wangen.

»Ja«, sagte ich.

Er zögerte, als wüßte er nicht so recht, was er sagen sollte. Dann beugte er sich herunter, nahm meine Hand und küßte sie – eine schlichte Geste, ohne Affektiertheit.

»Gute Nacht, Mrs. Malcolm«, sagte er und wandte sich ab. Dann hörte ich, wie sich seine Schritte entfernten.

Er war nur wenige Meter gegangen, als ein Seemann an mir vorbeieilte und mit einem Schrei bei ihm stehenblieb. Es war Jones, einer der Stewards.

»Mylord: Sie sollten doch in Ihrer Kajüte bleiben! Die Nachtluft macht krank, und wir haben eine Seuche an Bord. Und dann noch der Befehl vom Kapitän! Was fällt Ihrem Diener denn ein, Mylord, Sie einfach so auf Deck herumlaufen zu lassen?«

Mein neuer Bekannter nickte entschuldigend.

»Ja, ja, ich weiß. Ich hätte nicht nach oben kommen dürfen, aber ich hatte einfach das Gefühl, wenn ich nur noch einen Augenblick in der Kajüte bliebe, müßte ich ersticken.«

»Besser ersticken, als an der Seuche krepieren, wenn sie mir die Bemerkung gestatten, Mylord!« erwiderte Jones streng. Mein Bekannter erhob keinen Protest, sondern murmelte etwas und verschwand in der Dunkelheit.

Ich streckte den Arm aus und packte Jones am Kragen, als er an mir vorbeikam. Abrupt blieb er stehen. Vor Schreck hatte es ihm den Atem verschlagen.

»Ach, Sie sind es, Mrs. Malcolm!« Um sich zu beruhigen, hielt er sich die knochige Hand vor die Brust. »Herr im Himmel, ich dachte, es wäre ein Gespenst, wenn Sie entschuldigen, Gnädigste.«

»Ich muß mich bei Ihnen entschuldigen«, entgegnete ich höflich. »Ich wollte Sie nur fragen, mit wem Sie da gerade gesprochen haben.«

»Ach, der?« Jones sah über die Schulter, aber Mr. Grey war längst verschwunden. »Nun, das ist Lord John Grey, der neue Gouverneur von Jamaika.« Mit kritisch gerunzelter Stirn sah er in die Richtung, in die mein Bekannter verschwunden war. »Er dürfte eigentlich gar nicht hier heraufkommen, denn der Kapitän hat die strikte Anweisung gegeben, daß er unten bleibt. Das fehlte uns jetzt noch, mit einem toten Staatsmann an Bord in den Hafen einzulaufen!«

Er schüttelte mißbilligend den Kopf. Dann wandte er sich mit einem kurzen Nicken zu mir um.

»Wollen Sie nicht zu Bett gehen? Soll ich Ihnen ein Täßchen Tee bringen? Und vielleicht noch ein wenig Zwieback?«

»Nein, danke, Jones«, sagte ich. »Ich mache noch mal eine Runde durchs Schiffslazarett, bevor ich mich schlafen lege. Ich brauche nichts.«

»Sollten Sie sich anders besinnen, Gnädigste, brauchen Sie es nur zu sagen, ganz gleich, wie spät es ist. Gute Nacht.« Er tippte sich an die Stirn und eilte davon.

Ich blieb noch einen Augenblick an der Reling stehen und sog die frische Nachtluft ein. Bis zum Morgengrauen blieben mir noch einige Stunden Zeit. Über mir funkelten hell und klar die Sterne, und plötzlich merkte ich, daß mir nun doch noch ein Augenblick der Gnade gewährt wurde.

»Ihr habt recht«, sagte ich zum Meer und zum Himmel. »Ein Sonnenuntergang allein hätte nicht gereicht. Ich danke euch.« Und dann ging ich nach unten.

49

Land in Sicht!

Trotz der langen Reise war der Ziegenpferch im Laderaum ein erstaunlich angenehmer Ort. Das frische Stroh war inzwischen verbraucht, so daß die Ziegen auf den blanken Planken herumtrappeln mußten. Die Misthaufen wurden jeden Tag weggeräumt und säuberlich in Körben aufgeschichtet, bevor man sie über Bord kippte, und Annekje Johansen schüttete jeden Morgen trockenes Heu in den Futtertrog. Der starke, aber saubere Ziegengeruch war im Vergleich zu dem Gestank der ungewaschenen Matrosen geradezu eine Wohltat.

»*Komma, komma, komma, dyr get*«, gurrte Annekje, während sie ein einjähriges Tier mit einer Handvoll Heu zu locken versuchte. Als die Ziege die Lippen vorreckte, packte sie sie rasch am Genick.

»Zecken, nicht wahr?« fragte ich und trat zu ihr, um ihr zu helfen. Annekje blickte mich mit breitem Lächeln an, so daß ihre zahlreichen Zahnlücken zum Vorschein kamen.

»Guten Morgen, Mrs. Claire. Ja, Zecken. Hier.« Sie nahm das schlaff herabhängende Ohr der jungen Ziege, drehte es um und zeigte mir eine mit Blut vollgesogene Zecke, die sich tief in die zarte Haut eingegraben hatte.

Sie drückte die Ziege an sich und holte die Zecke geschickt heraus. Die Ziege meckerte und trat wild um sich.

»Warten Sie«, sagte ich, bevor sie das Tier wieder losließ. Ich nahm die Flasche mit Alkohol, die ich an meinem Gürtel trug, und schüttete ein paar Tropfen auf das weiche zarte Ohr.

»Damit sich das Ohr nicht entzündet«, erklärte ich Annekje.

Dann war das Zicklein wieder frei und mischte sich unter seine Herde, während Annekje die Zecke zerquetschte.

»Das Land ist nicht mehr weit, oder?« fragte ich. Sie nickte mit einem glücklichen Lächeln und deutete mit einer weit ausholenden Geste nach oben, von wo das Sonnenlicht durch einen Gitterrost in den Frachtraum fiel.

»Ja. Sie riechen es?« meinte sie und schnupperte, wobei sie übers ganze Gesicht strahlte. »Land, ja! Wasser, Gras. Ist gut, gut!«

»Ich muß an Land«, sagte ich, wobei ich sie aufmerksam musterte. »Aber nicht weiter sagen. Es muß unter uns bleiben.«

»Hm?« Annekje riß die Augen auf. »Nicht dem Kapitän erzählen, ja?«

»Niemandem«, erwiderte ich mit energischem Kopfschütteln. »Können Sie mir helfen?«

Sie schwieg und dachte nach. Diese große, gelassene Frau hatte eine gewisse Ähnlichkeit mit den Ziegen, die sich dem seltsamen Leben an Bord gut gelaunt anpaßten, das Heu und die Gesellschaft ihrer Artgenossen genossen und trotz des schwankenden Decks prächtig gediehen.

Schließlich sah sie mich an und nickte ruhig.

»Ja, ich helfe.«

Es war kurz nach Mittag, als wir vor der Wattlingsinsel – wie ich von einem der Kadetten erfuhr – vor Anker gingen.

Neugierig blickte ich über die Reling. Diese flache Insel mit den breiten weißen Stränden und den Palmenreihen – zu meiner Zeit nannte man sie San Salvador – war wahrscheinlich das erste, was Christoph Kolumbus von der Neuen Welt gesehen hatte.

Im Gegensatz zu Kolumbus wußte ich, daß hier Land war, konnte aber dennoch die Freude und Erleichterung nachempfinden, die die Matrosen jener kleinen Karavellen verspürt haben mußten, als sie die Insel erblickten.

Wenn man sich lang genug auf einem schwankenden Schiff aufgehalten hat, weiß man nicht mehr, wie es ist, festen Boden unter den Füßen zu haben. Seefest werden nennt man das – eine Metamorphose wie die Verwandlung einer Kaulquappe in einen Frosch, ein schmerzloser Wechsel von einem Element zu einem anderen. Doch der Geruch und der Anblick des Landes erinnern einen wieder daran, daß man ein Kind der Erde ist, und plötzlich sehnen sich die Füße nach dem Kontakt mit festem Boden.

Doch im Augenblick bestand die Hauptschwierigkeit darin, wie ich ebendiesen Boden unter die Füße bekommen sollte. Die Watlinginsel war nur eine Zwischenstation, um vor der Weiterfahrt nach Jamaika unsere Wasservorräte wieder aufzufüllen. Die Reise würde noch mindestens eine weitere Woche dauern, und die zahlreichen Kranken an Bord, die große Mengen Flüssigkeit brauchten, hatten die riesigen Wasserfässer im Frachtraum fast vollständig geleert.

Die Watlinginsel war zwar klein, aber von meinen Patienten hatte ich gehört, daß im Haupthafen Cockburn Town zahlreiche Schiffe verkehrten. Es war bestimmt nicht der ideale Ort für eine Flucht, aber es sah so aus, als hätte ich keine andere Wahl. Ich hatte nämlich nicht die Absicht, die »Gastfreundschaft« der Marine auf Jamaika in Anspruch zu nehmen und den Köder zu spielen, der Jamie in die Gefangenschaft lockte.

Obwohl die ganze Mannschaft danach gierte, an Land zu gehen, war dies nur den Wasserträgern erlaubt. Sie zogen mit ihren Fässern und Schlitten den Pigeon Creek hinauf, an dem wir vor Anker gegangen waren.

Währenddessen stand einer der Marinesoldaten an der Gangway, um jeden Versuch, das Schiff zu verlassen, zu unterbinden.

Der Rest der Mannschaft stand schwatzend und scherzend an der Reling oder starrte nur auf die Insel, das Ziel ihrer Träume. Ein wenig weiter hinten auf dem Deck erblickte ich einen blonden Haarzopf, der in der Brise flatterte. Auch der Gouverneur hatte sich aus seiner Kajüte gewagt und reckte das Gesicht in die Tropensonne.

Ich wäre zu ihm gegangen und hätte ihn angesprochen, doch es blieb mir keine Zeit mehr. Annekje war bereits nach unten gegangen, um die Ziege zu holen. Ich wischte mir die Hände am Rock ab und schätzte noch einmal die Entfernung ab. Bis zum Palmenhain mit dem dichten Unterholz waren es nicht mehr als zweihundert Meter. Wenn ich die Gangway hinuntergelangen und den Dschungel erreichen könnte, würde ich vielleicht entkommen.

Kapitän Leonard war so erpicht auf einen baldigen Aufbruch, daß er wohl kaum viel Zeit darauf verschwenden würde, mich wieder einzufangen. Und wenn sie mich doch erwischten – nun, der Kapitän konnte mich schlecht für den Versuch bestrafen, das Schiff zu verlassen; schließlich war ich weder ein Matrose noch eine offizielle Gefangene.

Die Sonne schien auf Annekjes blonden Schopf, während sie mit einer jungen Ziege, die sich an ihren großen Busen kuschelte, vorsichtig die Leiter hinaufkletterte. Ein rascher Blick, um sich zu vergewissern, daß ich da war, dann ging sie auf die Gangway zu.

In ihrer seltsamen Mischung aus Englisch und Schwedisch sprach sie den Wachtposten an, deutete auf die Ziege und dann zum Ufer, um ihm klarzumachen, daß das Tier unbedingt frisches Gras brauchte. Obwohl der Soldat sie zu verstehen schien, rührte er sich nicht von der Stelle.

»Nein, Madam«, sagte er durchaus respektvoll, »niemand außer den Wasserträgern darf das Schiff verlassen; Anordnung des Kapitäns.«

Ich stand außerhalb seines Blickfelds und beobachtete, wie sie weiter auf ihn einredete, ihm dabei ihr Zicklein dicht vors Gesicht hielt, um ihn ein wenig zurück und zur Seite zu drängen, so daß ich hinter ihm vorbeischlüpfen könnte. Jetzt fehlte nur noch ein kleines Stück. Dann wollte sie die Ziege fallen lassen und beim Einfangen genug Verwirrung stiften, daß ich fliehen könnte.

Nervös trat ich von einem Fuß auf den anderen. Ich hatte die Schuhe ausgezogen, weil es barfuß leichter sein würde, durch den Sand zu laufen. Endlich bewegte sich der Wachtposten, und er drehte mir nun vollständig den Rücken zu. Nur noch einen Schritt, dachte ich, einen winzigen Schritt.

»Herrlicher Tag heute, nicht wahr, Mrs. Malcolm?«

Ich biß mir auf die Zunge.

»Wunderbar, Kapitän Leonard«, brachte ich mühsam hervor. Ich dachte, mir wäre das Herz stehengeblieben.

Der Kapitän trat neben mich und schaute über die Reling. Sein Gesicht strahlte vor Freude, als wäre er Kolumbus höchstpersönlich. Obwohl mich der drängende Wunsch überkam, ihn über Bord zu stoßen, mußte ich bei seinem Anblick doch lächeln.

»Diese Landung ist Ihr Sieg nicht minder als meiner, Mrs. Malcolm«, meinte er. »Ohne Sie hätten wir die *Porpoise* sicher nie so weit gebracht.« Schüchtern berührte er meine Hand, und ich lächelte erneut.

»Ich bin sicher, Sie hätten es auch ohne mich geschafft, Kapitän«, erwiderte ich. »Sie sind ein ausgesprochen fachkundiger Seemann.«

Er lachte und wurde rot. Zur Feier des Tages hatte er sich rasiert, und seine weichen Wangen glänzten rosig.

»Nun, das meiste geht auf das Konto der Matrosen, Madam und ich möchte sagen, sie haben ihre Sache hervorragend gemacht. Und das wiederum haben wir nur Ihrem Können als Ärztin zu verdanken.« Er sah mich mit ernstem Blick an.

»Wirklich, Mrs. Malcolm – ich kann Ihnen gar nicht sagen, wie wichtig Ihre Kenntnisse und Ihre Hilfsbereitschaft für uns waren. Ich – ich werde das auch dem Gouverneur und Sir Greville erklären, Sie wissen schon, dem Hochkommissar des Königs auf Antigua. Ich werde einen Brief schreiben, in dem ich erkläre, wie wichtig Ihre Hilfe für uns war. Vielleicht – vielleicht nützt Ihnen das.« Er schlug die Augen nieder.

»Nützen wobei, Kapitän?«

Kapitän Leonard biß sich auf die Lippen und sah mich dann an.

»Ich wollte Ihnen eigentlich nichts davon erzählen, Madam. Aber ich – ich kann nicht schweigen. Mrs. Fraser, ich kenne Ihren Namen, und ich weiß auch, wer Ihr Mann ist.«

»Wirklich?« erwiderte ich, während ich versuchte, meine Gefühle zu zügeln. »Wer ist er denn?«

Der Junge wirkte überrascht. »Nun, Madam, er ist ein Verbrecher.« Er wurde bleich. »Wollen Sie damit etwa sagen, Sie *wußten* es nicht?«

»Doch, ich wußte es«, sagte ich trocken. »Aber warum sagen Sie es mir?«

Er leckte sich die Lippen, hielt meinem Blick jedoch tapfer stand. »Als ich herausbekam, wer Ihr Mann ist, schrieb ich es ins Logbuch. Ich bereue das inzwischen, aber es ist zu spät – nun ist es eine offizielle Mitteilung. Sobald ich in Jamaika bin, muß ich seinen Namen und seinen Zielhafen der Verwaltung dort melden, ebenso dem Kommandeur der Kasernen auf Antigua. Man wird ihn gefangennehmen, wenn die *Artemis* anlegt.« Er schluckte. »Und wenn man ihn hat...«

»Wird man ihn hängen«, ergänzte ich, weil er offenbar nicht dazu in der Lage war. Der Junge nickte nur und suchte nach Worten.

»Ich habe schon gesehen, wie Leute gehängt wurden«, meinte er schließlich. »Mrs. Fraser, ich möchte nur... ich...« Er hielt inne, um seine Beherrschung zurückzugewinnen. Dann richtete er sich auf und sah mir offen in die Augen. Die Freude darüber, Land erreicht zu haben, war in seinem Kummer kläglich untergegangen.

»Es tut mir leid«, sagte er leise. »Ich kann nicht erwarten, daß Sie mir verzeihen; ich kann nur sagen, daß es mir schrecklich leid tut.«

Als er auf dem Absatz kehrtmachte und wegging, stand Annekje Johansen mit ihrer Ziege vor ihm. Sie führte immer noch ein hitziges Gespräch mit dem Wachtposten.

»Was ist denn hier los?« fragte Kapitän Leonard erzürnt. »Entfernen Sie sofort dieses Tier! Mr. Holford, was haben Sie sich dabei gedacht?«

Annekjes Blick wanderte rasch vom Kapitän zu mir. Sie erriet sofort, was schiefgegangen war. Mit gesenktem Kopf ließ sie die Strafpredigt über sich ergehen. Dann marschierte sie, das Zicklein an sich gepreßt, zu der Luke, die zum Laderaum mit den Ziegen führte. Als sie an mir vorbeiging, zwinkerte sie mir zu. Wir würden es noch einmal versuchen. Die Frage war nur, wie.

Während wir an den Inseln Acklin und Samana Cay vorbeifuhren, ging mir Kapitän Leonard, gepeinigt von Schuldgefühlen und verdrossen angesichts widriger Winde, aus dem Weg und suchte Zuflucht auf seinem Achterdeck. Das Wetter bot dafür einen guten Vorwand: Es war zwar heiter, doch es gab immer wieder seltsame leichte Brisen, die sich mit plötzlichen Böen abwechselten, so daß eine ständige Korrektur der Segel notwendig war – keine leichte Aufgabe auf einem Schiff mit so wenig Besatzung.

Als wir vier Tage später den Kurs änderten, um in die Caicos-Passage einzufahren, ergriff wie aus heiterem Himmel eine Sturmböe das Schiff.

Ich befand mich auf Deck. Plötzlich blähte ein Windstoß meinen Rock auf und fegte mich über das Deck. Dann ertönte irgendwo über mir ein lautes Krachen. Ich stieß kopfüber mit Ramsdell Hodges zusammen, und wir wurden wie wild herumgewirbelt, ehe wir zu Boden gingen.

Um uns herum war das Chaos ausgebrochen, Matrosen liefen hin und her, Befehle wurden gerufen. Ich richtete mich auf und versuchte, mich zu orientieren.

»Was ist los?« fragte ich Hodges, der schwankend aufstand und mir die Hand reichte, um mich hochzuziehen. »Was ist passiert?«

»Der verdammte Hauptmast ist geborsten«, antwortete er barsch. »Mit Verlaub, Madam, aber so ist es. Und ab jetzt wird der Teufel los sein.«

Die *Porpoise* schleppte sich langsam südwärts, da man nicht wagte, die Passage mit ihren Untiefen und Sandbänken ohne Hauptmast zu durchfahren. Statt dessen steuerte Kapitän Leonard nun den nächsten brauchbaren Ankerplatz, den Bottle Creek an der Küste der Insel Nord-Caicos, an, um das Schiff zu reparieren.

Wir durften zwar diesmal an Land, doch das half mir nicht weiter. Die trockenen, winzigen Turks- und Caicos-Inseln hatten kaum Frischwasserquellen und nur zahlreiche kleine Buchten, die dazu taugen mochten, vom Sturm überraschten Schiffen Schutz zu bieten. Und die Vorstellung, mich auf einer Insel ohne Nahrungsmittel und Wasser zu verstecken und auf einen Sturm zu warten, der mir ein Schiff zutrieb, war nicht gerade verlockend.

Doch für Annekje eröffnete sich durch den Kurswechsel eine neue Möglichkeit.

»Ich kenne diese Inseln«, sagte sie weise nickend zu mir. »Wir kommen jetzt an Grand Turk vorbei, Mouchoir, nicht Caicos.«

Ich sah sie mißtrauisch an, während sie sich hinhockte und etwas in den gelben Sand des Strandes zeichnete.

»Hier – Caicos-Passage«, fuhr sie fort und zeichnete zwei Linien, zwischen denen sie am oberen Ende ein kleines dreieckiges Segel setzte. »Hier, aber der Mast ist kaputt. Jetzt« – sie zeichnete rasch mehrere unregelmäßige Kreise auf die rechte Seite der Passage – »Nord-Caicos, Süd-Caicos, Grand Turk. Die umfahren wir – Riffe. Mouchoir.« Dann zeichnete sie zwei weitere Linien, die eine Passage im Südosten von Grand Turk anzeigten.

»Mouchoir-Passage?« Ich hatte die Matrosen davon reden hören, wußte aber nicht, wie sie mit meiner möglichen Flucht von der *Porpoise* zusammenhängen könnte.

Annekje nickte strahlend und zog dann eine lange, wellenförmige Linie weit unterhalb der anderen Gebilde. Dann deutete sie stolz darauf und sagte: »Hispaniola. Santo Domingo. Große Insel, Städte dort und viel Schiffe.«

Immer noch verwirrt, zog ich die Augenbrauen hoch, und sie seufzte, weil ich nicht verstand. Nachdem sie einen Augenblick nachgedacht hatte, stand sie auf und wischte sich den Sand von den dicken Schenkeln. Wir hatten zuvor in einem flachen Topf Wellhornschnecken von den Felsen gesammelt. Nun nahm sie diesen Topf, kippte die Schnecken aus und füllte ihn mit Meerwasser. Dann stellte sie ihn in den Sand und bedeutete mir, ihr zuzusehen.

Mit einer Kreisbewegung rührte sie das Wasser um und zog dann die Hand heraus. Das Wasser wirbelte weiter.

Nun zog Annekje einen Faden aus ihrem Rocksaum, biß ein Stück davon ab und spuckte es in das Wasser. Der Bewegung des Wassers folgend, schwamm es in langsamen Kreisen in dem Topf herum.

»Sie«, meinte sie, während sie auf den Faden deutete. »Wasser trägt.« Dann wandte sie sich wieder ihren Zeichnungen zu und malte ein weiteres Dreieck in die Mouchoir-Passage und von dort aus eine gebogene Linie nach links unten – der Kurs, den das Schiff nehmen würde. Anschließend befreite sie den blauen Faden, legte ihn erst neben das »Segel« der *Porpoise*, zog ihn dann aber weg vom Schiff zur Küste von Hispaniola.

»Springen«, sagte sie einfach.

»Sie sind verrückt!« erwiderte ich voller Entsetzen.

Sie gluckste befriedigt. Endlich hatte ich sie verstanden. »Ja. Aber es geht. Wasser trägt Sie.« Sie deutete auf das Ende der Mouchoir-Passage und die Küste Hispaniolas und rührte erneut das Wasser in dem Topf um. Seite an Seite beobachteten wir, wie die kleinen Wellen ihrer künstlichen Strömung abebbten.

Nachdenklich blickte mich Annekje von der Seite an. »Nicht ertrinken, ja?«

Ich holte tief Luft und schob mir die Haare aus dem Gesicht.

»Ja«, erwiderte ich, »ich werde mich bemühen.«

50

Begegnung mit einem Priester

Das Meer war bemerkenswert warm im Vergleich zu der eisigen Brandung vor Schottland. Andererseits war es aber auch extrem naß. Nach zwei oder drei Stunden im Wasser hatte ich taube Füße, und meine Finger, die sich an die Seile des improvisierten Rettungsbootes aus zwei leeren Fässern klammertem, waren wie gefroren.

Aber die Frau des Kanoniers hatte nicht zuviel versprochen. Die Insel, die ich von der *Porpoise* aus gesehen hatte, rückte stetig näher. Die niedrigen Hügel hoben sich wie schwarzer Samt vom silbrigen Himmel ab. Hispaniola – Haiti.

Natürlich hatte ich keine Uhr, aber an Bord des Schiffes mit dem ständigen Glockenläuten und den Wachwechseln hatte ich ein ungefähres Gefühl für das Verstreichen der Nachtstunden bekommen. Ich ging davon aus, daß ich die *Porpoise* gegen Mitternacht verlassen hatte, und jetzt mußte es etwa vier Uhr morgens sein. Und immer noch über eine Meile bis zur Küste. Meeresströmungen sind stark, brauchen aber ihre Zeit.

Als ich müde wurde, wickelte ich mir ungeschickt das Seil um das Handgelenk, damit ich nicht aus dem Gurtwerk rutschte, legte die Stirn auf eins der Fässer und schlief ein, das Aroma von Rum in der Nase.

Ich erwachte in der Morgendämmerung, als etwas Festes meine Fußsohlen streifte. Meer und Himmel schimmerten in allen erdenklichen Perlmuttfarben. Meine Füße steckten in kaltem Sand, und unter mir spürte ich die kräftige Strömung, die an den Fässern zerrte. Ich befreite mich aus dem Gurtwerk und ließ die sperrigen Teile erleichtert ans Ufer treiben.

Auf den Schultern hatte ich tiefrote Kerben. Das Handgelenk, um das ich das nasse Seil gewickelt hatte, war aufgescheuert, und ich war völlig ausgekühlt, erschöpft und sehr durstig.

Aber nirgendwo auf dem Meer hinter mir konnte ich die *Porpoise* entdecken. Ich war entkommen.

Nun mußte ich nur noch an den Strand schwimmen, Wasser auftreiben, Mittel und Wege suchen, um rasch nach Jamaika zu kommen, und Jamie und die *Artemis* ausfindig machen, und zwar möglichst vor der Königlichen Marine. Den ersten Tagesordnungspunkt könnte ich vielleicht gerade noch schaffen, dachte ich.

Meine Kenntnisse über die Karibik stammten von Ansichtskarten und aus Reisebroschüren, und so hatte ich weiße Sandstrände und kristallklare Buchten erwartet. Doch das, was ich dann tatsächlich vorfand, ging eher in die Richtung häßlicher Pflanzen inmitten von zähem, dunkelbraunem Schlamm.

Diese dicken, buschartigen Dinger mußten Mangroven sein. Sie breiteten sich aus, so weit das Auge reichte; mir blieb also nichts anderes übrig, als mir einen Weg durch das Gehölz zu bahnen. Die Wurzeln ragten in riesigen Bögen aus dem Schlamm, so daß ich ständig stolperte, und meine Haare verfingen sich in den blaßgrauen, weichen Zweigen, die in Büscheln aus dem Stamm wuchsen.

Kolonnen winziger purpurroter Krebse liefen aufgeregt davon, sobald ich mich näherte. Meine Füße sanken bis zu den Knöcheln in den Sumpf, und ich entschloß mich, meine Schuhe nicht anzuziehen, da sie ohnehin schon naß waren. Ich wickelte sie in meinen triefenden Rock, den ich bis über die Knie aufrollte, und holte das Fischmesser heraus, das Annekje mir für alle Fälle mitgegeben hatte. Zwar sah ich nichts Bedrohliches um mich herum, aber mit einer Waffe in der Hand fühlte ich mich sicherer.

Zunächst empfand ich die Strahlen der aufgehenden Sonne auf meinen Schultern als angenehm, da sie mich wärmten und meine Kleider trockneten. Doch schon nach einer Stunde wünschte ich, die Sonne würde hinter einer Wolke verschwinden. Und je höher sie kletterte, desto heftiger schwitzte ich. Ich war bis zu den Knien mit einer Kruste aus getrocknetem Schlamm bedeckt und wurde immer durstiger.

Ich hätte gern gewußt, wie weit sich der Mangrovenwald ausdehnte, aber die Pflanzen überragten mich, und ich sah nur das Wogen kleiner graugrüner Blätter.

»Besteht diese verdammte Insel denn nur aus Mangroven?«, brummte ich und schleppte mich weiter. »Irgendwo *muß* es doch festen Boden geben.« Und Wasser, so hoffte ich.

Plötzlich ertönte in meiner Nähe ein Knall wie ein Kanonenschuß. Vor Schreck ließ ich das Messer fallen. Verzweifelt begann ich, im Schlamm danach zu graben. Aber im nächsten Augenblick lag ich auf allen vieren, als etwas Großes haarscharf an meinem Kopf vorbeischwirrte.

Nach einem Rascheln in den Blättern hörte ich ein »Quork?«, das fast menschlich klang.

»Was?« krächzte ich. Vorsichtig richtete ich mich mit dem Messer in der Hand auf und wischte mir die nassen, schlammigen Strähnen aus dem Gesicht. Zwei Meter vor mir saß auf einer Mangrove ein großer, schwarzer Vogel und betrachtete mich kritisch.

Er neigte den Kopf und putzte sich gewissenhaft die glänzenden Federn, als wollte er auf den Kontrast zwischen seiner und meiner äußeren Erscheinung deutlich machen.

»Schön, du Fatzke«, rief ich ihm sarkastisch zu. »Du hast Flügel.«

Der Vogel hörte auf, sich zu putzen, und sah mich strafend an. Dann reckte er den Schnabel in die Luft, ließ seine Brust anschwellen und blähte einen riesigen, knallroten Kehlsack auf, der vom Halsansatz bis fast zur Mitte seines Körpers reichte.

»Bumm!« machte er. Es war wieder der Kanonenschuß, der mich zuvor so erschreckt hatte. Doch diesmal war der Schrecken nicht mehr ganz so groß.

»Laß das!« erwiderte ich gereizt. Aber er schenkte mir keinerlei Aufmerksamkeit, schlug mit den Flügeln, richtete sich wieder auf seinem Ast ein und dröhnte erneut los.

Plötzlich hörte ich von oben einen schrillen Schrei. Zwei weitere schwarze Vögel plumpsten flügelschlagend herab und landeten in einer benachbarten Mangrove. Ermutigt durch die Gegenwart eines Publikums, ließ nun der erste Vogel in regelmäßigen Abständen aus seinem Kehlsack seinen dröhnenden Schrei ertönen. Nach ein paar Minuten tauchten oben drei weitere schwarze Gestalten auf.

Zwar meinte ich zu erkennen, daß es keine Geier waren, aber trotzdem wollte ich nicht länger in ihrer Gesellschaft verweilen.

Ich mußte noch Meilen gehen, bevor ich schlafen durfte – oder auf Jamie stoßen würde. Was ich tun sollte, wenn ich ihn nicht rechtzeitig fand, darüber wollte ich lieber nicht nachdenken.

Ich kam so schlecht voran, daß ich noch eine halbe Stunde später die periodisch dröhnenden Schreie meiner pingeligen neuen Bekanntschaft vernahm, der sich inzwischen eine Reihe ähnlich lautstarker Kollegen angeschlossen hatte. Japsend vor Anstrengung hielt ich mich an einer dicken Wurzel fest und setzte mich zu einer Ruhepause nieder.

Meine Lippen waren aufgesprungen, und der Gedanke an Wasser beherrschte mich so sehr, daß ich kaum noch an etwas anderes denken konnte, nicht einmal an Jamie. Mir kam es vor, als hätte ich mich schon eine Ewigkeit durch die Mangroven gekämpft, und doch hörte ich immer noch das Geräusch der Brandung. Die Flut mußte mich eingeholt haben, denn während ich dasaß, plätscherte schäumendes, schmutziges Meerwasser zwischen die Mangrovenwurzeln, leckte an meinen Zehen und zog sich dann wieder zurück.

»Wasser, nichts als Wasser«, sagte ich bedauernd, »aber kein Tropfen zu trinken.«

Dann merkte ich, daß sich an der Oberfläche des feuchten Schlamms etwas bewegte. Als ich mich hinunterbeugte, sah ich mehrere kleine, mir unbekannte Fische. Sie schnappten nicht nach Luft, zappelten nicht, um ins Wasser zu kommen, sondern saßen aufrecht auf ihren Brustflossen und sahen aus, als mache ihnen die Tatsache, daß sie auf dem Trockenen hockten, überhaupt nichts aus.

Fasziniert betrachtete ich sie. Da bemerkte ich, worauf ihr glotzendes Aussehen zurückzuführen war: Anstatt zwei Augen schienen sie vier zu haben. »Entweder halluziniere ich«, wandte ich mich an einen der Fische, »oder *du*.«

Der Fisch antwortete nicht, tat aber plötzlich einen Hupfer und landete auf einem Ast ein paar Zentimeter über dem Boden. Vielleicht hatte er etwas gespürt, denn kurze Zeit später rollte eine weitere Welle heran, die mir diesmal bis zu den Knöcheln reichte.

Plötzlich wurde es angenehm kühl. Freundlicherweise hatte sich die Sonne hinter eine Wolke zurückgezogen, und danach hatte ich einen ganz anderen Eindruck von dem Mangrovenwald.

Die grauen Blätter raschelten im plötzlich auffrischenden Wind, und all die winzigen Krebse, Fische und Sandflöhe verschwanden wie durch Zauberei. Offenbar wußten sie mehr als ich, und ihr Verschwinden empfand ich als ziemlich bedrückend.

Ich blickte hinauf zu der Wolke, die sich vor die Sonne geschoben hatte, und rang nach Luft. Hinter den Hügeln tauchte eine riesige purpurfarbene Quellwolke auf und näherte sich in Windeseile, so daß ich schon die Spitze, die im verborgenen Sonnenlicht weiß leuchtete, auf mich zukommen sah.

Die nächste Welle bahnte sich ihren Weg durch das Wurzelwerk. Sie war bereits ein paar Zentimeter höher als die vorherige und brauchte länger für den Rückzug. Ich war zwar weder ein Fisch noch ein Krebs, doch jetzt wurde auch mir klar, daß ein Sturm aufkam, und zwar mit erstaunlicher Geschwindigkeit.

Ich blickte umher, sah jedoch nichts als Mangroven. Nichts, wo ich hätte Schutz suchen können. Trotzdem, ein Regenguß war unter den gegebenen Umständen vielleicht nicht das Schlechteste. Meine Zunge fühlte sich trocken und klebrig an, und ich leckte mir schon die Lippen bei dem Gedanken an das kühle, süße Regenwasser, das auf mein Gesicht fallen würde.

Als eine weitere Welle heranzischte, die mir nun schon bis ans Knie reichte, wurde mir plötzlich bewußt, daß mir größere Gefahren drohten, als nur naß zu werden. Ich blickte zu den oberen Ästen der Mangroven hinauf und entdeckte getrockneten Tang zwischen den Zweigen und Astgabeln weit über meinem Kopf – Überbleibsel der Flut.

Panik stieg in mir auf, und ich versuchte, sie zu unterdrücken. Wenn ich an diesem Ort die Orientierung verlor, war es um mich geschehen. »Halt durch, Beauchamp«, murmelte ich. Und ich entsann mich eines Rats, den ich während meiner Ausbildung am Krankenhaus bekommen hatte: »Das erste, was man bei einem Herzstillstand zu tun hat, ist, den eigenen Puls zu messen.« Ich mußte lächeln und spürte, wie mit einemmal die Panik nachließ. Ich fühlte meinen Puls – als Geste sozusagen. Er ging ein bißchen schnell, aber kräftig und regelmäßig.

Gut, welche Richtung sollte ich einschlagen? Zum Berg. Er war das einzige, was das Mangrovenmeer überragte. Ich bahnte mir, so schnell es ging, einen Weg durch die Äste, achtete nicht darauf, daß meine Kleider zerrissen und der Sog bei jeder Welle stärker wurde. Der Wind kam vom Meer hinter mir und wühlte die Wellen immer höher auf. Er blies mir ständig die Haare in Augen und Mund, und ich schob sie immer wieder zurück, fluchte laut, um eine Stimme zu hören, doch meine Kehle war bald so trocken, daß es schmerzte.

Ich stapfte weiter. Mein Rock löste sich dauernd vom Gürtel, und irgendwo ließ ich meine Schuhe fallen. Sofort versanken sie in dem brodelnden Schaum, der meine Beine mittlerweile bis weit über die Knie umspülte. Es war mir herzlich egal.

Als der Regen kam, hatte die Flut ihre mittlere Höhe erreicht. Mit einem Lärm, der das Rauschen der Blätter übertönte, prasselte er herab, so daß ich innerhalb weniger Augenblicke bis auf die Haut durchnäßt war. Zuerst verschwendete ich noch kostbare Zeit damit, den Kopf nach hinten zu biegen und zu versuchen, die Bäche, die mir über das Gesicht rannen, in meinen offenen Mund zu lenken. Dann aber besann ich mich eines Besseren, nahm mein Tuch von den Schultern, hielt es in den Regen und wrang es mehrmals aus, um auch die letzten Reste von Salz daraus zu entfernen. Dann tränkte ich das Tuch nochmals mit Regenwasser, rollte es zusammen und ließ das Wasser in meinen Mund träufeln. Es schmeckte nach Schweiß, Seetang und grober Baumwolle. Es war köstlich.

Obwohl ich stetig weiterwanderte, befand ich mich noch immer in den dichten Mangroven. Die Flut reichte mir fast bis zur Hüfte, so daß die Fortbewegung zunehmend schwerer wurde. Da mein Durst vorerst gestillt war, stapfte ich so schnell wie möglich weiter.

Ein Blitz zuckte über den Bergen, und kurz darauf folgte ein grummelndes Donnern. Der Sog des Gezeitenstroms war nun so stark, daß ich nur noch vorankam, wenn eine Welle landeinwärts strömte. Wenn das Wasser mich vorwärtsschob, lief ich beinahe, und wenn es zurückwich, mußte ich mich an den nächsten Mangrovenstamm klammern, weil es mir die Beine wegzog.

Ich überlegte schon, ob es nicht voreilig gewesen war, Kapitän Leonard und die *Porpoise* zu verlassen. Der Wind wurde immer stärker und peitschte mir den Regen ins Gesicht, so daß ich kaum noch etwas sehen konnte. Matrosen sagen, daß jede siebte Welle höher ist als die vorherigen, und so zählte ich eifrig, während ich weiterstapfte. Es war die neunte Welle, die mich zwischen den Schulterblättern traf und mich niederstreckte, bevor ich nach einem Ast greifen konnte.

Hilflos schlug ich um mich, spuckte Sand und Wasser, kam dann wieder auf die Beine. Die Welle hatte mich beinahe unter sich begraben, mich aber auch in eine andere Richtung gebracht. Statt des Berges hatte ich nun in etwa sechs Meter Entfernung einen großen Baum vor mir.

Vier weitere Wogen, die mich mit Wucht vorantrieben, und jedesmal widerstand ich danach krampfhaft ihrem Sog, dann befand ich mich auf der schlammigen Sandbank eines kleinen Wasserlaufs, der zwischen den Mangroven hindurch dem offenen Meer zustrebte. Rutschend und stolpernd kletterte ich weiter hinauf, bis ich mich im Schutz des Baumes befand.

Von meinem vier Meter hohen Sitz aus konnte ich den Mangrovensumpf hinter mir überblicken und sah dahinter das offene Meer. Erneut änderte ich meine Meinung und fand, es sei doch klug gewesen, die *Porpoise* zu verlassen – welche Schrecknisse mich auch an Land erwarten mochten, da draußen war es noch viel schlimmer.

Ein Blitz schoß über das brodelnde Wasser, während Wind und Gezeitenstrom um die Herrschaft über die Wellen kämpften. Weiter draußen in der Mouchoir-Passage war die Dünung so hoch, daß sie aussah wie heranrollende Hügel. Der heftige Wind fuhr mir mit einem dünnen, pfeifenden Schrei unter die nassen Kleider, so daß ich fröstelte. Der Donner krachte gleichzeitig mit dem Zucken der Blitze, während der Sturm über mich hinwegfegte.

Die *Artemis* war langsamer als das Kriegsschiff – so langsam, hoffte ich, daß sie weit draußen auf dem Atlantik in Sicherheit war.

Dreißig Meter vor mir fuhr eine Bö in eine Mangrovengruppe. Das Wasser zischte brodelnd zurück, und für einen Augenblick sah ich trockenen Boden, bevor erneut die Wellen heranrollten und das schwarze Geflecht der niedergedrückten Stämme unter sich begruben. Ich schlang die Arme um den Baumstamm, preßte das Gesicht gegen die Rinde und betete. Für Jamie und die *Artemis*. Für die *Porpoise*, Annekje Johansen, Tom Leonard und den Gouverneur. Und für mich.

Als ich, ein Bein zwischen zwei Ästen eingequetscht und vom Knie abwärts taub, aufwachte, umfing mich helles Tageslicht. Halb kletterte ich von meinem Sitz herunter, halb fiel ich und landete in dem seichten Gewässer. Ich schöpfte eine Handvoll Wasser, probierte es und spuckte es sofort wieder aus. Kein Salz zwar, aber zu faulig, um es zu trinken.

Trotz meiner feuchten Kleider war ich selbst vollkommen ausgedörrt. Der Sturm hatte sich längst gelegt, alles um mich herum war friedlich. In der Ferne hörte ich das Gebrüll der großen schwarzen Vögel.

Hier war das Wasser faulig, aber weiter oben wäre es gewiß frischer. Ich rieb mir das Bein, um das Kribbeln loszuwerden, dann hinkte ich auf der Sandbank weiter.

Allmählich veränderte sich die Vegetation. An die Stelle der graugrünen Mangroven trat das hellere Grün eines Dickichts aus Gras und moosigen Pflanzen, das mich zwang, im Wasser zu gehen. Erschöpft und durstig, wie ich war, konnte ich nur geringe Entfernungen zurücklegen und mußte mich immer wieder ausruhen. Als ich mich setzte, hüpften einige der seltsamen kleinen Fische auf die Sandbank und stierten mich neugierig an.

»Ich finde, du siehst auch ziemlich seltsam aus«, versicherte ich einem von ihnen.

»Sind Sie Engländerin?« fragte der Fisch ungläubig. Ich fühlte mich in Alices Wunderland versetzt und blinzelte ihn dümmlich an. Dann schnellte mein Kopf in die Höhe, und ich blickte in das Gesicht des Mannes, der soeben gesprochen hatte.

Es war vom Wetter gegerbt und mahagonifarben gebräunt, umrahmt von dichten, schwarzen Locken. Vorsichtig trat der Mann hinter den Mangroven hervor, als wollte er mich nicht erschrecken. Er war mittelgroß, stämmig, mit mächtigen Schultern und einem breiten, kühn geschnittenem Gesicht, das trotz seiner natürlichen Freundlichkeit eine gewisse Vorsicht offenbarte. Er war schäbig gekleidet und trug einen schweren Leinensack über der Schulter und am Gürtel eine ziegenlederne Wasserflasche.

»Ja, ich bin Engländerin«, erwiderte ich mit krächzender Stimme.

»Könnte ich ein wenig Wasser haben, bitte?«

Er riß die Augen weit auf – sie waren hellbraun –, und ohne ein

Wort zu sagen, nahm er den Lederbeutel vom Gürtel und gab ihn mir.

Ich legte mir das Fischmesser griffbereit auf meine Knie und trank gierig, wobei ich kaum schnell genug schlucken konnte.

»Vorsicht«, meinte er. »Es ist gefährlich, so schnell zu trinken.«

»Ich weiß«, erwiderte ich ein wenig außer Atem, während ich den Beutel senkte. »Ich bin Ärztin.« Dann hob ich die Flasche und trank erneut, zwang mich diesmal jedoch, langsamer zu trinken.

Mein Retter betrachtete mich spöttisch – was mich nicht verwunderte. Vom Meerwasser durchnäßt und von der Sonne getrocknet, mit verkrustetem Schlamm überzogen und schweißbedeckt, das Haar wirr im Gesicht hängend, sah ich sicher nicht nur wie eine Bettlerin aus, sondern wahrscheinlich auch wie eine Geisteskranke.

»Ärztin?« fragte er, wobei er zu erkennen gab, daß seine Gedanken in die von mir vermutete Richtung gingen. Als er mich so aufmerksam betrachtete, mußte ich an den großen schwarzen Vogel denken, dem ich zuvor begegnet war.

»Tatsächlich«, meinte er nach einer erheblichen Pause.

»Tatsächlich«, erwiderte ich im selben Ton, und er lachte.

Dann neigte er höflich den Kopf. »In diesem Fall, Frau Doktor, erlauben Sie mir, daß ich mich vorstelle: Lorenz Stern, Doktor der Naturphilosophie, von der Gesellschaft für Naturwissenschaft und Philosophie, München.«

Ich sah ihn erstaunt an.

»Naturforscher«, fügte er erklärend hinzu und deutete auf den Segeltuchsack, der über seinen Schultern hing. »Ich war auf der Suche nach Fregattvögeln, in der Hoffnung, ihr Brutverhalten studieren zu können, als ich zufällig hörte, wie Sie…«

»Mit einem Fisch sprachen«, ergänzte ich. »Ja, hm… haben sie wirklich vier Augen?« fragte ich, um das Thema zu wechseln.

»Ja – jedenfalls sieht es so aus.« Er blickte zu dem Fisch hinunter, der dem Gespräch mit großer Aufmerksamkeit zu folgen schien. »Sie benutzen wohl die merkwürdig geformten Sehorgane, wenn sie unter Wasser sind, so daß das obere Augenpaar die Geschehnisse über der Wasseroberfläche beobachtet, während das untere Paar das Geschehen darunter wahrnimmt.«

Dann sah er mich mit einem vorsichtigen Lächeln an. »Erweisen

Sie mir vielleicht die Ehre, mir Ihren Namen mitzuteilen, Frau Doktor?«

Unsicher, was ich ihm sagen sollte, zögerte ich. Ich sann über die verschiedenen in Frage kommenden Namen nach, entschied mich dann aber für die Wahrheit.

»Fraser«, sagte ich. »Claire Fraser. Mrs. James Fraser«, fügte ich obendrein hinzu, aus dem vagen Gefühl heraus, daß ich als verheiratete Frau etwas respektabler wirken würde – trotz meiner äußeren Erscheinung. Dabei schob ich eine Locke zurück, die vor meinem linken Auge hing.

»Zu Ihren Diensten, Madame«, sagte er mit einer höflichen Verbeugung und rieb sich den Nasenrücken.

»Sie haben also Schiffbruch erlitten?« mutmaßte er. Das schien die logische – wenn nicht sogar die einzige – Erklärung dafür, daß ich mich an diesem Ort befand, und ich nickte.

»Ich muß eine Möglichkeit finden, nach Jamaika zu kommen«, sagte ich. »Glauben Sie, Sie können mir helfen?«

Stirnrunzelnd starrte er mich an, als ob ich zu einer Spezies gehörte, die er nicht so recht einordnen konnte, doch dann nickte er. Sein breiter Mund, auf einer Seite hochgezogen, schien wie fürs Lachen geschaffen. Er streckte mir seine Hand entgegen, um mir aufzuhelfen.

»Ja«, sagte er. »Das kann ich. Aber ich glaube, wir sollten erst einmal etwas zu essen für Sie auftreiben, und vielleicht auch was zum Anziehen, hm? Ich habe einen Freund, der nicht weit von hier lebt. Dort werde ich Sie hinbringen, ja?«

Vor lauter Durst und im allgemeinen Trubel hatte ich den Bedürfnissen meines Magens nur wenig Beachtung geschenkt. Doch kaum hatte mein Gegenüber von Essen gesprochen, meldete er sich unüberhörbar.

»Das«, sagte ich laut, in der Hoffnung, meinen Magen zu übertönen, »wäre wirklich sehr nett.« Ich bürstete mein wirres Haar zurück, duckte mich unter einem Ast und folgte meinem Retter in den Wald.

Als wir aus einem Palmenhain traten, öffnete sich vor uns eine wiesenartige Fläche, hinter der sich ein breiter Hügel erhob. Auf dessen Kamm erkannte ich ein Haus – oder besser gesagt eine Ruine.

Die gelb verputzten Wände waren rissig und über und über mit rosafarbenen Bougainvilleas und wuchernden Guaven bedeckt, und das Blechdach wies an mehreren Stellen Löcher auf. Kurz, das ganze Gebäude bot den Anblick erbärmlichen Verfalls.

»Hacienda de la Fuente«, erklärte mein neuer Bekannter und machte eine nickende Kopfbewegung in Richtung des Anwesens. »Werden Sie es schaffen, den Hügel zu erklimmen, oder…« Er zögerte und beäugte mich, als wollte er mein Gewicht abschätzen. »Ich könnte Sie wohl auch tragen«, meinte er mit einem nicht gerade schmeichelhaften Zweifeln in der Stimme.

»Ich schaffe es«, versicherte ich ihm. Meine Füße waren übersät mit Prellungen und Wunden und von herabgefallenen Zwergpalmenwedeln zerkratzt, doch der vor uns liegende Weg sah relativ harmlos aus.

Der Hang unterhalb des Hauses war kreuz und quer von Schafspfaden durchzogen, und ich sah auch einige Tiere, die unter der heißen hispaniolischen Sonne friedlich grasten.

Es war ein schöner, strahlender Tag, und Schwärme orangefarbener und weißer Schmetterlinge schwirrten im Gras umher. Hier und da erstrahlte auf den verstreuten Blüten ein gelber Schmetterling wie eine winzige Sonne.

Ich sog den lieblichen Duft von Gras und Blumen ein, der mit dem weniger angenehmen Geruch von Schaf und sonnendurchwärmtem Staub durchsetzt war.

Vielleicht war es das Hilfsversprechen, das Wasser, die Schmetterlinge oder alle drei zusammen, jedenfalls fiel die Last aus Furcht und Erschöpfung, unter der ich so lange gelitten hatte, allmählich von mir ab. Sicher, ich stand immer noch vor dem Problem, eine Reisemöglichkeit nach Jamaika zu finden, doch mit gestilltem Durst, einem Freund an meiner Seite und der Aussicht auf eine Mahlzeit erschien mir diese Aufgabe nicht mehr so unüberwindlich.

»Da ist er!« Stern blieb stehen und wartete, bis ich ihn einholte. Er deutete auf eine schmächtige, drahtige Gestalt, die vorsichtig den Hügel hinabstieg.

»Himmel!« sagte ich. »Das ist ja der heilige Franz von Assisi.« Stern blickte mich überrascht an.

»Nein, er ist Engländer.« Er hob einen Arm und rief: »*Olá! Señor Fogden!*«

Die Gestalt in der grauen Kutte hielt mißtrauisch inne und griff mit einer Hand schützend in das Fell eines Mutterschafs, das gerade vorbeikam.

»*Quien es?*«

»Stern!« rief Stern, »Lorenz Stern! Kommen Sie her«, meinte er zu mir und streckte eine Hand aus, um mich auf dem abschüssigen Gelände weiter nach oben zu ziehen.

Das Mutterschaf unternahm ernsthafte Anstrengungen, seinem Beschützer zu entkommen, so daß er von uns abgelenkt wurde. Der schlanke Mann, ein wenig größer als ich, hatte ein schmales Gesicht, das ganz hübsch sein mochte, jedoch von einem rötlichen Bart verunstaltet wurde, der sich wie ein Mop um sein Kinn legte. Das lange, wirre Haar hatte bereits graue Strähnen und fiel ihm immer wieder ins Gesicht. Als wir ihn erreichten, flatterte ein orangefarbener Schmetterling von seinem Kopf auf.

»Stern?« sagte er, bürstete sich das Haar mit der freien Hand zurück und blinzelte wie eine Eule ins Sonnenlicht. »Ich kenne keinen... ach, Sie sind es!« Sein schmales Gesicht hellte sich auf. »Warum haben Sie nicht gesagt, daß Sie der Mann mit den Würmern sind? Dann hätte ich Sie sofort erkannt.«

Stern sah leicht verlegen aus und blickte mich entschuldigend an. »Ich... äh... habe bei meinem letzten Besuch verschiedene interessante Parasiten aus den Exkrementen von Mr. Fogdens Schafen gesammelt«, erklärte er.

»Schrecklich große Würmer!« fügte Vater Fogden hinzu und schüttelte sich. »Teilweise einen halben Meter lang. Mindestens!«

»Höchstens zwanzig Zentimeter«, korrigierte ihn Stern lächelnd.

»Hat das Mittel, das ich Ihnen empfohlen habe, gewirkt?«

Vater Fogden sah aus, als versuchte er sich mühsam auf das Mittel zu besinnen.

»Der Terpentinöltrunk«, half ihm der Naturwissenschaftler auf die Sprünge.

»Aber ja!« Auf dem schmalen Gesicht des Priesters schien plötzlich die Sonne, und er strahlte uns voller Zuneigung an. »Ja, ja, natürlich! Ja, es hat hervorragend funktioniert. Ein paar sind gestorben, aber der Rest wurde ganz geheilt. Großartig, wirklich großartig!«

Doch plötzlich schien Vater Fogden zu dämmern, daß er sich nicht gerade gastfreundlich verhielt.

»Kommen Sie doch mit ins Haus!« meinte er. »Ich wollte gerade mein Mittagsmahl zu mir nehmen; Sie müssen mir unbedingt dabei Gesellschaft leisten.« Dann wandte er sich mir zu. »Das ist sicher Mrs. Stern, nicht wahr?«

Die Erwähnung zwanzig Zentimeter langer Darmwürmer hatte für einen Augenblick jegliches Hungergefühl beseitigt, doch als er nun vom Essen sprach, meldete mein Magen sich laut und vernehmlich zurück.

»Nein, aber wir würden Ihre Gastfreundschaft sehr gern in Anspruch nehmen«, antwortete Stern höflich. »Darf ich Ihnen meine Begleiterin vorstellen – Mrs. Fraser, eine Landsmännin von Ihnen.«

Fogdens Augen weiteten sich. Sie waren blaßgrau und tränten ein wenig im hellen Sonnenlicht. Fragend waren sie auf mich gerichtet.

»Eine Engländerin?« fragte er ungläubig. »Hier?« Die runden Augen musterten die Schlamm- und Salzflecken auf meinem zerknitterten Kleid. Er blinzelte, dann trat er vor und beugte sich mit großer Würde tief über meine Hand.

»Ihr ergebenster Diener, Madame«, sagte er, richtete sich wieder auf und wies mit einer einladenden Geste auf die Ruine. Dann stieß er ein schrilles Pfeifen aus, und im Gras tauchte das fragende Gesicht eines kleinen King-Charles-Spaniels auf.

»Wir haben einen Gast, Ludo«, sagte der Priester strahlend. »Ist das nicht schön?« Und während er meine Hand fest unter seinen Arm klemmte, packte er das Schaf am Schopf und schleppte uns beide zur Hacienda de la Fuente.

Der Grund für diesen Namen wurde klar, als wir in den verfallenen Hof traten: In einer Ecke befand sich ein algenüberwuchertes Wasserbecken, das wie eine natürliche Quelle aussah, die man beim Bau des Hauses eingefaßt hatte. Jede Menge Urwaldgeflügel flatterte von den zertrümmerten Bodenfliesen auf und stob an unseren Füßen vorbei. Aus anderen Hinterlassenschaften der Vögel schloß ich, daß ihnen die Äste, die in den Innenhof hineinragten, normalerweise als Stange dienten.

»Und so hatte ich das Glück, heute morgen in den Mangroven

auf Mrs. Fraser zu stoßen«, schloß Stern. »Ich dachte, daß sie vielleicht... oh, sehen Sie doch, wie schön! Eine wunderbare Odonata!« In seiner Stimme schwang Entzücken, und er schob sich rüde an uns vorbei, um in das schattige Palmdach über dem Innenhof zu blicken, wo eine riesige Libelle mit einer Spannweite von mindestens zehn Zentimetern hin und her schoß.

»Oh, wollen Sie sie? Bitte, bedienen Sie sich.« Unser Gastgeber machte eine großzügige Handbewegung. »Komm, Becky, rein mit dir, dann schaue ich mir gleich deinen Huf an.« Mit einem Schlag auf das Hinterteil bugsierte er das Mutterschaf in den Patio. Schnaubend galoppierte es ein paar Meter vorwärts und tat sich dann sofort an den verstreuten Früchten einer riesigen Guave gütlich, deren Zweige über das alte Gemäuer wucherten.

Die Bäume um den Patio waren tatsächlich so stark gewachsen, daß die Zweige an mehreren Stellen ineinander verflochten waren. Sie wölbten sich über den ganzen Hof und bildeten ein grünes Dach, das bis zum Hauseingang reichte.

Vor der Schwelle türmten sich Staubwehen und die rosafarbenen papierartigen Bougainvilleablätter, doch unmittelbar dahinter glänzte der Holzboden rein und sauber. Das Innere kam mir nach dem gleißenden Sonnenlicht stockfinster vor, doch meine Augen paßten sich schnell der neuen Umgebung an, und ich sah mich neugierig um.

Es war ein ziemlich kahler Raum, der nur mit einem langen Tisch, ein paar Hockern und Stühlen sowie einer kleinen Anrichte ausgestattet war. Über der Kommode hing ein abscheuliches Gemälde im spanischen Stil – ein ausgemergelter Christus mit einem Spitzbart, der bleich und gedrückt wirkte und mit einer abgemagerten Hand auf das blutende Herz in seiner Brust deutete.

Das häßliche Bild fesselte mich vollkommen, und erst nach einer ganzen Weile bemerkte ich, daß sich noch jemand in dem Raum befand. In einer Ecke tauchte ein kleines rundes Gesicht aus den Schatten auf, das ausgesprochen feindselig wirkte. Ich blinzelte und trat einen Schritt zurück, während mich die Frau mit ihren dunklen Augen fixierte und einen Schritt vortrat.

Sie war höchstens einszwanzig groß und so dick und kompakt, daß ihr Körper wie ein Block ohne Gelenke und Gliedmaßen wirkte. Wie ein kleiner, runder Knauf saß der Kopf auf dem Körper, und auf dem Kopf thronte ein straffer, spärlicher grauer Knoten. Ihre Haut war hellbraun – ob von der Sonne oder von Natur aus, konnte ich nicht sagen. Sie erinnerte mich an eine geschnitzte Holzpuppe. Einen Unglücksbringer.

»Mamacita«, sagte der Priester auf Spanisch zu dem Götzenbild, »was für ein Glück! Wir haben Gäste, die mit uns zusammen essen werden. Erinnerst du dich noch an Señor Stern?«

»*Sí, claro*«, ertönte es aus dem fast unsichtbaren hölzernen Mund. »Der Christusmörder. Und wer ist die *puta alba*?«

»Und das ist Señora Fraser«, fuhr Vater Fogden strahlend fort, als hätte er nichts gehört. »Die arme Frau hatte das Pech, Schiffbruch zu erleiden. Wir müssen ihr helfen, so gut wir können.«

Mamacita musterte mich von Kopf bis Fuß. Sie schwieg, doch die großen Nasenflügel bebten vor Verachtung.

»Das Essen ist bereit«, sagte sie und wandte sich ab.

»Großartig!« meinte der Priester zufrieden. »Mamacita heißt Sie willkommen; sie wird uns etwas zu essen bringen. Wollen Sie sich nicht setzen?«

Der Tisch war bereits mit einem großen gesprungenen Teller und einem Holzlöffel gedeckt. Der Priester nahm zwei weitere Teller und Löffel aus der Anrichte und verteilte sie wahllos auf dem Tisch, wobei er uns mit einer einladenden Geste aufforderte, Platz zu nehmen.

Behutsam nahm Fogden die große, braune Kokosnuß, die auf dem Stuhl am Kopfende des Tisches lag, und legte sie neben seinen Teller. Die fasrige Schale war bereits ganz dunkel und stellenweise so abgegriffen, daß sie glänzte.

»Guten Tag«, sagte er und streichelte sie liebevoll. »Und wie verbringst du diesen schönen Tag, Coco?«

Ich warf Stern einen fragenden Blick zu, doch er studierte stirnrunzelnd das Christusbild. Ich hatte das Gefühl, es sei an mir, ein Gespräch zu beginnen.

»Leben Sie allein hier, Mr. – äh, Vater Fogden?« fragte ich unseren Gastgeber. »Sie und... äh Mamacita?«

»Ja, leider. Darum freue ich mich so, daß Sie hier sind. Außer Ludo und Coco habe ich nämlich keine richtige Gesellschaft«, erklärte er, wobei er die behaarte Nuß erneut streichelte.

»Coco?« fragte ich höflich, obwohl ich dachte, daß der arme

Priester nicht ganz richtig im Kopf war. Ich warf Stern erneut einen Blick zu. Er wirkte nur ein wenig amüsiert, aber keineswegs beunruhigt.

»Das ist das spanische Wort für Schreckgespenst – *coco*«, erklärte der Priester. »Sehen Sie die winzige Knopfnase und die dunklen kleinen Augen?« Plötzlich stieß Vater Fogden zwei lange, schlanke Finger in die Vertiefungen an einer Seite der Kokosnuß und zog sie mit einem Glucksen ruckartig zurück.

»He, he!« rief er. »Du sollst nicht so starren, Coco, das ist unhöflich!«

Die blaßgrauen Augen warfen mir einen stechenden Blick zu.

»So eine hübsche Dame«, sagte er wie zu sich selbst. »Zwar nicht so, wie meine Ermenegilda, aber trotzdem sehr hübsch – nicht wahr, Ludo?«

Der Hund ignorierte mich, sprang jedoch freudig zu seinem Herrchen, schob den Kopf unter dessen Hand und bellte. Vater Fogden kraulte ihm liebevoll die Ohren und wandte seine Aufmerksamkeit dann wieder mir zu.

»Vielleicht paßt Ihnen ja eins von Ermenegildas Kleidern.«

Da ich nicht wußte, ob ich darauf antworten sollte, lächelte ich höflich und hoffte, daß man mir meine Gedanken nicht vom Gesicht ablesen konnte.

Glücklicherweise kehrte in diesem Moment Mamacita mit einem dampfenden, in Tücher gewickelten Tontopf zurück. Sie klatschte jedem eine Portion auf den Teller und ging dann wieder hinaus, wobei sich ihre Füße – wenn sie denn welche hatte – unsichtbar unter dem formlosen Rock bewegten.

Ich stocherte in der Masse auf meinem Teller herum, bei der es sich wohl ursprünglich um Gemüse gehandelt hatte. Dann nahm ich vorsichtig einen Bissen und stellte fest, daß es überraschend gut schmeckte.

»Gebratene Bananen mit Maniok und roten Bohnen«, erklärte Stern, als er sah, daß ich zögerte. Dann schob er sich selbst einen großen Löffel voll von dem dampfenden Brei in den Mund.

Ich hatte erwartet, daß man mich über mein Hiersein, meine Person und meine weiteren Pläne ausfragen würde, doch statt dessen sang Vater Fogden leise vor sich hin und schlug im Takt dazu mit dem Löffel auf den Tisch.

Mit hochgezogenen Augenbrauen sah ich Stern an. Doch er lächelte nur, zuckte mit einer Schulter und beugte sich wieder über sein Essen.

Es kam kein richtiges Gespräch zustande, bis das Mahl beendet war und Mamacita die Teller abräumte und eine Schale mit Früchten, drei Becher und einen riesigen Tonkrug auf den Tisch stellte.

»Haben Sie schon mal Sangria getrunken, Mrs. Fraser?«

Ich wollte gerade bejahen, als ich mich eines besseren besann und sagte: »Nein, was ist das?« Sangria war in den sechziger Jahren ein Modegetränk gewesen, und ich hatte es oft kredenzt bekommen. Doch ich wußte nicht, ob es im achtzehnten Jahrhundert in England oder Schottland bekannt war. Mrs. Fraser aus Edinburgh hatte bestimmt noch nie etwas von Sangria gehört.

»Eine Mischung aus Rotwein und Orangen- und Zitronensaft«, erklärte Stern. »Mit Gewürzen versehen und je nach Wetter heiß oder kalt serviert. Ein ausgesprochen wohltuendes und gesundes Getränk, nicht wahr, Fogden?«

»O ja, o ja. Ausgesprochen wohltuend.« Ohne abzuwarten, bis ich selbst es probiert hatte, leerte der Priester seinen Becher und griff nach dem Krug.

Es war tatsächlich derselbe süße Geschmack. Einen Moment lang erlag ich der Illusion, wieder auf jener Party zu sein, wo ich es gemeinsam mit einem Marihuana rauchenden Doktoranden und einem Botanikprofessor zum erstenmal probiert hatte.

Dieser Eindruck verstärkte sich noch, als Stern anfing, von seinen Sammlungen zu sprechen, und Vater Fogden nach mehreren Bechern Sangria aufstand, die Anrichte durchsuchte und eine große Tonpfeife hervorholte. Er stopfte sie mit einem aromatisch riechenden Kraut, das er aus einer Papiertüte schüttelte, und steckte sie an.

»Hanf?« fragte Stern. »Finden Sie, daß es den Verdauungsprozeß fördert? Das habe ich jedenfalls gehört, aber in den meisten europäischen Städten ist er nicht erhältlich, und so konnte ich die Wirkung bisher nicht selbst prüfen.«

»Oh, es ist sehr wohltuend für den Magen«, versicherte ihm Vater Fogden. Er nahm einen tiefen Zug, hielt die Luft an und blies dann langsam und verträumt den Rauch aus. »Ich werde Ihnen ein Päckchen mitgeben, mein Freund. Aber jetzt sagen Sie mal, was haben Sie vor, Sie und diese schiffbrüchige Dame, die Sie gerettet haben?«

Stern legte ihm seinen Plan dar: Am nächsten Morgen wollten wir bis zu dem Dorf St. Luis du Nörd weiterwandern und dort sehen, ob uns ein Fischerboot zu dem dreißig Meilen entfernten Cap-Haïtien bringen könnte. Andernfalls würden wir zu Fuß nach Le Cap gehen, dem nächsten größeren Hafen.

Der Priester zog hinter seiner Rauchwolke die dünnen Augenbrauen zusammen.

»Mm. Ja, ich denke, Sie haben wohl keine andere Möglichkeit. Aber Sie müssen vorsichtig sein, besonders, wenn Sie den Landweg nach Le Cap nehmen. Wegen der *Maroons*.«

»*Maroons?*« Ich blickte Stern spöttisch an, doch er nickte ernst.

»Das stimmt. Ich bin zwei oder drei kleinen Gruppen begegnet, als ich im Norden durch das Tal des Artibonite kam. Sie haben mich nicht belästigt, obwohl... ich wage zu behaupten, daß ich nicht viel besser ausgesehen habe als sie, diese armen Teufel. Die Maroons sind entflohene Sklaven«, erklärte er mir. »Nachdem sie ihren grausamen Herren entkommen sind, verstecken sie sich in den entlegenen Bergen oder im Dschungel.«

»Vielleicht machen sie Ihnen ja keine Schwierigkeiten«, meinte Vater Fogden. Er tat erneut einen tiefen Zug aus seiner Pfeife und kniff eins seiner mittlerweile recht blutunterlaufenen Augen zu. Trübe musterte er mich. »Sie sieht wirklich nicht so aus, als lohnte es sich sie zu rauben.«

Stern grinste breit, sah mich an und tilgte das Lächeln sofort aus seinem Gesicht, als hätte er den Eindruck, er wäre recht taktlos gewesen. Er hüstelte und nahm einen weiteren Becher Sangria. Über der Pfeife glänzten die Augen des Priesters rot wie die eines Frettchens.

»Ich glaube, ich brauche ein wenig frische Luft«, sagte ich und stieß meinen Stuhl zurück. »Und vielleicht frisches Wasser, um mich zu waschen.«

»Oh, ja, natürlich!« rief Vater Fogden aus. Er stand unsicher schwankend auf und klopfte die Asche aus seiner Pfeife achtlos auf der Anrichte aus. »Kommen Sie mit.«

Trotz der Schwüle erschien mir die Luft im Patio frisch und belebend, und ich atmete tief ein, während ich interessiert zusah, wie

Vater Fogden sich mit einem Eimer an dem Wasserbecken in der Ecke des Hofes zu schaffen machte.

»Woher kommt das Wasser?« fragte ich. »Ist es eine Quelle?« Im Steintrog wiegten sich die Algen hin und her.

»Ja, es gibt Hunderte solcher Brunnen.« Es war Stern, der antwortete. »In einigen sollen Geister leben – aber ich nehme nicht an, daß Sie solchem Aberglauben anhängen, Sir.«

Vater Fogden schien darüber erst nachdenken zu müssen. Er setzte den halbgefüllten Eimer am Rand ab, blinzelte ins Wasser und heftete seinen Blick auf einen der kleinen silbrigen Fische, die darin schwammen.

»Ah«, begann der Vater. »Keine Geister. Aber… o ja, das hatte ich ganz vergessen. Ich muß Ihnen etwas zeigen.« Er ging zu einem in der Wand eingemauerten Schrank, öffnete die kaputte Holztür und holte ein kleines Bündel aus grobem, ungebleichtem Musselin heraus, das er Stern schwungvoll in die Hände legte.

»Den habe ich letzten Monat in der Quelle gefunden«, sagte er. »Er ist gestorben, als ihn die Mittagssonne traf, und ich habe ihn herausgeholt. Leider haben die anderen Fische ihn ein wenig angenagt«, fügte er entschuldigend hinzu, »aber man kann ihn noch erkennen.«

In dem Tuch lag ein kleiner vertrockneter Fisch, nicht viel anders als die, die in der Quelle hin und her schossen, nur daß er ganz weiß war. Außerdem hatte er statt Augen nur kleine Höcker auf beiden Seiten des platten Kopfes.

»Glauben Sie, daß es ein Geisterfisch ist?« fragte der Priester. »Ich bin darauf gekommen, als Sie eben von Geistern sprachen. Aber ich kann mir nicht vorstellen, was für eine Sünde ein Fisch begangen haben soll, daß er dazu verdammt ist, so herumzuschwimmen – ohne Augen, meine ich. Fische haben doch keine Seele. Wie können sie dann zu Geistern werden?«

»Das glaube ich auch nicht«, versicherte ich ihm und sah mir den Fisch genauer an, den Stern verzückt untersuchte. Die Haut war sehr dünn und so durchscheinend, daß man deutlich die Schatten der inneren Organe und die knotige Linie des Rückgrats erkennen konnte. Dennoch besaß er winzige, durchsichtige Schuppen, die allerdings völlig ausgetrocknet waren und jeglichen Glanz verloren hatten.

»Das ist ein blinder Höhlenfisch«, meinte Stern und strich ehrfürchtig über den platten Kopf. »Ich habe erst einmal einen gesehen, in einem Tümpel in einer Höhle, und zwar in Abandawe. Er
entwischte mir, bevor ich ihn näher betrachten konnte. Mein lieber Freund...« Mit vor Erregung strahlenden Augen wandte er
sich an den Priester. »Darf ich ihn haben?«

»Natürlich, natürlich«, meinte der Priester mit einer großzügigen Geste. »Ich habe keine Verwendung dafür. Zu klein, um ihn zu
essen, selbst wenn Mamacita wider Erwarten bereit wäre, ihn zu
kochen.« Er blickte im Patio umher und verpaßte abwesend einem
vorbeilaufenden Huhn einen Tritt. »Wo ist Mamacita überhaupt?«

»Hier, *cabrón*, wo sonst?« Ich hatte sie nicht aus dem Haus
kommen sehen, doch nun stand die staubige, gebräunte kleine Gestalt da und beugte sich über die Quelle, um einen weiteren Eimer
mit Wasser zu füllen.

Plötzlich bemerkte ich einen etwas modrigen, unangenehmen
Geruch, und meine Nasenflügel bebten. Der Priester hatte es offenbar bemerkt. »Ach, kümmern Sie sich nicht darum. Das ist nur die
arme Arabella.«

»Arabella?«

»Ja, hier.« Er schob einen zerrissenen Rupfenvorhang zur Seite,
der eine Ecke des Patios abtrennte. In Hüfthöhe ragte aus der
Mauer ein Sims, auf dem etliche vollkommen weiße, polierte
Schafsköpfe aufgereiht lagen.

»Ich kann mich einfach nicht von ihnen trennen.« Vater Fogden
streichelte zärtlich die Rundungen eines Schädels. »Das hier war
Beatriz – sie war so hübsch und sanft. Das arme Ding starb beim
Lammen.« Er deutete auf zwei kleinere Schädel, die wie der Rest
sauber und poliert waren.

»Arabella ist also auch ein Schaf?« fragte ich. Der Geruch war
hier noch viel intensiver, und ich hatte eigentlich gar nicht wissen
wollen, woher er stammte.

»Sie gehörte zu meiner Herde, ja, gewiß.« Der Priester warf mir
aus seinen hellblauen Augen einen Blick zu. Er sah sehr zornig aus.
»Sie wurde umgebracht! Arme Arabella, so ein sanftes, vertrauens-
seliges Geschöpf. Wie konnten sie nur so bösartig sein, eine solche
Unschuld um der Fleischeslust willen zu betrügen!«

»Du meine Güte«, entfuhr es mir. »Es tut mir schrecklich leid. …wer hat sie denn umgebracht?«

»Die Matrosen, diese gottlosen Heiden! Sie haben sie am Strand getötet und ihren armen Leib über einem glühenden Rost gebraten wie den heiligen Laurentius.«

»Himmel«, sagte ich.

Der Priester seufzte, und sein langer, dünner Bart schien vor Trauer zu erschlaffen.

»Ja, da kann ich nur noch auf den Himmel hoffen. Denn wenn unser Herr um jeden Spatz weiß, der stirbt, dann wird er Arabella wohl kaum übersehen haben. Sie hat an die neunzig Pfund gewogen, so gut hat das arme Kind gegrast.«

»Ach«, erwiderte ich, wobei ich möglichst viel Mitgefühl und Entsetzen in meine Stimme legte. Erst dann wurde mir klar, was der Priester gesagt hatte.

»Matrosen?« fragte ich. »Wann, sagten Sie, ist das – ich meine, diese traurige Sache passiert?« Es konnte nicht die *Porpoise* sein. Bestimmt war ich für Kapitän Leonard nicht von so großer Bedeutung, daß er so nahe vor der Insel geankert hatte, nur um mich zu verfolgen. Dennoch bekam ich bei dem Gedanken feuchte Hände.

»Heute morgen«, erwiderte Vater Fogden und stellte den Schädel des Lamms zurück. »Aber«, fuhr er fort, wobei sich seine Miene ein wenig aufhellte, »ich muß sagen, sie kommen wunderbar mit ihr voran. Normalerweise dauert es über eine Woche, und man kann jetzt schon sehen…«

Er öffnete erneut den Schrank und brachte einen großen Klumpen zum Vorschein, der mit mehreren Schichten feuchten Sackleinens bedeckt war. Der Geruch wurde merklich strenger, und zahllose kleine, braune Käfer flohen hastig vor dem Licht.

«Gehören sie zur Familie der Dermestidae, Fogden?« Nachdem Lorenz Stern den toten Höhlenfisch sorgfältig in ein Gefäß mit Alkohol gelegt hatte, hatte er sich wieder zu uns gesellt und blickte mir nun interessiert über die Schulter.

In dem Schrank waren die weißen Larven der Käfer intensiv damit beschäftigt, den Schädel Arabellas zu polieren. Am Auge hatten sie bereits gute Arbeit geleistet. Mir drehte sich der Magen um.

»Heißen sie so? Ich nehme es an, meine guten gefräßigen

Freunde.« Der Priester schwankte bedenklich, konnte sich aber am Rand des Schrankes festhalten. Endlich bemerkte er die alte Frau, die ihn mit dem Eimer in der Hand anfunkelte.

»Oh, das hatte ich ganz vergessen! Sie werden sich umziehen wollen, nicht wahr, Mrs. Fraser?«

Ich sah an mir hinunter. Kleid und Unterhemd waren an mehreren Stellen in geradezu unanständiger Weise zerrissen und außerdem so mit Wasser und Schlamm durchtränkt, daß mein Anblick selbst für so anspruchslose Menschen wie Vater Fogden und Lorenz Stern kaum mehr erträglich war.

Vater Fogden wandte sich dem Götzenbild zu. »Haben wir nichts zum Anziehen für diese arme Frau, Mamacita?« fragte er auf spanisch. Er schien zu zögern. »Vielleicht eins der Kleider in...«

Die Frau bleckte die Zähne. »Sie sind viel zu klein für diese Kuh«, erwidete sie, ebenfalls auf spanisch. »Wenn Sie wollen, können Sie ihr ja Ihr altes Gewand geben.« Sie warf einen verächtlichen Blick auf mein wirres Haar und mein schlammverschmiertes Gesicht. »Kommen Sie«, sagte sie auf englisch und wandte mir den Rücken zu. »Waschen Sie sich.«

Sie führte mich zu einem kleinen Hof hinter dem Haus, wo sie mich mit zwei Eimern Wasser, einem zerschlissenen Leinenhandtuch und einem kleinen Topf mit weicher Seife versorgte, die stark nach Lauge roch. Erneut die Zähne zeigend, legte sie ein schäbiges, graues Gewand mit einem Gürtel aus Hanfseil dazu und meinte leutselig auf spanisch: »Wasch dir das Blut von den Händen, Christusmörderin.«

Erleichtert schloß ich das Hoftor hinter ihr, streifte meine vor Dreck starrenden Kleider ab und machte Toilette, so gut es eben mit kaltem Wasser und ohne Kamm ging.

Ordentlich, wenn auch etwas seltsam in Vater Fogdens Gewand gekleidet, kämmte ich mir das nasse Haar mit den Fingern und sann über meinen merkwürdigen Gastgeber nach. Ich war mir nicht sicher, ob die seltsamen Anwandlungen des Priesters von echtem Schwachsinn zeugten oder nur die Nebenwirkungen von Alkoholsucht und Kannabisrausch waren. Dennoch hielt ich ihn für einen sanften, freundlichen Menschen. Seine Dienerin – wenn sie es denn war – erschien mir hingegen gefährlich.

Mamacita machte mich wirklich ziemlich nervös. Mr. Stern hatte angekündigt, er werde hinunter zum Strand gehen, um zu baden, und ich wollte nicht ins Haus zurückkehren, solange er fort war. Da von der Sangria kaum etwas übriggeblieben war, vermutete ich, daß Vater Fogden mir mittlerweile wenig Schutz vor ihrem Basiliskenblick bieten würde – wenn er überhaupt noch bei Bewußtsein war.

Andererseits konnte ich nicht den ganzen Nachmittag hier draußen verbringen – ich war völlig erschöpft und wollte mich wenigstens hinsetzen. Am liebsten hätte ich eine Woche lang in einem Bett geschlafen. Von dem kleinen Hof führte eine Tür ins Haus. Ich stieß sie auf und trat ins Dunkel.

Ich befand mich in einem kleinen Schlafzimmer. Erstaunt sah ich mich um: es war ganz anders als der spartanische Hauptraum und die schäbigen Höfe. Auf dem Bett lagen Federkissen und eine weiche, rote Wolldecke. Vier riesige, gemusterte Fächer hingen wie leuchtende Flügel an den weißgetünchten Wänden, und auf dem Tisch stand ein mehrarmiger Leuchter mit Wachskerzen.

Die schlichten, aber sorgfältig gearbeiteten und mit Öl polierten Möbel glänzten matt. Quer über die eine Seite des Raumes war ein Vorhang aus gestreiftem Baumwollstoff gespannt. Er war ein wenig zur Seite geschoben, so daß ich eine Reihe von seidig glänzenden Kleidern in verschiedenen Farben sehen konnte.

Das mußten Ermenegildas Kleider sein. Barfuß trat ich näher. Der Raum war makellos sauber und sehr still. Nichts deutete auf Leben. In diesem Zimmer wohnte niemand mehr.

Die Kleider waren schön, allesamt aus Seide und Samt, Moiré und Satin. Obwohl sie nur noch leblos auf den Kleiderhaken hingen, verströmten sie immer noch Glanz und Schönheit, wie ein Tierfell, in dem etwas Leben zurückgeblieben ist.

Ich berührte ein Mieder aus purpurrotem Samt, das üppig bestickt war. Sie war klein gewesen, diese Ermenegilda, und zart – bei mehreren Kleidern waren geschickt Polster ins Mieder eingenäht, um die Illusion eines Busens hervorzurufen. Der Raum war angenehm, wenn auch nicht luxuriös, die Kleider hingegen hätte man auch am Spanischen Hof tragen können.

Ich berührte zum Abschied einen pfauenblauen Ärmel und schlich auf Zehenspitzen hinaus.

Auf der Veranda hinter dem Haus, von wo aus man auf einen steilen, mit Aloe und Guaven bewachsenen Abhang und dahinter die türkisblaue See blickte, stieß ich auf Lorenz Stern. Stern erhob sich, verbeugte sich höflich und sah mich erstaunt an.

»Mrs. Fraser! Jetzt sehen Sie aber viel besser aus, das muß ich schon sagen. Das Gewand unseres Freundes steht Ihnen ja fast besser als ihm.« Er lächelte mich an, und aus seinen haselnußbraunen Augen sprach wohltuende Bewunderung.

»Ich denke, das liegt eher daran, daß der ganze Dreck ab ist«, erwiderte ich und setzte mich auf den Stuhl, den er mir anbot. »Kann man das trinken?« Auf dem wackeligen Holztisch stand ein Krug, an dem verlockende Tropfen Kondenswasser herunterrannen.

»Wieder Sangria«, sagte Stern. Er goß für jeden von uns einen kleinen Becher voll und nahm dann, vor Wohlbehagen seufzend, einen Schluck. »Ich hoffe, Sie halten mich nicht für zügellos, Mrs. Fraser, aber nachdem ich monatelang durchs Land gezogen bin und nur Wasser und den schlechten Rum der Sklaven getrunken habe...« Er schloß selig die Augen. »Ambrosia.«

Ich konnte ihm nur zustimmen.

»Äh... ist Vater Fogden...?« Ich überlegte, wie ich mich möglichst taktvoll nach dem Zustand unseres Gastgebers erkundigen könnte. Aber das erwies sich als überflüssig.

»Betrunken«, erklärte Stern ohne Umschweife. »Fast jeden Tag liegt er bei Sonnenuntergang schlaff wie ein Wurm auf dem Tisch.«

»Ich verstehe.« Ich lehnte mich auf meinem Stuhl zurück und nippte an meiner Sangria. »Kennen Sie Vater Fogden schon lange?«

Nachdenklich rieb sich Stern die Stirn. »Ach, seit ein paar Jahren.« Er sah mich an. »Ich frage mich die ganze Zeit – kennen Sie zufällig einen James Fraser aus Edinburgh? Ich weiß, es ist ein gängiger Name, aber – ah, Sie kennen ihn?«

Ich hatte nichts gesagt, aber mein Gesicht hatte mich verraten, wie immer, wenn ich mich nicht darauf eingestellt hatte zu lügen.

»Mein Mann heißt James Fraser.«

Stern strahlte begeistert. »Tatsächlich!« rief er aus. »Ist er sehr groß, mit...«

»Roten Haaren«, ergänzte ich. »Ja, das ist Jamie.« Ich fragte mich, woher Stern Jamie kannte.

»Wir haben ein sehr interessantes Gespräch über Spinnen geführt«, unterbrach Stern meine Gedanken. »Spinnen und Höhlen. Wir begegneten uns in einem… einem…« Sein Gesicht wurde bleich. Geschickt überspielte er seinen Ausrutscher, indem er hustete. »In einem, äh, Wirtshaus. Eine der – äh – weiblichen Bediensteten stieß zufällig auf eine riesige *Arachnida*, die an der Decke ihres… also von der Decke hing, als sie sich gerade… mit mir unterhielt. Daraufhin erschrak sie und lief laut schreiend auf den Gang hinaus.« Stern stärkte sich mit einem herzhaften Schluck Sangria.

»Es war mir gerade gelungen, das Tier einzufangen und es in einen Behälter zu legen, als Mr. Fraser ins Zimmer platzte, eine Feuerwaffe auf mich richtete und sagte…« An dieser Stelle produzierte Stern einen langen Hustenanfall und klopfte sich heftig auf die Brust.

»Oha! Finden Sie nicht, daß dieser Krug Sangria ein bißchen sauer ist, Mrs. Fraser? Ich glaube, die alte Frau hat zu viele Zitronenscheiben hineingetan.«

Mamacita hätte wohl auch Zyankali hineingeschüttet, wenn sie welches gehabt hätte, aber die Sangria war hervorragend.

»Das ist mir nicht aufgefallen«, sagte ich und nippte an meinem Becher. »Aber fahren Sie fort. Jamie kam mit einer Pistole in der Hand rein und sagte…?«

»Ah, ja. Ich kann mich nicht genau erinnern, was gesprochen wurde. Anscheinend handelte es sich um ein Mißverständnis. Er hatte wohl den Eindruck gewonnen, die Dame hätte deshalb so geschrien, weil ich mich ihr in unangemessener Weise genähert hätte. Glücklicherweise konnte ich ihm das Tier zeigen, woraufhin die Dame bis zur Tür zurückkam – wir konnten sie nicht dazu bringen, das Zimmer wieder zu betreten – und erklärte, dies sei der Grund für ihren Hilfeschrei gewesen.«

»Ich verstehe.« Ich konnte mir die Szene sehr gut vorstellen, abgesehen von einer Sache, die mich brennend interessierte. »Erinnern Sie sich zufällig an seine Kleidung? Jamies, meine ich.«

Stern war blaß gworden. »Seine Kleidung? Warum… nein. Ich glaube, er war vollständig bekleidet…«

»Das reicht schon«, versicherte ich ihm. »Bekleidet« war das entscheidende Wort. »Dann hat er sich Ihnen also vorgestellt?«

Stern runzelte die Stirn und fuhr sich mit der Hand durch die dichten, schwarzen Locken. »Ich glaube nicht. Soweit ich mich erinnere, sprach ihn die Dame mit Mr. Fraser an, und im Verlauf des Gesprächs – wir bestellten uns etwas zu trinken und unterhielten uns bis zum Morgengrauen – fanden wir großes Gefallen aneinander. Irgendwann forderte er mich dann auf, ihn beim Vornamen zu nennen.« Ein wenig spöttisch zog er eine Augenbraue hoch. »Ich hoffe, Sie finden es nicht zu vertraulich, daß ich darauf eingegangen bin – obwohl wir uns erst so kurz kannten?«

»Nein, nein. Natürlich nicht.« Um das Thema zu wechseln, fuhr ich fort: »Sie sagten, Sie hätten über Spinnen und Höhlen gesprochen. Warum über Höhlen?«

»Wegen dieser Geschichte von Robert the Bruce – die Ihr Mann übrigens für einen Mythos hält. Robert soll sich einst vor seinen Feinden in einer Höhle versteckt haben...«

»Ja, ich kenne die Geschichte«, warf ich ein.

»James war der Meinung, Spinnen suchen keine Höhlen auf, in denen Menschen wohnen – eine Ansicht, die ich grundsätzlich teile, obwohl ich in größeren Höhlen, wie sie hier auf dieser Insel vorkommen...«

»Es gibt Höhlen hier?« Ich war überrascht, kam mir dann aber ziemlich dumm vor. »Natürlich, sonst gäbe es hier ja keine Höhlenfische. Aber ich hatte immer geglaubt, die karibischen Inseln bestünden aus Korallen. Ich hätte nicht gedacht, daß es in Korallen Höhlen gibt.«

»Nun, das ist möglich, wenn auch nicht sehr wahrscheinlich«, meinte Stern besonnen. »Aber Hispaniola ist kein Korallenatoll, sondern im wesentlichen vulkanischen Ursprungs – dazu kommen Schiefergestein, fossile Ablagerungen von beträchtlichem Alter und große Kalksteinablagerungen. Der Kalkstein bildet stellenweise Karstlandschaften.«

»Wirklich?« Ich goß mir noch einen Becher von dem gewürzten Wein ein.

»O ja.« Stern beugte sich vor und hob seinen Leinensack vom Verandaboden auf. Dann holte er ein Notizbuch hervor, riß ein Blatt Papier heraus und zerknüllte es in der Faust.

»Bitte«, sagte er und streckte die Hand aus. Das Papier entfaltete sich langsam, so daß eine labyrinthische Landschaft aus Falten und zerklüfteten Erhebungen entstand. »So sieht die Insel aus – erinnern Sie sich, was Vater Fogden über die entlaufenen Sklaven gesagt hat, die in den Bergen Zuflucht suchen? Daß sie so leicht untertauchen können, liegt nicht etwa daran, daß ihre Herren sie nicht verfolgen. Es gibt viele Gegenden auf dieser Insel, die nie ein Mensch – weder schwarz noch weiß – betreten hat. Und in den einsamen Bergen gibt es noch einsamere Höhlen, von deren Existenz niemand weiß, ausgenommen vielleicht die Eingeborenen – und die gibt es schon lange nicht mehr, Mrs. Fraser.«

»Ich habe eine solche Höhle gesehen«, fügte er nachdenklich hinzu. »Abandawe, wie die *Maroons* sie nennen. Sie betrachten sie als unheimlichen und heiligen Ort, obwohl ich nicht weiß, warum.«

Ermutigt durch mein aufmerksames Zuhören, nahm er einen weiteren Schluck Sangria und setzte seinen naturgeschichtlichen Vortrag fort.

»Die kleine Insel dort...« – er wies auf ein weit draußen im Meer schimmerndes Eiland – ist die Île de la Tortue oder Tortuga. Sie ist wirklich ein Korallenatoll. Wußten Sie, daß sie einst ein Piratennest war?« Offenbar glaubte er, seine Vorlesung mit Bemerkungen von allgemeinerem Interesse auflockern zu müssen.

»Richtige Piraten? Seeräuber, meinen Sie?« Mein Interesse an der kleinen Insel wuchs. »Das ist ja richtig romantisch.«

Stern lachte. Ich sah ihn erstaunt an.

»Ich lache nicht über Sie, Mrs. Fraser.« Mit einem Lächeln auf den Lippen deutete er zur Île de la Tortue hinüber. »Aber ich hatte dereinst Gelegenheit, mit einem älteren Bewohner von Kingston über die Gewohnheiten der Seeräuber zu sprechen, die ihr Hauptquartier auch einmal im nahe gelegenen Port Royal aufgeschlagen hatten.«

Er druckste eine Weile herum, beschloß dann, es zu riskieren, und meinte: »Verzeihen Sie, wenn ich etwas Anstößiges sage, Mrs. Fraser, aber da Sie verheiratet und in der Heilkunde bewandert sind...« Er hielt inne und hätte vielleicht nicht weitergesprochen, wenn er nicht mittlerweile fast zwei Drittel des Krugs geleert gehabt hätte. Sein breites, freundliches Gesicht war knallrot.

»Haben Sie vielleicht von der widerwärtigen Praxis der Sodomie gehört?« fragte er.

»Ja. Sie meinen…?«

»Ich bin ganz sicher«, erwiderte er mit gebieterischem Nicken. »Mein Informant hat mir ausführlich von den Gewohnheiten der Seeräuber berichtet. Allesamt Sodomiten.« Er schüttelte den Kopf.

»Was?«

»Wenn ich es Ihnen sage!« erklärte er. »Mein Informant erzählte mir, daß man beim Untergang von Port Royal vor sechzig Jahren allgemein annahm, daß dies Gottes Strafe für diese bösartigen Menschen und ihre schändlichen und widernatürlichen Sitten gewesen sei.«

»Du meine Güte!« entfuhr es mir. Was wohl die wollüstige Tessa aus *Der kühne Pirat* davon gehalten hätte?

Ich hätte gern Genaueres über die schändlichen und widernatürlichen Sitten erfahren, doch in diesem Moment rumpelte Mamacita auf die Veranda, sagte barsch: »Essen« und verschwand wieder.

»Ich frage mich, in welcher Höhle Vater Fogden die wohl gefunden hat«, sagte ich und schob meinen Stuhl zurück.

Stern reagierte erstaunt. »Gefunden? Ach, aber das können Sie ja gar nicht wissen.« Er spähte zu der offenen Tür, durch die die alte Frau verschwunden war, aber im Inneren des Hauses war es still und dunkel.

»Sie ist aus Havanna«, erklärte er und erzählte mir die ganze Geschichte.

Als Missionar vom Orden des heiligen Anselm war Vater Fogden vor fünfzehn Jahren nach Kuba gekommen. Er hatte sich den Armen gewidmet, mehrere Jahre in den Elendsvierteln von Havanna gearbeitet, nichts anderes im Sinn als Armenfürsorge und Gottes Liebe – bis zu dem Tag, da er Ermenegilda Ruiz Alcantary y Meroz auf dem Marktplatz begegnete.

»Ich glaube, er weiß bis heute nicht, wie es geschah«, meinte Stern. Er wischte einen Tropfen Wein von seinem Becher und setzte ihn an die Lippen. »Vielleicht wußte sie es auch nicht, vielleicht ging sie aber auch von dem Augenblick an, da sie ihn sah, gezielt vor.«

Auf jeden Fall war sechs Monate später ganz Havanna außer sich, als bekannt wurde, daß Don Armando Alcantaras junge Gattin fortgelaufen war – mit einem Priester.

»Und ihrer Mutter«, fügte ich leise hinzu, aber Stern hatte es gehört und lächelte sanft.

»Ermenegilda hätte Mamacita nie zurückgelassen«, sagte er. »Genausowenig wie ihren Hund Ludo.«

Sie hätten nie entfliehen können – denn der Arm Don Armandos war lang und stark –, wenn nicht die Engländer zufällig am selben Tag Kuba überfallen hätten, so daß Don Armando wichtigere Dinge im Sinn hatte als die Suche nach seiner jungen Frau.

Die Flüchtenden ritten nach Bayamo – stark behindert vom Gepäck Ermenegildas, die sich nicht von ihren Kleidern trennen wollte – und heuerten dort ein Fischerboot an, das sie wohlbehalten nach Hispaniola brachte.

»Zwei Jahre später starb sie«, schloß Stern abrupt. Er setzte seinen Becher ab und goß sich nach. »Er hat sie selbst beerdigt, unter der Bougainvillea.«

»Und seitdem sind sie hier«, sagte ich. »Der Priester, Ludo und Mamacita.«

»O ja.« Stern schloß die Augen, und sein Profil zeichnete sich dunkel vor der untergehenden Sonne ab. »Ermenegilda wollte Mamacita nicht verlassen, und Mamacita wird Ermenegilda nicht verlassen.«

Er stieß seinen Becher zurück.

»Niemand kommt hierher«, meinte er. »Die Dorfbewohner würden niemals einen Fuß auf den Hügel setzen. Sie fürchten Ermenegildas Geist. Eine verdammte Sünderin, bestattet von einem verworfenen Priester in ungeweihter Erde – natürlich ruht sie nicht in Frieden.«

Eine kühle Seebrise strich über meinen Nacken. Selbst die Hühner hinter uns gaben keinen Laut mehr von sich. Die Hacienda de la Fuente lag still im Dämmerlicht.

»Sie kommen herauf«, sagte ich lächelnd. Aus dem Becher in meiner Hand stieg süß wie Hochzeitsblumen der Duft von Orangen auf.

»Nun ja«, meinte Stern, »ich bin schließlich Wissenschaftler. Ich glaube nicht an Geister.« Ein wenig schwankend reichte er mir eine Hand. »Gehen wir zu Tisch, Mrs. Fraser?«

Am nächsten Morgen war Stern bereit zum Aufbruch nach St. Luis. Doch bevor wir Abschied nahmen, wollte ich dem Priester noch ein paar Fragen zu dem Schiff stellen, das er erwähnt hatte – wenn es die *Porpoise* war, wollte ich einen möglichst weiten Bogen darum machen.

»Was für ein Schiff war es?« fragte ich, während ich mir zu dem Frühstück aus gebratenen Bananen einen Becher Ziegenmilch eingoß.

Vater Fogden, dem man seine Exzesse vom Vortag nicht ansah, streichelte seine Kokosnuß und summte verträumt vor sich hin.

»Wie?« meinte er, als Stern ihm in die Rippen stieß, so daß er aus seinen Träumereien hochschreckte. Geduldig wiederholte ich meine Frage.

»Oh.« Angestrengt dachte er nach. »Ein Holzschiff.«

Stern beugte sich tief über seinen Teller, um sein Lächeln zu verbergen. Ich holte tief Luft und machte einen erneuten Anlauf.

»Die Matrosen, die Arabella getötet haben – haben Sie sie gesehen?«

Er zog die schmalen Augenbrauen hoch.

»Aber natürlich habe ich sie gesehen. Sonst wüßte ich ja wohl nicht, daß sie es waren!«

Sofort stürzte ich mich auf dieses erste Anzeichen eines logischen Gedankens.

»Natürlich. Und haben Sie auch gesehen, was sie anhatten? Ich meine…« – ich sah ihn bereits den Mund öffnen und »Kleidung« sagen, und kam ihm rasch zuvor – »trugen sie so etwas wie eine Uniform?« Die Mannschaft der *Porpoise* trug in der Regel weite, formlose Hosen, außer bei bestimmten Zeremonien, doch selbst diese groben Kleidungsstücke erweckten den Anschein einer Uniform, da sie alle die gleiche schmutzigweiße Farbe hatten.

Vater Fogden stellte seinen Becher ab und wischte sich stirnrunzelnd den Milchbart ab.

»Nein, ich glaube nicht. Ich weiß nur noch, daß der Anführer einen Haken hatte – ich meinte, ihm fehlte eine Hand.« Zur Demonstration wackelte er mit seinen langen Fingern.

Ich ließ meinen Becher fallen, der auf dem Tisch zerbarst. Stern sprang mit einem Schrei auf, doch der Priester blieb ruhig sitzen und sah erstaunt zu, wie sich ein dünnes weißes Rinnsal über den Tisch in seinen Schoß ergoß.

»Wieso um Himmels willen haben Sie das getan?« fragte er vorwurfsvoll.

»Entschuldigen Sie«, erwiderte ich. Meine Hände zitterten so, daß ich nicht einmal in der Lage war, die Scherben aufzuklauben. Voller Angst stellte ich die nächste Frage: »Vater – ist das Schiff fortgesegelt?«

»Aber nein«, sagte er und sah erstaunt von seinem feuchten Gewand auf. »Wie könnte es? Es liegt doch am Strand.«

Vater Fogden hatte die Führung übernommen. Seine dünnen Unterschenkel schimmerten weiß, da er die Soutane bis zu den Schenkeln geschürzt hatte. Ich mußte ebenfalls mein Gewand hochbinden, da sich das dichte Gras und die dornigen Büsche in der groben Wolle meiner geborgten Kutte verfingen.

Der Priester schien den Weg zu kennen und stampfte forschen Schritts durch die Vegetation, ohne sich auch nur einmal umzublicken.

Als wir den Kamm des Hügels erreichten, war ich außer Atem, obwohl Lorenz Stern mir ritterlich zur Seite gestanden, Zweige beiseite geschoben und mir an steileren Stellen den Arm geboten hatte.

Ich war mir keineswegs sicher, was mich am Strand erwartete – die *Artemis*, irgendein Schiff oder gar kein Schiff, doch als wir den Kamm des Hügels erreichten, schlug mein Herz wie wild.

Blau schimmerte das karibische Meer durch die dicken Blätter der Agaven oben auf dem Hügel hindurch, und ich sah einen schmalen Streifen weißen Strandes. Vater Fogden war stehengeblieben und kehrte uns den Rücken zu.

»Da sind sie, diese bösartigen Kreaturen«, murmelte er. Seine blauen Augen leuchteten vor Wut, und sein spärliches Haar sträubte sich, so daß er aussah wie ein mottenzerfressenes Stachelschwein. »Schlächter!« fügte er leise, aber ärgerlich hinzu, als spräche er zu sich selbst. »Kannibalen!«

Ich sah ihn verblüfft an, doch dann packte mich Stern am Arm und zog mich zu einer lichteren Stelle zwischen den Bäumen.

»Da! Es ist wirklich ein Schiff.«

Tatsächlich. Es lag auf die Seite gekippt am Strand, die Masten waren abgeräumt, und rund herum waren bergeweise Schiffsladung, Segel, Takelwerk und Wasserfässer verstreut. Wie die Ameisen krochen Matrosen über das gestrandete Wrack. Rufe und Hammerschläge dröhnten, und der Geruch heißen Pechs hing schwer in der Luft. Matt schimmerte die Schiffsfracht in der Sonne: Kupfer und Zinn, deren Glanz durch die Meeresluft abgestumpft war. Gegerbte Felle lagen zum Trocken im Sand.

»Sie sind es! Es ist die *Artemis*!« Als eine vierschrötige Gestalt mit Holzbein auftauchte, die sich als Sonnenschutz ein grelles Tuch aus gelber Seide um den Kopf geschlungen hatte, waren die letzten Zweifel ausgeräumt.«

»Murphy!« schrie ich. »Fergus! *Jamie*!« Ich riß mich von Stern los und rannte den Abhang hinunter.

Bei meinem Schrei drehte sich Murphy blitzartig um, konnte mir aber nicht mehr rechtzeitig ausweichen. Unkontrolliert rannte ich geradewegs in ihn hinein und warf ihn zu Boden.

»Murphy!« rief ich und küßte ihn vor lauter Freude.

»Oi!« erwiderte er erschrocken. Er strampelte wie verrückt und versuchte, unter mir hervorzukriechen.

»Madame!« Fergus stand neben mir, mit einem herrlich strahlenden Lächeln auf dem sonnengegerbten Gesicht. »Madame!« Er half mir auf und umarmte mich so heftig, daß er mir fast die Rippen zerbrochen hätte. Marsali stand breit grinsend hinter ihm.

»*Merci aux les saints*!« flüsterte er mir ins Ohr. »Ich hatte schon Angst, wir würden Sie nie wiedersehen!« Er küßte mich herzlich auf beide Wangen und auf den Mund, dann ließ er mich endlich los.

Fergus und Marsali sahen sich an – ein intimer Blick, der alles zu sagen schien. Ich war sehr erstaunt, wie vertraut sie miteinander waren. Fergus holte tief Luft und wandte sich zu mir.

»Kapitän Raines ist tot.«

Der Sturm, der mich in jener Nacht in den Mangrovensümpfen überrascht hatte, hatte auch die *Artemis* heimgesucht. Durch den starken Wind war sie weit von ihrer Route abgetrieben und über ein Riff geschoben worden, das ein riesiges Loch in den Rumpf gerissen hatte.

Aber sie hatte sich über Wasser halten können. Nachdem der

hintere Frachtraum rasch vollgelaufen war, hatte sie sich noch bis zu dem kleinen Wasserarm geschleppt, der ganz in der Nähe ins Meer mündete und Schutz bot.

»Wir waren nur hundert Meter vom Ufer entfernt, als der Unfall passierte«, erklärte Fergus und verzog das Gesicht. Plötzlich war das Schiff auf die Seite gekippt, weil der Inhalt des hinteren Frachtraums in Bewegung kam. Und in diesem Augenblick hatte eine riesige Meereswelle das schräg liegende Schiff getroffen, sich über das krängende Achterdeck ergossen und Kapitän Raines sowie vier Matrosen über Bord gespült.

»Das Ufer war so nahe!« fügte Marsali voller Bitterkeit hinzu. »Zehn Minuten später waren wir gestrandet! Wenn doch nur…«

Fergus unterbrach sie und legte eine Hand auf ihren Arm.

»Gottes Wege sind uns verborgen«, meinte er. »Es wäre dasselbe gewesen, wenn wir tausend Meilen draußen auf dem Meer gewesen wären, nur daß wir ihnen dann kein anständiges Begräbnis hätten bereiten können.« Er nickte in Richtung des Dschungels, wo fünf kleine Hügel mit groben Holzkreuzen die letzte Ruhestätte der ertrunkenen Männer markierten.

»Ich hatte noch etwas Weihwasser, das Papa mir aus Notre Dame in Paris mitgebracht hatte«, sagte Marsali. Sie fuhr sich mit der Zunge über die aufgesprungenen Lippen. »In einer kleinen Flasche. Ich habe ein Gebet gesprochen und das Weihwasser auf die Gräber gesprenkelt. G-glaubt ihr, es hä-hätte ihnen gefallen?«

Das Zittern in ihrer Stimme verriet mir, daß die beiden letzen Tage eine schreckliche Feuerprobe für das sonst so selbstbewußte Mädchen gewesen sein mußten. Ihr Gesicht war schmutzig, ihr Haar fiel schlaff herunter, und ihr Blick war vom vielen Weinen weich geworden.

»Da bin ich mir ganz sicher«, sagte ich sanft und streichelte ihren Arm. Dann suchte ich unter den Umstehenden nach der hochaufragenden Gestalt mit dem feuerroten Haarschopf, obwohl mich bereits die Ahnung beschlich, daß Jamie nicht da war.

»Wo ist Jamie?« fragte ich. Ich spürte, wie mir langsam das Blut aus dem Gesicht wich.

Fergus starrte mich an.

»Ist er denn nicht bei Ihnen?« fragte er. Obwohl die Sonne mich blendete, fühlte sich meine Haut kühl an. Mein Lippen waren so blutleer, daß ich kaum in der Lage war, meine Frage zu stellen.

»Wo ist er?«

Fergus schüttelte benommen den Kopf. »Ich weiß es nicht.«

51

Jamie entdeckt eine Ratte

Jamie Fraser lag keuchend unter dem Rettungsboot der *Porpoise*. Es war nicht leicht gewesen, unbemerkt an Bord des Kriegsschiffs zu gelangen. Als er an den Kletternetzen hing und versucht hatte, sich zur Reling hinaufzuziehen, war er immer wieder gegen den Schiffskörper geschlagen, so daß seine ganze rechte Seite schmerzte. Seine Arme fühlten sich an, als wären sie aus den Gelenken gerissen worden, und in einer Hand steckte ein dicker Splitter. Aber er war an Bord, und zwar, ohne daß ihn jemand gesehen hatte.

Während er vorsichtig an seiner Handfläche saugte und mit den Zähnen nach dem Splitter tastete, versuchte er, sich zu orientieren. Russo und Stone, Matrosen der *Artemis*, die schon einmal auf einem Kriegsschiff gedient hatten, hatten ihm stundenlang den Aufbau eines großen Schiffes erklärt, die einzelnen Abteilungen und Decks und die Kabine, in der wahrscheinlich der Schiffsarzt untergebracht war. Aber etwas beschrieben zu bekommen war etwas vollkommen anderes, als sich an Ort und Stelle auch wirklich zurechtzufinden. Wenigstens schaukelte das elende Ding nicht so stark wie die *Artemis*, obwohl er auch hier das leise, Übelkeit erregende Auf und Ab spürte.

Jamie kroch vorsichtig unter dem Rettungsboot hervor, angespannt lauschend, ob sich jemand näherte.

Er stieg zum Deck hinunter.

Er hatte bis zum Einbruch der Dunkelheit gewartet, ehe er sich hatte hinausrudern lassen. Raines hatte ihm gesagt, daß die *Porpoise* höchstwahrscheinlich am Abend bei Flut die Anker lichten werde. Bis dahin waren es noch zwei Stunden. Wenn er Claire vorher fand und entkam – er konnte leicht mit ihr bis zum Ufer schwimmen – würden sie die *Artemis*, die in einer kleinen Bucht auf der anderen Seite der Insel Caicos versteckt lag, noch erreichen. Wenn nicht – nun, das würde er sehen, wenn es soweit war.

Im Gegensatz zu der engen, kleinen Welt der *Artemis* erschien ihm die *Porpoise* unter Deck riesig und weiträumig – ein dunkles Labyrinth. Er blieb mit bebenden Nasenflügeln stehen und sog tief die stinkende Luft ein. Es war der typische grauenhafte Geruch eines Schiffes, das schon lange unterwegs war, vermischt mit dem Gestank von Stuhl und Erbrochenem.

Er nahm die Witterung auf und wandte sich nach links. Dort, wo der Geruch nach Krankheit am stärksten war, würde er sie finden.

Vier Stunden später ging er zum drittenmal nach achtern. Seine Verzweiflung wuchs zunehmend. Vergeblich hatte er bereits das ganze Schiff nach Claire abgesucht, und es war nicht leicht, unentdeckt zu bleiben.

»Verdammtes Weib!« zischte er leise. »Wo steckst du bloß?«

Die Angst nagte an seinem Herzen. Sie hatte gesagt, die Impfung würde sie vor der Krankheit schützen. Wenn sie sich nun geirrt hatte? Er sah schließlich mit eigenen Augen, daß die Besatzung des Kriegsschiffs durch die tödliche Krankheit stark dezimiert war – Impfung hin oder her, vielleicht hatten die Keime auch sie angegriffen.

Er stellte sich die Keime als kleine blinde Dinger vor, etwa so groß wie Larven, aber ausgestattet mit tückischen, scharfen Zähnen. Er sah sie vor sich, wie sie über sie herfielen, sie töteten, ihr das Leben aussogen. Gerade diese Vorstellung hatte ihn ja veranlaßt, die *Porpoise* zu verfolgen – dies und seine mörderische Wut auf den englischen Scheißkerl, der die Unverschämtheit besessen hatte, ihm die Frau vor der Nase wegzustehlen und ihm vage zu versichern, sie zurückzubringen, wenn sie ihre Aufgabe erledigt hätte.

Sollte er sie etwa schutzlos den Sassenachs überlassen?

»Ganz bestimmt nicht«, murmelte er leise, während er in einen dunklen Laderaum hinabkletterte. Natürlich würde er sie hier nicht finden, aber er mußte eine Weile nachdenken, wie er weiter vorgehen sollte. War das hier das Kabelgatt, die hintere Frachtluke oder vielleicht das vordere stinkende Gott-weiß-Was? Mein Gott, wie er Schiffe haßte!

Er atmete tief ein und blieb dann überrascht stehen. Es waren Tiere an Bord – Ziegen. Er konnte sie deutlich riechen. Außerdem sah er hinter einem Schott ein schwaches Licht und vernahm Gemurmel. War da nicht eine Frauenstimme darunter?

Er beugte sich vor und lauschte. Auf dem Deck über sich hörte er trappelnde Schritt und dann ein Plumpsen, das ihm bekannt vorkam: Körper, die sich von der Takelage herunterfallen ließen. Hatte ihn jemand gsehen? Und wenn schon. Soweit er wußte, war es kein Verbrechen, wenn ein Mann seine Frau suchte.

Die *Porpoise* hatte die Segel gesetzt. Er hatte das Flattern gespürt, das sich durch das Holz des Rumpfes bis zum Kiel hinunter fortsetzte. Für das Rendezvous mit der *Artemis* war es längst zu spät.

Also hatte er nichts mehr zu verlieren und konnte ruhig vor den Kapitän treten und verlangen, Claire zu sehen. Aber vielleicht war sie ja hier – kein Zweifel, es war eine Frauenstimme.

Vor dem Licht der Laterne zeichnete sich die Silhouette einer Frauengestalt ab, aber es war nicht Claire. Neben ihr beugte sich ein Mann hinunter und nahm einen Korb auf. Dann drehte er sich um und kam auf Jamie zu.

Jamie trat in den engen Gang und stellte sich dem Matrosen in den Weg.

»He, was wollen Sie…«, hob der Mann an, hielt dann aber mit stockendem Atem inne. Entsetzt starrte er Jamie mit einem Auge an. Anstelle des anderen war nur noch ein bläulich-weißer Bogen unter einem runzeligen Lid zu erkennen.

»Gott bewahre!« stieß er hervor. »Was machen Sie den hier?« In dem gedämpften Licht wirkte das Gesicht des Matrosen blaß und fahl.

»Du kennst mich, was?« Obwohl ihm das Herz bis zum Halse schlug, sprach Jamie ruhig und leise weiter. »Ich hingegen habe nicht die Ehre, deinen Namen zu kennen, glaube ich.«

»Ich ziehe es vor, es dabei zu belassen, Euer Ehren, wenn Sie nichts dagegen haben.« Der einäugige Matrose trat bereits den Rückzug an, doch Jamie packte ihn am Arm, und zwar so fest, daß er leise aufschrie.

»Nicht so hastig, mein Lieber. Wo ist Mrs. Malcolm, die Schiffsärztin?«

»Ich weiß nicht!« entgegnete er zutiefst erschrocken.

»Und ob du es weißt!«, erwiderte Jamie in scharfem Ton. »Und du wirst es mir auf der Stelle sagen, sonst drehe ich dir den Hals um.«

»Tja, dann werde ich überhaupt nichts mehr sagen können, hab' ich recht?« meinte der Matrose, der sich etwas erholt hatte. Streitlustig hob er den Kopf über dem Korb mit Ziegenmist. »Und jetzt lassen Sie mich gefälligst los, oder ich rufe…« Er kam nicht mehr dazu weiterzureden, denn in diesem Moment packte ihn eine große Hand am Genick und drückte unerbittlich zu. Der Korb fiel zu Boden, und lauter kleine Ziegenköttel kullerten zu Boden.

»Ahh!« Harry Tompkins zappelte wild mit den Beinen und verteilte dabei den Ziegenmist in alle Richtungen. Mit hochrotem Kopf umklammerte er Jamies Arm. Als sein Auge bereits bedrohlich hervortrat, ließ Jamie los.

Keuchend lag Tompkins auf dem Boden und hatte alle viere von sich gestreckt.

»Du hast recht«, meinte Jamie. »Aber ich nehme an, wenn ich dir den Arm breche, kannst du immer noch reden, aye?« Er beugte sich hinunter, packte den Mann und zog ihn hoch, wobei er ihm den mageren Arm nach hinten drehte.

»Ich sage es Ihnen!« rief der Matrose und wand sich in panischer Angst. »Verdammter Kerl. Sie sind genauso grausam, wie sie es war!«

»War? Was soll das heißen – war?« Jamies Herz krampfte sich zusammen, und er zerrte fester am Arm des Matrosen, als er beabsichtigt hatte. Erst als Tompkins vor Schmerz aufschrie, lockerte Jamie den Griff ein wenig.

»Lassen Sie mich los! Ich sage es Ihnen, aber lassen Sie um Himmels willen los!« Jamie gab noch ein wenig nach, ließ aber nicht los.

»Sag mir, wo meine Frau ist!« brüllte er in einem Ton, der auch härtere Kerle als Harry Tompkins in die Knie gezwungen hätte.

»Wir haben sie unterwegs verloren!« stieß der Matrose hervor. »Über Bord gegangen!«

»Was?!« Jamie war so entsetzt, daß er seinen Widersacher freiließ. Über Bord. Über Bord gegangen. Umgekommen.

»Wann?« fragte Jamie. »Wie? Verfluchter Kerl, sag mir, was passiert ist!« Er stellte sich mit geballten Fäusten vor ihn.

Mit wütender Genugtuung wich der Matrose zurück und rieb sich keuchend den Arm.

»Keine Sorge, Euer Ehren«, sagte er mit merkwürdig höhnischer Stimme. »Sie werden nicht lange allein sein. In ein paar Tagen sind Sie bei ihr in der Hölle und baumeln an irgendeiner Rah über dem Hafen von Kingston!«

Zu spät bemerkte Jamie die Schritte hinter sich. Er konnte sich nicht einmal mehr umdrehen, bevor der Schlag ihn traf.

Von den vielen Schlägen, die Jamie schon auf den Kopf bekommen hatte, wußte er, daß man das empfindliche Ding ruhig halten mußte, bis der Schwindel nachließ und die Lichtpunkte hinter den Augenlidern verschwanden, die mit jedem Herzschlag erneut aufblitzten. Wenn man sich zu früh aufrichtete, mußte man sich vor Schmerzen übergeben.

Unter ihm hob und senkte sich das Deck. Er hielt die Augen fest geschlossen und richtete seine Aufmerksamkeit auf den geballten Schmerz am Schädelansatz, um nicht an seinen Magen zu denken.

Schiff. Er mußte auf einem Schiff sein. Ja, aber was er da unter seiner Wange spürte... da stimmte etwas nicht. Hartes Holz statt des Leintuchs in seiner Koje. Und der Geruch, der Geruch paßte nicht, er war...

Er schoß hoch. Die Erinnerung an das, was geschehen war, war plötzlich so lebendig, daß der Schmerz in seinem Kopf dagegen verblaßte. Ihm wurde schwindelig, in der Dunkelheit blinkten farbige Lichtpunkte auf, und der Magen drehte sich ihm um. Er schloß die Augen, schluckte mühsam und versuchte, angesichts des einzigen schrecklichen Gedankens, der ihm durch den Kopf schoß, bei Verstand zu bleiben.

Claire. Umgekommen. Ertrunken. Tot.

Er drehte sich auf die Seite und erbrach sich. Er würgte und hustete, als wollte sein Körper den Gedanken mit Gewalt loswerden. Vergeblich: Als es endlich vorüber war und er sich erschöpft gegen das Schott lehnte, mußte er immer noch daran denken. Das Atmen tat ihm weh. Zitternd preßte er die Fäuste an die Schenkel.

Plötzlich hörte er, wie die Tür geöffnet wurde. Wie ein Schlag traf ihn gleißendes Licht. Er zuckte zusammen und schloß die Augen.

»Mr. Fraser«, sagte eine leise, angenehme Stimme. »Es tut mir – wirklich leid. Ich möchte, daß Sie das zumindest wissen.«

Vor sich sah er das verstörte Gesicht des jungen Leonard – Claires Entführer. Bedauern lag in seinem Gesicht. Bedauern! Bedauern, daß er sie umgebracht hatte!

Jamie überkam ein solcher Zorn, daß er vergaß, wie schwach er war, und mit einem Satz über das Deck sprang. Ein Schrei ertönte, als er Leonard traf und ihn rückwärts in den Gang trug, dann ein dumpfes Dröhnen, als der Kopf des Scheißkerls gegen die Bordwand schlug. Leute riefen durcheinander, und die schwankenden Laternen ließen wilde Schatten um ihn herum tanzen, aber er schenkte all dem keine Beachtung.

Mit einem heftigen Schlag zerschmetterte er erst das Kinn und dann die Nase Leonards. Seine Schwäche war wie weggeblasen. Er würde seine ganze Kraft aufbieten und glücklich sterben, wenn er diesen Mann jetzt zum Krüppel schlagen und spüren könnte, wie die Knochen zerbarsten und das Blut heiß und dick an seinen Fäusten hinunterrann. Heiliger Michael, laß mich Rache für sie nehmen!

Hände machten sich an ihm zu schaffen, zogen und zerrten an ihm, aber er ließ sich nicht beirren. Sie würden ihn auf der Stelle umbringen, aber auch das war jetzt einerlei. Der Körper, der unter ihm lag, zuckte und wand sich noch einmal, dann lag er ruhig da.

Als Jamie der nächste Schlag traf, ließ er sich bereitwillig in die Finsternis sinken.

Eine leichte Berührung im Gesicht weckte ihn auf. Als er schläfrig nach der Hand greifen wollte, spürte er …

»Iiiih!«

Mit instinktivem Abscheu sprang er auf und faßte sich ins Gesicht. Die große Spinne, nicht minder erschrocken als er selbst, machte sich hastig aus dem Staub und verkroch sich im Gebüsch.

Hinter sich hörte er lautes Kichern. Sein Herz schlug laut wie eine Trommel. Als er sich umdrehte, sah er sechs Kinder, die in den Ästen eines großen grünen Baumes hockten und ihn mit tabakgeschwärzten Zähnen angrinsten.

Benommen und mit weichen Knien verbeugte er sich vor ihnen. Der Schrecken saß ihm noch in den Gliedern.

»Mesdemoiselles, Messieurs«, sagte er krächzend, fragte sich aber sogleich, warum er sie auf französisch ansprach. Hatte er sie vielleicht im Halbschlaf reden hören?

Jedenfalls antworteten sie ihm in einem Französisch mit starkem kreolischem Akzent, das er noch nie gehört hatte.

»*Vous êtes matelot?*« fragte der größte Junge und beäugte ihn neugierig.

Seine Knie gaben nach, und er plumpste so plötzlich auf den Boden, daß die Kinder erneut in Gelächter ausbrachen.

»*Non*«, erwiderte er mit schwerer Zunge. »*Je suis guerrier.*«

Sein Mund war trocken, und der Kopf schmerzte höllisch. Vage Erinnerungen geisterten ihm durch den Kopf, der ihm vorkam, als wäre er mit Haferbrei gefüllt.

»Ein Soldat!« rief eins der kleineren Kinder mit aufgerissenen Augen aus, die dunkel waren wie Schlehen. »Wo ist Ihr Schwert und Ihre *pistola*, eh?«

»Sei nicht dumm«, wies ein älteres Mädchen den Kameraden zurecht. »Wie hätte er wohl mit einer *pistola* schwimmen sollen? Sie wäre ja kaputtgegangen. Du hast wirklich keine Ahnung, du Guavenkopf!«

»Nenn mich nicht so!« rief der kleine Junge mit wutverzerrtem Gesicht. »Blödgesicht!«

»Froschgedärm!«

»Bohnenhirn!«

Die Kinder kletterten kreischend und schreiend in den Ästen herum wie Affen und jagten sich gegenseitig. Jamie rieb sich das Gesicht und versuchte nachzudenken.

»Mademoiselle!« Er blickte das ältere Mädchen an und winkte es zu sich her. Es zögerte einen Augenblick, ließ sich dann wie eine reife Frucht vom Ast herunterfallen und landete vor ihm in einer gelben Staubwolke. Es war barfuß und trug nur ein Leinenhemd und ein buntes Tuch, das um das dunkle, lockige Haar gebunden war.

»Monsieur?«

»Sie scheinen sich gut auszukennen, Mademoiselle«, sagte er. »Sagen Sie mir doch bitte, wie dieser Ort hier heißt.«

»Cap-Haïtien«, erwiderte sie prompt und sah ihn neugierig an. »Sie sprechen aber komisch«, meinte sie.

»Ich habe Durst. Gibt es irgendwo in der Nähe Wasser?« Cap-Haïtien. Er befand sich also auf Hispaniola. Allmählich arbeitete sein Verstand wieder. Dunkel erinnerte er sich daran, in einem schäumenden Kessel riesiger Wellen um sein Leben geschwommen zu sein. Er erinnerte sich an den Regen, der so heftig herabgeprasselt war, daß es keinen Unterschied machte, ob sein Kopf über oder unter dem Wasser war. Und woran noch?

»Hier lang, hier lang!« Die anderen Kinder waren ebenfalls aus den Bäumen heruntergesprungen, und ein kleines Mädchen zog ihn ungeduldig an der Hand.

An einem Bach kniete er nieder, spritzte sich Wasser über den Kopf und trank, während die Kinder auf den Felsen herumtollten und sich gegenseitig mit Schlamm bewarfen.

Endlich erinnerte er sich wieder – an den rattengesichtigen Matrosen und das erstaunte junge Gesicht Leonards, seinen eigenen rasenden Zorn und das befriedigende Gefühl, als unter seinen Fäusten die Knochen seines Gegners barsten.

Und Claire. Ganz plötzlich tauchte der Gedanke an sie auf, und er empfand eine verwirrende Mischung aus Verlust und Angst, gefolgt von Erleichterung. Was war geschehen? Er war so in Gedanken versunken, daß er die Fragen der Kinder überhörte.

Sind Sie ein Deserteur?« fragte ihn einer der Jungen noch einmal. »Waren Sie bei einer Schlacht dabei?« Der Blick des Jungen war neugierig auf Jamies Hände gerichtet. Die Knöchel waren aufgeschürft und geschwollen, und die Hände taten ihm furchtbar weh. Der Ringfinger fühlte sich an, als wäre er erneut gebrochen.

»Ja«, antwortete er geistesabwesend. Jetzt sah er wieder alles vor sich: das dunkle, muffige Gefängnis auf dem Schiff, in das sie ihn geworfen hatten und wo er mit dem schrecklichen Gedanken erwachte, daß Claire tot war. Er hatte sich auf den nackten Boden gekauert und war viel zu sehr mit seinem Kummer beschäftigt, als daß er das zunehmende Rollen und Schlingern des Schiffes oder das laute Gewimmer der Takelage bemerkt hätte, das sogar bis zu seinem Verlies hinunterdrang.

Doch nach einiger Zeit hatte auch sein von Trauer umwölkter Verstand die Bewegung und den Lärm des rasenden Sturms wahrgenommen. Und dann hatten sich die Ereignisse überschlagen, so daß er zu keinem weiteren Gedanken mehr fähig gewesen war.

In dem kleinen Raum hatte er sich nirgendwo festhalten können. Wie eine trockene Erbse in einer Kinderrassel war er herumgeschleudert worden, bis er nicht mehr wußte, wo oben und unten, rechts und links war, und die Übelkeit ihn übermannte. Mit brennendem Verlangen hatte er nur noch den Tod herbeigesehnt.

Als er schon fast das Bewußtsein verloren hatte, öffnete sich die Tür zu seinem Gefängnis, und ein strenger Ziegengeruch drang ihm in die Nase. Er hatte keine Ahnung, wie die Frau ihn über die Leiter zum Achterdeck gebracht hatte und warum. Das einzige, woran er sich erinnern konnte, war, daß sie aufgeregt in gebrochenem Englisch auf ihn eingeredet hatte, während sie ihn auf dem regennassen Deck hinter sich her schleifte.

An die letzten Worte, die sie gesprochen hatte, als sie ihn gegen die schwankende Reling stieß, konnte er sich jedoch noch genau erinnern.

»Sie ist nicht tot«, hatte die Frau gesagt. »Sie dort…« – sie deutete auf das tosende Meer – »Gehen auch dorthin. Frau suchen!« Dann hatte sie sich vorgebeugt, eine Hand zwischen seine Beine gesteckt, ihre kräftige Schulter unter seinen Rumpf geschoben und ihn vorsichtig über die Reling in das aufgewühlte Meer geworfen.

»Sie sind kein Engländer«, sagte der Junge. »Aber es ist ein englisches Schiff, stimmt's?«

Unwillkürlich drehte Jamie sich um und erblickte die *Porpoise*, die weit draußen in der seichten Bucht vor Anker lag. Von seinem Aussichtspunkt auf einem Hügel direkt vor der Stadt konnte er deutlich weitere Schiffe erkennen, die überall im Hafen verstreut lagen.

»Ja«, sagte er zu dem Jungen. »Ein englisches Schiff.«

»Einen Punkt für mich!« rief der Junge vergnügt. »Jacques! Ich hatte recht! Englisch! Das sind vier zu zwei für mich diesen Monat!«

»Drei!« verbesserte ihn Jacques aufgebracht. »Ich habe die spanischen und die portugiesischen. Die *Bruja* war portugiesisch, deshalb zählt die auch!«

Jamie packte den älteren Jungen am Arm.

»*Pardon*, Monsieur«, sagte er zu ihm. »Sagte Ihr Freund *Bruja*?«

»Ja, sie war letzte Woche hier«, antwortete der Junge. »Ist denn *Bruja* wirklich ein portugiesischer Name? Wir waren uns nicht sicher, ob wir sie zu den spanischen oder den portugiesischen rechnen sollten.«

»Ein paar Matrosen waren in der Taverne von meiner *maman*, schaltete sich eins der kleinen Mädchen ein. Es klang, als sprächen sie Spanisch, aber es war nicht so, wie Onkel Geraldo spricht.«

»Ich glaube, ich würde gern mit deiner *maman* reden, *chérie*«, sagte Jamie zu dem kleinen Mädchen. »Weiß jemand von euch vielleicht, wohin die *Bruja* gefahren ist?«

»Bridgetown«, erwiderte das älteste Mädchen prompt, um die Aufmerksamkeit wieder auf sich zu lenken. »Das hat der Garnisonsbeamte gesagt.«

»Garnison?«

»Die Kasernen sind direkt neben der Taverne meiner *maman*«, erklärte die Kleinere und zupfte an seinem Ärmel. »Die Schiffskapitäne gehen alle mit ihren Papieren dorthin, während sich die Matrosen betrinken. Kommen Sie! Wenn ich es *maman* sage, wird sie Ihnen was zu essen geben.«

»Ich glaube, deine *maman* wird mich auf der Stelle rauswerfen«, meinte Jamie und rieb sich mit der Hand das stoppelige Kinn. »Ich sehe ja aus wie ein Vagabund.«

»*Maman* hat schon Schlimmeres gesehen«, versicherte ihm die Kleine. »Kommen Sie schon!«

Lächelnd bedankte er sich bei ihr und ließ sich von den Kindern den Hügel hinunterführen. Er torkelte ein wenig, da seine Beine noch taub waren. Wie merkwürdig, dachte er, aber auch irgendwie angenehm, daß die Kinder keine Angst vor ihm hatten, wo er doch zweifellos schreckenerregend aussah.

Hatte die Ziegenfrau das sagen wollen? Daß Claire zu dieser Insel geschwommen war?

Er spürte, wie Hoffnung in ihm aufkeimte, eine Hoffnung, die sein Herz ebenso erfrischte wie das Wasser seine ausgetrocknete Kehle. Claire war störrisch, leichtsinnig und besaß mehr Mut, als es für eine Frau gut war, aber sie war keineswegs so dumm, aus Versehen aus einem Kriegsschiff zu fallen.

Und die *Bruja* – und Ian – waren nicht weit!

Er würde sie also beide wiedersehen. Daß er barfuß und ohne

einen Penny herumlief und vor der Königlichen Marine auf der Flucht war, spielte keine Rolle. Er hatte seinen Verstand und seine Hände, und nun, da er wieder festen Boden unter den Füßen spürte, war alles möglich.

52

Eine Hochzeit

Uns blieb nichts anderes übrig, als die *Artemis* möglichst schnell auf Vordermann zu bringen und Kurs auf Jamaika zu nehmen. Ich bemühte mich, meine Angst um Jamie beiseite zu schieben, doch in den beiden folgenden Tagen konnte ich vor Sorge fast nichts essen.

Um mich abzulenken führte ich Marsali zu dem Haus auf dem Hügel. Sie nahm Vater Fogden im Handumdrehen für sich ein, indem sie ihm eine schottische Arznei für Schafe zusammenbraute, die ganz sicher gegen Zecken half.

Stern, der bereitwillig bei den Reparaturarbeiten half, betraute mich mit der Bewachung seines Sammelbeutels und gab mir den Auftrag, bei meiner Suche nach Heilpflanzen außergewöhnliche Exemplare der *Arachnidae* mitzubringen, auf die ich vielleicht im Dschungel stoßen würde. Ich hätte es zwar vorgezogen, vor allem die größeren *Arachnidae* mit festem Schuhwerk zu zertreten, statt mit bloßen Händen anzufassen, aber ich erklärte mich einverstanden und suchte in den wassergefüllten Kelchen der Ananaspflanzen nach leuchtenden Fröschen und Spinnen.

Am Nachmittag des dritten Tages kehrte ich von einer dieser Expeditionen mit mehreren großen Lilienwurzeln, Schelfpilzen in kräftigem Orange und einem ungewöhnlichen Moos sowie einer lebenden Tarantel zurück, die so groß und behaart war, daß Stern vor Entzücken kaum an sich halten konnte. Als ich aus dem Dschungel trat, sah ich, daß die *Artemis* nicht mehr auf der Seite lag, sondern mit Seilen und Keilen und unter viel Geschrei in die aufrechte Position gezogen wurde.

»Dann sind wir also bald fertig?« fragte ich Fergus, der am Heck stand und laute Befehle erteilte. Grinsend wandte er sich zu mir um und wischte sich den Schweiß von der Stirn.

»Ja, Madame! Mit dem Abdichten sind wir fertig. Mr. Warren meint, daß das Schiff gegen Abend, wenn es kühler ist und der Teer fest geworden ist, vom Stapel laufen kann.«

»Das ist wunderbar!« Ich legte den Kopf in den Nacken und blickte zu dem nackten Mast hinauf, der hoch über dem Schiff aufragte. »Haben wir denn Segel?«

»O ja«, beruhigte er mich. »Wir haben eigentlich alles, bis auf…«

Ein warnender Schrei MacLeods unterbrach ihn. Rasch drehte ich mich um und blickte zu der Straße, die in der Ferne aus dem Palmenhain herausführte. In der Sonne blitzte Metall auf.

»Soldaten!« Fergus reagierte als erster, sprang vom Gerüst und landete in einer Sandwolke neben mir. »Schnell, Madame! In den Wald! Marsali!« schrie er und ließ in wilder Aufregung den Blick umherschweifen.

Er leckte sich den Schweiß von der Oberlippe und sah unruhig zwischen dem Dschungel und den sich nähernden Soldaten hin und her. »Marsali!« rief er abermals.

Plötzlich erschien Marsali hinter dem Schiffsrumpf. Sie war blaß vor Schrecken. Fergus packte sie am Arm und schob sie zu mir hinüber. »Geh mit Madame! Lauft!«

Ich packte Marsali bei der Hand und rannte auf den Wald zu, daß der Sand nur so spritzte. Hinter uns hörten wir Rufe, ein Schuß krachte, gefolgt von einem zweiten.

Noch zehn Schritte, noch fünf, dann waren wir im Schutz der Bäume. Nach Luft ringend, brach ich hinter einem dornigen Busch zusammen. Ich spürte einen stechenden Schmerz in der Seite. Marsali kniete neben mir auf dem Boden. Tränen liefen über ihre Wangen.

»Was…?« fragte sie atemlos. »Wer ist das? Was – werden – sie tun? Mit Fergus? Was?«

»Ich weiß es nicht.« Immer noch außer Atem zog ich mich an einem Zedernschößling auf alle viere und blinzelte durch das Buschwerk. Die Soldaten waren mittlerweile beim Schiff angekommen. Unter den Bäumen war es kühl und feucht, doch meine Lippen waren trocken wie Baumwolle.

»Es wird schon nichts passieren.« Ich streichelte Marsalis Schulter, um sie zu beruhigen. »Sieh mal, es sind nur zehn«, flüsterte ich.

»Es sind Franzosen; die *Artemis* hat französische Papiere. Wahrscheinlich ist alles in Ordnung.«

Vielleicht aber auch nicht. Mir war sehr wohl klar, daß ein gestrandetes und verlassenes Schiff legales Bergungsgut war. Und das hier war ein einsamer Strand. Das einzige, was zwischen den berittenen Soldaten und einer reichen Beute stand, war die Mannschaft der *Artemis*.

Ein paar Matrosen hatten Pistolen, die meisten waren nur mit Messern ausgerüstet. Die Soldaten hingegen waren bis an die Zähne bewaffnet: Jeder von ihnen trug eine Muskete, ein Schwert und Pistolen.

Die Männer hatten sich hinter Fergus zusammengedrängt und rührten sich nicht. Der aber stand breitbeinig, aufrecht und mit grimmigem Blick als ihr Anführer da. Er schob sich mit seinem Haken die Haare zurück und grub die Füße fest in den Sand. Was immer auch kommen mochte, er schien zu allem bereit. Das Scheppern der Rüstungen klang in der feuchten, stickigen Luft gedämpft, und die Pferde bewegten sich nur langsam vorwärts.

Drei Meter vor dem kleinen Häufchen Matrosen kamen die Soldaten zum Stehen. Ein stattlicher Mann, anscheinend der Truppenführer, hob eine Hand und schwang sich vom Pferd.

Ich beobachtete Fergus. Sein Gesicht erstarrte und wurde weiß. Da schaute ich zu dem Soldaten und auch mir gefror das Blut in den Adern.

»*Silence, mes amis*«, sagte der große Mann im Befehlston, aber freundlich. »*Silence, et restez, s'il vous plaît.*« Ruhe, Freunde, bitte keine Bewegung.

Ich schloß die Augen und sprach insgeheim ein Dankgebet.

Neben mir schnappte Marsali nach Luft. Ich öffnete die Augen und legte ihr die Hand auf den Mund.

Der Hauptmann nahm den Hut ab, schüttelte sein schweißdurchtränktes rotes Haar und grinste Fergus an, so daß zwischen den kurzen Locken seines roten Barts strahlendweiße Zähne zum Vorschein kamen.

»Führen Sie hier den Oberbefehl?« fragte Jamie auf französisch. »Kommen Sie mit. Die anderen…« – er nickte den Matrosen zu, von denen ihn einige fassungslos anstarrten – »bleiben, wo sie sind. Und kein Wort«, fügte er wie beiläufig hinzu.

Marsali zerrte an meinem Arm, und erst jetzt bemerkte ich, wie fest ich sie die ganze Zeit gehalten hatte.

»Entschuldige«, flüsterte ich und ließ sie los, den Blick unverwandt auf den Strand gerichtet.

»Was macht er?« zischte mir Marsali ins Ohr. Ihr Gesicht war blaß vor Aufregung, so daß die kleinen Sommersprossen auf ihrer Nase noch deutlicher hervortraten. »Wie ist er hierhergekommen?«

»Ich weiß es nicht. Aber sei um Himmels willen still!«

Die Männer der *Artemis* tauschten Blicke und stießen sich gegenseitig in die Rippen, gehorchten aber zum Glück und schwiegen. Ich hoffte inständig, daß man ihre offensichtliche Aufregung als Entsetzen über ihr bevorstehendes Schicksal deuten würde.

Jamie und Fergus standen um Ufer und besprachen sich leise. Jetzt gingen sie wieder auseinander, und Fergus kehrte mit einem Ausdruck grimmiger Entschlossenheit zum Schiff zurück, während Jamie den Soldaten befahl, abzusitzen und zu ihm zu treten.

Was Jamie den Soldaten nun sagte, konnte ich nicht verstehen, Fergus indes stand so nahe, daß wir alles mitbekamen.

»Das sind Soldaten der Garnison von Cap-Haïtien«, verkündete er der Mannschaft. »Ihr Befehlshaber – Hauptmann Alessandro...« – er zog eine gräßliche Grimasse – »meint, sie könnten uns helfen, die *Artemis* vom Stapel laufen zu lassen.« Einige Männer begrüßten diese Ankündigung mit vorsichtigen Beifallsrufen, andere blickten bestürzt.

»Aber wie ist Mr. Fraser...« begann Royce, ein geistig etwas minderbemittelter Matrose, und runzelte verwirrt die Stirn. Fergus fackelte nicht lange, warf sich unter seine Leute, legte einen Arm um Royces Schultern und bugsierte ihn zum Gerüst. Dabei sprach er mit erhobener Stimme, um etwaige unpassende Bemerkungen der Matrosen gleich zu übertönen.

»Ja, ist das nicht ein wunderbarer Zufall?« Ich sah, wie er Royce mit seiner gesunden Hand am Ohr zog. »Wirklich ein großes Glück! Hauptmann Alessandro sagte, daß ein *habitant*, der von seiner Plantage kam, das gestrandete Schiff gesehen und es der Garnison gemeldet hat. Mit so viel Hilfe werden wir die *Artemis* im Handumdrehen im Wasser haben.« Dann ließ er Royce los und gab ihm einen kräftigen Schlag auf den Schenkel.

»Los, los, fangen wir mit der Arbeit an! Manzetti – hinauf mit Ihnen! MacLeod, MacGregor, nehmt den Hammer! Maitland...« Maitland stand da und glotzte Jamie an. Fergus fuhr herum und schlug dem jungen Kabinensteward so fest auf den Rücken, daß er taumelte.

»Maitland, *mon enfant*! Singen Sie uns eins, das wird uns anspornen!« Ziemlich benommen stimmte Maitland ein Lied an. Einige Matrosen kletterten schon wieder auf das Gerüst, wobei sie sich immer wieder mißtrauisch umdrehten.

»Singt!« brüllte Fergus und starrte zu ihnen hinauf. Murphy, der offenbar irgend etwas furchtbar lustig fand, wischte sich über das schweißbedeckte rote Gesicht und stimmte gehorsam mit seinem tiefen Baß ein.

Fergus marschierte neben dem Schiff auf und ab, ermahnte, befahl, drängte – er bot ein solches Schauspiel, daß nur wenige verräterische Blicke zu Jamie hinüberwanderten. Endlich ertönten wieder die unregelmäßigen Hammerschläge.

Inzwischen erteilte Jamie den Soldaten genaue Anweisungen, wobei die meisten immer wieder zur *Artemis* hinüberschielten. In ihrem Blick lag nur schlecht verhüllte Gier, was verriet, daß sie wohl nicht nur von reiner Menschenfreundlichkeit angespornt wurden.

Dennoch machten sich die Soldaten bereitwillig an die Arbeit, streiften ihr Lederwams ab und legten fast alle Waffen beiseite. Nur drei von ihnen hielten voll ausgerüstet Wache und ließen die Matrosen nicht aus den Augen. Jamie stand abseits und beobachtete alles.

»Können wir jetzt rausgehen?« murmelte mir Marsali ins Ohr. »Es besteht doch keine Gefahr mehr.«

»Nein«, erwiderte ich, den Blick fest auf Jamie gerichtet. Entspannt, aber aufrecht stand er im Schatten einer großen Palme. Das Gesicht hinter dem fremd wirkenden Bart schien vollkommen ungerührt, doch ich bemerkte, wie er sich mit den beiden steifen Fingern gegen den Schenkel trommelte.

»Nein«, wiederholte ich. »Es ist noch nicht vorbei.«

Den ganzen Nachmittag über wurde gearbeitet. Der Stapel der Holzrollen wuchs zunehmend an und erfüllte die Luft mit einem angenehmen Duft. Fergus' Stimme klang schon ganz rauh, und das nasse Hemd klebte an seinem schlanken Oberkörper. Die Pferde, denen man Fußfesseln angelegt hatte, trotteten schnaubend am Waldrand entlang. Die Matrosen hatten aufgehört zu singen, konzentrierten sich ganz auf ihre Arbeit und blickten nur hin und wieder zu dem Palmenhain hinüber, wo Hauptmann Alessandro mit verschränkten Armen im Schatten stand.

Unmittelbar vor uns schritt ein Posten mit griffbereiter Muskete auf und ab und blickte sehnsüchtig in das Grün der kühlen, schattenspendenden Bäume. Einmal kam er so nahe, daß ich die dunklen, fettigen Locken in seinem Nacken sehen konnte. Er sah wütend und mürrisch aus.

Das Warten wurde uns lang, und die neugierigen Mücken machten es nahezu unerträglich. Nach einer Zeit, die mir wie eine Ewigkeit vorkam, sah ich, wie Jamie einem der Wachtposten zunickte und auf die Bäume zuging. Ich gab Marsali ein Zeichen, duckte mich unter den Zweigen hindurch und lief zu der Stelle, an der er verschwunden war.

Als ich außer Atem hinter einem Busch hervorsprang, löste er gerade die Schnüre seines Hosenschlitzes. Sein Kopf schnellte in die Höhe, er riß die Augen weit auf und stieß einen lauten Schrei aus, der selbst das Schaf Arabella von den Toten auferweckt hätte.

Ich sprang zurück, und schon hörte ich schwere Stiefelschritte und laute Fragen.

»*C'est bien!*« rief Jamie. Es klang ein wenig zittrig. »Es ist nur eine Schlange!«

Der Posten, der einen seltsamen französischen Dialekt sprach, fragte anscheinend nervös, ob das Tier gefährlich sei.

»Nein, sie ist harmlos«, antwortete Jamie. Dann winkte er dem Posten zu, der mit fragendem Gesicht vorsichtig über einen Busch lugte. Aber auch harmlose Schlangen schienen ihn so wenig zu begeistern, daß er sofort an seinen Platz zurückkehrte.

Ohne zu zögern sprang Jamie nun hinter den Busch.

»Claire!« Er drückte mich fest an seine Brust. Dann packte er mich bei den Schultern und schüttelte mich heftig.

»Verfluchtes Weib!« flüsterte er ungehalten. »Ich dachte, du wärst tot! Wie konntest du so verrückt sein und mitten in der Nacht von einem Schiff springen! Bist du nicht bei Trost?«

»Laß mich los!« zischte ich. »Loslassen! Wieso *ich*? *Ich* soll verrückt sein? Du Idiot, was ist in dich gefahren, mir zu folgen?«

Ein tiefes Rot überzog sein sonnengebräuntes Gesicht und ließ es noch dunkler erscheinen.

»Was in mich gefahren ist? Verdammt, du bist meine Frau! Es war doch klar, daß ich dir folgen würde; warum hast du nicht auf mich gewartet? Himmel, wenn ich Zeit hätte...« In diesem Moment fiel ihm offenbar ein, daß wir uns beeilen mußten, und er unterdrückte, wenn auch sichtlich widerwillig, weitere Bemerkungen. Das war gar nicht schlecht, denn auch mir lagen einige böse Antworten auf der Zunge. Ich schluckte sie hinunter.

»Was zum Teufel tust du hier?« fragte ich.

Das Rot verschwand aus seinem Gesicht und machte einem leisen Lächeln Platz.

»Ich bin der Hauptmann«, erklärte er. »Hast du das nicht bemerkt?«

»Ja, habe ich! Hauptmann Alessandro! Was hast du vor?«

Anstatt zu antworten, schüttelte er mich noch einmal sanft und sah mich und Marsali an, die neugierig den Kopf aus dem Gebüsch streckte.

»Bleibt hier, beide, und rührt euch nicht von der Stelle, sonst schlage ich euch windelweich, das schwöre ich.«

Ohne eine Antwort abzuwarten, drehte er sich blitzartig um und stapfte zwischen den Bäumen zurück zum Strand.

Marsali und ich starrten uns fassungslos an, doch schon stürzte Jamie keuchend erneut zu uns auf die kleine Lichtung, packte mich an beiden Armen und gab mir einen kurzen, aber heftigen Kuß.

»Was ich dir noch sagen wollte, ich liebe dich«, sagte er und schüttelte mich, um seinen Worten Nachdruck zu verleihen. »Und ich freue mich, daß du noch lebst. Mach das nicht noch mal!« Dann ließ er mich los und verschwand endgültig.

Auch ich rang nach Luft. Ich war ziemlich wackelig auf den Beinen, aber zweifellos glücklich.

Marsali stand mit weit aufgerissenen Augen da.

»Was sollen wir jetzt machen?« fragte sie. »Was wird Papa jetzt tun?«

»Ich weiß es nicht.« Das Blut war mir ins Gesicht gestiegen. Ich spürte noch die Berührung seines Mundes auf meinem und das fremdartige Kribbeln, das sein Bart verursacht hatte. »Ich weiß nicht, was er tun wird«, wiederholte ich. »Ich denke, wir können nur abwarten.«

Wir warteten lange. Bei Anbruch der Dämmerung saß ich an den Stamm eines riesigen Baumes gelehnt und döste, als Marsali ihre Hand auf meine Schulter legte und mich aufweckte.

»Sie lassen das Schiff vom Stapel!« flüsterte sie aufgeregt.

So war es. Vor den Augen der Wachtposten hantierten die anderen Soldaten und die Mannschaft der *Artemis* gemeinsam mit Seilen und Rollen, um das Schiff in den Wasserlauf zu befördern. Ungeachtet ihrer fehlenden Gliedmaßen beteiligten sich selbst Fergus, Innes und Murphy daran.

Die untergehende Sonne leuchtete riesig und orangegolden über dem purpurroten Meer. Die Männer zeichneten sich nur noch als dunkle Silhouetten vor dem Licht ab.

Das ständig wiederkehrende »Heep!« des Bootsmannes wurde schließlich von schwachen Hurrarufen abgelöst, als das Schiff, nur noch gezogen von den Tauen der Beiboote, die letzten Meter dahinglitt.

Ich sah den roten Haarschopf Jamies, der sich an Bord schwang, kurz darauf glitzerndes Metall, als einer der Soldaten ihm folgte. Nebeneinander standen sie da, der rote und der schwarze Haarschopf, nur noch Punkte am Ende der Strickleiter. Dann stieg die Mannschaft der *Artemis* in das Rettungsboot, ruderte hinaus und kletterte mit den restlichen französischen Soldaten die Leiter hinauf.

Als der letzte Mann oben war, legten die Männer auf den Beibooten die Riemen glatt und schauten gespannt nach oben. Doch nichts war geschehen.

Neben mir hörte ich, wie Marsali geräuschvoll ausatmete, und in diesem Moment wurde mir bewußt, daß ich die Luft anhielt.

»Was *tun* sie denn?« sagte sie entnervt.

Wie zur Antwort ertönte ein lauter, wütender Schrei von der *Artemis*. Die Männer in den Booten sprangen auf, bereit, sich an Bord zu hieven. Doch es folgte kein weiteres Signal. Vollkommen wie auf einem Ölgemälde glitt die *Artemis* auf dem Wasserlauf dahin.

»Mir reicht's jetzt«, sagte ich zu Marsali. »Was immer diese verdammten Kerle machen, sie haben es geschafft. Komm!«

Ich trat aus dem Wald hervor und sog die frische, kühle Abendluft ein. Marsali folgte mir. Als wir zum Strand kamen, ließ sich eine schlanke schwarze Gestalt vom Schiff gleiten und lief im Galopp durch das seichte Wasser, so daß glitzernde Spritzer grünen und purpurroten Meerwassers aufstoben.

»Mo *chridhe chérie!*« Fergus lief mit strahlendem Gesicht auf uns zu, packte Marsali, hob sie schwungvoll in die Luft und wirbelte sie herum.

»Geschafft!« krähte er. »Geschafft, ohne einen Schuß abzufeuern! Festgebunden wie die Ziegen und in den Laderaum geworfen wie gesalzene Heringe!« Er küßte Marsali, dann stellte er sie hin, wandte sich zu mir und machte eine feierliche Verbeugung, wobei er einen imaginären Hut schwenkte.

»Madame, der Kapitän der *Artemis* wünscht, daß Sie ihn zum Abendessen mit Ihrer Gesellschaft beehren.«

Der neue Kapitän der *Artemis* stand mit geschlossenen Augen und vollkommen nackt in seiner Kabine und kratzte sich selig an den Hoden.

Als ich mich mit einem Räuspern bemerkbar machte, öffnete er rasch die Augen. Er strahlte vor Freude. Im nächsten Augenblick lag ich in seinen Armen und drückte das Gesicht an die rotgoldenen Locken auf seiner Brust.

Eine ganze Weile standen wir schweigend da. Ich hörte trappelnde Schritte auf dem Deck über uns, die freudig erregten Rufe der Mannschaft und das Knarren und Knattern der Segel, die hochgezogen wurden. Die *Artemis* erwachte zum Leben.

Mein Gesicht brannte von Jamies Bartstoppeln. Plötzlich kam es mir seltsam vor, ihn zu umarmen, und ich schämte mich fast ein bißchen, weil er nackt wie ein neugeborenes Baby war und auch ich unter dem zerlumpten Gewand von Vater Fogden nichts anhatte.

Der Körper, der sich an mich preßte, war noch derselbe, aber das Gesicht gehörte einem Fremden, einem räuberischen Wikinger. Abgesehen von dem Bart, der sein Aussehen veränderte, war mir auch sein Geruch fremd, denn sein Schweiß wurde überdeckt von ranzigem Öl, Bier, einem strengen Parfüm und merkwürdigen Gewürzen.

Ich ließ ihn los und trat einen Schritt zurück.

»Willst du dich nicht lieber anziehen?« fragte ich.

»Nicht, daß mir dein Anblick nicht gefallen würde«, fuhr ich fort, wobei ich unwillkürlich rot wurde. »Ich… äh… ich glaube, der Bart ist nicht schlecht. Vielleicht«, fügte ich zweifelnd hinzu und musterte ihn.

»Finde ich nicht«, meinte er offen und kratzte sich am Kinn. »Er wimmelt von Läusen und juckt höllisch.«

»Iih!« Obwohl ich mit *Pediculus humanus*, der gemeinen Laus, bestens bekannt war, war sie mir nicht im mindesten ans Herz gewachsen. Ich strich mir nervös mit der Hand durchs Haar und spürte schon, wie meine Kopfhaut vom Getrappel der winzigen Füßchen kribbelte.

Er grinste mich an.

»Reg dich nicht auf, Sassenach«, beruhigte er mich. »Ich habe bereits ein Rasiermesser und heißes Wasser bestellt.«

»Wirklich? Es ist fast ein bißchen schade, ihn gleich wegzurasieren.« Trotz der Läuse beugte ich mich vor und sah mir seinen Zottelbart genauer an. »Ganz verschiedene Farben, genau wie die Haare auf deinem Kopf. Wirklich recht hübsch.«

Ich berührte ihn vorsichtig. Der Bart war dick und drahtig und stark gelockt, ganz im Gegenteil zu dem weich fallenden Kopfhaar. Und dann die vielen Farben: Kupfer, Gold, Bernstein, Zimt und Tiefschwarz. Doch am erstaunlichsten war eine dicke Silbersträhne, die von der Unterlippe bis zur Kinnspitze verlief.

»Das ist komisch«, sagte ich, während ich mit der Hand darüberfuhr. »Auf dem Kopf hast du kein einziges weißes Haar, nur hier.«

»So?« Als er sich überrascht ans Kinn faßte, wurde mir plötzlich klar, daß er gar nicht wußte, wie er aussah. Er lachte gequält und hob dann die auf dem Boden verstreuten Kleider auf.

»Aye, kein Wunder. Bei alldem, was ich in diesem Monat durchgemacht habe, erstaunt es mich eher, daß ich nicht ganz weiß geworden bin.« Er hielt inne und sah mich an.

»Wo wir gerade davon sprechen, Sassenach, wie ich dir im Wald bereits sagte…!«

»Ja, wo wir davon sprechen«, unterbrach ich ihn. »Was um Himmels willen hast du *gemacht*?«

»Ach, du meinst die Soldaten?« Er kratzte sich nachdenklich das Kinn. »Nun, das war ganz einfach. Ich habe zu den Soldaten gesagt, daß wir uns, sobald das Schiff vom Stapel gelaufen wäre, an Deck versammeln würden, und auf ein Zeichen von mir sollten sie über die Mannschaft herfallen und sie in den Laderaum werfen.« Er zeigte ein breites Grinsen. »Und Fergus hat das der Mannschaft gegenüber erwähnt – als dann die Soldaten an Bord kamen, packten jeweils zwei Matrosen einen an den Armen, während ein dritter ihn knebelte, fesselte und entwaffnete. Dann warfen wir sie alle in den Laderaum. Das war's.« Gleichmütig zuckte er die Achseln.

»Gut«, sagte ich. »Und wie bist du überhaupt hierhergekommen...«

In diesem Moment wurden wir durch ein leises Klopfen an der Kajütentür unterbrochen.

»Mr. Fraser? Äh... Kapitän, meine ich?« Maitlands knochiges, junges Gesicht erschien im Türrahmen, in den Händen eine dampfende Schüssel. »Mr. Murphy hat den Herd in der Kombüse in Gang gebracht, ich habe das heiße Wasser für Sie, mit seiner Empfehlung.«

»›Mr. Fraser‹ ist in Ordnung«, versicherte ihm Jamie und nahm ihm das Tablett mit der Schüssel und dem Rasiermesser ab. »Einen Kapitän, der noch weniger seetüchtig ist als ich, kann man sich nicht vorstellen.« Bevor er weitersprach, lauschte er auf die Schritte über unseren Köpfen.

»Doch da ich nun mal der Kapitän *bin*«, sagte er langsam, »heißt das wohl, daß ich bestimmen muß, wann wir fahren und wann wir anhalten.«

»Ja, Sir, das gehört zu den Aufgaben eines Kapitäns«, erwiderte Maitland und fügte hilfsbereit hinzu: »Der Kapitän bestimmt auch, wann die Leute Extrarationen Essen und Grog bekommen.«

»Verstehe. Sagen Sie, Maitland – wieviel können die Leute trinken, so daß sie noch in der Lage sind, das Schiff zu steuern?«

»Oh, ziemlich viel, Sir«, meinte Maitland ernst und zog nachdenklich die Stirn in Falten. »Vielleicht... zusätzlich eine doppelte Ration für alle?«

Jamie hob zweifelnd eine Augenbraue. »Branntwein?«

»O nein, Sir!« Maitland tat entsetzt. »Grog. Bei Brandy nur eine halbe Ration zusätzlich, sonst würden sie sich im Kielraum herumwälzen.«

»Dann also einen doppelten Grog.« Ungeachtet der Tatsache, daß er völlig unbekleidet war, verbeugte Jamie sich feierlich vor Maitland. »Und wir werden erst die Anker lichten, wenn ich zu Abend gegessen habe.«

»Ja, Sir!« Maitland machte ebenfalls eine Verbeugung; Jamies Verhalten war einfach ansteckend. »Und soll ich veranlassen, daß der Chinese sofort zu Ihnen kommt, wenn die Anker gelichtet sind?«

»Ein wenig vorher, Mr. Maitland, danke verbindlichst.«

Maitland wollte sich, nach einem letzten bewundernden Blick auf Jamies Narben, umdrehen und gehen, doch ich hielt ihn zurück.

»Noch eins, Maitland«, sagte ich.

»Oh. Ja, Madam?«

»Würden Sie hinunter in die Kombüse gehen und Mr. Murphy bitten, uns eine Flasche möglichst starken Essig zu schicken? Und sich dann erkundigen, wo die Leute meine Medizin hingetan haben, und sie holen?«

Er runzelte verwirrt die Stirn, nickte aber gehorsam. »O ja, Madam. Auf der Stelle.«

»Aber was hast du mit dem Essig vor, Sassenach?« Jamie musterte mich skeptisch, während Maitland in den Flur verschwand.

»Dich hineintauchen, um die Läuse zu töten«, erklärte ich ihm. »Ich habe nicht vor, mit einem wimmelnden Nest von Parasiten zu schlafen.«

»Oh.« Jamie kratzte sich nachdenklich am Hals. »Du willst mit mir schlafen?« Er blickte zu der Schlafkoje hinüber, einem wenig einladenden Loch in der Wand.

»Ich weiß zwar noch nicht genau, wo, aber ja, das stimmt«, erwiderte ich mit fester Stimme. »Und ich möchte, daß du noch ein wenig wartest, bevor du dir den Bart abrasierst«, fügte ich hinzu, als er das Tablett abstellte.

»Warum?« Er sah mich neugierig an, und ich spürte, wie ich rot wurde.

»Äh… nun, es ist ein bißchen… anders.«

»Oh, aye?« Er richtete sich auf und trat einen Schritt auf mich zu. In der engen Kabine wirkte er noch größer als oben auf dem Deck.

Die dunkelblauen Augen blickten mich amüsiert an.

»Wie anders?« fragte er.

»Nun, es... äh...« Unsicher strich ich mir mit den Fingern über die brennenden Wangen. »Es fühlt sich anders an. Wenn du mich küßt. Auf meiner... Haut.«

Er sah mir tief in die Augen.

»Du hast eine sehr schöne Haut, Sassenach«, sagte er leise. »Wie Perlen und Opale.« Ganz zärtlich zeichnete er mit einem Finger die Linie meines Kinns nach. Dann meinen Nacken, mein Schlüsselbein, und schließlich fuhr er in langsamen Schlangenlinien nach unten und streifte meine Brüste, die in dem tiefen Halsausschnitt des Priestergewandes verborgen waren. »Du hast eine *Menge* sehr schöner Haut, Sassenach«, fügte er hinzu. »Hast du das gemeint?«

Ich schluckte und fuhr mir mit der Zunge über die Lippen, schaute ihn aber weiterhin an.

»So ungefähr, ja.«

Er nahm den Finger weg und blickte auf die Schüssel mit dem dampfenden Wasser.

»Aye. Es wäre schade, das Wasser wegzuschütten. Soll ich es zurückschicken, damit Murphy eine Suppe daraus macht, oder soll ich es trinken?«

Ich lachte, und mit einemmal war jede Fremdheit und Spannung zwischen uns verschwunden.

»Du sollst dich hinsetzen«, sagte ich, »und dich damit waschen. Du stinkst wie ein ganzes Bordell.«

»Das glaube ich gern«, erwiderte er und kratzte sich. »Über der Taverne, wo die Soldaten hingehen, um sich zu betrinken und zu spielen, ist nämlich eins.« Er nahm die Seife und tauchte sie in das heiße Wasser.

»Was heißt über?«

»Ja, die Mädchen kommen zwischendurch runter«, erklärte er. »Sie setzen sich einem auf den Schoß, und es wäre ja wohl ziemlich ungehörig, sie daran zu hindern.«

»Und deine Mutter hat dir beigebracht, was sich gehört, nehme ich an«, erwiderte ich trocken.

»Wenn ich es mir recht überlege, sollten wir vielleicht diese Nacht noch hierbleiben«, meinte er nachdenklich und sah mich an.

»Ja?«

»Und am Strand schlafen, da ist Platz genug.«

»Platz *wofür*?« fragte ich und musterte ihn mißtrauisch.

»Ich habe schon alles geplant, aye?« sagte er und schaufelte sich mit beiden Händen Wasser ins Gesicht.

»Du hast *was* geplant?« fragte ich. Er schnaubte und schüttelte sich das Wasser aus dem Bart, bevor er antwortete.

»Ich denke seit Monaten darüber nach«, sagte er. »Jede Nacht, in der ich in dieser göttverlassenen engen Koje zusammengekauert lag und zuhören mußte, wie Fergus schnarchte und furzte. Da habe ich mir ausgemalt, was ich tun würde, wenn du nackt und willig vor mir stündest, niemand in Reichweite wäre und ich Platz genug hätte, um dich zufriedenzustellen.« Er schäumte sich das Gesicht ein.

»Ja, bereit bin ich«, erwiderte ich interessiert. »Und Platz ist wohl auch genügend. Was das Nacktsein betrifft…«

»Dafür werde ich schon sorgen«, versicherte er mir. »Das gehört zu meinem Plan, aye? Ich werde dich zu einem versteckten Plätzchen bringen, eine Decke ausbreiten, auf die du dich legen kannst, und mich erst einmal neben dich setzen.«

»Na, das ist immerhin ein Anfang«, meinte ich. »Was dann?« Ich hockte mich neben ihn auf die Koje. Er beugte sich zu mir herüber und biß mich zärtlich ins Ohrläppchen.

»Also, als nächstes werde ich dich auf meine Knie nehmen und dich küssen.« Er unterbrach seine Ausführungen, um es mir zu zeigen, und hielt meine Arme so fest, daß ich mich nicht mehr rühren konnte. Als er mich wieder losließ, waren meine Lippen ein wenig geschwollen und schmeckten nach Seife, Ale und Jamie.

»Soweit also der erste Schritt«, sagte ich und wischte mir die Seifenlauge vom Mund. »Was dann?«

»Dann werde ich mich auf die Decke legen, dein Haar um meine Hand wickeln und deinen Mund und deinen Hals und deine Ohren und deinen Busen mit meinen Lippen schmecken. Ich dachte mir, das würde ich so lange machen, bis du anfängst, wie wild zu quieken.«

»Ich quieke nicht!«

»Aye, doch. Du, gib mir mal das Handtuch, aye? Dann«, fuhr er begeistert fort, »so dachte ich mir, würde ich mich der anderen Seite zuwenden. Ich werde deinen Rock hochheben und…« Sein Gesicht verschwand unter dem Leinenhandtuch.

»Und was?« fragte ich gespannt.

»Und die Innenseiten deiner Schenkel küssen, dort, wo die Haut so weich ist. Der Bart könnte dabei ganz nützlich sein, aye?« Er strich sich nachdenklich über das Kinn.

»Vielleicht«, sagte ich ein wenig matt. »Und was soll ich unterdessen tun?«

»Nun, du könntest ein bißchen stöhnen, um mich zu ermuntern, wenn du willst. Wenn nicht, liegst du einfach still da.«

Es klang nicht gerade, als würde er Ermunterung brauchen. Während er sich mit dem feuchten Handtuch die Brust trocknete, ruhte seine linke Hand auf meinem Schenkel. Dann griff er mir an den Hintern und zwickte mich.

»Seine Linke liegt unter meinem Haupte«, zitierte ich, aus der Bibel, »und seine Rechte herzt mich. Er erquickt mich mit Traubenkuchen und labt mich mit Äpfeln, denn ich bin krank vor Liebe.«

Seine weißen Zähne blitzten auf.

»Eher mit Pampelmusen«, sagte er und umfaßte mit einer Hand meinen Hintern. »Oder vielleicht Kürbissen. Pampelmusen sind zu klein.«

»Kürbissen?« wiederholte ich empört.

»Ja, wilde Kürbisse werden manchmal so groß«, meinte er. »Aber aye, das ist eben der nächste Schritt.« Er zwickte mich noch einmal, dann zog er die Hand weg, um sich die Achselhöhle zu waschen. »Ich liege auf dem Rücken, und du liegst ausgestreckt auf mir, so daß ich deine Hinterbacken halten und sie richtig streicheln kann.« Er unterbrach seine Waschungen, um mir rasch zu zeigen, was er unter »richtig« verstand, so daß ich unwillkürlich aufstöhnte.

»Und wenn du an diesem Punkt«, fuhr er fort, sich weiter waschend, »mit den Beinen zucken oder unanständige Bewegungen mit den Hüften machen und mir ins Ohr keuchen würdest, hätte ich nichts dagegen einzuwenden.«

»Ich keuche nicht!«

»Aye, doch. Und nun zu deinen Brüsten...«

»Oh, ich dachte schon, du hättest sie vergessen.«

»Nie im Leben! Nein. Jedenfalls ziehe ich dir an dieser Stelle das Gewand aus, so daß du bis auf dein Unterhemd nackt bist.«

»Ich habe aber gar kein Unterhemd an.«

»Oh? Na gut, macht nichts. Ich dachte mir, ich würde durch das dünne Baumwollhemd ein bißchen an deinen Brüsten saugen, bis deine Brustwarzen aufragen, und es dir dann ausziehen, aber das ist nicht so wichtig, ich schaffe es auch ohne. Also, da du kein Unterhemd anhast, werde ich mich deinen Brüsten widmen, bis du diese blökenden Töne von dir gibst...«

»Ich gebe keine...«

»Und dann«, unterbrach er mich, »da du dann laut Plan nackt und – vorausgesetzt, ich habe bis dahin alles richtig gemacht – vielleicht auch bereit bist...«

»Oh, nur vielleicht«, sagte ich. Meine Lippen brannten immer noch von Schritt eins.

»...dann werde ich deine Schenkel auseinanderspreizen, mir die Hose ausziehen und...« Er hielt inne und wartete.

»Und?«

Er zeigte ein breites Grinsen.

»Und dann werden wir sehen, was für Töne du sonst noch von dir gibst, Sassenach.«

Im Türrahmen hinter mir hüstelte jemand.

»Ach, verzeihen Sie, Mr. Willoughby«, sagte Jamie entschuldigend. »Ich habe Sie nicht so bald erwartet. Vielleicht möchten Sie jetzt zum Abendessen gehen. Und bitte, nehmen Sie doch diese Sachen mit und bitten Sie Murphy, sie im Kombüsenofen zu verbrennen.« Er schob die Überreste seiner Uniform zu Mr. Willoughby hinüber und kramte in einem Spind nach frischer Kleidung.

»Ich hätte nie gedacht, daß ich Lorenz Stern einmal wiedertreffen würde«, bemerkte er, während er in den zerknitterten Leinenhemden wühlte. »Wie kommt es, daß er hier ist?«

»Also hast du ihn in Edinburgh kennengelernt?«

»Ja. Ich glaube nicht, daß es allzu viele jüdische Philosophen gibt, mit denen man ihn verwechseln könnte.«

Ich erklärte ihm, wie ich in den Mangroven auf Stern gestoßen war. »...und dann führte er mich hinauf zum Haus des Priesters«, sagte ich, hielt dann aber inne, weil mir plötzlich etwas einfiel. »Oh, das hätte ich beinahe vergessen! Du schuldest dem Priester zwei Pfund Sterling, für Arabella.«

»Tatsächlich?« Mit einem Hemd in der Hand sah Jamie mich fragend an.

»Ja. Am besten, du bittest Lorenz, sich als Vermittler zu betätigen; der Priester scheint sich ganz gut mit ihm zu verstehen.«

»Gut. Aber was ist mit dieser Arabella eigentlich passiert? Hat jemand aus der Mannschaft sie verführt?«

»So ähnlich.« Ich wollte mit meinem Bericht fortfahren, doch bevor ich weitersprechen konnte, klopfte es erneut an die Tür.

»Kann man sich hier nicht mal in Ruhe anziehen?« fragte Jamie gereizt. »Also, herein.«

Die Tür wurde aufgestoßen, und Marsali blickte ungläubig auf ihren nackten Stiefvater. Hastig bedeckte Jamie seinen Unterleib mit dem Hemd, das er in der Hand hielt.

»Marsali, Mädel. Ich freue mich, dich unverletzt zu sehen. Möchtest du etwas?«

Das Mädchen trat in den Raum und baute sich zwischen Tisch und Seekiste auf.

»Aye«, erwiderte sie. Trotz ihres Sonnenbrands wirkte sie blaß. Sie hatte die Fäuste in die Hüften gestemmt und hob kampfbereit das Kinn.

»Ich möchte, daß du dein Versprechen hältst«, sagte sie.

»Aye?« Jamie blickte sie argwöhnisch an.

»Dein Versprechen, daß ich und Fergus heiraten dürfen, sobald wir Westindien erreicht haben.« Zwischen ihren blonden Augenbrauen zeigten sich kleine Fältchen. »Hispaniola *ist* doch Westindien, oder? Der Jude hat es gesagt.«

Jamie kratzte sich mit störrischer Miene den Bart.

»Stimmt«, sagte er. »Und aye, ich denke, wenn ich… aye. Ich habe es versprochen. Aber… seid ihr euch denn immer noch sicher, ihr beiden?« Sie reckte das Kinn noch höher in die Luft.

»Ja.«

Jamie hob eine Augenbraue.

»Wo ist Fergus?«

»Er hilft, die Ladung zu verstauen. Ich wußte, daß wir bald losfahren würden, deshalb hielt ich es für das beste, gleich zu fragen.«

»Aye. Gut.« Jamie runzelte die Stirn und seufzte resigniert. »Aye, ich habe es versprochen. Aber ich habe auch gesagt, daß ihr den Segen eines Priesters braucht, nicht wahr? Einen Priester gibt es aber erst wieder in Bayamo, und bis dahin ist es eine Dreitagesreise. Aber vielleicht in Jamaika...«

»Nein, du hast etwas vergessen!« rief Marsali triumphierend. »Es gibt hier einen Priester. Vater Fogden kann uns trauen.«

Ich spürte, wie mir die Kinnlade herunterfiel. Jamie blickte sie finster an.

»Wir segeln gleich morgen früh los!«

»Es würde nicht lange dauern«, erklärte sie. »Es sind ja nur ein paar Worte. Dem Gesetz nach sind wir schon verheiratet; es geht doch nur darum, uns den Segen der Kirche zu holen, aye?« Sie legte ihre Hand flach auf den Bauch, wo ihr Ehevertrag vermutlich unter dem Mieder verborgen lag.

»Aber deine Mutter...« Jamie sah mich hilflos an. Doch ich zuckte nur ebenso hilflos die Schultern. Die Aufgabe, entweder Jamie zu erklären, was es mit Vater Fogden auf sich hatte, oder Marsali die Sache auszureden, überstieg meine Fähigkeiten.

»Aber ich glaube nicht, daß er es macht.« Jamie war offensichtlich erleichtert, daß ihm dieser Einwand eingefallen war. »Die Mannschaft hat mit einem seiner Schafe ihre Spielchen getrieben. Ich fürchte, er will nichts mit uns zu tun haben.«

»Doch, will er wohl! Er wird es für mich tun – er mag mich!« Marsali tanzte vor Aufregung beinahe auf den Zehenspitzen.

Jamie sah sie lange an und versuchte, in ihrem Gesicht zu lesen.

»Bist du dir wirklich sicher, Mädel?« fragte er schließlich voller Zärtlichkeit. »Möchtest du es wirklich?«

Sie atmete tief ein und strahlte über das ganze Gesicht.

»Ja, Papa. Wirklich. Ich liebe Fergus!«

Jamie zögerte einen Moment, dann strich er sich mit der Hand durchs Haar und nickte.

»Aye, also gut. Schick Mr. Stern zu mir, und dann hol Fergus und sag ihm, er soll sich fertig machen.«

»Oh, Papa! Danke, danke!« Marsali umarmte ihn und gab ihm einen Kuß. Er hielt sie fest, gleichzeitig mit einer Hand das Hemd um seinen Unterleib umklammernd. Dann küßte er sie auf die Stirn und schob sie sanft weg.

»Vorsicht«, sagte er lächelnd. »Du willst doch wohl nicht, daß deine Hochzeit von Läusen überschattet wird.«

»Oh!« Errötend sah sie mich an und legte die Hand auf ihre schweißbedeckten hellen Locken, die im Nacken aus einem zerzausten Knoten fielen.

»Mutter Claire«, sagte sie schüchtern«, ich wollte – könntest du mir ein bißchen von deiner Seife leihen, die du aus Kamille machst? Ich – wenn noch Zeit dafür ist...« fügte sie hinzu und sah flüchtig zu Jamie hinüber, »ich würde mir gern die Haare waschen.«

»Natürlich. Komm mit, dann machen wir dich hübsch für deine Hochzeit.« Ich musterte sie von oben bis unten, von ihrem strahlenden Gesicht bis zu ihren schmutzigen bloßen Füßen. Der zerknitterte Stoff ihres eingelaufenen Kleides spannte sich über ihrer flachen Brust.

»Sie sollte für ihre Hochzeit aber ein schönes Kleid haben«, sagte ich zu Jamie.

»Sassenach«, erwiderte er, offenbar ungeduldig, »wir haben kein...«

»Nein, aber der Priester«, unterbrach ich ihn. »Sag Lorenz, er soll Vater Fogden fragen, ob er eins seiner Kleider herleiht; ich meine, eins von Ermenegilda. Ich glaube, sie haben in etwa die richtige Größe.«

Jamie sah mich verdutzt an.

»Ermenegilda? Arabella? Kleider?« Er kniff die Augen zusammen. »Was für eine Art Priester ist dieser Mann eigentlich, Sassenach?«

Ich blieb in der Tür stehen, während Marsali ungeduldig im Gang wartete.

»Hm«, sagte ich, »er trinkt ein bißchen viel. Und er liebt Schafe. Aber vielleicht weiß er noch, welche Worte er bei einer Trauung sprechen muß.«

Die Hochzeit gehörte zu den ungewöhnlichsten, denen ich je beigewohnt hatte. Als alle Vorbereitungen getroffen waren, war die Sonne längst im Meer versunken. Zum Ärger des Navigators Mr. Warren hatte Jamie die Abfahrt auf den nächsten Tag verschoben, damit die beiden Jungvermählten noch eine Nacht allein am Strand verbringen konnten.

»Ich würde ja auch nie die Hochzeitsnacht in einer dieser elenden Kajüten erleben wollen«, hatte er mir im Vertrauen gesagt. »Und der Gedanke, ein Mädchen in einer Hängematte zu entjungfern...«

»Genau«, sagte ich. Ich schüttete ihm noch mehr Essig über den Kopf und lächelte. »Sehr rücksichtsvoll von dir.«

Nun stand Jamie neben mir am Strand. Er roch zwar stark nach Essig, sah aber schön und würdevoll aus in dem blauen Rock, dem frischen Halstuch und der sauberen Wäsche. Das Haar hatte er zurückgekämmt und zusammengebunden. Der wilde rote Bart paßte nicht so recht zu der sonst eher gesetzten Kleidung, aber er war sorgfältig gestutzt und mit Essig gespült und mit einem Staubkamm ausgekämmt. Abgesehen von den bestrumpften Füßen gab er ein schönes Bild als Brautvater ab.

Murphy und Maitland, die beiden Trauzeugen, sahen weniger attraktiv aus, obwohl sie sich Gesicht und Hände gewaschen hatten. Fergus hätte wohl lieber Lorenz Stern als Trauzeugen gehabt, und Marsali hatte mich darum gebeten, aber wir hatten die beiden davon abbringen können: Stern sei kein Christ, und auch wenn ich den religiösen Anforderungen entspräche, würde dies in Laoghaires Augen nicht viel zählen, wenn sie es herausbekäme.

»Ich habe Marsali gesagt, sie müsse ihrer Mutter schreiben, daß sie geheiratet hat«, murmelte Jamie mir zu, während wir zusahen, wie am Strand die Vorbereitungen getroffen wurden. »Aber vielleicht sollte ich ihr doch raten, keine Einzelheiten zu berichten.«

Ich mußte ihm recht geben. Laoghaire würde nicht gerade erfreut sein, wenn sie erfuhr, daß ihre älteste Tochter mit einem einarmigen Ex-Taschendieb durchgebrannt war, der doppelt so alt war wie sie. Und ihre mütterliche Empörung würde sicher nicht beschwichtigt werden durch die Tatsache, daß die Ehe mitten in der Nacht an einem Strand in Westindien geschlossen wurde, und zwar von einem in Ungnade gefallenen – wenn nicht sogar seines Amtes enthobenen – Priester und in Anwesenheit von fünfundzwanzig Matrosen, zehn französischen Pferden, einer kleinen Schafherde – alle Schafe waren zur Feier des Tages mit lustigen Bändern geschmückt – und einem King-Charles-Spaniel, der zur festlichen Atmosphäre beitrug, indem er ständig mit Murphys Holzbein zu kopulieren versuchte. Aber was nach Laoghaires Ansicht das Faß wohl zum Überlaufen brächte, war meine Anwesenheit.

Man entzündete mehrere Fackeln, die in den Sand gesteckt wurden. Ihre Flammen züngelten meerwärts, grellrot und orange vor der samtschwarzen Nacht. Wie Himmelslichter schienen über uns die Sterne der Karibik. Sicher gab es nur wenige Bräute auf dieser Welt, die einen schöneren Ort für ihre Hochzeit gewählt hatten.

Ich weiß nicht, welcher Überredungskünste seitens Sterns es bedurft hatte, jedenfalls war Vater Fogden gekommen. Er wirkte geschwächt und unwirklich wie ein Gespenst, und das blaue Funkeln seiner Augen war das einzig Lebendige an ihm. Seine Haut war so grau wie sein Gewand, und seine Hände lagen zitternd auf dem abgenutzten Ledereinband seines Gebetbuches.

Jamie sah ihn scharf an und wollte wohl gerade Einwände erheben, murmelte dann aber nur leise etwas auf gälisch vor sich hin und preßte die Lippen fest zusammen. Ein würziger Sangriageruch umwehte Vater Fogden, aber immerhin war er aus eigener Kraft an den Strand gelangt. Schwankend stand er zwischen zwei Fackeln und versuchte, die Seiten des Buches umzublättern, an denen eine sanfte Brise zerrte.

Schließlich gab er es auf und ließ das Buch in den Sand fallen.

»Ahem«, begann er und rülpste. Dann sah er sich um und zeigte ein leises, engelsgleiches Lächeln. »Liebe Brüder und Schwestern im Herrn.«

Es dauerte eine Weile, bis die dichtgedrängten, murmelnden Zuschauer bemerkten, daß die Zeremonie begonnen hatte, sich gegenseitig in die Seite stießen und zur Aufmerksamkeit ermahnten.

»Willst du diese Frau zu deiner Ehefrau nehmen?« fragte Vater Fogden und wandte sich abrupt an Murphy.

»Nein«, sagte der Koch entsetzt. »Ich halte nichts von Frauen. Sind mir zu unordentlich.«

»Sie wollen nicht?« Vater Fogden sah ihn vorwurfsvoll an. Dann wandte er sich an Maitland.

»Was ist mit Ihnen?«

»Nein, Sir, ich nicht. Nicht, daß sich nicht jeder darüber freuen würde«, fügte er hastig hinzu. »Er, wenn ich bitten darf.« Maitland deutete auf Fergus, der neben dem jungen Kabinensteward stand und den Priester finster anstarrte.

»Er? Sind Sie sicher? Er hat nur eine Hand«, meinte Vater Fogden zweifelnd. »Macht ihr das nichts aus?«

»Nein!« Marsali, die neben Fergus stand, wirkte in Ermenegildas Kleid sehr gebieterisch. Es war aus blauer Seide und an dem
tiefen Ausschnitt und den Puffärmeln mit goldenen Stickereien geschmückt. Ihr Haar war sauber gewaschen und fiel ihr hellglän-
zend über die Schultern, wie es einer Jungfrau geziemte. Sie sah bezaubernd aus. Und wütend.

»Machen Sie weiter!« Sie stampfte mit dem Fuß auf, was den
Priester ordentlich verwirrte.

»Oh, ja«, meinte er nervös und trat einen Schritt zurück. »Ich
glaube nicht, daß das ein Hindernis ist. Ich meine, er hat ja nicht
seinen Schwanz verloren. Oder?« fragte der Priester ängstlich.
»Ich kann euch nicht trauen, wenn er keinen hat. Das ist nicht
zulässig.«

Der Ausdruck auf Marsalis Gesicht erinnerte mich stark an den
ihrer Mutter bei unserer Begegnung in Lallybroch. Fergus' Schultern zuckten, wenngleich ich nicht sagen konnte, ob vor Wut oder
unterdrücktem Lachen.

Schließlich erstickte Jamie den beginnenden Aufruhr, indem er
in die Mitte trat und die Hände auf Fergus' und Marsalis Schultern legte.

»Dieser Mann und diese Frau«, sagte er. »Trauen Sie sie, Vater
Fogden. Sofort, bitte«, fügte er nach kurzer Überlegung noch
hinzu, trat wieder zurück und rief die Hochzeitsgäste zur Ordnung, indem er finster um sich blickte.

»Oh, richtig, richtig«, beeilte sich Vater Fogden, leise schwankend, zu sagen. »Richtig, richtig.« Dann folgte eine lange Pause,
in der der Priester auf Marsali schielte.

»Name«, stieß er hervor. »Ich brauche einen Namen. Ohne
Namen könnt ihr nicht getraut werden. Genausowenig wie ohne
Schwanz. Ohne Namen kann man nicht getraut werden, und ohne
Schw–«

»Marsali Jane MacKimmie Joyce!« fuhr Marsali mit kräftiger
Stimme dazwischen.

»Ja, ja«, sagte er hastig. »Natürlich. Marsali. Mar-sa-li. Genau.
Also, nimmst du, Mar-sa-li, diesen Mann – obwohl ihm eine Hand
und vielleicht noch andere Körperteile fehlen – zu deinem recht-

mäßigen Ehemann? Um ihn zu besitzen von diesem Tage an bis in alle Zukunft, und zu entsagen...« An dieser Stelle unterbrach er sich und richtete seine Aufmerksamkeit auf eins der Schafe, das in den Schein der Fackel getreten war und fleißig auf einem Wollstrumpf kaute.

»Ja, das will ich!«

Vater Fogden zwinkerte, versuchte erfolglos, einen weiteren Rülpser zu unterdrücken, und richtete seine hellblauen Augen nun auf Fergus.

»Hast du auch einen Namen?«

»Ich heiße Fergus.«

Der Priester runzelte die Stirn. »Fergus?« sagte er. »Fergus. Fergus. Ja, Fergus gibt es. Ist das alles? Keine weiteren Namen? Ich brauche weitere Namen.«

»Fergus«, wiederholte der Bräutigam ein wenig gereizt. Abgesehen von seinem ursprünglichen französischen Namen Claudel hatte er nie einen anderen Namen gehabt. Jamie hatte ihn so genannt, als sie sich vor zwanzig Jahren in Paris kennengelernt hatten. Natürlich hatte ein Bastard, der in einem Bordell zur Welt gekommen war, keinen Nachnamen, den seine Frau hätte übernehmen können.

»Fraser«, sagte eine tiefe, kräftige Stimme neben mir. Fergus und Marsali blickten sich überrascht um, und Jamie nickte. Er sah Fergus in die Augen und lächelte. »Fergus Claudel Fraser.«

Fergus sah wie versteinert aus und starrte mit offenem Mund und weit aufgerissenen Augen in die Dämmerung. Dann nickte er leise, und ein Leuchten breitete sich auf seinem Gesicht aus.

»Fraser«, sagte er zu seinem Priester. Seine Stimme klang rauh, und er räusperte sich. »Fergus Claudel Fraser.«

Vater Fogden hatte den Kopf zurückgelegt und betrachtete die helle Sichel, die die schwarze Scheibe des Mondes trug. Dann senkte er den Kopf und schaute Fergus verträumt an.

»Das freut mich.«

Maitland stieß ihn sanft in die Rippen, damit er sich an seine Aufgabe erinnerte.

»Oh! Hm. Gut. Mann und Frau. Ja, ich erkläre euch zu Mann – nein, das geht nicht, du hast noch nicht gesagt, ob du sie nimmst. Sie hat zwei Hände«, fügte er hilfreich hinzu.

»Ich will«, sagte Fergus. Er kramte nervös in seiner Tasche und brachte einen kleinen goldenen Ring zum Vorschein. Er mußte ihn in Schottland gekauft und seither aufbewahrt haben. Offenbar wollte er die Hochzeit nicht bekannt machen, bevor er den Segen dazu hatte. Nicht den eines Priesters, sondern den Jamies.

Rundherum herrschte Schweigen, als er Marsali den Ring auf den Finger schob. Alle Augen waren auf das kleine, goldene Schmuckstück und die beiden Köpfe gerichtet, die sich darüber beugten.

Nun hatte sie es endlich geschafft. Ein fünfzehnjähriges Mädchen, dessen einzige Waffe Dickköpfigkeit war. »Ich will ihn«, hatte sie gesagt. Gegen die Einwände ihrer Mutter und gegen Jamies Argumente, trotz Fergus' Bedenken und ihrer eigenen Ängste.

Sie hob strahlend das Gesicht und blickte in Fergus' Augen wie in einen Spiegel. Ich spürte, wie Tränen in mir aufstiegen.

»Ich will ihn.« Das hatte ich zu Jamie nicht gesagt, als wir heirateten – damals hatte ich ihn nicht gewollt. Aber seither hatte ich es dreimal gesagt, zweimal auf dem Craigh na Dun und dann noch einmal in Lallybroch.

»Ich will ihn.« Ich wollte ihn immer noch, und nichts konnte zwischen uns stehen.

Ich spürte seinen Blick auf mir ruhen, dunkelblau und sanft wie das Meer in der Morgendämmerung.

»Was denkst du, *mo chridhe*?« fragte er mich zärtlich.

Ich unterdrückte die Tränen und lächelte ihn an. Groß und warm lagen seine Hände auf den meinen.

»Daß das, was ich dir dreimal sagte, die Wahrheit ist«, erwiderte ich. Und in dem Augenblick, da ich mich auf die Zehenspitzen stellte und ihn küßte, ertönten die Jubelrufe der Matrosen.

NEUNTER TEIL

Unbekannte Welten

53

Fledermausdreck

In frischem Zustand ist Fledermauskot schleimig und von schwarzgrüner Farbe, getrocknet hingegen hellbraun und pulverig. So oder so aber verströmt er einen modrigen Geruch von Moschus und Ammoniak, der einem die Tränen in die Augen treibt.

»Wieviel von diesem Zeug nehmen wir mit, sagtest du?« fragte ich durch das Tuch, das ich mir um den Mund gebunden hatte.

»Zehn Tonnen«, erwiderte Jamie ebenfalls mit gedämpfter Stimme. Wir standen auf dem Oberdeck und sahen zu, wie die Sklaven das stinkende Zeug auf Schubkarren über eine Planke zur offenen Luke des hinteren Laderaums schoben.

Winzige Teilchen des getrockneten Düngers flogen durch die Luft und erfüllten sie mit einer täuschend schönen goldenen Wolke, die in der Nachmittagssonne glitzerte und glänzte. Auch die Männer waren über und über mit dem Dünger bedeckt. Schweißtropfen bildeten dunkle Rinnen in dem Staub auf ihren bloßen Oberkörpern und ihren Gesichtern, so daß sie schwarzgoldgestreift waren wie Zebras.

Jamie tupfte sich die tränenden Augen, als der Wind sich in unsere Richtung drehte. »Weißt du, wie man jemanden kielholt, Sassenach?«

»Nein, aber wenn du Fergus im Auge hast, helfe ich dir. Wie weit ist es noch bis Jamaika?« Fergus hatte auf dem Markt in Bridgetown herumgefragt und der *Artemis* den ersten Auftrag als Handels- und Frachtschiff verschafft: Den Transport von zehn Kubiktonnen Guano von Barbados nach Jamaika, wo er als Dünger auf der Zuckerrohrplantage eines Mr. Grey Verwendung finden sollte.

Fergus überwachte ziemlich schuldbewußt die Verladung der

riesigen Blöcke von getrocknetem Guano, die von den Karren gekippt und von Mann zu Mann bis zum Laderaum weitergereicht wurden. Marsali, die ihm sonst nie von der Seite wich, hatte sich aufs Vorderdeck zurückgezogen. Dort saß sie auf einem mit Orangen gefüllten Faß, den hübschen neuen Schal, den Fergus ihr auf dem Markt gekauft hatte, um das Gesicht gewickelt.

»Wir sind schließlich ein Handelsschiff«, hatte Fergus gemeint. »Wir haben einen fast leeren Laderaum. Und außerdem«, hatte er hinzugefügt, »wird Monsieur Grey uns mehr als angemessen bezahlen.«

»Wie weit, Sassenach?« Jamie blinzelte zum Horizont. Dank Mr. Willoughbys Zaubernadeln war er nun seefest, aber er unterwarf sich der Behandlung ohne echte Begeisterung. »Drei oder vier Tage, meint Warren«, gestand ich mit einem Seufzer, »falls das Wetter einigermaßen hält.«

»Vielleicht ist der Gestank auf See nicht mehr so schlimm«, sagte ich.

»O ja, Madame«, versicherte mir Fergus, der unser Gespräch im Vorbeigehen mitbekommen hatte. »Der Besitzer hat mir gesagt, daß der stechende Geruch rasch verfliegt, sobald das Zeug einmal aus den Höhlen entfernt ist.« Er sprang in das Takelwerk und kletterte trotz seines Hakens geschickt wie ein Affe hinauf. Oben band er ein rotes Tuch fest, das Zeichen für die Helfer vom Kai, an Bord zu gehen. Dann ließ er sich wieder hinuntergleiten, wobei er unterwegs ein paar grobe Worte zu Ping An sagte, der auf einer Saling hockte und die Vorgänge unten im Auge behielt.

»Fergus tut so, als ob diese Fracht ihm gehört« meinte ich.

»Aye, er ist ja auch mein Partner«, erwiderte Jamie. »Ich habe ihm klargemacht, daß er sich überlegen muß, wie er seine Frau ernähren will. Und da es eine Weile dauern wird, bis wir wieder drucken können, muß er eben das nehmen, was sich gerade bietet. Er und Marsali bekommen die Hälfte des Gewinns von dieser Fracht – als Vorschuß auf die Aussteuer, die ich ihr versprochen habe«, fügte er reuevoll hinzu.

»Weißt du«, sagte ich, »ich würde den Brief, den Marsali ihrer Mutter schickt, zu gerne lesen. Ich meine, erst Fergus, dann Vater Fogden und Mamacita, und jetzt auch noch zehn Tonnen Fledermausscheiße als Aussteuer.«

»Ich werde nie wieder einen Fuß auf schottischen Boden setzen können, wenn Laoghaire das erfährt«, meinte Jamie, lächelte aber dabei. »Hast du schon darüber nachgedacht, was du mit deiner neuesten Errungenschaft machen wirst?«

»Erinnere mich nicht daran«, sagte ich ein wenig mürrisch. »Wo ist er überhaupt?«

»Irgendwo unten«, antwortete Jamie nur, da seine Aufmerksamkeit durch einen Mann abgelenkt wurde, der unten auf dem Kai auf uns zukam. »Murphy hat ihm etwas zu essen gegeben, und Innes wird einen Platz für ihn finden. Entschuldige, Sassenach, ich glaube, da möchte mich jemand sprechen.« Er schwang sich von der Reling und ging über die Planke, wobei er einem Sklaven mit einer Karre voll Guano geschickt auswich.

Interessiert beobachtete ich, wie er den Mann begrüßte, einen großen Kolonialisten, der wie ein wohlhabender Plantagenbesitzer gekleidet war und dessen wettergegerbtes Gesicht von einem langjährigen Leben auf den Inseln zeugte. Er streckte Jamie die Hand entgegen, der sie fest drückte und etwas sagte. Sofort schwand das Mißtrauen aus den Zügen des Mannes.

Es mußte mit Jamies Besuch in der Freimaurerloge von Bridgetown zu tun haben, den er unmittelbar nach unserer Ankunft am Tag zuvor gemacht hatte. Er hatte sich als Mitglied der Bruderschaft ausgewiesen, dem Logenmeister seinen Neffen Ian beschrieben und gefragt, ob sie etwas von dem Jungen oder der *Bruja* wußten. Der Meister hatte ihm versprochen, alle Freimaurer zu informieren, die gelegentlich den Sklavenmarkt und den Frachthafen aufsuchten. Vielleicht zeigte das Versprechen bereits Früchte.

Neugierig beobachtete ich, wie der Plantagenbesitzer ein Stück Papier aus seiner Manteltasche zog und auseinanderfaltete. Dann zeigte er es Jamie und gab offenbar Erklärungen dazu ab. Jamie wirkte sehr konzentriert, doch sein Gesicht zeigte weder Begeisterung noch Enttäuschung. Vielleicht gab es überhaupt keine Nachricht von Ian. Nach unserem Besuch auf dem Sklavenmarkt am Tag zuvor hoffte ich es fast.

Während Jamie den Logenmeister besuchte, waren Stern, Fergus, Marsali und ich unter Murphys Führung zum Sklavenmarkt gegangen. Der Markt befand sich in Hafennähe am Ende einer staubigen Straße, die von Ständen mit Obst und Kaffee, Trockenfisch und Kokosnüssen, Yamwurzeln und Koschenilleläusen zum Färben gesäumt wurde.

Murphy, ein leidenschaftlicher Verfechter von Sitte und Anstand, hatte darauf beharrt, daß Marsali und ich einen Sonnenschirm brauchten, und Fergus gezwungen, bei einem Straßenverkäufer zwei zu besorgen.

»In Bridgetown tragen alle weißen Frauen Sonnenschirme«, betonte er.

»Ich brauche aber keinen Sonnenschirm«, erklärte ich ungeduldig, denn angesichts der Möglichkeit, Ian endlich zu finden, war mir mein Teint völlig gleichgültig. »Die Sonne ist nicht besonders stark. Gehen wir!«

Murhpy starrte mich entrüstet an.

»Aber die Leute werden Sie nicht für respektabel halten, wenn Sie sich keine Mühe geben, Ihre Haut zu schützen!«

»Ich habe nicht vor, mich hier niederzulassen«, erwiderte ich bissig. »Es kümmert mich nicht, was die Leute denken.« Um jeden weiteren Streit zu vermeiden, ging ich weiter in Richtung Sklavenmarkt.

»Ihr Gesicht wird... rot... werden!« Murphy humpelte empört neben mir her und versuchte, den Schirm im Gehen zu öffnen.

»Na, das wird mich sicher umbringen!« fuhr ich ihn an. Meine Nerven waren zum Zerreißen gespannt. »Also gut, dann geben Sie mir das verdammte Ding!« Gereizt nahm ich ihm den Schirm ab und spannte ihn auf.

Doch schon nach kurzer Zeit war ich Murphy dankbar für seine Hartnäckigkeit. Während die Straße von großen Palmen und Drachenbäumen überschattet war, wurde der Sklavenmarkt auf einem großen, gepflasterten Platz abgehalten. Lediglich ein paar schäbige mit Blech oder Palmblättern überdachte Unterstände für die Sklavenhändler und Auktionäre boten etwas Schatten. Die Sklaven selbst waren in großen Pferchen am Rande des Platzes untergebracht, wo sie Wind und Wetter ausgesetzt waren.

Hier im Freien brannte die Sonne tatsächlich unerbittlich. Geblendet von dem gleißenden Licht, blinzelte ich und rückte rasch den Sonnenschirm zurecht.

Jetzt erst sah ich die Unzahl von nackten oder halbnackten Leibern in allen erdenklichen Brauntönen. Vor den Auktionsblocks sammelten sich die Plantagenbesitzer und ihre Dienstboten, um die Ware zu begutachten.

Der Gestank auf dem Platz war stechend, selbst für jemanden, der an die beißenden Gerüche Edinburghs und die übelriechenden Zwischendecks der *Porpoise* gewöhnt war. In den Ecken der Pferche lagen dampfend menschliche Exkremente, und in der Luft hing ein dicker Ölgestank, aber am durchdringendsten war der unangenehm vertraute Geruch nackten Fleisches, das in der Sonne briet.

»Himmel«, murmelte Fergus. Sein Blick wanderte unruhig von einer Seite zur anderen. »Das ist ja schlimmer als auf dem Montmartre.« Marsali sagte kein Wort, schmiegte sich aber mit gerümpfter Nase noch näher an ihn.

Stern hingegen schien einigermaßen unbeeindruckt. Vermutlich hatte er bei seiner Erforschung der Inseln schon viele solcher Sklavenmärkte zu Gesicht bekommen.

»Die Weißen sind dort hinten«, erklärte er und deutete auf das andere Ende des Platzes. »Kommen Sie. Wir fragen dort nach jungen Männern, die in letzter Zeit verkauft worden sind.« Er legte seine große Hand auf meinen Rücken und schob mich vorsichtig durch die Menschenmenge.

Am Rande des Marktes hockte eine alte, schwarze Frau auf dem Boden und legte Kohle in eine Pfanne. Als wir uns näherten, kam eine Gruppe von Leuten auf sie zu: ein Plantagenbesitzer, der von zwei schwarzen Männern in groben Baumwollhemden und -hosen begleitet wurde, die offenbar seine Diener waren. Einer von ihnen hielt eine gerade erworbene Sklavin am Arm, zwei weitere, bis auf schmale, um die Hüften geschlungene Stoffstreifen nackte Mädchen wurden an Leinen geführt, die um ihren Hals gewickelt waren.

Der Plantagenbesitzer beugte sich hinunter und gab der alten Frau eine Münze. Darauf holte sie mehrere kurze Metallstäbe hervor und hielt sie dem Mann zur Begutachtung hin. Dieser wählte zwei aus, richtete sich wieder auf und übergab die Brandeisen einem Diener, der die Enden in die Kohlepfanne steckte.

Der andere Diener trat derweil hinter das Mädchen und fesselte ihr die Arme. Dann zog der erste die Eisen aus dem Feuer und drückte beide gleichzeitig auf die rechte Brust des Mädchens. Sie stieß einen gellenden Schrei aus, und ein paar der umstehenden Leute drehten sich um. Als die Eisen wieder weggezogen wurden, blieb rohes Fleisch in Form der Buchstaben HB zurück.

Bei diesem Anblick war ich abrupt stehengeblieben. Die anderen hatten es nicht bemerkt und waren weitergegangen. Vergebens sah ich mich nach Stern und Fergus um. Selbst Marsalis gelben Sonnenschirm konnte ich nirgendwo entdecken.

Als ich mich schaudernd abwandte, hörte ich hinter mir Schreie und Wimmern, wollte mich jedoch nicht mehr umsehen. Mit abgewandtem Blick rannte ich an mehreren Auktionsblocks vorbei, wurde dann aber von einer Menschenansammlung vor mir aufgehalten.

Die Männer und Frauen, die mir im Weg standen, lauschten einem Auktionator, der die Tugenden eines nackt auf dem Block stehenden einarmigen Sklaven anpries. Er war klein, aber gut gebaut, mit dicken Schenkeln und einer breiten Brust.

»Er taugt sicher nicht für die Feldarbeit, das stimmt«, räumte der Auktionator ein. »Aber er ist eine gute Investition für die Zucht. Sehen Sie sich diese Beine an!« Er schlug mit seinem Rohrstock auf die Waden des Sklaven und feixte dann in die Menge.

»Können Sie denn eine Garantie für seine Potenz geben?« fragte der Mann hinter ihm skeptisch. »Ich hatte vor drei Jahren einen Hengst, einen Riesenkerl, und trotzdem ging kein einziges Fohlen auf sein Konto.«

Die Menge kicherte, und der Auktionator tat beleidigt.

»Garantie?« sagte er. Er wischte sich theatralisch über die Hängebacken. »Seht selbst, ihr Kleingläubigen!« Er beugte sich vor, packte den Penis des Sklaven und begann, ihn heftig zu massieren.

Der Mann brummte überrascht und wich zurück, doch ein Helfer packte ihn am Arm und hielt ihn fest. Die Menge brach in Gelächter aus, und als das Glied hart wurde und anschwoll, waren vereinzelte Beifallsrufe zu hören.

Plötzlich klickte etwas in mir. Eine maßlose Wut stieg in mir auf – über den Markt, das Brandmarken, die Nacktheit, die rohen Worte und die beiläufigen Demütigungen, vor allem aber über meine eigene Anwesenheit –, und ich handelte, ohne zu überlegen. Ich fühlte mich merkwürdig losgelöst, als ob ich neben mir stünde und zusähe.

»Aufhören!« sagte ich laut, wobei ich meine eigene Stimme kaum wiedererkannte. Der Auktionator blickte überascht auf und lächelte mich einschmeichelnd und gleichzeitig lüstern an.

»Gute Zuchtmasse, Ma'am«, meinte er. »Mit Garantie, wie Sie sehen.«

Ich faltete meinen Sonnenschirm zusammen und stach ihm das spitze Ende in den fetten Bauch, so daß er entsetzt zurücksprang. Dann riß ich den Schirm zurück, schmetterte ihn auf seinen Kopf, ließ ihn fallen und trat mit aller Kraft zu.

Im tiefsten Innern wußte ich, daß es nichts ändern würde, nichts, aber auch gar nichts half und nur Schaden anrichtete. Und doch konnte ich nicht einfach danebenstehen und schweigen. Ich tat es nicht um der gebrandmarkten Mädchen willen, nicht um des Mannes auf dem Block willen, nein, ich tat es für mich selbst.

Um mich entstand ein Höllenlärm, Hände griffen nach mir und zerrten mich von dem Auktionator weg. Nachdem sich der wackere Mann einigermaßen von seinem Schock erholt hatte, schleuderte er mir ein boshaftes Grinsen entgegen und schlug den Sklaven hart ins Gesicht.

Als ich mich hilfesuchend umsah, fing ich einen Blick von Fergus auf, dessen Gesicht wutverzerrt war. Er drängte sich durch die Menge auf den Auktionator zu und rief etwas, so daß sich mehrere Männer nach ihm umdrehten. Die Leute begannen zu stoßen und zu drängeln. Jemand stellte mir ein Bein, und ich fiel auf das Pflaster.

Durch eine Staubwolke hindurch sah ich etwa zwei Meter von mir entfernt Murphy, der sich resigniert hinunterbeugte und sein Holzbein abschnallte. Dann richtete er sich auf, humpelte geschickt nach vorn und schmetterte es mit Wucht auf den Kopf des Auktionators. Der Mann schwankte und fiel um, während die Menge zurückwich.

Seines Opfers beraubt, blieb Fergus nun vor dem gefällten Mann stehen und sah sich wütend um. Aus der anderen Richtung schritt Stern mit grimmiger Miene durch die Menge, die Hand auf dem Buschmesser an seinem Gürtel.

Erschüttert saß ich auf dem Boden. Mir war übel, und ich hatte Angst. Wie dumm ich mich verhalten hatte! Fergus, Stern und Murphy würden nun sicher Prügel beziehen, wenn es nicht sogar noch schlimmer kam.

Doch dann war Jamie da.

»Steh auf, Sassenach«, sagte er ruhig, stellte sich breitbeinig über mich und zog mich hoch. Meine Knie zitterten. Ich sah Raeburns langen Schnauzbart, MacLeod stand hinter ihm – die Schotten waren also an seiner Seite. Dann gaben meine Knie nach, aber Jamie fing mich auf.

»Tu etwas«, sagte ich mit krächzender Stimme. »Bitte. Tu etwas.«

Er hatte etwas unternommen. Geistesgegenwärtig, wie er war, hatte er das einzige getan, was einen Aufruhr verhindern und Schaden abwenden konnte. Er hatte den einarmigen Mann gekauft. Und die Ironie dabei war, daß mein kleiner Gefühlsausbruch mich zur Besitzerin eines echten Guinea-Sklaven gemacht hatte, der zwar nur einen Arm hatte, dafür aber gesund und von garantierter Manneskraft war.

Ich seufzte und versuchte, nicht an den Mann zu denken, der sich nun, satt und – wie ich hoffte – ordentlich gekleidet, irgendwo unter Deck befand. In den Besitzdokumenten, die auch nur anzurühren ich mich strikt geweigert hatte, stand, er sei ein vollblütiger Yoruba, der von einem französischem Pflanzer verkauft worden war, einarmig, mit einem Brandzeichen auf der linken Schulter – eine Lilie mit der Intialie »A« –, und er hörte auf den Namen Temeraire. Der Kühne. Aber nirgendwo stand, was in Gottes Namen ich mit ihm anstellen sollte.

Jamie hatte offenbar die Papiere des Mannes von der Loge durchgelesen – soweit ich von der Reling aus erkennen konnte, sahen sie genauso aus wie meine Dokumente für Temeraire. Er gab sie mit einer Verbeugung zurück. Dann tauschten die beiden noch ein paar Worte, schüttelten sich die Hände und trennten sich.

»Sind alle an Bord?« fragte Jamie, als er heraufkam. Das dunkelblaue Band, das seinen dicken Haarzopf zusammenhielt, flatterte in der leichten Brise.

»Aye, Sir«, sagte Mr. Warren und machte eine ruckartige Bewegung mit dem Kopf, was auf einem Handelsschiff als Gruß durchging. »Sollen wir die Segel setzen?«

»Ja, bitte. Danke, Mr. Warren.« Mit einer leichten Verbeugung ging Jamie an ihm vorbei und stellte sich neben mich.

»Nichts«, antwortete er gelassen. Obwohl sein Gesicht ruhig

wirkte, spürte ich, wie enttäuscht er war. Bei den Gesprächen, die er am Tag zuvor mit den beiden Männern geführt hatte, welche auf dem Sklavenmarkt mit weißen Zwangsarbeitern handelten, hatte sich nichts Neues ergeben, und der Freimaurer war seine letzte Hoffnung gewesen.

Ich wußte nicht mehr, was ich sagen sollte. Ich legte meine Hand auf die seine und drückte sie. Jamie sah mich mit einem schwachen Lächeln an. Dann holte er tief Luft, straffte die Schultern und legte sich den Mantel um.

»Aye. Zumindest habe ich eins erfahren. Das war eben Mr. Villiers. Er besitzt hier auf der Insel eine große Zuckerplantage. Er hat dem Kapitän der *Bruja* vor drei Tagen sechs Sklaven abgekauft – aber Ian war nicht darunter.«

»Vor drei Tagen?« Ich war überrascht. »Aber – die *Bruja* ist schon vor über zwei Wochen von Hispaniola aufgebrochen!«

Er nickte und rieb sich das frisch rasierte Kinn.

»Ja. Und sie ist am Mittwoch hier angekommen – vor fünf Tagen.«

»Also war sie noch woanders, bevor sie nach Barbados gekommen ist! Hast du herausbekommen, wo?«

Er schüttelte den Kopf.

»Villiers wußte es nicht. Er hat sich lange mit dem Kapitän unterhalten. Wie er sagt, hat der Mann ein großes Geheimnis um die letzte Anlaufstelle des Schiffes gemacht. Villiers hat sich nicht viel dabei gedacht, da er wußte, daß die *Bruja* einen schlechten Ruf hat – und nachdem er gemerkt hatte, daß der Kapitän die Sklaven zu einem günstigen Preis verkaufte.«

»Aber...« – sein Gesicht hellte sich ein wenig auf – »Villiers hat mir die Papiere der Sklaven gezeigt, die er gekauft hat. Hast du dir die für deinen Sklaven schon angesehen?«

»Ich wünschte, du würdest ihn nicht so nennen«, sagte ich. »Aber, ja. Schauen die, die er dir gezeigt hat, genauso aus?«

»Nicht ganz. Auf dreien wurde kein Vorbesitzer genannt – obwohl Villiers sagte, keiner der Sklaven käme direkt aus Afrika; alle sprechen zumindest ein paar Wörter Englisch. Auf einem wurde zwar ein Vorbesitzer genannt, aber der Name war ausgekratzt und nicht mehr zu entziffern. Auf den beiden anderen war eine Mrs. Abernathy aus Rose Hall in Jamaika als Vorbesitzerin vermerkt.

Also müssen wir als nächstes nach Jamaika fahren – schon allein, um unsere Fracht loszuwerden, bevor wir an dem Gestank eingehen.« Er rümpfte die lange Nase.

Inzwischen war die *Artemis* vom Verladekai in den offenen Hafen geglitten. Als wir in den Wind fuhren, umfing das Schiff ein stechender, unheimlicher Geruch – ein neuer Ton in der Geruchssymphonie aus toten Krebsen, feuchtem Holz, Fisch, faulendem Tang und den warmen Ausdünstungen der tropischen Vegetation.

Ich preßte mir das Taschentuch fest über Mund und Nase. »Was ist das?«

»Wir fahren an der Verbrennungsstätte vorbei, Madam, am Ende des Marktplatzes«, erklärte Maitland, der meine Frage mitbekommen hatte. Er deutete zum Ufer, wo eine weiße Federwolke aufstieg. »Sie verbrennen die Leichen der Sklaven, die die Überfahrt von Afrika nicht überlebt haben. Erst laden sie die lebende Fracht aus, dann werden die Leichen entfernt und auf den Scheiterhaufen geworfen, damit sich in der Stadt keine Krankheiten ausbreiten.«

Ich sah Jamie an. Meine Angst spiegelte sich in seinem Gesicht.

»Wie oft machen sie das?« fragte ich. »Jeden Tag?«

»Weiß nicht, Madam, aber ich glaube nicht. Vielleicht einmal in der Woche?« Maitland zuckte die Achseln und widmete sich wieder seinen Pflichten.

»Wir müssen nachsehen«, sagte ich. Meine Stimme kam mir fremd vor.

Jamie war leichenblaß geworden. Wie gebannt blickte er auf die Rauchwolke und preßte die Lippen zusammen.

»Aye«, sagte er nur und wandte sich um, um Mr. Warren zu sagen, er müsse wenden.

Der Hüter des Feuers, eine verhutzelte Kreatur von undefinierbarer Hautfarbe und ebensolchem Akzent, brüllte entsetzt los, als er bemerkte, daß eine Dame die Verbrennungsstätte betreten wollte, aber Jamie schubste ihn brüsk zur Seite. Er versuchte nicht, mich zurückzuhalten – er wußte, ich würde ihn hier nicht allein lassen.

Es war eine kleine Mulde, die hinter einer Baumreihe in der Nähe eines Kanals lag, der in den Fluß hineinragte. Zwischen dem leuchtenden Grün der Baumfarne und Zwergpoinciana sah ich schwarze Pechkarren und Berge von trockenem Holz. Auf der rechten Seite hatte man einen riesigen Scheiterhaufen mit einer Holzplattform errichtet, auf der sich die von Pech triefenden Leichen türmten.

Der Scheiterhaufen war erst kurz zuvor angezündet worden; auf der einen Seite stand er zwar schon hell in Flammen, doch vom Rest züngelten nur kleine Flammen hoch. Der Rauch verhüllte die Leichen und rollte in einem wabernden, dichten Schleier über den Haufen, so daß man glaubte, die herabhängenden Glieder bewegten sich.

Jamie hielt inne und starrte auf den Berg von Leichen. Dann sprang er ohne Rücksicht auf Rauch und die glühende Hitze auf die Plattform, zerrte an den Leichen und durchwühlte voller Ingrimm die gräßlichen Überreste.

Einen Moment lang verschwand er im Rauch, und ich dachte, er sei gefallen und das Feuer hätte ihn erfaßt. Ein gräßlicher Geruch von geröstetem Fleisch stieg auf, und mir wurde übel.

»Jamie!« rief ich. »*Jamie!*«

Statt einer Antwort vernahm ich ein röchelndes Husten, das aus der Mitte des Feuers kam. Wenige Minuten später teilte sich der Rauchschleier, und er kam keuchend heraus.

Er bahnte sich einen Weg von der Plattform herunter und hustete sich die Lunge aus dem Leib. Sein ganzer Körper war mit einer öligen Rußschicht bedeckt, Hände und Kleider waren mit Pech beschmiert, und er konnte nichts mehr sehen.

Ich warf dem Hüter des Feuers ein paar Münzen zu, packte Jamie am Arm und führte ihn aus dem Tal des Todes. Als wir die Palmen erreichten, sank er auf die Knie und erbrach sich.

»Rühr mich nicht an«, keuchte er, als ich versuchte, ihm zu helfen. Wieder und wieder übergab er sich, bis es schließlich aufhörte und er schwankend aufstand.

Er ging langsam zum Rand des Hafenbeckens, zog Rock und Schuhe aus und sprang voll bekleidet ins Wasser.

Als er nach einer Weile triefend aus dem Wasser stieg, waren die Pechflecken zwar noch da, aber der Ruß und der Rauchgeruch waren nahezu verschwunden. Schwer atmend setzte er sich auf die Kaimauer. Über uns lugte eine Reihe neugieriger Gesichter über die Reling der *Artemis*.

»Er war nicht dabei«, sagte er.

Eine erfrischende Brise wirbelte die nassen Locken auf, die auf seine Schultern herabfielen. Als ich mich umsah, war die Feder- wolke, die aus der kleinen Senke aufstieg, schwarz geworden. Sie schwebte zum Meer – die Asche der toten Sklaven floh mit dem Wind zurück nach Afrika.

54

»*Der kühne Pirat*«

»Ich kann niemanden besitzen«, sagte ich voller Abscheu, als ich auf die Papiere blickte, die vor mir im Lampenlicht ausgebreitet lagen. »Ich *kann's* einfach nicht. Das ist nicht richtig.«

»Ich stimme dir ja zu, Sassenach, aber was sollen wir mit dem Kerl machen?« Jamie saß neben mir auf der Koje, blickte über meine Schulter auf die Besitzdokumente und strich sich stirnrunzelnd durchs Haar.

»Wir könnten ihn freilassen – das erscheint mir als das einzig Richtige –, aber was wird dann mit ihm geschehen?« Er beugte sich vor, um die Papiere zu lesen. »Er kann nur ein paar Worte Französisch und Englisch; und außerdem hat er keine nennenswerten Fähigkeiten. Wenn wir ihn freiließen – würde er allein zurechtkommen?«

Nachdenklich knabberte ich an einer Käsetasche von Murphy. Sie schmeckte gut, aber der Geruch der brennenden Öllampe wollte nicht so recht zum Käsearoma passen, und dazu kam auch noch – wie überall auf dem Schiff – der heimtückische Gestank des Fledermausdüngers.

»Ich weiß nicht«, sagte ich. »Stern hat mir erzählt, auf Hispaniola gebe es eine Menge freier Schwarzer. Viele Kreolen und Mischlinge, und nicht wenige von ihnen führen sogar ein eigenes Geschäft. Ist das auf Jamaika auch so?«

Er schüttelte den Kopf und griff nach einer Käsetasche.

»Ich glaube nicht. Es stimmt, es gibt ein paar freie Schwarze, die ihren Lebensunterhalt verdienen, aber das sind nur die, die etwas können – Näherinnen und Fischer zum Beispiel. Ich habe mich ein bißchen mit diesem Temeraire unterhalten. Er war Zuckerrohrschneider, bevor er seinen Arm verlor, aber sonst kann er nichts.«

Ich betrachtete die Papiere. Der bloße Gedanke, Besitzerin eines Sklaven zu sein, stieß mich ab, aber allmählich dämmerte mir, daß ich mich der Verantwortung nicht so leicht entziehen konnte.

Der Mann war vor fünfzehn Jahren aus einem Sklavenlager an der Küste von Guinea hergebracht worden. Mein erster Impuls, ihn in seine Heimat zurückzuschicken, war vollkommen abwegig: Selbst wenn wir ein Schiff finden würden, das ihn als Passagier an Bord nahm, würde er höchstwahrscheinlich sofort wieder als Sklave verkauft werden.

Allein, unwissend und mit nur einem Arm wäre er vollkommen schutzlos. Und selbst wenn er wie durch ein Wunder wohlbehalten nach Afrika gelangte und weder afrikanischen noch europäischen Sklavenhändlern in die Hände fiele, hätte er praktisch keine Chance, sein Dorf wiederzufinden. Und wenn doch, so hatte Stern mir erklärt, würden ihn seine eigenen Leute wahrscheinlich töten oder verjagen, da sie ihn als Geist und somit als Gefahr für das eigene Leben betrachten würden.

»Ich nehme nicht an, daß du in Erwägung ziehst, ihn zu verkaufen?« fragte Jamie vorsichtig. »An jemanden, von dem wir sicher wären, daß er ihn gut behandelt?«

Ich massierte mir die Stirn.

»Das ist doch in keiner Hinsicht besser, als ihn selbst zu besitzen«, protestierte ich.

Jamie seufzte. Er hatte den größten Teil des Tages damit verbracht, mit Fergus durch die dunklen, stinkenden Laderäume zu klettern, um vor der Ankunft in Jamaika die Fracht zu inventarisieren, und war nun müde.

»Gut, das leuchtet mir ein«, sagte er. »Aber es ist auch nicht besonders nett, ihn freizulassen, damit er dann verhungert.«

»Nein.« Ich versuchte, den Wunsch zu verdrängen, ich hätte den einarmigen Sklaven nie zu Gesicht bekommen. Für mich wäre alles viel leichter gewesen – für ihn hingegen wohl nicht.

Jamie erhob sich von der Koje, stützte sich auf den Tisch und streckte die Schultern. Dann beugte er sich zu mir hinunter und küßte mich auf die Stirn.

»Mach dir keine Gedanken, Sassenach. Ich werde mit dem Verwalter auf Jareds Plantage sprechen. Vielleicht findet er eine Beschäftigung für den Mann, oder…«

Er wurde durch einen Warnschrei von oben unterbrochen.

»Schiff ahoi! Paß auf, da unten! Backbord voraus, ahoi!« Der Schrei des Wachtpostens klang aufgeregt, und plötzlich eilten die Matrosen aus ihren Kabinen. Dann folgten weitere Schreie und ein Rucken und Rumpeln. Die *Artemis* fuhr rückwärts.

»Was um Himmels willen…«, begann Jamie, wurde jedoch durch ein berstendes Krachen übertönt. Er flog mit weit aufgerissenen Augen auf die Seite. Die Kabine schwankte. Der Stuhl, auf dem ich saß, fiel um, so daß ich zu Boden stürzte. Die Öllampe löste sich aus der Konsole, wurde aber zum Glück gelöscht, bevor sie zu Boden fiel, und alles war dunkel.

»Sassenach! Ist alles in Ordnung?«

»Ja«, sagte ich und kroch unter dem Tisch hervor. »Und bei dir? Was ist passiert? Hat uns jemand gerammt?«

Jamie war jedoch schon bei der Tür und riß sie auf. Stimmengewirr und laute Schritte drangen vom Deck zu uns hinunter, unterbrochen von krachenden Pistolenschüssen.

»Piraten«, sagte er nur. »Sie sind auf dem Schiff.« Allmählich gewöhnten sich meine Augen an das spärliche Licht, und ich sah, wie er die Pistole aus der Tischschublade holte. Dann schnappte er sich den Dolch, der unter seinem Kopfkissen lag, und ging zur Tür.

»Hol Marsali, Sassenach, und geh mit ihr nach unten. Geh so weit du kannst nach achtern – zum großen Laderaum mit dem Dünger. Versteckt euch hinter den Blöcken und rührt euch nicht.« Dann war er verschwunden.

Ich tastete in dem Schrank über meiner Koje nach der Saffianlederschachtel, die Mutter Hildegarde mir in Paris gegeben hatte. Gegen Piraten war ein Skalpell vielleicht nicht besonders hilfreich, aber mit einer Waffe in der Hand würde ich mich sicherer fühlen.

»Mutter Claire?« Marsalis Stimme drang schrill und verängstigt von der Tür herüber.

»Ich bin hier«, antwortete ich. Weißer Stoff leuchtete auf, als sie sich näherte, und ich drückte ihr den elfenbeinernen Brieföffner in die Hand. »Hier, nimm das, für alle Fälle. Komm, wir sollen nach unten gehen.«

Ein Amputiermesser mit langem Griff in der einen und ein Bündel Skalpelle in der anderen Hand, führte ich sie durch das Schiff zum hinteren Laderaum. Auf dem Deck über uns donnerten

Schritte, überlagert von einem schrecklich knarrenden, scharrenden Geräusch, das wohl daher rührte, daß sich das Spantenwerk der *Artemis* an dem des unbekannten Schiffes rieb, das uns gerammt hatte.

Im Laderaum herrschte pechschwarze Finsternis, und die Luft war zum Schneiden dick. Hustend tasteten wir uns voran.

»Sind das Piraten?« fragte Marsali.

»Wahrscheinlich.« Stern hatte uns erzählt, die Karibik sei ergiebiges Jagdgebiet für Piratenlogger und skrupellose Zünfte aller Art, aber wir hatten nicht mit Schwierigkeiten gerechnet, da unsere Fracht nicht besonders wertvoll war. »Ich vermute, sie haben keinen guten Geruchssinn.«

»He?«

»Schon gut«, sagte ich. »Komm, setz dich; wir können nur warten.«

Ich wußte aus Erfahrung, daß es zu den schwierigsten Dingen im Leben gehört, warten zu müssen, während die Männer kämpfen, aber in diesem Fall gab es keine vernünftige Alternative.

»O mein Gott, Fergus«, flüsterte Marsali gequält, während sie lauschte. »Heilige Maria, beschütze ihn!«

Insgeheim sprach ich dasselbe Gebet für Jamie, der irgendwo dort oben in dem Durcheinander war. Ich bekreuzigte mich und berührte dabei die Stelle zwischen den Augenbrauen, die er vor wenigen Minuten noch geküßt hatte. Den Gedanken, daß dies die letzte Berührung von ihm gewesen sein könnte, schob ich rasch beiseite.

Plötzlich gab es oben eine Explosion. Die Erschütterung war sogar noch hier unten zu spüren.

»Sie sprengen das Schiff in die Luft!« Marsali fuhr entsetzt hoch. »Sie versenken uns! Wir müssen hier raus!«

»Warte!« rief ich. »Das sind nur die Kanonen!« aber sie war schon auf und davon. Ich hörte, wie sie wimmernd und in blinder Panik zwischen den Düngerblöcken umhertappte.

»Marsali! Komm zurück!« Es war vollkommen dunkel, und so ging ich ein paar Schritte vor und lauschte, aber die Geräusche von Marsalis Flucht wurden durch die Düngerballen gedämpft. Oben gab es eine zweite und kurz darauf eine dritte Explosion.

Plötzlich sah ich ein Licht, ein schwaches Glimmen, das die Kanten eines Ballens aufleuchten ließ.

»Marsali?« rief ich. »Wo bist du?«

Statt einer Antwort hörte ich einen panischen Aufschrei, der aus der Richtung des Lichts kam. Ich rannte um den Block herum, trat in den freien Raum neben der Leiter und sah Marsali in den Klauen eines großen, halbnackten Mannes.

Er war ungeheuer dick, seine Fettwülste waren mit Tätowierungen geschmückt, und um seinen Nacken hing eine Kette aus Münzen und Knöpfen. Marsali schlug kreischend auf ihn ein, während er ungeduldig sein Gesicht zu schützen suchte.

Dann entdeckte er mich und riß die Augen auf. Er hatte ein breites, flaches Gesicht, und sein schwarzes Haar war zu einem pechverschmierten Knoten aufgesteckt. Er grinste mich an und sagte etwas, das wie Spanisch klang.

»Lassen Sie sie los!« rief ich. »*Basta, cabrón!*« Mehr Spanisch brachte ich nicht zusammen. Er schien das lustig zu finden, grinste noch breiter und ließ Marsali los. Als er sich zu mir umwandte, warf ich ihm eins meiner Skalpelle an den Kopf.

Es prallte von seinem Schädel ab, doch er zuckte zusammen und duckte sich blitzschnell. Marsali machte einen Satz auf die Leiter zu.

Der Pirat murmelte etwas vor sich hin, wandte sich dann aber zur Leiter und kletterte mit einer Behendigkeit mehrere Stufen hinauf, die bei seinem ungeheuren Gewicht erstaunte. Er erreichte Marsali oben bei der Luke und packte sie am Fuß. Sie schrie erneut auf.

Leise fluchend lief ich zur Leiter und rammte ihm das Amputiermesser in den Fuß. Der Pirat gab einen gellenden Schrei von sich. Ich hatte ihm einen Zeh abgeschnitten.

Ein dumpfer Schlag erschütterte die Bodenplanken. Der Pirat war heruntergesprungen und machte nun einen Satz auf mich zu. Rasch duckte ich mich, doch er bekam noch ein Stück von meinem Ärmel zu fassen. Ich riß mich los und stach ihm die Klinge ins Gesicht.

Als er zurücksprang, rutschte er auf seinem eigenen Blut aus und fiel hin. Ich stürzte zur Leiter, kletterte um mein Leben und erreichte mit stechenden Lungen das Deck.

Dort herrschte ein unglaubliches Chaos. Die Luft war mit dem Rauch von Schwarzpulver geschwängert, und auf dem ganzen

Deck drängten sich kleine Grüppchen von fluchenden, taumelnden Kämpfern.

Ich hatte keine Zeit, mich umzusehen; von der Luke hinter mir ertönte ein rauhes Gebrüll, und ich hechtete zur Reling. Ich zögerte einen Moment, auf dem schmalen Holzgeländer balancierend. Schwarz breitete sich das Meer unter mir aus. Dann griff ich in das Takelwerk und kletterte hinauf.

Doch sofort wurde mir klar, daß ich einen großen Fehler begangen hatte. Er war Matrose, ich nicht. Und außerdem behinderte mich mein Kleid. Die Taue tanzten, als der schwere Mann unter mir in die Takelage stieg.

Geschickt wie ein Affe erklomm er die unteren Querseile, während ich im oberen Teil nur langsam vorankam. In kürzester Zeit hatte er mich eingeholt und spuckte mir ins Gesicht. Verzweifelt kletterte ich weiter. Er hielt mühelos Schritt mit mir, löste dann eine Hand von der Takelage, zog sein Entermesser aus der Schärpe und hieb damit nach mir.

Vor Schreck war ich sogar außerstande zu schreien. Ich konnte nicht mehr weiter, wußte nicht, was ich tun sollte. Also schloß ich ganz fest die Augen und hoffte nur noch, es würde schnell gehen.

Und das tat es auch. Ich hörte einen dumpfen Schlag, ein Ächzen, dann stieg mir starker Fischgeruch in die Nase.

Ich öffnete die Augen. Der Pirat war verschwunden. Ping An saß einen Meter von mir auf der Saling.

»*Gua!*« rief er aufgebracht. Er sah mich an und klapperte drohend mit dem Schnabel. Ping An haßte Lärm und Tumult. Offensichtlich mochte er auch keine Piraten.

Mir war so schwindelig, daß ich Punkte vor meinen Augen schwimmen sah. Zitternd klammerte ich mich an das Tau, bis ich mich wieder etwas besser fühlte. Der Lärm unter mir war abgeebbt, und die Schreie und Rufe hörten sich anders an als vorher. Irgend etwas war geschehen; anscheinend war es jetzt vorbei.

Plötzlich hörte ich, wie Segel im Wind schlugen, dann folgte ein langgezogenes, mahlendes Geräusch. Es *war* vorbei: das Piratenschiff entfernte sich. Ganz, ganz langsam begann ich den mühseligen Abstieg.

Unten brannten noch immer die Laternen. Alles war in den Rauch von Schwarzpulver gehüllt, und auf dem Deck lagen überall Verwundete. Während ich hinunterkletterte, suchte ich nach dem roten Haarschopf. Endlich entdeckte ich ihn, und mein Herz hüpfte vor Freude.

Jamie saß auf einem Faß neben dem Steuerrad, den Kopf zurückgelehnt und die Augen geschlossen. Er drückte sich ein Tuch an die Augenbraue und hielt ein Glas Whisky in der Hand. Mr. Willoughby kniete neben ihm und leistete Willie MacLeod, der am Fockmast lehnte und sterbenskrank aussah, erste Hilfe – ebenfalls in Form von Whisky.

Ich zitterte am ganzen Leib. Mir war schwindlig, und ich fror. Der Schock, dachte ich, kein Wunder. Der Whisky kam mir gerade recht.

Ich hielt mich an den kleineren Stricken über der Reling fest und rutschte das letzte Stück bis zum Deck hinunter, ohne darauf zu achten, daß ich mir die Handflächen aufschürfte. Ich schwitzte und fror gleichzeitig, und mein Gesicht juckte unangenehm.

Ich landete mit einem dumpfen Schlag, so daß Jamie sich aufrichtete und die Augen öffnete. Als ich die Erleichterung in seinem Gesicht sah, schaffte ich den letzten Meter bis zu ihm ohne Mühe. Ich legte ihm die Hand auf die Schulter und fühlte mich gleich wieder besser.

»Ist dir was passiert?« fragte ich ihn und beugte mich vor, um ihn genauer zu betrachten.

»Aye, nur eine kleine Platzwunde«, erwiderte er und lächelte mich an. An seinem Haaransatz klaffte eine kleine harmlose Wunde, aber sein Ärmel war von hellrotem Blut durchtränkt.

»Jamie!« Ich packte ihn an der Schulter, einer Ohnmacht nahe. »Du bist verletzt – sieh nur, du blutest!«

Meine Hände und Füße waren taub, und ich spürte kaum, wie er mich an den Armen packte und entsetzt aufsprang. Das letzte, was ich inmitten blitzender Lichter wahrnahm, war sein vollkommen bleiches Gesicht.

»Mein Gott!« Wie von fern hörte ich seine angsterfüllte Stimme. »Das ist nicht mein Blut, Sassenach, es ist deins!«

»Ich werde schon nicht sterben«, sagte ich mürrisch, »es sei denn, vor Hitze. Nimm dieses verdammte Zeug weg!«

Marsali, die mich unter Tränen beschworen hatte, nicht zu sterben, sah erleichtert aus. Sie hörte auf zu weinen und schniefte, machte aber keinerlei Anstalten, mich von den Umhängen, Mänteln, Decken und sonstigem schweren Zeug zu befreien, in das man mich eingewickelt hatte.

»Das darf ich nicht, Mutter Claire!« sagte sie. »Papa hat gesagt, du brauchst die Wärme!«

»Wärme? Ich werde ja bei lebendigem Leib geschmort!« Ich befand mich in der Kapitänskajüte, und obwohl die Fenster weit geöffnet waren, herrschte unter Deck eine unerträgliche Hitze.

Als ich versuchte, mich aus den Decken zu befreien, hatte ich das Gefühl, mein rechter Arm würde von einem elektrischen Schlag getroffen. Um mich wurde es dunkel, und kleine Blitze zuckten vor meinen Augen.

»Lieg still«, sagte eine unerschütterliche schottische Stimme. Ein Arm wurde unter meine Schulter geschoben. »Aye, so ist's gut, leg dich auf meinen Arm. Alles in Ordnung, Sassenach?«

»Nein«, sagte ich. Vor meinen Augen schwirrten immer noch bunte Windrädchen. »Mir wird schlecht.«

So war es. Und außerdem war es wirklich äußerst unangenehm, bei jedem Aufbäumen meines Magens wilde Messerstiche im rechten Arm zu spüren.

»*Jesus H. Roosevelt Christ!*« stöhnte ich auf.

Jamie bettete mich behutsam wieder in die Kissen.

»Was ist passiert?« fragte ich.

»Was *passiert* ist?« Jamie, der gerade Wasser in einen Becher schüttete, hielt inne und starrte mich an. Er kniete sich erneut neben mein Bett, hob meinen Kopf und flößte mir etwas Flüssigkeit ein.

»Sie fragt doch tatsächlich, was passiert ist! Aye, das würde ich gerne wissen! Ich sage, du sollst schön ruhig unten bleiben mit Marsali, und das nächste, was ich mitbekomme, ist, daß du vom Himmel fällst und bluttriefend vor meinen Füßen landest!«

Er schob sein Gesicht in die Koje und starrte mich empört an. So aus der Nähe betrachtet, mit Stoppelbart, blutverschmiert und wütend, sah er geradezu beängstigend aus, und ich schloß sofort wieder die Augen.

»Sieh mich an!« sagte er im Befehlston, und ich gehorchte unwillkürlich.

Die blauen Augen sahen mich durchdringend an.

»Weißt du, daß du fast getötet worden wärest?« fragte er. »Du hast eine knochentiefe Wunde am Arm, die von der Achselhöhle bis zum Ellenbogen reicht, und wenn ich sie nicht rechtzeitig verbunden hätte, würden dich in diesem Augenblick die Haie fressen!«

Eine große Faust sauste neben mir auf das Bett nieder.

»Verflucht noch mal, Frau! Kannst du denn nie tun, was man dir sagt?«

»Wahrscheinlich nicht«, erwiderte ich duldsam.

Er blickte mich finster an, aber ich sah, daß seine Mundwinkel zuckten.

»O Gott«, sagte er wehmütig. »Was würde ich darum geben, dich an ein Kanonenrohr binden und verprügeln zu können.« Er schnaubte und zog den Kopf aus der Koje.

»Willoughby!« brüllte er. Wie auf Kommando marschierte ein strahlender Mr. Willoughby herein, in den Händen ein Tablett mit einer dampfenden Teekanne und einer Flasche Weinbrand.

»Tee!« flüsterte ich beglückt. »Ambrosia.« Trotz der stickigen Luft in der Kabine war Tee genau das, was ich jetzt brauchte.

»Keiner macht besseren Tee als die Engländer«, sagte ich und sog das Aroma ein, »ausgenommen die Chinesen.«

Mr. Willoughby strahlte und verbeugte sich. Jamie hingegen schnaubte.

»Aye? Gut, dann genieß ihn, solange du kannst.«

Das klang ziemlich bedrohlich, und ich starrte ihn über den Becherrand hinweg an. »Was willst du damit sagen?«

»Wenn du fertig bist, werde ich deinen Arm behandeln«, klärte er mich auf und marschierte energisch hinaus.

»Ich fürchte, Jamie ist ziemlich wütend auf mich«, sagte ich kleinlaut zu Mr. Willoughby.

»Nicht wütend«, meinte er tröstend. »Tsei-mi hat große Angst.« Der kleine Chinese legte – zart wie ein Schmetterling, der sich ausruht – eine Hand auf meine rechte Schulter. »Tut das weh?«

Ich stöhnte auf. »Um ganz ehrlich zu sein«, erwiderte ich, »ja, es tut weh.«

Mr. Willoughby lächelte und streichelte mich vorsichtig. »Ich helfe. Später.«

Trotz des Pochens in meinem Arm fühlte ich mich soweit wiederhergestellt, daß ich nach dem Rest der Mannschaft fragte. Die Verletzungen, so berichtete Mr. Willoughby, beschränkten sich auf Schnitte und Wunden, eine Gehirnerschütterung und einen einfachen Armbruch.

In diesem Moment kündigten Schritte im Gang Jamies Rückkehr an. Er kam in Begleitung von Fergus, der meinen Medizinkasten und eine weitere Flasche Weinbrand brachte.

»Gut«, sagte ich resigniert. »Schauen wir es uns mal an.«

Ich war an schreckliche Wunden gewöhnt, und diese sah – rein medizinisch betrachtet – nicht allzu schlimm aus. Andererseits ging es diesmal um meinen eigenen Körper.

»Ooh«, sagte ich schwach. Jamie hatte es zwar etwas bildhaft, aber sehr treffend beschrieben. Trotz des engen Verbandes sickerte, wenn auch nur langsam, immer noch Blut heraus.

Jamie hatte meinen Medizinkasten mit einem Ruck geöffnet und wühlte nun nachdenklich mit dem Zeigefinger darin herum.

»Du brauchst Fäden und eine Nadel«, sagte ich. Der Gedanke, daß ich gleich dreißig bis vierzig Stiche in meinen Arm bekommen würde, und zwar mit Weinbrand als einzigem Betäubungsmittel, machte mir keine Freude.

»Kein Laudanum?« fragte Jamie und blickte stirnrunzelnd in den Koffer. Offenbar hatte er dasselbe gedacht.

»Nein, ich habe alles auf der *Porpoise* verbraucht.« Ich versuchte, das Zittern meiner Hand unter Kontrolle zu bringen, schüttete eine ordentliche Portion Weinbrand in meinen leeren Teebecher und nahm einen kräftigen Schluck.

»Das war sehr umsichtig von dir, Fergus«, sagte ich und wies mit dem Kopf auf die Weinbrandflasche, »aber ich glaube nicht, daß ich *zwei* Flaschen brauche.« Jareds Weinbrand war so stark, daß wahrscheinlich ein Teebecher voll reichte.

Ich fragte mich, ob ich mich auf der Stelle betrinken sollte, oder ob es ratsamer wäre, zumindest halbwegs nüchtern zu bleiben, um die Operation zu überwachen. Es gab nicht die geringste Möglichkeit für mich, die Wunde selbst zu nähen – mit links und noch dazu zitternd wie Espenlaub. Und einhändig konnte Fergus es auch nicht tun. Sicher, Jamies große Hände konnten sich im Notfall mit erstaunlicher Geschicklichkeit bewegen, aber…

Jamie unterbrach meine Überlegungen, indem er kopfschüttelnd die zweite Flasche in die Hand nahm.

»Die hier ist nicht zum Trinken, Sassenach, sie ist zum Auswaschen der Wunde.«

»Was!« In meinem Schockzustand hatte ich ganz vergessen, daß die Wunde ja desinfiziert werden mußte. In Ermangelung eines Besseren wusch ich die Wunden normalerweise mit destilliertem Äthylalkohol aus, den ich zu fünfzig Prozent mit Wasser vermischte, aber mein Vorrat war aufgebraucht.

Allmählich wurden meine Lippen taub. Die Hochlandschotten gehörten zu den stoischsten und kühnsten Kriegern, und die Seeleute, die ich kannte, standen ihnen in nichts nach. Ich hatte gesehen, wie diese Männer ohne zu klagen dalagen, während ich gebrochene Knochen einrichtete, kleinere chirurgische Eingriffe vornahm, schreckliche Wunden zusammennähte oder ihnen sonstwie übel zusetzte, doch sobald es darum ging, eine Wunde mit Alkohol zu desinfizieren, sah die Sache anders aus – man konnte die Schreie meilenweit hören.

»Äh... warte eine Minute«, sagte ich. »Vielleicht noch ein bißchen abgekochtes Wasser...«

Jamie sah mich mitfühlend an.

»Es hinauszuzögern macht es auch nicht leichter, Sassenach«, meinte er. »Fergus, nimm die Flasche.« Und bevor ich noch protestieren konnte, hatte er mich aus der Koje gezogen und auf seinen Schoß gehoben. Er hielt mich fest umschlungen, drückte mir den linken Arm an den Körper, so daß ich mich nicht losreißen konnte, packte mein rechtes Handgelenk und streckte meinen rechten Arm aus.

Ich fiel mehr oder weniger in Ohnmacht. Ganz bewußtlos war ich nicht, denn als ich meine Umgebung allmählich wieder wahrnahm, hörte ich Fergus sagen: »Bitte, Mylady! Sie dürfen nicht so schreien; es bringt die Männer ganz aus der Fassung.«

Auf jeden Fall brachte es Fergus aus der Fassung; sein schmales Gesicht war blaß, und über sein Kinn rannen Schweißtropfen. Aber er hatte auch in bezug auf die Männer recht – an der Tür und am Fenster lugten mehrere schreckensbleiche Gesichter in die Kajüte.

Mit letzter Kraft nickte ich ihnen zu. Jamie hielt meine Taille immer noch mit eisernem Griff umfangen. Ich wußte nicht, wer von uns beiden zitterte – vermutlich alle beide.

Nur mit größter Mühe schaffte ich es in den breiten Kapitänssessel. Jamie, der eine meiner gebogenen medizinischen Nadeln und ein Stück sterilisierten Katzendarm in der Hand hielt, blickte angesichts dessen, was nun bevorstand, unsicher drein. Und ich fühlte mich nicht anders.

Schließlich griff Mr. Willoughby ein und nahm Jamie schweigend die Nadel aus der Hand.

»Ich mache das«, erklärte er. »Einen Augenblick.« Dann verschwand er.

Weder Jamie noch ich protestierten, sondern atmeten beide gleichzeitig erleichtert auf.

Vorsichtig wischte Jamie mir mit einem feuchten Tuch über das schweißüberströmte Gesicht. »Ich will ja gar nicht wissen, wie du das gemacht hast«, meinte er seufzend, »aber tu so was um Himmels willen nie wieder, Sassenach!«

»Aber ich hatte gar nicht die Absicht, irgend etwas zu tun…«, hob ich ärgerlich an, wurde jedoch durch die Rückkehr Mr. Willoughbys unterbrochen. Er hatte die kleine Rolle aus grüner Seide mitgebracht, die ich bereits gesehen hatte, als er Jamie von der Seekrankheit heilte.

»Oh, Sie haben die kleinen Stichel geholt?« Jamie blickte fasziniert auf die feinen Goldnadeln, dann lächelte er mir zu. »Keine Sorge, Sassenach, sie tun nicht weh… oder jedenfalls nicht sehr.«

Mr. Willoughby untersuchte meine rechte Handfläche und drückte sie an verschiedenen Stellen. Dann nahm er jeden Finger einzeln, bewegte ihn hin und her und zog dann vorsichtig, so daß ich spürte, wie die einzelnen Glieder sich dehnten. Danach legte er zwei Finger auf mein Handgelenk und drückte auf die Stelle zwischen Speichenknochen und Elle.

»Das innere Tor«, sagte er leise. »Hier ist Ruhe und Frieden.« Ich hoffte inständig, daß er recht hatte. Er nahm eine der winzigen Nadeln, hielt sie über die Stelle, die er markiert hatte, und stach sie mit einer geschickten Drehung von Daumen und Zeigefinger in die Haut.

Ich bekam in jedes Handgelenk drei Nadeln, und auf meiner rechten Schulter entstand eine stachelschweinartige Bürste. Abgesehen von dem leichten Schmerz beim Einstich, empfand ich die Nadeln keineswegs als unangenehm. Mr. Willoughby summte leise und besänftigend vor sich hin, während er meinen Nacken und meine Schulter abtastete.

Ich wußte nicht, ob mein rechter Arm betäubt war oder ob ich schlicht und einfach abgelenkt war, jedenfalls ließ der Schmerz ein wenig nach – zumindest bis er zu nähen begann.

Jamie saß links von mir auf einem Hocker, hielt meine Hand und beobachtete mich. Nach einer Weile sagte er barsch: »Vergiß das Ausatmen nicht, Sassenach, schlimmer wird es nicht mehr.«

Ich hatte gar nicht bemerkt, daß ich den Atem anhielt. Aus lauter Angst vor dem Schmerz saß ich steif wie ein Brett in dem Sessel. Das Nähen tat weh, war aber nicht unerträglich.

»Das ist wirklich eine sehr schlimme Wunde«, sagte Jamie, ohne den Blick von Mr. Willoughbys Händen abzuwenden. Ich selbst sah lieber nicht hin.

»Es war ein Entermesser«, sagte ich. »Er kam hinter…«

»Warum sie uns wohl angegriffen haben?« meinte Jamie, ohne mir auch nur die geringste Aufmerksamkeit zu schenken. »Unsere Fracht kann es nicht gewesen sein.«

»Das glaube ich auch nicht«, sagte ich. »Aber vielleicht wußten sie gar nicht, was wir geladen haben?« Doch das war höchst unwahrscheinlich; auf eine Entfernung von hundert Metern hätte jedes Schiff es gemerkt – der Ammoniakgestank des Fledermausdüngers umgab uns wie ein Pesthauch.

»Vielleicht dachten sie einfach, unser Schiff sei so klein, daß es sich leicht kapern ließe. Die *Artemis* würde auch ohne Ladung ein ordentliches Sümmchen einbringen.«

»Weißt du, wie das Piratenschiff hieß?« fragte ich. »Es gibt in diesen Gewässern ja bestimmt eine Menge Piraten, aber wir wissen, daß die *Bruja* vor drei Tagen in der Gegend war, und…«

»Das habe ich mich auch gefragt«, meinte Jamie. »Ich konnte nicht viel sehen, aber sie hatte genau die Größe und den typischen breiten Bauch der spanischen Schiffe.«

»Aber der Pirat, der mich verfolgt hat, sprach…«, hob ich an, hielt jedoch inne, als ich Stimmen auf dem Gang hörte.

Fergus lugte herein. Er platzte schier vor Aufregung, und in der Hand hielt er einen klimpernden, schimmernden Gegenstand.

»Mylord«, meinte er, »Maitland hat einen toten Piraten auf dem Vorderdeck gefunden.«

Jamie zog die Augenbrauen hoch. Sein Blick wanderte zwischen Fergus und mir hin und her.

»Tot?«

»Ziemlich tot, Mylord«, erklärte Fergus mit leichtem Schaudern. Maitland, der sich seinen Anteil am Ruhm nicht streitig machen lassen wollte, lugte ihm über die Schulter. »O ja, Sir«, versicherte er Jamie in ernstem Ton. »Mausetot. Etwas Scheußliches muß ihn am Kopf getroffen haben!«

Alle drei Männer wandten sich zu mir, und ich lächelte bescheiden.

Jamie rieb sich das Gesicht.

»Sassenach«, fing er vorsichtig an.

»Ich wollte es dir ja erzählen«, sagte ich. Nach dem Schock und dem Weinbrand, nach der Akupunktur und der Erkenntnis, daß ich überlebt hatte, fühlte ich mich angenehm benommen.

»Das hat er getragen, Mylord.« Fergus trat einen Schritt vor und legte das Halsband des Piraten vor uns auf den Tisch. Es bestand aus den Knöpfen einer Militäruniform, polierten *Kona*-Nüssen, mehreren großen Haifischzähnen, polierten Perlmuttstückchen sowie zahlreichen klingenden Münzen, die allesamt durchlöchert waren, um sie auf die Lederschnur aufzuziehen.

»Ich dachte mir, das sollte ich Ihnen sofort zeigen, Mylord«, fuhr Fergus fort. Er hob eine der schimmernden Münzen hoch. Sie war aus Silber und makellos. Obwohl mein Bewußtsein leicht getrübt war, erkannte ich das Doppelgesicht Alexanders. Eine Tetradrachme aus dem vierten Jahrhundert vor Christus. Wie neu.

Den Rest des Nachmittags hatte ich verschlafen. Inzwischen war es stockfinster, und die Wirkung des Weinbrands hatte nachgelassen. Mein Arm schien mit jedem Herzschlag anzuschwellen, und jede noch so geringe Bewegung verursachte einen stechenden Schmerz.

Mir war heiß. Wahrscheinlich hatte ich Fieber.

Auf der gegenüberliegenden Seite der Kajüte stand ein Wasserkrug im Schrank. Als ich die Beine aus der Koje schwang, wurde mir schwindelig, und mein Arm schien gegen die unliebsame

Störung zu protestieren. Plötzlich regte sich etwas in der Dunkelheit, und ich hörte vom Boden Jamies schläfrige Stimme.

»Hast du Schmerzen, Sassenach?«

»Ein wenig«, erwiderte ich. Ich wollte die Sache nicht zu sehr dramatisieren, preßte die Lippen zusammen und richtete mich schwankend auf, während ich mit der linken Hand den rechten Ellenbogen stützte.

»Das ist gut«, sagte er.

»*Gut?*« fragte ich empört.

Ich hörte ein leises Glucksen. Er setzte sich auf, und plötzlich tauchte sein Kopf aus der Dunkelheit in das Mondlicht.

»Ja. Wenn eine Wunde zu schmerzen beginnt, heißt das, daß sie verheilt. Als es passierte, hast du nichts gespürt, oder?«

»Nein.« Aber jetzt war der Schmerz da. Inzwischen befanden wir uns auf dem offenen Meer, daher war die Luft kühler, und den salzigen Wind, der durch das Fenster hereinwehte, empfand ich als wohltuend.

»Das habe ich gesehen, und es hat mich zutiefst erschreckt. Man spürt es nicht, wenn man tödlich verwundet wird, Sassenach«, sagte er leise.

Ich lachte, hielt aber sofort wieder inne, da jede Bewegung den Schmerz im Arm verstärkte.

»Und woher weißt du das?« fragte ich, während ich mit der linken Hand unbeholfen Wasser in meinen Becher goß. »Ich meine, du wirst das wohl kaum aus eigener Erfahrung wissen.«

»Murtagh hat es mir gesagt.«

Das Wasser schien geräuschlos in den Becher zu fließen, da es von der Bugwelle übertönt wurde. In all den Monaten hatte Jamie Murtagh nie erwähnt. Deshalb hatte ich Fergus gefragt, und er hatte mir erzählt, daß der kleine, zähe Schotte bei der Schlacht von Culloden umgekommen war. Darüber hinaus wußte er jedoch keine Einzelheiten zu berichten.

»Culloden.« Ich konnte Jamies Stimme kaum hören. »Wußtest du, daß sie die Leichen dort verbrannt haben? Ich fragte mich, wie es wohl mitten im Feuer wäre, wenn ich an die Reihe käme.« Er schluckte. »Seit heute morgen weiß ich es.«

Das Mondlicht ließ sein Gesicht seltsam farblos wirken – mit den breiten, flachen Wangen, dem weißen Kinn und den Augen, die schwarz waren wie Löcher, sah es aus wie ein Totenschädel.

»Ich bin nach Culloden gegangen, um dort zu sterben«, fuhr er flüsternd fort. »Aber die anderen nicht. Eigentlich wäre ich am liebsten sofort von einer Musketenkugel getroffen worden, doch statt dessen kämpfte ich mich durch das Schlachtfeld, während um mich herum die Männer in Stücke gerissen wurden.« Er erhob sich und sah mich an.

»Warum, Claire?« fragte er. »Warum lebe ich noch und die anderen nicht?«

»Ich weiß es nicht, Jamie.« Ich berührte seine Wange, die von dem nachwachsenden Bart bereits wieder rauh war – ein untrügliches Zeichen des Lebens. »Du wirst es nie erfahren.«

Er seufzte und preßte seine Wange an meine Hand.

»Aye, das ist mir auch klar. Und trotzdem frage ich mich das immer wieder, wenn ich an sie denke – vor allem an Murtagh.« Unruhig wandte er sich ab, und ich wußte, daß er wieder durch das Moor von Culloden ging – mit den Geistern.

»Wir hätten uns eher aufmachen sollen; die Männer standen bereits seit Stunden dort, halb verhungert und erfroren. Aber sie warteten darauf, daß Seine Hoheit den Befehl zum Angriff geben würde.«

Und Charles Stuart, der zum erstenmal selbst das Kommando übernommen hatte und in sicherer Entfernung von der Frontlinie auf dem Felsen thronte, hatte gezaudert und gezögert. Deshalb hatten die Engländer genügend Zeit, ihre Kanonen direkt auf die erschöpften Hochlandschotten zu richten und das Feuer zu eröffnen.

»Es war eine Erlösung, glaube ich«, meinte Jamie leise. »Alle wußten, daß die Schlacht verloren und wir so gut wie tot waren. Und doch standen wir da, sahen zu, wie die englischen Kanonen nahten. Alle schwiegen. Ich hörte nur den Wind und die Schreie der Engländer auf der anderen Seite des Schlachtfelds.«

Und dann dröhnten die Kanonenschüsse, die Männer fielen reihenweise, und die, die noch auf den Beinen waren, hatten auf einen viel zu spät erfolgten Befehl die Schwerter genommen und den Feind angegriffen. Ihr gälisches Kriegsgeschrei ging im Lärm des Kanonenfeuers unter.

»Der Rauch war so dick, daß ich kaum noch etwas sehen

konnte. Ich habe meine Schuhe ausgezogen und bin brüllend mitten hineingerannt. Da war ich glücklich«, fuhr er, selbst ein wenig überrascht, fort. »Ich hatte kein bißchen Angst. Schließlich wollte ich ja sterben, ich hatte nichts zu befürchten. Ich dachte, ich würde dich wiedersehen, und alles wäre gut.«

Ich rückte näher zu ihm, und er faßte in der Dunkelheit meine Hand.

»Um mich herum fielen die Männer, Hagelgeschosse und Musketenkugeln sausten an meinem Kopf vorbei, aber ich blieb unversehrt.«

Er hatte die britische Linie unbeschadet erreicht – einer der wenigen Schotten, die den Befehl, über das Moor von Culloden zu marschieren und anzugreifen, erfüllen konnten. Die englischen Kanoniere sahen entsetzt zu dem Hünen auf, der wie ein Dämon aus dem Rauch auftauchte und dessen Schwert erst vom Regen – und dann vom Blut – glänzte.

»Ein Teil meiner selbst fragte sich, warum ich sie töten sollte«, sagte er nachdenklich. »Denn ich wußte, daß wir verloren waren. Aber man kann Lust am Töten empfinden – weißt du das?« Seine Finger schlossen sich fester um meine Hand, und wie um ihm recht zu geben, drückte auch ich die seine.

»Ich konnte nicht aufhören – oder besser, ich wollte es nicht.« Seine Stimme klang ruhig, ohne jede Spur von Bitterkeit oder Vorwurf. »Das ist ein uraltes Gefühl, glaube ich: der Wunsch, den Feind mit sich ins Grab zu nehmen. Dort habe ich es gespürt, ein glühendes Verlangen in meiner Brust und in meinem Magen, und... ich habe mich ihm hingegeben.«

Ihm standen vier Männer gegenüber, die die Kanone bedienten. Sie waren nur mit Pistole und Dolch bewaffnet, da sie einen Angriff aus so großer Nähe nicht erwartet hatten. Hilflos waren sie seiner verzweifelten Wut ausgeliefert, und er tötete sie alle.

»Der Boden schwankte unter meinen Füßen, und der Lärm war ohrenbetäubend. Ich konnte nicht denken. Und dann wurde mir bewußt, daß ich mich hinter den englischen Kanonen befand.« Er gluckste. »Nicht gerade der beste Ort, wenn man sich umbringen lassen will, oder?«

Also war er wieder über das Moor zurückgegangen, zu seinen gefallenen Landsleuten.

»Er lehnte, fast in der Mitte des Schlachtfeldes, an einem Gras-
hügel – Murtagh, meine ich. Er war mindestens ein dutzendmal getroffen worden, und in seinem Kopf sah ich eine furchtbare Wunde
– ich wußte, daß er tot war.«

Aber der Schein trog: Als Jamie sich neben seinem Patenonkel
niederkniete und ihn in die Arme nahm, öffnete Murtagh die
Augen.

»Er hat mich erkannt. Er hat gelächelt.« Dann hatte er Jamies
Wange gestreichelt. »Hab keine Angst, *a bhalaich*.« Murtagh hatte
den Kosenamen für einen kleinen, geliebten Jungen gebraucht. »Es
tut kein bißchen weh, wenn man stirbt.«

Ich hielt lange Jamies Hand. Dann seufzte er und legte die
andere Hand ganz, ganz sacht um meinen verwundeten Arm.

»Zu viele Leute sind gestorben, Sassenach, weil sie mich kannten – oder haben gelitten, weil sie mich kannten. Ich würde meinen eigenen Körper hergeben, wenn ich dir damit etwas von deinen Schmerzen abnehmen könnte – und doch würde ich jetzt am
liebsten fest zudrücken, so daß du laut aufschreien würdest und ich
sicher wüßte, daß ich dich nicht auch noch umgebracht habe.«

Ich beugte mich vor und drückte ihm einen Kuß auf die nackte
Brust.

»Du hast mich nicht umgebracht. Du hast auch Murtagh nicht
getötet. Und wir werden Ian finden. Bring mich wieder ins Bett,
Jamie.«

Ein wenig später, als ich bereits in den Schlaf dämmerte, fing er,
neben mir auf dem Boden liegend, noch einmal an.

»Du weißt, daß ich selten den Wunsch verspürte, zu Laoghaire
zu gehen. Aber wenn ich es dann doch einmal tat, war sie wenigstens genau dort, wo ich sie zurückgelassen hatte.«

Ich wandte den Kopf zur Seite, so daß ich seinen Atem spürte.
»Ach? So eine Frau möchtest du also? Die immer dort bleibt, wo
du sie hinbringst?«

Er räusperte sich, antwortete jedoch nicht, und nach wenigen
Augenblicken verwandelte sich sein Atmen in ein leises, gleichmäßiges Schnarchen.

55

Ismael

Nach einer unruhigen Nacht wachte ich mit einem fiebrigen Gefühl und pochenden Kopfschmerzen auf. Marsali kühlte mir die Stirn mit einem essiggetränkten Tuch, was so beruhigend war, daß ich, sobald sie gegangen war, erneut in den Schlaf dämmerte. Ich träumte gerade höchst unruhig von dunklen Minenschächten und verkohlten Knochen, als ich plötzlich von einem Knall aufgeschreckt wurde.

»Was?« schrie ich und hielt den Kopf mit beiden Händen fest, als ob ich ihn so am Herunterfallen hindern wollte.

»Was ist?« Das Fenster war verhängt, damit mich das Licht nicht störte, und so dauerte es eine Weile, bis sich meine Augen an die Dunkelheit gewöhnt hatten.

Auf der gegenüberliegenden Seite der Kajüte erkannte ich eine Gestalt, der es offenbar ebenso erging wie mir, denn sie legte leidend den Kopf in die Hände. Dann hörte ich einen Schwall von wilden Flüchen auf französisch und gälisch.

»Verdammt!« Allmählich wichen die groben Verwünschungen einem gemäßigteren Englisch. »Verfluchte Hölle!« Während Jamie ans Fenster trat, rieb er sich immer noch den Kopf, den er sich an meinem Schrank gestoßen hatte. Dann schob er den Vorhang beiseite und stieß das Fenster auf, so daß mit dem angenehm frischen Luftzug auch ein blendender Lichtstrahl hereindrang.

»Was zum Teufel tust du da?« fragte ich unwirsch. Das Licht stach mir wie Nadeln in den empfindlichen Augen, und da ich mich bewegt hatte, spürte ich auch wieder die Stiche in meinem Arm.

»Ich habe deinen Medizinkasten gesucht«, erwiderte er und zuckte vor Schmerz zusammen. »Verdammt, ich habe ein Loch im

Kopf. Sieh dir das an!« Er hielt mir zwei ein wenig blutverschmierte Finger unter die Nase. Ich ließ das mit Essig getränkte Tuch darauffallen und legte mich wieder auf das Kopfkissen zurück.

»Wozu brauchst du den Medizinkasten, und warum hast du mich nicht gefragt, anstatt hier wild rumzupoltern?« sagte ich gereizt.

»Ich wollte dich nicht aufwecken«, erwiderte er so treuherzig, daß ich lachen mußte, obwohl mir alles weh tat.

»Ist schon gut; ich habe sowieso schlecht geträumt«, beruhigte ich ihn. »Wozu brauchst du den Kasten? Ist jemand verletzt?«

»Ich wollte das Zeug haben, mit dem du Schrammen auswäschst«, erklärte er, während er sich ein wenig Whisky einschenkte.

»Weißdornlösung. Ich habe keine vorrätig, weil sie sich nicht lange hält«, sagte ich und richtete mich mit einem Ruck auf. »Aber wenn es dringend ist, kann ich etwas zusammenbrauen; es dauert nicht lange.« Schon der Gedanke, aufzustehen und in die Kombüse zu gehen, bereitete mir Qualen, aber vielleicht verging dieses Gefühl, sobald ich einmal in Bewegung war.

»Ist nicht so eilig«, meinte er. »Nur, im Laderaum ist ein Gefangener, der scheinbar Prügel bezogen hat.«

»Ein Gefangener? Woher haben wir denn einen Gefangenen?«

»Vom Piratenschiff.« Stirnrunzelnd blickte er auf seinen Becher. »Obwohl ich nicht glaube, daß er ein Pirat ist.«

»Was denn?«

Er stürzte den Whisky mit einem Schluck hinunter und schüttelte den Kopf.

»Wenn ich das wüßte. Den Narben auf seinem Rücken nach zu urteilen, wahrscheinlich ein entlaufener Sklave, aber dann kann ich mir nicht vorstellen, warum er das gemacht hat.«

»Was hat er denn gemacht?«

»Er ist von der *Bruja* – wir hatten recht, es *war* die *Bruja* – ins Meer gesprungen. MacGregor hat ihn gesehen, und als die *Bruja* Segel setzte, hat er ihm ein Seil zugeworfen.«

»Ja, das ist wirklich merkwürdig«, meinte ich. Allmählich interessierte mich die Sache, und das Pochen in meinem Kopf ließ ein wenig nach.

»Aye«, sagte Jamie und fuhr sich durch die Haare. »Er brauchte nicht zu befürchten, daß wir ihr Schiff entern – ein Handelsschiff ist es normalerweise zufrieden, Piraten abzuwehren, es gibt keinen Grund, sie gefangenzunehmen. Aber wenn er nicht vor uns fliehen wollte – vielleicht wollte er vor ihnen fliehen?«

»Wenn er verletzt ist, sollte ich vielleicht mal nach ihm sehen«, schlug ich vor und schwang meine Beine aus dem Bett.

Eigentlich hatte ich ja erwartet, Jamie würde mich flach aufs Bett drücken und Marsali rufen, damit sie sich auf meine Brust setzte. Statt dessen sah er mich nachdenklich an und nickte.

»Aye. Wenn du sicher bist, daß du stehen kannst, Sassenach?«

Ich war mir zwar nicht allzu sicher, wollte es aber versuchen. Der Raum schwankte, als ich aufstand, und vor meinen Augen tanzten schwarze und gelbe Punkte, aber nach einer Weile kehrte, wenn auch widerstrebend, das Blut in meinen Kopf zurück, und statt der Punkte sah ich nun Jamies besorgtes Gesicht.

»In Ordnung«, sagte ich und holte tief Luft. »Gehen wir.«

Der Gefangene befand sich unten im sogenannten Orlopdeck, das mit diversem Frachtgut angefüllt war. Man hatte ihn in einem kleinen, abgetrennten Bereich im Schiffsbug untergebracht, wo zuweilen betrunkene oder aufsässige Matrosen eingesperrt wurden.

Dort unten war es dunkel und stickig, und während ich Jamie und dem Schein seiner Laterne langsam über den Niedergang folgte, wurde mir erneut schwindelig.

Als Jamie die Tür aufschloß und mit seiner Laterne eintrat, sah ich nur die glänzenden Augen des Mannes. »Schwarz wie die Nacht«, war der erste Gedanke, der mir durch den Kopf schoß, während Gesicht und Körper des Gefangenen vor den dunklen Planken langsam Gestalt annahmen.

Kein Wunder, daß Jamie ihn für einen entlaufenen Sklaven gehalten hatte. Der Mann sah aus, als wäre er in Afrika geboren worden, nicht auf den Inseln. Auch sein Verhalten ließ darauf schließen, daß er nicht als Sklave aufgewachsen war. Er saß mit gefesselten Händen und Füßen auf einem Faß, hob aber sofort den Kopf und straffte die Schultern, als Jamie eintrat. Er war ziemlich dünn, aber muskulös und trug nichts weiter als eine zerrissene Hose. Er wirkte, als wäre er bereit zu Angriff oder Verteidigung.

Auch Jamie bemerkte es und bedeutete mir, im Hintergrund zu

bleiben. Dann stellte er die Laterne auf ein Faß und hockte sich vor dem Gefangenen nieder.

»*Amiki*«, sagte er und zeigte dem Mann mit ausgebreiteten Armen seine leeren Hände. »*Amiki. Bene-bene.*« Freund. Ist gut. Es war Taki-taki, jenes vielseitig verwendbare Pidgin, das die Händler von Barbados und Trinidad in den Häfen sprachen.

Der Mann starrte Jamie teilnahmslos an, die Augen bewegungslos wie tiefe Seen. Dann zog er die Brauen hoch und streckte die gefesselten Füße vor ihm aus.

»*Bene-bene, amiki?*« fragte er mit einem unüberhörbar ironischen Unterton. Ist gut, Freund?

Jamie schnaubte amüsiert und rieb sich die Nase.

»Da hat er nicht unrecht«, sagte er auf englisch.

»Spricht er Englisch oder Französisch?« Zögernd trat ich näher. Der Gefangene ließ kurz seinen Blick auf mir ruhen, dann wandte er sich gleichgültig ab.

»Jedenfalls wird er es nicht zugeben. Picard und Fergus haben gestern abend versucht, sich mit ihm zu unterhalten. Er hat kein Wort gesagt und sie nur angestarrt. Das war das erstemal, daß er überhaupt gesprochen hat, seit er an Bord ist. *Habla Español?*« fragte er den Gefangenen plötzlich. Es kam keine Antwort. Der Mann sah Jamie nicht einmal an; er starrte nur unentwegt auf die Türöffnung hinter mir.

»Sprichst du soviel Taki-taki, daß du ihn nach Ian fragen kannst?«

Den Blick aufmerksam auf den Gefangenen gerichtet, schüttelte Jamie den Kopf. »Nein. Außer dem, was ich schon zu ihm gesagt habe, weiß ich nur noch die Wörter für ›nicht gut‹, ›wieviel?‹, ›gib es mir‹ und ›laß das, Bastard‹, und nichts von alledem würde im Augenblick viel nützen.«

Wie gelähmt starrten wir den Gefangenen an, der teilnahmslos zurückstarrte.

»Zum Teufel damit«, sagte Jamie plötzlich, zog den Dolch aus seinem Gürtel, trat hinter das Faß und schnitt die Fesseln an den Handgelenken des Gefangenen durch.

»Freund«, sagte er mit fester Stimme auf taki-taki. »Ist gut?«

Der Gefangene schwieg weiter, nickte aber nach einer Weile mit argwöhnischem Gesichtsausdruck.

»In der Ecke steht ein Nachttopf«, sagte Jamie auf englisch und steckte den Dolch wieder in den Gürtel. »Benutzen Sie ihn, dann wird meine Frau sich um Ihre Wunden kümmern.«

Das Gesicht des Mannes zuckte belustigt, dann nickte er wieder, diesmal, um zu zeigen, daß er sich fügte. Er erhob sich langsam von seinem Faß, wandte sich um und fingerte mit steifen Händen an seiner Hose. Ich sah Jamie von der Seite an.

»Das ist das Schlimmste, wenn man so gefesselt wird«, erklärte er mir sachlich. »Man kann nicht pissen.«

»Ich verstehe«, erwiderte ich und verdrängte die Frage, woher er das wußte.

»Das und die Schmerzen in den Schultern«, fuhr er fort. »Sei vorsichtig, wenn du ihn berührst, Sassenach.« Der warnende Ton in seiner Stimme war unüberhörbar, und ich nickte. Offensichtlich waren es nicht die Schultern des Mannes, um die er sich sorgte.

Mir war immer noch schwindelig, und durch die Schwüle in dem engen Raum meldeten sich auch meine Kopfschmerzen wieder. Aber ich war weniger zerschrammt als der Gefangene, der tatsächlich irgendwann Prügel bezogen hatte.

Trotzdem schienen seine Verletzungen im großen und ganzen oberflächlicher Natur zu sein. Eine geschwollene Beule auf der Stirn, und auf einer Schulter hatte er einen rötlichen Schorf.

Zweifellos hatte er zahlreiche Wunden abbekommen, aber wegen seiner dunklen Hautfarbe und der herrschenden Finsternis konnte ich nicht erkennen, wo.

Auf den Knöcheln und Handgelenken war die Haut von den Seilen aufgescheuert. Ich hatte zwar keine Weißdorntinktur zusammengebraut, aber ich hatte den Krug mit dem Enzianbalsam mitgebracht. So machte ich es mir neben ihm auf dem Boden bequem, aber selbst als ich die kühlende blaue Salbe auf seine Wunden auftrug, nahm er von mir nicht mehr Notiz als von den Planken unter seinen Füßen.

Interessanter als seine frischen Wunden waren jedoch die verheilten. Auf seinen Wangenknochen sah ich dicht nebeneinander schwache weiße Linien und auf der hohen Stirn, zwischen den Augenbrauen, drei kurze vertikale Striche: Stammeszeichen. Also gewiß ein gebürtiger Afrikaner – solche Schnitte wurden bei Initiationsriten gemacht, hatte Murphy mir erzählt.

Über seinen Rücken zogen sich wie bei Jamie dünne, deutlich sichtbare Linien verheilter Peitschenschläge.

Der Mann ignorierte mich vollständig, selbst als ich Stellen berührte, die bestimmt schmerzhaft waren. Er hielt den Blick auf Jamie gerichtet, der den Gefangenen mit ebensolcher Aufmerksamkeit beobachtete.

Das Problem war klar. Zweifellos war der Mann ein entlaufener Sklave und hatte nicht mit uns reden wollen, weil er befürchtete, seine Sprache würde die Insel seines Besitzers verraten und wir könnten ihn wieder in die Gefangenschaft zurückbringen.

Da wir jetzt wußten, daß er Englisch sprach – oder zumindest verstand –, war er nur um so vorsichtiger. Selbst wenn wir ihm versicherten, daß wir ihn weder an seinen Besitzer auslieferten noch ihn selbst zum Sklaven machen wollten, würde er uns gewiß nicht trauen. Und ich konnte ihm das unter den gegebenen Umständen auch nicht verübeln.

Andererseits war dieser Mann unsere größte – und möglicherweise einzige – Chance, herauszufinden, was mit Ian Murray geschehen war.

Als ich die Hand- und Fußgelenke des Mannes verbunden hatte, half mir Jamie auf und wandte sich dann an den Gefangenen.

»Ich nehme an, Sie haben Hunger«, sagte er. »Kommen Sie mit in die Kajüte, dort werden wir etwas essen.« Ohne eine Antwort abzuwarten, nahm er meinen gesunden Arm und ging zur Tür. Als ich mich draußen im Gang umdrehte, sah ich, daß der Gefangene uns im Abstand von wenigen Schritten folgte.

Ohne die neugierigen Blicke der Matrosen zu beachten, führte uns Jamie hinauf in meine Kajüte und blieb nur einmal bei Fergus stehen, um ihm zu sagen, er solle uns aus der Kombüse etwas zu essen bringen.

»Zurück ins Bett mit dir, Sassenach«, sagte er zu mir, und ich protestierte nicht. Mein Arm tat mir weh, ich hatte Kopfschmerzen, und meine Augen brannten. Es sah ganz so aus, als müßte ich schließlich doch ein wenig von dem kostbaren Penicillin verwenden.

Jamie hatte mir und unserem Gast ein Glas Whisky eingeschenkt. Der Mann war zwar immer noch auf der Hut, nahm das Angebot aber an, nippte an dem Glas und riß überrascht die Augen auf. Wahrscheinlich hatte er noch nie schottischen Whisky getrunken.

Auch Jamie nahm sich ein Glas, setzte sich und bedeutete dem Gefangenen, an der anderen Seite des kleinen Tisches Platz zu nehmen.

»Mein Name ist Fraser«, sagte er. »Ich bin hier der Kapitän. Meine Frau«, fügte er hinzu und nickte zu meiner Koje hinüber.

Der Gefangene zögerte, stellte dann aber entschlossen sein Glas auf den Tisch.

»Man nennt mich Ismael«, erklärte er mit einer Stimme wie Honig, der über Kohle gegossen wird. »Ich kein Pirat. Ich Koch.«

»Das wird Murphy gefallen«, bemerkte ich, aber Jamie ignorierte mich. Vorsichtig tastete er sich an ein Gespräch mit dem Gefangenen heran.

»Ein Schiffskoch?« fragte er wie beiläufig. Nur seine beiden steifen Finger, die nervös gegen seinen Schenkel klopften, verrieten ihn – wenn auch nur für mich.

»Nein, Mann, ich nichts mit diesem Schiff zu tun haben!« erwiderte Ismael aufgebracht. »Sie mich vom Strand holen, sagen, sie mich töten, ich nicht zu ihnen gehören, wirklich. Ich kein Pirat!« wiederholte er, und es dämmerte mir, wenn auch reichlich spät, daß er natürlich nicht für einen Piraten gehalten werden wollte – ob er nun einer war oder nicht. Piraterie wurde mit Tod durch Erhängen bestraft, und er konnte nicht wissen, daß wir genausowenig wie er darauf erpicht waren, der Königlichen Marine zu begegnen.

»Aye, ich verstehe.« Jamie fand die richtige Mischung aus Beschwichtigung und Skepsis. Er lehnte sich in dem großen Stuhl zurück. »Und wieso hat die *Bruja* Sie dann gefangengenommen?« fragte er. Und als sich auf dem Gesicht des Mannes Panik malte, fügte er noch schnell hinzu: »Wo, will ich gar nicht wissen. Sie brauchen mir nicht zu erzählen, woher Sie kommen; das interessiert mich nicht. Ich möchte nur wissen, wieso Sie ihnen in die Hände gefallen sind und wie lange Sie auf dem Schiff waren. Wo Sie doch, wie Sie sagen, nicht zu ihnen gehören.« Der Hinweis war deutlich genug. Wir wollten ihn nicht seinem Besitzer zurückbringen, doch wenn er uns keine Auskunft gab, konnten wir ihn als Pirat der Krone ausliefern.

Der Gefangene, nicht dumm, hatte das sofort begriffen. Er kniff die Augen zusammen und nickte.

»Ich Fische fangen im Fluß«, begann er. »Großes Schiff segeln langsam durch Fluß, kleine Boote ziehen es. Männer in kleinem Boot sehen mich, brüllen. Ich laufen, aber sie hinter mir. Männer springen raus, mich fangen am Zuckerrohrfeld, ich denke, sie mich fangen zu verkaufen. Das alles, Mann.« Er zuckte die Achseln, um zu zeigen, daß die Geschichte damit zu Ende war.

»Aye, ich verstehe.« Jamie hielt den Blick auf den Gefangenen gerichtet. Er zögerte, wollte ihn fragen, wo dieser Fluß war, wagte es aber nicht, aus Angst, der Mann würde wieder in Schweigen verfallen. »Während Sie auf diesem Schiff waren – haben Sie da Jungen in der Mannschaft gesehen, oder auch als Gefangene? Jungen, junge Männer?«

Die Augen des Mannes weiteten sich. Das hatte er nicht erwartet. Er zögerte, nickte dann aber und blickte Jamie höhnisch an.

»Ja, Mann, sie haben Jungen. Warum? Sie einen wollen?« Er blickte flüchtig zu mir herüber und dann wieder zu Jamie.

Jamie verfärbte sich etwas.

»Ja«, sagte er ruhig. »Ich suche einen jungen Verwandten, der von Piraten geraubt wurde. Ich würde mich jedem sehr verpflichtet fühlen, der mir helfen könnte, ihn zu finden.« Vielsagend zog er eine Braue hoch.

Der Gefangene brummte, und seine Nasenflügel bebten.

»Ja? Was Sie tun für mich, wenn ich helfen, diesen Jungen finden?«

»Ich werde Sie in jedem Hafen absetzen, den Sie mir nennen, mit einem hübschen Sümmchen Goldmünzen«, erwiderte Jamie. »Aber natürlich verlange ich Beweise, daß Sie auch wirklich über den Verbleib meines Neffen Bescheid wissen, aye?«

»Hm.« Der Gefangene war immer noch in Alarmbereitschaft, entspannte sich aber allmählich. »Sie mir sagen, Mann – wie dieser Junge aussehen?«

Jamie zögerte einen Augenblick, musterte den Gefangenen, schüttelte dann jedoch den Kopf.

»Nein«, sagte er nachdenklich. »Ich glaube nicht, daß es so geht. *Sie* beschreiben *mir* die jungen Männer, die Sie auf dem Piratenschiff gesehen haben.«

Der Gefangene beäugte Jamie eine Weile, dann brach er in tiefes, schallendes Gelächter aus.

»Sie nicht dumm, Mann«, meinte er. »Wissen Sie?«

»Ich weiß«, sagte Jamie trocken. »Hauptsache, Sie wissen es auch. Also, erzählen Sie.«

Ismael schnaubte verächtlich, fügte sich aber und unterbrach seinen Bericht nur, um sich etwas von dem Tablett mit Essen zu nehmen, das Fergus gebracht hatte. Fergus selbst lehnte an der Tür und beobachtete den Gefangenen.

»Zwölf Jungen, die merkwürdig sprechen, wie Sie.«

Jamie tauschte erstaunte Blicke mit mir. Zwölf?

»Wie ich?« fragte er. »Weiße, Engländer? Oder Schotten, meinen Sie?«

Ismael schüttelte verständnislos den Kopf. Das Wort »Schotte« existierte in seinem Wortschatz nicht.

»Reden wie kämpfende Hunde«, erklärte er. »Grrr! Wuff!« Er knurrte und schüttelte den Kopf wie ein Hund, der eine Ratte im Maul hat. Fergus' Schultern zuckten.

»Das können nur Schotten sein«, sagte ich und versuchte, nicht zu lachen. Jamie warf mir einen finsteren Blick zu, wandte dann aber seine Aufmerksamkeit wieder Ismael zu.

»Sehr gut«, sagte er, wobei er seinen Akzent ein wenig übertrieb. »Zwölf schottische Kerle. Wie sahen sie aus?«

Ismael blickte ihn zweifelnd an.

»Ich sie nur einmal sehen, Mann. Aber ich alles erzählen, was ich sehen.« Er schloß die Augen und zog die Stirn in Falten.

»Vier Jungen mit gelben Haaren, sechs braune, zwei schwarze Haare. Zwei kleiner als ich, einer vielleicht so groß wie der *griffone* da...« – er nickte zu Fergus hinüber, der sich bei dieser Beleidigung wütend aufrichtete –, »einer groß, nicht so groß wie Sie...«

»Aye, und was hatten sie an?« Langsam und vorsichtig entlockte Jamie ihm die Beschreibungen, fragte nach Einzelheiten, verlangte Vergleiche – wie groß? wie dick? welche Augenfarbe? – und achtete sorgfältig darauf, den Gegenstand seines Interesses nicht preiszugeben.

Mir war nicht mehr schwindelig, aber ich fühlte mich immer noch erschöpft und konnte dem allen nur schwer folgen. Ich hielt die Augen geschlossen. Die tiefen, murmelnden Stimmen beruhigten mich. Jamie klang wirklich wie ein großer, wütender Hund mit seinem weichen Knurren und den harten Konsonanten.

»Wuff«, murmelte ich leise.

Ismaels Stimme war genauso tief, aber weich und voll, wie heiße Schokolade mit Sahne. Ihr Klang wiegte mich allmählich in einen Dämmerzustand.

Er hörte sich an wie Joe Abernathy, der einen Autopsiebericht diktiert – ungeschönte und unappetitliche physische Details, vorgetragen wie ein sanftes Wiegenlied.

Ich sah Joes dunkle Hände vor mir, wie sie auf der blassen Haut eines Unfallopfers lagen und sich rasch bewegten, während er aufs Band sprach.

»Bei dem Toten handelt es sich um einen etwa einen Meter achtzig großen Mann, schlank…«

Ein großer Mann, schlank.

»– der groß, dünn…«

Plötzlich schreckte ich mit pochendem Herzen auf. Ich hörte das Echo von Joes Stimme direkt vor mir am Tisch.

»Nein!« entfuhr es mir, und alle drei Männer sahen mich erstaunt an. Ich schob mir das schwere, feuchte Haar zurück und winkte ihnen schwach zu.

»Kümmert euch nicht um mich; ich glaube, ich habe geträumt.«

Sie wandten sich wieder ihrer Unterhaltung zu, und ich blieb still und mit geschlossenen Augen liegen, war jedoch nicht mehr schläfrig.

Nein, es gab keinerlei körperliche Ähnlichkeit zwischen den beiden. Joe war stämmig und untersetzt, dieser Ismael hingegen schlank und dünn, obwohl die Muskeln an seinen Schultern von einer beträchtlichen Körperkraft zeugten.

Joe hatte ein breites und liebenswertes Gesicht; dieser Mann aber hatte zusammengekniffene Augen und einen argwöhnischen Blick, und die hohe Stirn ließ seine Stammesnarben um so deutlicher hervortreten. Joes Haut hatte die Farbe von frischem Kaffee, die Ismaels war rotschwarz wie glühende Kohle.

Doch wenn ich die Augen vollständig schloß, hörte ich Joes Stimme, trotz des singenden Tonfalls, der typisch für das Sklavenenglisch in der Karibik war. Ich hob die Augenlider und musterte ihn sorgfältig. Er hatte wirklich keinerlei Ähnlichkeit mit Joe, aber jetzt entdeckte ich auf seinem mißhandelten Rücken etwas, was ich zuvor nicht bemerkt hatte: eine tiefe Schürfwunde, die eine breite, flache Narbe überdeckte und die Form eines Vierecks hatte. Sie war noch rosafarben und erst kürzlich verheilt.

Ich versuchte mich zu erinnern. »Kein *Sklaven*name«, hatte Joe spöttisch gesagt, als er von der Entscheidung seines Sohnes für einen neuen Namen erzählt hatte. Zweifellos hatte Ismael ein Brandzeichen entfernt, damit man ihn nicht identifizieren konnte, sollte er erneut in Gefangenschaft geraten. Aber wessen Brandzeichen? Und bestimmt war der Name Ismael nur Zufall.

Möglicherweise aber doch auch nicht so weit hergeholt: »Ismael« war sicher nicht sein richtiger Name, sondern ein Sklavenname, der ihm von einem seiner Besitzer gegeben worden war. Und wenn der junge Lenny tatsächlich seine Geschichte zurückverfolgt hatte, war es dann nicht wahrscheinlich, daß er den Namen eines seiner Vorfahren gewählt hatte? Wenn. Aber wenn er…

Ich lag da und blickte zur Decke meiner engen Koje. Ob es irgendeine Verbindung zwischen diesem Mann und Joe gab oder nicht, die Möglichkeit hatte mich auf einen Gedanken gebracht.

Jamie fragte den Gefangenen über die Mannschaft und die Verhältnisse auf der *Bruja* aus, aber ich schenkte dem keine Aufmerksamkeit. Ich setzte mich vorsichtig auf und gab Fergus ein Zeichen.

»Ich brauche Luft«, sagte ich. »Hilf mir an Deck, ja?« Jamie blickte mich besorgt an, aber ich lächelte ihm beruhigend zu und nahm Fergus' Arm.

»Wo sind die Papiere des Sklaven, den wir auf Barbados gekauft haben?« fragte ich ihn, sobald wir außer Jamies Hörweite waren. »Und wo ist eigentlich der Sklave?«

Fergus sah mich neugierig an, kramte aber gehorsam in seinen Manteltaschen.

»Ich habe die Papiere bei mir, Madame«, sagte er und reichte sie mir. »Und der Sklave ist im Mannschaftsquartier, glaube ich. Warum?« fügte er hinzu. Er konnte seine Neugier einfach nicht unterdrücken.

Aber ich ignorierte seine Frage und blätterte die schmuddeligen, ekelhaften Papiere durch.

»Da ist es«, sagte ich, als ich das Blatt fand, das Jamie mir vorgelesen hatte. »Abernathy! Also doch! Und auf der linken Schulter eine Lilie eingebrannt. Ist dir das Brandzeichen aufgefallen, Fergus?«

Ein wenig verwirrt schüttelte er den Kopf.

»Nein, Madame.«

»Dann komm mit«, sagte ich und ging in Richtung Mannschaftsquartier. »Ich möchte sehen, wie groß es ist.«

Das Zeichen war genauso groß und an genau derselben Stelle wie Ismaels Narbe. Aber es war keine Lilie. Offenbar hatte derjenige, der die Papiere ausgefertigt hatte, einen Fehler gemacht. Es war eine sechzehnblättrige Rose – das jakobitische Emblem von Charles Stuart. Ich war verblüfft: Welcher patriotische Verbannte hatte diese seltsame Methode gewählt, um seine Treue zu den besiegten Stuarts unter Beweis zu stellen?

»Madame, ich glaube, Sie sollten wieder ins Bett gehen«, meinte Fergus. Er sah mich besorgt an, während ich mich über Temeraire beugte, der diese Untersuchung genauso stoisch hinnahm wie alles andere. »Sie haben eine Gesichtsfarbe wie Vogeldreck, und Mylord wird es überhaupt nicht gefallen, wenn ich zulasse, daß Sie hier auf dem Deck in Ohnmacht fallen.«

»Ich werde nicht in Ohnmacht fallen«, beruhigte ich ihn. »Und mir ist es egal, was für eine Gesichtsfarbe ich habe. Ich glaube, wir haben soeben einen Glückstreffer gelandet. Hör zu, Fergus, ich möchte, daß du etwas für mich tust.«

»Alles, was Sie wollen, Madame«, sagte er und packte mich am Ellenbogen, weil der Wind sich plötzlich drehte und mich über das schwankende Deck schubste. »Aber erst«, fügte er bestimmt hinzu, »wenn Sie wieder in Ihrem Bett liegen.«

Bereitwillig ließ ich mich von ihm zur Kajüte zurückbringen, weil ich mich wirklich nicht wohl fühlte, gab ihm aber zuvor noch meine Anweisungen. Als wir die Kajüte betraten, erhob sich Jamie und begrüßte uns.

»Da bist du ja, Sassenach! Ist alles in Ordnung?« fragte er. »Du hast eine gräßliche Gesichtsfarbe.«

»Mir geht es prächtig«, zischte ich und setzte mich auf die Koje, um meinen Arm nicht zu strapazieren. »Habt ihr euer Gespräch beendet?«

Jamie blickte zu dem Gefangenen, und ich sah, wie dieser ihn gleichgültig anstarrte. Die Stimmung war nicht direkt feindselig, aber gespannt. Jamie nickte.

»Wir sind fertig – im Augenblick jedenfalls«, erklärte er. Dann wandte er sich zu Fergus. »Bring unseren Gast nach unten, Fergus.« Er wartete, bis Ismael unter Fergus' Fittichen den Raum verlassen hatte, dann setzte er sich neben mich auf die Koje und schaute mich genau an.

»Du siehst schrecklich aus«, meinte er. »Soll ich dir vielleicht dein Zeug holen und dir eine Arznei geben oder so was?«

»Nein«, sagte ich. »Jamie, hör zu – ich glaube, ich weiß, woher unser Freund Ismael kommt.«

Er zog die Augenbraue hoch.

»Tatsächlich?«

Ich erklärte ihm die Sache mit Ismaels Narbe und dem Brandzeichen des Sklaven Temeraire, erwähnte aber nicht, wie ich darauf gekommen war.

»Ich könnte wetten, daß sie vom selben Gut kommen – von dieser Mrs. Abernathy auf Jamaika.«

»Aye, du könntest recht haben, Sassenach, und ich hoffe es. Der gerissene schwarze Bastard wollte nicht sagen, woher er kommt. Nicht, daß ich ihm das vorwerfen wollte«, fügte er gerechterweise hinzu. »Gott im Himmel, wenn ich einem solchen Leben entronnen wäre, könnte mich auch keine Macht der Welt mehr dorthin zurückbringen!« Seine Heftigkeit überraschte mich.

»Nein, ich möchte ihm das auch nicht zum Vorwurf machen«, sagte ich. »Aber was hat er dir über die Jungen erzählt? Hat er Ian gesehen?«

Jamie entspannte sich allmählich wieder.

»Aye, ich bin mir dessen ziemlich sicher.« Vor Aufregung ballte er eine Hand zur Faust. »Zwei der Jungen, die er beschrieben hat, könnten Ian gewesen sein. Und da es die *Bruja* war, muß einer Ian sein. Und wenn du recht hast mit seiner Herkunft, Sassenach, dann haben wir ihn vielleicht – vielleicht werden wir ihn finden!« Ismael hatte sich zwar geweigert, irgendeinen Hinweis zu geben, wo die *Bruja* ihn aufgegriffen hatte, war aber immerhin soweit gegangen zu sagen, daß die zwölf jungen Burschen – allesamt Gefangene – kurz nach seiner eigenen Gefangennahme vom Schiff gebracht worden waren.

»Zwölf junge Burschen«, wiederholte Jamie und wurde wieder sehr nachdenklich. »Was um Himmels willen könnte jemand damit bezwecken wollen, zwölf junge Burschen aus Schottland zu entführen?«

»Vielleicht handelt es sich um einen Sammler«, sagte ich. Im Moment fühlte ich mich wieder etwas benommen. »Münzen und Edelsteine und schottische Jungen.«

»Du meinst, wer Ian hat, hat auch den Schatz?« Er sah mich forschend an.

»Ich weiß es nicht«, erwiderte ich. Plötzlich fühlte ich mich hundemüde und mußte schrecklich gähnen. »Trotzdem werden wir das mit Ismael herausbekommen. Ich habe Fergus gesagt, Temeraire sollte ihn sich einmal ansehen. Wenn sie vom selben Ort kommen...«

»Das war sehr schlau von dir, Sassenach«, meinte Jamie, und es klang fast, als überraschte ihn das. Aber auch ich war ein wenig erstaunt darüber: Im Augenblick waren meine Gedanken recht zusammenhanglos, und es kostete mich Mühe, vernünftig zu sprechen.

Jamie bemerkte es, streichelte mir die Hand und stand auf.

»Mach dir jetzt keine Gedanken darüber, Sassenach. Ruh dich aus, und ich schicke Marsali mit etwas Tee zu dir.«

»Whisky«, sagte ich, und er lachte.

»Gut, dann Whisky.« Er schob mir das Haar zurück, beugte sich in die Koje und küßte mich auf die Stirn.

»Besser?« fragte er lächelnd.

»Viel besser.« Auch ich lächelte und schloß dann die Augen.

56

Schildkrötensuppe

Als ich am späten Nachmittag aufwachte, tat mir alles weh. Ich hatte im Schlaf die Decken abgeworfen und lag im Hemd da. Meine Haut fühlte sich in der milden Luft heiß und trocken an. Mein Arm schmerzte entsetzlich, und ich spürte jeden der dreiundvierzig feinen Stiche von Mr. Willoughby, als ob man mir glühend heiße Sicherheitsnadeln ins Fleisch gebohrt hätte.

Es half alles nichts: Ich würde das Penicillin nehmen müssen. Ich mochte ja gegen Pocken, Typhus und die im achtzehnten Jahrhundert üblichen Erkältungen gefeit sein, aber ich war nicht unsterblich. Wer weiß, zu welch unsauberen Zwecken der Portugiese seine Machete benützt hatte, bevor er mich damit traf.

Schon der kurze Weg zum Schrank, in dem meine Kleider hingen, ließ mich schwitzen und zittern, und plötzlich mußte ich mich hinsetzen.

»Sassenach! Ist alles in Ordnung?« Jamie steckte besorgt den Kopf durch die niedrige Tür.

»Nein«, sagte ich. »Komm bitte einen Augenblick her, ja? Du mußt etwas für mich tun.«

»Wein? Ein Plätzchen? Murphy hat extra für dich ein bißchen Brühe gemacht.« Sofort war er bei mir und legte seinen kühlen Handrücken auf meine gerötete Wange. »Gott, du glühst ja!«

»Ja, ich weiß«, erwiderte ich. »Aber mach dir keine Sorgen. Ich habe ein Mittel dagegen.«

Mit meiner gesunden Hand wühlte ich in meiner Rocktasche und zog die Schachtel mit den Spritzen und Ampullen heraus. Mein rechter Arm schmerzte so sehr, daß ich bei jeder Bewegung die Zähne zusammenbiß.

»Jetzt bist du dran«, sagte ich gequält und schob Jamie die

Schachtel hin. »Jetzt hast du Gelegenheit, dich zu rächen, wenn du willst.«

Verständnislos sah er erst die Schachtel, dann mich an.

»Was?« meinte er. »Du willst, daß ich dich mit so einem Dorn aufspieße?«

»Ich möchte zwar nicht, daß du mich aufspießt...«

»In den Hintern?«

»Ja, verdammt!«

Er sah mich mit hochgezogenem Mundwinkel an. Dann beugte er sich über die Schachtel.

»Also, dann sag mir, was ich tun soll«, meinte er.

Ich erteilte ihm genaue Anweisungen, erklärte ihm, wie man die Spritze vorbereitet und aufzieht, und prüfte sie dann unbeholfen mit meiner linken Hand auf etwaige Luftblasen. Als ich sie ihm zurückgab und mich auf die Koje legte, fand er die Situation überhaupt nicht mehr komisch.

»Bist du sicher, daß ich das machen soll?« meinte er zweifelnd. »Ich habe doch zwei linke Hände.«

Trotz meines pochenden Arms mußte ich lachen. Ich hatte ihn alles mögliche mit diesen Händen tun sehen, und er hatte es mit großer Behendigkeit und Geschicklichkeit erledigt.

»Gut«, meinte er, als ich ihm das sagte. »Aber das ist nicht ganz dasselbe, oder? Das einzige, was ich in diese Richtung bisher getan habe, ist, daß ich jemandem einen Dolch in den Wams gestoßen habe, und ich finde es etwas befremdend, dir so etwas anzutun, Sassenach.«

Ich blickte über die Schulter und sah, daß er sich unsicher auf die Lippen biß, in einer Hand den mit Weinbrand getränkten Wattebausch, in der anderen unbeholfen die Spritze haltend.

»Hör mal«, sagte ich. »Ich habe es bei dir doch auch gemacht; du *weißt* also, wie es ist. War doch nicht so schlimm, oder?« Allmählich machte er mich nervös.

»Mmmpf.« Er kniete sich neben das Bett und wischte eine Stelle auf meinem Hintern mit dem kühlen, feuchten Wattebausch ab. »Ist das richtig so?«

»Gut. Stich die Nadelspitze im schrägen Winkel, nicht senkrecht hinein – siehst du, daß die Spitze schräg ausgeschnitten ist? Schieb sie ungefähr ein Viertelzoll weit hinein – du kannst ruhig ein wenig zustoßen, es ist schwerer, durch die Haut zu kommen, als man denkt – und dann drückst du den Kolben ganz langsam runter, du darfst es nicht zu schnell machen.«

Ich schloß die Augen und wartete. Nach einer Weile öffnete ich sie wieder und sah mich um. Er war blaß, und auf seinen Wangen glitzerte der Schweiß.

»Vergiß es.« Ich richtete mich mühsam auf. »Komm, gib her.« Ich nahm ihm den Tupfer aus der Hand und wischte mir damit über den Oberschenkel. Meine Hand zitterte vom Fieber.

»Aber.«

»Halt den Mund!« Ich nahm die Spritze, zielte, und stach sie in den Muskel. Es tat weh, besonders als ich den Kolben hinunterdrückte, und dann rutschte ich mit dem Daumen ab.

Doch Jamie war sofort zur Stelle, hielt mit einer Hand mein Bein fest und preßte mit der anderen langsam den Kolben hinunter, bis in dem Röhrchen kein Tropfen mehr war. Ich holte tief Luft, als er die Nadel herauszog.

»Danke«, sagte ich nach einer Weile.

»Es tut mir leid«, flüsterte er. Dann legte er mir den Arm unter den Rücken und half mir, mich wieder in die Kissen zu legen.

»Ist schon gut. Wahrscheinlich ist es leichter, jemandem einen Dolch in den Leib zu rammen«, fügte ich hinzu.

»Da hat man keine Angst, man könnte dem anderen weh tun.«

Er schwieg. Ich hörte, wie er durch den Raum ging, die Schachtel mit den Spritzen weglegte und meinen Rock aufhängte.

»Es tut mir leid«, sagte ich. »Ich habe es nicht so gemeint.«

»Solltest du aber«, erwiderte er gelassen. »Es ist wirklich leichter, jemanden umzubringen, um sich selbst zu retten, als jemandem weh zu tun, um ihn zu retten. Du bist viel mutiger als ich, und ich nehme es dir nicht übel, daß du das gesagt hast.«

Ich öffnete die Augen und sah ihn an.

»Verdammt, das tust du doch.«

Er starrte mich mit zusammengekniffenen Augen an. Dann grinste er.

»Ja, verdammt«, stimmte er mir zu.

Ich mußte lachen, aber sofort tat mir der Arm wieder weh.

»Ich bin nicht mutig, und du auch nicht, und auf jeden Fall habe ich es nicht so gemeint«, sagte ich und schloß erneut die Augen.

»Mmmpf.«

Auf dem Deck über uns hörte ich polternde Schritte und Mr. Warrens Stimme, der ungeduldig Befehle erteilte. Wir waren während der Nacht an Great Abaco und Eleuthera vorbeigefahren und steuerten nun, den Wind im Rücken, auf Jamaika zu.

»*Ich* würde es nicht riskieren, erschossen oder gefangengenommen und erhängt zu werden, wenn ich nur die geringste Wahl hätte«, sagte ich.

»Ich auch nicht«, erwiderte er trocken.

»Aber du«, begann ich, hielt dann aber inne. Ich sah ihn neugierig an. »Du glaubst tatsächlich«, sagte ich langsam, »daß du keine andere Wahl hast, stimmt's?«

Er stand halb von mir abgewendet, den Blick auf das Bullauge gerichtet. Die Sonne schien auf seinen langen geraden Nasenrücken, über den er sich nachdenklich mit dem Finger strich.

»Ich bin ein Mann, Sassenach«, sagte er leise. »Wenn ich glaubte, daß ich die Wahl hätte… vielleicht könnte ich es dann nicht tun. Man braucht nicht besonders mutig zu sein, wenn man weiß, daß man es nicht ändern kann, aye?« Dann sah er mich leise lächelnd an. »Wie eine Frau bei der Geburt, aye? Man muß es tun, und es spielt keine Rolle, ob man Angst hat – man tut es einfach. Nur wenn man weiß, daß man auch nein sagen könnte, braucht man Mut.«

Ich beobachtete ihn schweigend. Er hatte sich mit geschlossenen Augen auf dem Stuhl zurückgelehnt. Seine langen Wimpern ruhten auf seinen Wangen, so daß er fast kindlich aussah. Sie standen in merkwürdigem Kontrast zu den Ringen unter seinen Augen und den tiefen Falten in den Augenwinkeln. Er war müde. Seitdem das Piratenschiff gesichtet worden war, hatte er kaum geschlafen.

»Ich habe dir noch nicht von Graham Menzies erzählt, oder?« fragte ich schließlich. Sofort öffnete er die blauen Augen.

»Nein. Wer war das?«

»Ein Patient. Im Krankenhaus von Boston.«

Graham war Ende Sechzig, als ich ihn kennenlernte – ein schottischer Einwanderer, der noch immer mit starkem Akzent sprach, obwohl er seit fast vierzig Jahren in Boston lebte. Er war Fischer, oder war es zumindest gewesen. Als ich ihn kennenlernte, besaß er mehrere Hummerboote und ließ andere für sich fischen.

Er hatte große Ähnlichkeit mit den schottischen Soldaten, die ich bei Preston und Falkirk getroffen hatte: stoisch und humorvoll und bereit, über alles Witze zu machen, was schweigend zu erdulden viel zu schmerzhaft war.

»Passen Sie gut auf, Mädel«, sagte er zu mir, bevor ich ihm das von Krebs befallene linke Bein amputierte. »Passen Sie auf, daß Sie die Beine nicht verwechseln.«

»Keine Sorge«, beruhigte ich ihn und streichelte die wettergegerbte Hand, die auf dem Bettuch lag. »Ich nehme schon das richtige ab.«

»Wirklich?« Er tat entsetzt und riß die Augen auf. »Ich dachte, das richtige sollte dranbleiben!« Als man ihm die Maske mit dem Betäubungsmittel über das Gesicht stülpte, gluckste er immer noch asthmatisch vor sich hin.

Die Amputation war gut verlaufen, Graham hatte sich erholt und war nach Hause zurückgekehrt. Dennoch war ich nicht überrascht, als er sechs Monate später wiederkam! Metastasen an den Lymphknoten in den Leisten.

Ich entfernte die verkrebsten Knoten. Er bekam Bestrahlungen. Kobalt. Ich entfernte auch die Milz, die ebenfalls befallen war. Ich wußte, daß die Operationen nichts brachten, wollte aber nicht aufgeben.

»Es ist viel leichter, nicht aufzugeben, wenn man nicht selbst der Kranke ist«, sagte ich und starrte auf die Holzvertäfelung über mir.

»Hat er denn aufgegeben?« fragte Jamie.

»Ich glaube, so würde ich es nicht nennen.«

»Ich habe nachgedacht«, verkündete Graham. Seine Stimme dröhnte blechern durch mein Stethoskop.

»Ja?« sagte ich. »Seien Sie ein guter Junge und sprechen Sie nicht so laut, bis ich fertig bin, ja?«

Er lachte, schwieg aber, während ich seine Brust abhorchte.

»In Ordnung«, sagte ich schließlich, entfernte die Röhrchen aus meinen Ohren und ließ sie über meine Schulter fallen. »Worüber haben Sie nachgedacht?«

»Darüber, mich umzubringen.«

Er sah mir geradewegs in die Augen, ein wenig herausfordernd. Ich blickte mich um, ob die Krankenschwester auch wirklich fort war, zog den blauen Patientenstuhl aus Plastik heran und setzte mich neben ihn.

»Sind die Schmerzen schlimmer geworden?« fragte ich. »Dagegen kann man etwas machen, das wissen Sie, nicht wahr? Sie brauchen nur darum zu bitten.« Ich zögerte, bevor ich dies sagte. Er hatte nie um etwas gebeten. Selbst als offensichtlich war, daß er Medikamente brauchte, hatte er nie auch nur angedeutet, wie schlecht es ihm ging. Deshalb kam es mir wie ein Eindringen in seine Intimsphäre vor, dieses Thema anzusprechen. Ich sah, wie sich seine Mundwinkel verzogen.

»Ich habe eine Tochter«, sagte er. »Und zwei Enkelsöhne; hübsche Kerle. Aber Sie haben sie letzte Woche gesehen, oder?«

Hatte ich. Sie kamen mindestens zweimal die Woche und brachten vollgekritzelte Blätter aus der Schule und mit Autogrammen versehene Baseballbälle mit, um sie ihrem Opa zu zeigen.

»Und dann ist da noch meine Mutter, die im Altersheim in Canterbury lebt«, sagte er nachdenklich. »Kostet eine Menge, aber es ist ein sauberes Haus, und das Essen ist sehr gut.«

Er blickte teilnahmslos auf die flache Stelle unter dem Bettuch und hob seinen Stumpf.

»Was meinen Sie, einen Monat? Vier? Drei?«

»Vielleicht drei«, sagte ich. »Mit etwas Glück«, fügte ich idiotischerweise hinzu.

Er schnaubte.

»Pah! So viel Glück würde ich keinem Bettler wünschen.« Er blickte auf all die Technik um ihn herum: das automatische Beatmungsgerät, den blinkenden Monitor, der die Herzschläge anzeigte, all das technische Zeug. »Es kostet fast hundert Dollar pro Tag, mich hier zu behalten«, sagte er. »Drei Monate, das macht – großer Gott, zehntausend Dollar!« Stirnrunzelnd schüttelte er den Kopf. »Einen schlechten Handel nenne ich das. Ist die Sache nicht wert.« Plötzlich blinzelten seine blaßgrauen Augen mir zu. »Ich bin Schotte, wie Sie wissen. Bin immer sparsam gewesen, und daran wird sich auch jetzt nichts ändern.«

»Also habe ich ihm den Gefallen getan«, sagte ich, immer noch nach oben starrend. »Oder besser gesagt, wir haben es gemeinsam getan. Er hatte Morphium verschrieben bekommen – das ist so etwas wie Laudanum, nur viel stärker. Ich schüttete alle Ampullen jeweils zur Hälfte aus und ersetzte das fehlende Morphium durch Wasser. Das war die sicherste Möglichkeit, ihm eine hohe Dosis zu verabreichen, ohne Gefahr zu laufen, daß es entdeckt wurde. Außerdem wollte er nicht das Risiko eingehen, daß ich angeklagt würde, falls jemand Verdacht schöpfte und nachforschte. Morphium mußte er auf alle Fälle im Blut haben, das würde gar nichts beweisen. Deshalb entschieden wir uns dafür.«

Ich holte tief Luft.

»Es hätte keine Schwierigkeiten gegeben, wenn ich ihm die Injektionen verabreicht und dann weggegangen wäre. So hatte er es gewollt.«

Jamie hatte den Blick starr auf mich gerichtet und schwieg.

»Aber ich konnte nicht.« Ich blickte auf meine linke Hand, sah an ihrer Stelle jedoch die geschwollenen Knöchel eines Fischers und die dicken grünlichen Venen an seinen Handgelenken.

»Ich stach die Nadel hinein«, fuhr ich fort. »Aber ich konnte den Kolben nicht hinunterdrücken.«

Ich sah Graham Menzies vor mir, wie er die andere, an Schläuchen hängende Hand hob und sie über meine legte. Er hatte nicht viel Kraft, aber sie reichte.

»Ich saß da, bis er tot war, und hielt seine Hand.« Ich spürte noch den stetigen, immer langsamer werdenden Rhythmus seines Pulses unter meinem Daumen.

Ich schaute zu Jamie und schob die Erinnerung daran beiseite.

»Und dann kam eine Krankenschwester herein.« Es war eine von den jüngeren gewesen, ein leicht erregbares Mädchen, das den Mund nicht halten konnte. Sie hatte zwar noch nicht viel Erfahrung, konnte aber immerhin erkennen, ob jemand tot war. Und ich saß einfach nur da und tat nichts – ein Verhalten, daß höchst untypisch für einen Arzt war. Schließlich die leere Morphiumspritze auf dem Tisch neben mir.

»Natürlich plauderte sie«, sagte ich.

»Das kann ich mir denken.«

»Ich besaß aber die Geistesgegenwart, die Spritze in den Verbrennungsofen zu werfen, nachdem sie gegangen war. So stand ihr Wort gegen meines, und die ganze Angelegenheit wurde einfach ad acta gelegt.«

Ich verzog den Mund. »Nur daß sie mir in der folgenden Woche eine Stelle als Abteilungsleiterin anboten. Ein hoher Posten. Ein schönes Büro im sechsten Stock des Krankenhauses – in sicherer Entfernung von den Patienten, so daß ich niemanden mehr umbringen konnte.«

Wie abwesend rieb ich mir immer noch mit dem Finger das Handgelenk, bis Jamie schließlich die Hand ausstreckte und über meine legte.

»Wann war das, Sassenach?« fragte er ganz sanft.

»Unmittelbar bevor ich mit Brianna nach Schottland ging. Deshalb bin ich fortgegangen. Ich bekam verlängerten Urlaub – angeblich, weil ich zuviel gearbeitet und es verdient hätte.« Der ironische Unterton in meiner Stimme war nicht zu überhören.

»Ich verstehe.« Trotz des Fiebers spürte ich seine Hand warm auf meiner liegen. »Wenn du deine Arbeit nicht verloren hättest – wärst du dann auch gekommen, Sassenach? Ich meine, nicht nur nach Schottland, sondern zu mir?«

Ich sah ihn an, drückte seine Hand und holte tief Luft.

»Ich weiß es nicht«, erwiderte ich. »Ich weiß es wirklich nicht. Wenn ich nicht nach Schottland gegangen wäre, Roger Wakefield getroffen und herausgefunden hätte, daß du…«

Ich hielt inne und schluckte. »Graham hat mich nach Schottland geschickt«, brachte ich schließlich mühsam hervor. »Er bat mich, irgendwann hinzufahren und Aberdeen von ihm zu grüßen.« Ich sah Jamie an.

»Aber das habe ich nicht gemacht! Ich bin gar nicht nach Aberdeen gefahren.«

»Mach dir keine Gedanken, Sassenach.« Jamie drückte meine Hand. »Ich werde dich hinbringen – wenn wir heimkommen. Obwohl«, fügte er sachlich hinzu, »es dort nichts zu sehen gibt.«

In der Kajüte wurde es stickig. Jamie stand auf, um eins der Heckfenster zu öffnen.

»Jamie«, sagte ich, »was willst du tun, wenn wir Ian gefunden haben?«

»Oh.« Er setzte sich auf die Koje und starrte mich an.

»Weißt du«, meinte er schließlich, »mich hat noch nie jemand danach gefragt – was ich tun will.« Es klang ziemlich überrascht.

»Du hast ja auch nicht gerade oft die Wahl gehabt, nicht wahr?« sagte ich lakonisch. »Aber jetzt hast du sie.«

»Aye, das stimmt. Ich nehme an, du ahnst inzwischen, daß wir nicht nach Schottland zurück können – jedenfalls für eine ganze Weile nicht«, sagte er. Ich hatte ihm natürlich erzählt, was Tompkins über Sir Percival und seine Machenschaften ausgeplaudert hatte, aber wir hatten nicht viel Zeit gehabt, über diese Sache zu sprechen.

»Ja«, erwiderte ich. »Darum fragte ich.«

Ich schwieg, um ihm Zeit zum Überlegen zu geben. Er hatte viele Jahre als Geächteter zugebracht, sich zunächst versteckt und dann unter falschem Namen gelebt. Er war dem Arm des Gesetzes entronnen, indem er ständig seine Identität wechselte. Aber all seine Tarnungen waren inzwischen bekannt, es gab keine Möglichkeit mehr für ihn, eine seiner früheren Tätigkeiten wiederaufzunehmen – ja nicht einmal, sich in Schottland zu zeigen.

Seine letzte Zufluchtsstätte war immer Lallybroch gewesen. Aber selbst dieser Rückzugsweg war ihm jetzt versperrt. Lallybroch war nicht mehr seine Heimat, es hatte inzwischen einen anderen Herrn. Ich wußte, daß er Jennys Familie den Besitz des Gutes nicht mißgönnte – aber sicherlich bedauerte er den Verlust seines Erbes.

Als ich ihn leise schnauben hörte, dachte ich, daß er wahrscheinlich am selben Punkt angelangt war wie ich.

»Weder Jamaika noch die englischsprachigen Inseln kommen in Frage«, meinte er bedauernd. »Tom Leonard und die Königliche Marine halten uns im Moment vielleicht beide für tot, aber sie werden ganz schnell die Wahrheit herausfinden, wenn wir länger dortbleiben.«

»Hast du an Amerika gedacht?« fragte ich vorsichtig. »Ich meine, an die Kolonien?«

Er rieb sich zweifelnd die Nase.

»Nein. Ich habe eigentlich nicht daran gedacht. Es stimmt, dort wären wir vor der Krone sicher, aber…«

»Niemand würde dich dort verfolgen«, bemerkte ich. »Sir Percival hat kein Interesse an dir, solange du nicht in Schottland bist, die Marine kann dich an Land nicht verfolgen, und die Gouverneure Westindiens haben auch nicht darüber zu bestimmen, was in den Kolonien passiert.«

»Das stimmt«, sagte er bedächtig. »Aber die Kolonien... Es ist sehr primitiv dort, Sassenach«, meinte er. »Wildnis, aye? Ich möchte dich nicht in Gefahr bringen.«

Ich mußte lachen, und er sah mich scharf an. Doch dann begriff er und lächelte und entschuldigend.

»Aye, ich denke, daß es auch recht gefährlich war, dich aufs offene Meer zu schleifen und zuzulassen, daß man dich entführt und auf einem Pestschiff festhält. Aber zumindest habe ich dich nicht von Kannibalen fressen lassen.«

Da ich den bitteren Ton in seiner Stimme nicht überhört hatte, verkniff ich es mir, erneut zu lachen.

»In Amerika gibt es keine Kannibalen«, sagte ich.

»Doch!« erwiderte er aufgebracht. »Ich habe für eine Gesellschaft katholischer Missionare ein Buch gedruckt, in dem alles über die Irokesen im Norden stand. Sie fesseln ihre Gefangenen und schneiden Stücke von ihnen ab. Dann reißen sie ihnen das Herz aus und essen es vor ihren Augen!«

»Zuerst das Herz und dann die Augen, ja?« Ich mußte unwillkürlich lachen. »Schon gut«, sagte ich, als ich seinen finsteren Blick sah, »tut mir leid. Aber erstens darf man nicht alles glauben, was man liest, und zweitens...«

Ich kam nicht dazu, zu Ende zu sprechen. Er beugte sich vor und packte meinen gesunden Arm so fest, daß ich überrascht aufschrie.

»Verdammt, jetzt hör mir mal gut zu!« sagte er. »Das ist eine ernste Angelegenheit!«

»Hm... das wollte ich auch nicht abstreiten«, meinte ich vorsichtig. »Ich wollte mich nicht über dich lustig machen, Jamie, aber ich habe fast zwanzig Jahre lang in Boston gelebt. Und du hast nie einen Fuß auf amerikanischen Boden gesetzt!«

»Das stimmt«, sagte er ruhig. »Und du glaubst, daß der Ort, an dem du gelebt hast, die geringste Ähnlichkeit mit dem hat, wie es heute dort aussieht, Sassenach?«

»Hm, nein«, gab ich zu. »Ich weiß, daß es anders ist. Aber ich glaube auch nicht, daß dort die absolute Wildnis herrscht. Es gibt bereits große und kleine Städte dort, das weiß ich sicher.«

Er ließ meinen Arm los und lehnte sich zurück.

»Das glaube ich wohl«, sagte er. »Man hört nicht viel von den Städten – nur, daß es ein sehr wüstes und wildes Land ist, obwohl

es auch sehr schön sein soll. Aber ich bin kein Narr, Sassenach.«
Seine Stimme klang ein wenig scharf.

»Um Himmels willen, ich glaube nicht etwas, nur weil jemand
es in einem Buch geschrieben hat, ich drucke die verdammten Dinger schließlich! Ich weiß sehr gut, was für Scharlatane und Verrückte manche Schriftsteller sind – ich habe sie ja kennengelernt!
Und ganz sicher kann ich zwischen einem Phantasiegebilde und
einer Tatsache unterscheiden, die bei klarem Verstand niederge-
schrieben wurde!«

»Gut«, erwiderte ich. »Obwohl ich nicht sicher bin, ob es so
leicht ist, zwischen beiden zu unterscheiden. Aber selbst wenn das
mit den Irokesen hundertprozentig stimmt, so wimmelt es doch
nicht auf dem ganzen Kontinent von blutrünstigen Wilden. Ich
weiß es. Das Land ist nämlich sehr groß«, fügte ich sanft hinzu.

»Mmmpf«, sagte er. Es klang wenig überzeugt.

»Das ist wirklich komisch«, sagte ich bedauernd. »Als ich mich
entschlossen hatte zurückzukehren, las ich alles, was ich über England, Schottland und Frankreich im achtzehnten Jahrhundert finden konnte, um möglichst gut vorbereitet zu sein. Und nun sind
wir an einem Ort gelandet, über den ich nichts weiß, da mir niemals in den Sinn kam, daß wir den Atlantik überqueren könnten,
wo du doch so seekrank wirst.«

Jetzt mußte auch er widerwillig lachen.

»Aye, man erfährt erst, was man alles fertigbringt, wenn man
dazu gezwungen wird. Glaub mir, Sassenach, sobald ich Ian wieder in Sicherheit weiß, werde ich nie mehr im Leben einen Fuß auf
eine dreckige, gottverlassene schwimmende Schiffsplanke setzten
– außer, um nach Schottland zurückzukehren, wenn keine Gefahr
mehr besteht«, fügte er noch hinzu.

»Wo wir gerade von Schottland reden, deine Druckerpresse
steht immer noch in Edinburgh«, sagte ich. »Wir könnten sie her-
überschicken lassen – falls wir uns in einer größeren amerikanischen Stadt niederlassen würden.«

Er blickte erstaunt auf.

»Glaubst du, es wäre möglich, sich mit Drucken seinen Lebensunterhalt zu verdienen? Gibt es dort so viele Menschen? Du weißt,
daß nur in ziemlich großen Städten Drucker und Buchhändler gebraucht werden.«

»Da bin ich mir sicher. Boston, Philadelphia... New York noch nicht, glaube ich. Williamsburg vielleicht? Ich weiß zwar nicht genau, welche, aber es gibt mehrere große Städte, wo Drucker gebraucht werden – bestimmt aber in den Frachthäfen.« Mir fielen die flatternden Plakate an den Wänden der Hafenkneipen in Le Havre wieder ein, auf denen die Abfahrts- und Ankunftszeiten standen und der Verkauf von Waren und dergleichen angekündigt wurde.

»Mmmpf.« Diesmal klang es nachdenklich. »Aye, vielleicht könnten wir das machen... Und was ist mit dir?«

Ich sah ihn erstaunt an.

»Was mit mir ist?«

Er versuchte, in meinem Gesicht zu lesen.

»Würde es dir gefallen, an solch einen Ort zu gehen?« Dann senkte er wieder den Blick. »Ich meine – du mußt auch deiner Arbeit nachgehen können, aye?« Er sah auf und lächelte schief. »In Paris ist mir klargeworden, daß du nicht damit aufhören kannst. Und du sagst ja selbst, vielleicht wärst du nicht gekommen, wenn Menzies Tod dich nicht daran gehindert hätte weiterzumachen. Glaubst du, du könntest in den Kolonien als Heilerin arbeiten?«

»Ich denke, ja«, erwiderte ich langsam. »Schließlich gibt es überall Leute, die krank oder verletzt sind.« Ich sah ihn neugierig an.

»Du bist ein seltsamer Mensch, Jamie Fraser.«

Er lachte. »Wirklich? Und was meinst du damit?«

»Frank hat mich geliebt«, sagte ich leise. »Aber es gab... Seiten an mir, mit denen er nichts anzufangen wußte. Dinge, die er nicht verstand oder die ihm vielleicht angst machten.« Ich sah Jamie an. »Du bist da ganz anders.«

Obwohl er den Kopf über eine Orange gebeugt hatte und sie geschickt mit dem Dolch schälte, sah ich das leise Lächeln.

»Nein, Sassenach, du machst mir keine angst. Oder vielleicht doch, aber nur, wenn ich befürchten muß, du bringst dich aus lauter Leichtsinn selber um.«

Ich schnaubte.

»Du jagst mir aus genau demselben Grund Angst ein, aber ich glaube nicht, daß ich daran etwas ändern kann.«

Er lachte. »Und du meinst, ich könne auch nichts dagegen tun, also brauche ich mir keine Sorgen zu machen.«

»Ich habe nicht gesagt, daß du dir keine Sorgen machen sollst – glaubst du etwa, ich würde das nicht tun? Aber ändern kannst du mich wahrscheinlich nicht.«

Er wollte etwas einwenden, überlegte es sich dann aber anders und lachte erneut. Er streckte die Hand aus und schob mir schnell ein Stück Apfelsine in den Mund.

»Vielleicht, Sassenach, vielleicht auch nicht. Aber ich lebe mittlerweile lang genug, um zu wissen, daß das wohl keine so große Rolle spielt – solange ich dich lieben kann.«

Mit der Orange im Mund konnte ich nicht sprechen und starrte ihn erstaunt an.

»Und das tue ich«, sagte er leise. Er beugte sich in die Koje und küßte mich. Seine Lippen waren warm und süß. Dann zog er sich zurück und berührte zärtlich meine Wange.

»Ruh dich jetzt aus«, sagte er bestimmt. »Ich bringe dir gleich deine Suppe.«

Nachdem ich mehrere Stunden geschlafen hatte, wachte ich immer noch fiebrig, aber hungrig auf. Jamie brachte mir etwas von Murphys Suppe – ein reichhaltiges grünes Gebräu, das in Butter schwamm und nach Sherry duftete – und bestand trotz meiner Proteste darauf, mich mit dem Löffel zu füttern.

»Ich habe eine vollkommen gesunde Hand«, sagte ich barsch.

»Aye, und ich habe gesehen, wie du sie gebraucht hast«, erwiderte er und stopfte mir das Maul mit dem Löffel. »Wenn du so tapsig mit dem Löffel umgehst wie mit der Nadel, wirst du dir alles über den Busen schütten, und Murphy wird mir mit der Kelle den Schädel einschlagen. Los, Mund auf.«

Ich gehorchte, und mein Magen nahm es dankbar zur Kenntnis.

»Möchtest du noch eine Schale?« fragte Jamie, als ich den letzten Löffel geschluckt hatte. »Du mußt zusehen, daß du zu Kräften kommst.« Ohne eine Antwort abzuwarten, öffnete er die kleine Terrine, die Murphy geschickt hatte, und füllte die Schale erneut.

»Wo ist Ismael?« fragte ich während der kurzen Verschnaufpause.

»Auf dem Achterdeck. Er hat sich unten offenbar nicht wohl gefühlt – und nachdem ich die Sklavenhändler in Bridgetown gesehen habe, erstaunt mich das nicht. Ich habe Maitland gesagt, er soll ihm eine Hängematte aufhängen.«

»Glaubst du, es ist ungefährlich, ihn so frei herumlaufen zu lassen? Was ist das eigentlich für eine Suppe?« Der letzte Löffel hatte einen köstlichen Geschmack hinterlassen.

»Schildkröte: Lorenz hat gestern eine große Schildpattschildkröte gefangen. Er läßt dir sagen, daß er den Panzer aufhebt, um Kämme daraus zu machen, für deine Haare. Und was den Schwarzen betrifft, so läuft er nicht frei herum – Fergus bewacht ihn.«

»Aber Fergus ist in den Flitterwochen«, protestierte ich. »Du solltest ihn nicht damit behelligen. Ist das wirklich Schildkrötensuppe? Ich habe so etwas noch nie gegessen. Sie ist wunderbar.«

Jamie war von Fergus' zarten Gefühlen nicht sehr gerührt.

»Aye, er wird lange genug verheiratet sein«, sagte er roh. »Wird ihm nicht schaden, mal eine Nacht die Hosen anzulassen. Und es heißt doch, daß Abstinenz die Liebe härtet, stimmt's?«

»Abwesenheit heißt es, nicht Abstinenz, und sie härtet nicht, sie stärkt«, sagte ich und wich dem Löffel auf. »Wenn irgend etwas hart wird durch Abstinenz, dann bestimmt nicht die Liebe.«

»Für eine respektable Ehefrau ist das aber ziemlich unzüchtiges Gerede«, erwiderte Jamie tadelnd und steckte mir den Löffel in den Mund. »Und rücksichtslos außerdem.«

Ich schluckte. »Rücksichtslos?«

»Im Moment ist auch bei mir etwas ein kleines bißchen hart«, erwiderte er und tauchte eifrig den Löffel in die Suppe. »Das ist kein Wunder – du sitzt da mit losem Haar, und deine Brustwarzen starren mich an, groß wie Kirschen.«

Unwillkürlich sah ich an mir hinunter, und der nächste Löffel traf meine Nase. Jamie schnalzte mit der Zunge, nahm ein Tuch und wischte mir damit energisch über den Busen. Es stimmte, mein Hemd war aus dünner Baumwolle, und selbst in trockenem Zustand konnte man leicht hindurchsehen.

»Du siehst sie ja nicht gerade das erstemal«, sagte ich amüsiert.

Er legte das Tuch weg und zog die Augenbrauen hoch.

»Seit ich entwöhnt wurde, habe ich jeden Tag Wasser getrunken«, erklärte er. »Aber das heißt nicht, daß ich nicht immer noch Durst bekommen kann.« Er griff erneut zum Löffel. »Möchtest du noch ein bißchen?«

»Nein, danke«, sagte ich und zog den Kopf weg. »Ich möchte ein wenig mehr über dieses harte Ding hören.«

»Nein, du bist krank.«

»Ich fühle mich schon viel besser«, versicherte ich ihm. »Soll ich es mir mal ansehen?« Er trug die losen Pumphosen der Matrosen, in der sich leicht drei oder vier tote Fische verstecken ließen.

»Das wirst du nicht tun«, erwiderte er schockiert. »Es könnte jemand hereinkommen. Und außerdem kann ich mir nicht vorstellen, daß es auch nur im geringsten helfen würde, wenn du nachsiehst.«

»Aber das kannst du doch jetzt noch nicht wissen, oder? Außerdem kannst du ja die Tür verriegeln.«

»Die Tür verriegeln? Sehe ich aus wie jemand, der eine Frau verführt, die nicht nur verwundet ist und vor Fieber kocht, sondern auch noch betrunken ist?« fragte er. Trotzdem stand er auf.

»Ich bin nicht betrunken«, erwiderte ich empört. »Von Schildkrötensuppe wird man nicht betrunken!« Dennoch war mir bewußt, daß die glühende Hitze in meinem Bauch offenbar ein wenig abwärts gewandert war und sich zwischen meinen Schenkeln ausgebreitet hatte, und außerdem empfand ich ein Schwindelgefühl im Kopf, das nicht unbedingt dem Fieber zuzuschreiben war.

»Doch – wenn die Schildkrötensuppe von Aloysisus O'Shaugnessy Murphy zubereitet wurde«, sagte er. »Dem Geruch nach zu urteilen, hat er mindestens eine ganze Flasche Sherry hineingeschüttet. Eine zügellose Spezies, diese Iren.«

»Aber ich bin trotzdem nicht betrunken.« Ich richtete mich, so gut es ging, auf. »Du hast mir mal gesagt, man wäre nicht betrunken, solange man aufrecht stehen kann.«

»Du stehst nicht aufrecht«, erwiderte er.

»Aber bei dir steht etwas aufrecht. Und ich könnte, wenn ich wollte. Versuch nicht, das Thema zu wechseln. Wir sprachen über deinen Zustand.«

»Wir können sofort damit aufhören, weil...« Er stieß einen leisen Schrei aus, als ich mit der linken Hand zugriff.

»Ziemlich tapsig, was?« fragte ich zufrieden.

»Wirst du mich wohl loslassen?« zischte er und blickte aufgeregt zur Tür. »Es könnte jeden Moment jemand hereinkommen!«

»Ich habe doch gesagt, du sollst die Tür verriegeln«, sagte ich, ohne die Hand wegzunehmen.

Er sah mich mit zusammengekniffenen Augen an und atmete durch die Nase.

»Ich möchte einer kranken Frau keine Gewalt antun«, zischte er, »aber für jemanden, der Fieber hat, fühlt sich dein Griff verdammt gesund an, Sassenach. Wenn du...«

»Ich habe dir schon gesagt, daß ich mich besser fühle«, unterbrach ich ihn, »aber ich schlage dir einen Handel vor; du verriegelst die Tür, und ich beweise dir, daß ich nicht betrunken bin.« Voller Bedauern ließ ich los, sozusagen als Beweis meines guten Willens. Er starrte mich einen Moment an und rieb sich geistesabwesend die Stelle, wo ich soeben einen Anschlag auf seine Tugend verübt hatte. Dann wandte er sich mit hochgezogenen Brauen um und verriegelte die Tür.

Als er zurückkehrte, war ich bereits aus dem Bett gestiegen und stand – ein bißchen schwankend zwar, aber aufrecht – an den Kojenrahmen gelehnt. Er sah mich prüfend an.

»Das wird nicht gehen, Sassenach«, sagte er kopfschüttelnd. Er schien es selbst zu bedauern. »Wir können nicht aufrecht stehen bei dem Wellengang heute abend, und du weißt, daß ich nicht einmal allein in die Koje passe, geschweige denn mit dir zusammen.«

Die Dünung war beträchtlich; als ich das leichte Beben der Planken unter meinen nackten Füßen spürte, wußte ich, daß Jamie recht hatte. Zumindest lenkte ihn unser Gespräch so sehr ab, daß er nicht seekrank wurde.

»Wie wär's mit dem Fußboden?« schlug ich hoffnungsvoll vor. Stirnrunzelnd blickte er nach unten.

»Da müßten wir es wie die Schlangen machen, Sassenach, zwischen den Tischbeinen ineinander verschlungen.«

»Das würde mir nichts ausmachen.«

»Nein«, sagte er, »deinem Arm würde das nicht guttun.« Er rieb sich mit dem Fingerknochen über die Unterlippe und dachte nach. sein Blick wanderte wie abwesend über meinen Körper und verlor sich dann. Das verdammte Hemd war wohl durchsichtiger, als ich gedacht hatte.

Ich entschied, daß ich die Sache nun selbst in die Hand nehmen wollte, ließ den Kojenrahmen los und torkelte die zwei Schritte bis zu ihm. Durch das Schlingern des Schiffes fiel ich ihm schließlich in die Arme, so daß er selbst kaum das Gleichgewicht halten konnte.

»Himmel!« entfuhr es ihm. Und dann, wie aus einem Reflex heraus, aber gleichzeitig voller Verlangen, beugte er sich über mich und küßte mich.

Ich war erstaunt. Normalerweise umfing mich seine warme Umarmung, aber jetzt war ich diejenige, die vor Hitze glühte, während sein Körper vollkommen kühl war. Aus seiner Reaktion entnahm ich, daß er dies genauso genoß wie ich.

»Gott, du fühlst dich ja an wie ein Stück heiße Kohle!« Seine Hände wanderten nach unten und preßten mich an seinen Körper.

»Hart, hast du gesagt? Ha!« »Zieh dieses scheußliche Ding aus.« Ich glitt an ihm hinunter, bis ich vor ihm auf den Knien hockte, und fingerte hektisch an seinem Hosenschlitz. Mit einem Ruck löste er die Schnüre, und die Hose sackte zu Boden.

Ich wartete nicht, bis er auch das Hemd ausgezogen hatte, hob es hoch und nahm ihn. Er gab einen erstickten Laut von sich und legte die Hände auf meinen Kopf, als wollte er mich zurückschieben, hatte aber nicht die Kraft dazu.

»Oh, Gott!« sagte er. Jetzt gruben sich seine Hände in mein Haar. »So muß die Liebe in der Hölle sein« flüsterte er. »Mit einer glühenden Teufelin.«

In diesem Moment klopfte es an der Tür, und er erstarrte. Ich hingegen vertraute darauf, daß die Tür verriegelt war.

»Aye. Was ist?« fragte er mit bemerkenswerter Gelassenheit.

»James?« Es war die Stimme von Lorenz Stern. »Der Franzose sagt, daß der Schwarze eingeschlafen ist. Ob er jetzt zu Bett gehen könne?«

»Nein«, erwiderte Jamie barsch. »Sagen Sie ihm, er soll an seinem Platz bleiben. Ich werde gleich kommen und ihn ablösen.«

»Oh.« Stern klang ein wenig zögernd. »Ja, gewiß. Aber seine... hm, seine Frau scheint... darauf zu bestehen, daß er jetzt gleich kommt.«

Jamie sog scharf die Luft ein.

»Sagen Sie ihr«, erwiderte er mit leicht gepreßter Stimme, »daß er gleich... bei ihr sein wird.«

»Ja, das werde ich tun.« Stern schien Zweifel zu haben, wie Marsali diese Nachricht aufnehmen würde, doch dann fragte er klar und deutlich: »Äh... fühlt sich Mrs. Fraser schon besser?«

»Ja, sehr«, sagte Jamie gefühlvoll.

»Hat ihr die Schildkrötensuppe geschmeckt?«

»Großartig, denke ich.« Seine Hände zitterten auf meinem Kopf.

»Haben Sie ihr gesagt, daß ich den Panzer für sie aufgehoben habe? Es war eine schöne Karettschildkröte; ein sehr vornehmes Tier.«

»Aye. Aye, ja.« Mit einem deutlich vernehmbaren Keuchen trat Jamie einen Schritt zur Seite und zog mich hoch.

»Gute Nacht, Mr. Stern!« rief er.

Dann zog er mich zum Bett.

Da sich der Boden unter unseren Füßen hob und senkte, gelang es uns nur mit Mühe, einen Zusammenstoß mit den Tischen und Stühlen zu vermeiden.

»Ach.« Stern klang ein wenig enttäuscht. »Ich nehme an, daß Mrs. Fraser schläft?«

»Wenn du jetzt lachst, erwürge ich dich«, flüsterte mir Jamie ins Ohr. »Ja, Lorenz«, rief er zur Tür hin. »Ich werde sie morgen früh von Ihnen grüßen, aye?«

»Ich hoffe, daß sie gut schläft. Heute abend scheint die See ziemlich rauh zu sein.«

»Das... habe ich auch schon bemerkt, Lorenz.« Jamie drückte mich vor der Koje auf die Knie, kniete sich hinter mich und tastete nach meinem Hemdsaum. Vom offenen Achternfenster wehte eine kühle Brise über meine nackten Hinterbacken, und ein Schauer rann mir über die Schenkel.

»Wenn Sie oder Mrs. Fraser das Schaukeln als zu unangenehm empfinden sollten, habe ich ein sehr wirksames Mittel für Sie – eine Mischung aus Sumpfkraut, Fledermausdünger und Mangrovenfrucht. Sie brauchen es nur zu sagen.«

Jamie schwieg einen Augenblick.

»Herrgott noch mal!« flüsterte er, und ich biß in das Bettuch.

»James?«

»Ich sagte, danke!« erwiderte Jamie mit lauter Stimme.

»Gut, dann wünsche ich Ihnen einen guten Abend.«

Jamie atmete schaudernd aus.

»James?«

»Guten Abend, Lorenz!« brüllte Jamie.

»Oh! Äh… guten Abend.«

Wir hörten, wie sich Sterns Schritte entfernten. Ich spuckte das Tuch wieder aus.

»O mein Gott!«

Seine großen Hände umfaßten kühl meinen heißen Leib.

»Du hast den rundesten Arsch, den ich je gesehen habe.«

Als ein Ruck der *Artemis* seine Bemühungen plötzlich kräftig unterstützte, entfuhr mir ein Schrei.

»Schsch!« Er drückte mir eine Hand auf den Mund und beugte sich über mich, so daß er über meinem Rücken lag und sein aufgebauschtes Hemd über mich fiel.

Sein Gewicht drückte mich ans Bett. Aufgrund des Fiebers reagierte meine Haut auf die leiseste Berührung, und ich erzitterte in seinen Armen. Ein Glühen lief über meinen Körper, als er sich in mir bewegte.

Dann spürte ich seine Hände unter mir, sie umfaßten meine Brüste. Ich verlor meine Grenzen und löste mich auf, der bewußte Gedanke war nur noch ein fremdes Element im Chaos der Empfindungen – die zerwühlten, feuchten Decken unter mir, der kalte Seewind und der feine Sprühregen, der von der rauhen See draußen über uns hinwegfegte, der keuchende, warme Atem Jamies, der mir in den Nacken blies, und das plötzliche Prickeln, der kalte und heiße Schauder, als mein Verlangen gestillt war.

Jamie lag mit seinem ganzen Gewicht auf mir – ein warmes, angenehmes Gefühl. Es dauerte lange, bis sein Atem ruhiger wurde und er sich erhob. Mein dünnes Baumwollhemd war feucht, es flatterte im Wind, und ich begann zu frösteln.

Jamie schloß das Fenster, beugte sich dann über mich und hob mich hoch wie eine Stoffpuppe. Dann legte er mich ins Bett und zog die Decke über mich.

»Wie geht es deinem Arm?« fragte er.

»Welchem Arm?« murmelte ich benommen. Ich fühlte mich wie zerschmolzen und in eine Form gegossen.

»Gut«, sagte er erfreut. »Kannst du aufstehen?«

»Nicht für sämtlichen Tee Chinas.«

»Ich werde Murphy sagen, daß dir die Suppe geschmeckt hat.«
Seine Hand ruhte einen Augenblick auf meiner Stirn und glitt dann
sanft über meine Wange, bevor er sie wegnahm. Ich hörte nicht
mehr, wie er den Raum verließ.

57

Das gelobte Land

»Das ist Verfolgung!« sagte Jamie empört. Er stand hinter mir und blickte über die Reling der *Artemis*. Zu unserer Linken erstreckte sich der Hafen von Kingston. Darüber erhob sich, eingebettet in das Grün des Dschungels, die Stadt – elfenbein- und rosenquarz-farbene Quader vor einem smaragdgrünen Hintergrund. Und in der tiefblauen Bucht unter uns bot sich der majestätische Anblick eines großen Dreimasters mit eingerollten Segeln, prächtigen Kanonen und blitzendem Messing. Die *Porpoise*, das Kriegsschiff seiner Majestät.

»Das dreckige Schiff verfolgt mich«, sagte er, als wir ein gutes Stück außerhalb der Hafeneinfahrt in gebührendem Abstand daran vorbeifuhren. »Überall, wo ich bin, ist es auch!«

Ich lachte, obwohl auch mich der Anblick der *Porpoise* ein wenig nervös machte.

»Ich glaube nicht, daß das mit dir zu tun hat«, sagte ich. »Kapitän Leonard meinte, sie müßten nach Jamaika.«

»Aye, aber warum fahren sie dann nicht direkt nach Antigua, wo die Kasernen und die Werften der Marine sind, noch dazu, wo sie, wie du erzählt hast, in einer solchen Notlage waren?« Er beschattete mit der Hand die Augen und blinzelte zur *Porpoise* hinüber. Selbst aus dieser Entfernung waren in der Takelage Gestalten zu erkennen, die Reparaturen vornahmen.

»Sie mußten zuerst hierher«, erklärte ich. »Schließlich hatten sie den neuen Gouverneur der Kolonie an Bord.« Ich verspürte den merkwürdigen Drang, mich zu ducken, obwohl ich wußte, daß selbst Jamies roter Haarschopf auf diese Entfernung nicht zu erkennen war.

»Aye? Ich würde zu gern wissen, wer das ist.« Jamie sprach wie abwesend; es war nur noch eine Stunde bis zu Jareds Plantage in der Sugar Bay, und er überlegte schon eifrig, wie wir den jungen Ian wiederfinden könnten.

»Ein Kerl namens Grey«, sagte ich und wandte mich von der Reling ab. »Ein netter Mann; ich habe ihn auf dem Schiff kennengelernt.«

»Grey? Doch nicht etwa Lord John Grey?«

»Ja, so hieß er. Warum?« Neugierig blickte ich zu ihm auf. Jamie starrte mit noch größerer Aufmerksamkeit auf die *Porpoise*.

»Warum?« Erst als ich meine Frage wiederholte, hörte er mich und lächelte. »Oh. Es ist nur, weil ich Lord John kenne. Er ist ein Freund von mir.«

»Wirklich?« Mein Erstaunen hielt sich in Grenzen. Zu Jamies Freunden hatten einst der französische Finanzminister, Charles Stuart und schottische Räuber gehört, daher fand ich es nicht außergewöhnlich, daß er nun englische Aristokraten, Schmuggler und irische Schiffsköche zu seinen Bekannten zählte.

»Was für ein glücklicher Zufall«, sagte ich. »Zumindest nehme ich das an. Woher kennst du Lord John?«

»Er war der Kommandant des Gefängnisses von Ardsmuir«, erwiderte Jamie, was mich nun doch überraschte. Er hatte die Augen zusammengekniffen und starrte immer noch auf die *Porpoise*.

»Und er ist ein *Freund* von dir?« Ich schüttelte den Kopf. »Ich werde die Männer nie verstehen.«

»Freunde findet man überall, Sassenach«, erklärte er. Er blinzelte zum Ufer hinüber. »Hoffen wir, daß diese Mrs. Abernathy sich auch als Freundin erweist.«

Als wir um die Landspitze herumfuhren, tauchte an der Reling eine anmutige schwarze Gestalt auf. In der Matrosenkleidung, die seine Narben verhüllte, sah Ismael eher aus wie ein Pirat als ein Sklave. Und nicht zum erstenmal fragte ich mich, wieviel von dem, was er uns erzählt hatte, stimmte.

»Ich jetzt gehen«, verkündete er unvermittelt.

Jamie hob eine Braue und blickte über die Reling in die sanftblaue Tiefe.

»Lassen Sie sich nicht aufhalten«, meinte er höflich. »Aber möchten Sie nicht lieber ein Boot nehmen?

In den Augen des Schwarzen flackerte so etwas wie Belustigung auf, aber das Gesicht des Mannes blieb ernst.

»Sie sagen, Sie mich an Land lassen, wo ich wollen. Ich Ihnen erzählen von diesen Jungen«, sagte er. Er nickte zur Insel hinüber, wo an einem Abhang wildes Dschungelgestrüpp bis hinunter zur Linie des seichten Wassers wuchs, in dem es sich spiegelte. »Dort ist es.«

Jamies blickte nachdenklich von dem einsamen Ufer zu Ismael und nickte.

»Ich werde ein Boot hinunterlassen.« Er wandte sich zu seiner Kabine. »Hatte ich Ihnen nicht auch Gold versprochen?«

»Wollen kein Gold, Mann.« Nicht nur Ismaels Worte, auch der Ton ließen Jamie innehalten. Interessiert und zugleich ein wenig reserviert sah er den Schwarzen an.

»Sie wollen etwas anderes?«

Ismael nickte kurz und heftig. Äußerlich wirkte er vollkommen gelassen, aber auf seinen Schläfen glänzte trotz der sanften Brise Schweiß.

»Wollen diesen Nigger mit einem Arm.« Er starrte Jamie herausfordernd an, aber hinter seiner selbstbewußten Fassade verbarg sich Unsicherheit.

»Temeraire?« rief ich erstaunt aus. »Warum?«

Ismael warf mir einen Blick zu, wandte sich dann aber wieder an Jamie.

»Er nicht gut für Sie, Mann, kann nicht auf Schiff und auf Feld arbeiten, nicht gut mit einem Arm.«

Jamie antwortete nicht gleich. Doch er drehte sich um und rief, Fergus solle ihm den einarmigen Sklaven bringen.

Als Temeraire an Deck gebracht wurde, stand er da wie ein Holzklotz und blinzelte in die Sonne. Auch ihn hatte man mit Matrosenkleidern ausgestattet, aber er sah darin nicht so verwegen elegant aus wie Ismael – eher wie ein Klotz, auf dem man Wäsche zum Trocknen ausgebreitet hatte.

»Dieser Mann möchte, daß Sie mit ihm gehen, zu der Insel dort«, sagte Jamie bedächtig in klarem Französisch. »Wollen Sie das?«

Temeraire blinzelte und riß dann überrascht die Augen auf. Wahrscheinlich hatte ihn schon seit Jahren niemand mehr gefragt, was er wollte. Mißtrauisch blickte er auf die beiden Männer, sagte aber nichts.

Jamie versuchte es erneut.

»Sie müssen nicht mit diesem Mann gehen«, versicherte er dem Sklaven. »Sie können auch mit uns kommen, und wir werden für Sie sorgen. Niemand wird Ihnen weh tun. Aber wenn Sie wollen, können Sie mit ihm gehen.«

Der Sklave zögerte noch. Sein Blick wanderte unruhig hin und her. Schließlich entschied Ismael die Sache. Er sagte etwas in einer merkwürdigen Sprache voller sanfter Vokale und Silben, die monoton klangen wie Trommelschläge.

Temeraire entfuhr ein Seufzer. Er fiel auf die Knie und preßte vor Ismaels Füßen die Stirn auf den Boden. Alle starrten erst ihn an und dann Ismael, der mit verschränkten Armen dastand, herausfordernd und gleichzeitig wachsam.

»Er gehen mit mir«, sagte er.

Und so geschah es. Picard ruderte die beiden Schwarzen im Beiboot an Land und ließ sie auf den Felsen am Rande des Dschungels allein, ausgestattet mit einem kleinen Beutel voller Proviant und einem Messer.

»Warum gerade da?« fragte ich laut, während ich zusah, wie die beiden Gestalten langsam den bewaldeten Hang hinaufgingen. »Dort gibt es doch nirgendwo eine Stadt oder Plantagen, oder? Vor uns war nichts als endloser Dschungel zu sehen.

»Oh, es gibt Plantagen«, erklärte Stern. »Ganz oben in den Bergen. Dort werden Kaffee und Indigopflanzen angebaut – Zuckerrohr wächst besser im Küstenbereich.« Er blinzelte zum Ufer hinüber, wo die beiden dunklen Gestalten verschwunden waren. »Aber sie werden sich wohl eher einer Bande von *Maroons* anschließen wollen.«

»Gibt es auf Jamaika denn auch *Maroons*, so wie auf Hispaniola?« fragte Fergus interessiert.

Stern lächelte ein wenig bitter.

»Überall, wo es Sklaven gibt, gibt es auch *Maroons*, mein Freund«, erwiderte er. »Es gibt immer Menschen, die es lieber riskieren, wie Tiere zu sterben, statt als Gefangene zu leben.«

Jamie wandte sich abrupt zu Stern um, schwieg aber.

Jareds Plantage in der Sugar Bay hieß Blue Mountain House, wahrscheinlich nach dem niedrigen Berg, der sich eine Meile landeinwärts erhob und in der Ferne blau schimmerte. Das Haus selbst stand am Ufer in der sanften Rundung der Bucht. Die Veranda, die an der einen Hausseite verlief, ragte sogar über eine kleine Lagune. Sie wurde von silbrigen Holzpfählen gestützt.

Wir wurden bereits erwartet: Jared hatte einem Schiff, das Le Havre eine Woche vor der *Artemis* verlassen hatte, einen Brief mitgegeben. Wegen unseres Aufenthalts auf Hispaniola und Barbados war er fast einen Monat vor uns eingetroffen, und der Verwalter und seine Frau – ein würdevolles, gemütliches schottisches Ehepaar mit dem Namen MacIver – waren erleichtert, uns zu sehen.

»Ich war fest davon überzeugt, Sie wären in den Wintersturm geraten«, sagte Kenneth MacIver nun schon zum viertenmal und schüttelte den Kopf. Er hatte eine Glatze, die von den langen Jahren in der Tropensonne schuppig und mit Sommersprossen übersät war. Seine Frau war eine rundliche, herzliche und großmütterliche Seele – die, wie ich entsetzt feststellte, etwa fünf Jahre jünger war als ich. Sie entführte Marsali und mich, damit wir uns vor dem Abendessen noch kurz waschen und bürsten und ein Nickerchen machen konnten, während Fergus und Jamie Mr. MacIver begleiteten, um die Entladung eines Teils der Fracht und die Unterbringung der Mannschaft zu beaufsichtigen.

Ich ging gern mit Mrs. MacIver. Obwohl mein Arm soweit verheilt war, daß ich nur noch einen leichten Verband brauchte, hatte ich doch die ganze Zeit nicht im Meer baden können, und nun gierte ich geradezu nach frischem Wasser und sauberen Tüchern.

Meine Beine hatten sich immer noch nicht an den festen Boden gewöhnt. Die abgenutzten Dielen des Hauses schienen sich unter meinen Füßen zu heben und zu senken, so daß ich hinter Mrs. MacIver durch den Flur torkelte und immer wieder gegen die Wände prallte.

In einem kleinen Vorbau befand sich tatsächlich eine richtige Badewanne. Sie war zwar aus Holz, aber mit warmem Wasser gefüllt, das zwei schwarze Sklavinnen über einem Feuer im Hof erhitzt und hereingetragen hatten. Eigentlich hätte ich deswegen ein schlechtes Gewissen haben müssen, aber ich genoß das Bad. Ich schwelgte in diesem Luxus, schrubbte mir mit einem Luffaschwamm das Salz und den Schmutz von der Haut und schäumte mir das Haar mit einem Shampoo aus Kamille, Geranienöl, fetten Seifenspänen und Eigelb ein, das mir Mrs. MacIver zur Verfügung stellte.

Angenehm duftend, mit glänzendem Haar und träge von der Hitze sank ich dankbar in das Bett, das sie mir zuwies. Ich dachte nur noch, wie köstlich es war, sich der Länge nach ausstrecken zu können, und schlief dann ein.

Als ich aufwachte, warf auf der Veranda vor den Flügeltüren meines Schlafzimmers die Dämmerung bereits erste Schatten. Jamie lag, die Hände über dem Bauch gefaltet, nackt neben mir und atmete tief und langsam.

Als er hörte, wie ich mich bewegte, öffnete er die Augen. Er lächelte schläfrig, streckte eine Hand aus und zog mich an sich. Auch er hatte ein Bad genommen und roch nach Seife und Zedernholz. Ich küßte ihn.

Der Raum war erfüllt von tanzenden grünen Lichtreflexen, Spiegelungen der Lagune. Es wirkte, als läge er unter Wasser. Die warme und zugleich frische Luft roch nach Meer und Regen, und eine sanfte Brise liebkoste unsere Haut.

»Du riechst köstlich, Sassenach«, murmelte Jamie mit schläfrigheiserer Stimme. Er lächelte und grub seine Finger in meine Haare. »Komm her zu mir, Krauskopf.«

Befreit von den Haarnadeln und frisch gewaschen, ergoß sich mein lockiges Haar medusengleich über die Schultern. Ich wollte es gerade zurückschieben, aber er zog sanft daran und beugte meinen Kopf nach vorn, bis es wie ein Schleier über sein Gesicht fiel.

Halb begraben unter meiner wallenden Lockenpracht, küßte ich ihn und legte mich auf ihn, so daß sich meine Brüste sanft an seinen Oberkörper schmiegten. Er bewegte sich, rieb sich an mir und seufzte genießerisch.

Seine Hände umfaßten meine Hinterbacken. Er wollte mich hochdrücken, um in mich eindringen zu können.

»Verdammt, noch nicht«, flüsterte ich. Ich preßte meine Hüften hinunter, bewegte mich hin und her und genoß es, sein glattes, steifes Glied, das unter meinem Bauch gefangen war, zu spüren. Er gab einen gepreßten Ton von sich.

»Seit Monaten haben wir nicht Platz oder Muße genug gehabt,

um uns richtig zu lieben«, sagte ich. »Also lassen wir uns jetzt Zeit damit, ja?«

»Du erwischst mich in einem etwas ungünstigen Moment, Sassenach«, murmelte er mir ins Haar. Er wand sich unter mir und versuchte, mich nach oben zu drücken. »Könnten wir uns nicht beim nächstenmal Zeit lassen?«

»Nein«, sagte ich entschieden. »Also. Langsam. Beweg dich nicht.«

Er brummte ein wenig, seufzte dann aber, entspannte sich und ließ die Hände zur Seite fallen. Ich schob mich abwärts und nahm seine Brustwarze in den Mund.

Zärtlich ließ ich meine Zunge über die winzige Erhebung gleiten, bis sie sich aufrichtete. Als ich merkte, wie sich sein Körper entspannte, legte ich meine Hände auf seine Oberarme, um ihn ruhig zu halten, während ich ihn zärtlich biß und leckte.

Kurz darauf hob ich den Kopf, schob mein Haar zurück und fragte: »Was hast du gesagt?«

»Der Rosenkranz«, erklärte er mir. »Das ist die einzige Möglichkeit, das durchzuhalten.« Er schloß die Augen und nahm sein lateinisches Gemurmel wieder auf. »*Ave Maria, gratia plena...*«

Schnaubend wandte ich mich der anderen Brustwarze zu.

»Du kommst aus dem Rhythmus«, sagte ich, als ich wieder einmal Luft schnappte. »Du hast das Vaterunser schon dreimal hintereinander gebetet.«

»Es wundert mich, daß ich überhaupt noch etwas Vernünftiges von mir gebe.« Seine Augen waren geschlossen, und auf seinen Wangen schimmerte Schweiß. Mit zunehmender Unruhe bewegte er die Hüften. »Jetzt?«

»Noch nicht.« Ich bewegte den Kopf noch weiter nach unten und grub aus einem plötzlichen Impuls heraus die Zunge in seinen Nabel. Er zuckte zusammen und kicherte.

»Laß das!« sagte er.

»Erst, wenn mir danach ist«, erwiderte ich und tat es noch einmal. »Du klingst wie Brianna. Als sie noch ein Baby war, habe ich das bei ihr auch immer gemacht – sie hat es genossen.«

»Aber ich bin kein kleines Kind«, sagte er ein wenig gereizt. »Wenn du das schon unbedingt machen mußt, könntest du es wenigstens ein wenig weiter unten versuchen, aye?«

Ich lachte und machte mich wieder an die Arbeit. Schließlich stützte ich mich auf die Ellenbogen.

»Ich denke, das reicht«, sagte ich und strich mir die Haare aus dem Gesicht. »In den letzten Minuten hast du immer Himmel gesagt.«

Nach diesem Wink wand er sich unter mir hervor, drehte mich auf den Rücken und drückte mich mit seinem Gewicht auf das Bett.

»Das wirst du noch bereuen, Sassenach«, sagte er mit grimmiger Genugtuung.

Ich grinste ihn reuelos an.

»Tatsächlich?«

Er sah mich mit zusammengekniffenen Augen an. »Ich soll mir Zeit lassen, hast du gesagt? Du wirst noch darum flehen, bevor ich mit dir fertig bin.«

Ich versuchte, meine Handgelenke wegzuziehen, die er fest im Griff hatte, und wand mich erwartungsvoll.

»Gnade«, sagte ich, »du Bestie.«

Er schnaubte und beugte sich zu meinen Brüsten hinunter, die im dämmrig-grünen Licht perlweiß schimmerten.

Ich schloß die Augen und ließ mich in das Kissen fallen.

»*Pater noster, qui es in coelis...*«, hauchte ich.

Wir kamen sehr spät zum Abendessen.

Beim Essen erkundigte sich Jamie nach Mrs. Abernathy von Rose Hall.

»Abernathy?« MacIver zog die Stirn in Falten und klopfte mit dem Messer auf den Tisch, um besser nachdenken zu können. »Aye, den Namen habe ich wohl schon gehört, obwohl ich mich nicht genau erinnern kann.«

»Och, du kennst doch das Haus von Abernathy«, unterbrach ihn seine Frau. »Das ist doch oben am Yallah, in den Bergen. Hauptsächlich Zuckerrohr, aber auch ein bißchen Kaffee.»

»Aye, natürlich!« rief ihr Mann. »Was für ein gutes Gedächtnis du hast, Rosie!« Er strahlte seine Frau liebevoll an.

»Es wäre mir ja nicht eingefallen«, erwiderte sie bescheiden, »wenn letzte Woche nicht dieser Geistliche von der New-Grace-Kirche auch nach Mrs. Abernathy gefragt hätte.«

»Was ist das für ein Geistlicher, Madam?« fragte Jamie, während er ein zerteiltes Brathuhn von der riesigen Platte nahm, die ihm von einem schwarzen Diener gereicht wurde.

»Was für einen kräftigen Appetit Sie haben, Mr. Fraser!« rief Mrs. McIver voller Bewunderung aus, als sie seinen vollen Teller sah. »Das ist die Inselluft, nehme ich an.«

Jamies Ohrläppchen glühten.

»Vermutlich«, erwiderte er, meinen Blick meidend. »Dieser Geistliche…«

»Aye. Campbell hieß er, Archie Campbell.« Als ich zusammenzuckte, sah sie mich fragend an. »Kennen Sie ihn?«

Ich nickte. »Ich bin ihm einmal in Edinburgh begegnet.«

»Verstehe. Ja, er ist als Missionar hierhergekommen, um den heidnischen Schwarzen das Heil unseres Herrn Jesu zu bringen.« Sie sprach voller Bewunderung von ihm, und als ihr Mann verächtlich schnaubte, sah sie ihn trotzig an. »Nein, laß jetzt deine papistischen Bemerkungen, Kenny! Reverend Campbell ist ein netter, frommer Mann und außerdem ein großer Gelehrter. Ich gehöre auch der Freikirche an«, erklärte sie und beugte sich vertraulich zu mir herüber. »Meine Eltern haben mich verstoßen, als ich Kenny heiratete. Aber ich habe zu ihnen gesagt, er werde früher oder später zur Einsicht kommen.«

»Eher später«, warf ihr Mann ein, während er sich Marmelade auf den Teller löffelte. Er grinste seine Frau an, die die Nase rümpfte und dann ihre Geschichte fortsetzte.

»Also, da der Reverend ein großen Gelehrter war, hatte ihm Mrs. Abernathy geschrieben, als er noch in Edinburgh war. Sie hatte ein paar Fragen an ihn. Und als er dann herkam, hatte er gute Lust, sie zu besuchen. Doch nach allem, was ihm Myra Dalrymple und Reverend Davis erzählt hatten, hätte es mich erstaunt, wenn er einen Fuß auf ihr Grundstück gesetzt hätte«, fügte sie hinzu.

Brummend winkte Kenny MacIver einem Diener, der mit einer weiteren Platte in der Tür stand.

»Ich würde nicht viel darauf geben, was Reverend Davis sagt«, meinte er. »Der Mann ist mir zu fromm. Aber Myra Dalrymple ist eine vernünftige Frau. Autsch!« Seine Frau hatte ihm mit dem Löffel auf die Finger gehauen.

»Was wußte Miss Dalrymple denn über Mrs. Abernathy?«

fragte Jamie rasch, um dem Ausbruch eines Ehekrieges zuvorzu-
kommen.

Mrs. MacIver war ziemlich rot, doch die Falten zwischen ihren
Brauen glätteten sich, als sie sich an Jamie wandte.

»Zum großen Teil war es wirklich nur boshaftes Geschwätz«,
räumte sie ein. »Was die Leute eben so reden über eine Frau, die
allein lebt. Daß sie die Gesellschaft ihrer männlichen Sklaven zu
sehr genießt, aye?«

»Aber es gab dieses Gerede, als ihr Mann starb«, unterbrach sie
Kenny. Er nahm sich mehrere kleine Fische mit bunten Streifen von
der Platte, die der Diener ihm hinhielt. »Jetzt, wo ich darüber
nachdenke, fällt es mir wieder ein.«

Barnabas Abernathy war von Schottland gekommen und hatte
vor fünf Jahren Rose Hall erworben. Er hatte die Plantage recht
ordentlich geführt, mäßigen Gewinn erzielt und bei den Nachbarn
niemals Anstoß erregt. Und dann, vor zwei Jahren, hatte er plötzlich eine fremde Frau geheiratet, die er von einer Reise nach Gua-
deloupe mitgebracht hatte.

»Und ein halbes Jahr später war er tot«, schloß Mrs. MacIver
mit grimmigem Vergnügen.

»Und nun geht das Gerücht, daß Mrs. Abernathy etwas damit
zu tun hatte?« Da ich von den vielen tropischen Parasiten und
Krankheiten wußte, die den Europäern in Westindien zu schaffen
machten, zweifelte ich eher daran. Barnabas Abernathy konnte an
allem möglichen gestorben sein, aber Rosie MacIver hatte recht –
die Leute hatten eine Schwäche für bösen Klatsch.

»Gift«, sagte Rosie leise und warf rasch einen Blick zur
Küchentür. »Das jedenfalls hat der Arzt gesagt, der ihn gesehen
hat. Aber es könnte auch die Sklavin gewesen sein. Es gab
Gerüchte über Barnabas und seine Sklavinnen, und es kommt häufiger vor, als die Leute wahrhaben wollen, daß ein Küchenmädchen auf einer Plantage etwas ins Essen mischt, aber... Sie
hielt inne, weil in diesem Moment eine andere Dienerin ein Kri-
stallschälchen mit einer pikanten Sauce hereintrug. Alles schwieg,
während die Frau sie auf den Tisch stellte, einen Knicks vor ihrer
Herrin machte und wieder hinausging.

»Sie brauchen sich keine Sorgen zu machen«, beruhigte uns
Mrs. MacIver, als ich der Frau hinterhersah. »Wir haben einen

Jungen, der die Speisen probiert, bevor sie aufgetischt werden. Es ist alles in Ordnung.«

Ich schluckte den Fisch, den ich im Mund hatte, mit einiger Mühe hinunter.

»Hat Reverend Campbell Mrs. Abernathy denn besucht?« warf Jamie ein.

Rosie war dankbar für die Ablenkung. Sie schüttelte den Kopf, so daß die Rüschen an ihrer Haube zitterten.

»Nein, gewißt nicht, denn am nächsten Tag gab es die Aufregung um seine Schwester.«

»Was ist denn mit seiner Schwester passiert?« fragte ich neugierig.

»Nun, sie ist verschwunden!« Mrs. MacIver riß die blauen Augen weit auf, wie um ihrer Aussage noch mehr Gewicht zu verleihen. Blue Mountain House lag an die zehn Meilen von Kingston entfernt, und unser Besuch lieferte ihr die seltene Gelegenheit zu tratschen.

»Was?« Fergus hatte sich hingebungsvoll seinem Teller gewidmet, doch nun blickte er zwinkernd auf. »Verschwunden? Wohin?«

»Die ganze Insel spricht darüber«, mischte sich Kenny wieder ein. »Anscheinend hatte der Reverend eine Zofe für seine Schwester angeheuert, aber die Frau starb auf der Reise an einer Fieberkrankheit.«

»Ach, wie schrecklich!« Es tat mir wirklich leid um Nellie Cowden mit ihrem breiten, freundlichen Gesicht.

»Aye.« Kenny nickte ungerührt. »Deshalb suchte der Reverend einen Ort, wo er seine Schwester unterbringen konnte. Sie ist wohl schwachsinnig, oder?« Er sah mich an.

»Ja, so was in der Richtung.«

»Aye. Das Mädel schien ruhig und gefügig, und Mrs. Forrest, die Besitzerin des Hauses, in dem sie untergebracht war, setzte sie immer auf die Veranda, wenn es kühler war. Und am letzten Dienstag wurde Mrs. Forrest zu ihrer Schwester gerufen, die in den Wehen lag. Mrs. Forrest war sehr aufgeregt und machte sich sofort auf den Weg, ohne an Miss Campbell zu denken. Und als sie ihr wieder einfiel und sie jemanden hinschickte, um nach ihr zu sehen – nun, da war Miss Campbell verschwunden. Und seitdem fehlt jede Spur von ihr, obwohl der Reverend Himmel und Erde in Bewegung gesetzt hat.« MacIver rutschte auf seinem Stuhl nach hinten und blies die Wangen auf.

Seine Frau wiegte düster den Kopf hin und her und gab merkwürdige Zischlaute von sich.

»Myra Dalrymple hat dem Reverend geraten, den Gouverneur zu bitten, ihm bei der Suche zu helfen«, sagte sie. »Aber der Gouverneur hat sich noch gar nicht richtig eingerichtet, und man kann ihn nicht besuchen. Am Donnerstag gibt er einen Empfang, um alle wichtigen Leute der Insel kennenzulernen. Myra meinte, da solle der Reverend hingehen und mit dem Gouverneur sprechen, aber er will nicht, weil ihm das zu weltlich ist.«

»Ein Empfang?« Jamie legte den Löffel beiseite und sah Mrs. MacIver interessiert an. »Auf Einladung?«

»Nein, nein«, sagte sie und schüttelte den Kopf. »Es kann kommen, wer will, jedenfalls habe ich das gehört.«

»Wirklich?« Jamie sah mich lächelnd an. »Was meinst du, Sassenach – hättest du Lust, mit mir zum Gouverneurspalast zu gehen?«

Ich starrte ihn an. Eigentlich hätte ich gedacht, das letzte, was er wollte, wäre, sich in der Öffentlichkeit zu zeigen. Außerdem überraschte es mich, daß er nicht so schnell wie möglich nach Rose Hall eilte.

»Eine gute Gelegenheit, uns nach Ian zu erkundigen«, erklärte er. »Vielleicht ist er gar nicht auf Rose Hall, sondern irgendwo anders auf der Insel.«

»Nun, einmal ganz abgesehen davon, daß ich nichts zum Anziehen habe...«, sagte ich hinhaltend – ich wollte wissen, was er tatsächlich vorhatte.

»Ach, das ist kein Problem«, beruhigte mich Rosie MacIver. »Ich habe eine der geschicktesten Näherinnen der Insel. Sie wird Sie im Handumdrehen herausputzen.«

Jamie nickte nachdenklich, lächelte und sah mich mit zusammengekniffenen Augen über das Kerzenlicht hinweg an.

»Lila Seide, stelle ich mir vor«, sagte er. Er entfernte sorgfältig die Gräten aus dem Fisch und legte sie beiseite. »Und was das andere betrifft – mach dir keine Gedanken, Sassenach. Ich habe da einen Plan, du wirst schon sehen.«

58

Die Maske des roten Todes

Wer ist der junge Sünder dort in Handschellen fest?
Was tat er, daß sie murren und die Fäuste ballen jetzt?
Und warum blickt er gar so reuevoll drein?
Seiner Haarfarbe wegen kerkern sie ihn ein.

Jamie ließ die Perücke sinken und sah mich mit hochgezogenen Brauen im Spiegel an. Ich grinste und fuhr fort, gestikulierend die Verse zu deklamieren:

»Eine Schande für die Menschheit ist so ein Haarschopf;
Früher hängte man einen mit solcher Farbe auf dem Kopf;
Doch Erhängen ist eine zu milde Strafe für so ein Haar
Häuten sollte man ihn für diese schändliche Farbe gar!«

»Sagtest du nicht, du hättest Medizin studiert, Sassenach?« fragte er. »Oder war es doch Dichtkunst?«

»Bestimmt nicht«, erwiderte ich und ging auf ihn zu, um seinen Kragen in Ordnung zu bringen. »Diese Strophen stammen von einem A. E. Housman.«

»Einer von der Sorte genügt wirklich«, meinte er trocken. »Bei solchen Ansichten.« Er nahm die Perücke, setzte sie sich sorgfältig auf und schob sie hier und da zurecht. »Ist dieser Mr. Housman ein Bekannter von dir?«

»Sozusagen.« Ich setzte mich auf die Bettkante und sah ihm zu. »Im Ärztezimmer des Krankenhauses, in dem ich gearbeitet habe, gab es eine Ausgabe der gesammelten Werke Housmans, die jemand dort liegengelassen hatte. Bis man zum nächsten Patienten gerufen wird, hat man keine Zeit, Romane zu lesen, aber Gedichte eigenen sich hervorragend. Ich glaube, ich kann das meiste von Housman inzwischen auswendig.«

Jamie blickte mich argwöhnisch an, als erwartete er einen weiteren poetischen Ausbruch, aber ich lächelte ihn nur an, und er machte sich wieder an die Arbeit. Fasziniert sah ich zu, wie er sich verwandelte.

Schuhe mit roten Absätzen und Seidenstrümpfe mit schwarzen Stickereien. Graue Satinhosen mit silbernen Kniespangen. Ein schneeweißes Leinenhemd mit breiten Brüsseler Spitzen an den Aufschlägen und am Jabot. Der Rock, ein Meisterwerk in Dunkelgrau mit blauen Satinaufschlägen und Silberknöpfen, hing noch hinter der Tür und wartete auf seinen Einsatz.

Sorgfältig puderte sich Jamie das Gesicht und klebte ein Schönheitspflästerchen mit Gummiarabikum in der Nähe des Mundwinkels fest.

»So«, sagte er und drehte sich auf dem Kosmetikstuhl um. »Sehe ich jetzt noch aus wie ein rothaariger schottischer Schmuggler?«

Ich musterte ihn eingehend von Kopf bis Fuß.

»Grotesk siehst du aus«, erwiderte ich, und er grinste breit. In dem gepuderten Gesicht wirkten seine Lippen übertrieben rot und der Mund noch breiter und ausdrucksvoller als sonst.

»*Non!*« meinte Fergus empört, der gerade hereingekommen war und alles mitangehört hatte. »Er sieht französisch aus.«

»Das ist kein großer Unterschied«, sagte Jamie, nieste und putzte sich mit einem Taschentuch die Nase, »wenn du mir diese Bemerkung gestattest, Fergus.«

Dann stand er auf, holte den Rock, legte ihn an und rückte ihn zurecht. Durch die drei Zoll hohen Absätze stieß er mit dem Kopf fast an die Decke.

»Ich weiß nicht«, sagte ich und sah ihn skeptisch an. »Ich habe noch nie einen so großen Franzosen gesehen.«

Jamie zuckte die Achseln, so daß sein Rock knisterte wie Herbstlaub. »Aye, meine Größe kann ich nun mal nicht verbergen. Hauptsache, ich kann meine Haare verstecken. Außerdem«, fügte er hinzu und sah mich bewundernd an, »die Leute werden mich gar nicht zur Kenntnis nehmen. Steh auf und laß dich anschauen, aye?«

Ich gehorchte und drehte mich, um die leuchtendviolette Farbe meines Seidenrocks zur Geltung zu bringen. Das tiefe Dekolleté war mit üppigen Spitzen gefüllt, die sich V-förmig über das Mieder ergossen. Auch von den Ellbogen schäumten Spitzen wie ein Wasserfall herab.

»Schade, daß ich die Perlenkette deiner Mutter nicht habe«, sagte ich. Ich vermißte sie nicht, hatte ich sie doch für Brianna in der Schachtel mit den Fotografien und Dokumenten zurückgelassen. Doch wegen des tiefen Ausschnitts und der hochgesteckten Haare wirkten Hals und Dekolleté im Kontrast zur violetten Seide kahl und weiß.

»Ich habe daran gedacht.« Mit verschwörerischer Miene zog Jamie eine kleine Schachtel aus der Innentasche und überreichte sie mir mit einem schwungsvollen Kratzfuß.

In der Schachtel lag ein kleiner, glänzender Fisch. Er war aus einem tiefschwarzen Material geschnitzt, und die Schuppen waren vergoldet.

»Eine Brosche«, erklärte er. »Vielleicht kannst du sie an einem weißen Band befestigen und um den Hals tragen.«

»Sie ist herrlich!« sagte ich freudig. »Woraus ist die gemacht? Aus Ebenholz?«

»Schwarze Koralle«, erwiderte er. »Ich habe sie gestern erstanden, als ich mit Fergus in Montego Bay war.« Er und Fergus waren mit der *Artemis* um die Insel gefahren, um endlich den Fledermausdünger bei seinem Kunden abzuliefern.

Ich suchte ein Stück weißes Satinband heraus, und Jamie legte es mir um den Hals, wobei er mich im Spiegel über die Schulter ansah.

»Nein, sie werden mich keines Blickes würdigen«, sagte er. »Die Hälfte von ihnen wird dich ansehen, Sassenach, und die andere Hälfte Mr. Willoughby.«

»Mr. Willoughby? Ist das nicht ein wenig riskant? Ich meine... Ich sah verstohlen zu dem kleinen Chinesen hinüber, der mit übereinandergeschlagenen Beinen geduldig auf einem Hocker saß und ganz in glänzende, blaue Seide gekleidet war. Ich sprach leise weiter. »Ich meine, es wird dort Wein geben, nicht wahr?«

Jamie nickte. »Und Whisky und Rotweinbowle und Portwein und Champagnerpunsch – und ein kleines Fäßchen besten französischen Cognac – eine freundliche Spende von Monsieur Etienne

Marcel de Provac Alexandre.« Er legte eine Hand auf die Brust und machte erneut eine Verbeugung, und zwar so übertrieben, daß ich lachen mußte. »Mach dir keinen Gedanken«, sagte er, als er sich wieder aufrichtete. »Er wird sich anständig benehmen, sonst nehme ich ihm seine Korallenkugel wieder weg – oder, mein kleiner Heide?« fügte er hinzu und grinste Mr. Willoughby an.

Der chinesische Gelehrte nickte würdevoll. Die bestickte schwarze Seide seiner runden Mütze war mit einem kleinen geschnitzten Knopf aus roter Koralle geschmückt – das Zeichen seines Berufsstandes, das er im Hafen von Montego dank Jamies Großherzigkeit erstanden hatte.

»Bist du ganz sicher, daß wir gehen müssen?« Mein Herzklopfen war nur zum Teil auf das enge Korsett zurückzuführen, das ich trug. Viel schwerer wog die nagende Furcht, Jamie könnte seine Perücke verlieren, was den Empfang unterbrechen würde, weil die ganze Versammlung auf sein Haar starren und lauthals nach der Königlichen Marine rufen würde.

»Aye.« Er lächelte mich beruhigend an. »Mach dir keine Sorgen, Sassenach; auch wenn jemand von der *Porpoise* da ist, wird er mich wohl kaum kennen – nicht in diesem Aufzug.«

»Ich hoffe es. Glaubst du denn, daß heute abend überhaupt jemand von dem Schiff dasein wird?«

»Das bezweifle ich.« Er kratzte sich am Kopf. »Wo hast du die Perücke aufgetrieben, Fergus? Ich glaube, da sind Läuse drin.«

»O nein, Mylord«, beruhigte ihn Fergus. »Der Perückenmacher, von dem ich sie geliehen habe, hat mir versichert, daß sie gut mit Ysop und Geranie gegen einen derartigen Befall eingestaubt wurde.« Fergus selbst trug keine Perücke, hatte das Haar aber dick gepudert und sah in seinem neuen Rock aus dunkelblauem Samt recht attraktiv aus – wenn auch weniger aufsehenerregend als Jamie.

Es klopfte leise an der Tür, und kurz darauf trat Marsali ein. Auch sie hatte ihre Garderobe aufpoliert und trug ein Kleid in zartem Rosa und eine dunkelrosa Schärpe.

Der Gouverneurspalast war hell erleuchtet. Laternen standen auf niedrigen Mauern der Veranda und strahlten von den Bäumen des Ziergartens. Bunt gekleidete Menschen entstiegen den Kutschen auf der mit Muschelkies bedeckten Auffahrt und traten durch riesige Flügeltüren ins Haus.

Auch wir verließen unsere – besser gesagt Jareds – Kutsche, blieben aber eine Weile auf der Auffahrt stehen, um abzuwarten, bis sich der Trubel etwas gelegt hatte. Jamie wirkte für seine Verhältnisse etwas nervös: Er trommelte hin und wieder mit den Fingern an den grauen Satinrock.

Im Foyer stand eine Art Empfangskomitee. Mehrere Würdenträger der Insel waren aufgefordert worden, dem Gouverneur bei der Begrüßung seiner Gäste zu assistieren. Ich ging vor Jamie an der Reihe entlang, lächelte und nickte dem Bürgermeister von Kingston und seiner Frau zu. Beim Anblick des hochdekorierten Admirals, der neben ihnen stand und in seinem mit Gold und Epauletten verzierten Rock prächtig aussah, wurde mir etwas mulmig. Doch als er dem riesigen Franzosen und dem winzigen Chinesen, die mich begleiteten, die Hand schüttelte, zeichnete sich in seinem Gesicht lediglich ein wenig Belustigung ab.

Und da stand mein Bekannter von der *Porpoise*: Das blonde Haar Lord Johns war unter einer Perücke versteckt, wie es der Anlaß vorschrieb, doch ich erkannte sein schönes, ebenmäßiges Gesicht und den schlanken, muskulösen Körper auf Anhieb. Er stand ein wenig abseits. Gerüchten zufolge hatte seine Frau sich geweigert, England zu verlassen und ihn auf seinen neuen Posten zu begleiten.

Sein Gesicht zeigte einen Ausdruck förmlicher Höflichkeit, als er mich begrüßte. Doch dann sah er mich genauer an, zwinkerte und lächelte.

»Mrs. Malcolm!« rief er aus und ergriff meine Hände. »Ich bin hoch erfreut, Sie zu sehen!«

»Ganz meinerseits«, sagte ich und erwiderte sein Lächeln. »Als wir uns das letztemal trafen, wußte ich noch nicht, daß Sie der Gouverneur sind. Ich fürchte, ich habe mich ein wenig zu ungezwungen verhalten.«

Er lachte, und sein Gesicht strahlte im Schein der Wandkerzen. Erst jetzt, da ich ihn zum erstenmal bei Licht sah, bemerkte ich, was für ein schöner Mann er war.

»Aber Sie hatten doch einen recht guten Grund dafür«, meinte er und musterte mich. »Darf ich sagen, daß Sie heute abend außerordentlich schön aussehen? Sicher bekommt Ihnen die Inselluft besser als die üble Luft an Bord. Ich hatte gehofft, Sie wiederzusehen, bevor Sie die *Porpoise* verlassen, aber als ich nach Ihnen fragte, sagte mir Mr. Leonard, daß Sie sich nicht wohl fühlten. Ich hoffe, sie sind inzwischen vollkommen wiederhergestellt.«

»O ja, vollkommen«, sagte ich amüsiert. Unwohl? Offenbar hatte Tom Leonard nicht eingestehen wollen, daß ich über Bord gegangen war. Ich fragte mich, ob er mein Verschwinden ins Logbuch eingetragen hatte.

»Darf ich Ihnen meinen Mann vorstellen?« Ich wandte mich um und winkte Jamie herbei, der sich angeregt mit dem Admiral unterhalten hatte, nun aber in Begleitung von Mr. Willoughby auf uns zukam.

Als ich mich wieder umdrehte, war der Gouverneur grün wie eine Stachelbeere. Sein starrer Blick wanderte von Jamie zu mir und dann wieder zurück, und er war bleich, als hätte er zwei Gespenster vor sich.

Jamie blieb neben mir stehen und machte vor dem Gouverneur eine graziöse Verbeugung.

»John«, sagte er leise. »Wie schön, dich zu sehen.«

Stumm öffnete sich der Mund des Gouverneurs und klappte wieder zu.

»Laß uns in Ruhe miteinander reden, ein bißchen später«, murmelte Jamie. »Vorerst aber – mein Name ist Etienne Alexandre.« Er nahm mich am Arm und verbeugte sich erneut. »Erlauben Sie, daß ich Ihnen meine Frau Claire vorstelle?« sagte er laut, mühelos ins Französische überwechselnd.

»Claire?« Der Gouverneur sah mich entgeistert an. »*Claire?*«

»Ah, ja«, sagte ich und hoffte, er würde nicht in Ohnmacht fallen. Er sah nämlich so aus, obwohl ich keine Ahnung hatte, warum ihn mein Vorname so stark berührte.

Die nächsten Neuankömmlinge warteten bereits ungeduldig, daß wir zur Seite traten. Ich machte einen Knicks, wedelte mit meinem Fächer, und dann schritten wir in den großen Salon der Residenz. Ich blickte mich noch einmal nach dem Gouverneur um, der mechanisch Hände schüttelte und uns mit leichenblasem Gesicht nachsah.

Der Salon, ein riesiger Raum mit niedriger Decke, war voll

schnatternder, bunter, lärmender Menschen. Ich war erleichtert. In dieser Menschenmenge würde Jamie trotz seiner Größe nicht besonders auffallen.

An einer Seite des Raumes, neben einer zur Terrasse hin offenen Flügeltür, spielte ein kleines Orchester. Ich sah zahlreiche Leute draußen herumspazieren. Auf der anderen Seite öffnete sich eine weitere Flügeltür zu einem kurzen Flur, wo sich die Toiletten befanden.

Wir kannten niemanden, und es war auch keiner da, der uns vorstellen konnte. Aber dank Jamies Voraussicht brauchten wir keinen Vermittler. Nach kurzer Zeit scharten sich die Frauen, fasziniert von Mr. Willoughby, um uns.

»Mein Bekannter Mr. Yi Tien Tschu«, stellte Jamie ihn einer beleibten jungen Dame in einem engen gelben Satinkleid vor. »Früher wohnhaft im Kaiserreich China, Madame.«

»Ooh!« Die junge Dame wedelte beeindruckt mit ihrem Fächer. »Wirklich aus China? Was für eine unvorstellbare Entfernung Sie hinter sich gebracht haben müssen! Darf ich Sie auf unserer kleinen Insel willkommen heißen, Mr. – Mr. Tschu?« Sie streckte ihm ihre Hand entgegen und erwartete offenbar, daß er sie küßte.

Mr. Willoughby machte, die Hände in den Ärmeln verborgen, eine tiefe Verbeugung und sagte entgegenkommend etwas auf Chinesisch. Die junge Dame war hingerissen. Jamie hingegen wirkte etwas verstört, hatte sich aber sofort wieder in der Gewalt. Mr. Willoughbys glänzende schwarze Augen waren auf die Schuhspitzen der Dame gerichtet, die unter dem Saum ihres Kleides hervorlugten, und ich fragte mich, was er wohl zu ihr gesagt hatte.

Jamie ergriff die Gelegenheit – und die Hand der Dame – und beugte mit äußerster Höflichkeit den Kopf darüber.

»Zu Ihren Diensten, Madam«, sagte er auf Englisch mit einem starken französischen Akzent. »Etienne Alexandre. Darf ich Ihnen meine Frau Claire vorstellen?«

»O ja, ich bin sehr erfreut, Sie kennenzulernen!« Die junge Frau, die vor Aufregung ganz rot war, nahm meine Hand und drückte sie. »Ich bin Marcelline Williams. Vielleicht kennen Sie meinen Bruder Judah? Ihm gehört Twelvetrees – Sie wissen schon, die große Kaffeeplantage. Ich verbringe die Saison bei ihm, ach, und ich genieße es so sehr!«

»Nein, leider kennen wir niemanden hier«, sagte ich entschuldigend. »Wir sind gerade erst hier eingetroffen – von Martinique, wo mein Mann im Zuckerhandel tätig ist.«

»Oh«, Miss Williams schrie fast und riß die Augen weit auf. »Aber dann müssen Sie mir erlauben, Sie mit meinen besten Freunden, den Stephens', bekanntzumachen! Ich glaube, sie sind einmal auf Martinique gewesen, und Georgina Stephens ist so ein zauberhafter Mensch – Sie werden sie sofort mögen, das verspreche ich Ihnen!«

Und damit nahmen die Dinge ihren Lauf. Nach einer Stunde war ich von Gruppe zu Gruppe weitergereicht und einem Dutzend Leuten vorgestellt worden.

Am anderen Ende des Raumes sah ich Jamie, der, ein Abbild aristokratischer Würde, die Umstehenden um mehr als Haupteslänge überragte. Er unterhielt sich angeregt mit einer Gruppe von Männern, die alle darauf erpicht waren, die Bekanntschaft eines erfolgreichen Geschäftsmannes zu machen, von dem sie sich nützliche Kontakte zum französischen Zuckerhandel versprachen. Einmal trafen sich unsere Blicke, und er schenkte mir ein strahlendes Lächeln sowie eine galante französische Verbeugung. Ich fragte mich immer noch, was um alles in der Welt er vorhatte, konnte aber nur insgeheim die Achseln zucken. Er würde es mir schon noch sagen.

Fergus und Marsali, die wie gewöhnlich keiner weiteren Gesellschaft bedurften, tanzten selig lächelnd miteinander. Heute hatte Fergus auf seinen Haken verzichtet und ihn durch einen schwarzen Lederhandschuh ersetzt, der mit Stroh gefüllt und am Ärmel seines Mantels befestigt war. Er ruhte auf dem Rücken von Marsalis Kleid und wirkte ein wenig steif, aber nicht so unnatürlich, daß er zu Kommentaren Anlaß gegeben hätte.

Mr. Willoughby genoß derweil einen gesellschaftlichen Triumph ohnegleichen, war er doch der strahlende Mittelpunkt einer Gruppe von Damen, die sich gegenseitig darin übertrafen, ihm Delikatessen und Erfrischungen zu offerieren. Er strahlte über das ganze Gesicht, und seine sonst fahlen Wangen waren sogar ein wenig gerötet.

Ich nutzte jede Gelegenheit, mich nach Leuten namens Abernathy zu erkundigen, da man mir diesen Namen empfohlen hatte.

»Abernathy?« Mrs. Hall, eine noch jugendliche Matrone, wedelte mit ihrem Fächer und wirkte ratlos. »Nein, ich kann nicht sagen, daß ich mit ihnen bekannt bin. Wissen Sie denn, ob sie oft am gesellschaftlichen Leben teilnehmen?«

»Aber nein, Joan!« Ihre Freundin, Mrs. Yoakum, wirkte auf eine Art und Weise schockiert, die offenbarte, daß sie gleich etwas Saftiges zu enthüllen habe. »Natürlich hast du schon von den Abernathys gehört! Weißt du nicht mehr, der Mann, der Rose Hall gekauft hat, oben am Yallah?«

»Aber ja!« Mrs. Hall riß die Augen auf. »Der Mann, der nach dem Kauf so schnell starb?«

»Ja, genau der«, schaltete sich eine andere Dame ein, die das Gespräch mit angehört hatte. »Malaria *hieß* es, aber *ich* habe mit seinem Arzt gesprochen – er war zu uns gekommen, um Mamas krankes Bein zu verbinden, sie leidet doch so unter Wassersucht – und *er* hat mir gesagt – natürlich streng vertraulich…«

Und schon ging der Tratsch los. Ich hörte das, was Rosie MacIver erzählt hatte, und mehr. Ich mischte mich in das Gespräch und lenkte es in die gewünschte Richtung.

»Hat Mrs. Abernathy außer Sklaven auch weiße Zwangsarbeiter?«

Hier gingen die Meinungen stark auseinander. Einige glaubten, sie habe mehrere Zwangsarbeiter, andere glaubten, nur einen oder zwei – keine der Anwesenden hatte Rose Hall je betreten, aber natürlich, was man so *hörte*…

Kurz darauf wandte man sich schon wieder einem neuen Thema zu – das *unglaubliche* Benehmen des neuen Hilfspfarrers Mr. Jones und der verwitweten Mrs. Mina Alcott. Aber was sollte man schon von einer Frau mit *ihrem* Ruf erwarten, und bestimmt war es nicht nur die Schuld des jungen Mannes, aber natürlich würde man von einem Geistlichen ein höheres moralisches Niveau erwarten… Ich entschuldigte mich und stahl mich mit klingenden Ohren zur Damentoilette.

Vor dem Spiegel im Vorraum schob ich einzelne Locken zurück, die sich beim Tanzen gelöst hatten, und genoß den Augenblick Ruhe. Der luxuriös ausgestattete Raum bestand eigentlich aus drei Räumen: den eigentlichen Toiletten, einer Garderobe für die Aufbewahrung von Hüten, Stolen und Mänteln und dem Hauptraum, in dem ich stand. Hier befand sich nicht nur ein langer Pfeiler-spiegel und ein komplett bestückter Kosmetiktisch, sondern auch eine Chaiselongue, die mit rotem Samt bezogen war. Wehmü-tig blickte ich darauf – die Schuhe, die ich trug, drückten entsetz-lich –, aber die Pflicht rief.

Bisher hatte ich nichts Neues über die Plantage der Abernathys in Erfahrung gebracht. Allerdings hatte ich eine Liste von weiteren Plantagen in der Nähe von Kingston gesammelt, die Zwangsar-beiter beschäftigten. Ich fragte mich, ob Jamie vorhatte, seinen Freund, den Gouverneur, um Hilfe zu bitten – möglicherweise rechtfertigte das unser Erscheinen hier an diesem Abend.

Aber die Reaktion von Lord John auf die Enthüllung meiner Identität verwirrte und beunruhigte mich. Ich sah mein violettes Abbild im Spiegel finster an, konnte aber nichts entdecken, was Lord Johns erstaunliches Verhalten hätte erklären können.

Ich zuckte die Achseln, blinzelte meinem Spiegelbild verführe-risch zu, schob mir das Haar noch einmal zurecht und kehrte in den Salon zurück.

Ich bahnte mir den Weg zu dem langen Buffettisch, auf dem Ku-chen, Pasteten, Nachspeisen, Früchte, Bonbons und gefüllte Teig-taschen sowie zahlreiche Dinge aufgereiht waren, die ich nicht be-nennen konnte. Als ich mich mit einer Schale Früchte gedankenverloren vom Buffettisch abwandte, wäre ich fast mit einer dunklen Weste zusammengestoßen. Als ich mich verwirrt bei deren Besitzer entschuldigte, blickte ich in das mürrische Gesicht von Reverend Archibald Campbell.

»Mrs. Malcolm!« rief er erstaunt aus.

»Ah… Reverend Campbell«, erwiderte ich mit schwacher Stimme. »Was für eine Überraschung.« Vorsichtig tupfte ich an einem Mangofleck auf seinem Bauch herum, doch er trat resolut einen Schritt zurück, und ich ließ von ihm ab.

Mit kaltem Blick sah er auf mein Dekolleté.

»Ich hoffe, es geht Ihnen gut, Mrs. Malcolm?« fragte er.

»Ja, danke«, erwiderte ich. Ich wünschte, er würde aufhören, mich Mrs. Malcolm zu nennen, bevor jemand, dem ich als Ma-dame Alexandre vorgestellt worden war, es mitbekam.

»Das mit Ihrer Schwester tut mir sehr leid«, bemerkte ich, um ihn abzulenken. »Haben Sie schon etwas von ihr gehört?«

Er machte eine steife Verbeugung, um sich für mein Mitgefühl zu bedanken.

»Nein. Meinen Bemühungen, die Suche nach ihr aufzunehmen, sind natürlich enge Grenzen gesetzt«, meinte er. »Daher hat mir ein Mitglied meiner Gemeinde geraten, ihn und seine Frau hierherzubegleiten, um meinen Fall dem Gouverneur vorzutragen und ihn um Hilfe zu ersuchen. Ich versichere Ihnen, Mrs. Malcolm, nur ein solch schwerwiegender Grund hat mich dazu gebracht, zu einem Empfang wie diesem zu kommen.«

Er warf einer neben uns stehenden lachenden Gesellschaft einen verächtlichen Blick zu. Drei junge Männer wetteiferten darum, geistreiche Toasts auf eine Gruppe junger Damen auszusprechen, die die Aufmerksamkeiten mit Kichern und heftigem Fächerschlagen quittierten.

»Es tut mir wirklich leid für Sie, Reverend«, sagte ich und trat ein wenig zur Seite. »Miss Cowden hat mir von der Tragödie Ihrer Schwester erzählt. Wenn ich Ihnen helfen kann...«

»Niemand kann helfen«, unterbrach er mich. Sein Blick war trüb. »Es war die Schuld der papistischen Stuarts und ihrer zügellosen Gefolgsleute. Nein, niemand kann helfen, außer Gott. Er hat das Haus Stuart vernichtet, er wird auch den Mann Fraser zerstören, und an jenem Tag wird meine Schwester geheilt sein.«

»Fraser?« Das Gespräch nahm eine Wendung, die mir ausgesprochen unangenehm war. Ich warf einen raschen Blick quer durch den Raum, doch zum Glück war Jamie nirgendwo zu sehen.

»Das ist der Mann, der Margaret dazu verführt hat, ihre Familie und die richtige Überzeugung aufzugeben. Er war vielleicht nicht derjenige, der ihr Gewalt angetan hat, aber ihm ist es zuzuschreiben, daß sie ihr sicheres Heim verlassen und sich in Gefahr begeben hat. Aye, Gott wird es James Fraser schon noch vergelten«, sagte er mit grimmiger Genugtuung.

»Ja, da bin ich mir sicher«, murmelte ich. »Wenn Sie mich jetzt entschuldigen, ich glaube, dort ist ein Freund...« Ich versuchte zu entkommen, aber eine Prozession von Lakaien mit Schüsseln voller Fleisch versperrte mir den Weg.

»Gott wird nicht zulassen, daß die Lüsternheit ewig währt«, fuhr der Reverend fort, der offenbar glaubte, der Allmächtige habe in etwa dieselben Ansichten wie er. Seine kleinen, blaßblauen

Augen waren mißbilligend auf die Damen in unserer Nähe gerichtet, die Mr. Willoughby umschwärmten wie Motten eine chinesische Laterne.

Mr. Willoughby schien gleichfalls wie entflammt. Sein hohes Kichern übertönte das Gelächter der Damen, und ich sah, wie er gegen einen Diener torkelte.

»So will ich nun, daß die Frauen in schicklichem Kleide mit Scham und Zucht sich schmücken«, hob der Reverend an, »nicht mit Haarflechten und Gold oder Perlen.« Er schien so richtig in Fahrt zu kommen: Zweifellos waren Sodom und Gomorrah nicht mehr weit. »Eine Frau, die keinen Mann hat, sollte sich Gott, dem Herrn widmen und sich nicht in aller Öffentlichkeit Vergnügungen hingeben. Sehen Sie Mrs. Alcott? Sie ist Witwe und sollte sich frommen Aufgaben zuwenden!«

Als ich seinem Blick folgte, entdeckte ich eine rundliche, fröhliche Frau in den Dreißigern mit hellbraunen, kunstvoll zu Locken geformten Haaren, die kichernd bei Mr. Willoughby stand. Ich musterte sie interessiert. Das war also die berüchtigte lustige Witwe von Kingston!

Der kleine Chinese kroch gerade auf Händen und Füßen auf dem Boden herum und tat so, als suchte er einen verlorenen Ohrring, während Mrs. Alcott in gespieltem Entsetzen aufschrie, weil er sich ihren Füßen bedenklich näherte. Vielleicht, so dachte ich, sollte ich mich sofort auf die Suche nach Fergus begeben, damit er Mr. Willoughby von seiner neuen Bekanntschaft losriß, bevor es zu spät war.

Der Reverend, der den Anblick offenbar nicht ertragen konnte, stellte plötzlich seinen Becher mit Zitronensaft ab, drehte sich um und bahnte sich, die Leute mit den Ellenbogen beiseite drängend, den Weg zur Terrasse.

Ich atmete erleichtert auf.

Plötzlich entdeckte ich Jamie, der gerade auf eine Tür auf der anderen Seite des Saals zuging, die wahrscheinlich zu den Privatgemächern des Gouverneurs führte. Sicher würde er gleich mit Lord John sprechen. Neugierig beschloß ich, ihm zu folgen.

Der Salon war inzwischen so voll, daß ich nur schwer hindurchkam. Als ich dann endlich die Tür erreichte, war Jamie längst verschwunden. Trotzdem öffnete ich sie.

Ich trat in einen langen Gang, der von Kerzen schwach erleuchtet wurde. Fenster ließen das rotgefärbte Licht der Fackeln auf der Terrasse herein, was die Wanddekoration metallisch aufschimmern ließ. Sie bestand vor allem aus militärischen Gegenständen, Pistolen, Messern, Schilden und Schwertern. Ich fragte mich, ob es sich um persönliche Andenken von Lord John handelte oder ob sie zum Haus gehörten.

Im Gegensatz zum Lärm im Salon herrschte hier auffällige Stille. Ich ging weiter durch den Flur; meine Schritte wurden durch einen langen türkischen Teppich, der auf dem Parkett lag, gedämpft.

Vor mir hörte ich ein Murmeln männlicher Stimmen, die ich nicht unterscheiden konnte. Als ich um eine Ecke in einen kürzeren Flur einbog, sah ich eine Tür, aus der Licht drang – das mußte das Büro des Gouverneurs sein. Von drinnen hörte ich Jamies Stimme.

»O Gott, John!« sagte er.

Ich blieb abrupt stehen, und zwar wegen des Tons in seiner Stimme – sie klang so bewegt, wie ich es selten bei ihm gehört hatte.

Ich näherte mich leise. Durch die halboffene Tür sah ich Jamie, der Lord John mit gesenktem Kopf leidenschaftlich umarmte.

Ich stand wie angewurzelt, vollkommen unfähig, mich zu bewegen oder etwas zu sagen. Dann trennten sich die beiden wieder. Jamie hatte mir den Rücken zugewandt, doch Lord John blickte in Richtung Flur; er hätte mich leicht sehen können, wenn er nicht Jamie angestarrt hätte. In seinem Gesicht zeichnete sich ein so unverkennbares Verlangen, daß mir das Blut in die Wangen stieg.

Ich ließ den Fächer fallen. Erstaunt drehte sich der Gouverneur um. Hastig rannte ich durch den Flur zurück zum Salon.

Ich stieß die Tür auf und kam hinter einem Palmkübel zum Stehen. Mein Herz raste. Obwohl in den schmiedeeisernen Kerzenleuchtern dicke Bienenwachskerzen flackerten und an den Wänden helle Fackeln brannten, waren die Ecken des Raumes dunkel. Ich stand im Schatten und zitterte.

Meine Hände waren kalt, und mir war übel. Was um Himmels willen ging da vor sich?

Der Schock des Gouverneurs, als er erfuhr, ich sei Jamies Frau, ließ sich nun zumindest teilweise erklären: Jener eine unbedachte

Blick quälenden Verlangens hatte mir unmißverständlich klargemacht, was mit ihm los war. Eine andere Frage war, wie es um Jamie stand.

Er war der *Kommandant des Gefängnisses von Ardsmuir*, hatte er wie beiläufig gesagt. Und, weniger beiläufig, bei anderer Gelegenheit: *Weißt du, was Männer im Gefängnis machen?*

Ich wußte es, hätte aber auf Briannas Kopf geschworen, daß Jamie so etwas nicht tat, es nie getan hatte, es nicht konnte, nie, unter keinen Umständen. Zumindest bis zu diesem Abend hätte ich es geschworen. Ich schloß die Augen, atmete schwer und versuchte, nicht an das zu denken, was ich soeben gesehen hatte.

Natürlich gelang mir das nicht. Und doch, je mehr ich daran dachte, um so unwahrscheinlicher erschien es mir. Die Erinnerung an Jack Randall war vielleicht wie die körperlichen Narben, die er hinterlassen hatte, verblaßt, aber ich konnte nicht glauben, daß sie ganz verschwunden war und daß Jamie es ertrug, geschweige denn genoß, wenn ein anderer Mann ihm den Hof machte.

Aber wenn er Grey so gut kannte, daß die Umarmung, die ich eben beobachtet hatte, nur als Zeichen der Freundschaft gelten konnte, warum hatte er mir dann nicht schon früher von ihm erzählt? Warum hatte er alles unternommen, um ihn zu sehen, sobald er erfahren hatte, daß Grey in Jamaika war? Mir wurde wieder übel. Ich mußte mich unbedingt hinsetzen.

Während ich mich zitternd an die dunkle Wand lehnte, öffnete sich die Tür zum Trakt des Gouverneurs, und Lord John trat heraus, um sich wieder unter seine Gäste zu mischen. Sein Gesicht war gerötet, und seine Augen glänzten. In diesem Moment hätte ich ihn ohne weiteres umbringen können, wenn ich nur eine wirkungsvollere Waffe als meine Haarnadeln zur Hand gehabt hätte.

Ein paar Minuten später öffnete sich die Tür erneut, und kaum zwei Meter von mir entfernt tauchte Jamie auf. Er hatte wieder sein kühles, reserviertes Gesicht aufgesetzt, aber ich kannte ihn gut genug, um Anzeichen einer starken Gefühlsregung zu erkennen. Doch ich konnte sie nicht deuten. Aufregung? Besorgnis? Furcht und Freude gleichzeitig? Etwas anderes? Ich hatte ihn noch nie so erlebt.

Er war weder auf Unterhaltung noch auf eine Erfrischung aus, sondern wanderte im Raum herum. Offenbar suchte er jemanden. Mich.

Ich schluckte. Unmöglich, ihm jetzt gegenüberzutreten – nicht vor all den Leuten. Ich blieb, wo ich war, und beobachtete ihn, bis er schließlich hinaus auf die Terrasse ging. Dann verließ ich meinen Platz und ging so schnell wie möglich zu den Toiletten. Dort konnte ich mich wenigstens eine Weile hinsetzen.

Ich stieß die schwere Tür auf und trat ein. Als ich den warmen, tröstlichen Duft von Damenparfüm und Puder wahrnahm, ließ die Spannung sofort nach. Doch dann bemerkte ich einen anderen Geruch, einen, der mir von meiner Arbeit als Ärztin nur allzu vertraut war, den ich hier jedoch nicht vermutet hätte.

Es herrschte immer noch Stille im Raum; der Lärm im Salon war hier nur als leises Gemurmel zu vernehmen. Dennoch war dieser Ort keine Zuflucht mehr.

Mina Alcott lag ausgestreckt auf dem roten Samtsofa. Ihr Kopf hing über den Rand herab, ihre Röcke waren bis zum Halsausschnitt hochgeschoben. Die weit aufgerissenen Augen starrten ins Leere. Das Blut aus ihrer durchschnittenen Kehle hatte den Samt unter ihr schwarz gefärbt. Ihr hellbraunes Haar hatte sich gelöst, und die Ringellöckchen hingen in einer Blutlache.

Ich stand da wie gelähmt und war unfähig, um Hilfe zu rufen. Dann hörte ich draußen im Flur fröhliche Stimmen, und die Tür wurde aufgestoßen. Einen Augenblick lang herrschte Stille, als die Frauen hinter mir Mina Alcott sahen.

Vom Flur drang Licht herein und fiel auf den Boden. In dem kurzen Moment, bevor das Geschrei anhob, sah ich die Fußabdrücke, die zum Fenster führten – blutige kleine Abdrücke einer Filzsohle.

59

Enthüllungen

Sie hatten Jamie fortgeschafft. Zitternd und verstört wurde ich in das private Arbeitszimmer des Gouverneurs geführt, zusammen mit Marsali, die trotz meiner abwehrenden Geste darauf bestand, mir das Gesicht mit einem feuchten Tuch abzureiben.

»Aber sie können doch nicht ernsthaft glauben, daß Papa etwas damit zu schaffen hat!« sagte sie bereits zum fünftenmal.

»Das tun sie auch nicht.« Inzwischen hatte ich mich wieder in der Gewalt und war imstande, ihr zu antworten. »Aber sie vermuten, Mr. Willoughby stecke dahinter, und den hat Jamie mitgebracht.«

Entsetzt starrte sie mich an.

»Mr. Willoughby? Nie und nimmer!«

»Sollte man meinen.« Ich fühlte mich, als hätte mich jemand verprügelt, so sehr schmerzten mir alle Glieder. Zusammengekauert saß ich auf einem kleinen Sofa und drehte ratlos ein Glas Weinbrand zwischen den Händen. Ich konnte ihn nicht trinken.

Ich war mir weder darüber im klaren, was ich empfinden sollte, noch wußte ich die widersprüchlichen Ereignisse dieses Abends einzuordnen. Meine Gedanken sprangen zwischen der grausigen Entdeckung in der Toilette und der Szene, die sich hier in diesem Raum vor meinen Augen abgespielt hatte, hin und her.

Immer noch sah ich Jamie und Lord John so deutlich vor mir, als wären sie auf die Wand gegenüber gemalt.

»Ich kann es nicht glauben«, sagte ich laut und fühlte mich gleich eine Spur besser.

»Ich auch nicht«, pflichtete Marsali mir bei. Sie ging im Zimmer auf und ab. Das Klacken ihrer Absätze auf dem Parkett wechselte ab mit dem gedämpften Geräusch ihrer Schritte auf dem geblümten Teppich. »Er kann es nicht gewesen sein. Ich weiß, er ist ein Heide, aber wir kennen ihn doch!«

Kannten wir ihn wirklich? Kannte ich Jamie? Ich hätte es beschwören können, und dennoch… Die Frage, die er mir in unserer ersten gemeinsamen Nacht, die wir im Bordell verbracht hatten, stellte, hatte ich nicht vergessen: *Willst du mich haben und es mit dem Mann wagen, der ich bin, um des Mannes willen, den du gekannt hast?* Damals hatte ich geglaubt – glaubte es auch jetzt –, daß sich der Mann, den ich von früher kannte, nicht so sehr von dem Mann unterschied, den ich endlich wiedergefunden hatte. Aber wenn ich mich nun doch getäuscht hatte?

»Ich habe mich nicht geirrt!« murmelte ich und umschloß grimmig das Glas. »Nein!« Es mußte etwas anderes dahinterstecken – so sehr konnte ich mich in Jamie nicht täuschen, daß er sich tatsächlich Lord John Grey heimlich zum Liebhaber genommen hatte.

Laoghaire hatte er dir auch verschwiegen, rief mir eine boshafte innere Stimme ins Gedächtnis zurück.

»Das ist etwas anderes«, antwortete ich ihr entschieden.

»Was meinst du?« Marsali sah mich überrascht an.

»Ich weiß es selbst nicht. Hör nicht hin.« Ich fuhr mir mit der Hand übers Gesicht, als könne ich damit meine Verwirrung und Erschöpfung einfach wegwischen. »Sie brauchen lange.«

Die Uhr mit dem Walnußgehäuse schlug zwei Uhr morgens, als sich die Tür schließlich öffnete und Fergus in Begleitung eines grimmig wirkenden Milizsoldaten eintrat.

Fergus sah recht mitgenommen aus. Der Haarpuder hatte sich wie Schuppen auf den Schultern seines dunkelblauen Rocks verteilt, und der Rest verlieh seiner Frisur einen Grauton, der den jungen Kerl um zwanzig Jahre gealtert aussehen ließ. Nicht verwunderlich – ich fühlte mich nicht anders.

»Wir können jetzt gehen, *chérie*«, sagt er ruhig zu Marsali. Dann wandte er sich zu mir. »Begleiten Sie uns, Madame, oder warten Sie auf den Herrn?«

»Ich warte«, gab ich zur Antwort. Ich würde mich nicht eher schlafen legen, als bis ich Jamie gesehen hatte, egal, wie lange es noch dauerte.

»Dann werde ich die Kutsche hierher zurückschicken«, meinte er und schob Marsali hinaus.

Als sie an dem Soldaten vorbeigingen, ließ der Mann eine Bemerkung fallen. Fergus hatte sie offenbar verstanden, denn er versteifte sich. Dann drehte er sich zu dem Soldaten um, der auf den Fußballen wippte und ein gemeines Lächeln aufgesetzt hatte. Ein Grund, Fergus zu verprügeln, käme ihm offensichtlich gerade recht.

Doch zu seiner Überraschung strahlte Fergus ihn charmant mit perlweißen Zähnen an.

»Ich bedanke mich für Ihre Hilfe in dieser unangenehmen Angelegenheit, *mon ami*«, sagte er und streckte ihm eine schwarzbehandschuhte Hand entgegen, die der Mann verblüfft ergriff.

Da riß Fergus unvermittelt den Arm zurück. Man hörte ein Reißen, gefolgt von einem leisen Klappern, und ein Schwall Holzspäne ergoß sich auf das Parkett.

»Das können Sie behalten«, meinte er großzügig. »Ein Zeichen meiner Wertschätzung.« Und weg waren sie. Der Soldat blieb zurück und starrte entsetzt auf die offensichtlich abgetrennte Hand, die er fest in der seinen hielt.

Eine weitere Stunde verging, ehe sich die Tür erneut öffnete. Diesmal trat der Gouverneur ein. Er war immer noch ansehnlich und makellos wie eine weiße Kamelie, allerdings zeigten sich an den Blütenrändern bereits erste bräunliche Verfärbungen. Ich setzte das Glas Weinbrand ab, erhob mich und sah ihn erwartungsvoll an.

»Wo ist Jamie?«

»Er wird immer noch von Oberst Jacobs, dem Milizkommandanten, vernommen.« Nachdenklich sank er in seinen Sessel. »Ich wußte gar nicht, daß er so bemerkenswert gut französisch spricht.«

»Vermutlich gibt es noch andere Seiten an ihm, die Sie nicht kennen«, entgegnete ich, um ihn zu ködern. Ich brannte darauf zu erfahren, wie vertraut er mit Jamie war. Doch leider biß er nicht an. Statt dessen nahm er nur seine Perücke ab, legte sie zur Seite und fuhr sich erleichtert durch das feuchte, blonde Haar.

»Meinen Sie, es gelingt ihm, sich über einen längeren Zeitraum so zu verstellen?« fragte er mich stirnrunzelnd. Er war offenbar so sehr mit dem Mord und mit Jamie beschäftigt, daß er mich kaum zur Kenntnis nahm.

»Ja«, gab ich knapp zur Antwort. »Wo hält man ihn fest? Ich stand auf und strebte auf die Tür zu.

»Im Audienzzimmer«, antwortete er. »Aber Sie sollten nicht…«

Ich hörte nicht hin, sondern riß die Tür auf und steckte den Kopf hinaus, zog ihn jedoch im selben Augenblick hastig wieder zurück und schlug die Tür zu.

Mit angemessen ernster Miene näherte sich der Admiral, dem ich bereits bei der Begrüßungszeremonie begegnet war. Mit Admirälen verstand ich zwar umzugehen, er war jedoch in Begleitung einer Schar rangniedrigerer Offiziere, in deren Mitte ich ein mir wohlbekanntes Gesicht entdeckt hatte, obwohl der Mann die Uniform eines Leutnants trug anstelle eines übergroßen Kapitänsrockes.

Er war rasiert und sah ausgeruht aus, doch sein Gesicht war geschwollen und blau verfärbt. Jemand hatte ihn vor nicht allzulanger Zeit zusammengeschlagen. Trotz seines veränderten Aussehens erkannte ich Thomas Leonard sofort. Ich hatte das untrügliche Gefühl, daß es ihm mit mir ebenso gehen würde, obwohl ich ein violettes Keid trug.

Verzweifelt sah ich mich im Raum nach einem geeigneten Schlupfwinkel um. Doch außer unter dem Schreibtisch konnte ich mich nirgends verstecken. Der erstaunte Gouverneur beobachtete mich argwöhnisch.

»Was…«, setzte er an, aber ich fuhr zu ihm herum und legte den Finger auf die Lippen.

»Verraten Sie mich nicht, wenn Ihnen Jamies Leben lieb ist!« flüsterte ich melodramatisch, warf mich auf das Zweiersofa, schnappte mir das feuchte Tuch, legte es mir aufs Gesicht und versuchte mein bestmögliches, entkräftet zu wirken.

Die Tür öffnete sich, und ich hörte die hohe, nörgelnde Stimme des Admirals.

»Lord John…«, begann er, brach aber sogleich ab, als er meine hingestreckte Gestalt sah, und fuhr mit leiser Stimme fort: »Oh! Ich störe offenbar.«

»Nicht direkt, Admiral.« Grey reagierte prompt, das muß ich zu seiner Ehre sagen. Er klang so beherrscht als hätte er des öfteren bewußtlose weibliche Wesen in seiner Obhut. »Der Anblick der Leiche war zuviel für die Dame.«

»Oh!« wiederholte der Admiral, vor Mitgefühl zerfließend. »Das verstehe ich nur zu gut. Sicher ein entsetzlicher Schock.« Zögernd senkte er die Stimme zu einem heiseren Flüstern und fragte: »Schläft sie?«

»Vermutlich«, beruhigte der Gouverneur ihn. »Der Weinbrand hätte ausgereicht, um ein Pferd niederzustrecken...« Meine Finger zuckten, doch es gelang mir, stillzuliegen.

»Verstehe. Weinbrand ist die beste Medizin. Ich wollte Ihnen mitteilen, daß ich zusätzliche Truppen von Antigua angefordert habe. Sie stehen Ihnen zur Verfügung, falls die Militärpolizei den Kerl nicht vorher findet.«

»Hoffentlich nicht«, wandte sofort eine zum Äußersten entschlossene Stimme aus der Gruppe der Offiziere ein. »Ich will den gelben Scheißkerl selbst fangen. Es würde dann allerdings nicht viel von ihm übrigbleiben, was sich lohnte, an den Galgen zu hängen.«

Aus den Reihen der Männer erhob sich zustimmendes Gemurmel, dem der Admrial jedoch energisch Einhalt gebot.

»Ihre Gefühle in Ehren, meine Herren«, sagte er in normaler Lautstärke, »aber wir halten uns in jeder Hinsicht an das Gesetz, und Sie werden das auch Ihren Truppen klarmachen. Wenn der Schurke gefangen ist, soll er dem Gouverneur vorgeführt werden, damit ihm die gerechte Strafe zuteil wird. Dafür verbürge ich mich.«

Dann ging der Admiral wieder zum Flüsterton über, um sich zu verabschieden.

»Ich bleibe in der Stadt und quartiere mich in MacAdams Hotel ein«, krächzte er. »Wenn Sie Unterstützung brauchen, Eure Exzellenz, schicken Sie einen Boten.«

Leise verließen die Marineoffiziere das Zimmer. Ich hörte Schritte und das Rascheln und Ächzen eines Sessels. Dann war es still.

»Sie können jetzt aufstehen, wenn Sie möchten«, sagte Lord John nach einer Weile. »Ich nehme nicht an, daß Sie der Schock tatsächlich derart mitgenommen hat«, fügte er ironisch hinzu. »Ein einfacher Mord läßt eine Frau, die eine Typhusepidemie ohne fremde Hilfe in den Griff bekommen hat, wohl kaum in Ohnmacht fallen.«

Ich nahm mir das Tuch vom Gesicht, schwang die Beine auf den Boden und setzte mich auf. Das Kinn in die Hände gestützt, lehnte er auf seinem Schreibtisch und musterte mich.

»Es gibt solche und solche Schocks«, sagte ich und unsere Blicke trafen sich, während ich mein feuchtes Haar zurückstrich. »Falls Sie verstehen, was ich meine.«

Er wirkte zunächst überrascht, doch dann dämmerte es ihm offenbar. Er griff in seine Schreibtischschublade und holte meinen weißseidenen, veilchenbestickten Fächer hervor.

»Ich nehme an, er gehört Ihnen. Ich habe ihn im Flur gefunden.« Sein Mund verzog sich gequält, als er mich anblickte. »Vielleicht können Sie sich vorstellen, wie sehr mich Ihr Erscheinen schockiert hat.«

»Das bezweifle ich sehr«, erwiderte ich. Meine Finger waren immer noch eiskalt, und ein großer, frostiger Klumpen lag mir schwer im Magen. Vergeblich versuchte ich, ihn hinunterzuzwingen. »Haben Sie nicht gewußt, daß Jamie verheiratet ist?«

Er verzog das Gesicht, als hätte man ihn plötzlich geohrfeigt, und zwinkerte.

»Ich wußte, daß er früher einmal verheiratet war«, berichtigte er mich. Er ließ die Hände sinken und begann mit den Gegenständen zu spielen, die auf seinem Schreibtisch lagen. »Er erzählte mir, oder besser, gab mir zu verstehen, daß Sie gestorben seien.«

Grey griff nach einem kleinen, silbernen Briefbeschwerer und drehte und wendete ihn in seinen Händen. Unverwandt blickte er auf die glänzende Oberfläche, die ein großer Saphir zierte, der im Kerzenlicht blau schimmerte.

»Hat er mich nie erwähnt?« fragte er leise. Ich war mir nicht sicher, ob Schmerz oder Ärger in seiner Stimme mitschwang. Unwillkürlich empfand ich so etwas wie Mitleid mit ihm.

»Doch«, erwiderte ich. »Er sagte, Sie seien sein Freund.« Das feingezeichnete Gesicht erhellte sich ein wenig, und er blickte auf.

»Wirklich?«

»Sie müssen verstehen«, fuhr ich fort, »Er… ich … wir waren durch den Aufstand voneinander getrennt worden. Jeder dachte, der andere sei tot. Ich habe ihn erst vor vier Monaten wiedergetroffen.«

Greys Gesicht entspannte sich.

»Ich verstehe«, sagte er langsam. »Lieber Himmel, da haben Sie sich zwanzig Jahre lang nicht gesehen?« Sprachlos starrte er mich an. »Und vier Monate? Weshalb… wie…?« Kopfschüttelnd schob er die Fragen beiseite.

»Nun, das tut jetzt nichts zur Sache. Aber hat er Ihnen nicht erzählt… ich meine… hat er Ihnen nichts von Willie gesagt?«

Verständnislos sah ich ihn an.

»Wer ist Willie?«

Statt einer Antwort öffnete Grey seine Schreibtischschublade. Er zog einen kleinen Gegenstand hervor und legte ihn auf die Tischplatte. Gleichzeitig bedeutete er mir, näher zu treten.

Es war ein kleines, ovales Porträt in einem geschnitzten dunklen Rahmen aus edlem Holz. Plötzlich gaben meine Knie nach. Ich mußte mich setzen. Während ich die Miniatur genauer betrachtete, war ich mir Greys Anwesenheit nur noch vage bewußt.

Er könnte Briannas Bruder sein, war mein erster Gedanke. »Gott im Himmel, er *ist* Briannas Bruder!« war mein zweiter, und er warf mich fast um.

Kein Zweifel! Das Porträt zeigte einen Knaben im Alter von neun oder zehn Jahren mit weichen Zügen. Sein Haar war kastanienbraun, nicht rot. Doch keck blickten die schrägen blauen Augen über die gerade Nase hinweg, die um wenige Millimeter zu lang war, und hohe Backenknochen zeichneten sich unter der glatten Haut ab. Die selbstbewußte Kopfhaltung entsprach der des Mannes, der ihm dieses Gesicht gegeben hatte.

Die Miniatur entglitt fast meinen zitternden Händen. Ich legte sie zurück auf den Schreibtisch, hielt aber die Hand darauf, aus Angst, das kleine Bild könnte hochspringen und mich beißen. Mitfühlend beobachtete Grey mich.

»Wußten Sie es nicht?«

»Wer…« Meine Stimme war heiser. Ich räusperte mich. »Wer ist seine Mutter?«

»Sie ist tot.«

»Wer war sie?« Wellenartig breitete sich der Schock in meinem Körper aus. Jennys Bemerkung klang mir im Ohr: »*Er gehört nicht zu den Männern, die allein schlafen sollten.*« Offensichtlich.

»Sie hieß Geneva Dunsany«, sagte Grey. »Die Schwester meiner Frau.«

Bei dem Versuch, all diese Enthüllungen zu begreifen, wurde mir ganz schwindelig. Wahrscheinlich verhielt ich mich alles andere als taktvoll.

»Ihre *Frau*?« wiederholte ich seine Worte und stierte ihn an. Puterrot wandte er den Blick ab. Spätestens jetzt gab es keinen Zweifel mehr an seiner Neigung.

»Ich glaube, Sie täten verdammt gut daran, mir zu erklären, was Sie mit Jamie, dieser Geneva und dem Jungen zu tun haben«, sagte ich und nahm das Porträt erneut zur Hand.

Nachdem er sich wieder gefaßt hatte, musterte er mich kühl und reserviert.

»Ich sehe mich in keiner Weise dazu verpflichtet«, erklärte er.

Ich widerstand dem Wunsch, ihm meine Fingernägel in die Wangen zu graben, doch meine Absicht ließ sich offenbar aus meinem Gesicht lesen, denn er erhob sich, um sich im Ernstfall rasch außer Gefahr bringen zu können. Argwöhnisch betrachtete er mich über die ausladende schwarze Tischplatte hinweg.

Nach ein paar tiefen Atemzügen löste ich meine geballten Fäuste und sprach, so ruhig ich konnte.

»Das stimmt. Aber ich wäre Ihnen sehr dankbar, wenn Sie es mir sagen würden. Weshalb hätten Sie mir sonst das Bild zeigen sollen?« fügte ich hinzu. »Da ich nun schon soviel weiß, werde ich den Rest auch noch von Jamie erfahren. Sie können mir ebensogut ihre Version erzählen.« Ich blickte zum Fenster. Der Himmelstreifen, der zwischen den halbgeöffneten Fensterläden hindurchschimmerte, war nach wie vor tiefschwarz, die Dämmerung noch in weiter Ferne. »Wir haben Zeit.«

Er seufzte tief und legte den Briefbeschwerer zurück. »Sieht ganz danach aus.« Plötzlich deutete er auf die Karaffe. »Möchten Sie etwas Weinbrand?«

»Ja«, willigte ich sofort ein. »Und Sie nehmen am besten auch einen. Sie haben ihn sicher ebenso nötig wie ich.«

Die Andeutung eines Lächelns huschte über seine Lippen.

»Ist das ein ärztlicher Rat?« fragte er sarkastisch.

»Absolut«, entgegnete ich.

Nachdem wir diesen kleinen Waffenstillstand geschlossen hatten, setzte er sich zurück.

»Sie sagten, Jamie hätte mich erwähnt«, griff er meine Worte auf. Offensichtlich war ich bei Jamies Namen zusammengezuckt, denn er blickte mich stirnrunzelnd an.

»Ist es Ihnen lieber, wenn ich ihn bei seinem Nachnamen nenne?« fragte er kühl. »Ich weiß allerdings wirklich nicht, welchen ich wählen soll.«

»Ist schon gut.« Mit einer Handbewegung tat ich die Bemerkung ab und nahm einen Schluck. »Ja, er hat Sie erwähnt. Er sagte, Sie seien der Kommandant des Gefängnisses in Ardsmuir gewesen... und ein Freund, dem er vertrauen könne«, fügte ich widerstrebend hinzu. Möglicherweise war Jamie tatsächlich davon überzeugt, aber ich war mir da nicht so sicher.

»Ich freue mich, das zu hören«, sagte Grey leise. Er blickte auf die braune Flüssigkeit in seinem Glas und lächelte. Er nahm einen Schluck und setzte es dann kurz entschlossen ab.

»Wie er Ihnen bereits erzählt hat, sind wir uns in Ardsmuir begegnet«, begann er. »Als das Gefängnis geschlossen wurde und die anderen Gefangenen zur Zwangsarbeit nach Amerika verkauft wurden, veranlaßte ich, daß Jamie statt dessen auf ein Gut in England namens Helwater verlegt wurde, das Freunden meiner Familie gehört.« Er sah mich zögernd an und fügte schlicht hinzu: »Ich konnte den Gedanken nicht ertragen, ihn nie wieder zu sehen.«

In wenigen Worten legte er mir die Fakten über Genevas Tod und Willies Geburt dar.

»Hat er sie geliebt?« fragte ich. Der Weinbrand trug dazu bei, daß sich meine Hände und Füße erwärmten, aber das, was mir so schwer im Magen lag, konnte er nicht auflösen.

»Er hat nie mit mir über Geneva gesprochen«, sagte Grey. Er stürzte den Rest seines Weinbrands hinunter, hustete und schenkte sich nach, bevor er mich wieder ansah und hinzufügte: »Aber ich bezweifle es. Ich habe sie nämlich gekannt.« Er verzog den Mund. »Er hat mir auch nichts von Willie erzählt. Aber es kursierten eine Menge Gerüchte über Geneva und den alten Grafen von Ellesmere. Doch als der Knabe vier oder fünf war, ließ die Ähnlichkeit zwischen Jamie und Willie keinen Zweifel daran, wer der Vater war – zumindest für jemanden, der genau hinsah.« Wieder nahm er einen großen Schluck. »Ich vermute, daß meine Schwiegermutter es weiß, aber sie würde natürlich niemals ein Wort darüber verlieren.«

»Wirklich nicht?«

Er starrte mich an.

»Nein. Was wäre Ihnen denn lieber – daß Ihr Enkelkind neunter Graf von Ellesmere und Erbe eines der wohlhabendsten Güter Englands ist oder der mittellose Bastard eines schottischen Verbrechers?«

»Ich verstehe.« Ich nippte an meinem Weinbrand und versuchte mir Jamie mit einem jungen englischen Mädchen namens Geneva vorzustellen, was mir nur zu gut gelang.

»Jamie war die Ähnlichkeit auch nicht verborgen geblieben«, sagte Grey. »Klugerweise gelang es ihm, Helwater zu verlassen, bevor sie jedem ins Auge fiel.«

»Und an dieser Stelle kommen Sie wieder ins Spiel, nehme ich an«, fragte ich.

Er nickte mit geschlossenen Augen. In der Gouverneursresidenz herrschte Stille. Nur entfernte Geräusche erinnerten mich daran, daß sich hier auch noch andere Menschen aufhielten.

»Richtig«, entgegnete er. »Jamie gab den Jungen in meine Obhut.«

Der Stall von Helwater war solide gebaut. Im Winter war er angenehm warm, im Sommer eine kühle Oase. Der stattliche rötlichbraune Hengst zuckte träge mit den Ohren, als eine Fliege ihn belästigte, und genoß gleichmütig und zufrieden die Pflege seines Stallburschen.

»Isobel ist sehr verärgert über dich«, sagte Grey.

»Tatsächlich?« Jamies Stimme klang ungerührt. Es gab keinen Anlaß mehr für ihn, sich darüber Gedanken zu machen, daß er bei einem Mitglied der Familie Dunsany Mißfallen erregte.

»Sie hat gesagt, du hättest Willie von deiner Abreise erzählt und ihn damit sehr traurig gemacht. Er hat den ganzen Tag geheult.«

Jamie hatte das Gesicht abgewandt, aber Grey bemerkte, wie sich die Muskeln seines Halses anspannten. Er lehnte sich zurück an die Stallwand und beobachtete die gleichmäßigen Auf- und Abbewegungen des Striegels, die auf dem schimmernden Fell des Pferdes schwarze Bahnen hinterließen.

»Wäre es nicht besser gewesen, dem Jungen nichts davon zu erzählen?« fragte Grey leise.

»Für Lady Isobel gewiß.« Fraser drehte sich um und legte den Striegel beiseite. Dann gab er dem Hengst zum Abschluß einen Klaps. Diese Geste hatte in Greys Augen etwas Endgültiges. Morgen wäre Fraser bereits nicht mehr da. Er spürte einen Kloß im Hals. Dann er hob er sich und folgte dem Schotten aus dem Stall.

»Jamie…«, setzte er an und legte ihm die Hand auf die Schulter. Jamie drehte sich rasch um. Er hatte seine Züge wieder unter Kontrolle, doch in seinen Augen sah man den Kummer. Schweigend blickte er auf den Engländer hinab.

»Es ist wirklich besser, wenn du gehst«, sagte Grey. Fraser blickte erschreckt auf, doch sofort gewann die Vorsicht wieder die Oberhand.

»Findest du?« sagte er.

»Das sieht doch ein Blinder«, bemerkte Grey sachlich. »Würden die Leute einem Stallburschen mehr Beachtung schenken, wäre ihnen die Ähnlichkeit schon längst aufgefallen.« Er warf einen Blick auf den Hengst und zog eine Augenbraue hoch. »So mancher Vorfahr prägt seinen Stamm. Ich habe das untrügliche Gefühl, daß jeder deiner Nachkommen dir wie aus dem Gesicht geschnitten sein wird.«

Jamie gab keine Antwort, doch er wirkte auf Grey ein wenig blasser als zuvor.

»Bestimmt fällt es dir auch auf – das heißt, vielleicht auch nicht«, berichtigte er sich. »Du hast vermutlich keinen Spiegel, oder?«

Jamie schüttelte unwillkürlich den Kopf. »Nein«, antwortete er gedankenverloren. »Ich rasiere mich über der Wassertränke.« Er atmete tief durch.

»Aye, nun gut. Er blickte hinüber zum Haus, dessen Flügeltüren zum Rasen weit geöffnet waren. Bei schönem Wetter spielte Willie dort nach dem Essen.

»Wollen wir ein paar Schritte gehen?« fragte er Grey unvermittelt und trabte, ohne eine Antwort abzuwarten, am Stall vorbei auf den Pfad, der von der Koppel hinab zur Weide führte. Ungefähr nach einer Viertelmeile bleib er in einer sonnigen Lichtung unweit des Weihers stehen.

Im Gegensatz zu Fraser hatte Grey das rasche Tempo ins Schwitzen gebracht. Ein zu träges Leben in London, schalt er sich.

Abrupt drehte Jamie sich zu Grey um und sagte geradeheraus:
»*Ich möchte dich um einen Gefallen bitten.*«

»*Falls du befürchtest, ich würde jemandem davon erzählen...*«,
begann Grey und schüttelte den Kopf. »*Du glaubst doch nicht im
Ernst, daß ich so etwas täte, oder? Schließlich weiß ich es bereits
eine ganze Weile – oder vermute es zumindest.*«

»*Nein.*« *Ein schwaches Lächeln umspielte Jamies Mund.* »*Nein,
so schätze ich dich nicht ein. Aber ich möchte dich bitten...*«

»*Ja*«, *entgegnete Grey prompt. Jamie schürzte die Lippen.*

»*Willst du nicht erst einmal wissen, worum es geht?*«

»*Ich denke, ich weiß es bereits. Du möchtest, daß ich mich um
den Jungen kümmere und dir über sein Wohlergehen berichte.*«
Jamie nickte.

»*Ja, genau.*« *Sein Blick wanderte die Anhöhe hinauf bis zu dem
Haus, das halb verborgen hinter dem Ahornwäldchen lag.* »*Sicher
bedeutet es für dich eine Last, wenn ich dich darum bitte, hin und
wieder von London hierherzukommen, um nach ihm zu sehen.*«

»*Ganz und gar nicht*«, *unterbrach ihn Grey.* »*Ich wollte dir
heute nachmittag ohnehin etwas erzählen, was mich betrifft. Ich
heirate.*«

»*Heiraten?*« *Fraser stand der Schock ins Gesicht geschrieben.*
»*Eine Frau?*«

»*Es bleibt mir wohl keine andere Wahl*«, *entgegnete Grey
trocken.* »*Ja, eine Frau. Lady Isobel.*«

»*Guter Gott! Das kannst du nicht machen!*«

»*Doch, ich kann*«, *widersprach ihm Grey. Er verzog das Gesicht.* »*Ich habe meine Fähigkeiten bereits in London erprobt. Sei
versichert, daß ich Lady Isobel ein angemessener Ehemann sein
werde. Man muß diesen Akt nicht unbedingt genießen, um ihn
auszuführen – aber vielleicht weißt du das ja bereits aus eigener Erfahrung.*«

*Etwas wie Wehmut war in Jamies Augen zu lesen, die Grey nicht
verborgen blieb. Fraser wollte etwas sagen, entschloß sich dann
aber doch dagegen.*

»*Dunsany wird zu alt, um das Gut weiterzuführen*«, *erklärte
Grey.* »*Gordon ist tot, und Isobel und ihre Mutter können die Auf-
gaben nicht allein bewältigen. Unsere Familien kennen sich seit
Jahrzehnten. Es ist eine passende Verbindung.*«

»Ach, wirklich?« Die Ironie in Jamies Stimme war nicht zu überhören. Grey errötete und antwortete gereizt: »Ja. Eine Ehe beschränkt sich nicht auf körperliche Liebe. Sie umfaßt viel mehr.«

Fraser wandte sich abrupt ab. Er schlenderte hinüber zum Weiher, stellte sich an das sumpfige Ufer und blickte eine Weile über die gekräuselten Wellen. Geduldig wartend löste Grey unterdessen die Schleife, die sein Haar zusammenhielt, und ordnete seine dichte blonde Mähne.

Schließlich kam Fraser langsam zurück. Er hielt den Kopf immer noch gesenkt, als wäre er tief in Gedanken. Als er Grey gegenüberstand, sagte er leise zu ihm: »Du hast recht. Es steht mir nicht zu, dich zu verurteilen. Gewiß wirst du Lady Isobel nicht kompromittieren.«

»Natürlich nicht«, entgegnete Grey. »Außerdem bedeutet es, daß ich immer hiersein werde und mich um Willie kümmern kann.«

»Heißt das, du quittierst den Dienst?« fragte Jamie ungläubig.

»Ja«, erwiderte Grey und lächelte ein wenig wehmütig. »Es ist auch eine Erleichterung. Ich glaube, ich tauge nicht zum Leben als Soldat.«

Fraser wirkte gedankenversunken. Ich wäre... dankbar«, sagte er, »wenn du meinem... Sohn ein Stiefvater sein könntest.« Er hatte das Wort offensichtlich nie zuvor ausgesprochen, und sein Klang schien wie ein Schock auf ihn zu wirken. »Ich wäre dir wirklich sehr verbunden.« Jamies Stimme hörte sich an, als wäre ihm der Kragen zu eng. Dabei trug er das Hemd offen. Während Grey ihn gespannt betrachtete, verfärbte sich das Gesicht des Schotten dunkelrot.

»Als Dank... wenn du magst... ich meine, ich wäre bereit... das heißt...«

Grey unterdrückte ein Lachen. Sachte legte er seine Hand auf den Arm des kräftigen Schotten, und Jamie bemühte sich, nicht zurückzuzucken.

»Mein lieber Jamie«, sagte er. »Bietest du mir tatsächlich deinen Körper an als Dank für mein Versprechen?«

Frasers Gesicht war rot bis zum Haaransatz.

»Aye«, schnappte er kurz. »Willst du ihn oder nicht?«

Jetzt lachte Grey tatsächlich – lauthals.

»O mein Gott«, stöhnte Grey, ließ sich am Ufer des Weihers nieder und wischte sich die Augen. »Daß mir tatsächlich ein solches Angebot gemacht wird!«

Fraser stand über ihn gebeugt und blickte auf ihn herab. Das Morgenlicht zeichnete ihn als Silhouette und ließ sein Haar gegen den blaßblauen Himmel wie Feuer sprühen. Grey meinte, einen Zug um Frasers Mund zu erkennen, in dem sich Heiterkeit mit tiefer Erleichterung mischte.

»Du willst mich also nicht?«

Grey stand auf und strich sich über den Hosenboden. »Wahrscheinlich begehre ich dich bis ans Ende meiner Tage«, erklärte er sachlich. »Aber so sehr ich versucht bin...«

Er schüttelte den Kopf und strich sich das nasse Gras von den Händen.

»Glaubst du tatsächlich, ich würde dafür eine Bezahlung erwarten – oder fordern?« fragte er. »Ein solches Angebot würde mich zutiefst in meiner Ehre kränken, wenn ich nicht wüßte, welch starke Gefühle ihm zugrunde liegen.«

»Nun gut«, murmelte Jamie. »Ich wollte dich nicht beleidigen.«

Grey wußte einen Augenblick lang nicht, ob er weinen oder lachen sollte. Statt dessen streckte er eine Hand aus und berührte sanft Jamies Wange, die allmählich wieder ihre natürliche Farbe annahm. Leise sagte er: »Außerdem kannst du mir nicht geben, was du nicht hast.«

Grey fühlte, wie sich der Körper vor ihm entspannte.

»Ich biete dir meine Freundschaft an«, sagte Jamie. »Falls sie dir etwas wert ist.«

»Ja, sehr viel.« Die beiden Männer standen eine Zeitlang schweigend nebeneinander, dann seufzte Grey und blickte zur Sonne. »Es ist schon spät. Sicherlich hast du heute noch eine Menge zu tun, oder?«

Jamie räusperte sich. »Aye, das habe ich. Ich sollte mich wohl um meine Angelegenheiten kümmern.«

»Ja.«

Grey zog sein Gewand zurecht und wollte gerade aufbrechen. Aber Jamie zögerte noch einen Augenblick. Plötzlich trat er entschlossen vor, beugte sich hinunter und umschloß Greys Gesicht mit den Händen.

Warm spürte Grey sie auf seiner Haut, leicht und kräftig wie die Schwingen eines Adlers. Jamies weiche, volle Lippen berührten seinen Mund. Ein flüchtiger Eindruck der Zärtlichkeit und Stärke, die sich dahinter verbargen. John Grey stand zwinkernd in der gleißenden Sonne.

»Oh«, stieß er hervor.

Jamie lächelte ihn scheu an.

»Aye«, sagte er. »Ich glaube nicht, daß ich vergiftet bin.« Dann wandte er sich um und ließ Lord John Grey am Ufer des Weihers zurück.

Der Gouverneur schwieg eine Weile. Dann blickte er traurig lächelnd auf.

»Das war das erstemal, daß er mich aus freien Stücken berührt hat«, sagte er leise. »Und das letztemal – bis zum heutigen Abend, als ich ihm eine Kopie dieser Miniatur überreichte.«

Ich saß vollkommen regungslos da. Was empfand ich eigentlich? Bestürzung, Zorn, Entsetzen, Eifersucht und Mitleid durchfuhren mich – ein Durcheinander von Gefühlen.

Nicht weit von uns entfernt war vor wenigen Stunden eine Frau gewaltsam zu Tode gekommen. Doch im Vergleich zu dieser Miniatur – einem kleinen, unbedeutenden, in Rottönen gemalten Bild – wirkte die Szene in der Toilette geradezu unwirklich. Das Verbrechen, seine Vergeltung und alles andere hatte im Augenblick so gut wie kein Gewicht.

Der Gouverneur blickte mich forschend an.

»Natürlich hätte ich Sie auf dem Schiff erkennen müssen«, sagte er. »Aber ich hatte natürlich gedacht, sie seien bereits lange tot.«

»Es war ja auch dunkel«, antwortete ich ziemlich blöde. Ich fuhr mir mit der Hand durch die Locken. Ich war recht benommen. Erst dann erfaßte ich den Sinn seiner Bemerkung.

»Wieso hätten Sie mich erkennen müssen? Wir sind uns doch nie zuvor begegnet.«

Er zögerte und nickte dann.

»Doch. Erinnern Sie sich noch an einen dunken Wald in der Nähe von Carryarrick im schottischen Hochland, vor zwanzig Jahren? Und an einen Jungen mit einem gebrochenen Arm? Sie haben ihn wieder geheilt.« Er hob einen Arm zur Veranschaulichung.

»*Jesus H. Roosevelt Christ!*« Ich griff nach dem Weinbrand und nahm einen großen Schluck, bis ich husten und keuchen mußte. Mit Tränen in den Augen sah ich ihn an. Jetzt, da ich wußte, wer er war, erkannte ich die schmale Statur und die zarteren, weicheren Konturen des Jungen wieder, der er einst gewesen war.

»Bis dahin hatte ich noch nie die Brüste einer Frau gesehen«, sagte er. »Es war ein ziemlicher Schock für mich.«

»Von dem Sie sich aber offensichtlich recht gut erholt haben«, entgegnete ich kühl. »Aber anscheinend haben Sie Jamie vergeben, daß er Ihnen den Arm gebrochen und gedroht hat, Sie zu erschießen.«

Er errötete und setzte sein Glas ab.

»Ich... nun... ja«, stammelte er plötzlich.

Wir saßen eine Weile schweigend da, nicht wissend, was wir miteinander reden sollten. Ein- oder zweimal holte er Luft, als wolle er zum Sprechen ansetzen, aber er sagte nichts. Schließlich schloß er die Augen, als befehle er seinen Geist in Gottes Hände, öffnete sie wieder und sah mich an.

»Wissen Sie...«, begann er und hielt inne. Er richtete den Blick nicht auf mich, sondern auf seine zu Fäusten geballten Hände. Ein blauer Stein glitzerte an einem Finger und glänzte wie eine Träne.

»Wissen Sie...«, sagte er erneut, ohne aufzublicken, »was es heißt, jemanden zu lieben und ihm niemals Frieden, Freude oder Glück schenken zu können?«

Er sah mich mit schmerzverzerrtem Gesicht an. »Zu wissen, daß man ihn niemals glücklich machen kann, obwohl beide keine Schuld trifft, sondern nur, weil man nicht der Richtige für den anderen ist?«

Ich schwieg. Ich hatte nicht sein, sondern ein anderes gutaussehendes Gesicht vor Augen, dunkelhaarig, nicht blond. Ich fühlte nicht die warme Tropennacht, sondern den eisigen Winter in Boston.

...sondern nur, weil man nicht der Richtige für den anderen ist.

»Ja, ich weiß es«, flüsterte ich und preßte die Hände im Schoß zusammen. Ich hatte zu Frank gesagt: Verlaß mich. Aber er konnte nicht, und ich konnte ihn nicht wahrhaftig lieben, nachdem ich der Liebe meines Lebens woanders begegnet war.

O Frank, sagte ich lautlos zu mir selbst. Vergib mir.

»Ich möchte von Ihnen wissen, ob Sie an das Schicksal glauben«, fuhr Lord John fort. Ein vages Lächeln huschte über sein Gesicht. »Sie scheinen am besten geeignet, die Frage zu beantworten.«

»Sollte man meinen«, antwortete ich trübe. »Aber ich weiß es ebensowenig wie Sie.«

Er schüttelte den Kopf und nahm die Miniatur in die Hand.

»Ich nehme an, ich kann mich glücklicher als die meisten schätzen«, sagte er leise. »Etwas hat er von mir angenommen.« Seine Züge wurden weich, als er in das Gesicht des Jungen sah, das ihm aus der Miniatur entgegenblickte. »Und mir etwas von unschätzbarem Wert gegeben.«

Draußen näherten sich gedämpfte Schritte. Es klopfte kurz an die Tür, und ein Milizsoldat steckte den Kopf herein.

»Hat sich die Dame erholt?« fragte er. »Oberst Jacobs hat das Verhör beendet, und Monsieur Alexandres Kutsche ist vorgefahren.«

Hastig erhob ich mich.

»Ja, es geht mir gut.« Ich wandte mich zum Gouverneur um. Was sollte ich ihm sagen? »Ich… danke Ihnen für… das heißt…«

Er machte eine steife Verbeugung und trat hinter seinem Schreibtisch hervor, um mich hinauszubegleiten.

»Ich bedaure zutiefst, daß Sie ein derart schreckliches Erlebnis hatten, Mylady«, sagte er mit diplomatischem Bedauern in der Stimme. Er hatte seine offizielle Haltung wieder angenommen und wirkte so glatt wie seine Parkettböden.

Ich folgte dem Milizsoldaten, wandte mich jedoch an der Tür noch einmal um.

»Ich bin froh, daß Sie nicht wußten, wer ich bin, als wir uns in jener Nacht an Bord der *Porpoise* begegnet sind. Damals… haben Sie mir gefallen.«

Eine Sekunde wirkte er höflich und unerreichbar. Dann ließ er die Maske fallen.

»Sie mir auch«, sagte er leise. »Damals.«

Mir war, als wäre ich mit einem Fremden unterwegs. Der Morgen graute, und sogar in der düsteren Kutsche konnte ich nun Jamies erschöpftes Gesicht erkennen. Sobald wir uns vom Gouverneurspalast etwas entfernt hatten, nahm er die lächerliche Perücke vom Kopf und verwandelte sich von dem gepflegten Franzosen zurück in den zerzausten Schotten.

»Glaubst du, daß er es war?« fragte ich schließlich, nur um etwas zu sagen.

Bei meinen Worten öffnete er die Augen und zuckte die Achseln.

»Ich weiß nicht«, entgegnete er kraftlos. »Das habe ich mich heute nacht tausendmal gefragt – und wurde noch öfter danach gefragt.« Er rieb sich heftig über die Stirn.

»Ich kann mir nicht vorstellen, daß jemand so etwas tut. Und dennoch... nun, du weißt ja, wozu er fähig ist, wenn er getrunken hat, und er hat ja schon einmal jemanden in diesem Zustand umgebracht. Erinnerst du dich an den Zollbeamten im Bordell?« Ich nickte. Jamie beugte sich vor, stützte die Ellbogen auf die Knie und legte den Kopf in die Hände.

»Aber dies ist etwas anderes«, meinte er. »Ich weiß nicht so recht – aber vielleicht ja doch. Du hast gehört, was er an Bord über Frauen gesagt hat. Und wenn diese Mrs. Alcott tatsächlich mit ihm geliebäugelt hat...«

»Das hat sie«, warf ich ein. »Ich habe es gesehen.«

Er nickte, ohne aufzublicken. »Und etliche andere auch. Aber wenn sie ihm das Gefühl gegeben hat, ihr sei die Sache ernster, als sie es in Wirklichkeit war, und sie ihn dann vielleicht abgewiesen und womöglich sogar ausgelacht hat... und sternhagelvoll, wie er war... und überall an den Wänden hingen die Messer griffbereit...« Seufzend setzte er sich aufrecht hin.

»Gott weiß es«, sagte er düster. »Ich nicht.« Er strich sich mit der Hand das Haar glatt.

»Und noch was: Ich habe ihnen gesagt, ich hätte Willoughby kaum gekannt, daß wir uns auf dem Postschiff kennengelernt hätten, das von Martinique gekommen war, und ich sagte, daß wir nett zu ihm sein wollten und ihn daher allen möglichen Leuten vorgestellt haben, ohne zu wissen, woher er stammt oder was für einen Kerl wir tatsächlich vor uns hatten.«

»Haben sie dir das abgenommen?«

Er sah mich schief an.

»Ja, fürs erste, aber das Postschiff kehrt in sechs Tagen wieder in den Hafen zurück – dann werden sie den Kapitän verhören und feststellen, daß er Monsieur Etienne Alexandre und seine Frau nie zu Gesicht bekommen hat, geschweige denn einen winzigen, gelbgesichtigen, mordenden Teufel.«

»Das könnte in bißchen unangenehm werden«, bemerkte ich und dachte an Fergus und den Milizsoldaten. »Wir haben uns wegen Mr. Willoughby bereits ziemlich unbeliebt gemacht.«

»Gar nicht auszudenken, wie wir dastehen, wenn die sechs Tage abgelaufen sind und sie ihn immer noch nicht gefunden haben«, bestätigte er. »Wahrscheinlich wird es auch nicht länger als sechs Tage dauern, bis es sich vom Blue Mountain House bis nach Kingston herumspricht, wer bei den MacIvers zu Besuch ist – du weißt ja, die Dienstboten wissen allesamt, wer wir sind.«

»Verdammt.«

Sein Lächeln brachte mein Herz zum Schmelzen.

»Du kannst die Dinge so nett in Worte fassen, Sassenach. Also, das heißt, wir müssen Ian binnen sechs Tagen finden. Ich mache mich sofort auf den Weg nach Rose Hall. Aber erst muß ich mich ein wenig ausruhen.« Er gähnte herzhaft hinter vorgehaltener Hand und schüttelte zwinkernd den Kopf.

Wir schwiegen, bis wir das Blue Mountain House erreicht hatten und auf Zehenspitzen in unser Zimmer geschlichen waren.

Ich ließ im Ankleidezimmer das schwere Korsett zu Boden fallen und löste die Nadeln aus meiner Frisur.

Mit einem Seidenhemd bekleidet, ging ich ins Schlafzimmer, wo Jamie im Hemd an der Flügeltür stand und über die Lagune blickte.

Als er mich hörte, winkte er mich zu sich und legte den Finger auf die Lippen.

»Komm her, sieh mal«, flüsterte er.

In der Lagune schwamm eine kleine Herde Seekühe. Massige graue Körper glitten durch das dunkle, kristallfarbene Wasser und tauchten glänzend wie glatte, nasse Felsen auf. Außer dem Morgengezwitscher, das die Vögel unweit des Hauses soeben anstimmten, war nur das Prusten der nach Luft schnappenden Seekühe zu hören und dann und wann ihre gespenstischen Rufe, die einem hohlen, weit entfernten Jammern ähnelten.

Seite an Seite beobachteten wir sie schweigend. Als die ersten Sonnenstrahlen auf die Wasserfläche trafen, färbte sich die Lagune grün. In diesem Zustand höchster Erschöpfung, in dem man jede Empfindung übernatürlich stark wahrnimmt, war ich mir Jamies Anwesenheit so bewußt, als würde ich ihn berühren.

John Greys Enthüllungen hatten fast all meine Befürchtungen und Zweifel zerstreut. Nur etwas blieb ungeklärt: Warum hatte Jamie mir nichts von seinem Sohn erzählt? Natürlich besaß er gute Gründe für seine Verschwiegenheit, aber dachte er etwa, ich könnte sein Geheimnis nicht bewahren? Vielleicht, so schoß es mir durch den Kopf, hatte er ja wegen der Mutter des Knaben geschwiegen. Womöglich hatte er sie doch geliebt, und Grey hatte die Beziehung falsch eingeschätzt.

Sie war tot. War es von Bedeutung, wenn er sie geliebt hatte? Die Antwort lautete: ja. Ich hatte Jamie zwanzig Jahre lang für tot gehalten, und es hatte an meiner Zuneigung zu ihm nichts geändert. Vielleicht hatte Jamie ähnlich für dieses englische Mädchen empfunden. Ich schluckte und beschloß, ihn geradeheraus zu fragen.

Er hatte die Stirn gekraust und sah abwesend aus.

»Was denkst du?« fragte ich ihn schließlich. Ich brachte einfach nicht den Mut auf, die Frage zu stellen, die mir auf der Seele lag.

»Mir ist gerade ein Gedanke gekommen«, antwortete er und starrte immer noch zu den Seekühen hinüber. »Im Zusammenhang mit Willoughby.«

Die zurückliegenden Ereignisse schienen weit entfernt und unbedeutend. Aber es war schließlich ein Mord geschehen.

»Und was?«

»Tja, zunächst hatte ich mir nicht vorstellen können, daß Willoughby so etwas tun könnte. Wie ist überhaupt jemand zu einer solchen Tat imstande?« Er hielt inne und fuhr mit dem Finger über die Fensterscheibe, die durch die Wärme der aufgehenden Sonne beschlagen war. »Aber…« Er wandte das Gesicht zu mir.

»Nun könnte ich es mir doch vorstellen.« Er sah besorgt aus. »Er war allein. Sehr allein.«

»Ein Fremder in einem fremden Land«, sagte ich leise und erinnerte mich an die Verse, die er mit schwarzer Tinte geschrieben und dann dem Meer anvertraut hatte.

»Genau.« Er strich sich durchs Haar, das im Tageslicht kupferfarben leuchtete. »Das einzige, was einen Mann seine Einsamkeit vergessen läßt, ist, bei einer Frau zu liegen.«

Er blickte auf seine Hände, drehte die Innenflächen nach außen und strich sich mit dem Zeigefinger der linken Hand über den vernarbten Mittelfinger.

»Deshalb habe ich Laoghaire geheiratet«, sagte er leise. »Nicht weil Jenny mich gedrängt hat. Nicht weil ich Mitleid hatte mit den beiden kleinen Mädchen. Nicht einmal, weil meine Eier schmerzten.« Er verzog den Mund. »Sondern weil ich vergessen wollte, daß ich allein war«, schloß er leise.

Er drehte sich wieder zum Fenster.

»Falls der Chinese zu ihr gegangen ist – mit dieser Sehnsucht, diesem Bedürfnis – und von ihr abgewiesen wurde…« Er zuckte die Achseln und starrte über das kühle Grün der Lagune hinweg. »Aye, möglicherweise hat er es getan«, sagte er.

Ich stand neben ihm. Mitten in der Lagune erhob sich eine Seekuh aus dem Wasser, drehte sich auf den Rücken und wandte das Junge auf ihrer Brust der Sonne zu.

Er schwieg eine Weile, und ich wußte nicht, wie ich das Gespräch auf das lenken konnte, was ich im Gouverneurspalast gesehen und gehört hatte.

Er schluckte und wandte sich mir zu. Sein Gesicht war von Müdigkeit gezeichnet, aber in seinem Blick lag eine Entschlossenheit, die er immer an den Tag legte, wenn er sich auf einen Kampf einließ.

»Claire«, sagte er, und ich erstarrte. Er nannte mich nur dann bei meinem Namen, wenn es um etwas Ernstes ging. »Claire, ich muß dir etwas sagen.«

»Was?« Ich hatte darüber nachgedacht, wie ich die Frage formulieren sollte, aber plötzlich wollte ich nichts hören. Ich trat einen halben Schritt zurück, weg von ihm, aber er packte mich am Arm.

Er hielt etwas in seiner Faust verborgen, das er jetzt in meine Hand legte. Ohne hinzusehen, wußte ich, was es war. Ich fühlte die Schnitzereien des zarten ovalen Rahmens und die rauhe Oberfläche des Gemäldes.

»Claire.« Seine Kehle zitterte, als er schluckte. »Claire… ich muß es dir sagen. Ich habe einen Sohn.«

Ich erwiderte nichts, sondern öffnete nur die Hand. Da war es wieder – das Gesicht, das ich bereits in Greys Arbeitszimmer betrachtet hatte, die kindliche, ein wenig naseweise Kopie des Mannes mir gegenüber.

»Ich hätte dir früher von ihm erzählen sollen.« Er forschte in meinem Gesicht, was ich wohl empfinden mochte, aber ausnahmsweise waren meine Züge, von denen sich sonst jede Gefühlsregung ablesen ließ, ausdruckslos.

»Ich habe niemandem von ihm erzählt«, sagte er. »Nicht einmal Jenny.«

Das wunderte mich so sehr, daß ich herausplatzte: »Jenny weiß nichts davon?«

Er schüttelte den Kopf und blickte wieder zu den Seekühen. Aufgeschreckt durch unsere Stimmen, hatten sie sich etwas weiter entfernt erneut niedergelassen und taten sich am Seegras gütlich.

»Es war in England. Es… er ist… na ja, ich konnte nicht sagen, daß er von mir ist. Er ist ein Bastard, verstehst du?« Vielleicht war es das Rot der aufgehenden Sonne, das sich auf seinen Wangen spiegelte. Er biß sich auf die Lippe und fuhr dann fort.

»Er war noch ein kleiner Junge, als ich ihn zum letztenmal gesehen habe, und ich werde ihn auch nie wieder sehen – außer auf einem kleinen Bild wie diesem.« Er nahm das Porträt und neigte sich blinzelnd darüber.

»Ich hatte Angst, dir davon zu erzählen«, sagte er leise. »Ich fürchtete, du würdest denken, ich hätte ein Dutzend Bastarde in die Welt gesetzt und daß Brianna mir egal sei, weil ich ein zweites Kind habe. Aber sie ist mir nicht einerlei, Claire, ganz und gar nicht, das mußt du mir glauben.« Er hob den Kopf und blickte mir in die Augen.

»Vergibst du mir?«

»Hast du…« Ich erstickte fast an der Frage, aber ich mußte sie stellen. »Hast du sie geliebt?«

Ungeheure Traurigkeit breitete sich über sein Gesicht, aber er wandte den Blick nicht ab.

»Nein«, erwiderte er leise. »Sie… wollte mich. Ich hätte eine Lösung finden und ihr Einhalt gebieten sollen, aber ich konnte nicht. Sie wollte, daß ich bei ihr liege. Ich tat es… und sie ist daran gestorben.« Nun senkte er die Augen. »Vor Gott bin ich schuld an ihrem Tod. Vielleicht ist meine Schuld sogar noch größer, weil ich sie nicht geliebt habe.«

Ich sagte nichts, sondern hob meine Hand und berührte seine Wange. Er legte seine darüber und schloß die Augen.

»Wie ist er?« fragte ich leise. »Dein Sohn?«

Er lächelte mit geschlossenen Augen.

»Er ist verzogen und dickköpfig«, antwortete er ebenso leise. »Schlecht erzogen, laut und temperamentvoll.« Er schluckte. »Und tapfer, lebenslustig und stark.« Seine Worte waren kaum zu verstehen.

»Und dein Sohn«, sagte ich. Seine Hand drückte meine noch stärker.

»Mein Sohn«, sagte er. Er seufzte tief, und ich sah unter seinen geschlossenen Lidern Tränen schimmern.

»Du hättest Vertrauen zu mir haben sollen«, sagte ich schließlich. Er öffnete die Augen, ohne meine Hand loszulassen.

»Vielleicht«, sagte er leise. »Immer wieder habe ich überlegt, wie ich es dir sagen soll. Das von Geneva und Willie und John – weißt du die Sache mit John?« Er runzelte die Stirn, wirkte aber sofort erleichtert, als ich nickte.

»Er hat es mir erzählt. Alles.« Er blickte mich verwundert an, fuhr aber fort.

»Vor allem, nachdem du das mit Laoghaire herausgefunden hattest. Wie hätte ich es dir erzählen und dann noch erwarten können, daß du den Unterschied verstehst?«

»Welchen Unterschied?«

»Geneva – Willies Mutter – wollte meinen Körper«, sagte er leise. »Laoghaire brauchte meinen Namen und meiner Hände Arbeit, um sie und die Kinder zu versorgen.« Unsere Augen trafen sich. »John... na ja.« Er zuckte die Achseln. »Ich kann ihm nicht geben, was er will, und er ist ein zu guter Freund, um darum zu bitten. Aber wie hätte ich dir all das erklären sollen? Und wenn ich dir dann sage, daß du die einzige bist, die ich wirklich liebe? Wie hättest du mir glauben können?«

Die Frage hing in der Luft.

»Wenn du es sagst«, erklärte ich ihm, »glaube ich es dir auch.«

»Wirklich?« Er klang leicht verwundert. »Weshalb?«

»Weil du ein aufrichtiger Mann bist, Jamie Fraser«, sagte ich und lächelte, um nicht zu weinen. »Und möge Gott dir deshalb gnädig sein.«

»Nur dich«, sagte er kaum hörbar, »dich will ich mit meinem Körper verehren, dir mit meinen Händen dienen, dir meinen Namen und mein Herz und meine Seele schenken. Weil ich bei dir nicht lügen muß und du mich trotzdem liebst.«

»Jamie«, sagte ich leise und legte die Hand auf seinen Arm. »Du bist nicht mehr allein.«

Er drehte sich um, nahm mich bei den Armen und suchte meinen Blick.

»Ich habe es dir geschworen«, sagte ich. »Als wir geheiratet haben. Ich habe es damals nicht so gemeint, aber ich habe es geschworen – und heute meine ich es so.« Ich drehte seine Hand um und tastete über die zarte Haut seines Handgelenks, wo der Herzschlag unter meinen Fingern pulsierte und die Klinge seines Dolches sich einst in sein Fleisch geschnitten hatte, damit sich sein Blut auf ewig mit meinem mischte.

Ich drückte mein Handgelenk auf seines, Puls an Puls, Herzschlag an Herzschlag.

»Blut von meinem Blut…« wisperte ich.

»Fleisch von meinem Fleische.« Sein Flüstern war tief und heiser. Plötzlich kniete er vor mir nieder und legte seine gefalteten Hände in meine – die Geste eines Hochländers, der seinem Anführer Treue schwört.

»Ich schenke dir meine Seele«, sagte er und hielt den Kopf über unser beider Hände geneigt.

»Bis wir unser Leben aushauchen«, schloß ich leise. »Aber es ist noch nicht vorbei, Jamie!«

Er erhob sich, entkleidete mich, und ich legte mich nackt auf das schmale Bett, zog ihn im Schatten des weichen gelben Lichtes zu mir herab und begleitete ihn heim, immer und immer wieder, und keiner von uns beiden war allein.

60

Der Duft der Steine

Rose Hall lag zehn Meilen von Kingston entfernt. Der Weg dorthin führte über eine steile, staubige Straße, die sich die bläulich schimmernden Berge hinaufschlängelte. Sie war überwuchert und so schmal, daß wir fast die ganze Strecke hintereinander reiten mußten. Ich folgte Jamie durch die Dunkelheit unter Bäumen hindurch, die gut dreißig Meter hoch waren und in deren Schatten riesige Farne wuchsen. Fast hoffte ich, daß Mr. Willoughby diesen Weg genommen hatte – hier würde ihn nie jemand aufspüren.

Obwohl die Milizsoldaten die Stadt sorgfältig durchkämmt hatten, hatten sie den Chinesen nicht gefunden. Für morgen erwartete man die Ankunft einer Marinesondereinheit aus Antigua. In der Zwischenzeit hatte sich jedes Haus in Kingston in eine Festung verwandelt, und die Bewohner waren bis an die Zähne bewaffnet.

In der Stadt herrschte eine gespannte Atmosphäre. Wie alle Marineoffiziere vertrat auch der Oberst die Ansicht, daß der Chinese von Glück reden könne, wenn er lang genug lebte, um am Galgen zu enden.

»Bestimmt reißen sie ihn in Stücke«, hatte Oberst Jacobs gemeint, als er uns in der Mordnacht aus dem Gouverneurspalast führte. »Sie werden ihm die Eier abreißen und in sein stinkiges Maul stopfen, jawohl«, hatte er mit grimmiger Genugtuung hinzugefügt.

»Wohl, wohl«, hatte Jamie auf französisch gemurmelt, als er mir in die Kutsche half. Ich wußte, daß ihm die Sache mit Mr. Willoughby keine Ruhe ließ, denn auch jetzt war er still und nachdenklich. Doch wir konnten nichts tun. Wenn der kleine Chinese unschuldig war, konnten wir ihn nicht retten, wenn er die Tat begangen hatte, konnten wir ihn nicht ausliefern. Das Beste wäre, man würde ihn nicht finden.

Unterdessen hatten wir fünf Tage Zeit, Ian zu suchen. Wenn er wirklich auf Rose Hall war, würde alles gut werden. Wenn nicht…

Ein Zaun und ein schmales Tor trennten die Plantage vom umgebenden Wald. Man hatte das Land gerodet und Zuckerrohr und Kaffee angepflanzt. In einiger Entfernung vom Haus stand auf einer anderen Anhöhe ein großes, unscheinbares, mit Lehm verputztes Gebäude, das mit Palmwedeln gedeckt war. Dunkelhäutige Menschen gingen dort geschäftig ein und aus, und der durchdringende Geruch von verbranntem Zucker lag in der Luft.

Unterhalb der Raffinerie – oder was ich dafür hielt – stand eine große Zuckermühle. Eine primitive Konstruktion: Zwei x-förmig übereinandergelegte Balken, die oben an einer riesigen Spindel befestigt waren, die aus der kastenförmigen Presse ragte. Ein paar Männer erklommen die Mühle, die gerade nicht lief. Die Ochsen, die sie antrieben, waren in einiger Entfernung angepflockt worden und grasten.

»Wie bekommen sie bloß den Zucker von hier oben nach Kingston?«

»Sie befördern ihn den Fluß hinunter, der gleich hinter dem Haus vorbeifließt. Bist du bereit, Sassenach?«

»Wie immer.«

Rose Hall war ein zweistöckiges, langgestrecktes, elegantes Gebäude. Das Dach war mit teuren Schieferplatten gedeckt und nicht wie die meisten anderen Plantagensitze mit einfachem Blech. Entlang einer Hauswand erstreckte sich eine breite Veranda, von der Flügeltüren ins Innere führten.

Gleich neben der Eingangstür stand ein großer, gelber Rosenbusch. Sein Duft war so intensiv, daß es einem fast den Atem nahm. Oder lag es an der Aufregung, daß ich kaum Luft bekam? Während wir darauf warteten, daß man uns öffnete, schaute ich mich um und versuchte, in der Nähe der Raffinerie irgendeinen Weißen auszumachen.

»Ja, Sir?« Eine Sklavin mittleren Alters musterte uns neugierig. Ihr massiger Körper steckte in einem weißen Baumwollkittel, um den Kopf hatte sie einen roten Turban gewickelt, und ihre Haut schimmerte in einem tiefem Goldbraun.

»Wir sind Mr. und Mrs. Malcolm und möchten Mrs. Abernathy unsere Aufwartung machen«, sagte Jamie höflich. Die Frau wirkte überrascht, als wären Besucher etwas Ungewöhnliches. Sie zögerte kurz, doch dann nickte sie und bat uns herein.

»Warten Sie bitte im Salon«, sagte sie. »Ich frage die Mistress, ob sie Sie sehen will.«

Der Salon war ein großer, schön geschnittener Raum mit riesigen Flügelfenstern auf einer Seite, die bis auf den Boden reichten. Am anderen Ende des Zimmers befand sich ein imposanter Kamin mit einem steinernen Aufsatz und einer Kaminplatte aus poliertem Schiefer, der fast die ganze Wand einnahm. Man hätte ohne weiteres einen Ochsen darin braten können, und der riesige Bratspieß im Kamin deutete darauf hin, daß die Hausherrin dies gelegentlich wohl auch tat.

Die Sklavin hatte uns gebeten, auf einem Korbsofa Platz zu nehmen. Ich setzte mich und sah mich um, aber Jamie ging ruhelos im Zimmer auf und ab und sah gelegentlich aus einem der Fenster, von denen aus man auf die Zuckerrohrfelder unterhalb des Hauses blickte.

Ein eigenartiges Zimmer: Es war behaglich mit Korb- und Rattanmöbeln eingerichtet, auf denen viele dicke Kissen lagen, aber es gab ein paar seltsame Dinge, die mir ins Auge stachen. Auf einem Fenstersims stand eine Reihe silberner Tischglocken, gestaffelt von ganz klein bis groß, und neben mir, auf einem Tischchen, befanden sich verschiedene kauernde Figuren aus Stein und Terrakotta, die wie primitive Fetische oder Götzen aussahen.

Es handelte sich eindeutig um Frauengestalten, die entweder ungemein schwanger oder mit riesigen, vollen Brüsten und ausladenden Hüften ausgestattet worden waren. Alle jedoch strahlten eine deutliche und ziemlich beunruhigende Sexualität aus. Nun, dieses Jahrhundert war gewiß nicht prüde, aber dennoch hätte ich nie erwartet, solche Objekte in einem Salon vorzufinden.

Etwas weniger gewagt waren die jakobitischen Andenken. Eine silberne Schnupftabaksdose, ein Glasflakon, ein verzierter Fächer, eine Servierplatte, ja, sogar der große, gewebte Teppich auf dem Boden – all diese Dinge waren mit der weißen Rose der Stuarts verziert. Das war nicht ungewöhnlich: Viele Jakobiten, die nach der Schlacht von Culloden aus Schottland geflohen waren, hatte es auf die Westindischen Inseln verschlagen. Eine jakobitisch gesinnte Hausherrin könnte sich über den Besuch eines Landsmanns freuen und bereit sein, uns bei der Sache mit Ian entgegenzukommen. *Wenn er wirklich hier ist*, mahnte mich meine innere Stimme.

Aus dem hinteren Teil des Hauses drang der Klang von Schritten. Als die Tür sich öffnete, flackerte das Kaminfeuer im Zug, und Jamie stöhnte auf, als hätte ihm jemand einen Schlag versetzt. Ich blickte auf, um mir die Hausherrin genauer anzusehen.

Erstaunt erhob ich mich, und dabei fiel der kleine, silberne Becher, den ich in der Hand hielt, scheppernd zu Boden.

»Wie ich sehe, hast du dir deine mädchenhafte Figur erhalten, Claire.« Mit leicht geneigtem Kopf musterten mich ihre grünen Augen amüsiert.

Ich war viel zu überrascht, als daß ich darauf etwas hätte erwidern können, doch mir schoß der Gedanke durch den Kopf, daß man das von ihr nicht gerade behaupten konnte.

Geillis Duncan hatte schon immer einen üppigen, milchweißen Busen und volle Hüften gehabt. Und obwohl ihre Haut noch immer milchweiß war, so hatte sie unübersehbar an Üppigkeit und Fülle zugelegt. Sie trug ein weit geschnittenes Musselinkleid, unter dem ihr weiches Fleisch bei jeder Bewegung wabbelte und schwabbelte. Ihr ehemals zart geschnittenes Gesicht war nun aufgedunsen, doch ihre leuchtendgrünen Augen glitzerten noch immer voller Bosheit und Schalk.

Ich atmete tief durch und faßte mich wieder.

»Ich hoffe, du verstehst mich jetzt nicht falsch«, sagte ich, während ich mich langsam auf das Korbsofa sinken ließ, »aber warum bist du nicht tot?«

Ihr silberhelles Lachen klang wie einst.

»Sollte ich das deiner Ansicht nach sein? Nun, du bist nicht die erste, die das findet – und ich denke, du wirst auch nicht die letzte sein.«

Sie sank in einen Sessel, nickte Jamie lässig zu und klatschte in die Hände, um das Dienstmädchen zu rufen. »Eine Tasse Tee?« fragte sie mich. »Bitte, und später lese ich dir dann aus den Teeblättern. Dafür bin ich hier bekannt: eine gute Wahrsagerin – und warum nicht?« Sie lachte wieder, und ihre Pausbacken röteten sich vor Freude. Falls sie das Wiedersehen genauso erschreckt hatte wie mich, überspielte sie das meisterhaft.

»Tee«, sagte sie zu dem schwarzen Dienstmädchen, das auf ihr Klatschen hin erschienen war. »Den für besondere Gelegenheiten aus der blauen Dose, aye? Und ein paar von den Nußkeksen.«

»Du ißt doch einen Happen, oder?« fragte sie mich. »Es ist ja doch ein besonderer Anlaß. Ich war gespannt, ob sich unsere Wege nach jenem Tag in Cranesmuir noch einmal kreuzen würden.«

Mein Herz schlug wieder ruhiger, und mein Schock war Neugier gewichen. In mir stiegen Dutzende von Fragen hoch, und so stellte ich ihr einfach die nächstbeste.

»Als wir uns in Cranesmuir begegnet sind, hast du mich da erkannt?« wollte ich wissen.

Sie schüttelte so heftig den Kopf, daß sich einige helle Haarsträhnen aus ihrem Knoten lösten. Beiläufig steckte sie sie wieder fest.

»Nein, zunächst nicht. Aber ich fand dich in deiner Art sehr fremd – und war nicht die einzige, die diesen Eindruck hatte. Du bist völlig unvorbereitet durch den Steinkreis gekommen, oder? Ich meine, nicht absichtlich!«

Ich war versucht, »damals nicht« zu sagen, hielt mich aber zurück und meinte statt dessen: »Nein, es geschah zufällig. Aber du bist mit voller Absicht gekommen, nicht wahr – aus dem Jahre 1968?«

Sie nickte und sah mich stirnrunzelnd an.

»Aye – um Prinz Tcharlach zu helfen.« Sie verzog den Mund, als hätte sie etwas Schlechtes gegessen, und plötzlich drehte sie den Kopf zur Seite und spuckte aus.

»Elender italienischer Feigling!« Ihre Augen verdunkelten sich gefährlich. »Wenn ich das gewußt hätte, hätte ich mich auf den Weg nach Rom gemacht und ihn getötet, solange noch Zeit war. Allerdings wäre sein Bruder Henry wahrscheinlich kein Deut besser gewesen, dieser kastrierte, wehleidige Pfaffe! Nach der Schlacht von Culloden war ein Stuart so nutzlos wie der andere.«

Sie seufzte und rutschte auf dem Sessel hin und her, so daß das Rattangeflecht bedenklich knarzte. Ungeduldig wedelte sie mit der Hand – damit waren die Stuarts abgetan.

»Aber das hätte sich fürs erste erledigt. Du bist wahrscheinlich in der Zeit eines Feuerfests durch den Steinkreis gegangen, nicht wahr? So passiert es für gewöhnlich.«

»Ja«, antwortete ich verdutzt. »Es geschah an Beltene. Aber was meinst du mit ›für gewöhnlich‹? Bist du noch vielen anderen wie… uns begegnet?« erkundigte ich mich zögernd.

Abwesend schüttelte sie den Kopf. »Nicht vielen.« Sie schien über etwas nachzugrübeln, doch vielleicht war sie auch nur ungehalten, weil das Mädchen mit dem Tee noch nicht erschienen war. Hastig griff sie nach dem silbernen Glöckchen und klingelte ungestüm.

»Zum Teufel, wo bleibt bloß Clotilda!« rief sie zornig, um dann unvermittelt auf unser Thema zurückzukommen.

»Menschen wie uns?« meinte sie. »Nein, außer dir kenne ich nur noch eine einzige Person. Ich war völlig perplex, als ich die kleine Narbe auf deinem Arm entdeckte.« Sie deutete auf den bauschigen Teil ihres weißen Musselinärmels, unter dem sich die Impfnarbe verbarg. Wieder neigte sie den Kopf zur Seite und sah mich prüfend an.

»Nein, damit beziehe ich mich auf die Geschichten, die erzählt werden. Menschen, die in Zauber- und Steinkreisen angeblich verschwunden sind. Für gewöhnlich gehen sie um Beltene oder Samhain hindurch, einige während der anderen Sonnen- und Feuerfeste Lugnasa und Imbolc.«

»Also darum ging es auf der Liste!« Plötzlich fiel mir das graue Notizbuch wieder ein, das ich bei Roger Wakefield gelassen hatte. »Du hattest eine Liste mit Daten und fast zweihundert Initialen. Ich wußte nicht, was es damit auf sich hatte, aber ich kann mich erinnern, daß die Daten fast alle um Ende April und Anfang Mai oder Ende Oktober herum lagen.«

»Aye, das stimmt.« Sie nickte, während sie mich weiterhin durchdringend musterte. »Du hast also mein Büchlein gefunden? Hast du so herausgefunden, wann du auf dem Craigh na Dun Ausschau nach mir halten mußtest? Das warst doch du, oder? Die meinen Namen rief, bevor ich durch den Steinkreis ging?«

»Gillian«, sagte ich und merkte, wie ihre Pupillen sich beim Klang ihres früheren Namens erweiterten. Doch ihr Gesicht blieb ausdruckslos.

»Gillian Edgars. Ja, das war ich. Ich wußte nicht, ob du mich in der Dunkelheit gesehen hast.«

Vor meinem geistigen Auge entstand jener nachtschwarze Steinkreis – und in seiner Mitte das flackernde Feuer, daneben die Gestalt eines schlanken Mädchens, dessen helles Haar in der Hitze des Feuers flatterte.

»Ich habe dich nicht gesehen«, meinte sie. »Doch später, als du bei dem Hexenprozeß plötzlich aufgeschrien hast, meinte ich, deine Stimme schon einmal gehört zu haben. Und als ich dann die Narbe auf deinem Arm bemerkte... Wer war übrigens in jener Nacht bei dir?« erkundigte sie sich neugierig. »Ich konnte zwei weitere Gestalten ausmachen – einen hübschen, dunkelhaarigen Mann und ein Mädchen.« Sie schloß die Augen, um sich alles besser in Erinnerung rufen zu können. Als sie sie wieder öffnete, sagte sie: »Später dachte ich, ich würde sie kennen – aber ich konnte ihrem Gesicht keinen Namen zuordnen. Wer war sie?«

»Mistress Abernathy«, unterbrach Jamie unser Gespräch. Der erste Schock, ihr hier zu begegnen, hatte sich gelegt, aber er war immer noch blaß, und seine Wangenknochen zeichneten sich deutlich auf seinem angespannten Gesicht ab.

Sie sah ihn an, als nähme sie zum erstenmal von ihm Notiz.

»Und wenn das nicht der junge Rotfuchs ist!« stellte sie amüsiert fest. Neugierig musterte sie ihn von oben bis unten.

»Wie ich sehe, sind Sie inzwischen zu einem gutaussehenden Mann herangewachsen. Sie sehen wie ein echter MacKenzie aus. Das war schon immer so, aber jetzt, mit zunehmendem Alter, sind Sie Dougal und Colum wirklich wie aus dem Gesicht geschnitten.«

»Bestimmt würden sich die beiden freuen, wenn sie wüßten, daß Sie sich noch so gut an sie erinnern.« Jamie ließ Geillis nicht aus den Augen. Er hatte sie noch nie ausstehen können, doch solange sie womöglich Ian hier versteckt hielt, durfte er sie nicht verärgern.

Da das Mädchen mit dem Tee kam, blieb sie ihm die Erwiderung schuldig. Jamie setzte sich zu mir aufs Sofa, während Geillis uns wie eine ganz gewöhnliche, höfliche Gastgeberin eine Tasse Tee einschenkte. Um diese Illusion aufrechtzuerhalten, reichte sie Milch und Zucker herum und betrieb eifrigst Konversation.

»Wenn Sie mir die Frage gestatten, Mrs. Abernathy«, erkundigte sich Jamie, »was hat Sie hierher verschlagen?« Höflich unterschlug er den damit verbundenen Rest der Frage: *Wie ist es Ihnen gelungen, nicht als Hexe verbrannt zu werden?*

Sie lachte kokett auf.

»Nun, wie Sie sich vielleicht erinnern, war ich damals in Cranesmuir ein recht wildes Ding.«

»Ich meine, mich vage erinnern zu können.« Jamie trank einen Schluck Tee, während seine Ohrläppchen rot anliefen. Nun, er hatte durchaus Grund, sich zu erinnern, denn während des Hexenprozesses hatte sie sich die Kleider vom Leib gerissen, um die gut verborgene Wölbung ihres Bauches zu enthüllen, die ihr – zumindest vorübergehend – das Leben retten sollte.

Genüßlich fuhr sie sich mit ihrer kleinen rosafarbenen Zunge über die Unterlippe, um ein paar Tropfen Tee aufzulecken.

»Hast du auch Kinder?« fragte sie mich.

»Ja.«

»Eine schreckliche Plackerei, nicht wahr? Erst schleppt man sich wie eine schmutzverkrustete Sau herum, um dann schließlich von etwas entbunden zu werden, was wie eine ertränkte Ratte aussieht.« Angeekelt schüttelte sie sich. »Die Freuden der Mutterschaft, daß ich nicht lache! Obwohl, ich darf mich eigentlich nicht beklagen – schließlich hat mir der kleine Wurm das Leben gerettet. Und so schrecklich die Geburt auch ist, so ist das immer noch besser, als auf dem Scheiterhaufen verbrannt zu werden.«

»So würde ich das auch sehen«, erwiderte ich. »Obwohl ich, was letzteres betrifft, keinerlei Erfahrung habe und es daher nicht mit Bestimmtheit sagen kann.«

Geillis verschluckte sich an ihrem Tee, und ein paar braune Tropfen spritzten ihr auf das Kleid. Sie wischte sie achtlos beiseite, während sie mich belustigt ansah.

»Nun, ich auch nicht, aber ich habe sie brennen sehen, Herzchen. Und ich denke, sogar in einem Dreckloch zu liegen und zuzusehen, wie der Bauch wächst, ist allemal besser als das.«

»Haben sie dich während der ganzen Schwangerschaft im Diebesloch gefangengehalten?« Der silberne Löffel lag kühl in meiner Hand, aber bei dem bloßen Gedanken an das Diebesloch in Cranesmuir wurden meine Handflächen feucht. Der Hexerei beschuldigt, hatte ich dort drei Tage mit Geillis Duncan zugebracht. Wie lange hatte sie wohl dort ausharren müssen?

»Drei Monate«, sagte sie und starrte abwesend in ihre Teetasse. »Drei schrecklich lange Monate mit eiskalten Füßen und kriechendem Getier, stinkendem Fraß und Leichengestank, der mir Tag und Nacht um die Nase wehte.«

Sie sah auf, und ihr Mund verzog sich zu einem bitteren Grinsen. »Doch das Kind habe ich dann in stilvollerer Umgebung zur Welt gebracht. Als die Wehen einsetzten, holten sie mich aus dem Loch – in dem Zustand hätte ich mich wohl kaum davongemacht, oder? –, und das Baby wurde in meinem Schlafzimmer im Haus des Prokurators geboren.«

Ihr Blick war leicht verschwommen, und ich fragte mich, ob sie wirklich nur Tee in ihrer Tasse hatte.

»Wißt ihr noch, es hatte bunte Bleiglasfenster! Sie schimmerten in purpur und grün – das vornehmste Haus im Ort.« Sie lächelte nostalgisch. »Als sie mir den Jungen in den Arm gelegt haben, war sein Gesicht in grünes Licht getaucht. Er sah aus, als wäre er ertrunken. Ich dachte, wenn ich ihn berühre, ist sein Körper sicher kalt wie ein Leichnam. Aber sein Körper war ganz warm. So warm wie die Eier seines Vaters.« Sie lachte plötzlich auf – ein schmutziges Lachen.

»Warum sind die Männer nur so dumm? Zumindest eine Zeitlang tun sie alles, was man will, weil sie nur mit dem Schwanz denken. Dann gebiert man ihnen einen Sohn, und sie fressen einem wieder aus der Hand. Aber ob sie nun reinkommen oder rausgehen, für sie zählt nur, daß man mit ihnen ins Bett steigt.«

Sie lehnte sich zurück und spreizte die Beine. Dann beugte sich sich vor und prostete mit der Tasse ihrem Venushügel zu.

»Auf dein Wohl, mächtigste Sache der Welt! Zumindest die Schwarzen sind sich dessen bewußt.« Sie trank einen kräftigen Schluck. »Sie schnitzen kleine Götzenbilder, die nur aus Bauch, Brüsten und Vagina bestehen. Im Grunde genommen tun die Männer aus unserer Zeit, Claire, nichts anderes, oder?« Sie sah mich mit einem breiten Grinsen an. »Man braucht nur einen Blick in die schmutzigen Heftchen zu werfen, die unterm Ladentisch gehandelt werden, aye?«

Ihr Blick fiel auf Jamie. »Und Sie kennen sicher die Bilder und Bücher, die in Paris kursieren, Rotfuchs. Es ist überall dasselbe.« Sie winkte ab und nahm noch einen kräftigen Schluck. »Aber wenigstens haben die Schwarzen den Anstand, das Weibliche zu verehren.«

»Sehr aufmerksam von ihnen«, sagte Jamie ruhig. Er hatte es sich auf dem Sofa bequem gemacht und seine langen Beine ausgestreckt, doch mir entging nicht, wie angespannt er seine Teetasse umklammerte. »Und woher kennen Sie die Bilder, die die Männer in Paris betrachten, Mistress – Abernathy, wenn ich nicht irre?«

Sie war vielleicht etwas angeheitert, aber keineswegs betrunken. Durchdringend sah sie ihn an und verzog den Mund zu einem Grinsen.

»Oh, Mistress Abernathy ist schon in Ordnung. In Paris hatte ich einen anderen Namen – Madame Melisande Robicheaux. Gefällt er Ihnen? Ich fand ihn ja etwas zu hochtrabend, aber Ihr Onkel Dougal nannte mich so, und aus reiner Sentimentalität habe ich ihn beibehalten.«

Meine freie Hand ballte sich unter den Falten meines Rockes zur Faust. Als wir in Paris lebten, hatte ich von Madame Melisande gehört. Sie zählte nicht zur feinen Gesellschaft, hatte es aber als Seherin zu einer gewissen Berühmtheit gebracht. Insgeheim konsultierten sie die Damen des Hofes, holten sich Rat in Liebesdingen, Geldangelegenheiten und bei Schwangerschaften.

»Ich nehme an, du konntest den Damen der Gesellschaft einige interessante Dinge berichten«, meinte ich trocken.

Diesmal klang ihr Lachen ehrlich amüsiert. »O ja, das konnte ich! Obwohl ich es nur selten tat. Die Leute zahlen nicht gern für die Wahrheit. Manchmal allerdings – wußtest du, daß Jean-Paul Marats Mutter ihr Kind ursprünglich Rudolphe nennen wollte? Ich sagte ihr, dieser Name würde unter einem unglücklichen Stern stehen. Hin und wieder komme ich deswegen ins Grübeln – wäre er mit einem Namen wie Rudolphe auch zum Revolutionär geworden, oder hätte er es beim Gedichteschreiben belassen? Na, Rotfuchs, haben Sie je darüber nachgedacht, ob ein Name etwas ändert?« Ihre grasgrünen Augen musterten Jamie durchdringend.

»Schon oft«, erwiderte er. »Es war also Dougal, der Sie aus Cranesmuir weggebracht hat?«

Sie nickte und unterdrückte ein Rülpsen. »Aye. Er kam, um das Kind zu holen – er hatte Angst, jemand könnte herausfinden, daß er der Vater ist. Doch ich weigerte mich, den Jungen herzugeben.

Als er mir das Kind entwinden wollte, griff ich mir den Dolch aus seinem Gürtel und drückte ihn dem Kind an die Kehle.« Als sie sich daran erinnerte, huschte ein kleines, zufriedenes Lächeln über ihr Gesicht.

»Ich sagte ihm, ich würde das Kind töten, wenn er mir nicht bei seinem Leben und dem seines Bruders schwörte, daß er mich an einen sicheren Ort bringen wollte.«

»Hat er dir geglaubt?« Mir wurde leicht übel bei der Vorstellung, daß eine Mutter ihrem Neugeborenen ein Messer an die Kehle halten konnte – selbst wenn es nur zum Schein war.

»O ja«, erwiderte sie sanft, und ihr Lächeln wurde breit. »Dougal kannte mich schließlich.«

Obwohl es Dezember und bitterkalt gewesen war, hatte Dougal der Schweiß auf der Stirn gestanden. Er konnte den Blick nicht vom Gesichtchen seines schlafenden Sohnes abwenden und hatte schließlich in den Handel eingewilligt.

Jamie zeigte keinerlei Gefühlsregung, doch er griff nach seiner Teetasse und trank einen großen Schluck.

Dougal hatte den Gefängniswärter, John MacRae, und den Küster rufen lassen. Mit einer saftigen Bestechung stellte er sicher, daß die vermummte Gestalt, die am nächsten Morgen zum Pechfaß geschleift wurde, nicht Geillis Duncan war.

»Ich dachte, sie würden vielleicht Stroh hernehmen«, meinte sie, »aber Dougal hatte einen besseren Plan. Drei Tage zuvor war die alte Joan MacKenzie gestorben und sollte an jenem Nachmittag beerdigt werden. Also kamen ein paar Steine in den Sarg, der Deckel wurde ordentlich zugenagelt, und damit hatte sich die Sache. Ein echter Leichnam, für das Feuer wie geschaffen!« Sie lachte und trank den letzten Schluck.

»Wohl kaum jemand hat die Möglichkeit, seiner eigenen Beerdigung zuzusehen, und noch weniger Menschen beobachten ihre eigene Hinrichtung, aye?«

Es war tiefster Winter, und das Ebereschenwäldchen draußen vor dem Dorf war kahl. Der Wind blies das Laub umher, und hier und da lagen vertrocknete, rote Beeren am Boden, die wie Blutstropfen schimmerten.

Es war ein wolkenverhangener Tag, und es sah aus, als würde es schneien, aber trotzdem war das ganze Dorf auf den Beinen.

Schließlich wurde nicht alle Tage eine Hexe verbrannt. Der Dorfpfarrer, Vater Bain, war zwar drei Monate zuvor an Wundfieber gestorben, doch ein Pfarrer aus einer Nachbargemeinde sprang für ihn ein. Auf seinem Weg zum Wäldchen schwenkte der Priester das Weihrauchfaß und sang das Totengebet. Hinter ihm ging der Gefängniswärter mit seinen beiden Gehilfen. Gemeinsam zogen sie den Karren mit der in Schwarz gehüllten Fracht.

»Die alte Joan wäre zufrieden gewesen, glaube ich«, sagte Geillis und lächelte breit. »Zu ihrer Beerdigung hätten sich sicher nicht mehr als vier oder fünf Leute zusammengefunden – doch nun war das ganze Dorf erschienen, ganz zu schweigen von dem Weihrauch und den besonderen Gebeten!«

MacRae hatte den schlaffen Körper losgebunden und ihn zum bereitstehenden Pechfaß getragen.

»Das Gericht hatte mir die Gnade gewährt, vor der Verbrennung erwürgt zu werden«, erzählte Geillis mit ironischem Unterton. »Man ging also nicht davon aus, mich noch lebend vorzufinden. Das einzige, was den Anwesenden hätte auffallen können, war die Tatsache, daß die alte Joan weitaus weniger wog als ich. Aber niemand schien zu bemerken, was für ein Leichtgewicht MacRae da in den Armen trug.«

»Du warst dabei?« fragte ich konsterniert.

Sie nickte selbstzufrieden. »Aber sicher doch. Dick vermummt, was nicht weiter auffiel, denn bei dem Wetter hatte sich jeder in einem Umhang gehüllt. Dieses Schauspiel wollte ich mir auf keinen Fall entgehen lassen.«

Als der Priester das letzte Gebet gesprochen hatte, mit dem die Hexerei gebannt werden sollte, griff MacRae nach der Fackel, die ihm sein Gehilfe reichte, und tat einen Schritt nach vorn.

»Herr, gewähre dieser Frau die Gnade des ewigen Lebens und vergib ihr das Böse, das sie in ihrem irdischen Leib begangen hat«, sprach er feierlich und entzündete das Pech.

»Es ging alles viel schneller, als ich mir vorgestellt hatte«, sagte Geillis, und ihre Stimme klang ein wenig verwundert. »Ein heftiges Zischen – und schon blies uns ein heißer Luftstrom entgegen. Ein Jubeln ging durch die Menge. Außer den züngelnden Flammen, die so hoch schossen, daß sie die Äste der Ebereschen ansengten, war nichts zu sehen.«

Doch rasch war das Feuer wieder zusammengefallen, so daß sich im fahlen Tageslicht die dunkle Gestalt abgezeichnet hatte. Die Kapuze und das Haar waren den ersten Flammen zum Opfer gefallen und das Gesicht zur Unkenntlichkeit verbrannt. Kurz darauf kamen die geschwärzten Knochen zum Vorschein.

»Von ihren Augen blieben nur noch große, dunkle Höhlen zurück«, sagte sie und musterte mich mit verschleiertem Blick. »Ich dachte, sie starrt mich an, doch schon im nächsten Augenblick zerplatzte ihr Schädel, und alles war vorbei. Die Menge löste sich auf, nur einige blieben noch, weil sie sich ein Stück Knochen zum Andenken erhofften.«

Schwankend stand sie auf und ging zu dem Tischchen in der Nähe des Fensters. Sie griff nach der silbernen Glocke und klingelte energisch.

Noch mit dem Rücken zu uns meinte sie: »Kinderkriegen ist wohl doch leichter.«

»Dougal hat Sie also nach Frankreich gebracht«, stellte Jamie fest. Die Finger seiner rechten Hand zuckten leicht. »Und wie kamen Sie auf die Westindischen Inseln?«

»Ach, das war später«, meinte sie unbekümmert. »Nach Culloden.« Lächelnd wandte sie sich zu uns um.

»Und was verschafft mir die Ehre eures Besuches? Doch sicher nicht eure Sehnsucht nach mir?«

Ich sah zu Jamie hinüber, dessen Muskeln sich bei diesen Worten anspannten. Seine Miene blieb unbewegt, und nur wer ihn gut kannte, sah, daß er auf der Hut war.

»Wir sind auf der Suche nach einem jungen Verwandten von mir«, erzählte er. »Meinem Neffen Ian Murray. Wir haben guten Grund zu der Annahme, daß er hier Zwangsarbeit leistet.«

Geillis sah uns verwundert an.

»Ian Murray?« fragte sie kopfschüttelnd. »Ich habe keine Weißen als Sklaven. Überhaupt keinen Weißen. Der einzige freie Mann auf der Plantage ist ein Aufseher, und er ist, was man auf den Westindischen Inseln einen *griffone* nennt: zu einem Viertel Schwarz.«

Im Gegensatz zu mir war Geillis eine gute Lügnerin. Nichts deutete darauf hin, daß sie den Namen Ian Murray schon jemals zuvor gehört hatte. Aber ich wußte trotzdem, daß sie log.

Jamie wußte es auch. In seinem Blick flammte Zorn und nicht Enttäuschung auf.

»Wirklich?« meinte er höflich. »Haben Sie keine Angst so allein hier mit den Sklaven? Die Stadt ist weit.«

»O nein. Ganz und gar nicht.«

Sie grinste über das ganze Gesicht und deutete mit ihrem Doppelkinn auf die Veranda hinter sich. Als ich mich umdrehte, sah ich, daß der Rahmen der Flügeltür von einer massigen schwarzen Gestalt ausgefüllt wurde. Der Mann überragte Jamie um einiges, und seine muskelbepackten Arme waren so dick wie Baumstämme.

»Darf ich euch Herkules vorstellen?« fragte Geillis kichernd. »Er hat übrigens noch einen Zwillingsbruder.«

»Heißt der zufällig Atlas?« mutmaßte ich leicht gereizt.

»Du hast es erraten. Ein schlaues Mädchen, finden Sie nicht, Rotfuchs?« Geillis zwinkerte Jamie verschwörerisch zu.

Herkules nahm keinerlei Notiz von dem, was um ihn herum vorging. Sein breites Gesicht war ausdruckslos, und seine Augen, die tief in den Höhlen lagen, wirkten tot. Bei seinem Anblick war mir unbehaglich zumute, und das nicht nur wegen seiner furchteinflößenden Größe. Ihn anzusehen war, als ginge man an einem Spukhaus vorbei, wo hinter blinden Fenstern jemand auf der Lauer lag.

»Ist gut, Herkules; du kannst wieder an deine Arbeit gehen.« Geillis griff nach dem silbernen Glöckchen und klingelte leise. Wortlos drehte sich der Riese um und trabte schwerfällig davon. »Ich habe keine Angst vor den Sklaven«, erklärte sie. »Sie haben Angst vor mir, denn sie halten mich für eine Hexe. Irgendwie lustig, oder?« Ihre Augen funkelten vergnügt.

»Geillis, dieser Mann…« Ich zögerte, denn die Frage, die mir auf der Zunge lag, erschien mir doch ein wenig lächerlich. »Er ist doch kein… Zombie, oder?«

Meine Vermutung amüsierte sie, und vergnügt klatschte sie in die Hände.

»Du lieber Himmel, ein Zombie? Heiliger Strohsack, Claire!« Sie schüttelte sich vor Lachen. »Er ist zwar nicht besonders klug«, sagte sie, nachdem sie sich wieder einigermaßen beruhigt hatte, »aber tot ist er auch nicht!« Sie begann wieder zu prusten.

Jamie sah mich verwirrt an.

»Ein Zombie?«

»Vergiß es«, meinte ich. Inzwischen war ich genauso rot angelaufen wie Geillis, allerdings aus einem anderen Grund. »Wie viele Sklaven hast du hier?« fragte ich, um das Thema zu wechseln.

Sie hatte sich noch immer nicht gefangen und glückste: »Oh: zirka hundert. Die Plantage ist nicht besonders groß. Ich habe nur hundertzwanzig Hektar Zuckerrohr und ein paar Kaffeepflanzen in den höheren Lagen.«

Sie zog ein spitzenbesetztes Taschentuch hervor, tupfte sich damit über das verschwitzte Gesicht und holte tief Luft. Jamie war die Anspannung zwar nicht anzusehen, aber ich konnte sie deutlich spüren. Mit Sicherheit war er ebenso wie ich davon überzeugt, daß Geillis etwas über Ian Murray wußte – denn sie war von unserem Erscheinen hier nicht im mindesten überrascht gewesen. Irgend jemand hatte ihr von uns erzählt, und dieser Jemand konnte nur Ian gewesen sein.

Es würde Jamie wohl kaum in den Sinn kommen, einer Frau zu drohen, um ihr irgenwelche Informationen zu entlocken, doch ich kannte solche Skrupel nicht. Aber leider hatte Herkules' Erscheinen mein Vorhaben im Keim erstickt. Das Zweitbeste wäre, wenn wir das Anwesen nach irgendeiner Spur von dem Jungen absuchen könnten. Hundertzwanzig Hektar waren ein stattlicher Besitz, doch wenn Ian sich tatsächlich auf der Plantage befand, dann bestimmt in der Nähe der Gebäude.

Ich wurde aus meinen Gedanken gerissen, als ich merkte, daß Geillis mir eine Frage gestellt hatte. »Wie bitte?«

»Ich sagte«, wiederholte sie geduldig, »daß du damals in Schottland in dem Ruf standest, andere heilen zu können. Inzwischen verfügst du sicherlich über ein noch viel größeres Wissen, oder?«

»Das ist schon möglich.« Ich sah sie mißtrauisch an. Brauchte sie meine Hilfe für sich selbst?

»Es geht nicht um mich«, meinte sie, als sie meinen Blick bemerkte. »Zumindest nicht im Augenblick. Zwei meiner Sklaven sind nicht gesund. Vielleicht könntest du mal nach ihnen sehen.«

Ich blickte zu Jamie hinüber, der unmerklich nickte. Das war eine gute Gelegenheit, in die Sklavenunterkünfte zu kommen und nach Ian zu suchen.

Er erhob sich unvermittelt und meinte: »Bei unserer Ankunft habe ich gesehen, daß Sie Schwierigkeiten mit der Zuckermühle haben. Vielleicht kann ich mich dort nützlich machen, während Sie und meine Frau sich um die kranken Sklaven kümmern.« Ohne eine Antwort abzuwarten, nahm er seinen Rock und hängte ihn an einen Haken neben der Tür. Während er sich die Hemdsärmel hochkrempelte, trat er hinaus ins gleißende Sonnenlicht auf der Veranda.

»Er gehört offensichtlich zu der Sorte Mann, die sich gern nützlich macht«, meinte Geillis, die ihm amüsiert nachsah. »Mein Mann Barnabas war auch so einer – keine Maschine war vor ihm sicher... allerdings auch kein Sklavenmädchen«, fügte sie hinzu. »Komm, die Kranken sind hinter der Küche.«

Die Küche befand sich in einem kleinen Nebengebäude, das mit dem Herrenhaus durch eine mit Jasmin überwucherte Pergola verbunden war. Als wir hinübergingen, hatte ich das Gefühl, durch eine Parfümwolke zu schreiten, und das Summen der Bienen war so laut, daß man es förmlich auf der Haut spürte – wie das tiefe Brummen einer Dudelsackpfeife.

»Bist du schon mal gestochen worden?« Geillis schlug beiläufig nach einem der pelzigen Insekten, das im Sturzflug auf sie zukam.

»Hin und wieder.«

»Ich auch«, meinte sie. »X-mal schon, und nie war etwas Schlimmeres zu sehen als eine rote Schwellung. Doch letzten Frühling hat eins dieser verfluchten Biester eine Küchensklavin gestochen. Das Mädchen schwoll an wie eine Kröte und starb mir direkt vor der Nase weg!« Geillis sah mich aus großen, spöttischen Augen an. »Was Besseres hätte ich mir gar nicht wünschen können. Die Sklaven dachten, ich hätte das Mädchen verhext, einen bösen Zauber über sie verhängt, weil sie einen Kuchen hatte verbrennen lassen. Seit der Zeit ist nicht einmal mehr was angebrannt.« Kopfschüttelnd verjagte sie eine weitere Biene.

Obwohl mich ihre Kaltherzigkeit entsetzte, beruhigte mich diese Geschichte ein wenig. Also entbehrte womöglich auch der Klatsch, den ich auf dem Empfang gehört hatte, jeder Grundlage.

Ich blieb stehen und sah durch die zarten Jasminblätter hindurch auf die Zuckerrohrfelder unter mir. Jamie hatte sich darangemacht, die Zuckermühle zu reparieren. Er begutachtete die riesigen Mühlarme, während ein Mann – wahrscheinlich der Aufseher – lebhaft gestikulierte und erklärte. Wenn ich in den Unterkünften keine Spur von Ian finden sollte, konnte Jamie vielleicht etwas von dem Aufseher in Erfahrung bringen. Obwohl es Geillis abstritt, sagte mir mein Instinkt, daß der Junge irgendwo auf diesem Anwesen war.

In der Küche konnte ich nichts Aufschlußreiches entdecken; drei oder vier Frauen, die Brotteig kneteten oder Erbsen pulten, sahen neugierig auf, als wir eintraten. Ich erhaschte den Blick einer jungen Frau, nickte ihr zu und lächelte sie an. Vielleicht würde sich später eine Gelegenheit ergeben, mit ihr zu plaudern. Nachdem sie mich mit großen Augen angesehen hatte, senkte sie rasch wieder den Blick auf die Schüssel mit Erbsen auf ihrem Schoß. Als wir den langgestreckten Raum durchquerten, erkannte ich an ihrem leicht gewölbten Leib, daß sie in den ersten Monaten schwanger war.

Der erste kranke Sklave war in einer kleinen Speisekammer gleich neben der Küche untergebracht. Der Patient, ein junger Mann um die Zwanzig, lag auf einer Pritsche direkt unter Regalen, auf denen sich in Gaze verpackte Käselaibe türmten. Er richtete sich auf, als plötzlich Licht in den Raum fiel.

»Was ist mit ihm?« Ich kniete mich hin und befühlte seine Stirn. Er war warm, schwitzte leicht, hatte aber offensichtlich kein Fieber. Soweit ich es beurteilen konnte, schien er keine großen Schmerzen zu haben, denn während ich ihn untersuchte, blinzelte er nur verschlafen.

»Er hat einen Wurm.«

Verwundert sah ich zu Geillis auf. Nach dem, was ich bisher gehört und gesehen hatte, hielt ich es für gut möglich, daß mindestens drei Viertel der schwarzen Bevölkerung – und viele Weiße – an inneren Parasiten litten. So unangenehm sie auch waren, so stellten die meisten lediglich für ganz junge und ganz alte Menschen eine Gefahr dar.

»Sicher mehr als einen«, erwiderte ich und begann behutsam seinen Magen abzutasten. Die Milz war weich und leicht vergrößert – was ebenfalls typisch war –, aber ich konnte im Unterleib nichts feststellen, was auf einen stärkeren Befall hingedeutet hätte. »Er scheint einigermaßen gesund zu sein. Warum liegt er hier im Dunkeln?«

Als ob er meine Frage beantworten wollte, riß sich der Sklave mit einemmal von mir los, stieß einen durchdringenden Schrei aus und krümmte sich zusammen. Ruckartig bewegte er sich vor und zurück, bis er schließlich die Wand erreichte und immer wieder mit dem Kopf dagegen schlug. Dabei schrie er unablässig. Genauso plötzlich war der Anfall auch wieder vorbei, und der junge Mann sank schweratmend und schweißgebadet auf sein Lager zurück.

»Du lieber Himmel«, sagte ich, »was war das denn?«

»Ein *loa-loa*-Wurm«, erklärte Geillis, die meine Reaktion schmunzelnd beobachtet hatte. »Sie leben in den Augenhöhlen, direkt unter der Bindehaut. Sie wandern hin und her, von einem Auge zum anderen, und wenn sie dabei den Nasenrücken überqueren, ist das, so hat man mir berichtet, äußerst schmerzhaft.« Sie sah zu dem Sklaven hinüber, der noch immer zitternd auf seiner Pritsche lag.

»Wenn es dunkel ist, rühren sie sich kaum«, fügte sie hinzu. »Man muß sie wohl fangen, wenn sie gerade in das eine Auge eindringen, denn dann sind sie dicht an der Oberfläche und man kann sie mit einer großen Nähnadel herausholen. Später bekommt man sie nicht mehr so leicht zu fassen.« Sie ging zurück in die Küche und verlangte nach Licht.

»Hier, eine Nadel habe ich für alle Fälle schon mal dabei.« Sie kramte in dem Beutel an ihrer Taille und förderte ein Stück Filz zutage, in dem eine sieben Zentimeter lange Nadel steckte, die sie mir entgegenstreckte.

»Ich glaube, du bist nicht ganz bei Trost!« Fassungslos starrte ich sie an.

»Wieso, ich dachte, du verstehst dein Handwerk?« warf sie ganz vernünftig ein.

»Ja, schon, aber…« Ich sah zu dem Sklaven hinüber, zögerte einen Moment lang und nahm dann der Dienstmagd die Kerze ab, die sie mir hinhielt.

»Bring mir etwas Weinbrand und ein kleines, scharfes Messer«, sagte ich. »Tauche das Messer und die Nadel in den Weinbrand, halte die Spitze dann kurz ins Feuer. Laß sie abkühlen, aber faß sie nicht an.« Unterdessen unterzog ich ein Auge einer gründlichen Untersuchung, konnte jedoch nichts entdecken.

Ich nahm mir das andere Auge vor – und hätte beinahe die Kerze fallengelassen. Da war tatsächlich ein winziger, durchsichtiger Wurm, der sich unter der Bindehaut *bewegte*. Ich mußte würgen. Dann aber riß ich mich zusammen und griff nach dem frisch sterilisierten Messer.

»Pack ihn an den Schultern«, sagte ich zu Geillis. »Er darf sich auf keinen Fall bewegen, sonst besteht die Gefahr, daß ich das Auge verletze und er blind wird.«

Es war ein grauenhafter Eingriff, der sich jedoch überraschend einfach durchführen ließ. Ich machte einen raschen, kleinen Schnitt an der Innenseite der Bindehaut, hob sie mit der Nadelspitze ein wenig an, und als der Wurm träge auf die Öffnung zuschlängelte, stieß ich die Nadelspitze unter den Körper und zog ihn wie einen Faden heraus.

Das Auge blutete nicht. Ich beschloß, es seinen Tränendrüsen zu überlassen, den Einschnitt zu spülen. Er mußte von alleine zuheilen, denn ich hatte kein feines Garn, und die Wunde war ohnehin so klein, daß in jedem Fall ein, zwei Stiche genügt hätten.

Schließlich legte ich noch einen Verband rund um den Kopf an. Sichtlich zufrieden mit meinem ersten Ausflug in die Tropenmedizin, lehnte ich mich zurück.

»Gut«, sagte ich und strich mir das Haar aus der Stirn, »der Nächste bitte!«

Der zweite Patient lag in einer Hütte in der Nähe der Küche – tot. Ich hockte mich neben den Leichnam – ein Mann mittleren Alters mit grauem Haar – und fühlte sowohl Mitleid als auch Empörung.

Die Todesursache war eindeutig ein eingeklemmter Bruch. Seine verkrümmten Gliedmaßen bezeugten auf traurige Weise, welchen Tod dieser Mann gestorben war. Sein Körper war noch warm.

»Warum hast du bloß so lange gewartet?« Ich stand auf und funkelte Geillis an. »Warum, um Himmels willen, hast du mit mir geplaudert und Tee getrunken, während sich das hier abspielte? Er ist höchstens eine Stunde tot, aber er hat bestimmt tagelang gelitten! Warum hast du mich nicht gleich hierhergebracht?«

»Heute morgen war er schon fast hinüber«, erwiderte sie. Mein Zorn brachte sie nicht im mindesten aus der Ruhe. »Ich habe so was schon häufiger gesehen. Außerdem dachte ich nicht, daß du viel ausrichten könntest. Wozu also die Eile?«

Ich sparte mir jede weitere Anschuldigung. Sie hatte recht: Ich hätte zwar, wenn ich eher gekommen wäre, operieren können, aber er hätte keine großen Aussichten gehabt, den Eingriff zu überleben. Einen eingeklemmten Bruch hätte ich vielleicht auch unter schwierigen Bedingungen hingekriegt. Die eigentliche Gefahr bestand in einer möglichen Infektion.

Doch mußte man ihn deshalb in dieser schäbigen Hütte einfach seinem Schicksal überlassen, noch dazu allein? Nun, vielleicht hätte er die Anwesenheit einer Weißen nicht als Trost empfunden, aber trotzdem… Ich hatte das unbestimmte Gefühl, versagt zu haben, eine Empfindung, die mich im Angesicht des Todes immer überkam. Langsam wischte ich mir die Hände an einem mit Weinbrand getränkten Stück Stoff ab und versuchte, meine Gefühle in den Griff zu bekommen.

Einen hatte ich retten können, den anderen verloren – und von Ian noch immer keine Spur.

»Wo ich schon mal hier bin, könnte ich mir die restlichen Sklaven eigentlich auch gleich ansehen«, schlug ich vor. »Zur Vorbeugung.«

»Ach, denen geht's gut.« Geillis winkte nachlässig ab. »Aber wenn du dir die Mühe machen willst, bitte sehr. Allerdings erst später; ich erwarte am Nachmittag einen Besucher und würde vorher gern noch mit dir reden. Laß uns zum Haus zurückkehren – ich sorge dafür, daß sich jemand um das da kümmert.« Durch ein kurzes Nicken deutete sie an, daß mit »das da« der verkrümmte Leichnam des Sklaven gemeint war. Sie hakte mich unter, schob mich aus der Hütte und steuerte mich mit sanftem Druck zur Küche.

Dort angekommen, machte ich mich frei und trat auf die schwangere Sklavin zu, die gerade vor der Feuerstelle kniete und den Boden schrubbte.

»Geh schon mal vor. Ich möchte mir nur mal eben dieses Mädchen ansehen. Sie wirkt nicht gerade gesund – du willst doch sicher nicht riskieren, daß sie eine Fehlgeburt hat.«

Geillis warf mir zwar einen seltsamen Blick zu, zuckte dann aber die Achseln.

»Sie hat schon zweimal ohne jede Schwierigkeit geworfen, aber du bist hier die Heilerin. Wenn das deine Vorstellung von Vergnügen ist, aye, dann will ich dich nicht aufhalten. Aber hoffentlich dauert's nicht zu lange, denn dieser Pfaffe hat sich für vier Uhr angekündigt.«

Also gab ich mir den Anschein, als würde ich die verängstigte Frau untersuchen, bis Geillis' geraffte Röcke in der Pergola verschwanden.

»Passen Sie auf«, sagte ich zu der jungen Frau. »Ich suche einen weißen Jungen namens Ian. Ich bin seine Tante. Wissen Sie vielleicht, wo er ist?«

Das Mädchen – es konnte kaum älter als achtzehn, neunzehn sein – blinzelte mich verdutzt an. Dann warf sie einer der älteren Frauen, die ihre Arbeit niedergelegt und sich zu uns gesellt hatte, um zu sehen, was hier vor sich ging, einen ängstlichen Blick zu.

»Nein, Madam«, sagte die ältere Frau kopfschüttelnd. »Hier sind keine weißen Jungen. Keine.«

»Nein, Madam«, wiederholte das Mädchen gehorsam. »Wir wissen nichts von Ihrem Jungen.« Aber das hatte sie nicht gleich auf Anhieb gesagt, und sie wagte nicht, mir in die Augen zu sehen.

Inzwischen waren auch die beiden anderen Küchenmädchen zu uns gekommen, um der älteren Frau moralischen Beistand zu leisten. So war ich von einer Wand undurchdringlichen Schweigens umgeben, die sich durch nichts erschüttern ließ. Gleichzeitig spürte ich die unausgesprochenen Botschaften, die sie sich gegenseitig schickten – Warnung, Sorge, Mahnung zur Verschwiegenheit. Natürlich konnte das allein schon durch das Eindringen einer fremden Weißen in ihre Domäne hervorgerufen worden sein – aber womöglich hatte es auch andere Gründe.

Wenn ich noch länger in der Küche blieb, bestand die Gefahr, daß Geillis kam und nach mir sah. Hastig suchte ich in meinen Taschen, zog ein silbernes Zweischillingstück heraus und drückte es dem Mädchen in die Hand.

»Wenn Sie Ian zufällig begegnen, sagen Sie ihm, daß sein Onkel da ist und ihn sucht.« Ohne eine Antwort abzuwarten, wandte ich mich um und eilte aus der Küche.

Während ich die Pergola durchquerte, sah ich zur Zuckermühle hinunter. Einsam und verlassen stand sie da; genüßlich grasten die Ochsen im hohen Gras am Rand der Lichtung. Keine Spur von

Jamie oder dem Aufseher. Waren sie vielleicht schon zum Haus zurückgekehrt?

Ich betrat den Salon durch die Verandatür und blieb wie angewurzelt stehen. Geillis saß in einem Schaukelstuhl, Jamies Rock hing über ihrem Arm, und auf dem Schoß hatte sie die Fotos von Brianna ausgebreitet. Als sie mich hörte, sah sie auf und lächelte mich mokant an.

»Ein hübsches Mädchen! Wie heißt sie?«

»Brianna.« Meine Lippen kribbelten. Ich trat auf Geillis zu, während ich mit aller Kraft gegen den Drang ankämpfte, ihr die Bilder aus der Hand zu reißen und fortzulaufen.

»Sie sieht ihrem Vater ähnlich, nicht wahr? Schon damals auf dem Craigh na Dun kam sie mir bekannt vor. Er ist doch ihr Vater, oder nicht?« Sie wies mit dem Kopf auf die Tür, durch die Jamie verschwunden war.

»Ja. Gib mir die Fotos.« Jetzt, da sie die Bilder kannte, war es zwar egal, doch ich konnte nicht mit ansehen, wie ihre dicken, weißen Finger Briannas Gesicht betatschten.

Ihre Mundwinkel zuckten, als wollte sie widersprechen, aber dann schob sie die Fotos zu einem ordentlichen Stapel zusammen und reichte sie mir ohne Proteste. Ich drückte sie kurz an die Brust, und weil ich nicht wußte, wo ich sie aufbewahren sollte, schob ich sie schließlich in meine Rocktasche.

»Setz dich doch, Claire. Der Kaffee ist bereits serviert.« Sie wies auf ein kleines Tischchen, vor dem ein Sessel stand. Als ich darauf zuging, ließ sie mich keinen Moment aus ihren berechnend funkelnden Augen.

Mit einer Geste bat sie mich, uns beiden einzuschenken, und nahm ihre Tasse entgegen. Ohne ein Wort tranken wir. Ich konnte kaum meine Tasse halten, so sehr zitterte ich, und prompt goß ich mir ein wenig heißen Kaffee über den Arm. Während ich ihn mir am Rock abwischte, fragte ich mich, warum ich überhaupt Angst hatte.

»Zweimal«, sagte Geillis plötzlich mit einem Blick, der fast schon Bewunderung ausdrückte. »Gütiger Gott, zweimal hast du es geschafft. Nein, dreimal, denn jetzt bist du ja wieder hier.« Staunend schüttelte sie den Kopf, ohne die leuchtendgrünen Augen von mir zu lassen.

»Wie?« fragte sie dann. »Wie hast du das überlebt?«

»Das weiß ich nicht.« Als ich ihren mißtrauischen Blick sah, fügte ich abwehrend hinzu: »Das weiß ich wirklich nicht. Ich bin einfach durchgegangen.«

»Aber war der Übergang für dich nicht auch schrecklich?« Aufmerksam hatte sie die Augen zusammengekniffen. »Hast du nicht auch dieses Entsetzen verspürt? Und dieses Dröhnen gehört, bei dem man denkt, es würde einem den Schädel spalten?«

»Doch, natürlich.« Ich wollte nicht darüber sprechen, nicht an jene Sekunden denken müssen, in denen ich die Zeitschranke überwunden hatte. Ich hatte die Erinnerung an das Donnern und Dröhnen, an das Gefühl, sich selbst aufzulösen, an die lockenden Rufe des Chaos ganz bewußt verdrängt.

»Hast du dich mit Blut geschützt oder mit Kristallen? Eigentlich traue ich dir Blut nicht zu, aber ich kann mich ja auch täuschen. Denn offensichtlich bist du stärker, als ich dachte, wenn du es dreimal geschafft hast, ohne daß es dich das Leben gekostet hat.«

»Blut?« Verwirrt schüttelte ich den Kopf. »Nein nichts. Ich habe dir doch gesagt, ich bin einfach durchgegangen, mehr nicht.« Aber dann fiel mir die Nacht im Jahr 1968 ein, als Geillis durch die Steine gegangen war, und ich dachte an das Feuer auf dem Craigh na Dun und die zusammengekrümmte, verkohlte Gestalt in der Glut. »Greg Edgars«, sagte ich. Der Name ihres ersten Mannes.

»Aye, er war mein Blutsopfer.« Aufmerksam musterte sie mich. »Ich hätte nicht gedacht, daß man es auch ohne Blut schaffen kann.« Sie klang ehrlich erstaunt. »Die Menschen der Vergangenheit haben immer Blut benutzt. Blut und Feuer. Sie haben große Weidenkäfige gebaut, ihre Gefangenen hineingesperrt, sie im Kreis aufgestellt und angezündet. Ich dachte, das sei nötig, damit sich der Durchgang öffnet.«

Weil meine Hände und Lippen eiskalt geworden waren, griff ich nach der Tasse, um mich daran zu wärmen. Wo, um alles in der Welt, war Jamie?

»Und auch keine Steine?«

Ich schüttelte den Kopf. »Was für Steine?«

Offensichtlich überlegte Geillis, was sie mir sagen sollte. Ihre kleine, rosa Zunge zuckte über die Lippen, dann nickte sie entschieden. Mit einem kleinen Grunzen stemmte sie sich aus dem

Sessel hoch, ging zu dem gewaltigen Kamin am Ende des Raums und bedeutete mir, ihr zu folgen.

Erstaunlich behende kniete sie sich davor und drückte auf einen grünschimmernden Stein, der etwa dreißig Zentimeter über dem Feuerrost in die Kaminfassung eingelassen war. Der Stein bewegte sich, und mit einem leisen Klicken glitt eine der Schieferplatten aus ihrem Mörtelbett.

Sie griff in die Öffnung und holte einen etwa dreißig Zentimeter langen Holzkasten hervor. Blaßbraune Flecken zeichneten sich auf dem polierten Holz ab, und seine Seitenwände waren aufgequollen und gespalten, als wäre er eine Zeitlang großer Feuchtigkeit ausgesetzt gewesen. Ich biß mir heftig auf die Unterlippe und hoffte nur, daß mir nicht anzusehen war, was ich dachte. Wenn ich bisher noch gezweifelt hatte, ob Ian hier war, so schwanden meine Zweifel jetzt. Denn vor mir lag, wenn mich nicht alles täuschte, der Schatz von der Insel der Seidenbären. Zum Glück sah Geillis nicht mich an, sondern das Kästchen.

»Das Wissen über Kristalle hat mir ein Inder aus Kalkutta beigebracht«, erklärte sie mir. »Er hat mich aufgesucht, weil er Stechapfel brauchte. Und da hat er mir erklärt, wie man die Kräfte der Steine für sich nutzen kann.«

Mit einem Blick über die Schulter prüfte ich, ob Jamie nicht endlich zurückgekehrt war. Wo steckte er bloß? War er irgendwo auf der Plantage auf Ian gestoßen?

»Kristallstaub gibt es in einer Apotheke in London zu kaufen«, fuhr sie fort, während sie sich stirnrunzelnd am Riegel des Kästchens zu schaffen machte. »Aber meist ist es von schlechter Qualität, und die *bhasmas* können sich nicht so gut entfalten. Man sollte mindestens einen Stein zweiter Ordnung nehmen, einen sogenannten *nagina* – er ist recht groß und geschliffen. Ein Kristall der ersten Ordnung hat einen Facettenschliff und sollte möglichst fehlerfrei sein, aber natürlich kann es sich kaum einer leisten, so einen zu Asche zu verbrennen. Die Asche des Kristalls bergen die *bhasmas*.« Sie wandte sich zu mir um. »Hier, versuch doch mal, ob du diesen verdammten Riegel aufschieben kannst. Das Meerwasser hat ihn in Mitleidenschaft gezogen.«

Sie drückte mir den Kasten in die Hände und richtete sich schwerfällig auf. Er war recht einfach gebaut, mit einem schmalen

Riegel, der den Deckel verschloß und sich nicht vom Fleck bewegte.

»Es bedeutet Pech, wenn man den Riegel abbricht«, warnte mich Geillis, als sie meine Bemühungen sah. »Sonst hätte ich das Ding schon längst aufgestemmt. Hier, vielleicht geht's damit.« Sie zog ein kleines Taschenmesser mit Perlmuttgriff aus den Tiefen ihres Gewands und reichte es mir. Dann trat sie an den Fenstersims und klingelte mit einem ihrer Glöckchen.

Vorsichtig drückte ich mit der Messerklinge gegen den Riegel und ruckelte sanft. Zögernd löste er sich von seinem Platz, bis ich ihn aufschieben konnte.

»Das wär's«, sagte ich, während ich den Kasten widerstrebend an Geillis weitergab. Er war schwer, und in seinem Innern klapperte es metallisch.

»Danke.« Gerade als sie ihn mir abnahm, kam ein schwarzes Dienstmädchen durch die hintere Tür in den Raum. Geillis wandte sich um und befahl ihr, frische Küchlein zu bringen. Dabei verbarg sie den Kasten hastig in den Falten ihres Rocks.

»Neugieriges Volk«, stellte sie stirnrunzelnd fest, als das Mädchen durch die Tür verschwunden war. »Eins ist schwierig, wenn man Sklaven hat: Man kann kein Geheimnis für sich behalten.« Dann drückte sie den Deckel auf.

Sie griff hinein und zog die Hand geschlossen wieder heraus. Natürlich war ich mir ziemlich sicher, was sie enthielt, trotzdem mußte ich staunen. Einen Edelstein mit eigenen Augen betrachten zu können ist weitaus beeindruckender, als wenn man nur eine Beschreibung hört. In Geillis' Hand lagen sechs, sieben glitzernde und funkelnde Kristalle, flammendes Feuer, erstarrtes Eis, das Schimmern einer blauen Wasserfläche in der Sonne, und ein großer, goldener Stein wie das Auge eines lauernden Tigers.

Unwillkürlich trat ich näher heran und starrte bewundernd in ihre Hand. »Nicht direkt klein« hatte Jamie die Edelsteine mit echt schottischem Talent für Untertreibung genannt. Nun ja, kleiner als ein Brotkasten waren sie schon.

»Ich habe mir Steine als Anfangskapital besorgt«, erklärte Geillis selbstzufrieden. »Weil sie nicht soviel wiegen wie eine größere Menge Geld oder Gold. Damals hatte ich keine Ahnung, daß sie auch noch zu anderem geeignet sind.«

»Wozu? Als *bhasmas*?« Die Vorstellung, eins dieser Kleinode zu zerstören, kam mir wie ein Sakrileg vor.

»O nein, die hier nicht.« Sie schloß die Hand, steckte sie in die Rocktasche, und ein Schauer flüssigen Feuers rieselte hinein. Liebevoll klopfte sie darauf, bevor sie wieder in den Holzkasten griff. »Nein, dafür habe ich die vielen kleinen Steine. Diese sind für was anderes gedacht.«

Nachdenklich sah sie mich an. Dann wies sie mit dem Kopf zur Tür am Ende des Raumes.

»Komm mit in mein Arbeitszimmer«, forderte sie mich auf. »Ich habe da ein paar Dinge, die dich vielleicht interessieren.«

»Interessieren« war noch milde ausgedrückt.

Es handelte sich um einen länglichen, lichtdurchfluteten Raum, an dessen Fensterseite sich ein langer Tisch erstreckte. Von der Decke hingen Bündel getrockneter Kräuter, andere lagen zum Trocknen auf einem mit Gaze bespannten Gestell. Den Rest der Wand füllten Schränke mit Schubladen und Türen, und in der Ecke des Zimmers stand ein Bücherschrank mit Glastüren.

Irgendwie schien mir dieser Raum vertraut. Dann wurde mir klar, daß er wie Geillis' Arbeitszimmer in dem Dörfchen Cranesmuir im Haus des Prokurators, ihres ersten Ehemanns, aussah – nein, des zweiten verbesserte ich mich, als ich an den verkohlten Leichnam von Greg Edgars dachte.

»Wie oft warst du verheiratet?« fragte ich neugierig. Ihren zweiten Mann hatte sie um ein kleines Vermögen erleichtert – sie hatte seine Unterschrift gefälscht und Geld für sich abgezweigt, bevor sie ihn ermordete. Da dieses Vorgehen von Erfolg gekrönt gewesen war, konnte ich mir gut vorstellen, daß sie es in der Folge wiederholt hatte. Denn sie war ein Gewohnheitstier, unsere Geillis.

Sie brauchte einen Moment, bis sie ihre Ehemänner durchgezählt hatte. »Fünfmal, glaube ich. Seit ich hier bin«, fügte sie dann noch ungerührt hinzu.

»Fünfmal?« fragte ich schwach. Das war keine Gewohnheit mehr, sondern fast schon eine Sucht.

»Das Tropenklima ist Engländern nicht sehr zuträglich«, erklärte sie mir mit einem listigen Grinsen. »Ein Fieber, ein Magengeschwür, eine Darmverstimmung, schon die kleinste Kleinigkeit gibt ihnen den Rest.« Sie streckte die Hand aus und strich zärtlich über eine kleine Flasche, die im untersten Regalfach stand. Zwar trug sie kein Namensschild, aber ich sah rohes, weißes Arsen nicht zum erstenmal.

»Das hier wollte ich dir zeigen«, sagte sie, als sie ein Glas im oberen Fach entdeckte. Sie stellte sich auf die Zehenspitzen, holte es herunter und reichte es mir.

Es enthielt ein grob zerstoßenes Pulver, das offensichtlich aus mehreren Inhaltsstoffen – braunen, gelben, schwarzen, und halb durchscheinend schimmernden – zusammengemischt war.

»Was ist das?«

»Zombie-Pulver«, erklärte sie lachend. »Ich dachte, du würdest das gern mal sehen.«

»Ach«, entgegnete ich kalt. »Hast du nicht gesagt, so was gibt es nicht?«

»Nein«, verbesserte sie mich. »Ich habe gesagt, Herkules sei nicht tot. Und das ist er auch nicht.« Sie nahm mir das Glas aus der Hand und stellte es ins Regal zurück. »Aber es läßt sich nicht leugnen, daß er besser im Zaum zu halten ist, wenn er einmal in der Woche seinen Stoff in den Getreidebrei gemischt kriegt.«

»Und was zum Teufel enthält das Zeug?«

»Ein bißchen hiervon und ein bißchen davon. Das wichtigste ist eine Art Fisch – ein kleines, vereckiges Tier mit Punkten, sieht ganz witzig aus. Man nimmt die Haut und die Leber und trocknet sie. Aber dann kommen noch ein paar andere Zutaten hinein. Wenn ich nur wüßte, welche!«

»Du weißt nicht, was das Mittel enthält?« Ich starrte sie an. »Hast du es nicht selbst hergestellt?«

»Nein, dafür hatte ich meinen Koch«, erwiderte Geillis. »Oder zumindest wurde er mir als Koch verkauft. Aber ich habe dem Zeug, das dieser verschlagene schwarze Teufel zubereitet hat, nie recht getraut. Er war ein *houngan*.«

»Was war er?«

»Ein *houngan*. So bezeichnen die Schwarzen ihre Priester. Wenn ich genau sein will, hat Ismael mir allerdings wohl erklärt, daß ihn seine Freunde *oniseegun* oder so ähnlich nennen.«

»Ismael? So, so.« Ich leckte mir über die trockenen Lippen. »Ist er mit diesem Namen zu dir gekommen?«

»O nein. Er hatte einen heidnischen Namen mit sechs Silben,

und bei seinem Sklavenhändler hieß er ›Jimmy‹. Die Auktionäre rufen alle Kerle so. Ich habe ihn wegen der Geschichte, die mir der Händler über ihn erzählt hat, Ismael genannt.«

Ismael stammte aus einem Dorf an der Goldküste Afrikas und war gemeinsam mit sechshundert Schicksalsgenossen aus jener Region auf das Zwischendeck des Sklavenschiffs *Persephone* mit Ziel Antigua verfrachtet worden. Auf ihrem Weg durch die Caicos-Passage war das Schiff plötzlich in einen Sturm geraten und vor der Küste von Great Inagua auf das Hogsty-Riff gelaufen. Das Schiff war so schnell auseinandergebrochen, daß die Mannschaft kaum Zeit gehabt hatte, sich in die Rettungsboote zu flüchten.

Die hilflosen Sklaven, angekettet im Zwischendeck, waren allesamt ertrunken. Einer jedoch war schon früher aus den Elendsquartieren geholt worden, um als Kombüsenmaat auszuhelfen, da der Schiffsjunge in Afrika an den Pocken gestorben war. Zwar ließ man diesen Sklaven auf dem Schiff zurück, doch er überlebte das Unglück, indem er sich an ein Schnapsfaß klammerte, das zwei Tage später an den Strand von Inagua gespült wurde.

Die Fischer, die den Schiffbrüchigen fanden, waren mehr an seinem provisorischen Rettungsring interessiert als an seinem Wert als Sklaven. Nachdem sie das Faß aufgebrochen hatten, entdeckten sie darin jedoch zu ihrem Entsetzen den Leichnam eines Mannes, der durch den Alkohol notdürftig konserviert war.

»Ob sie den Crème de Menthe wohl trotzdem getrunken haben?« fragte ich mich leise. Schließlich hatte ich in den letzten Wochen feststellen können, daß Mr. Overholts Bericht über das Verhältnis der Seeleute zum Alkohol so falsch nicht gewesen war.

»Vermutlich.« Geillis ärgerte sich über die Unterbrechung. »Als ich davon hörte, nannte ich ihn auf der Stelle Ismael. Wegen des schwimmenden Sargs, aye?«

»Sehr klug«, bewunderte ich sie. »Hat man... äh... herausgefunden, wer der Mann im Faß war?«

»Ich glaube nicht.« Gleichgültig zuckte sie die Achseln. »Sie haben ihn dem Gouverneur von Jamaika gegeben, und der hat ihn in ein richtiges Glasgefäß mit frischem Alkohol gesteckt, um ihn als Kuriosität auszustellen.«

»Was?« Ich traute meinen Ohren nicht.

»Nun, nicht in erster Linie des Mannes wegen, sondern wegen

der seltsamen Pilze, die auf ihm wuchsen«, erklärte Geillis. »Der Gouverneur hat eine Passion für derartige Dinge. Der alte Gouverneur, meine ich. Wie ich gehört habe, gibt es jetzt einen neuen.«

»Stimmt.« Mir war ein wenig mulmig. Man hätte wohl eher den alten Gouverneur als Kuriosität ausstellen sollen.

Geillis wandte mir den Rücken zu, zog Schubladen auf und stöberte darin herum. Ich holte tief Luft und hoffte, daß man meiner Stimme nicht anhörte, was ich fühlte.

»Was du über diesen Ismael erzählst, klingt interessant. Hast du ihn noch?«

»Nein«, entgegnete sie geistesabwesend. »Dieser Schuft ist ausgerissen. Aber er war derjenige, der das Zombie-Pulver für mich zusammengemischt hat. Er wollte mir jedoch nicht erzählen, was es enthält, ganz gleich, welche Behandlung ich ihm angedeihen ließ.« Bitter lachte sie auf. Plötzlich sah ich wieder die Striemen auf Ismaels Rücken vor mir. »Er hat gesagt, Frauen dürften keinen Zauber anwenden, nur Männer oder ganz alte Frauen, die keine Monatsblutung mehr haben. Mmmpf.«

Sie schnaubte wütend, griff in ihre Rocktasche und zog eine Handvoll Steine hervor.

»Egal, deshalb habe ich dich jedenfalls nicht heraufgebracht.«

Sorgfältig legte sie fünf der Kristalle in einem Kreis auf den Arbeitstisch. Dann holte sie ein dickes, in zerschlissenes Leder gebundenes Buch aus dem Regal.

»Kannst du Deutsch?« fragte sie, während sie es vorsichtig aufschlug.

»Nein, nur ganz wenig.« Ich trat näher heran und sah ihr über die Schulter. *Hexenhammer* stand in sauberer Handschrift oben auf der Seite.

»Hexenhammer?« fragte ich. »Geht es um Magie und Zaubersprüche?«

Geillis mußte an meiner Stimme gehört haben, wie skeptisch ich war, denn sie warf mir über die Schulter einen belustigten Blick zu.

»Überleg doch mal, Dummchen«, sagte sie. »Wer sind wir? Oder besser, was sind wir?«

»Was bin ich?« fragte ich verwundert zurück.

»Genau.« Sie drehte sich um, lehnte sich an den Tresen und musterte mich aus zusammengekniffenen Augen.

»Ich weiß nicht«, antwortete ich. »Und du auch nicht, nehme ich an. Oder willst du damit sagen, daß wir Hexen sind?«

»Etwa nicht?« Sie zog eine Augenbraue hoch und schlug nach einigem Blättern eine Seite auf.

»Es gibt Menschen, die können ihren Körper verlassen und sich an einen Meilen entfernten Ort begeben.« Versonnen blickte sie auf die Zeilen. »Die anderen erkennen sie, und trotzdem ist verbürgt, daß sie zu Hause im Bett liegen. Das weiß ich aus Berichten, allesamt von Augenzeugen. Manche Leute haben Stigmata, die man berühren kann. Ich habe es mit eigenen Augen gesehen. Aber das gilt nicht für alle Menschen, nur für ein paar.«

Sie schlug eine andere Seite auf. »Wenn jeder von uns dazu in der Lage ist, nennt man es Wissenschaft. Wenn es nur ein paar können, gilt es als Zauberei, Aberglaube, oder wie immer du es nennen willst. Aber es existiert.« Mit ihren leuchtendgrünen Schlangenaugen sah sie vom Buch zu mir auf. »Du und ich, wir existieren doch auch, Claire! Auf ganz besondere Weise. Hast du dich noch nie gefragt, warum das so ist?«

Doch. Unzählige Male sogar. Allerdings ohne je eine vernünftige Antwort zu finden. Geillis hingegen glaubte, sie zu kennen.

Sie wandte sich wieder den Kristallen zu, die sie auf der Tischplatte ausgelegt hatte, und erklärte sie mir. »Steine, die dir Schutz bieten: Amethyst, Smaragd, Türkis, Lapislazuli und ein männlicher Rubin.«

»Ein *männlicher* Rubin?«

»Plinius behauptet, Rubine hätten ein Geschlecht. Wer bin ich, daß ich an ihm zweifle?« fragte sie ungeduldig. »Wir verwenden nur die männlichen Steine. Die weiblichen haben keine Wirkung.«

Ich unterdrückte die Frage, wie man das Geschlecht von Rubinen bestimmt, und entschied mich statt dessen für: »Wirkung? Wobei?«

»Bei der Zeitreise«, erwiderte sie. »Durch den Steinkreis. Um sich zu schützen vor… was auch immer es ist.« Ein Schatten zog über ihr Gesicht, als sie an die Überquerung der Zeitschranke dachte, und ich sah, daß sie eine Todesangst davor hatte. Kein Wunder – mir ging es nicht anders.

»Wann bist du zum erstenmal gereist?« Eindringlich ruhte ihr Blick auf mir.

»1946«, entgegnete ich zögernd. »Und im Jahr 1743 kam ich heraus, wenn du das meinst?« Es widerstrebte mir, ihr mehr zu erzählen, doch ich konnte meine eigene Neugier kaum noch zügeln. Womöglich würde ich nie wieder die Gelegenheit haben, mit einem Menschen zu sprechen, der so viel wußte wie sie. Abgesehen davon, je länger ich sie in ein Gespräch verwickelte, desto mehr Zeit blieb Jamie, nach Ian zu suchen.

»Aha.« Sie war zufrieden. »Stimmt fast genau. Zweihundert Jahre, so heißt es auch in den Märchen der Highlands. Wenn jemand auf dem Feenhügel einschläft und dann die ganze Nacht mit dem Alten Volk durchtanzt, kehrt er gewöhnlich zweihundert Jahre später in seine Heimat zurück.«

»Aber bei dir war es anders. Du kamst aus dem Jahr 1968 und hast schon eine ganze Zeitlang in Cranesmuir gewohnt, ehe ich dort eintraf.«

»Aye, sechs Jahre, um genau zu sein.« Sie nickte geistesabwesend. »Das lag wohl am Blut.«

»Am Blut?«

»Dem Opfer.« Sie schien allmählich die Geduld zu verlieren. »Es gibt einem einen größeren Spielraum. Und wenigstens eine gewisse Kontrolle darüber, wie weit man zurückgeht. Wie hast du den Übergang nur dreimal ohne Blutsopfer geschafft?«

»Ich bin einfach gegangen.« Weil ich soviel wie möglich in Erfahrung bringen wollte, fügte ich noch das wenige hinzu, was ich wußte. »Ich glaube, es könnte damit zu tun haben, daß man den Geist auf eine Person ausrichtet, die in der Zeit lebt, in der man ankommen will.«

Staunend sah sie mich an.

»Wirklich?« fragte sie. »Schau mal einer an!« Dann schüttelte sie den Kopf. »Hmm. Vielleicht ist das so. Aber trotzdem glaube ich, daß die Kristalle eine Wirkung haben. Man muß die verschiedenen Steine in einem bestimmten Muster anordnen.«

Sie zog eine weitere Handvoll schimmernder Gemmen aus der Rocktasche und ließ sie auf den Tisch kullern.

»Die Schutzsteine bilden die Eckpunkte des Pentagramms«, erklärte sie mir. »Und darin legt man ein Muster mit anderen Steinen. Welche, das hängt von der Richtung ab, in die man gehen will, und von der Zeitspanne, die überbrückt werden soll. Man verbindet sie mit einer Linie aus Quecksilber, das angezündet wird, wenn man den Spruch aufsagt. Und natürlich muß man die Linien des Pentagramms mit Diamantstaub ziehen.«

»Natürlich«, murmelte ich fasziniert.

»Riechst du sie?« fragte sie, während sie schnuppernd die Nase hochhielt. »Man sollte es nicht meinen, aber die Steine haben einen Duft. Nämlich dann, wenn man sie zu Pulver zermahlt.«

Ich atmete tief ein und meinte wirklich, über den Kräutern einen schwachen, mir fremden Geruch wahrzunehmen. Irgendwie trocken, aber angenehm – der Duft der Steine.

Plötzlich stieß Geillis einen Freudenschrei aus und hielt einen Kristall in die Höhe.

»Da ist ja der Stein, den ich brauche! Hier auf der Insel habe ich ihn nirgendwo auftreiben können, und da fiel mir das Kästchen ein, das ich in Schottland zurückgelassen hatte.« Es war ein schwarzer Stein, der, obwohl durchsichtig, zwischen ihren weißen Fingern schimmerte wie Gagat.

»Was ist das?«

»Adamant, ein schwarzer Diamant, wie er von den Alchemisten benutzt wurde. In den Büchern heißt es, wenn man einen Adamant trägt, zeigt er einem die Freuden, die in den Dingen liegen.« Sie lachte hart und trocken auf. »Wenn in der Zeitreise durch die Steine irgendwelche Freuden liegen, dann möchte ich sie gern erleben.«

Mit einiger Verzögerung dämmerte es mir allmählich. Daß es so lange gedauert hatte, konnte ich mir eigentlich nur damit erklären, daß ich einerseits Geillis zuhörte, zugleich aber auf Anzeichen von Jamies Rückkehr lauschte.

»Dann willst du also wieder zurückgehen?« fragte ich so beiläufig wie möglich.

»Vielleicht.« Ein leises Lächeln umspielte ihre Lippen. »Nun, wo ich alles beisammen habe, was ich brauche. Aber eins sage ich dir, Claire: Ohne würde ich es nicht wagen.«

Kopfschüttelnd sah sie mich an. »Dreimal ohne Blut«, murmelte sie. »Hätte nicht gedacht, daß das möglich ist.«

Plötzlich gab sie sich einen Ruck. »So, jetzt gehen wir wohl besser nach unten«, sagte sie. Hastig fegte sie die Edelsteine in ihre Hand und verstaute sie wieder in der Rocktasche. »Dein Rotfuchs ist sicher schon zurück.«

Als wir durch das lange Arbeitszimmer zur Tür gingen, schoß plötzlich vor mir etwas kleines Braunes über den Boden. Geillis war schneller als ich und trat auf den Tausendfüßler, bevor ich mich dazwischenschieben konnte.

Sie schob einen Bogen Papier unter das halbzerquetschte Tier und ließ es in ein Deckelglas gleiten.

»Du weigerst dich also, an Hexen, Zombies und anderen Spuk zu glauben?« fragte sie, während sie mich verschlagen angrinste. Sie wies auf den Tausendfüßler im Glas. »Ein Märchen ist wie ein Tausendfüßler. Aber mit wenigstens einem Bein fußt es gewöhnlich in der Wahrheit.«

Sie holte einen durchsichtigen braunen Krug vom Tisch und goß Alkohol in das Glas mit dem Tausendfüßler. Sauber verkorkte Geillis das Glas und stellte es fort.

»Du hast mich nach meiner Meinung gefragt, warum wir durch die Steine gehen können«, sagte ich zu ihrem Rücken. »Ich habe keine Ahnung. Weißt du es?«

Sie sah mich über die Schulter an.

»Na klar, damit wir die Dinge verändern können«, antwortete sie erstaunt. »Warum sonst? Aber komm jetzt! Ich höre unten deinen Mann.«

Allem Anschein nach hatte Jamie harte Arbeit geleistet, denn sein Hemd war schweißnaß. Als wir ins Zimmer traten, drehte er sich hastig um, und ich sah, daß er das Holzkästchen betrachtet hatte, das Geillis auf dem Tisch hatte stehenlassen. Seinem Ausdruck nach zu urteilen, waren meine Vermutungen richtig gewesen: Es war wirklich der Schmuckkasten von der Insel der Seidenbären.

»Ich glaube, es ist mir gelungen, Ihre Zuckermühle zu reparieren, Madam«, sagte er mit einer höflichen Verbeugung vor Geillis. »Schuld war ein geborstener Zylinder, aber Ihrem Aufseher und mir ist es gelungen, ihn zu flicken. Leider fürchte ich, daß Sie trotzdem bald einen neuen brauchen werden.«

Geillis zog belustigt die Augenbrauen hoch.

»Ich bin Ihnen zu Dank verpflichtet, Mr. Fraser. Darf ich Ihnen nun eine Erfrischung anbieten?« Sie streckte schon die Hand nach einem der Glöckchen aus, doch Jamie schüttelte rasch den Kopf und nahm seinen Rock vom Sofa.

»Vielen Dank, Madam, aber ich fürchte, wir müssen aufbrechen. Der Weg nach Kingston ist weit, und wenn wir noch vor Einbruch der Dunkelheit dort eintreffen wollen, müssen wir jetzt los.« Plötzlich wurde sein Gesicht starr. Er hatte gemerkt, daß Briannas Fotos nicht mehr in seiner Rocktasche steckten.

Fragend sah er mich an. Ich nickte leise und strich kurz über die Tasche meines Kleides, wo sie sicher verstaut waren.

»Vielen Dank für deine Gastfreundschaft«, verabschiedete ich mich von Geillis und schritt eilig zur Tür. Nun, da Jamie zurückgekehrt war, wollte ich Rose Hall und seine Besitzerin so schnell wie möglich verlassen. Jamie allerdings zögerte noch.

»Ich habe mich gefragt, Mrs. Abernathy, da sie längere Zeit in Paris gewohnt haben, ob Sie dort einen Bekannten von mir getroffen haben. Sind Sie zufällig mal dem Herzog von Sandringham begegnet?«

Sie wandte ihm den blonden Kopf zu, doch als er schwieg, nickte sie.

»Aye, ich habe ihn gekannt. Warum fragen Sie?«

Jamie setzte sein bezauberndstes Lächeln auf. »Das ist mir nur gerade eingefallen, Madam. Reine Neugier.«

Der Himmel war bedeckt, als wir durchs Tor ritten. Es zeichnete sich bereits ab, daß wir nicht nach Kingston gelangen konnten, ohne in einen Regenschauer zu geraten. Aber angesichts der Umstände war mir das gleich.

»Hast du die Bilder von Brianna?« lautete Jamies erste Frage, als er sein Pferd zügelte.

»Ja, hier.« Ich klopfte auf meine Tasche. »Hast du Ian gesehen?«

Vorsichtig blickte er über die Schulter zurück, als fürchtete er, daß wir verfolgt würden.

»Aus dem Aufseher und den Sklaven habe ich nichts herausbringen können. Verständlicherweise haben sie eine Heidenangst vor dieser Frau. Aber ich weiß, wo er ist.« Er klang zufrieden.

»Wo? Sollen wir uns hinschleichen und ihn holen?« Ich richtete mich im Sattel auf und sah zurück. Mehr als das Schieferdach war von Rose Hall durch die Baumwipfel nicht mehr zu erkennen. Alles in mir sträubte sich dagegen, noch einmal einen Fuß auf die Plantage zu setzen – aber schließlich waren wir wegen Ian hier.

»Nicht jetzt.« Jamie griff nach meinem Zügel und zog das Pferd zurück auf den Pfad. »Dabei brauche ich Hilfe.«

Unter dem Vorwand, das passende Material zu suchen, um die Zuckerpresse zu flicken, war es Jamie gelungen, die Plantage im Umkreis von fünfhundert Metern um das Haupthaus abzusuchen – darunter die Sklavenhütten, die Ställe, ein ungenutzter Speicher zum Trocknen von Tabak und das Gebäude mit der Zuckerraffinerie. Außer neugierigen oder feindseligen Blicken hatte nichts und niemand seine Suche behindert – bis er in die Nähe der Raffinerie kam.

»Dieser große Schwarze, der auf die Veranda gekommen ist, hockte vor der Raffinerie«, erzählte Jamie. »Immer wenn ich in seine Nähe kam, wurde der Aufseher nervös. Er rief mich fort und warnte mich vor dem Mann.«

»Klingt ausgesprochen vernünftig.« Ein Schauer lief mir über den Rücken. »Dem Kerl nicht zu nahe zu kommen, meine ich. Glaubst du, das hat mit Ian zu tun?«

»Er saß wie festgenagelt vor einer kleinen Tür.« Jamie lenkte sein Pferd vorsichtig um einen umgestürzten Baumstamm. »Der Tür, die zum Keller unter der Raffinerie führen muß.« Der Mann war keinen Zentimeter von seinem Platz gewichen, obwohl Jamie es fertiggebracht hatte, Stunden dort herumzuwerkeln. »Wenn Ian auf der Plantage ist, dann dort.«

»Das glaube ich auch.« Rasch erzählte ich ihm von meinem Besuch, einschließlich des Gesprächs mit den Küchenmädchen. »Aber was sollen wir tun?« schloß ich. »Wir können Ian doch nicht dortlassen! Schließlich haben wir keine Ahnung, was Geillis mit ihm vorhat. Sicher nichts Gutes, wenn sie nicht einmal zugibt, daß er dort ist!«

»Nein, wohl nicht«, gab er grimmig zu. »Über Ian hat der Aufseher zwar eisern geschwiegen, aber er hat mir andere Dinge erzählt. Dir würden die Haare zu Berge stehen, wenn sie nicht schon abstünden wie bei einem Stachelschwein.« Er sah mich an, und trotz seines Kummers lag ein kleines Lächeln auf seinem Gesicht.

»Danke für das Kompliment!« stellte ich fest, während ich mich an das sinnlose Unterfangen machte, widerborstige Locken und Strähnen unter meinen Hut zu stopfen.

Die Blätter der Bäume tanzten im Wind wie betrunkene Schmetterlinge, und über der nächstgelegenen Bergkuppe baute sich eine Gewitterwolke auf. Von der kleinen Anhöhe, auf der wir standen, konnte ich sehen, wie sich ein dunkler, undurchsichtiger Regenschleier über das Tal senkte.

Jamie richtete sich im Sattel auf und betrachtete die Umgebung. Mein ungeübtes Auge sah nichts als dichten, undurchdringlichen Dschungel, aber ein Mann, der sieben Jahre in der Heide gelebt hatte, mußte viel mehr erkennen können.

»Wir suchen uns am besten einen Unterstand, solange das noch möglich ist«, schlug er vor. »Komm mit, Sassenach.«

Zu Fuß, die Pferde am Zügel führend, verließen wir den schmalen Weg und bogen auf einen, wie Jamie es nannte, Trampelpfad von Wildschweinen ein. Kurz darauf hatte er das Gesuchte gefunden: einen schmalen Fluß, der sich tief in den Waldboden eingeschnitten hatte. Sein steiles Ufer war von Farnen, dunkel schimmernden Büschen und hin und wieder einem schlanken Baumschößling überwuchert.

Dort angekommen, wies Jamie mich an, Farnwedel von der Länge meines Arms abzubrechen, und als ich mit einem Bündel davon zurückkehrte, hatte er bereits das Gerüst für eine Hütte gebaut: Schößlinge, in einem Bogen zu einem umgestürzten Baumstamm gespannt, waren mit abgeschnittenen Zweigen von benachbarten Büschen verstärkt worden. Rasch mit den Farnwedeln gedeckt, war die Hütte zwar nicht ganz wasserfest, aber immer noch besser als ein Gewitterschauer im Freien.

Als die Wolkenwand uns traf, verstummten für einen Augenblick alle Geräusche der Natur. Kein Vogelzwitschern mehr, kein Gesumm von Insekten – alle ihre Sinne hatten ihnen angekündigt, daß der Regen kam. Einige dicke Tropfen klatschten auf das Blattwerk; dann brach der Sturm los.

In der Karibik kommt ein Gewitter rasch und mit ungeheurer Wucht – kein Vergleich zu dem unentschiedenen Dunst und Nieselregen von Edinburgh. Der Himmel wird pechschwarz, und in jeder Minute ergießen sich Gallonen von Wasser auf die Erde. Das Prasseln des Regens macht jede Verständigung unmöglich. Wasserdunst steigt wie Dampf vom Boden.

Der Regen perlte von unserem Farndach, und zarter Dunst zog in das Blattgrün unseres Unterstands. Zwar war es nicht kalt, aber im Dach klaffte eine Ritze, von der es stetig in meinen Nacken tropfte. Ausweichen konnte ich nicht, aber Jamie zog seinen Rock aus und wickelte mich darin ein. Dann legte er seinen Arm um mich, um das Ende des Unwetters abzuwarten. Plötzlich fühlte ich mich sicher, und der Druck, der die letzten Stunden, ja, Tage auf mir gelastet hatte, war wie weggeblasen. Ian war so gut wie gefunden, und nichts konnte uns hier etwas anhaben.

Ich drückte Jamies Hand; er lächelte mich an. Dann beugte er sich vor und küßte mich sanft. Er roch gut, nach Erde, gemischt mit einem Hauch der Zweige, die er gebrochen hatte, und einer Spur seines eigenen, gesunden Schweißes.

Bald schon würden wir es hinter uns haben. Wir hatten Ian aufgespürt, und so Gott wollte, würden wir ihn demnächst wieder in unsere Arme schließen. Und was dann? Jamaika würden wir verlassen müssen, aber es gab noch genügend andere Orte auf der Welt. Die französischen Kolonien Martinique und Grenada, die von den Holländern verwaltete Insel Eleuthera; vielleicht würden wir uns sogar bis zum amerikanischen Kontinent durchschlagen. Solange Jamie bei mir war, fürchtete ich weder Tod noch Teufel.

Ebenso plötzlich, wie er eingesetzt hatte, hörte der Regen wieder auf. Lediglich einzelne Tropfen fielen noch von Sträuchern und Bäumen. Eine milde, frische Brise strich das Flußbett herauf. Sie vertrieb den Dunst und fuhr kühlend unter die schweißnassen Locken in meinem Nacken. Vögel und Insekten begannen erst leise, dann aus vollem Halse zu singen und zu summen, und selbst die Luft schien vor prallgrünem Leben zu tanzen.

Ich seufzte auf, stemmte mich in die Höhe und nahm Jamies Rock von den Schultern.

»Weißt du was? Geillis hat mir einen Edelstein gezeigt, einen schwarzen Diamanten namens Adamant«, erzählte ich Jamie. »Sie sagt, den hätten die Alchemisten früher benutzt; angeblich kann man mit seiner Hilfe sehen, welche Freude in allem, was uns umgibt, verborgen ist. Ich glaube, an diesem Platz muß einer vergraben sein.«

Jamie lächelte mich an.

»Das würde mich nicht wundern, Sassenach«, murmelte er. »Komm, dein Gesicht ist ja ganz naß.«

Er griff in den Rock, um sein Taschentuch herauszuholen, und stutzte plötzlich.

»Briannas Bilder«, sagte er.

»Oh, das hatte ich ganz vergessen.« Ich holte die Bilder aus der Tasche und gab sie ihm zurück. Er blätterte sie durch, hielt plötzlich inne und begann die Prozedur noch mal von vorne.

»Was ist?« fragte ich beunruhigt.

»Eins fehlt«, entgegnete er leise. Ein undefinierbares Grauen ballte sich in meinem Magen zusammen, und die Freude, die mich gerade noch erfüllt hatte, war wie verflogen.

»Bist du sicher?«

»Ich kenne jedes einzelne in- und auswendig, Sassenach«, sagte er. »Aye, ich bin mir sicher. Es ist das, wo sie am Feuer sitzt.«

Ich wußte, welches er meinte. Es zeigte Brianna als Jugendliche bei einem Campingausflug an einem Lagerfeuer. Sie hatte die Knie angezogen, die Ellenbogen daraufgestützt und blickte direkt in die Kamera. Allerdings hatte sie nicht bemerkt, wie das Foto aufgenommen wurde: Ihr Gesicht war verträumt.

»Das muß Geillis genommen haben. Sie hat die Bilder in deinem Rock gefunden, als ich in der Küche war. Dann hat sie es also gestohlen.«

»Verdammt sei diese Frau!« Mit funkelnden Augen sah Jamie zurück. Seine Hand umklammerte die restlichen Fotos. »Was hat sie damit vor?«

»Vielleicht ist sie nur neugierig«, erwiderte ich. Aber das Grauen blieb. »Was soll sie schon damit anfangen? Sie hat es wohl kaum genommen, um es jemandem zu zeigen. Wer kommt schon hierher?«

Anstatt zu antworten, hob Jamie plötzlich den Kopf und griff warnend nach meinem Arm. In einiger Entfernung zeichnete sich als gelber Schlammstreifen eine Wegschleife im grünen Dickicht ab. Und auf dieser Schleife trabte hoch zu Roß eine schwarzgekleidete, eckige Gestalt, ein Mann, kaum größer als eine Ameise.

Plötzlich fiel mir wieder ein, was Geillis gesagt hatte. *Ich erwarte einen Besucher.* Und später: *Dieser Pfaffe hat sich für vier Uhr angekündigt.*

»Das ist ein Priester, irgendein Pfarrer«, erklärte ich Jamie. »Geillis erwartet ihn.«

»Nicht nur ein Priester, sondern Archibald Campbell, wie er leibt und lebt«, knurrte Jamie. »Was zum Teufel – oder vielleicht sollte ich diesen Ausdruck im Hinblick auf Mistress Abernathy lieber nicht benutzen.«

»Vielleicht ist er gekommen, um Geillis den Teufel auszutreiben«, schlug ich mit einem nervösen Lachen vor.

»Wenn, dann ist er für diese Rolle wie geschaffen.« Die knochige Gestalt verschwand hinter den Bäumen, und nachdem wir sicherheitshalber noch einige Minuten gewartet hatten, kehrten wir zum Weg zurück.

»Was willst du wegen Ian unternehmen?« fragte ich.

»Ich brauche Hilfe«, erwiderte er. »Am besten fahre ich mit Innes, MacLeod und den anderen Männern den Fluß hinauf. Nicht weit von der Raffinerie gibt es eine Anlegestelle. Dort binden wir das Boot fest, gehen an Land, kümmern uns um Herkules – und Atlas, wenn er Ärger macht –, brechen den Keller auf, holen Ian und machen uns auf den Rückweg. In zwei Tagen haben wir Neumond. Ich wünschte, es ginge eher, aber so lange werden wir wohl brauchen, bis wir ein geeignetes Boot und die nötigen Waffen aufgetrieben haben.«

»Und wie wollen wir das bezahlen?« fragte ich rundheraus. Die nötige Anschaffung von Kleidung und Schuhen hatte einen Großteil des Gewinns geschluckt, den Jamie mit der Ladung Guano erzielt hatte. Der Rest würde uns gerade über die nächsten Wochen helfen. Vielleicht reichte er, um für ein, zwei Tage ein Boot zu mieten, aber sicher nicht für eine größere Anzahl Waffen.

Auf Jamaika wurden weder Pistolen noch Degen hergestellt; alle Waffen mußten aus England eingeführt werden und waren entsprechend teuer. Zwar besaß Jamie noch die zwei Pistolen von Kapitän Raines, aber die Schotten hatten lediglich ihre Fischmesser und das alte Entermesser – also nichts, was sich für einen Überfall eignete.

Jamie zog eine Grimasse. Dann warf er mir einen vorsichtigen Blick zu.

»Ich werde John um Hilfe bitten müssen«, sagte er. »Meinst du nicht auch?«

Ich schwieg einen Moment lang, ehe ich nickte.

»Ja, das mußt du wohl.« Mir gefiel die Vorstellung nicht, aber hier ging es nicht um mich, sondern um Ians Leben. »Ach, aber eins noch, Jamie –«

»Aye, ich weiß schon«, fiel er mir ins Wort. »Du willst uns begleiten, nicht wahr?«

»Ja.« Ich lächelte. »Wenn Ian krank oder verletzt ist...«

»Gut, dann kommst du eben mit«, gab er etwas unwirsch nach. »Du mußt mir nur einen Gefallen tun, Sassenach. Bemüh dich doch bitte, daß du nicht in Stücke gerissen wirst oder sonstwie ums Leben kommst! Denn das wäre verdammt hart für einen Mann mit meinen Gefühlen.«

»Ich werde mir Mühe geben«, versprach ich ihm. Dann lenkte ich mein Pferd neben ihn, und Seite an Seite ritten wir unter den tropfenden Bäumen auf Kingston zu.

61

Das Grinsen des Krokodils

Zu meinem Erstaunen herrschte in dieser Nacht auf dem Fluß großer Verkehr. Lorenz Stern, der darauf bestanden hatte, uns zu begleiten, erklärte, daß der Fluß die wichtigste Verbindung zwischen den Plantagen in den Bergen und Kingston mit seinem Hafen war. Die Straßen, soweit es welche gab, waren entweder grauenhaft oder seit der letzten Regenzeit vom Dschungel überwuchert.

Als wir die breite Wasserstraße mühsam stromaufwärts segelten, kamen uns zwei kleinere Schiffe und ein Lastkahn entgegen. Bedrohlich wie ein schwarzer Eisberg zog der riesige, mit Kisten und Ballen beladene Kahn an uns vorbei, die Stimmen der Sklaven, die das Schiff steuerten und sich leise in einer fremden Sprache unterhielten, nur ein gedämpftes Gemurmel.

»Wirklich freundlich von Ihnen, daß Sie mitkommen, Lorenz«, sagte Jamie. Wir saßen in einem kleinen, offenen Einmaster, der kaum ausreichend Platz für Jamie, die sechs schottischen Schmuggler, Stern und mich bot. Doch obwohl es reichlich eng war, freute ich mich, daß Stern sich uns angeschlossen hatte. Seine unerschütterliche Abgeklärtheit wirkte überaus beruhigend.

»Ich gebe zu, daß ich neugierig bin«, entgegnete Stern, während er seinem Bauch mit dem Hemdzipfel Kühlung zufächelte. »Schließlich habe ich die Dame bereits kennengelernt.«

»Mrs. Abernathy?« Ich überlegte. »Äh... welchen Eindruck hatten Sie von ihr?« fragte ich dann vorsichtig.

»Oh... sie war äußerst charmant, ganz reizend.«

Ich konnte sein Gesicht in der Dunkelheit nicht erkennen, aber da seine Stimme sowohl verlegen als auch erfreut klang, nahm ich an, daß er die Witwe Abernathy wirklich überaus anziehend gefunden hatte. Woraus ich schloß, daß Geillis etwas von Lorenz wollte, denn gewöhnlich ließ sie bei einem Mann nur dann ihre Reize spielen, wenn sie ihn für ihre Zwecke brauchte.

»Wo sind Sie ihr begegnet? Bei ihr zu Hause?« Nach dem, was ich von den Gästen auf dem Empfang des Gouverneurs gehört hatte, verließ Mrs. Abernathy ihre Plantage praktisch nie.

»Ja, in Rose Hall. Ich habe sie aufgesucht, weil ich sie um die Erlaubnis bitten wollte, eine seltene Spezies von Käfern zu sammeln – von der Sorte der Cucurlionidae –, die ich an einer Quelle auf ihrem Grundstück entdeckt habe. Sie hat mich äußerst freundlich empfangen und bewirtet.« Diesmal schwang eindeutig Selbstzufriedenheit in seiner Stimme mit. Jamie, der neben mir saß und das Steuer bediente, schnaubte.

»Was hat sie von Ihnen gewollt?« Offensichtlich war er zu den gleichen Schlußfolgerungen gelangt wie ich.

»Oh, sie zeigte ein lebhaftes Interesse an Pflanzen und Tieren, die ich auf der Insel gesammelt habe, und erkundigte sich nach dem Standort verschiedener Kräuter. Außerdem fragte sie nach anderen Gegenden, die ich erforscht habe, insbesondere nach Hispaniola.« Bedauernd seufzte er auf. »Es fällt mir schwer zu glauben, daß eine so bezaubernde Frau solch schändliche Taten begangen haben soll, wie Sie sie beschreiben, James.«

»Bezaubernd?« fragte Jamie trocken. »Sind Sie sicher, daß sie sich nicht ein wenig in sie verliebt haben, Lorenz?«

Auch Stern schien zu lächeln, wie man an seinem Tonfall hörte. »Ich habe mich mal ausführlicher mit einer Sorte der fleischfressenden Fliege beschäftigt, mein Freund. Wenn das Auge des Männchens auf ein gewisses Weibchen gefallen ist, sucht es oft unter viel Mühen ein Stück Fleisch oder ein anderes Geschenk, das es dann sorgfältig in Seidenfäden einspinnt. Während das Weibchen damit beschäftigt ist, den Leckerbissen auszuwickeln, bespringt es das Männchen, vollzieht seine ehelichen Pflichten und ergreift gleich darauf die Flucht. Denn wenn das Weibchen das Mahl beendet hat, bevor er fertig ist, oder wenn das Geschenk nicht nach ihrem Geschmack ausfällt – dann verspeist sie das Männchen.« Leise hörte ich ihn im Dunkeln lachen. »Nein, das war eine faszinierende Begegnung, aber ich glaube nicht, daß ich Mrs. Abernathy noch einmal meine Aufwartung machen werde.«

»Na, hoffentlich bleibt uns eine Begegnung erspart«, gab Jamie ihm recht.

Die Männer wurden von der Dunkelheit verschluckt, und ich blieb allein am Flußufer zurück. Ich sollte das Boot bewachen, und Jamie hatte mir eingeschärft, meinen Platz unter keinen Umständen zu verlassen. Mit der strikten Anweisung, mir auch ja nicht in den Fuß zu schießen, hatte er mir außerdem eine geladene Pistole dagelassen. Tröstlich lag die schwere Waffe in meinen Händen, aber als sich die Minuten dahinschleppten, fand ich es immer bedrückender, einsam und allein in der Dunkelheit auszuharren.

Von meinem Standpunkt aus konnte ich das Haus sehen, ein dunkles Rechteck mit drei erleuchteten Fenstern im Erdgeschoß: Dort mußte der Salon sein. Seltsamerweise war von den Sklaven nichts zu hören und zu sehen. Aber während ich noch aufs Haus starrte, entdeckte ich plötzlich einen Schatten, der vor den Fenstern entlanghuschte, und mir blieb fast das Herz stehen.

Geillis konnte es nicht gewesen sein, denn so lang, schmal und eckig wie der Schatten war sie nicht.

Verzweifelt sah ich mich um. Am liebsten hätte ich laut gerufen, aber dazu war es zu spät. Die Männer, die unterwegs zur Raffinerie waren, waren schon längst außer Hörweite. Einen Moment zögerte ich noch, aber mir blieb keine andere Wahl. Ich raffte meine Röcke und marschierte los.

Als ich auf der Veranda eintraf, war ich naßgeschwitzt, und mein Herz klopfte so laut, daß es alle anderen Geräusche in meinen Ohren übertönte. Vorsichtig kauerte ich mich unter das erste Fenster, um hineinzuspähen, ohne gesehen zu werden.

Drinnen herrschte Frieden. Im Kamin flackerte ein kleines Feuer, dessen Flammen sich in den polierten Dielen spiegelten. Geillis' Sekretär aus Rosenholz war aufgeklappt, und auf der Schreibfläche lagen Stapel von beschriebenen Bögen und, wie es schien, sehr alten Büchern. Eine Person sah ich nicht, aber ich konnte auch nicht das ganze Zimmer überblicken.

Bei dem Gedanken, daß mir der Herkules mit den toten Augen womöglich hinterherschlich, bekam ich eine Gänsehaut. Als ich weiter auf der Veranda entlangkroch, sah ich mich sicherheitshalber immer wieder um.

An diesem Abend wirkte das Haus seltsam verlassen. Keine Spur von dem leisen Gemurmel der Sklaven, das ich bei meinem ersten Besuch gehört hatte. Aber vielleicht hatte das nichts zu bedeuten. Fast immer legten die Sklaven bei Einbruch der Dunkelheit die Arbeit nieder und zogen sich in ihre Hütten zurück. Aber hätten dann nicht wenigstens noch die Haussklaven dasein müssen, um das Feuer zu versorgen und in der Küche das Essen zuzubereiten?

Die Haustür stand offen. Auf der Schwelle lagen Blütenblätter von der gelben Rose. Im schwachen Licht, das aus der Eingangshalle fiel, schimmerten sie wie alte Goldmünzen.

Ich blieb stehen und lauschte. Plötzlich meinte ich, ein leises Rascheln aus dem Salon zu hören, wie wenn jemand die Seite eines Buches umschlägt. Aber sicher war ich mir nicht. Ich nahm all meinen Mut zusammen und trat über die Schwelle.

Im Innern des Hauses war das Gefühl der Verlassenheit noch stärker. Wo waren bloß die Bewohner?

An der Tür zum Salon blieb ich noch einmal stehen und lauschte. Ich hörte das Feuer knistern und wieder das leise Rascheln der umgeblätterten Seiten. Als ich den Kopf durch die Tür steckte, sah ich, daß inzwischen jemand vor dem Sekretär Platz genommen hat. Der schmalschultrige, hochgewachsene Mann beugte den dunklen Kopf über die Schreibplatte.

»Ian!« raunte ich, so laut ich wagte. »Ian!«

Die Gestalt fuhr zusammen und stand hastig auf.

»Herr im Himmel!« rief ich.

»Mrs. Malcolm!« staunte Reverend Archibald Campbell.

Ich schluckte und wartete, daß mein Pulsschlag wieder langsamer wurde. Der Reverend wirkte beinahe ebenso verdutzt wie ich, doch im nächsten Moment hatte er sich schon wieder gefaßt. Seine Züge wurden starr, und er trat einen Schritt auf die Tür zu.

»Was wollen Sie hier?« fragte er herrisch.

»Ich suche den Neffen meines Mannes«, erwiderte ich. Zu lügen hatte keinen Sinn, und vielleicht kannte er Ians Aufenthaltsort ja sogar. Rasch sah ich mich im Raum um, doch abgesehen vom Reverend war er leer. »Wo ist Mrs. Abernathy?«

»Keine Ahnung«, erwiderte er stirnrunzelnd. »Anscheinend ist sie nicht zu Hause. Was meinen Sie damit, der Neffe Ihres Mannes?«

»Nicht zu Hause?« Fragend blinzelte ich in den Raum. »Wo ist sie hingefahren?«

»Das weiß ich nicht.« Er preßte die aufgeworfene Oberlippe wie einen Schnabel über die untere. »Als ich heute morgen aufgestanden bin, war sie schon fort – und mit ihr alle Dienstboten, wie ich vermute. Feine Art, einen Gast zu behandeln!«

Obwohl ich weiterhin auf der Hut war, seufzte ich erleichtert auf. Wenigstens bestand keine Gefahr, Geillis über den Weg zu laufen. Mit Reverend Campbell würde ich schon fertig werden.

»Oh«, sagte ich. »Wirklich, nicht sehr gastfreundlich! Ist Ihnen zufällig ein etwa fünfzehnjähriger Junge begegnet, sehr groß und schlank, mit dichtem braunen Haar? Anscheinend nicht. Nun, dann sollte ich jetzt gehn –«

»Halt!« Er packte mich am Arm. Verdutzt blieb ich stehen, denn er tat mir weh.

»Wie lautet der richtige Name Ihres Mannes?« wollte er wissen.

»Wieso? Alexander Malcolm«, antwortete ich, während ich mich freizumachen versuchte. »Das wissen Sie doch.«

»Tatsächlich? Aber als ich Mrs. Abernathy von Ihnen und Ihrem Mann erzählt und Sie beide beschrieben habe, sagte sie, Sie beide hießen Fraser. Wie kann das angehen?«

»Oh!« Ich holte tief Luft und suchte nach einer Erklärung, aber mir wollte einfach nichts Vernünftiges einfallen. Aus dem Stegreif hatte ich noch nie gut lügen können.

»Wo ist Ihr Mann?« fragte der Reverend energisch.

»Hören Sie«, setzte ich an, während ich an meinem Arm zerrte, »Sie täuschen sich, was Jamie angeht. Er hat mir versichert, daß er nichts mit Ihrer Schwester zu tun hatte. Er –«

»Haben Sie mit ihm über Margaret gesprochen?« Seine Hand krallte sich fester um meinen Arm. Ich stöhnte auf und zog mit aller Kraft.

»Ja. Er hat gesagt, es sei dabei nicht um ihn gegangen. Der Mann, den Ihre Schwester in Culloden gesucht hat, war sein Freund Ewan Cameron.«

»Sie lügen«, entgegnete er unbeeindruckt. »Sie oder er. Aber das macht keinen Unterschied. Wo ist er?« Er schüttelte mich, aber mit einem Ruck gelang es mir endlich, mich zu befreien.

»Ich sagte Ihnen doch, er hat nichts mit dem Unglück Ihrer

Schwester zu tun.« Ich wich ein paar Schritte zurück. Gleichzeitig überlegte ich fieberhaft, wie ich ihn loswerden konnte, ohne daß er sich lärmend auf die Suche nach Jamie machte und damit unsere Rettungsaktion gefährdete. Mit dem hühnenhaften Herkules konnten sie zu acht vielleicht noch fertig werden, nicht aber mit hundert kampfeslustigen Sklaven.

»Wo ist er?« Während er mich mit seinen stechenden Augen fixierte, kam der Reverend auf mich zu.

»In Kingston.« Als ich kurz zur Seite blickte, sah ich, daß ich neben einer Flügeltür stand. Zwar schien es mir möglich, daß ich nach draußen huschte, ohne vom Reverend eingeholt zu werden, aber was sollte ich dann tun? Immer noch besser, ich hielt ihn hier mit Reden auf, als daß er mich über das ganze Anwesen verfolgte.

Erst als ich mich umdrehte und den wütenden Geistlichen wieder in Augenschein nahm, wurde mir klar, was ich soeben auf der Veranda erblickt hatte. Verwirrt fuhr ich herum und starrte nach draußen.

Aber ich hatte mich nicht getäuscht. Auf dem Geländer hockte ein weißer Pelikan, den Kopf unter die Flügel gesteckt. Silbern glänzte Ping Ans Gefieder im blassen Lichtschein, der aus dem Salon nach draußen fiel.

»Was ist los?« fragte der Reverend. »Wer ist da? Ist jemand da draußen?«

»Nur ein Vogel«, sagte ich, während ich mich wieder zum Reverend umwandte. Das Herz klopfte mir bis zum Halse. Mr. Willoughby mußte ganz in der Nähe sein. An Flußmündungen oder an der Küste war ein Pelikan nichts Ungewöhnliches, aber noch nie hatte ich einen so weit im Landesinneren gesehen. Was sollte ich tun, wenn Mr. Willoughby jetzt auch noch hier auftauchte?

»Ich bezweifele ja stark, daß sich Ihr Mann in Kingston befindet«, stellte der Reverend derweilen fest, während er mich mißtrauisch musterte. »Wenn das stimmt, wird er vermutlich herkommen, um Sie abzuholen.«

»Keineswegs«, entgegnete ich mit so viel Überzeugungskraft, wie ich aufbringen konnte. »Jamie hat nicht die Absicht, nach Rose Hall zu kommen. Ich bin ganz allein bei Geillis – bei Mrs.

Abernathy – zu Besuch. Mein Mann erwartet mich erst im nächsten Monat wieder zurück.«

Er glaubte mir zwar nicht, aber es gab nicht viel, was er tun konnte. Er schürzte die Lippen, so daß sein Mund wie eine kleine Rosette aussah. Dann öffnete er ihn so weit, um zu fragen: »Sie bleiben also hier?«

»Ja«, antwortete ich. Zum Glück wußte ich genügend über die Anordnung der Zimmer, um in die Rolle eines Gasts schlüpfen zu können. Und da die Dienstboten außer Haus waren, gab es niemanden, der mich der Lüge bezichtigen konnte.

Eine Weile stand er einfach nur da und musterte mich. Dann biß er die Zähne zusammen und nickte widerstrebend.

»Ach so. Vermutlich können Sie mir dann Auskunft geben, wohin unsere Gastgeberin verschwunden ist und wann sie zurückzukehren gedenkt.«

Allmählich dämmerte mir tatsächlich, wohin Geillis Abernathy aufgebrochen sein könnte. Ein beunruhigender Gedanke. Allerdings war Reverend Campbell nicht unbedingt derjenige, mit dem ich mein Wissen teilen wollte.

»Nein, leider nicht«, entgegnete ich. »Ich… äh, war zu Besuch auf der Nachbarplantage und bin gerade erst zurückgekehrt.«

Der Reverend musterte mich skeptisch, aber ich trug wirklich mein Reitkostüm – wenn auch nur deshalb, weil ich außer der violetten Ballrobe und zwei Musselinkleidern nichts Vorzeigbares mehr anzuziehen besaß. Also erhob er keinen Einwand.

»Verstehe«, sagte er. »Mmmpf. Nun denn.« Unruhig verknotete er die breiten, knochigen Hände, als wüßte er nichts mit ihnen anzufangen.

»Lassen Sie sich von mir nicht stören.« Ich versuchte es mit einem bezaubernden Lächeln und wies mit dem Kopf auf den Sekretär. »Sicher haben Sie etwas Wichtiges zu erledigen.«

Er schürzte erneut die Lippen. »Meine Arbeit ist schon beendet. Ich habe nur gerade die Kopien von Dokumenten angefertigt, um die Mrs. Abernathy mich gebeten hat.«

»Wie interessant«, bemerkte ich geistesabwesend, während ich mich innerlich glücklich pries, daß ich ihm nach ein paar Höflichkeitsfloskeln mit der Ausrede entkommen konnte, mich in mein vorgebliches Zimmer zurückziehen zu wollen. Da alle Zimmer im

Erdgeschoß auf die Veranda hinausgingen, wäre es mir dann ein leichtes, mich davonzustehlen und auf die Suche nach Jamie zu machen.

»Teilen Sie nicht auch das Interesse unserer Gastgeberin für schottische Geschichte?« Sein Blick wurde schärfer, und leicht verstört entdeckte ich in seinen Augen das fanatische Glitzern des begeisterten Forschers. Das kannte ich nur allzu gut.

»Ja, gewiß. Wirklich sehr interessant.« Gleichzeitig bewegte ich mich vorsichtig auf die Tür zu. »Aber ich muß gestehen, ich weiß nicht besonders viel über –« Mit einem Schlag verstummte ich, denn mein Blick war auf das oberste Dokument gefallen.

Es war eine Ahnentafel. Als ich noch mit Frank zusammenlebte, hatte ich viele derartige Aufstellungen gesehen, doch diese erkannte ich auf Anhieb – es war der Stammbaum der Familie Fraser, sichtbar allein schon an der Überschrift des verflixten Papiers: Fraser von Lovat. Sie begann irgendwann um 1400 und setzte sich bis zu Jamies Zeitgenossen fort. Ich las den Namen Simon, des jakobitischen Burgherrn von Lovat, der für seine Rolle bei Charles Stuarts Aufstand hingerichtet – und nicht unbedingt betrauert – worden war, darunter die seiner mir nur allzu gut bekannten Sprößlinge. In einer Ecke, mit einem Zeichen, das auf uneheliche Geburt hindeutete, der Name Brian Fraser – Jamies Vater. Unten auf dem Bogen stand in sauberen, schwarzen Buchstaben: Jamie Fraser.

Ich merkte, wie mir eine Gänsehaut über den Rücken kroch. Der Reverend betrachtete mich zufrieden.

»Ist es nicht erstaunlich? Ausgerechnet die Frasers trifft es!«

»Wie… Was soll die Frasers treffen?« fragte ich. Als wäre ich magisch davon angezogen, trat ich auf den Sekretär zu.

»Nun, die Weissagungen«, erklärte er mir leicht verwundert. »Kennen Sie die nicht? Vielleicht liegt es daran, daß Ihr Mann aus der illegitimen Linie…«

»Nein, ich kenne keine Weissagungen.«

»Ach?« Der Reverend gewann zunehmend Gefallen an seiner Rolle und ergriff die Gelegenheit, mich in die Geheimnisse um die Frasers einzuweihen. »Ich dachte, Mrs. Abernathy hätte Ihnen bereits davon erzählt. Schließlich hat sie dieses Thema so in seinen Bann gezogen, daß sie mir deswegen sogar nach Edinburgh schrieb.« Er blätterte in dem Stapel und zog einen gälisch beschriebenen Bogen hervor.

»Dies ist der ursprüngliche Wortlaut der Weissagung«, erklärte er. »Sie stammt von Brahan Seer. Sicher haben Sie schon von ihm gehört.« Seinem Ton nach zu urteilen, hielt er das für ausgeschlossen, doch der Seher, den man auch als den Nostradamus Schottlands bezeichnete, war mir nicht unbekannt.

»Ja, ich kenne ihn. Und diese Weissagung betrifft die Frasers?«

»Aye, die Frasers von Lovat. Zwar ist sie in sehr blumiger Sprache abgefaßt, aber über ihre Bedeutung besteht kein Zweifel. Das habe ich auch Mrs. Abernathy erklärt.« Er redete sich immer mehr in Begeisterung. »In der Weissagung heißt es, daß der neue Herrscher über Schottland dem Geschlecht der Lovats entspringen wird. Geschehen soll dies nach dem Untergang der ›Könige der weißen Rose‹ – natürlich eine Anspielung auf die katholischen Stuarts. Sicher, einige Hinweise sind eher kryptisch, zum Beispiel wann dieser Herrscher in Erscheinung tritt, oder ob es sich um einen König oder eine Königin handelt – all das läßt sich nicht so leicht deuten, besonders wenn man den schlechten Zustand des Originals betrachtet…«

Er redete weiter, aber ich hörte ihm nicht mehr zu. Allmählich war ich mir sicher, wohin Geillis sich gewandt hatte. Sie hatte sich voll und ganz der schottischen Sache verschrieben und sich fast zehn Jahre lang der Aufgabe gewidmet, den Stuarts zum Thron zu verhelfen. Mit der Schlacht von Culloden war dieser Versuch jedoch gescheitert, und für die überlebenden Stuarts hatte sie nur noch Verachtung übrig. Kein Wunder, wenn sie zu wissen glaubte, wer als nächster an der Reihe war.

Aber wohin wollte sie sich wenden? Zurück nach Schottland, um Lovats Erben zur Seite zu stehen? Nein, sie hatte vor, die Zeitschranke abermals zu überwinden, das war in unserem Gespräch klargeworden. Sie war dabei, die Vorbereitungen zu treffen, die notwendigen Dinge zusammenzutragen und ihre Forschungen abzuschließen.

Mit einer Mischung aus Faszination und Schrecken betrachtete ich den Bogen. Die Ahnentafel der Frasers endete natürlich mit Jamies Zeitgenossen. Wußte Geillis bereits, wie Lovats Nachfahren in der Zukunft heißen würden?

Ich blickte auf, um Reverend Campbell eine Frage zu stellen, doch die Worte blieben mir im Halse stecken. In der Tür stand Mr. Willoughby.

Offensichtlich hatte der kleine Chinese harte Zeiten hinter sich. Sein Seidenpyjama war voller Flecken und Löcher, und in seinem früher so runden Gesicht zeigten sich die Spuren von Hunger und Erschöpfung. Mit einem kurzen Flackern des Erkennens streifte mich sein Blick, dann richtete er sich auf den Reverend.

»Heiliger Mann«, sagte er. In seiner Stimme schwang ein häßlicher, höhnischer Unterton mit, den ich noch nie von ihm gehört hatte.

Der Reverend wandte sich so hastig um, daß er mit dem Ellenbogen gegen eine Vase stieß. Gelbe Blüten fielen auf das Rosenholz des Sekretärs, und Wasser tropfte auf die Papiere. Wütend schrie der Reverend auf, griff nach den Dokumenten und schüttelte die Tropfen ab, bevor die Tinte verlaufen konnte.

»Schau nur, was du angerichtet hast, du mörderischer Heide!«
Mr. Willoughby lachte auf. Es klang nicht lustig.

»Ich, ein Mörder?« Langsam und ohne den Reverend aus den Augen zu lassen, schüttelte er den Kopf. »Nicht ich, heiliger Mann. Du bist der Mörder.«

»Scher dich fort!« entgegnete der Reverend kalt. »Was hast du im Haus einer Dame zu suchen?«

»Ich kenne dich.« Der Chinese sprach leise, und er verzog keine Miene. »Ich sehe dich. Ich sehe dich im roten Zimmer mit der Frau, die lacht. Ich sehe dich auch bei den stinkenden Huren in Schottland.« Langsam hob er die Hand an den Hals und zog sie wie eine Klinge über die Kehle. »Ich glaube, du mordest sehr oft, heiliger Mann.«

Der Reverend war kreidebleich geworden, ob vor Schrecken oder vor Wut, wußte ich nicht. Auch ich war blaß – und zitterte vor Angst. Ich befeuchtete mir die Lippen und zwang mich, etwas zu sagen.

»Mr. Willoughby…«

»Nicht Willoughby.« Unverwandt ruhte sein Blick auf dem Reverend. »Ich heiße Yi Tien Tschu.«

Um nicht in Panik zu geraten, überlegte ich, ob die richtige Form der Anrede wohl Mr. Yi oder Mr. Tschu lautete.

»Mach, daß du rauskommst!« Mit geballten Fäusten trat er auf den Chinesen zu. Mr. Willoughby rührte sich nicht von der Stelle. Der wutschnaubende Geistliche schien nicht den geringsten Eindruck auf ihn zu machen.

»Besser, Sie gehen jetzt, erste Frau«, zischte er mir zu. »Der heilige Mann liebt die Frauen – aber nicht mit dem Schwanz. Mit dem Messer.«

Mir wurde eng um die Brust, als würde man mir die Luft abschnüren. Keine Silbe brachte ich über die Lippen.

»Unsinn!« entgegnete der Reverend scharf. »Noch einmal – raus hier! Oder ich –«

»Bleiben Sie bitte, wo Sie sind, Reverend«, fiel ich ihm ins Wort. Mit zitternden Händen zog ich die Pistole hervor und legte sie auf ihn an. Zu meiner Überraschung tat er wie befohlen. Allerdings starrte er mich an, als wäre mir soeben ein zweiter Kopf gewachsen.

Ich hatte noch nie zuvor jemanden mit einer Waffe bedroht. Es war seltsam berauschend, obwohl der Lauf bebte. Leider hatte ich jedoch keine Ahnung, wie es weitergehen sollte.

»Mr. –?« Ich gab es auf und benutzte alle drei Namen. »Yi Tien Tschu, haben Sie den Reverend auf dem Empfang des Gouverneurs zusammen mit Mrs. Alcott gesehen?«

»Ich sehe, wie er sie umbringt«, entgegnete Yi Tien Tschu. »Sie sollten jetzt schießen, erste Frau.«

»Albernes Zeug! Liebe Mrs. Fraser, sicher glauben Sie kein Wort von dem, was dieser Wilde da sagt. Er selbst ist –« Der Reverend gab sich alle Mühe, überlegen zu wirken, aber die kleinen Schweißperlen, die ihm auf der kahlen Stirn standen, straften seine Worte Lügen.

»Ich glaube, doch«, entgegnete ich. »Sie waren dort, das habe ich selbst gesehen. Und Sie waren in Edinburgh, als dort zum letztenmal eine Prostituierte umgebracht wurde. Von Nellie Cowden weiß ich, daß Sie die letzten zwei Jahre in Edinburgh gewohnt haben, und zwar genau in der Zeit, in der die Mädchen dort ermordet wurden.« Der Abzug der Waffe war inzwischen glitschig unter meinen Fingern.

»Aber der da hat genausolange dort gewohnt!« Mittlerweile war das Gesicht des Reverends nicht mehr blaß, sondern er wurde immer röter. Mit dem Kopf wies er auf den Chinesen.

»Schenken Sie etwa einem Kerl Glauben, der Ihren Mann verraten hat?«

»Wem?«

»Na, dem hier.« Es war fast nur noch ein Krächzen. »Dieser Schuft war es, der James Fraser an Sir Percival Turner verraten hat. Das weiß ich von Sir Percival persönlich.«

Beinahe hätte ich die Pistole fallen lassen. Das ging mir alles viel zu schnell. Inständig hoffte ich, daß Jamie und seine Männer Ian inzwischen gefunden hatten und zum Boot zurückgekehrt waren. Wenn sie mich nicht am vereinbarten Treffpunkt vorfanden, würden sie bestimmt zum Haus kommen.

Mit der Pistole gab ich dem Reverend zu verstehen, durch die Pergola in die Küche zu gehen, denn ihn in einem der Vorratsräume einzusperren, war das einzige, was mir im Augenblick einfiel.

»Sie tun wohl besser, was –«, setzte ich an. Doch in diesem Augenblick warf er sich auf mich.

Ohne nachzudenken, drückte ich ab. In der gleichen Sekunde ertönte ein lauter Knall, die Waffe in meiner Hand zuckte, und eine kleine, schwarze Rauchwolke stieg aus ihrem Lauf, so beißend, daß mir die Tränen in die Augen traten.

Getroffen hatte ich ihn jedoch nicht. Zunächst war er erschrocken stehengeblieben, doch nun verzog er befriedigt das Gesicht. Ohne ein Wort griff er in seinen Rock und holte eine knapp zwanzig Zentimeter lange ziselierte Metallscheide hervor, aus der ein Griff aus weißem Hirschhorn ragte.

Mit der schrecklichen Klarheit, zu der man im Augenblick der Gefahr fähig ist, notierte ich im Geiste jede Kleinigkeit – von der Kerbe in der Klinge, die er aus der Scheide zog, bis zum Rosenduft der Blüte, die er mit Füßen zertrat, als er sich auf mich werfen wollte.

Fortzulaufen hatte keinen Sinn, und ich wappnete mich zum Kampf, obwohl ich damit nichts erreichen würde. Alles in mir zog sich zusammen. Aber dann sah ich aus den Augenwinkeln etwas Blaues herabsausen, und ich hörte ein dumpfes Plumpsen, als hätte jemand aus großer Höhe eine Melone auf den Boden geworfen. Langsam drehte sich der Reverend auf der Ferse um und starrte mich aus leichenblassem Gesicht an. In diesem Augenblick sah er aus wie seine Schwester. Dann stürzte er zu Boden, ohne auch nur die Hand auszustrecken, um sich abzustützen.

Im Fallen riß er eins der Satinholztischchen mit, so daß getrocknete Blütenblätter und geschliffene Kristalle auf dem Boden verteilt wurden. Direkt vor meinen Füßen schlug sein Kopf auf die Dielen. Dann blieb der Mann regungslos liegen. Ich wich entsetzt zurück.

Seine Schläfe war eingedrückt. Während ich ihn fassungslos anstarrte, verlor sein Gesicht allmählich alle Farbe, bis es wachsbleich war. Seine Brust hob und senkte sich, dann hob sie sich wieder. Starr blickten seine Augen ins Leere, und sein Mund stand offen.

»Ist Tsei-mi hier, erste Frau?« Der Chinese steckte den Beutel, in dem er seine Steinkugeln aufbewahrte, zurück in den Ärmel.

»Ja, dort draußen.« Ich deutete auf die Tür zur Veranda. »Was… er… haben Sie wirklich…« Ich kämpfte gegen das Entsetzen an, das mich in Wellen überflutete, schloß die Augen und zwang mich, so tief wie möglich zu atmen.

»Haben Sie es getan?« fragte ich, ohne die Augen zu öffnen. Wenn Mr. Willoughby auch mir den Schädel einschlagen wollte, mußte ich ja nicht unbedingt zusehen. »Hat der Reverend die Wahrheit gesagt? Stimmt es, daß Sie Sir Percival von dem Treffpunkt in Arbroath erzählt haben? Wie hat er von Malcolm und der Druckerei erfahren?«

Weder antwortete der kleine Chinese, noch kam sonst irgendeine Regung von ihm. Nach einer Weile öffnete ich die Augen. Er stand da und betrachtete Reverend Campbell.

Archibald Campbell lag still, lebte aber noch. Doch der Todesengel befand sich schon im Raum, denn sein Gesicht zeigte den blaßgrünen Schimmer, den ich schon früher an Sterbenden gesehen hatte. Aber immer noch sog er mit einem zischenden Geräusch die Luft in die Lungen.

»Also war es kein Engländer«, stellte ich fest. »Sondern nur ein englischer Name – Willoughby.«

»Nicht Willoughby«, entgegnete der Chinese böse. »Ich heiße Yi Tien Tschu!«

»Warum«, schleuderte ich ihm entgegen. »Sehen Sie mich an, verdammt noch mal! Warum?«

Endlich drehte er den Kopf. Seine dunklen runden Augäpfel, die mich immer an Murmeln erinnerten, hatten jeden Glanz verloren.

»In China…«, stotterte er. »Es gibt da Geschichten. Weissagungen. Eines Tages kommen die Geister, heißt es. Und jeder hat Angst vor Geistern.« Er nickte ein-, zweimal und starrte dann wieder auf die Gestalt am Boden.

»Ich gehe fort aus China, um mein Leben zu retten. Lange Zeit beim Aufwachen, da sehe ich Geister. Um mich herum, alles nur Geister«, sagte er leise.

»Ein großer Geist kommt – ein schreckliches, bleiches Gesicht, mit Haaren wie Flammen. Ich denke, er will meine Seele fressen.« Jetzt hob er sein Gesicht zu mir auf. Es wirkte in sich versunken und ungerührt, wie ein stehendes Gewässer an einem windstillen Tag.

»Ich habe recht«, sagte er schlicht und nickte erneut.

»Tsei-mi, er frißt meine Seele. Ich bin nicht mehr Yi Tien Tschu.«

»Er hat Ihnen das Leben gerettet«, wandte ich ein. Der Chinese nickte wieder.

»Ich weiß. Besser, ich sterbe. Besser sterben, als Willoughby werden. Willoughby! Pah!« Er wandte den Kopf ab und spuckte aus. Plötzlich war sein Gesicht wutverzerrt.

»Tsei-mi, er spricht meine Worte! Er frißt meine Seele!« Der Wutanfall schien so schnell vorüber, wie er gekommen war. Obwohl es nicht besonders warm im Rauch war, schwitzte er. Zitternd fuhr seine Hand zum Gesicht, um sich den Schweiß abzuwischen.

»Da ist ein Mann, den ich in der Taverne treffe. Fragt nach Mac-Doo. Ich bin betrunken«, erklärte er leidenschaftslos. »Ich will eine Frau, aber keine Frau will mit mir gehen – sie lachen, sagen gelber Wurm, zeigen auf…« Er wies auf den Schritt seiner Hose. Dann schüttelte er den Kopf, so daß sein Zopf über die Seidenbluse rutschte.

»Was *gwao-fei* macht, ist mir egal. Ich bin betrunken«, sagte er noch einmal. »Der Geistmann will Mac-Doo. Fragt mich, wo er ist. Ich sage, ja, ich weiß, wo Mac-Doo ist.« Er zuckte die Achseln. »Nicht wichtig, was ich sage.«

Er starrte auf den Pfarrer. Seine schmale Brust hob und senkte sich, dann hob sie sich noch einmal… und dann war sie starr. Lastende Stille breitete sich im Raum aus, als das zischende Luftholen verstummte.

»Damit zahle ich meine Schuld«, sagte Yi Tien Tschu. Er wies auf den steifen Körper. »Ich bin entehrt. Ich bin ein Fremder. Aber ich bezahle. Ihr Leben gegen meins, erste Frau. Das erzählen Sie Tsei-mi.«

Er nickte wieder und wandte sich zur Tür. Von der Veranda hörte man das Rascheln von Federn. Auf der Schwelle wandte sich der Chinese noch einmal um.

»Wenn ich am Hafen aufwache, denke ich, die Geister sind da und wollen mich holen«, sagte Yi Tien Tschu leise. Seine Augen waren dunkel und ausdruckslos, ohne jede Tiefe. »Aber das stimmt nicht. Ich bin es, ich bin der Geist.«

Ein schwacher Luftzug drang aus der offenen Flügeltür, und er war fort. Flinke, von Filz gedämpfte Schritte trappelten über die Veranda, Gefieder raschelte, und ein leises, klagendes *Guaah* mischte sich unter die nächtlichen Geräusche der Plantage und verhallte.

Ich schaffte es bis zum Sofa, ehe meine Knie nachgaben. Am Ende meiner Kräfte beugte ich mich nach vorn, legte den Kopf auf die Knie und betete darum, daß ich nicht in Ohnmacht fiel. Das Blut pochte in meinen Schläfen. Plötzlich meinte ich, wieder diese zischenden Atemzüge zu hören, und entsetzt riß ich den Kopf hoch. Aber Reverend Campbell regte sich nicht mehr.

Im gleichen Raum mit ihm konnte ich nicht bleiben. Ich stand auf und schlug einen möglichst weiten Bogen um den Leichnam. Aber noch bevor ich die Tür zur Veranda erreicht hatte, änderte ich meine Meinung. Die Bilder der vergangenen Ereignisse schwirrten durch meinen Kopf wie die bunten Glassplitter in einem Kaleidoskop.

Doch mich hinsetzen und überlegen durfte ich jetzt nicht. Ich dachte an mein Gespräch mit dem Reverend, ehe Mr. Willoughby aufgetaucht war. Wenn es irgendeinen Hinweis gab, wohin Geillis Abernathy verschwunden war, dann oben. Ich nahm eine Kerze vom Tisch und tappte durch das dunkle Haus zur Treppe. Dabei zwang ich mich, nicht zurückzuschauen. Mir war furchtbar kalt.

Im Arbeitsraum brannte kein Licht, aber über dem Ende des langen Arbeitstischs lag ein seltsames violettes Glühen. Ein verbrannter Geruch hing in der Luft, der mich zum Niesen brachte. Der metallische Nachgeschmack in meiner Kehle erinnerte mich an die Chemiekurse während meines Studiums.

Quecksilber. Verbranntes Quecksilber. Die Dämpfe waren nicht nur auf bizarre Weise schön, sondern auch höchst giftig. Ich zog ein Taschentuch heraus und hielt es mir vor Mund und Nase, bevor ich auf das violette Leuchten zuging.

In das Holz der Tischplatte waren die Linien eines Pentagramms geritzt. Wenn Geillis mit Kristallen ein Muster gelegt hatte, hatte sie sie mitgenommen. Etwas anderes allerdings lag noch da. Zwar waren die Ränder der Fotografie verkohlt, aber man konnte noch deutlich erkennen, wen das Bild zeigte. Mein Herz setzte einen Schlag aus. Dann griff ich nach Briannas Foto und drückte es in einer Mischung aus Wut und Panik an meine Brust.

Was hatte das zu bedeuten – diese Schändung? Geillis konnte die Geste nicht gegen Jamie oder mich gerichtet haben, denn es stand nicht zu erwarten, daß wir beide das Bild noch einmal zu Gesicht bekamen.

Es mußte sich um Magie handeln, oder darum, was Geillis darunter verstand. Verzweifelt versuchte ich, mich an unser Gespräch in diesem Raum zu erinnern. Was hatte sie gesagt? Vor allem hatte sie wissen wollen, wie ich durch die Steine gegangen war. Und was hatte ich geantwortet? Ohne genauer darauf einzugehen, hatte ich erzählt, daß ich meinen Geist auf einen Menschen ausgerichtet hatte – ja, das war es gewesen – auf eine bestimmte Person, die in der Zeit lebte, zu der es mich hinzog.

Als ich tief Luft holte, merkte ich, daß ich zitterte – eine Nachwirkung der Ereignisse im Salon und die dämmernde Erkenntnis, daß Geillis etwas Schreckliches plante. Vielleicht hatte sie nur beschlossen, neben ihrer auch meine Technik anzuwenden – wollte man sie so bezeichnen – und Briannas Bild als Fixpunkt in ihrer Zeitreise zu benutzen. Es konnte aber auch sein… ich dachte an die sauber beschriebenen Bögen auf dem Sekretär und die sorgfältig angefertigte Ahnentafel und glaubte, auf der Stelle das Bewußtsein zu verlieren.

Laut Reverend hatte Brahan Seer geweissagt, daß dem Geschlecht der Lovats der neue Herrscher über Schottland entspringen werde. Aber durch Roger Wakefields Forschungen wußte ich – und Geillis sicher auch, so besessen, wie sie sich in die schottische Geschichte vertieft hatte –, daß die Linie der Lovats im neunzehnten Jahrhundert ausgestorben war. Jedenfalls oberflächlich betrachtet. Im Jahre 1968 gab es nur eine einzige lebende Nachkommin: Brianna.

Es dauerte einen Augenblick, bis ich merkte, daß das dumpfe, wütende Grollen, das den Raum erfüllte, aus meiner Kehle stammte, und einen weiteren, bis ich mich soweit entspannt hatte, um die zusammengebissenen Zähne zu öffnen.

Ich schob die verschandelte Fotografie in meine Rocktasche und rannte so schnell aus dem Arbeitsraum, als wäre er von Dämonen bewohnt. Ich mußte Jamie finden, und zwar rasch.

Sie waren nicht da. Sanft dümpelte das Boot im Schatten des großen Baumes, wo wir es angebunden hatten, aber keine Spur von Jamie und seinen Männern.

Vor mir, zwischen dem Fluß und der Raffinerie, erstreckte sich ein Zuckerrohrfeld. In der Luft lag der Karamelduft verbrannten Zuckers. Plötzlich drehte sich der Wind, und ich roch den sauberen, feuchten Geruch des Flusses.

Vor mir erhob sich die steile Uferböschung, die in einem runden, das Zuckerrohrfeld begrenzenden Wall mündete. Ich kroch auf allen vieren nach oben. Als ich mir die schmutzigen Finger am Rock abwischte, durchfuhr mich lähmende Angst. Wo zum Teufel war Jamie? Er hätte schon längst wieder hiersein müssen.

Neben der Haustür von Rose Hall brannten zwei Fackeln, die aus dieser Entfernung nicht größer als tanzende Lichtpunkte waren. Links von der Raffinerie sah ich ein anderes, näheres Licht. Waren Jamie und seine Männer dort in Schwierigkeiten? Leiser Gesang kam aus der Richtung, und der hellere Schein deutete auf ein großes, offenes Feuer hin. Zwar wirkte die Umgebung friedlich, aber irgend etwas lag in der Luft. Mich beschlich ein ungutes Gefühl.

Plötzlich nahm ich einen weiteren Geruch wahr – scharf und faulig-süß, wie er nur von verwesendem Fleisch stammen konnte. Vorsichtig trat ich einen Schritt nach vorn, und auf der Stelle brach die Hölle um mich los.

Es war, als hätte sich ein Teil der Nacht losgelöst und wäre in Höhe meiner Knie zum Leben erwacht. Neben mir geriet ein großes Etwas in Bewegung, und ein kräftiger Schlag gegen meine Unterschenkel brachte mich zu Fall.

Ich schrie, und im selben Moment hörte ich ein grauenvolles Geräusch – ein lautes, grunzendes Zischen, welches mir bestätigte, daß ich mich in engster Auseinandersetzung mit einem riesigen, stinkenden Ungetüm befand.

Ich war auf dem Hintern gelandet, wartete nun allerdings nicht weiter ab, sondern rollte mich herum und ergriff auf allen vieren die Flucht. Das grunzende Zischen folgte mir, wurde lauter, und daneben hörte ich ein glitschendes Trappeln. Als das Etwas meinen Fuß streifte, richtete ich mich auf und rannte, so schnell mich die Füße trugen, davon.

Ich war so in Panik, daß ich nicht merkte, wie es heller wurde – bis sich plötzlich der Mann vor mir aufrichtete. Ich prallte gegen ihn, und die Fackel, die er trug, fiel zu Boden.

Hände griffen nach meinen Schultern, und hinter mir hörte ich Rufe. Mein Gesicht wurde an eine unbehaarte, leicht nach Moschus riechende Brust gedrückt. Dann fand ich wieder festen Halt, schnappte nach Luft, und als ich mich zurücklehnte, sah ich in das Gesicht eines schwarzen Sklaven, der voller Schrecken auf mich herabblickte.

»Missus, was tun Sie hier?« fragte er. Aber noch ehe ich antworten konnte, wurde ich von den Ereignissen hinter mir abgelenkt. Der Griff an meinen Schultern lockerte sich, und ich wandte mich um.

Sechs Männer umringten die Bestie. Zwei von ihnen hielten Fackeln in die Höhe, so daß der Lichtschein auf die anderen fiel. Sie alle trugen nichts als einen Lendenschurz, und ihre angespitzten Holzstöcke richteten sie auf die eingekreiste Beute.

Noch immer zitterten mir die Beine von dem Schlag, doch als ich sah, von wem er stammte, hätten sie beinahe unter mir nachgegeben. Es war fast vier Meter lang, und sein gepanzerter Körper hatte den Umfang eines Rumfäßchens. Als der lange Schwanz plötzlich zur Seite ausschlug, sprang der Mann in seiner Nähe mit einem Warnruf in Sicherheit. Das Tier wandte den Kopf, riß den Oberkiefer hoch und ließ ein neuerliches Zischen ertönen.

Deutlich hörbar klappte es dann den Kiefer wieder zu. Nichtsdestotrotz zeigte es den berühmten Unterkieferzahn, der einem den Eindruck vermittelte, es hätte ein böses, selbstzufriedenes Grinsen aufgesetzt.

»Hüte dich vor dem Grinsen des Krokodils«, lautete mein dummer Kommentar.

»Ja, Madam, da haben Sie wohl recht«, stimmte der Sklave mir zu. Er wandte sich von mir ab und näherte sich vorsichtig dem Zentrum des Geschehens.

Die Männer mit den Stöcken stachen auf das Tier ein, offensichtlich, um es zu ärgern, und anscheinend mit Erfolg. Seine fetten, breiten Beine gruben sich in den Boden, und knurrend wagte die Bestie einen Angriff. Mit erstaunlicher Geschwindigkeit schoß sie nach vorne. Der Mann, den sie ins Visier genommen hatte, schrie auf und sprang nach hinten, rutschte auf dem matschigen Grund jedoch aus und stürzte zu Boden.

Der Sklave, mit dem ich zusammengeprallt war, schwang sich nach vorn und warf sich auf den Rücken des Krokodils. Seine Kollegen mit den Fackeln hüpften vor und zurück und riefen den Freunden aufmunternde Worte zu. Einer von den Bewaffneten besaß offensichtlich mehr Mut als die anderen. Er beugte sich vor und hieb mit dem Stock auf den breiten, abgeflachten Kopf der Bestie, um sie abzulenken. Diesen Augenblick nutzte der gestürzte Sklave, um sich, auf dem Hintern rutschend, in Sicherheit zu bringen.

Schon griff der Mann auf dem Rücken des Krokodils in, wie mir schien, selbstmörderischer Absicht nach dem Maul des Tieres. Während er sich mit einem Arm an seinem Hals festhielt, schaffte er es, das Ende der Schnauze zu umklammern und ihm das Maul zuzuhalten. Gleichzeitig schrie er seinen Freunden etwas zu.

Unvermittelt trat eine Gestalt, die ich zuvor nicht bemerkt hatte, aus dem Zuckerrohrfeld. Vor den Kämpfenden ging er in die Hocke und zog, ohne zu zögern, eine Schlinge über das Maul der Echse. Die Rufe steigerten sich zu einem Triumphgeheul, doch ein scharfes Wort von der knienden Gestalt ließ sie auf der Stelle verstummen.

Er stand da, wies hektisch mit den Händen und brüllte Kommandos. Zwar sprach er kein Englisch, doch es war deutlich, worum es ging: Noch peitschte der Schwanz des Tieres von einer Seite zur anderen. Er hätte jeden Mann zu Boden geschickt, der in seine Reichweite kam. Als mir klarwurde, welche Kraft er besaß, konnte ich mich nur wundern, daß meine Beine nicht gebrochen waren.

Auf Befehl ihres Anführers scharten sich die Männer mit den Stöcken enger um das Krokodil. Die Reaktion auf den Schock setzte ein, und mich überkam eine fast schon angenehme Benommenheit. Von daher überraschte es mich auch weiter nicht, daß es sich bei dem Anführer um den Mann handelte, den ich als Ismael kennengelernt hatte.

»Huwe!«, rief er, während er mit geöffneten Händen nach oben wies. Zwei Sklaven hatten ihre Stöcke unter den Leib der Bestie geschoben, einem dritten gelang es, seinen Stock unter die Brust des Tieres zu schieben.

»Huwe!« wiederholte Ismael, und die drei warfen sich auf ihre Stöcke. Mit einem Platschen wurde die Echse herumgeworfen. Sie landete zappelnd auf dem Rücken, so daß ihr weißer Unterleib im Schein der Fackeln schimmerte.

Die Fackelträger schrien so laut, daß es mir in den Ohren gellte. Aber mit einem Wort brachte Ismael sie zum Schweigen. Fordernd streckte er die geöffnete Hand aus. Ich verstand das Wort nicht, aber es hätte sich durchaus um »Skalpell« handeln können, denn der Tonfall – und das Ergebnis – waren mir nur allzu gut bekannt.

Einer der Fackelträger zog hastig eine Machete aus dem Lendenschurz und drückte sie seinem Anführer in die Hand. Ismael stach dem Krokodil mit einer fließenden Bewegung das Messer in den Hals.

Schwarz sprudelte das Blut aus der Wunde. Die Männer traten ein paar Schritte zurück. Voller Respekt, aber auch zufrieden, beobachteten sie den Todeskampf des großen Reptils. Ismael richtete sich auf. Im Gegensatz zu den anderen war er bekleidet, so daß er sich blaß von den dunklen Zuckerrohrpflanzen abhob. An seinem Gürtel baumelten mehrere Lederbeutel.

Dank irgendeiner Laune meines Nervensystems war ich die ganze Zeit über stehengeblieben. Doch nun drangen die immer lauter werdenden Botschaften meiner Beine bis zu meinem Gehirn vor, und reichlich plötzlich ließ ich mich fallen.

Die Bewegung erregte Ismaels Aufmerksamkeit. Er wandte den schmalen Kopf zu mir um und riß die Augen auf. Die anderen Männer sahen mich gleichfalls an, und es ertönten erstaunte Kommentare in mehreren Sprachen.

Aber ich beachtete sie nicht weiter. Röchelnd und keuchend stieß das Krokodil seinen Atem aus. Mir ging es nicht anders. Wie gebannt starrte ich auf den langen, flachen Kopf. Grüngolden wie ein Turmalin schimmerte sein leicht geschlitztes Auge; mit seltsamer Ungerührtheit starrte es mich an. Und obwohl die Echse auf dem Rücken lag, schien sie immer noch zu grinsen.

Kühl und weich schmiegte sich der Schlamm an meine Wange. Inzwischen klangen die Bemerkungen der Sklaven eher besorgt. Aber ich achtete nicht darauf.

Ganz hatte ich das Bewußtsein wohl nicht verloren, denn undeutlich erinnerte ich mich an schwankende Körper und flackerndes Licht. Dann wurde ich hochgehoben, und starke Arme trugen mich. Aufgeregt schwatzten die Sklaven miteinander, doch ich verstand nur hier und da ein Wort. Vage überlegte ich, ob ich sie nicht bitten sollte, mich hinzulegen und zuzudecken, doch die Stimme versagte mir den Dienst.

Blätter strichen mir übers Gesicht. Rücksichtslos schoben meine Begleiter das Zuckerrohr auseinander. Es kam mir vor wie Mais ohne Kolben – nur Stengel und raschelnde Blätter. Die Männer schwiegen jetzt, und nicht einmal ihre Fußtritte waren zu hören.

Als wir an der Lichtung mit den Sklavenhütten eintrafen, war ich wieder bei Verstand, und sehen konnte ich auch wieder etwas. Abgesehen von ein paar Kratzern fehlte mir nichts, doch das mußte ich ja nicht unbedingt lautstark verkünden. Ich hielt die Augen geschlossen und ließ meine Glieder kraftlos herabhängen, als ich in eine der Hütten getragen wurde. Gleichzeitig kämpfte ich gegen die Angst an. Ich hoffte nur, daß mir ein vernünftiger Plan einfiel, bevor ich notgedrungen wieder zu Bewußtsein kommen mußte.

Wo zum Teufel steckten Jamie und die anderen? Was würden sie tun, wenn sie am Flußufer eintrafen und feststellten, daß ich fort war? Und daß dort, wo ich sein sollte, Spuren – Spuren? Das Gelände war ein blutiger Sumpf! – eines Kampfes zu sehen waren?

Und was war mit dem guten Ismael? Was um alles in der Welt wollte er hier?

Durch die offene Hüttentür drangen fröhliches Gelächter und der Geruch nach einem alkoholischen Getränk – kein Rum, sondern etwas Rohes, Stechendes –, der den Gestank von Schweiß und gekochten Yamswurzeln übertönte. Draußen wurde offensichtlich ein Fest vorbereitet. Also konnte ich mich nicht davonstehlen, ohne gesehen zu werden.

Plötzlich ertönte ein Triumphgeheul, und die Gestalten stürzten zum Feuer. Wahrscheinlich machten sie sich am Krokodil zu schaffen, das, kopfüber von den Stöcken der Jäger baumelnd, gemeinsam mit mir auf der Lichtung eingetroffen war.

Vorsichtig stemmte ich mich auf die Knie. Konnte ich mich davonschleichen, während sie beschäftigt waren? Wenn ich es bis zum nächsten Zuckerrohrfeld schaffte, würden sie mich wohl kaum erwischen. Andererseits war ich mir keineswegs sicher, ob ich so allein in tiefdunkler Nacht den Weg zum Flußufer finden würde.

Sollte ich statt dessen das Wohnhaus suchen und hoffen, dabei auf Jamie und seine Rettungsmannschaft zu stoßen? Beim Gedanken an das Haus und den starren Leichnam auf dem Boden des Salons kroch mir eine Gänsehaut über den Rücken. Wenn ich jedoch weder zum Haus noch zum Fluß ging, wie sollte ich in dieser Nacht, die dunkler war als des Teufels Achselhöhle, meine Leute finden?

Unsanft wurde ich aus meinen Grübeleien gerissen, als ein Schatten in der Tür erschien. Ich wagte einen Blick, fuhr senkrecht in die Höhe und schrie.

Leise kam die Gestalt herein und kniete sich vor mein Lager.

»Nicht so viel Lärm, Frau«, sagte Ismael. »Das bin nur ich.«

»Aha«, entgegnete ich. Kalter Schweiß stand auf meiner Stirn, und mein Herz schlug wie ein Dampfhammer. »War mir gleich klar.«

Sie hatten dem Krokodil den Kopf abgetrennt und ihm Zunge und Mundboden herausgeschnitten, und anschließend hatte sich Ismael das riesige Ding wie einen Hut über den Kopf gestülpt. Seine Augen schimmerten zwischen den Zähnen hervor, und vor seinem Kinn wippte der leere Unterkiefer des Reptils.

»Hat das *egungun* Sie verletzt?« fragte er.

»Nein«, antwortete ich. »Den Männern sei Dank. Äh, wollen Sie das nicht abnehmen?«

Er ging auf meine Bitte nicht ein. Statt dessen kniete er sich hin und überlegte offensichtlich, was er mit mir machen sollte. Zwar konnte ich sein Gesicht nicht sehen, aber jede Linie seines Körpers drückte Unentschlossenheit aus.

»Warum sind Sie hier?« fragte er schließlich.

Weil mir nichts Besseres einfiel, erzählte ich es ihm. Er würde mir wohl kaum den Schädel einschlagen, denn wenn das in seiner Absicht lag, hätte er es schon längst tun können.

»Aha«, sagte er, als ich geendet hatte. Die Schnauze der Echse wippte leise, während er überlegte. Aus dem runden Nasenloch fiel ein Tropfen auf meine Hand. Voller Ekel wischte ich sie mir am Rock ab.

»Die Missus ist heute abend nicht da«, erklärte Ismael nach kurzem Zögern, als wüßte er nicht genau, ob er mir diese Information anvertrauen durfte.

»Ja, ich weiß.« Ich richtete mich auf und machte Anstalten aufzustehen. »Können Sie – oder einer Ihrer Männer – mich zum großen Baum am Fluß zurückbringen? Mein Mann sucht mich sicher schon.«

»Wahrscheinlich hat sie den Jungen mitgenommen«, fuhr Ismael fort, ohne auf mich zu achten.

Als er mir bestätigte, daß Geillis fortgegangen war, hatte ich erleichtert aufgeatmet, doch nun blieb mir wieder einmal die Luft weg.

»Sie hat Ian mitgenommen? Warum?«

Die Augen, die mir aus dem Krokodilsrachen entgegenschimmerten, blitzten auf.

»Die Missus mag junge Männer«, erklärte er boshaft. Sein Ton ließ eindeutig darauf schließen, wie die Bemerkung gemeint war.

»So?« fragte ich entmutigt. »Wissen Sie, wann sie zurückkommt?«

Die lange, zähnestrotzende Schnauze fuhr nach oben, doch ehe Ismael antwortete, spürte ich, daß jemand hinter mir stand. Ich schoß herum.

»Sie kenne ich doch«, sagte die Frau. Die breite, weiche Stirn in leichte Falten gezogen, sah sie auf mich herab. »Oder etwa nicht?«

»Ja, wir haben uns schon kennengelernt.« Ich schluckte schwer. »Wie geht es Ihnen, Miss... Miss Campbell?«

Offensichtlich besser als bei unserer letzten Begegnung, obwohl ihr hübsches Wollkleid inzwischen von einem losen Gewand aus weißer Baumwolle abgelöst worden war, das von einem indigoblauen Streifen aus dem gleichen Stoff zusammengehalten wurde. Gesicht und Figur wirkten schlanker als früher, und sie hatte die ungesunde Blässe verloren.

»Danke, es geht mir gut, Madam«, erwiderte sie höflich. Aber die hellblauen Augen schienen noch immer in weite Ferne zu blicken, und trotz der ungewohnten Sonnenbräune war deutlich, daß sich Miss Campbell auch weiterhin nicht im Hier und Jetzt befand.

Daß sie von Ismaels ungewöhnlichem Aufzug nicht die geringste Notiz nahm, unterstrich diesen Eindruck nur noch. Überhaupt schien sie Ismael nicht wahrzunehmen. Sie hielt ihren Blick unverwandt auf mich gerichtet, wobei ein Hauch von Neugier über ihre gleichgültigen Züge zog.

»Wie nett, daß Sie mir Ihre Aufwartung machen, Madam«, stellte sie fest. »Kann ich Ihnen eine Erfrischung anbieten? Ein Täßchen Tee vielleicht? Mit einem Gläschen Bordeaux kann ich leider nicht dienen, denn mein Bruder hält alles Alkoholische für eine Versuchung.«

»Da hat er wohl recht.« Allerdings hätte ich gegen eine solche Versuchung im Augenblick nichts einzuwenden gehabt.

Ismael, der aufgestanden war, beehrte Miss Campbell mit einer tiefen Verbeugung, wobei ihm der Krokodilskopf fast vom Schädel gerutscht wäre.

»Bist du bereit, *bébé*?« fragte er leise. »Das Feuer wartet schon.«

»Das Feuer«, sagte sie. »Ja, natürlich.« Dann wandte sie sich zu mir um.

»Wollen Sie sich mir anschließen, Mrs. Malcolm?« fragte sie huldvoll. »Der Tee wird gleich serviert. Es ist mir immer wieder eine Freude, ein Feuer zu sehen«, gestand sie, als ich mich erhob. »Haben Sie nicht auch manchmal den Eindruck, im Feuer Bilder zu sehen?«

»Hin und wieder«, antwortete ich. Ich warf Ismael, der an der Tür stand, einen Blick zu. Seine Haltung verriet Unentschlossenheit. Als Miss Campbell jedoch ungerührt auf die Tür zuging und mich hinter sich her zog, zuckte er die Achseln und trat zur Seite.

Vor den Hütten auf der Lichtung brannte fröhlich ein kleines, offenes Feuer. Dem Krokodil war bereits die Haut abgezogen worden. Sie trocknete auf einem Rahmen neben einer der Hütten. Im Umkreis des Feuers steckten mehrere angespitzte Stöcke im Boden, auf die größere Fleischbrocken gespießt worden waren. Von ihnen stieg ein leckerer Duft auf, aber mein Magen zog sich dennoch zusammen.

Etwa ein Dutzend Männer, Frauen und Kinder saßen lachend und schwatzend um das Feuer. Einer der Männer spielte auf einer abgestoßenen Gitarre und sang leise.

Als ein Junge sah, daß wir aus der Hütte kamen, wandte er sich hastig um und sagte etwas wie »Hau!«. Auf der Stelle verstummten Gelächter und Geplapper, und eine ehrfürchtige Stille breitete sich aus.

Ismael trat langsam auf die Versammelten zu, die uns mit tiefschwarzen Augen entgegensahen.

Neben dem Feuer, auf einer Art Podium aus aufgeschichteten Holzplanken, stand eine kleine Bank. Offensichtlich ein Ehrenplatz, denn Miss Campbell steuerte direkt darauf zu und forderte mich mit einer Handbewegung auf, neben ihr Platz zu nehmen.

Die anderen musterten mich mit Gefühlen, die von Feindseligkeit bis zu verdeckter Neugier reichten, doch im Grunde galt ihre Aufmerksamkeit allein Miss Campbell. Als ich die Gesichter im Kreis betrachtete, wurde mir klar, wie fremd mir diese Menschen waren. Die Menschen Afrikas, völlig anders als wir und anders auch als Joe, auf dem der Stempel des Erbes verblaßt war, getrübt von Generationen europäischen Bluts. Trotz seiner schwarzen Hautfarbe hatte Joe mehr Ähnlichkeiten mit mir als mit seinen mir durch und durch fremdartigen Vorfahren.

Der Musiker hatte die Gitarre beiseite gelegt und eine kleine Trommel hervorgeholt, die er jetzt zwischen die Knie klemmte. Sie war mit dem Fell eines gescheckten Tieres bezogen, vielleicht einer Ziege. Leise begann er, mit den Handflächen einen verhaltenen Rhythmus zu schlagen, der an Herzschläge erinnerte.

Ich sah Miss Campbell an, die schweigend dasaß und die Hände im Schoß verschränkt hatte. Mit einem verträumten, zarten Lächeln auf den Lippen starrte sie geradeaus in die züngelnden Flammen.

Plötzlich teilte sich der Kreis der Sklaven, und zwei kleine Mädchen kamen auf uns zu. Sie trugen einen großen Korb, dessen Henkel mit weißen Rosen verziert war. Irgend etwas zappelte in seinem Inneren.

Ängstlich auf den grotesken Kopfschmuck blickend, stellten die Mädchen den Korb vor Ismael ab. Er legte ihnen die Hand auf den Kopf, murmelte ein paar Worte und entließ sie.

Bis dahin hatten sich die Zuschauer in ehrfürchtiges Schweigen gehüllt. Jetzt rückten sie stumm näher zusammen und reckten die Hälse, um sich auch ja nichts entgehen zu lassen. Der Rhythmus der Trommel blieb zwar leise, wurde aber schneller. Eine der Frauen trat mit einer irdenen Flasche in der Hand vor, reichte sie Ismael und reihte sich dann wieder in die Schar der Sklaven ein.

Ismael goß den Inhalt der Flasche – anscheinend Schnaps – sorgfältig auf den Boden, während er den Korb umkreiste. Der Korb, in dessen Innerem bis jetzt verhältnismäßige Ruhe geherrscht hatte, begann zu schwanken. Entweder war sein Insasse durch die Bewegung aufgeschreckt worden oder durch den stechenden Geruch des Alkohols.

Ein Mann nahm einen mit Lumpen umwickelten Stock auf und hielt ihn in das Feuer, bis die Tücher aufflammten. Auf einen Befehl von Ismael hin hielt er die Fackel an den Alkoholring auf dem Boden. Mit einem lauten »Ahhh« begrüßten die Zuschauer den Kreis blau züngelnder Flammen, die so schnell, wie sie aufgezischt waren, auch wieder verloschen. Aus dem Korb hingegen ertönte ein lautes »Kikerikiiiii!«

Miss Campbell neben mir regte sich und warf dem Korb einen mißtrauischen Blick zu.

Als wäre damit ein Signal gegeben, begann jemand, auf einer Flöte zu spielen. Die Menge summte aufgeregt.

Ismael kam zu unserem provisorischen Podium, zog ein rotes Tuch hervor und band es um Margarets Handgelenk. Sanft legte er ihr die Hand zurück in den Schoß, als er fertig war.

»Ach, da ist ja mein Taschentuch!« rief sie und wischte sich damit unbefangen die Nase.

Niemand außer mir schien es zu bemerken, denn alles schaute auf Ismael, der sich vor die Versammelten gestellt hatte und in einer mir unbekannten Sprache zu ihnen redete. Der Hahn im Korb krähte erneut, und die weißen Rosen auf dem Henkel bebten.

»Ich wünschte, er würde das nicht tun«, beklagte sich Margaret Campbell plötzlich. »Noch einmal, dann hat er dreimal gekräht. Das bedeutet doch Pech, nicht wahr?«

»Wirklich?« Ismael goß derweilen des Rest des Schnapses um unser Podest. Ich hoffte nur, daß Miss Campbell vor den Flammen keine Angst bekam.

»Ja, das hat Archie gesagt. ›Ehe der Hahn dreimal kräht, wirst du mich verleugnen‹, oder hieß es, ehe der Hahn kräht, wirst du mich dreimal verleugnen? Na, egal, jedenfalls sagt Archie, Frauen würden von Natur aus betrügen. Glauben Sie das auch?«

»Das ist Ansichtssache«, murmelte ich, während ich die Vorbereitungen beobachtete. Margaret Campbell schien nicht zu bemerken, daß die Sklaven summten und sich im Takt der Melodie wiegten, daß es im Korb zappelte und daß Ismael kleine Gegenstände einsammelte, die ihm aus der Menge gereicht wurden.

»Ich habe Hunger«, sagte sie. »Hoffentlich wird bald der Tee serviert.«

Ismael hatte ihre Worte gehört. Zu meinem Erstaunen griff er in einen der Beutel, die an seiner Taille hingen, und wickelte ein kleines Paket aus. Zum Vorschein kam eine angestoßene Porzellantasse mit einem noch nicht ganz abgescheuerten Goldrand. Feierlich stellte er sie ihr auf den Schoß.

»Ach, wie nett!« Margaret klatschte glücklich in die Hände. »Vielleicht gibt es heute auch Kekse.«

Ich hielt das für eher unwahrscheinlich. Ismael legte die Dinge, die ihm die Leute gereicht hatten, auf den Rand des Podiums: ein paar Knochen mit eingeritzten Linien, einige Zweige Jasmin und zwei, drei grob geschnitzte Holzfiguren.

Ismael erteilte erneut einen Befehl, die Fackel wurde gesenkt, und zischend flackerten im Kreis um unseren Sitzplatz blaue Flammen auf. Als sie erstarben, hing ein stechender Geruch nach verbrannter Erde und verdampftem Alkohol in der Luft. Ismael klappte den Korb auf und holte den Hahn heraus.

Es war ein starkes, gesundes Tier, dessen Federn im Schein der Flammen glitzerten. Obwohl es verzweifelt flatterte, wurde es fest verschnürt, und die Krallen wurden in einen Lappen gewickelt, damit er nicht kratzen konnte. Ismael verbeugte sich tief, sprach ein paar Worte und reichte Margaret den Vogel.

»Oh, vielen Dank«, sagte sie huldvoll.

Die Kehllappen grellrot vor Aufregung, reckte der Hahn den Hals und krähte durchdringend. Margaret schüttelte ihn.

»Böser Vogel«, schimpfte sie, hob ihn zum Mund und biß ihm unterhalb des Kopfes in den Hals.

Ich hörte das Knacken der Nackenknochen und ihr angestrengtes Stöhnen, als sie den Kopf hochriß und dem glücklosen Hahn dabei das Haupt abtrennte.

Den zuckenden, sprudelnden Körper eng an die Brust gepreßt, gurrte sie: »Aber, aber, ist ja schon gut, mein Liebling!« Aus der Kehle des Tieres sprudelte das Blut in die Tasse und über ihr Kleid.

Die Sklaven hatten aufgeschrien, doch jetzt beobachteten sie sie schweigend. Auch die Flöte war verstummt, während mir die Trommel lauter erschien als zuvor.

Margaret ließ den ausgebluteten Kadaver neben sich zu Boden fallen. Ein kleiner Junge stürzte vor und fing ihn auf. Geistesabwesend strich sie über die roten Flecken auf ihrem Kleid und griff nach der blutgefüllten Tasse.

»Nach Ihnen«, lud sie mich gastfreundlich ein. »Darf ich Ihnen ein oder zwei Schlückchen anbieten, Mrs. Malcolm?«

Zum Glück ersparte mir Ismael eine Antwort. Er drückte mir einen klobigen Hornbecher in die Hand und deutete mir an, daraus zu trinken. In Anbetracht der Alternative hob ich ihn ohne zu zögern an die Lippen.

Gefüllt war er mit frisch destilliertem Rum, scharf und beißend genug, um mir die Kehle zu verätzen. Keuchend rang ich nach Luft. Zugleich entdeckte ich einen herben, aber nicht unbedingt unangenehmen Beigeschmack nach irgendwelchen Kräutern, die offensichtlich unter den Alkohol gemischt oder darin eingelegt worden waren.

Ähnliche Becher machten bei den Sklaven die Runde. Mit einer deutlichen Geste wies Ismael mich an, mehr zu trinken. Gehorsam hob ich den Becher an den Mund, ließ das Getränk jedoch nur hineinrinnen, ohne zu schlucken. Was immer hier auch geschehen sollte, ich war mir sicher, daß ich meinen Verstand noch brauchen würde.

Miss Campbell neben mir trank in kleinen Schlückchen aus ihrer Teetasse. Deutlich spürbar stieg die Spannung, die Versammelten wiegten sich wieder, und eine Frau begann mit tiefer, rauher Stimme zu singen.

Da fiel der Schatten von Ismaels Kopfschmuck auf mein Gesicht, und ich sah auf. Auf den Schultern seines kragenlosen weißen Hemdes zeigten sich Blutstropfen. Schweißnaß klebte es an seiner Brust. Plötzlich wurde mir klar, daß der Krokodilskopf mindestens dreißig Pfund wiegen mußte.

Ismael hob die Arme und fiel in den Gesang ein. Dunkel und sanft schimmerten die Augen der anderen in der Dunkelheit, und alle waren sie auf Ismael gerichtet. Leises Seufzen und kehlige Ausrufe füllten die Pausen zwischen den gesungenen Worten.

Ich schloß wieder die Augen und schüttelte den Kopf. Als könnte ich mich damit an der Wirklichkeit festhalten, griff ich nach den rauhen Holzbrettern der Bank. Betrunken war ich nicht, soviel war klar, doch was immer man in den Rum gemischt hatte, besaß starke Kräfte. Ich merkte, wie es mir schlangengleich durch die Adern kroch. Um sein Vorankommen zu behindern, kniff ich die Augen noch fester zu. Aber dem Klang der melodischen Stimme entkam ich dadurch nicht.

Wieviel Zeit verstrichen war, wußte ich nicht, aber plötzlich wurde ich mit einem Ruck in die Wirklichkeit zurückgerissen. Erst jetzt merkte ich, daß Trommel und Gesang verstummt waren.

Am Feuer war es so still geworden, daß ich das leise Knistern der Flammen und das Rascheln des Zuckerrohrs im Wind hörte. Zwar spürte ich noch die Wirkung der Droge, doch sie wurde schwächer, und allmählich war ich wieder Herrin meiner Gedanken. Nicht so die Sklaven. Die hielten die Augen starr geradeaus gerichtet, so daß ich den Eindruck bekam, vor einer Spiegelwand zu stehen. Plötzlich dachte ich an die Voodoo-Legenden aus meiner Zeit – an Zombies und an ihre Herren, die *houngans*. Wie hatte Geillis noch gesagt? Jede Legende fußt mit einem Bein in der Wahrheit.

Ismael sprach. Den Krokodilskopf hatte er inzwischen abgenommen. »*Ils sont arrivés*«, sagte er leise. Sie sind gekommen. Er hob das schweißnasse, von der Anstrengung gezeichnete Gesicht empor und wandte sich den Versammelten zu.

»Wer fragt?«

Eine junge Frau mit einem Turban löste sich aus der Menge. Sie wiegte sich noch immer, ihr Blick war verschwommen, und vor dem Podium sank sie zu Boden. Dann legte sie die Hand auf eine der Figuren, die grob geschnitzte Gestalt einer Schwangeren.

Voller Hoffnung blickte sie auf, und obwohl ich ihre Worte nicht verstand, wußte ich, was sie fragte.

»*Aya, gado.*« Die Stimme, die neben mir sprach, gehörte nicht Margaret Campbell. Es war die einer alten Frau, rauh und schrill, ließ jedoch nicht den geringsten Zweifel daran, daß die Antwort positiv ausfiel.

Die junge Frau holte tief Luft und streckte sich vor Freude auf dem Boden aus. Ismael knuffte ihr sanft mit dem Fuß in die Rippen. Rasch stand sie auf und stellte sich zu den anderen. Die kleine Figur hielt sie an die Brust gepreßt, und mit gesenktem Kopf murmelte sie immer wieder: »*Mana, mana.*«

Als nächstes kam ein junger Mann, den Zügen nach zu urteilen der Bruder der Frau, der sich respektvoll hinhockte und sich an den Kopf tippte, bevor er zu sprechen ansetzte.

»*Grandmère*«, begann er in nasalem hohen Französisch. Großmutter? wunderte ich mich.

Während er seine Frage stellte, blickte er schüchtern zu Boden. »Erwidert die Frau, die ich liebe, meine Gefühle?« Von ihm stammte der Jasminzweig, und jetzt strich er damit über den Spann seines nackten, staubigen Fusses.

Belustigt, aber nicht unfreundlich, lachte die Stimme neben mir auf. »*Certainement*«, antwortete sie. »Deine Gefühle und dazu noch die von drei weiteren jungen Männern. Such dir eine andere, die vielleicht weniger großzügig, aber deiner Liebe wert ist.«

Bestürzt ging der junge Mann in den Kreis zurück, und ein alter Mann trat an seine Stelle. Er sprach einen afrikanischen Dialekt, den ich nicht verstand, doch unverkennbar schwang Bitterkeit mit, als er seine Frage stellte und eine der Lehmfiguren berührte.

»*Setato hoye*«, antwortete die Stimme. Sie hatte sich verändert, war die eines reifen, aber nicht alten Mannes, der die gleiche Sprache benutzte wie der wütende Sklave.

Verstohlen sah ich zur Seite, und trotz des Feuers stellten sich mir die Haare auf den Armen auf. Das war nicht Margarets Gesicht. Die Züge schienen die gleichen, doch ihre Augen funkelten wach und hell auf den Fragesteller herab, der Mund drückte Kraft und Entschlossenheit aus, und der feine Hals schwoll an unter der kräftigen Stimme, als der wie auch immer geartete Sprecher mit dem Sklaven debattierte.

»Sie sind gekommen«, hatte Ismael gesagt. Sie, das traf den Nagel auf den Kopf. Schweigend, aber aufmerksam, stand Ismael an unserer Seite, und ich spürte seinen Blick einen Moment lang auf mir ruhen, bevor er sich wieder Margaret zuwandte.

»Sie.« Einer nach dem anderen traten die Leute vor, knieten sich auf den Boden und stellten ihre Fragen. In Englisch, Französisch, dem Patois der Sklaven oder im afrikanischen Dialekt ihrer verlorenen Heimat.

Gesicht und Stimme des Orakels an meiner Seite veränderten sich, während »sie« auf die Fragen antworteten. Die Stimmen kamen von Männern und Frauen, meist in mittlerem oder reifem Alter. Ihre Schatten tanzten mit dem Schein der Flammen auf ihrem Gesicht.

Haben Sie nicht auch manchmal den Eindruck, im Feuer Bilder zu sehen? Fast meinte ich, noch den Klang von Margarets zarter Kinderstimme zu vernehmen.

Während ich ihr so zuhörte, kroch mir eine Gänsehaut über den Rücken, und plötzlich verstand ich, warum Ismael an diesen Ort zurückgekehrt war, obwohl er eine Rückkehr in die Sklaverei riskierte.

Welchen Preis ist man bereit zu zahlen, um die Zukunft zu erfahren? Jeden, den entrückten Gesichtern der Versammelten nach zu urteilen. Ismael war Margarets wegen gekommen.

Stunden ging es so weiter. Ich wußte nicht, wie lange die Wirkung der Droge anhielt, aber da und dort sanken die Leute zu Boden und fielen in Schlummer. Andere tauchten in die Dunkelheit ihrer Hütten, und irgendwann waren wir fast allein. Nur ein paar Männer standen noch um das Feuer.

Sie wirkten kräftig und resolut, gewohnt, zumindest von den

Sklaven Respekt einzufordern. Gemeinsam hatten sie sich im Hintergrund gehalten und die Zeremonie beobachtet. Jetzt trat einer, offensichtlich der Anführer, vor.

»Sie sind fertig, Mann«, sagte er zu Ismael, während er mit dem Kopf auf die schlafenden Gestalten am Feuer wies. »Jetzt du.«

Zwar zeigte Ismael nichts als ein leises Lächeln, doch irgendwie schien er nervös. Vielleicht, weil ihn die anderen Männer umringten. Sie hatten nichts Bedrohliches an sich, aber sie wirkten sehr ernst und konzentriert.

Schließlich nickte er und drehte sich zu Margaret um. Während des Zwischenspiels war ihr Gesicht völlig leer geworden. Anscheinend niemand zu Hause.

»Bouassa«, sagte Ismael. »Bouassa, komm!«

Voller Angst rutschte ich so weit wie möglich an den Rand der Bank. Wer immer Bouassa war, er kam sofort.

»Ich höre!« Seine Stimme war so tief wie Ismaels, und eigentlich hätte sie ebenso angenehm klingen müssen. Doch das tat sie nicht. Einer der Männer wich unwillkürlich zurück.

Jetzt stand Ismael ganz allein da. Die anderen Sklaven schienen sich vor ihm zurückzuziehen, als wäre er verseucht.

»Sag mir, was ich wissen will, Bouassa«, forderte Ismael.

Margaret legte den Kopf schief, und belustigt funkelten ihre hellblauen Augen auf.

»Was willst du denn wissen?« fragte die tiefe Stimme mit einer leisen Rüge. »Und wozu die Fragen, Mann? Du gehst, ob ich dir nun Antwort gebe oder nicht.«

Jetzt lächelte auch Ismael.

»Das ist wahr«, bestätigte er. »Aber diese…« Ohne die Augen von dem Gesicht zu wenden, wies er auf seine Kameraden. »Werden sie mich begleiten?«

»Warum nicht?« antwortete die tiefe Stimme. Ungut lachte sie dann auf. »Die *Maggot* stirbt in drei Tagen. Da gibt es nichts für sie zu holen. Ist das alles, Mann?« Ohne die Antwort abzuwarten, gähnte Bouassa tief, und ein lauter Rülpser kam aus Margarets zartem Mund.

Nachdem sie den Mund geschlossen und den Blick wieder starr ins Leere gerichtet hatte, wandten sich die Männer von ihr ab. Aufgeregt begannen sie zu schwatzen, doch ein bedeutungsvoller

Wink von Ismael in meine Richtung brachte sie zum Schweigen. Leise murmelnd zogen sie sich zurück, nicht ohne mich mißtrauisch zu mustern.

Als der letzte Mann die Lichtung verlassen hatte, schloß Ismael die Augen und ließ die Schultern sinken. Ich fühlte mich ebenso erschöpft wie er.

»Was –« setzte ich an. Aber dann blieb mir das Wort im Halse stecken. Auf der anderen Seite des Feuers trat ein Mann aus der Zuckerrohrpflanzung auf die Lichtung – Jamie. Das Feuer zeichnete ein flackerndes Muster auf sein Hemd, und sein Gesicht wirkte ebenso rot wie seine Haare.

Er hob den Finger an die Lippen, und ich nickte. Vorsichtig setzte ich mich auf und raffte mit einer Hand meinen schmutzbefleckten Rock. Noch bevor Ismael bei mir sein konnte, wäre ich am Feuer vorbeigehuscht und ins Zuckerrohrfeld getaucht. Aber was war mit Margaret?

Als ich mich zögernd zu ihr umwandte, sah ich, daß sich in ihrem Gesicht wieder etwas regte. Aufmerksam schaute sie in die Höhe, die Lippen öffneten sich, und die schimmernden Augen wirkten plötzlich ein wenig schräg, als sie über das Feuer blickten.

»Daddy?« fragte Briannas Stimme neben mir.

Auf meinen Unterarmen stellten sich die Haare auf. Briannas Stimme, Briannas Gesicht, ihre dunkelblauen, funkelnden Augen, vor Neugier zusammengekniffen.

»Brianna?« flüsterte ich. Das Gesicht wandte sich zu mir um.

»Mama«, drang die Stimme meiner Tochter aus der Kehle des Orakels.

»Brianna!« rief Jamie. Hastig fuhr sie zu ihm herum.

»Daddy!« Sie schien sich hundertprozentig sicher zu sein. »Ich wußte, daß du das bist. Ich habe dich im Traum gesehen.«

Jamie war kreidebleich geworden. Ich sah, wie seine Lippen tonlos die Worte »Herr im Himmel« formten. Instinktiv bekreuzigte er sich.

»Laß Mama nicht allein gehen«, forderte die Stimme entschlossen. »Geh mit ihr! Ich sorge dafür, daß ihr sicher seid.«

Außer dem knisternden Feuer war plötzlich nichts mehr zu hören. Ismael war wie angewurzelt stehengeblieben und starrte die

Frau neben mir an. Die setzte mit Briannas leiser, heiserer Stimme wieder zu sprechen an.

»Ich liebe dich, Daddy. Und dich auch, Mama.« Sie beugte sich vor, und als sie ihre Lippen auf meine legte, schmeckte ich Blut. Entsetzt schrie ich auf.

Ich war mir nicht bewußt, daß ich aufsprang und über die Lichtung rannte. Erst als ich mich an Jamie klammerte und mein Gesicht an seiner Brust vergrub, merkte ich, was ich getan hatte.

Laut klopfte sein Herz, und ich meinte zu spüren, daß er gleichfalls zitterte. Er schlug ein Kreuz auf meinem Rücken und hielt den Arm fest um meine Schulter geklammert.

»Ist schon gut«, flüsterte er. An seinen angespannten Brustmuskeln merkte ich, wieviel Kraft es ihn kostete, ruhig zu sprechen. »Sie ist fort.«

Eigentlich wollte ich mich nicht umdrehen, aber dann zwang ich mich doch dazu.

Mir bot sich ein friedlicher Anblick. Entspannt hockte Margaret Campbell auf der Bank, summte vor sich hin und drehte eine lange Hühnerfeder in der Hand. Ismael stand hinter ihr und strich ihr sanft und zärtlich über den Kopf. Weich murmelte er ihr Worte zu – eine Frage –, und sie lächelte milde.

»Nein, ich bin nicht im geringsten müde«, versicherte sie ihm, während sie liebevoll zu dem narbenübersäten Gesicht aufsah. »War das nicht ein schönes Fest?«

»Ja, *bébé*«, erwiderte er freundlich. »Aber du ruhst dich jetzt aus, ja?« Er wandte sich um und schnalzte laut mit der Zunge. Plötzlich tauchten zwei der schwarzen Frauen aus der Dunkelheit, die offensichtlich in Reichweite gewartet hatten. Ismael gab ihnen seine Anweisungen, und sie kamen näher, zogen Margaret auf die Füße, stützten sie und führten sie fort.

Ismael blieb reglos stehen und sah Jamie und mich über das Feuer hinweg an.

»Ich bin nicht allein hier«, sagte Jamie. Er wies nach hinten auf das Zuckerrohrfeld, so daß man meinen könnte, eine ganze Armee hielte sich dort verborgen.

»O nein, du bist allein, Mann«, entgegnete Ismael mit einem leisen Lächeln. »Aber keine Sorge, der *loa* hat zu dir gesprochen, also bist du vor mir sicher.« Anerkennend blickte er uns an.

»Ihr geht jetzt«, befahl er leise, aber entschieden.

»Noch nicht«, entgegnete Jamie. Er nahm den Arm von meiner Schulter und richtete sich auf. »Ich bin hier, weil ich Ian suche, und ohne ihn gehe ich nicht fort.«

Ismael zog die Brauen zusammen, so daß sich zwischen ihnen drei senkrechte Falten bildeten.

»Vergiß den Jungen«, sagte er. »Der ist fort.«

»Wo ist er?« fragte Jamie mit schneidender Stimme.

Ismael neigte den schmalen Kopf zur Seite und betrachtete Jamie nachdenklich.

»Die *Maggot* hat ihn mitgenommen«, antwortete Ismael. »Und wo sie ist, da gehst du nicht hin. Der Junge ist fort, Mann«, wiederholte er in einem Ton, der keine Erwiderung zuließ. »Und du gehst am besten auch, wenn du klug bist.« Er lauschte. Irgendwo in der Ferne erklang eine Trommel, eine rhythmische Nachricht, die leise durch die Dunkelheit hallte.

»Die anderen kommen bald«, stellte er fest. »Vor mir bist du sicher, Mann, vor den anderen nicht.«

»Wer sind die anderen?« fragte ich. Das Entsetzen über die Begegnung mit dem *loa* ebbte allmählich ab, und ich hatte die Sprache wiedergefunden, obwohl mir immer noch eine Gänsehaut über den Rücken kroch, wenn ich an das düstere Zuckerrohrfeld hinter mir dachte.

»*Maroons*, nehme ich an«, sagte Jamie. Fragend sah er Ismael an. »Oder gehörst du jetzt auch dazu?«

Der Priester nickte.

»Das stimmt«, erwiderte er. »Hast du Bouassa reden hören? Der *loa* hat uns den Segen gegeben. Wir gehen also.« Er wies auf die dunklen Hütten und die Hügel, die sich dahinter erhoben. »Die Trommel ruft sie aus den Bergen. Und die, die stark genug sind, gehen.«

Da er das Gespräch offensichtlich für beendet hielt, wandte er sich ab.

»Warte!« rief Jamie. »Sag uns, wohin sie gefahren sind – Mrs. Abernathy und der Junge!«

Ismael wandte uns wieder seine blutbefleckte Brust zu.

»Nach Abandawe«, sagte er.

»Und wo ist das?« fragte Jamie ungeduldig.

»Ich weiß, wo das ist«, schaltete ich mich ein. Erstaunt sah Ismael mich an. »Glaube ich jedenfalls. Auf Hispaniola, hat Stern mir erzählt. Geillis hat ihn danach ausgefragt, denn sie wollte wissen, wo sie den Ort finden kann.«

»Was denn? Eine Stadt? Ein Dorf? Und wo überhaupt?« Jamies Hand, die meinen Arm umklammert hielt, zitterte vor Aufregung. Offensichtlich konnte er es kaum erwarten aufzubrechen.

»Eine Höhle.« Trotz der lauen Luft und dem nahen Feuer war mir kalt. »Eine alte Höhle.«

»Abandawe ist ein Zauberort«, ergänzte Ismael leise, als fürchtete er sich, den Namen laut auszusprechen. Abschätzend sah er mich an. »Clotilda hat mir erzählt, daß die *Maggot* mit dir in das obere Zimmer gegangen ist. Vielleicht weißt du, was sie dort tut.«

»Ein wenig.« Mein Mund war trocken.

Als hätte er meine Gedanken erraten, trat Ismael plötzlich auf mich zu.

»Ich frage dich, Frau, blutest du noch?«

Jamie fuhr auf, aber beruhigend drückte ich seinen Arm.

»Ja«, antwortete ich. »Warum? Was hat das damit zu tun?«

Der *oniseegun* schien sich nicht ganz wohl in seiner Haut zu fühlen. Unruhig wandte er sich zu den Hütten um. In der Dunkelheit hinter ihm regte es sich. Anscheinend hatten sich die Männer dort versammelt und bereiteten sich auf den Aufbruch vor. Sie flüsterten so leise, daß ihre Stimmen von den raschelnden Zuckerrohrhalmen verschluckt wurden.

»Eine Frau, die blutet, tötet den Zauber. Wenn du blutest, besitzt du weibliche Macht, und der Zauber wirkt bei dir nicht. Nur die alten Frauen zaubern und hexen. Sie rufen die *loas* und machen Kranke wieder gesund.« Er musterte mich abschätzend. Dann schüttelte er den Kopf.

»Du machst keinen Zauber wie die *Maggot*. Ihr Zauber bringt sie um, aber dich auch.« Er wies nach hinten auf die leere Bank. »Hast du gehört, was Bouassa sagt? Er sagt, die *Maggot* stirbt in drei Tagen. Sie hat den Jungen mitgenommen, also stirbt er auch. Und du auch, wenn du ihnen nachfährst.«

Die Handgelenke gekreuzt, als wären sie zusammengebunden, starrte Ismael Jamie an. »Das sage ich dir, *amiki*.« Er ließ die Arme sinken und riß die Hände auseinander, als würde er eine unsichtbare Fessel sprengen. Ohne Vorankündigung drehte er sich dann um und tauchte in die Dunkelheit.

»Heiliger Michael, schütze uns«, stieß Jamie hervor. Er strich sich durchs Haar, so daß einzelne, im Licht der Flammen schimmernde Strähnen abstanden. Allerdings war das Feuer am Verglimmen, weil sich niemand mehr darum kümmerte.

»Kennst du diesen Ort, Sassenach? Zu dem Geillis mit Ian gefahren ist?«

»Nein, ich weiß nur, daß er auf Hispaniola tief in den Bergen liegt und daß ein Fluß hindurchgeht.«

»Dann müssen wir Lorenz mitnehmen«, erklärte Jamie entschieden. »Komm, meine Männer sind schon beim Boot am Fluß.«

Ich drehte mich um, um ihm zu folgen, aber am Rand des Zuckerrohrfelds blieb ich noch einmal stehen und blickte zurück.

»Jamie, sieh mal!« Hinter uns glühten die Reste des Feuers und beschienen den Kreis der Sklavenhütten. Weiter in der Ferne hob sich das dunkle Rechteck von Rose Hall vom Nachthimmel ab. Und dahinter, über einem Bergrücken, schimmerte der Himmel rötlich.

»Sieht so aus, als würde es bei Howe brennen«, stellte Jamie erstaunlich ruhig und ohne jede Regung fest. Er wies nach links, wo vor einem Berg ein kleiner, kaum stecknadelkopfgroßer Fleck orangefarben schimmerte. »Und das ist wohl Twelvetrees.«

Die Stimme der Trommel klang flüsternd durch die Nacht zu uns. Wie hatte Ismael noch gesagt? *Die Trommel ruft sie aus den Bergen. Und die, die stark genug sind, gehen.*

Die Sklaven kamen von den Hütten her auf uns zu. Frauen mit weißem Turban schleppten Bündel, ihre Babys und ihre Kochtöpfe, alles auf dem Rücken. Eine von ihnen führte respektvoll Margaret Campbell am Arm, die ebenfalls einen weißen Turban trug.

Als Jamie sie entdeckte, trat er auf sie zu.

»Miss Campbell«, rief er fordernd. »Margaret!«

Margaret und die junge Frau hielten an. Die Schwarze machte jedoch gleich Anstalten, sich zwischen Jamie und Miss Campbell zu schieben. Erst als Jamie beschwichtigend die Hände hob, trat sie widerstrebend zurück.

»Margaret«, versuchte er es noch einmal. »Kennen Sie mich nicht mehr, Margaret?«

Mit leerem Blick starrte sie ihn an. Behutsam hob er die Arme und umschloß ihr Gesicht mit den Händen.

»Margaret!« Seine tiefe Stimme klang eindringlich. »Margaret, hören Sie mich? Erkennen Sie mich, Margaret?«

Sie blinzelte. Dann blinzelte sie noch einmal, und plötzlich erwachte ihr weiches, rundes Gesicht zum Leben. Aber anders als bei der rücksichtslosen Inbesitznahme durch die *loas* wirkte sie nun wachsam, äußerst schüchtern und voller Furcht.

»Doch, ich kenne Sie, Jamie«, sagte sie langsam. Ihre Stimme war weich und rein, die eines jungen Mädchens. Sie schürzte die Lippen, und während Jamie nach wie vor ihr Gesicht mit den Händen umschloß, kam wieder Leben in ihre Augen.

»Lange nicht gesehen, Jamie«, sagte sie. »Bringen Sie mir Neuigkeiten von Ewan? Geht es ihm gut?«

Einen Moment lang stand Jamie reglos da. Um seine Gefühle zu verbergen, wurde sein Gesicht starr wie eine Maske.

»Ja, es geht ihm gut«, flüsterte er schließlich. »Sehr gut sogar, Margaret. Das hier hat er mir gegeben. Ich sollte es für Sie aufbewahren.« Er beugte sich vor und küßte sie sanft.

Mehrere Frauen waren stehengeblieben und sahen den beiden schweigend zu. Jetzt begannen sie zu murmeln und warfen sich besorgte Blicke zu. Als Jamie Margaret freigab, schlossen sie sich schützend um sie.

Margaret schien das nicht zu bemerken. Mit einem verträumten Lächeln auf den Lippen sah sie ihn an.

»Ich danke Ihnen, Jamie«, rief sie, als die junge Frau ihren Arm nahm und sie fortzog. »Sagen Sie Ewan, daß ich bald wieder bei ihm bin.« Dann zog die kleine Schar weißgekleideter Frauen weiter, und bald verschluckte sie die Dunkelheit wie Gespenster.

Jamie machte Anstalten, ihnen nachzustürmen, aber ich hielt ihn auf.

»Laß sie gehen«, flüsterte ich, in Gedanken bei dem Leichnam, der auf dem Boden des Salons lag. »Du kannst sie nicht aufhalten. Bei ihnen ist sie besser aufgehoben als anderswo.«

Er schloß die Augen. Dann nickte er.

»Aye, du hast recht.« Unvermittelt wandte er sich um, und ich folgte seinem Blick. Rose Hall war jetzt hell erleuchtet. Flackerndes Licht von Fackeln schien durch Fenster und Türen. Und während wir das Gebäude noch wie gebannt betrachteten, drang aus dem versteckten Arbeitsraum im ersten Stock plötzlich ein eigenartiges, immer stärker anschwellendes Glühen.

»Höchste Zeit, daß wir gehen«, sagte Jamie und nahm meine Hand. Gemeinsam tauchten wir in das raschelnde Feld und bahnten uns unseren Weg durch die vom Gestank brennenden Zuckers geschwängerte Luft.

62

Abandawe

»Ihr nehmt am besten die Gouverneurs-Pinasse. Keine Sorge, das Schiff ist seetüchtig.« Grey wühlte in der Schublade seines Schreibtischs. »Ich schreibe eine Anweisung für die Hafenarbeiter, daß ihr dazu berechtigt seid.«

»Aye, das Schiff kommt uns gerade recht – Jareds *Artemis* möchte ich lieber nicht aufs Spiel setzen –, aber ich halte es für besser, wenn wir sie stehlen.« Jamie hatte die Stirn gerunzelt. »Ich möchte nicht, daß du in diese Sache hineingezogen wirst; schließlich hast du schon Sorgen genug.«

Grey lächelte unglücklich. »Sorgen? Ja, so kann man es nennen – vier Plantagensitze abgebrannt und mehr als zweihundert Sklaven geflüchtet, Gott weiß, wohin. Doch ich bezweifele, daß unter diesen Umständen noch irgend jemand auf meinen gesellschaftlichen Umgang achtet. Die ganze Insel hat Angst vor den *Maroons* und dem Chinesen. Da fällt ein einfacher Schmuggler nicht weiter ins Gewicht.«

»Wie tröstlich für mich«, entgegnete Jamie trocken. »Trotzdem, wir stehlen das Schiff. Wenn man uns festnimmt, hast du von mir weder gehört noch mich je zu Gesicht bekommen, aye?«

Grey starrte ihn mit einer Mischung aus Belustigung, Furcht und Wut an.

»Ist das dein Ernst?«, fragte er schließlich. »Soll ich zusehen, wie du gefangen und dann aufgeknüpft wirst, und dabei schweigen – aus Angst um meinen guten Ruf? Um Himmels willen, Jamie, für wen hältst du mich?«

Jamies Lippen zuckten.

»Für meinen Freund, John«, sagte er. »Und wenn ich deine Freundschaft – und dein verdammtes Boot – annehme, darf ich dir wohl auch einen Dienst erweisen. Also, kein Wort darüber, in Ordnung?«

»Gut«, erklärte der Gouverneur, nachdem er geschlagen die Schultern hatte sinken lassen. »Aber dann tu mir bitte auch den Gefallen und laß dich nicht erwischen.«

Um sein Lächeln zu verbergen, strich sich Jamie mit den Fingern über die Lippen.

»Ich versuche mein Bestes, John.«

Müde ließ sich der Gouverneur auf seinen Stuhl sinken. Unter seinen Augen zeichneten sich graue Ringe ab, und sein sonst so makelloses Leinenhemd war zerknittert. Wahrscheinlich hatte er sich seit dem letzten Tag nicht mehr umgezogen.

»Gut. Wohin du willst, weiß ich nicht, und ich sollte es wohl besser auch nicht erfahren. Aber wenn möglich, halte dich auf der Route nördlich von Antigua. Ich habe heute morgen ein Schiff dorthin geschickt und um so viele Männer gebeten, wie sie erübrigen können. Spätestens übermorgen müßten sie von dort aufbrechen, um den Hafen und die Stadt vor marodierenden *Maroons* zu schützen, sollte es zu einer offenen Rebellion kommen.«

Als ich Jamies Blick auffing, zog ich fragend die Augenbraue hoch. Doch er schüttelte kaum wahrnehmbar den Kopf. Von dem Aufstand am Yallah und den entkommenen Sklaven hatten wir dem Gouverneur erzählt, denn inzwischen mußte er auch von anderen davon gehört haben. Doch was wir später am Abend in unserem Versteck in der kleinen Bucht gesehen hatten, behielten wir lieber für uns.

Der Fluß hatte dunkel wie Onyx dagelegen; nur ein blasser Schimmer schien von der breiten Wasserfläche aufzusteigen. Da wir sie kommen hörten, hatten wir ausreichend Zeit gehabt, uns zu verstecken. Trommeln wurden geschlagen, und ein wüstes Stimmengewirr hallte durch das Tal, als die *Bruja*, getrieben von der Strömung, an uns vorbeizog. Die Leichen der Piraten lagen zweifellos flußaufwärts zwischen den Jasminbüschen und Zedern.

Die Sklaven vom Yallah waren nicht in die Berge Jamaikas gezogen, sondern aufs offene Meer, wahrscheinlich um sich zu Bouassas Anhängern auf Hispaniola zu gesellen. Die Bewohner Kingstons hatten also von den geflüchteten Sklaven nichts zu befürchten – doch für uns war es günstiger, wenn sich die Königliche

Marine auf Jamaika konzentrierte statt auf Hispaniola – unser Ziel.

Jamie erhob sich zum Gehen, aber Grey hielt ihn zurück.

»Warte! Brauchst du keine sichere Unterkunft für deine... für Mrs. Fraser?« Er hielt den Blick starr auf Jamie gerichtet. »Mir wäre es eine Ehre, wenn du sie meinem Schutz anvertrauen würdest. Sie könnte bis zu deiner Rückkehr hier im Gouverneurspalast bleiben. Niemand würde ihr ein Haar krümmen – oder überhaupt erfahren, daß sie hier ist.«

Jamie zögerte, sah jedoch keine Möglichkeit, seine Ablehnung sanfter zu formulieren.

»Sie muß mit mir kommen, John«, sagte er. »Eine andere Möglichkeit gibt es nicht.«

Grey musterte mich mit flackerndem Blick und wandte sich dann gleich wieder ab. Doch der Ausdruck von Eifersucht war mir nicht entgangen. Er tat mir leid, aber ich konnte ihm nicht helfen.

»Ja«, sagte er, während er schwer schluckte. »Ich verstehe.«

Jamie streckte ihm die Hand entgegen. Grey zögerte kurz, aber dann nahm er sie.

»Viel Glück, Jamie«, sagte er mit heiserer Stimme. »Gott sei mit dir.«

Fergus war nicht so leicht zu überzeugen. Hartnäckig bestand er darauf, mit uns zu reisen, brachte ein Argument nach dem anderen vor und wurde richtig wütend, als er hörte, daß wir die schottischen Schmuggler zu unseren Begleitern erkoren hatten.

»Diese Leute wollen Sie mitnehmen, und ich soll hierbleiben?« Deutlich stand ihm die Empörung ins Gesicht geschrieben.

»Genau«, entgegnete Jamie fest. »Denn die Schmuggler sind Witwer oder Junggesellen. Du aber mußt an deine Frau denken.« Er wies auf Marsali, die die Auseinandersetzung mit angstverzerrtem Gesicht verfolgte. »Als ich dachte, sie sei zu jung zum Heiraten, hatte ich mich getäuscht. Aber eins weiß ich gewiß: Sie ist zu jung, um Witwe zu werden.« Jamie wandte sich ab, und die Sache war erledigt.

In tiefdunkler Nacht setzten wir auf Greys zehn Meter langer Pinasse die Segel. Zurück blieben zwei Schauermänner, gefesselt und geknebelt und in einem Bootshaus versteckt. Zwar war unser Einmaster größer als das Fischerboot, mit dem wir den Yallah hinaufgefahren waren, doch ob sie den Namen Schiff verdiente, darüber konnte man streiten.

Aber immerhin schien sie seetüchtig, und schon bald hatten wir den Hafen von Kingston hinter uns gelassen. Eine frische Abendbrise trieb uns in Richtung Hispaniola.

Die Schmuggler hatten alle Arbeiten unter sich aufgeteilt, so daß sich Jamie, Stern und ich auf einer der langen Bänke vor der Reling ausruhen konnten. Wir schwatzten über dieses und jenes, verfielen jedoch nach kurzer Zeit in Schweigen und hingen unseren Gedanken nach.

Jamie, der wiederholt gähnte, gab schließlich meinem Drängen nach, streckte sich auf der Bank aus und bettete den Kopf in meinen Schoß. Ich hingegen war zu angespannt, um an Schlafen auch nur denken zu können.

Stern blieb gleichfalls wach. Er hatte die Hände hinter dem Kopf verschränkt und sah in den Himmel.

»Die Luft ist feucht heute abend«, sagte er, während er mit dem Kinn auf die silberne Mondsichel wies. »Sehen Sie den Dunst, der den Mond umgibt? Vielleicht kriegen wir noch vor Morgengrauen Regen. Das wäre recht ungewöhnlich für diese Jahreszeit.«

Das Wetter schien mir als Thema unverfänglich genug, um meine aufgepeitschten Nerven zu beruhigen. Ich strich Jamie über die dicken, weichen Haare.

»Wirklich?« fragte ich. »Manchmal scheint es mir, Sie und Jamie könnten vom Himmel ablesen, wie das Wetter wird. Ich kenne nur den Spruch: ›Morgenrot, schlecht Wetter droht‹.«

Stern lachte. »Demnach müßten wir bis zum Morgen warten, um zu wissen, was der Tag uns bringt. Aber erstaunlicherweise sind diese Bauernregeln oft ausgesprochen präzise. Natürlich liegen dem Ganzen wissenschaftliche Prinzipien wie Lichtbrechung und Luftfeuchtigkeit zugrunde.«

Ich hob das Kinn, so daß mir die Brise das schweißnasse Haar im Nacken aufwirbelte.

»Und was ist mit den unerklärlichen Phänomenen? Dem Übernatürlichen?« fragte ich. »Mit den Dingen, auf die sich die wissenschaftlichen Gesetze nicht anwenden lassen?« *Ich bin Wissen-*

schaftler, hörte ich ihn in Gedanken wieder sagen, wobei sein leichter Akzent die Sachlichkeit nur noch zu verstärken schien. *Ich glaube nicht an Geister.*

»Welche Phänomene zum Beispiel?«

»Tja…« Ich überlegte fieberhaft, stützte mich dann aber auf die Liste der Dinge, die Geillis selbst angeführt hatte. »Menschen mit blutenden Stigmata, Astralwanderung, Visionen, übernatürliche Manifestationen – also alles, was mit dem Verstand nicht erklärt werden kann.«

Stern grunzte und machte es sich auf der Bank neben mir bequemer.

»Meiner Meinung nach hat die Wissenschaft lediglich die Aufgabe zu beobachten, nach der Ursache zu suchen, wenn sie zu finden ist. Wir dürfen nie vergessen, daß es in der Welt viele Dinge gibt, die wir nicht erklären können – aber nicht, weil es keine Erklärung gibt, sondern weil wir zu wenig wissen, um sie zu finden. Es steht der Wissenschaft nicht an, auf einer Erklärung zu beharren – sie soll beobachten und hoffen, daß sich die Erklärung einstellt.«

»Die Wissenschaft kann das vielleicht leisten«, wandte ich ein, »aber wir Menschen sind dazu nicht fähig. Es liegt in unserer Natur, daß wir nach einer Erklärung verlangen.«

»Das stimmt.« Offensichtlich erwärmte er sich immer mehr für unser Thema, denn er lehnte sich zurück und faltete wie ein Lehrer die Hände über seinem kleinen Bäuchlein. »Aus diesem Grund formuliert ein Wissenschaftler Hypothesen, also Vorschläge, wie ein beobachtetes Phänomen zu erklären sein könnte. Aber eine Hypothese darf auf keinen Fall mit einer Erklärung oder gar einem Beweis verwechselt werden.

Ich habe viele Dinge gesehen, die man als außerordentlich bezeichnen könnte. Fische, die vom Himmel fallen, zum Beispiel – alle von der gleichen Art und Größe. Mitten auf dem trockenen Land tauchen sie plötzlich am wolkenlosen Himmel auf und fallen herunter. Es scheint, als gäbe es dafür keine logische Erklärung, und dennoch – dürfen wir dieses Ereignis deshalb dem Einfluß des Übernatürlichen zuschreiben? Ist es auf den ersten Blick wahrscheinlicher, daß sich eine überirdische Intelligenz einen Spaß erlaubt oder daß ein für uns nicht sichtbares meteorologisches Phänomen – eine Wasserhose, ein Tornado oder Ähnliches – am Werk ist? Aber eine Frage bleibt: Warum und auf welche Weise entfernt ein Naturphänomen wie eine Wasserhose wohl bei allen Fischen die Köpfe – und zwar nur die Köpfe?«

»Haben Sie das mit eigenen Augen gesehen?« fragte ich ihn fasziniert. Er lachte.

»Da spricht die Wissenschaftlerin aus Ihnen. Die erste Frage, die jeder Naturforscher stellt: Woher wissen Sie das? Wer hat das gesehen? Kann ich das auch sehen? Ja, ich war schon dreimal Augenzeuge bei diesen Vorgängen, obwohl es sich einmal um Frösche handelte und nicht um Fische.«

»Befanden Sie sich in der Nähe des Meeres oder eines Sees?«

»Einmal nahe der Küste und ein andermal – bei den Fröschen – an einem See. Aber beim drittenmal war ich weit im Landesinneren, etwa zwanzig Meilen vom nächsten Gewässer entfernt. Und die Fische gehörten zu einer Art, die ich nur in der Tiefsee gefunden habe. In keinem der Fälle konnte man irgendeine Störung in den oberen Luftschichten ausmachen – keine Wolken, kein stärkerer Wind, keine Wasserhose, die sich aus dem Meer in den Himmel erhebt. Und trotzdem sind die Fische vom Himmel gefallen. Das ist eine Tatsache, denn ich habe sie selbst gesehen.«

»Und wenn Sie sie nicht gesehen hätten, wäre es dann keine Tatsache?« fragte ich trocken.

Amüsiert lachte er auf. Jamie wurde unruhig und murmelte etwas in meinen Schoß.

»Vielleicht, vielleicht aber auch nicht. Wie heißt es in der Bibel? ›Selig sind, die nicht sehen und doch glauben‹.«

»Ja, so steht es da.«

»Einige Dinge muß man einfach als Tatsache hinnehmen, ohne die nachweisbare Ursache zu kennen.« Er lachte wieder auf, diesmal jedoch eher traurig.

Wir schwiegen. Vor uns, über dem Bug des kleinen Schiffs, zeichnete sich eine Linie ab, die dunkler war als der Himmel mit seinem purpurroten Schimmer oder das silbriggraue Meer. Die schwarze Insel Hispaniola rückte langsam, aber stetig näher.

»Wo haben Sie die Fische ohne Kopf gesehen?« fragte ich plötzlich. Ich war nicht weiter überrascht, als er mit dem Kopf in Richtung des Schiffsbugs wies.

»Dort«, sagte er. »Auf diesen Inseln habe ich viele eigenartige Dinge gesehen, mehr als irgendwo sonst auf der Welt. An einigen Orten ist das so.«

Ich überlegte, was uns erwarten mochte. Außerdem betete ich, daß Ismael sich nicht geirrt hatte, daß es Ian war, den Geillis nach Abandawe mitgenommen hatte. Dann fiel mir etwas ein, was ich im Laufe der Ereignisse des letzten Tages vergessen hatte.

»Was ist eigentlich mit den anderen schottischen Jungen? Ismael sagte, er hätte außer Ian noch elf Burschen gesehen. Als Sie die Plantage durchsucht haben, sind Sie da auf Spuren von ihnen gestoßen?«

Er zog scharf die Luft ein und ließ sich Zeit mit der Antwort. Ich merkte, daß er scharf überlegte, wie er sie formulieren sollte. Eine Gänsehaut kroch mir über den Rücken.

Die Antwort schließlich kam nicht von Stern, sondern von Jamie.

»Wir haben die Jungen gefunden«, sagte er leise. Seine Hand drückte sanft mein Knie. »Frage nicht weiter, Sassenach, mehr werde ich dir nicht sagen.«

Ich verstand. Demnach hatte Ismael wohl doch recht; Ian mußte bei Geillis sein, denn sonst wäre Jamie nicht so ruhig. Ich legte ihm wieder meine Hand auf den Kopf.

»Selig sind«, flüsterte ich, »die nicht sehen und doch glauben.«

Bei Morgengrauen gingen wir in einer kleinen namenlosen Bucht an der Nordküste Hispaniolas vor Anker. Der schmale Strand war von Klippen gesäumt, aber zwischen zwei Felsen führte ein schmaler, sandiger Pfad ins Innere der Insel.

Jamie trug mich die wenigen Schritte bis zum Ufer, setzte mich ab und wandte sich dann zu Innes um, der mit einem Paket Nahrungsvorräten an den Strand stapfte.

»Ich danke dir, a charaid«, sagte er feierlich. »Hier trennen sich unsere Wege. Mit dem Segen der Jungfrau Maria treffen wir uns an dieser Stelle in vier Tagen wieder.«

Enttäuscht verzog der Schmuggler das Gesicht. Dann fügte er sich in sein Schicksal.

»Aye«, sagte er. »Ich versorge dann unsere Nußschale hier, bis ihr alle zurückkommt.«

Jamie, der den Gesichtsausdruck richtig gedeutet hatte, schüttelte lächelnd den Kopf.

»Nicht nur du, Mann! Könnte ich ein paar kräftige Arme brauchen, wären es deine, die ich wählen würde. Außer dem Wissenschaftler und meiner Frau bleibt ihr alle hier.«

Innes war überrascht.

»Wir sollen alle hierbleiben? Aber brauchst du uns denn nicht, Mac Dubh?« Er sah mißtrauisch nach den von blühenden Ranken überwucherten Felsen. »Nicht gerade eine freundliche Umgebung, um sie ganz allein, ohne Freunde, zu erkunden.«

»Dann beweise mir deine Freundschaft, indem du hier auf uns wartest, Duncan«, erklärte Jamie.

Mit sorgenvollem Gesicht sah Innes noch einmal auf die Klippen. Dann senkte er gehorsam den Kopf. »Wie du es wünschst, Mac Dubh. Aber du weißt, daß wir dich nicht im Stich lassen würden.«

Jamie nickte.

»Das weiß ich genau, Duncan«, sagte er leise. Dann wandte er sich zu ihm um und legte ihm die Hand auf die Schulter. Innes umarmte ihn und klopfte ihm ungeschickt auf den Rücken.

»Wenn ein Schiff kommt«, sagte Jamie, als er ihn losließ, »möchte ich, daß ihr euch allein in Sicherheit bringt. Die Königliche Marine wird die Pinasse suchen. Zwar glaube ich nicht, daß auf dieser Insel Soldaten auftauchen, wenn aber doch – oder wenn euch sonst jemand auf den Pelz rückt –, dann setzt auf der Stelle die Segel.«

»Sollen wir euch auf der Insel zurücklassen? Nein, du kannst vieles anordnen, Mac Dubh, und ich tue, was du verlangst, aber das – nein, das nicht.«

Jamie runzelte die Stirn und schüttelte den Kopf. Im Licht der aufgehenden Sonne sprühten goldene Funken in seinem Haar und seinen Bartstoppeln, so daß es aussah, als sei sein Gesicht von einem Feuerschein umgeben.

»Du tust meiner Frau und mir keinen Gefallen, wenn du dich umbringen läßt, Duncan. Tu, was ich sage! Wenn ein Schiff kommt, macht ihr euch auf und davon!« Damit wandte er sich ab, um sich von den anderen Schotten zu verabschieden.

Innes seufzte tief. Zwar war ihm deutlich anzusehen, daß er nicht einverstanden war, aber er erhob keine weiteren Einwände.

Im Dschungel herrschte schwüle Hitze, und wir sprachen kaum ein Wort, als wir uns ins Landesinnere durchschlugen. Aber es gab ohnehin nichts zu sagen, da wir vor Stern schlecht von Brianna sprechen konnten. Außerdem hatten wir uns keinen Plan zurechtgelegt, denn wir wollten erst sehen, was uns in Abandawe erwartete. In der Nacht sank ich ein paarmal in einen kurzen Schlummer. Jedesmal, wenn ich auffuhr, saß Jamie an einen Baum gelehnt und starrte blicklos ins Feuer.

Am Mittag des zweiten Tages hatten wir unser Ziel erreicht. Vor uns lag ein steiler Berghang aus grauem Kalkgestein, der mit dornigen Aloen und hartem Gras bewachsen war. Und auf dem Gipfel der Anhöhe sah ich sie. Große, aufrecht stehende Steine, Megalithen, die die Kuppe in einem großen Kreis umsäumten.

»Sie haben mir nicht gesagt, daß es hier einen Steinkreis gibt«, stöhnte ich. Mir wurde schummrig, und das nicht wegen der Hitze und der feuchten Luft.

»Ist alles in Ordnung, Mrs. Fraser?« Stern sah mich besorgt an. Sein kluges, sonnengebräuntes Gesicht hatte sich gerötet.

»Ja«, antwortete ich. Aber wie immer konnte ich nicht verbergen, wie mir zumute war, denn im nächsten Augenblick stand Jamie neben mir und gab mir Halt, indem er mir den Arm um die Taille legte.

»Um Gottes willen, sieh dich vor, Sassenach«, murmelte er. »Gib acht, daß du diesen Dingern nicht zu nahe kommst!«

»Aber wir müssen herausfinden, ob Geillis in der Nähe ist und Ian mitgebracht hat«, wandte ich ein. »Komm!« Obwohl mir die Beine nicht gehorchen wollten, zwang ich mich bergauf.

»Sie wurden vor langer, langer Zeit aufgestellt«, erklärte Stern, als wir die Kuppe mit ihrem Steinkreis bis auf wenige Schritte erreicht hatten. »Aber nicht von Sklaven, sondern von den Ureinwohnern der Insel.«

Der Kreis war leer und wirkte durch und durch unschuldig. Reglos ragten die mehr als mannshohen Steine in den Himmel. Jamie beobachtete mich besorgt.

»Hörst du sie, Claire?« fragte er. Stern warf uns einen verwunderten Blick zu. Ich trat vorsichtig auf den Stein zu, der mir am nächsten stand.

»Ich bin mir nicht sicher. Es ist nicht der richtige Tag, weder ein Sonnen- noch ein Feuerfest. Vielleicht ist der Tunnel nicht offen.«

Während ich mich an Jamies Hand festhielt, beugte ich mich lauschend nach vorn. Ein leises Summen schien in der Luft zu liegen, doch das konnte auch von den Insekten des Dschungels stammen. Mit äußerster Vorsicht legte ich die Hand auf den Stein.

Dunkel hörte ich Jamie meinen Namen rufen. Irgendwo in den Tiefen meines Bewußtseins kämpfte ich mit all meiner Kraft, richtete ich alle meine Anstrengungen darauf, den Brustkorb zu heben und zu senken und meine Herzkammern mit Blut zu füllen und sie zu leeren. In meinen Ohren dröhnte ein pulsierendes Summen, so tief, daß ich seinen Klang nicht ausmachen konnte. Es ging mir durch Mark und Bein. Und im ruhigen Zentrum des Chaos erschien Geillis Abernathy und sah mich lächelnd mit ihren grünen Augen an.

»Claire!«

Ich lag auf dem Boden. Besorgt beugten sich Jamie und Lorenz über mich. Meine Wangen waren feucht, und Wasser tröpfelte mir in den Nacken. Ich blinzelte und bewegte vorsichtig meine Glieder, ob sie noch da waren.

»Bist du in Ordnung, Sassenach?«

»Ja«, antwortete ich, noch immer verwirrt. »Jamie – sie ist hier.«

»Wer? Mrs. Abernathy?« Stern sah sich hastig um, als würde er erwarten, sie auf der Stelle aus Fleisch und Blut vor sich zu sehen.

»Ich habe sie gesehen – gehört – oder was auch immer.« Langsam kehrte mein Denkvermögen zurück. »Sie ist hier. Nicht im Steinkreis, aber in der Nähe.«

»Weißt du auch, wo?« Jamies Hand fuhr zum Dolch. Beunruhigt blickte er sich nach allen Seiten um.

Ich schüttelte den Kopf und schloß die Augen, versuchte schaudernd, diesen Moment zurückzurufen, in dem ich sie gesehen hatte. Ich hatte den Eindruck von kühler Dunkelheit und rot flackernden Fackeln.

»Ich glaube, sie ist in einer Höhle«, sagte ich zu meiner eigenen Verwunderung. »Gibt es hier eine, Mr. Stern?«

Er nickte. »Der Eingang ist nicht weit von hier.«

»Bringen Sie uns hin.« Jamie war bereits auf den Füßen und zog mich hoch.

»Jamie!« Ich hielt ihn fest.

»Aye?«

»Sie weiß jetzt auch, daß ich hier bin, Jamie.«

Wie angewurzelt blieb er stehen. Er überlegte und schluckte schwer. Dann biß er die Zähne zusammen und nickte.

»A Mhìcheal bheannaichte, dìon sinn bho dheamhainnean«, betete er leise, bevor er sich zum Abhang umwandte. Heiliger Michael, schütze uns vor den Dämonen.

Im Innern der Höhle herrschte so rabenschwarze Dunkelheit, daß man nicht einmal die Hand vor Augen sehen konnte. Um so mehr mußten wir uns vorsehen. Der Boden war uneben. Spitze Steine knirschten unter unseren Füßen, und der Durchgang war an manchen Stellen so eng, daß ich mich fragte, wie Geillis hier durchgekommen war.

Selbst dort, wo der Gang so breit wurde, daß ich die Wände mit ausgestreckten Händen nicht mehr erreichte, spürte ich sie. Ganz als wäre ich mit einer anderen Person in eine dunkle Kammer gesperrt – jemand, der absolut still blieb, aber dessen Anwesenheit ich fühlte.

Jamie hatte die Hand fest auf meine Schulter gelegt, und inmitten dieses beängstigenden, kühlen Nichts spürte ich von ihm eine tröstliche Wärme ausgehen.

»Stimmt die Richtung?« fragte er, als ich anhielt, um zu verschnaufen. »Ich habe gemerkt, daß zu beiden Seiten Gänge abzweigen. Wie kannst du wissen, wohin wir uns wenden müssen?«

»Ich höre es. Ich meine, ich höre sie. Du nicht?« Nur mit aller Kraft konnte ich meine Gedanken so weit ordnen, daß ich die Worte herausbrachte. Der Klang war hier anders, nicht das Bienengesumm vom Craigh na Dun, sondern ein Vibrieren, das wie der Nachhall einer großen Glocke in der Luft hing. Es fuhr mir durch alle Glieder.

Jamie umklammerte meinen Arm fester.

»Bleib bei mir«, sagte er. »Sassenach, paß auf, daß du nicht gepackt wirst! Bleib bei mir!«

Blind streckte ich die Arme nach ihm aus, und er zog mich an die Brust. Sein Herz klopfte so laut, daß es alles Dröhnen übertönte.

»Jamie! Halt mich fest, Jamie!« Noch nie in meinem Leben hatte ich eine derartige Angst empfunden. »Laß mich nicht los, Jamie! Wenn es mich erfaßt, kann ich nie wieder zurückkommen. Mit jedem Mal wird es schlimmer. Dann bringt es mich um, Jamie!«

Er schloß mich so fest in die Arme, daß ich meine Rippen knacken hörte und nach Luft schnappen mußte. Nach kurzer Zeit löste er die Umarmung, schob mich sanft zur Seite und ging an mir vorbei, darauf bedacht, mich keinen Augenblick loszulassen.

»Ich gehe als erster«, sagte er. »Halte dich an meinem Gürtel fest. Aber laß ihn um nichts in der Welt wieder los!«

So tasteten wir uns gemeinsam tiefer in die Dunkelheit. Stern hatte mit uns kommen wollen, doch das war Jamie nicht recht gewesen. So wartete er auf uns am Eingang der Höhle. Wenn wir nicht zurückkommen würden, sollte er an den Strand gehen und die Verabredung mit Innes und den anderen Schotten einhalten.

Wenn wir nicht zurückkommen würden...

Jamie merkte wohl, wie sehr meine Hand zitterte, denn er blieb stehen und zog mich an sich.

»Claire«, sagte er zärtlich, »ich muß dir etwas sagen.«

Ich wußte bereits, was es war, und wollte ihm den Mund zuhalten. Doch meine Hand fuhr ins Leere, und er ergriff sie.

»Wenn wir vor der Wahl stehen, sie oder einer von uns – dann bin ich das. Das ist dir doch klar, oder?«

Das war es. Wenn Geillis noch dort unten war und einer von uns sein Leben aufs Spiel setzen mußte, um sie aufzuhalten, dann würde Jamie das Wagnis eingehen. Denn wenn er starb und ich allein zurückblieb, konnte ich sie immer noch durch die Steine verfolgen, er jedoch nicht.

»Ja«, flüsterte ich nach kurzem Schweigen. Und wir wußten noch etwas anderes: Wenn Geillis bereits zurückgegangen war, würde ich ihr folgen müssen.

»Dann küß mich, Claire«, flüsterte er. »Du bedeutest mir mehr als mein Leben, und ich bedaure keinen Augenblick.«

Ich konnte nichts sagen. Und so küßte ich ihn; erst seine warme, feste Hand mit den verkrüppelten Fingern und das sehnige Gelenk des Schwertkämpfers. Und dann seinen Mund, der mir Zuflucht und Verheißung war, der seinen Schmerz verriet. Tränen mischten sich in unseren Kuß.

Dann ließ ich ihn los und wandte mich zu dem Gang, der links von uns abzweigte.

»Hier entlang«, sagte ich. Wir waren kaum zehn Schritte gegangen, als ich das Licht sah.

Zunächst nur ein blasser Schimmer auf den Felsen an unserer Seite, doch er genügte, um uns zu zeigen, daß wir unser Sehvermögen nicht eingebüßt hatten. Plötzlich erblickte ich wieder schwach meine Hände und Füße vor mir. Trotz meiner Angst schluchzte ich erleichtert auf. Ich fühlte mich wie ein Gespenst, das plötzlich Gestalt annimmt, als ich auf das Licht und den leisen Glockenklang zustolperte.

Jamie schirmte mit seinem breiten Rücken den helleren Schein vor mir ab, so daß ich nicht sehen konnte, was vor uns lag. Plötzlich duckte er sich unter einem Durchgang hindurch. Ich folgte ihm und stand im Licht.

Es war eine Kammer von beachtlicher Größe, deren rückwärtige Wände von der Dunkelheit verschluckt wurden. Doch in der Wand vor uns glitzerten und funkelten im Schein einer Fackel unzählige Mineralien.

»Bist du also gekommen!« Geillis kniete auf dem Boden und betrachtete angelegentlich den weißen Puder, den sie aus ihrer geschlossenen Hand in einer Linie auf den Boden rinnen ließ.

Jamie stöhnte halb erleichtert, halb besorgt auf, denn er hatte Ian erblickt. Der Junge lag mit gefesselten Händen und mit einem Knebel im Mund in dem Pentagramm auf der Seite. Neben ihm sah ich eine Axt. Sie war aus einem schimmernden, dunklen Stein gefertigt und hatte eine scharfe, blitzende Klinge. Ihren Griff überzog ein buntes afrikanisches Perlenmuster.

»Bleib, wo du bist, Rotfuchs!« Geillis ließ sich auf die Knie zurücksinken und zeigte Jamie ihre gebleckten Zähne – was jedoch keineswegs ein Lachen war. In der Hand hielt sie eine Pistole; eine zweite steckte in dem Ledergürtel an ihrer Taille.

Die Augen starr auf Jamie gerichtet, griff sie in ihre Gürteltasche und zog wieder eine Handvoll Diamantstaub hervor. Auf ihrer breiten, bleichen Stirn standen Schweißperlen; sie mußte das Glockendröhnen ebenso deutlich vernehmen wie ich. Mir war schlecht; der Schweiß rann mir in Strömen den Körper hinab und durchnäßte meine Kleider.

Das Muster war fast vollendet. Mit der Pistole im Anschlag zog sie eine dünne, schimmernde Linie, bis das Pentagramm geschlossen war. In seinem Inneren hatte sie bereits Steine ausgelegt – funkelnde Farbflecken, die durch eine glitzernde Quecksilberlinie verbunden waren.

»Gut, das hätten wir!« Erleichtert seufzte sie auf und strich sich das dichte, helle Haar aus der Stirn. »Endlich sicher. Der Kristallstaub hält den Lärm von mir fern«, erklärte sie mir. »Ist er nicht schrecklich?«

Sie tätschelte den gefesselten und geknebelten Ian auf dem Boden vor ihr, der sie mit vor Schreck aufgerissenen Augen anstarrte. »Aber, aber, *mo chridhe*! Keine Angst, gleich hast du es hinter dir.«

»Nimm die Finger von ihm, du verfluchte Hexe!« Jamie, der sich nicht zügeln konnte, legte die Hand an den Dolch und trat einen Schritt nach vorn. Doch als sie die Mündung der Pistole hochriß, blieb er stehen.

»Du erinnerst mich an deinen Onkel Dougal, *a sionnach*«, fuhr sie fort, während sie kokett den Kopf neigte. »Er war zwar älter als du, als ich ihn kennenlernte, aber du siehst ihm sehr ähnlich. Ganz als würdest du dir nehmen, was dir gefällt, ohne Rücksicht auf das, was dir im Wege steht.«

Jamie sah zu Ian, der sich auf dem Boden in seinen Fesseln wand. Dann richtete er den Blick auf Geillis.

»Ich nehme mir, was mir gehört«, antwortete er leise.

»Aber jetzt kannst du das nicht, aye?« stellte sie freundlich fest. »Noch ein Schritt, und ich erschieße dich auf der Stelle. Ich verschone dich nur, weil du Claire offensichtlich so teuer bist.« Sie nickte mir zu.

»Ein Leben gegen ein anderes, meine Süße. Du hast damals am Craigh na Dun versucht, mich zu retten. Und ich habe dich vor dem Hexenprozeß in Cranesmuir bewahrt. Wir sind quitt, nicht wahr?«

Geillis nahm eine kleine Flasche, entkorkte sie und goß den Inhalt sorgfältig über Ians Kleider. Ein starker Weinbrandgeruch stieg mir in die Nase, und die Fackel flackerte auf, als die Alkoholwolke sie erreichte. Als Ian sich aufbäumte und erstickte Protestlaute hervorstieß, trat sie ihm unsanft in die Rippen.

»Schweig!« fuhr sie ihn an.

»Tu es nicht, Geillis!« rief ich, obwohl ich wußte, daß ich mit meinen Worten nichts erreichen würde.

»Ich muß«, entgegnete sie ungerührt. »Ich habe keine andere Wahl. Tut mir leid, daß ich das Mädchen nehmen muß, aber ich lasse dir den Mann.«

»Welches Mädchen?« Jamie hatte die Hände so fest zur Faust geballt, daß die Knöchel weiß hervortraten.

»Brianna. So heißt sie doch, nicht wahr?« Geillis schüttelte den Kopf, so daß ihr das schwere Haar in den Nacken fiel. »Die letzte aus dem Geschlecht der Lovats.« Sie lächelte mich an. »Welch ein Glück, daß du zu mir gekommen bist, Claire! Andernfalls hätte ich es nie erfahren, denn eigentlich heißt es, daß die Linie der Lovats im neunzehnten Jahrhundert erloschen ist.«

Entsetzen durchzuckte meinen Körper. Und weil Jamie die Muskeln anspannte, merkte ich, daß es ihm ebenso erging.

Es mußte sich auch auf seinem Gesicht gezeigt haben, denn Geillis stieß einen spitzen Schrei aus und sprang nach hinten. Jamie stürzte sich auf die Frau, aber im gleichen Augenblick feuerte sie die Pistole ab. Sein Kopf wurde nach hinten gerissen, und sein Körper zuckte. Dann brach er, die Arme noch immer nach ihr ausgestreckt, zusammen. Schlaff sank er auf eine der Linien des glitzernden Pentagramms. Von Ian kam ein ersticktes Stöhnen.

Den Schrei, der in meiner Kehle aufstieg, spürte ich mehr, als daß ich ihn hörte. Ich weiß nicht, welches Wort mir entfuhr, aber zumindest hatte es den Effekt, daß Geillis verdutzt zu mir herumwirbelte.

Als Brianna zwei Jahre alt war, hatte ein unachtsamer Autofahrer meinen Wagen an der Seite, auf der sie saß, gestreift. Ich brachte mein Auto zum Stehen, sah, daß sie auf ihrem Rücksitz unverletzt war, und stieg aus. Ich ging zu dem anderen Wagen, der noch ein Stück weitergerollt war.

Der Fahrer war ein Mann in den Dreißigern, groß und kräftig, und dem Anschein nach davon überzeugt, daß es nichts auf der Welt gab, mit dem er nicht fertig werden konnte. Aber als er mich kommen sah, kurbelte er hastig sein Fenster hoch und sank auf seinem Sitz in sich zusammen.

Ich war mir keiner Wut oder sonst eines Gefühls bewußt. Statt dessen wußte ich mit hundertprozentiger Gewißheit, daß ich sein

Fenster mit der Hand zerschlagen konnte – und auch würde –, um ihn aus dem Auto zu zerren. Und er wußte das auch.

Weiter hatte ich damals nicht gedacht. Das war auch nicht nötig, denn gleich darauf traf ein Streifenwagen ein, und ich gewann meine Fassung zurück. Dann begann ich zu zittern. Den Ausdruck auf dem Gesicht jenes Mannes werde ich jedoch nie vergessen.

Ein Feuer spendet nicht besonders viel Licht, aber es hätte vollkommene Dunkelheit herrschen müssen, um nicht zu erkennen, daß Geillis jetzt ebenjenen Ausdruck zur Schau trug. Plötzlich war ihr bewußt geworden, was ihr bevorstand.

Sie riß ihre zweite Pistole aus dem Gürtel und legte sie auf mich an. Zwar sah ich die dunkle Mündung auf mich gerichtet, doch es kümmerte mich nicht. Gleich darauf donnerte der Knall durch die Höhle und wurde hundertfach zurückgeworfen. Doch ich hatte mich bereits fallen lassen und die Axt aufgehoben.

Überdeutlich spürte ich den Lederschaft mit seinem rotgelben Zickzackmuster in meiner Hand.

Hinter mir hörte ich ein Geräusch, aber ich wandte mich nicht um. In Geillis' Pupillen spiegelten sich die züngelnden Flammen. Ich verspürte keine Furcht, keine Wut, keinen Zweifel. Ich fühlte nur, wie die Axt auftraf.

Blut ist schwarz im Schein eines Feuers, nicht rot.

Der Nachhall des Schlags vibrierte in meinem Arm, und dann ließen meine tauben Finger die Waffe los. Ich blieb wie angewurzelt stehen, rührte mich nicht einmal, als Geillis blind auf mich zutaumelte. Ihre Muskeln wurden schlaff, und sie sank in sich zusammen. Das letzte, was ich von ihr sah, waren ihre Augen, groß und schimmernd wie Edelsteine, klar wie grünes Wasser und geprägt von dem Wissen vom sicheren Tod.

Jemand sprach, doch die Worte ergaben für mich keinen Sinn. Die Spalte im Stein summte so laut, daß es mir in den Ohren dröhnte. Die Fackel flackerte und glühte plötzlich goldgelb auf. Der Todesengel ist vorbeigeflogen, dachte ich.

Wieder hörte ich von hinten ein Geräusch.

Ich wandte mich um und sah Jamie. Schwankend kniete er auf dem Boden. Blut strömte ihm über den Schädel und überzog eine Hälfte seines Gesichts schwarz-rot. Die andere war kreidebleich, wie die Maske eines Harlekins.

Stille die Blutung, rief mir mein Instinkt zu, und ich durchwühlte meine Kleider nach einem Taschentuch. Aber Jamie war schon zu Ian gekrochen und zerrte an dessen Fesseln, bis er die Lederriemen gelockert hatte. Ian mühte sich auf die Füße. Sein Gesicht war blaß, aber er streckte die Hand aus, um seinem Onkel zu helfen.

Dann stand Jamie neben mir und legte mir die Hand auf den Arm. Ich sah auf und hielt ihm wie benommen mein Taschentuch hin. Er wischte sich damit die gröbsten Blutspuren ab, dann packte er mich am Arm und zerrte mich zum Gang. Ich stolperte, wäre beinahe gefallen. Aber ich konnte mich noch fangen und fand allmählich wieder in die Wirklichkeit zurück.

»Rasch«, sagte Jamie. »Hörst du nicht den Wind? Dort oben kommt ein Sturm auf.«

Sturm, dachte ich. In einer Höhle? Aber er hatte recht, der Zugwind war nicht eingebildet. Statt des schwachen Luftstroms aus der Spalte nahe des Eingangs umfing uns das stetige Pfeifen des Windes, der durch den schmalen Gang heulte.

Ich warf einen Blick nach hinten, aber Jamie ließ nicht locker und schob mich nach vorn. Mein letzter Eindruck waren die verwaschen schimmernden Edelsteine und ein regloser weißer Haufen in ihrer Mitte. Dann umfing uns der Sturm mit einem Tosen, und die Fackel wurde ausgeblasen.

»Herr im Himmel!« Die angsterfüllten Worte kamen von dem jungen Ian ganz in unserer Nähe. »Onkel Jamie!«

»Hier!« Jamie, der in der Dunkelheit vor mir herging, wirkte erstaunlich gefaßt, obwohl er die Stimme heben mußte, um das Sturmgeheul zu übertönen. »Hier, mein Junge. Komm her zu mir. Habe keine Angst. Das ist nur die Höhle, die atmet.«

Damit hatte er genau das Falsche gesagt. Im gleichen Augenblick spürte ich, wie mir der kalte Atem der Steine über den Nacken strich, und die Haare stellten sich mir auf. Die Vorstellung, die Höhle sei ein lebendes, dunkles Etwas, das blind und böse um uns herum atmete, löste in mir blankes Entsetzen aus.

Auf Ian hatte sie offensichtlich die gleiche Wirkung, denn ich hörte, wie er scharf die Luft einzog. Dann klammerte er sich so verzweifelt an mir fest, als ginge es um sein Leben.

Ich nahm seine Hand und tastete mich mit der anderen voran. Schließlich stieß ich auf Jamies tröstlich imposante Gestalt.

»Ich habe Ian«, stieß ich hervor. »Um Himmels willen, machen wir, daß wir hier rauskommen.«

Anstatt zu antworten, zog er mich weiter. So mühten wir uns blind den engen Gang entlang, stolperten durch die nachtschwarze Dunkelheit, traten uns gegenseitig auf die Fersen. Um uns herum heulte unablässig dieser schreckliche Sturm.

Das Gewitter zog rasch weiter. Als wir ins Freie stolperten und uns blinzelnd an das Tageslicht zu gewöhnen versuchten, hatte der Regen bereits wieder aufgehört. Statt dessen lag die Welt wie frisch gewaschen vor uns.

Stern hatte unter einer Palme in der Nähe des Höhleneingangs Schutz gesucht. Als er uns erblickte, sprang er auf. Ein Ausdruck von Erleichterung zog über sein faltiges Gesicht.

»Alles in Ordnung?« fragte er, als er sah, daß Jamie blutete.

Jamie nickte mit einem schiefen Lächeln.

»Es geht schon«, sagte er. Dann wies er auf Ian. »Darf ich Ihnen meinen Neffen Ian Murray vorstellen? Ian, das ist Dr. Stern. Er war uns eine große Hilfe bei der Suche nach dir.«

»Ich bin Ihnen sehr dankbar, Doktor«, sagte Ian und machte einen Diener. Er wischte sich mit dem Ärmel über das schmutzige Gesicht. Dann sah er Jamie an.

»Ich wußte, daß du kommen würdest, Onkel Jamie.« Er grinste schüchtern. »Aber du hast dir verdammt lang Zeit gelassen.« Plötzlich begann er zu zittern. Er kämpfte mit den Tränen.

»Das stimmt, und es tut mir leid, Ian. Komm her, *a bhalaich.*« Jamie streckte die Arme aus und zog den Jungen an die Brust. Er klopfte ihm auf den Rücken und murmelte ihm gälische Worte zu.

Ich beobachtete die beiden. Erst nach einer Weile wurde mir bewußt, daß Stern mit mir sprach.

»Ist alles in Ordnung mit Ihnen, Mrs. Fraser?« fragte er. Ohne eine Antwort abzuwarten, nahm er meinen Arm.

»Ich weiß nicht so recht.« Ich fühlte mich völlig ausgebrannt, erschöpft wie nach einer Geburt, aber ohne das erhebende Gefühl, das dazugehört. Mir erschien alles unwirklich: Jamie, Ian, Stern, sie kamen mir vor wie Spielzeugpuppen, die sich in weiter Ferne befanden und deren Worte ich nur unter großer Anstrengung verstand.

»Vielleicht sollten wir diesen Ort verlassen«, sagte Stern mit einem Blick auf das Erdloch, aus dem wir aufgetaucht waren. Man sah ihm an, daß er sich unwohl fühlte. Nach Mrs. Abernathy fragte er nicht.

»Da haben Sie wohl recht.« Noch immer stand mir das Bild der Höhle vor Augen – wenngleich es mir ebenso unwirklich erschien wie der üppige grüne Dschungel und die grauen Felswände vor uns. Ohne auf die Männer zu warten, wandte ich mich um und ging los.

Das Gefühl der Unwirklichkeit wurde stärker, als wir unterwegs waren. Ich kam mir vor wie ein Automat mit einem Kern aus Eisen, der von einem Uhrwerk angetrieben wurde. Und so stapfte ich hinter Jamies breitem Rücken her, durch Blattwerk und Lichtungen, durch Sonne und Schatten, ohne darauf zu achten, wohin wir gingen. Schweiß lief mir über die Stirn und tropfte mir in die Augen, doch ich machte mir kaum die Mühe, ihn fortzuwischen. Nach langem Marsch, bei Sonnenuntergang, hielten wir in einer kleinen Lichtung an einem Flußufer und schlugen unser einfaches Lager auf.

Ian hatte den Auftrag bekommen, Feuerholz zu sammeln, während Stern Nahrung suchte. Ich hieß Jamie, sich mit einem Tiegel Wasser hinzusetzen, damit ich seine Kopfwunde versorgen konnte. Als ich ihm das Blut aus Haaren und Gesicht wusch, stellte ich zu meiner Verwunderung fest, daß die Kugel tatsächlich nicht die Bahn durch den Schädel genommen hatte. Statt dessen hatte sie direkt über dem Haaransatz die Haut aufgerissen und war, wie mir schien, im Kopfinnern steckengeblieben. Eine Austrittswunde konnte ich nicht finden. Fassungslos wühlte ich mich durch seine dichten Locken, bis mir ein Aufschrei des Patienten verriet, daß ich auf die Kugel gestoßen war.

Am Hinterkopf hatte er eine dicke, runde Beule. Die Pistolenkugel war direkt unter der Haut am Schädel entlanggefahren und am Hinterkopf steckengeblieben.

»*Jesus H. Roosevelt Christ!*« rief ich aus. Ungläubig tastete ich die Stelle noch einmal ab, aber ich hatte mich nicht geirrt. »Du hast immer gesagt, dein Schädel sei hart wie Stein. Verdammt noch mal, du hast dich nicht getäuscht! Geillis hat direkt auf deinen Kopf gezielt, aber die Kugel ist abgeprallt.«

Jamie, der das Gesicht während meiner Untersuchung in die Hände gestützt hatte, gab ein Geräusch von sich, das irgendwo zwischen Schnauben und Stöhnen angesiedelt war.

»Aye«, sagte er, »das wissen wir ja alle. Aber wenn Mistress Abernathy die volle Ladung Pulver genommen hätte, hätte mich mein Dickschädel auch nicht retten können.«

»Tut es sehr weh?«

»Die Wunde nur ein wenig. Aber ich habe schreckliche Kopfschmerzen.«

»Nur noch einen Augenblick, dann entferne ich die Kugel.«

Da wir nicht wußten, in welcher Verfassung wir Ian vorfinden würden, hatte ich den kleinsten meiner Medizinkästen mitgenommen, in dem sich zum Glück auch eine Flasche Alkohol und ein zierliches Skalpell befanden. Ich rasierte Jamie an der Beule ein wenig von seiner üppigen Haarpracht fort und desinfizierte die Stelle mit Alkohol.

»Dreimal tief Luft geholt und stillgehalten«, murmelte ich. »Ich muß schneiden, aber es ist rasch vorbei.«

»Gut.« Er schien mir ein wenig blaß, aber sein Puls ging regelmäßig. Gehorsam atmete er tief ein und laut seufzend wieder aus. Ich spannte das Stück Kopfhaut zwischen Zeige- und Ringfinger meiner linken Hand. Als er zum drittenmal ausatmete, sagte ich: »Jetzt!« und zog die Klinge rasch und fest durch die Haut. Er stöhnte auf, schrie aber nicht. Vorsichtig drückte ich mit der Daumenkuppe gegen die Schwellung, bis die Kugel wie eine Rosine aus dem Schnitt in meine Hand plumpste.

»Da ist sie!« Erst als ich das aussprach, merkte ich, daß ich die ganze Zeit die Luft angehalten hatte. Ich ließ das kleine Geschoß in seine Hand fallen und lächelte zittrig. »Ein Andenken«, sagte ich, drückte ein Stück Stoff auf die Wunde, verband Jamies Kopf und begann zu weinen.

Obwohl mir die Tränen über die Wangen strömten und meine Schultern bebten, war mir immer noch, als stünde ich neben mir. Das einzige, was ich spürte, war ein mildes Staunen.

»Sassenach! Alles in Ordnung?« Besorgt sah Jamie unter seiner provisorischen Binde zu mir auf.

»Ja«, stotterte ich schluchzend. »Ich... ich weiß... selbst n... nicht, w... warum ich w... weine!«

»Komm her!« Er nahm meine Hand und zog mich auf seinen Schoß. Dann schloß er mich in die Arme, drückte mich an seine Brust und stützte sein Kinn auf meinen Kopf.

»Es wird schon wieder«, flüsterte er. »Es ist doch vorbei, *mo chridhe*. Alles ist gut.« Zärtlich wiegte er mich in den Armen, strich mir übers Haar und flüsterte mir leise Koseworte ins Ohr. Ebenso plötzlich, wie ich von meinem Körper getrennt worden war, fühlte ich mich wieder darin zu Hause, und meine Tränen lösten den Kern aus Eisen auf.

Nach und nach versiegte der Strom, und ich lag still an seiner Brust. Nur zuweilen schluchzte ich noch auf. Ansonsten aber spürte ich nichts als Frieden und Jamies tröstlich warmen Körper an meiner Wange.

Undeutlich bekam ich mit, daß Ian und Stern zurückgekehrt waren, doch ich beachtete sie nicht. Einmal hörte ich Ian eher neugierig als aufgeschreckt sagen: »Dir läuft im Nacken das Blut herunter, Onkel Jamie!«

»Dann lege mir doch bitte einen neuen Verband an, Ian«, war die Antwort. Jamies Stimme klang sanft und zuversichtlich. »Ich muß jetzt erst mal deine Tante trösten.« Irgendwann schlief ich in seinen Armen ein.

Als ich aufwachte, lag ich auf einer Decke. Neben mir saß Jamie an einen Baumstamm gelehnt; seine Hand ruhte auf meiner Schulter. Als er spürte, daß ich wach wurde, drückte er sie sanft. Es war dunkel, und ich hörte ein regelmäßiges Schnarchen. Das mußte Stern sein, dachte ich schläfrig, denn Ian hörte ich mit Jamie reden.

»Nein«, sagte er gerade gedehnt, »so schlimm war es auf dem Schiff nicht. Man hatte uns zusammengesperrt; wir hatten also immer Gesellschaft, und das Essen war auch nicht schlecht. Außerdem ließ man uns zu zweit an Deck spazierengehen. Natürlich hatten wir alle Angst, denn wir wußten ja nicht, wohin die Reise ging – und die Seeleute haben nichts verraten. Aber man hat uns nicht mißhandelt.«

Die *Bruja* war den Yallah hinaufgesegelt und hatte ihre menschliche Fracht direkt in Rose Hall abgeladen. Die verdutzten Jungen waren dort von Mrs. Abernathy wärmstens empfangen worden, nur um auf der Stelle in ein neues Gefängnis geworfen zu werden.

Immerhin war die Kammer unter der Raffinerie mit Betten und Nachtgeschirren ausgestattet, und abgesehen vom Lärm, der bei der Zuckergewinnung gemacht wurde, hatten die Burschen es bequem. Doch keiner von ihnen wußte, warum er dort war, so daß sie mit der Zeit immer wüstere Spekulationen anstellten.

»Hin und wieder kam ein großer, schwarzer Kerl mit Mrs. Abernathy herunter in unsere Kammer. Wir flehten sie an, uns zu sagen, was sie mit uns vorhatte, oder uns laufen zu lassen. Aber sie lächelte nur, klopfte uns auf den Rücken und sagte, das würden wir schon früh genug herausfinden. Dann suchte sie sich einen Jungen aus, und der Schwarze packte ihn am Arm und nahm ihn mit.« Ian klang betrübt, aber auch ein wenig verwundert.

»Kamen die Jungen später zurück?« fragte Jamie. Seine Hand strich über meine Schulter, und ich nahm und drückte sie.

»Nein – oder normalerweise nicht. Und das hat uns furchtbare Angst gemacht.«

Ian war acht Wochen nach seiner Ankunft an der Reihe. Bis dahin waren drei Jungen abgeholt worden und nicht zurückgekommen. Als Mrs. Abernathys Blick auf ihn fiel, hatte er nicht die Absicht, sich so einfach in sein Schicksal zu fügen.

»Ich habe den Schwarzen getreten und ihn geschlagen, ihn sogar in die Hand gebissen«, erklärte Ian reuevoll. »Scheußlich geschmeckt hat er auch noch, weil er sich mit irgendeinem Fett eingeschmiert hatte. Aber ich habe nichts ausrichten können. Er hat mir eins über den Schädel gezogen, so daß es mir in den Ohren dröhnte, und mich dann hochgehoben und weggetragen wie ein kleines Kind.«

Man brachte Ian erst in die Küche, wo man ihn auszog, badete, in ein frisches Hemd – und sonst nichts – kleidete, und dann ins Haupthaus brachte.

»Es war gerade dunkel geworden«, sagte er versonnen, »und in allen Zimmern brannte Licht. Das Haus sah genauso aus wie Lallybroch, wenn du abends aus den Bergen nach Hause kamst und Mama die Lampen angezündet hat. Es hat mir fast das Herz gebrochen, als ich daran denken mußte.«

Allerdings blieb ihm kaum Zeit für Heimweh. Herkules – oder Atlas – scheuchte ihn die Treppe hinauf in Mistress Abernathys Schlafzimmer, wie es schien. Die Dame des Hauses erwartete ihn dort in einem lockeren Gewand mit roten und silbernen gestickten seltsamen Symbolen am Saum.

Sie empfing ihn freundlich und entgegenkommend und bot ihm etwas zu trinken an. Die Flüssigkeit roch fremdartig, aber nicht abstoßend, und da ihm ohnehin keine Wahl blieb, trank er sie.

In dem Zimmer standen zu beiden Seiten eines langen, flachen Tischs zwei bequeme Sessel, und an einer Wand befand sich ein großes Bett, üppig gepolstert und verziert wie das eines Königs. Ian setzte sich in einen Sessel, Mrs. Abernathy in den anderen, und sie stellte ihm Fragen.

»Welche Fragen?« wollte Jamie wissen, als Ian zögerte.

»Nun, über mein Zuhause und meine Familie – sie wollte die Namen von all meinen Geschwistern, Tanten und Onkeln wissen.« Ich zuckte innerlich zusammen. Deshalb also war Geillis nicht überrascht gewesen, als wir auftauchten. »Außerdem alles mögliche. Dann fragte sie mich, ob ich… ob ich schon einmal mit einem Mädchen… zusammen war. So, wie man fragt, ob ich Haferbrei zum Frühstück gegessen habe.« Ian schien noch immer entsetzt über diese Zumutung.

»Ich wollte ihr keine Antwort geben, aber ich kam nicht gegen sie an. Mir war heiß, als ob ich Fieber hätte, und jede Bewegung fiel mir schwer. Und so beantwortete ich alles. Sie hat dagesessen und freundlich gelächelt und mich mit ihren großen, grünen Augen angestarrt.«

»Also hast du ihr die Wahrheit gesagt?«

»Aye. Aye, das habe ich.« Ian schien die Begegnung in Gedanken noch einmal zu durchleben. »Ich habe ihr alles von dem Seemann, dem Bordell und von Mary erzählt – alles.«

Zum erstenmal schien Geillis mit einer seiner Antworten unzufrieden. Ihr Gesicht war hart und ihre Augen schmal wie Schlitze geworden, und einen Moment lang hatte Ian echte Todesangst. Er wäre fortgelaufen, wenn seine Glieder nicht so schwer gewesen wären und wenn der schwarze Riese, der reglos dastand, nicht die Tür versperrt hätte.

»Sie stand auf, stapfte durchs Zimmer und sagte, ich sei verdorben, weil ich nicht mehr jungfräulich sei. Dann fragte sie, was solch ein Dreikäsehoch wie ich mit Mädchen zu schaffen hätte. Die würden mich doch nur in den Schmutz ziehen.«

Sie war stehengeblieben, hatte sich ein Glas Wein eingeschenkt und es in einem Zug ausgetrunken, was ihren Zorn wohl etwas dämpfte.

»Sie lachte und musterte mich von oben bis unten. Dann sagte sie, ich sei wohl doch noch nicht ganz verloren. Wenn ich schon für das, was sie mit mir vorhatte, nicht geeignet sei, könnte ich wenigstens zu etwas anderem dienen.« Ians Stimme klang gepreßt, als würde es ihm den Hals abschnüren. Aber als Jamie sich fragend räusperte, holte er tief Luft und sprach weiter.

»Tja, also, sie nahm mich bei der Hand und ließ mich aufstehen. Dann zog sie mir das Hemd aus und – ich schwöre bei Gott, daß es wahr ist, Onkel – kniete sich vor mir auf den Boden und nahm meinen Schwanz in den Mund.«

Jamies Griff um meine Schulter wurde fester, aber seine Stimme verriet lediglich leichte Neugier.

»Aye, ich glaube dir, Ian. Und dann hat sie ihr Liebesspiel mit dir getrieben?«

»Liebe?« Ian klang nachdenklich. »Nein – ich meine, ich weiß nicht. Es... sie... sie hat meinen Schwanz zum Stehen gebracht, und dann hieß sie mich zum Bett gehen und mich hinlegen. Und dann hat sie mit mir Sachen gemacht. Aber es war längst nicht so wie mit Mary.«

»Das kann ich mir vorstellen«, entgegnete sein Onkel trocken.

»Mein Gott, es war ein seltsames Gefühl!« An Ians Stimme hörte ich, daß es ihn schauderte. »Irgendwann mittendrin habe ich aufgesehen, und da stand der Schwarze direkt vor dem Bett und hielt den Kerzenständer. Sie befahl ihm, ihn höher zu heben, damit sie besser sehen könne.« Er schwieg und nahm einen Schluck aus einer der Flaschen. Dann atmete er bebend aus.

»Onkel Jamie, hast du je... mit einer Frau zusammengelegen, obwohl du es eigentlich gar nicht wolltest?«

Jamie zögerte einen Augenblick. »Aye, Ian, das habe ich«, sagte er dann.

»Oh!« Der Junge verstummte, und ich hörte, wie er sich am Kopf kratzte. »Aber wie kann so was angehen? Man tut es, ohne es zu wollen, und man haßt sich, weil man es tut, aber trotzdem ist es ein gutes Gefühl!«

Jamie lachte trocken auf.

»Tja, das kommt, weil dein Schwanz kein Gewissen hat, dein Kopf aber schon.« Er ließ meine Schulter los und wandte sich zu seinem Neffen um. »Gräme dich nicht, Ian. Du konntest nichts dagegen tun, und es sieht ganz so aus, als ob es dir das Leben gerettet hat. Die anderen Jungen – die, die nicht zurückgekommen sind – wußtest du, ob sie noch jungfräulich waren?«

»Bei einigen wußte ich es sicher, denn schließlich hatten wir ja genügend Zeit zum Reden. Nach einer Weile kannten wir uns in- und auswendig. Einige haben damit geprotzt, daß sie mit einem Mädchen gehen, aber so, wie sie darüber geredet haben, glaube ich nicht, daß sie es... wirklich schon getan hatten.« Er schwieg, als würde er sich nicht trauen, die Frage, die ihm auf der Zunge lag, auszusprechen.

»Onkel, weißt du, was mit ihnen geschehen ist? Mit den anderen Jungen?«

»Nein, Ian«, sagte Jamie, ohne zu zögern. »Ich habe keine Ahnung.« Dann lehnte er sich gegen den Baumstamm und seufzte. »Glaubst du, du kannst schlafen? Wenn ja, dann solltest du es jetzt tun, denn bis zur Küste haben wir morgen noch einen langen Marsch vor uns.«

»O ja, ich kann schlafen«, versicherte Ian seinem Onkel. »Aber sollte ich nicht besser Wache halten? Du bist schließlich angeschossen worden und solltest dich ausruhen.« Er schwieg, bevor er schüchtern fortfuhr. »Ich habe dir noch gar nicht gedankt, Onkel Jamie.«

Jamie lachte wieder, aber diesmal freier.

»Ist schon gut, Ian«, sagte er, noch immer lachend. »Leg dich aufs Ohr und schlafe. Ich wecke dich, wenn es nötig sein sollte.«

Ian rollte sich gehorsam zusammen, und nach kurzer Zeit atmete er tief. Aufseufzend ließ Jamie sich zurücksinken.

»Willst du nicht auch schlafen, Jamie?« Ich setzte mich neben ihn. »Ich bin hellwach und kann achtgeben.«

Er hatte die Augen geschlossen. Auf seinen Lidern tanzte der Schein der ersterbenden Flammen. Er lächelte und nahm meine Hand.

»Nein. Wenn es dir nichts ausmacht, bleibe bei mir sitzen und halte Ausschau. Die Kopfschmerzen sind nicht so schlimm, wenn ich die Augen schließe.«

Eine Weile blieben wir in stiller Eintracht sitzen und hielten uns an den Händen. Gelegentlich ertönte aus dem Dschungel der Schrei eines Tieres oder ein anderes fremdartiges Geräusch, doch bedrohlich schien uns nichts von allem.

»Fahren wir zurück nach Jamaika?« fragte ich schließlich. »Um Fergus und Marsali zu holen?« Jamie setzte zu einem Kopfschütteln an, stöhnte jedoch statt dessen erstickt auf.

»Nein«, sagte er. »Wir segeln besser nach Eleuthera. Das ist im Besitz der Holländer und damit für uns neutraler Boden. Innes kann mit John Greys Schiff zurückkehren und Fergus ausrichten, er soll nachkommen. Wenn man bedenkt, was alles geschehen ist, würde ich lieber nicht mehr nach Jamaika zurück.«

»Recht hast du!« Wir schwiegen eine Weile. »Ich frage mich, wie Mr. Willoughby – Yi Tien Tschu, meine ich – zurechtkommt. Wenn er in den Bergen bleibt, wird ihn wahrscheinlich niemand finden, aber…«

»Ach, der schlägt sich schon durch«, fiel Jamie mir ins Wort. »Schließlich hat er den Pelikan, der für ihn Fische fängt.« Er lächelte schief. »Und wenn er schlau ist, macht er sich auf den Weg nach Süden, nach Martinique. Dort gibt es eine kleine Kolonie chinesischer Händler, und ich hatte ihm versprochen, ihn dorthin zu bringen, sobald wir unsere Angelegenheiten in Jamaika erledigt hätten.«

»Bist du nicht wütend auf ihn?« Ich sah ihn neugierig an, doch sein Gesicht im Schein der Flammen wirkte glatt und friedlich.

Diesmal dachte er rechtzeitig daran, den Kopf nicht zu bewegen. Er zuckte lediglich mit den Achseln und zog eine Grimasse.

»Ach, nein. Ich glaube, er hat nicht groß darüber nachgedacht, was er tut. Oder er hat nicht verstanden, wohin es führen würde. Es wäre doch dumm, einen Mann zu hassen, nur weil er einem nicht geben kann, was man von ihm will – und zwar deshalb, weil er es nicht hat.« Er öffnete die Augen und lächelte leise. Ich wußte, er dachte an John Grey.

Ian zuckte im Schlaf zusammen. Er schnarchte laut auf und rollte sich dann mit ausgebreiteten Armen auf den Rücken. Als Jamie seinen Neffen ansah, wurde sein Lächeln breiter.

»Gott sei Dank«, sagte er. »Er jedenfalls fährt mit dem ersten Schiff, das Segel setzt, zurück zu seiner Mutter nach Schottland.«

»Ich weiß nicht«, entgegnete ich, »vielleicht möchte er gar nicht nach Lallybroch zurückkehren, nach all den Abenteuern, die er erlebt hat.«

»Mich kümmert nicht, ob er das will oder nicht«, sagte Jamie ungerührt. »Er fährt zurück, und wenn ich ihn in eine Kiste stecken muß. Suchst du was, Sassenach?« fragte er, als er merkte, daß ich in meinem Medizinkasten wühlte.

»Ich habe es schon«, entgegnete ich, während ich das flache Etui mit den Spritzen herauszog. Ich klappte es auf und inspizierte im schwachen Licht sorgfältig seinen Inhalt. »Gut. Es reicht noch für eine kräftige Dosis.«

Jamie richtete sich noch weiter auf.

»Aber ich habe kein Fieber«, protestierte er, während er mich besorgt musterte. »Wenn du meinst, du kannst mir diese schmutzige Nadel in den Kopf schieben, dann hast du dich geirrt.«

»Das ist nicht für dich«, stellte ich richtig, »sondern für Ian. Es sei denn, du möchtest ihn mit Syphilis und anderen netten Geschlechtskrankheiten zu seiner Mutter zurückschicken.«

Erschrocken runzelte Jamie die Stirn, doch gleich darauf zuckte er vor Schmerz zusammen.

»Oje! Syphilis? Glaubst du wirklich?«

»Es sollte mich nicht wundern. Zu dem Symptomen im fortgeschrittenen Stadium gehört ausgeprägter Schwachsinn – obwohl das im Fall von Geillis schwer zu beurteilen ist. Aber besser, wir gehen auf Nummer Sicher, oder?«

Jamie schnaubte belustigt.

»Nun, das wird den Jungen lehren, was bei seiner Bummelei herauskommt. Am besten, ich lenke Lorenz ab, während du Ian hinter dem Busch seine Medizin verabreichst. Lorenz ist ja ein verdammt netter Kerl, aber auch furchtbar neugierig. Nach alledem möchte ich nicht, daß du in Kingston als Hexe auf dem Scheiterhaufen verbrannt wirst.«

»Das wäre peinlich für den Gouverneur«, gab ich ihm recht, »obwohl er persönlich wahrscheinlich seine Freude daran hätte.«

»Das glaube ich nicht, Sassenach.« Jamie sprach ebenso trocken wie ich. »Ist mein Rock in Reichweite?«

Ich fand das Kleidungsstück zusammengefaltet in meiner Nähe auf dem Boden. »Ist dir kalt?«

»Nein.« Er lehnte sich zurück und breitete den Rock über seine Knie. »Ich wollte nur meine Kinder in der Nähe wissen, wenn ich schlafe.« Er lächelte mich an, faltete die Hände über der Jacke mit den Bildern und schloß wieder die Augen. »Gute Nacht, Sassenach.«

63

Aus den Tiefen

Am folgenden Morgen marschierten wir einigermaßen munter und gestärkt von unserem Frühstück aus Zwieback und Bananen zur Küste – selbst Ian, der nach der ersten Viertelmeile sein ostentatives Humpeln aufgab. Als wir auf den Pfad stießen, der an den Strand führte, bot sich uns ein erstaunlicher Anblick.

»Herr im Himmel, das sind sie«, brach es aus Ian hervor. »Die Piraten!« Er wandte sich um und machte Anstalten, zurück in die Berge zu flüchten, aber Jamie hielt ihn am Arm fest.

»Nicht die Piraten«, sagte er. »Das sind Sklaven. Sieh doch!«

Da sie keine Erfahrung mit einem Schiff dieser Größe besaßen, waren die entflohenen Sklaven offensichtlich auf Umwegen und nur unter einigen Mühen nach Hispaniola gelangt. Bei ihrer Ankunft vor der Insel hatten sie die *Bruja* prompt auf Grund gesetzt. Jetzt lag sie gekentert im seichten Wasser des Küstenstreifens. Unter aufgeregtem Rufen lief ein Teil der Sklaven am Strand entlang, andere suchten Zuflucht im Dschungel, nur wenige blieben da, um ihren Kameraden von dem gestrandeten Schiff zu helfen.

Ein Blick aufs Meer verriet uns, warum sie so erregt waren. Am Horizont zeigte sich ein weißer Fleck, der zusehends größer wurde.

»Ein Kriegsschiff«, wunderte sich Stern.

Jamie murmelte ein paar gälische Worte, und Ian warf ihm einen entsetzten Blick zu.

»Machen wir, daß wir fortkommen«, sagte Jamie, während er Ian den Weg hinaufschob und mich bei der Hand nahm.

»Warten Sie«, rief Stern, der die Augen mit der Hand beschattete. »Da kommt noch ein zweites Schiff. Ein kleineres.«

Die Pinasse des Gouverneurs von Jamaika, um genau zu sein. Sie schoß mit beängstigender Schräglage und geblähten Segeln um die

Bucht. Für den Bruchteil einer Sekunde blieb Jamie stehen und schätzte unsere Möglichkeiten ab. Dann griff er wieder nach meiner Hand.

»Also los!« bestimmte er.

Als wir am Strand eintrafen, zog die Pinasse bereits durchs seichte Wasser, angetrieben von Raeburns und MacLeods harten Ruderschlägen. Wir liefen so schnell, daß mir schon bald die Knie weich wurden, und atemlos schnappte ich nach Luft. Jamie hob mich in die Arme und stürzte sich in die Brandung. Daß Ian und Stern uns folgten, hörte ich nur an ihrem keuchenden Atem.

Plötzlich zielte Gordon im Bug der Pinasse mit seinem Gewehr auf die Küste, und ich wußte, daß wir verfolgt wurden. Als er die Waffe abfeuerte, trat eine Rauchwolke aus ihrem Lauf. Schon hatte auch Meldrum, der hinter ihm stand, das Gewehr hochgerissen und feuerte. Zu zweit deckten sie unsere Flucht durchs Wasser, bis uns helfende Hände über die Bordwand ins Schiff zogen.

»Wendet das Boot!« Innes, der am Steuerrad saß, bellte sein Kommando, die Spiere schwangen herum, und Wind blähte die Segel. Jamie zog mich auf die Beine, half mir auf eine Bank und ließ sich dann schwer atmend neben mich sinken.

»Heiliger Strohsack«, keuchte er. »Habe ich… dir nicht gesagt… du sollst wegbleiben, Duncan?«

»Spar dir deinen Atem, Mac Dubh«, erwiderte Innes mit einem breiten Grinsen. »Du brauchst ihn noch für andere Zwecke.« Er rief MacLeod einen Befehl zu, und der nickte und machte sich an den Leinen zu schaffen. Die Pinasse legte sich schief, änderte den Kurs und gewann an Fahrt. Sie steuerte aus der kleinen Bucht geradewegs auf das Kriegsschiff zu. Bald waren wir nahe genug, daß ich den Tümmler, die Galionsfigur, unter dem Bugspriet grinsen sah.

MacLeod bellte etwas auf gälisch. Die Handbewegung, mit der er sie begleitete, ließ keinen Zweifel an der Bedeutung seiner Worte aufkommen. Innes schrie plötzlich triumphierend auf, und wir schossen direkt unter dem Bug der *Porpoise* vorbei, nahe genug, um zu sehen, daß die Besatzung neugierig die Köpfe über die Reling streckte.

Als wir die Bucht verließen, hielt der massive Rumpf der *Porpoise* noch immer auf das Land zu. Auf dem offenen Meer hätte ihr die Pinasse niemals entkommen können, doch in engen Gewässern war sie im Vergleich zu dem bedrohlichen Kriegsschiff leicht und wendig wie eine Feder.

»Sie verfolgen das Sklavenschiff«, sagte Meldrum, der gleich mir zurückblickte. »Drei Meilen vor der Insel haben wir gesehen, wie sie ihm auf die Spur kamen. Wir haben gedacht, wir könnten uns in die Bucht stehlen und euch vom Strand aufsammeln, solange sie noch anderweitig beschäftigt sind.«

»Gute Arbeit«, lobte Jamie lächelnd. Noch immer hob und senkte sich seine Brust schwer, doch allmählich kam er wieder zu Atem. »Ich hoffe, die *Porpoise* bleibt noch eine Zeitlang beschäftigt.«

Aber ein warnender Ruf von Raeburn zeigte an, daß dem nicht so war. Aufblitzendes Messing verkündete uns, daß die schweren Kanonen auf dem Deck der *Porpoise* von ihrer Ummantelung befreit und ausgerichtet wurden.

Diesmal waren wir das Ziel, ein Gefühl, das ich nicht gerade als angenehm empfand. Aber unser Schiff kam voran und gewann immer noch an Fahrt. Mehrmals riß Innes das Steuerrad scharf herum, so daß wir uns im Zickzackkurs vom Festland entfernten.

Zur gleichen Zeit donnerten die beiden Kanonen los. Etwa zwanzig Meter hinter unserem Heck platschten die Kugeln ins Wasser – also nicht weit genug, wenn man bedachte, daß wir wie ein Stein sinken würden, wenn ein zwanzig Pfund schwerer Eisenkern die Planken der Pinasse durchschlug.

Innes fluchte und beugte sich angestrengt über das Steuerrad. Dadurch, daß er nur noch einen Arm hatte, sah er krumm und schief aus. Unser Kurs wurde immer unberechenbarer, und die nächsten drei Schüsse schlugen in einer Entfernung von uns ein. Als plötzlich ein deutlich lauterer Knall ertönte, sah ich zurück. Die gekenterte *Bruja* zerbarst in tausend Stücke. Die *Porpoise* hatte sich ihr so weit genähert, daß sie in Reichweite ihrer Bugkanonen lag.

Ein Kartätschenhagel ergoß sich auf die flüchtenden Sklaven am Strand. Schwarze Körper wirbelten durch die Luft wie Spielzeugfiguren. Blutüberströmt fielen sie neben abgetrennten Gliedmaßen in den Sand und blieben dort liegen.

»Heilige Maria, Muttergottes!« Ian, dessen Lippen weiß geworden waren, bekreuzigte sich. Entsetzt starrte er auf die Küste. Der Kanonenbeschuß nahm kein Ende. Die *Bruja* wurde erneut von zwei Kugeln getroffen, die seitlich ein großes Loch in den Rumpf rissen. Weitere landeten auf dem Sand, ohne Schaden anzurichten, aber zwei andere trafen in die Gruppe der fliehenden Menschen. Da bogen wir jedoch um die Landzunge und erreichten das offene Meer, und das Gemetzel am Strand entzog sich unseren Blicken.

»Bete für uns Sünder, jetzt und in der Stunde unseres Todes.« Flüsternd beendete Ian sein Gebet und bekreuzigte sich noch einmal.

Wir sprachen kaum. Jamie gab Innes lediglich die Anweisung, nach Eleuthera zu segeln, was einen Disput zwischen Innes und MacLeod über die beste Route nach sich zog, doch ansonsten waren wir von dem Gesehenen viel zu entsetzt – und über unser Entkommen viel zu erleichtert –, um uns zu unterhalten.

Das Wetter war klar, es wehte eine frische, steife Brise, und wir kamen gut voran. Bei Sonnenuntergang war die Insel Hispaniola hinter dem Horizont verschwunden, und zu unserer Linken ragte Grand Turk Island auf.

Ich aß meine kärgliche Ration Schiffszwieback, trank einen Becher Wasser und rollte mich zwischen Ian und Jamie im Heck des Schiffs zum Schlafen zusammen. Innes hockte sich gähnend in den Bug, während MacLeod und Meldrum über Nacht abwechselnd das Ruder übernehmen wollten.

In der Frühe weckte mich ein Schrei. Steif und zerschlagen nach der Nacht auf den feuchten Schiffsplanken stützte ich mich auf den Ellenbogen und blinzelte in den Morgen. Jamie stellte sich neben mich.

»Was ist?« fragte ich.

»Ich kann es nicht glauben«, sagte er, während er in die Ferne starrte. »Das verdammte Kriegsschiff ist wieder da!«

Ich rappelte mich auf, und tatsächlich sah ich weit achtern winzige, weiße Segel schimmern.

»Bist du sicher?« fragte ich. »Kannst du das auf die Distanz auch wirklich erkennen?«

»Nein«, entgegnete Jamie ehrlich. »Aber Innes und MacLeod können das, und ihrer Meinung nach sind es die verflixten Engländer. Vielleicht haben sie erraten, wohin wir wollen, und haben sich an die Verfolgung gemacht, sobald sie mit den armen Schwarzen auf Hispaniola aufgeräumt hatten.« Mit einem Achselzucken wandte er sich von der Reling fort.

»Da bleibt uns nicht viel zu tun. Wir können lediglich hoffen, daß wir unseren Vorsprung halten. Innes meint, wir könnten ihnen vor Cat Island entwischen, wenn wir bis Einbruch der Dunkelheit dort eintreffen.«

Im Laufe des Tages gerieten wir zwar nicht in die Reichweite ihrer Kanonen, aber man sah Innes an, daß er immer besorgter wurde.

Zwischen Eleuthera und Cat Island war das Meer nicht besonders tief und voller Korallenriffe. Freiwillig würde sich kein Kriegsschiff in dieses Labyrinth wagen. Aber auch unser Boot war nicht wendig genug, um dort den Kanonen der *Porpoise* auszuweichen. Einmal in die Fahrrinnen zwischen den Riffen eingedrungen, säßen wir in der Falle.

Schließlich faßten wir widerstrebend den Entschluß, uns nach Osten, hinaus aufs Meer, zu wenden, denn langsamer durften wir nicht werden. So bestand immerhin noch die leise Hoffnung, daß wir der *Porpoise* bei Nacht entkamen.

Als der Morgen anbrach, war kein Land mehr in Sicht. Die *Porpoise* hingegen leider schon – wenn sie auch nicht näher gerückt war. Doch bei Sonnenaufgang frischte der Wind auf. Das Kriegsschiff setzte weitere Segel und gewann zusehends an Fahrt. Wir hingegen hatten keine weiteren Segel, die wir setzen konnten, und auch kein Versteck. So blieb uns nichts anderes übrig, als weiterzufahren und zu beten.

Während der langen Morgenstunden glitt die *Porpoise* achtern immer näher. Gegen zehn Uhr war sie nahe genug, um einen Schuß zu wagen. Zwar traf er hinter uns ins Wasser, aber trotzdem wurde es allmählich brenzlig. Innes warf einen Blick über die Schulter, um die Entfernung abzuschätzen; dann schüttelte er den Kopf und hielt verbissen unseren Kurs bei.

Gegen elf war die *Porpoise* auf eine Viertelmeile herangekommen, und etwa alle zehn Minuten donnerte ein Schuß aus ihren Bugkanonen. Offensichtlich wollte sich der Schütze auf uns einschießen. Wenn ich die Augen schloß, sah ich Eric Johansen vor mir, wie er sich schweißüberströmt und voller Pulverflecken über seine Kanone beugte, die brennende Lunte in der Hand. Ich hoffte nur, daß er Annekje mit den Ziegen auf Antigua zurückgelassen hatte.

Gegen halb zwölf hatte es zu regnen begonnen, und es herrschte schwerer Seegang. Eine plötzliche Bö traf uns seitlich, und das Boot krängte so stark, daß die Backbordreling nur noch einen Fuß über dem Wasser schwebte. Wir wurden auf das Deck geschleudert, und während wir uns wieder auf die Beine kämpften, richteten Innes und MacLeod die Pinasse auf. Alle paar Minuten blickte ich nach hinten. Die Matrosen auf der *Porpoise* hasteten in die Seile, um das Topsegel zu reffen.

»Wir haben Glück«, schrie mir MacGregor ins Ohr. »Dadurch werden sie langsamer.«

Gegen halb eins schimmerte der Himmel in einer unheimlichen purpur-grünen Färbung, und der Wind hatte sich zu einem furchterregenden Heulen gesteigert. Die *Porpoise* hatte weitere Segel eingezogen, aber trotz aller Vorsichtsmaßnahmen war ihr ein Stagsegel fortgerissen worden. Die zerfetzte Leinwand flatterte am Mast wie ein Albatros. Schon lange hatte sie den Kanonenbeschuß eingestellt, denn bei dem schweren Seegang war es unmöglich, ein so kleines Ziel wie uns ins Visier zu nehmen.

Da die Sonne hinter den Wolken stand, konnte ich die Zeit nicht mehr abschätzen. Es mußte etwa eine Stunde vergangen sein, als uns der Sturm mit voller Wucht traf. Man verstand sein eigenes Wort nicht mehr, und Innes mußte den Männern mit Grimassen und Handzeichen befehlen, die Segel einzuholen.

Ich klammerte mich mit der einen Hand an der Reling fest und hielt Ian mit der anderen. Jamie kauerte sich mit ausgebreiteten Armen hinter uns und schützte uns mit seinem Körper. Der Sturm peitschte uns den dichten Regen fast waagrecht entgegen. Den Streifen Land am Horizont, den ich für Eleuthera hielt, konnten wir nur noch schwach erkennen.

Furchterregende, etwa zehn Meter hohe Wellenberge türmten sich vor uns auf. Die Pinasse tanzte auf ihnen wie eine Nußschale, wurde hochgetragen und fiel dann abrupt in ein Wellental. Jamies Gesicht war kreidebleich, und das feuchte Haar klebte ihm am Schädel.

Als sich der Tag dem Ende zuneigte, geschah es. Der Himmel war fast schwarz, doch über dem Horizont hing ein seltsames grünes Glühen, vor dem sich die Umrisse der *Porpoise* wie ein Skelett abzeichneten. Noch immer prasselte uns Regen von der Seite her entgegen, besonders wenn unser Schiff von einem Wellenberg hochgetragen wurde.

Wir rappelten uns nach einer mächtigen Woge gerade wieder auf, als Jamie nach hinten wies. Der Vordermast der *Porpoise* bog sich bedrohlich im Wind. Bevor mir bewußt wurde, was geschah, brachen die oberen vierzig Meter ab und rissen die Takelage mit sich in die Tiefe.

Das Kriegsschiff begann, um seinen ungewollten Anker zu kreiseln, und als es von einer Woge getroffen wurde, neigte es sich auf die Seite. Dann baute sich eine neue Welle vor ihm auf und ging donnernd auf der Breitseite nieder. Das mächtige Schiff legte sich schief und kenterte. Die nächste Welle erfaßte den Bug und zog beim Rückfluten das Achterdeck unter Wasser.

Die nächsten zwei, drei Wellen reichten aus, um die *Porpoise* zu versenken. Der unglücklichen Besatzung blieb keine Zeit, sich in Sicherheit zu bringen, uns jedoch genügend, um ihre Todesängste nachzuempfinden. Das Wasser brodelte und kochte auf, und dann war das majestätische Kriegsschiff unseren Blicken entzogen.

Jamies Muskeln fühlten sich hart an wie Stein. Alle unsere Männer starrten fassungslos auf das Schauspiel – bis auf Innes, der über das Ruder gebeugt tapfer mit den Wellen kämpfte.

Eine neue Woge baute sich über unserer Reling auf und schien dort einen Moment lang zu schweben. Das Wasser war glasklar, und plötzlich sah ich darin Wrackteile und Matrosen der untergegangenen *Porpoise* schwimmen. Nur wenige Meter von mir entfernt trieb der Leichnam von Thomas Leonard vorbei.

Dann schlug die Welle über uns zusammen. Ich verlor die Decksplanken unter den Füßen und fand mich umgeben von einem reißenden Strudel. Blind und taub, nach Luft schnappend, wurde ich vom Wasser mitgezogen.

In der Dunkelheit, die mich umgab, fühlte ich nur noch den Druck, tosenden Lärm und unvorstellbare Kälte. Ich spürte weder meine durchnäßten Kleider noch das Seil, mit dem ich an der Taille festgebunden war.

Mit einem fürchterlichen Krachen stieß mein Kopf gegen etwas Hartes, und dann lag ich keuchend auf den Planken der Pinasse, die wie durch ein Wunder noch nicht untergegangen war. Langsam setzte ich mich auf, würgte und rang nach Luft. Das Seil hatte mich gerettet, obwohl ich mir dabei allem Anschein nach eine Rippe gebrochen hatte. Mit letzter Kraft zerrte ich an dem Tau. Dann war Jamie neben mir, legte den Arm um mich und griff mit der freien Hand nach seinem Messer an der Taille.

»Alles in Ordnung?« brüllte er so laut, daß ich ihn über dem Heulen des Sturms gerade noch verstehen konnte.

»Nein«, wollte ich ihm schreiend antworten, doch heraus kam nur ein jämmerliches Winseln. Ich schüttelte den Kopf und zerrte an dem Seil. Jamie durchtrennte das Seil.

Ich holte tief Luft, ohne auf den Schmerz in den Rippen und auf die aufgeschürfte Haut an meiner Taille zu achten. Das Schiff hob und senkte sich willenlos mit den Wassermassen, das Deck tanzte auf und ab wie eine Schiffschaukel. Jamie ließ sich auf die Knie fallen, umschlang mich mit dem Arm und rutschte gemeinsam mit mir über Deck. Der Wind war so heftig, daß er unter meine erst halbtrockenen Röcke fuhr und sie mir ins Gesicht schlug. Ich klammerte mich an Jamie und versuchte, ihm auf unserem Weg über das glitschige Deck zu helfen.

Endlich streckten sich uns hilfreiche Hände entgegen, und die anderen zogen uns in den relativen Schutz des Masts. Innes hatte schon vor einiger Zeit das Ruder fest vertäut, und als ein Blitz aufzuckte, zeichnete es sich mit seinen Speichen vor mir ab wie ein schwarzes Spinnennetz.

Reden war unmöglich – und schien auch überflüssig. Raeburn, Ian, Meldrum und Stern hatten sich am Mast vertäut, und obwohl an Deck die Naturgewalten tobten, mochte niemand nach unten in die Kajüte gehen, wo man hilflos umhergeschleudert würde und keine Vorstellung hätte, was oben geschah.

Ich setzte mich mit gegrätschten Beinen auf die Planken, lehnte mich mit dem Rücken an den Mast und band mir das Tau um die Brust. Auf einer Seite war der Himmel inzwischen von einem bleiernen Grau, auf der anderen noch immer von einem durchscheinenden, tiefen Grün, und nach wie vor zuckten die Blitze ins Wasser. Der Wind heulte so laut, daß wir selbst die Donnerschläge nur gelegentlich und dann gedämpft wie ferne Kanonenschüsse vernahmen.

Aber plötzlich zuckte zeitgleich mit dem Donner direkt neben dem Schiff ein Blitz ins Wasser, so nahe, daß wir hörten, wie das Wasser unter der Hitze des Flammenspeers aufzischte. Stechender Ozongeruch erfüllte die Luft. Innes wandte sich zu uns um, und einen Moment lang schimmerte seine große, hagere Gestalt vor dem erleuchteten Himmel wie ein schwarzes Skelett.

Den Kopfwirbel an den Nackenwirbel, hörte ich Joe Abernathy leise summen. *Und den Nackenwirbel an den Rückenwirbel.* Unvermittelt tauchte vor meinem inneren Auge das schreckliche Bild der zerrissenen Gliedmaßen auf, die vor dem Wrack der *Bruja* am Strand von Hispaniola lagen. Im flackernden Licht der Blitze schienen sie zu zucken und sich zu regen, als wollten sie sich im nächsten Moment wieder zusammenfügen.

Beim darauffolgenden Donnerschlag schrie ich auf, nicht wegen des Lärms, sondern weil vor meinem inneren Auge ein neues Bild entstand. Ein menschlicher Schädel mit leeren Höhlen; Höhlen, deren Augen so grün wie der Himmel bei einem Hurrikan gewesen waren.

Jamie rief mir etwas ins Ohr, aber ich verstand ihn nicht. In sprachlosem Grauen konnte ich nur den Kopf schütteln. Ich zitterte wie Espenlaub.

Kleider und Haare trockneten allmählich im Wind. Wenn der Sturm mir die Strähnen ins Gesicht blies, spürte ich das Prickeln statischer Elektrizität. Plötzlich wurden die Seeleute unruhig, und als ich aufblickte, sah ich über den Spieren und der Takelage das blaue Leuchten des Elmsfeuers.

Ein Ball aus strömendem Licht fiel vom Himmel und hüpfte auf uns zu. Als Jamie dagegen trat, ließ er sich anmutig auf der Reling nieder und rollte auf ihr entlang.

Rasch sah ich nach Jamie, ob ihm nichts geschehen war. Glühend wie Feuer standen ihm die Haare vom Kopf ab. Ein Streifen von pulsierendem Blau umhüllte seine Finger, als er sich die Strähnen aus dem Gesicht strich. Dann griff er nach meiner Hand, und ein elektrischer Schlag fuhr durch unsere Körper. Aber er ließ mich nicht los.

Wie lange es dauerte, ob Stunden oder Tage, weiß ich nicht. Der

Wind trocknete unsere Kehlen aus, so daß sie anschwollen vor Durst. Der Himmel verdunkelte sich von Grau zu Schwarz, aber niemand wußte, ob nun die Nacht angebrochen oder ob nur dichte Regenwolken aufgezogen waren.

Als der Regen endlich kam, war er ein Segen. Er prasselte auf uns nieder mit der Wucht eines normalen tropischen Schauers, aber bald schon wurden aus den Tropfen Hagelkörner. Sie trommelten auf meinen Kopf, doch das kümmerte mich nicht. Mit beiden Händen fing ich die Eiskörner auf und schluckte sie noch halb gefroren hinunter, eine kühlende Wohltat für meine wunde Kehle.

Meldrum und MacLeod krochen auf allen vieren über das Deck und schaufelten die Hagelkörner in Eimer, Töpfe und jedes andere verfügbare Gefäß.

Den Kopf an Jamies Schulter gelegt, fiel ich immer wieder in einen unruhigen Schlummer, aber jedesmal, wenn ich hochschreckte, mußte ich feststellen, daß wir uns weiterhin in der Gewalt des Unwetters befanden. Zu abgestumpft, um noch Angst zu empfinden, ergab ich mich in mein Schicksal. Ob wir sterben mußten oder überlebten, schien nicht von Bedeutung; ich wünschte nur, daß dieses schreckliche Heulen aufhörte.

Es gab keinen Unterschied zwischen Tag und Nacht, keine Möglichkeit, die Uhrzeit zu bestimmen, solange der Himmel bezogen war. Gelegentlich wirkte er ein klein wenig heller, aber das konnte genausogut an Mondlicht wie an Sonnenschein liegen. Ich schlief ein, wachte auf und schlief wieder ein.

Endlich blies der Wind bei meinem Aufwachen nicht mehr ganz so stark wie zuvor. Die See ging noch schwer, und unser kleines Schiff war nach wie vor den Mächten von Strömung und Wogen ausgeliefert. Aber der Sturm war leiser geworden, denn ich hörte, wie MacGregor Ian zurief, ihm einen Becher Wasser zu reichen. Die Gesichter der Männer waren rissig und aufgesprungen, die Lippen fast blutig, aber sie lächelten.

»Wir haben es überstanden.« Jamies Stimme klang rauh und heiser. »Der Sturm ist vorüber.«

Hier und da schimmerten zwischen den bleiernen Wolken Streifen von blaßblauem, klarem Himmel hervor. Meiner Vermutung nach mußte es früher Morgen sein, direkt nach Sonnenaufgang, aber sicher wußte ich das nicht.

Zwar war der Hurrikan abgezogen, aber immer noch blies ein kräftiger Wind, der uns mit einer beachtlichen Geschwindigkeit vorantrieb. Meldrum löste Innes am Steuerrad ab. Als er den Kompaß befragen wollte, stieß er einen überraschten Schrei aus. Der Feuerball, der ins Schiff gefallen war, hatte niemandem von uns ein Härchen gekrümmt, aber der Kompaß war jetzt nur noch ein geschmolzenes Stück Metall, das in der unversehrten Holzfassung lag.

»Erstaunlich«, sagte Stern, während er mit dem Finger darüberstrich.

»Aye, und nicht gerade praktisch«, ergänzte Innes trocken. Er sah nach oben zu den wenigen Wolkenfetzen, die den Himmel noch bedeckten. »Wie steht's, können Sie nach den Sternen navigieren, Mr. Stern?«

Nach ausführlicher Betrachtung der aufgehenden Sonne und den letzten Sternen kamen Jamie, Innes und Stern zu dem Ergebnis, daß unser augenblicklicher Kurs in etwa nach Nordosten führte.

»Wir sollten nach Westen fahren«, schlug Stern vor, während er sich neben Jamie und Innes über die Karte beugte.

Innes nickte, ohne den Blick von den vielen winzigen Inseln zu wenden, die die Karibik sprenkelten.

»Aye, das ist richtig«, gab Innes Stern recht. »Wir haben wer weiß wie lange aufs offene Meer hinausgesteuert. Der Schiffsrumpf ist unversehrt, das läßt sich sagen, aber was Masten und Segel betrifft – nun, vielleicht halten sie noch eine Weile.« Das klang überaus zweifelnd. »Der Himmel allein weiß, wo wir landen.«

Jamie grinste ihn an und tupfte sich einen Blutstropfen von der rissigen Lippe.

»Ich bin nicht wählerisch, solange es nur Land ist.«

Innes sah ihn schräg an, während ein leises Lächeln um seine Lippen spielte.

»Wirklich? Und dabei hatte ich den Eindruck, du willst für den Rest deines Lebens Seemann bleiben, Mac Dubh. Die letzten zwei Tage hast du nicht einmal gekotzt.«

»Ja, weil es die letzten zwei Tage nichts zu essen gab«, entgegnete Jamie trocken. »Deshalb ist mir auch gleich, ob wir bei den

Engländern, Franzosen, Spaniern oder Holländern an Land gehen. Hauptsache, wir kriegen dort was zu essen.«

»Ich tue mein Bestes, Mac Dubh«, versprach Innes.

»Land! Land in Sicht!« Endlich, nach fünf Tagen, ertönte der Ruf – von einer Stimme, die vor lauter Durst nichts als ein heiseres Krächzen herausbrachte. Trotzdem hörte man ihr die Freude deutlich an. Ich stürzte so hastig aus der Kajüte, daß ich ausrutschte. Die anderen hingen bereits an der Reling und starrten auf den flachen, dunklen Streifen am Horizont. Zwar schien es noch weit, aber es war unverwechselbar Land.

»Was glaubt ihr, wo wir sind?« Weil ich vor lauter Heiserkeit nur noch flüstern konnte, hatte mich niemand gehört. Außerdem war es mir einerlei; von mir aus könnten wir geradewegs auf die Marinekasernen von Antigua zusteuern, ohne daß es mich weiter gestört hätte.

In breiten, weichen Bögen rollten die Dünung dahin. Als uns eine kleinere Bö traf, rief Innes dem Steuermann zu, den Bug näher an den Wind zu bringen.

Eine Schar großer Vögel flog in einer majestätischen Linie auf die Küste zu. Pelikane, deren Gefieder in der Sonne glitzerte, auf dem Weg zu seichteren Gewässern, um dort nach Fischen zu suchen.

Ich zupfte Jamie am Ärmel und wies auf die Tiere.

»Sieh mal«, setzte ich an. Aber weiter kam ich nicht. Ich hörte ein lautes Krächzen, und die Welt um mich zerbarst. Im Wasser kam ich wieder zu mir. Verdutzt und halb erstickt schlug ich um mich. Irgend etwas hatte sich um meine Füße gewickelt und zog mich in die dunkelgrüne Tiefe.

Panisch trat ich nach allen Seiten, um meine Beine aus der tödlichen Umwicklung zu befreien. Da schwamm etwas an meinem Kopf vorbei, und rasch griff ich danach. Holz, der Himmel sei gesegnet, Holz, an dem ich mich in der mächtigen Strömung festklammern konnte.

Wie ein Seehund schoß neben mir ein dunkler Schatten durch die Tiefen, und dann tauchte knapp zwei Meter vor mir ein roter Schopf aus dem Wasser.

»Halte dich fest«, rief Jamie, nach Luft schnappend. Mit zwei

Zügen hatte er mich erreicht. Er tauchte unter das Stück Treibholz, an dem ich mich festklammerte, und dann merkte ich, wie an meinen Beinen gerissen wurde. Ein scharfer Schmerz durchschoß mich, und der Sog, der mich in die Tiefe zog, wurde schwächer. Wieder tauchte vor mir der Kopf aus dem Wasser. Jamie griff nach meinen Handgelenken und schnappte nach Luft.

Nirgendwo in unserer Umgebung sah ich das Schiff. War es gesunken? Eine Woge schlug über mir zusammen, und für einen Moment war Jamie meinen Blicken entschwunden. Ich schüttelte den Kopf, blinzelte, und da war er auch schon wieder. Er grinste mich schief an und krallte seine Finger um meine Hände.

»Halte dich fest!« krächzte er wieder. Das tat ich. Das Holzstück war hart und rissig, doch ich umschlang es mit der Kraft der Verzweiflung. Halb blind von der Gischt ließen wir uns treiben. Manchmal erhaschte ich einen Blick auf die ferne Küste, aber dann wieder sah ich nur noch das Meer, von dem wir gekommen waren. Und wenn die Wellen über uns zusammenschlugen, sah ich nichts als Wasser.

Irgend etwas war mit meinem Bein nicht in Ordnung; es kam mir seltsam taub vor, und hin und wieder wurde es von einem stechenden Schmerz durchzuckt. Panisch dachte ich an Murphys Stumpf und das Rasiermessergrinsen eines aufgerissenen Haifischmauls, aber dann kam ich wieder zur Vernunft und beruhigte mich. Wenn mein Bein wirklich abgetrennt war, hätte ich schon längst das Bewußtsein verloren.

Nur verlor ich allmählich wirklich das Bewußtsein. Alles, was in meinem Blickfeld lag, bekam schwammige Ränder, und grellgelbe Flecken fluteten vor Jamies Gesicht. War ich am Verbluten, oder lag es an der Kälte und am Schock? Letztlich auch egal, dachte ich benommen; das Ergebnis war das gleiche.

Nach und nach ergriffen mich Mattigkeit und ein Gefühl unendlichen Friedens. Ich spürte weder Füße noch Beine. Nur Jamies Hände, die die meinen umklammert hielten, machten mir bewußt, daß ich noch am Leben war. Als eine Woge über uns hinwegspülte, mußte ich mich ermahnen, auch wirklich die Luft anzuhalten.

Dann stieg das Holz wieder in die Höhe, so daß mein Kopf über Wasser war. Ich atmete tief ein und sah mich um. Dreißig Zentimeter vor mir sah ich Jamie Frasers Gesicht. Die Haare klebten ihm am Schädel, und seine verzerrten Züge waren naß von der Gischt.

»Halt dich fest«, brüllte er. »Halt dich fest, verdammt!«

Ich lächelte ihn freundlich an, ohne ihn richtig gehört zu haben. Das Gefühl süßen Friedens trug mich über den Lärm und das Durcheinander. Ich empfand keinen Schmerz mehr. Nichts hatte noch eine Bedeutung. Als die nächste Woge über uns zusammenschlug, vergaß ich, die Luft anzuhalten.

Würgend wurde ich an die Oberfläche getragen, und ich sah noch, daß Jamie mich entsetzt anstarrte. Dann wurde mir schwarz vor Augen.

»Verdammt sollst du sein, Sassenach!« hörte ich ihn wie aus weiter Ferne rufen. Seine Stimme klang gepreßt vor lauter Verzweiflung. »Verdammt sollst du sein, Sassenach! Ich schwöre dir, wenn du hier vor meinen Augen stirbst, bringe ich dich um!«

Ich war tot. Gleißendes Licht umflutete mich, und in meiner Nähe erklang ein zartes, huschendes Geräusch wie das Schlagen von Engelsflügeln. Ich fühlte mich friedlich und körperlos, frei von Angst und Wut, erfüllt von stillem Glück. Dann mußte ich husten.

Ganz so körperlos war ich anscheinend doch nicht. Mein Bein tat weh. Sogar sehr. Nach und nach sickerte in mein Bewußtsein, daß mir auch viele andere Körperstellen weh taten, doch was mir mein linkes Schienbein da bot, übertraf alles.

Aber zumindest war das Bein noch vorhanden. Als ich mühsam die Augen öffnete, hatte ich den Eindruck, eine sichtbare Schmerzwolke würde über mir schweben, aber das konnte auch daran liegen, daß ich so benommen war. Doch ob geistigen oder körperlichen Ursprungs, das Ergebnis war ein weißleuchtender Wirbel, durchschossen von goldenen Lichtblitzen. Ihn anzusehen tat weh, und so schloß ich die Augen wieder.

»Gott sei Dank, du bist wach!« erklang es in tröstlich schottischem Tonfall an meinem Ohr.

Jamie lächelte auf mich herab. Sein Haar war zerzaust und salzverkrustet und an seiner Schläfe leuchtete eine böse dunkelrote Schramme. Ein Hemd schien er nicht anzuhaben, aber er hatte sich etwas Deckenähnliches über die Schultern geworfen.

»Geht es dir sehr schlecht?« fragte er.

»Gräßlich«, krächzte ich zur Antwort. Allmählich ärgerte es mich, daß ich jetzt doch noch am Leben war und wieder auf meine Umgebung achten mußte. Als Jamie meine rauhe Stimme hörte, griff er nach der Wasserkaraffe, die auf dem Tischchen neben meinem Bett stand.

Verwirrt sah ich mich um. Ja, es war wirklich ein Bett, weder eine Koje noch eine Pritsche. Die Leinentücher hatten zu meinem ersten Eindruck, ganz in weißes Licht getaucht zu sein, beigetragen, ebenso die weißgetünchten Wände und die Decke und die weißen Musselinvorhänge, die sich vor den geöffneten Fenstern in der sanften Brise blähten wie Segel.

Die goldenen Lichtpunkte an der Decke waren Spiegelungen – offensichtlich lag draußen vor dem Fenster eine sonnenbeschienene Wasserfläche. Dennoch verspürte ich einen Moment lang tiefe Sehnsucht nach dem Frieden, der mich im Griff der Woge erfaßt hatte – eine Sehnsucht, die noch verstärkt wurde, als bei einer kleinen Bewegung ein stechender Schmerz durch mein Bein schoß.

»Ich glaube, du hast dir das Bein gebrochen«, erklärte mir Jamie überflüssigerweise. »Du solltest es besser stillhalten.«

»Danke für den Rat«, stieß ich durch zusammengebissene Zähne hervor. »Wo, zum Teufel, sind wir?«

Er zuckte die Achseln. »Ich weiß nicht. In einem großen Haus, mehr kann ich nicht sagen. Ich habe nicht gefragt, als man uns herbrachte. Ein Mann sagte, das Anwesen heiße Les Perles.« Er hielt mir den Becher an die Lippen, und dankbar trank ich.

»Was ist geschehen?«

Jamie strich sich übers Gesicht. Er sah ungeheuer erschöpft aus, und seine Hand zitterte vor Müdigkeit.

»Ich glaube, der Hauptmast ist gebrochen. Eine der herabstürzenden Spiere hat dich über Bord gerissen, und du bist gesunken wie ein Stein. Ich bin dir nachgesprungen, und Gott sei Dank bekam ich dich zu fassen. Ein Teil der Takelage hatte sich um dein Bein gewickelt und dich in die Tiefe gezogen, aber ich konnte dich davon befreien.« Er seufzte auf und strich sich über die Stirn.

»Später habe ich dich festgehalten, und irgendwann spürte ich dann Boden unter den Füßen. Daraufhin habe ich dich ans Ufer getragen, und ein wenig später haben uns ein paar Männer gefunden und hierhergebracht. Das ist alles.« Er zuckte mit den Achseln.

Mir war kalt, trotz der warmen Brise, die durchs Fenster in den Raum strich.

»Aber was ist mit dem Schiff? Und mit den Männern, mit Ian und Stern?«

»Sie sind in Sicherheit, glaube ich. Da der Mast gebrochen war, konnten sie uns nicht nachfahren. Und bis zu dem Zeitpunkt, wo sie ein Notsegel gesetzt hatten, waren wir schon längst abgetrieben.« Er hustete und wischte sich mit dem Handrücken über den Mund. »Aber sie sind in Sicherheit. Der Mann, der uns gefunden hat, hat eine Viertelmeile südlich ein kleines Schiff an Land gehen sehen. Ein paar Leute sind losgezogen, um zu helfen und die Männer herzubringen.«

Er nahm einen Schluck Wasser, spülte sich damit den Mund, ging zum Fenster und spuckte aus.

»Ich habe Sand zwischen den Zähnen«, sagte er mit einer Grimasse, als er zurückkam, »in den Ohren und in der Nase. Zwischen den Pobacken wahrscheinlich auch.«

Ich streckte den Arm aus und nahm seine Hand. Sie war schwielig und voller Blasen.

»Wie lange waren wir im Wasser?« fragte ich, während ich zärtlich die Linien auf seiner Handfläche nachfuhr. Das kleine »C« auf seiner Daumenwurzel war kaum noch sichtbar, aber wie immer konnte ich es ertasten. »Wie lange hast du mich festgehalten?«

»Solange es nötig war«, erwiderte er schlicht.

Er lächelte vage und drückte meine Hand, obwohl seine sicher weh tat. Plötzlich wurde mir bewußt, daß ich keine Kleider trug, daß die Leinentücher weich und glatt auf meiner Haut lagen und daß sich unter dem dünnen Stoff meine Brustwarzen abzeichneten.

»Was ist mit meinen Kleidern?«

»Sie waren so schwer, daß sie dich in die Tiefe gezogen hätten. Soviel Kraft hatte ich nicht, und deshalb mußte ich sie zerreißen. Den Rest aufzubewahren hätte sich nicht gelohnt«, erklärte er.

»Ich verstehe«, antwortete ich. »Aber was ist mit dir, Jamie? Wo ist dein Rock?«

Er zuckte die Achseln und lächelte bedauernd. »Mit meinem Dolch auf dem Grund des Meeres, nehme ich an«, sagte er. Und mit den Bildern von Brianna und Willie.

»O Jamie, das tut mir aber leid!« Ich nahm seine Hand und drückte sie. Um Fassung ringend, sah er zur Seite.

»Ach«, sagte er leise. »Ich werde schon nicht vergessen, wie sie aussehen. Und wenn doch, dann gucke ich einfach in den Spiegel.« Ich lachte auf, doch es klang eher nach einem Schluchzen. Jamie schluckte schwer.

Er sah an seinen zerrissenen Kniehosen hinunter. Dann schien ihm etwas einzufallen, und er griff in die Tasche.

»Mit leeren Händen stehe ich aber nicht vor dir.« Er zog ein verschmitztes Gesicht. »Obwohl ich das hier gern gegen die Bilder eintauschen würde.«

Als er die Hand öffnete, sah ich es zwischen den Blasen und Hautabschürfungen funkeln und glitzern. Edelsteine der ersten Ordnung, kunstvoll geschliffen, wie man sie für einen Zauber braucht. Ein Smaragd, ein Rubin – wohl männlich –, ein stolzer Opal von dem gleichen Türkisgrün wie das Meer, das ich durchs Fenster sah, ein goldener Stein, der das wie Honig schimmernde Sonnenlicht gefangen hatte, und einer von Geillis' seltsam reinen schwarzen Kristallen.

»Du hast den Adamant!« wunderte ich mich, während ich zärtlich darüberstrich. Er war kühl, obwohl Jamie ihn am Körper getragen hatte.

»Ja.« Aber er sah nicht auf den Stein, sondern mit einem leichten Lächeln auf mich. »Was war es noch, was der Adamant einem zeigt? Die Freude, die in den Dingen liegt.«

»So hieß es.« Ich hob die Hand an sein Gesicht und streichelte es sanft, so daß ich die festen Knochen und das warme Fleisch spürte – die größte Freude, die es gab auf der Welt.

»Wir haben Ian«, sagte ich leise. »Und wir haben uns.«

»Aye, das ist wahr.« Seine Augen wurden weich. Er ließ die Edelsteine auf den Tisch kullern und nahm meine Hände.

Ich spürte, wie ich trotz der Erschöpfung, der Wunden und der Schmerzen in meinem Bein von einem tiefen Frieden umfangen wurde. Wir waren am Leben, in Sicherheit und beieinander, und sonst zählte kaum noch etwas – weder die Kleider noch ein gebrochener Unterschenkel. Das würde sich im Laufe der Zeit schon wieder richten lassen. Jetzt gab ich mich damit zufrieden, meinem Atem zu lauschen und Jamie anzusehen.

So saßen wir schweigend da und betrachteten den blauen Himmel durch die von der Sonne beschienenen Vorhänge. Es konnten ebensogut zehn Minuten wie eine Stunde vergangen sein, als ich vor der Tür leise Schritte hörte und dann ein vorsichtiges Klopfen.

»Herein«, rief Jamie. Er richtete sich auf, ohne meine Hand loszulassen.

Die Tür öffnete sich, und eine Frau kam herein. Obwohl sie zur Begrüßung freundlich lächelte, konnte sie nicht verbergen, wie neugierig sie war.

»Guten Morgen«, sagte sie ein wenig schüchtern. »Bitte entschuldigen Sie, daß ich mich nicht schon eher nach Ihren Wünschen erkundigt habe, aber ich war in der Stadt und habe gerade erst von Ihrem – von Ihrer Ankunft erfahren.«

»Aber ich bitte Sie, Madam! Wir können Ihnen gar nicht genug danken, daß Sie uns so freundlich aufgenommen haben«, erwiderte Jamie. Er stand auf und verbeugte sich vor ihr. »Ihr Diener, Madam. Haben Sie gehört, wie es unseren Begleitern ergangen ist?«

Errötend knickste sie. Sie war jung, in den Zwanzigern, und schien nicht recht zu wissen, wie sie sich verhalten sollte. Sie trug ihr hellbraunes Haar zu einem Knoten aufgesteckt, hatte glatte, rosige Haut und sprach mit einem Akzent, der mich an Südwestengland erinnerte.

»O gewiß«, sagte sie. »Meine Dienstboten haben sie vom Schiff hierher ins Haus gebracht. Sie sind in der Küche und haben etwas zu essen bekommen.«

»Vielen Dank«, schaltete ich mich ein. »Das ist sehr freundlich von Ihnen.«

Ihr schien das fast peinlich, denn die Röte auf ihrem Gesicht wurde tiefer.

»Nicht der Rede wert«, murmelte sie. Dann warf sie mir einen scheuen Blick zu. »Aber verzeihen Sie bitte, ich habe versäumt, mich vorzustellen. Ich heiße Patsy Olivier – Mrs. Joseph Olivier, um genau zu sein.« Erwartungsvoll sah sie Jamie an.

Ratlos starrten wir uns an. Wo, um alles auf der Welt, waren wir gestrandet? Mrs. Olivier war eindeutig Engländerin, der Name ihres Mannes klang jedoch französisch. Die Bucht vor dem Haus ließ keinerlei Schlüsse zu – wir konnten wirklich fast überall in der

Karibik gelandet sein, auch im Hoheitsgebiet der Königlich Britischen Marine. Ich warf Jamie einen Blick zu und zuckte die Achseln.

Unsere Gastgeberin musterte uns abwartend. Jamie drückte meine Hand fester und holte tief Luft.

»Wahrscheinlich halten Sie dies für eine seltsame Frage, Mistress Olivier – aber könnten Sie mir verraten, wo wir hier sind?«

Die Angesprochene zog die Augenbrauen hoch.

»Nun...«, setzte sie an, »unser Anwesen heißt ›Les Perles‹.«

»Vielen Dank!« Mit einem tiefen Atemzug wappnete sich Jamie für einen zweiten Vorstoß. »Aber, was ich eigentlich meine – auf welcher Insel sind wir?«

Ein breites, verstehendes Lächeln zog auf ihr rosiges Gesicht.

»Ach so!« sagte sie. »Natürlich, Sie sind vom Sturm abgetrieben worden! Mein Mann sagte gestern abend, zu dieser Jahreszeit habe er noch nie ein solches Unwetter erlebt. Ein wahres Wunder, daß Sie gerettet wurden!« Mrs. Olivier lächelte nachsichtig. »Wir sind auf keiner Insel. Hier ist das Festland, die Kolonie Georgia.«

»Georgia?« fragte Jamie. »Amerika?« Das klang, als könnte er es nicht fassen. Kein Wunder – wir hatten im Sturm eine Strecke von fast tausend Kilometern zurückgelegt.

»Amerika«, sagte ich leise. »Die Neue Welt.« Mein Herz schlug schneller, und auch Jamie klopfte es bis zum Halse, wie ich an seinem Pulsschlag spüren konnte. Die Neue Welt. Sicherheit. Freiheit.

»Ja«, sagte Mrs. Olivier, die nicht ermessen konnte, was es für uns bedeutete. »Wir sind hier in Amerika.«

Jamie straffte die Schultern und wandte sich lächelnd zu ihr um. Die reine, frische Brise wirbelte seine Mähne auf, so daß sie sein Gesicht wie ein Flammenkranz umgab.

»In diesem Falle, Madam«, sagte er, »lautet mein Name James Fraser.« Dann wandte er mir seinen Blick zu. Seine Augen leuchteten ebenso blau wie der Himmel.

»Und dies ist Claire«, sagte er. »Meine Frau.«

Danksagung

Mein tiefster Dank gilt:

Jackie Cantor, weil sie zu der seltenen und wunderbaren Art von Lektorinnen gehört, denen ein langes Buch gefällt, solange es gut ist;

meinem Mann Doug Watkins für sein literarisches Urteilsvermögen, seine Randnotizen (z. B.: »schon *wieder* Brustwarzen?«) und die Witze, die ich angeblich von ihm klaue, um sie Jamie Fraser in den Mund zu legen;

meiner ältesten Tochter Laura, die darauf besteht: »Wenn du mal wieder zu mir in die Klasse kommst, um vom Schreiben zu erzählen, dann rede auch über Bücher und nicht über Walpenisse!«;

meinem Sohn Samuel, der im Park auf wildfremde Leute zugeht und sie fragt: »Haben Sie das Buch meiner Mutter gelesen?«;

meiner jüngeren Tochter Jenny, die wissen will: »Warum schminkst du dich eigentlich nicht immer wie auf deinem Buchumschlag, Mommy?«;

der Gelehrten Margaret J. Campbell, dem englischen Dichter Barry Fogden und dem Hund Pindens Cinola Loeroso Loventon Greenpeace Ludovic, die mir gestatteten, ihren Charakter als Grundlage für meine Phantasiegebilde zu benutzen (allerdings legt Mr. Fogden Wert auf die Feststellung, daß sein Hund Ludo noch nie versucht habe, mit einem Holz- oder anderen Bein zu kopulieren, daß er jedoch Verständnis für die künstlerische Freiheit aufbringe);

Perry Knowlton, der nicht nur ein ausgezeichneter Literaturagent ist, sondern auch ein Born des Wissens über Winde, Hauptsegel und alles, was mit dem Meer zu tun hat, die Feinheiten der französischen Grammatik sowie die richtige Art, Wild auszuweiden;

Robert Riffle, einer anerkannten Autorität, wenn es darum geht, welche Pflanze wo wächst und wie sie dabei aussieht;

Kathryn (ihr Nachname lautet entweder Boyle oder Frye, zumindest ähnelt er einem englischen Begriff fürs Kochen) für ihre nützlichen Informationen über tropische Krankheiten, insbesondere die skurrilen Eigenheiten des Loa-Loa-Wurms;

Michael Lee West für seine ausführlichen Beschreibungen Jamaikas einschließlich der einheimischen Dialekte und Überlieferungen;

Dr. Mahlon West für ihre Auskünfte über Typhus;

William Cross, Paul Block (sowie Pauls Vater) und Chrystine Wu (mit Eltern) für ihren unschätzbaren Beistand bezüglich des chinesischen Vokabulars, der Landesgeschichte und der kulturellen Eigenheiten;

meinem Schwiegervater Max Watkins, der wie immer nützliche Anregungen zum Aussehen und Verhalten von Pferden beisteuerte;

Peggy Lynch für ihre Frage, was Jamie sagen würde, wenn er ein Foto seiner Tochter im Bikini sähe;

Lizy Buchan, die mir von einem Vorfahr ihres Mannes erzählte, der die Schlacht von Culloden überlebt hat;

Dr. Gary Hoff für seinen Rat in medizinischen Fragen;

Fay Zachary für Mittagessen und kritische Kommentare;

Sue Smiley für die kritische Lektüre und ihren Vorschlag, den Blutseid aufzunehmen;

David Pijawka für Informationen über Jamaika und seine höchst poetische Beschreibung der Stimmung in der Karibik nach einem Wirbelsturm;

Iain MacKinnon Taylor und seinem Bruder Hamish Taylor für die äußerst hilfreichen Vorschläge zu gälischen Ausdrücken und deren Schreibweise;

und schließlich, wie immer, den Mitgliedern des CompuServe Literary Forum, darunter Janet McConnaughey, Marte Brengle, Akua Lezli Hope, John L. Myers, John E. Simpson Jr., Sheryl Smith, Alit, Norman Shimmel, Walter Hwan, Karen Pershing, Margaret Ball, Paul Solyn, Diane Engel, David Chaifetz und all den anderen für ihr Interesse, die hilfreichen Anregungen und dafür, daß sie an den richtigen Stellen gelacht haben.

Ausgewählte Belletristik bei Blanvalet

Ann Benson
Die brennende Gasse
Roman. 576 Seiten

Elizabeth George
Undank ist der Väter Lohn
Roman. 736 Seiten

Tina Grube
Schau mir bloß nicht in die Augen
Roman. 384 Seiten

Tami Hoag
Feuermale
Roman. 544 Seiten

Marion Philadelphia
Der Gaukler der Könige
Roman. 384 Seiten

Danielle Steel
Stiller Ruhm
Roman. 320 Seiten

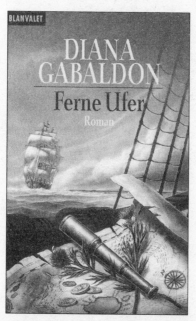

SUZANNE FRANK

Der erste Band einer großen Saga über
eine unsterbliche Liebe jenseits von Zeit und Raum:
Chloe wird während eines Tempelbesuchs in Ägypten in das
Jahr 1452 v. Chr. zurückversetzt – und erwacht in der
exotischen Welt am Hofe der Pharaonin Hatschepsut...

»Ein exotisches, atemberaubendes und romantisches Feuerwerk der
Ideen. Glänzend geschrieben! Wo bleibt der nächste Band?«
Barbara Wood

Suzanne Frank. Die Prophetin von Luxor   35188

ROMANTISCHE UNTERHALTUNG
BEI BLANVALET

Wunderbare, sehnsuchtsvolle Geschichten von schicksalhafter Liebe.

D. Purcell. Nur ein kleiner Traum
35135

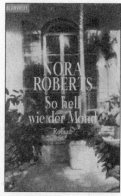

N. Roberts. So hell wie der Mond
35207

L. Spencer. Was der Himmel verspricht
35138

E. J. Howard. Erntezeit
35067

DONNA BOYD

Vom turbulenten New York der Gegenwart bis ins
farbenprächtige Paris des 19. Jahrhunderts:

*»Nach diesem Buch werden die Leser süchtig sein nach
Donna Boyds Werwölfen!«* Publishers' Weekly

*»Donna Boyds Debütroman – und was für einer! Glaubwürdig,
phantasievoll, atemberaubend. Man verschlingt ihn von der ersten
bis zur letzten Zeile!«* Kirkus Reviews

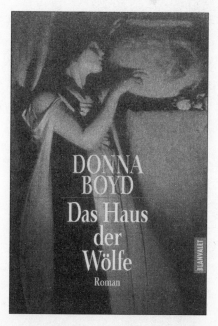

Donna Boyd. Das Haus der Wölfe   35124